김일성
1912~1945

중권 - 희망과 분투

김일성 1912~1945

중권-희망과 분투

초판 1쇄 발행 2020년 8월 20일

지은이   유순호
펴낸이   김형근
펴낸곳   서울셀렉션㈜
편 집   진선희, 지태진
디자인   이찬미

등 록   2003년 1월 28일(제1-3169호)
주 소   서울시 종로구 삼청로 6 출판문화회관 지하 1층 (우03062)
편집부   전화 02-734-9567 팩스 02-734-9562
영업부   전화 02-734-9565 팩스 02-734-9563
홈페이지   www.seoulselection.com

ⓒ 2020 유순호

ISBN 979-11-89809-32-4 04810
ISBN(세트) 979-11-89809-30-0 04810

• 책 값은 뒷표지에 있습니다.
• 잘못된 책은 구입하신 서점에서 바꾸어 드립니다.
• 이 책의 내용과 편집 체제의 무단 전재 및 복제를 금합니다.

김일성 金日成

1912~1945

중권 – 희망과 분투

유순호 지음

서울셀렉션

수많은 싸움과 셀 수 없는 패배 끝에

성공할 수 있다는 점에서 장애물은 필수다.

싸움과 패배는 당신의 실력과 힘을 강화시키고

용기와 인내력을 키우며 능력과 자신감을 높일 것이다.

한마디로 모든 장애는 당신을 발전시키는 동지이다.

— 오그 만디노

김일성과 함께 1930년대를 보냈던,

이름도 없이 사라져간 항일독립투사들에게

일러두기

- 단행본 및 잡지『 』, 논문·보고서·단행본에 포함된 장「 」, 신문·영화·연극·노래〈 〉, 회고담·인용문·편지·신문기사 등은 " "로 표시했습니다.

- 중국 인명과 지명은 한자어(정체 및 간체 혼용)로 표시했습니다. 단, 중국어 별명 및 호칭, 일부 지명은 당시 사용하던 통용음이나 관용 표현 및 중국의 조선족어문사업위원회의 규정을 따랐습니다. 당시 만주의 조선인은 대부분 중국어에 서툴러 우리말에 가깝게 발음했으며, 관련 자료나 인터뷰를 해준 증언자들, 역사 연구자들, 그리고 김일성 회고록『세기와 더불어』등도 통용음을 따르고 있습니다.

  예_별명 및 호칭) 당시 만주 조선인들은 위증민의 별명 '라오웨이'는 '로위'로, 김일성의 별명 '라오쩐'은 '로쩐'으로 불렀고, '따꺼즈(大個子)', '샤오꺼즈(小個子)' 등도 '따거우재', '쇼거우재'로 불렀습니다. '풍강(馮康, 위증민의 별명)', '왕다노대(왕윤성의 별명)', '얼구이즈(二鬼子, 당시 일본군에 협력하는 만주군을 비하하여 부르던 중국인들 표현)' 등도 관용적으로 쓰던 표현이기에 이 책에서는 그대로 사용했습니다. 다만, 성(姓) 앞에 연소자나 연장자를 뜻하는 '소(小)'나 '노(老)'가 붙는 경우, 통용음 대신 외래어표기법에 따라 '샤오', '라오'로 표현했습니다.

  예_지명) 황고툰 ← 황고둔(皇姑屯), 하얼빈 ← 합이빈(哈爾濱), 대황왜 ← 대황외(大荒崴)

- 일본인 이름은 당시 사료와 관용 표현을 참조하여 표기했습니다.

  예) 사다아키(貞明), 타니구치 메에조오(谷口明三)

- 김일성 회고록 『세기와 더불어』(계승본 포함)의 인용 문장은 우리말 맞춤법으로 바꾸었습니다. 단, 일부 표현에 우리말 뜻을 괄호 안에 넣었습니다. (『세기와 더불어』는 총 8권이며, 1~6권은 김일성 생전에 발간되었으며, 7~8권은 김일성 사후 조선로동당 중앙위원회가 그의 유고와 각종 자료를 기초로 '계승본'으로 발간하였습니다.)

- 인용문 중 김일성 회고록 『세기와 더불어』(계승본 포함)에서의 인용은 따로 출처를 표시하지 않았습니다.

- 본문, 인용문, 각주 등에서 괄호에 넣은 설명(사자성어, 북한말, 당시 사용하던 단어의 뜻)은 별도로 표시하지 않은 한 독자의 이해를 돕기 위해 필자가 넣은 것입니다.

- 본문 각주에 담은 인물 소개는 다음의 중국과 한국 자료에서 찾아 다듬어 실었습니다. 『동북인물대사전』(중국), 『동북항일연군희생장령명록』(중국), 『동북항일전쟁 조선족인물록』(중국), 『중국조선족혁명렬사전』(중국), 『한국 사회주의운동 인명사전』(한국), 『북한인물정보 포털』(한국), 『한국민족문화 대백과사전』(한국), 『한국독립운동 인명사전』(한국), 『친일인명사전』(한국)

- 이 책에 실린 사진과 지도는 중국과 북한, 한국의 항일 관련 자료 및 서적에서 가져왔습니다. 저작권에 관해 이의가 있으시면 저자와 출판사에 문의하시기 바랍니다.

차례

4부 붉은 군인

후기 | 항쟁과 굴종, 숭상과 신화의 역사를 마감하며

고통은 깨달음을 준다.

고통이 없다면 우리는 성장할 수 없다.

고통과 슬픔을 경험한 후에 우리는 진리 하나를 얻는다.

만약 지금 당신에게 슬픔이 찾아왔다면

기쁘게 맞이하고 마음속으로 공부할 준비를 갖추라.

그러면 슬픔은 어느새 기쁨으로 바뀌고

고통은 즐거움으로 바뀔 것이다.

- 톨스토이

5부

원정

김일성의 1, 2차 북만원정 노선 및 귀환도

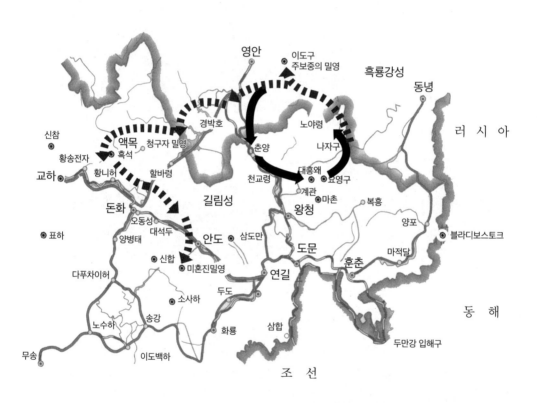

제1차 북만원정 노선도 1934. 10~1935. 2
제2차 북만원정 노선도 1935. 6~1936. 3

17장

좌절을 딛고

"일단 밀영은 근거지의 축소판으로 보아도 됩니다.
밀영에 병원과 병기공장도 만들고 또 전사들이 겨울과 여름에 입을 군복을 지을
옷공장도 만들 수 있습니다. 다만 근거지처럼 군과 민이 함께 사용하면 안 됩니다.
적들에게 알려지지 않도록 비밀 보장이 절대적이기 때문입니다."

1. 사수와 해산

1935년은 스물세 살의 김성주에게 인생 일대의 전환기였다. 동북인민혁명군 제2군에서 가장 높은 직위에 있었던 주진, 윤창범 같은 조선인 출신 군사 간부들까지 모두 '민생단'으로 몰려 사형당하거나 도주해 버린 마당에 김성주만은 끝까지 죽지 않고 살아서 다시 왕청으로 돌아왔으니, 누구도 함부로 무시할 수 없는 존재가 되어 있었다.

종자운은 생전에 필자에게 이런 이야기를 들려주었다.

"내 생각에는 위증민(魏拯民)도 그때까지는 오평을 만나지 못했던 것 같다. 직접 오평

을 만나보고 동만에 왔던 사람은 주명(朱明)[1]으로 소련에서 직접 파견한 간부였다. 그와 이광림, 두 사람을 제외하고는 김일성(김성주)이 유일했다. 특히 김일성은 오평에게 동만 혁명군이 원정부대를 조직하여 남만과 북만 전선을 하나로 연결하는 역할을 해야 한다는 주장을 직접 들었고, 그 주장을 위증민과 왕덕태에게 전달했다.[2]

그러나 이때 원정부대를 두 갈래로 나눠서 북만과 남만 쪽으로 이동할 경우, 동만 혁명의 수뇌부나 다름없던 왕청 유격근거지를 어떻게 지킬 것인가 하는 문제가 대두되었다. 유격구 '사수론'과 '해산론'이 대립한 것이다. 김성주는 회고록에서 가장 완강하게 사수를 주장했던 사람이 바로 이광림이었다고 회고한다.

"유격구를 해산하고 혁명군이 광활한 지대에로 떠나가면 인민들은 어떻게 살아가는가. 유격구를 해산한 다음에는 인민들을 적구로 내려 보낸다고 하는데, 이것은 군대와 일심동체가 되어 생사고락을 같이해온 그들을 사지에 밀어 넣는 것으로 되지 않는가. 유격구라는 군사 정치적 지탱점이 없이 혁명군이 유격전을 전개할 수 있겠는가."

이광림은 이대로 유격구를 폐기할 경우 수만 명의 혁명군중을 모두 잃을 것

---

1 주명(朱明, 1904-1936년) 본명은 진홍장(陳鴻章)이며 중국 산동성 평도현에서 태어났다. 1920년 제남공업중학교에서 공부하다가 1924년에 퇴학당하고 상업에 종사하던 중 중국공산당에 가입하고 소련에서 유학했다. 1935년 중국공산당 코민테른 대표단의 파견을 받고 동만으로 왔으며 이때 주명(朱明)이라는 별명을 사용했다. 위증민이 코민테른 제7차 대표대회에 참가하기 위하여 소련에 들어가 있는 동안, 주명은 동만특위 서기 대리직을 맡았으나 그해 10월 8일 변절자의 밀고로 왕청현 나자구 삼도하자에서 일본군 헌병대에 체포되었다. 이듬해 1936년 7월에 주명은 자신을 감시하던 헌병대 특무를 설득하여 함께 영안현 남호두에 주둔하던 제5군 주보중 부대로 찾아갔다. 주명은 5군 군부에서 주보중과 담화한 후 다시 혁명에 참가하겠노라고 '공개성명'까지 발표했으나 끝까지 주보중의 믿음을 얻지 못했다. 후에 주보중은 주명을 무송현 경내에서 활동하던 2군 군부로 압송했고 주명은 여기서 처형되었다.
2 취재, 종자운(鍾子雲) 중국인, 항일연군 생존자, 취재지 북경, 1991~1992.

이라고 주장한 것이다. 이 말에 처음에는 위증민과 이학충이 동감했으나 참모장 유한흥(劉漢興)[3]은 강력하게 반대하고 나섰다. 유한흥은 유격구에 깊은 애정이 있는 왕청 출신 간부들이 이맛살을 찌푸릴 정도로 심하게 말했다.

"유격구가 과거에는 우리 혁명의 지탱점이 되었을지 모르지만 지금은 아닌 것 같습니다. 솔직하게 말씀드리면 이제 유격구는 혁명군의 '짐보따리'가 되었습니다. 무거운 부담이라는 뜻입니다. 과거 10~20명의 소규모 유격대로 싸울 때와 달리 지금 우리는 1,000명도 더 되는 대부대로 불어나 있습니다. 이 부대를 여러 갈래로 나누어 대대적인 군사행동을 개시해야 하는데, 지금처럼 유격구만 붙잡고 앉아 있으니 아무것도 할 수 없습니다. 유격구를 빨리 해산해야 합니다."

유한흥이 이렇게 주장할 때, 곁에 있던 이학충이 유한흥의 옷깃을 잡아당기

---

3 유한흥(劉漢興, 1910-1958년) 본명보다는 진룡(陳龍)이라는 별명으로 더 잘 알려져 있다. 요령성 무순에서 태어났다. 1926년에 중학교를 졸업하고 동북군에 참가했으며 제21단 산하 659연대에서 병사로 복무하다가 길림군 육군군관학교에 입학했다. 졸업 후 동북군으로 돌아와 중대장이 되었다. 1931년 9·18 만주사변 이듬해 중대를 인솔하고 길림자위군에 참가하여 자위군 제2여단 산하 3연대 2대대장이 되었다가 주보중의 지명으로 시세영 부대 참모장이 되었다. 1934년에 주보중과 왕윤성의 천거로 중국공산당원이 되었고 동북인민혁명군 제2군 참모장이 되었다. 1935년 10월, 제2군 산하 3, 4연대를 인솔하여 길동 동녕과 영안 지방을 원정했으며, 이듬해 1936년에 위증민의 추천을 받아 모스크바동방대학에 유학했다.
유학하는 동안 중국의 저명한 공산주의자 진담추(陳潭秋)와 가깝게 지내면서 그의 의견에 따라 진룡으로 이름을 바꿨다. 1939년에 모스크바동방대학을 졸업하고 연안으로 돌아간 유한흥은 중국공산당 중앙 사회부 정찰과장 겸 반간첩 숙청과 과장으로 임명되었으며, 모택동과 장개석의 '중경담판' 기간에는 모택동의 최측근 경호를 맡았다. 1945년 광복 이후 모택동과 주은래는 그를 중국공산당 중앙 남방국 사회부장으로 임명하려고 했다. 하지만 그는 이를 사양하고 항일연군 시절을 보냈던 옛 땅 만주로 돌아가겠다고 했다. 작별할 때 모택동은 그에게 자신이 차고 있던 스위스제 손목시계를 기념으로 선물했다.
이후 유한흥은 만주로 돌아와 중국공산당 북만분국 사회부장과 북만군구 사회부장, 송강성위원회 상무위원 겸 하얼빈시 공안국장직을 맡았다. 1949년 12월에 국민당의 수도 남경이 함락되자 남경시 공안국장이 되었고, 이듬해 1950년 11월에는 북경으로 돌아와 공안부 정치보위국 국장이 되었다. 1952년 4월에는 공안부 부부장이 되었고 1954년 6월에는 병으로 소련 모스크바에서 요양했다. 이 기간에 항일연군 시절 옛 진우였던 왕윤성 문제를 해결했고, 그가 무사히 중국으로 돌아올 수 있게 도와주었다. 이후 계속 건강이 좋지 않아 다시 요령성 대련에서 요양 생활을 하다가 1958년 10월에 48세의 나이로 사망했다.

며 조바심을 냈다. 유한흥이 중국인이었으니 망정이지 조선인이었다면 결코 입밖에 낼 수 없는 말이었다. 적지 않은 군사간부가 유한흥의 견해에 동조했으나 직위가 높았던 이광림이 두려워 먼저 나서서 의견을 말하지 못했다.

그러나 다행스럽게도 유한흥은 이미 왕덕태를 설득했고, 정치부 주임 이학충도 어느 쪽을 지지하거나 반대하지 않는 어중간한 상태였다.

주명은 특별히 김성주를 지명하며 말했다.

"내가 동만으로 나올 때 코민테른의 주요 책임자로부터 왕청근거지 사정을 가장 잘 아는 사람이 샤오찐이라고 소개받았소. 김 정위도 한 번 의견을 말해보시오."

나이가 김성주보다 일고여덟 살 많은 주명은 김성주를 '샤오찐(小金)'이라 부르기도 했다.

김성주는 오평의 지시를 직접 동만에 전달한 사람 중 하나로서 유격구를 해산하지 않으면 안 된다는 유한흥의 주장에 전적으로 공감하면서도 이광림이 어렵긴 마찬가지였다. 더구나 왕청 유격근거지에 어느 누구보다도 애정이 깊었다. 만약 이대로 해산이 결정된다면, 한흥권이나 최춘국 같은 이 바닥 출신 젊은 부하들이 어떻게 나올지는 너무나 뻔했다.

이때 문득 이광림도 김성주에게 한마디 건넸다.

"아닌 게 아니라 나 역시 김 정위의 견해를 듣고 싶소."

김성주는 주명이 지명했을 때 이미 일어섰으나 어떻게 대답해야 할지 잠깐 생각하는 사이 이광림이 다시 자기주장을 피력했다.

"다시 말하지만, 유격근거지가 있고 혁명군중이 있어서 우리 혁명군이 생존할 수 있었고 또 지금처럼 장대한 규모로 성장했다고 보오. 근거지야말로 우리 혁명군의 가장 든든한 바람막이고 요람이 아니겠소? 유격근거지가 혁명군의 짐보따리가 되었다는 주장에는 절대 동의할 수 없소."

이광림이 이렇게까지 나오자 김성주는 난감해졌다. 자신에게 집이나 다를 바 없었던 근거지였기에 감정으로는 그 역시 근거지 해산에 동의할 수 없었지만, 다른 한편으론 유한흥의 판단처럼 근거지가 이미 혁명군에게 큰 부담이 된 것도 사실이었기 때문이다.

주명은 대흥왜회의 바로 직후 요영구로 이동하면서 김성주와 둘이 여러 차례 만나 근거지 정황들을 자세하게 설명했다. 후에 주명이 직접 기초한 "동만 유격구 적 통치구 일반 정황 및 반일삼림대 구체 정황 고찰보고"에도 자세하게 나오듯, 근거지 혁명군중들은 농사를 지어 자급자족할 수 없었다. 근거지가 왕청의 깊은 산간에 있어 몰려 들어온 사람들을 먹여 살릴 만한 경작지가 없었던 탓도 있었지만, 근거지 사람들이 모두 농사를 지은 것이 아니었기 때문이기도 하다. 1980년대 초엽까지 왕청현 중평(仲坪)이라는 농촌에서 살았던 근거지 시절의 연고자 장만성(張滿成)은 필자에게 이런 이야기를 들려주었다.

"우리 집 아이들은 모두 공산당에 참가했다. 자식이 넷이었는데 큰 아들이 당원(공산당)이고 나머지 셋은 모두 단원(공청단)이었다. 농번기인데 밭에 나가 일할 생각은 하지 않고 날마다 낮이고 밤이고 가리지 않고 나가서 보초를 선다, 망을 본다 하면서 '노라리(일하지 않고 놀기만 한다는 표현의 간도사투리)'만 부렸다. 때문에 농사 지을 일손이 턱없이 모자랐다. 솔직히 말하면, 농사 지을 밭이 모자라다고 굶어죽지는 않는다. 왕청 산속에는 버섯도 많이 자라고 온갖 산나물과 약재들도 널려 있다. 조금만 사냥할 줄 알면 꿩, 토끼는 말할 것도 없고 멧돼지도 흔하게 잡아올 수 있었다. 그런데 젊은 놈들이 일하려 하지 않고 맨날 유격대 뒤만 쫓아다니니 농사는 누가 짓는단 말인가. 이렇게 말하면 비판받을지 모르겠지만 사실대로 말해달라고 하니 말하겠다. 근거지 사람 대부분은 유격대가 근거지 밖에 나가서 약탈해온 쌀로 연명할 수밖에 없었다. 그렇게 몇 해를 버티다가 나중에는 하는 수 없이 유격대가 더는 쌀을 구해오지 못하니 모두 흩어져서 제각기 살길을 찾아가라고 했다. 놀고먹는 사람들이 너무 많아 도저히 먹여 살릴 수 없어서 근거지를 해산했던 것이다. 큰 아들은 토벌군의 공격을 받았을 때 다리가 부러져서 유격대를 따라 떠나지 못했고, 둘째아들과 딸 둘은 모두 유격대를 따라 떠났지만 후에 소식을 듣지 못했다. 모두 죽었다고 하더라."[4]

장 씨는 아들 하나와 딸 둘을 혁명군에 바쳤지만 나를 만나던 당시까지도 그곳 민정 부문에서 열사가족으로 추증(追贈)받지 못한 것이 한이 되어 있었다. 막내딸이 전투 중 포로로 잡혀 만주군 병영에 갇혀 있다가 결국 귀순하여 만주군 군관에게 시집간 사실이 후에 드러났기 때문이다. 장 씨가 들려준 회고담은 주명이 직접 길동특위 오평 앞으로 보냈던 보고자료와 내용상 일치하는 부분이 상당히 많았다. 주명의 보고자료에서도 일하지 않는 혁명군중이 너무 많아 일하는 사람과 일하지 않는 사람을 가려 일하지 않는 사람들을 모두 근거지 밖으로 내쫓아야 한다는 결정을 내렸고, 쫓겨난 사람들에게 굶어죽지 않고 살고 싶으면 적 통치구에라도 찾아가 갖은 방법을 다해 정착하라고 권고하기에 이르렀다.

김성주는 침착하게 유한흥의 견해에 동의하는 발언을 했다.

"과거 우리 유격대가 소대나 중대 규모밖에 되지 않을 때는 어쩔 수 없이 혁명군중과 함께 생활하면서 산속에서 근거지를 사수하고 방어하는 전투를 할 수밖에 없었습니다. 하지만, 지금처럼 정규 대부대가 확충된 마당에 근거지에만 매달려 지낼 수는 없다고 봅니다. 항일전선을 남만과 북만으로 넓혀 나가야 하

---

4 취재, 장만성(張滿成) 내외 외 2인 중국인, 항일열사 가족, 취재지 왕청현 중평촌, 2001.

니, 여기 대흥왜나 요영구근거지가 이제 더는 필요 없습니다. 대신 원정부대의 배후 지탱점이 될 수 있도록 지리적으로 북만과 남만에 가까운 지점에 새로운 근거지를 개척하는 것이 오히려 필요하지 않을까 생각합니다."

결국 김성주도 근거지 해산에 찬성표를 던졌지만, 사수를 주장하는 사람들도 어느 정도 공감할 만한 새로운 제안을 내놓았던 셈이다.

"아, 그럼 김 정위는 근거지가 여전히 필요하다는 주장이겠구먼."

이광림이 이렇게 반색했으나 김성주는 '사수론'에 부응하지 않았다.

"제 주장은 부대가 때로는 주둔하여 정비하면서 전투 중 급양도 해결하는 비밀 휴식장소를 만들어두어야 한다는 것입니다. 그것을 딱히 근거지라고 불러야 할지는 솔직히 저도 잘 모르겠습니다."

사람 좋은 왕덕태는 양쪽 의견이 팽팽하게 대립할 때는 어느 한 쪽에 치우친 의견을 내놓지 않고 애꿎은 담배만 뻑뻑 태우는 습관이 있었다. 그렇다고 자기 생각이 아예 없는 것은 아니었다.

"참, 한흥 동무가 앞서 나와 이학충 주임한테 이야기했던 시 사령 부대의 근거지를 여기 동무들한테도 한 번 더 들려주었으면 하오. 난 어쩐지 시 사령네 그 방법이 아주 좋을 것 같다는 생각이 드는구먼."

왕덕태가 갑자기 유한흥에게 권했다.

왕덕태뿐만 아니라 이학충까지도 김성주가 주명과 이광림 요청에 따라 발언하면서 근거지 대신 내놓은 방안에 대해 신기한 듯 고개까지 갸웃하며 왕덕태와 시선을 마주치기도 했다.

"시 사령 부대가 산 속에 주둔하며 정비할 때 결코 혁명군중들을 데리고 다니지 않습니다. 근거지는 어쨌든 해산하고, 군중 모두를 산 밖으로 내보내야 합니다. 그리고 부대가 주둔하는 곳은 사실상 근거지가 아닙니다. 병영입니다. 병영은 쉽게 찾아낼 수 없도록 훨씬 더 깊은 산속에 비밀스럽게 만들어야 합니다."

유한흥이 소개한 시 사령 부대 비밀병영(秘密兵營) 이야기는 주명의 보고서에서뿐만 아니라 그 후 위증민이 '풍강(馮康)'이라는 별명으로 중국공산당 코민테른 대표단에 보낸 보고서에도 나온다. 비밀병영은 대원들이 휴식하면서 지낼 수 있는 근거지 시절의 숙소 비슷한 막사와 부상자들만 모아서 병을 치료하는 병원 막사뿐만 아니라 고장 난 총기류들을 수리하고 심지어 탄약과 폭탄도 제조할 수 있는 병기공장까지 설치된 경우도 있었다고 한다.

이것이 중국공산당이 이끌던 만주 항일혁명군에서 가장 처음 사용되기 시작했던 '밀영(密營, 비밀군영)'의 유래이기도 하다. 보고서에 나오는 '시 사령'은 바로 시세영이었다. 2군 참모장이 되어 동만으로 오기 직전까지 줄곧 시세영의 참모장으로 영안 지방에서 활동했던 유한흥은 직접 밀영 건설에도 참가하여 잘 알고 있었다.

"일단 밀영은 근거지의 축소판으로 보아도 됩니다. 밀영에 병원과 병기공장도 만들고 또 전사들이 겨울과 여름에 입을 군복을 지을 옷공장도 만들 수 있습니다. 다만 근거지처럼 군과 민이 함께 사용하면 안 됩니다. 적들에게 알려지지 않도록 비밀 보장이 절대적이기 때문입니다."

유한흥은 이미 왕덕태와 이학충에게 근거지를 해산하면 더 깊고 은밀한 산속에 밀영을 건설하는 방법으로 전투 부대를 지탱해야 한다고 설명했다.

2. 원정 문제

이처럼 요영구회의에서 근거지 해산 문제로 사수론사늘과 해산론자들이 언성을 높여가면서 대치할 때, 관할 경내의 근거지들이 모조리 파괴당하다시피 한 중국공산당 훈춘현위원회의 생존자 10여 명이 서기 왕윤성의 인솔로 왕청 경내에 이미 들어와 있었다. 훈춘에서 가장 규모가 크고 면적도 넓었던 대황구근거지가 파괴될 때 사람들을 모두 해산시켰으나 죽든 살든 근거지와 함께 하겠다는 일부는 왕윤성 일행을 따라 왕청현 금창까지 왔다. 금창에서도 굶어죽는 사람들이 속출해 그 지역 사람들조차 각자 살길을 찾아 바삐 떠나는 상황이었다. 왕윤성이 이들을 어찌 처리해야 좋을지 몰라 고민하고 있을 때 종자운이 슬며시 권했다.

"나자구로 이사 가게 합시다. 제가 나자구 구위에 연락하겠습니다."

종자운은 이때 일을 이렇게 회고한다.

"위증민에게도 알리지 않고 나 혼자 마음을 정해서 왕윤성을 도와주었다. 나자구 주변에는 여러 갈래의 반일군이 많았기 때문에 적들이 쉽게 토벌하러 오지 못했다. 우리 기층 당 조직들이 든든하게 살아서 활동했는데, 난 지금도 그 동네 이름들을 모조리 기억하고 있다. 삼도하자, 하동, 태평구, 신춘자 그리고 노무주거우도 그때 모두 나자구 구위원회의 지도를 받았다. 요영구회의 직후 나는 나자구 구위원회 서기로 임명되었는데, 위증민이 처음에는 왕윤성을 임명하려 했으나 왕윤성은 이를 극구 사양하고 나를 대신 추천했다."[5]

그러나 왕윤성을 나자구 구위원회 서기로 임명하려 했다는 말은 별로 신빙성이 없다. 당시 왕윤성은 거의 해산된 훈춘현위원회 서기직 외에도 훈춘유격대의

---

5 취재, 종자운(鍾子雲) 중국인, 항일연군 생존자, 취재지 북경, 1991~1992.

기간인 제2군 독립사(사단) 산하 제4연대 정치위원직도 겸했기 때문이다. 현위원회 서기가 연대 정치위원직을 겸한 경우는 왕윤성 외에도 화룡유격대 제2연대 정치위원 조아범이 있었다.

"내가 보기에는 특위 기관부터 빨리 왕청을 떠나야 합니다."

왕윤성은 회의 사회를 보던 위증민과 왕덕태에게 대놓고 권고했다.

"동만 내 근거지를 당장 모두 해산하는 것에는 무리가 따르니 김성주 동무 이야기처럼 남만과 북만 가까운 곳에 지탱점을 두는 게 어떻습니까. 우리 부대가 주둔할 수도 있고 쉬면서 정비할 만한 근거지 비슷한 형태로 한두 곳 남겨두는 것이 좋겠습니다. 적 통치구역과 멀리 떨어질수록 좋고, 교통도 불편하여 적들이 쉽게 접근하기 어려운 곳이면 좋을 것입니다. 특위 기관도 바로 그런 곳에 주숙처를 정해야 하지 않겠습니까."

왕윤성의 제안에 이광림도 수긍했다.

"북만 쪽에서는 아무래도 나자구가 적격이겠습니다."

이때 이광림은 나자구 지방에서 활동하던 부현명 구국군을 이미 장악했기 때문에 동만특위 기관이 왕청을 떠나 나자구 쪽으로 이동하는 데는 대찬성이었다. 근거지 사수론자들 역시 이미 부대를 두 갈래로 나누어 남만과 북만 쪽으로 접근해야 하는 상황이었기에, 회의가 끝나고 부대가 움직이기 시작하면 바로 왕청 근거지는 해산해야 하는 현실을 받아들일 수밖에 없었다.

"그러면 남만 쪽에는 쓸 만한 근거지가 있나요?"

주명이 묻자 왕덕태가 대답했다.

"안도와 화룡 접경지대 사이에 있는 처창즈근거지가 아주 좋습니다. 작년 말부터 삼도만과 오도양차 지역 군중들도 모두 처창즈 쪽으로 이동하기 시작했는데, 지금쯤 그쪽 인원도 1,000명은 넘나들 것입니다."

"그럼 역시 먹고 살기는 만만치 않겠구먼."

주명은 처창즈 사정을 아주 자세하게 캐물었다.

"그쪽 적정은 어떠하오? 적 통치구와의 거리가 얼마나 되오? 근거지를 지키는 우리 군대 병력은 어떠합니까?"

유한흥이 왕덕태를 대신하여 설명했다.

"처창즈에는 화룡과 안도 접경지대에 있어 '화안촌'이나 '목란툰'으로 불리는 자그마한 동네 하나가 있습니다. 지리적으로도 연길연대(제1연대)와 화룡연대(제2연대) 활동 지역입니다. 때문에 이번에 원정부대를 두 갈래로 나눈다면 자연스럽게 제1연대와 2연대는 처창즈를 거쳐 남만 쪽으로 원정하는 것이 가장 좋은 지름길이 될 것입니다. 북만 쪽은 북만과 가까운 왕청과 훈춘 부대들로 원정 대오를 조직하는 것이 좋겠습니다."

회의 참가자 10여 명은 유한흥이 직접 만든 지도 앞으로 몰려들었고, 붉은색 연필로 여기저기 그려놓은 동그라미 옆에 쓰여진 낯익은 지명들을 읽으며 감탄해 마지않았다.

주명이 다시 물었다.

"아까 삼도만과 오도양차의 항일 군중들은 이미 처창즈 쪽으로 이동해 갔다고 했지요?"

"네."

"그러면 지금 남은 것은 바로 여기 왕청뿐 아니오?"

"제가 알기로는 왕청 쪽에서도 작년 여름부터 토벌대가 들이닥치는 바람에 적지 않은 주민들이 삼도만 쪽으로 해서 처창즈로 이사 갔습니다. 모두 여기저기 흩어져버려 현재는 자세한 상황을 파악하기 어렵습니다."

유한흥이 이렇게 대답할 때 갑자기 이광림의 한숨 소리가 들려왔다.

"빨리 왕청근거지를 해산하고, 적 통치구로 가고 싶어 하지 않는 항일 군중들은 나자구 쪽으로 이사시킵시다."

이쯤에 이르자 이광림도 더는 근거지 사수를 고집할 수 없었다. 대흥왜에 이어 이곳 요영구에서도 이 회의를 마치면 특위 기관과 제2군 지휘부 모두 바로 이동하지 않으면 안 된다는 사실을 누구보다도 잘 알고 있기 때문이었다.

3. 만주군 조옥새 중대의 반란

회의가 끝나갈 무렵에 있었던 일이다.

후국충이 보내 왕윤성을 찾아왔던 훈춘현위원회 통신원 황정해(黃正海)[6]가 대흥왜를 들렀다가 하마터면 일본군 토벌대와 마주칠 뻔했다. 매우 총명하고 영리한 황정해는 동만 지방 유격근거지들에서 그 이름을 대면 모르는 사람이 없을 정도로 유명한 소년이었다. 대황구근거지 아동단 단장이 된 열세 살 때 만주군 병사 3명을 생포하여 어른들을 깜짝 놀라게 하기도 했는데, 그때 빼앗은 장총

6　황정해(黃正海, 1917-1941년) 중국 길림성 혼춘현에서 독립운동가 황병길(黃炳吉)의 1남 3녀 중 막내로 태어났다. 어려서 부모를 잃고 누나 손에 자랐다. 연통라자의 한인소학교를 졸업하고 대황구 삼일학교(三一學校) 보습반에서 공부했다. 1931년 아동단 단장, 1932년 중국공산주의청년단 단원으로 중국공산당 동만특별위원회와 훈춘현위원회 통신원이 되었으며, 1933년에는 유격대 보급 활동을 했다. 1934년 3월 일본군에 포로로 잡혔으나 탈출하여 항일 유격근거지인 남구(南溝)밀영으로 돌아가 항일유격 대원이 되었다. 1935년 2월 중국공산당 당원으로 동북인민혁명군 제2군 4연대 3대대 4중대 4소대에 소속되었고, 이후 동북인민혁명군 제2군 북만 원정대원으로 영안과 액목 지역으로 이동하여 액목현성전투에 참전했다. 1937년 동북항일연군 제1로군 경위여단 소대장과 제2군 교도연대 2중대 기관총소대 소대장으로 활약했다. 1938년 두구자전투와 대문지구전투, 1939년 길림성 돈화현 대포시하공격전투, 한총령전투 등에 참전했다. 한총령전투에서는 일본군 토벌대 사령관 마츠시타(松下)를 사살하는 공적을 세웠다. 1940년 제1로군 사령부 기관총소대 소대장으로 활약했다. 1941년 유격대 식량 주단을 위해 ○○을 나갔다가 ○에 물려 사망했다.

세 자루를 후국충에게 헌납하고 대신 외제 모젤권총 한 자루를 얻었다고 한다. 탄알을 한 번에 20발씩 장전하는 그 권총은 어린 소년의 팔 힘으로는 사격하기 버거운 무게였으나 불과 1년도 되지 않는 사이에 어느덧 백발백중의 명사수가 되었다. 이듬해인 1932년 공청단에 가입한 황정해는 아동단장을 그만두고 훈춘현위원회 통신원이 되어 동만특위로 심부름을 다녔다. 때문에 특위 기관에선 황정해를 아는 사람이 꽤 많았고, 왕윤성도 그때 이미 황정해를 알고 있었다.

왕윤성이 훈춘현위원회 서기로 임명되어 갔을 때도 황정해는 한동안 그의 심부름을 다니다가 훈춘현위원회가 왕청으로 이동하자 후국충의 제4중대에 남았다. 김성주는 회고록에서 "황정해는 자기를 찾아왔다."(『세기와 더불어』 제4권)면서 그때 훈춘현 대황구에 주둔하던 만주군 한 중대를 귀순시킨 일을 자기가 직접 책임지고 지도한 것처럼 이야기한다. 그러나 이는 사실과 전혀 다르다.

회고록에서는 당시 훈춘 제4연대로 귀순했던 만주군 중대가 어느 부대 소속인지, 중대장 이름은 무엇인지 밝히지 않았다. 다만 "나는 황정해에게 구체적인 임무를 주어 대황구로 돌려보냈다. 황정해는 그 중사와 다시금 연계를 맺고 만주군 중대를 통째로 반란시키기 위한 공작을 했다."고 능청스럽게 써두었다. 실제로는 어떠했던가?

중국 정부 측에서 편집한 『동북지구혁명역사문건휘집』의 여러 자료에도 잘 나타나 있듯이 일명 "만주군 조옥새(趙玉璽) 중대 반란사건"으로 불리는 이 귀순은 훈춘현위원회 서기 겸 제4연대 정치위원 왕윤성의 지도로, 제4연대 참모장에 임명된 지 얼마 안 된 후국충이 직접 만주군 병영에 찾아가 침이 마르도록 병사들을 설득하여 성사시킨 것이었다.

디구니 중대장 조옥새는 한때 후국충의 병사였다. 후국충은 1931년 9·18 만주사변 직후였던 10월에 훈춘 주둔 동북군 보병 제27여단 산하 678연대 2대대

3중대 1소대장으로서 소대 전원을 데리고 탈출하여 '사계호(四季好)[7]'라는 깃발을 내걸고 훈춘현의 이도구와 삼도구 일대를 차지한 적이 있었다. 후에 후국충이 훈춘현위원회에서 파견한 오빈, 주운광 등에게 설득되자, 옛 부하 조옥새는 왕옥진을 따라 만주군으로 편성되었다. 그러나 왕옥진은 일본군에게 투항한 후 과거 자기 부대를 다 버리다시피 하고 고향인 훈춘현 동흥진으로 돌아가 버렸다. 일본군은 왕옥진의 옛 부대에서 소란이 일어날까 염려하여 열하성 승덕에서 새로 온 만주군 부대와 합쳐 여러 지방으로 흩어지게 만들었다.

대황구에 주둔하던 조옥새 중대에도 만주군 한 소대가 와서 새로 합류했는데, 소대장은 김정호로 조선인 청년이었다. 해방 후 대황구에서 살았던 중국인 노인들의 회고에 의하면, 조옥새 중대를 감시하던 꼬리빵즈 소대장이 있었는데, 이 소대장은 만주군 군복이 아닌 일본군 군복을 입고 다녔다고 한다. 소대 병사도 모두 조선인이었다고 한다. 또 어떤 사람은 김정호가 중국말과 일본말을 무척 잘했고, 봉천군관학교[8]를 나온 사람이라고도 했다. 왕옥진의 옛 부하들이 혹

---

7 사계호(四季好)는 왕옥진의 구국군이 일본군에 투항하자 후국충이 부하들을 데리고 따로 갈라져 나와 훈춘 지방에서 한동안 마적으로 지낼 때 들고 다녔던 깃발 명칭이다.

8 만주국이 1932년에 세운 사관학교로, 본래 명칭은 '만주군 중앙육군훈련처'였으나 봉천(奉天, 현재 심양)에 있어 봉천군관학교로 불렸다. 조선인은 4기부터 입교할 수 있었는데, 3기에도 김정호라는 조선인 학생이 있었다. 그는 1935년 5월 훈춘현 대황구에서 유격대에 사살된 조선인 출신 만주군 소대장 김정호와는 동명이인일 가능성이 크다. 봉천군관학교 출신(군수학교 졸업생 포함) 조선인으로는 김정호 외에도 4기 강재호, 김응조 등 7명, 5기 정일권, 김백일, 김석범, 김일환, 신현준 등 18명, 6기 양국진, 최남근, 박승환 등 7명, 7기 최철근 1명, 8기 석주암 등 3명, 9기 백선엽, 윤수현 등 2명으로 총 39명 정도다.
이 만주국 봉천군관학교와 관련한 조사를 하던 중 중국 요령성 당안관(문서고)의 한 연구원은 필자에게 이렇게 말했다.
"1933년 4월에 일본 동경에서 홍(洪) 씨 성의 한 조선인 교관이 봉천군관학교 총간사장 겸 교육대대장으로 파견되어 왔는데, 그가 입학자격을 일본계, 몽골계, 만주계로 제한했던 당시 규정을 뜯어고쳐 현역으로 만주국군에 들어와 있던 조선인 사병들이 장교가 될 수 있게 문호를 개방했다."
그러면서 증거로 당시 봉천군관학교의 학생모집 공고를 보여주었다. 공고에는 모집 대상에 조선계도 포함한다는 내용이 쓰여 있었다. 그 홍 씨 성의 교관은 홍사익(洪思翊, 1887-1946년)이다. 홍사

시라도 반란을 일으킬까 봐 일본군이 그들을 감시하기 위한 방편 중 하나였다.

후국충이 몰래 조옥새와 만나 반란을 의논할 때 조옥새는 다른 부하들은 문제없으나 김정호가 데리고 온 꼬리빵즈 소대가 말을 들을 것 같지 않다고 하소연했다.

"그럼 김정호만 없애버리면 되지 않겠나?"

"그러면 좋겠지만 쉽진 않을 것입니다. 나도 여러 번 기회를 노렸지만 이 꼬리빵즈 소대장이 워낙 의심이 많아 여간해서는 혼자 밖으로 나오는 일이 없는 데다 소대 전원이 중대장인 내 말은 개방귀처럼 여기고 오로지 이자의 명령에만 무작정 복종하니 말입니다."

"그러면 그자뿐만 아니라 그자의 소대까지 모조리 없애 버리면 될 것 아니겠나."

후국충이 별로 어렵지 않다는 듯 말했다.

"아, 그렇게만 해주신다면 정말 좋겠습니다."

조옥새는 무척 기뻐하면서 후국충과 함께 거사 날짜와 시간까지 약속하고 먼저 돌아갔다. 그런데 후국충과 조옥새 사이에서 몇 번 심부름했던 황정해가 이 내막을 알게 되었다.

"악질분자 김정호 하나를 처단하는 것은 동의하지만, 소대 전원을 소멸하는 것엔 동의할 수 없습니다. 김정호 소대 대원은 모두 조선 사람이라는데, 제가 직접 찾아가 만나보고 우리 유격대로 건너오라고 설득해보겠습니다."

익은 대한제국과 일제강점기 일본 군인이며 일본군 육군중장까지 지냈던 인물이다. 2차세계대전이 끝난 후 필리핀 마닐라 국제군사재판에서 전범으로 처형되었다. 홍사익은 만주사변 직후 만주로 파견되어 중앙육군훈련처에 교관 겸 실무 담당 총간사장으로 부임했다. 후에 관동군사령부 참모부 제3과장을 지냈다. 그는 새로운 곳에 부임할 때마다 언제나 일본말과 조선말로 두 번 취임인사를 했다고 한다. 자신은 조선인이지만 지금부터 천황폐하의 명령으로 지휘권을 가지니, 이의가 있거나 불복하겠다는 자가 있으면 나오라는 내용이었다. 즉 자신이 조선인임을 숨기지 않았다는 것이다.

황정해는 후국충이 말리는 것도 마다하고 직접 김정호를 만나러 갔다. 그러나 김정호가 황정해의 말을 들을 리 없었다. 황정해는 김정호에게 잡혀 소대 주둔지에 묶여 있었는데, 밤에 김정호의 부하 하나가 몰래 와서 포승줄을 풀어주었다.

"얘야, 어서 도망가거라. 내일 날이 밝으면 소대장이 너를 죽이겠다고 하더구나."

황정해는 그에게 말했다.

"형님, 나는 형님네가 모두 조선 사람인 걸 알고 구하려고 찾아왔는데, 소대장은 인정사정없는 작자더군요. 이제 며칠 지나면 여기 사람들 모두 죽게 됩니다. 그러니 형님이라도 나와 함께 우리 유격대로 가서 살고 보아야 합니다."

"얘야, 그런 허풍은 그만 떨고 너나 어서 도망가거라."

"그러지 말고 제 말을 믿으세요. 여기 훈춘에서 '사계호'라면 모르는 사람이 없는 유명한 마적두목이 우리 유격대 대장입니다. 형님네 소대가 아무리 전투력이 강해도 정작 싸움이 붙으면 결코 우리 유격대를 당하지 못할 것입니다. 여기 중대 병사들이 전에는 모두 우리 대장 부하들이었습니다. 그러니 형님도 죽지 않고 살고 싶으면 나를 따라오세요."

황정해가 하도 끈질기게 설득하니 그 조선인 출신 만주군 병사는 마침내 황정해를 따라 유격대로 오고 말았다. 이렇게 되어 김정호의 꼬리빵즈 소대를 섬멸시키겠다고 주장하던 후국충의 주장에 제동이 걸리게 되었다.

황정해와 함께 온 병사는 자기 소대장 김정호는 절대 투항하지 않겠지만 대원들은 유격대로 투항할 수 있다고 말했다.

"우린 열하성에서 줄곧 중국인 반일부대들과 싸우다가 이곳으로 왔는데, 여기 와보니 공산당 유격대에 우리와 같은 조선인이 이렇게 많은 줄 몰랐습니다.

유격대의 조선인들이 모두 독립군 후예들이라고 하니 같은 조선인으로서 내 나라를 찾겠다고 싸우는 유격대에 가입하는 것이 만주국 군대에 있는 것보다 훨씬 더 보람 있다고 생각합니다. 잘만 설득하면 아마 모두 넘어올 것입니다."

황정해는 그를 데리고 유격대로 오면서 훈춘유격대가 비록 공산당 부대이긴 하지만 한때는 독립군이었던 사람들이 적지 않다는 사실을 자세하게 이야기해 주었다. 특히 황정해가 바로 1920년대 훈춘 지방에서 '훈춘호랑이'로 이름 날렸던 독립군 황병길[9]의 아들인 걸 알게 되었을 때 그는 무척 놀랐다.

"소대장이 너를 죽이겠다며 묶을 때, 왜 바로 황병길 선생의 아들이라고 말하지 않았더냐. 그러면 소대장도 감히 너를 그렇게까지는 대하지 못했을 것이다."

이 말을 듣고 나서 황정해는 후국충의 계획을 돌려세우기 위해 당시 4연대 1중대 당 지부서기였던 안길[10]과 최봉률에게 요청했다.

---

9 황병길(黃炳吉, 1883-1919년) '훈춘호랑이'로 알려진 훈춘 지역 독립운동의 상징적 인물이다. 함경북도 경원군 경원면 송천동의 한 농가에서 태어났으며, 안중근과 단지동맹(斷指同盟)을 맺었던 인물 중 하나이다. 1905년 러일전쟁 후 노령으로 망명하여 이범윤(李範允)이 조직한 산포대(山砲隊)에서 안중근, 엄인섭 등과 항일전투에 참가했다. 최재형(崔在亨), 안중근과 함께 국내로 들어와 함경도 회령, 부령, 종성, 온성 등에서 일본군과 싸웠으나, 무기가 부족해 뜻을 이루지 못하고 블라디보스토크로 망명했다. 1909년 안중근, 김기열(金基烈), 백낙길(白樂吉), 박근식(朴根植) 등 12명은 결사대를 조직하고 5적(五賊)과 일본 무단파를 모두 암살할 것을 맹세하며 왼손 무명지를 잘랐다. 태극기에 '大韓獨立(대한독립)'이라 혈서하고 단지동맹을 맺었다. 이후 훈춘 지방을 근거로 동북 만주에서 안중근, 최재형 등과 함께 무장 항일투쟁을 했으며, 애국청년 200여 명을 모집하여 훈춘현 사도구(四道溝)를 본거지로 항일전에 대비한 군사훈련을 실시하는 한편 교민 계몽과 민족 단결에 노력했다. 김관식(金觀植), 윤동철(尹東喆), 한수현(韓秀鉉), 한인준(韓仁俊), 오종범(吳宗範) 등 기독교 인사들과 한민회(韓民會)를 조직해 회장에 취임했고, 김경희(金庚熙)의 물심양면 도움으로 독립군 양성에 주력했다. 1919년 12월 북로군정서(北路軍政署)와 통합하고 모연대장(募捐隊長)에 취임하여 동지 규합과 군자금 모금에 진력하다가 청산리전투 후 일본군과 싸우다 전사했다. 1963년 건국훈장 독립장이 추서되었다. 황정해는 바로 황병길의 1남 3녀 중 막내아들이다.

10 안길(安吉, 1907-1947년) 함경북도 경원군(새별군)에서 출생했다. 1926년 용정 대성학원에 입학하였으나 3년 만에 중퇴하고 해성학교에서 교원 생활을 하였다. 1927년 조선공산당 만주총국에 입당했다. 1931 1932년 추수, 춘황투쟁에 참가했고, 1932년 중국공산당에 입당했다. 1934년부터 항일 무장투쟁에 참가하여 동북인민혁명군 2군 4연대(훈춘연대)에서 중대 당 시부서기를 거쳐 연대 정치부주임 등을 맡았다. 1937년에는 제1로군 3방면군 산하 제14단 정치부주임과 3방면군 참모장을

"후 중대장도 당원이니 당 지부 결정을 듣지 않을 수 없을 거예요. 내가 다시 찾아가 김정호를 설득하겠으니 아저씨가 잠깐만 후 중대장을 막아주세요."

안길과 최봉률은 황정해의 말을 듣고 직접 후국충을 찾아갔다.

"말도 되지 않는 소리요. 김정호는 우리 유격대라면 눈에 쌍심지를 켜고 달려드는 악질분자인데, 정해가 무슨 수로 그를 설득해낸답니까?"

후국충은 단박에 거절했다.

"정해야. 후 중대장이 고집부리니 어쩔 수 없구나. 우리가 이렇게 우물쭈물하는 사이에 김정호가 눈치 채고 먼저 조옥새를 제압하면 일이 다 틀어져 버릴 수도 있겠다."

"김정호의 부하들이 모두 김정호를 믿고 따른다고 하지 않습니까. 만약 후 중대장이 김정호를 죽여 버리면 그의 부하들이 우리한테로 오려고 하겠어요?"

"그러니 후 중대장이 소대를 모조리 없애겠다는 것이 아니겠느냐."

"그래서는 안 된다는 거잖아요."

황정해는 그길로 다시 후국충에게 달려가서 말했다.

"제가 마영 동지한테 가서 보고하고 최종 의견을 받아올 테니, 후 중대장께서는 이틀만 더 기다려주세요."

후국충은 기가 막혀 황정해를 나무랐다.

"이 자식아. 네가 고집쟁이라는 건 나도 잘 알지만 이 정도일 줄은 몰랐다. 회의하러 간 마영 동지를 어디 가서 찾는단 말이냐."

"마영 동지가 어디 있는지 제가 알아요."

역임하였다. 광복 이후 김일성과 함께 북한으로 돌아가 조선공산당 지방조직 건설에 참여하였으며, 조선공산당 북조선분국 위원, 평안남도당 책임비서를 역임하였다. 1946년 7월 보안간부훈련대 대부의 온상인 평양학원 창설 당시 원장으로 취임하였다. 9월에는 보안간부훈련대부 참모장을 지냈고, 북한군 총참모장으로 내정되었으나 1947년 12월 31일 병으로 사망하였다.

"그럼 좋다. 내가 이틀만 더 기다려주마."

후국충이 마침내 동의하자 안길도 황정해를 도와 한마디 더 했다.

"후 중대장. 이번 일은 도리상으로도 정치위원인 마영 동지에게 보고하고 그분의 최종 의견을 듣는 것이 순리입니다. 정해가 현위원회 통신원으로 왕청에 자주 다녀 지리에 익숙하니 아마도 이틀이면 넉넉하게 소식을 가지고 돌아올 것입니다."

후국충은 황정해에게 자기 말을 타고 가라고 주면서 다짐까지 두었다.

"정해야. 분명히 약속했다. 딱 이틀만 더 기다리고 있으마."

4. 3연대에서 고립당하다

황정해는 정신없이 대흥왜로 달려갔으나 이때 일주일 동안 진행되었던 대흥왜회의가 이미 끝난 뒤였다. 훈춘현위원회 서기 겸 제4연대 정치위원 왕윤성은 동만특위 및 제2군 독립사 주요 관계자들과 함께 요영구로 이동하여 이른바 '요영구회의'로 불리는 제2군 독립사단 정치위원 연석회의에 참가 중이었다.

이 회의에서 유격구 사수론자였던 이광림의 주장이 끝내 먹혀들지 못할 무렵, 황정해가 불쑥 나타나 왕윤성을 찾았다.

"마 정위, 큰일 났습니다."

대흥왜에서 하마터면 토벌대에 붙잡힐 뻔했던 황정해는 대흥왜 주변 산속에서 근거지 주민들을 요영구 쪽으로 이동시키던 특위 교통참(연락소) 일꾼을 만나 그의 도움으로 토벌대의 추격을 따돌리고 가까스로 요영구까지 뛰어온 것이다. 황정해가 타고 온 말은 그가 대신 타고 토벌대를 다른 방향으로 끌고 달아났는데 생사를 알 수 없었다.

"무슨 일인데 이리도 두려워하느냐? 대황구에서 오는 길이냐?"

"대황구 문제가 아니고, 최봉문이 변절했습니다."

대흥왜에 토벌대를 달고 나타난 사람이 바로 최봉문[11]이었기 때문이다.

최봉문과 만난 적 있는 황정해는 그가 변절한 것 같다는 교통참 일꾼 말을 듣고 이를 확인하기 위해 대흥왜 산막들을 찾아 불을 지르며 다니는 토벌대 근처까지 접근했다가 최봉문과 정면에서 마주친 것이다.

도수 높은 안경을 쓴 최봉문이 견장 없는 일본군 솜외투를 얻어 입은 모습을 본 순간, 황정해는 어찌나 놀라고 흥분했던지 부리나케 권총을 뽑아들고 연거푸 여러 발 쏘았으나 손이 너무 떨려서 명중시키지 못했다고 한다.

"참, 네가 최봉문과는 서로 아는 사이겠구나."

"그럼요. 최봉문이 대황구에 왔다간 적 있었잖아요. 그때 내가 길 안내를 섰습니다."

왕윤성은 몹시 놀라 황정해를 데리고 회의 중인 막사 안으로 들어가 위증민과 왕덕태에게 말했다.

"최봉문이 변절했다는군요."

이어서 황정해가 대흥왜에서 겪은 일을 이야기하자 모두 대경실색했다.

왕청현 공청단 서기였던 최봉문은 바로 얼마 전 대흥왜회의에도 참가했을 뿐만 아니라 회의가 끝난 후에는 특별히 이광림에게 작년 여름 토벌 때 돈화 쪽으로 피신했다가 지금까지 연락이 되지 않는 사촌여동생 김정순을 찾아달라는 부탁을 받기도 했다.

---

11 1934년경에 한동안 왕청현 공청단 서기였던 최봉문(崔奉文)은 1945년 광복 이후 왕청 나자구 지방에서 토비가 되었다가 연변군분구 토비 숙청부대에 붙잡혀 처형되었다.

"큰일났군요. 서둘러 회의를 끝내야 할 것 같습니다."

이광림은 자신이 먼저 가서 특위 기관이 자리 잡을 수분대전자(나자구)근거지 경호 문제를 점검하겠다고 나섰다. 그리고 주변 구국군 부대들과 마찰이 생겼을 때 이 문제를 책임지고 처리할 전문 부서를 만들고 책임자로 훈춘 출신 신임 공청단 특위서기 주수동(周树東)을 임명했다.

그리하여 회의가 끝나기 바쁘게 이광림이 주수동과 종자운을 데리고 먼저 나자구로 떠났고, 참모장 유한흥은 북만으로 원정할 부대를 점검하기 위하여 왕윤성과 신임 3연대 연대장 방진성(方振聲)과 정치위원 김성주를 따로 불러 행군 방안을 의논했다.

"원정에 참가할 3연대 선발대는 모두 왕청에 있으니 내가 직접 데리고 여기서 출발하겠지만 4연대는 어떻게 할 겁니까? 만약 빨리 연락되어 기간부대가 탕수허즈나 아니면 금창 쪽으로 이동할 수 있다면 우리가 며칠 더 묵으며 부대를 정비해 4연대와 함께 떠날 수 있습니다."

왕윤성은 유한흥에게 말했다.

"지금 후국충이 대황구에서 전에 자신의 부하였던 만주군 한 중대를 우리 혁명군으로 귀순시키려고 일을 벌이는 중인데, 아직 결과를 모르오. 그러니 내가 빨리 대황구에 돌아가 봐야 하오."

왕윤성이 이때 비로소 황정해에게 들은 일을 자세하게 이야기해 주었다. 후국충이 이틀만 더 기다려주겠다고 약속했다는 말이 나왔을 때 김성주가 깜짝 놀라 황정해에게 물었다.

"얘 정해야, 오늘이 며칠째냐?"

"사흘째예요. 아마 지금쯤은 만주군 조선인 소대가 다 죽었을 거예요."

황정해는 울상이 되어 대답했다.

훈춘현위원회 통신원으로 있을 때 왕청에 자주 들락거리면서 김성주와 얼굴을 익혔던 황정해는 김성주를 무척 좋아했다. 사석에서 김성주를 형님이라고 부를 때도 있었다. 온통 조선인들 세상인 왕청유격대에 새파랗게 젊은 조선 청년이 정치위원으로 있다는 사실은 이미 이태 전부터 백전태와 오빈 등을 통해 훈춘유격대 쪽에도 널리 알려져 있었다. 실제로 훈춘유격대에는 1933년 9월의 동녕현성전투에 참가했던 대원이 여럿 있어서 오빈과 함께 직접 작탄을 들고 서산포대로 돌진했던 김성주를 기억하는 사람들이 있었다.

"아니, 당 지부회의에서 만주군 조선인 소대를 섬멸하지 말고 설득하여 다른 만주군 병사들과 함께 전부 귀순시키기로 결정했다면, 후 사령도 당의 결정에 따라야 하는 것 아닙니까. 어떻게 이럴 수 있단 말입니까."

너무 안타까워 어쩔 줄 몰라 하는 김성주에게 왕윤성이 말했다.

"성주, 너무 비관하지 마오."

"한 소대나 되는 조선 사람을 모조리 죽이겠다는 것 아닙니까."

김성주와 왕윤성이 중국말로 주고받다 보니 곁에 있던 방진성도 자세한 내막을 알게 되었다. 그는 한동안 잠잠히 말이 없다가 김성주가 여느 때 없이 과격하게 반응하자 그만 참지 못하고 한마디 참견한 것이 큰 사단을 일으키고 말았다.

"김 정위, 사상에 문제가 될 만한 소리는 함부로 내뱉지 마시오."

가뜩이나 화가 나 있던 김성주가 방진성을 노려보았다.

"문제라니요? 무슨 말씀인가요?"

"후 사령이 죽이겠다는 그 꼬리빵즈 소대는 왜놈 앞잡이잖소. 아무리 김 정위와 같은 조선인이라지만 정확히 말하면 우리 적이란 말이오. 후 사령이 적을 소멸하겠다는데, 자기 활동 지역도 아닌 왕청에서 김 정위가 왜 그렇게 경우 없이 흥분하느냐 말이오."

조춘학을 대신해 3연대 연대장에 임명된 지 얼마 되지 않은 방진성은 3연대 조선인 대원 대다수가 김성주를 좋아할 뿐 아니라 그의 5중대에 배속되기 원하는 걸 알게 되어 내심 경계하지 않을 수 없었다.

김성주와 방진성의 관계를 보여주는 증언들이 있다. 종자운은 "대흥왜회의에서 '민생단 문제'로 논의할 때도 조아범과 방진성은 김일성이 문제가 있다고 계속 주장했다."고 회고했고, 해방 후 중국 길림성 교하탄광(較河煤礦)과 서란 광무국(舒蘭 礦務局)에서 왕윤성과 함께 근무했던 유동강(柳同江), 왕영길(王永吉), 이경백(李慶柏), 종희운(宗希雲) 등 이·퇴직 간부들도 비슷하면서도 조금씩 다른 내용의 기억들을 꺼내놓았다. 요약하면 다음과 같다.

1) 방진성과 김일성은 서로 멱살까지 잡고 싸웠다.
2) 방진성이 3연대를 몽땅 독차지하고 김일성에게는 아무런 군권(軍權, 군대의 실질 지휘 권한)을 주지 않았다.
3) 방진성은 김일성이 계속 문제 있다고 공격했기 때문에 김일성은 3연대를 떠나 4연대에서 왕윤성의 경위중대장 직을 맡았다.
4) 방진성은 행군 도중 3연대 내 조선인 대원들에게 폭행당하여 뒤통수가 터졌다.
5) 방진성은 얼굴이 곰보인 데다 말할 때마다 침방울이 튀어 모두 그를 싫어했다.
6) 방진성은 조선인 간부 가운데 유독 최춘국과 사이가 좋았다.
7) 영안에 도착한 뒤 방진성은 주보중에게 호되게 비판받았다.

방진성에게 얼마나 원한이 깊었던지 김성주는 반세기도 훨씬 넘는 세월이 흐른 뒤에도 방진성을 잊지 않고 있었다. 그는 회고록에서 방진성이 변절했다고 매도한다. 그러나 이 역시 사실과 맞지 않는다. 방진성의 출생년도는 비록 알 수 없지만 김성주와 멱살을 잡을 정도라는 말이 나돌았다면 둘의 나이는 비슷했을 가능성이 높다. 영안에 도착한 후에도 주보중, 시세영 등 5군 주요 지도자들과 만난 자리에서 방진성은 김성주의 사상성에 문제 있다는 식으로 험담을 늘어놓다가 많은 사람의 반감을 사게 되었다.

시간을 앞으로 진전시켜보면, 해방 후 길림성 교하탄광에 배치돼 왕윤성 밑에서 채광대장(採鑛隊長)을 맡았다가 부광장(副礦長)을 거쳐 문화대혁명 기간에는 중국공산당 중앙위원까지 되었던 종희운은 원래 연변 사람이었다. 한때 노두구 탄광(老頭溝煤礦)에서도 일한 적 있었고, 1988년에 필자와 인터뷰할 때는 길림성 지방탄광 공업공사 고문이었다. 종희운의 말이다.

"북조선 김일성이 사실은 마영의 경위중대장이었다."

현재 추론 가능한 것은 방진성이 3연대 군권을 틀어쥐고 있었고, 그와 김성주 사이가 무척 나빴기 때문에 북만으로 이동할 때 김성주는 왕윤성 부대와 함께 행동했다는 사실이다.

여기서 이광림과 함께 먼저 나자구로 갔던 종자운 이야기를 잠깐 곁들이지 않을 수 없다. 왕청과 훈춘 쪽에서 이사 오는 근거지 주민들을 사도황구와 삼도하자 태평구 등 당 조직이 잘 건설된 마을들에 정착시키기 위해 정신없이 뛰어다니던 종자운이 사도황구에서 만주군 문성만(聞成萬, 문장인) 대대와 마찰이 생겨 하마터면 붙잡혀 처형당할 뻔한 일이 있었다.

먼저 나자구로 옮겨 특위 기관을 호위하기로 했던 부현명 부대가 이때 5군 명령을 받고 영안 쪽으로 갑작스럽게 이동해 부현명과 이광림이 남기고 간 경위부대는 겨우 3, 40여 명밖에 되지 않았다. 한 중대도 되나 마나 한 적은 대원으로 400여 명이나 되는 만주군 문성만 대대를 당해낼 수 없었다.

주수동은 주보중의 5군에 원병을 요청하러 달려갔고, 왕청 쪽으로는 종자운이 직접 달려왔는데, 연도에 식량을 나르던 일본군 트럭을 만나 뒷바퀴 축에 몰래 매달려가다가 들켜서 죽도록 얻어맞았다는 등 여러 가지 다른 이야기가 전해진다.

종자운은 공청단 목릉현위원회 서기로 활동할 때도 질주하는 열차에 훌쩍 매달려 올라타고 가다가 차표 검사를 할 때면 다시 열차에서 뛰어내렸다가 그 다음 차량에 다시 올라타기도 했다는 이야기도 전해진다. 한 번은 이광림이 직접 보는 데서 기차에 매달리는 재간을 뽐내다가 일본군 군용열차에 잘못 올라탄 적이 있었다고 한다. 어찌나 놀랐던지 후닥닥 다시 뛰어내리기는 했지만, 균형을 잃어버리는 바람에 땅바닥에 잘못 뒹굴어 온 얼굴이 묵사발이 됐다고 한다.

아무튼 종자운은 무척 날쌔고 용감했지만, 그가 유한흥 앞에 나타났을 때의 모습은 말이 아니었다.

"아니, 웬일이오? 무슨 일로 이렇게 직접 뛰어왔소?"

유한흥이 묻자 종자운은 급한 마음에 벌컥 화부터 냈다.

"참모장동무는 왜 아직도 여기서 이렇게 뭉개고 있느냐는 말입니다. 특위 기관이 나자구로 옮겨 갈 때 하루나 이틀 간격으로 부대도 바로 따라서기로 하지 않았습니까? 우리가 나자구에 도착한 지 나흘도 되지 않았는데, 만주군이 들이닥쳐 지금 사도황구를 쑥대밭으로 만들어놨습니다. 일단 특위 기관은 안전하게 피신했지만, 우리한테 부대가 없어서 그야말로 존망지추(存亡之秋, 생존과 죽음이 달린 아주 절박한 시기)의 위기입니다."

유한흥은 급히 방진성과 김성주를 불러 임무를 주었다.

"지금 당장 3연대가 가야겠소. 사도황구 쪽으로 토벌 나온 만주군 문성만 대대가 갑작스럽게 돌변한 데는 반드시 이유가 있을 것이오. 난 노흑산 쪽에서 정안군이 나자구로 들어오는 것이 아닐까 의심스럽소. 그러니 두 분은 부대를 두 갈래로 나누어 한 분은 직접 샤오중(종자운) 서기와 함께 사도황구로 가고, 다른 한 분은 탕수허즈 쪽으로 이동해 훈춘에서 오는 4연대와 합류한 뒤 계관라자 쪽으로 방향을 잡고 석두(石頭, 오늘의 왕청현 춘양진 경내 석두대대 부근) 주변 집단 부락들을 공격하면서 바로 노흑산으로 들어가는 길목을 차지하시오. 작년 나자구전투 때 노흑산으로 통하는 왕보만(汪堡灣)이라는 동네에 일본군이 병영을 건설한다는 정보가 있었지만 미처 확인하지 못했소. 만약 사실이라면 이번 원정길에서 우리는 제일 먼저 왕보만을 점령하지 않으면 안 되오."

이렇게 유한흥은 의도적으로 방진성과 김성주를 갈라놓았다.

5. 이광림, 김정순 그리고 한성희

종자운과 함께 바로 사도황구 쪽으로 떠났던 방진성은 3연대 주력부대를 모조리 데리고 갔는데, 특위 기관을 호위하여 먼저 출발한 이효석(李孝錫) 중대까지 합치면 방진성 부대는 이미 200여 명에 가까웠다. 김성주는 한흥권 중대 30여 명만 데리고 탕수허즈 쪽으로 이동하여 후국충과 왕윤성의 4연대와 합류했다. 왕윤성을 따라 금창 쪽으로 먼저 이동하게 되었을 때, 방진성과 함께 행동하게 된 제2중대 지도원 최춘국이 몰래 김성주를 찾아왔다.

"정위 동지, 유 참모장께 말씀드려서 저도 김 정위 곁에 남겠습니다."

최춘국이 이렇게 요청하자 곁에서 한흥권까지 나섰다.

"2중대도 모두 왕청 출신인데, 우리와 함께 가게 합시다."

하지만 김성주는 고개를 설레설레 저었다. 그는 최춘국만 조용한 곳으로 따로 불러 속삭이듯 말했다.

"춘국 동무. 그러잖아도 유한흥 동지가 나한테 2중대도 보내주겠다고 했지만 거절했소. 춘국 동무까지 나한테 오면 3연대는 방가한테 그냥 이대로 다 줘버리는 게 아니겠소? 난 방 가가 몹시 불안하오. 큰소리는 탕탕 잘 쳐대지만 내가 보기에는 허풍이 심하오. 강한 적들과 만나 조금이라도 좌절을 겪는다면 금방 낙담하여 무너져버릴지도 모를 작자요. 춘국 동무가 곁에 따라다니면서 이 부대가 망가지거나 흩어지는 일이 없도록 잘 틀어줘어야 하오. 그래서 춘국 동무는 계속 3연대 주력부대와 함께 행동해야 하오. 한시도 방 가 곁에서 떨어지지 말고 그가 우리 3연대를 잘못된 길로 이끄는 일이 생기지 않게 잘 감시하고 장악해주시오. 춘국 동무는 2중대 정치지도원과 3연대 당 지부위원도 겸하고 있지 않소. 때문에 방진성이 춘국 동무를 결코 가볍게 보지 못할 것이오."

김성주의 생각을 알게 된 최춘국은 동의하는 수밖에 없었다.

"저는 다만 정위 동지 주변에 대원들이 적어서 걱정됩니다."

최춘국이 계속 걱정하자 김성주가 웃으며 그를 안심시켰다.

"그건 걱정하지 마오. 금창에 도착하면 4연대에서 조선인 대원들만 뽑아서 나한테 보충해주기로 마영 동지께서 이미 약속해주셨소. 춘국 동무네는 나자구에 들러 가야 하고 우리는 바로 노흑산 쪽으로 접근할 것이니 어쩌면 우리가 훨씬 더 앞설 수도 있소. 그렇게 되면 내가 영안에서 춘국 동무네를 마중할지도 모르오."

3연대 주력부대의 행동이 더딜 수밖에 없었던 이유는 왕청에서 해산한 후 근거지 주민들을 이주시키고 있었기 때문이다. 먼저 살길 찾아 떠난 사람들은 대부분 가족 단위였고, 가족이 없는 노약자들과 어린아이들은 죽더라도 부대를 따라가겠다고 매달렸다. 벌써 반년 전에 돈화 쪽으로 피신했던 왕청근거지의 일부 주민들이 해산령이 내려졌는데도 가능하면 자기 고향에 돌아와 정착하려고 대홍왜까지 찾아왔다가 토벌대를 만나 산속 여기저기에 흩어져 있었다. 이들 가운데는 부녀자도 적지 않았는데, 그들의 남편이나 형제자매 중 하나라도 전투부대에 있으면 곧바로 그 부대에 배치되었다.

김정순이 들려준 이야기다.

"나는 오빠가 이미 죽었고 어머니도 오빠 때문에 왜놈들에게 잡혀가서 얼마나 많이 얻어맞았는지 귀까지 다 멀었다. 더구나 나까지 실종되는 바람에 어머니는 더는 왕청에서 살지 못하고 조선으로 들어가 외할머니집으로 피신했다. 근거지가 해산된다는 소식을 듣고 대홍왜로 돌아왔는데, 같이 왔던 언니들은 남편이 있는 부대나 오빠, 동생이 있는 고장으로 모두 배치되어 가고 나만 혼자 대홍왜의 산속에 남게 되었다."[12]

김정순은 대홍왜 산속에서 특위 기관과 함께 나자구로 이동하던 군부 경위부대와 만났다. 군부 부관 송창선(宋昌善, 손희석孫熙石)이 김정순을 알아보고 달려가 이광림에게 보고했다.

"광림 동무, 김은식 정위의 여동생을 찾았소."

이광림은 어찌나 반가웠던지 밤길을 달려 군부 경위부대가 주숙하던 동네로 직접 왔다. 김정순이 자고 있던 한 농가 앞에 도착한 이광림은 높은 목소리로 불렀다.

"정순아 정순아."

---

12 취재, 김백문(金伯文, 김정순) 조선인, 항일연군 생존자, 취재지 북경, 왕청, 1998, 2000~2001.

자다가 깬 김정순은 불쑥 문을 열고 들어서는 이광림을 어리둥절하여 쳐다보았다. 이광림도 한참 김정순의 얼굴을 뜯어보았다. 김정순이 열한 살 때 헤어진 뒤로 6년 만에 처음 만났기 때문이었다.

"정순아, 날 모르겠느냐?"

이광림은 북만에서 지내는 동안 중국말만 하고 다녔기 때문에 조선말을 거의 잊어버린 상태였다. 그래서 그의 조선말은 어딘가 서투르기까지 했다고 김정순은 회고한다. 처음에는 조선말을 할 줄 아는 중국인 높은 간부인 줄 알았는데, 이광림이 불쑥 그의 머리를 쓰다듬으며 감개무량해 했다.

"하긴 6년이란 세월이 흘렀으니까, 네가 이제는 열일곱 살쯤 됐겠구나."

김정순은 여전히 긴가 민가 하는 심정으로 감히 단정은 못 하고 낯선 듯 낯익은 듯한 이광림의 얼굴을 쳐다만 보았다.

"내가 외사촌오빠다. 이래도 모르겠느냐?"

"아, 광림 오빠!"

김정순은 그때야 비로소 이광림을 알아보았다. 계속 김정순의 회고다.

"광림 오빠는 나한테 5군으로 가자고 했다. 5군에는 나같이 어려서부터 항일 아동단을 거쳐 성장한 여대원이 많이 필요하다는 것이었다. 그리고는 바로 2군 군부 책임자들한테 이야기하고 동의를 구했다. 이렇게 되어 나는 광림 오빠를 따라 5군 부대로 이동했고, 한동안 광림 오빠 부대와 함께 행동하면서 지냈다. 내가 처음 김일성(김성주)을 만난 것은 영안의 이도구(二道沟) 한 농가에서였다. 김일성은 원정부대의 높은 간부였지만 왕청에서 온 분이었고, 나 또한 고향이 왕청이었기 때문에 여간 반갑지 않았다. 내가 하마탕 보신소학교에 다녔다는 말을 듣고 그는 대뜸 한옥봉을 아느냐고 물었다. 나는 옥봉이와 아동단에도 함께 있었고 또 나의 공청단 입단 소개자가 바로 한옥봉이었다고 대답하면서 이번에는 내가 거꾸로 한옥봉 소식을 아느냐고 물었다. 그랬더니 김일성은 어물어물하면서 잘 대답해주려고 하지 않았다. 내가 옥봉이 소식이 하도 궁금해서 계속 묻자 후방부대와 함께 좀 늦게 올 것이라고만 대답하면서 자꾸 말을 다른 데로 돌렸다. 며칠 후 김일성이 부대를 데리고 떠나고 나서 한 10여 일쯤 지난 후 아닌 게 아니라 옥봉이가 다른 부대와 함께 이도구에 나타났다. 우리 둘은 너무 반가워 부둥켜안고 울기까지 했다. 옥봉이는 얼굴이 잔뜩 부어 있었는데, 나에게 몰래 말하기를 임신을 여섯 번이나 했으나 아이를 모조리 유산했다고 했다."[13]

김정순은 한옥봉과 헤어질 때 어머니에게 물려받은 은반지를 기념으로 주었고, 한옥봉은 줄 것이 없어 자기 머리카락을 가위로 잘라 서로 바꿔가졌다고 한다. 꼭 다시 만나자고 약속했지만 그때 헤어진 뒤로 두 사람은 다시 만날 수 없었다.

김성주의 부탁을 받고 이도구에 남아 한옥봉 일행을 기다렸던 중국인 경위대원 유옥천(劉玉泉)은 만주군 조옥새 중대(趙玉璽 中隊)의 중사였다. 이도구와 가까운 사란진(沙蘭鎭)에 주둔하던 정안군 한 중대가 주보중이 이도구에 왔다는 정보를 입수하고 일본군 토벌대와 함께 포위해오는 바람에 이도구에서 5군 군부 지도부와 만나던 2군 원정부대는 유한흥과 왕윤성, 방진성의 인솔로 이도구 남쪽 서영성자(西營城子)로 피신하고 김성주만 소속 부대와 함께 북쪽 화수정자(樺樹頂子)로 토벌대를 유인하여 달아났다. 원래는 토벌대를 따돌리고 나서 다시 이도구로 몰래 돌아올 생각이었으나, 토벌대는 김성주를 2군 주력부대로 믿어 버리

---

13 상동.

고 쉽사리 놓아주려 하지 않았다.

이도구 근처의 화수정자는 전(前)화수정자와 후(后)화수정자로 나뉘고, 후화수정자 서쪽에는 영안 지방에서 유명한 마적 곽노오(郭老五)의 산채가 있는 지역 (黑龍江省 寧安市 沙蘭鎭 郭老五溝屯)이었다. 필자는 이 지방을 직접 답사하며 조사했는데, 어찌나 유명한 동네였던지 해방 후 이 지방 행정구역 명칭을 재조정한 뒤에도 동네 이름만큼은 여전히 곽노오구였다.

정안군이 악착같이 뒤쫓아왔기 때문에 김성주는 약속한 시간에 다시 이도구로 돌아갈 수 없었다. 유한흥은 김성주를 뒤쫓던 토벌대 배후를 습격하려고 후국충을 파견했다. 이때 유옥천은 한옥봉을 포함한 3연대 여성대원 7~8명을 데리고 후국충 부대 뒤를 따라가다가 경박호와 가까운 사능호(紫菱湖) 근처에서 그만 한옥봉을 잃어버리고 말았다. 김성주는 회고록에서 한옥봉이 이도하자의 수림 속 한 냇가에서 토벌대에게 포위된 줄도 모르고 콧노래를 흥얼거리면서 머리를 감다가 그만 산 채로 붙잡히고 말았다고 설명했다.

한옥봉은 김성주를 곧 만난다는 기쁜 마음에 머리도 감고 목욕도 하고 싶었을 것이다. 유옥천이 아무리 말려도 여대원들은 말을 듣지 않았다. 수십 일 동안 밤낮없이 행군하면서 노흑산을 넘어왔던 그들은 선경처럼 아름다운 호수와 만났을 때 누구라 할 것 없이 모두 머리도 감고 또 목욕도 하고 싶었다. 유옥천은 그때 경계를 늦췄다가 당하게 된 봉변을 평생 동안 후회했다. 하마터면 총살까지 당할 뻔했던 것이다.

한옥봉뿐만 아니라 다른 여대원들까지도 모조리 잃어버리고 혼자 살아서 돌아오자 유옥천의 중대장 김려중(金呂仲)이 발로 땅을 구르며 포효했다.

"이놈아, 다른 사람도 아닌 김 정위의 여자를 잃어버리면 어떻게 한단 말이냐? 너를 총살해야겠다."

김려중은 유옥천 멱살을 잡고 마당 밖으로 끌고나가 나무에 묶어놓았다. 그러나 유옥천 귀에 대고 몰래 말했다.

"나는 너를 죽이지 않을 것이니 살고 싶으면 도망가거라."

그는 유옥천 손에 자그마한 손칼 하나를 쥐어주었다.

하지만 유옥천은 손칼을 땅에 던지며 말했다.

"제가 잘못했으니, 만약 김 정위가 죽이겠다고 하면 달게 죽겠어요. 절대 비겁하게 도망가거나 하지는 않겠습니다."

그때 김성주가 따라 나오더니 유옥천의 두 팔을 묶은 포승줄을 풀어주면서 김려중을 나무랐다.

"려중 동지, 그러지 마십시오. 옥천 동무의 잘못이 아닙니다. 옥천 동무를 이렇게 대하는 것은 옳지 않은 일입니다."

김려중은 유옥천을 후국충의 4연대로 돌려보내려 했으나 그것도 김성주에 의해 제지당했다. 김려중도 더는 다른 말을 할 수 없었다.

6. 사계호 후국충과 만나다

1902년생으로 김성주보다 열 살이나 많았던 김려중은 훈춘유격대 초창기부터 활동해왔던 노병이었을 뿐만 아니라 4연대가 성립될 때 제1중대로 편성되었던 사계호 후국충[14] 부대와 쌍벽을 이루던 제4중대 중대장이었다. 4중대는 조선

---

14 후국충(侯國忠, 1904-1939년) 오늘의 중국 길림성 훈춘시 영안진 대황구촌에서 출생했으며, 본명은 후경산(侯慶山)이다. 1929년에 동북군에 참가했으며 길림성방군 제27여단 산하 68연대 2대대에서 일반 병사로 복무했다. 1932년 4월 5일에 조선 주둔 일본군 나남지구 제19사단 간도파견대가 훈춘성으로 들어올 때 훈춘을 지키던 68연대가 연대장 주용(朱榕)의 인솔로 귀순하려 하자 68연대

인 대원이 가장 많았을 뿐만 아니라 그들 대부분이 모두 1933년 9월의 동녕현 성전투 참가자들이었다.

제2차 북만원정 당시 3연대의 실질적인 군사책임자였던 방진성에게 부대를 거의 빼앗기다시피 하고 한 중대 대원들만으로 왕윤성과 함께 금창에 도착했던 김성주는 이때 처음 후국충과 만났다. 후국충이 꼬리빵즈 김정호 소대를 섬멸시키겠다는 바람에 요영구에까지 달려왔던 황정해가 이때 싱글벙글 웃으면서 후국충 팔을 잡아 끌다시피 하면서 김성주 앞에 나타났다.

"성주 형님, 이분이 우리 훈춘의 후국충 사령이에요."

황정해의 밝은 표정을 보고 김성주는 대뜸 후국충이 꼬리빵즈 소대를 섬멸하지 않았음을 짐작할 수 있었다.

"반갑소. 김 정위. 우리 마 정위에게서 김 정위 이야기를 많이 얻어들었소. 내부하들 가운데도 김 정위를 아는 사람이 적지 않소. 왕청 이야기만 나오면 왕청 김일성이 어쩌고저쩌고 하는 이야기를 얼마나 귀에 박히도록 많이 들었는지 모르오. 김 정위가 앞으로 우리 4연대 형제들을 많이 도와주어야겠소. 혁명군대 규율이 몸에 잘 배지 않아서 아주 산만하고 제멋대로라오."

1904년생으로 김성주보다 훨씬 나이도 많은 데다 사계호 두령답게 호걸인 후국충은 불쑥 손을 내밀어 김성주에게 악수를 청하면서 우렁찬 목소리로 말했다.

산하 제2대대 대대장 왕옥진(王玉振)이 부하들을 데리고 구국군에 참가했다. 중국공산당 동만특위에서 파견되어 왕옥진의 구국군에 잠복했던 주운광(朱云光), 백천태(白泉泰), 오빈(吳彬), 윤석원(尹錫元) 등 공산당원들의 영향을 받은 후국충은 점차 중국공산당 동만특위 산하 훈춘유격대와 접촉하게 되었다. 이후 왕옥진이 다시 일본군에 투항하자, 후국충은 자신의 중대원들과 갈라져 나와 한동안 '사계호'라는 명호를 달고 다니다가 1934년 여름에 정식으로 훈춘유격대와 합류했다. 그는 훈춘유격대 중대장을 거쳐 농북인민혁명군 제2연대 연대장과 동북항일연군 제3방면군 부지휘관이 되었다. 1939년 8월 24일 안도현 대사하를 공격하는 전투에서 총상을 입고 35세의 나이로 사망했다.

"정해에게서 후 사령이 꼬리빵즈 소대를 전부 죽일 것이라는 말을 듣고 처음에는 몹시 놀랐고 또 여간 불쾌하지 않았는데, 지금 만나고 보니 내가 괜한 걱정을 했던 것 같습니다."

김성주가 넌지시 이렇게 받으면서 말했다.

"그 조선인 소대장도 함께 데리고 왔습니까? 좀 만나봅시다."

그러자 후국충이 대뜸 이렇게 대답했다.

"그자만은 하도 완고해서 죽여버렸소."

김성주는 몹시 놀랐다. 하지만 다른 만주군 출신 조선인 대원들을 한 사람도 상하지 않고 모조리 귀순시켜서 함께 왔으니, 그 대원들을 책임지고 교육시켜달라는 후국충에게 무척 고마웠다.

"후 사령의 이 말씀을 믿어도 되겠습니까?"

"이미 마 정위와도 의논한 일이니 우리 4연대 4중대를 김 정위에게 맡기겠소. 이번에 귀순한 꼬리빵즈 소대가 추가된 4중대는 다른 중대보다 훨씬 더 덩치가 커져서 가히 독립중대라고도 부를 만하다오. 중국인 대원들도 10여 명 섞여 있는데, 그들은 데려가도 되고 데려가지 않아도 되니 김 정위 맘대로 하시오."

후국충의 말에 김성주는 연신 고마워했다.

이것이 제2차 북만원정을 앞두고 훈춘유격대 출신 노병 김려중과 전철산, 현철, 이봉수, 황정해 등이 원래의 4연대에서 3연대로 옮기게 된 내막이다.

이들 중 김려중, 현철, 이봉수는 해방 후까지 살아남았고, 오늘의 평양 대성산 혁명열사릉에 그들의 반신상이 세워져 있다. 광복 직후 함흥 보안대장과 김책시 철도경비대장을 맡았고, 북한 노동당 중앙위원과 중앙 검열위원장을 맡았던 김려중이 『항일빨치산 참가자들의 회상기』에 발표한 "노흑산에서의 승리"는 사실을 모르는 사람들이 읽으면 그런대로 믿어버릴 일이지만, 실제로 중국 자료들과 대조하면 실소를 금할 길이 없다. 김려중은 이렇게 회고한다.

(김일성의) 지시에 의하여 태평구 석두하자(나자구에서 남쪽으로 멀지 않은 곳)를 중심으로 집결한 부대는 제4연대와 제5연대의 일부 구분대인 여러 중대였는데 근 300명의 인원이었다. 로흑산(老黑山, 노흑산)을 향하여 우리의 행군은 개시되었다. 그것은 1935년 음력 5월의 어느 날로 기억된다. 행군 중대의 긴 대열은 근 5리에 뻗었었다. 눈에 익은 길을 피하여 영을 넘고 개울을 건너 다시 수림을 헤치면서 행군했다.[15]

여기서 '제4연대와 제5연대'라는 말은 잘 이해되지 않는다.

당시 동북인민혁명군 제2군 독립사단 산하에는 4개의 연대 외 1개의 유격대대가 있었고, '제5연대'라고 부르는 군사 편제는 존재하지 않았다. 김려중 본인이 중대장을 맡았던 4중대와 한흥권의 5중대를 지칭하는 것 같기도 하지만, 대원수가 300명 가까이 되었다면 이는 바로 후국충과 왕윤성이 각각 연대장과 정치위원을 맡고 있었던 4연대 주력부대를 말한다.

---

15 김려중, "로흑산에서의 승리", 『항일빨치산 참가자들의 회상기』, 제1권. (김일성에 내한 일부 표현은 삭제하였다.)

18장
동남차

김성주는 전철산이 어깨에 메고 있던 보총을 받아
정안군 대열 한복판쯤에서 말을 타고 있던 일본군 지도관 머리를 조준하고
방아쇠를 당겼다. 땅! 하는 총소리와 함께 그 지도관이 말 위에서 굴러 떨어졌다.
사격신호였다.

1. 고려홍군과 만주군 무연광

노흑산으로 들어가기 직전 왕보만 주변의 몇몇 집단부락을 공격하고 나서 동
남차를 거쳐 태평구에 이르기까지 벌였던 여러 차례의 전투는 모두 후국충과
왕윤성의 지휘로 진행되었다.

그러나 왕보만의 정안군 병영을 습격할 때는 김성주가 직접 나서서 병영 안
의 적들을 병영 바깥으로 유인하는 일을 맡았다. 왕보만에 주둔하던 정안군뿐만
아니라 후에 그들을 구원하려고 나자구에서부터 달려왔던 양반 연대(梁泮 聯隊,
만주군 길림경비여단 산하 제13보병연대로 만주사변 직후부터 줄곧 동만 지방에 주둔했다.)도 모
두 '김일성'이라는 이름을 알고 있었다.

중국 자료들에는 전투 지휘자로는 후국충과 왕윤성의 이름이, 전과로 섬멸

한 적 인원수는 53명, 노획한 무기는 박격포 1문 외 중기관총 1정과 경기관총 1정, 보총 40여 자루 및 말 8필 등 아주 세세하게 기록돼 있다. 또 다른 자료에는 1935년 여름 길림지구 만주국군 토벌사령관 오원민(吳元敏)의 파견을 받고 나자구에서 줄곧 영안현 경내까지 혁명군 제2군의 북만 원정부대를 뒤쫓던 만주군 양반 연대 산하 문장인(문성만, 김일성은 회고록에서 문장인의 본명이 무엇인지는 모른 채 다만 문 대대장으로만 기억한다.) 대대와 무연광(繆延光)의 박격포중대가 노흑산에서 공산당 항일부대를 추격하다가 "작년 1934년 왕덕림, 공헌영 및 오머저리(오의성) 부대와 연합하여 나자구를 공격했던 '김 씨 성 고려홍군'에게 역습당하여 사상자 40여 명을 냈다."고 기록되어 있다. 또 1964년에 중국 중앙정부의 특별사면을 받은 뒤 1969년에 아흔의 나이로 죽은 길흥(吉興)[16]까지도 '나자구전투'에 대하여 "항일연군 김모모 장군이 왕덕림 등과 연합하여 총병력 600~700명으로 간도성의 왕청현 나자구촌을 포위공격했다."는 진술을 남겨놓았다.

길흥은 전쟁범죄자관리소에서 자신의 범죄 사실을 진술할 때, 김성주가 이미 김일성이라는 이름으로 북한 국가주석이 되어 있어 진술 자료에 김일성이라는 이름을 감히 밝히지 못하고 다만 김모모라고 불렀다. 그러나 1934년 당시 나자구를 습격했던 항일부대 속에 김성주가 들어 있었다는 것과 다시 양반연대가 나자구에서 혁명군 원정부대를 추격하여 노흑산을 넘어 영안 경내로까지 들어갔을 때에 관해서도 방진성이나 후국충 이름 대신 김일성의 고려홍군을 이야기하고 있다. 이는 이때 김일성이라는 김성주의 별명이 아군뿐만 아니라 적에게도 이미 널리 알려지기 시작했음을 말해 준다.

---

16 길흥(吉興, 1879-1969년) 만주사변 당시 연길진수사 겸 길림성방군 제27여단 여단장, 그 후 길림경비사령과 만주국 길림군관구 사령관을 거쳐 1937년에는 만주국 삼강성 성장 등을 역임했다. 1945년 이후에는 무순전쟁범죄자관리소에서 복역했다. 그는 1954년 12월 5일 무순전쟁범죄자관리소에서 이 진술 자료를 남겼다.

노흑산을 넘어설 때 두 갈래로 나뉘어 원정부대를 뒤쫓았던 문장인과 무연광의 만주군은 왕보만에서 후국충의 제4연대와 대치했다. 이때 후국충은 이미 왕보만의 정안군 병영을 점령하고 난 뒤였고, 노획한 중화기를 이용해 무려 2시간 남짓 만주군에 화력을 퍼부었다. 문장인은 무연광에게 이상하다는 듯이 말했다.

"거 참, 이해할 수가 없구먼. 내 경험에 의하면 공비(共匪, 공산당 유격대)들은 재물만 털면 한시도 지체하지 않고 바로 도주하는 것이 습관인데, 이 자들은 왜 이렇게 병영을 오래도록 차지하고 뻗대는지 모르겠소. 혹시 주변 산속에 응원부대라도 숨겨둔 것은 아닐까?"

"그럴 리가 없습니다."

무연광과 문장인은 2년 전까지만 해도 같은 중대장이었으나 문장인이 먼저 대대장으로 진급했다.

일설에 따르면, 무연광은 연길과 왕청 등 가는 곳마다 첩을 두어 모두 합치면 열몇 명이었다고 한다. 해방 후 중국 요령성 영구(營口) 시립병원에서 외과의사로 근무했던 무진숙(繆珍淑)의 어머니가 바로 무연광의 마지막 열몇 번째 아내였다. 무진숙은 문화혁명 때 남편의 만주군 경력 때문에 홍위병들에게 붙잡혀 나와 조리돌림을 당했고, 치매기가 있었던 그의 어머니가 영구시 혁명위원회 규찰대에 불려 나가 무연광이 데리고 살았던 첩 가운데는 항일연군 포로도 있었다고 진술했다.

숱한 첩을 두었기 때문에 부하 병사들에게 지급할 군향(軍餉, 군대에서 지급하는 돈)을 탐낸 일이 들통 나 진급은 고사하고 하마터면 처형당할 뻔한 적도 있었으나 연대장인 양반이 눈감고 덮어주었기 때문에 무사했다고 한다. 노흑산에서 제2군 북만 원정부대를 추격할 때, 무연광은 양반에게 보답하기 위해 함께 동행했던 문장인이 극구 말리는 것도 마다하고 혼자 한 중대 병력을 이끌고 노흑산을 넘어 영안 경내로까지 부득부득 들어가고 말았다.

1993년 김일성 회고록 『세기와 더불어』 4권이 출간되었을 때, 이 책을 평양 방문길에 직접 구해가지고 왔던 당시 중국 연변역사연구소 한준광(韓俊光) 소장이 나에게 이렇게 말했다.

"김일성에게 김정숙보다 훨씬 먼저 사랑했던 여자가 있었는데, 이번에 보니 그 여자가 나와 같은 한씨 성이었더군."

그러면서 그는 4권을 읽어보라고 내게 주었다. 나는 4권을 읽고 나서 그에게 물었다.

"의문이 하나 있습니다. 김일성은 한성희가 영안 이도구에서 붙잡혔다고 하고는 다시 한성희가 나자구에서 적들의 문초를 받았다고 했는데, 어떻게 된 영문인가요?"

만주국군의 건군 과정을 살펴보면 1934년 7월 1일부터 실시된 군정 개혁의 일환으로 총 11개 지방 군관구 가운데 1~6군관구가 먼저 신설되었다. 그중 나자구가 포함된 간도성 지구의 제2군관구와 영안 지방이 포함된 수녕 지구를 모두 관할 범위로 두었던 제6군관구가 한창 나뉠 무렵, 영안 지방에 들어와 주둔했던 부대는 얼마 전까지 요령성에서 주둔하다가 1935년 3월경 영안 지방으로 옮긴 왕전충(王殿忠) 부대였고, 영안현 사란진에서 주둔한 부대의 우두머리는 장종원(張宗援)이라는 중국 이름을 사용하는 일본 사무라이 출신 군인으로 한 연대 병력을 거느리고 있었다.

어디에도 나자구의 길림군 관할 부대가 노흑산을 넘어 영안 경내로까지 들어갔다가 나왔다는 기록이 없는데, 무연광의 딸 무진숙은 자기 아버지가 항일연군을 토벌할 때 흑룡강성 영안현에까지 들어가 항일연군 여병사를 포로로 잡아와 귀순시키고 후에 첩으로 삼았다는 이야기를 필자에게 들려주었다.

"문화대혁명 때 치매가 심했던 저의 어머니가 자주 가출했다가 집을 못 찾고 헤매다가 행인들의 도움으로 파출소나 아니면 규찰대에 가 있곤 했는데, 한 번은 규찰대의 어떤 작자에게 잘못 걸려들게 되었답니다. 어머니는 그때 나이가 예순 남짓으로 비록 늙었지만 얼굴 바탕이 아주 예뻤어요. 규찰대의 한 작자가 어머니한테 젊었을 때는 무척 예뻐서 남자들이 많이 욕심냈겠다고 지분거렸는데, 어머니는 남편이 만주군 군관이었다고 횡설수설한 거예요. 이렇게 되어 제 아버지가 잡혀 나왔는데, 1971년도에 반혁명죄로 정식 체포되고 이듬해 1972년에 총살당하고 말았어요."[17]

필자는 무순에서 무연광이 체포되었을 때 남긴 범죄사실 진술자료를 열람했다. 진술 자료에는 1934년 나자구전투 때 항일연군 10여 명을 사살했고, 1935년 노흑산전투 때도 항일연군 10여 명을 사살했으며, 영안현 이도구에서 체포했던 항일연군 여병을 귀순시켜 4년 동안 데리고 살다가 나중에 버렸다는 내용이 적혀 있었다. 다만, 그 여병의 이름과 출생지, 민족 등의 적관(籍貫)이 자세하게 밝혀지지 않은 것은 참으로 유감스러운 일이 아닐 수 없다. 만약 성씨가 한(韓) 씨였다거나 아니면 조선인 여병이었다는 둘 중 어느 하나라도 있었으면 100% 한성희로 단정지을 수 있었을 것이다.

어쨌든 김성주는 한성희(韓成姬, 한옥봉)에 대해 이렇게만 회고하고 있다.

그는 영안현 이도하자의 수림 속에서 적들의 포위 속에 들었다. 수십 명의 만주군 병사들이 총대를 꼬나들고 자기 곁으로 다가오는 줄도 모르고 어린 여대원은 콧노래를 흥얼거리며 냇가에서 머리를 감고 있었다. 우리가 무송 지구에 진출하여 새 사단

---

17 취재, 무진숙(繆珍淑) 중국인, 만주군 연고자, 만주군 길림경비여단 산하 제13보병연대 중대장 무연광(繆延光)의 딸, 취재지 요령성 영구시, 1988.

을 조직하고 있을 때 체포된 그는 나자구에서 적들의 문초를 받으며 고통스러운 나날을 보냈다. 수인들을 지키고 있던 보초들 중에는 한성희를 마음속으로 은근히 동정한 양심적인 조선인 보초도 있었다. 그는 혁명을 하다가 적들에게 체포되어 귀순문서장에 도장을 찍고 매일매일을 치욕스럽게 살아가던 사람이었다. 교형리들이 한성희를 죽이려 한다는 것을 알아차린 그 보초는 그 여자에게 탈출을 건의했다. 자기도 총을 벗어던지겠으니 함께 도주하여 조선으로 나가든가 깊은 산중에 들어가서 초막이나 치고 생활하는 것이 어떤가고 했다. 한성희는 그에 동의했고, 그의 도움으로 적의 소굴을 감쪽같이 탈출했다. 그 조선인 보초는 훗날 그의 남편이 되었다.

이 회고에서 한성희가 이도구의 수림에서 생포되었다는 것과 나자구로 끌려갔다는 사실만 제외하면, '교형리들이 한성희를 죽이려 했다.'거나 그래서 보초와 함께 탈출했고 보초가 그의 남편이 되었다는 이야기는 신빙성이 낮다. 이미 귀순한 병사를 다시 체포해 처형했던 사례는 만주국 토벌 역사에서 단 한 건도 발견할 수가 없다. 더구나 요시찰급 중범죄자가 아닌 일반 병사일 경우에는 더욱 그러했다. 1930년대 후반기에 만주국 치안부 요직(경무사장)에 있었던 일본인 다니구치 메이조우(谷口明三)가 직접 편찬을 주도하고 책임감수까지 맡았던 『위만주국 경찰사』에도 이와 관련한 자세한 설명[18]들이 나와 있다.

한성희의 어린 시절 소꿉친구였던 김정순도 생전에 분명히 한성희가 만주군 토벌대에 붙잡혔고 어쩔 수 없이 '귀순'했다고 말했다. 다만 그가 육필로 남겨놓

---

18 『위만주국 경찰사』 치안 숙정과 관련한 제3장 제3절 제2항 "귀순사업" "건국 초기 항복한 토비에 대한 처리상황"을 보면, "적극적으로 항복을 제창하되 항복한 토비들을 지도하여 살길을 얻게 한다."는 요지가 들어 있다. 이를테면 "자원해서 항복한 자는 그대로 놔두고, 후에 항복한 자에 대해서는 좀 소심해야 하는데 항복한 토비들에게 수요되는 경비는 몰수한 토비들의 무기를 팔아 밀수한 무기의 정가대로 지출하고 생활 출로에 관해서는 귀농하겠다는 자들은 그들을 협조하여 귀농 수속을 해주고 원 직업이 있는 자들은 그들이 희망하는 대로 원직업을 회복하여 준다."고 쓰여 있다.

았던 회고문[19]에는 "그때 이도구에서 한성희와 헤어진 뒤로 소식을 모르며 다시는 만나지 못했다."고만 적혀 있을 따름이다.

귀순했다가 석방된 한성희에게는 돌아갈 곳이 없었다. 이미 오래전에 고아가 되었던 그에게는 고향에 돌아가봐야 반겨줄 사람도 없었을 뿐만 아니라 정작 귀순한 사실이 알려지면 이번에는 거꾸로 고향 사람들에게 무슨 봉변을 당하게 될지도 모를 판이었다. 그렇다고 다시 김성주를 찾아 영안 땅을 바라고 혼자 노야령을 넘어갈 수도 없었다. 유격대가 귀순자들을 어떻게 처리하는지 그 또한 모를 리 없었기 때문이다.

결국 그는 색마였던 무연광의 첩이 되고 말았지만, 어쩌면 그나마도 불행 중 다행이라고 할 수도 있을 것 같다. 일개 하급군관 신분에도 첩이 열몇이 있었다는 것은 그가 얼마나 여자를 좋아했는지, 또 예쁜 여자를 얻게 되면 하루 이틀 밤이 아니라 꼭 몇 해씩 데리고 살고 싶어 한 것은 그가 호색한이었음을 설명해주고도 남는다. 때문에 무연광은 부하들의 군향까지 탐했고, 첩 하나에게 나자구 만주군 병영 안에 '주보(酒褓, 술가게)'도 열게 해 직접 운영했다고도 한다. 첩들을 먹여 살리려면 많은 돈이 필요했기 때문이었던 것 같다.

무연광은 박격포중대장을 마지막으로 만주군에서 퇴역했다. 중대장이면 말단 하급군관에 불과하다. 때문에 중국 건국 직후였던 1951년 5월 18일 영구시에서 한 차례 진행된 만주군 경력자를 처벌하는 반혁명심판대회(審判反革命大會)[20]에서 그는 제외될 수 있었다. 그때 총살형에 처해졌던 13명의 반혁명범죄자

---

19 "김백문 회억록(金伯文回憶錄)"

20 1951년 5월 18일 오전 요령성 영구시 인민정부는 영구 시내 보제의원(普濟醫院) 남쪽 광장에서 반혁명범죄분자를 총살하는 심판대회를 열었다. 13명이 총살형에 처해졌는데, 만주군 제6군관구 사

가운데는 1930년대 당시 영안 지방을 포함한 수녕 지구(만주군 제6군관구) 총사령관이었던 왕전충도 있었다.

"당시 아버지는 영구시에서 무슨 일을 하며 살았습니까?"

필자의 질문에 무진숙이 대답했다.

"영구시 대중목욕탕에서 관리원 일을 했습니다."

만주군 시절 한 고향 출신이었던 제6군관구의 상장(上將) 사령관 왕전충을 알고 있었던 무연광은 어느 날 목욕탕에서 한 뚱보와 만난다. 이 뚱보가 바로 왕전충이었다.

"아, 왕 사령님 아닙니까?"

무연광은 반갑게 인사를 건넸고, 왕전충도 그동안 자신의 과거 경력과 신분을 꽁꽁 숨기고 살아왔던 사람답지 않게 귀신에게라도 홀린 것처럼 응대했다.

"자넨 누군가? 어떻게 나를 아나? 혹시 자네도 만군(滿軍, 만주국 국군)에서 복무했나?"

무연광은 넌지시 머리를 끄덕였다.

"저는 나자구에 있었지만, 영구 출신 사람들은 모두 왕 사령님을 잘 알았지요."

"나자구라면 제2군관구였군."

이렇게 익숙해진 두 사람은 가끔 목욕탕에서 만나면 서로 이야기를 주고받는 사이가 되었다.

령관이었던 왕전충도 그 가운데 하나였다. 일본군이 투항할 때 왕전충은 부리나케 고향 영구로 돌아와 당시의 국민당 영구지부 서기장과 결탁하고 영구시 지방유지회를 조직하는 한편 국민당 영구시 정부도 설립하는 등 크게 활약했다. 그는 만주군에서 군관구 사령관까지 지냈던 전력을 숨기고 영구시 지방유지회 회장과 영구시 시장직에까지 올랐으나 중국공산당에서 파견한 영구시 공안국 국장 왕열에게 발각되었다.

"그때 영안에서 사령님을 멀리서 한 번 뵈었던 적이 있습니다."

"자네가 그때 나를 찾아와 한 고향 사람인 걸 밝혔더라면 내가 반드시 중용했을 걸세."

목욕탕에서 때를 밀며 이 두 사람이 주고받는 이야기를 들은 손님이 있었다. 그는 목욕을 마치고 몰래 무연광을 불러냈다.

"당신은 저 사람을 왕 사령이라고 부르던데, 어떻게 된 일이오?"

"아, 왕전충, 왕 사령 말씀입니까? 왕 사령은 과거 만주군의 유명한 3성 장군이셨습니다."

그 손님은 깜짝 놀랐다.

"당신은 나를 따라 가주셔야겠습니다."

그는 이렇게 말하면서 자신의 신분증명서(공작증工作證)를 무연광에게 보여주었다. 영구시 공안국 부국장 왕열(汪列)[21]이었다. 영구시 공안국에 불려갔던 무연광은 그동안 왕전충과 친하게 지내면서 왕전충 입을 통해 얻어들은 다른 여러 비밀도 모조리 털어놓고 말았다. 그때까지 과거 신분을 꽁꽁 숨긴 채 살아남아 영구시 정부 내 여러 요직, 예를 들면 공안기관에서까지 일하던 왕전충의 옛 부하들이 자그마치 13명이나 되었다. 그들이 모조리 잡혀 나왔다.

---

21 왕열(汪列, 1911-1990년) 요령성 영구현(營口县, 현재 다스차오시) 사람이다. 1937년 9월에 중국공산당에 가입했고, 연안홍군대학 제2대대 구대장과 359여단 산하 8연대 교도대 정치위원을 지냈으며, 해방 후에는 요령성에 배치받아 심양시 황고툰구 공안분국 국장과 요양현 공안국 국장, 영구·단동시 공안국 국장, 요령성 인민검찰원 제1부검찰장, 중국공산당 영구시위원회 서기 및 시장 등을 역임했다. 심양시 민정국 국장과 대련시 임업국 국장 등을 지내다가 1990년 4월 21일 병으로 사망했다.

2. 동남차에서 하모니카를 불다

무연광은 왕전충을 적발한 공로를 인정받아 처벌을 면했다. 하지만 문화대혁명 기간에는 여느 사람들과 마찬가지로 횡액을 면치 못했다. 범죄사실 진술 자료에는 무연광의 몇 가지 범죄 가운데서도 "1935년 영안 이도구 항일연군 토벌사건(一九三五年 討伐寧安二道溝抗日聯軍事件)"이라는 제목의 자료는 노흑산에서 일어났던 전투를 자세하게 기록했다.

새로 길림 지구 토벌사령관에 임명되었던 오원민(吳元敏)은 왕청 지방 공비부대들이 남·북만 두 갈래로 나뉜다는 정보를 입수하고 모두 1만 4,000여 명의 만주군 병력을 동원했다. 만주군 기병 제1여단과 보병 제5교도대는 안도와 화룡 쪽으로 이동하는 왕덕태 2군 군부부대를 추격하고, 나자구에서 주둔하던 양반연대는 노흑산으로 접근하던 북만 원정부대의 출로를 차단하고 나자구 경내에서 반드시 섬멸하라는 명령을 내렸다. 오원민은 직접 나자구까지 달려와서 토벌부대를 독려했다.

이 명령은 만주군 길림경비사령관 겸 제2군관구 사령관으로 내정된 길홍이 직접 내린 것이었다. 오원민은 방금 잡은 돼지 두 마리와 거금 1,000원을 나자구 병영 울 안에 높이 매달아놓고 이렇게 공언했다.

"노흑산을 넘어 영안까지 뒤쫓아 가서라도 공비부대를 섬멸하고 다만 몇 명이라도 포로를 생포해 돌아오는 부대에 이 상금과 돼지를 주겠다."

무연광은 상금에 그만 두 눈이 뒤집히고 말았다. 그리하여 문장인이 극구 말리는 것도 마다하고 왕보만에서 후국충 부대와 대치했다. 후국충 부대가 이미 징안군 병영을 점령한 채 철수하려는 기미를 전혀 보이지 않는 것을 보고 문장인이 말했다.

"이보시게, 무 중대장. 내가 좀 얻어들은 소식이 있는데, 이번에 노흑산 쪽으로 접근하는 공비부대에 조선말을 하는 놈들이 아주 많다고 하더구먼. 아마도 김일성 부대가 틀림없는 것 같네. 이 자는 매복전을 잘하고 갑작스럽게 등 뒤에서 습격하는 데 이골이 난 자라 어디서 또 어떻게 불쑥 뛰어나올지 모르네. 우리가 여기서 이렇게 무의미하게 대치할 것이 아니라 먼저 물러나는 게 좋을 것 같네."

무연광은 말을 듣지 않고 고집을 부렸다.

"이번에 박격포까지 끌고 왔는데, 무서울 것이 뭐가 있겠습니까."

무연광은 연대장 양반이 공을 세우고 돌아오기를 바라는 마음에서 특별히 박격포중대까지 함께 보내주었다는 사실을 문장인에게 상기시켰다. 실제로 양반은 직접 박격포중대장에게 무연광이 공을 세울 수 있도록 최선을 다해 도와주라고 명령했던 것이다. 무연광은 직접 박격포중대장에게 달려가 반격해오던 후국충 부대에 박격포를 쏘아달라고 요청하기도 했다.

그러나 박격포중대가 왕보만에 도착하여 박격포 20여 대를 줄 세우고 포탄을 집어넣기도 전에 살아남은 정안군 병사 몇이 허둥지둥 뛰어오며 소리 질렀다.

"큰일 났습니다. 동남차 쪽에서 꼬리빵즈들이 이쪽으로 오고 있습니다. 조선말이 들리던데, 김일성 부대인 것 같습니다."

무연광은 도저히 믿을 수가 없었다.

"여기까지 오는 동안 개미 그림자 하나 본 적 없는데, 갑자기 김일성 부대라니 그들이 땅에서 솟았단 말이냐? 아니면 하늘에서라도 내려왔단 말이냐?"

동남차에 가까이 있었던 문장인의 만주군 대대가 먼저 무너지기 시작했다.

"공비들이 쌀을 실은 소와 말들을 끌고 우리 병영 앞을 지나갔는데, 그게 우리를 유인하는 것인 줄 모르고 속아 넘어가 병영을 비워두다시피 하고 그자들 뒤를 쫓다가 그만 이렇게 당하고 말았습니다."

나자구전투 때 김성주의 왕청유격대에 호되게 당한 경험이 있던 문장인은 맞서 싸울 생각은 아예 하지 않고 부리나케 퇴각명령부터 내리고 말았다.

동남차 쪽에서부터 문장인 대대의 배후를 공격하며 올라왔던 김성주 부대에서는 놀랍게도 기관총 여러 대가 동시에 불을 뿜어댔다. 이는 동남차 서쪽 수림을 가로질러 빠져나갔던 계곡으로 정안군 두 중대를 유인했던 김성주 부대가 정안군을 모두 섬멸하고 경기관총 1정과 중기관총 1정을 탈취했기 때문이다.

김성주는 회고록에 그때 노획한 기관총과 박격포라면서 사진까지 함께 보여주지만, 김성주는 물론 김려중까지도 당시 전투 상황에 대해 한두 단면만을 소개하는 데 그치고 그 전모를 자세히 설명해주지는 못한다.

어쨌든 병영에 눌러앉아 있던 정안군 두 중대를 동남차 서쪽 수림으로 유인한 것은 한흥권의 5중대였다. 김성주는 직접 한흥권과 함께 유인대로 분장했다. 마차부 차림의 오백룡 곁에 태평하게 앉아 하모니카를 꺼내들면서 잔뜩 긴장한 얼굴로 마차 곁에서 걷고 있던 한흥권에게 한마디했다.

"중대장 동무, 얼굴 표정이 너무 심각해 보입니다."

"정위 동지가 직접 유인대에 참가한 것을 춘국이가 알면 아마도 두 눈에 쌍심지를 켜고 나한테 달려들 겁니다."

"그런 말 하지 마십시오. 난 그래도 흥권 동무네랑 같이 있는 게 훨씬 더 시름이 놓입니다."

"후국충 사령이 훈춘 4중대를 우리한테 주기로 하지 않았습니까."

"하지만 지금은 마영 동지가 우리와 함께 있으니 훈춘 4중대는 당연히 마영 동지를 호위하는 것이 도리 아니겠습니까."

김성주가 직접 유인대에 참가하자 한홍권을 비롯한 5중대 전원은 모두 총 개머리판을 부여잡고 방아쇠에 손가락까지 건 채 만일의 경우 발생할지 모를 사태에 대비했다.

"동무들, 저자들은 우리가 마차에 싣고 가는 것이 쌀인 걸 안 이상, 쉽게 총질하지는 않을 것입니다. 반드시 우리 앞에 더 큰 부대가 있을 거라고 판단하게 만들어야 합니다. 그래야 저자들이 뒤를 따라올 것입니다."

김성주는 말을 마치고 손에 들고 있던 하모니카를 입에 댔다.

하모니카에서는 경쾌한 음향이 울려 나왔다.

나가자 나가자 싸우러 나가자
용감한 기세로 빨리빨리 나가자
제국주의 군벌들은 죽기를 재촉코
강탈과 학살을 여지없이 하노라
왔고나 왔고나 혁명이 왔고나
혁명의 기세로 전 세계를 덮었다

유인대원들은 김성주의 하모니카 소리에 맞춰서 노래를 부르기 시작했다.

김성주가 회고록에도 썼듯이 당시 혁명군에는 하모니카를 불 줄 아는 대원들이 적지 않았다. 유격대가 그 어렵던 상황에서도 아코디언까지 갖추고 노래 부르며 춤도 추는 연예대를 조직한 것은 모두 소련 홍군에게 배워온 것들이었다.

소련 홍군 대오에는 아코디언뿐만 아니라 트럼펫, 호른, 튜바 같은 관현악기와 심지어 바이올린과 비올라를 들고 다니며 연주하는 대원들이 있었다. 그러나 동만의 혁명군에서는 그런 서양 악기는 구경할 수 없었고, 설사 어디서 구해왔다 해도 연주할 수 있는 대원이 없었다.

대신 하모니카는 배우기도 쉬웠고 작아서 대원들이 몸에 휴대하기도 좋았다. 더구나 일본과 한반도를 거쳐 간도 땅에까지 전해 들어온 하모니카는 당시 평양에 전문 하모니카밴드[22]까지도 존재할 정도로 한창 유행했다.

김성주의 회고록에 의하면, 당시 그의 부대에는 하모니카를 연주할 줄 아는 대원이 꽤 많아서 하모니카중주단이라는 것도 만들었다고 한다. 실제로 당시 하모니카를 잘 불었던 홍범(洪范)이라는 함경북도 종성 출신 대원 하나가 해방 후 평양에 들어와서 조용히 숨어 살았다는 이야기를 들려주고 있다. 김성주는 당시 조그마한 단칸방에 살면서 '전승분주소('전승'은 평양 시내의 한 거리 이름이며, '분주소'는 한국의 파출소와 비슷하다.)' 문지기로 일하던 그 하모니카 대원을 발견하고 좋은 아파트로 이사시켰을 뿐만 아니라 임종까지 잘 보살펴주었다고 한다.

3. 타고난 싸움꾼

김성주가 장담하고 또 예견했던 대로 정안군 두 중대가 병영에서 나와 함부로 사격하지 않고 조심조심 유인대 뒤에 바짝 따라붙었다. 가까운 곳에 혁명군 밀영이 있으리라고 판단했기 때문이다. 유인대는 동남차 북쪽으로 난 수림 속 길로 소령을 넘어섰다. 소령을 넘을 때는 마차 수레를 버리고 대원들이 쌀자루와 총탄 상자들을 어깨에 메고 걸었다. 약 25리쯤 더 내려가 계곡으로 접어들면

---

22 한반도의 하모니카 역사는 일제강점기에 일본을 통해 들어와서 1928년 평양고등보통학교 하모니카합주단이 활동한 것을 시초로 보고 있다. 한때 평양 YMCA밴드, 평양쌘니하모니카 5중주단, 고려하모니카악단 등이 활발하게 활동했다.

서 시냇물을 만난 유인대는 배포 크게 시냇물에 들어가 세수도 하고 발도 씻으며 늘장을 부리기까지 했다.

계곡 안쪽에서 대원 10여 명이 천천히 마중 나와 쌀자루와 총탄 상자들을 받아 메기도 했다. 그 대원들 중에는 얼굴에 붕대를 감았거나 지팡이를 짚은 채 절뚝거리는 사람도 있었다. 누가 봐도 혁명군이 쌀과 총탄을 보관해둔 비밀창고 아니면 부상자들을 치료하는 비밀병원 같은 것이 이 계곡에 있는 듯했다.

"후대는 빨리 따라서라."

한 줄로 늘어서서 허리를 굽힌 채 조심조심 따라오던 정안군은 계곡에 접근하면서부터 두 중대가 한데 모여 계곡 안쪽으로 들어섰다. 계곡 사이로 흘러내리는 개울물 남쪽 산비탈에 김려중의 4중대 대원들이 숨어 있었다. 정안군을 계곡 안으로 완전히 끌어들인 김성주는 한흥권에게 계속 서쪽고지 쪽으로 가다가 총소리를 들으면 바로 돌아서서 반격하라고 시키고 자신은 마중 나온 황정해가 안내하는 대로 부리나케 북쪽 산으로 뛰어갔다. 산비탈에 한 소대 대원들을 데리고 매복하고 있었던 전철산이 김성주를 맞이하며 물었다.

"김 정위 동지. 놈들이 계곡 안으로 다 들어선 것 같습니다. 지금 바로 시작할까요?"

"조금만 더 기다려봅시다."

김성주는 왕윤성을 찾았다. 김려중 중대가 매복진지를 구축한 남쪽 산비탈은 계곡 입구와 가까워 만약에 정안군 응원부대가 도착해 전세가 불리해지면 무척 위험할 수 있었다. 때문에 유인대를 인솔하고 떠날 때 김성주는 특별히 매복진지 구축까지도 직접 다 챙겼다. 전철산은 영마루를 가리켰다.

"제가 마영 동지를 내려오지 못하게 했습니다. 곁에 경호대원 2명을 남겨두었고, 3면 산등성이에도 우리 감시병이 있으니 마영 동지 안위는 안심해도 좋을 것 같습니다."

김성주는 비로소 안도의 숨을 내쉬며 계곡 안으로 깊이 들어와 버린 정안군을 내려다보았다. 정안군은 모두 붉은 깃에 '정안군(靖安軍)'이라고 쓴 완장을 팔에 끼고 있었기 때문에 두드러지게 표가 났다. 제1차 북만원정 당시 영안 땅에서 이형박 부대와 함께 정안군과 싸운 적 있었던 김성주는 정안군을 처음 보게 된 4연대 대원들에게 말했다.

"동무들, '홍슈터우(紅鏥頭, 정안군 별명)'가 만주군 정예부대라고 소문나 있지만, 사실 다른 만주군 부대에 비해 무장이 좀 더 좋은 것 말고는 전투력은 그다지 뛰어나지 않습니다. 저희 5중대가 작년 겨울 내내 영안에서 홍슈터우와 싸웠습니다. 이제 겪어보면 알겠지만 홍슈터우도 별 것 아닙니다."

직접 전투를 지휘해본 경험이 없는 왕윤성은 처음에는 몹시 긴장하여 후국충에게 전령병을 보내 한 중대쯤 더 데려올 생각이었으나 김성주 말을 듣고는 다소 안심되었다.

"역시 김일성 동무는 타고난 싸움꾼이오."

김성주는 언제나 고마웠던 왕윤성에게 넌지시 대답했다.

"마영 동지, 그런 말씀 마십시오. 저는 항상 불안하답니다."

"아니, 천하의 김일성이 불안하다니, 그게 무슨 소리요?"

"잘 싸우지 못하면 언제나 다른 사람한테 제가 대단하다고 칭찬해주시는 마영 동지가 거짓말한 것이 되니까요."

김성주의 말에 왕윤성은 하하 소리까지 내면서 즐겁게 웃고 말았다. 그렇게나 김성주에 대한 왕윤성의 믿음도 대단했지만, 왕윤성을 대하는 김성주의 마음도 항상 고마움으로 가득했다.

김성주는 권총을 뽑아들고 사격신호를 울리려다가 갑자기 전철산에게 머리를 돌리며 물었다.

"혹시 전 동무 보총이 왜놈군 38식이 아닌가요?"

"아, 네, 제가 직접 왜놈에게 빼앗은 산하치시키 보헤이쥬[23]입니다. 이건 진짜입니다."

"잠깐만 빌려주십시오."

김성주는 전철산이 어깨에 메고 있던 보총을 받아 정안군 대열 한복판쯤에서 말을 타고 있던 일본군 지도관 머리를 조준하고 방아쇠를 당겼다. 땅! 하는 총소리와 함께 그 지도관이 말 위에서 굴러 떨어졌다. 사격신호였다. 거의 같은 순간, 김려중의 남산 진지에서 콩 볶듯이 총소리가 울려터지기 시작했다. 남쪽과 동쪽, 서쪽으로 가던 유인대까지 갑자기 돌아서서 계곡 안으로 들어온 정안군을 향해 일제히 사격을 시작했다.

김려중은 이렇게 회고한다.

"협곡을 송두리째 들어낼 듯한 총성과 더불어 골짜기에서는 놈들이 우왕좌왕 엎치고 덮치고 쓰러지고 너부러졌다."[24]

이미 포위된 정안군은 살아나갈 길이 없었다. 앞으로도 뒤로도 왼쪽으로도 오른쪽으로도 피할 길이 없었다. 이쯤 되면 보통 만주군들은 총을 머리 위로 가로로 쳐들고 항복하는 것이 일반적이었지만, 정안군은 정예부대답게 부리나케

---

23 '산하치시키 보헤이쥬'는 38식 보병총(三八式步兵銃)을 부르는 일본말이다. 일제 육군이 사용한 볼 트액션 소총이다. 메이지 38년(1905년)에 채용한 소총이라 기종명이 38식으로 부여되었고, 도쿄 포병공장에서 1905년부터 1943년까지 생산했다. 1930년대 만주에서는 보통 '38대갈(三八大盖)'이 라 불렸고, 일본말을 잘했던 조선인들은 직접 일본말로 부르기도 했다.

24 김려중, "로혹산에서의 승리", 『항일빨치산 참가자들의 회상기』, 제1권.

은폐물부터 찾아 몸을 숨기고는 여기저기에서 침착하게 반격해오기 시작했다.

김성주는 전철산에게 시켰다.

"전 동무. 잠깐 사격을 멈추고 투항하라고 권고해봅시다."

김성주는 대원들에게 구호를 외치게 했다.

"정안군 형제들은 들으라! 중국인과 중국인은 싸우지 않는다!"

"총을 바치면 목숨은 구한다!"

정안군도 잠깐 반격을 멈추고 어정쩡하게 있을 때, 일본군 지도관 하나가 군도를 뽑아들고 불쑥 나서면서 부하들에게 호통 쳤다.

"빨리 돌격하라!"

"이번에는 제 솜씨를 한 번 보십시오."

전철산이 그 일본군 지도관을 쏘아 눕혔다.

정안군은 보통 한 중대에 일본군 지도관 1명을 배치해 전투를 독려하는데, 이로써 정안군 두 중대의 일본군 지도관 둘 다 총에 맞아 죽어버린 꼴이 되었다. 김려중과 한흥권은 경쟁이라도 벌이듯 대원들을 데리고 거의 동시에 진지 바깥으로 튀어나가 계곡 아래로 돌격했다. 그러자 정안군은 오히려 김성주와 전철산이 있던 동쪽으로 후퇴했는데, '딱따구리'라는 별명의 일본군 보병용 중기관총 1정을 실은 바퀴달린 밀차를 정신없이 끌고 오던 정안군 병사 2명이 동쪽 진지와 아주 가까운 곳까지 다가왔다. 그때 진지 안에서 불쑥 튀어나오면서 "총을 바치면 살려주마!" 하며 호통 치는 전철산에게 기겁한 나머지 바로 땅에 주저앉고 말았다.

"와! 이건 중기관총이오! 여기 또 한 대 있소!"

여기저기에서 환호성이 터져 나왔다.

과거 보총이나 군도 정도를 노획한 경우는 많았지만, 중기관총을 노획하기는 그야말로 처음이었다. 특히 일본군 정규부대와 조우했을 때, 일본군 쪽에서 울려퍼지는 '딱따구리' 소리만 들어도 유격대원들은 모두 납작하게 엎드려 감히 얼굴을 쳐들 수 없을 지경으로 일본군의 중기관총만큼 위협적인 무기도 없었다. 그런데 그것을 노획한 것이다.

김려중이 회상기에서 밝힌 전과를 보면, 박격포 1문과 중기 경기 각 1문은 정확한 기록이다. 그 외 권총과 보총 100여 정, 포탄 수십 발, 탄알 수천 발, 군마 10필을 노획했으며, 살상하거나 포로로 잡은 정안군 약 100명쯤이라고 쓴 부분은 중국 자료 내용과 맞지 않는다.

김성주는 왕윤성과 함께 전장을 수습하기 바쁘게 바로 왕보만 병영 쪽에서 후국충의 4연대 주력부대와 전투 중이던 문장인 대대의 배후를 공격했다. 문장인은 계속 싸우겠다고 고집부리는 무연광을 내버려둔 채 박격포중대장을 불러 쑥덕거렸다.

"무연광이 지금 진급하는 게 급해 죽을 둥 살 둥 모르고 덤비는데, 시간을 더 지체했다가는 당신 박격포중대까지 손해볼 수 있소. 게다가 박격포를 한 대라도 잃어버리면 양 연대장이 당신을 살려두려 하지 않을 것이오. 여기서 이렇게 승산 없는 전투를 계속하느니 한시라도 빨리 나를 따라 철수하시오."

"문 대대장 말씀이 지당합니다."

박격포중대는 무연광을 지원하라던 연대장 양반의 특별한 부탁은 깡그리 잊은 채 문장인 대대와 함께 나자구 쪽으로 물러나기 시작했다. 기다렸다는 듯이 후국충 부대가 병영에서 쫓아 나오자 무연광도 더는 당해내지 못하고 일단 왕보만에서 30여 리밖에 떨어지지 않은 석두하자 쪽으로 물러났다. 그런데 여기서 뜻하지 않게 응원군을 만나게 되었다. 돈화에서 왕청 쪽으로 토벌 나왔던 만주군 소장 유상화(劉尙華)의 제2여단이 북만으로 이동 중이던 원정부대를 뒤쫓아 어느덧 노흑산 기슭에 도착해 잠깐 석두하자에서 머무르고 있었던 것이다.

"그러잖아도 지리를 잘 몰라서 걱정하고 있던 차에 잘 만났구나."

유상화가 반색하자 무연광은 주저하지 않고 나섰다.

"저희가 길 안내를 서겠습니다."

무연광은 유상화 여단의 한 연대와 함께 다시 왕보만으로 달려왔으나 후국충 부대는 종적도 없이 사라져버렸다.

김성주의 제안을 받아들인 4연대 주력부대는 바로 노흑산으로 들어가지 않고 다시 태평구 쪽으로 이동하면서 광활한 대전자벌 여기저기에 펼쳐져 있던 집단부락들을 공격했는데, 이때 날려버린 만주군 보루가 적지 않았다. 동남차에서 노획한 박격포와 중기관총 덕을 많이 보았을 것이다.

종자운 부탁을 받고 김성주의 길 안내를 서주었던 난충발(蘭忠發)[25]이라는 중

---

25 난충발(蘭忠發)은 왕청현 나자구 사람으로 출생연도와 사망시간이 모두 불분명하다. 문화대혁명 때 왕청 지방에서 홍위병들에게 끌려 다녔는데, 머리에 고깔모자를 쓰고 조리돌림을 당할 때마다 구경꾼들이 던지는 돌멩이에 얻어맞아 피가 터지고 여러 번 정신을 잃고 쓰러지기도 했다. 만주국 때 나자구 지방에서 만주군뿐만 아니라 항일연군과도 깊은 관계를 가지고 있었기에, 해방 후 그의 출신 성분을 규명하는 데 어려움이 적지 않았다. 당시 나자구 만주군 대대장 문장인과 결의형제를 맺은 사이로 알려졌을 뿐만 아니라 난충발 본인의 주장에 의하면 시세영, 주보중, 종자운, 김일성과도 결의형제를 맺은 사이라고 했다. 실제로 난충발 아들이 군대에 참군하려고 했으나 아버지 출신 성분이 분명하지 않다는 이유로 거절당하고 말았다. 그리하여 난충발은 당시 길림성 성장이었던 주보중을 찾아갔으나 주보중이 만나주지 않았다. 왕청현 정부와 연변(주) 정부 공안처(당시 공안처장은 이용李鏞)에서는 이 사실을 확인하기 위해 주보중에게 편지까지 보내기도 했다.
난충발 아들이 들려준 증언에 따르면, 1973년 여름 난충발은 김일성을 만나러 간다며 두만강을 건너 북한으로 들어갔다가 김일성도 만나지 못하고 함경북도 온성군 안전부구치소에서 2개월 동안 갇혔다가 중국 변방부대를 통해 중국으로 압송되었다. 그런 일이 있은 후 나자구 사람들은 난충발이 정신에 문제가 생겨 횡설수설한다고 간주했으나 1980년에 시세영의 아들 시국화(柴國華)가 자기 아버지 역사를 조사하러 나자구에까지 왔다가 난충발을 만나고 돌아간 적이 있었다. 그때 나자구인민공사 사무실에서는 난충발이 입고 있던 옷이 너무 남루해 옷 한 벌을 새로 지어주었다고 한다. 그러나 시국화가 발표한 "나의 아버지 시세영을 추억하여"라는 회고문 속에도 난충발이라는 이름 석 자는 등장하지 않는다.

국인은 나자구 지방에서 날고뛴다는 사람이었다. 젊었을 때는 마적 노릇도 했고 마적 우두머리까지 되었다가 갑자기 우두머리 자리를 부하에게 넘겨주고는 만주국 정부에 귀순해 수분하와 무주하(母猪河)가 합쳐지는 고성(古城)툰에 정착해 몇 해 툰장 노릇을 한 적이 있었다. 나중에는 툰장직을 집어던지고 노흑산에 들어가 몰래 아편농사를 짓다가 발각되어 경찰이 체포하려 하자 다시 동녕현으로 도망쳤는데, 여기서 시세영 부대와 만났다.

난충발 본인은 해방 후 자기가 시세영과 결의형제까지 맺었던 사이라고 했지만, 이를 확인하고 증명할 방법이 없다. 어쨌든 한 1년쯤 시세영 부하로 따라다니다가 한 차례 전투에서 패하고 일본군에게 쫓기던 중 부대를 이탈하게 되었다. 가까스로 살아서 나자구로 돌아온 난충발은 나자구에서 문장인과 친하게 지내다가 그의 막료로 지내게 되었다. 이때 난충발은 나자구에서 활동 중이던 중국공산당 동만특위 간부 종자운과도 만나게 되었는데, 종자운이 공산당의 높은 간부임을 알게 되자 일부러 접근한 것이다.

"문 영장이 공산당의 실력을 아는지라 될수록 공산당 부대와는 충돌하지 않고 평화롭게 지내려 합니다. 그는 내가 가교 역할을 해주길 바라니 공산당 쪽에서도 한 사람이 나서서 나와 함께 이 일을 하면 좋겠습니다."

하루는 난충발이 종자운을 찾아와 이렇게 제안했다.

"아, 우리 공산당도 오래전부터 그렇게 되길 바라고 있었습니다."

종자운이 기다렸다는 듯이 반갑게 대답했다.

그동안 나자구에서 조사 연구를 진행했던 모든 자료수집원까지 난충발을 믿을 수 없는 사람이라고 머리를 저었다. 하지만 1998년, 종자운이 "나자구 문 영장 부대의 난충발이라는 사람이 나를 많이 도와주었고, 우리 부대의 길 안내도 서주곤 했다."고 회고했다. 나중에 연구자들이 난충발에게 관심을 가지고 다시 조사하기 시작했으나, 2001년 봄 난충발의 아들까지 간암으로 죽고 나서 현재 나자구에는 난충발에 대해 아는 사람이 존재하지 않는다.

이렇게 되어 두 사람은 종종 만나 서로 속한 진영(陣營)을 위해 몇 가지 일을 도모했다. 시간이 좀 흐르자 종자운은 난충발을 교육했다. 난충발의 부모가 모두 가난한 농사꾼이었고, 난충발 본인도 어렸을 때는 신을 살 돈이 없이 맨발로 다녔다는 소리를 듣고는 "당신도 알고 보면 근본은 우리 무산계급 출신이니 장차 얼마든지 우리 동지가 될 수 있소."라고 꼬드겼다.

종자운에게 완전히 넘어온 난충발은 그때부터 문장인 쪽이 아니라 공산당 쪽 사람이 되었다. 나중에는 종자운 부탁으로 코민테른 제7차 대표대회에 참가하기 위해 소련으로 들어갔던 위증민의 길 안내를 서기까지 했다.

4. 훈춘 교통참과 종자운의 소련행

1935년 6월 하순경, 노흑산전투와 태평구전투까지 마친 원정부대가 석두하자와 사도하자를 거쳐 팔인구에 도착했을 때다. 요영구에서 10여 일 먼저 떠났던 3연대 주력부대가 방진성의 인솔로 노흑산에 들어선 지 겨우 이틀밖에 지나지 않았다는 보고가 들어왔다.

어려운 산악 행군 길에 행군 대열을 놓친 3연대 대원 10여 명이 산속에서 쉬다가 4연대 행군 종대와 만나자 바로 김성주부터 찾았다.

"저희는 김 정위와 함께 가겠습니다."

3연대 원정부대에서 뱀에게 발을 물린 황성일(항일열사, 훈춘 사람)과 피부병으로 고생했던 박경호(왕청현 백초구 사람으로 후에 변절, 1983년까지 도문시 향상가 고무공장 숙소 뒷골목에 살았다.) 두 사람만 난충발과 함께 나자구로 돌아오고 다른 대원은 모두 김성주 부대에 편입되었다. 박경호의 회고에 의하면, 그들은 3연대 연대장 방진성이 미워서 이런저런 평계를 대고 행군 대오에서 이탈했으며 노흑산에서 김성주 부대가 도착하기를 기다리고 있었다고 한다. 그들은 방진성을 해칠 모의 까지도 했다는 설도 있다.

1935년 11월, 동만특위 훈춘 교통참이 파괴되자 종자운은 이를 복구하려고 난충발과 황성일, 박경호 외 중국인 대원 1명까지 모두 4명을 데리고 훈춘으로 들어갔다가 소만국경과 가까운 양포자(楊泡子)라는 만주족 동네에서 그만 길을 헷갈려 소련 경내로 잘못 들어서게 되었다. 기온이 영하 30도 아래로 떨어지는 혹한에 폭설까지 내려 갈팡질팡하던 종자운 일행은 결국 소련 홍군 순찰대에 붙잡혔다. 종자운이 당시 상황을 자세하게 들려주었다.

"1935년 6월경, 김일성 부대가 나자구를 떠나고 나서 나자구 중국공산당 조직들도 하나둘씩 파괴되기 시작했는데, 불과 반년도 되지 않는 사이에 거의 결딴나다시피 했다. 10월에는 특위 대리서기였던 주명이 삼도하자에서 체포되어 변절했다. 주명이 몇 번 블라디보스토크를 드나들면서 직접 만든 훈춘 교통참이 이때 발각되었다. 위증민이 소련으로 들어갈 때도 이 교통참을 사용했다. 나는 이 교통참을 복구하기 위해 직접 훈춘으로 갔다가 만주국 국경경비대에게 쫓기게 되었는데, 이때 일행은 서로 흩어져 달아나다가 그만 헤어지고 말았다.

나는 폭설 때문에 방향을 잘못 가늠하여 그만 소련 국경을 넘어서고 말았는데, 소련 경내의 산속에서 가지고 갔던 건량(乾糧)을 다 먹고는 나중에 맨 눈으로 주린 배를 달래가면서 걷고 또 걷던 도중에 황 씨 성을 가진 조선인 대원과 만났으나 그는 얼마 못 가서 얼어 죽었다. 후에 알려진 바로는 박 씨 성을 가진 조선인 대원도 산속에서 반 달 동안이나 헤매던 도중 더는 견디지 못하고 혼자 만주국 국경경비대에 귀순해 버렸다고 한다. 나는 소련 경내의 산속에서 반 달 동안이나 헤매던 끝에 드디어 소련 홍군 순찰대를 만날 수 있었는데, 내가 공산당원이고 동만 항일유격대 간부라고 소개했지만 처음에는 그들이 믿으려 하지 않았다. 당시 블라디보스토크에는 '568'이라는 번호로만 불리는 국경 월경자들을 가두는 감옥이 있었는데, 나는 여기서 2개월 남짓 갇혀지냈다. 이듬해 1936년 3월 중순쯤에 중국공산당 코민테른 대표단에서 사람을 파견하여 내 신분을 확인하고는 곧 나를 모스크바로 데려갔다.'[26]

종자운을 데리러 왔던 사람은 당시 블라디보스토크에 사무실을 두고 있었던 코민테른 태평양비서처 일꾼으로, 이와노프라는 러시아 이름을 사용하기도 했던 중국인 양춘산(楊春山)이었다. 만주 내 중국공산당 조직들이 모스크바와 연락할 때 모두 이 비서처를 이용했다.

그런데 종자운은 양춘산과 함께 온 사람의 신분을 알고는 크게 놀랐다. 이 무렵 모스크바 중국공산당 코민테른 대표단에서 일하던 진담추(陳潭秋)[27]였다. 그는 1931년 만주사변 직전, 중국공산당 만주성위원회 서기로 파견되어 잠깐 동안 하얼빈에서 활동했던 적이 있었다. 동북 항일투쟁 사업에도 각별한 관심과

---

26 취재, 종자운(鍾子雲) 중국인, 항일연군 생존자, 취재지 북경, 1991~1992.

27 진담추(陳潭秋, 1896-1943). 이름은 징(澄), 자는 운선(雲先), 호는 담추(潭秋)이다. 1916년 국립 무창고등사범학교 영어부에 입학하고 5·4애국운동에 참가했다. 그해 가을 동필무가 꾸린 무한 중학에서 영어교원을 맡아 진보교원을 단결시키고 혁명청년들을 양성했다. 1920년 가을, 진담추와 동필무 등은 무한의 중국공산당 조기조직을 발기하여 건립하고 중국공산당의 최초 당원이 되었다. 1921년 7월, 진담추는 중국공산당 제1차 전국대표대회에 참석하여 9월 중국노동조합서기부 무한분부 책임자로 임명되었고, 후에는 중국공산당 무한지방위원회 위원, 무한구 집행위원장 조직위원으로 임명되었다. 대혁명이 실패한 후 진담추는 당 조직 재건회복에 전력하면서 비밀투쟁을 했다. 중국공산당 강서성위 서기, 산동 임시성위 책임자, 만주성당위 서기, 강소성당위 비서장 및 당 제5기, 6기 중앙후보위원 등을 맡았다. 1933년 초에는 중앙소비에트 지역에서 일했다. 1934년 10월 중앙 홍군 주력이 장정을 시작한 후 진담추는 중앙소비에트 지역에 남아 유격전쟁을 계속했으며, 중앙소비에트 지역 중앙분국 위원 겸 조직부장을 맡았다. 1935년 8월 코민테른 제7차 대표대회에 참가했다. 1942년 9월 17일 진담추는 적에게 체포되었고, 1943년 9월 27일 모택민, 림기로 등과 함께 성세재에게 비밀리에 살해당했다.

함께 흥미가 있었던 진담추는 손걸(孫杰)이라는 별명을 사용했으며, 중국공산당 만주총행동위원회(만주성위원회의 원래 명칭) 서기 겸 조직부장 신분으로 1930년 8월 하순경에 하얼빈으로 왔다. 이후 그곳에서 체포된 날짜가 1930년 12월 7일이니 그가 만주에서 활동했던 시간은 불과 3, 4개월밖에 되지 않는 셈이다. 이후 그를 대리했던 사람은 하성상(何成湘)이었다.

종자운을 데리고 모스크바로 가는 기차에서 진담추는 그동안 동북 항일투쟁 사업에서 발생했던 여러 문제들을 꼬치꼬치 캐물었고, 때로는 수첩에 꼼꼼하게 적기까지 하면서 연신 머리를 끄덕이기도 했다. 종자운의 회고담이다.

진담추는 나이가 마흔쯤 되었는데 아주 세심했다. 무슨 이야기를 하거나 설명할 때도 상대방이 꼭 알아들을 때까지 아주 자세하게 전후시말에 대해 모두 설명해주는 사람이었다. 나는 그를 처음 만났을 때 위증민 소식부터 물었다. 나는 위증민이 회의를 마치고 다시 만주로 나올 때 멋모르고 또 훈춘 교통참을 이용해 나자구로 돌아오는 것이 아닐까 여간 걱정되지 않았다. 그런데 진담추는 위증민이 훈춘 교통참을 이용하지 않고 길동 교통참을 이용해 별 탈 없이 무사히 돌아갔다고 알려주었다.

"아. 그러면 훈춘 교통참이 파괴된 소식을 코민테른에서는 이미 알고 있었던 말씀입니까?"

내가 놀라서 물었더니 진담추가 대답했다.

"동무네 동만에서 성씨가 왕가인 한 분이 길동특위 소개 서신을 가지고 모스크바로 왔는데, 훈춘 교통참 연락원이 적들에게 잡혔다는 소식을 전했으므로 동만특위 대표 동무가 만주로 돌아갈 때 훈춘 교통참을 이용하지 않고 길동 교통참을 이용했다오. 그러니 안심해도 좋소. 문제는 동무요. 교통참도 파괴되었고 또 동무의 건강 상태도 말이 아니니 어떻게 했으면 좋겠소? 나의 세안인데 기왕 우리 무산계급의 혁명영토 안에 들어왔으니, 온 김에 공부를 좀 하고 돌아가기 바라오."

진담추는 이미 나에 대하여 아주 자세하게 알고 있었다. 나의 신원보증을 서주었던 사람은 이때 이미 모스크바에 들어와 동방대학에서 공부하던 이범오였다.[28]

이범오라면 종자운이 공청단 목릉현위원회 서기로 있을 때 당 서기로 임명받았던 사람이다. 후에 종자운이 다시 공청단 만주성위원회 특파원 신분으로 동만으로 파견될 때, 이범오는 길동특위 조직부장으로 옮겨갔다가 오평 뒤를 이어 길동특위 서기로까지 크게 승진했다. 특히 중국공산당 코민테른 대표단에서 파견되어 나왔던 오평의 최측근 심복으로 활동해왔기 때문이다.

그런데 종자운이 놀란 이유는 다른 데 있었다. 종자운에게서 동만에서 발생했던 '반민생단 투쟁'과 관련한 이야기를 듣던 진담추가 연신 발을 구르면서 한탄해 마지않았기 때문이다.

"세상에 어떻게 이런 일이 발생할 수 있단 말이오. 모두들 공부를 하지 못해서, 너무 우매해서 이렇게 엄청난 사고들을 저질렀구먼."

---

28 취재, 종자운(鍾子雲) 중국인, 항일연군 생존자, 취재지 북경, 1991~1992.

19장

코민테른

"일체 제국주의를 반대하는 민중들과 연합하여
그들을 우군으로 삼으며 일체 중국의 민족해방운동을 동정하는
민족과 국가 및 중국 민중의 반일해방전쟁에서 중립적인 입장을
고수하는 국가들과 우호적인 관계를 맺는다."

1. 코민테른 제7차 대표대회 참가자들

　진담추는 종자운에게 코민테른 제7차 대표대회 회의 직후 중국공산당 코민
테른 대표단이 자체로 몇 차례 조직했던 연구토론회 내용을 잠깐 언급했다.

　"이번 코민테른 회의가 끝난 후 왕명, 강생 두 동지께서는 특별히 동북 대표
로 참가했던 풍강(위증민) 동무에게 동북의 당과 군대 건설 문제와 관련하여 아
주 주요한 지시를 했소. 그 가운데 당장 동무의 거처와 관계된 문제 하나를 이야
기하겠소. 이제 동무뿐만 아니라 이어서 많은 동무가 모스크바로 들어와 정치와
군사 방면의 전문 교육을 받게 될 것이오. 일제와의 투쟁이 하루이틀 사이에 끝
날 일이 아니니 전략적인 견지에서 먼 장래를 대비해야 하오. 그러기 위해서 동
북 항일 대오에서 젊고 건강하며 사상성 좋은 당원들을 우선 선발하여 모스크

바에 불러들이기로 했소. 이 결정은 이미 스탈린 동지와 코민테른 디미트로프 동지에게도 보고되었고, 두 분 모두 좋은 방안이라고 찬성했소."

이렇게 되어 종자운은 모스크바동방노동자공산주의대학(이하 모스크바동방대학)에서 공부를 시작했다. 이 학교가 만주 항일부대에서 파견한 학생들을 본격적으로 받아들이기 시작한 것은 바로 코민테른 제7차 대표대회 이후부터였다. 이범오와 종자운뿐만 아니라 얼마 뒤에는 북만 원정부대를 이끌고 한창 영안 지방에서 일본군과 싸우던 동북인민혁명군 제2군 참모장 유한흥까지도 불쑥 모스크바에 나타날 줄은 아무도 생각지 못했다.

여기서 하나 밝히고 넘어갈 일이 있다.

적지 않은 자료들이 진담추가 코민테른 제7차 대표대회에 참가했다고 밝히지만, 실제로 중국공산당 중앙은 장정(長征) 도중 코민테른 중국 대표단과의 연락이 중단된 상태여서 이 회의 통지를 제시간에 전달받지 못했다. 준의회의(遵義會議, 1935년 1월 귀주貴州성 준의遵義시에서 개최되었던 중국공산당 중앙 정치국 확대회의) 때 정권을 잡은 모택동의 파견을 받고 진운과 진담추, 양지화(楊之華) 세 사람이 장정 도중 홍군부대를 떠나 몰래 성도와 중경, 상해를 거쳐 비밀리에 모스크바로 들어간 것은 준의회의에서 결정한 중국공산당 정치국 확대회의 내용[遵義政治局擴大會議傳達提綱]을 왕명에게 전달하기 위해서였다. 그런데 그들이 모스크바에 도착했을 때, 코민테른 제7차 대표대회는 이미 폐막한 뒤였다. 이 대회는 1935년 7월 25일부터 8월 20일까지 약 25일간 열렸으며, 코민테른 역사상 최후 한 차례의 대표대회이기도 했다.

국민당군 및 일본군과 전쟁 중이었던 중국공산당 대표들은 적지 않게 원명 대신 별명을 사용했다. 코민테른 중국공산당 대표단 단장 왕명과 부단장 강생 외에도 고자립(高自立)은 주화심(周和森), 등대운(滕代远)은 이광(李光), 요수석(饒漱

石)은 양박(梁朴)이라는 별명을 사용했다. 전체 참가자 명단을 보면 이들 외에도 또 장호(張浩, 임육영林育英, 훗날 중국공산군 원수 임표林彪의 사촌형)와 오옥장(吳玉章), 송일평(宋一平), 조의민(赵毅敏), 위증민 등이다.

소련공산당 측에서는 스탈린과 함께 레닌그라드 당 서기 안드레이 지다노브와 레닌의 미망인 나데즈다 크룹스카야가 직접 참가했다. 크룹스카야는 당시 소비에트사회주의공화국연방 교육인민위원회 부위원장 겸 중앙위원 신분이었다. 이 세 사람이 들어설 때, 대회장에서는 전원이 일어서서 우레 같은 박수를 보내기도 했다.

회의 기간 중 위증민은 왕명과 강생의 각별한 관심과 배려를 받았다. 참가자들 가운데 위증민만이 유일하게 만주의 항일 현장을 대표하는 사람이었기 때문이다. 연구토론회의 때마다 왕명은 언제나 위증민을 지명하여 발언하게 하고 그동안 오평에게 보고받았던 북만 지방 항일 형세와 관련하여 위증민의 견해를 쉴 새 없이 청취했다. 더구나 위증민은 5월경에 소련으로 들어왔기 때문에 비교적 일찍 모스크바에 도착했는데, 왕명에게는 그야말로 가뭄에 단비 같은 존재였다.

코민테른 제7차 대표대회에서 통과시키고 발표되었던 '8·1 선언' 초안의 기초는 왕명이 직접 만들었다. 내용을 만들어가는 과정에서 직접 북만 지방에 파견되어 나갔던 오평의 조사연구가 결정적으로 작용했다면, 그 내용들을 더욱 더 완벽하게 보완하고 완성시키기 위하여 왕명은 때로 위증민과 밤새는 줄도 모르고 이야기를 주고받으면서 시간을 보냈다.

이 회의 직후 정식으로 중국공산당 만주성위원회를 폐지하고 대신 새로 동만과 남만, 길동과 송강까지 모두 네 개의 성위원회를 만드는 방안도 모두 왕명이 위증민과 함께 의논하고 내린 결정이었다.

그런데 위증민이 회의를 마치고 만주로 돌아갈 준비를 하고 있을 때였다. 오평이 머물던 블라디보스토크의 코민테른 태평양비서처는, 동만특위 서기대리 주명이 동만에서 체포되고 전임 임시특위 서기였던 왕중산이 나자구에서 배겨 나지 못하고 소련으로 들어왔다는 소식을 모스크바에 전달했다. 좀 뒤에 발생하는 일이지만, 동만특위에 이어서 길동특위에도 한차례 재난이 덮쳐들게 되었다.

사건의 발단은 1936년 2월 사업 보고차 길동특위에 찾아왔던 4군 정치부 주임 나영(羅英)이 돌아가는 길에 시내의 한 영화관에서 영화를 보다가 현세귀(玄世貴, 소백룡小白龍의 부하)라는 한 변절자의 눈에 띄어 목단강헌변대에 붙잡히게 되면서 비롯되었다.

나영은 헌변대 유치장에서 이틀간 버텼지만 더는 견뎌내지 못하고 길동특위 조직부장 맹경청(孟泾清)과 만났던 특위 교통참 책임자 장상덕(張常德)의 집 주소를 불고 말았다. 그리하여 맹경청이 먼저 체포되고, 장상덕은 어디로 은신했는지 소식을 알 수 없었다. 장상덕이 길동특위 기관이 자리잡은 목단강시 신안가(新安街) 101호 경상당(慶祥堂) 약방 주소를 알고 있었기 때문에 이범오는 너무 놀라 당장 어찌하면 좋을지 몰라 망설이고 있었다. 그때 장상덕 밑에서 연락원으로 일하던 전중초(田中樵, 당시 사용했던 별명은 소유민蘇維民)가 달려와 약방 점원으로 위장했던 왕옥환(王玉環, 최용건의 아내)에게 장상덕 집에 헌병대 특무들이 잠복하고 있다고 알려주었다. 이는 장상덕이 아직 체포되지 않았고, 적들도 길동특위 기관이 어디 있는지 모른다는 뜻이어서 이범오는 부리나케 목단강 시내 안의 길동특위 사무소를 폐쇄했다. 2005년까지 살았던 전중초는 아흔을 넘긴 나이에도 기억력이 좋아 필자를 포함한 많은 취재자를 만나주었다.

"내가 길동특위가 밀산으로 이동하기로 했다는 소식을 주보중에게 전해주고 다시 목단강 시내로 들어오는데, 기차역에 이범오 사진이 잔뜩 나붙어 있었다. 이범오가 별명을 많이 사용했기에 놈들은 이범오의 진짜 이름이 무엇인지 몰랐는데, 나영도 이범오를 다만 '이따거우재(李大個子)'라고만 알았다. 그때 헌병대 놈들이 이범오 사진 곁에 '공비수령 이따거우재'를 현상한다는 글까지 써놓은 것을 보고 나는 나영이 변절한 것이 틀림없겠다고 판단했다. 특위 기관 일꾼들을 다 피신시키고 혼자 목단강 시내를 빠져나오지 못했던 이범오를 구출하여 소련으로 들여보내라는 코민테른 특파원 오평의 지시를 받고 목단강에서 의사로 일하는 한 지하당원이 기차에서 기무원으로 일하는 친척을 통해 이범오를 빼내어 목릉까지 데려다주었다. 그리고 목릉에서 블라디보스토크까지는 내가 데려다주었는데, 헤어질 때 이범오는 금방 돌아올 것이라고 했다. 그런데 아무리 기다려도 소식이 없었다. 후에 소련으로 들어가는 인편에 부탁해서 알아보니 모스크바에서 대학을 다니고 있다고 하던데, 또 몇 해 지나니 모스크바에도 없고 연안에 갔다고 하더라."[29]

당시 오평과 왕명이 함께 추진했던 '만주 4개성 위원회' 구상은 송화강 지역을 활동거점으로 삼고 있었던 3군 책임자 조상지(趙尚志) 등이 반대하는 바람에 성사될 수 없었다. 주로 길동 지방에서만 조사연구를 진행했을 뿐 송화강 지역의 3군 상황은 잘 모르고 있었던 오평은 조상지 주변에 기라성 같이 몰려 있던 김책이나 이복림, 이조린, 허형식 같은 유명한 정치 군사 방면 인물들을 모조리 제치고 그들에 비하면 아직은 애송이나 다름없었던 벌리현위원회 서기 이성림을 송강성위원회 서기로 임명한 것이 실수였다. 정작 이성림 본인은 이 임명 결정을 전달받지도 못한 채 이연록을 만나러 가다가 오늘의 흑룡강성 벌리현 대

---

29 취재, 전중초(田仲樵) 중국인, 항일연군 생존자, 흑룡강성 하얼빈, 1999~2000.

사참향 복흥촌 북쪽 골짜기에서 마적들에게 살해당하고 말았다.

왕명은 동만과 남만의 당 조직이 지속적으로 파괴되고 있다는 보고를 받고 이미 모스크바를 떠나 귀환길에 올랐던 위증민, 한수괴(韓守魁, 김적민金赤民), 부경훈(傅景勳, 부유傅有), 장덕(张德, 임천林千) 등을 블라디보스토크에서 며칠 더 머무르게 하고 서둘러 오평과 양춘산에게 장문의 전보를 보냈다.

오평이 왕명의 의견을 전달했다.

"송강성위원회 대신 하얼빈특별위원회를 세우고 권한과 관할 범위를 대폭 확대하는 것이 어떻겠는가 하고 왕명 동지께서 새로운 방안을 내놓으셨소. 요령성 봉천과 대련 같은 도시의 당 조직도 모두 하얼빈특위의 영도를 받게 하고, 동만과 남만성위원회는 하나로 합쳐 동·남만성위원회로 하거나 아예 동만성 또는 남만성 둘 중 어느 하나로 정해서 부르는 것이 어떻겠는지 한번 의논해달라고 지시하셨소. 여러분의 의견을 듣고 싶습니다."

이때 위증민은 길동특위 상황도 여간 궁금하지 않았다. 사실상 위증민이 지도하던 동만 2군 부대가 노흑산을 넘어 영안 지방으로 원정한 것은, 북만은 송화강 이북 지방을 가리키고 영안 지방은 길동(吉東, 길림 동북부)에 속하기 때문이었다.

오평은 지금쯤 영안 지방에서 활동하고 있을 2군을 걱정하는 위증민을 안심시켰다.

"풍강 동무, 너무 걱정하지 마오. 길동특위가 파괴된 것은 뜻밖의 불상사일 뿐이오. 5군이 원체 강한 부대인 데다가 지금 4군 군부도 영안 쪽으로 접근했고, 거기다 동만 원정부대까지 한데 모였는데 뭐가 무섭겠소. 그분들이 아주 잘 싸우고 있다는 소식이 계속 들어오니 아무 걱정하지 마오. 그분들은 하루라도 빨리 풍강 동무가 돌아오기만을 눈 빠지게 기다릴 뿐이오."

"원정부대가 떠난 뒤로 나자구 상황이 아주 나빠진 모양입니다."

위증민은 걱정이 이만저만이 아니었다.

오평은 자신이 직접 만든 길동과 동·남만 부분 지역을 포함하는 지도를 위증민 앞에 펼쳐놓고 연필로 나자구와 노흑산, 영안과 액목까지를 한 선으로 쭉 잇는 타원 모양의 줄을 그어가며 설명했다.

"2군 원정부대가 길동 지방에서 소기의 목적을 달성하면 바로 두 갈래로 나누어 한 갈래는 액목을 거쳐 돈화 쪽으로 우회하면서 계속 남만으로 향하고, 다른 한 갈래는 다시 나자구로 방향을 되돌려야 하오. 그래야 우리가 목표로 하는 전정전망(全程全网)식의 항일전선이 끊어지지 않고 비로소 완성될 수 있을 겁니다. 내 말이 무슨 뜻인지 알겠소?"

오평은 자나 깨나 자신의 구상에만 빠져 있었다.

만주 전 지역을 하나의 항일전선으로 연결시키려 했던 그의 구상으로 항일연군이라는 전무후무한 독특한 형태의 군사조직이 만들어졌고, 이 조직에서 주도적인 역할을 담당할 수밖에 없었던 혁명군 부대들은 자신의 원래 근거지까지도 모조리 버린 채 전혀 생소한 지방으로 원정을 떠나지 않으면 안 되었다.

그런데 지도 위에선 연필로 여기저기를 죽죽 이어가면서 구상하고 설명하기는 쉬워도 그것을 실천으로 옮기는 일은 그렇게 간단하지 않았다. 곧 발생하게 된 일이지만, 두 갈래로 나누어 다시 나자구로 되돌아가기로 했던 후국충과 왕윤성의 4연대는 끝내 노흑산을 넘어서지 못하고 말았다. 때문에 2군 부대가 모두 남만으로 이동한 뒤에도 계속 영안 땅에 남아버린 제4연대는 군사 편제상 여전히 2군에 소속되어 있었고, 남만에 도착한 왕덕태와 위증민 등이 양정우와 함께 제1로군을 세울 때도 영안 지방에 남아 있던 후국충 부대는 군사행동은 주보중의 제5군과 함께 진행하면서 직접 그의 지도를 받았지만 명칭은 여전히 제1

로군 산하 제2군 5사로 되어 있었다.

위증민이 오평에게 말했다.

"제가 제일 걱정하는 것은 저희 2군 원정부대가 전투 중에 혹시라도 대원 수가 감소하지 않았을까 하는 것입니다. 만약 여전히 두 연대 인원 그대로라면 한 연대를 나자구로 돌려보내고, 나머지 한 연대만 데리고 제가 직접 남만 쪽으로 가겠습니다."

"아, 대원 수는 걱정 마오. 내가 4군과 5군에도 모두 지시해 2군 원정부대의 인원이 줄어드는 일은 절대 없게 하겠소."

오평이 이렇게까지 약속하니 위증민은 비로소 안도의 숨을 내쉴 수 있었다.

오평은 또 위증민에게 부탁했다.

"이번에 풍강 동무가 만주로 돌아가면 만주 당 조직들이 중국공산당 중앙보다 먼저 코민테른 7차 대표대회 결정문을 전달받게 되오. 이 얼마나 고무적인 일이요. 섣불리 판단하는 것이 아닌지 모르겠지만, 나는 우리 만주의 항일투쟁이 전 중국과 나아가 일제에 침략당한 아시아 모든 국가에서 벌어지는 항일투쟁을 최전선에서 이끌게 될 것으로 믿어 마지않소. 풍강 동무가 앞장서서 이 투쟁을 잘 기획하고 이끌어주기를 바라오."

2. 왕명의 "8·1선언문"

오평이 말한 결정문이란 코민테른 제7차 대표대회에서 통과된 "8·1선언문"을 두고 하는 말이다. 왕명은 이 선언문의 초고를 완성하자마자 제목을 '항일구국을 위하여 전국 동포에게 고함'이라고 달았다. 사흘 동안 밤낮없이 작업하여 이 초고를 완성한 후 바로 대표대회 참가자들에게 한 부씩 나눠주어 의견을 청취했다. 중국 자료에 의하면, 코민테른 제7차 대표대회 첫날 회의에서 이 초고문 내용으로 집단 토론이 있었고, 참가자 13명은 만장일치로 찬성을 표시했다. 왕명은 즉시 이 초안을 더욱 세련되게 다듬는 한편, 러시아어로도 번역하기 위해 특별히 전문가 7인으로 구성한 '초안수정위원회'를 만들어 왕명 자신이 위원회 주임을 맡기도 했다. 7월 20일에 수정을 마친 왕명은 러시아어로 번역된 원고를 들고 직접 스탈린과 디미트로프에게 갔다.

왕명은 이 선언문이 나오게 된 전 과정을 유창한 러시아어로 구두 보고했다.

"스탈린 동지, 우리는 이미 만주에서 항일민족통일전선을 구축해야 할 필요성과 그 가능성에 대해 충분하게 검증을 진행했고, 이미 가시적인 효과와 함께 상상할 수도 없었던 거대한 반향을 일으키고 있습니다. 따라서 만주의 모델이 바로 전 중국 항일투쟁의 전략적인 모델이 될 수 있다는 과학적인 근거를 가지고 있습니다. 그 근거에 기초하여 이 선언문이 완성되었습니다. 우리는 이 선언문이 회의에서 통과된 날짜를 선언문 제목에 넣어 '8·1선언문'이라고 부르기로 했습니다. 선언문의 요지는 만주의 항일연군뿐만 아니라 나아가 전 중국의 항일투쟁을 같은 하나의 이념으로써 호소할 수 있는 투쟁구호를 제출하는 것입니다. 좀 더 간략하게 말씀드리자면, 이 이념 앞에서는 당파, 정견, 그리고 민족과 종교도 상관없이 모두 함께 일제와 싸우는 하나의 통일적인 전선 안으로 들어오게 하자는 것입니다."

"만주에서 이미 충분하게 검증했고 반향도 좋다는데, 좀 설명해주실 수 없겠습니까?"

스탈린이 이렇게 제안하자 왕명은 잠깐 생각한 후 말했다.

"백산흑수(白山黑水, 백두산과 흑룡강)로 뒤덮인 만주 땅은 자고이래로 마적과 토비들이 많기로 전 중국에서도 유명한 지역입니다. 더구나 만주사변 이후 장학량이 관내(關內, 산해관 이남 지역)로 도주하면서 만주 땅에 제멋대로 흩어져버린 동북군 군대들까지 더하면 무장을 갖춘 세력들이 수십만에 달합니다. 우리는 무릇 일제에 굴복하지 않고 함께 일어나 일제와 싸우려는 사람들에게 모두 우리 공산당의 항일 대오에 들어오는 것을 환영한다고 했으며, 함께 손을 잡을 때도 그들의 독자적인 무장세력과 영역을 무시하거나 빼앗지 않고 항일연합군이라는 통일적인 명칭의 부대를 만들어 그들이 모두 이 연합군의 통일적인 구호와 깃발을 들게 했습니다. 물론 군사행동을 진행할 때도 적극적으로 협동하고 합작하는 방법으로 아주 좋은 효과를 보고 있습니다."

"그러니 이제는 이 방법을 전 중국으로 확산시켜 공산당과 국민당도 당파 간 투쟁은 잠시 제쳐놓고 항일을 위한 하나의 통일전선 안으로 들어오게 하자는 것이군요. 중국은 인구가 아주 많은 나라인데, 아닌 게 아니라 이 방법으로 백성을 하나의 전선으로 묶어세우면 반드시 승리하리라는 확신이 생깁니다."

스탈린과 디미트로프의 동의를 거친 후 이 선언문은 1935년 10일 1일에야 파리에서 발간된 『구국보(救國報)』(제10기)에 코민테른이 아닌 중국공산당 중앙과 중화소비에트 중앙인민정부 명의로 발표되었다. "8·1선언문"이란 후세의 사가들이 부르는 명칭이고, 『구국보』에서 처음 발표될 때의 제목은 "항일구국을 위하여 전국 동포들에게 고함"이었다.

따지고 보면 이때 홍군과 함께 장정 중이었던 중국공산당 중앙의 지도자 장문천이나 모택동, 주은래 등은 이 선언문의 집행자들이었을 뿐 결코 발표자는 아니었다.

역사가 증명하듯 국민당에게 쫓겨 섬서성 북부 지방으로 장정을 진행하던 중국공산당 중앙기관은 항일에 아무런 관심도 없었다. 만주에서 활발하게 진행된 중국공산당의 항일투쟁도 정확히 말하면 왕명이 지도하던 중국공산당 코민테른 대표단이 직접 장악하고 있었던 것이다.

이 선언문은 한편으로는 국민당에게 쫓기던 모택동과 홍군을 장개석의 국민당 정규군 손에서 구원해낸 세상에 둘도 없는 보배가 되기도 했다.

"국내외 공농군정상학(工农军政商学) 각계 남녀동포들!

일본제국주의 침공이 날로 가심화되고 있고 남경의 매국정부는 계속 투항의 길로 나아가고 있으며 우리의 북방 여러 성도 동북 4성에 이어서 실제로 모두 일제의 손아귀에 떨어졌습니다."[30]

이렇게 시작한 선언문에는 이런 호소도 들어 있다.

"망국노가 되지 않기를 원하는 동포들, 애국적인 양심을 가진 군관과 사병 형제들, 항일 구국의 신성한 사업에 참가하기를 원하는 모든 당파와 단체의 동지들, 그리고 국민당과 남의사(藍衣社)[31] 속의 민족적인 의식을 가진 열혈 청년들과 일체 조국의 운명을

---

30 "항일구국을 위하여 전국 동포들에게 고함(为抗日救国告全体同胞书)", 『구국보(救國報)』(제10기), 프랑스 파리, 1935.10.01.

31 남의사(藍衣社, 영어 Blue Shirts Society, BSS)는 극우 정당 중국 국민당 산하의 파시즘 비밀조직으로 장개석의 지휘 아래 중화민국과 국민당을 군국주의노선으로 이끌어간 일종의 정보기관이자 준군사조직이었다. 삼민주의역행사(三民主義力行社)라고도 한다. 철저한 우파 무장조직으로 중국공산당 탄압과 국민정부의 권력 강화를 위해 반대파에 대한 백색테러, 숙청, 암살 등에 관여하였다. 남의사는 1931년 제1차 국공합작에 반대하는 황포군관학교 출신의 중국 국민당 내 우파가 모여 결성하였다. 남의(藍衣)라는 이름은 중국 국민당의 남색 제복에서 유래했다. 이들은 철저한 비밀조직으로 외부에 노출되지 않으며, 우두머리인 사장(社長, 장개석), 총사(總社), 각 성에 설치된 분사(分社), 구분사(區分社), 소조(小組) 등의 조직이 있었다. 조직을 노출시키지 않기 위해 서로 횡적 연락도 하지 않았다.
국공 내전 시기에 이들의 주요 활동은 대(對) 중국공산당 첩보 활동, 협박, 체포, 숙청, 암살 등으로

걱정하는 해외 교포들, 또 중국 경내의 모든 피압박 민족은 다 함께 일어나서 소비에트정부와 동북 각지의 항일정부와 함께 전 중국을 통일하는 국방 정부를 조직하고 홍군 및 동북인민혁명군, 반일의용군과 함께 통일된 하나의 항일연군을 조직하자!"[32]

선언문은 또 '피압박 민족'이라는 말 다음에 괄호를 만들고 '몽(蒙), 회(回), 한(韓, 한민족, 조선민족), 장(藏), 묘(苗), 요(瑤), 려(黎), 번(番)' 등 당시 만주 경내에 살던 조선인들을 포함한 여러 민족 명칭도 함께 제시한다. 이렇게 조직된 항일연군을 통일적으로 지도할 국방 정부의 10대 행정방침을 다음과 같다.

"일체 제국주의를 반대하는 민중들과 연합하여 그들을 우군으로 삼으며 일체 중국의 민족해방운동을 동정하는 민족과 국가 및 중국 민중의 반일해방전쟁에서 중립적인 입장을 고수하는 국가들과 우호적인 관계를 맺는다."(제10조)[33]

여기서도 '제국주의를 반대하는 민중'이라는 문구 다음에 괄호를 만들고 '일본 국내의 노동자 민중과 고려(高麗, 한민족), 대만 등 민족'이라고 재삼 강조라도 하듯 밝히는데, 이는 선언문 초안을 직접 썼던 왕명에게 만주 사정에 관해 그 누구보다도 많은 자료를 제공했던 오평과 위증민이 있었기 때문이다. 이 두 사람은 모두 김성주와 남다른 인연이 있었다.

중국공산당 및 국민당 내 반장개석 세력을 탄압하는 선봉으로 활약했다. 이들은 매우 잔인하고 과격한 행동으로 '중국의 군국주의'라 불리며 공포와 혐오의 대상이 되었다. 1930년대에 악명을 떨치며 나치 독일의 친위대인 SS와 비견되던 남의사는 중일전쟁 이후 삼민주의 청년단에 통합, 흡수되면서 사라졌다.

32 "항일구국을 위하여 전국 동포들에게 고함(为抗日救国告全体同胞书)", 『구국보(救國報)』(제10기), 프랑스 파리, 1935.10.01.

33 상동.

특히 위증민은 훗날 평양으로 돌아가 조선민주주의인민공화국을 세우고 국가 주석이 되어 개인숭배에 열을 올리던 김성주 본인에게뿐만 아니라 북한이라는 한 나라의 지도체제 자체가 영원히 기념하는 인물로까지 되었다. 오늘날에도 북한에서는 중국인 위증민을 '수령님 부대의 정치위원'으로 추켜세우고 있다. 그리고 이 부대 명칭은 '조선인민혁명군'으로, 당시 동북인민혁명군 제2군 군사편제와는 아무런 상관없이 본래부터 따로 존재하던 부대이며, 이 부대가 중국인 부대들과 함께 활동할 때는 여느 중국인 부대처럼 항일연군이라는 명칭을 통일적으로 사용했을 뿐이라는 것이다. 북한은 김성주가 바로 이 조선인민혁명군 사령관이라고 표현한다. 그러나 이는 사실이 아니다.

3. 위증민의 김일성 감정(鑑定)

위증민은 아주 조심스럽게 자신의 의향을 내보였다.

"이번에 돌아가면 왕명 동지의 이 선언문 사상을 더욱 실천적으로 관철하기 위해 먼저 우리 2군 내 조선 출신 대원들만 한데 집중시켜 그들 자체 명칭의 항일부대로 개편해볼 생각입니다. 그러나 작전을 수행하거나 전투할 때는 여전히 우리 당에서 지도합니다. 다만, 대외적으로 항일연군이라는 이 대의명분 아래 함께 연합작전을 펼치는 형식이라고 세상에 알려볼 생각입니다. 오평 동지는 어떻게 보십니까?"

오평은 위증민의 말에 처음에는 반신반의했다.

"조선 동무들 가운데 우리 당원들이 아주 많고, 또 항일하는 데는 모두 하나같이 열의가 높으니 어쩌면 항일민족통일전선이라는 전략적인 방침을 실현하는 데 굉장히 좋은 효과를 볼 수도 있을 것 같습니다만."

그러나 오평은 두 가지 문제를 이야기했다.

"이 문제는 신중하게 연구해 봐야 하오. 나는 두 가지 의문이 있소. 하나는 '반민생단 투쟁' 때문에 많은 조선 동무가 억울하게 다치고 죽었는데, 그들 마음 속 상처가 모두 아물었는지 아니면 아직도 깊숙이 남아 있는지 의문이오. 혹시 풍강 동무는 조선 동무들 마음의 상처가 이미 다 치유되었다고 확신할 수 있겠소? 두 번째는 조선인 대원들로 자체 명칭의 부대를 만들 경우, 이 부대 편제는 얼마만큼의 규모로 조성할지도 연구해야겠지만, 그보다는 조선 동무 가운데 군사적으로 최소한 유한흥 동무 정도의 지휘관을 찾아낼 수 있겠는지도 의문이오. 나는 이 두 문제만 해결된다면 풍강 동무의 방안을 한 번 추진해볼 만하다고 보오. 그러나 재삼하는 말이지만, 이 문제는 정말 신중해야 할 것이오."

위증민은 머리를 끄덕였다.

"이번에 가면 특별히 조선 동무들과 좀 더 마음을 열어놓고 이야기를 나눠보겠습니다."

그때 오평은 문득 김성주를 생각해냈다.

"잠깐만. 작년에 영안에 왔던 그 친구를 내가 깜빡했구먼."

"혹시 김일성 동무 말씀입니까?"

"민생단으로 몰려 피신해온 그 동무를 주보중 군장이 데리고 와서 내가 만나보았소. 그 동무 덕분에 '민생단 문제'에 대해 많이 알게 되었소. 주보중 군장은 아주 신뢰할 만한 좋은 동무라고 적극적으로 추천했고, 가능한 때에 모스크바로 불러 공부도 더 시키면 크게 될 것 같다고 했소. 풍강 동무는 어떻게 생각하오? 이 동무와 개인적으로 접촉해 보셨소?"

"솔직히 말씀드리면 아직 이 동무에 대해 정치적으로 섣부르게 판단할 수가 없습니다."

"그게 무슨 소리요?"

"제가 작년에 동만에 갔을 때, 민생단 문제를 조사하는 과정에서 김일성 동무가 민생단이라는 고발이 가장 많았습니다. 그런데 마영 동무나 샤오중 동무가 김일성 동무는 절대 민생단일 수 없다며 딱 잡아떼 제가 좀 놀랐습니다. 마영 동무의 말을 그대로 옮기면 다른 사람은 몰라도 이 동무만은 하늘땅이 뒤집어져도 민생단일 수가 없다는 것입니다. 그래서 마영 동무는 민생단으로 몰린 어린 대원 10여 명을 살리자고 김일성 동무한테 맡겨 영안 쪽으로 피신하게 한 것입니다. 오평 동지가 김일성 동무와 만났던 것도 바로 그때 아닙니까."

오평은 머리를 끄덕였다.

"내가 만나보니 중국말도 무척 잘할 뿐만 아니라 용감하고 적극적인 동무였소. 일제 왜놈들과 끝까지 싸워 나가겠다는 확실한 신념이 있는 사람이라는 걸 알 수가 있었소. 그래서 그를 신뢰했고 지금도 신뢰하고 싶소. 이번에 돌아가서 좀 더 깊이 이야기를 나눠보시오. 가능하면 모스크바에 오게 해 공부도 좀 더 시킵시다. 조선 동무들 가운데 위신(위엄과 신망)이 있는 동무이니, 어쩌면 항일민족통일전선사업에서도 풍강 동무를 도와 크게 한몫할 것으로 보오."

오평은 김성주에 대한 인상이 아주 좋았다. 이때까지 김성주와 별로 접촉이 없었던 위증민이 직접 작성해 오평에게 제출한 "동만특위 당·단 간부와 인민혁명군 간부약력(東滿特委書黨團幹部和人民革命軍幹部簡歷)"(1935년 12월 20일)에는 김성주에 대한 위증민의 평가가 다음과 같이 쓰여 있다.

"김일성, 고려인, 1932년 입당, 학생, 28세, 용감, 적극, 중국어를 할 수 있음. 유격대원에서 승진한 사람이다. 민생단이라는 진술이 대단히 많다. 대원들 가운데서 말하기를 좋아하고, 대원 사이에서 신뢰와 존경을 받으며 구국군 사이에서도 신뢰와 존경을 받는다. 정치 문제는 아는 것이 많지 않다.'[34]

이 기록은 시사하는 바가 아주 크다. 중국공산당 동만특위 최고 책임자였던 위증민까지도 이때 김성주를 그의 본명 대신 별명인 김일성으로 불렀다는 사실이다. 이 보고에서도 보듯이 대원들뿐만 아니라 구국군에게도 김성주가 김일성이라는 별명으로 널리 알려져 있었다. 다만 이때의 김성주 실제 나이가 스물셋인데 다섯 살이나 불러서 스물여덟으로 기록된 것 말고는 이 보고의 진실성은 거의 흠 잡을 데가 없다.

생각하기에 따라서는 28세라고 적혀 있는 나이 또한 상당히 흥미롭다. 김성주와 함께 연대급에 올라 있던 사람들 가운데는 20대 초반이 여럿 있었으나 그 위 군급(軍級) 간부에는 2군 군장 왕덕태가 스물여덟 살이었고, 3군 군장 조상지는 왕덕태보다 한 살 어린 스물일곱 살, 1군 군장 양정우 나이는 서른, 5군 군장 주보중은 서른셋이었다. 1895년에 태어나 마흔이었던 4군 군장 이연록을 제외하면 만주 혁명군 부대 군급 지휘관들의 이때 나이는 대부분 20대 후반에서 30대 초반이었다. 새파랗게 젊었던 김성주가 자기보다 훨씬 더 나이 많은 대원들을 인솔하고 다니면서 실제 나이를 다섯 살 정도 부풀렸던 것이다.

다만 잘 이해되지 않는 부분은 이때 스물여섯밖에 되지 않았던 위증민이 그것을 진짜로 믿어버린 것이다. 위증민은 김성주를 자기보다 두 살 위라고 생각해 사석에서 서로를 '라오쩐(老金)', '라오웨이(老魏)'로 불렀다고 증언하는 연고자들의 회고담이 꽤 많다. 하지만 김성주는 위증민보다 세 살이나 어렸고 직위

---

34 원문 金日成, 高麗人, 1932年入黨, 學生, 28歲, 勇敢積極, 會說中國話, 遊擊隊員提升的, 有民生團的口供很多次, 愛在隊中說話, 在隊員中有信仰, 在救國軍中亦有信仰, 政治問題知道的不多.

도 하늘땅 사이만큼이나 차이가 있었다.

"김일성 동무가 마침 유한흥 참모장과 함께 영안 쪽에 나와 있으니, 이번에 돌아가면 그를 만나서 자세한 이야기를 나눠 보겠습니다. 만약 조선 동무들만 따로 갈라내 자체 명칭의 부대를 만들어 우리 항일민족통일전선에 참가시키는 모델로 만든다면, 그 부대 지휘관으로는 김일성 동무가 가장 적격자로 보입니다."

위증민은 이와 같이 오평에게 약속하고는 1935년 11월 하순경에 모스크바를 떠났다.

12월에 블라디보스트크에 도착했으나 여기서 또 여러 날 지체하다 보니 이듬해 1월경에야 다시 만주 땅에 들어설 수 있었다. 그러나 위증민을 마중할 목릉교통참의 양영화(楊永和, 양전춘楊殿春, 또는 왕옥산王玉山), 임봉진(林鳳珍, 이수정李秀貞) 부부가 위증민보다 1개월가량 앞서 귀환한 중국공산당 중앙 특파원 장호를 마중하러 만주리 국제비밀교통참[35]으로 들어가 제시간에 돌아오지 못하는 바람에 위증민은 또 10여 일을 지체하고 말았다.

후에 전중초가 주보중이 직접 파견한 연락원으로부터 임무를 전달받고 목릉현 마도석진(磨刀石鎭) 교통참 비밀은신처로 위증민을 찾아왔을 때는 벌써 1936년 2월에 접어들고 있었다.

---

35 만주리 국제비밀교통참(滿洲里 國際秘密交通站)은 1934년 4월에 설치되었으며 만주성위원회가 직접 관리했다. 당시 상해의 중앙국이 파괴되면서 중국공산당 중앙과 연락할 수 없게 된 만주성위원회는 지리적으로 비교적 가까운 코민테른 중국공산당 대표단에 도움을 청했고, 왕명은 코민테른 이름으로 하얼빈에 국제교통국을 설립하고 그 산하에 국제교통참을 설치하라고 지시했다. 이때 만주리에 파견된 교통참 책임자가 바로 후에 왕윤성의 아내가 된 중국인 여성혁명가 이방(李芳)이었다. 이방은 기중발(纪中发)이라는 남성과 가짜 부부가 되어 만주리 북삼도가 83호(北三道街 83号)에 '진풍태(晋丰泰)'라는 잡화점을 운영했다. 이방은 해방 후 남편 왕윤성과 함께 길림성 서란탄광에서 공회주석(工會主席, 노조위원장)이었으나 1963년에 이직하고 1987년까지 살았다.

4. 오진우의 불평

여기서 이야기는 다시 전해 여름인 1935년 6월 하순 노야령으로 되돌아간다.

방진성에게 3연대 주력부대를 다 뺏기고 평소 생사를 같이해 온 한흥권의 5중대 대원들만 인솔하고 후국충의 훈춘 4연대와 함께 노야령을 넘어선 김성주는 연대장 후국충과 정치위원 왕윤성의 배려로 김려중의 훈춘 4중대를 넘겨받아 마음이 여간 든든하지 않았다. 기분도 좋아서 어려운 산악행군 길에도 그의 얼굴에선 내내 웃음이 가시지 않았다. 한여름 더위에 뙤약볕과 모기떼의 성화도 이만저만 아니었고, 동남차에서 노획한 박격포와 중기관총을 실은 군마들이 경사가 급한 산길에서는 때때로 울부짖기도 했다. 그럴 때면 대원 모두가 달려들어 군마들을 부축하며 밀어주기까지 하는 일이 벌어지기도 했다.

노흑산에 익숙한 김성주가 행군 대오 선두에 서서 길 안내를 서다시피 했는데, 벌써 몇 번이나 황정해가 뛰어와서 소리쳤다.

"성주 형님, 우리 후 연대장이 행군 속도를 좀 늦추라고 합니다. 선두부대와의 간격이 너무 많이 벌어지고 있다고 합니다."

나중에는 김려중까지 달려와 김성주에게 요청했다

"김 정위, 아무래도 또 좀 쉬었다가 가야 할 것 같습니다. 이대로 다그치면 말들이 모두 더위 먹고 쓰러질지도 모르겠소."

하지만 김성주는 누가 뒤를 쫓아오기라도 하는 듯 성큼성큼 발걸음을 옮기며 재촉했다.

"안 됩니다. 해가 지기 전에 저 앞 영마루를 넘어서야 합니다. 안 그러면 오늘 밤은 모두 이 산길에서 노숙하게 될지 모릅니다. 후 연대장에게 조금만 더 속도를 내라고 하십시오. 제가 먼저 영마루를 넘어가서 부대가 숙영할 만한 장소를 찾아 천막을 쳐놓고 기다리고 있겠습니다."

뒤에서는 후국충과 왕윤성의 4연대 주력부대가 따라오고 있었다.

덩치가 큰 한흥권은 다른 사람보다 훨씬 더 많이 땀을 흘리면서 김성주에게 말했다.

"작년 겨울에 노흑산을 넘을 때는 너무 추워서 하마터면 얼어 죽을 뻔했는데, 올해는 정말 너무 더워서 난리입니다."

"그래도 우리 동무들은 괜찮은데, 훈춘에서 새로 온 동무들이 견뎌낼지 좀 걱정되긴 하오. 아직까지는 그런대로 잘 이겨내는 것 같습니다. 이럴 때일수록 우리가 조금이라도 힘들어하는 기색을 보이면 좋지 않소. 될수록 새로 온 동무들에게 신심과 희망을 북돋아줘야 합니다."

김성주는 한흥권에게 조용히 주의를 주었다.

한 해 전이었던 1934년 10월, 민생단으로 몰려 체포 직전까지 갔던 김성주를 따라 이 노흑산을 이미 한 번 넘은 적이 있는 5중대 대원들은 누가 시키지 않아도 노병답게 훈춘 4중대 대원들을 여간 잘 챙겨주는 게 아니었다. 간혹 마필들이 걸음을 멈추고 한자리에서 뭉길 때마다 앞에서 체도(薙刀)[36]를 휘둘러대며 가시덤불을 헤치고, 톱으로 진대나무(산 속에 죽어서 넘어지거나 쓰러져 있는 나무)를 자르면서 한 치 한 치 길을 개척하는 사람들은 모두 왕청에서부터 김성주를 따라다녔던 왕청유격대 대원들이었다.

김성주는 회고록에서 자기를 따라 제2차로 노흑산을 넘었던 대원 10여 명의

---

36 체도(薙刀)는 일본의 전통 칼 나기나타(なぎなた)에서 유래했으며 목제 손잡이 끝에 곡선의 칼날이 달려 있는 형태다. 일본에서는 이 체도를 사용하는 무술을 치도술, 또는 체도술이라고 한다. 흔히 '치도'라고 부르는데, 이는 체(薙)의 한자를 잘못 읽은 것이다. 체(薙)는 '풀 깎을 체'인데, 의미부호인 艸[풀 초]와 소리부호인 雉[꿩 치]가 결합되어 만들어진 형성문자이다. 이 체(薙)가 드물게 쓰이는 글자다보니, 그냥 소리부호 '雉'를 보고 '치'라고 읽었던 것이 '치도'라는 잘못된 독음이 생겨난 이유로 보인다. 실제로 김일성 회고록에서도 체도를 치도로 잘못 표현하고 있다.

이름을 기억한다. 한흥권, 전만송, 박태화, 김태준, 김려중, 지병학, 황정해, 현철, 이(리)두찬, 오준옥, 오진우, 전철산 등 전부 조선인 대원이다.

실제로는 중국인 대원 수가 훨씬 더 많았고, 김성주가 잊으려야 잊을 수 없는 유옥천 같은 중국인 경위대원들도 있었지만, 북한에서는 이 부대를 조선인민혁명군으로 주장하기 때문에 많은 중국인 연고자가 모조리 무시되는 것 같다. 어쨌든 김성주가 고백하는 것처럼, 회고록을 집필할 당시 김성주 주변에 살아남아 있던 사람은 중국인과 조선인을 통틀어 아마도 오진우밖에 없었던 것 같다.

왕청 소북구 아동단 출신인 오진우는 나이도 어린 데다 키까지 작아서 줄곧 유격대에 입대하지 못하다가 제2차 북만원정 때 비로소 김성주를 따라 노흑산을 넘게 되었다. 입대할 당시엔 총이 없어 아동단에서 사용한 붉은 술이 달린 창을 그대로 메고 따라다녔으나 태평구전투에서 보총 한 자루를 노획하자 그 보총을 메고 온 얼굴이 땀투성이가 된 채 김성주 뒤에 바짝 따라붙어 걸었다.

"넌 왜 자꾸 소대를 이탈해서 앞에 오느냐?"

한흥권이 오진우를 나무랐다.

"지금까지는 총이 없어서 행군할 때 그냥 뒤에 세웠지만, 이젠 나도 총이 있잖아요. 나도 앞에 서서 걷겠어요."

오진우는 잔뜩 볼이 부어서 대답했다.

오진우는 행군 도중에도 제멋대로 앞뒤로 왔다 갔다 뛰어다니는 황정해가 여간 부럽지 않았다. 더구나 황정해는 총을 두 자루씩이나 가지고 다녔는데, 어깨에 멘 보총 외에도 배에는 권총까지 한 자루 지르고 다녔으니 오진우가 샘이 날 만도 했다

"이건 너무 불공평해요. 훈춘도, 왕청도 다 공산당 유격대인데, 훈춘유격대에서는 저렇게 한 사람이 총을 두 자루씩 가지고 다니는 사람이 있을 수 있나요?"

오진우가 이렇게 불평한 적도 있었다.

"그건 정해 혼자서 적들의 손에서 직접 빼앗은 것이란다."

그런데 오진우는 황정해가 오히려 자기보다도 한 살 더 어린 것을 알게 되었을 때는 정말 놀라지 않을 수 없었다. 훈춘 대황구 아동단 단장 황정해는 왕청뿐만 아니라 동만 내 여러 근거지의 아동단들에도 널리 알려질 정도로 유명했는데, 정작 4연대 부대와 합류하면서 만났던 황정해가 부대 안에서도 이렇게 유명한 인물이 되어 있었을 줄은 미처 몰랐던 것이다.

황정해는 노흑산을 넘을 때 줄곧 후국충과 왕윤성 그리고 김성주 사이를 오가며 전령병 노릇도 했다. 김성주를 무척 따랐던 황정해는 때로 김성주에게 소식을 전하러 왔다가도 금방 돌아가지 않고 곁에서 반나절 내내 함께 행군할 때도 있었다.

"정해야, 후 연대장이 기다리고 있겠다. 빨리 돌아가거라."

김성주가 이렇게 재촉까지 했다. 후국충이 속도를 내서 빨리 가고 있던 선두부대를 붙잡아 세우려고 황정해를 보낸 것이다.

"그냥 이대로 돌아가면 후 연대장이 나를 구박할 건데요. 성주 형님의 선두부대가 너무 빨리 가고 있어서 뒤에 떨어진 부대에서 만약 이탈자가 생기면 성주형님한테는 뭐라고 안 해도 아마 나를 혼낼 거예요."

김성주는 빙그레 웃으면서 돌아서서 한홍권을 기다렸다.

한홍권이 좀 쉬어가면서 속도를 늦추자고 해도 꿈쩍하지 않았고, 김려중까지 달려와서 군마들이 모두 더위 먹고 쓰러질 지경이라고 비명을 질러도 여전히 속도를 늦추지 않았지만, 황정해가 이렇게 말하며 떠나지 않자 김성주는 걸음을 멈추고 말았다.

훈춘 출신 대원들이 아주 굼뜨게 따라오는 것에 갑갑해진 나머지 잠깐 김려중을 만나러 갔던 한흥권이 다가오자 김성주가 말했다.

"한흥권 동무, 아무래도 좀 멈추긴 해야겠습니다. 이 애가 들러붙어서 돌아갈 생각을 하지 않습니다."

한흥권은 김성주에게 말했다.

"이번에 온 만주군 출신 대원들이 모두 산악행군에 서툴러서 발에 문제가 생긴 것 같습니다. 우리가 좀 속도를 늦추더라도 함께 가면서 도와주긴 해야겠습니다."

"김려중 중대에는 우리 동무들이 여럿 있어서 그나마 괜찮은데, 후 연대장 주력부대가 더 힘들어하는 모양입니다."

김성주는 한흥권에게 선두부대의 행군 속도를 좀 늦추게 하고 자신이 직접 산악행군에 능한 장용산을 데리고 후국충과 왕윤성의 주력부대 쪽으로 마중 갔다. 후국충은 땀투성이가 되어 평소 신고 다니던 긴 가죽장화를 벗어 어깨에 메고 휘청휘청 걸어오다가 김성주를 보자 그의 손을 잡고 찬탄하여 마지않았다.

"마영 동지가 왜 말끝마다 김일성이 대단하다고 했는지 내가 이제야 알 것 같소. 김 정위가 데리고 다니는 대원들은 아주 씽씽 날아다니는구먼. 내 그 이유가 너무 궁금하오. 부럽기도 하고 말이오."

김성주가 와서 후국충이 잠깐 멈춰 설 듯하자 그의 뒤에 일자로 장사진을 치고 느릿느릿 걸어오던 4연대 대원들이 벌써부터 산길가 여기저기 그늘을 찾아 앉기도 하고 어떤 대원은 아예 드러누워 버리기도 했다. 후국충은 숨을 헐떡거리며 탄식했다.

"내 저것들을 데리고 과연 이 노야령을 넘을 수 있을지 걱정이오."

산악행군 경험이 전혀 없는 대원들은 모조리 녹초가 되어 있었다. 한둘이 아니고 100여 명씩이나 되어 아무리 유격대 노병들이라도 딱히 누구를 거들어줄 상황이 아니었다. 같이 따라온 장용산이 난색을 표하자 김성주는 후국충과 왕윤성에게 대오를 잠깐 쉬게 하고 3, 4연대 내의 당원과 공청단원 및 열성분자 회의를 열자고 제의했다.

그렇게 모여 앉고 보니 김성주의 왕청 5중대는 절반 이상이 당원이고 나머지도 공청단원 아니면 열성분자들이었다. 열성분자들도 바로 후국충에게 넘겨받은 만주군 조옥새 중대의 조선인 소대대원들이었는데, 김성주를 따라다니면서 불과 며칠도 안 되는 사이에 4연대에 남은 다른 위만국 출신 대원들과는 비교할 수 없을 정도로 자세도 바르고 밝은 표정들이었다.

"조선인들이 원래 좀 별나게 끈질긴 건 알겠는데, 이건 해도 해도 너무합니다. 똑같이 만주군에서 뛰쳐나온 병사들인데, 김 정위한테 간 저 친구들과 여기 남은 친구들이 어떻게 이렇게 표가 나나 말입니다. 도무지 이해가 안 되오. 우리가 저 친구들을 3연대에 잘못 보낸 것 같습니다."

후국충은 왕윤성에게 이렇게 말하면서 김성주을 바라보았다.

"김 정위, 저 친구들을 다시 돌려주고 이 친구들로 바꿔 가면 안 되겠소? 두 배로 바꿔드리겠소."

진담 반 농담 반 후국충이 제안하니 김성주도 넌지시 대답했다.

"그러면 이렇게 하십시다. 영안에 도착할 때까지 한 다섯 번만 1 대 2의 비례로 바꿔주십시오. 제가 책임지고 대원들을 잘 훈련시켜 드리겠습니다."

후국충이 미처 무슨 뜻을 알아차리지 못하고 왕윤성을 돌아보았다.

"마영 동지, 김 정위 말이 무슨 뜻인가요?"

"절대 대답하시면 안 됩니다. 김 정위 꾐에 넘어가면, 영안에 도착할 때쯤이면 나나 후 연대장은 빈털터리가 되고 맙니다."

왕윤성이 웃으면서 눈치를 주었다.

후국충은 하하 소리 내어 웃어버렸다.

"하여튼 김 정위에게 감탄했소. 정말 진심으로 김 정위와 오래도록 함께 보내고 싶소. 우리 4연대 대원들도 모두 김 정위 대원들처럼 만들어주시오."

후국충이 이렇게 요청하니 김성주는 정색하고 대답했다.

"후국충 동지, 너무 그렇게 4연대를 낮춰서 말씀하지 마십시오. 대원들마다 각자 장점과 단점이 있는 법입니다. 저희 5중대가 좀 다르다면 대원들이 왕청에서 입대한 동무들인데, 이 동무들은 모두 어려서부터 아동단과 공청단을 거쳤기 때문입니다. 그러나 4연대에도 훈춘의 여러 근거지들에서 입대한 대원들도 많잖습니까. 정해 같은 아이는 전 동만에서도 둘째가라면 서러워할 만큼 날쎄기로 유명한 아입니다. 저희 3연대에도 정해 또래의 어린 대원이 적지 않지만 누구도 정해와 비교할 수 없습니다. 만주군에서 넘어온 병사들도 우리가 정성을 들여서 교육하고 키우면 모두 훌륭하게 변할 것입니다."

"김 정위 말씀이 옳소. 내가 만주군에서 온 대원들을 잘 거들어주지 못한 점을 반성하겠소."

후국충은 김성주의 제안을 받아들여 근거지 출신 대원들에게 만주군 출신 대원들의 총과 배낭들을 들어주라고 명령했고, 김성주도 더는 속도 내는 데만 치중하지 않고 직접 장용산과 함께 4연대 주력부대에 남아서 대원들의 행군을 돌보아주기 시작했다.

"동무들, 우리가 여기서 이렇게 맥 빠진 모습으로 드러누우면 뒤에서 오는 혁명군 가족들이 얼마나 낙심하겠습니까. 그들 중에는 여성도 적지 않고 어린아이도 많은데 우리가 과연 이런 모습을 보여야겠습니까!"

김성주는 땅에 주저앉아 있는 대원들을 일으켜 세웠다. 영마루를 넘어갈 때는 두세 사람 몫의 총과 배낭까지도 혼자 메고 앞에서 체도를 휘둘러 나뭇가지를 자르며 길을 내던 장용산이 뒤를 돌아보며 소리쳤다.

"빨리 힘을 내오. 이 영을 넘을 자신 없는 친구들은 성을 갈든지 아니면 불알을 떼버리오."

장용산의 걸쭉한 농지거리에 만주군 출신 대원들은 잔뜩 골이 돋았다.

"제기랄, 우리가 이 영을 못 넘을 줄 아는군."

"빨리 일어나세. 우리가 계속 이렇게 뭉개고 있으면 저자가 진짜로 우리 불알 자르러 올지도 모르네."

장용산의 모습은 김성주 회고록에도 자세하게 담겨 있다. 포수 출신으로 별명이 '장포리'였던 장용산은 워낙 산에서 날아다니는 사람으로 소문이 나 있던 데다 왕청은 물론이고 멀리로 동녕과 영안 지방에도 안 가본 곳이 없어 노야령 정도는 그에게 식은 죽 먹기나 다를 바 없었다. 1903년에 태어나 이때 나이가 서른셋이었던 장용산은 절반 이상이 10대에서 20대 미만의 대원들인 유격대에서 아닌 게 아니라 영감 취급이라도 받을 나이였다. 하지만 그는 자기보다 열 살이나 어린 김성주를 따라 '제1차 북만원정'과 '제2차 북만원정'에도 모두 참가한 노병이었다.

그동안 김성주가 가는 곳에 장용산이 없었을 때가 없었다. 명사수였던 장용산은 김성주가 직접 지휘한 전투에서 언제나 일익을 담당했고, 그의 손에 죽은 일본군과 만주군이 최소한 100여 명 이상이라는 평판이 자자했다.

5. 석두하 기슭에서 이준산을 구하다

노야령을 넘어 영안 경내 산동툰으로 접근할 때였다.

산동툰 서북쪽 석두하 기슭에서 5군 1사 3연대 정치위원 이준산이 거느린 한 대대가 만주군과 대치하던 중 일본군이 갑작스럽게 배후에서 덮치는 바람에 포위되어 하마터면 몰살당할 뻔한 일이 발생했다. 이준산 대대와 대치했던 만주군은 이른바 '정영(鄭營)'으로 불리던 3연대 산하 대대였다. 원래 만주군이었다가 귀순하여 제5군으로 넘어온 지 얼마 안 되었는데, 주보중이 제5군 1사와 2사에서 부대를 선발하여 서부파견대를 조직할 때 병력을 충당하느라 미처 제대로 개편하지도 못했던 정영을 여기에 참가시킨 것이었다. 서부파견대는 이형박의 인솔로 영안 서남쪽 액목과 돈화 일대로 출격하고 있었다.

정영의 군율은 너무 산만해 민가에서 노략질하던 대원 2명이 이형박에게 처형당했는데, 여기에 불복한 중국인 대대장 정건공(鄭建孔, 영안현 석암진 출신)이란 자가 대대를 이끌고 도주한 것이다. 정건공의 부하 가운데 일본군과 내통하는 자가 정영이 통째로 다시 투항하겠노라고 연통했기 때문에 이준산이 정영 뒤를 쫓을 때 일본군은 일부러 길을 열어주고 정영이 두구자(斗溝子)의 만주군 병영 쪽으로 달아나게 만든 것이다.

이준산은 여러 차례 포위를 돌파하려 했으나 번번이 실패했다. 게다가 쫓기던 정영까지 불쑥 돌아서서 공격해오는 바람에 이준산 쪽에서 이제는 모두 죽게 되는구나 절망하게 되었을 무렵이었다.

"준산아, 살고 싶으면 너나 투항하거라."

한창 의기양양하여 거꾸로 이준산에게 투항하라고 소리치던 정영 배후에서 갑자기 우레 같은 총폭탄 소리가 연달아 터져 올랐다. 그 중 박격포탄 한 방이 정영의 우두머리 정건공 가까이에서 터졌다. 이준산과 살아남은 대원들이 석두 하변 자갈밭에 배를 붙이고 납작 엎드린 채로 앞을 쏘아보다가 정건공의 몸이 하늘로 날아올랐다가 땅에 떨어지는 것을 보고 너무 기뻐 모두 벌떡벌떡 일어나 정영을 향해 돌진했다.

정영을 마중하러 왔던 일본군 토벌대까지도 감히 어쩔 수 없었던 것은 장용산이 그들 배후에 나타났기 때문이었다. 일본군 기관총 사수 2명이 장용산이 쏜 총에 뒤통수를 맞고 쓰러졌는데, 이준산을 구하러 온 부대가 박격포까지 쏘아대는 것을 보고는 기겁한 나머지 즉시 철수하고 말았던 것이다.

결국 김성주는 이준산을 도와 정영을 소멸하고 그들의 무장을 모조리 노획했는데, 이 무장을 바탕으로 김성주는 또 한 중대 대원을 모집했다. 7월 하순 서부 파견대와 함께 경박호를 넘어 목단강 상류 쪽으로 나아갈 때, 김성주가 직접 데리고 다닌 부대는 이미 100여 명에 육박하게 되었다.[37]

정영 소멸 전투에서 김성주 덕분에 살아난 이준산은 이렇게 회고했다고 한다.

"나는 그때 전투 이후로 조선 동지들을 무척 좋아하게 되었다. 김일성이 데리고 다녔던 대원들 대부분이 조선 동지들이었는데 정말 싸움을 잘하더라. 후에 김일성 부대에서 우리 5군으로 옮겼던 '장포(張砲, 장용산, 장포라고 부름)'라는 조선 동지가 있었는데 그는 대단한 명사수였다. 일본군이 그의 앞에서 함부로 머리를 내밀었다가는 한 놈도 살아남지 못했다."[38]

---

37 원문 其中二軍部隊擴大尤其快, 金日成的兩個連變成了三個連. '中國抗日戰爭紀實叢書-東北抗日聯軍苦戰記' 第194頁.

38 취재, 양강(楊剛, 가명) 중국인, 길림성 정협문사위원(文史委員) 겸 역사당안관리처장, 취재지 장춘, 1986.

이준산은 김성주에게 장용산을 달라고 요청했다.

"노획한 저 무기와 탄약들을 모조리 김일성 동무에게 드릴 테니, 나한테는 장포리라는 저 명사수 한 동무만 주십시오."

"다른 동무라면 모르겠지만 장 동무만은 안 됩니다."

김성주가 거절했지만 이준산은 진한장과 이형박까지 내세워 장용산을 달라고 요청했다. 결과 제5군으로 옮긴 장용산은 제5군 1사 3연대에 배치되었다가 후에는 군부 무기수리소로 다시 옮겼다.

그해 11월 주보중을 쫓아다니던 토벌대가 뜻밖에도 이 무기소를 발견하게 되었다. 액목현 청구자의 깊은 밀영에 자리 잡고 있던 이 무기수리소에서 다른 대원들을 엄호하느라 혼자 남은 장용산은 포위당했으나 전혀 당황하지 않고 아주 침착하게 토벌대를 쏘아 눕혔다. 토벌대도 장용산 한 사람을 향해 사격을 퍼붓기 시작했다. 나중에 무기수리소 귀틀집은 풍비박산이 났고 장용산의 온몸은 벌둥지처럼 구멍이 숭숭 뚫렸다. 가슴과 어깨, 다리, 어디고 총탄에 맞지 않은 곳이 없을 지경이었다. 토벌대가 귀틀집 안에 들어왔을 때, 죽은 줄 알았던 이 사나이가 갑작스럽게 눈을 불쑥 뜨더니 가슴에 안고 있던 작탄을 터뜨렸다. 폭음과 함께 귀틀집이 통째로 날아가 버리고 말았다.

20장

서부파견대

"세상에 타고난 군인이 어디 있겠나. 자네도 원래는 꿈이 교사였잖아.

그런데 이렇게 총을 잡고 사단 참모장까지 될 줄 누가 생각이나 했겠나.

오늘 자네를 만나니 '장부가 세상에 처함에 그 뜻이 크도다!'라고 했던

"장부처세가"가 갑자기 떠오르는구먼."

1. 산동툰

이때 김성주와 이준산의 만남은 그 후 1940년대까지 계속 이어지게 되었다. 이준산은 이듬해 1937년 3월에 5군과 함께 흑룡강성 중부 지대로 원정했던 2군 3연대가 독립여단으로 개편되면서 5군에서 2군으로 옮겨가 이 독립여단의 정치위원에 임명되었다. 여단장은 바로 3연대 연대장이었던 방진성이었고, 여단의 기간부대나 다름없었던 여단 산하 1연대 연대장 겸 정치위원은 최춘국이었다. 김성주는 회고록에서 최춘국이 여단 당위원회 서기직도 맡았다고 하지만, 이는 사실이 아니다. 여단 당위원회 서기직은 이준산이 겸하고 있었다.

송화강 남안에 위치한 의란과 방정현 경내 삼도구(三道溝)까지 원정했다가 여기서 남만까지 만릿길을 행군하여 2군 군부로 돌아왔을 때, 대원들이 입은 군

복은 거의 찢어져 너덜거렸고 신발들도 닳고 터져서 천으로 감싸거나 노끈이나 새끼로 동여매고 있었다고 김성주는 회고한다. 이때도 군사지휘권을 틀어쥐었던 방진성이 많은 문제를 일으킨 것은 두말할 나위 없다. 행군노선을 정하고 전투방안을 짤 때도 두 사람은 침방울 튕겨가며 논쟁하고 서로 욕설을 퍼붓기도 했다. 방진성은 화가 치밀어 권총까지 뽑아들었다가 최춘국 곁에서 그림자처럼 붙어다니던 지병학(池炳學)[39]에게 제압당한 적도 있었다고 한다. 다행스러웠던 것은 이준산이 계속 최춘국의 손을 들어주었기 때문에 이 독립여단은 끝까지 흩어지지 않고 남만까지 돌아올 수 있었다.

이준산의 일본 유학 시절에 동경의 일본철도학교에서 함께 공부했던 중국인 처녀 초문적(楚文迪)은 귀국 후 1933년경 액목현 기차역 부역장이 되었다. 후에 초문적은 만주군 보병 제8여단 산하 제5교도대대 대대장 주가훈(朱家訓)의 첩실로 들어갔다. 그의 고향은 오늘의 흑룡강성 오상시 나림진(黑龍江省 五常市 拉林鎭)이었고, 부모는 머슴을 10명이나 부릴 정도로 땅이 많았던 지주였다. 오상시가 1930년대에는 흑룡강성이 아닌 길림성에 속했고, 당시 나림진 명칭은 나림동성자 구자연툰(拉林東城子 溝子沿屯)이었다.

이준산의 고향도 이 동네였고 초문적과 함께 일본 유학까지 했던 것으로 미루어볼 때 둘 사이가 보통이 아니었던 것이 분명하다. 그러나 이준산은 1년 만에 유학을 중단하고 중국으로 돌아와 북경대학에 입학했는데, 여기서 이범오와 사귀게 되었다. 당시 이범오도 마침 그곳 러시아어학교[40]에서 공부하고 있었다.

이준산은 이범오의 소개로 주보중과 만났고, 1935년 2월 제5군이 성립될 때

---

39 지병학(池炳學) 북한 건국 후 인민무력부 부부장 역임. 김정일에게 숙청당했다.

40 1899년에 북경 북양 정부에 의해 설립된 공용 러시아어학교, 1928년 6월에 북경대에 편입되어 '러시아 정치법률학교'라고 불렸다.

5군 산하 1사 3연대 정치위원으로 임명되었다가 그해 7월에 바로 산동툰 서북쪽 석두하 기슭에서 정영을 추격하던 중 김성주와 만났던 것이다.

필자는 2000년에 산동툰을 답사하면서 오늘날 영안현 강남조선족만족향(江南朝鮮族滿族鄕)으로 이름이 바뀐 이 동네 사람들 가운데 '산동툰'이라는 이름을 들어본 적이 있다고 대답하는 사람을 한 사람도 만나지 못해 무척 놀랐다. 또 김성주가 회고록에서 "주보중이 밀영에서 10리나 떨어진 로천구라는 곳에까지 달려 나와 나를 포옹했다."고 밝힌 로천구는 산동툰 부근 어디 지명인지도 확인할 방법이 없었다. 그러나 중국 관방의 『동북항일연군사 대사연표(东北抗日联军史 大事年表)』에는 2군의 북정(北征, 북만 원정)부대가 1935년 7월에 영안 경내에 도착했고, 2군 참모장 유한흥과 3연대 정치위원 김일성 및 4연대 연대장 후국충과 정치위원 왕윤성이 주보중과 만난 사실이 기록되어 있다.

여기에 방진성의 이름이 보이지 않는 것도 흥미롭다. 방진성과 김성주 사이가 무척 버성겼을 뿐만 아니라 영안에 도착해서까지도 방진성은 김성주를 비롯한 적지 않은 조선인들을 민생단 또는 일본군 첩자라고 모독하는 말을 심심찮게 내뱉다가 주보중에게 호되게 질책 받은 것으로 전해지고 있다.

"아니, 이런 작자가 어떻게 연대장이 되었소?"

주보중은 왕윤성에게만 한탄하듯 말했다.

"작년에 조춘학 연대장이 반신불구가 된 데다가 3연대 병사 수가 턱없이 모자랄 때 방진성이 나자구에서 동북군 병사들을 많이 불러 모아 3연대 편제를 유지할 수 있었습니다. 그때 김일성 동무는 한창 민생단으로 몰려 영안에 와 있었을 때였지요."

주보중은 김성주가 방진성에게 군사지휘권을 빼앗기고 그동안 4연대와 함께 노야령을 넘어 온 이야기를 자세하게 들었다. 후국충은 노흑산과 태평구전투에서 박격포까지 노획한 일을 이야기하면서 김성주를 극구 칭찬했다.

"솔직히 김 정위가 아니었더라면 우리는 노야령을 넘어 여기까지 무사히 오지 못했을지도 모릅니다."

주보중이 유한흥에게 권했다.

"아무래도 김일성 동무는 3연대에서 갈라내야 할 것 같소."

"제가 요영구에서 출발할 때 이미 이 두 사람을 일부러 갈라놓았습니다. 방연대장이 김일성 동무를 눈에 든 가시처럼 미워합니다. 연대장과 정치위원 사이가 이렇게 불편한 경우는 정말 처음 봅니다."

유한흥은 위증민이 소련으로 들어가기 전에 그를 만나서 방진성과 김성주 문제를 해결하지 못한 것을 못내 후회하고 있었다.

"지금은 라오웨이가 돌아오기만을 눈 빠지게 기다릴 따름입니다. 라오웨이에게 바로 보고하고 방 연대장을 다른 곳으로 옮길 생각입니다."

"그 친구에게 3연대를 떠나라고 하면 반란을 일으킬지 모르오. 그러니 이 문제는 신중하게 처리해야 하오. 일단 김일성 동무를 3연대에서 갈라내는 것이 우선입니다."

"그러면 방진성 연대장은 그냥 그대로 둔다는 말씀입니까?"

"2군 간부 임명권은 나한테 있지 않으니 나중에 위증민 동무가 오면 한흥 동무가 잘 보고해 결정하시오. 일단 지금은 내가 직접 방진성의 3연대와 동행하겠소. 대신 우리 5군에서 준비 중인 서부파견대에 김일성 동무를 참가시키고 2, 5군 연합부대라고 부릅시다. 한흥 동무가 총지휘를 맡는 게 어떻겠소."

주보중이 말하는 이 서부파견대는 오평의 지시로 동만의 2군 부대가 북만으로 원정부대를 조직할 때부터 5군에서도 영안 서남 방향에 있는 액목과 돈화를 거쳐 안도의 처창즈로 이어지는 항일전선을 구축하기 위해 준비하던 작전계획이었다.

2. 후국충의 반발

오평은 이 계획을 1935년 11월 이전에 완성함과 동시에 이듬해 1936년 봄 이전에 5군 주력부대를 목단강 조령(刁翎) 지역으로 이동시키고 여기서 상황을 보아가면서 3군 조상지 부대가 활동하는 송화강 유역으로 항일전선을 확대해야 한다고 코민테른 중국대표단 이름으로 하달했다.

그런데 이 방안을 집행하고 원만하게 실행하려면 현재 5군이 지닌 병력으로는 어림없었다. 처음에 오평은 5군에서 흑룡강성 북부 밀산 쪽으로 항일전선을 확충하고, 밀산을 본거지로 한 4군 쪽에서 의란과 벌리 등 송화강 지역으로 항일전선을 확충하라는 지시를 내렸다. 그러나 동만의 원정부대가 이미 노야령을 넘기 시작했음을 알게 되자 이연록에게 지시하여 4군이 송화강 지역으로 출격하는 일을 잠시 미루고 파견대를 먼저 조직하여 영안 쪽으로 접근하게 했다. 이연록은 모스크바에서 공부하다 돌아온 지 얼마 안 된 동생 이연평에게 4군 유수부대(留守部隊)를 맡겨 밀산에 남겨놓고 자신은 4군 군부 주력부대를 이끌고 직접 영안으로 나왔다.

그리하여 김성주는 산동툰에서 이연록과도 만났다. 이미 이연록을 왕청에서 몇 번 만났지만, 그때는 1,000여 명의 구국군 부대를 이끌고 온 그를 멀리서 바라본 정도였다. 그러나 불과 2, 3년 사이에 김성주는 2군에서 가장 주목받는 청년 지휘관 중 하나가 되어 있었다. 특히 영안에만 벌써 두 번째 온 김성주는 영안 지방의 날고뛴다는 사람들 모두에게 익숙한 인물이었다. 군장 주보중은 말할 것도 없고 부군장 시세영과 1사 사장 이형박까지도 김성주를 옛 친구 대하듯 했는데, 서부파견대를 재조직할 때 이형박은 직접 주보중에게 요청했다.

"왕청유격대 김 정위가 나와 손발이 아주 잘 맞으니, 김 정위를 우리 파견대에 배치하여 주십시오."

2군 원정부대 지휘관들이 모두 참가한 가운데 이형박이 이렇게 요청하고 주보중이 동의한다는 뜻으로 머리를 끄덕이자 후국충이 불쑥 반발하고 나섰다.

"아니, 우리 2군과 5군은 서로 대등한 사이인데, 엄연히 연합부대 작전회의를 하면서 5군 군장인 당신 혼자서 작전 배치를 쥐락펴락한단 말이오?"

그동안 주보중, 시세영, 이형박 등 5군 주요 지휘관들이 모두 김성주 한 사람에게만 관심을 가진 모습을 불쾌하게 지켜보던 후국충이 참지 못하고 한마디 내뱉은 것이다. 그러나 후국충의 생각은 다른 데 있었다. 만약 5군이 서북파견대에 참가하면 액목과 돈화를 거쳐 안도 쪽으로 전선이 연결되기 때문에 누구보다도 일찌감치 동만으로 돌아갈 수 있었기 때문이다.

작전회의가 열리기 전에 왕윤성이 어디서 듣고 왔는지 후국충에게 몰래 소곤거렸다.

"우리가 나자구를 떠난 뒤 토벌대가 덮쳐 왕청과 훈춘이 모조리 쑥대밭이 되어 버렸다는구면. 특위 기관이 나자구에 있는데, 나자구를 지켜야 할 부대를 하나도 남겨두지 않았으니 참으로 걱정이구려."

이에 후국충과 왕윤성은 유한흥에게 청했다.

"원정부대가 이미 영안에 도착했으니 3, 4연대가 모두 여기서 뭉갤 것이 아니라 한 연대는 빨리 나자구로 돌아가야 옳지 않겠나 생각하오."

그러자 유한흥도 동의했다.

"작전회의 때 한 번 말씀드려보겠습니다."

"2군은 유 참모장이 결정하면 되는데, 왜 5군 군장한테 보고해서 허락받아야 만 하는 것처럼 말씀하오?"

후국충은 이미 그때 유한흥에게 불만을 드러내 보인 것이다. 그런데 작전회 의 때는 주보중의 말투가 사뭇 명령조로 들렸던 모양이다. 특히 이형박이 제멋 대로 주보중에게 김성주를 자기들 서부파견대에 배치해달라고 하니 주보중은 후국충이나 왕윤성의 의견은 물어보지도 않고 허락해버린 것이다.

"동만의 원정부대가 금후 행동할 방향을 의논하는 회의니 2군 동무들도 얼마 든지 자기 의견을 발표하실 수 있소."

후국충의 반발에 주보중은 이렇게 말하고는 좌중을 돌아보면서 말을 이어갔 다.

"그런데 뭐 하나 묻겠소. 2군 동무들이 한 번 말씀해보시기 바라오. 2군 원정 부대가 노야령을 넘고 있다는 소식을 받았을 때, 우리 5군은 벌써부터 서부파견 대를 준비하고 있었소. 좀 성급하게 서둘렀기 때문에 액목 쪽으로 접근하던 우 리 5군 1사 3연대에서 사고가 발생하기도 했소. 만주군에서 귀순했던 한 중대가 도주했지만, 마침 김일성 동무가 도착하여 위험에 빠졌던 이준산 동무를 구해내 고 이 반변 분자들은 모조리 소멸해버렸소. 우리가 다시 서부파견대를 정비하고 여기에 김일성 동무를 참가시켜 이 파견대를 2, 5군 연합부대로 만들려고 하는 데, 뭐가 불가하단 말이오? 서부파견대 외에도 동부파견대를 조직하여 목단강 넘어 3군 쪽으로 전선을 연결해야 하오. 이미 2개월 전에 우리 5군 정치부 주임 호인 동무가 선견대를 인솔하고 남호두에서 출발하여 지금 목릉과 벌리, 밀산 쪽으로 접근하는 중이오. 그런데 병력이 모자라 호인 동무가 이끌고 떠난 선견 대는 겨우 세 중대밖에 되지 않소. 이연록 군장이 4군 군부 부대를 인솔하고 영 안에 도착함과 동시에 4군의 다른 한 갈래가 밀산에서 벌리 쪽으로 접근하여 한 전선으로 이어지면 어떤 상황이 벌어질지 한 번 생각들 해보시오."

주보중이 여기까지 말하고 나서 잠깐 멈추었을 때 유한흥이 후국충에게 설명했다.

"후국충 동무. 우리 2군 원정부대가 노야령을 넘어 영안으로 들어온 것은 바로 동만과 북만의 항일전선을 하나로 이어놓는 데 목적이 있는 것처럼, 5군 역시 서부와 동부로 원정부대를 파견하여야 합니다. 지금 안도 쪽으로 이동한 우리 2군 군부는 계속 남쪽으로 이동하여 올해 연말쯤이나 내년에는 1군과도 만나게 될 것입니다. 이는 코민테른의 결정에 의한 전략이지 어느 한 개인이 결정하거나 독단적으로 배치하고 처리할 일이 아닙니다."

후국충은 손을 내저었다.

"아이고, 우리가 노야령을 넘어온 것이 코민테른 지시에 따른 결정이라는 것은 이미 마영 동지한테서 귀에 못이 박히도록 들었소. 난 다만 우리 4연대의 금후 행동방향에만 관심이 있으니 주 군장이 그것부터 알려주시기 바랍니다."

그러자 주보중은 일단 처음보다는 훨씬 부드러운 목소리로 자기 생각을 이야기했다.

"동만 원정부대 두 연대를 각각 서부파견대와 동부파견대로 갈라서 보낼 생각인데, 후 연대장이 가고 싶은 방향이 있으면 스스로 결정하오."

후국충은 이미 서부파견대 책임자로 임명된 시세영과 이형박이 김성주를 욕심냈기 때문에 차마 서부파견대와 함께 행동하겠다는 말은 못 꺼내고 동부파견대의 행동 방향을 좀 자세하게 설명해달라고 요청했다. 그러자 주보중은 빙그레 웃으면서 말했다.

"사실은 목릉현 경내에 '천복(天福)'과 '방우(訪友)'라는 깃발을 내건 삼림대가 본거지를 틀고 있는데 세력이 만만치 않소. 우리 5군 정치부 주임 호인 동무가

1사와 2사에서 한 중대를 모아 목릉 쪽으로 들어갔는데, 여태까지 발도 붙이지 못했고 또 최근에는 소식도 끊긴 상태요. 마침 후 연대장은 삼림대 친구들한테도 널리 알려진 사계호 두령이니, 목릉으로 나가서 천복과 방우를 개편하면 4연대를 사단 규모로 확충할 수도 있을 것이오."

이 말에 후국충은 부쩍 구미가 동했다.

아닌 게 아니라 천복과 방우 두 삼림대를 개편할 수 있다면 최소한 두 연대 병력을 얻는 셈이니, 항일연군에서 실행하는 33제 군사편제[41]에 따라 후국충은 바로 사장이 되는 것이었다.

그런데 이때 왕윤성이 갑자기 나서서 화제를 다른 데로 돌려버렸다.

"우리가 노야령을 넘어올 때까지 줄곧 나자구와 연락이 끊어지지 않았는데, 지금은 완전히 끊긴 상태입니다. 나자구에 남겨두고 온 부대가 없어서 특위 기관이 어찌되었는지 여간 걱정이 아닙니다. 4연대 행동 방향은 나자구 쪽 소식이 들어오는 것을 봐가면서 다시 결정하는 것이 어떻겠습니까?"

눈치 빠른 주보중은 왕윤성까지도 4연대의 목릉 쪽 원정에 거부 반응을 보이는 걸 발견하고 몹시 불쾌했지만 참을 수밖에 없었다. 주보중이 갑자기 김성주

---

41 주보중이 집필한 『항일연군의 건제와 군사문제(抗日联军的建制和军事问题)』에서 자세하게 설명하는 '항일연군의 33제 군사편제'는 1935년부터 실행되었다. 군(軍)을 최고 단위로 하며, 군 산하에 3개의 사(師, 사단)와 1개의 군부 직속 교도대대 또는 소년영(少年營, 대대)과 경위영(營, 대대)을 두었다. 따라서 사단 산하에도 3개의 연대와 함께 1개의 경위중대와 교도중대 또는 소년중대를 두었다. 연대 내에는 대대 편제를 두지 않고 바로 중대로 나누었는데, 1개의 연대는 3개의 중대로 편성되었고, 1개의 중대 역시 3개의 소대로 편성되었다. 한 소대 인원수는 12명으로 정했으나 필요에 따라 더 보충되거나 축소될 수 있었다. 군급 단위에 정치위원이 당대표를 겸하며, 상황에 따라 정치위원 대신 정치부 주임의 권한을 군사지휘관과 동급에 둔다. 군사지휘관과 정치부 주임 사이에 의견 분규가 발생했을 때는 당위원회에서 결의하여 최후 결정을 내리게끔 되어 있었다. 그 외 유격대의 당 조직은 당지 동급 또는 상급 당위원회의 영도를 받는다. 연대급 이하 중대 단위의 당 조직은 지부를 설치하며, 지부 이하 소대 단위의 당 조직은 소조를 설치했다. 당위원회 서기는 당원들의 투표로 선출되거나 상급 당위원회에서 임명했다.

에게 물었다.

"김일성 동무도 마영 동무와 같은 생각이오?"

그러자 후국충이 볼멘소리를 했다.

"4연대 일은 나와 마 정위가 결정하면 되는데, 그걸 왜 저 친구한테 묻는단 말입니까?"

왕윤성이 급하게 후국충 옆구리를 찌르다 못해 벌떡 일어서서 그의 팔을 잡고 밖으로 끌고나가서 나무랐다.

"아이고, 후 연대장은 생각이 있는 사람이오? 없는 사람이오?"

"왜 그러시오?"

"목릉 쪽으로는 못 나갑니다. 거기까지의 거리가 얼마나 되는지 알고 그럽니까? 목릉까지 도착하기도 전에 4연대는 풍비박산나고 말 것입니다."

"하마터면 주곰보(周麻子, 주보중의 별명)한테 속아 넘어갈 뻔했군요. 그러잖아도 어쩐지 좀 미심쩍다 했습니다. 목릉 쪽으로 먼저 선발대를 데리고 나갔다는 5군 정치부 주임과도 소식이 끊긴 상태라지 않습니까."

그제야 후국충은 갑자기 깨닫고 머리를 썩썩 긁었다.

"그 사람들이 목단강을 제대로 넘어섰는지도 의문이오. 하여튼 나자구 상황이 심상치 않아서 우린 한 연대만 남겨놓고 나머지 한 연대는 반드시 동만으로 돌아가야 한다고 유한흥 참모장에게 말해둘 테니 후 연대장은 자꾸 불쑥불쑥 나서지 마시오."

왕윤성이 재삼 당부하자 후국충은 응낙하고 함께 회의장소로 다시 들어오니 주보중이 웃으면서 화제를 다른 데로 돌려 버렸다.

"방금 김일성 동무가 이렇게 제안했습니다. 나자구 쪽에 다시 연락원을 보내 그쪽 사정을 알아보고 동만 원정부대의 행동 방향을 결정하자고 말이오. 나도 그러는 것이 좋겠다고 생각했습니다. 오늘 회의는 이만하고 유 참모장이 요리솜씨를 보이겠다고 하니 모두 함께 술이나 한 잔씩 합시다."

그날 분위기에 대해 김성주도 회고록에서 이렇게 이야기하고 있다.

"주보중이 훈춘 연대의 연대장인 후국충에게 동만 원정대의 행동 방향을 지령식으로 내리먹이려 한 것이 동기가 되어 쌍방 간의 대화가 얼마동안 교착상태에 빠졌던 것이다. 그 당시 5군 정치위원이었던 호인은 부대를 데리고 목릉 일대에서 활동하고 있었다. 주보중의 요구는 동만 원정대가 목릉에 가서 호인을 도와 싸우다가 오하림 지구에 진출하여 그곳을 장악해 달라는 것이었다. 그다지 어려운 부탁도 아니었는데 자존심이 강한 후국충은 단마디로 그것을 거절해 버리었다. 아마 그 부탁이 부탁으로 들리지 않고 지시로 느껴졌던 모양이었다. 안길과 김려중도 그와 견해를 같이했다. 우리에겐 우리대로의 원정 목적이 있고 밟아야 할 노정도 따로 있는데 이래라저래라 할 수 있는가, 5군은 5군이고 2군은 2군이다라고 하면서 막 골을 내었다. 그들이 그렇게 골을 내는 것은 무리가 아니었다. 우리는 2군을 대표하여 북만에 온 것인 만큼 공동 투쟁을 한다고 하여 남의 지휘봉에 따라 무턱대고 움직일 수는 없었다."

그러나 주보중은 아주 지혜로운 사람이었다. 2군 지휘관 모두가 자기의 일방적인 지휘에 복종하기 싫어하는 것을 눈치 채자 금방 반성했다.

"내가 좀 생각이 짧았던 것 같소. 김일성 동무한테 들어보니 4연대는 노야령을 넘어서기 전부터 노흑산과 태평구에서 많은 전투를 치렀더구먼. 더구나 만주군에서 넘어온 대원들도 많아서 아직 혁명군 군율이 몸에 배여 있지 않을 텐데, 내가 무작정 목릉 쪽으로 진출시키려 한 것은 무리였음을 인정하겠소."

주보중은 후국충과 왕윤성에게 술을 권하면서 먼저 사과했다.

그러자 오히려 후국충이 당황했다.

"아까 마영 동지가 나를 많이 나무랐습니다. 내가 자꾸 주책머리 없이 불쑥불쑥 나선다고 말입니다. 주 군장이 배치하는 대로 다 따를 것이니 어떤 임무든 내려만 주십시오."

주보중이 후국충 손을 잡고 말했다.

"아니오. 그렇지 않소. 사실은 호인 동무를 아주 급하게 목릉 쪽으로 파견한 것도 길동특위가 목단강에서 배겨나지 못하고 목릉 쪽으로 이동한 데다 그쪽에 우리 부대가 전혀 없어서 당 조직들이 모조리 수면 상태로 들어가 있었기 때문이오. 지금 보니 나자구 사정도 마찬가지인 것 같소. 동만특위 기관이 나자구에 있는데도 부대를 남겨두지 않고 모조리 영안으로 보내 버렸으니 말이오."

이렇게 되어 며칠 후 다시 개최된 작전회의에서 주보중은 먼저 김성주만 서부파견대에 참가시켜 5군 부군장 시세영과 1사 사장 이형박을 따라 액목 돈화 방면으로 출정하게 했다.

2, 5군 부대가 영안 지방에 집결한 것을 알아차린 일본군이 교하에서부터 한 연대를 이동시켜 영안 지방으로 들어오기 시작했다는 정보가 들어오자 주보중은 목릉 쪽으로 부대를 파견하려 했던 계획을 취소하고 방진성의 3연대와 후국충의 4연대를 모두 이끌고 영안 지방에서 토벌대에 맞서 싸울 준비를 하는 한편, 여전히 나자구에 동만특위 기관을 지킬 부대가 없는 것이 마음에 걸려 왕윤성에게 두 중대를 갈라주면서 다시 노야령을 넘어 나자구로 돌아가게 했다.

곧이어 발생하게 된 일이지만, 이미 특위 대리서기 주명까지 일본군에게 귀순해버린 데다 종자운까지도 어디로 가버렸는지 소식을 알 수 없게 되자 왕윤성은 혼자서 발을 붙일 방법이 없었다.

3. 장부가 세상에 처함이어

서부파견대가 정식으로 결성된 것은 1935년 8월 5일이었다.

산동툰에서 토벌대가 몰려들고 있다는 소식을 받고 5군 군부가 먼저 남호두 쪽으로 이동했다. 김성주는 이때 방진성의 3연대와도 떨어지고 또 후국충, 왕윤성의 4연대와도 헤어져 각각 3, 4연대에서 얻은 두 중대 대원 70여 명을 데리고 시세영, 이형박과 함께 경박호를 넘어 목단강 상류 부근에 있는 노송령(老松岭)의 깊은 밀림 속으로 들어갔다.

필자는 공교롭게도 중학교에 다닐 때 이 지방을 답사했는데, 지금도 기차를 타고 목단강으로 가다 보면 차창 밖으로 노송령을 지나치게 된다. 임해가 끝없이 펼쳐져 있고 산세가 험악하며 높은 산 아니면 바로 소택지가 펼쳐져 당시 서부파견대 대원들이 얼마나 힘들게 행군했을지 짐작되기도 했다.

서부파견대는 9월 초순경에야 가까스로 액목현 경내에 들어설 수 있었다. 김려중 중대는 고산툰(靠山屯)이라는 동네에서 만주군 한 중대 병력의 기병부대와 갑작스럽게 마주치게 되었다.

"김 정위, 싸울까요? 아님 피할까요?"

"말 탄 놈들 앞이니 피하면 어디로 피할 수 있겠습니까! 바로 칩시다!"

이 전투는 10여 분 만에 끝나고 말았다.

20여 명을 놓치고 10여 명을 사살했는데, 노획한 군마 10여 필은 산악행군 길에 도저히 끌고 다닐 수 없어 모조리 죽여 대원들에게 나눠주었다.

11월 3일에는 액목현 경내의 청구자(青溝子)에서 일본군 마츠이(松井, 교하 주둔 일본군 토벌대 대대장) 토벌대 한 소대를 전멸시켰다. 2일 뒤인 11월 5일에는 액목현 동북부로 에돌아 노두구(老頭溝)라는 동네에서 귀고 있었는데, 마츠이토벌대가 또 뒤를 쫓아왔다. 이때 김성주는 대원들을 확충하고 싶은 마음에 경위원(경호병) 오백룡과 유옥천을 동네 농민으로 분장시켜 몰래 자위단 단장을 찾아가게 했다.

"우리는 왜놈들만 죽이고 중국인들은 다치게 하고 싶지 않으니, 싸움이 시작되면 모조리 땅에 엎드려 있어 주오."

자위단장이 물었다.

"당신들은 어느 부대요?"

유옥천이 오백룡을 가리키면서 말했다.

"동만에서 온 고려홍군이오. 당신들이 믿지 못할까 봐 고려 사람 하나를 데리고 왔소."

중국인 자위단장이 반색했다.

"우리 자위단에도 꼬리빵즈가 하나 있는데, 불러다가 말을 시켜보겠소. 동만에서 온 고려홍군이 맞다면 우리 모두 투항하겠소."

조금 있다가 조선인 자위단원 하나가 건너왔다. 그는 오백룡과 조선말로 이야기를 나누고는 중국인 자위단장에게 말했다.

"동만에서 온 김일성 부대라고 하는데, 지금 300여 명가량이 여기 와 있다고 합니다."

그 말을 들은 자위단장은 깜짝 놀랐다.

1934년 11월경, 김성주가 노송령목재소를 습격한 적이 있어서 노송령 지방 사람들은 김일성의 고려홍군에 관한 소문을 모두 듣고 있던 터였다. 그리하여 김성주는 총 한 방 쏘지 않고 노두구자위단 30여 명을 통째로 접수하여 부대를 세 중대로 확충할 수 있었다. 이때 노두구에서 마츠이토벌대는 시세영과 이형박에게 공격받아 또 9명의 사상자를 내고 다시는 서부파견대 뒤를 쫓을 엄두를 내지 못했다.

이렇게 액목 지방을 한바탕 들쑤셔놓은 서부파견대는 12월경에 돈화를 눈앞에 두고 있었다. 부대가 돈화현 관지(官地)라는 동네에 잠깐 주둔하고 있을 때, 진한장이 파견한 전령병이 달려와 참모장 진한장이 제2군 2사 부대를 거느리고 곧 도착한다는 소식을 전했다. 그 말을 듣고 모두 의아해 마지않았다.

전령병이 돌아간 뒤에 김려중이 김성주에게 물었다.

"우리 2군에 언제 2사가 있었습니까?"

김성주도 어리둥절하기는 마찬가지였다.

"혹시 우리가 모르는 사이에 새로 제2사가 성립된 것 아닐까요? 아니면 전령병이 5군 2사를 2군 2사로 잘못 말했을 수도 있소."

김성주가 이렇게 말해도 김려중은 여전히 의아해했다.

"내가 듣기로 진한장은 5군 1사 참모장이라고 했던 것 같은데."

김성주도 궁금증이 한층 더 커졌다.

3연대를 통째로 방진성에게 빼앗기다시피 하고 3연대 정치위원이라는 텅 빈 감투 하나만 단 채로 지금까지 내내 한 중대만 휘하에 둔 채 3연대에서 4연대로, 그리고 노야령을 넘어와서는 또 시세영과 이형박 밑에서 지휘 받으며 싸우는 김성주의 신경은 날카롭지 않을 수 없었다. 특히 서부파견대에 참가하여 액목 지방을 돌면서 또 한 중대의 병력을 얻은 김성주는 4연대에서 넘겨받은 김려중 중대까지 합쳐 세 중대 병력을 인솔하고 있었다.

항일연군 군사편제로 볼 때, 세 중대는 바로 한 연대 병력으로 인정되었다. 때문에 이때쯤이면 부대가 새롭게 개편되어 방진성의 3연대와 갈라져 나오기를 기대하지 않을 수 없었을 것이다.

"혹시 이번에야말로 우리가 저 방가와 깨끗하게 헤어져서 2사에 소속되는 것 아닌지 모르겠군요."

김성주 못지않게 방진성을 미워하는 한흥권까지도 소식을 듣고 새로 2군 2사가 꾸며져 참모장으로 임명된 진한장이 이쪽으로 나오는 것이 아닐까 하고 자기 생각을 말했다.

"그럴 가능성도 있을 것입니다."

김성주 역시 한흥권과 같은 생각을 하고 있었다.

다음날 1935년 12월 5일 진한장이 관지에 도착했다.

정확하게 관지하 서쪽 요령자(腰岭子)라는 만주족 동네의 한 지주 집[42]에서 진한장은 시세영, 이형박, 김성주 등 서부파견대 지휘관들과 만나 주보중의 명령을 전달했다.

"작년 11월부터 수녕 지구에 대한 일본군의 동절기 토벌을 분쇄하기 위해 주보중 동지는 서부파견대에 이어 곧바로 1사 정치부 주임 관서범(關書范)[43] 동무로 하여금 두 중대를 인솔하고 해랑하(海浪河)를 건너 오상(五常)과 주하(珠河) 방면으로 나가게 했습니다. 주보중 동지 본인은 군부 교도대와 2군 후국충 연대장의 4연대를 인솔하고 지금 영안 지역에서 토벌대를 이리저리 끌고 다니는 중입니다. 이처럼 상황이 어려운 때 저를 또 갈라내 서부파견대로 보낸 것은 시세영

---

42 요령자의 지주 만금창(滿金倉)의 집. 만금창은 1947년 돈화현에서 반동지주로 처형당했다.

43 관서범(關書范, 1912-1938년) 영안현 사람이며, 1937년 제2로군이 성립될 때 주보중의 직접 지명으로 제5군 1사 사장으로 임명되었는데, 이때 나이가 스물다섯밖에 안 되었다. 항일연군 역사에서 무척 유명한 팔녀투강(八女投江)' 여대원들은 바로 관서범을 구하기 위해 토벌대를 유인하고 달아나다가 우스훈하에서 모두 빠져죽었다. 1938년 제2로군 군부가 조령 지구에서 일본군 대부대에게 쫓길 때, 관서범은 주보중을 속이고 몇몇 심복부하들과 함께 몰래 일본군에 귀순하려다가 발각되어 부군장 시세영에게 붙잡혀 2로군 군부로 압송되었다. 관서범은 후회하면서 살려달라고 빌었으나 주보중은 그를 총살했다.

부군장이 액목 지구로 돌아가 새로운 근거지를 개척하고, 제가 이형박 사장과 김일성 정위와 함께 계속 돈화 서쪽으로 에돌아 황니허(黃泥河)에서 크게 소동을 일으키고 가능하면 교하(較河)까지 접근하길 바라기 때문입니다."

이형박은 듣고 나서 무릎을 쳤다.

"옳거니, 우리가 포위권 바깥에서 소란을 크게 일으키면 일으킬수록 영안 쪽에서 받는 압력이 많이 줄어들 것이오."

"주보중 동지가 바라는 것도 바로 그것입니다."

돈화가 고향(반절하툰半截河屯)인 진한장은 이 지방 지리에 환했다. 주보중이 굳이 진한장을 서부파견대로 보내 시세영과 교체한 것도 바로 이런 이유 때문이었다.

"우리가 더도 말고 황니허 가까이에만 접근해도 경도선 철도 때문에 일본군은 경악할 것입니다. 또 돈화 주변에 만철회사가 운영하는 발전소도 있는데, 우리가 이 발전소를 습격한다면 곧장 만주국 황제한테까지 보고가 올라갈 것입니다."

진한장의 이야기를 듣고 있노라니 이형박뿐만 아니라 김성주까지도 모두 흥분되어 어찌할 바를 몰랐다. 이들은 곧 머리를 맞대고 앉아 작전 방안을 짜기 시작했다.

김성주가 먼저 의견을 내놓았다.

"일단 관지 주변의 만주군 거점들부터 습격해서 돈화와 액목 쪽 일본군이 관지로 응원하러 오게 만드는 것이 좋겠습니다. 그 사이에 시세영 동지는 액목으로 다시 진출하고 평남양(이형박)께서는 황니허로 빠지는 것이 어떻겠습니까?"

"우리가 모두 외곽으로 빠지면 김일성 동무와 한장 동무의 병력만으로는 힘에 부칠 텐데 괜찮겠소?"

이형박이 걱정했으나 김성주는 자신만만하게 대답했다.

"관지의 만주군 거점들이 한 곳에 집중되지 않고 관지로 들어가는 동쪽 입구와 관지하 북쪽, 그리고 통구강자까지 세 곳에 있습니다. 게다가 한 거점 병력이 보통 두 중대 이상을 넘지 않으니 우리가 공격하기에 알맞습니다. 더구나 한 장이 인솔해 온 부대가 또 80여 명이니 내가 한 거점을 공격할 때 한장이 부대가 다른 거점의 적들을 막아 지원하지 못하게 하면 얼마든지 해낼 수 있습니다."

김성주가 그 사이에 벌써 관지 주변의 만주군 분포 상황을 환하게 꿰고 있는 것을 본 진한장은 입이 벌어질 지경이었다.

"성주, 역시 자넨 타고난 군인이야."

두 사람은 학생 때부터 서로 이름을 부르며 죽마고우로 지냈던 옛 시절이나 지금이나 다름없이 각별한 사이였다.

실제로 김성주가 중국에서 지내는 동안 가장 친하게 지냈고 또 평생 잊지 못했던 중국인 전우 가운데 진한장은 첫손가락에 꼽는 인물일 수밖에 없었다. 위증민이나 주보중, 양정우 같은 사람들은 김성주가 존경하는 상관이었지만, 진한장만큼은 서로 못 할 말이 없는 세상에서 둘도 없는 친구였던 것이다.

"한장이, 세상에 타고난 군인이 어디 있겠나. 자네도 원래는 꿈이 교사였잖아. 그런데 이렇게 총을 잡고 사단 참모장까지 될 줄 누가 생각이나 했겠나. 그나저나 난 정말 감탄했어. 오늘 자네를 만나니 '장부가 세상에 처함에 그 뜻이 크도다(丈夫處世兮 其志大矣)'라고 했던 "장부처세가"가 갑자기 떠오르는구먼."

작전회의를 마치고 지주 만금창의 집 대청에서 술 한 병을 놓고 마주앉은 김성주와 진한장은 밤이 가는 줄 모르고 이야기꽃을 피웠다. 김성주가 문득 "장부처세가" 첫 구절을 떼는 바람에 진한장도 질세라 그 다음 구절을 받았다.

"때가 영웅을 지음이여, 영웅이 때를 지으리로다(時造英雄兮 英雄造時)."

안중근이 하얼빈의거 전에 부른 것으로 전해지는 이 "장부처세가"를 진한장에게 알려준 사람도 바로 김성주였다.

"그런데 나의 때는 언제일까?"

김성주는 진한장의 손을 잡고 한탄했다.

"구국군에서 한장이랑 함께 보냈던 시간들이 그리워. 그때 나도 동만으로 가지 말고 너랑 주보중 동지 곁에 남았어야 하는 건데 말이야."

진한장은 김성주가 왕청유격대로 옮겨간 뒤 민생단으로 몰려 갖은 마음고생을 겪은 일을 알고 있었다. 또 몇 번이나 정치위원직을 박탈당했다가 가까스로 3연대 정치위원에 복직했으나 다시 방진성에게 배척당한 일까지 한데 겹쳐 몹시 상심했던 것을 알고 연신 위안했다.

"성주, 고진감래(苦盡甘來)라고 하잖나. 곧 때가 오게 될 거야."

진한장은 곁에 아무도 없는데도 누가 엿듣기라도 하는 것처럼 목소리를 낮추어 귀띔해주었다.

"성주는 이번 2사 설립을 두고 조금이라도 감잡히는 거 없나?"

"뭘 말인가?"

"주보중 동지가 동만에서 나온 3연대와 4연대에다 5군 사충항 부대를 보태서 2군 2사를 만든 이유가 뭐라고 생각하나?"

김성주는 머리를 흔들었다.

"글쎄, 잘 모르겠는데."

진한장은 김성주에게 소곤거렸다.

"두 가지만 설명해주지. 먼저 군사 편제를 2군 소속으로 만든 것은 후국충 같은 동만 부대의 성깔 사나운 사람들 마음을 풀어주려는 이유도 있지만, 어차피

이 부대는 지금 북만에서 군사행동을 개시하기 때문에 2, 5연합군 성격을 띠네. 이는 코민테른의 항일연합전선 원칙에도 부합하는 것이네."

"그건 이해가 되네. 다음 두 번째는 뭔가?"

"주보중 동지는 서부파견대 소식을 계속 보고받으면서 성주 자네 부대가 벌써 세 중대로 확충된 것을 보고 여간 기뻐하지 않으셨네. 주보중 동지가 자네를 얼마나 높이 평가하시는 줄 아나. 방진성이 공개회의에서 주보중 동지한테 되게 혼났네. 그러면서 성주는 한 연대가 아니라 한 사단도 얼마든지 거느릴 수 있는 타고난 지휘관이라고 칭찬하셨네. 이 '타고난 지휘관'이란 말, 내 말이 아닐세. 주보중 동지가 직접 하신 말씀이네."

김성주는 손을 내흔들었다.

"이봐 한장이, 칭찬 같은 소리는 그만하게."

"성주, 자넨 이래도 감이 안 오나?"

진한장이 재차 묻자 김성주는 여전히 설레설레 머리를 흔들면서 물었다.

"그러면 방진성의 군권을 나한테 주기라도 하겠다는 건가? 그만 뜸들이고 어서 시원하게 말해주게."

김성주가 재촉하자 진한장은 그제야 비로소 말해주었다.

"2사가 성립되었으니, 곧 3사도 성립될 것 아니겠나."

진한장은 소곤소곤 자기 생각을 들려주었다.

"아직은 비밀이네. 나 혼자 짐작하는 일이지만, 이번에 서부파견대로 나오면서 주보중 동지가 나한테 해준 이야기들을 여러 가지로 종합해보면 조만간 5군뿐만 아니라 2군에서도 또 3사를 만들게 되네. 방진성의 3연대가 이번에 2사에 소속되었지만, 성주 자네가 이미 한 연대 병력의 대오를 따로 갖추지 않았나. 위증민 동지가 돌아오면 주보중 동지는 바로 3사 문제를 의논하게 될 거네. 난 그때 성주가 반드시 3사 사장에 임명될 거라고 감히 장담하네. 그러니 이번에 우리가 돈화에서 한바탕 크게 해보자고."

김성주는 놀랍기도 했지만 감탄하지 않을 수 없었다. 누구도 아닌 진한장의 말이라서 믿지 않을 수도 없었다.

그것은 주보중과 진한장의 관계를 누구보다도 김성주가 잘 알기 때문이었다. 이때 5군에서 진한장과 함께 관서범은 주보중이 가장 공들여 키우던 차세대 군사지휘관들이었다. 특히 이 두 사람은 모두 학생 출신이어서 공부도 많이 한 데다가 진한장은 구국군 시절부터 주보중의 조수로 활동해온 경력이 있어서 한마디로 주보중의 복심(腹心)이나 다를 바 없었다.

"그렇지만 3사를 내오자고 3사 병력까지도 5군에서 보태줄 수 있는 것은 아니잖은가. 그러기 때문에 우리 2군의 왕덕태 군장과 함께 의논하지 않으면 쉽게 성사되기 어려운 일일 텐데 말일세. 결코 위증민 동지와 주보중 동지 두 분이 결정할 수 있는 일도 아니잖은가."

김성주의 반론에 진한장은 머리를 끄덕였다.

"나자구 쪽의 훈춘 교통참이 모조리 파괴되었다고 들었네. 주보중 동지 말씀이 위증민 동지가 코민테른의 회의정신을 전달하기 위해 먼저 영안으로 들어올 것이라고 했네. 아마 2군 왕덕태 군장도 영안 쪽으로 오게 될지 모르네. 우리가 이번에 돈화를 거쳐 황니허와 교하 쪽까지만 치고 나가면 안도에서 돈화를 거쳐 액목과 영안 쪽으로는 완전히 하나의 전선이 만들어지는 셈이니 2군과 5군의 연락이 훨씬 더 쉬워질 수 있지 않겠나."

"그러면 우리 2군은 지금 내가 맡은 세 중대를 기간으로 하고, 여기에 대여섯 중대만 더 보충하면 바로 사단을 한 개 더 만들어낼 수 있네. 5군에서는 사충항 연대까지 2군에 넘겨주고 무슨 여유가 있어서 또 3사를 만들 수 있는 건가?"

김성주가 꼬치꼬치 캐물었다.

"원 노파심도. 성주, 그거야 5군 일이니 주보중 동지한테 다 생각이 따로 있을 텐데 뭘 걱정하시나?"

그러자 김성주가 말했다.

"이봐 한장이, 나에게는 5군도 남의 일이 아닐세. 속담에도 있잖나. '재주 있는 부인도 쌀이 없으면 밥을 지을 수 없다.'고 말일세. 우리가 영안에 도착했을 때 주보중 동지가 목릉 쪽에 보낼 부대가 모자라 우리네 후 연대장을 거기로 보내려다가 말을 듣지 않아서 딱한 처지에 빠진 적이 있었네."

김성주는 주보중과 후국충 사이에서 벌어졌던 일을 이야기해주었다.

진한장이 머리를 끄덕였다.

"그 이야기는 나도 좀 듣긴 했네. 그렇지만 지금은 사정이 좀 좋아졌다고 해야 할지, 아님 좀 더 나빠졌다고 해야 할지 모르겠네그려."

"그건 또 무슨 소린가?"

"호인 동지가 목릉 쪽에 이미 발을 붙였고, 목릉 교통선도 모두 회복했다네. 또 그쪽 '천복'과 '방우'라는 삼림대와도 지금 한창 접촉하는 중이라고 소식을 보내왔다네. 이 두 삼림대를 접수할 수만 있어도 눈 감고 한 연대 병력을 얻을 수 있거든."

"아, 그건 정말 반가운 소식이네그려."

4. 진한장의 숨겨둔 아내

김성주와 진한장 사이가 얼마나 친밀했던지 둘 사이에는 아무런 비밀도 존재하지 않았다. 이를테면 이때 진한장에게도 김성주만 제외하고 그 누구에게도 드러낼 수 없는 고민이 있었다. 바로 진한장이 열다섯 살 때 혼인한 아내 추(鄒) 씨 일이었다.

1931년 여름, 진한장이 교편을 잡고 있던 돈하 반절하의 문묘소학교에서 한동안 숨어 지냈던 김성주는 여기서 진한장과 함께 만주사변을 맞았다. 그때 진한장이 동북군이 통째로 무너지고 심양까지 일본군이 점령했다는 신문보도를 보고 너무 분하여 울음까지 터뜨리던 모습을 김성주는 회고록에 다음과 같이 적고 있다.

"9·18사변이 터지고 수십만을 헤아리는 장학량 군대가 아무 저항도 없이 심양을 내주었으니 진한장도 주먹을 부르쥐고 사색이 되어 나한테로 뛰어오지 않을 수 없었다.
'성주 동무, 나는 어리석은 몽상가였고 철부지였소.'
진한장은 이렇게 말하면서 온몸을 부르르 떨었다. 그런 다음 흥분을 참지 못하고 자기를 계속 타매했다.
'장학량과 같은 사람이 동북 땅을 지켜 주리라고 생각했으니 나야말로 얼마나 어리석은 인간이었소. 장학량은 중화민족의 신의를 저버리고 항일을 포기한 겁쟁이고 패전 장군이요. 전에 심양에 가보니 온 도시에 군벌군이 모래알처럼 쭉 깔려 있더구먼. 골목마다 신식 총을 멘 군대가 씨글씨글했소. 그런데 그 많던 군대가 총 한 방 쏘지 않고 퇴각했으니 이런 분한 일이 어디 있소. 이걸 어떻게 이해해야 하오?'
매사에 침착하고 온화하던 진한장도 그날 아침만은 감정을 다잡지 못하고 목청을 돋우어 연방 고함을 질렀다. 장학량이 후에는 항일을 주장하고 국공합작에도 기여했지만 만주사변 때는 그에 대한 평판이 좋지 못했다. 나는 진한장을 방으로 안내한 다음 조용히 그를 달랬다.

'진 동무, 진정하오. 일본군이 만주를 침공하리라는 것은 우리가 이미 예견했던 바가 아니었소. 그런데 뭘 그렇게 새삼스럽게 떠드오? 우리는 이제부터 사태 발전을 냉철하게 주시하면서 그에 대처할 준비를 해야 하오.'

'물론 그래야지. 그러나 너무 분하고 억울해서 그러오. 내가 장학량이라는 사람한테 너무 큰 기대를 걸었던 것 같소. 나는 온밤 잠을 이루지 못했소. 한잠도 못 자고 고통에 시달리다가 곧장 이리로 달려왔소. 성주 동무, 장학량이 통솔하는 동북군 수가 얼마인지 아오? 자그마치 30만이나 된다오, 30만! 30만이란 게 간단한 숫자요? 그런데 그 30만이 총 한 방 쏴보지도 않고 하룻밤 사이에 심양을 내주었으니, 아 우리 중화민족이 그래 이렇게도 용렬하고 무력하단 말인가! 공자와 제갈량과 두보와 손중산의 조국이 이렇게도 망해간단 말인가!'

진한장은 가슴을 치며 통탄했다. 그의 눈에서는 핏방울 같은 눈물이 연방 쏟아져 내리고 있었다."

"참, 그때 자네 집 '퉁양시(童養媳, 민며느리)'는 그 후 어떻게 됐어? 다른 데로 보냈나?"

진한장보다 한 살 위였던 김성주는 학생시절 돈화에서 그와 붙어 다닐 때 그보다 세 살 위였던 추(鄒) 씨를 여러 번 본 적이 있었다. 그렇게 확 띄는 미모는 아니었지만 이미 20대에 접어들어 여인 티가 물씬 풍기는 자태였다. 진한장이 열다섯 살 나던 해에 부모들끼리 정해놓았던 이웃 동네[44] 여자였다.

---

44 진한장의 첫 번째 아내 추 씨의 집은 돈화현성 서쪽 소분루두(小奔樓頭, 현재 한장향 하산촌翰章鄕 河山村)에 있었다. 추 씨의 형제자매는 8명이나 되었는데, 추 씨는 셋째였다. 1980년대 내가 취재를 진행할 당시 추 씨의 여섯 번째 여동생이 오늘의 돈화시 현유진 성산자촌(敦化市 賢儒鎭 成山子村)에 살고 있었다. 그의 남편 성씨가 우 가였고, 딸 둘은 우숙운(于淑云, 65세)과 우숙현(于淑賢, 56세)이었다.

김성주는 문득 진한장의 아버지 진해가 며느리 추 씨를 데리고 진한장을 찾으러 다녔던 일이 떠올랐다. 그때 진한장은 한창 혁명한다고 뛰어다니느라 아버지에게 "나는 왜놈들과 싸우러가니 저 여자는 다른 데 시집보내세요." 하고 사실상 혼인을 파기해 버렸다. 비록 공부를 못 해 일자무식이었지만 그래도 건강하고 단정하며 진한장에게 한없이 순종하던 추 씨를 기억하는 김성주는 진한장에게 말했다.

"이봐 한장이, 지금 우리 유격대에도 여성대원이 적잖이 있는데, 자네도 그때 아내를 그렇게 버리지 말고 좀 더 책임지고 교육하여 우리 대오에 참가시킬 수도 있지 않았나. 내 기억에 자네 아내가 참 순수하고 마음씨가 고운 여자였는데 말일세."

진한장은 웃으면서 대답했다.

"아니 성주. 방금 우리가 불렀던 '장부처세가'도 바로 성주가 나한테 가르쳐 준 노래 아니었나. '장부가 세상에 처함에 그 뜻이 크도다.' 왜놈들한테 나라까지 다 빼앗긴 마당에 언제 아내를 붙잡고 내 안일한 가정 살림에 빠져 지낼 수 있었겠나. 난 그래서 그 여자한데 다른 데 시집가라고 했던 것이네. 아마 지금쯤은 다른 데 시집가서 아이 낳고 남편 섬기며 잘 살고 있을 테지 뭐. 난 이미 잊고 지낸 지 오래됐네."

그러나 진한장은 다시 속마음을 털어놓았다.

"내가 성주한테만 말하는 비밀이니 함부로 남한테 얘기하면 안 되네. 이건 주보중 동지한테까지도 말하지 않은 나 혼자만의 비밀이란 말일세."

진한장이 이렇게까지 말하자 김성주는 귀가 솔깃해졌다.

"나한테 요즘 진심으로 사랑하고 싶은 여자가 생겼다네."

"아!"

김성주가 오랜만에 진한장과 만나서 두 번째로 내뱉는 환성이었다.

"혹시 장애련(張愛蓮)이라는 그 중국 여대원인가?"

"아이고, 보나마나 평남양한테서 헛소리를 얻어들었나 본데 하늘에 대고 맹세코 그 여자는 아닐세."

진한장은 세차게 머리를 가로저었다.

나이도 젊고 미남인 데다 벌써 사단 참모장까지 된 진한장을 좋아하고 사모한 여대원들이 없을 리가 없었다. 왕청유격대의 젊은 정치위원 김성주가 여대원 한옥봉과 사랑하고 지냈던 일이 왕청 바닥에 널리 알려졌던 것과 비슷한 경우다.

이때 진한장이 김성주에게 몰래 들려주었던 비밀은 놀랍게도 상대가 장애련이라는 중국인 여대원이 아니었다. 주보중까지도 훗날 회고문에서 "진한장이 장애련이라고 부르는 여대원과 연애했다는 소문이 돌았지만 그것은 사실이 아니었다."고 증언한다. 간혹 연고자들 가운데는 장애련이 사실은 중국인 여대원이 아니고 조선인 여대원이었다고 증언하는 이들도 있다.

분명한 것은 진한장이 조선인 여대원과 사랑하게 되었고, 몇 해 뒤에는 이 여대원이 임신했을 뿐만 아니라 무사히 사내아이를 출산했다는 사실이다. 물론 중국 정부에서는 이런 사실을 인정하려 하지 않으며, 진한장이 추 씨와 헤어진 뒤로 다시는 장가 들지 않았고 자식도 없다고 주장한다.

그런데 최근 속속 이어지고 있는 증언자들의 증언에 따르면, 김성주와 진한장이 돈화 관지하 기슭에서 함께 전투를 벌였던 1936년에서 3년 뒤인 1939년 여름, 진한장의 아버지 진해가 아들과 만나러 항일연군 밀영에 찾아온 적이 있었다. 당시 전투 중에 입은 총상으로 밀영에서 몸조리하던 진한장 곁에 수려한 외모의 여대원이 간호하고 있었다. 이 여대원은 진해에게 조선인 예법대로 두 손을 앞에 모으고 큰 절을 올렸을 뿐만 아니라 진한장이 시키는 대로 진해를 아버지라고 불렀다. 나중에 해산이 임박한 이 여대원은 몰래 돈화의 반절하로 진해를 찾아갔고, 진해와 한 집에서 살던 진한장의 누나가 이 여대원의 출산을 도왔다는 이야기도 있다.

이 여대원은 조선인으로, 본명은 오금희(吳今姬)였다. 조선말을 할 줄 알았던 진한장에게서 오금희라는 조선말 이름을 그대로 듣고 기억하고 있었던 진한장의 조카(그의 어머니가 진한장의 누나) 형계분(邢桂芬)은 오금희를 '오과밀(吳果密)'이라고 불렀다. 당시 어린아이였던 형계분은 부모와 함께 외할아버지 진해의 집에서 함께 살았으며 오금희를 직접 만나보기까지 했다.

그뿐만 아니라 진한장의 동창들이 남겨놓은 증언자료[45]들에서도 진한장과 조선인 여대원 사이에서 낳은 아들 하나가 살아남아 있다는 사실이 증명된다. 만약 이 아이가 지금까지 살아 있다면 1939년 또는 1940년에 태어났을 테니 지금나이로 80여 세가 되었을 것이다. 그러나 진한장에 관심 있는 적지 않은 사람들은 그 조선인 여대원이 죽지 않고 살아 다른 남자에게 개가(改嫁)했을 가능성도 있다고 한다. 그래서 아이 성씨가 개가한 남편 성씨로 바뀐 데다 부모가 일찍 죽어 자신의 내력을 알지 못할 수도 있다는 것이다. 혹자는 오과밀이 별명일 수 있으며, 정작 이 여대원은 과거 혼인 경력을 숨기고 후에는 소련의 하바롭스크에

---

45 진한장의 동창생 누덕부(婁德埠)와 범광명(范广明)이 1981년 6월 14일에 증명자료를 남겼다. 그 속에 이런 내용이 들어 있다.
"'당신은 며느리를 어디로 보냈는가?'라고 묻는 일제 경찰의 질문에 진해는 '연길로 보냈다.'고 대답했다. 다시 '연길 어디로 보냈는가?' 하고 물으니 진해는 '모르겠다.'고 대답했다. 경찰관이 진 부인의 종적을 반복해서 캐물었지만, 진해는 구체적인 장소까지는 알려주지 않았다. 불쌍한 진해는 갖은 혹형에 시달리면서도 끝까지 며느리의 종적을 말하지 않았다. 알고 보니 진 부인은 임신한 후 해산이 임박하자 산에서 내려왔는데, 진해가 기차역까지 호송하여 도망가게 했던 것이다. 일제 왜 놈들은 한장 부인(翰章 夫人)과 그의 어린 아기를 찾아낼 수 없었다."

서 김성주와도 만났고, 그들과 함께 북한에 들어갔을 수 있다는 이야기를 하기도 한다.

진한장이 1940년 12월 일본군에게 추격당할 때 얼마 남지 않았던 대원들 가운데 여대원도 하나 포함되어 있었다. 필자는 이런 이야기들로 미루어볼 때 오과밀이란 별명의 조선인 여대원이 진한장과의 사이에서 낳은 아이를 진해에게 맡겨두고 자신은 다시 부대로 돌아와 계속 진한장과 함께 생사를 같이 했다고 추측하고 싶다.

5. 양털조끼 사건

다음날 새벽에 김성주와 진한장 그리고 이형박의 세 갈래 대오 300여 명은 관지 거리가 훤히 내려다보이는 서북쪽 자그마한 산언덕에서 합류했다. 진한장의 합류로 그러잖아도 이번 서북파견대에서 유달리 맹렬하게 활약하던 김성주에게는 범에게 날개라도 달린 격이 되었다.

1935년 12월 7일 새벽녘에 진행된 관지전투에서 김성주 부대가 맨 앞에서 관지보 동쪽 입구의 만주군 초소 정면으로 공격하여 들어간 것만 봐도 알 수 있다. 불과 10여 분도 안 되어 수류탄과 기관총으로 초소를 모조리 초토화시켰는데, 총성을 듣고 관지경찰중대가 일본군 교관 3명의 인솔하에 달려 나왔으나 김성주와 이형박은 조금도 놀라거나 당황하지 않고 여전히 정면으로 맞받아치면서 들어갔다. 거의 같은 시간에 진한장이 관지하 북쪽 입구 초소를 습격했다. 관지경찰중대가 원래 김성주와 이형박 부대보다 병력 수가 훨씬 모자란 데다가 배후까지 공격당하다 보니 잠깐 사이에 풍비박산이 나고 말았다. 그 결과 관지 거리는 점령당했고, 일본군 지도관 3명도 사살당했다.

이 세 갈래 대오는 관지 거리 한복판에서 합류하기 바쁘게 이미 세운 작전계획대로 이형박과 진한장 부대는 각각 관지 서남쪽 통구강자(通溝崗子)에서 관지 거리로 통하는 대로변으로 매복하러 떠났다.

이때 생각하지 못했던 불상사가 발생했다.

이형박 부대와 김성주 부대에는 만주군에서 넘어왔던 김려중 중대 대원이 여럿 있었다. 이들이 관지 거리에서 한 일본인 백화상점을 털면서 서로 더 좋은 물건을 차지하려고 옥신각신하다가 손찌검까지 하게 되었다. 누가 달려가서 이 일을 김성주에게 보고했다.

이형박의 회고담이다.

"우리가 관지 거리를 점령한 뒤에도 통구강자에 주둔하고 있던 일본군 정규군이 감히 관지 쪽으로 나오지는 못하고 다만 통구강자 서북쪽 만주군 초소에 대고 전화로만 적정 상황을 문의할 따름이었다. 우리는 통구강자를 점령하기 위하여 먼저 통구강자로 통하는 서북쪽 관문이나 다를 바 없는 만주군 초소를 날려 보내야 했다. 그렇게 시간이 무척 긴급할 때인데 글쎄 관지 거리에서 노략질하던 나의 부하 몇몇이 김일성 부하 몇몇과 함께 백화상점에서 양털조끼 하나를 가지고 서로 빼앗으려다 멱살까지 잡는 일이 발생했던 것이다. 김일성이 소식을 전달받고 먼저 달려가서 자기 부하를 불러다가 세워놓고 그중에서 직접 손찌검을 했던 대원을 즉결 처형했다. 그리고 나의 부하들은 그대로 다 살려주었는데, 기가 막힌 것은 서로 빼앗으려 했던 양털조끼까지도 나의 부하한테 주어서 보냈더라."[46]

---

46 취재, 이형박(李荊璞) 중국인, 항일연군 생존자, 취재지 북경, 1991, 1993, 1996, 1998.

물론 이형박도 양털조끼를 빼앗아 입고 잘난 듯 고개를 처들고 의기양양해서 돌아온 부하에게 한바탕 욕설을 퍼붓고는 역시 처형해버렸다.

김성주가 이렇게 무섭고 단호한 사람이었던 것이다.

이형박은 김성주에 대해 이야기할 때, 그를 중국말로 아주 '후이라이썰(會來事兒)'하는 사람이라고 평했다. '꾀도 많고 눈치껏 일처리도 잘한다.'는 뜻이었다. 불과 한 해 전까지만도 그 참혹한 반민생단 투쟁을 겪으면서 숱한 사람들이 억울하게 죽어 나갔지만 유독 죽지 않고 살아날 수 있었던 김성주가 중국인 동료나 상관을 대하면서 터득한 비결이라고 보아도 무리는 아닐 것이다.

어쨌든 자기 부하들만 즉결 처분하고 다른 사람의 부하는 그대로 살려주고 또 장물까지도 그대로 줘서 돌려보낸 것은 한마디로 굉장히 지혜로운 처사였다.

항일투쟁 전 기간에 이와 같은 노략질은 그것이 국민당 계통의 구국군이건 아니면 공산당 계통의 항일연군이건 간에 시도 때도 없이 발생했고, 그럴 때마다 공산당은 아주 무섭게 책임을 추궁했다. 항일연군은 정치위원 제도를 실행하고 전문적으로 정치부 주임까지 두어 군율과 관계된 위반사항이 있을 때는 상벌 조치를 분명히 했다.

예를 들어, 3군 군장 조상지는 3군에서 이러한 일이 발생하면 자기 부하건 아니면 자기와 동급의 다른 사람 부하건 상관없이 일단 걸려들기만 하면 바로 처형했다. '나영간첩사건'의 발단이 된 마적 출신 항일영웅 소연인(蘇衍仁)이 조상지 손에 걸려 총살당한 것이 가장 좋은 예였다. 소연인은 3군 조상지 부하가 아니라 4군 이연록의 부하였던 것이다. 결국 조상지의 오살(誤殺)로 말미암아 소연인의 한 연대가 모조리 와해되고, 이때 살아서 도주했던 자에 의해 나영까지 붙잡히는 일이 발생하게 된 것이다.

6. 통구강자전투

　김성주는 이형박과 진한장 부대가 매복임무를 마치자 바로 통구강자로 통하는 서북쪽 만주군 초소를 점령하고 한 포로에게 통구강자의 일본군 병영으로 통하는 직통 전화를 걸게 했다.

　"공산군 비적들이 새벽녘에 우리 초소를 습격하다가 격퇴당했는데, 또 올 것 같으니 빨리 와서 지원해 달라."

　통구강자에는 돈화를 지키는 일본군 정규군 한 중대가 주둔하고 있었다. 대대장 이름은 코바야시(小林)로만 알려졌는데, 돈화 지방에서는 아주 유명한 일본군 토벌대장 중 하나였다. 관지를 비롯해 대석두(大石头), 황니허(黃泥河), 사하연(沙河沿) 등 돈화 주변 거점들마다 이처럼 많은 일본군 정규부대가 주둔하고 있었던 것은 이 발해의 옛 고도가 얼마나 주요한 군사 요새였는지 설명해주고도 남는다. 아주 최근까지도 돈화에서 일본군이 당시 땅에 묻어두었던 지뢰와 항공 작탄들이 대량으로 발굴되었는데, 특히 사하연진에 건설되었던 일본군 군용비행장은 일본이 만주국에서 일으키려 했던 '북변진흥계획(北邊振興計劃)' 가운데 주요 항목이었던 항공 건설(航空建設)의 전연진지(前沿陣地, 최전방에 있는 전략 기지)였다.

　1934년부터 건설하기 시작한 돈화 사하연의 군용비행장을 수비하기 위해 일본군은 4,000여 명에 달하는 관동군 한 보병연대를 주둔시키고 있었다. 연대장은 미야모토(宮本)라는 일본군 소장이었다. 2차세계대전 당시 일본군 군사 편제를 보면, 한 연대 병력이 3,800~4,000명에 달했고, 한 대대는 군종에 따라 800~1,500명까지 조금씩 달랐다. 따라서 한 보병중대 병력은 최소 190명에서 250명 사이였다. 통구강자의 한 중대 일본군이 중대장 코바야시 소좌의 인솔로 통구강자 서북쪽 만주군 초소를 지원하러 달려오다가 이미 초소를 점령한 김성주 부대가 초소 위에서 중기관총을 내쏘는 바람에 기절초풍했다.

"아차, 내가 공비들의 계책에 빠졌구나."

코바야시 소좌는 통구강자에 한 소대 병력만 남겨두고 중대부 근무병[47]들까지 200여 명을 모조리 이끌고 나왔던 것이다. 그가 정신 차리고 다시 돌아설 때는 이미 대로변에 매복하고 있었던 이형박에게 퇴로가 막힌 상태였다. 더욱 기막힌 것은 이형박과 함께 대로 양편에 매복했던 진한장의 한 갈래가 코바야시 중대와의 전투에 참가하지 않고 바로 통구강자 쪽으로 이동한 점이었다.

"큰일 났습니다. 공비들이 부대를 갈라서 지금 우리 병영을 공격하는 것이 틀림없습니다."

"내가 그동안 공비들을 너무 우습게만 보아왔다가 오늘 이 낭패를 당하게 되었구나."

코바야시는 크게 한탄했다. 이 전투에서 돈화성 밖 통구강자에 주둔하던 코바야시 중대는 가까스로 10여 명만이 살아남아 돈화현성으로 도주하고 나머지는 모두 전멸당하다시피 했다.

이는 김성주의 전반 항일투쟁사에서 이룬 몇몇 전투 성과 중에서 중국인들이 꽤나 높은 점수를 주는 전투이기도 하다. 혹자는 통구강자로 직접 쳐들어가 거리를 차지했던 부대가 바로 김성주 부대이며, 서북쪽 초소에서 일본군을 끌어낸 사람은 진한장이라고 주장하기도 한다. 어쨌든 이 전투는 이형박과 진한장, 김성주 세 사람이 함께 지휘했던 전투이며, 전투 방안은 김성주에게서 나왔다. 서부파견대가 액목, 돈화 방면으로 진출하면서 주로 만주군이나 당지 자위단과 싸

---

47 일본군 한 중대는 보통 19명의 중대부 임원으로 구성되는데, 중대장과 집행관 외에 군사(軍士) 3명과 위생병 4명, 중대장 근무병과 사호원(司號員, 나팔수), 통신원 8명이다.

운 경우는 여러 번이지만 전원이 일본인인 정규군을 180여 명이나 일격에 섬멸시킨 경우는 전체 항일연군 역사에서도 보기 드문 일이었다.

다음날인 12월 17일, 통구강자에서 살아남았던 10여 명의 일본군을 앞세우고 일본군 한 대대 병력이 돈화성에서 통구강자로 달려 나왔다. 그러나 김성주와 이형박, 진한장 세 갈래 부대는 새벽녘에 모두 통구강자를 떠나 어디론가 사라져버렸는데, 통구강자 거리의 백화상점과 부잣집 가게들이 모조리 싹쓸이당하고 난 뒤였다.

이때 김성주는 일본군에게 혼선을 주기 위해 통구강자에 쳐들어왔던 부대는 동만에서 나온 '고려홍군' 김일성 부대이며, 이 부대는 다시 동만으로 돌아간다고 거짓 소문을 냈다. 그리고 김일성 부대는 통구강자에서 철수할 때도 이형박, 진한장 부대와 같은 방향으로 가지 않고 안도 쪽으로 향하는 척하다가 도중에 몰래 방향을 돌렸다. 그 바람에 일본군은 급히 동만에 연락하여 증원병을 요청하기도 했다.

이 무렵 길림성 만주국군 경비사령관 겸 제2군관구 사령관이었던 길흥은 이런 진술을 남겨놓았다.

"김일성 비(匪)가 할바령을 넘어 경도철도연선으로 접근할 가능성이 있다는 보고가 들어와서 안도 쪽에서 만주국군 교도대 1개와 경찰대대 1개를 파견하여 그들이 남하하는 길을 가로막으려 했다."[48]

---

48 中央當案館編, "吉興審判笔供"(1954年12月5日), 『僞滿洲國的統治與內幕-僞滿官員供述』, 中華書局, 2000.

그러나 김성주는 이형박, 진한장과 약속하고 1936년 1월 1일 새해에 목단강을 넘어 얼마 전 습격했던 관지보 동쪽으로 몰래 접근했다. 그곳에서 싸우지는 않고 고의로 행적을 노출시킴으로써 일본군으로 하여금 항일연군이 사하연 군용비행장을 공격하려 한다고 추측하게 만들었다. 일본군이 이 계책에 속아 넘어가 1월 4일에는 삼지(三地)와 통구강자를 통과하는 철도를 따라 부대를 이동시켰는데, 실제로 이는 김성주가 펼쳐보였던 양동작전(陽動作戰, 적의 경계를 분산시키기 위해 장비나 병력을 움직여 공격할 것처럼 적을 속이는 작전)에 불과했다.

미야모토 돈화 주둔 일본군 연대장에게 불려갔던 기병대대 대대장 주가훈(朱家訓)은 처음에는 반신반의했다.

"공비들이 아무리 간이 크기로 사하연이 어디라고 감히 그곳까지 넘볼 수 있겠습니까?"

"그것은 당신이 모르고 하는 소리다. 통구강자를 습격한 비적들 수가 상당히 많은 데다 동만에서 건너온 비적들까지도 모두 한데 합쳐서 몰려다닌다는 정보가 있다."

교하에서 지원 나왔던 주가훈의 만주군 기병대대는 돈화현성에서 잠깐 탄약과 마초들을 보충한 뒤 미야모토 연대장의 배치에 따라 사하연 쪽으로 김성주 부대를 뒤쫓았으나 그림자도 구경할 수 없었다.

1월 7일 새벽녘에 김성주 부대는 눈바람을 무릅쓰고 꽁꽁 얼어붙은 목단강을 건넜는데, 목단강 서북대안으로 접근하다가 흑석툰(黑石屯)과 가까운 송가강자(宋家崗子)라는 한 동네에 도착했다. 이형박과 진한장이 인솔한 부대도 거의 같은 시간에 그곳에 도착했다. 그들은 일본군을 교란시키기 위하여 안도 쪽으로 우회하여 멀리 돌았던 김성주 부대가 이처럼 빨리 도착한 것을 보고 모두 놀라지 않을 수 없었다.

"아니, 어떻게 이리도 빨리 왔소?"

이형박이 놀라서 물었다.

"일본군이 모두 사하연 쪽으로 몰려가다 보니 관지 쪽을 오히려 비워놓았더군요. 통구강자 병영 앞을 다시 지나왔는데, 보초들이 밤에는 아예 초소 바깥으로 머리도 내밀지 않고 있습디다. 우리가 오늘 흑석툰까지 점령하면, 돈화의 일본군이 아마 경악할 겁니다. 흑석툰에 이어서 돈화현성을 직접 공격목표로 정한 것처럼 다시 양동작전을 펼치면서 시세영 부군장께 연락해 네 갈래 부대가 액목현성을 함께 공격해보면 어떻겠습니까? 지금 우리한테는 노획한 무기와 탄약들도 넉넉하고, 대원들도 여러 차례 승전을 경험하면서 사기도 충천합니다. 충분히 승산 있어 보이는데, 두 분 생각은 어떠하십니까?"

김성주가 자신의 대담한 구상을 이야기했다.

이형박과 진한장은 마주보면서 서로 눈빛을 교환하더니 한 목소리로 찬성을 표시했다.

"성주, 대단하오. 나도 대찬성이오."

세 사람은 즉시 주보중과 시세영에게 연락병을 파견하는 한편, 서둘러 흑석툰을 공격하기 위한 작전 방안을 논의하기 시작했다.

"흑석툰 마을 한복판에 새로 생긴 장터 거리가 꽤 번화한데, 이 거리를 중심으로 최근에 인가가 1,000호 가깝게 늘어나 경찰분주소까지 설치되었다고 합니다. 마을 바깥에 새로 건축한 병영에는 일만(日滿) 혼성중대가 주둔하고, 경찰분주소에도 10여 명의 무장경찰이 있습니다. 우리가 먼저 병영을 공격하면 놈들이 버텨내지 못하고 경찰분주소 쪽으로 철수하여 진지를 구축하고 지원병이 올 때까지 버티려고 할 테니, 우리는 공격과 동시에 바로 경찰분주소도 날려 보내고 그곳을 차지해야 합니다."

김성주는 이미 정찰대를 들여보내 흑석툰의 상황을 자세하게 파악해두었다. 그러면서 흑석툰 경찰분주소 점령은 진한장이 맡을 것을 제안했다.

"그러면 여전히 나와 김 정위가 병영을 공격합시다. 대신 전투 개시 총성은 한장 동무 쪽에서 내주오. 접근할 만한 거리까지 최대한 접근한 뒤에 총성을 내면, 우리도 바로 공격을 개시하겠소"

이렇게 전투 방안은 거의 대부분 김성주가 짜고 최후 결정은 서부파견대 책임자였던 이형박이 내렸다.

이형박은 당시 상황을 이렇게 설명했다.

"액목에서 싸울 때, 김일성(김성주)은 몸에 전투의 신(神)이 붙은 사람처럼 용감했고, 한시도 쉬려 하지 않았다. 그는 꼭 무엇에 홀린 사람처럼 쉴 새 없이 전투하기를 원했고, 작전 토의를 할 때면 언제나 먼저 발언했다. 우리는 그가 제출한 방안들을 모두 받아들여 그대로 전투를 진행하기 일쑤였다."[49]

김성주는 진한장이 몰래 귀띔한 대로 3사가 곧 설립될 것을 염두에 두고 자신의 대오를 확충하기에 여념이 없었을 것으로 짐작된다. 거듭되는 전투에서 승리를 쟁취함으로써 많은 전리품을 노획한 김성주 부대는 대원들의 사기가 하늘을 찌를 지경이었다. 이때 100여 명밖에 안 되었던 김성주 부대가 놀랍게도 10여 정의 기관총을 보유하고 있었다는 이야기도 김성주가 서부파견대와 함께 벌였던 돈화 액목 지방 전투 때 나온 것이다. 오백룡과 같은 경위소대에 배치되었던 중국인 대원 유옥천도 이때 자기 앞으로 할당된 기관총을 10년 동안이나 메

---

49 취재, 이형박(李荊璞) 중국인, 항일연군 생존자, 취재지 북경, 1991, 1993, 1996, 1998.

고 다녔다고 회고한다.

돈화 흑석툰전투는 1936년 1월 7일 아침 7시쯤에 개시되었다.

흑석툰 마을 밖 병영은 금방 점령되었고, 만주군 대부분이 사살되고 일본군 한 소대는 김성주가 예견했던 대로 병영을 버리고 경찰분주소 쪽으로 철수하다 가 진한장 부대에게 저격당했다. 이미 경찰분주소 건물까지도 점령당한 것을 본 일본군 40여 명은 경찰분주소와 가까운 한 민가를 차지하고 마당에다 모래주머 니를 쌓아 임시 진지를 구축하고 끝까지 저항했다. 이 일본군 40여 명을 섬멸하 는 데 3시간이나 걸렸다. 이상한 것은 오전 11시가 다 되어가도록 흑석툰과 비 교적 가까운 거리에 있었던 관지와 통구강자 쪽에서 아무런 지원병도 오지 않 았다는 사실이다. 바로 며칠 전 통구강자를 지키던 코바야시 토벌대가 관지로 지원나왔다가 매복에 걸려들었을 뿐만 아니라 그 틈을 타서 병영까지 모조리 점령당한 경험이 있었기 때문일 것이다. 오전 11시 무렵에는 관지에 이어서 흑 석툰까지도 점령했다. 통구강자에서 일어났던 일이 흑석툰에서도 일어나지 않 는다는 보장이 없었다. 장거리 양편에 늘어섰던 가게와 상호들이 모조리 털린 것이다.

오늘의 중국 정부 측 사가(史家)들은 당시 약탈 상황에 대해 비교적 점잖게 다 만 '전리품들을 휴대했다(携帶戰利品).'라고 표현하는데, 그 시절 좀 먹고 살았던 중국인 부자들의 표현은 달랐다. 공산당 부대가 일단 한번 휩쓸고 지나갔다 하 면 말 그대로 '세겁일공(洗劫一空)'당했다고 했다. '물로 씻은 듯이 먼지 하나도 남기지 않고 모조리 다 쓸어가지고 갔다.'는 뜻이다.

이렇게 흑석툰 주변 일본군이 겁을 집어먹고 감히 오지 못하는 바람에 김성주 와 이형박, 진한장 부대는 다음날 새벽녘까지 계속 흑석툰을 점령하고 있었다.

송가강자에 사는 한 노인의 회고에 따르면, 흑석툰에서 멀지않은 금구(金溝)에서 사금 캐는 일을 했던 이 노인의 형이 아들 삼형제와 함께 흑석툰에서 전투가 벌어지던 때 멋모르고 집으로 왔다가 "김일성 부대한테 모래금(사금) 한 주머니를 강탈당했을 뿐만 아니라 빼앗기지 않으려고 대항하다가 총 개머리에 얻어맞아 등뼈가 부러졌다."고 한다.

7. 액목현성을 털다

1936년 1월 9일 새벽 5시경 김성주, 이형박, 진한장 부대는 흑석툰에서 빼앗은 노획물들을 마차 다섯 대에 가득 싣고 액목현성 밖에 불쑥 나타났는데, 여기서 액목현성을 함께 공격하자는 연락을 받고 기다리던 시세영 부대와 합류했다.

"쇠뿔은 단김에 빼야 한다고, 바로 들이칩시다."

이번에도 또 김성주가 나섰다.

이형박은 이번 흑석툰전투에서 통구강자의 일본군이 멀리서 구경만 할 뿐 겁에 질려 지원병력을 보내지 않았던 일을 이야기하면서, 거의 모든 전투를 김성주가 내놓은 방안대로 진행했다고 시세영에게 보고했다. 시세영은 칭찬하여 마지않았다.

"주보중 군장은 나한테 김일성이 서부파견대에서 꼭 큰일을 해낼 것이라 했는데, 과연 적중했구려. 돈화의 일본군이 지금 이 모양으로 혼비백산해 있다니 이쯤이면 우리 서부파견대 목표는 다 이룬 셈이오."

시세영, 이형박, 김성주, 진한장의 네 갈래 대오가 한데 합쳐지니 병력 수가 액목현성을 지키던 일본군의 2배 이상이었다. 별다른 전술 없이 그냥 액목현성으로 밀고 들어갔다. 경찰대대 100여 명이 현성 한복판에서 2시간쯤 버티다가 50여 명의 사상자를 내고는 결국 현성을 버리고 도주하기 시작했다.

김성주가 대원들을 시켜 액목현성 주변의 전화선들을 모조리 끊어버렸기 때문에 돈화의 일본군이 적정을 보고받은 것은 오후 3시 무렵이었다. 마츠모토 연대장이 직접 교하에 증원을 요청하는 한편, 추피구(秋皮溝)와 통구강자의 일본군을 모조리 이끌고 액목현성으로 달려왔을 때는 이번에도 2, 5군 서부파견대가 액목현성을 모조리 털고 달아나 버린 뒤였다.

마츠모토 연대장은 액목현성 동남쪽 삼림 속까지 종적을 찾아 뒤지다가 갑자기 부대를 멈춰 세웠다.

길림성 만주군 경비사령부의 치안 보고에 의하면, 안도 쪽에서 2군이 또 두 갈래로 나뉘어 한 갈래는 남만으로 접근하고 다른 갈래는 할바령을 넘어 돈화로 접근하고 있다는 보고가 들어왔기 때문이다. 더구나 돈화 쪽으로 접근하는 부대 인솔자가 2군 우두머리인 왕덕태일 가능성이 십분 크다는 것이다.

"그렇다면 분명 공비들의 주력부대가 돈화를 노리는 것이 틀림없다. 그동안 내내 공비들의 양동작전에 놀아났는데, 이번에야말로 이자들의 진정한 목표를 알았구나."

마츠모토 연대장은 즉시 회군 명령을 내렸다. 김성주의 양동작전에 놀아난 일본군이 액목 지방에서 이처럼 혼비백산하게 되자 주보중은 그동안 영안을 중심으로 끈질기게 버텨왔던 수녕 지구의 항일유격근거지를 액목 쪽으로 옮겨왔다. 그도 그럴 것이 1935년 겨울에 이르자 소련과 잇닿은 수녕 지구는 만주국의 소련군 침공을 막기 위한 '국방공정(國防工程)' 계획 속에 들어가게 되었다. 특별히 영안현성 동남쪽 산들과 서남지구 및 경박호 주변에 일본군 정규부대가 들어오기 시작했고, 도처에서 민간인들로 봉사대를 조직해 참호를 파고 진지를 구축하기 시작했다. 이런 어려운 상황에 영안 지방에서 소위 집단부락정책이 실행되어 촌락들이 모두 한데 집중되었다. 주민들과의 연계가 두절되자 5군은 우선 먹을 것마저 조달하기 어려워 가까스로 버티던 중이었다.

이럴 때 주보중의 연락원이 액목 지방에 도착하여 서부파견대를 찾아왔다.

"군장동지께서는 서부파견대에 이어 동부파견대까지 조직하다 보니 신변에 30여 명도 되나 마나 한 군부 교도중대만 대동하고 다닙니다."

연락원에게서 이 말을 들은 김성주와 진한장이 의논했다.

"이보게 한장이. 우리 둘이 함께 가서 주보중 동지를 지켜드리자고."

"그러세. 돈화의 일본군이 모두 겁을 집어먹고 더는 우리한테 덤비지 못하는 상황이니, 액목은 시세영 부군장과 평남양에게 맡기고 우리 둘은 영안으로 돌아가세."

둘은 시세영과 이형박에게 요청했다.

"주보중 동지 신변에 부대가 하나도 없다니, 우리 둘이 가서 5군 군부를 호위하겠습니다."

마침 시세영도 걱정이 이만저만이 아니었던지라 제꺽 허락했다.

"천하의 김일성이 간다니 내 그럼 한시름 놓겠소."

서부파견대 시절 김성주가 얼마나 유명했던가를 설명해주는 대목이기도 하다. 영안과 액목 나아가 돈화 지방에서는 김일성의 고려홍군에겐 만주군뿐만 아니라 일본군 정규부대도 전혀 안중에 없다는 소문이 파다하게 퍼져나갔다. 한번 싸움이 붙었다 하면 감쪽같이 모조리 쓰러 눕힐 정도로 대단하다는 소문 때문에 어디서 일본군이 낭패 본 전투 소식을 들으면 항일연군과 한편이었던 주민들은 자기들 나름대로 "그게 김일성부대와 싸우다가 그렇게 됐다."라고 지레 짐작해서 소문을 지어 나르기도 했다.

반대로 항일연군을 싫어하고 미워하는 자들도 혼전 도중에 일가친척이 죽었거나 부녀자가 납치되고 재물을 약탈당한 일이 발생했을 때면 으레 '김일성 부대가 한 짓'이라고 못 박으며 매도할 때가 적지 않았다.

그럴 때 발생한 일이 있다.

이형박이 평남양 깃발을 들고 다닐 때부터 부하로 따라다녔던 몇몇 노병들이 그동안 서부파견대에 참가하여 돈을 적지 않게 모았다. 이들은 각자 위엔따터우가 들어 있는 돈주머니를 옆구리에 달고 액목현성으로 몰래 들어갔다가 돌아오는 길에 만주군 병사 너덧이 가마 한 채를 호위하여 가는 것을 발견했다.

"저 가마 안에는 필시 저 병졸놈들 우두머리의 아내나 첩년이 앉아 있을 거야."

노병들은 그 가마를 납치했다.

가마를 호위하던 만주군 병사 하나를 죽이자 나머지는 모두 머리를 싸쥐고 도망치고 말았는데, 길가에 내던져진 가마 안에서 한 젊은 여자가 기어 나왔다.

"당신들은 보통 비적이 아닌 것 같은데, 이렇게 길 가는 보통 사람까지도 놓아주지 않고 다 겁탈합니까?"

그 여자가 이렇게 정색하며 물었다.

"아니, '얼구이즈(만주군을 비하하여 부르던 말)'들이 호위하는 사람이 어떻게 보통 사람이란 말인가?"

노병들은 이렇게 되묻고는 가마 안에 보물을 담은 보자기라도 없나 뒤졌다.

"아무것도 없구먼."

"몸에 숨기고 있을지도 모르네."

노병들이 여자 몸을 수색하려 들자 여자는 침착하게 노병들을 구슬렸다.

"귀걸이와 팔찌들이 모두 값나가는 것들입니다. 모두 드릴 테니, 함부로 내 몸에 손을 댈 생각은 마세요."

그러나 여자에 주릴 대로 주린 노병들이 놓아줄 리 만무했다.

여자가 끌러주는 귀걸이와 팔찌를 되돌려주면서 노병들이 여자한테 요청했다.

"오늘은 우리한테 이런 것보다는 네 몸이 더 필요하니, 다른 꾀를 부릴 생각 말고 곱게 들거라. 순순히 우리 형제들을 즐겁게만 해준다면 오히려 우리가 너한테 돈을 줄 수도 있다."

노병들이 돈주머니를 꺼내들고 흔들어 보이기까지 하자 여자는 잠깐 생각해 보고 나서 말했다.

"어차피 난 이미 남자를 경험해 보았으니 당신들의 요구를 들어줄 수도 있어요. 하지만 난 돈이 필요 없으니 대신 당신들이 어느 산채 사람들인지, 당신네 두령은 누군지 명호(名號)나 알려주세요. 그러면 허락하겠어요."

노병들은 의외의 말을 듣고 신기한 듯 서로를 바라보며 한참 귓속말로 쑥덕거리다가 그중 한 사람이 대답했다.

"우린 홍호자(紅胡子)[50]인데 김일성이란 이름을 들어봤느냐?"

"김일성이라면 동만에서 온 고려홍군이 아닌가요?"

"그렇다. 우린 김일성 부대다."

사실은 평남양 이형박의 옛 부대원이었던 이 노병들은 평남양 대신 생뚱맞

---

50 홍호자(紅胡子)란 1930년대 만주 지방에서 공산당의 항일부대를 비하해서 부르던 호칭이다. '호자'
란 명, 청 시대부터 북방 변경에서 백성들의 물건을 노략질하던 외족(북방 유목민족, 주로 흉노족)
을 지칭할 때 사용한 '호아(胡儿)'에서 유래했다. 악비의 시 "만강홍"에서는 흉노족 포로들을 '호로
(胡虜)'라고 부르기도 했다. 만주 지방에서는 토비들이 노략질할 때 얼굴을 붉은 천으로 가렸다고
해서 홍호자로 부르기도 했으나, 1930년대부터 공산당 항일부대기 비적으로 몰리면서 '빨갱이부
대'로 매도당하다 보니 자연스럽게 '홍호자'로 불리게 된 것이다.

게도 김일성 이름을 대고 말았던 것이다. 그러자 여자는 부쩍 호기심이 동한 듯했다.

"그러면 김일성이 이 근처에 있단 말씀인가요?"

"네가 김일성을 아느냐?"

노병들은 섬뜩해서 여자를 바라보았다.

여자는 전혀 무서워하는 기색 없이 살짝 미소까지 지으면서 노병들에게 말했다.

"당신네들은 거짓말하고 있군요. 동만에서 온 고려 홍호자들이 모두 영안 쪽으로 달아났다는 소문을 들었어요. 또 당신네들은 김일성 부대라고 하면서 김일성이라는 이름을 함부로 불러대는군요. 김일성은 홍호자 우두머리인데, 당신들이 부하라면 김일성을 두령님이라거나 사령님이라고 존칭을 써야 하는 게 도리 아닌가요?"

이렇게 여자가 따지자 노병들은 어안이 벙벙했다.

"도대체 너는 뭐하는 년이냐? 어떤 놈의 마누라이기에 얼구이즈들이 네 가마를 호위하느냐 말이다."

"내 남편은 만주국군 기병대 대장인데, 여기서 그렇게 멀지 않은 곳에 있어요. 방금 살아서 도망간 병사들이 이미 제 남편한테 알렸을지 모르니 여러분들은 여기서 빨리 도망치세요. 내 남편이 도착하면 내가 좋은 말로 잘 달래서 여러분 뒤를 쫓는 일이 결코 없게 할게요."

여자가 비로소 자기 신분을 밝히자 노병들은 깜짝 놀랐다.

"원 세상에, 이런 노다지를 만나다니 이대로 놓아줄 수 없지. 우리와 함께 가야겠다."

노병들은 가마에다 여자를 앉혀 가지고 부랴부랴 부대로 돌아왔다.

21장

인연

"양정우, 조상지, 그리고 조아범과 진한장도 모두
변절자의 배신으로 말미암아 곤경에 처했고,
심지어는 변절자 손에 직접 살해당하기도 했는데
어떻게 김일성만 무사할 수 있었을까?"

1. 주가훈과 초문적

이형박은 여자의 남편이 기병대 대장이란 말에 정치위원 이준산을 데리고 직접 여자를 심문하러 들어갔다.

"거 참 잘됐군. 쌀 한 트럭이나 탄약 열 상자 정도 가지고 오게 해서 마누라와 바꿔가라고 하세."

그런데 여자를 본 이준산이 소스라치게 놀랐다.

"당신 혹시 초문적 아니오?"

이준산은 일본에서 함께 유학했던 고향 여자 친구를 첫눈에 알아보았다. 앞에서 잠깐 소개했듯이 여자의 본명은 초문적이다. 그의 딸 전애화(田愛華)가 들려준 이야기에 따르면, 초문적은 유학 시절 은근히 이준산을 좋아했으나 그가 귀국하여 바로 항일운동에 투신하는 바람에 헤어지게 되었다고 한다. 초문적은 백성들로부터 '얼구이즈'로 불리는 만주군 대대장 부인으로 이준산의 인질이 된 자신이 너무 창피하고 부끄러웠다.

"준산 씨 죄송해요. 제가 이런 모습으로 준산 씨와 만나게 될 줄은 정말 생각지도 못했어요."

"미안하기는 나도 마찬가지요. 그나저나 어떻게 우리 대원들한테 잡혀오게 되었소?"

이준산이 묻자 초문적이 대답했다.

"그동안 남편과 함께 교하에서 살았는데, 남편이 액목현으로 파견 받아 한동안 주둔하게 되었다며 나보고 병영에 와서 같이 있자 해서 길을 나섰어요. 그런데, 그만 길에서 준산 씨 부하들한테 납치되었어요. 그렇지만 저를 인질로 삼고 제 남편한테서 뭘 얻어낼 생각이라면 제가 도와드릴게요."

초문적이 은근히 항일연군을 도우려는 마음이 있는 것을 본 이형박은 이준산에게 의향을 물었다.

"준산 동무, 도리상 동무와 잘 아는 사이이니 그냥 놓아 보내는 것이 마땅하나 저 여자가 은근히 우리를 도와주려는 마음이 있는 것 같소. 그러니 저 여자한테 남편 앞으로 편지 한 통 쓰게 해서 쌀을 한 트럭 가져다 달라고 하는 것이 어떻겠소?"

이에 이준산도 동의하지 않을 수 없었다.

이준산과의 인연 때문에 초문적은 이형박 부대에서 인질로 지내는 동안 아무 괴로움 없이 지냈다. 초문적은 아주 영리한 여자였다. 가끔 이준산과 만나 이야기를 나누었지만, 자기를 납치했던 노병들이 처음에는 자신을 겁탈하려 했다는 말을 입 밖에 내지 않았다. 그리하여 하루는 그 노병들이 몰래 초문적에게 와서 감사의 말을 하기도 했다.

"만약 당신이 이곳을 떠나고 싶다면 저희 몇이 도와드리겠소."

"성의는 고맙지만 이 말도 못 들은 것으로 하겠어요. 내 남편한테 이미 편지를 보냈으니, 남편이 군량을 싣고 와서 나를 바꿔갈 거예요. 솔직히 나는 당신네들을 돕고싶어요."

여자는 그 노병들을 안심시켰다.

그 노병들이 이 사실을 곧이곧대로 이형박에게 말하자 이형박과 이준산은 더는 의심하지 않고 초문적의 방 앞에 세워두었던 보초까지 철수하는 등 믿음을 보여주었다.

그런데 초문적이 쓴 편지를 가지고 액목현에 갔던 이형박의 연락원이 주가훈을 만나지 못하고 그의 집에 편지를 맡겨놓고 돌아왔다. 이 일을 알게 된 초문적이 이형박과 이준산에게 말했다.

"편지를 제 남편이 직접 받지 못하면 이 일은 성사될 수 없어요."

"그게 무슨 소리요?"

"나는 사실 본부인이 아니고 소실이에요."

그 말에 이준산은 입이 벌어지고 말았다.

"그렇게 유학까지 하면서 공부를 많이 해놓고, 고작 시집간 곳이 얼구이쯔 본댁도 아니고 작은댁이었단 말이오?"

이준산이 나무랐다.

"그러니까 왜 그때 나를 데려가지 않았어요?"

초문적은 이렇게 맞받아치면서 이형박을 만나게 해달라고 했다.

"편지가 본댁 손에 들어간 게 분명하니 쉽게 전달되지 않을 거예요. 차라리 나를 놓아주세요. 내가 돌아가 어떻게든 남편을 설득해 볼게요."

초문적이 이렇게 요청하자 이형박이 동의했다. 이준산이 그를 산 밖으로 배웅하면서 한참 이 말 저 말 주고받던 중에 초문적이 이렇게 말했다.

"그때 나를 납치했던 사람들이 김일성 부대라고 거짓말했어요. 나를 호송하던 병사들 가운데 이 말을 엿들은 사람이 있었을 거예요. 그래서 남편은 나를 납치한 사람들이 김일성 부대라고 오해하고 있을지도 몰라요."

이에 이준산은 별로 깊이 생각하지 않고 말했다.

"김일성 부대는 이미 액목을 떠나 영안 쪽으로 돌아갔소. 당신 남편 부대도 김일성 부대를 뒤쫓아 영안으로 간 건 아닌지 모르겠구먼."

그러자 초문적은 액목현성 쪽으로 접어들었던 마차를 돌려세웠다.

"나도 영안으로 가보겠어요."

초문적은 영안현성으로 남편 주가훈을 찾아갔다.

본댁보다 훨씬 더 젊고 공부도 많이 한 초문적을 사랑했던 주가훈은 이때 아닌 게 아니라 초문적을 납치한 사람들이 김일성 부대로 여기고 줄곧 김성주와 진한장 부대가 이동한 노선을 수소문하면서 영안현성까지 와 있었다.

초문적을 만난 주가훈은 너무 기뻐 어쩔 줄 몰랐다.

"내가 그러잖아도 김일성 부대는 대부분 신사들이고 경우가 바른 사람들이라고 들었는데, 정말 그런가 보군. 당신을 손끝 하나 건드리지 않고 돌려보냈으니 말이오. 만약 다른 놈들 손에 잡혔더라면 당신은 분명히 무사하지 못했을 게요."

그러자 초문적은 의처증이 심한 주가훈에게 괜한 의심을 살까 봐 이준산 덕분에 풀려났다는 이야기를 하지 않고 진짜로 김일성 부대에 잡혀 있었던 것처럼 말했다.

"거기 가보니 우리 중국 사람들도 여럿 있었지만, 대부분 조선 사람들이더군요. 그 조선 사람들이 중국말을 아주 잘했어요. 처음에는 며칠 가두었다가 당신이 만주국군 기병대 대장이라고 하니 나를 놓아주면서 대신 쌀 한 트럭을 가져다주기 바랐어요."

그 말에 주가훈은 부쩍 호기심이 동했다.

"당신은 그럼 김일성이 어떻게 생겼는지 직접 만나 보았소?"

"그 사람들이 누가 김일성인지 나한테 알려주겠어요? 그냥 내 짐작대로라면 나를 신문하던 사람도 조선 사람이었는데, 키는 좀 큰 편이지만 비교적 깔끔하고 순하게 생겼어요. 공부도 아주 많이 한 사람 같았고, 일본말도 아주 잘하더라고요. 나같이 일본에서 유학했던 사람보다도 일본말을 더 잘하더라고요."

"그러면 당신과 일본말로 주고받은 사람이 김일성 같소?"

"아마도 그럴 거예요."

초문적은 생판 얼굴을 모르는 김성주 대신 자기가 잘 아는 이준산 모습을 이야기했던 것이다. 그랬더니 주가훈 입에서 이런 소리가 나왔다.

"이번에 김일성 손에 일본군 정규군이 수백 명씩 녹아났소. 돈화에서 일본군 연대장이 하는 이야기를 들었는데, 그가 일본육군 군사학교에서 공부할 때 같은 반에서 공부했던 조선인 학생들이 한둘이 아니었다고 하더구먼. 아마 김일성도 그 가운데 한 사람이었을지 모른다는 게요."

초문적은 거짓말은 자기가 시작해놓고 남편이 하는 이야기를 들으면서 호기심을 금할 길이 없었다.

"어떻게 할 거예요? 쌀은 보낼 거예요?"

"나한테 한 트럭이나 되는 쌀이 어디 있소? 그러자면 우리 대대의 군량에서 몰래 훔쳐야 하는데, 그러다가 발각되는 날에는 목이 달아나오."

"그러면 어떡하겠어요?"

"쌀 대신 돈을 마련해서 몰래 보내면 어떨까?"

"내가 귀걸이와 팔찌를 줘도 그 사람들은 받지 않았어요. 돈보다는 당장 쌀이 더 급해 보였어요. 그 사람들이 나를 믿고 놓아주었는데, 약속을 지키지 않으면 욕은 당신이 먹게 될 거예요."

주가훈은 머리를 끄덕였다.

"옳은 말이오. 나도 한 달 내내 그 사람들 뒤를 쫓고 있었지만 도대체 따라잡을 수 있어야 말이지."

초문적이 다시 부탁했다.

"쌀은 용돈 모아둔 것으로 한 트럭 마련할 테니, 당신이 그 사람들 있는 곳을 알아내세요. 그러면 내가 몰래 가져다놓을게요. 대신 당신이 믿을 만한 부하를 시켜서 쌀 수레를 산속까지 들어갈 수 있게 해주면 돼요."

"좋소. 그렇게 하시오."

주가훈은 아내에게 허락하고 심복을 하나 불러서 이 일을 맡겼다.

"이제 혹시라도 공비들과 접전하게 되면 너는 내 심부름을 한 번 다녀와야겠다."

편지는 초문적이 직접 이준산 앞으로 썼다.

김일성이나 이준산이나 다 공산당 부대이니, 편지를 받으면 전달될 것이라는 생각에서였다.

"이소(伊少)가 누구요?"

초문적이 이준산 앞으로 보내는 편지를 읽어보던 주가훈이 불쑥 물었다.

"나를 산 밖까지 데려다준 사람이 알려준 이름이에요. 쌀을 보내줄 때 자기 이름을 대면 된댔어요."

이소는 이준산의 또 다른 별명이었는데, 일본 유학시절에 이 별명을 사용한 적이 있었다.

주가훈은 아내가 쓴 이 편지를 몰래 간직하고 기회가 오기를 기다렸으나 끝내 전하지 못했다는 이야기를 초문적의 딸 전애화가 들려주었다.

"아니면, 기회가 한두 번 있었으나 타이밍이 맞지 않아 끝내 전달할 수 없었을 것이다."

취재 당시 곁에 함께 있었던 전애화의 남편이 이런 생각을 말하기도 했다.

문화대혁명 때도 초문적은 자기가 직접 항일연군에 쌀을 들여보내려 했다는 증거로 그 편지를 보관하고 있었다고 한다. 전애화는 어머니가 세상을 뜨고 나서 그 편지를 잃어버린 것을 여간 아쉬워하지 않았다.

"그 편지가 어떻게 다시 어머니 손에 돌아왔나요?"

"나중에 어머니의 남편이었던 만주군 군관의 부대는 만주를 떠나 하북성(河北省)으로 옮겨갔어요. 일본군이 하북성의 팔로군을 토벌하는 전투에 만주군이 아주 많이 참가했는데, 그때 전투 중 포로로 잡혀 총살당했다고 해요."[51]

초문적의 남편 주가훈은 그 뒤로 6개월 남짓을 영안 지방에서 항일연군을 쫓아다녔는데, 품속에는 아내가 항일연군 앞으로 쓴 이 편지를 몰래 간직하고 다녔다는 이야기다.

한 번은 정말 김성주 부대와 접촉할 기회가 있었다고도 한다. 김성주와 진한장이 주보중과 만나러 다시 영안 쪽으로 내려오다가 영안현 동남산에서 만주군 길림경비여단 산하 제27연대의 한 중대와 맞부딪힌 적이 있었다. 이 만주군은 바로 동만 원정부대를 쫓아 노흑산을 넘어섰던 유상화 여단(劉向華旅團) 소속 부

---

[51] 만주군 기병대대 대대장 주가훈이 국민당 군대에 의해 사살당한 기록은 중국 제2 역사당안관(中国第二历史档案馆)에 소장된 "제17군 84시 광령진투 보고(第十七军八十四师 广灵会战火烧岭战斗详报)" 전종호(全宗号) 787 안건번호 7310에 자세하게 나와 있다.

대였고, 나자구의 양반 연대(梁泮 聯隊, 만주군 길림경비여단 산하 제13보병연대) 산하 중대장 무연광도 바로 이 부대와 함께 영안현 경내까지 따라 들어왔던 것이다.

이 중대는 상대가 '김일성 부대'라는 소리에 감히 싸워보지도 못하고 바로 두 손에 총을 받쳐 들고 모조리 항복하고 말았다. 이 소식을 들은 주가훈은 기병대대를 이끌고 정신없이 김성주 부대를 뒤쫓아 북호두 근처까지 갔다가 복병을 만나 수십여 명의 사상자를 내고 돌아왔다. 주가훈은 전투 도중에 심복을 불러 몰래 편지를 전하라고 시켰다.

"네가 기회를 봐서 백기를 들고 투항해 이 편지를 전해주고 돌아오너라."

하지만 그 심복은 흰 천을 꽂은 나무꼬챙이를 손에 들고 흔들면서 상대방 진지로 기어가다가 오히려 자기편에서 누군가가 쏜 총탄에 궁둥이를 얻어맞고 가까스로 기어서 되돌아왔다.

한때 주가훈 밑에서 기병중대장으로 복무하다가 후에 만주군 보병 제12여단장이 되었던 만주족 출신 장령 부선선(富璇善)[52]은 해방 후 무순전쟁범죄자관리소에서 복역했다. 그가 남긴 자필 진술자료에 의하면, 주가훈과 함께 일본군 정규부대를 따라 오늘의 하북성 적성(赤城) 용관(龍關)에서 팔로군을 토벌하던 중 국민당 당은백(湯恩伯)의 한 연대가 갑작스럽게 배후를 엄습하는 바람에 모조리 생포되고 말았다. 여효도(呂曉韜, 항일열사)라는 국민당 군대의 상좌가 그때 생

---

52 부선선(富璇善)은 만주족이며 1933년 2월 만주군 열하성 토벌사령부 참모처장을 거쳐 열하경비사령부 참모처장과 만주국 제5군관구 사령부 참모처장을 거쳐 1935년 4월에는 만주국 기병교도연대 제5연대장이 되었다. 이 기간에 만주국 제5등 경운장(景云章)과 건국공로장(建国功劳章)을 받았고, 1936년에는 일본 정부가 수여하는 5등 서보장(瑞宝章)을 수상했다. 1938년 12월에는 만주국 제5군관구 사령부 부관을 거쳐 제8군관구 병사처장으로 전보됐고, 1943년 8월에는 만주군 혼성 제1여단장이 되어 소장으로 진급했다. 그 후 혼성 제1여단장에서 혼성 제12여단장이 되었다가 일본이 항복하면서 소련홍군에 체포되었다. 1954년 7월 20일에 무순전쟁범죄자관리소에서 자필 진술자료를 남겼다.

포한 포로가 너무 많아 압송하기 불편하다고 투덜거리면서 압송 도중 일부를 몰래 처형했는데, 주가훈도 그때 걸려들고 말았다. 이것은 그로부터 1년 뒤인 1937년 8월에 발생하게 되는 일이다.

이야기는 다시 1936년 1월로 돌아간다.

김성주는 회고록에서 이때 발생했던 '기이한 인연'이라는 제목의 이야기를 하나 전하고 있다.

"1936년 초에 생긴 일이었을 것이다. 날이 훤히 밝아올 무렵 우리는 행군을 중지하고 대도로 옆의 어떤 지주 집에 여장을 풀었다. 큰 토성을 둘러치고 포대까지 가지고 있는 만만치 않은 집이었다. 만주군이 조직된 후이고 또 일본 사람들이 사설무력을 허용하지 않는 때여서 그 집에 가병만은 없었다. 지주 집은 두 채로 되어 있는데 한 채에는 대원들이 들고 다른 한 채에는 지휘부 성원들과 후방부 일군들이 들었다. 우리는 대문 앞에 머슴꾼 차림을 한 대원 3명을 교대로 파견하여 주변을 감시하게 하고 나머지 대원들은 쉬게 했다.

오후 4시쯤 되었을 때 보초소로부터 마차 1대가 우리가 머무르고 있는 지주 집 쪽으로 접근해 오고 있다는 보고가 들어왔다. 조금 후 마차가 지주집 앞에 멎어섰는데 그 안에서 웬 귀부인이 병사 1명의 부축을 받으며 내려와 잠간 몸을 녹이다 가겠다고 하면서 지주 집으로 곧추 들어왔다.

문밖을 내다보니 눈보라가 날리는 마당에 여우털을 댄 외투를 두 벌씩이나 껴입은 미모의 젊은 여성이 서 있었다. 그 호화로운 옷차림에 눈이 뒤집힌 우리 동무들이 벌써 마당에 몰려나가 행색이 지나치게 현란한 정체불명의 여인을 에워싸고 검문을 들이대고 있었다. 웬 여자냐고 내가 묻자 나 어린 보초는 '사령관동지, 수상한 여자입니다.'

하고 무슨 큼직한 고위급 특무라도 잡은 것 같은 기세로 우쭐해서 대답했다. 보초는 그 여자에게서 날카로운 시선을 떼지 않고 있었다."

필자는 돈화 지방에서 1930년대 이른바 '큰 토성을 둘러치고 포대까지 가지고 있는 만만찮다'는 지주들의 일가족까지도 거의 하나도 빠뜨리지 않고 모두 방문하면서 조사했다. 그 결과 얻은 이야기는 오늘의 돈화시 액목진에서 서부파견대로 나온 평남양 이형박 부대에 납치된 적이 있는 초문적 이야기뿐이다. 만주군 대대장의 아내를 인질로 잡아두었다가 그 여자의 감언이설에 속아 넘어가 풀어주고는 은근히 그 여자의 남편이 쌀을 가져다줄 것을 기대했지만 결국 쌀 한 알도 못 얻었던 평남양 이야기는 항일연군에서 회자되기도 했다.

그런데 김성주 회고록에서 이 여자는 갑작스럽게 1920년대 말 길림에서 중학교를 다녔던 여자로 바뀐다. 성씨도 지 씨(池氏)이며, 그 여자가 이런 말을 했다고 한다.

"성주 선생님도 길회선철도 부설반대 깜빠니야(캠페인)가 벌어지던 1928년 가을을 잊지 않으셨겠지요? 그 가을에 길림은 얼마나 들끓었습니까. 잘 믿어지지 않겠지만, 저도 그때는 학생시위운동에 참가했습니다. 성의회 마당에서 성주 선생님의 연설을 듣던 일이 눈앞에 선합니다."

그러면서 김성주는 회고록에서 이 지 씨의 연대장 남편 성씨는 장 씨(張氏)였으며, 당시 교하에 본부를 두고 액목현에 주둔했던 만주군 혼성 제9여단 산하의 12보병 연대 연대장이었다고 기억한다.

유감스럽게도 이 회고록에 관계한 북한의 당 역사분야 권위자들은 만주군 혼성 제9여단 산하의 12보병 연대는 1935년부터 1937년까지 액목이 아닌 화전(樺甸)에서 줄곧 주둔했다는 사실을 몰랐던 것 같다. 또 연대장 성씨도 장 씨가 아닌 김은규(金恩奎)라는 사람이다. 이름만 보고 조선인으로 오해하면 안 된다. 동북 강무당 출신으로 동북군에서 잔뼈가 굵은 만주족 출신 군인이다. 만주사변 직후 동북육군 길림성경비대 제5여단 보병 13연대 연대장이었다. 길림성이 희흡의 인솔로 통째로 일본군에게 투항할 때, 이 부대도 함께 따라와 만주국군 혼성 제9여단으로 편성되었다. 12연대장에 임명되었던 김은규는 화전에 주둔하면서 화전 주변 팔도하자, 횡도하자, 홍석라자, 쟈피거우 등 지방 항일부대를 토벌하는 데 그 누구보다도 앞장서서 악명이 자자했다. 나중에 김은규는 간도지구 토벌사령관으로까지 승진한다.

현재 확인할 수 있는 기록에 따르면, 12연대 산하에는 3개의 보병대대와 9개의 보병중대 외에 1개의 포병중대까지 총 1,000여 명을 넘나드는 병력이 있었다. 이 부대는 내내 화전에 주둔하다가 1939년에야 한 번 돈화지구로 출정한 기록이 있을 따름이다.

그 외에도 김성주는 회고록에서 자신이 주보중에 의해 "2, 5군 합동지휘부 정치위원 겸 위하부대 사령관으로 임명되었다."고 하는데, 이 역시 사실과 맞지 않는다. 서부파견대 정치위원으로 임명된 사람은 후에 서부파견대와 합류했던 진한장이며, 이 파견대의 총지휘관은 시세영이었다.

김성주가 주장하는 위하부대 사령관이라는 이름은 아무데서도 확인되지 않는다. 1936년에 접어들면서 항일연군 명칭이 정식으로 결정되고 군사조직들도 점차 체계화하면서 성씨 뒤에 '사령'을 달아서 불렀던 사람은 거의 없었다. 주민들이 양정우나 조상지, 시세영을 가리켜 '양 사령', '조 사령' 또는 '시 사령'이라 부르긴 했지만, 이 세 사람에 비해 경륜이 일천했던 김성주에게 사령이라는 호칭이 붙었던 적은 단 한 번도 없었다.

2. 명호(名號)가 된 '김일성 부대'

중국공산당 항일부대 내에서의 직위야 어찌되었든 간에 그가 데리고 다녔던 많지 않은 대오를 가리켜 '김일성 부대'라고 부르기 시작한 것은 바로 이때부터였다.

물론 김성주를 이 부대의 사령관으로 간주할 수도 있지만, 김성주가 이형박이나 후국충처럼 '평남양', '사계호' 같은 산채 기호(旗號, 깃발)를 들고 다닌 적은 분명 한 번도 없었다. 더구나 김성주 본인이 동만주 혁명의 수도나 다름없었던 동만특위 소재지 왕청에서 유격대 정치위원을 지낸 데다 그때까지 그의 대원들 가운데는 아동단 시절부터 근거지에서 교육받고 성장한 이들이 절대 다수였다.

이는 시사하는 바가 아주 크다. 항일연군 투쟁사를 연구하는 중국인 연구자들이 2000년 여름, 흑룡강성 하얼빈에서 연구토론회를 열었는데, 이때 제출한 논문 중에 이런 질문이 들어 있었다.

> "양정우, 조상지, 그리고 조아범과 진한장도 모두 변절자의 배신으로 말미암아 곤경에 처했고, 심지어는 변절자 손에 직접 살해당하기도 했는데 어떻게 김일성만 무사할 수 있었을까?"

이런 질문에 대해 연구자들은 거의 비슷한 견해를 내놓았다.

"김일성 부대 대원 대부분은 근거지에서 아동단과 공청단을 거쳤고, 입대할 때는 이미 당원이 된 사람이 아주 많았다. 후에 만주군에서 귀순해 왔거나 또는 포로가 되었다가 참가한 사병들을 배치할 때도 그들을 한 소대 안에 3명 이상씩 절대 함께 두지 않고 모조리 흩어지게 했다."

이미 김성주는 1년 전 또는 2년 전의 그가 아니었다. '김일성 부대'라고 하면 모두가 알아주기 시작했기 때문이다. 이때쯤 그의 명호(名號, 이름과 호)나 다름없는 '김일성 부대' 소리만 들어도 사람들은 모두 혀를 내두를 정도로 칭찬을 아끼지 않았다.

특히 소련에 갔던 위증민이 돌아올 시간이 점점 다가오자 왕덕태와 이학충은 각별히 서부파견대의 동향에 칼날같이 신경을 곤두세우고 있었다. 작년 봄 요영구회의 때 동만이 남·북만과 하나의 항일전선을 구축해야 한다는 코민테른 지시가 내려왔을 때, 유한흥은 이미 왕덕태에게 귀띔해주었다.

"내가 영안 지리에 환한데, 우리 3, 4연대가 노야령을 넘어 5군과 만난 뒤 2, 5군 연합부대를 조직하면 반드시 액목과 돈화를 거쳐 할바령 쪽으로 진출하게 될 것입니다. 동만과 길동의 항일전선을 한데 잇는 방법은 이 노선밖에 없습니다. 그러자면 우리 2군 나머지 부대들도 두 갈래로 나누어 한 갈래만 남만 쪽으로 접근하고 다른 한 갈래는 반드시 할바령을 넘어 돈화 쪽으로 접근해야만 이 항일전선을 이상적으로 구축할 수 있게 됩니다."

유한흥이 원정부대를 데리고 영안으로 떠나기 전에 이미 짜놓았던 작전방안대로 왕덕태는 2군 군부를 데리고 안도로 이동하면서 1연대 연대장 안봉학에게는 서둘러 할바령 쪽으로 접근하라고 명령을 내렸다.

유한흥이 이끄는 원정부대가 노야령을 미처 넘어서기도 전에 안봉학이 어찌나 신속하게 행동했던지 벌써 1연대 200여 명을 이끌고 안도와 대석두 구간의 철도를 파괴했다. 1935년 5월 2일 새벽녘에 이 구간을 지나던 나진발 신경행 202호 열차가 전복되고 말았다. 이것이 그 유명한 '경도선열차습격사건'이다.

안봉학의 부하였던 최현은 이 습격사건에 참가했고 자신의 회상기[53]에서 "우리들은 순식간에 적 장교들만 300여 명을 몰살시켰다."고 과장하고 있다. 300명이면 실제 살상자 수를 10배나 불린 수치다. 실제로는 200여 명을 동원하여 30여 명밖에 사살하지 못했다.

그러나 이 습격사건으로 일본군이 엄청나게 놀랐던 것은 그때 포로로 잡힌 10여 명의 군정 요인 가운데 일본 황족과 일본군 장령도 있었기 때문이다. 이 열차에 실렸던 대량의 군수물자와 함께 만주국 화폐 20여만 원도 모조리 노획당한 것으로 알려졌다.

이 열차를 전복한 1연대가 안도 쪽으로 사라졌기 때문에 만주군뿐만 아니라 일본군 정규부대도 처창즈 쪽으로 그들의 뒤를 쫓았다. 열차가 전복된 지 불과 3개월 만에 관동군사령부는 이른바 '소화 10년, 관동군 추계(秋季) 치안숙정 만주국 방면 협력요망'이라는 것을 제정하고, 항일무장 '토벌' 중점을 빈강, 길림, 간도, 봉천, 안동 등 5개 성에 두었다. 이 '숙정계획'에 일본군은 장춘, 열하 일대에서 대량의 군대를 움직여 동만과 수녕 지구에 투입하기 시작했는데, 이때 왕덕태의 2군 군부가 당한 곤경도 주보중이 영안 지방에서 당했던 것 못지않았다.

더구나 정치부 주임 이학충이 이때 처창즈를 지키던 2연대의 2, 3중대 150여 명을 갈라서 양정우의 제1군과 만나러 남만 쪽으로 출정했으니, 왕덕태에게는

53 최현, 『혁명의 길에서』, 국립출판사, 1964, 150-152쪽.

이 토벌군과 정면으로 맞설 만큼의 병력이 없었다. 처음에는 그나마 처창즈 유격근거지를 발판으로 전투를 벌이며 며칠 버텼으나 토벌대가 박격포와 중·경기관총으로 무장하고 파죽지세로 밀고 들어오는 바람에 도저히 당해낼 수 없음을 깨닫게 되었다.

"하는 수 없소. 왕청에서처럼 근거지를 해산하고 주민들에게 각자 살길을 찾아 떠나라고 하는 수밖에."

왕덕태는 임수산과 조아범, 그리고 박덕산에게 지시했다.

처창즈에서 쫓겨 내두산 쪽으로 이동할 때 근거지 주민들이 순순히 산을 내려가지 않고 모두 같이 가겠다며 뒤를 따르자 왕덕태는 몹시 당황스러웠다.

"풀을 뜯어먹고 짐승가죽을 우려먹어도 좋으니, 유격구에서 살게 해주시오."

백성들은 울고불고 매달렸다.

"유격구에는 곧 토벌대가 들이닥칠 터인데, 여기 남아서 어쩌겠다는 거요? 그냥 토벌대한테 죽여주십사 드러눕는 꼴밖에 되지 않겠소. 죽지 않고 살겠으면 빨리 산 밖으로 내려가 그동안 공산당한테 속아 넘어가 근거지에 들어갔던 것뿐이라고 발뺌하시오."

어른들은 그런대로 이해관계를 따져가면서 다시 이야기하면 말귀를 알아들었으나, 부모 없이 아동단과 소년단에서 합숙하며 살던 아이들이 문제였다. 그나마도 좀 큰 아이들은 군대에 입대시켜달라고 성화를 부려 일부는 받아들였다. 하지만 겨우 일고여덟 살밖에 되지 않은 아동단원들은 그냥 막무가내로 다리가랑이에 들러붙어 떨어지려 하지 않았다.

처창즈근거지가 해산된 것은 1935년 11월이었다. 그동안 처창즈에 설치돼 이미 가동되고 있었던 병기공장과 옷공장, 병원 등 2군 후방기관들이 이때 처창즈를 떠나 하늘 아래 첫 동네라 불리는 내두산으로 들어왔다. 동네 서쪽에 두 개의 젖꼭지 모양 산이 있어서 생겨난 이름이었다.

얼마나 오랫동안 사람 손이 닿지 않은 밀림이었는지 송강(松江)과 천지(天池)에 이르는 주위 100km 구간은 말 그대로 무인지경이었다. 그러나 내두산도 결코 안전지대일 수 없었다. 김성주가 2, 5군 연합부대로 구성된 서부파견대와 함께 한창 액목, 돈화 쪽으로 접근할 때 토벌대는 처창즈에 이어서 내두산을 향해 공격해왔다.

"영안으로 나갔던 원정부대가 지금쯤 돈화 쪽으로 접근하고 있을 텐데, 우리가 그들을 마중하지 못하고 내두산으로 쫓겨 들어와 꼼짝 못하니, 도대체 이 일을 어떻게 하면 좋단 말이오?"

이때 유한흥과 이학충 둘 다 곁에 없다 보니 왕덕태는 주로 조아범, 안봉학과 마주앉아 일을 의논하는 수밖에 없었다. 그런데 안봉학의 1연대는 왕덕태가 조아범과 함께 2연대를 처창즈에서 내두산으로 이동시킬 때 오늘의 안도현 신합향 경내의 밀림 속으로 은밀히 기어들어 새로운 밀영을 하나 만들었는데, 이 밀영이 바로 최현이 열병을 앓고 있을 때 김성주가 전염될 것을 두려워하지 않고 직접 찾아왔다는 그 유명한 미혼진밀영이다. 내두산밀영과 양 축을 이루고 있었던 셈이다.

"앞서 왕청에 갔을 때 성주에게 들은 이야기가 하나 있습니다. 토벌대가 왕청으로 몰려들 때 왕청유격대에서는 수동적으로 방어만 하지 않고 오히려 부대를 갈라가지고 토벌대 배후를 공격하는 방법으로 근거지가 받을 압력을 경감시켰다고 합디다. 우리도 이 방법대로 한 번 해볼 만하지 않겠습니까. 토벌대가 주로 안도와 돈화 쪽에서 몰려드니, 우리가 이럴 때일수록 더 담대하게 돈화 쪽으로 치고 나간다면 적들이 놀라서 오히려 내두산 쪽은 감히 넘볼 생각을 못할지도 모릅니다."

조아범이 이렇게 자기 생각을 말했다.

왕덕태가 보낸 연락원에게서 이 의향을 전달받은 안봉학도 대찬성했을 뿐만 아니라 1연대에서도 병력을 보내 돈화 방면으로 진격하겠다고 전해왔다. 내두산을 지킬 병력을 남겨야 했기 때문에 2연대의 두 중대 외 1연대에서 한 중대를 보충받은 조아범이 새로 임명된 2연대 연대장 장천옥(張泉玉)과 함께 돈화 쪽으로 몰래 나갔다. 그런데 1연대의 선발부대를 이끌고 조아범과 합류했던 1연대 정치위원 임수산이 돈화 지방에서 동(董) 씨 성의 한 중국인이 거느린 충의군(忠義軍) 200여 명과 손을 잡는 데 성공했다.

이렇게 되어 돈화 방면으로 나갔던 조아범과 임수산 부대는 갑작스럽게 병력이 불어나 돈화현 경내의 군용비행장과 가까운 사하연 근처까지 일격에 밀고 나가게 되었다. 사하연의 이도하자(二道河子)에서 자위단을 소탕하고 다시 내두산 쪽으로 되돌아오면서 크고 작은 전투를 수십 차례나 벌였다.

3. 안도 신찬대

내두산을 목표로 출동한 3,000여 명의 일본군 정규부대는 돈화의 군용비행장에 문제가 생길까 봐 감히 내두산 안쪽까지 들어올 수가 없었다. 돈화의 마츠모토 연대가 가까스로 한 중대만을 안도 쪽으로 이동시켰고, 안도와 화룡 두 지방의 경무과에서 주관하여 임시로 조직했던 경찰부대와 자위단 및 치안대대 500여 명이 여기에 합류했다.

그러나 이 지방경찰부대와 함께 내두산토벌에 참가했던 안도현 경무과 소속 치안대 대장 이도선(李道善)은 한때 안도와 화룡 지방에서 이름 날렸던 명사수였고, 수하에 포수 출신을 100여 명 가까이 긁어모았다. 김성주 회고록에 의하면, 이도선은 한때 소사하의 지주 쌍병준의 가병대장 노릇까지 한 적도 있었다고 한다. 안도현 경무과의 후원으로 치안대를 조직한 후에는 처창즈 토벌전투에도 참가하여 일본군의 주목을 받기 시작했다.

일본군은 이도선 무리를 토벌에 동원할 때 특별히 대원들에게 하루 3원씩의 일당을 주었고, 전투 중 죽게 되면 1인당 200원의 무휼금(구휼금)을 주었다는 소문도 있었다. 이는 엄청난 금액이었다. 일본군은 후에 이도선 토벌대를 잃고 나서 이도선처럼 조선인들만 모아 만든 간도특설대(間島特設隊)[54]를 만주국 국방군 소속 정규부대로 편성하였지만, 결코 이도선의 안도 신찬대(新撰隊)에 뭉텅뭉텅 쥐어줬던 것처럼 많은 돈을 지급하지 않았다.

여기서 잠깐 신찬대라는 이름을 한 번 살펴볼 필요가 있다. 이도선의 토벌대 이름은 '안도현 신선대(神仙隊)'로 널리 알려져 있었다. 정확한 뜻은 확인되지 않고 있지만, 이들이 신선처럼 날고뛴다고 해서 이렇게 불렀다는 설이 있다. 당시 만주국 간도성 산하 안도현 정부에서 부르던 공식 명칭은 안도현 경무과 산하

---

54 간도특설대(間島特設隊), 즉 조선인특수부대(朝鮮人特殊部隊)는 1938년 9월에 설립된 만주국 국방군 중앙 직할 소속 특수부대다. 세 중대로 편성되었으며, 대원은 전부 조선인들이었으나 부대장과 중대장, 소대장까지 일본 군인이 맡았다. 대대 부는 오늘의 안도현 명월구에 설치되어 있었다. 항일연군 내 조선인 부대를 전문적으로 상대했던 이와 유사한 특수부대가 이듬해에도 설립되었는데, 일명 아사노 부대(浅野部队)로 불렸던 백러시아 특수부대와 이소노 부대(矶野部隊)로 불렸던 몽골인 특수부대가 있다. 아사노와 이소노는 모두 소좌 계급의 일본 군인이 있었지만, 간도특설대 제1임 부대장 소메카와 카즈오(染川一男)는 중좌 계급이었다. 부대명은 보통 부대장 이름을 붙여서 불렸는데, 간도특설부대는 1938년부터 1940년까지는 소메카와 부대(染川部隊)로, 1940년부터 1941년 겨울까지는 소노베 부대(園部部隊, 園部市次郎), 1943년에는 하시모토 부대(橋本部隊, 橋本清)로 불렸다. 항일연군이 소련으로 철수한 뒤에도 이 특설부대는 계속하여 시바타 부대(柴田部隊, 柴田清), 후지이 부대(藤井部隊, 藤井義雄), 시엔 부대(支援部隊)로 부대장이 바뀌어가면서 존속하다가 1945년 8월 15일에 해산되었다.

치안대였으며, 일본인들은 신선대가 아니라 '신찬대'라고 불렀다.

이와 관련해서는 좀 더 신뢰가 가는 설도 있다. 당시 치안대 규모가 커지면서 현 경무과에서 경비를 감당할 수 없자 그곳 유지와 상인들이 자발적으로 돈을 내어 치안대를 먹여 살렸다. 그리하여 이 치안대는 현 경무과의 지시를 받는 것 외에도 유지나 상인들을 도와 경비도 섰는데, 이는 일본 막부 시절에 유행했던 '신찬조(新撰組)'라는 무장집단의 생존방식과 비슷했다. 게다가 일본어로는 '찬(撰)'과 '선(選)'의 발음이 '센'으로 같았다. 일본인들은 자기들끼리 이도선의 치안대를 '신센다이(新撰隊)'라고 불렀는데, 이 발음이 중국인들에게 '신선대(新選隊)'나 '신선대(神仙隊)'로 와전된 것이다.

후에 이런 유형의 치안부대가 안도뿐만 아니라 화룡, 왕청, 훈춘에서도 생겨났으나 1930년대 후반에는 활동비를 조달할 수 없어 모두 해산되고 말았다. 가장 오래 갔던 신찬대로 왕청의 춘양신찬대를 들 수 있는데, 이들도 1940년경에는 겨우 10여 명만 남았으며 왕청현 경무과의 후원을 받았다. 항일연군 3방면군 15연대 연대장 이용운(李龍雲)이 1940년 10월 오늘의 왕청현 산하 천교령진의 한 산기슭에서 바로 이 춘양신찬대에게 사살당했다. 이 일은 뒤에서 다시 자세히 이야기하겠다.

"내두산에는 현재 공비 주력부대가 없고, 고작 있어 봐야 두 중대밖에 안 되며 그나마도 후위에서 잡일하는 사람들뿐이다."

이도선 토벌대는 일본군에게서 이런 정보를 제공받았다.

"관동군이 도착하기 전에 우리 손으로 내두산을 끝장내세. 한 번 본때를 보이자고."

이도선 토벌대는 전투를 총지휘하던 일본군 마츠모토 연대의 통일적인 작전 배치에 따르지 않고 혼자 앞장서서 내두산으로 돌격해 들어갔다가 첫날 전투에서만 10여 명을 잃었다. 왕덕태가 내두산으로 들어오는 길가 양편에 두 중대를 매복시켜놓고 본인이 직접 한 갈래를 인솔하여 정면에서 공격했던 것이다.

그날 이도선 토벌대가 물러난 후 밤이 깊었을 때, 왕덕태는 이들 중대에 명령을 내려 각 소대와 분대별로 소규모 습격조를 보내 내두산 삼면을 포위해오던 토벌대들의 임시 숙영지에서 소동을 피우도록 했다. 때로는 그냥 총소리만 몇 방 내고 사라지기도 했고, 어떤 데서는 그냥 수류탄 한 개 던지고는 부리나케 도주하기도 했다.

토벌대는 밤새 안절부절못하다가 날이 밝을 무렵에 다시 내두산으로 들어왔으나 잠을 설친 대원들은 모두 사기가 떨어져 있었고 연신 하품을 해댔다. 밀정을 들여보내 내두산 내부를 염탐하려던 토벌대는 내두산 동네마을에서 3여 리쯤 떨어진 곳에 설치된 군부 밀영으로 들어오다가 한 공터에서 여인 몇이 아이들을 데리고 노래 부르는 모습에 어안이 벙벙해지고 말았다. 박수환(朴壽環)[55]이라는 담이 큰 여대원이 아동단원들을 데리고 토벌대를 유인했던 것이다.

이번에도 이도선 토벌대가 앞장서고 그 뒤로 일본군이 바짝 붙어서 있었다.

"이게 어떻게 된 영문인가?"

"저자들이 어제 전투에서 잠깐 이기더니 우리가 다시 오지 못하리라고 방심한 모양입니다."

이도선은 함께 따라온 일본군 지휘관에게 대답했다.

---

55 박수환(朴壽環, 1909-1938년) 2군 2연대 재봉대 대장이었다. 일찍이 "시냇가에서 빨래방망이로 일본 경찰을 때려눕히고 총을 탈취했다."는 전설을 남긴 화룡유격대 출신 여대원이다. 화룡 어랑촌과 안도 처창즈를 거쳐 내두산에 이르기까지 줄곧 2군 후방 군수(軍需) 부대에서 재봉대 일을 맡아 했다. 후에 3사가 설립되면서 김일성 부대로 편입되었고, 여전히 재봉대 일을 하다가 1938년 12월경 몽강현 경내 남패자 밀림에서 토벌대에 습격당해 사망했다. 평양의 대성산혁명열사릉에 반신상이 세워져 있다.

"저 아이들은 가만 내버려두고 바로 귀틀집들을 공격합시다."

"일단 좀 더 접근해 포위망을 치고 보자."

일본군은 이도선을 앞세우고 공터를 에돌아 주변 수풀 속 여기저기에 널려 있는 귀틀집들을 향해 계속 접근했다.

"이제 더는 못 나갑니다. 더 가면 발각됩니다."

"사람을 시켜 소리치게. 모두 나와서 총들을 버리고 투항하면 살려준다고 말이야."

이도선은 중국말과 조선말로 번갈아가면서 소리쳤다.

"안에 있는 자들은 들으라. 너희들은 포위되었다. 총을 버리고 투항하면 살 수 있다."

몇 번 소리쳤지만 귀틀집 안은 조용하기만 했다.

그럴 때 공터에서 노래 부르던 아이들까지도 어디로 숨어버렸는지 감쪽같이 사라지고 보이지 않았다. 일본군은 이도선에게 귀틀집들을 뒤지게 하고 자신들은 바로 되돌아섰으나 여기저기 땅에 묻혀 있던 작탄들이 갑자기 터지기 시작했다.

"빨리 철수하라!"

이도선은 귀틀집을 뒤지던 부하들에게 소리쳤다.

그러나 이미 때는 늦고 말았다. 작탄들이 터지고 곧이어 여러 곳에서 수류탄들이 날아 들어왔기 때문이다.

일본군은 유격대의 화력이 이처럼 강하리라고는 미처 생각하지 못했다. 수류탄들이 날아들고 곧이어 총창을 든 유격대원들이 수풀 속 여기저기에서 불쑥불쑥 머리를 내밀더니 총을 쏘면서 마구 돌진해 내려왔다. 백병전을 벌이려는 것 같았다. 일본군이 헝클어진 대오를 미처 정비하지 못한 채 이미 도주하기 시작했기 때문에 이도선 토벌대도 남아서 반격할 엄두를 내지 못했다. 들어오던 길로 되돌아나가다가 몇 번이나 작탄 세례를 당했고, 산세가 험한 비탈에서는 집채 같은 바위가 굴러 떨어지는 바람에 다시 혼비백산했다.

"아니, 이자들한테 무슨 작탄이 이렇게 많단 말인가?"

"공비들 화력이 장난 아닙니다. 얼마 전에 관지보를 기습했던 공비들은 박격포까지 쏘아댔다고 합니다."

내두산에 들어왔던 일본군들은 이런 이야기를 주고받았다.

더 기가 막힌 일은 나중에 있었다. 산세가 좀 험해 보이는 비탈 밑을 지나가다가 집채 같은 바위덩이가 산꼭대기에서부터 굴러 떨어졌는데, 망원경을 들고 산꼭대기를 살피던 일본군 지휘관 눈에 들어온 것은 몇몇 여자와 아이들뿐이었다. 산꼭대기를 향해 몇 차례 기관총을 쏘았지만 아무 소용이 없었다. 여인과 아이들이 합창하듯이 노래까지 불러대면서 일본군을 골려주었다.

"아리랑 아리랑 아라리요,
아리랑 고개로 넘어간다."

"정말 미치겠군."

"저희들이 올라가 모조리 잡아오겠습니다."

뒤따라 산을 빠져나오던 이도선이 악을 쓰며 산꼭대기로 올라가려고 하자 일본군이 말렸다.

"그만하거라. 올라가봐야 여인과 아이들뿐이다. 공비들이 저 아이들을 그냥 내버려두었겠느냐. 필시 산중턱 어디에다가 또 작탄을 잔뜩 묻어놓았을 것이다."

이날 토벌대는 30여 명의 사상자를 내고 철수할 수밖에 없었다.

처창즈에서 배겨나지 못하고 내두산으로 옮겨왔던 왕덕태의 2군 군부가 주력부대마저 모조리 남만과 북만으로 보내버리고 가까스로 두 중대밖에 안 되는 병력만으로 이처럼 근거지를 지켜낼 수 있었던 데는 일명 '연길작탄'으로 불리던 이 작탄의 화력이 한몫했다.

이 작탄을 만든 보배 같은 사람의 이름은 박영순(朴英淳)[56]으로 '박포리'로 불렸다. 화룡현 금곡 사람인데, 1931년 말 이 지방에 와서 활동했던 김일환에게 포섭되어 이 동네 당 지부서기 손원금(孫元金)[57]과 함께 자체 무기를 만들기 시작한

---

56 박영순(朴英淳, 1907-1987년) 함경북도 경원 출신이다. 만주 간도로 이주하여 용정에서 보통학교 4년을 중퇴했으며, 아버지가 대장간을 경영하여 기계 수리 및 제작 기술을 배웠다. 2차세계대전 때 소련군 첩보부대에서 활동했다. 소련 극동군 독립88여단 제1대대 소속으로 1945년 11월에 평양에 들어왔다. 김정일(金正日)의 생모 김정숙(金正淑)을 오랫동안 뒷바라지했고 1946년 6월 임춘추(林春秋), 김좌혁(金佐赫) 등과 함께 중국 동북 지방에 파견되어 항일유격대 2세들을 찾아 입국시키는 임무를 맡았다. 1946년 8월 15일 북한에서 보안간부훈련대대부(保安幹部訓練大隊部) 통신부장으로 임명되었고, 북한의 정규군 창설에 공을 세웠다. 1946년 북조선공산당 함경북도 당 조직부장, 북조선공산당 조직위원회 통신과장, 1948년 노동당중앙위원회 통신과장, 1954년 10월 조선노동당 중앙위원회 통신부 부부장, 1956년 10월 노동당 중앙위원회 통신부장 등 통신 분야에서 두각을 나타냈다. 1961년 9월 노동당 중앙위원에 피선되었고 1962년 10월부터 제3기~제8기 최고인민회의 대의원으로도 활동했다. 1962년 10월~1965년 8월 제3차 내각 체신상(遞信相), 1967년 최고인민회의 상임위원회 위원장, 상설회의 부위원장, 1970년 11월 노동당중앙위원회 위원, 1971년 노동당 중앙위원회 행정부장, 1973년 5월 중앙혁명박물관 관장, 1980년 10월 당 중앙 위원 등의 직책을 맡아 활동했다. 최고인민회의 상임위원회 대표단 및 당 대표단 체신대표단을 이끌고 소련·중국·루마니아·체코·동독 등을 수차례 비공식 방문했다. 『항일의 로력혁명투사들이 새 세대에게 들려주는 이야기』 및 『항일혁명투사들의 회상기』(1987) 등에 그의 회상기 여러 편이 실려 있다. 사망 후 대성산 혁명열사릉에 묻혔다.

57 손원금(孫元金, 1911-1937년) 화룡현 금곡촌 출신으로 금곡촌 원동학교(遠東學校)에서 공부했다. 그 후 연길현 직업학교 공장에서 노동자로 일하며 사회주의운동에 참여했다. 1930년 중국공산당에 입당하여 노동자 구역과 광산 지역에서 지하활동에 종사했다. 11월 중국공산당 금곡촌 당지부서기가 되었다. 그곳에서 야학을 설립하고 문예선전대를 조직하여 반일선전활동을 벌였다. 1931년 5월 무장봉기를 준비하기 위해 금곡촌 인근 야산에 대장간을 설치하고 칼과 창을 만들었다. 그해 가을 소작료 인하, 이자율 인하 등의 요구를 내걸고 농민협회·반제동맹·부녀회·소년선봉대 등의 단체들을 지도하여 지주의 가옥을 습격했다. 그해 말, 중국공산당 지시로 병기공장을 비밀리에 설립하고 '연길폭탄', '고춧가루폭탄', '쇠조각폭탄' 등의 무기를 만들어 보급했다. 1932년 폭탄 제조

것이 계기가 되었다. 나중에 손원금이 작탄을 만들다 두 눈을 실명한 뒤 박영순이 이 일을 이어받았는데, 화룡현유격대가 2군 2연대로 개편되면서 2연대의 병기공장 공장장이 되었고, 2군 군부와 함께 처창즈에서 내두산으로 이동했던 것이다.

병기공장에서는 폭팔 사고가 자주 발생했다. 김성주 회고록에서 '강곰'이라는 별명으로 소개되었으며 훗날 김성주의 최측근 경호원이 되었던 강위룡[58]도 박영순 밑에서 무기를 수리하다 화약을 잘못 건드려 공장 귀틀집이 통째로 날아갔던 적이 있었다. 물론 이것은 처창즈에서 내두산으로 옮기기 전에 발생했던 일이다.

그때 가까운 작식대(취사반) 귀틀집에서 일하던 여대원 김확실(金確實)[59]이 정신없이 뛰어와 잿더미 속에서 강위룡을 업고 나왔다. 그가 화상 입은 강위룡을

중 사고로 두 눈과 네 손가락을 잃었다. 그해 겨울 화룡현 어랑촌에 항일유격근거지가 창설되자 그곳으로 거처를 옮겨서 문화선전활동에 참가했다. 1935년 1월 항일유격대를 따라 안도현 처창즈 항일유격근거지로 이주해 근거지 주민들을 상대로 문화선전활동에 종사했다. 1936년 봄 유격근거지가 해산되자 고향인 금곡촌으로 돌아가 비밀활동에 종사했다. 1937년 7월 팔도하자에서 체포되어 용정 일본총영사관에서 취조를 받고 총살되었다.

58 강위룡(姜渭龍, 1914-?년) 1933년 2월 화룡현 문봉촌에서 항일유격대에 입대했다. 1935년 3월 민생단 혐의를 받았다. 그 후 동북항일연군 제2군 제6사에 배속되어 1937년 6월 보천보전투에 참가했다. 1939년 3월경 항일연군 제2방면군 경위련 기관총반 대원으로 활동했다. 5월 무산 대흥동전투에 참전했고, 9월 전투 중 부상당하여 한때 항일연군 보급창에서 일했다. 1940년 10월 소련 영내로 이동하여 항일연군 국제교도여단(소련극동방면군 제88보병여단)에서 활동했으며, 그 후 군정훈련과 소규모 정찰활동에 종사했다. 1945년 9월 연변분견대(延邊分遣隊)의 일원으로 연길에 진주했다. 이후 북한으로 돌아가 1974년 11월 북한군 소장이 되었다.

59 김확실(金確實, 1916-1939년) 항일연군 시절 강위룡의 아내다. 연길현 상의사 태평구(오늘의 동불사 조양천 일대)에서 태어났으며, 1932년 공청단에 가입하고 1934년 처창즈 유격근거지에서 작식(취사)대원으로 활동했다. 후에 강위룡과 결혼하고 함께 민생단에 연루되기도 했으나 누명을 벗고 안도현 미혼진에서 항일연군 제2군 3사에 입대했다. 1936년 8월 무송현성전투에 참가했고 일본군 기관총을 탈취하여 '여장군'이라는 별명을 얻었다. 1937년 6월 보천보전투 때 정찰임무를 맡고 마동희와 함께 부부로 위장하고 보천보에 침투하여 적정을 살피기도 했다. 1939년 2월 몽강 서패자에서 전투 중 사망했다.

정성껏 보살펴주어서 강위룡은 가까스로 살아날 수 있었다. 이때 인연으로 두 사람은 서로 사랑하게 되었고, 나중에 결혼하려 했으나 처창즈인민혁명정부에서는 이 결혼에 동의하지 않았다. 강위룡에게 민생단 혐의가 있었기 때문이다.

원래 화룡유격대 대원이었던 강위룡이 한 소대원의 총을 손질해주다가 오발 사고를 낸 일이 있었는데, 이 때문에 '민생단'으로 몰려 처형당할 뻔했다. 하지만 김산호가 나서서 조아범을 찾아가 "이 애가 무기 손질하는 재간이 있어서 이대로 죽여 버리기에는 정말 아깝습니다."라며 사정했다고 한다. 결국 조아범이 동의하여 처형은 가까스로 면했으나 민생단 혐의는 여전히 벗지 못한 상태에서 박영순의 병기공장에 와 있었던 것이다.

강위룡은 박영순에게 도움을 청했다.

"형님, 좀 도와주세요."

그러자 박영순은 별생각 없이 부추겼다.

"따곰(강위룡의 별명)아, 확실이만 좋다고 하면야 볼 게 뭐 있느냐. 일단 둘이 붙어서 살고 볼 판이지. 뒷감당은 내가 해주마."

김확실도 평소 친언니처럼 믿고 따르는 재봉대장 박수환을 찾아가 의견을 듣고 나서 강위룡과 함께 당당하게 결혼 등록을 했다. 그러나 정작 이 일로 김확실이 먼저 작식대에서 쫓겨나게 되었는데, 박영순이나 박수환 모두 뒷감당을 해내기가 어려웠다.

4. 조아범과 주수동의 논쟁

이때는 바로 2군이 한창 남만 원정부대를 조직하고 있을 때였다.

안봉학의 1연대가 할바령 쪽에서 활동하다 보니 근거지에는 2연대밖에 없었다. 여기서 문제가 발생한다. 2연대는 군사상 2군 군장 왕덕태의 지휘를 받게끔 되어 있었으나 조아범 본인이 2연대 정치위원과 더불어 동만특위 비서장이었을 뿐만 아니라 중국공산당 화룡현위원회 서기까지도 겸하고 있어 처창즈근거지의 최고 권력자였던 것이다.

1년 전인 1934년 3월에 반민생단 투쟁이 맹목적으로 확대되었으니 이 문제를 바로잡아야 한다는 동만특위의 결정을 조아범은 제대로 집행하지 않았다. 김성주의 회고록에 의하면, 당시 회의에서도 조아범은 반민생단 투쟁 문제를 제출한 김성주와 가장 격렬하게 충돌했던 사람이었다. 이후 훈춘과 왕청 지방에서는 반민생단 투쟁을 일으킨 사람이 없었지만, 조아범은 달리 이해하고 있었다.

나자구근거지가 파괴되고 2군 군부로 돌아온 주수동에게 2연대 정치위원을 맡기면서, 조아범과 주수동은 민생단 문제로 한바탕 논쟁이 벌인 적이 있었다.

"아니, 어떻게 화룡에서는 아직도 민생단 문제로 이렇게 말썽인가요? 정말 이해할 수 없습니다. 조아범 동지는 지금도 조선인 동무 가운데 민생단이 존재한다고 믿습니까?"

주수동 역시 한때는 반민생단 투쟁을 적극적으로 벌인 사람이었다. 중국공산당 훈춘현위원회가 왕청의 금창(金倉)으로 옮겨온 뒤, 여기서 민생단 혐의를 쓴 채로 왕청까지 따라왔던 훈춘 출신 조선인 공산당원을 수십 명씩이나 처형하는 일을 직접 진두지휘했던 사람이 바로 당시 열일곱 살밖에 안 되었던 주수동이었다.

그랬던 주수동이 이렇게 1년 만에 백팔십도로 바뀐 것을 보면서 조아범까지도 어리둥절할 지경이었다.

"아니, 그럼 수동 동무는 민생단이 이제는 존재하지 않는다고 믿는 게요?"

"이제부터가 아니라 원래부터 없었던 것 같습니다."

주수동의 변화는 조아범을 몹시 불쾌하게 만들었다.

"동무에게 제2연대 정치위원을 맡기려 했는데 다시 생각해봐야겠소. 민생단이 원래부터 존재하지 않았다니, 어떻게 이런 황당한 생각을 할 수 있게 되었는지 그 과정이 몹시 의심스럽소."

주수동은 곧바로 조아범에게 반문했다.

"조아범 동지, 하나만 더 묻겠어요. 동지는 지금도 감히 단정할 수 있습니까? 김일성 동무가 바로 민생단이라고 말입니다."

"그건 또 무슨 말이오?"

주수동은 그동안 나자구에서 있었던 일들을 한참 이야기했다.

"나자구에서 지내는 동안 나는 김일성 동무가 어떤 사람인지를 내 눈으로 똑똑히 보았습니다. 훈춘에서 왕청으로 나왔을 때 모두가 김일성 동무를 민생단이라고 했습니다. 조 동지까지도 나한테 '자기 발로 코민테른 특파원을 찾아가서 반민생단 투쟁을 중지시켜달라고 고발하고 돌아온 민생단'이라고 하지 않았습니까. 그런데 지금 보니 그게 아니잖습니까. 방진성은 3연대 주력부대를 끌고 다니면서도 어디 가서 뭐하고 있는지 통 보이지 않고 김일성 동무만 겨우 한 중대로 특위 기관을 보위하려고 정신없이 나자구로 달려왔습디다. 우리 4연대와 함께 노흑산전투를 벌여 정안군을 작살내고 박격포까지 노획한 것은 조아범 동지도 알고 계시겠지요? 이런 사람이 어떻게 민생단일 수 있습니까?"

조아범은 잔뜩 흥분한 주수동의 말을 막았다.

"그만하오. 김일성 동무 문제는 좀 다르게 봐야 하오."

"그렇다면 좋습니다. 그의 일은 잠시 덮고 가더라도 작년 특위 확대회의 이후 왜 왕청과 훈춘에서는 민생단 문제를 가지고 다시 노선투쟁을 벌이는 일이 없는데, 화룽에서만은 1년이나 지난 지금까지도 계속하고 있냐 말입니다."

주수동이 계속 이렇게 따지고 들자 조아범도 더 밀리면 안 되겠다 싶어 반론을 시작했다.

"수동 동무 말대로 왕청과 훈춘 이 두 지방에서 다시 민생단 문제를 들고 나오는 사람이 없다는 것은 바로 이 두 지방 근거지가 이미 모두 파괴되었기 때문이 아니고 뭐겠소. 수동 동무는 이 두 근거지가 파괴될 때 과연 민생단 첩자들이 활동하지 않았다고 감히 단언할 수 있소?"

"그건 나도 단언하지는 못하겠습니다."

솔직한 주수동을 바라보면서 조아범은 하던 말을 계속 했다.

"수동 동무는 아까 화룽에서만 왜 아직도 이 모양이냐고 했는데, 그런 위험한 발언을 조선인 동무가 했다면 100% 총살감이오. 이보다 더 노골적인 민생단이 어디 있겠소. 그러니 그런 말은 함부로 입 밖에 내서는 안 되오."

조아범의 말에 주수동의 얼굴은 새빨갛게 질렸다.

"아니, 그럼 조아범 동지 눈에는 중국인 가운데도 민생단이 있다는 뜻입니까?"

잔뜩 골이 난 주수동은 숨소리마저 거칠어졌다.

"아, 내 뜻은 그게 아니오. 수동 동무는 내가 가장 믿고 소중하게 여기는 혁명동지니 재차 당부한 것이오. 잊지 마오. 근거지가 있고 인민혁명정부가 존재하는 곳에는 이 정권을 무너뜨리기 위한 일제의 모략과 책동도 결코 멈추지 않을 것이라는 사실을 기억하기를 바라오."

조아범이 주수동에게 설명했다.

"지금 우리 정치 간부가 해야 할 일은 그 무엇보다도 근거지를 파괴하기 위한 일제의 모략 책동에 협력하는 민생단을 색출해내는 일이오. 처창즈를 포기하고 새로운 근거지로 이동해야 할 때인데, 이 많은 민생단을 모두 데리고 갈 수는 없지 않겠소?"

그 말에 주수동은 다시 한 번 놀랐다.

"아니, 그러면 또 죽이겠다는 겁니까?"

"그렇소."

"아, 그건 안 됩니다. 혐의만으로 민생단으로 몰아붙이는 것은 위험합니다."

주수동은 펄쩍 뛰다시피 하면서 반대의견을 내놓았다.

"이미 처창즈 인민혁명정부에 지시를 내렸소. 한창 민생단 혐의자 감별 작업을 진행하는 중인데, 원래는 수동 동무가 이 일을 맡았으면 했지만 지금 보니 생각을 바꿔야 할 것 같구먼."

조아범의 말에 주수동은 잔뜩 화가 돋았다.

주수동을 아는 연고자들은 "주수동은 세상에서 겁나는 것이 없는 무서운 소년이었다."고 회고한다. 자기 의견과 맞지 않으면 상대방이 얼마나 높은 직위이건 관계없이 목에 핏대까지 세워가면서 빡빡 대들었다고 한다. 해방 후 박창욱 등 연변의 역사학자들에게 많은 이야기를 들려주었던 김명주(金明柱)[60]는 주수동

---

60 김명주(金明柱, 1912-1969년) 본명은 김경만이며, 김경주라는 이름도 사용했다. 함북 명천에서 태어나 어려서 길림성 연길현 세린하로 이주했다. 1930년 5월 연길현 풍흥동 농민협회에 가입했고, 그해 중국공산주의청년단에 가입했다. 그해 10월 중국보안대에게 붙잡혀 징역 6년을 선고받고 연길감옥에서 복역했다. 1935년 5월, 탈지결사대 총지휘자가 되어 연길감옥을 부수고 탈옥했다. 그해 안도현 처창즈 항일유격근거지를 찾아가 동북인민혁명군 제2군에 입대했다. 안도, 무송, 화룡 등지에서 유격 활동을 하다가 일곱 차례 부상을 입었다. 1937년 7월에 중국공산당에 입당했다. 1940년 9월, 소련 영내 동북항일연군 야영지로 이동했고, 1943년 연길현 일대에서 소부대 정찰활동에 종사했다. 1945년 여름 정찰활동을 위해 연길현 다조구 일대로 파견되었다. 6월 하순에 귀대하여 8월 길동군구 경비대 중대장, 10종대(縱隊, 중공군 군단급 군사편제) 산하 제30사 대대장, 독립4사 작전참모 등을 역임했다. 1945년 광복 이후 김명주는 북한으로 들어가지 않고 연변에 정착하였으며 한동안 임춘추 밑에서 연변전원공서 무장과 부과장을 맡기도 했다. 1949년 중화인민공화국이 성립된 뒤에는 연변주 정부 민정처 부처장과 민징처 당위원회 서기직을 역임하였으나 문화대혁명 기간에는 감금되어 박해받다가 1969년 8월 16일 병으로 사망했다. 향년 57세였다.

이 왕덕태한테도 대드는 것을 여러 번 보았다고 한다. 그래서 주수동과 함께 일한 간부들은 그와 의견이 맞지 않을 때면 일단 주수동이 스스로 옳고 그름을 깨닫고 자기 견해를 돌려세우거나, 아니면 끝까지 밀고 나가는지 기다리면서 두고 보는 일이 종종 있었다는 것이다. 항일연군 내 조선인 지휘관 가운데 쇠심줄처럼 질기다고 소문났던 최현 같은 사람까지도 자기보다 최소한 열 살은 어린 새파란 주수동의 부하로 곱게 따라다녔던 것을 보면 어느 정도 짐작할 수 있는 일이다.

중국공산당 동만특위 내 직급으로 보면 특위 위원 겸 비서장인 조아범은 공청단 서기인 주수동의 직계 상사였다. 주수동은 조아범의 지도를 받아야 했을 뿐만 아니라 명령받는 위치였다. 그러나 주수동은 조아범에게 반발하고 나섰다.

반민생단 투쟁에서 조선인 혁명가를 수없이 학살했던 주수동을 오늘날 민생단 문제 연구학자들이 그다지 미워하지 않는 것은 바로 이 때문이다. 논쟁하며 반발한 데 그치지 않고 왕덕태와 이학충에게 조아범을 고발했다가 결국 2연대 정치위원에 임명되지 못하고 1연대 정치위원으로 자리를 옮기게 되었다고 한다. 증언에 의하면 왕덕태와 이학충을 찾아간 주수동은 불쑥 이런 엉뚱한 질문을 들이댔다.

"남만 원정부대는 어떤 대원들로 조직합니까?"

2군 당위원회 회의에서 남만 원정부대를 조직하기로 결정하고 이학충이 맡게 되었을 때였다.

"2연대에서 정치적 소질이 좋은 제2, 3중대를 선발하기로 했소."

이학충이 이렇게 대답하자 주수동은 짐짓 걱정스러운 표정으로 말했다.

"제가 알기로 2연대 2, 3중대는 절반 이상이 조선인 동무들인데, 그러면 조아범 동지가 시름을 놓을 수 있을까요?"

이 말에 왕덕태와 이학충은 어리둥절했다.

"처창즈 감옥에 민생단 혐의자들이 아직도 넘쳐나고 있다고 합니다."

주수동이 마침내 단도직입적으로 말을 꺼냈다.

"잘 감별해서 문제없는 사람들은 다 놓아주라고 벌써 지시했는데, 왜 아직도 진행되지 않는지 모르겠군."

왕덕태가 이학충을 돌아보며 말했다.

"조아범 동무가 민생단 혐의자들을 내두산으로 데리고 갈 수는 없다고 하기에 저도 그렇게 하는 게 좋겠다고 동의했습니다."

"그렇다고 그들을 처창즈에다 내버려둘 수는 없잖습니까."

"그렇다면 수동 동무는 이 문제를 어떻게 처리했으면 좋겠소?"

"혐의 있는 사람들을 잘 감별해내자는 데는 의견이 없습니다. 그러나 문서더미를 만들어 심문하는 방식보다는 전투 중에 확인해보자는 것입니다. 조사했는데 문제가 없거나 과오가 경미한 동무들은 원정부대에도 참가시키고 또 새 근거지로도 모두 데리고 가야 합니다."

주수동의 제안을 왕덕태와 이학충이 받아들였다.

그럼에도 불구하고 민생단 혐의가 있었던 사람 가운데 원정부대에 참가한 사람은 정작 강위룡 한 사람밖에 없었다. 그것도 보증인 두 사람을 찾으라고 하여, 박영순과 처창즈 지방 구국군(전영림 부대)에 파견받아 갔던 김산호가 마침 군부에 볼일 보러 왔다가 박영순에게 붙잡혀 강위룡의 보증을 서주었다.

그러나 강위룡의 아내 김확실은 내두산으로 들어가지 못하고 혐의자들과 함께 왕바버즈로 옮겨가 식량공작대에 참가하게 되었다. 처창즈근거지가 해산될 때 혐의자로 몰려 내두산으로 옮겨가지 못하고 왕바버즈나 마안산 쪽으로 쫓겨간 사람들은 그나마도 아직은 교육하고 구제하면 다시 혁명동지로 돌아올 가능성이 있다고 판단된 사람들이었다.

22장

회사(會師)

2군 원정부대와 1군은
'나얼훙에서의 모임' 기념으로 서로 수류탄과 권총을 바꿨고,
명사수 1명과 여성간부 1명을 서로 교환했다.

1. 박덕산과 김홍범

김일환과 함께 처창즈에 가장 일찍 들어왔던 박덕산도 김일환의 사람으로 찍혀 내두산으로 들어가지 못하고 마지막까지 처창즈에 남아 뒷수습을 하고 있었다. 무릇 김일환과 사돈에 팔촌쯤으로 연결된 일가친척은 말할 것도 없고, 조금이라도 연고가 있는 사람들은 전부 조아범 눈 밖에 났다.

"그렇다고 이 사람들을 모조리 다 내버리고 갈 수는 없잖습니까?"

김홍범이 조심스럽게 조아범의 의견을 구했다. 처창즈에서 박덕산의 도움을 많이 받았던 김홍범은 박덕산까지도 내두산으로 가는 명단에 들어 있지 않자 여간 미안하지 않았다.

군대 내 당무를 맡았던 조선인 간부들이 모조리 쫓겨나고 유일하게 남았던

김산호가 구국군 전영림 부대로 파견받아 갔을 때 그 대신 2연대 정치부 조직
간사를 맡게 된 김홍범(金弘範)의 본명은 김인준(金仁俊)이며 1909년생이다. 연길
사범학교를 졸업하고 한동안 세린하소학교(細麟河小學校) 교사로 지냈던 인텔리
였다. 워낙 공부를 많이 한 데다가 중국말까지도 아주 잘했다. 한때는 노두구 제
8구 구당위원회 서기였기 때문에 노두구 항일유격근거지가 해산되고 처창즈로
옮겨왔을 때 그는 한동안 박덕산 집에서 지낸 적도 있었다. 후에 2연대 조직간
사에 연대부 부관이자 조아범 비서 및 나아가서는 처창즈 인민혁명정부 숙반위
원회[61] 주임직까지 겸하게 되자 박덕산은 거의 매일같이 김홍범을 찾아와 이 사
람을 내놓아라 저 사람을 내놓아라 하면서 못살게 굴었다고 한다. 그러나 김홍
범도 예전에 동장영 밑에서 민생단잡이 총대를 멨던 김성도나 송일의 경우와
아주 비슷했다고 볼 수 있다. 처창즈에서 이 총대를 멘 김홍범은 사실상 조아범
의 허수아비나 다를 바 없었다.

"박덕산 같은 동무는 그래도 내두산으로 데리고 갈 수 있잖습니까?"

김홍범이 이렇게 묻자 조아범은 머리를 저었다.

"박덕산은 고집불통이오. 전영림 부대에 가서 김산호 동무를 도와 일해볼 생
각이 없는지 물었는데 자기는 죽어도 처창즈를 떠나지 않겠다고 합니다."

"아니, 그게 말이 되는 소립니까? 우리가 떠나고 나면 토벌대가 곧 들이닥칠
텐데 말입니다."

"그러게 말입니다."

김홍범은 다시 박덕산을 찾아갔다.

마침 박덕산은 집에서 이삿짐을 싸고 있는 중이었다.

---

61 숙반위원회(肅反委員會)는 소비에트 지역에서 반혁명분자를 타도하기 위한 경찰 역할을 담당했
다. 한편, 이 명칭은 중국 사회주의 경찰의 기원이 되기도 한다.

"덕산 동무, 어떻게 된 일이오?"

"일찌감치 말하지 않았소? 난 처창즈를 떠나지 않을 거요."

"제발 좀 그만하오. 계속 이렇게 고집부리면 이것은 당의 지시에 대한 공공연한 대항으로 간주될 것이오."

"죽어도 산 아래로 내려가지 않고 혁명군대와 함께 하겠다고 버티는 사람들을 강제로 몰아내는 것이야말로 반혁명 아니오?"

박덕산은 바깥에 있는 사람들도 모두 듣게끔 무서울 것 없다는 듯이 큰 소리로 말했다.

"아이고, 이제는 못 하는 소리가 없구먼."

김홍범은 기가 막혀 더는 설득하지 못하고 가만히 엽초만 태우면서 말했다.

"마지막으로 내가 도와줄 일이 있으면 말하오."

박덕산이 그제야 이삿짐 묶던 걸 멈추고 그의 곁에 다가와 함께 담배를 말면서 말했다.

"그러면 처창즈에 최소한 한 소대라도 남기고 떠나시오."

"좋소, 이 문제는 내가 어떻게든 조아범 동지께 요청해 허락받아 보겠소."

김홍범이 응낙하자 박덕산이 하나 더 요구했다.

"재봉대와 작식대 동무들한테도 보총 몇 자루가 있는데, 탄알이 한 발도 없다는구먼. 그러니 그들한테도 탄알을 좀 주오."

김홍범은 선선히 응낙했다.

그가 떠나려 할 때 배웅하러 나왔던 박덕산이 또 그를 붙잡았다.

"부탁할 일이 또 하나 있소."

"원, 끝이 없구먼."

김홍범은 다시 박덕산과 마주앉았다.

"그동안 미안한 일도 많았고 하니, 내 이번에는 최선을 다해서 들어주겠소. 또 무슨 일이오?"

박덕산은 누가 엿듣기라도 할까 봐 조심스럽게 말을 꺼냈다.

"민생단 혐의자들을 내두산으로 데려가지 않고 모조리 처형하여 버린다는 소문이 돌던데, 사실이오?"

김홍범은 깜짝 놀랐다.

"아니, 그 소식이 덕산 동무 귀에까지 들어갔단 말이오?"

박덕산은 굳은 얼굴로 김홍범을 빤히 바라보면서 대답을 기다렸다.

"그 일이라면 걱정하지 않아도 되오."

김홍범은 나자구에서 돌아온 주수동이 왕덕태와 이학충에게 일러바치는 바람에 민생단 혐의자들을 처형하려 했던 조아범이 제지당했다고 알려주었다.

"거 참 다행이구려."

박덕산은 비로소 안도의 숨을 내쉬었다.

"혐의 있는 사람들은 식량공작대로 넣어 왕바버즈 쪽으로 보내고, 혐의자 가족과 연루된 아이들은 모두 마안산으로 보내기로 했소. 내가 이 식량공작대를 책임지기로 결정되었소."

이때 2연대 연대부 부관에 군수관까지 맡게 된 김홍범이 식량공작대를 데리고 곧바로 왕바버즈로 떠나는 날, 그가 끌고 가는 당나귀 등에는 민생단 혐의자들과 관련한 온갖 잡동사니 문서가 가득 담긴 큼직한 보따리가 여러 개 매달려 있었다. 나이도 많고 각기병으로 고생했던 김홍범을 배려하여 조아범이 특별히 당나귀 한 마리를 그에게 준 것이다. 그러나 김홍범은 그 당나귀를 탈 수 없었다. 들고 갈 짐이 너무 많았기 때문이다. 김홍범 일행이 처창즈를 떠나는 날에는 또 누군가가 당나귀 꼬리에 긴 노끈까지 한 가닥 매어놓았다.

"얘들아, 모두 이 끈을 꼭 잡고 걸어야 한다."

한 처녀의 쟁쟁한 목소리가 울리자 10여 명도 넘는 아이들이 우르르 달려와 그 노끈에 다닥다닥 매달렸다. 흰 저고리와 감장치마 차림에 단발머리인 자그마한 처녀가 아이들 뒤에 서 있었다.

"너희들 뭐하는 짓이냐? 누가 시키더냐?"

아이들은 그 처녀를 가리켰다.

"지도원 누나가 이 끈을 꼭 잡으라고, 놓치면 절대 안 된다고 했어요."

그는 아동단 지도원 김정숙(金貞淑)이었다.

훗날 김성주의 아내가 되고, 김정일의 생모이자 오늘날 김정은의 할머니인 사람이다. 연길현 팔도구에서 아동단 시절을 보냈던 김정숙에 대한 생존자들의 회고담이 아주 많다. 김성주는 회고록에서 김정숙을 이렇게 회고했다.

"김정숙은 마안산밀영에 와 있던 4중대의 성원들 가운데서 좌경분자들이 '민생단' 딱지를 함부로 붙일 수 없었던 유일한 인물이었다."

그 이유로 김성주는 김정숙의 일가 형제자매들이 일본군의 토벌로 모조리 살해당했다는 것을 근거로 들지만, 그것 때문에 민생단으로 몰리지 않았다는 증거가 되진 않는다.

필자가 조사한 바로는, 김정숙의 오빠 김기준(金基俊, 항일열사)은 김홍범의 친구였다. 김홍범의 소개로 중국공산당 당원이 되었고, 김홍범이 8구 구당위원회 서기로 일할 때 그의 파견을 받고 팔도구광산에 들어갔다가 붙잡혀 죽었다. 김홍범은 친구의 하나밖에 없는 여동생 김정숙을 많이 보살펴주었다. 후에 김정숙도 김홍범 밑에서 공청위원과 연길현 아동단 연예대 지도원이 되었다.

1933년 여름에 있었던 일이다. 한 번은 팔도구에 토벌대가 들이닥쳤다. 근거지 유격대원들이 토벌대에 맞서 싸우는 동안, 주민들이 모두 흩어져 도망갔다. 김홍범은 여영준과 지갑룡을 불러 아동단원들을 데리고 사방대 쪽으로 피신하라는 임무를 주었다.

그런데 아이들은 부모들이 달려와서 데리고 가버렸기 때문에 아동단 막사에는 김정숙이 혼자 남아 울고 있는 어린 동생 김기송(金基松, 항일열사)을 등에 업고 있었다. 여영준과 지갑룡은 번갈아가며 김정숙과 김기송을 등에 업고 사방대까지 이틀 밤낮을 달렸다.

이듬해 1934년 그들이 모두 삼도만유격구에 와서 지내고 있을 때다. 이미 열일곱의 어엿한 처녀가 된 김정숙을 사이에 놓고 여영준과 지갑룡은 서로 자기 여자라고 자랑하고 다니다가 김홍범에게 불려가 야단을 맞은 적이 여러 번 있었다.

"너희 두 놈. 함부로 입방아를 놀려 정숙이를 괴롭히는 날이면 모조리 잡아가둘 테다."

그리고는 따로 여영준을 불러 물었다.

"이놈아, 너 진짜로 정숙이랑 잤니? 강제로 잔 것은 아니겠지?"

또 지갑룡도 불러서 따져 물었다.

"너도 정숙이랑 잤니? 영준이도 잤다고 하는데, 도대체 어느 놈이 먼저냐?"

하지만 둘 다 자기가 먼저라고 우겨댔다.

후에 김홍범은 김정숙을 불러 물었다.

"넌 영준이하고 갑룡이 가운데서 누구랑 결혼하고 싶으냐?"

"갑룡 오빠가 먼저 했어요."

철없는 김정숙의 대답을 들은 김홍범은 그날 여영준을 불러다놓고 말했다.

"영준아, 갑룡이가 너보다 먼저 깜장정숙(김정숙의 별명)이랑 했다더구나. 그러니 너 다시는 정숙이하고 어쩌고저쩌고했다는 허튼 소리를 입에 담는 일이 없도록 해라. 또 내 귀에 들리는 날이면 너를 용서하지 않을 거다."

여영준은 하는 수 없이 김정숙을 놓아주고 말았다.

박덕산의 요청으로 처창즈를 떠나면서 김홍범이 그들을 위해 남긴 3, 4명의 무장대원들 가운데 바로 여영준도 들어 있었다.

이때 지갑룡은 2연대 3중대에 편입되어 이학충을 따라 남만으로 떠나버린 뒤였다. 지갑룡과 김정숙이 김홍범의 비준을 얻어 처창즈에서 이미 결혼했다고 증언하는 사람도 몇몇 있다. 김홍범이 강위룡과 김확실의 결혼은 가로막고 자기들끼리 결혼해 버리자 김확실을 아예 민생단 혐의자로 몰아서 식량공작대에 참가시켰던 것에 비하면 김정숙은 김홍범의 보살핌을 아주 많이 받은 셈이다.

그래서 그런지는 모르겠으나 그에 대한 김성주의 인상이 그다지 나쁘지 않다. 회고록에서 마안산 아동단원 이야기를 할 때 잠깐 김홍범을 언급하지만 자세한 소개는 하지 않는다. 김홍범은 조아범이 쥐어주는 총대를 메고 1935년까지도 처창즈에서 민생단 바람을 일으켰던 과오를 범했지만, 그 일 때문에 무슨 처분을 받았다는 소리는 없다. 후에 김홍범은 2군 4사 조직과장이 되었고, 1938년 안도현 서북차(西北岔)전투에서 사망했다.

대신 지갑룡은 김성주의 회고록에서 나중에 도주하여 변절한 것으로 나온다. 물론 북한에서는 지갑룡이 김정숙의 첫 번째 남편이었다는 사실을 이야기하는 사람이 아무도 없다. 그러나 해방 후 중국에 남았던 여영준은 말년에 김성주와 관련한 이런 이야기들까지도 아무 거리낌이 없이 모두 털어놓곤 했다. 북한 정부가 얼마나 당혹스러웠을지 짐작이 가고도 남음이 있다.

"김일성은 회고록에서 지갑룡을 변절자라고 했는데 어떻게 생각하나?"

필자의 질문에 여영준은 설레설레 머리를 가로저었다.

"변절은 무슨. 어디 가서 누구한테 변절했는지 밝혀진 것이라도 있나? 자기가 없는 동안 김일성이 제 아내를 데리고 사는 것을 보고 지갑룡은 부대로 돌아오지 않고 더 깊은 산속으로 들어가 버린 것이다. 이 일은 알고 있는 사람들이 모두 말을 하지 않아서 그렇지, 김정숙이나 김철호(최현의 아내), 그리고 최광의 아내 김옥순도 다 남자 관계가 복잡했고, 산속에서 같이 살았던 남자가 한둘이 아니었다. 김일환의 아내 이계순을 봐라. 남편이 셋이나 되지 않았더냐. 김일환은 그중 두 번째 남편이었다. 김정숙이나와 지갑룡, 그리고 김일성 세 남자와 살았다면, 김철호도 최현과 좋아하면서 동시에 안봉학(최현의 직계 상사, 4사 사장)과 살았다. 최광의 아내 김옥순은 원래 박길송과 살았던 여자다. 안봉학과 김철호는 미혼진에서 한 이불을 덮고 같이 자다가 그만 최현에게 발각되었는데, 최현이 안봉학을 죽인다고 달려드는 바람에 안봉학도 어쩔 수 없이 부대를 버리고 도주하고 말았다. 그래서 사람들은 안봉학도 변절자라고 하는데, 애매하기는 지갑룡과 마찬가지다. 안봉학은 항일연군을 토벌하는 전투를 지휘해달라는 일본군의 요청을 받아들이지 않고 거절하다가 교하 부근의 어느 전투 현장에서 결국 일본군의 칼에 찔려 죽는 것을 내 눈으로 직접 보았다."[62]

계속 여영준의 이야기다. 여영준은 김정숙을 지갑룡에게 빼앗기고 후에 처창즈 반일자위대 대장으로 있을 때 오철순(吳喆順, 항일열사)이라는 김정숙보다 한 살 더 어린 여대원과 만나게 된다.

---

62 취재, 여영준(呂英俊) 조선인, 항일연군 생존자, 취재지 연길, 1986, 1988~1989, 1993, 1996.

그때 김홍범을 따라가지 못한 민생단 혐의자 가족 20여 명은 박덕산과 함께 처창즈에서 더 깊은 서남차 골짜기로 들어갔다. 이 골짜기 막바지에 귀틀집을 만들고 박덕산 일행 16명이 대가족을 이루었는데, 박덕산의 친구 김일환의 유가족도 여기에 합류했다. 김홍범의 주선으로 조아범이 선심이라도 쓰듯이 박덕산 곁에 겨우 몇 명 남겨놓았던 무장대원들 가운데 여영준도 있었다.

김홍범은 여영준에게 산속을 돌아다니면서 청년들을 더 찾아내라고 했다. 그러나 정작 여영준에게 준 보총 한 자루에는 탄알이 한 알밖에 없었다.

"탄알도 없는 빈 총으로 어떻게 반일자위대를 만듭니까?"

여영준이 김홍범에게 매달렸다.

"탄알 하나라도 더 줘야 이 총을 쓸 수 있잖아요?"

"그래 알았다."

김홍범은 한참 배낭 속을 한참 뒤지더니 정말로 탄알을 딱 한 개만 꺼내서 무슨 보배라도 다루듯이 조심스럽게 어루만지면서 여영준에게 주었다고 한다. 김성주의 회고록에 의하면, 군수관을 겸했던 김홍범은 배낭 속에 보총 탄알 100여 발을 항상 비상용으로 몰래 넣어가지고 다녔다고 한다.

"금덩이 같은 이 탄약 한 발을 소중하게 사용해라. 이 한 방으로 총 한 자루와 탄약 10여 발은 얻어내야 한다."

여영준이 보총에 탄알 한 개만 넣어가지고 찾아온 것을 본 박덕산도 기가 막혀 한참 아무 말도 못 했다.

"탄알은 박덕산 동지한테서 해결하라고 합디다."

여영준의 말을 듣고 박덕산도 자기 권총을 꺼내 보였다.

"영준 동무, 나한테도 탄알이 딱 한 개밖에 남지 않았는데, 그나마도 권총 탄알이니 필요하면 이 권총도 가지고 가서 쓰고 나중에 탄알을 몽땅 채워서 다시 돌려주오."

여영준이 탄식하자 박덕산은 실망하지 말라고 다독이면서 그를 격려했다.

"우리가 처음 유격대를 조직할 때도 빈 두 주먹밖에 뭐가 더 있었소. 모두들 맨손으로 총도 구하고 탄약도 구하지 않았소. 결코 실망하지 마오. 내 권총까지 가져가 쓰오. 탄알 두 방이면 경찰과 자위단 놈들을 습격하여 총도 빼앗고 탄약도 얻는 데 도움이 될 것이오."

이렇게 되어 여영준의 처창즈 반일자위대는 불과 반년도 지나지 않아 대원 40여 명을 모으게 되었고 총과 탄약들도 구할 수 있었다. 오철순은 바로 이 대오 속의 유일한 여대원이었다.

이듬해 1937년 3월까지 2군 군부 부대들이 처창즈와 내두산을 모조리 떠난 뒤에도 명월구 일대에서 걸핏하면 전화선이 끊어지고 자위단 사무실에 화재가 종종 발생했는데, 이 모든 소란이 전부 여영준의 반일자위대가 일으킨 것이었다.

후에 반일자위대는 무송 쪽으로 2군 군부를 찾아가 2군 교도연대에 편입되었다가 이 교도연대가 4사로 개편되고 4사가 5사와 함께 다시 제3방면군으로 편성될 때 여영준과 오철순 부부는 제3방면군 산하 13연대에 배치되었다. 제3방면군 사령부 직속 경위중대에 배치되었던 여영준은 3방면군 총지휘 진한장과 위증민 사이의 통신 임무를 집행하고 돌아오는 길에 오철순이 근무하던 재봉대에 들렀다가 청천벽력과도 같은 참상과 맞닥뜨리게 된다.

"1940년 봄에 진한장의 친필서한을 가지고 1중대 전사 김창룡과 함께 돈화현의 사하진에서 출발하여 남만의 몽강현 금북골로 위증민을 찾아 떠났다. 도중에 우리 둘은 다푸차이허를 지나 지음구골에 들어섰는데 깊은 계곡에는 한겨울 눈이 그대로 쌓여 있었다. 어디 할 것 없이 토벌대들이 욱실거렸다. 토벌대들을 이리저리 피해 지음구골

막바지를 넘어 그쪽 깊은 계곡에 떨어지니 그 아래 좁은 골짜기에 4사 밀영이 있었다. 그런데 응당 보여야 할 밀영의 귀틀집은 오간 데 없고 불에 타버린 자리만이 우리를 쓸쓸히 맞아주었다. 적들에게 토벌된 것이 분명했다. 귀틀집 자리 여기저기 시체들이 나뒹굴고 있었는데, 마당에 머리칼이 흐트러진 두 여자가 누워 있더라. 그중 하나가 오철순이었다. 그를 흔들며 이름을 불러보았지만 이미 죽었더라. 우리가 밀영에 도착하기 얼마 전에 토벌대가 들이닥쳤던 것이다. 철순이는 가슴과 복부를 총창에 찔렸는데, 그의 한 손에는 쌀자루가 꽉 쥐여져 있었다. 그는 죽으면서도 쌀자루를 버릴 수 없었던 모양이었다. 쌀자루는 온통 피투성이였고 터진 한쪽 끝에 피 묻은 쌀알이 흘러나와 있었다."[63]

여영준은 취재하러 오는 사람들에게 오철순 이야기를 자주 했다. 첫 아내를 평생 마음속에 간직한 채로 잊지 않고 살아온 것이리라.

2. 3사 소식

한편 처창즈에서 훨씬 더 들어간 깊은 산속에서 박덕산네 일가와 합숙하던 이계순은 이들과 함께 지내던 남씨네 3형제의 도움을 많이 받는다. 남편 김일환이 민생단으로 몰려 처형당하고 나서 김일환 사이에서 낳은 어린 젖먹이 딸 김정자[64]를 등에 업고 시어머니 오옥경과 조카 김선까지 데리고 이 골짜기에서

63 취재, 여영준(呂英俊) 조선인, 항일연군 생존자, 취재지 연길, 1986, 1988~1989, 1993, 1996.
64 김일환과 이계순 사이에서 태어난 딸 김정자는 후에 이름을 김정임(金貞任)으로 고쳤다. 박영순이 김일성에게 직접 부탁받고 중국으로 나와 김정임을 찾아 북한으로 데려갔다. 그는 만경대학원에

1935년 겨울을 보내다가 하마터면 얼어 죽을 뻔했으나 남씨네 3형제 덕분에 가까스로 목숨을 건질 수 있었다. 이때 맺어진 인연으로 이계순은 남씨네 맏이 남창수(南昌洙)와 살림을 차린다. 남창수는 이계순의 세 번째 남편인 셈이다. 후에 이계순과 남창수 사이에서 아이 하나[65]가 태어난다. 이 남 씨는 이계순이 죽고 나서 최희숙(6사 재봉대 대장)과도 살았다. 이 일은 뒤에 다시 이야기하겠다.

그들의 합숙생활도 얼마 가지 못하게 되었다. 3사가 설립되면서 구국군 전영림 부대가 3사 산하 8연대로 개편되고, 박덕산이 8연대로 옮기게 되었기 때문이다. 이계순도, 김선옥도 박덕산을 따라 8연대로 들어갔다.

해방 후 김명주(金明柱)가 박창욱 등 연변의 역사학자들에게 들려준 이야기 한 토막을 소개한다.

"하루는 우리 연대 정치위원 김재범이 나를 불러놓고 3사 김 사장(金師長, 김일성)이 맡긴 임무인데 우리 연대에서 처창즈와 내두산에 대해 잘 아는 사람을 뽑아서 이 지방에서 활동하는 전영림의 구국군을 찾으려 하니, 나보고 이 임무를 맡아보겠는가 묻더라. 처창즈와 내두산에서 생활한 적 있는 나는 대뜸 이 임무를 수락했다. 내두산에 있을 때 나는 막 2연대 4중대에 입대한 신입전사였다. '연길감옥'에서 6년이나 세월을 보내다보니 나와 동갑이었던 김일성은 이때 벌써 사장이 되어 있었다. 어찌나 유명했던지 김일성이라고 하면 처창즈와 내두산에서도 모르는 사람이 없었다. 조선 대원들은 모두 김일성 부대에 편입되고 싶어 했다. 후에 3사가 설립되면서 김일성이 사장이 되고 우리 화룡연대도 3사로 개편되었다는 말을 듣고 모두 좋아했다. 그때 나는 금방

서 공부하고 북한 당역사연구소 부소장까지 되었다.

65 이계순과 남창수 사이의 아들 남중일(南中日)은 1937년 12월 23일 장백현경찰서 구치소 감방에서 태어났다. 해방 후 무송현에서 살았으며 1980년대에 무송현우체국 당위원회 서기였다.

분대장(반장)이 되었다.

후에 임무를 완성하고 돌아와 무송에서 처음 김일성과 만났는데, 알다시피 사장과 분대장은 하늘과 땅 차이만큼이나 멀다. 그런데도 김일성은 전혀 권위를 세우지 않고 허물없이 나를 대했다. 8연대(전영림 부대)를 찾느라고 수고한 동무를 만나보러 왔다면서 우리 부대가 숙영했던 곳으로 나를 찾아왔는데, 내가 경례를 하니 '동무가 바로 그 유명한 연길감옥이오?' 하고 나한테 먼저 덕담을 건넸다. 그리고는 처창즈의 정황에 대해 묻기에 내가 산속에서 박덕산네 식구가 민생단으로 몰린 가족 10여 명과 화전민처럼 살고 있다고 이야기해주었더니 몹시 놀랐다. 김일성은 '박덕산은 화룡에서 아주 유명한 사람인데, 어떻게 그런 처지로까지 몰릴 수 있느냐.'고 하면서 조아범이 정말 해도 해도 너무한다고 나무라더라.'[66]

이것이 김명주가 들려주었던 이야기라고 한다.

처창즈 깊은 산속에서 박덕산 일가에 관한 김명주의 이야기와 여영준이 들려준 이야기가 상당히 일치한다.

3. 조아범과 김홍범, 그리고 김산호

다시 내두산으로 돌아간다.

김성주가 없었던 처창즈와 내두산에서 장차 김성주의 부하가 되는 화룡 출신 젊은 대원들이 왕덕태의 인솔하에 토벌대를 맞아 싸웠던 이야기는 북한에서도

---

66 취재, 박창욱(朴昌昱) 외, 조선인, 항일투쟁사 전문가, 연변대학 역사학부 교수, 취재지 연길,
    1995~2000, 10여 차례.

그리고 행정구역상 내두산이 소속된 안도 지방에서도 많이 찾아냈다. 왕덕태가 화룡 2연대의 1, 4중대를 지휘해서 토벌대를 맞아 싸웠던 내두산 마을 동북쪽 무명산은 지금 '왕덕태산'으로 불리기도 한다.

내두산에서 직접 토벌대와 싸웠던 생존자 박영순이 북한에서 "토벌대를 300명도 넘게 섬멸했다."고 과장한 것을 중국 연변의 많은 자료가 그대로 가져다 사용하고 있다. 그러나 실제로 사살당한 토벌대원은 40여 명에 불과하다. 첫 번째 토벌에서 이도선의 안도 신찬대 10여 명이 사살당했고, 두 번째 토벌에서는 돈화 마츠모토 연대 소속 한 중대가 30여 명을 잃었다.

전투 중 사살한 적의 숫자를 30여 명에서 300여 명으로 10배 정도 불려서 기억하는 회고자들이 아주 많다. 김려중, 최현, 임춘추 등도 모두 그런 식으로 회상기에서 과장하고 있다. 또 당시 토벌에서 내두산근거지를 지켜낼 수 있었던 것은 내두산 군민들이 남녀노소 할 것 없이 총동원되었고, 너나 할 것 없이 힘을 합쳐 싸웠기 때문이라고 설명하지만 그것이 근본 이유는 아니다. 일단 내두산을 토벌하려면 동북쪽에서는 돈화와 안도에서 군경을 동원해야 하고, 남쪽에서는 무송에서 동원해야 하는데, 남만과 무송 사이에는 200리 원시림이 사이를 가로막고 있어 토벌대가 출동하기 굉장히 어렵다. 또 돈화에서 겨우 한 중대의 정규군밖에 파견하지 못했던 것은 액목 쪽에서 치고 올라오던 2군과 5군의 서부파견대가 굉장한 위협이 되었기 때문이다.

후에 김성주와 진한장 부대가 서부파견대에서 빠져 영안으로 주보중을 지원하러 돌아가고 이때 조아범과 임수산이 각각 예하 부대를 이끌고 안도에서 돈화 쪽으로 진출했는데, 일본군에게는 잘못된 정보가 전달되어 액목 쪽에서 치고 올라왔던 2, 5군 연합부대가 이미 할바령을 넘어선 줄로 오해한 것이다. 어쨌든 안도와 돈화를 거쳐 액목으로 통하는 2, 5군 사이의 통로가 개통된 것만은 사실이었다.

동 씨(董氏, 충의군 두령)의 충의군 100여 명이 돈화의 사하연 군용비행장 부근에서 일본군 정규부대와 조우했을 때, 동 씨가 날아오는 눈먼 총탄에 이마를 맞고 사망하는 불상사가 발생했다. 동 씨가 남겨놓은 충의군을 서로 차지하려고 조아범과 임수산 사이에도 한바탕 분쟁이 생겨 왕덕태에게까지 보고되었다.

"충의군은 다 중국인인데, 당연히 내가 데리고 가야지 당신이 어디라고 함부로 넘본단 말이오?"

조아범이 임수산에게 윽박질렀다.

임수산은 조아범의 이 말까지 한마디라도 빠뜨릴세라 모조리 편지에 적어서 고발했다.

"조아범이 중국인, 조선인을 갈라가면서 민족 간 이간을 일으키려 한다."

왕덕태와 이학충은 고발편지를 심각하게 여겼다. 어쩌면 임수산에게 반감을 가지게 되었다는 편이 정확할 것이다.

조아범도 나름의 의견을 적은 편지를 보냈다.

"임수산에게는 당의 통일적인 영도를 부정하려는 경향이 농후하므로 2군 당위원회에서 임수산의 정치위원직을 정지시켜야 한다."

살아남은 충의군을 모두 조아범이 인솔하고 내두산으로 돌아오라는 결정이 내려졌다. 그리고 얼마 지나지 않아 조아범이 바란 대로 임수산은 1연대 정치위원직에서 참모장으로 강등되고 말았다. 왕덕태와 이학충이 조선인 임수산보다 중국인 조아범의 손을 들어주었음을 알 수 있는 대목이다.

조아범은 한시도 지체하지 말고 내두산으로 빨리 돌아오라는 왕덕태의 명령을 받고 행군 대오를 재촉했다. 내두산에 가까워졌을 때, 그를 바중하러 온 사람이 조선인 간부 가운데 그가 가장 믿고 신임하는 부하 김산호임을 보고 무척 반가워하며 한바탕 부둥켜안고 등을 두드리며 좋아했다.

"아니, 유격대대도 지금 내두산에 와 있소?"

"이학충 주임이 남만에서 돌아와 보고회의를 하는데, 겸하여 다른 임무도 있으니 정치위원 모두 참가하라는 통지를 받았습니다. 조아범 동지도 내두산으로 돌아온다는 말을 듣고 제가 마중하러 나가겠다고 군장동지한테 요청했지요."

김산호의 대답에 조아범은 온 얼굴에 웃음꽃이 피었다.

"조선 동무들이 모두 산호 동무 같으면 얼마나 좋겠소. 나도 산호 동무가 몹시 그리웠다오. 그래 유격대대 일은 잘 풀려가고 있소? 전영림 대장도 산호 동무를 좋아하오?"

전영림의 구국군에 파견 나가 이 구국군을 제2군 독립유격대대로 개편하는데 크게 공헌한 김산호는 조아범의 작품이나 다름없었다. 물론 전영림의 구국군에 대한 작업은 김산호가 처음 시작한 것은 아니고 김일환이 살아 있을 때부터 중국공산당 화룡현위원회가 책임지고 진행했던 중점 사업 가운데 하나였다. 후에 처창즈에서 민생단 문제를 처리하면서 박덕산과 관계가 틀어진 조아범은 구국군에 파견할 정치 간부를 물색하던 중에 김홍범의 추천으로 김산호를 선택한 것이다.

"제가 8구 구당위원회 서기로 있을 때, 이 애의 도움을 많이 받았습니다. 팔도구 지방에서 아주 유명한 친구인데, '춘황(보릿고개)', '추수' 투쟁 때부터 청년들을 모아 돌격대를 만들고 대장 노릇하면서 팔도구경찰서와 자위단에 불을 질렀던 친구입니다. 중국말도 잘해서 그곳 구국군과도 아주 친하게 지낸 경험이 있습니다. 이 친구를 전영림 부대에 파견하면 반드시 잘 해낼 것입니다."

김홍범이 이렇게까지 말하며 김산호를 보증했다.

"좋습니다. 한 번 믿어보겠습니다."

김산호는 전영림 부대에 파견된 지 불과 3개월도 안 되어서 어찌나 전영림을 잘 구워삶았던지 평소 전영림 자신이 항상 메고 다니며 애지중지하는 기관총을 김산호에게 맡길 정도까지 되었다고 한다. 1935년 6월, 처창즈가 한창 토벌대의 공격을 받을 때, 김산호가 그 기관총을 메고 처창즈에 왔다가자 전영림의 부하들은 난리가 났다.

"김산호가 기관총을 훔쳐 도망갔을 것이오."

전영림의 몇몇 부하가 김산호를 헐뜯었으나 김산호가 전투 중 노획한 일본군 칼 한 자루와 망원경을 가지고 돌아오자 전영림은 크게 기뻐했다. 그 일이 있은 후 전영림은 김산호를 아예 기관총중대 중대장으로 임명하기도 했다.

"김산호 같은 동무가 한 서넛만 더 있어도 얼마나 좋겠습니까."

김산호에게 무척 만족한 조아범은 김홍범과 만나 무슨 일을 토의할 때, 시도 때도 없이 이런 말을 불쑥 꺼내곤 했다.

이런 예를 보면 조아범이 조선인 간부를 대할 때 무작정 색안경을 낀 눈으로 본 것만은 아니었음을 알 수 있다. 또 다른 예로, 조아범은 중국공산당 화룡현위원회 제1임 서기였던 채수항을 무척이나 좋아하고 존경했다고 한다. 채수항이 살해당했을 때, 조아범은 눈이 퉁퉁 부을 정도로 울었다는 이야기도 전한다.

김산호는 아주 영리한 사람이었다.

"이번에 내두산에 와서야 조아범 동지께서 근거지 외각으로 토벌대 배후를 교란하러 나간 것을 알게 되었습니다. 근거지도 무사하고 또 부대도 이렇게 많이 확충되었으니 정말 감탄했습니다. 이학충 주임이 데리고 갔던 부대도 한 중대가 더 불어나 돌아왔다고 합니다. 2연대를 발판으로 삼아 사단 하나로 개편할 수 있지 않을까요?"

김산호의 말을 들은 조아범도 여간 즐겁지 않았다.

"내가 그건 미처 생각지 못했네. 아닌 게 아니라 이제는 군사편제를 확충할 수도 있겠다는 생각이 드는구먼."

조아범은 김산호에게 물었다.

"내가 보고받은 바에 의하면 전영림이 나이가 많아 걸음걸이도 느리고 무척 힘들어한다고 하더군. 산호 동무가 전영림을 집에서 쉬게 하고, 바깥으로 출정하는 건 모두 산호 동무가 도맡은 게 사실이오?"

김산호가 그렇다고 머리를 끄덕였다. 그러자 조아범이 말했다.

"아주 잘하고 있소. 그렇게 시간이 흐르다 보면 산호 동무가 전영림 부대를 완전히 장악하게 될 것이오. 대대 안에 당 조직 건설하는 일도 게을리하지 말고 바짝 틀어쥐어야 하오. 전영림 부대가 연대로 개편되면 산호 동무한테 연대장이나 정치위원을 맡길 생각이오."

조아범은 충의군 대원을 서로 차지하기 위해 1연대 임수산과 벌였던 분쟁도 김산호에게 들려주었다.

"산호 동무가 전혀 남이라고 생각하지 않아서 묻는 말이니 한 번 기탄없이 의견을 말해주오. 내가 아는 왕 군장이나 이학충 주임은 일 처리하면서 어느 한 편을 드는 사람들이 아닌데, 이번에는 이상하게도 충의군을 통째로 나한테 넘겨주고 임수산의 정치위원 직도 정지시켰소. 왜 그렇게 한 것일까?"

조아범의 질문에 김산호는 별 망설임 없이 대답했다.

"내두산 쪽에서 더 큰 군사행동이 있지 않을까요."

"아, 그냥 그렇게 간단한 이유로?"

"예. 그렇게 생각합니다. 이학충 주임도 돌아오지 않았습니까. 이로써 북만과 남만의 항일전선이 다 이어진 셈인데, 곧 새로운 군사행동이 있을 것 같습니다."

조아범이 머리를 끄덕이며 동감을 표시했다.

"아, 내가 생각이 복잡해서 이처럼 간단한 도리를 미처 생각하지 못했군. 산호 동무의 말이 아주 정확한 것 같소."

다음날 2군 당위원회 회의가 내두산에서 열렸다.

이학충은 '남만원정'을 보고한 후 왕덕태와 함께 액목 쪽으로 나가 소련에서 돌아오는 위증민도 마중할 겸 제5군 주보중 군장과도 만나 액목 지방에서 2, 5 연합군이 함께 항일전선을 개척하는 일을 의논할 것이라고 선포했다.

"남만 쪽과의 연합부대 결성은 조아범 동무가 맡아주어야겠소."

왕덕태가 의논이 아닌 결정을 내리는 어투로 말하자 조아범은 놀라지 않을 수 없었다.

"이미 결정된 일입니까? 그러면 내두산은 누가 맡습니까?"

조아범은 자칫하다가는 처창즈에 이어 내두산까지 버릴 가능성이 있다는 불안감으로 몸을 떨었다.

"우리가 토벌대의 공격을 두 차례 막아내긴 했지만, 다시 토벌대가 공격해오면 막아내기 어려울 것이오."

왕덕태의 말에 조아범은 반론했다.

"지금 이학충 주임도 돌아왔겠다, 우리 대오가 줄어들지 않고 더 많이 확충된 마당에 내두산도 처창즈처럼 버리려는 것입니까?"

"그것은 상황을 봐가면서 결정할 일이오."

왕덕태는 이학충의 남만원정에 이어 다시 남만 원정부대를 조직할 필요성과 의미를 설명했다.

"남만과 북만 사이에서 우리 동만이 결코 내두산근거지 하나만 붙잡고 있을 상황이 못 되오. 2군과 5군의 연합작전은 지금 진행 중이지만, 남만과의 연합작전은 아직 시작도 못했소. 그 단초를 떼기 위해 이학충 동무가 남만에 갔다 온 것이오. 지금 1군에서도 북만과 남만의 항일전선을 살리기 위해 바로 부대를 편성하겠다고 약속했으니, 우리도 여기에 맞춰 군사행동을 준비해야 하오. 조아범 동무한테 이 임무를 맡기는 것은 2연대 대원들이 이미 남만에 다녀온 경험이 있고, 적지 않은 대원이 조선 동무들이라서 조선인이 많이 사는 남만 쪽에서 활동하기 훨씬 더 유리하기 때문이오. 그리고 내두산을 또 버리는가 질문했는데, 내 짐작으론 적들이 새해로 접어들면 또 공격해올 것이오. 그때는 규모가 결코 만만치 않을 것이니 지금처럼 방어하다가는 위험해질 수 있소. 적의 예봉을 피해야 하오."

조아범은 왕덕택의 이와 같은 설명에 수긍하지 않을 수 없었다.

만주 전역을 하나의 항일전선으로 구축하는 것은 개인적인 작전이나 전략 전술에 의한 것이 아니라 코민테른의 정신이었으니 누구도 반론이나 이의를 제기할 수 없었다. 한편으로는 당의 정신이었기 때문이다.

벌써 3, 4연대 원정부대가 나자구에서 노야령을 넘어 영안에서 주보중의 5군과 만났고, 2군과 5군 연합부대를 묶어 영안에서 액목과 돈화를 거쳐 안도 쪽으로 이어지게 된 것은 고무적인 일이었다. 이어서 이학충의 남만 원정대가 안도에서 출발하여 무송과 화전을 거쳐 몽강현까지 들어가 1군 총지휘자 양정우까지 만나고 다시 내두산으로 돌아오면서도 부대가 전혀 손상되지 않고 오히려 한 중대 정도의 병력이 더 늘어난 것은 누구도 생각하지 못했던 참으로 대단한 일이었다.

이와 같은 성과 앞에서 조아범도 감탄하지 않을 수 없었다.

"저도 솔직히 인정합니다. 근거지들이 계속 파괴되고 있지만, 우리 혁명군은 오히려 폭풍같이 성장하고 있다는 사실은 정말 고무적입니다."

"그래서 우리가 근거지 대신 혁명군의 지탱점이 될 밀영을 많이 건설하고 있지 않습니까."

이학충은 남만원정에서 배운 몇 가지 일을 참고로 이야기했다.

"우리가 남만으로 떠날 때는 그저 1군과 만나는 일이 급해 줄곧 치고 빠지는 전술만 취했습니다. 그런데 1군 양 사령은 몽강에서부터 화전과 안도로 연결되는 노선에 많은 밀영을 건설하겠다고 합니다. 나는 이 방법이 아주 좋다고 생각했습니다. 우리도 이번에 이 방법을 따라해 볼 필요가 있습니다. 우리 원정대가 양 사령과 만났던 나얼홍(那爾轟)도 원래는 밀영이 아니라 유격근거지였습니다. 그런데 이 근거지를 사수하는 동안 토벌대가 끊임없이 공격해 와서 1군은 이 근거지를 빼앗겼다가 되찾고, 되찾았다가 또 빼앗기면서 우리 군도 많은 손해를 보았을 뿐 아니라 결국 나얼홍 사람들이 더는 버틸 수 없었다고 합니다. 오히려 주민들이 근거지에서 살아가다가는 사람 씨가 마르겠다며 양 사령에게 사정했다고 합니다. 혁명군을 좋아하고 지원하고 싶지만 이대로는 안 되겠으니 다른 방법을 강구해달라고 말입니다. 그래서 근거지를 버리고 밀영을 건설하는 방식으로 투쟁 방향을 전환했습니다. 그렇다고 밀영이 백성들과 따로 떨어져 존재하는 형태는 결코 아닙니다. 지방 공작원들을 침투시켜 촌락과 밀영 사이에 비밀 연락소를 만들고, 연락소 책임자가 갖은 방법을 다하여 동네 툰장과 결의형제도 맺고, 또 혼인으로 경찰과 친척 관계가 되는 방법으로 밀영 보호막을 철저하게 구축했더군요. 그래서 부대가 군사 행동을 위해 밀영을 떠날 때도 밀영을 지킬 소규모 부대를 꼭 남겨 두었는데, 그 대원들은 대부분 그 마을들에서 입대한 자들이었습니다. 그래서 밀영에 특별한 위기 상황이 발생하지 않는 한 지방 공작대원으로서 밀영 주변 동네들을 찾아다니며 식량 공작도 하고 정보 수집 활동도 합니다."

이 이야기를 들으면서 2군 간부들을 모두 두 눈이 휘둥그레졌다. 2군에서는 상상도 할 수 없는 일이었다.

"주임 동무, 다시 설명 좀 해주시오. 혼인으로 경찰 놈과 친척 관계가 되었다는 말이 무슨 뜻입니까?"

한껏 조아범 눈치만 살피던 김홍범이 참지 못하고 질문했다. 물론 조아범도 궁금했다.

"경찰을 우리 편으로 당장 끌어올 수는 없으나 필요한 때를 위해 그의 형제자매나 친척 가운데 혼인할 만한 적당한 사람이 있으면 우리 지하공작원 가운데서 거기에 맞는 사람을 뽑아 혼인시켰다는 것입니다."

그 대답을 들은 김홍범은 입이 벌어지고 말았다.

"정말 그래도 되는 것입니까?"

조아범은 아무 말 하지 않고 있는데, 주수동이 불쑥 일어서서 쏘아붙였다.

"우리 동만에서는 그런 일이 있으면 대뜸 큰일 났을 것입니다. 우리 지하공작원이 위만 툰장과 결의형제를 맺고 경찰 놈과 혼인했다면, 설사 아무리 혁명 사업을 위해 한 일이라도 처분받게 되었을 겁니다."

이는 분명히 누구를 빗대어 하는 소리 같아서 모두 조마조마한 마음으로 서로 마주볼 때 조아범이 한마디 했다.

"혁명에 필요하고 또 당 조직의 비준을 받고 진행되는 일이라면 뭐 불가능할 것도 없다고 봅니다."

그러면서 조아범은 자기 말에 다시 토를 달았다.

"그래도 그렇게 하는 것이 과연 우리 혁명의 순결성에 손상을 끼치는 일은 아닌지에 대해서는 의견을 보류하고 싶습니다."

"코민테른 순시원도 1군의 이 경험을 높이 칭찬했고, 듣자니 지금은 3군 쪽에서도 적극적으로 추진하고 있다고 합니다. 우리라고 못 할 게 있겠습니까."

이학충이 이렇게 대답하자 조아범도 입을 다물고 말았다.

이학충의 1군 소개에 당황한 사람은 한둘이 아니었다. 특히 조아범과 김홍범은 무척 충격을 받았다.

"코민테른 순시원이 이미 1군까지도 찾아갔단 말씀입니까?"

"그렇소. 그렇게 들었소."

이학충은 남만에 도착했을 때 코민테른 순시원은 이미 남만을 떠나 하얼빈으로 갔으며, 북만 조상지 부대에도 남만의 이 경험을 적극적으로 보급하는 중이라고 들었다고 대답했다. 그러나 이는 정확하지 않다.

4. 나얼훙 이야기

나얼훙의 1군 항일유격근거지가 계속 토벌당할 때 남만에 파견된 한광(韓光)[67]은 '샤오멍(小孟)'이라는 별명을 사용했다.

---

67 한광(韓光, 1912-2008년) 중국인이며 흑룡강성 치치하르에 태어났다. 1930년에 공청단에 가입하고, 이듬해에 공산당원이 되었다. 1930년대 초에 공청단 북만특위 서기와 만주성위 비서장을 지냈고, 1940년대에는 연안에서 중국공산당 동북공작위원회 부서기직을 역임했다. 1945년 광복 이후 대련으로 파견되어 중국공산당 대련시위원회 서기와 대련시 경찰총국 정치위원직을 겸했다. 1950년대에는 중국공산당 흑룡강성위원회 부서기와 흑룡강성 성장을 거쳐 전국가과학기술위원회 상무 부주임이 되었다가 문화대혁명 기간에 공직에서 쫓겨났다. 1978년에 다시 복직되어 중국공산당 중앙기율검사위원회 상무위원이 되었고, 1985년에는 등소평 뒤를 이어 서기직을 맡기도 했다. 생전에 만주에서의 항일투쟁과 관련한 취재에 수백 차례 응했으며, 2008년 9월 27일에 96세의 나이로 사망했다.

나얼홍은 항일연군 제1군 산하 2사와 남만 유격대대의 활동구역 안에 있었는데, 지리적으로는 몽강현(濛江縣, 현재 정우靖宇) 동북부에 있다. 주변의 금천, 휘남, 화전, 무송, 임강 다섯 현성의 주변 산세와 밀림들이 모두 나얼홍을 중심으로 이어져 있었다. 이처럼 남만 중심에 광대하게 펼쳐진 밀림 한복판에 있는 나얼홍 주변 모든 골짜기와 시냇가에는 촌락들이 들어앉아 있었고, 개간(開墾), 양봉, 사냥 등을 하며 각양각색의 사람들이 모여 살았다.

촌민 구성이 어찌나 복잡한지 순박한 농사꾼들이 밭일을 하다가 마적 떼가 불쑥 들이닥치면 바로 땔나무 무더기 속에서 보총 한두 자루를 끄집어내서는 여유작작하게 반격하곤 했다. 그러다보니 어느 쪽이 진짜 마적인지 분간하기도 어려울 지경이었다. 동만 못지않게 남만에도 조선인들이 적잖게 정착해 살고 있었지만, 나얼홍에만은 이상할 정도로 조선인이 별로 보이지 않았다.

일찍이 이홍광의 '개잡이대'를 따라다니다가 총상을 당해 유격대를 떠났던 한성일(韓成一)이라는 조선인 청년이 나얼홍 지방의 '목방(木幫)'[68]에서 작은 우두머리로 있었다. 총을 잘 쏘았기 때문에 가끔 나얼홍에서 가장 큰 다섯 동네가 모여 만든 '연장회(聯庄會)' 자위단에 초청되어 가서 총 쏘는 법을 가르쳐주기도 했다. 나중에 한성일은 목방을 떠나 아예 연장회 자위단 단장이 되었다.

1군 2사가 나얼홍 지방에서 활동할 때, 사장 조국안(曹國安)은 그가 이홍광의 옛 부하임을 알고 남만유격대 대대장 소검비(蘇劍飛)를 보내 그를 설득했다.

---

[68] 목방(木幫)은 1930년대 만주 지방에서 삼림업에 종사하는 노동자들의 조합 비슷한 형태로 출발하였고, 세력이 커지면서 도시에도 진출하여 직접 목재 경영에 손을 댔다. 통일적인 조직 체계를 갖추지 못하고 각 지방마다 삼림작업소를 차린 주인과 시내에서 직접 목재업소를 운영하는 삼림업소 사주가 각자 자기 업소를 보호하기 위해 이 단체를 매수하기 시작했다. 경영을 크게 했던 삼림업소들은 자체에서 총기를 사들여 목방을 무장시켰는데, 우두머리들은 대체로 생산노동은 하지 않았다. 1930년대 후반에는 만주국 정부에서 삼림 경찰대를 동원하여 목방을 제재하기 시작했고, 1940년대 초엽에 모조리 섭수되었다.

"당신이야말로 우리 남만유격대의 초창기 대원인데, 산속에 들어박혀 동네나 지키는 시골 자위단장 노릇을 하고 있으면 되겠소? 이홍광 사장이 알았으면 얼마나 망신스러워 하겠소."

한성일은 금세 항일연군에 참가하겠노라고 답했다.

이렇게 되어 연장회 자위단은 남만유격대대 4지대로 개편되고 한성일이 대장에 임명되면서 양정우의 제1군이 나얼홍 지방에 발을 붙이게 되었다. 그 후 중국공산당 나얼홍 특별지부가 성립되었고, 1934년 봄에 정식으로 항일정권이 들어서게 되었다.

처음에 이 소식이 새어나왔을 때, 만주국 몽강현 정부는 토벌대를 동원할 생각은 하지 않고 다만 현 공서(公署, 현급 이상의 관청) 경무과에서 책임지고 나얼홍 지방의 여러 동네를 찾아다니면서 공산당과 협조하지 말라고 권고하는 선에서 그쳤다. 그러다 나중에 공산당이 이곳에서 정부 흉내까지 내고 있다는 정보를 입수하고는 크게 놀랐다.

"빨리 토벌대를 들여보내 일거에 숙청하지 않으면 후회하게 될 것이오."

몽강 주변에서 목재업소를 경영했던 일본인들이 수차례나 현 공서에 찾아와 항일연군으로 인한 피해를 하소연했다. 그리하여 만주국 군정부에서 몽강 지구에 대한 대대적인 토벌 명령을 내렸을 때, 정작 아사노(淺野)라는 몽강현 경무과장 겸 특무대장이 반대하고 나섰다.

"나얼홍은 동네마다 사람마다 총들을 갖춘 데다가 주민 구성이 무척 복잡해 함부로 토벌대를 들이밀면 일시적으로는 효과를 볼 수 있을지 몰라도 근본 해결책은 될 수 없습니다. 저에게 3개월만 시간을 주시면 제가 나얼홍 내부에서 그들을 와해시킬 방법을 찾아보겠습니다."

아사노 경무과장은 이렇게 토벌대를 설득한 뒤 거금을 마련하여 나얼홍에 잠복했다. 중국말을 중국 사람보다 더 잘하는 이 베테랑 일본 특무는 나얼홍에서 왕애추(王愛秋)라는 한 건달을 매수하는 데 성공했다.

"당신이 나얼홍 반일회장 손만귀의 목을 베어 오면 당신을 현 공서에 취직시키고 예쁜 여자를 데리고 살 수 있도록 돈과 함께 집도 한 채 약속하겠소."

꼬드김에 넘어간 왕애추는 어느 날 반일회 농민자위대가 외출한 틈을 타 아사노 경무과장이 인솔한 특무대를 데리고 손만귀의 집을 습격하여 손만귀 부부와 동생 손만규 부부 일가를 모두 살해했다.

"이참에 우리도 몽강현 공서 이름으로 나얼홍에 우리 정부를 세웁시다. 공비들을 쫓아내고 우리 치안대대를 주둔시킵시다."

아사노 경무과장의 요청으로 몽강현 공서 일본인 참사관 혼다 켄조오(本田謙三)가 직접 현 치안대 대장 상문해(桑文海), 중대장 손덕중(孫德仲) 등 100여 명을 데리고 나얼홍으로 들어와 병영을 구축하고 집단부락을 만들기 시작했다. 그러나 병영이 미처 지어지기도 전에 소검비의 남만유격대대가 되돌아와 20여 명을 사살하고 나머지는 모조리 쫓아버렸다.

그때 아사노 경무과장과 혼다 켄조오 몽강현 참사는 나얼홍근거지 토벌을 두고 한참 다투었다. 아사노 경무과장은 여전히 일본군 대부대를 동원하는 것에 반대하며 한 번만 더 자기 방법대로 하자고 요청했다.

아사노 경무과장은 나얼홍 지방에 토비들이 창궐하고 토비와 백성 그리고 항일연군의 경계선이 아주 모호한 점을 이용했다. 이번에도 중국인을 매수하여 중국인을 징벌하는 방법을 택했다. 앞서 왕애추에게 썼던 방법으로 나얼홍 지방에서 '대인의(大仁義)'라는 깃발을 들고 다니는 토비 우두머리에게 몽강현에 집과 첩을 마련해 주겠다는 조건으로 그를 매수하는 데 성공했다. 아사노 경무과장이 직접 중국인으로 분장하여 이 토비 무리와 함께 나얼홍을 차지하고 있었던 항일연군 지방공작대를 모조리 체포하고 대장 유자요(劉子堯)를 촌민들 앞에서 공개처형했다.

이 토비 무리는 아사노 경무과장을 등에 업고 아예 나얼홍에 죽치고 들어앉았다. 깃발 이름을 '애국군(愛國軍)'으로 바꾸고 높은 군향을 빌미로 청년 수백여 명을 징병했는데, 만약 이 상태대로라면 나얼홍은 항일연군의 손으로 다시 돌아오기 어렵게 되었다.

소검비는 남만유격대대의 힘만으로는 이자들을 몰아내기 어렵다고 보고 즉시 조국안에게 지원을 요청했다. 이때가 1935년 8월경이었다.

제2군 남만 원정부대를 마중하러 1군 정치부 주임 송철암(宋鐵岩)[69]이 양정우의 파견을 받고 마침 나얼홍과 가까운 용천진에 도착하여 조국안과 함께 있었다.

"삼촌, 토비 무리에 새로 가담한 젊은이들이 아직 총도 제대로 쏠 줄 모릅니다. 지금 빨리 소탕하지 않으면 장차 우리한테 큰 우환이 될 것입니다."

숙질 간이었던 두 사람은 금방 의견일치를 보았다.

"맞는 말이다. 빨리 토비 무리들은 소탕해 버리고 젊은이들은 우리 항일연군으로 데려오자꾸나."

"2군 원정부대가 곧 도착할 텐데 나얼홍근거지가 이처럼 불안정하니 어떡하면 좋을까요?"

---

69 송철암(宋鐵岩, 1909-1937년) 중국인이며 손숙선(孫肅先)이라는 별명도 사용했다. 자는 효천(曉天)이다. 중국 길림성 영길현에서 태어났고, 장춘의 성립 제1사범학교를 졸업했다. 1931년 중국공산당에 가입해 1932년 남만유격대에 합류했다. 동북인민혁명군 제1군이 설립될 때 정치부 선전간사를 맡았는데, 동북항일연군에서 유명한 〈반일민중보(反日民衆報)〉와 〈인민혁명화보(人民革命畫報)〉가 바로 그의 손에서 창간되었다. 그 후 송철암은 항일연군 시절 내내 1군 정치부 주임을 맡았고 중국공산당 남만성위 위원이었다. 1937년 2월 11일 오늘의 요령성 본계(本溪) 경내의 1군 밀영에서 일본군 토벌대에게 살해당했다.

조국안은 2사 주력부대를 이끌고 나얼훙에서 200여 리 떨어진 용천진(龍泉鎭)에서부터 밤낮을 쉬지 않고 달려와 나얼훙의 토비 무리를 모조리 섬멸하고 멋모르고 가담했던 나얼훙 지방 젊은이들은 놓아주었다. 그들 가운데 항일연군에 입대하겠다고 자원하고 나선 젊은이가 자그마치 100여 명이나 되었다.

이렇게 나얼훙을 두고 차지하고 빼앗기길 반복하던 중 아사노 경무과장이 일본군 내부 인사 조치로 갑작스럽게 몽강현을 떠나 신경으로 옮겨가고 1935년 10월 하순부터 일본군은 대규모 토벌대를 투입하기 시작했다. 일본군의 투입은 1, 2군 부대가 나얼훙에서 상봉한 후 2군 원정부대가 다시 내두산으로 돌아간 다음 발생한다.

송철암이 직접 책임지고 편집했던 1군 〈인민혁명보(人民革命報)〉 1935년 10월 4일 판 호외는 이때 광경을 아주 자세하게 소개하고 있다.[70] 당시 함께 실렸던 그림 2편에서 대회장 분위기와 좌석 배치 등을 볼 수 있다. 또한 2군 남만 원정부대 대원들이 환영모임에서 러시아춤도 추는데, 이는 소련에서 공부하고 온 이 원정부대 책임자 이학충의 영향을 뺄 수 없을 듯하다.

이학충이 소련에서 공부한 사람인 데다 현재 소련에 가 있는 위증민을 대신해 동만의 당과 군대에서 정치 분야를 맡은 최고위급 간부라는 사실은 양정우의 파견으로 그를 마중 나왔던 1군 정치부 주임 송철암과 2사 사장 조국안을 긴장시켰다. 이학충 입에서 장차 동·남만이 함께 하나의 성위원회를 만들고 또 동

---

70 〈인민혁명보(人民革命報)〉 1935년 10월 4일 판 호외(號外) "反日前途日趨順利" "東滿南滿遊擊區打成一片, 軍事力量總配合" 제목 하에 아래와 같은 내용이 실렸다: (原文) "１０月４號, 南滿人民革命軍第一軍軍部与東滿革命軍第二軍第一師之一部于×××地接头頭擧行會晤式. 首由東滿二軍代表宣布開會. 報告東滿革命形势与第二軍發展情形. 次由南滿第一軍軍長演說大意謂:我人民革命軍向以抗日 '救國爲天職四年來与日匪血戰, 屢获胜利'. 今日得与東滿二軍接頭, 更爲光榮因我兩軍戰士, 均奮勇冲鋒, 方有今日兩軍之會晤. 此后我東滿南滿游擊區打成一片, 一二四五六軍與各抗日軍, 共同組織东北抗日联军, 更能集中力量統一領導, 順利地打出日匪云云."

남만의 1군 항일유격근거지 나얼훙에서 이학충이 인솔한 2군 남만 원정부대와 양정우의 1군 회사 정경을 담은 그림. 당시 1군에서 발행한 <동북인민혁명군보>에 실렸다. 이 그림을 부천비(남만성위 인쇄처 처장)나 김영호(남만성위 비서처장)가 그렸다는 주장이 있다. 그림에서 왼쪽은 1군이고 오른쪽은 2군 원정부대다.

북인민혁명임시정부와 동북항일연군 총사령부 설립에 관한 여러 의안이 튀어나왔을 때, 이는 송철암이나 조국안 선에서 함부로 논의하고 결정내릴 일이 아니라는 사실을 감지하고 송철암은 즉시 양정우 앞으로 편지를 보냈다.

그 무렵 양정우는 군사상 무척 많이 의탁했던 제1군 군 참모장 겸 1사 사장 이홍광이 전투 중 갑작스럽게 사망[71]하는 바람에 뒷수습을 하느라 환인 지방에 나가 있었다. 이홍광이 죽고 나서 1사를 맡았던 부사장 한호(韓浩, 김한걸)[72]까지 얼마 전 전투에서 사망하는 바람에 양정우는 도무지 몸을 뺄 수 없는 상황이었다. 그러나 송철암이 보낸 편지를 받고는 참모장 이민환(李敏煥)에게 1사를 맡겨놓고 자신은 교도연대 100여 명만 데리고 급히 나얼홍으로 달려오지 않을 수 없었다.

5. 한봉선의 회고

이학충은 양정우와 만난 이야기를 했다.

---

71 이홍광은 1935년 4월 하순경, 양정우의 파견으로 환인과 홍경 지방으로 기병부대를 조직하러 갔다. 이는 양정우가 장차 하북과 열하 쪽으로 원정부대를 출발시키기 위한 준비작업의 일환이었다. 평원과 구릉지대로 뒤덮인 하북과 열하 지방에서 활동하려면 기병 없이는 불가능했다. 제1군 참모장 겸 제1군 기간부대인 1사 사장 이홍광은 5월 9일 홍경에서 환인 쪽으로 이동하던 중 200여 명의 일만 혼성군과 갑작스럽게 맞닥뜨렸다. 전투 도중 망원경을 들고 적들의 화력 위치를 찾다가 가슴과 복부, 다리 등에 총탄 여러 발을 맞았다. 의료 조건이 안 좋은 상황에서 과다출혈로 5월 12일 사망했다. 향년 25세였다.

72 한호(韓浩, 1905-1935) 본명이 김한걸(金翰杰)이며 길림성 화전현에서 태어났다. 남만유격대 제2대대장이었다. 줄곧 이홍광의 부하로 활동했으며 사석에서는 이홍광에게 형님으로 대접받았던 유일한 친구이기도 했다. 이홍광이 1사 사장을 맡았을 때 한호는 예하 3연대 연대장이었고, 후에 부사장이 되었다가 이홍광 사후 사장직을 이어받았다. 그러나 헌호도 불과 3개월 만인 1935년 8월 28일 오늘의 통화와 환인 사이의 이도구에서 일본군 수비대의 습격을 받고 전투 중 사망했다.

"이번에 남만에 갔다 온 우리 2군 원정부대 전사들과 1군 전사들이 기한을 1 년으로 정하고 서로 경합을 벌이기로 한 것이 있습니다. 다시 만날 때는 부대가 전부 일본군의 38식 보총으로 무장한다는 것입니다. 또 양정우 동지의 요청으로 우리는 서로 선물도 교환했습니다."

흥미진진한 일들이 한두 가지가 아니었다.

'선물'과 관련한 회고담과 증언도 아주 많다. 당시 송오(松五)[73]라는 필명의 1 군 관계자가 파리에서 발간되던 〈구국시보〉에 글을 발표하여 나얼홍에서 있었 던 일을 세상에 알리기도 했다. 그러나 구체적인 상봉 장소는 밝히지 않고 비밀 에 붙였다. 혹시라도 일본군이 그 동네 백성들에게 보복할까 걱정되어서였지만, 이 비밀은 금방 새어나갔고 몽강현 경무과는 다시 특무대를 파견했다. 하지만 이 특무대는 나얼홍 노룡강(老龍崗) 서쪽 기슭의 헤이샤즈왕(黑瞎子望)에서 2사 참모장 정수룡(丁守龍, 후에 1로군 경위여단 참모가 됨. 1940년에 체포되어 귀순)에게 습격 당해 모조리 사살당하고 말았다.

1, 2군이 만나 회의를 진행했던 장소는 헤이샤즈왕의 한 농가였는데, 주인 성 씨는 우 씨(于氏)였다. 동네는 우가구(于家溝)라 불렸던 곳이다. 또 송오의 글에 의 하더라도 2군 원정부대와 1군은 '나얼홍에서의 모임' 기념으로 서로 수류탄과 권총을 바꿨고, 명사수 1명과 여성간부 1명을 서로 교환했다.

1983년경 돈화현 대석두진 할바령촌(敦化市 大石頭鎭 哈尔巴岭村)에 살았던 한선

---

73 1930년대 코민테른 중국공산당 중앙 대표단이 파리에서 등록하여 발행한 〈구국시보〉(편집은 모 스크바에서 했다)에 '송오'라는 필명으로 항일연군의 투쟁사적과 관련한 글 여러 편이 발표되었다. 이 글들은 모두 투쟁 현장에서 직접 경험하지 않은 사람은 쓸 수 없는 것이었는데, 지금까지도 이 필명의 주인공이 누구였는지에 대한 수수께끼가 풀리지 않고 있다. 최근 '송오'가 당시 남만에서 활 동한 중국공산당 남만성위원회 선전부 인쇄주임 김영호(金永浩, 조선인)와 비서처 편집실 주임 부 천비(傅天飛, 중국인) 이 둘 중 하나일 것으로 추측되고 있다.

애(韓善愛)라는 할머니는 자기 본명이 한봉선(韓鳳善)[74]이며, 1군 군부 교도대 지도원이었다고 고백한 바 있다. 1935년 나얼훙에서 2군 원정부대와 만났던 장소를 중국말 발음대로 '위쟈거우(于家溝)'라고 분명하게 기억했을 뿐만 아니라 서로 간부를 1명씩 교환했으며, 자기 고향이 연변 용정인 걸 알고 군부 정치부 주임 송철암이 자기를 2군으로 옮겨주었다고 이야기했다.

한봉선은 내두산에 도착한 뒤에 2군 군부 교도대에 배치되었다가 다시 교도대 산하 청년의용대 정치지도원으로 옮겼다. 왕덕태와 이학충이 위증민도 마중할 겸 주보중과 만나 2, 5군 연합부대 활동 문제를 논의하기 위해 경박호 쪽으로 나갈 때 한봉선은 청년의용군과 함께 따라갔다. 1935년 12월 중순경이었다.

한봉선은 청년의용대 대원 대부분이 10대 청소년이었는데, 간혹 자기보다 더 나이가 많았던 대원조차 모두 자기를 '한따제(韓大姐, 큰 누님이라는 뜻)'라고 불렀다고 한다. 또 행군 도중 왕덕태와 이학충의 식사를 한봉선이 책임지고 마련하기도 했다.

일행이 영안현 경내 북호두에 도착한 것은 이듬해 1936년 1월 20일로, 여기서 주보중 일행이 도착하기를 이틀 동안 기다렸다고 한다. 이는 사서(史書)에 기록된 이른바 '북호두회의' 또는 '2, 5군 당위원회 연석회의'로 불리는 이 날의 시간과 장소 모두 일치한다. 하지만 규모는 나얼훙에서 진행된 1, 2군 모임과는 비교되지 않는다. 왕덕태, 이학충, 주보중과 주보중이 데리고 왔던 관서범까지 고

---

74 취재, 한봉선(韓鳳善) 별명 조막데기노친, 항일연군 생존자, 일본군에 귀순, 취재지 돈화현 할바령촌, 1984. 필자가 한봉선과 만났을 때 한봉선은 70여 세 정도였는데, 1939년 일본군에게 체포되어 귀순한 경력 때문에 해방 후 역사반혁명분자로 판결받고 돈화현 대석두진 할바령촌에서 평생 농사 지으며 살았다. 할바령에서 본명을 아는 사람은 거의 없었고, 그저 '조막데기노친'이라는 별명으로 통했다. 왼쪽 손목이 없었기 때문에 붙여진 별명이다. 일본군과 전투하던 중 총상으로 손목을 잃었다고 한다. 고향은 오늘의 용정시 지신향이었으나 고향으로 돌아갈 면목이 없어 할바령촌에 정착해 살았다. 필자는 '조막데기노친' 이야기를 소재로 1990년대에 『울밑에 선 봉선화』를 발표했다.

작 4명이 만났으며, 무슨 이야기를 주고받았는지 알려진 내용도 별로 없다.

왕덕태의 경위원 이용운이 어디서 소문을 듣고 이학충에게 요청했다.

"산속에서 나무하는 노인에게 들었는데, 부근에 호랑이가 출몰한다고 합니다. 제가 나가서 호랑이 사냥을 좀 해볼까 합니다."

하지만 이학충은 허락하지 않았다.

"이 지방은 생소한 곳이니 함부로 총소리를 내는 것은 좋지 않소."

"그러면 총소리를 내지 않고 한 번 해보겠습니다."

"괜히 사고 치겠소. 처창즈와 내두산에서도 구경하지 못한 호랑이를 경박호에서 만날 수 있다고 믿소? 함부로 경거망동하지 말고 주변 경계나 잘 살피오."

이학충은 여전히 허락하지 않았다.

"5군 군장동지들을 만나는데, 그분들과 함께 먹을 고기 한 점이 없으니 답답해서 그럽니다."

이용운이 계속 사냥하는 걸 허락해달라며 왕덕태와 이학충에게 졸랐다. 나중에 가까스로 허락받았으나 절대 총소리를 내면 안 되며, 또 호랑이가 있다는 산속 깊이 들어가지 말고 부근 숲속에서 토끼나 꿩 같은 것을 사냥하라고 허락했다.

한봉선은 소년대 대원 여럿을 데리고 이용운과 함께 토끼사냥을 나갔다. 그러나 저녁 무렵까지 한 마리도 못 잡고 돌아오는 길에 영안에서 왔다는 한 사냥꾼을 만나 그에게 돈을 주고 토끼와 꿩을 한 마리씩 샀다. 이용운은 다음날에도 또 사냥을 나갔다가 이번에는 여우 한 마리를 산 채로 잡아서 묶어 가지고 왔다. 그걸 불에 굽지 않고 가마에 삶아서 국물은 대원들에게 나눠주고 고기는 건져내어 왕덕태와 이학충에게 가져갔으나 냄새가 너무 고약해 모두 입에 대지 않았다고 한다.

다음은 한봉선이 들려준 이야기다.

"배고프면 무엇이든 다 맛있다고 하지만 여우 고기는 도저히 먹을 수 없었다. 누린내가 어찌나 심한지 왕덕태와 이학충도 입에 대지 않았고 이용운도 몇 점 먹어보더니 왝왝하면서 게웠다. 고기를 조금 남겨 얼렸는데, 다음날 5군이 도착한 다음 그들에게 여우 고기가 있는데 잡수시겠는가 물었더니 모두 싫다고 했다. 나도 그때 처음 여우 고기를 맛보았다. 그냥 한 점 먹어보고는 다시는 입에 대지 않았다. 그러나 소년의용대 아이들은 모두 여우 고기를 맛있게 먹었다. 나는 고기 끓인 국물 한 그릇만 마셨다. 배낭 속에 소금을 가지고 다녔기 때문에 소금을 조금 타서 마시니 보통 고깃국물과 별로 차이가 없었다."[75]

한봉선은 이용운이 호랑이를 잡고 싶은 마음을 버리지 않고 사냥 나갔던 길에 대원 둘만 따로 데리고 몰래 우심정자(牛心頂子) 쪽으로 깊이 들어갔다고 이야기해 주었다.

이용운은 강폭이 그다지 넓지 않은 강물에 앞을 가로막히고 말았다. 이 강이 그 유명한 대자지하(大夾吉河)다. 강 건너에서 진짜로 큰 호랑이 한 마리를 발견한 이용운은 총을 꼬나들고 쫓아갔으나 강 중심 부분이 완전히 얼지 않아 건너갈 수 없었다고 한다. 그리하여 혹시라도 얼어붙은 곳이 없을까 두리번거리면서 한참 남쪽으로 내려가던 도중 호랑이는 놓치고 벼랑 어귀에서 수상한 산막 한 채를 발견했다.

이용운이 그 산막으로 접근할 때 그 부근에서 잠복하던 한 보초가 눈더미 속

---

75 취재, 한봉선(韓鳳善), 상동.

에 엎드린 채 총구를 내밀고 중국말로 소리쳤다.

"서라! 뭐하는 자들이냐?"

그러나 중국말 발음이 조선인의 중국말 발음이라 이용운이 조선말로 대답했다.

"난 조선 사람이오."

그러자 보초가 눈 속에서 기어 일어났는데, 등에 흰 헝겊을 쓰고 있었다. 그 보초는 대뜸 이용운을 알아보았다.

"아, 이 소대장 아닙니까!"

낯익은 얼굴의 이 보초는 1연대에서 본 적 있는 대원이어서 이용운도 깜짝 놀랐다.

"아니, 당신들이 어떻게 여기에 있소?"

"여기가 1연대 후방밀영입니다. 잠깐만요."

이용운은 그 보초의 안내로 대자지하밀영으로 들어갔다. 여기서 임춘추와 만나게 되었다.

이 밀영에 대하여 김성주도 회고록에서 몇 마디 이야기를 들려주고 있다.

"1935년 말에 우리 부름을 받고 왕청에서 남호두 쪽으로 원정대를 찾아 들어온 임춘추는 한동안 소구의 빈 탕자막에 병원을 차려놓고 환자들을 치료하다가 대자지하 등판에서 더 좋은 밀영지를 발견해내자 그리로 옮겨 앉았다. 임춘추네 병원에서는 우리 유격대원들뿐 아니라 5군 부상자들도 치료받았다. 이 병원에서 바로 왕청 연대의 참모장이었던 류란한이 치료받다가 병사했다."

그런데 김성주는 류란환(柳蘭煥)을 류란한으로 잘못 기억하고 있다. 그가 왕청 3연대 참모장이었다는 것도 틀렸다. 왕청 연대, 즉 3연대 참모장은 요영구회의 때 조아범의 심복으로 3연대에 파견된 최수만(崔壽萬)[76]이었고, 류란환은 왕청 연대가 아닌 연길 연대, 즉 1연대 참모장이었다.

3연대에서 김성주가 민생단 혐의로 가장 많이 시달렸다면, 1연대에서는 류란환이 그랬다. 김성주보다 두 살 많았던 류란환은 1934년 9월 6일 팔도구전투 직후 마덕전과 함께 후퇴하던 도중 오늘의 연길시 팔도구 雙鳳촌(延吉市 八道溝 雙鳳村) 부근에서 일본군 토벌대를 만나 배에 총탄을 맞고 창자가 흘러나오는 중상을 당했다. 다행히 창자가 터지지 않아 다시 밀어넣고 행전을 풀어 꽁꽁 싸맨 뒤 포위를 뚫고 살아나왔으나 그때 얻은 총상이 아물지 않고 썩어 들어가기 시작했다. 임춘추가 그를 구하려고 무진 애를 썼으나 돌팔이 의사이다보니 그냥 밀영에 데리고 가서 소금물로 상처를 씻어주고 붕대를 갈아주는 것밖에는 다른 방도가 없었다. 결국 류란환은 이듬해에 대자지하밀영 병원에서 총상 후유증으로 죽고 말았다.

김성주가 류란환으로 오해했던 최수만도 3연대 참모장으로 임명된 지 얼마 안 되어 대원 40여 명과 양수천자(凉水川子)경찰서를 습격하다가 오늘의 도문시 양수진 정암산(圖們市 凉水鎭 亭岩山) 부근에서 양수천자 자위단에게 포위되어 사살당했다.

김성주 자신이 정치위원이었던 3연대 참모장 최수만을 모를 리 없지만, 회고록에서 단 한 번도 그의 이름이 언급되지 않는 것도 한 번쯤 생각해볼 만한 일이

---

76 최수만(崔壽萬, 1904-1935년) 연길현 개산툰 광소(延吉縣 開山屯 光紹) 사람이며, 중국공산당원이다. 1932년에 개산툰유격대에 참가했고, 1933년 여름부터 화룡유격대대 제3중대 정치지도원과 정치위원 침모장을 역임했고, 1934년에는 왕청유격대대 참모상이었다가 3연대가 설립되면서 참모장으로 임명되었다. 이듬해 1935년 5월 24일, 양수천자경찰서를 습격했다가 교전 중 사살당했다.

다. 최수만이 3연대 참모장으로 있었던 시간은 불과 2개월 남짓이지만, 그가 조아범의 심복으로 화룡에서 3연대로 파견되었다는 설이 있다. 그가 조선인으로서 왕청에 이어 두 번째로 반민생단 투쟁이 거셌던 화룡에서 화룡유격대 제3중대 정치지도원과 화룡유격대대 정치위원을 거쳐 참모장직까지 맡은 것은 중국공산당 화룡현위원회 서기 겸 화룡 연대 즉 2연대 정치위원을 겸직했던 조아범이 적극적으로 밀어주지 않았다면 불가능했을 것이다.

그래서 김성주는 무척이나 최수만을 싫어했을 듯하다. 더구나 최수만은 1904년생으로 나이도 김성주보다 여덟 살이나 많았고, 김성주가 민생단으로 몰려 왕청유격대대 정치위원직을 박탈당하고 왕청현 아동국장 신분으로 소년의용대를 데리고 다닐 때, 왕청유격대대 참모장으로 파견되어왔다.

그런데 3연대 연대장 조춘학이 중상을 당해 더는 부대와 함께 행동할 수 없게 된 데다가 정치위원 김성주가 민생단으로 몰려 노흑산 속으로 사라져버린 바람에 당시 중국공산당 왕청현위원회 서기 송일은 왕중산과 의논해 화룡에서 유격중대를 보충받았다. 그러면서 그때 최수만과 함께 왕청으로 온 사람은 바로 유격중대 중대장 김호철(金浩哲)[77]이었다. 3연대 설립 초기에 왕청 지방에서 '김 연대장(김호철)에 남 정위(남창익) 그리고 최 참모장(최수만)'이라고 불린 3인 팀워은 바로 이 세 사람을 가리킨다. 그러나 이 3인 팀워도 오래 가지 못했다. 1934년 전후로 김호철에 이어 남창익, 최수만도 모두 죽었기 때문이다. 최수만이 죽고 나서 3연대 2중대 중대장이었던 이일산(李日山, 延吉縣 開山屯 怀慶人)이 한동안 최수만의 참모장직을 이어받았으나 그 역시 민생단으로 몰려 살해당하고 말았다.

---

77 김호철(金浩哲, 1911-1934년) 화룡 서성(西城) 출신으로 1930년 중국공산당에 가입했고, 달라자유격대(大砬子遊擊隊) 초창기 대장이었다. 1933년 3월에 화룡유격대 제3중대 중대장 겸 유격대대 부대대장을 맡았고, 후에는 최수만과 함께 왕청으로 옮겨 2군 3연대 연대장에 임명되기도 했다. 이듬해 왕청에서 토벌대와 싸우다가 사망했다.

이 중 남창익 한 사람을 제외하고는 김성주의 회고록에서 언급되지 않는다. 아마도 남창익만은 조아범의 파견으로 화룡에서 온 사람이 아니고 왕우구(연길현유격대 근거지)에서 온 사람이어서였는지는 모를 일이다.

그러나 따지고 보면 꼭 그런 것도 아니다. 김호철이나 최수만, 이일산 등이 김성주와 동급이었던 사람이거나 아니면 김성주가 정치위원직에서 물러나 역경에 처해 있을 때 그의 자리를 대신했던 인물들이었기 때문으로 보는 것이 어쩌면 더 정확할지도 모르겠다. 이들이야말로 모두 이 시절 김성주의 자세한 인적 사항을 밝히는 데 결코 없어서는 안 될 주요한 위치에 있었던 인물들이기 때문이다.

이렇게 최수만처럼 김성주 회고록에서 이름 석 자조차 기억되지 않는 사람이 아주 많다. 대자지하밀영을 언급할 때 임춘추보다 훨씬 더 주요한 사람은 이 밀영 책임자인 정응수(鄭應洙)[78]이다. 1935년 11월 24일, 주보중은 영안의 동(東)밀영에서 일본군 포위를 돌파하다가 경위중대와 헤어지고 수행인원 5, 6명과 함께 대자지하밀영에서 며칠 쉰 적이 있었다. 나중에 밀영까지 찾아왔던 주보중의 경위중대 지도원 강신태가 연락하여 정응수는 2군 원정부대와도 만나게 되었다.

한봉선은 남편이 장재촌 사람이었고 정응수와도 서로 잘 아는 사이였기 때

---

78 정응수(鄭應洙, 1900-1938년) 연길현 개산툰 자동촌(子洞村) 사람이다. 1927년 소련 블라디보스토크에서 조선독립군에 참가했고, 1929년에 연길현 도목구(倒木溝)로 돌아와 중국공산당과 접촉하기 시작했다. 이듬해 로두구에서 '붉은 5월 투쟁'을 지도했고, 1931년과 1932년 사이에는 연길현의 용암(龍岩), 용포(龍蒲), 봉림(鳳林) 등지의 '추수 춘황투쟁'을 조직 지도했다. 이 해에 정식 중국공산당원이 되었고, 장재촌(長財村) 당지부 서기직을 맡았다. 후에 연길현유격대로 옮겨 소대장과 중대 정치지도원을 맡았고, 1935년 5월의 할바령 열차습격전투에도 참가했다. 8월에 제2군 1연대 군수부관으로 임명되어 돈화와 액목에서 1연대 후방 밀영을 건설하는 임무를 맡기도 했다. 1938년 9월에 밀영의 식량을 해결하기 위해 돈화와 교하 쪽으로 나갔다가 돌아오는 길에 일본군 토벌대와 만나 전투 중 사망했다.

문에 북호두에서 주보중 일행의 길안내를 하던 정응수를 알아보고 너무 놀라서 어쩔 줄 몰랐다고 한다.

"1936년 1월에 북호두에서 2, 5군 주요 책임자들이 만나 아주 주요한 군사회의를 진행했다고 하는데, 그때 회의를 어떻게 진행했나요?"

필자가 한봉선에게 물었던 말이다.

"그냥 세 사람이 마주 앉아 밥도 먹고 이야기도 나누는 것을 보았을 뿐이다."

한봉선의 대답은 아무 쓸모없었다.[79]

짐작컨대 일명 '북호두회의(北湖頭會議)' 또는 '2·5군 당위원회 특별회의(二五軍黨委特別會議)'라고 불린 이 회의에 참가한 사람 숫자가 고작 3, 4명밖에 되지 않은 것으로 볼 때 1, 2군이 남만의 나얼홍에서 만났던 모임 장면과 유사한 모습으로 생각되지 않는다. 공개된 중국 정부 측 자료들을 보면 "2군 군장 왕덕태와 정치부 주임 이학충이 내두산에서 출발하여 돈화와 액목을 거쳐 경박 호반의 북호두마을에 와서 5군 군장 주보중과 만났다."라고 되어 있을 뿐, 이 세 사람 외다른 참가자 명단은 알 수 없었다.

원칙대로라면 5군 활동지역에서 열렸던 회의니 주보중과 함께 5군 수뇌부의 부군장 시세영이나 정치부 주임 호인, 참모장 장건동 외에도 5군 기간부대인 제1사 사장 이형박 등 한두 사람은 동석했어야 한다. 그런데 이들 모두 함께 있지 않았다. 호인은 목릉에 나갔고, 장건동은 밀산으로, 이형박은 시세영과 함께 액목 지방에서 일본군 토벌대와 대치 중이었다.

---

79 취재, 한봉선(韓鳳善) 별명 조막데기노친, 항일연군 생존자, 일본군에 귀순, 취재지 돈화현 할바령촌, 1984.

6. 관서범

한봉선은 흥미 있는 이야기를 하나 들려주었다.

"주보중과 함께 온 아주 새파랗게 젊은 중국 청년이 있었는데, 주보중이 아주 아끼는 부하라고 했다. 주보중이 그 중국 청년을 정응수에게 소개하면서 2군에 김일성이 있다면 5군에는 바로 그 청년이 있다고 할 만큼 높이 치켜세웠다고 정응수가 나한테 이야기했다. 그 청년도 회의에 참가했고 가끔 밖으로 나와 작식대원들이 만든 밥과 반찬을 직접 맛보기도 했다."[80]

필자는 이 중국 청년이 혹시 강신태가 아닐까 생각했다. 강신태가 조선말을 하지 않고 중국말만 해서 한봉선이 그를 중국 청년이라고 여겼을 수 있다. 왜냐하면 강신태는 1937년 '7·7사변' 이후, 5군 3사 9연대 정치위원으로 임명되어 떠나기 전까지 주보중의 그림자로 불릴 만큼 신변 경호를 도맡다시피 했기 때문이다. 물론 '북호두회의' 때도 주보중을 따라 함께 온 사람들 가운데 강신태가 있었다.

그런데 한봉선은 그 중국 청년이 강신태는 아니라고 했다.

"내가 강신태를 모를 리가 있나."

한봉선은 나중에 그 중국 청년도 더는 일본군을 이길 수 없다며 실망하여 변절하려 했는데, 주보중에게 발각되어 밀영에서 총살당했다는 이야기를 들려주었다.

---

80 상동.

필자는 자료에서 읽었던 관서범이 떠올랐다. 1936년 1월 20일 '북호두회의' 당시 관서범은 5군 1사 정치부 주임이었다. 또한 5군 당위원회 위원이기도 했다. 그에 대해서도 물었다.

"할머니는 관서범이 변절한 경위에 대해 그때 직접 들은 다른 이야기는 없나요?"

"관서범의 여자친구가 지하활동을 하다가 붙잡혀 하얼빈감옥에서 형을 살고 있었는데, 이 사실을 일본군 특무들이 알아냈다. 일본군 특무들은 사람을 몰래 산속으로 들여보내 관서범에게 만약 혼자 투항하지 않고 몇 명이라도 부대원을 데리고 나오면 여자친구도 석방시켜주겠다고 꼬드겼다고 한다. 관서범은 여자친구가 너무 보고 싶어서 결국 일본군 특무의 요청을 받아들였으나 결국 이 사실이 주보중에게 발각되어 먼저 총살당하고 말았다."[81]

이 또한 처음 듣는 이야기였다.

주보중 본인이 항일투쟁 전 기간을 거의 매일 기록한 『유격일기』[82]에서도 관서범에 대해 그의 변절 과정과 최후 처형 과정을 적지 않은 필묵을 들여 기록했지만, 그의 애인이 지하투쟁을 하다가 하얼빈감옥에서 복역 중이었고 일본군 특무기관에서는 관서범 귀순공작을 펼칠 때 이 여자를 놓아주겠다는 조건을 제시했다는 이야기는 이때까지 어디에서도 들어본 적이 없었다.

어쨌든 관서범의 귀순은 북호두회의가 있었던 1936년 1월로부터 3년 뒤인

---

81 상동.

82 『주보중 장군 유격일기(周保中將軍遊擊日記)』는 주보중이 항일투쟁 기간에 직접 기록한 일기로, 70여만 자에 달하며 동북 항일연군 투쟁사를 연구할 때 제일가는 참고문헌으로 간주된다.

1939년에야 발생하는 일이다. 주보중은 『유격일기』에서뿐만 아니라 생전에도 여러 차례 회고담을 통해 관서범을 처형할 때 얼마나 마음 아팠는지 이야기했다. 그만큼이나 주보중에게 관서범은 정말 소중한 몇 안 되는 젊은 조력자 가운데 하나였다.

이 시절 주보중과 깊이 관계 맺은 20대 젊은 지휘관들 가운데는 관서범과 함께 김성주와 진한장도 들어 있었다. 그러나 이 두 사람은 북호두회의 참가자 명단에 들어 있지 않다. 이는 이 회의가 그다지 주요한 회의가 아니었음을 시사한다.

아직 위증민이 돌아오지 않은 상황에서 그들이 의결할 수 있는 사안은 아무것도 없었다. 설사 의결하더라도 그것을 최종적으로 결정할 권한은 위증민에게 있었기 때문이다. 때문에 이 회의는 후세 사가들이 임의로 붙인 이름에 불과하다. 더 간단히 설명하면, 2군 수뇌자인 왕덕태와 이학충을 마중하기 위해 주보중이 직접 북호두로 달려왔던 것뿐이다. 관서범도 그저 주보중을 따라왔을 뿐이지 그가 5군 당위원회 성원으로 어떤 주요한 역할을 하지는 않았을 것이다. 물론 만난 김에 2군 원정부대가 현재 세 갈래로 나뉘어 5군 부대와 함께 북만 각지에서 활동하던 상황을 감안하여 부대를 새롭게 편성할 필요를 느꼈음은 틀림없을 것이다. 때문에 이 문제 제기는 주로 주보중 쪽에서 먼저 했다.

"방진성의 3연대 주력부대가 현재 벌리와 의란 쪽으로 너무 멀리 올라간 데다 후국충의 4연대도 두 갈래로 나뉘어 목릉 쪽으로 접근하여 당장 돌아올 수 없는 상황입니다. 때문에 우리 5군은 사충항 연대를 2군으로 편성해 드리려 합니다."

"그러면 차후 방진성 연대와 후국충 연대는 아예 북만에 남기는 겁니까?"

처음에 왕덕태는 주보중이 방진성 부대와 사충항 부대를 바꾸려는 것으로 오해했다.

"아닙니다. 원정 임무를 마치면 두 연대를 모두 2군으로 복귀시킬 것입니다."

주보중이 조금도 주저하지 않고 선뜻 대답하는 바람에 여간 고맙지 않았다.

"만약 그렇게 편성하면 5군 손해가 너무 클 텐데요?"

왕덕태와 이학충이 서로 바라보며 걱정했으나 주보중은 오히려 2군에서 보내준 원정부대 칭찬을 아끼지 않았다.

"그렇지 않습니다. 2군 원정부대가 너무 잘 싸워 주어서 저희 5군 역시 영안 근거지를 지켜낼 수 있었습니다. 동시에 우리 5군에서도 코민테른 지시에 따라 각각 3군과 4군 활동 지역들에 원정부대를 파견할 수 있었는데, 이로써 동만과 북만 전 지역이 완전하게 하나의 항일전선을 구축할 수 있었던 것이지요. 마음 같아서는 정말 2군에 더 많은 부대를 보충해 드리고 싶지만, 현재는 사충항 연대를 편성해 드리겠습니다. 사충항 연대가 병력 수가 많으니 이들을 바탕으로 새로운 한 사단을 편성할 수도 있을 것입니다."

주보중이 선심을 쓰니 감동한 왕덕태와 이학충도 그에 화답하는 마음으로 이런 방안을 내놓았다.

"최종 결정은 위증민 동무가 돌아와 다시 논의하고 내리겠지만, 저희가 만약 이대로 원정부대를 모조리 데리고 동만으로 돌아가면 돈화와 액목 지방의 항일 전선이 또 다시 끊어질 수 있습니다. 그러니 여기에도 계속 부대는 남겨 두어야 할 것입니다."

"무슨 말씀인지요? 좀 더 자세히 설명해 주실 수는 없겠습니까?"

주보중이 이렇게 요청하자 이학충이 왕덕태를 대신하여 설명했다.

"부대 편제는 우리 2군으로 하되 사충항 연대의 활동 지역은 여전히 돈화와 액목 지방으로 정하고, 군사 행동을 할 때는 5군 주보중 동지의 지휘 하에 두자는 것입니다."

"아, 그래도 되겠습니까?"

주보중은 대뜸 환호하다시피 했다.

"안 될 것이 뭐가 있겠습니까. 우리 혁명군이 어느 누구 개인의 부대가 아니 잖습니까. 항일하는 부대이고 공산당의 부대입니다."

이학충에 이어서 왕덕태도 말했다.

"우리 2군 부대가 곧 남만으로 항일전선을 구축하려고 하는데, 이렇게 되면 동·남만을 거쳐 북만 지방에서까지도 우리 2군 부대가 활동하게 되는 것이니 저도 대찬성입니다."

이렇게 되어 사충항 연대는 명칭만 2군으로 바뀌었을 뿐 군사지휘권은 여전 히 주보중이 맡게 되었다. 2군 2사가 이렇게 설립되었다. 사충항 연대가 기간 부 대였고, 영안 지방에 남게 되었던 후국충 연대까지도 모두 이 2사 산하의 4연대 로 편성되고 말았다.

후국충을 달래기 위해 그의 직책을 4연대 연대장 겸 2사 부사장으로 올렸지 만, 그의 부대는 여전히 원래의 4연대뿐이었다. 대신 4연대 정치위원이었던 왕 윤성은 이때 2사 정치위원으로 승격되었고 참모(연대)장에는 진한장을 임명했 다. 하지만 사충항이 동녕현성전투 때 입은 총상 후유증으로 건강이 몹시 악화 되었기에 실제적인 2사 군사지휘권은 진한장 손에 들어가고 말았다. 따라서 2 사 사장대리 겸 참모장인 진한장과 정치위원 왕윤성의 지위도 아주 미묘하게 뒤엉키게 되었다.

진한장은 한편으로 5군 당위원회 위원 겸 2군 2사 당위원회 서기도 겸하고 있었기 때문이다. 따지고 보면 진한장의 중국공산당 입당 소개자였던 왕윤성의 직책이 이때 진한장 밑에 놓이게 된 것이다. 후에 발생하는 일이지만, 왕윤성이 소련으로 들어갈 때 진한장의 동의를 거치지 않았기 때문에 소련에 들어가서도 도주자로 간주되어 숱한 곤경에 처하게 된다.

어쨌든 북호두회의에서 왕덕태와 이학충, 주보중이 마주앉아 주먹구구식으로 의논하여 호흡을 맞췄던 2군 부대 편성과 관련한 모든 방안이 곧이어 열린 '남호두회의'에서 위증민에 의해 전부 통과된다. 최대의 실리는 주보중의 5군이 챙긴 셈이 되었다.

그러나 2군 역시 실제 이익보다 훨씬 더 큰 것을 얻었으니, 그것은 동, 남만뿐만 아니라 길동 지구 일부까지도 모두 2군 활동 범위 안에 둔다는 명분이다. 누구보다도 이와 같은 명분에 주목했던 사람은 바로 위증민이었다. 결국 각자 서로 원하는 것을 얻은 셈이라고 하겠다.

23장

대자지하의 전설

"비록 중국인들과 함께 공산당 부대에서 싸우고 있지만,
우리 조선민족 이름으로 된 군대를 조직하고 싶은 것은
나뿐만 아니라 많은 선배 혁명가의 꿈이기도 했습니다.
그런데 지금 이 꿈을 실현할 기회가 온 것입니다."

1. 동만으로 돌아오다

왕덕태와 이학충을 무척 기쁘게 만든 일이 또 하나 있었다. 바로 김성주 부대
와 관련한 소식이었다. 노야령을 넘어설 때만 해도 겨우 한 중대만 얻어 홀로 떨
어졌던 그의 부대가 후국충의 4연대와 함께 행동하면서 김려중의 한 중대를 보
충 받고 다시 5군 서부파견대와 합류하면서 엄청나게 커진 것이다.

그가 서부파견대와 함께 돈화, 액목 지방에서 치른 여러 차례 전투성과도 결
코 간단치 않았다. 김성주 부대가 중기관총과 박격포까지 갖추었을 뿐만 아니라
각 소대에 체코식 경기관총이 한 대씩 있다고 소개하면서 주보중은 왕덕태와
이학충에게 말했다.

"나얼훙에서 시간을 1년으로 정하고 1군과 서로 경합하기로 했다는 것 말입

니다. 1년까지 갈 것 있겠습니까?"

"그러게 말입니다."

왕덕태도 감탄해 마지않았다.

"우리가 나자구에서 처음 만났을 때 주보중 동지께서 김일성 동무가 좋은 동무라고 보증섰던 일이 어제 같은데, 이제 그 이유를 알 것 같습니다."

주보중은 왕덕태와 이학충에게 김성주 칭찬을 아끼지 않았다.

"샤오쩐즈[83]는 전투도 잘할 뿐만 아니라 특히 감탄스러운 것은 마을 사람들과의 공작도 아주 잘한다는 것입니다. 워낙 붙임성도 좋은 데다 중국말도 아주 잘하니 어디를 가도 금방 그곳 사람들과 한집 식구처럼 지냅니다."

이학충이 말을 받았다.

"저희도 여기로 오는 동안 사람들한테 김일성 동무 이야기를 꽤 많이 들었습니다. 김 동무 부대 명칭도 여러 가집디다. 어떤 사람들은 점잖게 '고려홍군'이라고 불렀지만, '홍호자'라고도 부르던데요."

주보중이 웃으면서 머리를 끄덕였다.

"그 '홍호자'란 별명은 원래 구국군 시절 여기 사람들이 나한테 붙여준 것인데, 지금은 샤오쩐즈한테 빼앗겼습니다."

이어서 주보중이 정색하며 설명했다.

"우리 영안 지방에 아직도 어중이떠중이 삼림대와 마적부대가 꽤 많은데, 이제는 나보다 김일성 동무를 더 무서워합니다. 김일성 부대만 왔다 하면 모두 홍호자가 왔다고 감히 머리도 못 내밀 지경이 되었습니다."

주보중이 김성주를 '샤오쩐즈'로 허물없이 호칭하면서도 이렇게 끝없이 칭찬

---

83 샤오쩐즈(小金子), 자기보다 훨씬 나이 어린 사람에 대한 중국말 호칭. '쩐'은 김일성의 성씨다.

하자 왕덕태와 이학충은 반신반의하지 않을 수 없었다.

"아, 그 정도입니까?"

"내 마음 같으면 정말 그 동무를 우리 5군에 남기고 싶습니다. 연대가 아니라 한 사단도 넉넉하게 맡길 수 있는 동무인데, 참 너무 안됐다 싶기도 했습니다."

주보중은 방진성이 영안에 와서까지도 김성주가 민생단으로 의심받았던 일을 이야기해주었다.

"원 세상에 어떻게."

이학충은 한탄하면서도 방진성을 나무라기 전에 자기 자신부터 반성했다.

"이 문제는 제 책임도 큽니다. 솔직히 재작년 요영구에서 회의하면서 민생단 문제를 맹목적으로 확대해석하는 것이 옳지 않다고 결론내렸지만, 저 자신부터 잘 인식하지 못했습니다. 방 연대장도 3연대로 옮길 때 '조선인이 많은 3연대에는 민생단도 많을 것이니 걱정스럽다.'고 한 적이 있었습니다. 그때 저도 그것을 바로 잡지 못했습니다."

"그러나 '사실이 웅변보다 낫다.'는 말도 있듯이, 영안에 온 다음에는 방 연대장도 많이 깨닫고 후회하는 눈치입디다. 샤오쩐즈가 워낙 전투를 잘하는 데다 그동안 얼마나 많은 전과를 올렸습니까. 그런 동무를 계속 민생단으로 의심했으니 말입니다."

주보중은 말이 나온 김에 왕덕태와 이학충에게 건의했다.

"1군도 지금 1, 2사에 이어 3사를 조직 중이고, 우리 5군도 한창 3사를 조직하는 중이니 2군에서도 빨리 2, 3사를 만드는 것이 좋겠습니다."

왕덕태와 이학충은 이구동성으로 대답했다.

"여기 오는 동안 우리도 길에서 내내 이 문제를 연구했습니다."

"사충항 연대와 후국충 연내, 그리고 샤오쩐즈 부대까지 합치면 넉넉하게 한 사단을 만들지 않겠습니까!"

"김 동무 부대는 돈화와 액목 지방에 남기지 않고 저희가 2군 주력부대로 삼아 남만 쪽으로 진군할 생각입니다."

왕덕태는 마음속으로 이미 결정했던 일처럼 대답했고, 이학충도 거들었다.

"김일성 동무 부대와 내두산근거지에 있는 2연대를 합쳐 새로 한 사단을 만들려고 합니다."

"아, 그렇게 하면 금방 3개 사단 편제가 되는군요."

주보중이 손가락을 꼽아가면서 그 말을 받았다.

"1사는 두말할 것 없이 왕 군장의 옛 부대인 연길 1연대로 편성되겠고, 사충항 연대와 후국충 연대를 합쳐 2사를 만들면 화룡의 조아범 연대와 김일성 동무의 부대는 3사가 되겠습니다."

왕덕태와 이학충은 함께 머리를 끄덕였다.

"사장은 누구를 임명할 생각입니까?"

주보중이 넌지시 묻자 왕덕태가 이번에도 역시 마음속으로 이미 결정해둔 일처럼 금방 대답했다.

"현재는 김일성 동무만한 적임자가 없을 것 같습니다."

"대신 조아범 동무는 정치위원으로 추천하고, 참모장도 화룡연대에서 선발하면 조아범 동무도 별 이견이 없을 듯합니다."

이렇게 이학충도 3사 사장에 김성주를 마음속으로 점찍었으면서도 김성주와 라이벌이나 다름없는 조아범과의 사이에서 혹시라도 껄끄러운 일이 생길까 봐 여간 신경 쓰이지 않았다.

북호두에서 왕덕태와 이학충은 주보중과 함께 2군 부대편성과 관련한 새 틀을 기본적으로 짜맞추다시피 했다. 최후 결정은 위증민이 도착한 다음 토의하고 채택하기로 합의했다.

그로부터 보름 뒤였다. 1936년 2월 5일 주보중이 북호두에서 2군 왕덕태와 이학충과 만난 지 정확하게 15일 만이다. 그 사이 왕덕태와 이학충 일행은 대자지하의 1연대 밀영에 잠깐 들렀다가 바로 남호두 쪽으로 이동했다. 김성주와 진한장이 주보중의 부탁을 받고 남호두에서 40여 리 떨어진 판석장(板石場) 깊은 산속에다 5군 군부가 주둔할 새 밀영을 건설한 것이다. 밀영 규모가 대자지하밀영과는 비교되지 않을 정도로 훨씬 컸다. 왕청과 영안의 경계가 이 산속에 있는데, 근처 한 동굴에는 새끼호랑이 두 마리가 딸린 어미 호랑이가 살고 있었다.

보통 남호두라 하면 만주 대륙의 제일가는 명승지 경박호의 남쪽 호반에 있는 마을쯤으로만 알려져 있을 뿐이다. 경박호는 무척 아름다운 곳이지만, 일본군에게 쫓겨 다니던 항일연군이 그 경치를 감상할 만한 상황은 못 되었다. 김성주와 진한장 부대가 주둔했던 밀영은 노야령의 오지에 속했다.

5군 군부를 데리고 이 밀영에 도착한 주보중은 그곳 경치가 얼마나 장엄하고도 험악한지 자신의 『유격일기』에 '군산환요(群山環繞)', '삼림무밀(森林茂密)', '구곡종횡(溝谷縱橫)'이라고 표현했다. 여기에 한마디 더 보태면 '야수출몰(野獸出沒)'이라는 말도 아주 잘 어울릴 것 같다. 호랑이가 새끼를 낳아 기르는 산속이었으니, 아무리 일본군이라도 이곳까지는 쉽게 들어올 수 없었던 것이다. 근방 100리 안팎에 촌락이 없는 데다 겨울 한철에는 옆구리까지 올라오는 눈까지 덮여 부대를 은신시키기에는 이보다 더 좋은 장소도 없었다.

김성주가 남호두에 도착했다는 소식을 들은 임춘추는 정응수에게 졸랐다.

"부관아바이, 우리 동만 원정부대가 여기까지 왔는데 우리가 먼저 가서 찾아뵙는 것이 도리 아니겠어요?"

"춘추야, 네 말이 맞다. 나랑 함께 가보자꾸나."

겉모습이 너무 늙어 보여서 '아바이' 소리까지 듣는 정응수였지만, 실제 나이는 30대 중반밖에 안 되었다. 그러나 임춘추 또래의 연길현 출신 젊은이들이 '추수', '춘황' 폭동을 일으켜 동네 지주들에게 고깔모자를 씌워 끌고 다닐 때 정응수는 이 폭동을 조직하고 지도했던 사람 가운데 하나이기도 했다. 특히 임춘추는 근거지에 들어올 때도 정응수와 함께 왔고, 그가 연길현유격대 정치지도원일 때 그 밑에서 소대원으로 유격대 생활을 시작했다.

정응수와 임춘추는 쌀과 고기를 마련해 김성주를 마중 나갔다.

임춘추는 2년 전 임수산과 박득범을 따라 나자구전투에 참가했다가 처음 김성주와 만났고, 그때 만나 사귄 친구들이 지금도 김성주 부대에 여럿 있다는 사실을 정응수에게 들려주었다.

그러자 정응수가 불쑥 말했다.

"너한테만 알려주마. 기쁜 소식이다."

"기쁜 소식이라니요?"

"일성이가 이번에 어쩌면 사장으로 승급할지도 몰라."

"아, 그게 정말이에요? 확실합니까?"

임춘추는 너무 놀라 두 눈까지 둥그렇게 떴다.

그동안 왕청에서 민생단으로 몰렸던 김성주가 유격대 정치위원직에서 쫓겨났다가 다시 복직되고 또다시 쫓겨나 결국 도주까지 했다는 소문들이 난무했던 것이 그다지 오래된 일이 아니었기 때문이다.

그러나 그 김성주가 다시 원정부대에 참가하여 영안 지방에 들어왔을 뿐만 아니라 그동안 굉장히 많은 전투를 치렀고, 부대도 엄청 커져서 지금은 일본군들까지도 '김일성 부대'라면 지레 겁부터 집어먹는다는 소문이 어느덧 대자지하밀영까지 흘러들어왔던 것이다.

정응수가 북호두에서 한봉선을 만나 들은 이야기를 했다.

"김성주 그 아이 부대가 영안에 도착했을 때는 겨우 2, 30명밖에 안 되었다는데, 지금은 수백 명으로 불어난 모양이다. 5군 주보중 군장이 북호두에서 왕 군장하고 이학충 주임을 만나서 우리 2군 개편 문제를 이미 논의한 모양이야. 김성주 부대를 사단으로 개편하기로 이미 결정했다고 하더라."

"그러면 우리 1연대는 어떻게 됩니까?"

임춘추는 다그쳐 물었다.

"그것까지는 잘 모르겠고. 아직은 함부로 발설하지 말거라."

정응수는 임춘추에게 주의를 주었다.

그러나 임춘추는 몹시 흥분하여 참기 어려웠다.

임춘추는 나자구전투 때 딱 한 번 김성주와 만났는데, 그 후로 그의 부대로 옮겨가고 싶어 했다고 한다.

1945년 광복 직후 임춘추가 김성주와 함께 바로 평양으로 돌아가지 않고 한동안 만주 지방에 그대로 남아 연변전원공서 전원으로 있을 때, 그의 비서로 일했던 박경환(朴京喚, 요령성 철령시 거주)은 자신이 직접 임춘추에게 들은 이야기라며 앞뒤 사실 관계가 잘 맞아떨어지지 않지만 일화 하나를 들려주었다. 그 중에는 아래의 이야기도 한 토막 들어 있다.

"김일성이 사장이 된다는 소식을 김일성보다 내(임춘추)가 먼저 알았다. 나와 경박호밀영(대자지하밀영)에 함께 있었던 군수관(정응수)이 북호두에서 왕덕태와 주보중을 만나고 돌아와 몰래 알려준 비밀인데, 내가 판석장(남호두)에 갔을 때 참지 못하고 그만 김일성에게 알려주었다. 그랬더니 김일성은 '그게 사실이라면 너를 부사장 시켜주마.'라고 했다. 판석장에서 위증민도 만나고 사장으로 임명된다는 것이 확실하게 결정된 다음에는 나에게 했던 약속을 뒤집고 '판석장 동굴에 사는 범을 잡아오면 내가 약속 지키마.'라고 홀쩍 빠져나갔다. 그래서 내가 부사장은 꿈도 꾸지 않으니 그냥 나를 네 부대로 옮겨달라고 떼질 했는데도 끝내 들어주지 않았다. 그러다가 남만으로 이동하고 1로군이 설립된 다음에야 나는 6사(원래의 3사)에 합류했다."[84]

이 이야기에 따르면, 김성주와 임춘추는 사석에서는 이름도 부르고 말도 놓는 사이였지만, 이는 신빙성이 적어 보인다. 1로군이 설립되고 당시 6사 소속 7연대 8중대 당지부 서기로 배치되었던 임춘추와 6사 사장 김성주의 직급은 차이가 많이 났다.

그러나 생존자들 가운데서 임춘추는 김성주와 관련하여 가장 많은 회고담을 남긴 사람 중 하나다. 그만큼 특수한 관계였던 것만큼은 틀림없는 사실이다. 김성주도 회고록에서 임춘추에 대해 "혁명에 대한 그의 충실성과 의리에 대하여 본받으라."고 칭찬을 아끼지 않았는데 도가 지나쳐 징그러울 지경이다. 김성주는 회고록에서 이렇게 말한다.

"임춘추는 항상 자기를 김정일 동무의 늙은 제자라고 하면서 그의 지도를 받기 위해 의식적으로 노력했다."

박경환은 임춘추에게 들었다는 이야기를 함부로 떠들고 다니다가 문화대혁

---

84 취재, 박경환(朴京煥, 가명) 조선인, 연변전원공서 시절 임춘추의 비서, 취재지 요령성 안산시, 1987.

명 기간에 '북조선특무'로 의심받고 감금까지 당한 적이 있었다. 북한에서 주장하는 '남호두회의' 참가자 속에 임춘추 이름이 있는 것은 바로 이런 이유 때문이다.

김성주는 회고록에 '김산호, 한흥권, 최춘국, 전만송, 최인준, 박태화, 김려중, 임춘추, 전창철' 이름을 기록했는데, 한흥권과 최춘국, 전만송, 박태화는 원래 3연대와 함께 원정부대 소속 대원이고, 김려중과 전창철도 원정 도중 왕윤성과 후국충의 배려로 4연대에서 선발되어 김성주와 합류했으니 이해된다. 그런데 정응수의 이름이 보이지 않고, 이때쯤 전영림 유격대대에 파견되어 나가 있었던 김산호 이름이 불쑥 등장한 것은 이해되지 않는다. 이는 김성주 본인의 기억에 문제가 있거나, 회고록 집필에 관계한 북한 노동당 역사 분야 관계자들이 제멋대로 가져다가 붙여놓은 것임이 틀림없다.

김산호가 김성주 직계 부하가 된 것은 남호두회의 직후 3사가 정식으로 설립된 1936년 3월경부터였다. 이는 전영림 유격대대가 3사 8연대로 편성되었기 때문이다. 이 8연대의 조선인 정치위원 김산호가 김성주의 한 팔이 되었음은 두말할 나위 없다. 그 유명한 마안산 아동단 밀영으로 김성주를 안내했던 사람도 바로 김산호였다. 노년의 김성주가 남호두회의 참가자들에 관한 기억을 더듬으며 생각나는 대로 김산호의 이름을 말했을 때, 회고록 집필을 돕고 있던 관계자들이 그것을 감히 바로 잡지 못했던 것 같기도 하다.

2. 남호두의 추억

제1연대의 후방 밀영(대자지하밀영)에서 정응수와 한동안 함께 보낸 한봉선은 밀영을 지켜주던 부대 책임자가 최인준(崔仁俊)이었다고 기억했다. 후에 이 밀영이 토벌대에게 발각되고 전투 도중 최인준은 죽었으나 그의 3연대 3중대 대원 과반수는 죽지 않고 살아남았다. 정응수가 그들을 데리고 돈화로 돌아가려고 했으나 임춘추가 말렸다.

"최인준 중대는 3연대 소속인데 3연대는 이미 3사로 편성되었고 우리 1연대는 4사로 편성되었으니, 함부로 3연대 대원들을 4사로 데리고 갔다가는 말썽이 생길 수 있습니다."

대자지하밀영에서 살아남은 1연대 대원들이 모두 4사로 복귀할 때, 한봉선은 정응수와 함께 4사로 갔고 임춘추만은 3중대에 부상자들이 더러 있어서 그들을 돌보느라고 계속 남호두에 남게 되었다.

밀영까지 파괴된 데다가 오갈 데 없게 된 3중대 나머지 대원들은 모두 임춘추의 인솔로 손명인(孫明仁)이라는 중국인 농민 집으로 피신했다. 남호두 토박이였던 손명인은 3대가 판석장에 살고 있었다. 그는 대원들을 숨겨주려고 집 근처에 엄청나게 큰 땅굴을 팠고, 땅굴 속에 쌀과 소금 등을 저장해두었다고 한다. 이 땅굴이 1970년대까지도 파손되지 않고 계속 남아 있어 구경하려 찾아갔던 사람들도 적지 않았다.

손명인의 아버지 손성희(孫成喜)가 한때 남호두 지방에서 동네 청장년을 모아 항일보안대(抗日保安隊)를 조직한 적이 있었는데 총이 없어 구국군 이연록에게 도움을 청했다. 그때 이연록이 왕덕림 몰래 총 30여 자루를 구해 손성희에게 주었다고 한다. 손성희가 그 총을 마차에 싣고 돌아오다 구국군 부사령인 공헌영의 부하들에게 잡혀 죽도록 얻어맞으면서도 이연록의 이름을 끝까지 밝히지 않았다고 한다. 후에 손성희와 함께 거사를 도모하던 친구 궁환경(宮煥卿, 중국인 항일열사)이 밀가루 100마대(포대)를 싣고 가서 빼앗긴 총을 찾아왔다는 이야기가 전해진다.

손성희는 그때 입은 상처가 후유증을 일으켜 겨울만 되면 기침이 멈추지 않고 피까지 토할 지경이었다. 그럴 때 최인준 중대가 쌀이 떨어져 손명인을 찾아와 도움을 청했는데, 손성희가 기침하면서 피까지 토하는 것을 보고 임춘추를 추천했다.

"우리 부대에 명의 한 분이 있는데, 내가 장담하리다. 그가 지어주는 약 한 첩만 드시면 당신 아버지 병은 뚝 떨어질 것이오."

손명인은 최인준 부대에 쌀뿐만 아니라 돼지까지도 한 마리 잡아주고 바로 그날 아버지 손성희를 마차에 싣고 대자지하밀영까지 찾아왔다.

이것이 임춘추와 손 씨네 부자가 인연을 맺게 된 사연이다.

북한은 임춘추를 항상 '의리의 화신'으로 선전한다. 물론 살아생전 임춘추를 가장 사랑하고 존경했다는 '혁명선배 존대(존경의 뜻을 나타낼 때 쓰는 북한의 높임말)의 최고의 화신' 김정일이 있기 때문이기도 하지만, 임춘추가 광복 직후 중국 연변에 남아 전원공서 전원으로 일하면서 항일연고자 가족들을 찾아내 평양으로 보냈던 일은 이미 세상에 널리 알려진 사실이기도 하다.

그 후 손 씨네 일가가 중국에서 살면서 김성주에 대해 퍼뜨린 소문은 황당하기 이를 데 없다. 필자가 1980년대에 이 일가에 주목하고 조사할 때, 오늘의 흑룡강성 영안 지방 사람들은 손성희 손명인 부자가 남겨놓은 일화들을 모두 알고 있었다. 일부는 『영안현지(寧安縣志)』에 수록되기도 했다.

손 씨네 본적은 원래 길림시였으나 할아버지 때 남호두로 이주했으며, 아버지 손성희는 항일보안대를 조직하기도 했다. 안도 구국군 우명진(于明辰, 우학당) 사령 부대가 영안 경내로 들어온 뒤 손성희는 친구 궁환경과 함께 우 사령 부대에 합류했고, 이 부대는 나중에 왕덕림 산하 구국군 제8여단으로 편성되기도 했다. 그때 우명진은 여단장, 궁환경은 부여단장, 손성희는 참모장을 맡았다. 후에 우명진 부대가 패망하기 시작할 때 궁환경은 일본군에게 붙잡혀 목단강감옥에서 사망했으나 손성희만은 살아남아 남호두로 돌아왔다.

이런 경력 때문에 손성희는 아들 손명인까지 동원해 무릇 항일연군을 돕는 일이라면 물불을 가리지 않고 나섰다. 1936년 2월 5일 남호두회의 때 김일성과 인연을 맺었던 손 씨 부자는 1945년 광복 이후 임춘추의 주선으로 북한 정부로부터 '영웅'(아버지 손성희) 칭호와 '1급 국기훈장'(아들 손명인) 칭호까지 수여받는 영광을 누리기도 했다. 그러나 이와 같이 널리 알려진 사실들이 정작 김성주 회고록에서는 한마디도 언급되지 않는다. 그 이유는 손 씨네 손자들 가운데 문화대혁명 기간에 할아버지 이름을 대고 김일성을 찾아 북한으로 들어간 사람이 있었으나, 북한 쪽에서 인정해주지 않았을 뿐만 아니라 붙잡아 돌려보냈던 것과 관련 있다.

어쨌거나 남호두에서 김성주는 많은 추억이 있었던 것만큼은 분명하다. 그중 이런 이야기 한 토막을 남겼다.

"적의 눈을 피해가며 원정대의 경박호 도하를 전력을 다하여 보장해준 채화의 수고는 평생 잊지 말아야 할 것이다. 1959년에 우리 답사단 동무들이 중국에 갔다가 그의 사진을 가지고 돌아왔다. 사진 속의 채화는 이미 70살 고령에 이른 주름 많은 노인이었다. 그러나 키가 크고 목이 성큼한 옛 모습만은 그대로 남아 있어 자못 감개가 무량했다."

채화(蔡華)는 1970년경에 사망했는데, 생전에 김성주가 보내준 중절모자 하나를 박영순을 통해 선물로 받았던 이 노인도 문화대혁명 기간에 '북조선 특무'로 몰렸다. 하도 나이가 많아서 얻어맞지는 않았으나 홍위병들이 그를 거리로 끌고 나가 온종일 땅바닥에 엎드려 있게 했다고 한다. 이런 여러 이유로 정작 살아 있는 손 씨네 후대는 김성주뿐만 아니라 북한에 대한 인상이 아주 나쁘다.

손성희의 큰 아들 손명인은 중국 정부에서 발표한 남호두회의 참가자 명단에 들어 있다. 그곳 항일군중 대표로 손명인과 함께 남호두 항일구국회 회장이었던 번덕림(番德林, 또는 경덕림耿德林)도 이 회의 참가자였다.

위증민을 마중하기 위하여 주보중은 위만 툰장과 자위단장 등의 신분으로 몰래 항일연군을 도와 일하던 남호두 주변의 항일조직원들을 모조리 동원했다.

그러고도 시름이 놓이지 않아 다시 김성주를 불렀다.

"남호두 주변 촌장과 툰장들[85]이 적지 않게 우리 조직원들이긴 하지만, 그래도 회의를 마을에서 진행하는 것은 여전히 불안하오. 그렇다고 우리가 이대로 모두 함께 밀영으로 옮겨갈 수도 없고 말이오. 그래서 내가 좀 생각해보았는데, 현재 부대들이 자리 잡은 숙영지는 변동하지 말고 따로 안전한 곳 하나를 골라 회의할 수 있게끔 귀틀집 한두 채를 짓는 게 어떻겠소?"

주보중의 말을 들은 김성주는 대뜸 찬동했다.

"아, 그것은 어렵지 않습니다. 주보중 동지도 잘 아는 우리 2군 군의관 임춘추 동무가 지금 여기에 와 있습니다. 임춘추 동무가 그동안 남호두 촌민들한테 무료로 병 치료를 많이 해준 게 요즘 좋은 결과를 내고 있습니다. 귀틀집을 짓는데 필요한 공구와 자재들을 이 동무한테 맡기면 금방 해결할 수 있습니다. 회의

---

85 鏡泊湖村 村長：程萬玉, 學園屯 屯長：秦福翰, 自衛團 團長：×永久, 灣溝屯 屯長：李萬海, 自衛團 團長：劉萬發, 南湖頭屯 屯長：賈囍珍, 自衛團 團長：宮煥卿, 房身溝屯 屯長：李田深, 自衛團 團長：李判琴, 后魚屯 屯長：李忠慣, 湖沿屯 自衛團 團長：趙連祥, 五峰楼屯 屯長：耿德林, 自衛團 團長：劉海清, 尖山子屯 屯長：王永久, 自衛團 團長：徐德林.

기간에 필요한 식량들도 모두 저희가 책임지고 마련하겠으니 동지께서는 아무 염려 마십시오."

김성주가 이렇게 말하니 주보중은 희색이 만면했다.

"그렇다면 회의 장소를 마련하는 문제는 김일성 동무한테 맡기겠소. 난 빨리 사람을 보내 위증민 동무를 마중해야겠소."

"참, 위증민 동지는 지금 어디까지 오셨답니까?"

그러지 않아도 김성주 역시 위증민 일이 여간 걱정이 아니었다.

"나자구와 훈춘 교통참이 모두 파괴되었다고 들었는데, 여기까지 어떻게 오실지 참 걱정스럽습니다."

"장중화[86] 동무를 목릉 쪽에 파견한 지도 벌써 한 달째요."

"아, 목릉으로 해서 들어오십니까?"

"연락원이 이미 목릉에서 위증민 동무와 만났지만, 영안까지 모시고 나오는 데 애로가 적잖은 모양이오. 그래서 한때 그쪽에서 사업한 적이 있는 장중화 동무를 파견했지만, 그쪽 상황이 워낙 살벌해 신통치 않은 모양이오. 이럴 때 광림 동무가 살아 있었으면 정말 한시름 놓았을 텐데, 아까운 동무를 허망하게 잃은 것이 지금도 너무 마음 아프구먼."

주보중은 불과 3개월 전에 이광림을 잃었다.

이광림은 영안 지방에서 주보중의 5군이 발을 붙일 수 있도록 도왔던 가장 든든한 조력자였으나 1935년 12월 24일에 강남 산동툰에서 군사물자를 조달하

---

86 장중화(張中華, 1912-1937년) 길림성 영길현 우라가(吉林省 永吉縣 烏拉街)에서 태어났다. 1931년 만주사변 이전에 하얼빈 철로전문학교에 입학했으나 중도에 퇴학했다. 이듬해 1932년에 중국공산당에 가입했고, 공청단 길동특위 서기와 중국공산당 영안현위원회 서기를 거쳐 1936년 2월 남호두회의 이후 길동특위 서기와 제5군 정치부주임을 함께 겸했다. 1937년 12월에 일본군 토벌대와 전투 중에 사망했다. 남호두회의 직전, 주보중의 파견으로 목릉현 교통참까지 달려가 위증민을 마중하여 남호두로 데려왔다.

던 중 그곳에 사는 한 농민의 밀고로 만주군 한 연대 병력에 포위되고 말았다.

그들이 묵었던 산동툰 우가와붕(尤家窩棚) 뒷편 벌판에 외따로 떨어진 이 빈집은 군사상으로 보면 한마디로 무험가수(无險可守)[87]의 치명적인 결점이 있는 곳이었다. 그리고 이때 이광림이 이끄는 대원도 겨우 20여 명밖에 없었다. 5군 2사 산하 4, 5중대에서 선발한, 산동툰에 가족이 있었던 대원들과 영안현 경내의 알자구(嘎子溝) 일대에서 쌀과 겨울옷을 챙겨서 산동툰에 가져다가 감추어 두곤 했다. 한마디로 평소 이 지방 사람들과 관계가 아주 좋았던 이광림이 한순간 경계심을 낮추고 방심한 것이 실수였다.

농막 안에 갇혀 2시간 남짓 버텼으나 결국 대원 10여 명이 죽고 나머지 13명이 산 채로 붙잡혔으나 그들도 곧 살해당하는 비운을 면치 못했다. 만주군 연대장이 처음에는 부드러운 태도로 포로들에게 귀순을 권고했다.

"지금이라도 투항하겠다고 한마디만 하면 살려주겠다."

하지만 이광림이 앞에 나서서 만주군 연대장에게 삿대질까지 하며 욕설을 퍼부었다.

"왜놈의 개 주제에 어디다 대고 수작질이냐?"

만주군 연대장이 격노했다.

"어린 놈이 버릇없구나. 나는 한껏 살려주고 싶은 마음에서 좋게 권했는데, 거꾸로 욕설을 퍼붓다니. 진짜로 죽어봐야 알겠느냐?"

"죽인들 우리가 눈썹이나 까딱할 것 같으냐?"

이광림이 쓴웃음을 지어가며 계속 욕설을 멈추지 않자 만주군 연대장은 화가

---

87 무험가수(无險可守)는 중국어로, 성을 지킬 때는 성 바깥에 험지가 있어야 공격해오는 적을 방어하기 유리하다는 뜻의 거험고수(据險固守)에서 유래했으며, 무험가수는 그 반대말로 적을 방어하기 어려운 곳이라는 뜻으로 사용된다.

치밀 대로 치밀어 총을 사용하지 않고 포로 13명을 모조리 칼로 찍어죽이고 말
았다.

이광림이 살해당했다는 소식을 장중화한테서 전달받은 주보중은 발까지 구
르며 한탄했다.

"아, 이광림은 아주 똑똑한 사람인데, 왜 그렇게 어처구니없는 실수를 저질렀
단 말이오?"

처음에는 장중화도 어리둥절했다.

"광림 동무가 무슨 실수를 저질렀다는 건가요?"

"그렇게 사방이 트인 빈 벌판에 외따로 떨어진 농막을 처소로 잡은 것이 첫
번째 실수요, 한 곳에서 하루도 아니고 여러 날을 계속 묵은 것이 두 번째 실수
요. 아무리 산동툰 사람들이 우리 항일연군에게 우호적이라고 해도 그 속에 왜
놈 밀정이 들어 있지 않다고 어떻게 장담할 수 있겠소. 이것이 세 번째 실수요."

주보중은 아주 오랜 시간을 두고 이광림의 죽음을 애통해 마지않았다.

그런데 곧이어 그동안 서부파견대를 지휘하던 이형박이 동경성 서남쪽으로
30여 리 떨어진 연화포(蓮花泡) 산속에서 설을 쇠려고 부대를 주둔시켰는데, 그
도 이광림과 비슷한 과오를 범하고 말았다. 설 기간이니 설마 적들이 토벌하러
나올까 방심하여 경계심을 늦춘 데다 한 고장에서 숙영 장소를 바꾸지 않고 여
러 날을 주둔했다. 그 지역 첩자의 밀고로 두 연대의 만주군[88] 700여 명에게 포
위당했다. 이때 포위를 돌파하면서 이형박의 5군 1사는 기간부대 절반을 잃어

---

88 주보중은 『유격일기』에서 만주군 27연대, 33연대와 전투했다고 기록했으나 이는 정확하지 않다.
    27연대에서는 3중대가 참가했고, 33기병연대에서도 두 중대만 참가했다. 당시 일본군 기록을 보
    면, 동경성에 주둔하던 일본군 제3사단 보병 제5여단 68연대 산하 2대대의 7중대가 야스다(安田)
    중위의 인솔로 참가했는데, 중대 전원이 86명에 불과했다. 이 전투에서 일본군은 5명이 죽고 3명
    이 부상을 입은 반면에 항일연군 5군 1사는 70여 명이 사망했다.

버리고 말았다. 물론 이것은 남호두회의 직후 발생한 일이다.

주보중이 일기에 이렇게 기록해 두었을 정도다.

"경계를 소홀히 했기 때문에 우리 군은 큰 손실을 보았으며 42명이 희생되고 38명이 중상을 당했다. 반역자 관서범에게 실질적인 책임이 있다. 당시 사장 이형박은 연대장 왕육봉과 관서범을 데리고 직접 찾아와서 죽여 달라고 요청했다."[89]

이후부터는 부대가 어느 한 곳에 주둔하여 숙영할 때는 경계심을 늦추지 않도록 각별하게 신경을 곤두세웠다.

주보중은 말이 나온 김에 김성주에게 부탁했다.

"회의 장소를 마련하는 김에 주변 경계와 안전 문제도 모두 김일성 동무가 직접 책임지고 빈틈없이 잘 배치해주기 바라오."

"예, 더 여부가 있겠습니까."

김성주는 갑자기 자랑하고 싶은 마음까지 생겼다.

"주보중 동지께서 여기 오실 때 저희 부대 망원초소들이 멀리까지 나가 있는 것을 보지 않으셨습니까?"

주보중은 흐뭇한 마음으로 김성주에게 머리를 끄덕여보였다.

"내가 우리 5군 동무들한테 김일성 동무 이야기를 들려줄 때면 항상 망원초소 이야기를 빼놓지 않는다오."

이에 김성주는 오히려 주보중에게 감사했다.

"제가 3년 전 처음 영안에 왔을 때, 주보중 동지께서 저에게 좋은 군사교관을

---

89 주보중, 『周保中東北抗日游擊日記』, 人民出版社, 1991.

소개하여 주신 덕분입니다."

"누구 말이오? 한흥이 말이오?"

주보중은 새삼 놀라움을 금치 못하며 칭찬을 아끼지 않았다.

"한장이가 이번에 나보고 그러더구먼. 김일성 부대는 숙영할 때면 언제나 30여 리 밖에서부터 망원초소를 설치하기 시작한다고 말이오. 그게 한흥이한테 배운 것이란 말이오? 아니 그렇다면 이 친구가 왜 이런 좋은 방법을 우리 5군에는 가르쳐주지 않았는지 모르겠소. 이것이야말로 반드시 항일연군 전체에 보급해야 하는 좋은 군사지식이오."

3. 관상량의 아내 유 씨

며칠 뒤에 유한흥도 남호두에 도착했다. 유한흥과 함께 온 최춘국과 중대장 최인준은 김성주가 회의 장소를 마련하기 위해 남호두에서 동남쪽으로 30여 리나 더 들어간 깊은 계곡에 귀틀집을 짓기 시작했다는 말을 듣고 자기들은 회의 기간의 식량 문제를 책임지고 해결하겠다고 나섰다.

"최인준 동무한테 무슨 뾰족한 수라도 따로 있나보구먼?"

그러자 최춘국이 몰래 김성주 귀에 대고 알려주었다.

"우리 방 연대장말입니다. 세상에 둘째가라면 서러워할 구두쇠인데, 이번만큼은 위증민 동지한테 잘 보이려고 그러는지 비싼 값을 치르고라도 식량을 해결해야 한다면서 보태서 쓰라고 금 한 덩어리를 내놓습디다."

"해가 서쪽에서 뜰 일이군요."

"그런데 우리 2군 원정부대의 군량뿐만 아니라 5군 군부에도 보태 드려야 하는데, 이 금덩이 하나만으로는 아무래도 형편없이 모자랄 것 같습니다."

최춘국이 걱정하니 김성주가 위안했다.

"너무 걱정하지 마오. 우리한테도 꽤 값나가는 금시계가 몇 개 있소. 적들한테 노획한 것이오. 그걸 팔아서 쌀을 사는 데 보태라고 라오쑨(老孫, 손 노인이란 뜻, 손명인)한테 맡겨놓았소. 그래도 모자라면 다른 방법도 연구해봅시다."

일단 군량 해결이 무척 시급했다.

1935년 한 해 동안 경박호 지구 전체에 가뭄이 덮쳐 백성들이 보관한 쌀도 많지 않았다. 때문에 항일연군도 무작정 백성들한테 손을 내밀 수 없어 가능하면 돈과 금품을 마련하여 쌀을 사들이는 방법으로 군량을 해결했다. 손성희와 손명인 부자는 자기 집 소 세 마리와 말 두 마리까지 모조리 팔아 항일연군의 군량을 마련하는 데 보탰으나, 여전히 모자라자 손성희가 아들한테 시켰다.

"명인아, 아무한테도 알리지 말고 몰래 최인준 중대장한테 좀 왔다가라고 전해라."

최인준이 오자 손성희가 말했다.

"쌀은 그런대로 구했으나 소금과 신, 양말 등 월동용품을 마련하자면 아무래도 영안현성으로 들어가지 않으면 불가능하오. 그런데 우리 동네에 영안현 경무과에서 일하는 자가 있다오. 이자가 경무과에서 일하면서 인근 동네사람들한테 협잡질을 많이 해서 돈도 엄청 모았다고 소문났소. 최근에는 본댁을 내쫓고 젊고 예쁜 새 마누라를 얻었는데, 최 중대장이 이자를 납치해 인질로 잡아가둘 수 있다면 그 사이에 우리가 이자의 마누라한테 모자라는 물건들을 구하라고 시켜서 다 해결할 수 있소."

그러잖아도 군량 해결 문제로 정신없던 최인준은 당장 그자의 집을 습격하려고 서둘렀다.

"그런데 이 일을 김 정위한테도 상의해 보았습니까?"

최인준이 서두르다 말고 문득 물었다.

"김 정위가 알면 허락할 것 같지 않아서 일단 최 중대장하고만 의논하는 것이오."

"잘했습니다. 여러 사람이 알면 말썽이 생길 수 있으니 조용히 우리 선에서 이 일을 깔끔하게 해치웁시다."

최인준은 그날 밤으로 손성희가 말한 그자의 집 부근에 매복했다. 이 사람 이름은 관상량(關常亮)으로 남호두에 집이 있으나 영안현 경무과에서 일하는 동안 시내에 셋집을 마련해두고 일주일에 한두 번만 남호두에 왔다. 그런데 하필이면 그날 납치당할 팔자였는지 술에 취한 채로 말을 타고 밤늦게 남호두로 돌아왔다가 그만 최인준에게 붙잡고 말았다.

며칠 뒤 영안현 경무과 사람이 관상량의 남호두 집에 찾아와 아내 유 씨에게 남편이 출근하지 않고 있다고 알려주었다. 그제야 사고가 난 것을 안 유 씨는 여기저기 뛰어다니기 시작했다.

남호두 항일구국회 회장 유천(柳泉)이 관상량의 아내 유 씨와 고종사촌 간이었다. 이야기를 듣고 보니 항일연군에 납치당한 것이 분명하다고 짐작되자 바로 유 씨에게 넌지시 권했다.

"네 남편이 그동안 백성들한테 협잡한 돈이 적지 않을 텐데, 이럴 때 그 돈을 뿌려서라도 남편 목숨을 구하는 게 어떻겠느냐?"

"누가 납치해갔는지 알아야 돈을 가져다 드리죠."

"그건 내가 알아봐주마."

유천은 지체하지 않고 바로 손성희에게 달려왔다.

"아저씨, 제 동생이 돈은 얼마든지 내겠다고 합니다."

"잘 됐구나. 조금만 기다리라고 하거라."

다음날 손성희는 아들 손명인을 시켜 최인준을 찾아가 관상량이 직접 친필로 쓴 편지 한 통을 받아오게 했다. 유천은 그 편지를 유 씨에게 전해주었다.

"밀가루는 집 창고에 모아둔 것도 있고 동네에서 사면 되지만, 소금과 신발, 동복을 구하려면 영안현성으로 들어가야 하는데, 그러다가 경무과에 발각되면 어떡하나요?"

유 씨가 걱정했다.

"그럼 밀가루만 구해주고 나머지 물건들은 항일연군이 요구하는 대로 금괴만 갖다 주려무나."

유천이 방법을 알려주고 직접 나서서 유 씨를 도와 밀가루 50마대를 마련했다. 그러고 나서 손 씨네 부자에게 알리자 다음날 바로 최인준이 대원 여럿을 데리고 나타났다.

"마차를 빌려주면 밀가루를 실어 나르고 바로 되돌려주겠소."

그러자 유 씨도 따라나섰다.

"그렇게 해요. 그런데 저도 같이 따라가겠어요."

최인준은 손 씨 부자와 의논했다.

"관 가의 마누라가 왜 산속까지 따라오려는 걸까요?"

"밀가루만 가져가고 남편을 놓아주지 않을까 봐 걱정되어 저러는 걸 게요."

"어차피 약속한 대로 마차도 돌려줘야 하니, 데리고 들어가도 상관없을 것입니다."

최인준은 관상량의 아내 유 씨도 데리고 갔다. 밀가루를 실은 마차가 남호두 밖으로 나올 때는 유 씨 눈에 헝겊을 씌웠다. 반나절이나 달려 산기슭에 도착한 뒤 마중 나온 대원들이 모두 달려들어 밀가루 마대를 메고 다시 깊은 산속으로

20여 리 넘게 더 들어갔다. 마차는 유천에게 맡겨 돌려보내고 유 씨는 3중대 숙영지까지 따라 들어왔다. 이미 밤이 늦어 있었다. 칠흑 같은 어둠에 갇힌 산속의 한 귀틀막에서 남편과 만난 유 씨는 그때 광경을 이렇게 이야기했다.

"쪼그만 관솔불을 하나 켜놓고 그 밑에 남편이 앉아 있었는데, 며칠 동안 세수를 하지 못해서 얼굴이 새까맣고 두 눈만 번들번들했다. 내가 산속까지 들어온 것을 보고 기절초풍하더라. 항일연군이 요구하는 물건만 마련해서 주고 집에서 기다릴 것이지 왜 산속까지 따라 들어와서 이 봉변을 자초하느냐고 말이다. 그래서 내가 요구하는 물건들을 다 마련해주었는데, 더 봉변당할 일이 뭐가 있겠냐고 물었더니 산속에 여자라고는 없던데 내가 자기 발로 따라왔으니 저 사람들이 너를 무사하게 놓아주겠느냐면서 엉엉 소리까지 내서 울더라."[90]

필자는 1984년에 유 씨와 만나 인터뷰했다. 유 씨는 중국 길림성 서란현 신안공사 석하대대(屯)에서 아들과 며느리, 손자, 손녀까지 10여 명의 식구와 대가족을 이루어 살고 있었다. 유 씨의 그때 나이가 아직 일흔 안팎이었다. 함께 살던 자식들도 첫 남편이었던 관상량의 후손이 아니어서 이야기를 주고받기가 불편하지 않았다.

다음은 유 씨와 주고받았던 이야기다.

문: 당신의 전 남편 관상량은 어떤 사람이었는가?

---

90 취재, 유××(柳××) 외 3인 중국인, 만주군 연고자, 남편 관상량(關常亮)은 영안현 남호두촌 자위단 단장이었음, 취재지 길림성 서란현 신안공사 석하대대, 1984.

답: 첩자였고 남호두 위만자위단 단장을 했다. 평소 집에서는 참으로 자상하고 인정 많은 사람이었다. 큰소리 한 번 치는 법이 없었고 돈을 벌어 와서는 모조리 나한테 맡겨 보관하게 했다. 내가 몇 번이나 돈을 남한테 꿔주었다가 받지 못했는데도 한 번도 불평하지 않았다. 자위단장이 되기 전에 영안현 경무과에 불려가 잡일을 한 적이 있었는데, 그때 남호두 항일구국회 심부름을 했던 적도 여러 번 있었다.

문: 그런데 왜 해방이 되자 공산당은 그를 총살했는가?

답: 일본군이 항일연군을 토벌할 때 남편이 자위단과 함께 따라가서 항일연군을 10여 명 죽인 적이 있다고 하더라. 그때 항일연군에서 죽지 않고 살아남은 사람이 후에 영안현에 와서 남편을 붙잡았다.

문: 그때 밀가루를 가지러 왔다는, 라오추이(老崔, 최인준)라고 불렸던 조선인은 어떤 사람이었는가?

답: 그 사람도 남편이 자위대를 데리고 참가했던 그 토벌 때 일본군과 싸우다가 죽었다. 일본 사람들이 그 사람의 머리를 자르려 하자 남편이 말리고 몸소 땅에 묻어 주었다고 하더라.

문: 그때 밀가루를 가져다주고 당신 남편은 풀려났는데, 항일연군이 당신을 붙잡아두고 나흘 뒤에 보냈다고 하는 데 무엇 때문이었나?

답: 남편이 돌아가서 일본군을 데리고 토벌하러 올까 봐 나를 나흘 동안 더 붙잡아 두었던 것이다. 그 후 항일연군은 남호두를 떠났는데, 바로 나를 놓아주었다. 떠날 때는 맛있는 음식도 해주고 또 수고했다면서 여대원 한 사람을 시켜 나를 산 아래까지 데려다주었다.

문: 그 나흘 동안 진짜로 아무 일도 없었나?

답: 이상한 이야기는 문화대혁명 때 혁명위원회 사람들과 홍위병들이 멋대로 지어낸 것이다.

문: 그런데 왜 영안에서는 지금도 그때 남편과 함께 사형당하지 않고 풀려난 것은 당신이 김일성의 아이를 낳았기 때문이라고 하는가?

답: 내 남편이 첩자 노릇을 했지만 일가친척은 모두 항일연군에 참가했다. 내 오빠는 남호두 항일구국회 회장이었고, 여동생은 열네 살 때 남호두 구국군 여단장 우 사령(于明辰, 우학당)에게 시집갔다.

문: 왜 우 사령과 우 여단장을 동시에 부르나? 우 사령은 그 사람 이름인가?

답: 그때 사람들 모두가 그렇게 불렀다. 우 사령이라고도 부르고 우 여단장이라고도 불렀다. 본명은 우학당인데, 그의 아버지가 화룡에서 조선 여자와 결혼했다. 그 여자가 우명진이라는 조선 이름을 지어주었다고 한다. 내 남편이 자위단 단장이 되기 전에 영안현 경무과에서 일했던 적이 있다. 그때 우 사령이 토벌대와 싸우다가 죽자 토벌대는 그의 머리만 잘라서 가져가고 시체는 산에 내던졌는데, 내가 이 사실을 남편에게 듣고 몰래 항일구국회에 알려주었다. 우 여단장은 평소에 자기 이름을 새긴 금패를 목에 달고 다녔는데, 남호두 백성들이 그가 일본군과 싸우고 남호두를 지켜주었기 때문에 돈을 모아서 진짜 금을 사서 만들어주었던 것이다. 그런데 그 금패에 피가 묻은 데다 일본 사람들은 그 패쪽이 진짜 금인 줄 몰랐기 때문에 시체와 함께 던져 버렸던 것이다. 항일구국회에서 내 말을 듣고 몰래 산에 가서 우 사령 시체와 그 패쪽도 함께 찾아와서 합장했다.

문: 1947년도에 하마터면 총살당할 뻔했을 때, 이런 사실을 정부에 모두 다 말했나?

답: 말했다. 그래서 남편만 총살하고 나는 항일을 위하여 좋은 일을 한 적이 있어 그것으로 죄를 감면받을 수 있다면서 놓아주었다. 그러나 문화대혁명 때 40여 차례나 끌려 나가 조리돌림을 당했다.

문: 당신도 항일을 위해 좋은 일을 한 적이 있다고 말하지 않았는가?

답: 아이고, 항일여군 간부 한 사람까지도 나와 함께 조리돌림을 당했다. 홍위병들이

우리 두 사람 옷을 몽땅 벗겨서 옥수수 밭으로 들어가게 한 뒤 자기들이 보는 데서 관계해 보라며 윽박지르고 말을 들으면 놓아주겠다고 하더라. 그래서 내가 그 항일연군 간부한테 '빨리 관계하자.'고 재촉했더니, 그 간부가 내 뺨을 때리면서 '죽으면 죽었지 이런 모욕적인 행동은 하지 못 한다.'고 확실하게 의사를 밝혔다. 그러자 홍위병들이 나만 놓아주고 그 간부를 땅에 엎어놓고 죽어라고 발로 밟아댔다. 나에 대한 나쁜 소문은 모두 그때 그렇게 제멋대로 만들어져 나왔다. 내가 산속에서 누구랑 살았고 또 누구 아이를 낳았다는 것은 모조리 날조다.[91]

4. 위증민과 주보중의 상봉

드디어 1936년 2월 5일이 밝았다.

역사적인 남호두회의가 열리기 이틀 전인 2월 3일, 장중화의 안내로 남호두에 도착한 위증민은 지금 같았으면 하루면 와 닿을 거리를 3개월이라는 긴 시간을 들여서야 가까스로 도착할 수 있었다. 위증민은 장중화가 데리러 오기 전까지 길동특위 연락원 전중초가 마련한 목릉현 깊은 산속에서 갖은 고초를 겪었다. 심한 위장병으로 음식을 제대로 먹을 수 없었던 데다가 추위까지 겹쳤던 탓에 남호두에 도착했을 때는 곁에서 사람이 부축하지 않으면 혼자 바로 서 있기조차 어려울 지경으로 건강이 악화돼 있었다.

그는 5군 군부에 도착하여 주보중의 막사에서 하루 쉬고는 바로 김성주부터 찾았다. 이때 막사에는 유한흥, 진한장, 장중화, 관서범 등 중국인 간부들이 모두

---

91 상동.

도착하여 있었다. 주보중이 바로 사람을 보내어 김성주를 부르려 하자 위증민은 마음을 바꾸었다.

"아닙니다. 그 동무한테는 제가 직접 가보겠습니다."

위증민은 기어코 자리를 차고 일어섰다.

위증민의 건강이 몹시 나빠졌다는 소식을 들은 주보중은 그동안 임춘추에게 미리 보약을 만들어두게 해 위증민이 오자 바로 대접했다.

"하루쯤 더 쉬고 회의 때 만나도 되지 않겠소?"

주보중이 권했으나 위증민은 머리를 저었다.

"주보중 동지의 보약 덕분에 두 다리에 힘이 생깁니다. 얼마든지 걸어갈 수 있습니다. 제가 회의 전에 김일성 동무를 꼭 만나야 하는 이유가 있습니다."

간밤에 위증민과 함께 보냈던 주보중은 이미 그와 많은 이야기를 나누었다. 특히 위증민이 털어놓았던 비밀 하나가 주보중을 몹시 놀라게 했다. 주보중이 그동안 북호두에서 왕덕태, 이학충과 만나 2군과 5군 재편성 문제를 의논하면서 2군에서 새로 3사를 내오고 사장에는 자신이 직접 김성주를 추천했다는 말을 꺼냈을 때 나온 말이었다.

"그러잖아도 민생단 문제로 김 동무한테 정말 미안한 마음이 적지 않았습니다."

위증민은 이렇게 말하면서 긴 한숨을 내쉬기까지 했다.

"제 불찰로 하마터면 이렇게 좋은 동무를 해칠 뻔하지 않았겠습니까."

"그게 무슨 소리입니까?"

주보중은 민생단 문제를 바로잡기 위해 위증민이 좋은 일을 많이 한 것을 모르지 않았으나 위증민 역시 초기에는 민생단으로 의심하던 조선인 간부들을 석

지 않게 처형했던 것이다. 대흥왜회의와 요영구회의 기간에 중국공산당 왕청현 위원회 서기 송일을 처형한 것은 바로 위증민이 직접 결정한 일이었다. 위증민은 주보중에게 털어놓았다.

"송일이 살아 있을 때 왕중산이 김일성 동무를 처형해야 한다고 여러 번 주장했는데, 내가 송일 동무한테 직접 의견을 물어보았습니다. 그때 송일 동무도 동의하더군요."

위증민은 여기까지만 말했다.

그러나 주보중은 그 다음 일은 더 듣지 않아도 짐작할 수 있었다. 하마터면 체포되어 처형까지 당할 뻔했던 김성주가 간신히 탈출하여 자신에게 피신하러 왔던 일이 머릿속에 떠올랐기 때문이다.

'아, 그때 김일성을 체포하라고 명령한 사람이 바로 위증민이었지.'

주보중이 속으로 되뇌고 있을 때 위증민은 하던 말을 계속했다.

"강생 동지도 오평 동지도 항일민족통일전선을 더욱 실질적으로 구체화하려면 우리 혁명군 내의 조선인 대원들을 단독으로 집중시켜 그들에게 조선 혁명을 위한 자치 권한을 부여해야 한다고 지시했습니다. 그들로 하여금 자체 혁명군을 조직할 수 있게 허락하되 조건은 반드시 항일연군에 참가하여 중한 연합군을 만드는 것입니다. 생각해 보십시오. 주보중 동지는 우리 항일연군에서 이 일을 가장 잘 이해하고 실행할 수 있는 조선 동무가 누구라고 생각하십니까?"

주보중은 머리를 천천히 끄덕였다.

"이 문제는 이제 요하(堯河) 쪽에도 사람을 보내 제가 최석천(崔石泉, 최용건) 동무와도 직접 만나 의논해 보겠습니다."

위증민은 역시 20대 젊은이답게 격정이 끓어 넘쳤다.

"코민테른에서도 이미 결정 내린 방침이니 일단 저희 동만과 2군에서 먼저 실행해보겠습니다."

이렇게 되어 위증민은 남호두회의를 하루 앞두고 먼저 김성주와 만났다.

그동안 주보중에게 부탁받고 회의 장소로 쓸 귀틀집까지 마련해놓고 위증민과 만날 시간을 눈 빠지게 기다렸던 김성주로서는 위증민이 불쑥 그의 숙영지까지 직접 찾아올 줄은 미처 생각지도 못했다. 김성주는 회고록에서 이렇게까지 고백한다.

"위증민과의 상봉은 나의 추억 속에 일생동안 지워지지 않고 남아 있는 인상 깊은 사변들 중의 하나이다."

그만큼 김성주 본인은 그 이후로 위증민과의 우정을 죽을 때까지도 마음속에 소중하게 간직하였음을 알 수 있다. 심지어 북한에서는 지금까지도 위증민을 '수령님 부대의 정치위원'이라고 칭송하여 마지않는다. 위증민과 만났을 때 그의 이야기를 들으며 김성주는 눈 주위가 젖어들었다고 고백하기도 한다.

"김일성 동무. 코민테른에서는 이번에 조선공산주의자들이 조선혁명을 직접 책임지고 수행하는 것이 그 누구에게도 양보할 수 없는 신성한 권리라는 것을 인정하고 그것을 지지하기로 결정을 내렸습니다. 앞으로 중국공산주의자들은 중국혁명을 하고 조선공산주의자들은 조선혁명을 맡아하도록 책임을 서로 분담할 데 대하여 명백한 결론을 주었단 말입니다."

이런 이야기는 김성주에게는 엄청난 사건이 아닐 수 없었다. 과거에는 이런 일을 꿈꿀 수조차 없는, 누구라도 문제 삼고 추궁하기에 따라서는 어마어마하게 무서운 처벌을 받을 수 있었기 때문이다.

"세상에 어떻게 이런 일이 다 있을 수 있단 말입니까!"

김성주는 자기도 모르는 사이에 위증민의 팔까지 덥석 부여잡고 부르짖었다. 참으로 믿으려야 믿기 어렵고, 믿지 않으려야 믿지 않을 수도 없었다. 손을 내밀어보니 바로 자기 눈앞에 위증민이 직접 와서 앉아 있었기 때문이다.

"제가 이 말씀을 믿어도 됩니까?"

"강생 동지와 오평 동지도 모두 동의하셨고, 중국공산당 중앙에서 파견나와 이번 대회에 참가했던 동무들도 만장일치로 통과시킨 코민테른의 방침입니다. 믿으십시오. 이제부터 조선공산주의자들이 조선혁명을 직접 책임지고 수행하는 것은 그 누구에게도 양보할 수 없는 신성한 권리라는 것을 코민테른이 인정하고 우리 당에서도 적극적으로 지지하고 협조해야 한다고 결정내렸습니다. 이는 이제부터 우리 만주의 중국공산당 조직 전체가 준수하고 집행할 항일혁명 방침이기도 합니다. 다시는 조선 동무들이 의심받고 배척당하고 구박받는 그런 깨치지 못한 미개한 일들이 반복되는 일은 없을 것입니다."

위증민의 말을 들으며 김성주는 눈물을 닦았다.

"고맙습니다. 위증민 동지."

김성주는 연신 위증민의 손을 잡고 흔들었다.

역시 김성주에게 미안한 마음이 없지 않았던 위증민도 이때 그의 손을 잡고 함께 흔들며 진심으로 용서를 구했다.

"김일성 동무. 우리가 나이도 서로 비슷한 것 같은데 앞으로 사석에서는 그냥 편안하게 '라오웨이(老魏)'[92]라고 불러주오. 나도 김일성 동무와는 친한 친구로 지내고 싶소. 그러니 나를 포함하여 과거 우리가 조선 동무들에게 잘못했던 일들을 모두 다 잊고 너그럽게 용서해주기를 바라오."

"라오웨이, 공산주의자들도 인간인데 왜 실책을 범할 때가 없겠습니까."

위증민의 요청을 받아들인 김성주는 이때부터 사석에서는 위증민을 '라오웨이'로 부르기 시작했다. 항일연군 생존자들 가운데 위증민과 가장 긴 시간을 함께 보냈던 여영준[93]도 조선인 간부 중 위증민과 서로 '라오웨이'니 '라오쩐'이니 하며 불렀던 사람은 김성주밖에 보지 못했다고 한다.

2군의 왕덕태나 이학충도 위증민을 '위 서기'나 '위증민 동지'라고 지극히 공식적인 호칭으로 불렀을 따름이다. 이는 언제나 단정하고 단 한 번도 부하들이 보는 앞에서 헝클어진 자세를 보인 적 없는 위증민이 유독 김성주에게만 허락한 특혜였는지도 모른다.

이는 또한 원정부대와 함께 영안 지방에 나왔던 김성주가 5군과 함께 연합부대를 이루어 액목과 돈화 지방을 개척하는 전투에서 굉장히 잘 싸웠던 것과도 연관이 있다.

그러잖아도 소련으로 떠나기 전부터 원정부대를 파견하는 일에 직접 관여했던 위증민은 소련에서 회의를 마치고 목릉으로 국경을 넘어 들어오면서 그동안

---

92 라오웨이(老魏)는 위증민을 지칭한다. 김일성 회고록 『세기와 더불어』에서는 '라오웨이'가 아닌 '로위'로 쓰여 있으며, 김일성을 지칭하는 라오쩐(老金)은 '로진'으로, 종자운은 '샤오쭝'이 아닌 '쑈중'으로 쓰여 있다. 당시 통용되던 발음으로 보인다.

93 여영준은 항일연군에서 활동하는 동안 위증민 통신원으로도 5년 남짓 복무했다. 1961년 10월 18일 여영준은 중국 길림성 정부에서 조직한 '위증민유해답사대'를 인솔하고 오늘의 길림성 화전시 쟈피거우진(樺甸市 夾皮溝鎭) 동북 12여 리에 있는 황니허령 영웅봉(黃泥河嶺 英雄峰) 서쪽 기슭의 소이도하(小二道河)에서 위증민의 희생지와 그의 유해를 찾아냈다.

2군 원정부대가 영안 지방에서 제구실을 했을지 여간 걱정이 아니었다. 연락원 전충초가 자기도 길에서 조금 얻어들은 소리라면서 말했다.

"고려홍군이 액목과 돈화 지방을 모조리 들었다 놓았다고 합니다. 일본군들도 고려홍군을 만날까 봐 여간 무서워하지 않는다고 합니다."

처음 이 말을 들었을 때 위증민은 반신반의했다. 고려홍군이란 두말할 것 없이 바로 동만에서 나온 원정부대를 두고 하는 말이었다. 물론 5군에도 조선인 대원들이 적지 않지만 동만의 2군만큼은 되지 않았던 것이다. 장중화를 만났을 때 모든 것이 확인되었다.

"그게 바로 김일성 동무의 부대를 부르는 말입니다."

장중화는 그동안 김성주가 이형박 등과 함께 2, 5군 연합부대로 액목과 돈화 지방의 수많은 전투에서 이긴 일을 아주 자세히 들려주었다.

"혹시 아십니까? 방진성 연대장과 김일성 동무 사이에서 있었던 일 말입니다."

방진성이 김성주를 무척 싫어하는 것은 동만에서부터 이미 알고 있었지만, 두 사람 사이가 버성기다 못해 노야령을 넘어설 때는 서로 부대를 갈라 제각기 넘어왔다는 사실을 그제야 알게 된 위증민은 몹시 분노했다. 그런데 주보중에게 더 자세한 내막을 들었을 때, 위증민은 방진성에 대한 분노보다는 오히려 김성주에게 탄복하지 않을 수 없었다.

"주보중 동지가 김일성 동무에게는 설사 한 사단을 맡겨도 전혀 과하지 않을 거라고 말씀하시더군요. 방진성과 싸우지 않고 그토록 큰 수모도 참아내면서 큰 국면을 지켜준 동무한테 내가 진심으로 고마움을 표시하오. 이제 다시는 그런 일이 결코 발생하지 않으리라는 것을 내가 보증하겠소."

위증민은 방진성에게 배척당하고 하마터면 빈털터리가 되어 혼자 노야령을 넘을 뻔했던 김성주에게 선뜻 한 중대 병력을 보태주었던 후국충과 왕윤성에게도 고마운 마음이 이만저만 아니었다.

"우리 중국인 가운데 심술돼지 같은 방진성도 있지만, 후국충과 왕윤성같이 인품 좋은 사람들도 있잖소. 그러니 어떻게 하겠습니까. 우리가 함께 방진성을 용서합시다."

김성주는 오랜만에 소리까지 내가면서 웃었다.

"아, 그렇고 말고요."

갑자기 방진성에 대한 미움도 다 가시는 듯했다. 그동안 그렇게 많이 받았던 설움도 슬픔도 이때 위증민과 만나면서 언제 그런 일이 있었던가 싶게 모두 다 용서되었다.

5. 남호두회의

회의를 하루 앞두고 김성주와 만났던 위증민은 다음날 회의 때도 김성주를 특별히 지목하여 주보중 곁에 앉게 했다. 눈치가 빠른 유한흥이 제꺽 일어나 자기 자리를 김성주에게 양보했다.

"이미 주보중 동지와 먼저 만나서 이야기를 좀 나누었습니다. 특별히 오늘 회의에서는 김일성 동무를 비롯한 여러 조선 동무가 각별히 관심을 가지고 들어야 할 코민테른의 몇 가지 새로운 방침도 함께 토의하게 됩니다. 어쩌면 이 회의는 다른 누구보다도 조선 동무들에게 더 의미 깊은 회의가 될 수 있을 것입니다."

위증민은 김성주보다 훨씬 직위가 높은 이형박과 진한장, 장중화와 강진영(5

군 제1사 부사장 겸 1연대 연대장) 같은 사람들에게 양해라도 구하듯 이렇게 말하면서 조선인 간부들에게 각별히 호의를 베풀었다. 김성주는 이 회의에 자기뿐만 아니라 김산호, 한흥권, 최춘국, 전만송, 최인준, 박태화, 김려중, 임춘추, 전창철 등 조선인 소대장 이상 중대장 또는 중대 지도원급 간부 3, 40여 명도 모두 참가했다고 주장한다. 하지만 정작 중국 자료에서는 김성주 한 사람 외에 조선인 간부 이름은 전혀 보이지 않는다.

조선인 대원보다 중국인 대원이 더 많았던 3연대 3중대를 이끌고 남호두 지방에서 활동하던 최인준은 회의 도중 누구보다 먼저, 그리고 많은 질문을 들이댔다.

"우리 혁명군을 민족별로 구분한다면, 조선인은 여기 영안 지방에서 모두 골라서 한데 모아봐야 한 중대 정도일 텐데, 그걸로 어떻게 이름을 내걸고 항일연군에 참가하여 수천 명씩 되는 다른 반일군들과 협동작전을 벌일 수 있겠습니까?"

이에 대해 김성주는 거의 아무 대답도 내놓지 못했다.

일단 중국공산당 내부 조직에 목맸던 조선인 출신 대원들이 이제부터 하나의 독립 민족으로 인정받았을 뿐만 아니라 더 나아가 얼마든지 자기 민족 이름으로 군사 조직을 만들 수 있다는 것 자체에 무척 감동했으나 정작 지금까지 지냈던 부대 내부 편제에서 따로 갈라져 나와야 한다는 문제에서는 감동보다 두려움이 앞섰던 것이다.

위증민과 만나고 난 다음 주보중과 거의 밤을 새워 이야기했던 김성주는 이때 깊은 고민에 빠져 있었다.

"어쩌면 이번에야말로 조선 동무들이 지난날 민생단으로 의심받으면서 구박과 수모를 당했던 일을 철저하게 벗어날 좋은 기회가 되지 않겠소?"

주보중은 이렇게 말하면서 김성주가 이번 기회를 결코 쉽게 놓치지 말고 잘 틀어쥘 것을 진심으로 바랐다. 위증민과 만나 처음 소식을 들었을 때와는 달리 이때는 오히려 착잡하고 심경이 복잡해진 김성주 얼굴을 바라보면서 주보중은 묵묵히 그의 대답을 기다렸다.

"처음에는 정말 기뻤는데, 지금은 왠지 점점 마음이 복잡해집니다."

김성주는 주보중에게 요청했다.

"주보중 동지께서는 이 문제를 어떻게 생각하십니까? 저는 동지의 의견을 듣고 싶습니다."

"허허, 천하의 김일성이 왜 그러시오?"

"제가 어렸을 때 제 아버지 친구들이 조선혁명의 유일정당으로 조선혁명당을 창립하고 이 당이 지도하는 조선혁명군을 만든 적이 있습니다. 그러나 이 군대도 만주에서 자신의 힘만으로는 독립적인 항일운동을 벌여 나가기에 역부족이었습니다. 물론 한때 통화 지방에서 당취오의 민중자위군과 합작하여 연합작전을 벌인 적도 있었으나 결국 모두 실패하고 말았습니다."

주보중은 머리를 끄덕였다.

"혹시 그 전철을 밟지나 않을까 걱정이구먼."

"솔직히 그렇습니다."

김성주가 진심으로 고백하자 주보중도 문득 옛날이야기를 꺼냈다.

"동무가 처음 영안에 왔을 때 일이 생각나오? 동무를 데리고 왔던 우 사령 말이오."

주보중이 느닷없이 우 사령 이야기를 꺼내자 김성주는 어리둥절했다.

"참, 우 사령은 그동안 어찌 되었나요?"

"돌아가신 지 벌써 이태째 지나고 있소."

주보중은 한참 우 사령 이야기를 들려주었다.

"사실 우리가 지금 있는 이 경박 호반은 과거에 우 사령의 본거지나 다름없었소. 동무가 그때 왕청으로 간 다음 우 사령은 구국군 제8여단으로 편성되었고 여단 사령부도 여기서 그다지 멀지 않은 곳에 있었소. 그런데 그가 죽고 나서 지금 그의 부대는 흔적조차 없이 사라져버렸소. 생각해보면 이보다 더 불행한 일이 어디 있겠소. 동무는 우 사령과 그의 부대 운명이 왜 이렇게 되었다고 보오?"

이렇게 질문한 주보중은 김성주가 한참 대답이 없자 하던 말을 이어나갔다.

"김일성 동무도 적지 않게 경험했겠지만 혼자는 언제나 외롭고 힘든 법이오."

"주 동지의 말씀이 무슨 뜻인지 알겠습니다."

"그러면 좀 더 자세히 우 사령이 실패하게 된 이유에 대해 동무의 생각을 이야기해 보시오."

"우 사령은 안도에서 구국군을 설립하고 사령 노릇을 하고 지냈지만 혼자 존재할 수 없으며 결코 오래 버틸 수도 없다는 걸 금방 알게 된 것이지요. 그래서 당취오에게도 또 왕덕림에게도 사람을 보내 그들의 구국군에 합류하고 편성되기를 바랐습니다. 당취오는 너무 일찍 패퇴해 왕덕림 구국군으로 편성되었지만, 결과적으로 구국군 자체가 패퇴하니 우 사령 부대도 함께 사라져버린 것이 아닙니까."

"그렇다면 동무는 구국군 패퇴의 원인이 무엇이라고 생각하오?"

"그들이 국민당의 영도를 받았기 때문 아닙니까?"

"국민당이 만주에서의 항일투쟁을 소극적으로 한 것도 이유겠지만, 전체적으로 강력한 정당이 뒤를 받쳐주지 않는 독립적인 군사조직은 일시적인 전투는 한두 차례 승리할 수 있을지 몰라도 머리부터 발톱까지 무장한 침략국가를 상대로 벌이는 전쟁에서는 결코 이길 수 없음을 말해주는 것이오. 이에 비해 우리 항일혁명군은 지금 폭풍처럼 성장하는 중이오. 총도 탄약도 아무것도 없던 유격대 시절과 달리 지금은 만주 전역에서 정규 무력을 형성했고, 이제부터는 대부대 작전까지도 넉넉하게 수행할 수 있는 세력을 한창 갖춰가는 중이오."

김성주는 주보중의 말에 깊이 공감했다.

"그런데 왜 코민테른에서는 하필이면 이런 때에 우리 조선 동무들만 따로 갈라내 단독 명칭의 조선민족 부대를 조직하라고 하는 겁니까?"

이에 대해 주보중도 조심스럽게 자기 생각을 말했다.

"나 혼자만의 섣부른 판단인지는 모르겠지만, 항일민족통일전선을 구축하기 위한 일종의 좋은 예를 만들어보려는 것 같소. 항일이라는 대의명분을 기치로 세우고, 여기에 일제를 반대하는 모든 무장 세력이 다 함께 참가하는 걸 독려하기 위해서라고 생각하오. 따라서 조선인뿐만 아니라 만주 경내에 사는 몽골인 등 다른 민족들까지도 모두 자기 민족 이름의 군대를 편성해 함께 항일연군에 참가하게 하려는 것으로 보오. 그러나 나는 우리 대오 내의 조선 동무들에 대해서만큼은 결코 이런 형식적인 준거(遵據)를 도입하는 것에 동의하지 않소. 왜냐하면 조선 동무들은 벌써 유격대 초창기 시절부터 우리와 함께 해왔기 때문이고, 조선 동무 대부분이 근거지에서 아동단과 소년선봉대 그리고 공청단을 거쳐 이미 우리 중국공산당의 일원이 되어 있기 때문이오."

이런 말을 듣고 돌아온 김성주는 잠을 이룰 수가 없었다.

새벽녘에는 한흥권과 최춘국 외에도 김려중, 전창철까지 모두 김성주의 막사로 몰려들었다. 김성주는 그들과 함께 이 문제를 의논했다. 코민테른에서도 이미 지지하는 일이고, 위증민이 먼저 조선인들만 갈라내서 조선민족 단독 부대를 조직하는 문제를 한 번 검토해 보자고 말을 꺼냈으니 이참에 중국인들과 갈라서지 않으면 또 언제 때가 오겠느냐며 잔뜩 흥분한 한흥권이 팔까지 걷어붙였다.

"그러면 우리 당원은 중국공산당에서 탈당하게 됩니까? 아니면 당 조직 생활만큼은 계속 중국 동무들과 함께 하는 것입니까?"

침착한 최춘국이 당 조직 정치지도원답게 이 문제부터 짚었다.

"주보중 동지 말씀을 들어보면, 조선인만으로 조선민족 이름을 단 부대를 만드는 것은 항일연군이라는 대의명분을 더욱 충실하게 하려는 일종의 형식에 불과하오."

김성주가 설명해주자 한흥권이 펄쩍 뛰었다.

"아니 그러면 형식적으로만 독립적인 항일부대고 내적으로는 여전히 공산당의 지도를 받는 겁니까? 또 '되놈' 아이들이 우리를 자기들 마음대로 얼마든지 조종할 수 있다는 소리가 아니오."

김려중도 한흥권 못지않게 흥분했다. 그나마 2군에서 비교적 중국인이 많은 훈춘 4연대 출신인 김려중은 조선민족 이름을 사용하는 독립적인 군사조직을 발족시키는 데 두말할 것 없이 찬성했다.

"한 동무, 걱정할 것 없소. 처음 시작했을 때는 계속 우리 조선 사람들을 괄시하던 습관이 있어서 이러쿵저러쿵 간섭하려 들겠지만, 좀 시간이 지나고 나면 상황은 달라질 것이오. 우리가 점점 세력이 커지고 전투마다 멋들어지게 이겨보오. 그때야말로 거꾸로 되놈 아이들 쪽에서 먼저 우리한테 굽실거리고 다가들지도 모른단 말이오."

김려중이 이처럼 배포 크게 말하자 모두 웃음바다가 되었다. 그러나 최춘국은 한흥권이나 김려중에 비해 좀 더 깊게 생각하고 만약 그렇게 되었을 경우 발생할 몇 가지 문제를 말했다.

"그냥 부대 이름만 바꾸고 당 조직 생활을 계속 중국 동지들과 함께한다면 이는 여전히 중국공산당 부대에 불과합니다. 그런데 지방 당 조직의 도움이 필요할 때, 만약 그들이 우리를 중국과 상관없는 조선인 단독 부대라고 해버리면 우리는 상상할 수 없는 많은 피해와 손실을 볼 듯한데, 이런 문제는 어떻게 해결할수 있을까요?"

"일단 부대라도 먼저 우리 조선민족 이름을 달고, 나중에 조선혁명을 지도할 혁명정당을 만들어 부대가 이 정당의 영도를 받으면 되지 않겠소."

"정당을 만들려면 이를 받쳐주는 국민이 있어야 하는데."

최춘국은 김성주를 쳐다보았다.

논쟁에 귀를 기울인 채 자기 견해를 말하지 않는 김성주의 생각이 무척 궁금했다. 그러나 김성주 본인도 곤혹스럽기가 최춘국보다 더하면 더했지 결코 덜하지 않았다.

"김 정위. 한 번 속 시원하게 생각을 말씀해주시오."

나중에 김려중까지 김성주에게 재촉했다.

"좋습니다. 나는 일장일단이 있다고 생각합니다."

김성주는 비로소 자기 생각을 말했다.

"비록 중국인들과 함께 공산당 부대에서 싸우고 있지만, 우리 조선민족 이름으로 된 군대를 조직하고 싶은 것은 나뿐만 아니라 많은 선배 혁명가의 꿈이기도 했습니다. 그런데 지금 이 꿈을 실현할 기회가 온 것입니다."

한흥권이 참지 못하고 끼어들었다.

"그러니까 이 얼마나 좋으냐 말입니다. 결코 이번 기회를 놓쳐서는 안 됩니다."

김성주는 한흥권의 주장에 동의한다는 표시로 머리를 끄덕여보이고는 하던 말을 마저 해나갔다.

"그러나 따지고 보면 코민테른과 중국공산당이 우리 조선인들에게 자체 명칭의 부대를 허락하는 것은 형식에 불과합니다. 전제 조건은 반드시 항일연군이라는 대의명분을 준수하는 것이니, 모든 군사 활동에서 중국공산당 조직의 제약을 받지 않을 수 없습니다. 그러니 우리가 새로 갖게 될 우리 민족 이름의 부대 역시 결과적으로는 여전히 형식적인 것에 지나지 않습니다."

"그렇다면 김 정위의 최종적인 견해는 무엇인가요?"

"명분과 실익 가운데서 나는 실익을 추구하려 합니다."

"그러면 김 정위의 견해는 계속 되놈 아이들과 공산당 부대로 남는 것이 더 유리하다는 뜻인가요?"

"그렇습니다."

곧이어 김성주는 한흥권과 김려중을 설복했다.

"물론 앞으로 우리가 조선으로 돌아가 전투하게 된다면, 중국공산당 부대보다는 우리 민족 자체 이름을 가진 부대가 우리 조선 백성들에게 더 환영받을 것입니다. 그러나 현재로서는 언제 조선으로 돌아갈지 막연한 데다 여전히 이 만주 바닥에서 전투해야 하는 상황이기 때문에 만주의 중국인들에게 도움을 받자면 계속 중국인들과 함께 공산당 부대로 활동하는 것이 훨씬 더 도움이 될 것으로 봅니다."

여기까지 듣고 나서 김려중이 먼저 찬동했다.

"옳거니, 지금 같은 상황에서는 여전히 중국인들의 도움이 필요한 것도 사실이니까 일단 이용하고 보자 이 말씀이지요?"

김성주는 무겁게 머리를 끄덕였다.

"내가 정치위원으로서 이렇게 말하는 것은 옳지 않은 줄 압니다만, 솔직히 지금 살아 있는 동무들 가운데 그동안 나만큼이나 중국인들한테 의심받고 구박당한 사람은 아마 드물 것입니다. 마음 같아서는 나 역시 당장이라도 중국공산당에서 탈당하고 우리 조선 동무들하고만 따로 갈라져 나오고 싶습니다. 그러나 그렇게 했을 때 우리가 과연 얼마만큼 버텨낼 수 있을지 의문이 아닐 수 없습니다. 그래서 나는 오늘 회의에서 위증민 동지가 이 문제를 제기한다면, 분가(分家)에 대해 일단 반대 의견을 내려고 합니다. 동무들이 이해하여 주시기 바랍니다."

6. 조선민족혁명군 문제

이렇게 되어 김성주는 일단 최인준만 제외하고, 김려중이나 한홍권처럼 자기와 함께 노야령을 넘어왔던 사람들과 따로 만나 이미 의견을 통일했다.

그래서 최인준이 조선인 대원들만 따로 갈라내 부대를 조직할 수 있다는 코민테른의 방침에 반대 의견을 내놓았을 때, 김성주를 비롯해 회의에 참가하여 방청했던 다른 조선인 간부들까지 모두 이견이 없는 것을 본 위증민은 내심 의아해했다.

'어제까지도 그렇게 흥분했는데, 지금 잠잠한 것을 보니 밤새 생각이 많았던 모양이구나.'

위증민은 의미 있는 눈빛으로 주보중과 마주보다가 말했다.

"최인준 동무 외에 다른 동무들은 말씀을 안 하는군요. 모두 김일성 동무의 의견을 기다리는 것 같소."

위증민은 김성주에게 얼굴을 돌렸다.

"나두 김일성 동무의 의견을 한 번 늘어보고 싶소."

그러나 위증민의 요청에도 불구하고 김성주는 자기 의견을 밝히기가 쉽지 않았다. 김성주는 회고록에서 아래처럼 의견을 개진했다고 주장한다.

"우리는 공산주의자들이기 때문에 모든 문제를 혁명의 원칙과 계급적 이익의 견지에서 고찰하여야 합니다. 조선 공산주의자들이 자기 나라 혁명에 대하여 말하는 것은 결코 어떤 협애한 민족적 이익만을 추구해서가 절대로 아닙니다. 우리는 혁명의 민족적 이익은 언제나 국제적 이익과 결합되어야 한다고 생각하며, 또 민족적 이익과 배치되는 그 어떤 국제적 이익도 있을 수 없다고 봅니다. 그렇게 놓고 볼 때 조중항일부대 그것도 벌써 몇 해째 한 전호 속에서 싸우고 있는 통일적인 무장부대를 그대로 존속시키는 것이 혁명에 더 유리하겠는가 아니면 민족별로 가르는 것이 더 유리하겠는가 하는 것을 나로서는 심사숙고해보지 않을 수 없습니다. 항일무장부대를 민족별로 가르는 것은 조선 공산주의자들을 존중해서 제기하는 것이라고 볼 수 있는데 우리는 결코 문제를 형식적으로 고찰하지 않습니다. 그리고 사실상 우리는 중국 공산주의자들과 함께 싸우면서도 내용적으로는 조선인민혁명군으로 활동하고 있습니다. 그런 조건하에서는 형식적인 분리를 할 필요가 없다고 생각합니다."

이 말이 진심이었든, 아니면 실리를 위해 포장한 것이었든 간에 이런 말을 들었을 때 위증민뿐만 아니라 좌중의 모든 중국인은 공산주의자다운 태도라고 여기지 않을 수 없었을 것이다.

'우리가 그동안 참으로 김일성에게 너무했구나. 그는 진정으로 우리 중국공산당에 충성하는 사람이다.'

중국인들은 모두 이렇게 되뇌었을 것임이 틀림없다. 더구나 주보중이나 유한흥 같은 사람이 줄곧 김성주를 좋게 보아왔고, 그가 민생단으로 몰릴 때 언제나 나서서 그를 비호해준 사람들이니 더욱 그러했을 것이다.

이때 유한흥이 생각밖으로 위증민에게 따지고 들었다.

"위 서기동지. 확실하게 대답해 주십시오. 만주 항일부대에서 조선 동무들만 갈라내 조선인 부대를 따로 만들라는 것은 코민테른에서 내린 결정입니까? 아니면 이런 의향과 가능성에 대해 한 번 시험해보라는 것입니까?"

"항일민족통일전선이라는 대의명분은 코민테른의 결정입니다. 그리고 항일연군 건설 지시 역시 코민테른의 결정입니다. 만주 각지의 항일부대들이 각자 자기 부대 명칭을 그대로 보존한 채 항일연군에 참가할 수 있도록 우리 공산당이 앞장서서 추진해 나가야 합니다. 그동안 줄곧 우리 중국공산당과 함께 해왔던 조선 동무들을 한데 모아 조선민족 명칭을 단 부대로 편성하고 그들이 앞장서서 항일연군에 참가하게 만드는 방법으로 항일민족통일전선을 구체화시키자는 것입니다."

이렇게 대답하는 위증민의 심정도 애매하기는 마찬가지였다.

유한흥과 비슷한 질문을 이미 주보중에게서도 받았기 때문이다. 또한 2군의 군급 간부로는 유일하게 이 회의에 참석한 유한흥이 나서서 이처럼 껄끄러운 질문을 바로 들이대는 것 역시 결코 유한흥 혼자만의 생각이 아닐 것이라는 추측을 하게 만들었다.

"오평 동지나 강생 동지 모두 동의하고 찬성한 일입니다."

위증민이 이렇게 오평과 강생 이름까지 들먹였으나 유한흥은 물러서려 하지 않고 다시 물었다.

"위 서기동지. 그분들이 동의하고 찬성한 것은 이해하겠는데, 지금 제가 묻는 것은 그게 아닙니다. 항일민족통일전선 사업을 구체화하기 위하여 우리 혁명군 부대 안에서 조선 동무들부터 먼저 뽑아내 조선인 부대를 편성해야 한다는 그런 결정까지도 코민테른에서 직접 내렸느냐는 것을 물어보는 것입니다."

"아, 그것은 아닙니다."

위증민은 이 방안이 오평에게서 나왔음을 털어놓았다.

"어떤 방법으로 구체화하는가는 만주 현장에 있는 우리가 직접 연구하고 시험해 보고 나중에 결정내릴 사안이지요."

"그렇다면 저는 반대입니다."

유한흥은 단도직입적으로 의견을 표시했다.

"다른 군의 사정은 제가 자세히 알지 못하므로 함부로 왈가왈부할 일이 아니지만, 우리 2군에서만큼은 코민테른 방침을 이런 식으로 구체화하는 것은 현실적으로 맞지 않습니다."

그러나 유한흥은 2군 외에도 1군과 3군, 4군 상황에 대해서도 자기가 아는 만큼 예로 들어가면서 비교적 자세히 설명했다.

"서기동지께서 한 번 잘 생각해 보십시오. 우리 2군은 조선 동무들이 절대 다수를 차지합니다. 만약 조선 동무들을 다 빼내고 나면 2군은 군사 편제상 근본적으로 존재할 수 없게 됩니다. 3군이나 4, 5군 사정은 저도 잘 모르지만, 1군의 경우는 더 심각한 문제가 발생할 수 있습니다. 제가 이번에 여기로 오면서 대자지하에 들러 왕 군장과 이학충 동무를 만났습니다. 이학충 동무에게서 1군과 만나고 돌아온 이야기도 들었습니다. 1군 산하 각 부대의 주요 군사 직책에 조선 동무들이 굉장히 많다고 양정우 동지가 직접 말씀하셨다고 합니다. 1군 군 참모장도 조선 동무이고, 군 산하 각 사단과 연대들에도 주요 직책은 모두 조선 동무가 맡고 있다는데, 이런 동무들을 모두 뽑아내면 1군 역시 근간이 흔들리지 않겠습니까. 제 생각에는 양정우 동지도 이렇게 하는 것에 동의할 것 같지 않습니다."

이렇게 유한흥이 강하게 반대의견을 내놓으면서 실질적인 문제로 깊이 따지고 들어가기 시작하자 주보중 역시 자기 견해를 말하지 않을 수 없었다.

"위증민 동무. 우리 5군에도 조선 동무들이 좀 있지만, 솔직히 말씀드리면 이미 조선인과 중국인 사이의 민족 차이는 거의 없다고 보면 정확할 것 같습니다. 예를 들어, 얼마 전에 희생된 이광림 동무의 경우만 봐도 그렇습니다. 중국인들 중 그 동무를 조선인이라고 생각하는 사람은 거의 없습니다. 그 동무는 구국군들한테까지도 중국인으로 여겨졌습니다. 즉, 5군 부대 안의 조선 동무들과 중국 동무들 사이에는 민족 차이가 근본적으로 존재하지 않습니다. 그러니 갈라내 보아야 군대 역량만 약화시키는 결과를 낳을 것입니다. 그리고 시간상으로 보아도 객관적인 조건이 이런 분가를 허락하지 않습니다. 오히려 민생단사건과 같은 적들의 이간과 간계가 도발될 가능성도 배제할 수 없으며, 더 나아가서는 갈라져 나간 조선 동무들은 지금처럼 지방조직과 중국 사람들의 협조를 받을 수 없게 됩니다. 만약 이런 결과가 발생한다면, 그 후과는 상상할 수 없을 정도로 치명적일 수가 있습니다."

주보중의 의견에 위증민도 동의하지 않을 수 없었다.

유한흥이 자칫하다가는 2군 군사편제가 무너질 수 있다는 가능성을 근거로 들어 반대의견을 냈을 때까지도 위증민은 이 문제만큼은 항일투쟁의 불길이 점점 더 세차게 타오르면 중국인들의 적극적인 참군을 기대할 수 있기 때문에 얼마든지 해결 가능한 문제라고 보았다.

그러나 잘못하면 민족 간 분열이 초래될 수 있고, 또 적들에게 이간을 도발할 기회와 조건을 만들어줄 수 있다는 주보중의 말은 엄중한 경고처럼 들렸다. 만약 그렇게 된다면, 그것이야말로 또다시 민생단 유령을 불러오는 어마어마한 사고로 이어질 개연성도 존재하는 것이 사실이었다. 생각만 해도 등골까지 오싹해지는 일이었다.

"주보중 동지께서 참으로 좋은 말씀 주셨습니다."

위증민은 조금도 주저하지 않고 바로 서둘러 이 문제를 걷어들였다.

"일단 항일민족통일전선사업을 어떤 방식으로 구체화하는가는 만주 현장에서 싸우는 우리가 직접 책임지고 어떻게 실천해야 할지가 중요하니, 이 문제는 좀 더 시간을 가지고 연구해보겠습니다."

위증민이 이렇게 나오니 주보중도 그의 말을 받아주었다.

"저도 지금 당장은 결정내리지 않겠습니다. 조만간 3군과 4군 동지들과도 만날 기회가 있는데, 그때 그쪽 동무들과도 한 번 의논해보겠습니다. 지금 요하 지방에서 활동하는 최석천 동무의 경우라면 모르긴 해도 아마 두 손 들고 찬성할 것입니다. 지금 4군 4연대로 편성된 최석천 동무의 부대 명칭이 원래 '조선독립군'입니다. 나중에 구국군에서 중국인들이 대거 넘어오는 바람에 민족 간 비율에 격차가 많아져서 더는 '조선독립군'이라는 부대 명칭을 사용할 수 없게 되었습니다."

위증민은 주보중의 건의를 받아들였다.

"주보중 동지 의견대로 저도 이 문제만큼은 다시 한번 심사숙고해보겠습니다. 곧 1군과 만나러 남만으로 갈 것인데, 그때 양정우 동지와도 논의해 보고 다시 결정하겠습니다."

위증민은 말로는 이렇게 대답했으나 이때 마음속으로 이미 결심을 굳혔던 것이나 다를 바 없었다. 그로부터 불과 5개월밖에 되지 않았던 1936년 7월, 직접 2군 부대를 인솔하고 남만으로 원정했던 위증민은 오늘의 통화현(通化縣) 흥림향(興林鄉) 경내의 1군 밀영(하리회의가 열렸던 밀영)에서 양정우와 만난다. 여기서 1, 2군이 1로군을 형성하고, 동만과 남만을 합쳐 남만성위원회를 설립하는 등 만주 중국공산당 역사에서 굉장히 중요한 회의를 진행하지만, 이 회의에서 조선인 자체 부대를 설립하는 것과 관련한 문제는 거론조차 되지 않았다.

이로써 알 수 있는 것은 만주 중국공산당 계열의 항일 부대 안에서 조선인을 갈라내어 자체 부대를 만들려 했던 것은 결코 코민테른 제7차 대표대회의 방침이나 결정이 아니었다는 사실이다. 다만 항일연군 체제를 더 구체화하려 했던 오평의 제의를 위증민이 동조하고 만주에 돌아와서 관철시켜보려 했으나 이 회의에 참가했던 2군 참모장 유한흥의 강력한 반대로 무산된 것에 불과했다.

여기서 잠깐 하나 더 짚고 넘어갈 부분이 있다.

많은 자료에서 왕덕태와 이학충이 남호두회의에 참석했다고 썼다. 그러나 이는 틀린 것이다. 이미 북호두에서 주보중과 만났던 왕덕태와 이학충은 이 회의에 참가하지 않았다. 이 회의가 김성주를 비롯한 여러 조선인 출신 간부들에게는 각별한 의미가 있었고, 긴 세월을 거쳐 오면서 그 의미가 여러 가지로 확대 해석되고 있지만, 한마디로 요약한다면 위증민과 주보중의 만남이라고 해야 할 것이다.

실제로 동만과 남만, 길동 이 세 지방을 대표하여 코민테른 제7차 대표대회에 참가했던 위증민은 회의를 마치고 돌아오는 길에 주보중과 만나 이 회의 정신을 5군에 전달할 의무가 있었던 것이다. 때문에 이미 북호두에서 먼저 주보중과 만났던 왕덕태와 이학충은 대자지하의 1연대 밀영에서 위증민을 기다렸을 따름이다.

남호두회의는 하루 만에 끝났다. 오늘날 북한에서는 1936년 2월 27일부터 다음달 3월 3일까지 한 주 동안 열렸던 것으로 주장한다. 하지만, 중국 자료[94]에서는 위증민이 2월 5일 단 하루만 회의했고, 회의가 끝나자마자 위증민은 액목, 돈화 쪽으로 이동하여 2월 8일에는 이미 왕덕태, 이학충 등 2군 주요 지휘관들과 만났다고 쓰여 있다. 또한 중국의 연구자 대부분도 이 회의는 2월 5일 하루만 열렸다고 주장한다.

다음날 1936년 2월 6일 아침이었다.

간밤에 위증민과 한 막사에서 함께 지낸 유한흥이 아침 일찍 사람을 보내어 김성주를 불렀다. 주보중도 이별 인사차 5군 1사 정치부 주임 관서범과 군부 작전참모 김석봉[95]을 데리고 마침 위증민의 막사 앞에 와 있었다. 주보중과는 간밤에 이미 작별인사를 마친 상태였는데, 한창 출발 준비로 바삐 서두르던 김성주는 바로 유한흥에게 달려가서 물었다.

---

94 『東北抗聯大事記·1936年』 2월 5일, 중국공산당 동만특위서기 위증민은 소련에서 동만으로 돌아오던 길에 영안의 남호두에서 회의를 열고 주보중에게 코민테른 제7차 대표대회의 회의정신과 함께 중국공산당 코민테른 대표단으로부터 '만주 4개성 위원회와 동북항일연군을 성립할 데 관한 결정'을 전달하였다.(1936年 2月 5日, 中共東滿特委書記魏拯民在從蘇聯返回東滿途中, 在寧安南湖頭開會, 向周保中傳達共產國際"七大"精神和中共代表團關於成立于4个省委和東北抗日聯軍決定). 2월 8일, 위증민은 영안에서 액목으로 이동하여 왕덕태, 이학충과 만나 코민테른 제7차 대표대회의 회의정신과 함께 중공당 코민테른 대표단으로부터 '만주 4개성 위원회와 동북항일연군을 성립할 데 관한 결정'을 전달하였다.(2月 8日 魏拯民由寧安轉赴額穆, 會見王德泰, 李學忠傳達共產國際"七大"精神和中共代表團關於成立于4个省委和東北抗日聯軍決定.)

95 김석봉(金石峰, 1887-1970년) 항일연군 역사에서 무척 유명한 '팔녀투강(八女投江)사건' 당시 여대원들보다 먼저 우스훈하(목단강의 지류)에 뛰어들어 강을 건넌 사람으로 유명하다. 조선인으로 본명은 김상걸(金尙杰)이며 1923년에 고려공산당에 입당했다. 1929년에 중국공산당 당원이 되었고 소련에 유학하여 모스크바 동방대학에서 공부하다가 후에 중국공산당 길동성위원회에 파견되어 한때 비서처 주임까지 되었다. 1936년 8월 초 영안 유수처 주임과 항일연군 제5군 도남 유수부대(留守部隊, 남겨놓은 부대) 부주임직을 맡았다. 1938년에 길동성 도남특별위원회 위원 겸 제5군 작전참모가 되어 서북원정부대에 참가하였다. 팔녀투강사건은 바로 서정(西征, 서북원정) 기간에 일어났는데, 먼저 강을 건넌 김석봉은 부대와 헤어져 오늘의 흑룡강성 임구현 조령진에서 숨어 지냈다. 뒤를 이어 강을 건넜던 여대원 8명은 사망했다. 1962년 7월에야 당적을 회복했다.

"유 형, 웬일이십니까?"

"방 연대장이 지금 청구자밀영에 와 있다고 하네."

그 말에 김성주는 가슴이 섬뜩했다.

어제 회의 말미에 2, 5군의 연합작전을 위해 영안 지방에 계속 남겨둘 부대를 선발하는 문제로 한참 논쟁이 분분했다. 멋도 모르는 관서범이 이형박 사장의 부탁을 받았다면서 만약 2군에서 부대를 남긴다면 '김일성 부대'를 남겨달라고 한마디 했다가 잔뜩 화가 돋은 김성주에게 하마터면 된 벼락을 맞을 뻔했다.

"아니, 이것은 우리 2군에서 알아서 결정할 일이지 당신이 어디라고 나서서 함부로 누구를 남겨달라 말라 할 일이오?"

얼굴이 시뻘겋게 질린 김성주가 관서범 말이 떨어지기도 전에 갑자기 내질러서 모두 놀라지 않을 수 없었다. 이미 남호두에 도착하기 전에 방진성과 만났던 유한흥이 덕담삼아 한 말로 김성주의 기분이 불쾌해져 있었기 때문이다.

"방 연대장은 성주가 영안 지방에서 크게 이름 날린 걸 보고 3연대를 통째로 맡길 테니 성주가 계속 5군에 남아 주었으면 하더군."

"방 가 자기가 동만으로 돌아가겠다는 소리군요."

"뭐 그렇다고도 할 수 있겠지. 그런데 이번에 보니까 방 연대장도 성주에 대한 인상이 많이 바뀐 것 같더구먼. 성주가 겨우 한 중대만으로 액목과 돈화 지방을 개척하고, 부대까지 네 중대로 불려놓았으니 그 사람이 무슨 할 말이 더 있겠소. 그동안 주보중 동지한테도 아주 여러 번 혼났소. 그러니 마음을 푸오."

앞서 위증민뿐만 아니라 유한흥까지도 은근히 자기와 방진성 사이를 화해시키려 하자 김성주는 딱 잘라 말했다.

"유 형, 난 방 연대장에 대한 고깝던 마음을 다 털어버렸습니다. 내가 그 정도를 가지고 앙심을 품은 사람이라면 그동안 민생단으로 몰려서 당했던 수모와 구박을 어떻게 견뎌냈겠습니까? 오히려 방 연대장 쪽에서 우리 조선 동무들에 대한 편견을 버린다면 제가 진심으로 고마울 따름이지요."

"지금은 편견이 아니라 거꾸로 조선 동무들한테 많이 감격하고 고마워하는 눈치더군."

"제가 불쾌해하며 또 나쁘게 보고 있는 것은 2군이 5군과 함께 연합부대를 이루어 방정 벌리 쪽으로 원정하게 된 것에 공개적으로 불만을 드러내고 있다는 것입니다."

유한흥은 머리를 끄덕였다.

"그러게 말이오. 나도 이 문제로 방 연대장을 많이 설득했소. 처음에는 후국충이 불만을 토로하다가 잠잠해졌는데, 지금은 방진성이 또 불만을 터뜨리고 있더구먼. 두 사람 다 북만 지방의 사정에 익숙지 않은 데다 지리도 잘 몰라서 생긴 걱정 때문에 그런다고 이해할 수는 있겠지. 하지만 성주는 불평 한마디도 없이 5군 서부파견대와 함께 액목과 돈화 지방에서 얼마나 멋지게 해냈소. 그래서 성주를 좀 따라 배우라고 했더니 이 친구들이 뭐라고 하는 줄 아오? 성주는 5군 주보중 군장과도 원래부터 잘 아는 사이인 데다 평남양이랑 진한장이랑 모두 친구여서 자기들보다 훨씬 더 유리한 조건이라는 거요."

유한흥의 말을 들으면서도 김성주는 전혀 즐겁지 않았다.

결국 방진성은 김성주를 영안에 남기고 자기들은 동만으로 돌아가고 싶다는 소리를 한 것으로 금방 판단했다. 그런데 원정부대가 방금 영안 땅에 도착하여 이도구에서 작전토의를 할 때, 김성주는 이준산 연대와 연합부대를 이루어 방정 벌리 쪽으로 원정한다면 그동안 귀에 못이 박히도록 들었던 최용건과 만나고 싶은 마음이 없지 않았다. 황포군관학교 시절 최용건 제자였던 박훈이 화룡현위 원회의 파견을 받아 안도 소사하에 와서 김성주를 도와 반일적위대를 조직하던 때, 매일 최용건 이야기를 입에 담았기 때문이다.

유한흥은 김성주를 한 편으로 데리고 가서 말했다.

"성주가 위증민 동지를 모시고 동만으로 돌아가기로 한 것은 이미 결정된 일이니 변동은 없을 것이오. 그러니 걱정하지 마시오. 성주를 부른 것은 그동안 왕청에서 옮겨온 주민들과 우리 동만근거지의 나머지 간부들이 모두 청구자밀영에 도착한 것을 알려주기 위해서요. 모두 마영 동지가 책임지고 보내준 사람들이오."

그제서야 김성주는 깜짝 놀라면서 상황을 파악했다.

"아, 그러면 마영 동지도 지금 오셨단 말입니까? 그렇다면 제가 무슨 일이 있어도 가봐야지요."

"마영 동지도 뵐 겸 거기에 성주의 옛 친구들도 적지 않을 것이니 가서 작별인사라도 하오. 이번에 헤어지면 아마 아주 오랫동안 쉽게 만나기 어려울 듯하오."

김성주는 번쩍 제정신이 들었다.

7. 청구자밀영의 귀동녀

방진성을 따라 청구자밀영에 도착했던 3연대 주력부대에는 김성주의 옛 대원이 적지 않았다. 특히 왕윤성이 마지막으로 나자구에서부터 이끌고 나왔던 근거지 간부들 중에 이응만 같은 옛 친구도 있었다. 김성주가 최춘국과 함께 청구자밀영에 도착한 것은 한낮이 기울어진 때였다. 전투 중 부상으로 다리 하나를 잘랐던 이응만이 이때는 두 손에 쌍지팡이를 짚고 다녔다. 왕윤성이 마련해준 마차에 앉아 멀리 천교령으로 에돌아 영안 경내까지 들어온 이응만을 비롯해 부상자들 속에서 김성주는 뜻밖에도 왕청유격대 시절 옛 대대장이었던 양성룡의 어린 딸 양귀동녀와 만나게 될 줄은 참으로 생각지 못했다.

"네가 귀동녀구나."

양친을 다 잃고 할머니까지도 여의어 고아가 된 어린아이를 보니, 자기도 모르게 눈시울이 젖어들었다. 김성주는 양성룡의 어린 딸을 품에 안고 그 애의 조그마한 얼굴을 찬찬히 들여다보았다.

"양 대장의 아이도 소련에 들여보내기로 했습니까?"

이응만은 연신 눈을 끔뻑거렸다.

조금 있다가 양성룡 딸을 내려놓고 이응만에게 물었다.

"응만 동무, 아이들이 소련으로 가는 것을 모르나 보지요?"

"아이들한테는 백두산에 간다고 내가 거짓말 했다오. 아동단 아이들은 모두 김일성 동무가 데리고 가는 줄 아오."

그 말에 김성주는 땅이 꺼지도록 한숨을 내쉬었다.

그런데 철없는 아이들보다도 이응만까지 두 손에 쌍지팡이를 짚은 처지에도 김성주네 부대를 따라가게 해달라고 매달리자 하마터면 억장이 무너질 뻔했다. 저녁 무렵 장중화와 함께 청구자밀영에 도착한 왕윤성이 소련으로 들여보낼 노약자 명단을 공개했는데, 그 속에 이응만이 있었다.

"아니, 이런 청천벽력이 어디 있습니까?"

이응만은 김성주 팔을 붙잡고 애걸복걸했다.

"김 정위. 내가 비록 다리 하나가 없지만 난 고장 난 총도 손질할 수 있고 작탄 만드는 법도 알고 있는데, 왜 나를 쓸모없는 사람으로 여긴단 말이오? 나도 부대를 따라가겠소."

김성주가 어떻게 하면 좋을지 몰라 망연자실할 때 왕윤성이 다가와 이응만을 달랬다.

"지금 이 모양으로 무작정 매달릴 것이 아니라 소련에 들어가서 의족을 맞추고 나오면 김일성 동무도 더는 거절하지 못할 것 아니겠소."

"그러면 그때는 꼭 받아주겠다고 약속하시오."

이응만은 김성주와 왕윤성에게 다짐까지 받아내려 했다.

"응만 동무, 마영 동지 말씀대로 하십시오."

김성주도 왕윤성과 함께 이응만을 달랬다.

"이렇게 응만 동무까지 소련으로 들어가지 않겠다고 고집을 부리면 다른 동무들은 더 그럴 것 아니겠습니까. 모두 부대를 따라오려 할 것입니다."

이렇게 이응만을 겨우 설득했으나 저녁에는 아이들까지도 모두 소련으로 들어가게 된다는 사실을 알게 되었다. 소련이 어떤 나라인지 설명하기에는 너무 어리고 철도 없었던 귀동녀를 데리고 밤을 보내면서 김성주는 아이와 소곤소곤 이야기를 주고받았다.

"성주 오빠, 소련은 여기보다 더 추운가요?"

"여기랑 비슷하니까 너무 겁먹지 말거라. 그러나 언제나 옷은 꼭꼭 잘 챙겨 입어야 한다. 좀 더울 때도 함부로 옷 단추를 열어놓거나 머릿수건을 벗으면 안 된다."

김성주는 부모를 다 잃은 어린 귀동녀가 너무 애처로워 어떤 말로 따뜻하게 위로하면 좋을지 몰랐다. 소련이 비록 공산주의자들이 동경하는 사회주의 국가라고 하지만, 자신도 아직까지는 말로만 들어왔을 뿐 한 번도 가본 적 없는 막막한 미지의 세계였다.

"귀동녀야. 비록 소련에 가서 살더라도 너는 혁명가 양성룡의 딸이라는 걸 절대 잊으면 안 된다. 언젠가는 이 오빠가 꼭 너를 찾으러 갈 것이니 언제나 잘 지내야 한다."

말을 하면서도 김성주는 마음이 아파 자기도 모르는 사이에 어린 귀동녀의 머리를 쓰다듬고 또 쓰다듬어 주었다. 이때 귀동녀의 나이는 겨우 아홉 살밖에 되지 않았다.

김성주는 어린 귀동녀와 헤어질 때 했던 약속을 지켰다. 1994년이면 김성주의 나이가 어느덧 여든둘이다. 사망하기 1개월쯤 전인 미묘한 시점이기도 했다. 김성주가 북미관계를 타결해보려 갖은 노력을 하던 무렵이기도 했다. 김성주의 초청을 받은 미국 지미 카터 전 대통령이 평양에 와 있었다.

북한에서는 이때 카터 말고도 김성주가 평양에서 몸소 챙겨주던 사람이 바로 이 귀동녀였다고 선전하고 있다. 그동안 귀동녀뿐만 아니라 다른 옛 동료와 친구 자식들을 찾아서 계속 평양에 데려왔으나 멀리 소련 땅에서 실종된 귀동녀의 소식만은 알 수 없었다.

김성주가 회고록을 집필하면서 제4권까지 세상에 나왔을 때, 중앙아시아에서 살던 한인들 손에도 이 책이 들어가게 되었다고 한다. 이렇게 되어 김성주와 헤어질 때 아홉 살밖에 되지 않았던 양성룡의 딸 양귀동녀가 그때로부터 58년이나 흐른 1994년 6월에야 비로소 일흔의 할머니가 되어 김성주 앞에 나타날 수 있었다. 때문에 김성주는 이때 일을 회고했던 회고록 제4권에서 귀동녀의 그 후의 일을 써넣지 못한 아쉬움을 남기기도 했다.

귀동녀는 1936년 소련에 가 연해주의 한 고아원에서 지내다가 이듬해 스탈린의 고려인 강제이주정책으로 중앙아시아로 이주하게 되었다. 귀동녀는 우즈베키스탄의 고아원에서 생활했다. 후에 귀동녀는 콜호스(소련의 집단 농장)에서 일했고 카자흐스탄으로 시집갔는데, 11명이나 되는 대가족을 이루고 살았다고 한다. 북한의 표현대로라면 수십 년 세월을 가정의 좁은 울타리 안에서만 지냈으므로,

그의 정치적 시야는 집 마당으로 국한되었고, 정치적 사고는 북만의 청구자밀영에서 김성주와 이별하던 아홉 살에 정지된 듯했다고 한다. 게다가 거의 60년 동안 이국에서 살다 보니 모국어는 거의 다 잊어버렸고 러시아말도 온전히 하지 못했다고 한다.

이때를 그린 북한의 묘사는 무척 흥미롭다. 양성룡이 왕청의 이름 있는 유격대 지휘관이었다는 사실은 인정하면서도 '수령님의 옛 전사'라고 표현하고 있다.

> 김일성 동지께서는 한 자도 더 쓰지 못하고 일어나시었다.
> 양성룡의 얼굴이 자꾸만 눈앞에서 어른거려 펜을 움직일 수 없으시었다.
> (양성룡 동무, 58년 만에야 동무의 딸을 찾았소!)
> 그이께서는 옛 전사를 마주 대하신 듯 뜨겁게 뇌이시었다.
> 어느덧 날이 밝아오고 있었다.[96]

어찌됐든 귀동녀를 비롯하여 남호두에서 김성주의 마음에 아픈 기억을 새겨놓고 서로 헤어진 뒤로 평생 다시 만나지 못했던 사람들이 한둘이 아니었다. 김성주의 전령병 오대성도 이때 영안에 남게 되었다.

오대성이 청구자밀영에서 김성주와 헤어지기 하루 전날 또 다른 전령병이었던 최금산과 함께 밤을 보내면서 주고받은 이야기가 김성주 회고록에 나오고, 또 북한의 많은 매체에서도 이 이야기를 선전교재로 활용하고 있다.

---

96 『불멸의 력사』, 총서 「영생」 제17회

8. 위증민과 황정해의 만남

그런데 오대성이나 최금산과 같은 또래였던 황정해는 용케도 빠져나갔다.

청구자밀영에 왔던 왕윤성이 위증민과 만나러갈 때 길안내를 섰던 황정해를 위증민이 알아보았던 것이 인연이 되었다. 황정해가 배에 권총 한 자루를 지르고 어깨에도 보총 한 자루를 멘 것을 본 위증민은 대뜸 반색했다.

"마영 동지. 이 친구가 혼자서 총 세 자루를 빼앗았다는 그 훈춘의 소년단 대장인가요?"

위증민의 말을 들은 왕윤성도 은근히 놀랐다.

"아니, 어떻게 첫눈에 알아보십니까?"

"얘가 혼자서 총을 두 자루나 몸에 가지고 다니는 것을 보십시오. 우리 동만 유격대에 이런 아이가 황정해밖에 어디 있습니까. 난 저 애가 가진 권총도 후 연대장한테 빼앗은 권총인 걸로 알고 있습니다."

위증민과 왕윤성이 웃고 있는데 황정해가 참지 못하고 불쑥 소리쳤다.

"서기동지, 틀리게 하신 말씀은 정정해주세요."

"정해 동무, 내 말에 틀린 데가 있소?"

위증민은 얼굴에 웃음을 띤 채 황정해에게 물었다.

"그럼요."

"마영 동지, 어떻게 된 겁니까?"

"정해가 차고 다니는 이 권총은 결코 공짜로 생긴 것이 아닙니다. 정해가 훈춘에서 아동단 단장을 할 때 위만군을 생포하고 보총 세 자루를 노획했는데, 후 연대장이 그 보총이 욕심나서 아동단에 찾아가 모두 유격대에 바치라고 했습니다. 아동단원 20여 명이 현 위원회에 와서 후국충 연대장이 자기들 아동단 총을 빼앗아갔다고 고자질하면서 울고불고 떠들어대지 않았겠습니까. 아무리 설득해도 아이들이 좀처럼 돌아가려고 하지 않아 내가 하는 수 없이 후 연대장을 찾아가 그냥 공짜로 가져가면 안 될 것 같으니 뭐라도 내놓으라고 했답니다. 다음 날 후 연대장이 아이들을 어르려고 사탕과 과자를 들고 아동단에 찾아왔다가 그만 큰 봉변을 당했던 것이지요. 정해한테 저 권총을 빼앗긴 것입니다."

왕윤성이 들려주는 이야기를 듣고 위증민은 웃음을 참지 못했다.

"아니, 천하의 사계호가 정해한테 권총을 빼앗겼는데, 다시 되찾으려 하지 않았단 말씀입니까?"

"정해가 후 연대장한테 '사탕이나 과자 따위로 총을 세 자루나 공짜로 가져갈 수는 없다.'고 우겨서 후 연대장이 '그럼 뭐를 주면 되겠느냐?' 하고 물었답니다. 그러자 정해는 '대신 후 사령의 권총 한 자루를 아동단에 내놓으라.'라고 했답니다. 후 사령이 멋모르고 아이들을 만만하게 보며, '너희들 가운데 이 권총을 다룰 줄 아는 아이가 있으면 내가 이 권총을 주마.' 하고 큰소리를 쳤답니다. 글쎄, 아이들이 권총을 다룰 수 있을 거라고 누가 생각이나 했겠습니까. 하지만 사실 정해는 백발백중 명사수였거든요. 정해 아버지가 훈춘 지방에서 아주 유명한 조선독립군 두령이었고, 정해도 어렸을 때부터 권총을 만져본 겁니다. 나중에 정해가 유격대에 들어온 다음에도 후 연대장이 이 권총만큼은 정해한테서 도로 빼앗지 못했습니다."

왕윤성이 들려주는 이야기를 듣고 나서 위증민이 감탄했다.

"그래서 혼자 총 두 자루를 지고 다닌다고 소문났군요. 그 후에는 어찌되었습니까?"

"지금은 우리에게 총과 탄약도 많아서 괜찮지만, 작년까지만 해도 4연대에는 총이 없는 대원이 아주 많았습니다. 그때는 정해가 혼자 총 두 자루를 가지고 다니는 바람에 다른 대원 모두 난리였지요. 다행히도 정해한테 반한 후 연대장이 나서서 불만 있는 대원들에게 '모두 정해처럼 스스로 총을 노획하면 한 자루가 아니라 열 자루라도 혼자서 가지고 다니게 하겠다.'고 약속했습니다. 그때부터 는 누구도 함부로 정해의 총을 욕심내지 못했습니다."

남호두에서 황정해를 직접 본 적 있는 유옥천은 이렇게 이야기했다고 한다.

"황정해의 몸은 병기공장 같았다. 어깨에는 보총을 메고 배에는 권총을 지르고 또 수류탄 주머니와 탄띠까지 메고 다녔다. 행군할 때 황정해 몸에서는 옆구리에서 총칼과 수통(水桶)이 자꾸 부딪쳐서 소리가 요란했기 때문에 김일성에게 말을 들었던 적도 있었다.'[97]

언제나 전신 무장으로 만반의 준비를 갖추고 밀림 속을 뛰어다니던 황정해는 위증민의 마음을 사로잡기에 충분했다.

이때 위증민을 경호할 경위소대가 참모장 유한흥에 의해 이미 조직되어 있었다. 북만원정 기간 줄곧 후국충과 함께 행동했던 유한흥은 4연대 청년의용군에서 스무 살도 채 되지 않은 젊고 팔팔한 중국인 대원들만 뽑아 남호두로 데리고 왔던 것이다. 그들을 보고 왕윤성이 유한흥에게 물었다.

"한흥이, 위 서기를 경호할 경위소대라면서 대원들 가운데 조선 동무가 한 명도 없으면 어떻게 하오?"

"앞서 노아령을 넘을 때 조선 동무들이 집중된 4중대를 통째로 성주한테 넘겨주었더니 지금 후 연대장 곁에 젊고 똘똘한 조선 아이들이 별로 남아 있지 않

97　취재, 유사파(劉士波) 중국인, 항일연군 연고자, 유옥천의 아들, 취재지 북경, 2000.
　　취재, 고정천(高靜泉) 중국인, 항일연군 연고자, 유옥천의 미망인, 취재지 북경, 2000.

더군요. 그렇다고 행동이 굼뜬 노병을 넣을 수는 없잖아요.”

“그러나 경위소대에 조선말을 할 줄 아는 대원이 없으면 안 되오.”

“그러잖아도 사계호가 빠릿빠릿한 조선 아이들은 모두 성주한테 가 있다고 합디다. 근거지에서부터 입대시켜 수하에 둔 좋은 아이들이 아주 많으니 성주한테 보충받으라고 합니다.”

그 말을 전해들은 위증민이 은근하게 요청했다.

“이번에 남호두에 와서 주보중 동지를 만나면서 발견했는데, 주 동지 곁에 그림자처럼 붙어 다니는 경위원도 조선 동무이더군요. 나이는 무척 어려보이던데 무섭도록 사납고 위풍이 당당합니다. 영안 지방에서 날고뛴다는 평남양도 이 애 앞에서는 꼼짝 못합디다. 무슨 사연인지는 모르지만, 기왕에 내 경위원을 물색하는 중이라면, 나한테도 이런 동무를 하나 구해주십시오.”

“위 서기는 강신태를 욕심내는 것 같더군.”

왕윤성의 말을 들은 유한흥은 손을 내저었다.

“아이고, 그 애만큼은 안 될 것 같습니다. 주 군장이 우리 2군에 사충항 연대까지도 통째로 내주었지만, 강신태는 결코 내주지 않을걸요. 찾아보면 강신태 같은 아이가 우리 2군에도 있을 겁니다. 김일성 동무한테 부탁해서 함께 찾아봅시다.”

이렇게 되어 왕윤성의 소개로 위증민과 황정해가 만난 것이다.

김성주는 위증민 일행과 청구자밀영을 떠나 안도를 향해 출발하기 하루 전날, 작별 인사차 위증민을 찾아가는 왕윤성에게 황정해를 함께 딸려 보냈다.

“그냥 아무 말 하지 말고 이 애를 데리고 가서 라오웨이를 만나십시오. 라오웨이가 뭐라고 말이 없으면 그냥 데리고 돌아오고, 호기심을 가지고 이것저것 묻기 시작하면 그때 이 애 이야기를 들려주십시오.”

왕윤성은 금방 김성주의 뜻을 짐작할 수 있었다.

"허허, 김일성 동무는 이미 이 애로 마음을 정한 것이로군."

"조금 지나면 이 애도 다 놓칩니다."

그러면서 김성주는 왕윤성에게 주보중으로부터 동만의 유격근거지에서 아동단과 소년단을 거쳐 입대한 아이들을 모두 영안에 남겨둘 것을 요청받았다는 사실을 이야기하여 주었다.

"제가 다른 사람이라면 모르겠지만, 주보중 동지께서 직접 이렇게 요청했는데 어떻게 감히 싫다는 말 한 마디라도 입 밖에 낼 수 있겠습니까. 제 전령병까지도 모두 영안에 남겨놓기로 결정했습니다."

그러나 김성주는 친구인 진한장에게만은 불평을 토로했다.

"한장아, 우리 왕청 아이들이 나이는 어려도 솔직히 노병 서너 몫을 해낼 수 있는 아이들인데, 이번에 영안에 왔다가 너희 5군에 다 빼앗기게 됐구나."

그 말에 진한장은 짐짓 화가 난 척했다.

"아니 성주, 2군은 나와 사 연대장까지 다 가졌는데, 우리 둘이 그래 자네 수하의 몇몇 아이들보다도 못하다는 소린가?"

"아, 그건 아닐세. 노여워말게."

김성주는 웃으면서 황망히 진한장에게 사과했다.

"성주는 아마 평생을 두고 주보중 동지한테 고마워해야 할 걸세."

"나도 주보중 동지 생각만 하면 왜 우리 동만에는 주 동지 같은 분이 없었을까 한탄할 때가 한두 번이 아니라네. 그랬더라면 우리 조선 동무들이 민생단으로 몰려서 처형당하는 참사까지는 결코 발생하지 않았을 것 아니겠나."

"말이 나온 김에 성주가 모르는 일도 하나 더 들려주지. 후국충 연대장이 이번에 영안에 남게 되었는데, 성주 부대가 100명이 넘는다는 소리를 듣고 4연대에서 데리고 간 중대를 돌려받았으면 하는 것을 주보중 동지가 말렸다네."

"아, 그런 일도 다 있었나?"

김성주는 몹시 놀랐다. 박격포와 중기관총까지 가진 김려중 중대를 돌려받 겠다는 소리에 하마터면 신경이 곤두설 뻔했던 것이다. 남호두회의 때 주보중 입에서 후국충의 4연대를 영안에 남겨두고 사충항 연대를 합쳐 제2군 2사로 만들겠다는 소리가 나왔을 때부터 혹시라도 4연대 산하 4중대였던 김려중 중 대를 새로 설립하는 2사에 남겨두라는 소리가 나올까 봐 은근히 조마조마했던 터였다.

"주보중 동지는 참으로 흉금이 바다 같으신 분이네."

"그러니까 후 연대장이 금방 듣던가?"

2군 원정부대에서 주보중에게까지 함부로 말대답하고 감히 명령에도 불복종 한 적이 있는 사람은 후국충이 유일했다. 때문에 김성주는 여전히 마음을 놓을 수가 없었다.

"주보중 동지가 후국충을 2사 부사장으로 추천하겠다고 약속했다네."

진한장은 곧 설립할 2사 인사 문제까지도 김성주에게는 비밀에 붙이지 않고 일일이 다 말해 주었다. 사장으로 내정된 사충항의 건강이 무척 좋지 않아서 실 질적인 사장직은 후국충이 맡게 될 가능성이 있었다. 거기다가 정치위원에 임명 된 사람 역시 4연대 시절부터 후국충과 손발을 맞췄던 왕윤성이 맡게 되었기 때 문이다.

"하하, 후 연대장이 결국은 사충항의 수백 명이나 되는 한 연대를 통째로 다 가진 셈이니 입이 함박만해졌겠구먼."

김성주와 진한장은 껄껄 소리내어 웃었다.

내가 보아온 인생 최고의 성공자들은

모두가 늘 명랑하고 희망에 가득 차 있는 사람이다.

일은 웃는 얼굴로 해나가고 생활에 일어나는 여러 변화나 기회가

즐겁거나 슬프거나 당당히 맞이해 들이는 사람들이다.

– 찰스 킹즐리

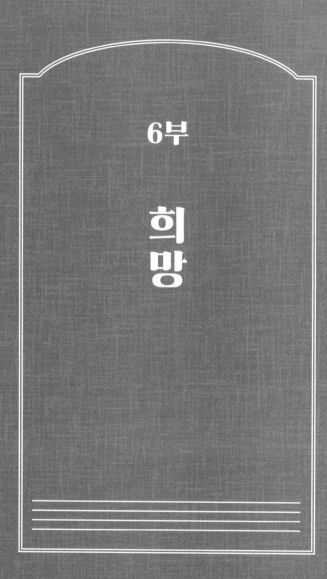

6부

희
망

1936년 8월 무송현성 전투 참가 부대 및 구국군, 항일연군 2군 6사 부대 진공노선도

참가 부대
항일연군 2군 군부 교도대대(군장 왕덕태)
항일연군 2군 6사(사장 김일성)
국민구국군 부대(부총지휘 이홍빈)
민중자위군 부대(연대장 악보인)
'만순' 부대(두령 정전육)
'만군' 부대(두령 유전무)
'압오영' 부대(두령 곽연전)
'청산호' 부대(두령 공배현)
'쌍성대장궤' 부대(두령 기성전)

지휘부
총지휘: 왕덕태
부총지휘 겸 동·남만성위 특파원: 전광
남문 공성지휘: 김일성
작전참모: 왕작주(2군 6사 참모장)

무송현성
현장: 장원준(張元俊, 중국인)
참사관: 마츠자키 사하쿠(松崎沙璞)
경무과장: 이시자카(石坂)
경철서장: 추례(鄒禮)
경찰대 대장: 왕영성(王永成)
만주군 제3여단 여단장 겸 무송지구 토벌사령관: 이수산
만주군 제3여단 조보원(趙保原) 연대
만주군 제3여단 부여단장: 장종원(張宗援, 일본인)

무송경찰대대 산하 병력
만량진 이문산경찰유격대(李文山隊)
북강진 오현정경찰유격대(吳顯廷隊)
무풍동 이청영 자위단(李清榮團)
만복촌 송경운 자위단(宋慶云團)

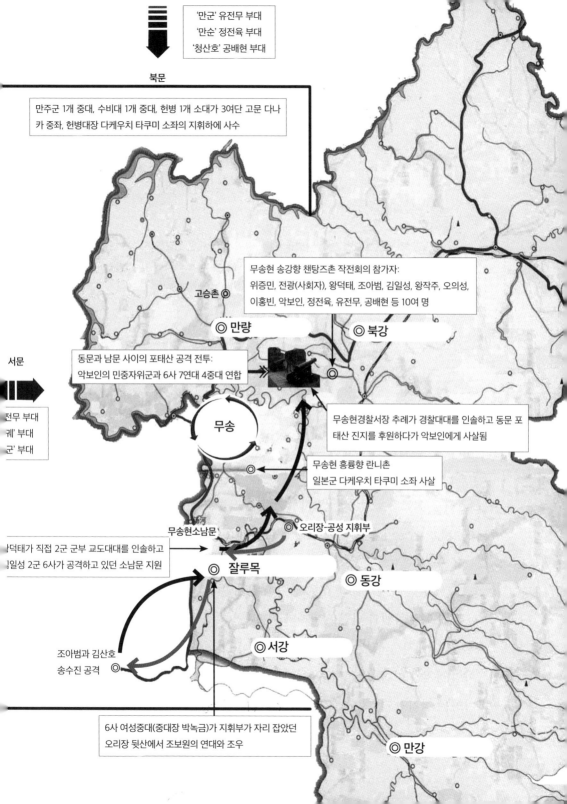

'만군' 유전무 부대
'만순' 정전육 부대
'청산호' 공배현 부대

북문

만주군 1개 중대, 수비대 1개 중대, 헌병 1개 소대가 3여단 고문 다나카 중좌, 헌병대장 다케우치 타쿠미 소좌의 지휘하에 사수

고승촌

만량

북강

무송현 송강향 챈탕즈촌 작전회의 참가자:
위증민, 전광(사회자), 왕덕태, 조아범, 김일성, 왕작주, 오의성, 이홍빈, 악보인, 정전육, 유전무, 공배현 등 10여 명

서문

전무 부대
궤' 부대
군' 부대

동문과 남문 사이의 포태산 공격 전투:
악보인의 민중자위군과 6사 7연대 4중대 연합

무송

무송현경찰서장 추례가 경찰대대를 인솔하고 동문 포태산 진지를 후원하다가 악보인에게 사살됨

무송현 흥륭향 란니촌
일본군 다케우치 타쿠미 소좌 사살

무송현소남문

오리장-공성 지휘부

덕태가 직접 2군 군부 교도대대를 인솔하고
일성 2군 6사가 공격하고 있던 소남문 지원

잘루목

동강

조아범과 김산호
송수진 공격

서강

6사 여성중대(중대장 박녹금)가 지휘부가 자리 잡았던
오리장 뒷산에서 조보원의 연대와 조우

만강

24장
은정과 원한

한 사람은 민생단사건에 연루되었을 때 생명까지 구해준 은인이자 상사였고,
다른 한 사람은 길림 육문중학교 시절부터 사귄 절친한 친구였다.

1. 2사를 개편하다

후국충 연대가 이때 동녕과 의란 지방으로 진출했기 때문에 2군 후국충 연대
와 5군 사충항 연대를 합쳐 2군 2사로 개편하는 문제는 이미 북호두에서 주보중
과 왕덕태, 이학충이 함께 논의를 끝낸 사안이었다. 위증민도 이 논의에 찬성했
고, 1사와 3사 결성을 선포하는 문제만 동만으로 돌아가서 다시 결정하기로 의
논하고 2사 일은 주보중에게 모두 일임한 상태였다. 그러나 청구자밀영을 떠나
기 하루 전날, 위증민과 만난 왕덕태와 이학충은 다음 문제를 놓고 의논했다.

"우리 2군에서 누군가 한 사람은 2사에 남아 그들을 이끌어야 하지 않겠소?"

"마영 동지가 이미 정치위원으로 내정되지 않았습니까?"

"마영은 성치일꾼이지 군사지휘관은 아니잖습니까. 그런데 5사 당위원회 서

기는 5군에서 파견한 진한장 동무가 이미 결정되었소. 그러니 결과적으로 보면 2사는 명칭만 2군일 뿐 결국은 5군 부대나 다를 바 없는 셈이오. 그러니 주요한 군사간부 한 사람을 남겨서 2사를 지도하게 하려고 합니다."

위증민이 이렇게 제안했다.

"이렇게 될 줄 알았으면 차라리 김일성 동무를 2사 사장으로 추천할 걸 그랬습니다."

왕덕태가 후회했다. 이어서 이학충도 말했다.

"만약 김일성 동무라면 주 군장도 반대할 이유가 없었을 것입니다."

"그것은 안 될 소리요. 2사 기간부대는 5군 사충항 연대요. 그러니 사장은 당연히 사충항 연대장이 맡아야 도리 아니겠소."

"그러면 제가 2사에 남겠습니다."

이학충이 나섰다. 왕덕태도 동의했다.

"학충 동무가 군 정치부 주임 신분으로 2사에 남는다면 명분이 설 것 같습니다."

그러나 위증민은 반대했다.

"정치 간부는 마영 동무 한 사람이면 족합니다."

"그렇다면 위 서기동지는 누구를 마음에 두고 계십니까?"

"한흥 동무가 어떻겠습니까?"

"아니, 군 참모장을 2사에 남겨놓는단 말씀입니까?"

위증민은 왕덕태와 이학충에게 설명했다.

"이번에 오평 동지에게 항일연군 편성 문제가 어느 정도 진척되면 군사간부를 소련으로 들여보내 사업보고도 할 겸 가장 좋기는 모스크바에서 한동안 전문 군사교육을 받고 다시 돌아가게 하라는 강생 동지의 지시를 전달받았소. 강생 동지 말씀이 그동안 상해 임시중앙국에서 추천하여 소련에 들어와 공부했던 사람들 중에는 군사간부가 많았으나 만주성위원회에서는 주로 정치간부만을 들여보냈다고 했소. 그러나 이제부터는 만주 항일부대들을 항일연군으로 규합하고 우리 당이 지도하는 전업 군사간부들이 많이 필요하니 적극적으로 군사간부들을 선발하여 들여보내라는 겁니다. 그래서 일단 한흥 동무를 2사에 남겨두었다가 1, 3사 결성이 선포되면 그를 바로 오평 동지에게 보내 그동안의 사업보고도 하고 군사교육도 받게 할 생각이오."

그제야 왕덕태와 이학충이 찬성했다.

사실상 위증민은 코민테른의 결정을 전달한 것이나 다름없었다. 4, 5군에서 군사간부를 선출하여 소련에 들여보내는 일은 길동특위에서 맡기로 하고 1군과 2군은 위증민이 직접 책임지고 집행하기로 한 것이었다.

"한흥 동무가 첫 번째가 되는 셈이고, 그가 돌아오면 두 번째 사람을 들여보내야 합니다. 그때는 김일성 동무를 보내겠습니다. 장차 동·남만 사정이 좋아지면 왕 군장뿐만 아니라 남만의 양정우 동지까지도 한 번쯤은 소련에 들어가 홍군의 전문 군사교육을 받고 돌아오는 것이 어떻겠습니까?"

왕덕태는 반신반의했다.

"아이고, 그러니까 나 같은 소몰이 출신도 소련에 들어가서 군사교육을 받을 수 있다는 말씀입니까?"

"왜 안 되겠습니까. 왕 동지는 이미 한 군(軍)을 인솔하는 군사지휘관이지 않습니까. 일본군이 만약 2군 최고 군사지도자가 어디에서도 군사교육을 받아본 적 없는 소몰이 출신이라면 얼마나 놀라겠습니까. 그런데 소련에서 전문 군사교육까지 받고 돌아와 왕 동지가 우리 항일혁명을 위해 해낼 일들을 상상해 보십시오. 얼마나 고무적입니까! 이렇게 한흥 동무를 시작으로 군급 간부들부터 차례로 사단에서 연대에 이르기까지 그 범위를 넓히면 불과 4~5년 사이에 우리 항일연군도 일본군에 전혀 손색없는 정규 군사집단으로 변할 것입니다. 그때는 완전히 우리 힘으로 일본군을 만주 땅에서 몰아낼 수 있을 것입니다."

왕덕태와 이학충 모두 무척 기뻐했다.

"코민테른에서 참 좋은 결정을 내렸군요."

"그렇지요. 먼 장래 일까지 대비한 것입니다. 한두 차례 전투와 관련한 전술이 아니라 항일투쟁 전체 전략과 관계된 일이니까요. 그러니 우리는 이 전략적인 배치에 따라 코민테른의 결정을 집행해야 합니다."

왕덕태는 위증민에게 말했다.

"이 결정에 전적으로 따르겠습니다. 때가 되면 언제든 나도 소련에 들어가 군사교육을 받을 준비를 하겠습니다."

여기서 잠깐 유한흥의 이야기로 돌아간다.

원래 영안 출신이나 다름없던 유한흥에게 5군은 본가나 마찬가지였다. 군장 주보중은 말할 것 없고, 부군장 시세영도 구국군 시절부터 줄곧 함께 지낸 사람이었다.

5군이 설립될 때 군 참모장에 임명된 사람은 구국군 시절 유한흥의 부하였던 장건동이었다. 그러니 유한흥이 2군으로 옮기지 않았다면 5군 참모장이 되었을 것이다. 위증민의 결정으로 잠시 영안에 남아 5군과 함께 군사행동을 하게 될 2군 2사를 지휘하던 유한흥은 그해 8월경에야 비로소 소련으로 들어가라는 위증민의 연락을 받았다.

김성주는 회고록에서 "전우들은 북으로, 나는 남으로"라고 서술해 거의 비슷한 시간대에 모두 청구자밀영을 떠나 소련으로 들어가거나 동만으로 나온 듯하지만, 실제로는 3사가 설립되고 김성주가 무송 지방으로 가고 있을 때까지도 동만근거지들에서 철수해온 적지 않은 사람과 부상자, 유가족들은 여전히 청구자밀영에서 지내고 있었다. 그 속에 양성룡의 딸 귀동녀도 있었다.

새로 설립된 2군 2사는 액목 지방 주민들의 참군을 호소하면서 밀영에 살던유가족들 가운데서도 나이가 열다섯 이상이면 남녀노소 가리지 않고 참군하라고 독려했다. 부상자 가운데서도 거동이 불편하지 않을 정도로 치료된 대원들은모두 부대로 복귀했다. 2사 정치위원 왕윤성은 이를 반대했으나, 2사의 실제 권력자였던 참모장 진한장이 그의 의견을 묵살했다.

원래 군사를 잘 모르는 정치위원들이 권력서열상 참모장에게 밀리는 경우가종종 있었지만, 진한장은 2사 당위원회 서기까지 겸하고 있었기 때문이다. 더구나 이때 후국충 연대와 함께 행동하던 2군 참모장 유한흥이 소련으로 들어갈 준비를 하면서 5군 군부에 와 있었기 때문에 주보중은 유한흥 대신 영안현위원회서기 장중화를 후국충에게 파견했다.

이렇게 되어 2사 영도기구는 아주 기묘하게 짜여졌다. 2사 기간부대인 사충항 연대가 진한장의 지휘를 받는 데다 주보중의 심복인 영안현위원회 서기 장중화도 이때 후국충의 연대 정치위원으로 파견되어 내려갔기 때문이다. 정치위원이 당위원회 서기까지 겸하는 것이 보편적이었으나, 2사에서는 그 틀이 깨져버렸다. 진한장은 2사 참모장과 더불어 2사 당위원회 서기까지 맡아 2사의 모든실질적인 권한을 손아귀에 틀어쥐게 되었다.

진한장은 자기보다 직급이 더 높았던 왕윤성과 의견이 맞지 않으면 대뜸 당위원회를 소집하여 당위원회 결정으로 모든 일을 밀어붙이기 일쑤였다. 당초 동만특위와 길동특위의 공동 결정으로 근거지의 유가족 일부와 부상자를 소련으로 들여보내기로 했던 계획도 함부로 중단시키려 했던 사람이 진한장이었다.

"이 친구가 좀 너무한 것 아니오?"

"신관 상임 삼파화(新官 上任 三把火)'라고 하지 않소. 지금 한창 열정적으로 일하는데 불쾌한 잔소리를 하면 좋을 일이 없소. 그러니 절대 아무 말 하지 말고 입 다물고 있으시오."

왕윤성은 진한장에게 한 소리하려는 유한흥을 말렸다.

4월경 위증민이 보낸 연락원이 5군 군부에 도착해 유한흥을 찾아왔다. '미혼진회의' 결과를 전달하러 온 것이다. 회의 내용은 대체로 남호두회의 때 합의한 사항대로 무난히 진척되었다. 그런데 회의 말미에 위증민과 왕덕태, 이학충 등을 제2군 당위원회 위원으로 결정하면서 그만 유한흥과 진한장 이름은 빠지고 말았다.

"군 당위원회 위원은 위증민 동지의 제의에 의해 군부 주요 책임자이신 왕덕태 동지와 정치부 주임 이학충 동지, 그리고 군 정치위원을 겸직한 위증민 동지 외에 일괄적으로 1, 2, 3사 사장과 사 정치위원으로 결정했습니다."

연락원의 말을 들은 진한장은 아연실색했다.

유한흥이 2군 당위원회 위원에서 빠진 것은 이해할 수 있었으나 2군 활동지역에서 멀리 떨어진 경박호 지방에서 외롭게 활동할 2사의 실질적인 책임자였던 진한장이 2군 당위원회 위원으로 이름을 올리지 못한 것은 그야말로 생각밖의 일이었다. 그러나 이것은 고의로 그랬다기보다는 2사 실제 상황을 제대로 이해하지 못한 데서 빚어진 실수로 봐야 할 것이다.

"한장 동무. 군 참모장인 나도 당위원회 위원으로 선정되지 않았잖소."

유한흥은 진한장을 위로했으나 진한장은 벌컥 화부터 냈다.

"참모장동지야 곧 소련에 들어가시면 언제 다시 돌아올지 모를 일이잖아요. 난 도대체 마영 동지가 지금 2사에서 하는 일이 무엇인지 모르겠습니다. 정치위원이 몇 달째 밀영에만 틀어박혀서 부상병들이나 간호하고 있으면 안 되지 않습니까?"

불길이 왕윤성에게로 튀는 것을 본 유한흥이 바로 물었다.

"부상자들과 근거지의 유가족 일부를 소련으로 호송하기로 한 것은 동만특위와 길동특위에서 이미 논의를 마치고 결정한 사안인데, 한장 동무는 다른 의견이 있소?"

"네, 그렇습니다."

직설적인 성격의 진한장은 속내를 숨기지 않았다.

"2개월 전만 해도 저는 그 일에 대해 반대 의견이 전혀 없었습니다. 그러나 부상자와 유가족이 많이 줄어든 지금은 상황이 달라진 걸로 봐야 합니다."

진한장의 주장에도 일리가 있었다.

40여 명 남짓한 부상자와 유가족이 그동안 절반이나 줄었기 때문이다. 현재 확인 가능한 자료에 따르면, 당시 청구자밀영에서 소련으로 들어가기 위해 대기 중이었던 부상자 가운데 중상자 2명은 밀영에서 죽었고, 상태가 호전되어 거동이 자유로워진 7명은 다시 전투부대에 참가하여 밀영을 떠났다. 유가족 중에도 일부는 남호두에 정착했고, 고아들 중 몇몇은 먼 친척들이 찾아와서 데려가기도 했던 것이다.

유한흥이 마지막으로 왕윤성과 만났을 때, 청구자밀영에는 구국군 시절 오의성의 부관이었던 초무영을 비롯해 영안 출신 학생 황수춘(黃秀春, 여, 18세), 정운청(丁雲靑, 여, 17세), 손계청(孫桂淸, 여, 19세) 외에도 5군 부군장 시세영과 관련 있어 보이는 시국동(柴國東), 시옥영(柴玉英), 시금영(柴金英) 등 16명이 대기하고 있었다. 유한흥은 진한장을 설득했다.

"부상자들은 그렇다쳐도 군부 지휘관들의 유가족도 있는데, 그들까지도 계속 이대로 밀영에 둘 수는 없잖소. 위증민 동지께서 마영 동지한테 이 임무를 맡겨 직접 소련까지 호송하게 한 것은 그를 통해 우리 정황을 코민테른에 더 자세하게 보고하려는 것일 수도 있지 않겠소. 2군 군부와 멀리 떨어진 이 경박 호반에서 한장 동무가 짊어진 중책이 얼마나 무거운지는 나도 마영 동지도 모르지 않소. 그러나 내 짐작에는 2군 군 당위원회 위원으로 마영 동지를 선출한 것은 코민테른에서 사업 보고를 할 때의 신분과 관련 있는 듯하오. 생각해 보오. 코민테른에 사업 보고하러 온 사람 신분이 최소한 동만특위 위원 겸 2군 군 당위원회 위원 정도는 되어야 하지 않겠소. 물론 이건 내 개인의 생각이오. 최소한 그 정도는 돼야 코민테른에서도 우리의 사업 보고를 더 중요하게 여길 것으로 보오."

이런 대화 뒤에 진한장이 확실하게 설득되었는지는 알 길이 없다.

유한흥은 위증민 앞으로도 편지를 보냈다. 이 편지 원본이 전해지지 않기 때문에 내용을 확인할 길은 없다. 나중에 남만성위원회가 성립될 때, 당위원회 위원 명단에서 사장 사충항이 밀려나고 참모장이었던 진한장이 위원으로 들어가게 되었다. 이는 유한흥이 보낸 편지를 통해 2사의 군사 정치사업을 실제로 총괄했던 사람이 진한장이라는 사실을 위증민 등이 심각하게 받아들였기 때문일 것이다.

어쨌든 6월에 왕윤성은 청구자밀영의 부상자들과 유가족 및 유학생으로 선정된 젊은이들까지 모두 16명을 데리고 소련으로 들어갔다.

7월에는 미혼진회의를 마치고 남만으로 들어갔던 위증민과 1군 양정우가 상봉했는데, 이때 1, 2군을 합쳐 1로군을 결성하고, 동만특위와 남만특위 명칭을 없애고 중국공산당 동남만성위원회를 거쳐 정식 남만성위원회를 결성한다. 물론 남만성위원회 서기는 위증민이 맡게 되었다. 양정우는 1로군 총지휘, 총정치부 주임은 위증민이 겸직했고, 부총지휘는 2군 군장 왕덕태가 맡았다. 이로써 처음에 오평이 구상하고 왕명이 진행한 만주 항일전선을 하나로 통합하는 거대한 작업을 위증민이 양정우, 왕덕태 등과 함께 성사시킨 것이다.

위증민은 제1로군이 결성되고 나서 제1군의 주요한 작전 방향을 만주 서부지대로 계속하여 확장하려는 양정우의 주장을 편지에 자세하게 담아 유한흥에게 전달하면서 최소한 11월 이전에는 반드시 소련으로 들어가 이 정황을 코민테른에 보고하라고 지시했다. 이 편지가 유한흥 손에 도착한 것은 9월 초순경이었는데, 유한흥은 주보중뿐만 아니라 길동성(이때는 길동특위도 길동성위로 개편되었다.)위원회 주요 당직자를 모두 불러들여 함께 편지 내용을 분석했다. 두말할 것 없이 제1로군이 결성되었다는 소식은 주보중의 마음을 한없이 설레게 했다.

이 무렵 개편된 길동성위원회 서기에는 송일부(宋一夫)가 임명되었다. 송일부를 비롯해 위원 우화남(于化南), 왕광우(王光宇), 시세영, 이연평(李延平), 진한장, 관서범(关书范), 이범오, 장중화 등 거의 주보중의 부하들이었다. 여기서 남호두회의 이후 정식으로 2군 소속이 된 진한장을 길동성위원회 위원으로 선출한 것도 바로 주보중이었다. 물론 이는 진한장이 이끄는 2군 2사의 지리적 특수성 때문도 있었지만, 한편으론 주보중이 굉장히 지혜로운 사람이었음을 증명한다.

위증민이 보낸 편지를 읽고 난 주보중이 유한흥에게 말했다.

"아무래도 한흥이 빨리 소련으로 가 이 정황을 코민테른에 보고해야겠소."

"보고는 하겠지만, 제 수준에서 잘 파악되지 않는 부분이 있습니다. 코민테른에 보고할 때 '서북원정'과 관련한 이 부분을 어떻게 설명해야 할지 잘 모르겠군요."

"이렇게 하시오. 일단 소련으로 가시오. 나는 위증민 동무한테 이 부분을 물어보겠소. 그 내용이 내 판단과 일치하면 상관없지만, 만약 다르면 바로 연락원을 보내주겠소."

"주보중 동지께서는 어떻게 판단하십니까?"

"일전에 장중화 동무가 신문에서 연안(延安)으로 들어간 홍군이 일본군과 싸우기 위해 동정(東征)[98]하고 있다는 기사를 읽었다더군. 홍군이 황하를 넘어 아마 하북성 쪽으로 나오는 모양인데, 우리가 포로로 잡은 만주군 가운데 열하성에서 활동하다 왔던 자들도 더러 있었소. 이자들 말이 홍군이 산해관 근처까지 이미 도착했다고 했소."

주보중이 여기까지 말했을 때 유한흥은 흥분을 감추지 못했다.

"아, 무슨 뜻인지 알겠습니다."

"허허. 역시 나와 이야기가 통하는 사람은 한흥이밖에 없군."

유한흥은 평소 메고 다니는 가방을 열고 한참 지도를 찾았으나 보이지 않았다.

"내 정신 봐라."

"뭘 찾기에 그러오?"

"평소 그려두었던 지도를 성주한테 줘 버린 걸 깜빡했습니다."

"한흥이 직접 만들었다는 그 만주전도(滿洲全圖)말이오?"

"동만 부분은 자세하게 표기했지만, 남만은 텅 비어 있어서 성주가 남만 쪽으로 나가게 되면 알아서 채워 넣으라고 부탁했습니다. 남호두에서 헤어질 때 준

---

98 동정(東征)은 1935년 12월경에 '2만 5,000리 장정'을 마친 중국공산당의 중앙홍군이 섬북 지방에 도착한 지 얼마 안 되어 장개석의 명령을 받들었던 섬북 지방의 군벌 양호성(楊虎城) 군의 공격을 받게 되자 '홍군은 항일하는 부대'라는 명분을 내세우기 위하여 섬북과는 황하를 사이에 둔 산서성 염석산(閻錫山) 군의 지역 쪽으로 출정했던 사건이다. 강 북쪽에서는 양호성의 서북군 부대가 추격하였고, 강 동쪽에서는 염석산의 부대가 앞을 가로막고 있어 홍군에게는 어려운 상황이었다. 조선인으로 중국공산당 만주성위원회의 제1임 군위서기직을 맡았던 양림이 바로 이 동정 부대에 참가하여 황화를 도하하는 전투를 지휘하다가 전사했다.

것을 깜빡했군요."

유한흥은 평소에도 지도를 펼쳐놓고 설명하는 걸 좋아했으나 이때는 어림짐작으로 말했다.

"보나 마나 양정우 군장은 만주 항일전선을 승덕과 하북 쪽으로 확장하려는 것 같습니다. 만약 홍군의 동정부대가 산서성을 거쳐 그쪽까지 올라올 수 있게 된다면 정말 대단한 거사 아닐까요."

주보중은 덩달아 흥분하는 유한흥을 바라보며 머리를 가로저었다.

"내 말 명심하오. 우리가 동·남만 지방에서 원정부대를 파견하고 항일전선을 구축하는 데 성공한 주요 원인은 바로 이 지방에 산으로 들어가는 길이 많았기 때문이오. 그래서 일본군보다 병력은 열세지만 유격전을 펼치기 좋거든. 그런데 하북과 승덕 쪽에도 이곳처럼 산이 많을까 싶소. 그래서 지금 1군 양 군장이 작전 방향을 만주 서부지대로 확장하려는 것이 옳은 결정인지 제대로 판단할 자신이 없소."

유한흥의 얼굴빛도 심각해지기 시작했다.

"만약 그쪽이 주로 평원지대라면 놈들에 비해 교통수단이 없는 우리 항일연군은 전멸당할 가능성도 있습니다."

주보중과 유한흥의 분석은 놀랍게도 적중했다. 이 일은 뒤에 다시 자세하게 언급하겠다.

2. 진담추와 진룡

왕명은 이때쯤 만주의 항일투쟁 정세에 대해 굉장히 낙관하고 있었다. 그도 그럴 것이 코민테른 제7차 대표대회 이후 1936년부터 1938년까지 3년은 만주 항일투쟁 최전성기였다. 이와 같은 전성기를 맞이할 수 있었던 것은 왕명이 직접 기초한 "8·1선언문"이 있었기 때문이다.

오늘날 이 "8·1선언문"을 재조명하는 중국 정부에서도 이 선언의 파급효과가 만주나 중국 어느 한 지역이나 국가에 한정되지 않고 2차세계대전의 판도를 바꿔놓는 데도 크게 일조했음을 인정하고 있다.

이것은 또한 왕명의 거대한 정치 자산이 되었음은 두말할 나위 없다. 이 정치 자산을 등에 업고 왕명은 모스크바를 떠나 직접 중국공산당 중앙으로 다시 진출하여 그동안 모택동 손으로 들어가 버린 중국공산당의 권력을 되찾으려 했다. 때문에 왕명은 모스크바를 떠나기 직전까지도 만주에서 들어오는 모든 정보를 작은 것 하나라도 놓친 적이 없었다.

당시 만주 중국공산당 연락원들은 보통 블라디보스토크의 태평양 비서처에 편지를 가져갔다. 그러면 비서처에서 전화 또는 전보를 이용해 편지 내용을 모스크바에 전달했다. 연락원들은 답신이 올 때까지 2, 3일씩 비서처에서 마련한 여관에 묵는 것이 관례였는데, 8·1선언 이후 일부 연락원은 직접 왕명이 불러 모스크바에까지 다녀오는 일이 있었다. 비교적 높은 직위에 있는 사람이 올 경우에는 여관도 훨씬 고급이었는데, 소정의 생활비도 지급했다.

종자운이 처음 소련에 갈 때 그를 데리러온 사람이 진담추였던 것처럼, 왕윤성과 유한흥도 진담추가 블라디보스토크로 그들을 마중나왔다.

유한흥과 만났을 때 진담추는 크게 놀랐다. 유한흥이 진담추를 기다리는 사이에 시내 서점에서 만주 지도를 한 장 구해 그 지도에 자기가 장악했던 만주 항일연군 군사작전 진행 상황을 아주 자세히 표기했기 때문이나.

"아, 항일연군에도 이렇게 군사에 밝은 사람이 있었구려. 왕명, 강생 두 동지가 동무를 만나면 얼마나 기뻐할지 모르겠소. 두 분께서는 그동안 동무처럼 군사 방면에 정보가 많은 사람과 만나기를 얼마나 갈망했는지 모른다오."

진담추는 감탄해 마지않았다.

6월에 왕윤성이 소련에 들어왔을 때 그를 면담했던 진담추가 이렇게 보고했다.

"군사간부가 아니라서 이 방면의 정보가 거의 전무합니다."

그러자 왕명은 대뜸 짜증부터 냈다.

"항일연군의 작전 배치 상황을 알고 싶은데, 왜 군사간부는 들여보내지 않고 이 방면에 아무 지식도 없는 동무들만 보내는지 모르겠구먼."

"아마 계속 전투해야 하니 군사간부는 쉽게 빼낼 수 없는 모양입니다."

"아니오. 풍강(위증민의 별명) 동무와 이미 약속했소. 항일연군에서도 홍군과 마찬가지로 군사간부를 선발하여 소련 군사학교에서 공부를 시키기로 말이오. 꼭 전도유망한 기층 군사간부를 들여보내겠다고 했단 말이오."

이것이 왕명의 대답이었다.

그런데 왕윤성 다음으로 소련에 들어온 사람은 일반 기층 간부가 아니라 2군군 참모장이라는 고위직 군사지휘관이었는데, 직위보다 유한흥이 가지고 들어온 어마어마한 정보 때문에 진담추는 몹시 흥분한 것이다.

"제1로군에 이어 제2로군까지 설립되었다는 소식을 들으면, 왕명과 강생 두 동지는 아마 동무를 업고 다닐지도 모르오."

진담추의 말을 들은 유한흥은 반신반의했다.

그러나 모스크바에 도착한 유한흥은 8·1선언 이후 만주의 항일연군이 어떻게 이 선언을 관철하고 있는지에 대해 왕명과 강생이 얼마나 궁금해 했는지 깊이 실감했다. 왕명이 일곱 차례나 유한흥을 만났다는 설이 있는가 하면, 식사 초대는 물론이고 모스크바에서 묵을 처소까지도 직접 나서서 일일이 챙겨주었다고 한다. 누구보다도 유한흥에게 반한 진담추가 유한흥을 붙잡았다고도 한다.

"굳이 따로 숙소를 찾을 것 없이 제 숙소를 함께 사용하십시오."

원래 유한흥을 군사학교에 보내기로 약속했으나 강생이 나서서 왕명에게 이렇게 건의했다는 설도 있다.

"이 친구는 이미 만주에서 정규 군사교육을 받은 친구니, 군사보다는 동방대학에 보내어 정치공부를 시키는 것이 좋지 않겠습니까."

이렇게 되어 유한흥은 동방대학에 유학하게 되었다. 모스크바에는 이때 동방대학 외에도 공산주의 (미래)국가의 고위급 지도자를 양성할 목적으로 설립된 국제레닌학교[99]도 있었다. 진담추는 이미 이 학교에 재학중이었다. 진담추와 유한흥이 모스크바에서 얼마나 친하게 지냈던지 두 사람은 세상에 둘도 없는 망년지우(忘年之友, 나이를 따지지 않고 사귄 친구라는 뜻)가 되었고, 나중에 유한흥은 진담추의 제의로 이름까지도 진담추의 성을 따라 진룡(陳龍)으로 바꾸게 된다. 유한흥은 그 이후 죽을 때까지 진룡이라는 이름을 사용했다.

---

99 국제레닌학교는 코민테른에서 운영했던 고위급 간부를 교육시키는 학교로 1920년대 후반에 설립되었다. 학생들은 세계 각국에 설립된 공산당에서 추천했으며, 학교를 졸업하고 자기 나라로 돌아간 학생 대부분은 국가 지도자가 되었다. 학생들이 사용하는 언어가 달라 언어로 반을 나눴으며, 중국에서 온 학생들은 초급반과 연구반(고급반)에서 공부했다. 중국공산당과 국민당의 제1차 합작 당시 국민당 고위 관료 자제들도 적지 않게 이 학교에서 공부했다. 풍옥상의 딸과 장개석의 아들 장경국도 이 학교 학생이었다. 중국공산당에서는 오옥장, 동필무, 고순장(변절), 진생, 진방헌, 진담추 등이 공부했고, 이들은 졸업한 뒤 귀국하여 홍군의 고위급 군사지휘관이나 중국공산당 고위직으로 활약했디.

3. ‘왕다노대’[100]의 수난

한편, 유한흥과 함께 모스크바동방대학에서 공부하던 왕윤성에게 불운이 닥쳤다.

왕윤성이 소련으로 들어올 때 같이 왔던 16명 가운데 조선인 2명이 왕윤성과 함께 동방대학에 입학했다. 당시 동방대학 외국부에는 중국어반을 비롯하여 조선어, 일본어, 터키어, 프랑스어, 영어, 러시아어 등 일곱 개의 반이 편성되어 있었다. 왕윤성과 함께 온 조선인 2명은 만주 항일연군에서 파송되어 왔기에 모두 중국인으로 인식되어 중국어반에 배치된 것이다.

하지만 그중 김찬(金燦)[101]이라는 조선인이 중국어를 잘하지 못해 학과목을 따라갈 수 없자 조선어반으로 옮겨달라고 요청했다. 그 바람에 학교에 주재하던 체카[102]에 불려가 심사받게 되었다. 그런데 김찬이 심사받던 도중 탈출하여 모스크바 시내에서 종적을 감춰버리는 일이 발생했다. 체카는 거의 10여 일 동안 모스크바 시내를 샅샅이 뒤졌지만 끝내 김찬을 찾아내지 못하자 왕윤성을 불러 조사하기 시작했다. 왕윤성은 3일 동안 체카에 감금되었다.

진담추와 유한흥의 보증으로 가까스로 풀려나와 계속 공부할 수 있었으나 이듬해 3월에 체카는 다시 왕윤성을 불러들였다.

---

100 왕윤성의 별명, 머리가 보통 사람들보다 커서 ‘왕다노대(王大腦袋)’라고 불렀다. 김일성도 회고록 『세기와 더불어』에서 당시 중국말에 서툰 재만 조선인들이 그를 ‘왕다노대’라고 불렀다고 썼다.

101 화요파의 김찬과는 동명이인이다. 코민테른 중국대표단에서는 1936년에 길동특위의 파송으로 왕윤성 일행과 함께 소련으로 왔던 사람 가운데 관동군에서 파견한 첩자가 들어 있었다고 주장한다.

102 체카는 1917년 12월 20일에 창립된 소련 정치경찰이다. 10월혁명 이후 러시아 내 볼셰비키 반대 세력을 제압하여 블라디미르 레닌이 이끌던 볼셰비키가 적백내전에서 승리하는 데 크게 기여했다. 체카 요원들을 지칭하던 체키스트(Чекист, Chekist)는 이후 소련 비밀경찰의 대명사가 되었다. 체카가 구축한 정치경찰 조직은 카게베(KGB) 같은 소련 정보기관의 시초가 되었다.

"당신이 소련으로 들어올 때 누구의 동의를 거쳤소?"

왕윤성은 이런 황당한 질문에 당당하게 대답했다.

"나는 당의 파견을 받고 소련으로 들어왔습니다."

체카의 요구에 맞춰 소련으로 들어오게 된 경위서도 다시 작성했기에 며칠 지나면 곧 풀려나리라 생각했는데, 이번에는 거의 3개월 동안 감금되어 있었다. 그를 석방하면서 체카의 조사관이 몰래 귀띔해 주었다.

"당신에 대한 조사가 아직 끝난 게 아니오."

왕윤성은 기가 막혀 말이 나오지 않았다.

"도대체 나에게 무슨 문제가 있다는 건지 모르겠습니다. 나는 당의 파견을 받고 소련으로 들어왔고, 이 사실은 지금 동방대학에서 공부하는 진룡이 증명할 수 있습니다. 진룡은 항일연군에서 내 상관이었습니다."

왕윤성이 가까스로 항변했다.

"진룡과 당신의 여자친구가 증명자료를 보냈소. 그래서 이번에도 석방되는 것이지만 아직 보충자료가 더 필요한 상태요. 그 자료가 도착하면 그때 가서야 당신 문제가 완전히 해결됩니다."

왕윤성의 여자친구 이방(李芳)[103]은 이때 이미 동방대학을 졸업하고 만주로 돌

---

103 이방(李芳, 1909-1987년) 요령성 심양시에서 출생했으며 시버족(錫伯族)이다. 본명은 관옥매(關玉梅)이며, 관벽운(關碧云)이라는 별명도 사용했다. 1926년 공청단에 가입하고, 1930년에 중국 공산당원이 되었다. 그의 입당 소개인이었던 도혜명(陶惠明)은 그의 첫 남편이 되었다. 만주성위원회에서 사업하는 동안 도혜명은 유소기의 비서였고, 당시 유소기의 아내였던 하보정(何葆貞)과 이방은 연락원으로 일했다. 이 기간에 이방은 공청단 만주성위원회 서기였던 요수석(해방 후 중국공산당 중앙 조직부장 역임. 고강과 함께 반당집단 우두머리로 몰려 실각)을 여러 차례 구한 적이 있었다. 1930년 요수석의 파견을 받고 남편과 만주리에 가서 교통참을 개설했으나, 도혜명은 체포되어 살해당했다. 그 후 이방은 만주성위원회 추천으로 동방대학에 유학했으며, 졸업하고 한동안 코민테른 일을 돕다가 왕윤성과 만나 사귀게 되었다. 두 사람은 1937년 말에 결혼했으나 이듬해 1938년에 왕윤성이 정식으로 체포되어 재판받으면서 이방도 함께 연루되었다. 부부는 소련의 서로 다른 지방에서 징역을 살았는데, 1955년에야 비로소 무죄로 시정받고 중국으로 돌

아갔으나 의심이 많은 왕명에 의해 다시 모스크바로 불려왔다. 그는 왕명과 담화하는 과정에서 진한장이 쓴 장문의 편지 한 통 때문에 왕윤성에게 불똥이 튀었음을 알게 되었다.

이 편지는 내용 전체가 잘 보존되어, 현재 중국 중앙당안관(문서보관소)에서 열람이 가능하다. 편지는 진한장이 2군 당위원회 및 왕덕태와 위증민 두 사람 앞으로 보낸 것으로, '2사의 작년(1936년) 사업 총결과 금년(1937년)의 사업 계획' 내용이 대부분이다. 그런데 이 계획서 마지막 단락에 왕윤성을 언급한 부분이 있었다.

"정치위원 왕윤성은 작년 적의 추기 대토벌이 바야흐로 다가오고 있을 무렵 노흑산으로 파견돼 활동하면서 불필요한 사정으로 말미암아 심지어는 기회주의적(군사 활동과 관련하여 의논할 일이 있다거나 또는 월동 문제를 의논한다는 이유로 소만 국경 인근에다가 밀영을 건설하여 항일연군이 겨울에는 건너가고 여름에는 다시 나오는 등의 평계를 댔다.)으로 전투 일선에서 이탈하여 소련으로 건너갔는데, 당시 후 연대장(후국충)도 근처 가까운 곳에 있었다. 나는 이와 같은 작태에 대하여 지극히 부적당하다고 보고 있다."[104]

진한장은 이 편지를 1937년 3월 24일에 썼다. 편지를 쓴 곳은 중동로 목릉참 (中東路 穆凌站) 남쪽 50여 리 지점의 대석두하 목방(大石頭河 木邦)으로 편지 말미

아올 수 있었다. 이는 병 치료차 소련에 갔던 유한흥이 직접 중국대사관을 움직여 소련 정부와 교섭한 결과였다. 북경으로 돌아온 왕윤성과 이방 부부는 당시 석탄공업부 부장이었던 옛 친구 종자운의 도움으로 길림성광무국에 배치되었다. 이방은 1987년 9월 24일 77세의 나이로 서란에서 사망했다.

104 진한장의 편지, "2사의 작년(1936년) 사업 총결과 금년(1937년)의 사업 계획", 1937.03.24., 중국 중앙당안관(문서보관소).

에 밝혀두었다. 이 무렵 왕덕태는 이미 세상을 뜬 뒤였다. 2군이 동만을 떠나 활동 지역을 남만으로 아주 옮긴 뒤부터 돈화와 액목 지방에서 활동하던 2군 2사와의 연락도 거의 중단된 상태나 다름없었기에 진한장은 2군 사정에 몹시 어두웠음을 알 수 있다. 왕덕태는 2군 군부 교도대와 3사 산하 8연대의 한 중대를 지휘하여 작전하던 중 1936년 11월 7일 무송현 소탕하촌에서 숙영하다 두 배에 달하는 일만군 600여 명에게 포위당하고 말았다. 아침 7시부터 오후 3시까지 싸우면서 가까스로 포위를 벗어났으나 자신은 소탕하촌 남산에서 총탄을 맞고 사망했다. 이 일은 뒤에서 자세하게 언급하겠다.

이에 앞서 정치부 주임 이학충도 무송현 대감장밀영(大鹹場密營)에서 안도 처창즈와 내두산 시절부터 줄곧 2군과 악연을 쌓아왔던 이도선토벌대와 전투중 숨졌다. 왕덕태와 이학충 같은 군급 지도자들까지 전사하고, 2군은 위증민의 인솔 아래 무척 고전하고 있을 무렵이었다.

그러나 이때는 김성주나 진한장 같은 젊은 지휘관들이 한창 두각을 드러내던 무렵이기도 했다. 진한장이 참모장을 맡았던 2군 2사는 1로군으로 결성되면서 이미 제5사로 바뀐 뒤였고, 5사 사장을 맡았던 사충항이 도문에서 가목사로 통하는 철도를 파괴하러 나갔다가 노송령 구간에서 일본군 호로군에게 반격당해 두 다리가 부러지는 불행을 겪었다. 이렇게 되어 진한장은 사충항을 대신하여 사장(대리)직을 맡았고, 사충항이 1936년 7월 밀영에서 사망하자 정식으로 사장이 되었다.

진한장은 눈부신 활약을 펼쳤다. 앞에서 잠깐 설명했던 대로 남만성위원회 위원과 길동성위원회 위원으로도 선출되었을 뿐만 아니라 교사 출신답게 여느 지휘관들과는 달리 매번 전투 후에는 상황을 분석 정리했고, 새로운 사업을 계획할 때도 모든 것을 반드시 문서로 작성하여 상관이나 상급 당위원회에 보고

했다. 역시 같은 인텔리 출신이었던 위증민은 이런 진한장을 각별히 총애하지 않을 수 없었다.

그런데 왕윤성을 언급한 진한장의 편지가 과연 위증민 손에 정확하게 전달되었는지에 대해 중국 정부 측 역사학자들은 확실한 대답을 내놓지 못하고 있다. 이 편지가 길동성위원회를 거쳐 모스크바에까지 전달된 것은 2군 5사가 지역 특성상 남만성위원회와 길동성위원회의 지도를 함께 받고 있었기 때문이다. 즉, 진한장은 이 편지를 위증민뿐만 아니라 길동성위원회에도 보냈다. 그리고 길동성위원회 서기 송일부는 왕윤성이 언급된 대목을 읽고 바로 이 편지를 한 부 더 베껴서 블라디보스토크의 태평양 비서처에도 보냈음을 짐작할 수 있다.

왕윤성의 아내 이방은 왕명에게 불려가 담화할 때, 남편과의 관계를 정리하라는 권고를 받았다고 한다.

"만약 마영 동무가 정말 이 편지 내용대로 전투 일선에서 도피하여 소련으로 들어온 것이 사실로 확인된다면 저는 관계를 끊겠습니다."

"진한장 동무 편지에서 이미 사실로 밝혀지지 않았소?"

"그렇지만 진룡(유한흥)은 마영이 소련으로 들어온 것은 위증민 동지가 직접 결정한 일이고, 길동성위원회도 다 알고 있는 일이라고 하지 않습니까."

나중에 이방은 이렇게 요청했다.

"위증민 동지에게 연락원을 보내 마지막으로 한 번만 더 확인해 주세요. 확인이 된다면 확실하게 믿을게요."

"좋소. 그럼 그렇게 합시다."

왕명도 드디어 허락했다. 그런데 얼마 뒤 왕명은 연안으로 돌아갔고, 남아서 이 일을 처리하던 오평까지도 연안으로 들어오라는 중국공산당 중앙의 지시를

받고 1938년 2월에 모스크바를 떠나게 되었다.[105]

그러나 이방이 그렇게나 고대하던 위증민의 답장은 오지 않았다.

왕윤성이 체카에서 3개월 동안 감금당했다가 일시적으로 풀려났을 때 조사관이 귀띔해준 '보충자료'라는 건 바로 위증민의 답장을 의미했다.

결국 이 보충자료를 내놓지 못하게 되어 왕윤성뿐만 아니라 이방에게까지도 소련 정부 내무부로부터 정식 체포령이 내려졌고, 두 사람은 소련 연해주 군관구 군사법정에서 각각 징역 8년(왕윤성)과 5년(이방) 형을 받았다.

5년 뒤 먼저 형기를 마친 이방은 여전히 석방되지 못하고 농장에서 계속 강제노동을 하다가 일본군이 투항하고 중화인민공화국이 창건된 지도 한참 지났던 1954년에야 비로소 중국으로 돌아올 수 있었다. 왕윤성은 1946년에 형기를 마치고 역시 이방처럼 노동개조농장에서 10여 년 넘게 강제노동을 하다가 이방보다 3년 더 늦은 1957년에야 주소 중국대사관의 도움으로 중국으로 돌아왔다. 대사관을 움직인 사람은 다름 아닌 유한흥이었다.

4. 유한흥과 강생

유한흥은 1939년에 최우등생으로 동방대학을 졸업했다.

국제레닌학원에서 공부를 마친 진담추도 이때 연안으로 돌아오라는 중국공

---

105 오평은 1938년 2월 말경 모스크바를 떠나 연안으로 돌아갔으며, 중국공산당 중앙 선전부 부부장과 비서장을 겸임했다. 후에 연안의 중국공산당 중앙 마례주의학원(마르크스레닌주의학원)에서 강의했고, 1941년 3월 오늘의 중국공산당 기관지 〈인민일보〉의 전신이었던 〈해방일보〉를 직접 책임지고 창간했디. 오평은 〈해방일보〉의 제1임 편집장이었다. 이듬해 1942년 폐결핵으로 사망했다. 그때 나이가 35세였다.

산당 중앙의 명령을 받았는데, 강생이 특별히 유한흥을 지목해 함께 돌아오라고 했다는 설이 있다. 이유는 후에 밝혀졌다.

당시 소련에서 연안으로 들어가자면 대부분 신강(新疆)을 경유했다. 이때 신강 군벌 성세재(盛世才)는 국민당과의 지방 권력 다툼에서 소련의 후원을 얻기 위해 적극적으로 친소정책을 펴고 있던 때였다. 성세재가 병 치료차 소련 모스크바로 왔을 때, 스탈린은 그를 세 번이나 만나주었다고 한다. 성세재가 얼마나 스탈린에 매료되었는지는 신강을 통째로 떼어내 소비에트연방정부 관할의 가맹공화국으로 가입하게 해달라고 요청한 것에서 알 수 있다.

성세재의 소련에 대한 우호적인 태도에 힘입어 소련공산당의 후원을 받던 중국공산당도 공개적으로 우루무치 시내 안에서 사무소를 운영했다. 당시 이 사무소 책임자는 홍군 시절부터 중국공산당 비밀경찰의 아버지로 불리던 등발(鄧發)이었다. 진담추 일행이 신강에 도착했을 때, 중국공산당 중앙에서는 갑자기 진담추를 신강에 남겨 등발을 대신하게 했고, 등발은 연안으로 돌아와 중국공산당 중앙당교 교장을 맡게 되었다.

'내가 혹시 교사 노릇까지 하게 되는 건 아닌지 모르겠구나.'

처음에 유한흥은 이렇게 생각했다. 그런데 연안에 도착했을 때 그들을 마중 나왔던 강생을 만난 유한흥은 놀라지 않을 수 없었다.

나이가 유한흥보다 20여 세나 많았던 강생은 이때 유한흥으로서는 상상도 할 수 없을 만큼 높은 직책에 있었다. 물론 강생은 사후에 중국공산당으로부터 '음모가', '야심가'로 규정되어 당적은 물론 팔보산 혁명열사묘역에 안장된 유골까지 이장당하는 비운을 겪지만, 연안 시절의 강생은 모택동이 가장 믿고 의존한 조수 중 하나였다. 중국공산당 코민테른 대표단 부단장으로 일하다가 왕명과 함께 연안으로 돌아온 강생은 왕명과 모택동 사이의 권력 저울추가 모택동에게 기운 것을 보고 왕명을 버리고 모택동을 택했다. 모택동 또한 왕명과의 권력투쟁에서 강생의 도움이 절실하게 필요했던 것이 사실이었다.

모택동의 신임을 얻은 강생은 연안에서 지내는 동안 중국공산당 중앙서기처 서기직과 중앙당교 교장직, 중앙노동자운동위원회(中央職工運動委員會) 주임직도 겸직했다. 중앙노동자운동위원회는 국민당 통치구역에서 지하활동을 하던 도시의 비밀 당 조직들까지도 모두 총괄했기 때문에 그의 관할 범위에는 실제로 사회 부문과 정보 부문까지도 포함했다. 중국공산당 중앙에서는 이 위원회에서 두 기구를 따로 만들었는데, 중앙정보부와 중앙사회부였다. 중앙당교 교장직은 등발에게 물려주고 강생은 직접 이 두 기구의 총책임자가 되었다.

"한흥이, 이제부터는 나를 좀 도와주어야겠소."

"연안에는 정강산과 서금에서부터 모 주석을 모시고 함께 장정해온 혁명선배들이 가득한데, 저 같은 신출내기가 뭘 알겠습니까?"

유한흥은 이같이 사양했지만 강생은 전혀 다르게 설명했다.

"남방에서 올라온 동무들 속에는 출신 성분이 불분명한 사람들이 적지 않소. 특히 국민당과 장개석이 파견한 첩자들이 잠복해 있지 않을 거라는 보장이 없소. 그렇지만 한흥이 같은 항일연군 출신들은 다르오. 모 주석께서는 동북 항일 전장에서 직접 일본군과 싸우다가 온 동무들에게 훨씬 더 큰 믿음이 있다오. 물론 나도 마찬가지요."

이는 나중에 발생한 '연안정풍운동' 때 사실로 증명되었다.

1941년 1월에 발생한 '환남사변(皖南事變)'[106] 이후 국민당에 정치·군사 보복

---

106 환남사변은 1941년 1월에 중국 안휘성(安徽省) 남부에서 발생한, 국민 정부군과 공산군의 무력 충돌 사건이다. 공산계 신사군이 안휘성 남부에 도착했을 때 국민 정부군이 습격하여 양당 합작이 깨질 뻔했으나, 공산당의 냉정한 대처로 위기를 넘겨 항일전쟁 전 기간에 국공합작의 틀을 끝까지 유지할 수 있었다.

을 감행하려 했던 모택동의 일부 정책이 소련 정부와 스탈린에 의해 모두 제지 당했는데, 모택동은 이를 왕명의 농간 때문이라고 판단했다. 겉으로는 중국공산당 내부의 순일성을 위한 것으로 내세웠지만, 실제로는 지난 10여 년 동안 중국 공산당 내에 불멸의 요새처럼 탄탄하게 구축된 왕명 세력을 축출하기 위해 벌인 당내 투쟁이었다. 이 투쟁의 후기에는 트로츠키주의자와 국민당 첩자 같은 반동분자 색출운동과 결합해 각 당원에 대해 더욱 엄격한 사찰과 자아비판이 실시되었다.

이때 무차별적으로 스파이로 색출되어 처형된, 억울하게 누명을 쓴 사람들이 아주 많았다. 때문에 이들에 대한 복권은 1980년대 이후까지도 계속되었다. 그 유명한 『아리랑의 노래』의 주인공인 조선인 독립운동가 김산도 그중 한 명이 었다.

국민당이 파견한 특무로 몰려서 처형당한 사람들 대다수는 남방에서부터 2만 5,000리 장정을 거쳐 연안에 도착했던 홍군 출신 간부들이 다수였다. 반면에 유한흥처럼 국민당이나 장개석과는 아무 상관없이 만주에서 일본군과 싸우다가 소련을 거쳐 연안으로 들어온 사람들은 자연스럽게 무사할 수밖에 없었다. 이때 연안에는 유한흥뿐만 아니라 이연록, 이범오(이복덕), 종자운 등 만주에서 항일투쟁을 하다온 사람들이 적지 않았다.

유한흥이 강생 눈에 들어 중국공산당 중앙사회부 정찰과장과 간첩숙청실 주임직을 맡다 보니, 연안에서 정풍운동을 경험했던 항일연군 출신들은 남들이 모두 무서워 벌벌 떨고 있을 때도 발을 뻗고 편하게 잠잘 수 있었다.

1945년 일본군이 투항하고 장개석의 초청을 받은 모택동이 중경으로 담판하러 갈 때도 최측근 신변경호 임무를 누가 맡을지 초비상이 걸린 적이 있었다. 이때 주은래의 신변경호관이었던 용비호(龍飛虎)[107]와 강생의 심복이나 다름없었던 유한흥이 뽑혔다.

'중경담판' 기간에도 유한흥은 일화를 남겼다. 공산당에게 남편을 잃은 한 여성이 중경에서 모택동을 암살하려고 건달 무리를 고용하여 시내 한 장거리에서 백성들과 만나 악수하던 모택동을 습격한 적이 있었다. 그때 유한흥이 모택동 곁에 붙어서 있다가 모택동 대신 뒤통수를 몽둥이로 얻어맞았는데, 이 일은 모택동에게 아주 깊은 인상을 남겼다. 중경에서 돌아온 뒤 모택동은 곽말약에게 선물받은 스위스제 오메가 손목시계를 유한흥에게 주었을 뿐만 아니라 직접 주은래에게 지시하여 유한흥을 더 높이 중용하게 했다. 중국공산당 정보 부문을 총괄했던 주은래는 강생과 의논하여 유한흥을 중국공산당 남방국 사회부 부장 겸 남방국 정보부장으로 임명하려 했다. 그러나 강생과 담화하면서 유한흥은 간절하게 요청했다.

"강생 동지. 난 매일 밤 만주로 돌아가는 꿈을 꾸고 있습니다."

이에 강생도 어쩔 수 없었다. 유한흥은 중국공산당 중앙사회부에 당적을 그대로 두고 동북국 당위원회로 파견되는 형식을 취했다. 유한흥은 1945년 광복

---

107 용비호(龍飛虎, 1915-1999년) 강서성 영신현 남향 사파촌(永新縣 南郷 斜坡村) 출신이며, 어릴 적 이름은 용소보(龍小寶)였다. 1930년 15세 때 홍군에 참가하여 제3군단 산하 6사 7연대 통신반 반장으로 있다가 군단 보위국 정찰병으로 옮겼다. 이때 15세밖에 안 된 용비호가 1군단 군단장이었던 임표 수하의 한 대대장이 전투 중 부대를 버리고 도주하는 것을 뒤쫓아 가서 총으로 쏘아 죽인 일이 있었다. 60년이나 흐른 뒤에도 임표가 이때 일을 잊지 않고 어느 군위 확대회의에서 용비호를 만났을 때 "네가 열다섯 살 때 내 수하의 대대장 하나를 죽인 적이 있었지." 하고 말해서 깜짝 놀랐다는 일화가 전한다. 용비호는 상관이었던 팽설봉의 추천을 받아 1936년 12월경부터 주은래의 경호관이 되었고, 시종부관으로 주은래 뒤에 그림자처럼 붙어 다녔다. 1945년 '중경담판' 때 주은래의 추천으로 진룡(유한흥)과 함께 모택동을 경호했고, 그 후부터 모택동의 행정비서 겸 중앙 종대 제1대대 대대장이 되었다. 해방 후 용비호는 14년 동안이나 복건군구 후근부장(後勤部長, 군 복지를 담당하는 부서)을 맡았다. 문화대혁명 기간에 '반역자'로 몰려 하마터면 체포될 뻔했으나, 그의 아내가 주은래를 찾아가 억울함을 호소하여 무사히 풀려나올 수 있었다.

이후 중국공산당 북만군구 사회부장과 송강성위원회 상무위원 겸 하얼빈시 공안국 국장을 맡았다. 이때 중국공산당 하얼빈 시위원회 서기였던 종자운과 함께 합세해 하얼빈에서 폭동을 조직하던 강붕비(姜鵬飛)[108]의 국민당 동북선견군(國民黨 東北先遣軍)을 진압했다. 이 사건을 주제로 한 드라마[109]가 최근 중국 정부에서 제작되어 방송되기도 했다.

1949년 12월 국민당 수도였던 남경이 공산당에 점령될 때 장개석은 대만으로 철수하면서 남경 시내 안에 상당수의 특무를 잠복시켰는데, 이들을 색출하는 작업 또한 만만치가 않았다. 모택동은 이때도 또 먼 북방땅 하얼빈에 있었던 유한흥을 직접 지명해서 남경으로 불러와 이 색출작업을 맡겼다. 하얼빈에서 남경으로 날아간 유한흥은 다시 남경시 공안국장에 임명돼 특무들을 모조리 검거했다.

이와 같이 대간첩 분야에서 두각을 드러낸 유한흥은 1950년 11월 북경으로 돌아와 공안부 제1국(정치보위국) 국장에 임명되었을 뿐만 아니라 이태 뒤인 1952년 4월에는 공안부 부부장으로까지 승진했다.

이는 당시 살아남았던 항일연군 출신 간부들 가운데 주보중보다 더 높은 직

---

108 강붕비(姜鵬飛, 1907-1946년) 요령성 금현에서 태어났으며 1924년 성립 제5사범학교를 졸업했다. 그 후 동북 강무당에서 공부했고, 1931년에 흑룡강 제2독립여단 산하에서 연대장으로 복무했다. 9·18만주사변 이후 일본군에 투항했고, 1933년에는 일본에 파송되어 일본육군사관학교와 일본육군대학에서 공부했다. 졸업할 때 일본 천황의 접견까지 받았으나, 1945년 이후 일본군의 대세가 기우는 것을 보고 즉시 국민당과 연계해 장개석으로부터 국민혁명군 신편 27군 군장에 임명되었다. 1946년 2월, 강붕비는 하얼빈에 침투하여 무장폭동을 준비했다. 하얼빈 시내에 본거지를 두었던 만주 지방 황창회(黃槍會) 수령 이명신(李明信)과 합작하여 1946년 8월 28일에 폭동을 일으키려 했으나, 이틀 전인 8월 26일에 하얼빈 공안국장을 담당했던 유한흥에게 발각되어 체포되고 말았다. 폭동은 무산되었고, 강붕비는 1946년 9월 10일에 하얼빈에서 총살당했다.

109 2017년 3월부터 중국 동방위성(東方衛視)과 북경위성(北京衛視)에서 처음 방영된 드라마 〈여명의 결전(黎明決戰 劉江執導)〉은 유한흥이 하얼빈 공안국장이었던 기간에 강붕비가 지휘하던 국민당 동북선견군의 8·28폭동 진압 과정을 주제로 하고 있다.

위였던 셈이다. 그런데 직위와 상관없이 중국공산당 중앙 간부들 가운데 '중경담판' 시절 모택동의 최측근 경호관이었던 유한흥을 모르는 사람이 거의 없었다. 더구나 누구에게 개인 물건을 선물한 적이 별로 없는 모택동에게서 당시로는 굉장히 소중했던 스위스제 손목시계까지 선물 받아서 차고 다녔다는 사실은 유한흥의 지위를 더욱 공고히 해주었다.

5. 도망주의자가 된 왕윤성

왕윤성의 아내 이방은 소련에서 강제노동을 하게 되었을 때부터 계속 중국공산당 동북국과 길림성 성장 주보중 앞으로 억울함을 호소하는 편지를 보냈다. 하지만 당시는 국공 내전기간으로 만주에서는 임표가 지휘했던 동북민주연군(東北民主聯軍, 중공군 제4야전군의 전신)이 국민당 군대와 대대적인 전투를 벌이던 무렵이어서 편지가 제대로 전달되지 않았을 것이다. 그뿐만 아니라 왕윤성과 이방을 기억하는 사람도 별로 없었다.

나중에 주보중은 우연히 이방의 편지를 전달받았다.

"마영의 죄목이 '항일연군의 도망주의자'로 되어 있는 건 당치도 않은 소리요. 그가 소련에 들어간 것은 당시 길동특위와 동만특위에서 함께 내렸던 결정이고, 나도 아는 사실인데 어떻게 '도망주의자'로 볼 수 있단 말이오."

주보중은 몹시 분개했다.

주보중은 직접 증명자료를 작성해 동북국에 보내고, 이방에게도 회답편지를 보냈다. 그 결과 이방은 먼저 풀려났지만 소련 정부 내무부는 여전히 왕윤성을 풀어주지 않았다. 주소 중국대사관에서 외교부를 통해 보내온 답신은 다음과 같았다.

"이방은 억울하게 연루된 점이 밝혀져 소련 측에서도 그에 대해 잘못 판결했음을 인정했지만, 왕윤성에 대한 판결은 증거자료들이 모두 명명백백하므로 풀어줄 수 없다고 합니다."

놀랍게도 이방은 10여 년이라는 긴 세월을 소련의 감옥과 강제노동수용소를 오가며 버텨왔지만, 이때 중국정부 외교부와 중국공산당 동북국위원회의 답신까지 받고서는 더는 왕윤성에 대한 믿음을 고집할 수 없었다.

"마영에게 확실히 문제가 있긴 있었구나."

이때에 이르러서는 아내 이방까지도 왕윤성에 대한 믿음을 버리지 않을 수 없게 되었다.

그러나 따지고 보면 그 '명명백백하다'는 증거자료가 여전히 진한장이 생전에 남겨놓은 편지였다. 더구나 이 편지를 쓴 진한장과 편지 수신자였던 왕덕태와 위증민이 이때는 모두 사망하고 없었기 때문에 왕윤성은 이 누명을 해명할 수 없게 되고 말았다.

왕윤성의 아들 마유가(馬維嘉)는 이런 이야기를 들려주었다.

"그때 내 아버지 문제를 증명해줄 수 있었던 사람은 주보중 외에도 또 몇 명이 더 살아 있었다. 북조선에 가서 국가주석이 된 김일성도 그때 밀영에서 내 아버지와 만났던 적이 있었다. 주보중의 경위원이 임무를 받고 평양에 갔던 적이 있었는데, 그때 내아버지 일을 알고 있었던 몇몇 사람이 그 경위원에게 김일성과 만나면 '마영의 문제를 해결할 수 있도록 증명자료를 한 장 받아오라.'고 시켰으나 그 경위원이 돌아와서 하는 말이 김일성이 들어주지 않더라는 것이다."[110]

어쩌면 김성주는 임무 집행차 평양에 들어왔던 주보중의 경위원(유의권劉義權
일 가능성이 있다)에게서 왕윤성의 일을 자세히 들었을 것이고, 여기에 진한장이
관계되었다는 사실도 알게 되었을 것으로 보인다. 이로 인해 김성주는 회고록을
집필하면서 왕윤성과 진한장 사이에 발생한 이 문제는 전혀 언급하지 않았던
게 아닐까 싶다.

한 사람(왕윤성)은 민생단사건에 연루되었을 때 생명까지 구해준 은인이자 상
사였고, 다른 한 사람(진한장)은 길림 육문중학교 시절부터 사귄 절친한 친구였기
때문이다. 항일연군에서 김성주와 진한장은 거의 비슷한 시간대에 함께 2군 산
하의 5사와 6사 사장이 되었고, 1로군이 결성되면서는 함께 1로군 산하 2방면군
과 3방면군 지휘관을 맡았다.

북한에서 김성주의 '가장 충직한 전사'로 칭송받는 최현도 따지고 보면 항일
연군 시절 김성주의 부하가 아니라 진한장의 부하[111]였다. 북한에는 진한장의 부
하였던 사람이 적지 않다. 최현 외에도 안길, 김동규, 조정철 등이 모두 3방면군
출신들이다.

그러니 아무리 주보중이 부탁했더라도 김성주가 진한장의 이미지를 손상시
킬 만한 증명자료를 절대 써주지 않았을 것이다. 더는 남편 문제를 해결할 방법
이 없다고 판단한 이방은 1955년에 왕윤성과의 혼인관계를 정리한다. 마유가는
"아버지가 소련에서 풀려나와 중국으로 돌아온 뒤 아버지를 만난 어머니는 그

---

110 취재, 마유가(馬維嘉) 중국인, 항일연군 유가족, 왕윤성의 아들, 취재지 서란, 1984.
111 최현은 1930년대 후반기부터 동북항일연군 제1로군 산하 제3방면군에 소속되었으며, 진한장이
     총지휘로 임명되었던 제3방면군 산하 제13연대 연대장직을 맡았다.

의 귀빰을 때리면서 '반역자야, 너랑 이혼할 테다.' 하며 울부짖었다."고 이야기
했지만, 하얼빈시가 보관한 당시 기록을 보면 "이방은 1954년에 소련에서 풀려
나온 뒤 하얼빈 주재 소련영사관에서 러시아통역관으로 일했으며, 이때 이미 이
혼신청서를 당 조직에 제출했다."고 기재되어 있다.

그 뒤로 모든 사람이 왕윤성을 잊고 지냈다.

누구도 그를 기억하지 않았고 설사 기억해도 이름을 입에 담기 꺼려하던 때,
모스크바에서 병 치료를 받던 유한흥이 하루는 중국대사관에 놀러갔다가 대사
장문천(張聞天)과 한담을 주고받았다. 그때 무관(武官)으로 임명받고 부임한 지
얼마 안 된 한진기(韓振紀)[112]라는 중공군 장군이 들어와 유한흥에게 인사를 건넸
다. 그는 1930년대 소련 내무부에서 판결한 중국공산당 출신 범죄자에 대한 기
록을 보았는데, 그 속에 항일연군에서 정치위원이었던 사람이 있다고 말했다.

한진기는 유한흥이 항일연군 출신임을 알고 있었던 것이다.

"판결서에는 이 사람이 동방대학에서 공부하던 중 만주의 당 조직에서 이
사람이 소련으로 도망쳤다는 고발편지가 들어와 체포되었다고 합니다. 그는
그동안 억울한 사정을 호소하는 편지를 계속 소련 정부에 제출하고 있었다고
합니다."

한진기의 말을 들은 유한흥은 깜짝 놀랐다.

---

112 한진기(韓振紀, 1905-1975년) 1924년 보정육군 군관학교에서 공부했고, 1930년 국민당 서북군에
    서 참모로 활동했다. 후에 홍군에 귀순하여 2만 5,000리 장정에 참가했고, 연안 시절에는 팔로군
    115사 산하 연대정치위원을 거쳐 중국공산당 중앙당교 연구실 주임직을 역임했다. 1940년에 유
    소기와 함께 신사군(新四軍)에 파견되어 군공부장(軍工部長)을 맡았다. 이후 동북국으로 옮겨 동
    북민주연군 길도(吉圖) 경비사령관이 되었고, 중화인민공화국이 창건된 뒤에는 총참모부로 옮겨
    후근부 기계관리 부장이 되었다가 1955년에는 소련주재 중국대사관 무관으로 파견되었다. 1975
    년 3월 30일 북경에서 사망했다.

"아, 마영일 겁니다."

유한흥은 곧바로 한진기에게 그 자료를 구해달라고 하여 읽어보았다. 무관 직책상 소련 내무부와 자주 접촉했던 한진기는 즉시 왕윤성과 관련된 내무부 자료를 구해왔고, 장문천의 동의를 얻어 중국 정부 외교부 이름으로 소련 정부에 공문을 발송했다.

소련에서는 왕윤성을 강제노동수용소에 붙잡아 둘 이유가 더는 없었다. 이미 징역 8년 형기도 마친 데다 중국 정부에서 그에 대한 혐의가 오해에서 비롯된 것이며 따라서 그는 무죄라는 공문서를 보내왔기 때문이다.

"이 사람이 소련으로 들어간 것은 당시 동만특위와 길동특위 결정에 의한 것이었고, 주보중 동지와 나도 모두 알고 있는 일이었습니다."

유한흥이 당시 공안부 제1부부장과 정치보위국 국장 신분으로 왕윤성의 무죄를 증명하는 자료를 직접 작성하여 제출했기 때문에 북경으로 돌아와 잠시 무직 상태였던 왕윤성은 중국공산당 북경시위원회로부터 당적을 회복받았다. 그뿐만 아니라 조직 부문에서는 그의 당령(黨齡)을 1930년부터 계산해 주었다.

왕윤성이 한동안 북경에서 지냈던 것도 유한흥 때문이었다.

왕윤성은 자신이 젊은 시절을 보냈던 길림성으로 돌아가려 했으나 소련에서 직접 그를 데리고 북경에 온 유한흥은 이 무렵 북경에 와 있었던 종자운과 함께 왕윤성의 직장 문제를 의논했다. 석탄공업부 부장이었던 종자운의 도움으로 왕윤성은 종자운의 관할하에 있었던 북경광업학원에 배치되어 한동안 번역실 주임직을 맡아 지내기도 했다. 그러다가 1958년 10월에 유한흥이 병으로 죽자 왕윤성도 더는 북경에서 살 재미가 없어지고 말았다.

여기서 종자운이 들려주었던 이야기를 마저 보충한다.

"진룡이 죽고 나서 마영이 그렇게 슬퍼하는 것을 처음 보았다. 그는 진룡이 없는 북경에서 무슨 재미로 더 살겠는가 하면서 만약 자기를 조금이라도 더 오래 살게 하겠으면 하루라도 빨리 길림성으로 보내달라고 나한테 매일같이 전화해서 애를 먹었다. 사실은 마영도 그때 몸이 좋지 않았다. 마영과 진룡은 동갑인데, 그해 쉰 살도 안 된 진룡이 먼저 돌아가고 마영도 시름시름 앓기 시작했다. 원래 머리가 커서 '다노대'라는 별명이 있었는데, 병 때문에 얼굴까지 부어서 머리가 평소보다도 무척 더 크게 보였다. 석탄공업부 경비실에 찾아와서는 나를 밑으로 내려오라고 불렀다. 나는 마영을 교하탄광 부광장으로 내려보냈다가 후에는 서란광무국 부광장으로 이동시켰다. 1930년에 입당하고 제2군 2사 정치위원과 남만성위원회 위원까지 했던 마영의 행정급별이 겨우 12급밖에 되지 않았다. 12급이면 과장이나 기껏해야 부국장밖에 될 수 없었다. 그러나 탄광과 광무국 노동자들은 모두 마영을 존경했고, 사람들은 그에게서 항일연군 이야기를 듣기 좋아했다."[113]

후에 왕윤성은 건강이 악화되어 서란광무국 부국장직도 내려놓고 공회 주석 이름을 걸고 그곳 부대 장병들과 학생들에게 항일연군 시절 이야기를 들려주는 재미로 인생을 보냈다. 그러나 유감스럽게도 그가 들려주었던 이야기 속에서 당시 길림성 경내에서 가장 유명했던 항일영웅 진한장의 이름이 나온 적은 단 한 번도 없었다.

길림성 정부에서는 길림성 출신 항일영웅 진한장을 대대적으로 추모했다. 진한장 기념비가 여러 곳에 만들어졌는데, 1948년 10월 옛 관동군 사령부 지하창고에서 발견된 진한장의 수급(首級)은 하얼빈열사능원에 모셨다. 진한장이 태어

---

113 취재, 종자운(鍾子雲) 중국인, 항일연군 생존자, 취재지 북경, 1991~1992.

났던 동네 이름도 한장향이라 명명했을 뿐만 아니라 진한장이 다닌 오동중학교 이름도 한장중학교로 바뀌었다. 명절만 되면 많은 사람이 진한장 기념비를 찾아가 꽃다발을 바쳤다.

서란에서 돈화는 기차로 5, 6시간밖에 안 걸리지만, 왕윤성은 죽을 때까지 진한장에 대한 앙금을 풀지 못했다. 왕윤성은 1965년 10월에 서란에서 55세 나이로 사망했다. 당시 서란현 경내의 탄광과 광무국 노동자, 중·소학교 학생들까지 합쳐 2만여 명이 왕윤성의 추도식에 참가했다.

"김일성이 혹시 화환을 보내지는 않았습니까?"

"없었습니다."

"중국 주재 북조선대사관에서 추도식에 참가한 사람은 없습니까?"

"내 기억에 그런 사람들을 본 적이 없습니다."

당시 왕윤성 추도식에 참석했던 종희운의 대답이다.

종희운은 김성주가 죽지 않고 아직 살아 있을 때, "북조선 김일성이 마영의 경위중대장이었다."고 증언했다가 중국공산당 길림성위원회의 한 관계자에게 불려가 경고를 받은 적이 있었다고 필자에게 고백하기도 했다. 나중에는 많은 사람이 그를 공격했는데, 이는 자신의 증언에 대해 북한에서 중국 외교부에 항의했기 때문이라고 설명했다.

이때 김성주에게는 그만큼 왕윤성이 아주 불편한 존재가 되었음이 틀림없다. 때문에 회고록을 집필할 때 왕윤성 이름을 근본적으로 꺼내기 싫었을지도 모른다. 그러나 그렇게 하기에는 당시 왕윤성의 위치가 너무나 중요했다.

1930년대 초엽 왕청 지방 사람들은 동만특위 서기 동장영이나 위증민을 모르는 사람들은 많았어도 '동만특위 마영'이라면 모르는 사람이 거의 없을 지경이었다. 또한 회고록을 집필할 당시까지도 종자운이 아직 건강하게 지내면서 여기저기에서 많은 인터뷰를 하고 있었고, 회고담까지 썼을 때여서 북한의 당 역사 연구소 관계자들도 역시 함부로 왕윤성의 존재를 무시할 수 없었을 것으로 보인다. 그러나 회고록에서뿐만 아니라 북한에서는 오늘날까지도 김성주가 민생단사건 때 하마터면 체포되어 총살당할 뻔했던 일과 왕윤성과 종자운 덕분에 가까스로 살아남았다는 사실만큼은 꽁꽁 숨기고 있다.

25장

미혼진과 마안산

"아무리 어렵고 역경에 처할지라도 항상 기회는 있는 법,
그 기회를 찾으려 하지 않고 낙심한 채 아무것도 하지 않는다면
난 아마 지금까지 살아오지 못했을지도 모르오."

1. "에잇, 이놈의 민생단 바람"

1936년 3월은 김성주에게는 기쁨과 슬픔이 함께 교차하는 달이었다. 기쁨이라면 코민테른 제7차 대표대회에 참가했던 위증민이 돌아와 불과 몇 달 전까지도 내내 마음을 괴롭히던 민생단 유령을 깨끗하고도 철저하게 벗어던질 수 있었기 때문이다. 그것이 얼마나 큰 괴로움이었는지 앞에서 여러 번 설명했듯이, 김성주는 인생 말년까지도 두고두고 이때 일을 잊지 않았다. 오죽했으면 사회안전부 책임자를 임명할 때마다 민생단사건의 교훈을 예로 들면서 주의를 주었다고 한다.

기쁨은 고통과 괴로움의 크기에 비례했다. 2월 초순경의 북호누회의를 전후하여 주보중이 가장 신뢰하는 심복 중 하나였던 진한장에게 2군 부대 개편과 관

련한 내막을 이미 상세하게 들었던 김성주는 자신이 새로 설립될 사단의 사단장으로 물망에 오른 것도 알고 있었다. 그러나 그때까지도 마음 한 구석은 여전히 불안했다. 특히 조아범과 방진성의 존재는 계속 껄끄러웠다. 이 두 사람은 여전히 조선인들 속에 민생단이 적지 않게 존재한다고 주장했다. 또 3연대 주력부대가 방진성 손에 있어 새로 설립되는 사단의 기간부대가 조아범의 2연대와 방진성의 3연대로 이루어진다면 이 사단의 군사책임자로 반드시 김성주가 임명되리라는 보장도 없는 터였다.

하지만 위증민이 온 다음 불안한 마음이 깨끗하게 해소되었다. 위증민은 한발 더 나아가 조선민족 이름의 독립부대를 설립하고, 독립 당 조직까지도 따로 만들 수 있다는 오평의 건의를 코민테른의 방침처럼 여기며 추진하려 했기 때문이다.

기쁨은 여기에서 끝이 아니었다. 2월 17일 남호두회의를 마친 위증민 일행은 김성주가 직접 인솔한 100여 명의 전투부대 호위를 받으며 무사히 할바령을 넘어 안도현 경내로 들어설 수 있었다. 거기에 왕덕태와 이학충이 주보중과 만나러 올 때 대동하고 왔던 군부 교도대대까지 합치면 행군대오는 자그마치 200여 명에 가까웠다. 때문에 일본군 눈에 띄지 않고 몰래 행동하기가 쉽지 않았다. 행군 도중 몇 번이나 전투를 벌일 뻔했으나 김성주는 자칫하다가는 군부 수뇌부를 통째로 위험에 빠뜨릴 수 있다는 걱정에 극도로 자제했다. 때문에 부대가 액목과 돈화를 빠져나올 때는 주로 밤에만 행군하고 낮에는 숲속에서 숙영하는 것을 원칙으로 했다.

이때 왕덕태의 파견으로 먼저 할바령을 넘어갔던 1연대 군수부관 정응수가 부리나케 안도의 미혼진밀영으로 달려가 위증민 일행이 지금 남호두에서 출발하여 벌써 안도현에 들어섰다는 소식을 1연대 연대장 안봉학에게 알렸다.

"제가 위증민 서기와 왕덕태 군장을 마중하겠습니다."

정치위원 주수동이 자청하고 나섰다.

왕덕태와 이학충이 주보중과 만나러 떠난 뒤에는 조아범도 더는 내두산에서 지내지 않고 무송 쪽으로 이동했는데, 이때 주수동이 보낸 연락원이 와서 위증민과 왕덕태, 이학충 등이 모두 1연대 밀영에 도착하여 그곳에서 2군 당 위원회를 소집한다는 소식을 전해주었다. 그리하여 조아범은 평소 데리고 다니던 경위소대에 한 중대를 추가해 미혼진밀영 쪽으로 허둥지둥 달려가다가 갑자기 발길을 돌려 왕바버즈로 향했다.

그곳에서 김홍범을 만난 조아범이 다그치며 물었다.

"김 형, 그때 처창즈에서 마안산 쪽에 모아놓았던 민생단 혐의자들은 모두 어떻게 처치했나요?"

조아범이 '김 형'이라고 자신을 부르자 김홍범은 내심 놀라지 않을 수 없었다.

김홍범은 나이가 조아범보다 대여섯살이나 많았지만 그동안 조아범에게서 한 번도 연장자 대우를 받아본 적이 없었기 때문이다. 그 흔한 '라오찐'이라는 호칭도 한 번도 사용하지 않았다.

"일부는 병으로 죽었고, 어른들은 제가 그동안 식량공작대로 데리고 다녔습니다. 마안산 쪽에는 아이들밖에 없을 것입니다."

"그럼 그 아이들은 지금 누가 돌보고 있습니까?"

김홍범은 못내 불안한 표정으로 안절부절못하는 조아범을 어리둥절한 눈빛으로 바라보았다.

"처창즈 때부터 아동단 일을 돌보던 황순희와 김정숙한테 맡겨놓았습니다만, 갑자기 왜 그러십니까?"

"왠지 느낌이 좋지 않아서 그럽니다. 위 서기가 소련에서 돌아왔다고 합니다.

마중 갔던 왕 군장과 이학충 주임도 모두 돌아왔는데, 대대적인 부대 개편이 있을 거라고 하더군요."

"영안으로 갔던 원정부대들도 모두 돌아온 건가요?"

"연락원이 그러던데 원정부대는 모두 영안 쪽에 남겨두고 김일성 동무만 부대를 데리고 돌아왔다고 합니다."

김홍범은 조아범이 불안해 하는 이유를 금방 짐작할 수 있었다.

왕바버즈의 깊은 산속에서 세상과 거의 격리되다시피 하여 지내던 김홍범이었지만, 그나마 식량공작대를 책임지고 산 밖으로 나갈 기회가 있어 바깥소식에 아주 어둡지는 않았다. 한 번은 김산호가 마안산의 아이들이 굶고 있다는 소식을 듣고 노루를 사냥해서 직접 김홍범을 찾아온 적도 있었다.

"이봐, 조아범 동무 귀에 들어가면 난리날 텐데, 어쩌자고 이러나?"

"홍범 동지만 눈 딱 감으면 될 일인데, 왜 이리도 겁에 질려 벌벌 떠십니까? 설마하니 아이들한테 고기 좀 먹였다고 조아범 동지가 우리를 처분까지야 하겠습니까?"

김홍범은 다른 사람이 없을 때 김산호에게 벌컥 화를 냈다.

"산호야. 여기 밀영에 있는 중국 대원들이 모두 조 씨의 눈과 귀라는 것을 잘 알면서도 그러느냐? 괜히 일이 터지면 너는 무사할지 모르겠지만 나는 무사하지 못할 거야."

"에잇, 이놈의 민생단 바람, 왜 2연대에서는 끝이 없답니까?"

김산호는 투덜거리면서 노루를 메고 다시 돌아가 버렸다. 이것이 불과 며칠 전 일이었다. 조아범은 김홍범에게 이런 지시를 내렸다.

"내가 회의 갔다가 돌아올 때 들르겠소. 그동안 우리가 처창즈 때부터 만들었던 민생단 혐의자들 심사자료를 모두 재검토해보기 바라오. 혐의가 분명치 않거나 근거가 부족한 자료들은 모두 소각해버리고 혐의가 확실한 자들은 모두 처형해 버리오."

"네? 그게 무슨 말씀입니까? 처형하라니요?"

김홍범은 너무 놀라 방금 들은 말이 믿기지 않았다. 혹시 자기가 잘못 들은 게 아닌가 다시 확인했다.

"문제 없는 사람들은 내놓고, 문제가 확실한 자들은 모조리 처형해도 좋다고 했습니다."

김홍범은 덜덜 떨면서 조아범에게 요청했다.

"조아범 동지. 제발 처형만큼은 재고해 주십시오."

"홍범 동무. 왜 이리 무서워하십니까?"

"솔직히 말씀드리면, 지금 저에게는 처형을 집행할 능력도 권한도 없습니다."

"아니, 능력도 권한도 없다니? 그게 무슨 소립니까?"

"지금 제가 데리고 있는 대원들 거의 모두 혐의가 있다고 의심받는 동무들입니다. 제가 혼자서 무슨 방법으로 그들을 처치합니까? 문제가 별로 엄중하지 않은 동무들 문서는 소각해 버리겠지만, 처형하는 일은 집행할 수 없습니다. 제발 사정합니다. 이 일은 다른 동무에게 맡겨주십시오."

김홍범은 조아범에게 애걸복걸하다시피 했다.

"좋소. 그러면 처형하는 일은 내가 돌아오는 길에 다시 보겠소."

조아범도 일단 한발 물러서고 말았다.

2. 김홍범과 주수동

조아범이 떠난 뒤 김홍범은 이틀 밤낮을 문서들을 뒤적거리면서 고민했다.

'에라, 나도 더는 이 노릇을 못해 먹겠구나.'

김홍범은 혐의가 적은 사람들 문서는 다 태워버리고, 자기 나름 비교적 문제가 엄중하다고 판단한 사람들을 몰래 불러다가 귀띔해 주었다.

"이제 조 씨가 다시 돌아오는 날에는 동무들의 생명을 보장할 자신이 없으니 지금이라도 살길 찾아서 떠나도 난 말리지 않겠소. 그러니 모두 알아서 하오. 나도 더는 모르겠소."

그런데 이 사람들이 이구동성으로 대답했다.

"우린 여기서 죽으면 죽었지, 산에서 내려가지 않겠소."

그 말을 듣고 김홍범은 땅이 꺼지게 한숨을 내쉬었다.

"나중에 무슨 일이 생겨도 결코 나를 탓하지 마오."

"저희를 위하는 홍범 동지 마음은 잘 알겠습니다."

"기어코 저희를 죽이려 한다면, 저희도 그냥 당하지만은 않겠습니다."

"차라리 조 씨를 죽여 버리고 저희도 죽겠습니다."

이렇게 민생단으로 몰렸던 사람들 가운데는 조아범을 죽이려고 벼르는 사람까지 생겨나게 되었다. 이는 조아범의 자업자득이었을 것이다.

김홍범은 태우지 않고 남긴 문서들을 배낭에 넣어 둘러메고 그길로 혼자 왕바버즈를 떠나 산속에서 방황하고 다녔다. 그러다 20여 일 뒤 오늘의 안도현 신합향(新合鄕) 부근의 한 동네 입구에서 오가는 행인들의 짐을 뒤지던 자위단에 붙잡혔다.

배낭을 뒤지던 사위단원들은 다행히도 글을 모르는 까막눈이었다.

"이것이 모두 무엇이오?"

김홍범은 능청스럽게 둘러댔다.

"아, 이것은 학생들의 학습장입니다. 저는 선생입니다."

안경 쓴 김홍범이 교사같이 보이기도 해서 자위단원들은 그의 말을 믿었다. 그런데 김홍범이 땅에 떨어진 배낭을 집으려 허리를 숙일 때 그의 옆구리에서 삐죽이 나온 권총손잡이가 눈에 띄었다.

"이자한테 권총이 있다!"

그 자위단원이 놀라서 소리 지르며 총구를 겨누자 김홍범도 어쩔 수 없이 권총을 뽑아들어 그자부터 쏘아 눕히고 말았다. 그러고는 배낭을 둘러메고 바로 돌아서서 산 쪽으로 달아나기 시작했다. 한참 뛰다가 뒤를 돌아본 김홍범은 희한한 광경을 보게 되었다.

아까 자기와 함께 동네로 들어가려고 줄을 섰던 주민 가운데 몇몇 장정이 저마다 총을 뽑아들고 나와서 자기 뒤를 쫓던 자위단원들을 공격하고 있었다.

"혹시 2연대 부관동지?"

다행히 그 가운데 김홍범 얼굴을 아는 사람 하나가 있었던 것이다.

"그렇소. 내가 김홍범이오. 그런데 동무들은 누구요?"

"아, 홍범 동지가 맞군요. 어쩐지 낯익다 했습니다."

김홍범을 알아본 그 대원이 제꺽 경례를 붙였다.

"너, 성철이 아니냐."

김홍범은 경례하는 청년이 예전에 자신의 지도를 받으며 팔도구금광에서 지하사업을 했던 박성철(朴成哲)[114]임을 알아보았다.

---

114 박성철(朴成哲, 1913-2008년) 함북 길주에서 태어나 어릴 때 부모를 따라 만주로 이주했다. 길림성 연길현 팔도구금광에서 반일 지하운동을 했고, 1934년 봄에 항일유격대에 입대했다. 1936년

"네, 제가 성철입니다."

"그래 맞아. 너랑은 처창즈에서도 한 번 만난 적 있었지. 그런데 너희들은 지금 여기서 뭐하는 중이었느냐?"

박성철이 대답했다.

"소련에서 위증민 동지가 돌아오신다는데, 밀영을 찾지 못할까 봐 정치위원 동지가 저희들을 데리고 마중 나온 길이었습니다. 제가 한 분대를 데리고 마을로 정찰 가던 길에 홍범 동지와 만난 것입니다. 그런데 홍범 동지는 지금 어디서 오는 길입니까?"

"나도 지금 임무집행 중이었다."

김홍범은 둘러댔으나 천성이 꼼꼼한 박성철은 쉽사리 믿으려 하지 않았다.

박성철이 김홍범에게 권했다.

"여기서 가까운 곳에 우리 1연대 정치위원 동지가 와 계시니, 함께 가서 만나지 않겠습니까?"

"참, 너희 1연대 정치위원이 혹시 주수동 동무냐?"

김홍범은 몹시 놀랐으나 주수동이 내두산에서 민생단 문제로 조아범과 얼굴까지 붉혔던 일을 떠올리고는 바로 박성철을 따라나섰다. 놀랍게도 얼마 멀지

제2군 1연대 1중대에서 분대장이 되었고, 1937년에는 4사에 소속되어 소대장이 되었다. 1940년 10월에 소련 영내로 가서 1942년 7월 88국제교도여단에서 하급 지휘관으로 활동했다. 해방 후 38선 이북으로 가서 1946년 10월 군 초급간부 양성기관인 북조선 중앙보안간부학교 군사부 부장이 되었다. 한국전쟁이 일어나자 조선인민군 제15사단 사단장으로 참전했고, 휴전 후 외교 업무에 종사하여 불가리아 주재 대사(1954), 조선노동당 국제부장(1956), 외상(1959)을 역임했다. 1964년 6월 노동당 정치위원, 1972년 5월 남북조절위원회 공동위원장 대리가 되었다. 1976년 4월 정무원 총리, 1977년 12월 국가 부주석이 되었고, 1998년 9월 조선민주주의인민공화국 최고인민회의 상임위원회 명예부위원장에 선출되었다. 그러나 김정일은 평소 그를 못마땅하게 여겨 그해 6월에 그의 아편밀매를 폭로하기도 했다. 2007년 그는 최고인민회의 상임위원회 명예 부위원장 및 조선로동당 정치국원에 올랐지만 고령이어서 업무는 불가능했다. 2008년 10월 1일에 사망했으며, 조선중앙통신은 그의 사망 사유를 지병이라고 전했다.

않은 곳에 1연대 연대부가 주둔하고 있었다. 김성주가 회고록에서 이렇게 언급했던 미혼진밀영에 도착했던 것이다.

"한두 번 다녀간 사람도 향방을 잡지 못해 쩔쩔 맨다는 심심산골 미혼진 산봉우리들과 골짜기들의 모양새가 하도 어슷비슷하여 초행자들은 누구나 어디가 어디인지 분간할 수 없는 혼미의 세계에 빠져든다."

김홍범은 어찌나 놀랐던지 온몸에 식은땀이 흘렀다. 조아범이 위증민과 만나러 여기에 오기로 한 것을 알았기 때문이었는데, 다행스럽게도 밀영에는 아직 아무도 도착하지 않은 상태였다. 1연대에는 안봉학뿐만 아니라 임수산, 박득범 등 적지 않은 조선인 간부들이 모두 김홍범과 안면이 있었고, 특히 안봉학과는 아주 친한 사이였다. 때문에 주수동은 김홍범을 안심시키려고 안봉학까지 데리고 와서 김홍범과 이야기를 주고받았다.

자그마한 상을 사이에 두고 세 사람이 마주앉았고 김홍범에게 더운 물도 따라주었지만, 실제로는 주수동이 따져 묻고 김홍범은 대답해야 하는 처지였다. 그나마 안봉학이 곁에 있어 김홍범은 내친김에 그간 있었던 일을 모조리 다 털어놓고 말았다.

"봉학이, 일이 이 지경까지 왔으니 이제 나는 2연대로 못 돌아가오."

"일단 주 정위의 의견을 들어봅시다."

조선말을 꽤 알아듣는 주수동이 김홍범에게 말했다.

"방금 하신 말씀이 모두 사실이라면, 책임은 조아범 동지에게 있습니다. 홍범 동지는 저희가 보호하여 드리겠습니다."

김홍범은 안봉학과 주수동에게 매달렸다.

"나를 도주병으로 처분하던지, 아니면 1연대로 이동시켜주던지 둘 중 하나를 해주시오. 안 그러면 나는 틀림없이 조아범 손에 죽게 될 거요."

"너무 걱정 마오. 지금 상황은 예전과 좀 다르오. 액목 쪽 밀영에 나갔던 석준(石俊, 정석준)[115] 형님이 남호두에서 위증민 동지를 만나고 며칠 전에 먼저 돌아왔는데, 석준 형님 말이 3연대 방 연대장이 영안에 가서도 계속 민생단 소리를 입에 달고 다니다가 위증민 동지한테 아주 호되게 비판받았다고 하더군. 그러니 이번 일로 홍범 동무가 말을 들을 것 같지는 않소. 오히려 조아범이 더 궁지에 몰릴지도 모르오. 우리 주 정위도 민생단 문제를 대하는 생각이 예전과는 완전히 다르오."

안봉학은 이렇게 김홍범을 안심시켰다.

"조아범이 곧 미혼진에 도착할 텐데, 일단 나는 피하고 봐야 하지 않겠나."

주수동이 안봉학에게 건의했다.

"우심정자 쪽 골짜기에 있는 우리 병원에 지금 환자 돌볼 사람이 모자라니 홍범 동지를 그리로 보내 일단 피신시키는 것이 어떻겠습니까? 홍범 동지가 가지고 온 이 민생단 자료들에 대해 제가 위증민 동지가 보는 앞에서 직접 조아범 동지한테 한 번 따지겠습니다. 만약 조아범 동지가 순순히 다 인정하면 더는 할 말이 없겠지만, 만약 자기도 모르는 일이라고 딱 잡아떼면 그때는 홍범 동지를 불러 대질시키지요. 홍범 동지 이동 문제도 제가 직접 위증민 동지께 말씀드려서 우리 연대로 오시도록 하겠습니다."

"주 정위의 방법이 좋긴 한데, 병원은 지금 장티푸스 오염구역이나 다름없으

---

115 정석준(鄭石俊)은 정응수(鄭應洙)의 별명이었다. 1931년 추수폭동과 1932년 춘황폭동 당시와 1933년 삼도만 유격근거지 시절에 사용한 별명으로 그 후 연길유격 시절에도 한동안 사용했다. 1900년생인 정응수는 직급이 안봉학이나 김홍범보다 훨씬 낮았지만, 사석에서 두 사람 모두 정응수를 형님으로 불렀다는 이야기가 전한다.

니 홍범 동무를 그런 곳에 보내서 괜찮을는지 모르겠구먼."

안봉학이 걱정했으나 김홍범은 주저 없이 나섰다.

"내가 그리로 가서 환자들을 돌보겠소."

"그러다가 장티푸스에 걸리면 어쩌려고 그러오?"

안봉학은 여전히 김홍범을 병원으로 보내고 싶지 않았으나 김홍범은 찬밥 더운밥을 가릴 처지가 아니었다. 하루라도 더 지체하다가는 곧 미혼진에 도착할 조아범과 부딪힐까 봐 여간 걱정이 아니었다.

"그런 것은 걱정하지 마오. 내가 전에 장티푸스에 걸렸다 나은 적이 있어 다시 쉽게 걸리진 않을게요. 성철이가 그러던데 지금 득권(최현)이도 장티푸스에 걸려 병원에 누워 있다고 하더구먼. 그러니 내가 더욱 가 봐야 하지 않겠소."

김홍범이 이처럼 나서니 주수동은 몹시 기뻐했다.

그동안에도 환자들을 돌보기 위해 여럿을 파견했지만, 이들이 병원 환자들에게 제공할 부식품을 구하러 간다는 핑계를 대고는 모두 병원을 떠나 외지로 나갔다는 보고가 있었다. 한마디로 밀영 전체가 전염병 공포증을 앓고 있다 해도 과언이 아닌 때에 김홍범이 이처럼 열정적으로 나서자 주수동은 김홍범에게 약속이라도 하듯이 말했다.

"그러면 홍범 동지께서 잠시 동안 병원 책임자가 되어 주십시오. 홍범 동지를 우리 1연대로 배속시키는 문제는 내가 책임질 테니 아무 걱정 마십시오. 그리고 민생단 문제도 확실하게 해결되도록 제가 직접 위증민 동지께 말씀드리겠습니다."

김홍범은 연대부에서 하루쯤 묵었다가 다음날 아침에 참모장 임수산을 만나보고 떠나라는 안봉학의 만류에도 불구하고 그날로 징응수와 함께 밀영 병원으로 떠났다.

이렇게 되어 김홍범은 2군 2연대에서 1연대로 옮긴다.

미혼진회의에서 1연대가 1사로 개편될 때 주수동은 김홍범에게 약속했던 대로 직접 위증민에게 요청하여 김홍범을 1사 조직과장으로 정식 이동시켰다.

김홍범이 병원으로 간 바로 다음 날, 밀영에 도착한 조아범은 주수동에게 김홍범 이야기를 듣고는 어찌나 분노했던지 얼굴까지 새파랗게 질려 한참동안 입술만 떨 뿐 제대로 말도 못했다. 나중에 조아범은 김홍범을 도주분자로 규정하고 처형하겠다고 주장했으나 결국 주수동에게 설득당했다.

"앞서 내두산회의 때 왕덕태 군장과 이학충 주임 모두 위증민 동지가 소련에서 돌아오기 이전에는 함부로 민생단 혐의자들을 처형해서는 안 된다고 분명하게 지시했는데, 왜 조아범 동지는 그 지시를 들으려 하지 않았습니까?"

"김홍범을 어디에 숨겨놓았소? 일단 빨리 내 앞에 데려오시오."

조아범은 김홍범을 만나면 당장 처형할 생각이었지만 주수동은 그의 요구를 들어주지 않았다.

"조아범 동지. 제발 이제 그만 좀 하십시오."

주수동은 김홍범에게 받은 민생단 자료를 담은 배낭을 조아범 앞에 내놓았다.

"이 자료들 모두 조아범 동지께서 시켜서 만든 것이 아니란 말입니까?"

"그렇소."

"정녕 위증민 동지랑 왕덕태 군장이 모두 계시는 앞에서 이 자료들을 꺼내놓고 또 김홍범 동무까지 앞에 불러와 함께 따져보고 싶은 겁니까?"

주수동은 조아범이 지금이라도 민생단 문제에서 더는 고집을 부리지 않고 한발 물러서면 자신도 이 문제를 위증민 앞에까지 들고 가서 시시비비를 따지고 싶지는 없었다.

"나는 혐의가 불분명하거나 엄중하지 않은 자들은 모두 석방하고, 엄중한 자들만 처형하라고 분명히 지시했소."

조아범이 계속 이렇게 말하자 주수동도 안다는 듯 머리를 끄덕였다.

"네. 김홍범 동무도 바로 그렇게 말합디다."

주수동은 배낭에서 민생단 문서들을 꺼내어 조아범에게 건네며 말을 이었다.

"김홍범 동무도 조아범 동지 지시대로 혐의가 불분명하거나 엄중하지 않은 사람들 자료는 불태워버렸고, 나머지 엄중하다고 생각되는 사람들 자료만 배낭에 담아들고 왔더군요. 바로 이것들입니다. 그런데 제가 이 자료들 가운데서 한자로 쓴 자료들을 모두 읽어보았는데, 도대체 이런 자료들로 과연 그 사람들을 민생단 첩자들이라고 단정지을 수가 있겠느냐 말입니다. 저는 지금도 왕청 금창에서 있었던 일을 생각하면 후회스러워 죽겠습니다. 너무 아까운 동무들을 직접 제 손으로 처형했습니다. 만약 지금도 계속 이대로 나간다면 우리는 모두 죄를 짓는 것입니다. 저는 이제 두고 볼 수 없습니다."

주수동은 말하는 도중 금창에서 자기 손으로 직접 훈춘현위원회 간부들을 무더기로 처형했던 일이 떠올라 눈물을 흘렸다. 그런 주수동 앞에서 조아범은 망연자실했다.

'주수동은 진짜로 울고 있어. 정말 내가 틀렸단 말인가?'

조아범은 그 두툼한 민생단 자료들을 이리저리 펼쳐보면서 마음속으로 되뇌었다.

주수동이 조아범에게 청했다.

"일단 위증민 동지가 도착한 뒤에도 저는 이 문제를 먼저 끼내지 않겠습니다. 회의를 마치고 저와 조아범 동지가 함께 위증민 동지에게 보고합시다. 그러고 나서 결정하는 것이 어떻겠습니까?"

주수동이 이렇게 요청하자 조아범도 동의하지 않을 수 없었다.

이때쯤 조아범 역시 민생단 문제로 갈등을 겪는 중이었다. 그가 민생단 문제를 고집하는 동안 수하의 많은 조선인 출신 간부는 물론이거니와 중국인 당원들까지도 모두 그를 대하는 태도가 변하기 시작했기 때문이다. 특히 김홍범까지 자신을 배신하리라고는 정말로 생각지 못했다.

조아범이 그동안 처창즈에서부터 벌여왔던 노선투쟁의 결과물이라 할 수 있는 이 민생단 자료들을 김홍범이 모조리 챙겨들고 미혼진에 왔다는 것은 지금은 비록 주수동 손에 떨어졌지만 결국은 위증민과 왕덕태에게 제출하려 했던 것이었다. 그런데 평소 조아범과 사이가 아주 좋았던 주수동이 이 자료들을 손에 넣고 조아범 스스로 처리하라고 해준 것이다.

"어쨌든 수동이한테는 고맙소. 수동이 말대로 하오."

조아범은 진심으로 주수동에게 감사했다. 조아범은 주수동에게 김홍범을 내놓으라는 소리도 다시는 하지 않았다.

다음날 위증민 일행 200여 명이 미혼진밀영에 도착하자 이 많은 사람의 식량을 해결하기 위해 안봉학과 주수동은 골머리를 앓았다. 그런데 병원에서 김홍범이 보낸 여대원 하나가 1연대 연대부에 도착하여 희소식을 전했다.

"밀영 주변에 식량과 부식물을 숨겨놓은 것이 있다고 합니다. 홍범 동지께서 편지에 숨겨놓은 지점들을 상세하게 그려주었습니다."

안봉학과 주수동은 너무 기뻐 어쩔 줄을 몰랐다.

"왕바버즈에도 우리 2연대 식량공작대가 장만해놓은 식량이 있으니 홍범 동무를 그리로 보내서 실어오면 되겠소."

조아범도 이렇게 건의하자 주수동은 펄쩍 뛰었다.

"아이고, 조아범 동지는 김홍범 동무를 다시 만날 생각은 하지 마십시오. 대신 한 사람 붙여 주시면 제가 직접 갔다 오겠습니다."

조아범은 웃으면서 주수동에게 말했다.

"수동이, 난 약속을 지키는 사람이오. 내가 홍범 동무를 처분하지 않겠다고 약속했잖소."

"그래도 안 됩니다."

"좋소. 그럼 누구를 따로 보낼 것 없이 우리 둘이 함께 왕바버즈에 가서 제격 식량을 실어옵시다."

조아범과 주수동이 식량을 운반할 대원들을 데리고 왕바버즈에 갔다 오는 사이, 안봉학도 김홍범이 보낸 여대원을 데리고 밀영 주변에 숨겨놓은 식량을 찾으러 떠났다. 이 식량은 지난 이태 동안 줄곧 우심정자산을 본거지로 삼고 안도와 돈화 주변 부락들을 드나들면서 지주와 부농 곡간을 습격하는 일을 거의 혼자서 전담하다시피 했던 최현이 장만해서 숨겨놓은 것들이었다.

3. 밀영 병원

김성주는 회고록에서 이때 미혼진밀영의 병원 일을 이렇게 이야기하고 있다.

"밀영 관리를 담당한 사람이 한 명 있기는 했지만, 그 김 아무개라는 사람은 자기 한 몸의 안전밖에 돌볼 줄 모르는 겁쟁이었다. 최현은 병원에 호송되어 오자 그더러 밀영 관리를 책임진 사무장이 되어 달라고 부탁했다. 그러나 김 가는 이 구실 저 구실 붙여가면서 태업을 했다. 밀영 수변에는 1935년 가을 최현이 돈화 지방에서 지주를 치고 노획해온 많은 식량과 부식물의 예비가 파묻혀 있었지만 그는 쌀이 없다고 우는 소리를 하면서 환자들에게 하루 한두 끼의 콩죽마저도 제대로 공급해주지 않았으며 몇 명 안 되는 재봉대의 대원들에게 환자 관리를 맡겨 버리고는 병에 전염될까 봐 10여 리나 떨어진 다른 밀영에 가서 흰쌀밥에 고기반찬을 먹으며 호강을 했다."

여기서 알 수 있는 점은 산속에 밀영을 만들어놓고 항일연군이 마냥 헐벗고 굶주리기만 한 것은 아니었다는 것이다. 김성주의 회고대로 '흰쌀밥에 고기반찬을 먹으면서 호강'하는 간부들도 얼마든지 있었음이 분명했다.

주수동에 의해 밀영 병원에 파견되었던 김홍범은 그 '김 아무개'라는 관리자를 교체하고 즉시 최현을 비롯한 열병환자들을 대대적으로 구호했다. 원래 근거지 시절부터 뛰어난 조직 능력을 인정받아 조아범 눈에도 들었던 김홍범은 이때 2연대에서 1연대로 배치받기 위하여 특히 주수동에게 한바탕 본때를 보여야 했던 것이다.

김홍범은 병원에 도착하자마자 모든 것을 새롭게 정리했다.

"연대부가 바로 10여 리 밖에 있고 이를 호위하는 경위부대들도 많으니, 병원 보초근무는 좀 느슨해도 괜찮을 것 같소. 일단 외부공작 나간 동무들은 모두 돌아오라고 하오. 보초는 될수록 남성동무들이 서고 여성동무들은 재봉 일을 다시 시작하여 환자들의 생활을 개선하는 일에만 전념해야겠소. 환자들의 너덜너덜하고 더러워진 옷들도 얼른 손질하고 깨끗하게 빨아서 다시 입히오. 전염병은 환경이 깨끗해야 빨리 사라지는 법이오."

이때 여대원들 가운데 훗날 최현의 아내가 된 김철호(金喆鎬)뿐만 아니라 1연대 1중대 기관총 소대장이 되어 전투 중에 이름을 날리고 '여장군' 호칭까지 얻었던 허성숙(許成淑)[116]과 최순산도 있었다. 김홍범이 온 뒤에 땀을 내고 열병이 거의 나은 최현이 말했다.

"작년 가을에 돈화 주변에서 지줏집들을 습격하고 모아두었던 쌀을 밀영 주변 산속에 묻어둔 것이 있는데 제가 열병을 앓다 보니 그만 깜빡하고 미처 알려드리지 못했습니다."

최현이 쌀을 숨겨둔 장소를 종이에 그려주었다. 김홍범은 그것을 안봉학과 주수동에게 따로 편지까지 한 통 써서 특별히 김철호에게 맡겨 보냈던 것이다.

1912년생으로 허성숙이나 최순산보다 나이도 서너 살 많았던 김철호 역시 팔도구 시절 김홍범에게 지도받았던 여대원이었다. 후에 삼도만에서 유격대에 참가하고 유격대가 1연대로 편성되면서 김철호는 1연대 3중대에 배속되었는데, 3중대장이 바로 최현이었다.

---

116 허성숙(許成淑, 1915-1939년) 길림성 연길현 차조구 중평촌에서 태어났다. 1930년 15세 되던 해에 중평촌 반일구국회에 참가하여 소년선봉대 대원이 되었다. 1933년에는 공청단에 가입했으나 아버지가 위만자위단 단장이 되자 허성숙은 집에서 나와 옹구근거지로 가서 유격대에 참가했다. 이듬해 1934년 7월 어느 날, 유격대와 함께 임무중이던 허성숙은 중평촌 부근의 한 산언덕에서 자위단을 이끌고 온 아버지와 만났을 때, 아버지에게 선뜻 총을 쏘았다. 이 일로 중국공산당의 신임을 얻은 허성숙은 그해 겨울 연길현 사방대 구위원회로 이동하여 부녀사업을 책임지기도 했다. 사방대근거지가 취소된 뒤에는 2군 독립사 1연대 1중대에 참가하여 기관총사수가 되었다. 이 무렵 중대장 박광규(朴光奎)와 결혼했다. 1936년 3월 미혼진회의 이후 중국공산당원이 되었고 6월 임강 모령전투와 7월 안도현전투, 1937년 간삼봉전투에도 모두 참가했다. 9월 남편 박광규가 전투 중 희생되고 허성숙은 남편의 기관총 중대에 남아 소대장을 맡았다. 1938년 화전현성전투와 돈화 다푸차이허전투에도 참가하여 정찰 임무를 수행했고, 1939년 4월 안도현 서북차전투에서는 적진으로 돌진하여 일본군 기관총까지 노획해 '여장군' 소리를 듣게 되었다. 그러나 그해 8월 23일 1로군이 안도의 대사하을 공격하는 전투 당시, 안도 명월구에서 지원해오는 적들을 견제하다가 복부에 총탄을 맞고 사망했다. 그의 사망에 관해 두 가지 설이 있다. 총상을 당한 채로 죽지 않고 포로가 되었는데, 일본군이 그를 안도현으로 압송하여 위만자위단장이었던 그의 아버지를 불러다가 딸이 귀순하도록 설득하게 했으나 성사하지 못했다는 것이다. 또 다른 설은 허성숙이 일본군을 저격하다가 포로가 되었던 통양촌 현장에서 처형당했는데, 그 동네 사람들이 허성숙의 시체를 감추어두었다가 1945년 광복 이후 무덤을 만들고 '영웅적으로 투쟁한 유격대 여대원의 묘'라는 묘비를 세웠다고 한다. 당시 마을 사람들은 자기 마을에 끌려와서 처형당한 여대원이 항일연군인 것만 알 뿐 이름이 무엇인지 몰랐기 때문이다. 사망할 당시 허성숙 나이는 스물넷이었다.

성깔이 사납기로 1연대에서는 모르는 사람이 없었던 최현이지만, 김철호 앞에서만은 함부로 큰소리도 치지 못하고 몹시 곰상스럽게 굴었다는 이야기가 전한다. 김철호는 비록 몸매가 자그마하고 성격도 조용한 여자였지만 제법 야무지고 때로는 무척 사나운 데가 있어서 그 성깔 사납기로 소문났던 최현도 함부로 못 했다는 것이다. 사람들은 최현과 김철호가 사귄다고 생각했지만, 김철호의 마음은 일자무식이었던 최현보다는 인물도 잘 나고 항상 신사 같았던 안봉학에게 가 있었다.

"나는 철호 동무를 안 연대장에게 소개하려 했는데, 왜 소문은 다르게 나고 있는지 모르겠구먼. 혹시 최현이랑 사귀는 것 아니오?"

한 번은 정응수가 안봉학과 김철호를 붙여주려는 마음에서 대놓고 물었다.

"아니, 절대로 아니에요."

김철호의 얼굴이 새빨갛게 되었다.

그가 딱 잡아뗐기 때문에 정응수는 최현 혼자서 김철호를 짝사랑하는 걸 알았다. 사실 김철호의 마음은 안봉학에게 가 있었으나 유감스럽게도 연대장이었던 안봉학과는 접촉할 기회가 거의 없다시피 했던 것이다.

정응수에게 이런 이야기를 들은 김홍범도 김철호와 안봉학을 붙여주려 했던 것 같다.

안봉학은 그날 최현이 종이에 그려준 지점에서 엄청나게 많은 식량과 부식품을 확보할 수 있었다. 어찌나 기뻤던지 다른 사람들의 눈길은 전혀 개의치 않고 곁에 있던 김철호를 부둥켜안고 환호했다.

"최현 동무한테 가서 전하오. 최현 동무가 이번에 아주 큰 공을 세웠다고 말이오."

정응수와 함께 1연대로 왔던 한봉선은 미혼진밀영 병원에서 사무장으로 일했다.

한봉선 이야기를 들어보면, 김성주가 회고록에 쓴 맹손이라는 특이한 이름을 가진 통신원이 갈증을 참다못해 냉수 금지령에도 불구하고 당번보초였던 허성숙에게 물바가지를 빼앗아 냉수를 퍼마셨다는 이야기는 사뭇 사실과 다르다. 김성주는 냉수 금지령을 내린 사람이 최현이라고 했지만, 한봉선은 냉수를 달라고 매일같이 고함지른 사람이 바로 최현이라고 했다. 하루는 그가 네발걸음으로 물독을 향해 정신없이 기어갔다가 당번보초였던 김철호에게 바가지를 빼앗겼다. 그런 일이 있었던 줄도 모르고 김홍범과 함께 밀영 병원에 도착하여 사무장을 맡았던 한봉선은 최현에게 물을 마시게 했다는 것이다.

다음날 아침 병실에 들어갔던 김철호는 얼굴에 모포를 뒤집어쓴 최현이 꼼짝도 하지 않자 죽은 줄 알고 정신없이 한봉선에게 달려와서 울음을 터뜨렸다고 한다.

"중대장 동무가 잘못되신 것 같습니다."

한봉선도 몹시 놀라 허둥지둥 병실로 달려가 보았다.

그런데 최현이 불쑥 모포를 걷고 일어나 앉아 큰소리로 환성을 질렀다고 한다.

"누님, 고맙소. 누님 덕분에 살아났소."

최현은 다른 환자들한테 흥이 나서 자랑까지 했다.

"동무들, 난 간밤에 냉수를 훔쳐 마시고 땀을 흠뻑 냈단 말이오. 그랬더니 이렇게 몸이 가뿐해졌소. 그러니 모두들 냉수를 마음껏 마셔도 좋소."

그러고 나서 최현은 그때까지 어찌나 놀랐던지 눈에 눈물이 가시지 않은 채로 서 있던 김철호의 손을 덥석 잡고 퉁명스럽게 농을 걸었다.

"아니, 철호 동무는 웬일로 울기까지 했단 말이오?"

기쁜 대신 오히려 잔뜩 화가 난 김철호는 손을 빼냈다.

"중대장 동무, 이 손 놓으세요. 손목이 부러지겠습니다."

그러나 최현은 놓아줄 생각을 하지 않고 더 힘주어서 김철호의 손목을 잡았다.

김철호는 최현 어깨에 한주먹을 날리고는 바로 몸을 돌려 병실에서 나가버렸다. 뒤에서 환자들이 최현을 둘러싸고 지껄여댔다.

"철호 누나가 왜 저러나요?"

한 어린 대원이 이렇게 묻자 다른 대원은 이렇게 대답했다.

"중국에는 '때리는 것도 꾸짖는 것도 모두 사랑하기 때문이다(打是親, 罵是愛).'라는 말이 있어. 그러니 걱정할 것 없어."

"아, 철호 누나가 중대장 동지를 좋아하는구나."

한봉선은 이렇게 설명했다.

"김철호는 아마 안봉학과 최현을 동시에 좋아했던 것 같다. 그러나 그때 안봉학은 이미 연대장이었고 최현은 겨우 중대장에 불과했을 따름이었다. 후에 보니 최현은 김철호를 짝사랑했던 것이고, 김철호는 최현보다 안봉학을 더 좋아했다. 그런데 안봉학은 김철호를 별로 좋아했던 것 같지는 않았는데, 결국 그런 일이 발생하고 말았다…."[117]

4. 미혼진회의

1936년 3월 상순경, 오늘의 연변 안도현 신합향 경내의 2군 1연대 미혼진밀

---

117 취재, 한봉선(韓鳳善) 별명 조막데기노친, 항일연군 생존자, 일본군에 귀순, 취재지 돈화현 할바령촌, 1984.

영에서 열린 이 회의의 당시 명칭은 '중국공산당 동만특위 및 동북인민혁명군 제2군 영도간부 회의'였다. 후세 사가들은 간략하게 '미혼진회의'라고 부른다. 여기서 어느 직급까지 영도간부라고 불렀는지 돌아볼 필요가 있다.

김성주는 회고록에 이렇게 썼다.

"김산호, 박영순, 김명팔을 비롯하여 인민혁명군의 중대 정치지도원급 이상 간부들이 다수 참가했다."

하지만 중국 측 자료에는 회의 참가자들을 군(軍), 사(師), 연대급으로 보고 있다. 이 회의에서 3사 산하 8연대로 개편된 전영림 부대 정치위원 김산호가 이 회의에 참가했던 것은 틀림없지만, 박영순과 김명팔은 아니다. 또 이 회의 직후 군장 왕덕태의 직접 임명으로 일약 1사 산하 1연대 연대장으로 임명되었던 최현까지도 정작 이 회의에는 참가하지 못했다. 회의에는 사회자였던 중국공산당 동만특위 서기 위증민과 2군 군장 왕덕태, 정치부 주임 이학충과 세 연대 연대장 및 정치위원들이었던 안봉학, 주수동, 조아범, 김성주, 김산호 등이 참가했다. 유한흥, 방진성, 진한장, 왕윤성, 후국충 등은 동만에 있지 않다 보니 참가할 수 없었다.

따지고 보면 이 회의는 북호두회의와 남호두회의의 연장선상에 있었던 셈이다. 2군을 새롭게 편성하는 방안을 논의하기 위해 주보중과 만나러 직접 북호두에까지 찾아왔던 왕덕태와 이학충은 이때부터 군 산하의 연대를 사로 개편하기 위해 꾸준히 연구해왔다. 때문에 남호두회의 때는 이미 2군 산하 각 부대 편성에 대한 구상도 거의 완성된 상태였기에 영안 지방에 남았던 이학충이나 왕윤성뿐만 아니라 영안 지방에서의 원정활동을 마치고 동만으로 돌아온 김성주까지도 자신들이 무슨 직책에 임명되는지 분명히 알고 있었다.

이 회의를 전후해 가장 행복했던 사람은 자연히 김성주일 수밖에 없었다.

김성주의 회고록은 이때 일을 설명하면서 교묘하고 두루뭉술하게 넘기고 있다. '조선인민혁명군'이라고는 표현하지 못하고 '조선' 두 자를 생략함으로써 이 회의가 '동북인민혁명군' 회의인지 아니면 자신들이 주장하는 '조선인민혁명군' 회의인지를 정확히 판단할 수 없게 한다. 또 최현의 인사 임명과 관련해서도 '내가 그렇게 임명했다.'고까지는 못 하고 '우리'라고 표현했다. 그러면서 '우리' 속의 '나'의 직위 설명에서도 '3사는 우리 직속부대로 되었다.'고만 설명했다.

이 회의에서 새롭게 편성되어 결정을 선포했던 2군 군사편제 및 지휘관 명단[118]에서 김성주와 안봉학은 가장 주목받는 인물이었다. 첫째는 두 사람 모두 조선인이었고, 3개로 편성된 사 가운데 2사는 이때 동만 땅에 없었기 때문이다. 즉 2군 산하의 1, 3사 모두 조선인 지휘관이 영도하게 되었다는 사실은 결코 시사하는 바가 적지 않다. 중국공산당 만주성위원회 자료 문건회집[汇集, 馮康報告之七]에 보면, 이때 2군 군사간부 민족 비율은 2군 1사 1연대의 경우 조선인 대원이 95%를 차지하고 중국인은 겨우 5%밖에 안 되었다. 3연대(방진성의 주력부대)의 경우에는 그나마도 중국인이 20% 정도는 되었으나 80%가 조선인이었다. 후국충의 4연대는 중국인 50%이고 나머지 절반은 여전히 조선인이었다.

그러니 이런 상황을 볼 때, 이 2명의 조선인 군사간부를 감시 및 감독하기 위하여 배치된 중국인 정치위원 주수동과 조아범의 처지는 어떤 의미에서 굉장히

---

118 2군 군사편제: 군장 왕덕태(王德泰), 정치위원 위증민(魏拯民), 정치부 주임 이학충(李學忠), 참모장 유한흥(劉漢興). 제1사 사장 안봉학(安奉學), 정치위원 주수동(周樹東), 정치부 주임 여백기(呂伯齊), 참모장 박득범(朴得範). 제2사 사장 사충항(史忠恒), 사장대리 진한장(陳翰章, 참모장 겸임), 정치위원 왕윤성(王閏成). 제3사 사장 김일성(金日成), 정치위원 조아범(曹亞範), 군부 직속부대 교도연대 소년대대.

어려울 수밖에 없었다. 그나마 주수동은 원래 훈춘유격대 출신인 데다 그와 연고나 원한을 가진 조선인 대원들은 대부분 4연대에 편성되어 영안 지방에 나가 있었고, 1연대 조선인 대원들과는 아무런 원한을 맺었던 적이 없어 무사할 수 있었다. 하지만 조아범의 경우, 처창즈와 내두산을 거쳐 오면서 그에게서 적지 않은 피해를 보았던 조선인 대원 거의 전부가 3사로 편성되었기에 여간 불편하지 않았다. '불편'이 아니라 '불안'했다고 보는 편이 더욱 맞을지도 모른다.

1982년 8월의 한차례 회고에서 마덕전은 이런 이야기를 들려주었다.

"내가 9연대 연대장으로 임명되었을 때 조아범과 만났는데, 그는 김일성이 자기에게 붙여준 경위소대가 전부 조선인 대원들뿐이라면서 몹시 화를 냈다. 그리고 김일성 자신이 데리고 다녔던 경위중대도 많을 때는 약 60명가량 되었는데, 전부 조선인 대원뿐이었고 중국인 대원들은 모두 다른 데로 보내 버렸다는 것이다. 그러면서 우리 연대 대원들로 경위소대를 다시 조직해달라고 하기에 두말없이 그렇게 해주고 김일성이 보내주었다는 조아범의 원래 경위소대 조선인 대원들을 나의 연대에 두었다. 이 소식이 김일성의 귀에 들어가자 김일성은 나한테 사람을 보내와 그 조선인 대원들을 모조리 데려가 버렸다."[119]

조아범은 미혼진회의 직후 곧바로 주수동에게 달려갔다.

지금까지 세상에 널리 알려진 바로는 김홍범의 민생단 문건들은 그때까지도 김홍범이 가지고 있었으며, 마안산에서 김홍범과 만난 김성주가 민생단으로 몰렸던 혐의자들을 모두 불러놓고 그들이 보는 앞에서 이 문건들에 불을 질렀다

---

119 취재, 마덕전(馬德全) 중국인, 항일연군 생존자, 2군 6사 9연대 연대장, 취재지 교하, 1982.

는 것이다. 하지만 이는 그동안 북한의 관련 부문과 김성주 회고록을 통해 지어낸 것일 뿐 사실과 전혀 맞지 않는다.

이 문건들을 작성하라고 지시했던 사람도 조아범이었고, 미혼진회의 직후 다시 이 문건들을 불질러 버렸던 사람도 바로 조아범 본인이었다. 이 과정에서 주수동의 역할은 거의 절대적이었다. 조아범뿐만 아니라 주수동도 민생단사건에서 조선인을 가장 많이 괴롭히고 직접 팔을 걷어붙이고 처형까지 집행했는데, 결국 그들 자신이 민생단 문건에 불을 지른 것이다.

김성주는 회고록에서 이렇게 고백한다.

"이제는 우리가 조선혁명에 주력하는 것을 어느 누구도 감히 시비하거나 훼방해 나설 수 없게 되었다. 우리가 오래전부터 탐색해왔고 축성해왔던 조선혁명의 궤도 위에는 그 어떠한 차단봉도 가로질러 있지 않았다."

불과 2, 3개월 전 영안에서 활동할 때까지만 해도 방진성이 김성주를 불편하게 만들었다면, 동만으로 나온 뒤에는 조아범의 존재가 가장 불편했는데, 결국 조아범까지도 이렇게 스스로 알아서 몸을 사리는 판국이 되고 만 것이다.

조아범은 위증민에게 자신을 증명하지 않을 수 없었다.

"지금 되돌아보면 정말 후회되는 일이 한두 가지가 아닙니다. 이처럼 엄중한 착오를 범하고도 제가 3사 정치위원직을 제대로 수행할 수가 있겠는지 걱정입니다."

그리고는 반성하는 의미에서 김성주에게도 적지 않은 호의를 베풀었다.

"김 사장, 그동안 정말 미안한 마음이 적지 않소. 너그럽게 용서하고 잊어주기 바라오. 차후 이 미안했던 마음을 행동으로 다 갚겠소. 일단 김 사장한테 화롱 2연대 사정에 환한 비서 한 사람을 추천해드리겠소. 별명은 '영감'이지만 사실 나이는 그렇게 많지 않소. 교사 출신인데, 공부도 아주 많이 했고 한때는 삼도구에서 구위원회 책임자로도 일했던 사람이오. 후에 불가피한 사정으로 잠깐 혁명 활동을 중단한 적이 있지만, 조사해 보니 결코 혁명에 위해되는 일을 한 적이 없었소. 그래서 이 사람을 비서로 추천하려 하오. 이제 다시는 '민생단'이라는 말을 입에 올리지 않기로 약속했으니, 나는 이 사람을 믿으려 하는데 김 사장 의향은 어떤지 모르겠구먼. 그가 여기서 멀지 않은 곳에 있는데, 김 사장만 동의한다면 내가 사람을 보내 바로 불러다 드리겠소."

이렇게 조아범이 김성주에게 추천한 사람은 다름 아닌 이동백(李東伯)이었다.

김성주 회고록에서도 많은 분량을 차지하는, 항상 손에 담배통을 들고 다닌다고 해서 '대통 영감'으로 불린 이동백은 미혼진회의에 이어서 곧바로 5월 5일에 발표된 '재만한인조국광복회' 10대 강령의 실질적인 기초자이기도 하다. 물론 김성주와 북한은 이 10대 강령 기초자가 김성주라고 주장하지만 이는 결코 사실이 아니다.

동만지구 재만한인조국광복회 발기인 명단에 정작 광복회 활동과는 아무 상관없는 여운형 이름을 넣은 것도, 김동명(金東明)이라는 별명을 만들어 김성주 이름을 넣게 한 것도 모두 이 대통 영감 이동백의 작품이었다.

그러고 보면 조아범은 김성주에게 참으로 없어서는 안 될 아주 중요한 비서 한 사람을 선물한 셈이다. 북한에서 오늘날까지도 선전하는 '잊지 못할 첫 세대 문필 혁명가들'에서 이동백은 앞자리를 차지하고 있다.

"혹시 산호 동무는 이 사람에 대해 아는 게 있습니까?"

조아범에게 이동백을 소개받은 후 김성주가 김산호에게 물었다.

김산호가 아는 대로 이야기했다.

"네. 저도 그분이 대단한 문필가라고만 들었습니다. 홍범 동지가 그러던데 이동휘와도 한 고향이고 그에게 받은 영향으로 러시아에도 가서 살다가 돌아왔다고 합니다. 또 고려공산당에도 참가했던 분이라는데, 아무튼 학문이 대단한 모양입니다. 저도 소문으로만 많이 들었을 뿐 자세히는 모릅니다. 홍범 동지에게 물어보면 잘 알 수 있을 것입니다. 두 사람이 아주 친한 사이라고 들었습니다."

김성주는 벌써부터 이동백에게 반하기 시작했다.

"아무튼 대단한 문필가라니, 더구나 나이뿐만 아니라 혁명에 참가한 시간으로 보면 우리 선배인 셈이니 우리가 직접 찾아가서 뵙시다."

김성주가 이동백같이 박학다식한 사람을 곁에 두고 싶어 했던 것은 결코 하루 이틀 일이 아니었다. 조선에서 태어났고 평양에서 소학교에 다닌 적도 있지만 주로 중국에서 교육받았기 때문에 간도사투리로 표현하자면 사실 그의 중국어나 조선어 문필 수준은 '반중건중'[120]인 셈이었다. 그래서 전투 중에 가끔 보고서를 작성하거나 호소문을 쓸 때면 자기도 모르는 사이에 카륜 오가자 시절 자신이 친형님처럼 믿고 의지하면서 따랐던 김근혁(김혁), 최일천, 차응선(차광수)같이 공부를 많이 했던 사람들을 머릿속에 떠올리곤 했다. 그런데 미혼진회의에서는 3사의 금후 진출 방향을 무송과 장백 일대로 지정하면서 김성주에게 조선인 주요 거주지 중 하나인 장백 지방에서 조선인들을 항일민족 통일전선으로 불러일으킬 민간 군중조직을 만들라고 위임한 것이다.

'이 조직 이름을 무엇으로, 그리고 이 조직은 과연 어떤 형태로 만들면 좋을까?'

김성주는 회의 기간뿐만 아니라 회의가 끝난 뒤에도 끊임없이 이 문제를 고

---

120 '반중건중'은 이것노 안 되고 지것도 안 된다는 뜻의 간도 사투리다.

민했다.

도리대로라면 3사 정치위원 겸 당위원회 서기를 맡은 조아범이 책임져야 할 임무였지만, 김성주는 결코 이 일을 조아범에게 맡길 수 없었다.

작전회의에서 왕덕태는 자신이 위증민과 함께 1사 주력부대를 이끌고 돈화, 화전 쪽으로 먼저 출발해 진출 반경을 서북쪽으로 넓혀가겠으니 김일성과 조아범은 그 사이에 빨리 3사 산하에 편성된 부대들을 규합하여 사단 직속 전투부대를 만들라고 결정했다.

김성주는 작전회의 현장에서 거의 명령조로 조아범에게 임무를 맡겼다.

"조 정위는 다른 일에 신경 쓰지 말고 빨리 마안산 쪽으로 나가 화룡 2연대 세 중대를 한데 집결시키고, 다시 서규오(徐奎五)의 구국군을 3사로 개편해 주십시오. 최소한 4월 10일 이전에는 장광재령 동북쪽인 부얼령을 넘어서야 합니다."

김성주는 영안에서 유한흥과 작별할 때 넘겨받은 동만 지역 군사지도를 펼쳐놓고 설명했다. 유한흥이 직접 만든 이 군사지도에는 동만 지방의 이름 있는 산들과 영마루, 골짜기 및 강과 하천, 그 사이사이에 비교적 큰 집단부락 이름과 위치까지도 아주 상세하게 표기되어 있었다. 그 지도에 둘러 앉아 구경하던 지휘관들 모두 역시 혀를 내두를 지경이었다.

왕덕태는 싱글벙글 웃으면서 이학충에게 이렇게 말했다.

"학충 동무, 유한흥 참모장이 이 지도를 나나 학충 동무한테 주지 않고 김일성 동무한테 맡긴 건 무엇 때문이라고 생각하오? 어쩌면 김일성 동무가 참모장 일도 해주었으면 하고 바랐던 건 아니었을까 하는 생각도 드는군. 혹시 김일성 동무는 그런 느낌을 받지 않았소?"

"아, 군장동지, 그렇지 않습니다."

김성주는 손을 내저으면서 황망히 설명했다.

"참모장 동지는 지도에 동만 지역은 자세히 표시했지만 남만 쪽은 자신도 잘 모른다면서 공백으로 두었으니 저한테 채워달라고 부탁했던 것입니다."

김성주는 미혼진회의에서 결정된 작전방침에 따라 군부 산하 두 사가 두 길로 나뉘어 서진하는 행군노선을 결정할 때 많은 의견을 내놓았다. 우 사령의 구국군 별동대장으로 있을 때 이미 남만에 다녀온 경험도 있었고, 이미 한 번 다녀온 길은 여간해서 잊어버리지 않았기 때문에 그 누구보다도 발언권이 있었다.

"자, 여기가 부얼령이고, 동북쪽으로 계속 가다 보면 한총령과 목단령이 보입니다. 이 산들은 모두 장광재령산맥에 속하는 셈인데, 이 산맥을 계선으로 곧바로 화전현 경내에 들어설 수 있습니다. 때문에 여기서 동남쪽을 보면 바로 안도와 무송이 앞에 보입니다. 만약 우리 군이 두 갈래로 나뉘어 한 갈래가 진출 반경을 좀 더 넓혀 이 지역으로 들어가 다푸차이허 집단부락을 공격하면 여기서 식량과 군수물자를 해결할 수 있을 것입니다. 그러면 돈화와 안도의 일본군이 이쪽을 주시하게 될 것이고, 우리의 다른 한 갈래는 비교적 여유롭게 무송과 장백 쪽으로 접근할 수 있을 것입니다."

왕덕태와 함께 돈화 화전 쪽으로 먼저 나가게 된 주수동은 수첩을 꺼내들고 김성주 곁에 바짝 들러붙다시피 한 채 앉아서 지도 베끼기에 여념이 없었다. 이해에 열여덟 살밖에 안 되었던 주수동은 2군에서 가장 어린 사단급 정치간부였다. 군사작전에도 어찌나 관심이 많은지 작전회의 때도 군사작전을 주관하는 안봉학보다 더 많은 발언을 요청하곤 했다. 그는 언제나 명랑하고 씩씩했으며 부끄러움을 모르는 청년이었다. 모르는 것이 있을 때는 군장 왕덕태가 발언하는 도중에도 번썩 손을 들고 다시 설명해달라고 요청하기도 했다. 2군에서는 누구도 그를 미워하는 사람이 없었다.

특히 민생단사건 말미에 그가 보여준 태도 때문에 많은 조선인이 박수갈채를 보냈다. 적지 않은 생존자들이 주수동과 최현을 회고할 때, 특히 주수동을 좋아했던 최현이 어린동생 같은 주수동을 항상 존경했으며 부를 때도 언제나 주 정위라고 꼬박꼬박 직함을 붙여서 불렀다고 한다.

"김 사장동지, 그러면 이 다푸차이허와 한총령 사이의 거리는 대충 얼마나 되나요? 그리고 한총령에서 돈화까지는요? 만약 여기서 전투가 발생했을 때 안도나 돈화 쪽에서 일본군이 출동하는 데는 시간이 얼마나 걸릴까요?"

주수동은 지도를 그리면서 끝없이 질문했다.

김성주 역시 그러는 주수동이 밉지 않았다. 주수동에게 고마운 마음이 적지 않았는데, 특히 조아범이 주수동 앞에서 꼼짝 못하는 모습은 여간 희한하지 않았다.

"한총령에서 다푸차이허까지는 한 30여 리 될 것 같은데, 돈화에서 한총령까지의 거리는 나도 잘 모르겠소. 지도상으로 보면 한총령과 다푸차이허까지 거리의 한 두 배쯤 되어 보입니다. 만약 주 정위가 여기에 가보게 되면 자세히 지리를 돌아보고 나한테도 알려주었으면 하오."

"네, 그렇게 하겠습니다."

"그런데 우리는 주 정위가 안도 지방에 남는다고 들었던 것 같은데, 1사 주력부대는 왕 군장과 안 사장이 인솔하여 떠나는 것 아닙니까?"

누가 곁에서 이런 말을 하자 주수동이 펄쩍 뛰었다.

"말도 안 되는 소리예요!"

주수동은 왕덕대와 인봉학에게 매달리다시피 했다.

"아니 두 분께서는 안도에 임수산 동지를 남기자는 내 건의를 무시하는 것입니까?"

"뭐, 안 사장만 동의한다면 난 아무런 의견도 없소. 솔직히 난 수동이와 함께 다니면 언제나 기분이 좋소. 그러니 수동이는 나를 탓하면 안 되오. 안 사장과 논의해서 다시 결정하도록 하오."

왕덕태는 안봉학에게 밀어버렸다.

왕덕태가 주수동과 함께 떠나고 싶은 마음이 있는 걸 알고 안봉학은 주수동의 건의를 받아들였다. 열병이 나은 최현은 1연대 연대장에 임명되었으나 1연대 주력부대는 모두 안봉학과 주수동에게 맡기고, 자신은 1934년 팔도구전투 때부터 서로 연계하며 활동해왔던 구국군 서규오(서괴무) 부대가 그들의 본거지였던 연길현 부암동 장재촌 사슴페를 떠나 안도 쪽으로 들어오고 있다는 연락을 받고 혼자 한 소대만 데리고 그들을 마중하러 떠났다.

5. 김산호와 함께

1사가 미혼진을 출발한 뒤 김성주도 서둘러 3사 부대를 규합하는 일로 한동안 바삐 보내다가 김산호가 보낸 연락을 받았다. 박덕산의 도움으로 전영림 구국군을 3사 산하 연대로 개편하는 일은 재빨리 진행되었으나 손장상의 구국군과 연계하는 일이 늦어지니 며칠만 더 기다려 달라는 내용이었다.

"손장상의 구국군에는 김재범 동무가 있으니, 산호 동무는 빨리 마안산 쪽으로 들어오라고 이르오. 우리가 지금 마안산 쪽 사정을 잘 몰라서 산호 동무의 도움이 몹시 절실한 상황이오."

김성주는 연락원에게 시켰다.

김성주 일행 20여 명이 미혼진에서 출발할 때는 1사 주력부대와 함께 떠났으나 왕바버즈 부근에서 서로 다른 방향으로 갈라지게 되었다. 영안에서 한 중대를 세 중대로 불려 왔던 김성주 주변에 또다시 한 중대도 되나 마나 한 대원들밖에 남지 않은 것을 보고 왕덕태는 군부 직속 교도대가 가진 말 20여 필을 몽땅 김성주에게 내주었다.

"김 사장이 손수 키워낸 대원들이 우리 2군뿐만 아니라 저 멀리 5군에도 많이 있다는 사실은 우리 2군을 빛내주고 있소. 그러니 섭섭하게는 생각 마오."

왕덕태는 김성주에게 미안한 마음이 적지 않았다.

아직 전투부대 서열도 제대로 갖추지 못한 3사에 비해 2군 기간부대나 다를 바 없이 장대하게 조직된 1사는 왕덕태가 연길현유격대 시절부터 직접 인솔해온 직속부대나 다름없었다. 또한 산하 1, 2, 3연대[121]도 이미 오래전부터 기본 전투부대 대열을 철저하게 갖추었기 때문에 그들에 비하면 이때의 김성주는 그냥 이름만 3사 사장일 뿐 아직 수하에 제대로 된 전투부대도 하나 갖추지 못한 '빈털터리 사령관'에 불과했다.

그러나 김성주는 언제나 자신만만했고, 그런 김성주를 부하들은 든든해 했다. 왕덕태에게 말 20여 필을 받은 김성주는 오백룡과 유옥천 등 20여 명의 경위대원들만 인솔하여 왕바버즈 쪽으로 가다가 길을 잃었는데, 한참 갈팡질팡하다가 말도 서너 필 잃어버리는 곤경을 치렀다.

김성주는 회고록에서 이렇게 고백한다.

121　이때 2군 1사 산하에는 3개의 연대가 편성되어 있었다. 1연대 연대장은 최현, 정치위원은 임수산, 2연대 연대장은 필서문, 정치위원은 여백기, 3연대 연대장은 랑화가, 정치위원은 주수동이 겸직했다.

"북만의 소자지하 골짜기로부터 시작하여 소백수골이라고 부르는 우리나라 북단의 두메에 이를 때까지 반년 이상 걸쳐 진행된 이 해의 남하 행군에서 제일 많은 곤란을 겪으며 애를 먹은 것이 바로 미혼진에서부터 마안산까지의 노상이었다."

3월 초순경에 2군 군부 부대가 속속 미혼진 쪽으로 집결하는 것을 이미 눈치챈 일본군이 안도와 돈화에서부터 몰려들었기 때문인데, 워낙 산세가 복잡하게 엇갈리다 보니 밀영을 찾아내지 못한 토벌대들은 부대를 중대 단위로 분산시켜 도처에서 수색하던 중이었다.

말들이 적의 눈에 뜨이기 쉬워 김성주는 처창즈 부근에서 만난 조선인들에게 나눠주고 이틀 동안이나 산속에서 헤맨 끝에 비로소 왕바버즈에 도착할 수 있었다.

과거 김홍범의 식량공작대 대원 20여 명이 왕바버즈에 남아 있었는데, 그 중 한 대원이 김성주에게 다음과 같은 소식을 들려주었다.

"돈화 쪽으로 40여 리 나가면 옥수천이라는 만주족 동네가 있는데, 산언덕에는 큰 절도 있습니다. 저희가 몇 달 전에 옥수천에 갔다가 절에 들렀는데, 이 절에서 대단한 분을 만났습니다. 전에 전영림 구국군에서 참모장을 하다가 전투 중 부상을 당해 부대를 떠났다는데, 저희가 식량을 구한다고 했더니 그분은 우리가 항일부대인 걸 알고 두말없이 도와줍디다. 그분을 아는 사람들이 그러는데, 길림군관학교를 나온 대단한 군사가라고 합니다."

김성주는 길림군관학교라는 소리에 귀가 솔깃했다.

순간 머릿속에 떠오른 사람은 다름 아닌 유한흥이었고, 그동안 유한흥에게 많은 군사지식을 배웠던 것을 생각하면서 이 사람을 붙잡아야겠다고 마음먹었다.

"혹시 그분 이름을 어떻게 부르는지 아오?"

"그냥 성씨가 왕가라고만 합니다. 전영림 부대의 왕 참모장이라면 모르는 사람이 없다고 하던데요."

그 말을 들은 김성주는 의아했다.

'전영림 부대라면 산호가 모를 리 없는데, 왜 그동안 아무 말도 없었을까?'

김성주는 즉시 식량공작대 대원들을 옥수천으로 다시 파견했다. 특별히 편지까지 한 통 써서 유옥천에게 주고 함께 보냈는데, 다음날 저녁쯤 거의 비슷한 시간대에 그 왕 참모장이라는 군인과 김산호가 왕바버즈에 도착할 예정이었다. 김산호는 김성주를 만나게 되리라고는 생각지도 못한 채 밀영에 들렀다가 비명을 지르다시피 했다.

"아이고, 난 지금쯤 사장동지가 마안산 삼포 쪽에 거의 도착했을 줄 알았는데, 아직도 미혼진 주변에서 맴돌기만 했단 말입니까?"

"말도 마오. 눈이 줄곧 퍼붓는 데다 토벌대들까지 쉴 새 없이 길목을 막고 덤벼 들어서 그동안 왕 군장이 준 말들도 잃어버리고 산호 동무가 오기만을 눈 빠지게 기다리는 중이었소."

김산호가 재촉했다.

"오늘 밤에라도 떠나야겠습니다. 늦으면 조 정위가 마안산에서 우리를 기다려줄지 걱정입니다."

"그건 또 무슨 소리요?"

"사장동지는 제가 조 정위와 아주 친하게 지낸 것을 모르십니까? 사장동지가 3사 사장에 임명되고 나서 조 정위 기분이 아주 엉망진창인 걸 보았습니다. 어쩌면 지금쯤 2연대를 모조리 데리고 무송 쪽으로 먼저 떠나버리지나 않았을지 걱정됩니다."

"설마?"

김성주는 반신반의했다.

사실 영안 원정을 앞두고 방진성과 관계가 틀어진 것도 배후에 조아범이 있었을 것으로 김성주는 의심해왔다. 김성주가 민생단으로 몰릴 때도 왕윤성이나 종자운보다 김성주의 청백함을 잘 아는 조아범이 나서는 것이 도리였으나 단 한 번도 김성주를 두둔한 적이 없었다. 더구나 김성주는 미혼진밀영에서 조아범 하수인 노릇을 했던 김홍범이 민생단 문건들을 배낭에 둘러메고 2연대에서 1연대로 도망쳐왔다는 소식을 들었을 때 놀라지 않을 수 없었다.

'이런 형편없는 작자를 내 정치위원으로 임명하다니!'

김성주는 앞으로 조아범과 함께 해나갈 일이 여간 걱정이 아니었던 차였다.

그러나 김산호 앞에서 함부로 조아범을 험담하지는 않았다.

"조아범이 우리 조선 동무들한테 많은 원한을 산 것은 사실이지만 그래도 당성만큼은 인정하는 사람인데, 설마하니 조직의 결정을 무시하고 제멋대로 부대를 이끌고 달아났을까요?"

김산호가 자기 생각을 말했다.

"조 정위는 스스로의 결정이 바로 조직의 결정이라고 생각할 수도 있지 않을까요?"

"그건 아니지요. 군사지휘권은 사장인 나한테 있소. 조아범이 결코 함부로 하지는 못할 것입니다."

김성주는 이렇게 대꾸했지만 속으로는 결코 김산호의 생각을 무시하지 못 했다.

중국공산당 군사조직의 규칙대로라면 사장에게 아무리 군사지휘권이 있더라도 정치위원 겸 당위원회 서기인 조아범에게는 군사지휘권을 중지시킬 권한이 있었다. 물론 그렇게 하려면 당위원회에서 다수 위원의 동의가 필요하긴 했다.

'그래, 2연대는 원래 네 연대니 네가 데리고 갈 테면 가라.'

김성주는 마음속으로 이렇게 되뇌었다.

"산호 동무, 2연대에는 왕청 시절부터 나와 친하게 지냈던 동무들이 아주 많은데, 나는 그들과의 인연을 믿겠습니다. 나와 함께 할 인연이라면 설사 조아범이 모두 인솔하고 떠나더라도 언젠가는 다시 나에게 오리라고 확신합니다. 일단 왕바버즈에서 하루쯤만 차분하게 더 기다려봅시다. 아주 소중한 인연이 될지도 모르는 손님 한 분이 지금 여기로 오고 있습니다."

김성주의 말에 김산호는 문득 생각나서 물었다.

"참, 조 정위가 말한 그 대통 영감과 연락한 겁니까?"

"대통 영감은 아니고 산호 동무도 어쩌면 잘 아는 사람일지 모르겠소. 원래는 전영림의 구국군에서 참모장을 했던 사람이라고 하던데."

김성주의 말을 듣고 김산호도 깜짝 놀랐다.

"아, 저도 그 사람 이야기를 전 사령(전영림)한테 아주 많이 들었습니다. 그런데 그분은 전 사령 부대가 아니고 손장상의 참모장이었다고 합니다. 박덕산 동무는 멀리서 한 번 본 적 있다고도 합디다. 나이도 별로 많지 않고 우리 또래라고 합니다. 군사 지식은 대단하지만 신경질이 많고 아편도 피우고 화를 낼 때는 정신을 잃고 쓰러지는 이상한 병도 있다고 합니다. 군관학교를 졸업하고 동북군에 배치받은 지 얼마 안 되어 그의 부대가 일본군에 투항하는 바람에 군복을 벗어던졌답니다."

김산호가 이렇게 소개하니 김성주는 점점 더 호기심이 동했다.

"내가 그 사람 앞으로 편지를 한 통 써서 보내긴 했는데, 딱히 와줄지 모르겠소. 만약 오지 않는다면 나도 유비처럼 '삼고초려(三顧草廬)'할 생각이오. 그 사람이 군관학교를 졸업했으니 동북군에서 벼슬도 할 수 있었을 텐데, 왜놈들이 싫어서 구국군에 왔던 사람이니 그것 하나만으로도 얼마든지 우리 동지가 될 수 있지 않겠소. 더구나 참모장도 했던 사람이라면 지금 우리한테 정말 필요한 인재요. 다른 몇 가지 인간적인 부족함이야 우리가 함께 고쳐나가도록 돕는다면 못해낼 일이 어디 있겠소."

"사장동지가 직접 편지까지 보냈다면, 그분이 아마도 꼭 와줄 것입니다."

"어쩐지 나도 그럴 것 같은 생각이 드오."

김성주 역시 머리를 끄덕였다.

"남호두에서 유한흥 참모장이 영안에 남는다는 결정을 들었을 때 나는 여간 걱정이 아니었소. 만약 유 참모장이 다시 동만으로 돌아오지 않는다면, 우리는 어디 가서 또 유 참모장처럼 군사지식이 많은 분과 만날 수 있을까 말이오."

이렇게 말하면서 김성주는 자기 못지않게 중국말을 잘하는 김산호에게 물었다.

"중국 사람들의 고사성어에 이런 말이 있잖소. '천무절인지로 지유호생지덕(天無絶人之路, 地有好生之德, '하늘은 사람의 길을 끊지 않는다.'는 뜻)'[122]이라고 말이오. 아무리 어렵고 역경에 처할지라도 항상 기회는 있는 법, 그 기회를 찾으려 하지 않고 낙심한 채 아무것도 하지 않는다면 난 아마 지금까지 살아오지 못했을지도 모르오. 산호 동무는 그 다음 구절이 무엇인지 아오?"

"네. '화유영고지기 수유무진지류(花有榮枯之期 水有無盡之流)'라고 하지요. 그리고 그 앞에는 '인유역천지시(人有亦天之時)'라는 말이 있습니다."

"그렇소. 인유역천지시라, 사람은 하늘의 뜻을 어기기도 하는데 말이요. 하늘

---

122 중국의 고사성어로 원문은 "인유역천지시(人有亦天之時), 천무절인지로(天無絶人之路)"

은 항상 사람들에게 길을 열어준다오. 꽃이 떨어져 죽은 것 같아도 물이 끝없이 흐르니 언젠가는 또다시 소생하게 된다는 뜻이 아니면 뭐겠소."

이처럼 김성주와 김산호는 희망과 기대에 부풀었다.

6. 제갈량 왕작주

여기서 잠깐 김성주와 김산호의 관계, 그리고 이 신비의 인물 왕 참모장, 즉 왕작주를 돌아본다.

김산호는 3사 설립 당시 전영림 부대 정치위원으로 미혼진회의에 참석했다가 전영림 부대가 3사 산하 제8연대로 개편되면서 김성주의 직계 부하가 되었다. 그러나 김산호는 김성주와 함께 한 시간이 아주 짧다. 3사 산하 8연대 정치위원으로 임명되었던 김산호는 그해 11월 군장 왕덕태가 전사했던 무송현 소탕하전투 때 8연대 산하 기관총중대(중대장 원금산)와 함께 전투현장에 있었다.

그런데 김성주는 회고록에서 김산호가 사망한 시간을 1937년 이후로 기억하고 있다. 정확히 1937년 3월 29일에 열렸던 '양목정자회의' 이후로 기억하는데, 더욱 황당한 것은 김산호뿐만 아니라 이동백도 이때 사망했다고 주장한다. 그러면 해방 후 연변에서 한동안 살았던 이동백은 또 누구인가? 어쨌든 왕덕태에 이어 김산호, 원금산도 모두 전사했다. 정확한 사망 시기는 1937년 여름이 아니라 1936년 11월 7일이었다. 시신도 왕덕태와 함께 모두 대안촌 소탕하 현지[123]에

---

123 해방 후 무송현 대안촌 소탕하는 행정구역상 길림성 혼강시(渾江市) 관할이 되었다. 후에 혼강시는 백산시(白山市)로 개명되었고, 당시 혼강시 삼차자(三岔子)현은 오늘의 백산시 강원구(江源區)로 바뀌었다. 왕덕태, 김산호, 원금산 등이 함께 매장된 곳은 오늘의 길림성 백산시 강원구 송수진 대안촌 서북 양검산(松樹鎮 大安村 西北 羊臉山) 산정에 있다. 1981년에 길림성 정부는 이곳에

매장되었다.

북한의 모든 매체 특히 김성주의 항일투쟁이 소재인 영화나 드라마에서 등장하는 이른바 '조선인민혁명군' 정치위원이 있는데, 이 인물은 지금까지도 이름 자체가 없다. 그냥 정치위원일 따름이다. 당시의 항일연군뿐만 아니라 오늘의 북한군에서도 정치위원은 군사지휘관과 동급이거나 더 높은 권한을 가지는 경우가 허다하다. 간혹 특별한 경우[124]에는 군사지휘관이 정치위원을 겸할 때도 있었다. 그러나 항일연군에서는 정치위원직을 한 사람이 겸직했던 사례가 없다.

사실을 살펴보면, 3사 시절 김성주의 정치위원은 조아범인 셈이다. 하지만 조아범이 김성주와 함께 다니는 걸 싫어했기 때문에 이 기간에 김성주가 주로 인솔하고 다닌 3사 산하 7연대와 8연대 정치위원은 김산호와 김재범, 박덕산이 차례로 맡았다. 중국 측 자료를 보면 김산호가 처음부터 8연대 정치위원이었던 것은 아니다. 항상 "나처럼 김일성에게 괄시받았던 사람도 없을 것이다."라고 회고했던 중국인 부하 마덕전이 김산호보다 먼저 8연대 정치위원으로 임명되었다가 불과 2개월 만에 김성주에 의해 김산호로 교체되었다.

따라서 김성주와 함께 마안산으로 갈 무렵의 김산호는 아직 8연대 정치위원이 아니었다고 보아야 한다. 당시 전영림 부대가 6개의 중대였던 것은 마덕전의 세 중대를 보탠 숫자였다. 이 부대가 8연대로 개편되면서 전영림을 연대장에 임명하니 자연스럽게 마덕전도 전영림과 동급 정치위원으로 임명하지 않을 수 없

왕덕태장군묘(王德泰将军墓)를 만들었고, 성급 중점문물단위로 보호하고 있다.

124 중요한 군사작전을 실행할 때, 이 작전을 집행하게 되는 군사집단 내부에서의 의견 분규로 차질이 빚어지는 경우를 차단하기 위하여 군사지휘관에게 정치적인 최종 권한을 준다. 그러나 작전을 마치고 나면 바로 정치적인 권한은 다시 분리시키는 것이 일반적인 관례였다. 일례로 중공군은 6·25전쟁 당시 의용군을 파견하면서 사령관으로 임명했던 팽덕회에게 정치위원 직도 겸직시켰다. 국공내전 당시 동북민주연군의 사령관을 맡았던 임표는 동급 정치위원이었던 나영환보다 훨씬 더 높은 동북국 당위원회 서기식까지도 겸직했다.

었을 것이다. 왜냐하면 이때까지 전영림이 중국공산당에 입당하지 못했으나 마덕전은 이미 중국공산당원이었기 때문이다.

그러다가 김성주는 5월 '동강회의' 때 마덕전의 세 중대를 따로 갈라내 제9연대로 개편하고 마덕전을 9연대 연대장으로 임명하면서 김산호도 함께 8연대 정치위원으로 임명했던 것이다.

여러 증언 자료와 생존자들의 증언에서 볼 수 있듯이 김성주는 대원들 중에 중국인을 두는 것을 좋아하지 않았다. 기회가 있을 때마다 중국인을 빼고 조선인으로 보충하고 싶어 했지만 어쩔 수 없었다. 조선인 부하들은 대부분 가난한 농민 자식이었고 까막눈이 많았다. 특히 군사 방면에서는 김성주 자신도 제대로 된 군사교육을 받지 못했을 뿐만 아니라 이 방면에 타고난 천부의 재능도 없었다. 고작해야 유격대에서 배운 몇 가지 유격전술과 정규 군사학교를 나온 중국인 유한흥에게 몇 번 강의받은 것 말고는 더는 아는 것이 없었다.

유격전이라고 해봐야 세상에 잘 알려진 그 유명한 '16자 전법'[125]뿐이었다. 항일연군 역시 유격대 초창기에는 주로 이 전술에 의존했다. 그러나 대오가 점차 수천 명으로까지 불어나면서 정규 군사조직으로 개편되고 나서는 마냥 유격대식으로 이끌 수만은 없었다.

이런 상황에서 김성주는 돈화 부근 한 산골 마을 밖 낡은 절간에 은둔하던 중국인 군인 왕작주(王作舟)를 발견한 것이다. 김성주는 회고록에서 이 사람에 대해서는 단 한 마디도 언급하지 않으며, 중국 정부에서도 이 사람과 김성주의 관

---

125 1927년에 모택동과 주덕이 정강산에서 함께 만들어낸 전법이다. 중국어로 압축하면 "적진아퇴(敵進我退, 적이 진군하면 물러난다), 적주아우(敵駐我扰, 적이 머무르면 교란한다), 적피아타(敵疲我打, 적이 지치면 공격한다), 적퇴아추(敵退我追, 적이 달아나면 추격한다)" 16자로 일명 '16자 비결'로 불리기도 한다. 이 전술은 중국공산당의 지도를 받고 있었던 홍군과 항일연군의 군사법보가 되다시피 했다. 이 전술이 나중에는 전 세계 공산국가로 보급되면서 모택동과 주덕은 유격전술의 대부로 불리게 되었다.

계를 공개하지 않고 있다.

그러나 왕작주가 오랫동안 김성주 곁에 그림자처럼 붙어 다녔다는 사실을 이야기하는 중국인 생존자는 아주 많았다. 특히 김성주 회고록 6, 7권이 나왔을 때, 필자는 회고록의 중국어 번역판을 읽었던 양강(楊剛, 가명, 길림성 정협 문사위원 겸 역사당안관리처장) 처장과 만나 왕작주에 대한 이야기를 나누었던 적이 있었다. 그 역시 김성주 회고록을 몇 권 읽고는 크게 실망했다면서 '김일성'에 대해 글을 써보겠다고 벼르던 중이었다.

"설마 설마 했는데, 왕작주 이야기는 한마디도 언급하지 않더군요."

양강 처장은 김성주 회고록에 대해 신랄히 비판했다.

한편으로 필자가 김성주의 6사 시절 참모장이었던 왕작주를 알고 있는 것을 보고 몹시 놀라는 눈치였다. 필자는 이형박에게서 "김일성 신변에서 유한흥처럼 길림군관학교를 나온 중국인 참모장이 돕고 있었는데, 우리도 그냥 소문으로만 들었을 뿐 그 사람을 본 적이 한 번도 없었다."고 들었던 이야기를 전해주었다. 또 교화에서 살았던 마덕전과 만나 그에게서도 김성주의 참모장이 중국인이었다는 말을 들었다고 했더니 머리를 끄덕였다.

"왕작주는 우리 길림성 임강현 사람이었는데, 사람들은 모두 그가 아주 나이 많은 늙은이로 알고 있다. 소문으로만 듣고 직접 본 적이 없었으니까. 그러나 사실 왕작주는 아주 젊은 사람이었다."[126]

그러나 양강 처장도 길림성 당사연구소에서 찾아낸 왕작주 자료에는 이름과

---

126 취재, 양강(楊剛, 가명) 중국인, 길림성 정협 문사위원(文史委員) 겸 역사당안관리처장, 취재지
    장춘, 1986.

함께 출생연도와 본적지, 사망 날짜와 시간[127]밖에는 더 적혀 있지를 않았다고 했다. 당사연구소에서 근무했던 적지 않은 사람들이 왕작주의 역사가 비밀에 붙여진 이유에 대해 이구동성으로 같은 말을 했다.

중국 정부는 1980년 이후에 왕작주를 항일열사로 인정하고 이름을 공개했다. 그러나 왕작주의 자세한 업적은 모두 비밀로 했는데, 왕작주가 항일연군에서 활동했던 당시 직책에 관해서도 그냥 '참모장'이라고만 공개하고 2군 산하 어느 부대 참모장이었는지에 대한 사실까지도 함부로 말하지 못하게 입 단속했다고 한다.

김성주의 직계 부하였던 제9연대 연대장 마덕전이 생존해 있을 때, 길림성 당사연구소에서 마덕전을 초청하여 간담회를 진행했고 이때 왕작주 이야기가 나온 적이 있었다고 한다. 당사연구소는 마덕전의 회고담을 정리하여 중국공산당 길림성위원회에 제출했는데, 이 무렵 북한에서는 한창 '천출의 명장'과 '백전백승하는 장군'으로 우상화했던 북한 국가주석 김일성의 형상에 왕작주가 직접적으로 타격을 입힐 수 있는 인물이라는 사실 때문에 국무원 주은래에게까지 보고되었다고 한다. 후에 중국공산당 중앙 관계 부문에서는 북한과의 관계를 고려하여 이 회고담을 공개하지 말고 비밀에 붙이라는 지시가 내려온 적이 있었다

127　왕작주(王作舟, 1912-1941년) 길림성 임강현에서 태어났으며 5형제 중 막내였다. 1929년에 동북군에 참가했으며, 이듬해 1930년에 길림군관학교에서 공부했다. 1931년 만주사변 이후 동북군에서 탈출하여 구국군에 참가했으며 1936년 3월에 김일성과 만났다. 항일연군 2군 3사 작전참모와 6사 참모장에 임명되었으며, 이듬해 1937년 6월에는 2군 군 참모장이 되었다. 이때 이최(李崔)라는 별명을 사용하였다. 1939년에 관동군사령부에서는 2군 참모장 이최에게 2,000원의 현상금을 내걸기도 했다. 1938년에 항일연군 1로군 군부 작전참모가 되었고, 1939년에는 1군 3사 참모장으로 내정되었으나 부임하지 못하였다. 1941년 여름 남만성위원회 산하 동만사업위원회(주임 김재범, 귀순)로 파견받고 나왔다가 연길현 세린하에서 전사했다. 생전에 부하였던 2군 6사 9연대장 마덕전은 왕작주가 6사 부사장이었다는 회고담을 남기고 있지만, 실제 부사장은 김재범이었으며 이는 마덕전이 잘못 기억하고 있는 것이다.

고 길림성 당사연구소 관계자들이 전한다. 그때 주은래가 내렸던 지시 가운데는 1930년대 중국에서 항일투쟁 중 이미 사망한 조선인들에 대해 일률로 '조선족 항일열사'로 호칭하고, 죽지 않고 살아서 북한으로 돌아간 조선인 항일투사는 '국제주의 전사' 또는 '조선의 애국자'로 표현하라는 내용도 들어 있었다고 한다. 이와 같은 사실은 당시 연변역사연구소 한준광(전 연변 당위원회 선전부 부부장) 소장도 직접 필자에게 증언한 적이 있다.

"왕작주의 업적 가운데서 어떤 내용이 김일성의 형상에 타격을 입힐 수 있나?"

필자의 질문에 양강 처장은 이렇게 이야기했다.

"마덕전은 '보천보전투'와 '간삼봉전투'를 직접 지휘한 사람도 김일성이 아니고 참모장 왕작주라고 주장했다. 그때 2군 역사를 전문적으로 연구했던 연구원들은 위증민의 지시로 전광이 결정을 전달하고 김일성이 집행한 줄로만 아는데, 후에 전투 현장에 전광이 직접 가 있었다는 증언들이 아주 많이 나왔다. 그런데 마덕전은 김일성이 아니고 부사장 겸 참모장[128]이었던 왕작주가 직접 보천보에 들어갔다고 주장했을 뿐만 아니라 간삼봉전투 때는 전투 중 전광이 놀라서 도주하려는 것을 왕작주가 쫓아가서 붙잡았다고 이야기했다."[129]

128　이는 마덕전이 잘못 알고 있는 것이다. 간삼봉전투 당시 왕작주는 6사 참모장에서 2군 참모장으로 승진하여 김일성이 아닌 2군 정치부 주임 전광(2군의 실질적인 총책임자) 곁에 있었다. 이때 6사 참모장으로 임수산이 새로 임명되었다. 그리고 6사에도 사장 김일성 밑에 부사장에 임명되었던 사람이 확실히 존재하였으며 6사 참모장 임수산과 당시 6사 산하 7연대 정치위원이었던 김재범이 부사장 자리를 놓고 서로 경쟁하였으며 최종적으로 김재범이 부사장에 선출되었다.

129　취재, 양강(楊剛, 가명) 중국인, 길림성 정협 문사위원(文史委員) 겸 역사당안관리처장, 취재지 장춘, 1986.

여기서 왕작주가 부사장도 겸했다는 말은 필자도 처음 듣는 내용이었다.

실제로 김일성의 2군 산하 6사에는 사장 김일성 외에도 부사장이 한 사람 더 있었음은 최근에야 비로소 새롭게 밝혀진 사실로, 그는 왕작주가 아닌 김재범(2군 산하 7연대 정치위원)이었다. 마덕전의 증언은 '보천보전투' 당시 6사 참모장 신분으로 이 전투를 직접 현장에서 지휘했던 왕작주는 바로 직후에 2군 참모장으로 승진했고, '간삼봉전투' 당시에는 김성주가 아닌 2군 정치부 주임 전광 곁에 있었다는 사실과도 부합한다. 또한 전투 중에 "전광이 놀라서 도주하려는 것을 누군가가 쫓아가서 붙잡았다."는 내용도, 실제로 혼자 도망가는 전광의 뒤를 쫓아가서 "적들이 패하고 우리가 이겼다."고 소식을 전했던 실제 당사자 박춘일의 추억과도 대체로 일맥상통하기 때문이다.

이와 같은 사실관계들이 만약 좀 더 명명백백하게 밝혀질 수 있다면, 필자는 이 자체만으로도 북한 전체 혁명역사의 근간이 흔들리지 않을까 하는 염려도 전혀 없는 것이 아니다. 1930년대 당시에는 김성주가 북한 지도자가 되리라고는 꿈도 꾸지 못 했던 시절이었으니 자기가 한 일에 과장이나 미화는 거의 없어 보이지만, 만약 왕작주를 소개하기 시작한다면 6사 사장과 2방면군 지휘관으로서 진행했던 몇 차례 전투 업적을 고스란히 중국인 항일열사 왕작주의 몫으로 돌려야 할지도 모르기 때문으로 보인다.

그래서였을까?

김성주가 직접 쓴 "항연(抗聯, 항일연군) 제1로군 약사"에서는 그동안 자신뿐만 아니라 북한에서도 김성주의 제일가는 혁혁한 항일 전공으로 내세우는 '보천보전투'와 관련해 한마디도 언급하지 않는다. 물론 조선인민혁명군이라는 이름도 나오지 않는다. 때문에 김성주가 가장 잊고 싶은 인물들 순서를 매긴다면, 첫 번째 자리는 분명히 왕작주에게 주어질 것이다. 그나마 유한흥은 회고록에서 이름자 정도는 한두 번 언급되지만, 왕작주만큼은 참으로 철저히 숨긴 인물이 되고 말았다.

7. 왕바버즈의 인연

김성주와 김산호는 왕작주를 이틀이나 기다렸다.

왕 씨를 데리러 갔던 식량공작대 대원들이 혹시라도 돌아오는 길을 잃어버리고 산속에서 헤매는 것은 아닐까 하는 걱정 때문에 김성주는 전령병 최금산을 데리고 직접 돈화 쪽으로 한참 나가보기도 했다. 벌써 며칠째 눈이 계속 내렸기 때문에 그들 자신도 길을 잃어버릴까 봐 10여 리 밖에서부터는 10여 m에 하나씩 큰 나무를 골라서 칼로 찍어 방향을 표시해두었다.

김성주는 유한흥에게 배운 대로 행군 길에 잠깐 휴식하거나 하루나 이틀 묵는 임시 주숙지에서도 언제나 보초를 3겹으로 세워두는 습관이 있었다. 문전초에 1명, 바닥초(적이 침입할 수 있는 지대의 비교적 낮은 곳에 배치하는 초소)에 2명, 망원초에는 3명을 두는데, 망원초의 거리를 최소한 10여 리 밖으로 잡았다. 때문에 10여 리 이내에서는 보초들도 있어 길을 잃어버릴 염려가 없었지만, 10여 리를 벗어나 더구나 눈까지 내리는 깊은 산속에서는 그 누구라도 길을 잃지 않으리라고 장담할 수 없었다. 망원초를 벗어나려 할 때 김산호가 허둥지둥 달려와 앞을 가로막았다.

"사장동지, 더는 못 나갑니다."

"아니오. 조금만 더 가보겠소. 저 앞에 보이는 산등성이에 한 번 올라가 보려

하오."

김성주는 유한흥이 준 지도에 이 지방 지형과 산세가 아주 자세히 그려져 있는 것을 보았을 때 여간 미심쩍지 않았다. 솔직히 안도 지방은 그 누구보다도 자기가 잘 안다고 자부했지만, 이 지도에 표기된 것만큼은 알지 못했기 때문이다.

"유 참모장이 준 지도대로라면 저 앞 높은 산봉우리에 오르면 멀리 송강과 흥룡촌, 소사하, 푸르허까지 내다보일 텐데, 진짜인지 확인해보고 싶어 그러오."

김성주 말에 김산호는 손을 내저었다.

"여름 같은 날씨면 혹시 보일지 모르겠지만, 지금은 눈 때문에 아무것도 보이지 않습니다. 어서 돌아가십시오."

"그럼 산호 동무도 함께 가면 나도 돌아가겠소."

"아닙니다. 나는 여기서 잠깐 보초를 교대하겠습니다. 그러니 사장동지는 어서 들어가십시오."

김산호가 계속 권했으나 김성주는 발길이 떨어지지 않았다.

"사실은 왕 씨를 데리러 간 동무들이 돌아오지 않아 걱정되어 앉아 있을 수가 없소."

"꼭 만날 인연이라면 오히려 만나지 않으려고 피해도 피할 수 없는 것이 인연 아니겠습니까. 대신 만나지 못 할 인연이라면 설사 우리가 여기서 아무리 애타게 기다려도 소용없을 것입니다. 오늘 저녁까지만 기다리고 내일 아침에는 바로 출발합시다. 여기서 시간을 지체하는 것이 너무 불안하기만 합니다."

김산호의 일장 연설에 김성주도 머리를 끄덕였다.

"산호 동무가 대단한 연설가라는 소문이 있던데, 과연 명불허전이오."

김성주가 감탄하니 김산호는 의기양양해서 한바탕 자랑했다.

"하긴 제가 아니면 누군들 전영림같이 완고한 구국군 두령을 구워 삶을 수 있겠습니까. 박덕산은 너무 고지식한 데다가 중국말이 서툴러서 구국군들한테 정말 애를 많이 먹었습니다. 제가 가서 많이 도와줬지요."

김산호의 중국말은 김성주보다도 오히려 더 능숙했다.

"산호 동무, 그럼 이렇게 합시다."

김성주는 망원초 밖으로 나가지 못하게 하는 김산호에게 말했다.

"대원들이 너무 적어 보초들이 교대를 제대로 못 하니 오늘 망원보초는 우리 둘이 함께 서고 이 동무들을 들여보내 좀 쉬게 합시다."

김산호가 동의하자 김성주는 최금산 귀에 대고 소곤거렸다.

최금산은 자기도 보초들과 함께 돌아가 조금 쉬고 나오겠다고 말하고는 김산호가 주의하지 않는 틈을 타서 망원초소 밖으로 나가 버렸다.

"아이고, 저 자식이 초소 밖으로 나가 버렸군요."

김산호가 쫓아가려 하자 김성주가 말렸다.

"산호 동무, 그냥 한 30여 리만 나가보고 돌아오라고 했으니 너무 걱정하지 마오."

"그렇지 않습니다. 왕바버즈도 미혼진 못지않게 산길이 복잡합니다. 금산이 아무리 역빨라도(꾀와 눈치가 있고 행동이 재빠르다는 뜻) 길을 잃어버릴 수 있습니다."

"30m에 하나씩 나무에다가 칼로 표시해두라고 시켰소."

이렇게 김성주가 아무리 안심시켜도 김산호는 최금산을 부르면서 뒤를 쫓았다.

"금산아, 어서 돌아오거라."

최금산이 뒤도 돌아보지 않고 줄곧 내뛰자 김산호가 급해서 욕설까지 퍼부었다.

"이놈아, 전령병이라는 놈이 지금 뭐하는 짓이냐?"

김산호가 아무리 불러도 한 번도 뒤돌아보지 않고 총알같이 사라져버렸던 최금산이 갑자기 되돌아오면서 소리쳤다.

"사장동지, 유옥천이 돌아왔어요. 모두 돌아온 것 같아요."

"산호 동무의 인연설이 영험한 것 같소."

김성주는 김산호와 함께 유옥천 일행을 마중나갔다.

한발 앞서 달려와 경례부터 올리려는 유옥천을 얼싸안은 김성주는 그의 몸에 잔뜩 들러붙은 눈을 털어주며 여간 반가워하지 않았다.

"샤오류즈야, 참으로 수고 많았구나."

'샤오류즈(小劉子)'는 유옥천을 부르는 김성주의 호칭이었다.

김성주 경위부대에서 가장 유명했던 중국인 경위원 3명은 '샤오류즈'와 '샤오스즈(小四子)', '샤오우즈(小五子)'였고, '샤오스즈'와 '샤오우즈'는 1937년에 입대하여 경호원이 된 장백현 19도구의 교 씨(喬氏)네 형제 가운데 넷째 교방지(喬邦智)와 다섯째 교방신(喬邦信)의 호칭이었다. 이들 중 김성주를 가장 오래 따라다닌 경호원은 샤오류즈 유옥천이었다.

"그래 모시러갔던 분은?"

유옥천은 뒤따라 나타난 일행들 가운데 중간에 선 사람을 가리켰다.

"저기 중간에 계신 분입니다. 참 그리고 그분 말고…."

유옥천은 일행들 한참 뒤에서 힘겹게 따라오는 한 노인을 가리키면서 설명을 이어나갔다.

"길에서 만난 분인데, 사장동지를 잘 아신다고 합디다."

"그래?"

몸에 두루마기를 입은 것을 보니 조선인임이 분명했다. 보기에도 묵직해 보이는 큰 배낭을 등에 멨지만 오른손에는 지팡이 대신 유별나게 생긴 큼직한 담배 대통을 들고 있었다.

김성주와 김산호는 유옥천의 안내로 돈화의 옥수천에서 모셔온 중국인 군인부터 먼저 만났다. 생각밖으로 너무 젊어 보이는 데다가 눈에는 언뜻 보기에도 돗수가 높아보이는 안경까지 걸고 있어서 김산호가 김성주 귀에 대고 소곤거렸다.

"혹시 다른 사람을 잘못 데려온 것 아닌지 모르겠군요."

"그러게 말이오. 그냥 우리 또래 같아 보이는데."

김성주는 반신반의하는 표정으로 그의 앞으로 다가가 손을 내밀었다.

"구국군의 왕 참모장이신가요?"

"네. 제가 왕작주입니다. 당신이 편지를 보낸 그 유명한 김일성인가요?"

김성주는 머리를 끄덕였다.

"제가 김일성입니다. 이 친구는 김산호인데, 바로 전영림 부대 정치위원입니다. 왕 참모장께서 계셨던 부대 아닙니까."

"아, 저는 전영림 구국군이 아니고 손장상 구국군에 있었습니다."

왕작주의 대답에 김성주와 김산호는 모두 놀랐다.

"아니, 전영림 부대에서 참모장을 하셨던 분이라고 들었는데, 그게 사실이 아니었나 보군요."

왕작주는 웃으면서 머리를 끄덕였다.

"아, 그렇다면 저를 잘못 소개받았나 봅니다. 제가 손장상 부대에서 일반 참모 노릇은 좀 했습니다만, 솔직히 전투경험은 별로 없습니다."

김성주는 그만 어안이 벙벙해지고 말았다. 김산호까지 나서서 따지듯이 물었다.

"제가 전 사령에게 직접 들었는데, 왕 참모장이 전 사령 참모장으로도 계셨다고 합디다. 그럼 그 참모장은 다른 분인가요?"

왕작주는 흘러내려 콧등을 누르고 있던 동그란 안경을 밀어올리면서 천연스럽게 머리를 끄덕였다.

"아마 다른 분이 맞을 겁니다."

"이런 세상에, 우리가 잘못 알고 모셔온 것 같습니다."

김산호는 탄식하다시피 했다. 그러나 김성주가 말렸다.

"산호 동무, 그러지 마오. 분명 무슨 이유가 있을 것 같소. 본인이 그 왕 참모장이 아니라면 내 편지를 받고 여기까지 올 리 없소. 그리고 설사 아니더라도 우리와 함께 일본군과 싸울 의향이 있는 사람 아니겠소."

두 사람이 조선말로 주고받았지만 왕작주는 금방 눈치챌 수 있었다.

왕작주가 잠잠히 말이 없는 것을 보고 김성주는 아닌 게 아니라 김산호의 말대로 사람을 잘못 초청해온 줄 알았다. 그러나 그에 대한 실망도 잠깐이고 한 사람이라도 만금같이 귀한 때에 함께 일본군과 싸워보자는 초청서한을 받고 이 눈길을 헤치고 찾아온 그가 여간 반갑지 않을 수 없었다.

"어쨌든 잘 왔습니다. 왕 동지."

김성주는 왕작주와 악수하고 그의 뒤로 다가선 노인에게 얼굴을 돌렸다.

그 노인은 누가 소개말도 꺼내기 전에 유옥천을 돌아보면서 말했다.

"이분이 그 유명한 김일성 사장이오?"

하지만 곧바로 유옥천에게 핀잔을 당했다.

"아니, 할아버지는 우리 김 사장과 잘 아는 사이라고 하셨잖아요? 젠장, 이제 보니 거짓말이었군요."

김성주는 유옥천을 물러서게 하고 노인에게 물었다.

"어르신, 어떻게 오셨습니까?"

"김 사장, 사실은 내가 이동백이오."

노인이 자기소개를 했다. 그 말을 듣고 김성주와 김산호가 동시에 환호했다.

"아, 그 대통 영감이란 말씀입니까?"

"그렇소. 조아범 서기가 보낸 연락원이 소식을 전해서 미혼진으로 오는 길이었는데, 우연히 저 친구를 길에서 만나 염치 불구하고 따라왔소. 여기까지 안내해준 저 친구한테 참 고맙구먼."

이동백은 유옥천에게 고맙다고 다시 인사를 건넸다.

8. 대통 영감의 이야기

김성주뿐만 아니라 김산호까지도 진심으로 이동백과의 만남을 반가워했다.

화룡 출신 혁명가치고 이동백을 모르는 사람은 거의 없었다. 설사 직접 만나본 적이 없어도 이름만큼은 모두 알고 있었다. 그만큼이나 이동백은 화룡 출신 혁명가들 가운데 박학다식하기로 유명했고 재미있는 일화도 많이 남겼다.

특히 어랑촌근거지에 살던 사람 대부분은 그를 알고 있었다. 그는 화룡현성 달라자 부근의 사립명동중학부에서 교편을 잡고 지낼 때 딸 같이 어린 여제자와 사랑에 빠져 죽자 살자 하다가 그만 임신시키고 결혼까지 하게 되어 아이 둘이 있었다. 나중에는 어린 아내도 중국공산당에 참가해 이동백의 비서가 되었는데, 한때 운화(雲花)라는 별명을 사용했다.

이후 이동백은 중국공산당 화룡현위원회 산하 삼도구 구위서기가 되었는데, 가족이 삼도구 우심의 용흥동과 우복동에서 살고 있을 때 모르는 사람들은 늙은 홀아비가 어린 자식 셋을 데리고 와서 사는 줄 알았다.

1932년 12월에 이동백은 설립된 지 얼마 안 된 어랑촌근거지로 가족과 함께 옮겨왔으나 불과 3개월도 살지 못했다. 동만의 항일투쟁사에서 무척 유명한 '어랑촌 13용사'[130]가 전부 희생된 그 참변이 이듬해 1933년 2월 11일(음력 1월 18일)에 발생했기 때문이다. 당시 13용사와 함께 토벌대에게 포위되었다가 가까스로 살아남은 생존자(화룡유격대 제1소대 대원 채동식, 유격대 취사원 원희숙, 제2소대 대원 김하섭)들의 회고에 의하면, 일행은 장보림이라는 중국인 지주의 집을 습격하여 총 16자루를 빼앗았다. 그것을 축하하느라고 돼지를 잡아놓고 밤늦게까지 술판을 벌이다가 일본군 밀정이었던 조선인 김진수와 최창수, 한필언 등의 안내를 받은 토벌대에게 불의의 습격을 당했다. 김일환의 전임자였던 화룡현위원회 제4임 서기 최상동(崔相東)뿐만 아니라 황포군관학교 출신 군사부장 방상범과 중대장 김세[131] 등도 이때 모두 사망했다.

130　1932년 11월 화룡현 평강구유격대는 장인강을 떠나 어랑촌으로 옮겨왔다. 그해 12월에 중국공산당 화룡현위원회 서기 최상동과 군사부장 방상범의 지도로 화룡현유격대(당시 중대 규모)가 조직되었다. 이들은 무기를 해결하기 위하여 어랑촌 주변의 투도구, 이도구, 삼도구의 일본 경찰기관들을 공격하고 지주의 집을 습격하기도 했다. 이 때문에 경찰과 일본군 수비대의 주목을 받았다. 연길현 경무과의 조선인 특무 안병일이 임무를 받고 몰래 어랑촌에 잠복하여 정찰활동을 진행한 뒤 경무과의 요청으로 투도구에 주둔한 일본군 수비대 200여 명과 삼도구에 주둔한 일본군 100여 명(삼도구에서는 짐꾼 30여 명과 변절자 한필언, 최창수가 길안내를 섰다)이 함께 어랑촌 토벌을 실시했다. 여기에 이도구 무장자위단 단장 홍청림 이하 21명의 자위단원과 경무과에서 파견한 10여 명의 경찰간부들을 합쳐 모두 360여 명의 토벌대가 1933년 음력 1월 18일(양력 2월 11일) 밤 9~10시 사이에 어랑촌에 주둔한 유격대 숙소와 '현 구 간부실'을 포위했다. 생존자 및 연고자들의 회고에 의하면, 이때 포위를 돌파하는 과정에서 총 17명이 사망했고, 전투 중 전사한 사람이 13명이다. 그중 12명의 신원은 밝혀졌으나 1명은 아직까지 미상이다. 이 12명은 모두 조선인이었다. 오늘의 연변 화룡시 시내 한복판에 '어랑촌 13용사'를 기리는 기념비가 세워져 있다.

131　김세(金世, 1902-1933년) 본명은 김형걸(金亨杰)이다. 연길현 동불사(銅佛寺)소학교 교사로 근무하다가 중국공산당에 가입하고 화룡현위원회 산하 평강구위원회의 지도를 받았다. 후에 평강구위원회의 파견으로 어랑촌으로 옮겨 한동안 소학교 교사로 위장하고 어랑촌자위대를 발판으로 평강구유격대를 조직하는 일에 참여했다. 이 평강구유격대를 발판으로 1932년 12월 화룡현위원회 산하 4개 구위원회(평강 구위, 삼도구 구위, 개산툰 구위, 달라자 구위) 유격대원 20여 명이 모여 화룡현유격대가 만들어졌고, 김세는 유격대 중대장이 되었다. 이 과정에서 친구이자 부하였던 장승환(張承煥, 당시 김세 밑에서 제2소대장을 맡았다가 후에 화룡현 유격대대의 첫 대대장이 되

어랑촌근거지가 해산될 때 중국공산당 화룡현위원회에서는 처창즈근거지로 옮기지 못하고 하산하게 된 주민들과 일부 간부들에게 그들이 정착할 곳인 만주국 정부 관할 지역의 공서(公署, 사무소)에서 요구하는 대로 자백서를 내거나 귀순서에 서명해도 좋다고 허락했다. 그때 하산자로 분류되었던 이동백은 평소 그를 미워했던 일부 간부에게서 "학식이 많지도 않으면서 많은 척하며 나이도 많지 않으면서 수염을 기르고 대통을 들고 다니면서 노인흉내를 내고 좌상 취급 받으려고 한다."는 비판을 받았고, 이 일은 조아범에게까지 보고되어 올라갔다.

"일단 당과 조직의 품을 떠나는 것으로 생각하지는 말고 적 통치구에 내려가서 지하투쟁하는 것으로 생각하고 지내도록 하오. 처창즈근거지가 정상궤도에 오르면 사람을 보내서 부르겠소. 그때 다시 근거지에 와서 당을 위해 일하면 될 것 아니오."

조아범은 그렇게 이동백을 하산시켰다.

이동백 부부는 화룡현 경내의 사금구라는 산골마을에 정착했다. 그러다가 1935년 봄이 되자 처창즈에서 김홍범이 보내왔다면서 한 연락원이 이동백을 찾아왔다. 부부는 아이들까지 데리고 다시 처창즈근거지로 들어왔으나 이때 이동백에게 주어진 임무는 김홍범을 도와 숙반위원회에서 민생단 혐의자 자료를 작성하는 일이었다.

"이건 정말 벼락 맞을 일이오. 내 죽으면 죽었지 차마 이런 짓은 못 하겠소."

이동백이 버텼다. 그러자 이동백까지도 민생단을 동정한다는 죄목을 덮어쓰

었다)의 여동생 장희숙과 결혼했다. 1933년 음력 1월 18일(양력 2월 12일)에 발생한 '어랑촌 13용사사건' 때 김세는 포위를 돌파하던 중 다리와 가슴에 중상을 입고 사망했다. 생존자 채동식의 증언에 의하면, 토벌대가 물러간 뒤 포위되었던 유격대 귀틀집에서 100여 m 떨어진 북산 아래 한 웅덩이에서 김세의 시체를 발견했는데 다리 상처에 싸맨 수건은 피에 푹 젖어 있었고 가슴 상처는 응급처치도 하지 못한 채였다. 주변에서 김세가 사용했던 권총도 발견했는데, 죽기 직전 탄알이 떨어지자 돌로 총을 내리쳐 망가뜨린 것으로 확인되었다.

고 하마터면 감금당할 뻔했으나 그 보고는 조아범에게 올라갔다가 퇴짜 맞고 내려왔다.

"대통 영감을 민생단이라고 하면 사람들은 아마 박장대소할게요."

"무슨 뜻입니까?"

"잘했다고 웃는 게 아니라 숙반위원회를 비웃을 것이란 말이오."

조아범의 말을 듣고 돌아온 김흥범은 부리나케 이동백을 풀어주었다.

그러다가 처창즈근거지가 해산될 때 이 부부는 또 하산자 명단에 오르게 되었다. 이동백은 끝까지 내두산으로 따라가겠다고 매달렸다. 하지만 이동백의 아내가 말했다.

"난 이제 더는 근거지에서 못 살겠어요. 아이들이 커 가는데 이대로 계속 근거지에서 살다가는 아이들을 버려요. 난 아이들이 유격대에 들어가 언제 어디서 죽을지도 모르게 내버려둘 수 없어요."

한 연고자의 증언에 따르면, 이동백의 아내는 1935년 가을 안도현 처창즈근거지가 해산된 후 안도현 이도백하(또는 사도백하) 방면에서 귀순했고, 이때 남편과 헤어진 뒤로 줄곧 그의 소식을 모르고 지냈다. 귀순한 후 고향 화룡현으로 돌아가 재혼한 후 평강의 어느 골짜기에서 생활하다가 후에 흑룡강성 밀산현으로 이사했다고 한다. 그렇게 해방 후까지 살아남았다가 1960년에 위장병으로 사망했다는 설이 있다.

이동백이 한때 중국공산당 삼도구위원회 서기로 일할 때 그의 지도를 받았던 연고자들이 1945년 광복 이후에도 꽤 많이 살아 있어서 많은 증언을 남겼다. 이동백의 아내를 만나 보았던 사람 가운데 "운화의 여동생이 벙어리였는데, 그는 평강에서 혼자 살았다. 언니가 남편을 버리고 고향으로 돌아오자 그 여동생이

형부를 찾아 산속으로 들어갔다."는 이야기를 들려주기도 했다.[132]

이동백은 내두산에서도 얼마 지내지 못 하고 토벌 때문에 내두산 주변 여러 밀영으로 옮겨 다니면서 거의 방랑자처럼 생활했다.

그러나 그가 묵고 지냈던 곳에서는 항상 웃음소리가 들렸다. 밀영 병원에서 치료받던 부상자들은 심심할 때면 모두 그의 주변에 모여앉아 옛이야기를 얻어 듣곤 했는데, 때때로 이동백은 이야기를 연극 대본처럼 꾸며서 역할을 나누고 대원들이 그 역할대로 서로 대사를 주고받는 놀이를 벌이기도 했다.

"아니, 그게 바로 연극 아닙니까! 영감님 혼자서 대본도 쓰고 연출도 다 했단 말씀입니까?"

이동백이 들려주는 이야기를 듣고 난 김성주는 감탄했다. 그는 흥분하여 이동백의 두 손을 덥석 잡으며 말했다.

"영감님, 사실은 저도 연극에 관심이 많습니다. 저도 어렸을 때 연극놀이를 많이 했습니다. 연극구경이라면 공부고 뭐고 다 팽개치고 구경다녔거든요. 기회가 되면 우리도 함께 연극 한 번 만들어봅시다."

이동백이 김성주에게 말했다.

"좋소. 대신 나도 조건이 하나 있소. 조건이라기보다는 정중하게 드리는 요청이니 김 사장이 꼭 들어주시오."

"요청이 도대체 뭡니까?"

김성주는 어떤 요청이든, 무엇이든 다 들어주려는 마음으로 그의 말을 기다

---

132 필자는 20여 년 전인 1999년에 이들의 이야기를 소재로 한 소설 「내두산의 전설」을 발표하였다. 이 소설은 1999년 중국 길림성 장춘시에서 발행하는 격월간 문학잡지 『장백산』 3월호에 실렸다. 한 남자를 동시에 사랑했던 자매 이야기인데, 언니가 남편을 버린 뒤 벙어리였던 여동생이 형부를 찾아 산속으로 들어간다. 여동생과 형부 사이에서 딸아이가 태어났으나 그 아이 역시 벙어리였다, 그 벙어리 아이는 아버지 어머니가 모두 사망한 뒤에도 해방 후까지 살아남았다. 취재차 그를 찾아갔던 소설가 '니'는 7의 남편에게서 이와 같은 사연을 듣고 소설로 옮기게 된다.

렸다.

"일단 나를 영감이나 노인이라고 부르지 마오. 사실 난 나이가 그렇게 많지 않다오."

"아, 그렇습니까? 그렇다면 확실히 알려주십시오. 도대체 얼마십니까?"

"확실한 나이는 잘 모르겠는데, 한 마흔서넛 되었습니다."

"하하."

김성주도 김산호도 모두 웃어버리고 말았다.

"그 나이면 사실 영감님 소리를 들을 만도 하답니다."

김산호가 농담했더니 이동백이 정색하고 반박했다.

"나도 김 사장 부대에 동참하고 싶어 이 눈 속을 헤치고 찾아왔소. 정식 혁명 군인으로 받아주고 호칭도 동지로 해주셨으면 하는 것이 첫 번째 요청이오."

그러자 김산호는 대뜸 웃음을 걷었다.

"이동백 동지, 함부로 영감님이라고 부른 것은 저희가 잘못한 것이 맞습니다. 제가 대신 사과하겠습니다. 앞으로 다시는 그러지 않겠습니다."

김성주가 바로 사과하자 이동백의 표정이 밝아졌다.

"좋습니다. 나도 지금부터는 나이와 상관없이 상관인 김 사장에게 존칭으로 대하겠습니다. 다음 두 번째 요청입니다."

이동백은 연극과 관련하여 한참 자기 생각을 털어놓았다.

학생 20여 명밖에 안 되는 화룡현의 농촌 시골학교 교장으로 있으면서도 이동백은 연극을 만들었던 일을 실례로 들었다. 이 연극 활동이 사람들에게 얼마나 많은 호응을 받았는지 자세히 설명했다. 사실 그랬다. 1920년대와 1930년대는 연극의 개화기이자 전성기였음은 틀린 말이 아니었다. 도시에서 온 연극단이 농촌마을을 순회하면서 보여주었던 신식극을 단 한 번만이라도 본 농촌 사람들은 그 이후 생활방식뿐만 아니라 인생 전체를 바꾼 사례도 셀 수 없을 정도로 많았다.

"실은 제가 어랑촌근거지에 있을 때 아동단원들을 보면서 연극을 가르칠 수 있다면 얼마나 좋을까 하는 생각을 자주 했습니다. 그런데 아이들과 이야기를 나눠보니 다들 까막눈인 데다 아는 것이 없어서 쉽진 않겠구나 실망하고 도전해보지 못했던 아쉬운 마음이 지금까지도 남아 있습니다. 저는 그 아쉬웠던 마음을 이번에 김 사장 부대에서 한 번 풀어보고 싶습니다. 김 사장께서 조건이 허락되면 직접 책임지고 전폭적으로 이 일을 밀어주시기 바랍니다."

이동백의 두 번째 요청은 원래 연극에 관심이 있었던 김성주의 동심을 자극하고도 남았다.

"아이들이 대본 읽을 줄은 몰라도 순수하고 순진해서 한 번 시켜주면 오히려 어른들보다 더 잘할 텐데요."

김산호가 곁에서 한마디 끼어들었다.

그러자 이동백이 반박했다.

"나는 아이들 극이 아니라 어른들 연극을 만들고 싶어서 그러는 것이오."

그는 다시 김성주를 바라보며 말했다.

"사실은 오래전부터 구상한 연극 줄거리가 있는데, 아직 완성되지 않았으니 김 사장에게 글로 적어 보여드리겠습니다."

김성주는 어른들의 연극을 한 번 만들어보자는 이동백의 요청에 완전히 빠져들고 말았다.

"그 요청을 들어드리기 위해서라도 빨리 마안산에 가야 합니다. 내일 아침 일찍 길을 떠나겠습니다."

"여기 밀영들에 내가 안 가본 곳이 없으니 직접 길 안내를 서드리리다."

"영감님께서 마안산으로 가는 길도 잘 아신단 말씀입니까?"

김산호가 놀라며 말하자 이동백이 되받았다.

"영감님이라고 부르면 모르지만, 동지라고 부르면 잘 알고 있다 뿐이겠소."

그러자 김산호가 연신 사과했다.

"제가 잘못했습니다. 다시 한번 사과드리겠습니다."

"김 사장. 난 여기 미혼진과 왕바버즈뿐만 아니라 마안산과 달라자산(大砬子 山), 출갈타산(秫秸垛山), 적봉(赤峰), 노령(老嶺), 마쟁령(馬趣嶺), 견봉령(甄峰嶺) 등 어디고 안 가본 밀영이 없습니다. 그러니 마안산에 도착해서도 그곳 밀영 귀틀 막을 찾아내는 일도 내가 앞장에 서겠습니다."

이동백이 이처럼 안도와 무송 일대 밀영들을 모조리 꿰고 있는 것을 본 김성 주는 너무 기뻐서 어쩔 줄을 몰랐다. 참으로 '기쁨은 쌍으로 날아든다.'는 중국 속담이 머릿속에 떠오르는 대목이기도 했다.

"내가 조아범에게 참 의견이 많지만, 보배 같은 이동백 동지를 나한테 보내준 이 일 하나만으로도 그 밉던 마음이 다 사라지는 기분이오."

김성주가 이렇게 말하자 김산호도 맞장구를 쳤다.

"참, 이렇게 멋진 영감님을 왜 중용하지 않고 계속 근거지 밖으로 내쫓아버리 기만 했는지 알다가도 모를 일입니다. 그나마 지금이라도 정말 다행입니다."

김산호는 김성주와 단 둘이 이야기할 때는 여전히 이동백을 영감님이라고 불 렀다.

그 바람에 김성주는 계속 김산호에게 주의를 주었다.

"말조심하오. 왜 아직도 영감님이오? 영감님이 뒤에서 따라오고 있단 말이 오."

김산호가 참지 못하고 킥킥 웃어댔다.

"영감님이라고요? 사장동지까지 왜 그러십니까?"

"원, 나도 전염된 모양이오."

김성주는 황망히 입을 다물고 앞에서 씽씽 걸음을 다그쳤다.

김성주는 키가 커서 여느 사람보다 보폭도 넓었기 때문에 뒤에 선 전령병 최금산이나 유옥천 등은 잰걸음을 놓을 때가 많았다. 김성주는 그들 둘에게 이동백을 양편에서 모시게 했다. 그러나 묵직한 배낭을 맨 이동백의 걸음은 빠르지 못했다. 아무리 배낭을 대신 매겠다고 최금산과 유옥천이 번갈아가면서 말해도 이동백은 배낭만큼은 자기 몸에서 떨어지면 안 된다며 거절했다.

마안산이 가까워올 때, 모닥불을 피워놓고 잠깐 휴식하는 틈을 타서 왕작주가 갑자기 김성주와 김산호 곁으로 다가왔다.

"김 사장. 대오가 밀영으로 들어갈 때 한꺼번에 들어가지 말고 2명씩 1개조를 만들어 여러 갈래로 접근하는 게 좋겠습니다."

김성주는 김산호와 마주보며 잠깐 눈빛을 교환했다.

사실은 그들도 마침 이 문제를 의논하고 있었기 때문이다. 김성주는 왕작주에게 모닥불 가까이 다가오게 한 다음 물었다.

"왜 그렇게 생각하셨습니까?"

"제가 왕바버즈에서 밀영이 만들어진 형태를 좀 돌아보았는데, 귀틀막들이 한 곳에 집중된 것이 아니라 2~3리 안팎 거리를 두고 여기저기에 널려 있더군요. 불시에 토벌이 들이닥칠 경우 숲속으로 접근하기 쉽게 위치를 잘 잡았습니다. 거꾸로 토벌대가 밀영을 차지했다고 가정한다면, 토벌대는 밀영으로 올 우리 쪽 사람들을 모조리 소멸하기 위해서 귀틀막은 그대로 내버려두고 반드시 숲속에 잠복할 것입니다. 때문에 상황이 불분명한 밀영으로 들어갈 때는 한꺼번에 들어가는 것이 대단히 위험할 수 있습니다."

김성주는 왕작주의 말이 일리 있다고 판단했다.

"그러면 어떻게 접근하면 좋겠소?"

"좀 힘들더라도 길을 따라 들어가지 말고 멀리 산등성이를 에돌아 천천히 숲을 가로지르며 내려오는 것이 가장 안전하고 또 확실하게 파악할 수 있을 겁니다. 게다가 밀영 귀틀막들이 한 곳에 집중되지 않고 여러 골짜기에 널려 있으니 찾아내기도 편리하고요."

왕작주의 설명을 들은 김성주는 그에 대한 태도를 바꾸지 않을 수 없었다.

왕작주를 잘못 데리고 온 것 아닐까 오해하고 있었던 김산호까지도 머리를 갸웃거렸다.

"이 친구 장난 아닌데요."

"그러게 말이오. 만약 가짜라면 아무리 우리가 편지를 보냈어도 함부로 올 수 있었겠소. 그만큼이나 자신 있으니 온 것이 아니겠소."

김성주는 즉시 왕작주의 말대로 2인씩 10조로 나누어 마안산을 둥그렇게 에워싸고 천천히 접근하면서 귀틀막을 찾아 들어가게 했다. 왕작주에 대한 각별한 호기심 때문에 김성주는 그와 한 조가 되어 제일 마지막에 들어가기로 하고, 마안산에 여러 번 다녀본 적 있는 김산호와 이동백이 첫 번째 소조가 되어 마안산 밀영으로 들어갔다.

마안산(馬鞍山)은 이름 그대로 말안장처럼 생겨서 불려진 이름이다. 보통 봉우리가 있는 산세들이 서로 엉키거나 겹치면 멀리에서 말안장처럼 보이기 십상이라 중국뿐만 아니라 한국에도 마안산이라는 이름으로 불리는 산이 적지 않다. 특히 중국은 너무 많아서 그 수를 헤아리기도 쉽지 않다. 그러나 당시 만주에서 비교적 유명했던 마안산은 이통현(伊通縣) 마안산과 무송현의 이 동(東)마안산을 들 수 있다. 앞에 '동(東)' 자를 붙여 동마안산이라고 부른 이유는 바로 동강진(東崗鎭) 경내에 있었기 때문이다.

이 마안산 남쪽에 흐르는 소사하가 바로 안도 소사하로 이어지는 시냇물인 걸 고려하면, 무송은 지리상 동쪽에는 안도, 남쪽에는 임강, 서남으로 몽강(오늘의 정우현)과 마주보고 있다. 또 북으로는 화전, 돈화와 마주보는 기묘한 위치에 있는 현성이라고 하지 않을 수 없다.

9. 무송과 장울화

실제로도 무송의 역사는 전체 만주 역사와 시작을 함께 했다고 보아도 무리가 아닐 것이다. 신석기시대부터 오늘의 무송현 경내 신안촌을 중심으로 부락이 형성되었으나 청나라 가경[133] 6년인 1801년에 장백산 지구가 모조리 봉금(封禁)되면서 200여 년이나 출입금지 구역이 되었다. 광서[134]년간에 봉금정책이 풀리면서 무송에는 장백부민국이 설치되었다. 정식 현성으로 격상된 것은 청나라 선통 원년[135]이었다. 현 관청을 오늘의 무송현 쌍전자가(雙甸子街)에 설치하여 당시 무송현성 이름은 '전자현(甸子縣)'으로 불리기도 했는데, 그 위치가 바로 오늘의 무송현 무송진 전자다. 그 후 얼마 안 있어 봉천성에 속하면서 북양군벌(北洋軍

---

133 가경(嘉慶)은 청나라 인종 가경제의 연호로, 1796년에서 1820년까지 쓰였다.

134 광서(光緖)는 청나라 덕종 광서제의 연호로, 1875년부터 1908년까지 쓰였다.

135 선통(宣統)은 청나라 12대이자 마지막 황제인 푸이 선통제의 연호로, 1909년부터 푸이가 퇴위하던 1912년까지 쓰였다.

閻)이 통치하던 공화정 초기 시절에 무송현으로 이름을 바꾸게 되었다.

이름의 무(撫)는 "백성들을 안무(按撫)하고 지역을 평정한다."는 뜻이고 송(松)은 이 지역이 송화강 상류에 있었기 때문이다. 현성으로 격상된 초기에는 관공서 명칭을 계속 그대로 사용했기 때문에 무송현 공서(사무소)라고 부르다가 1923년부터 정식으로 무송현 정부로 불렀다. 1934년과 1937년 사이에도 두 번이나 관할이 바뀌어 안동성에 소속되었다가 통화성으로 변경되기도 했다.

무송은 특수한 위치에 있다 보니 무송현성에서 활동했던 유명 인물도 아주 많았다. 특히 1930년대에는 중국 항일명장으로 추앙받는 송철원(宋哲元, 자 명헌 明軒) 부대가 한때 무송현성에 주둔한 적이 있었다. 1931년에 만주사변이 발생하고 이 지역을 관할하던 동북육군 제3여단장 이수산(李寿山)이 일본군에게 투항하자 당시 봉천성 안동에 주둔했던 이수산의 부하 왕송산(王松山, 제3여단 산하 3대대 대대장)은 송철원에게 편지를 보내 그의 지원을 받아 무송을 거점으로 삼고 거사한 적이 있었다. 그때 송철원은 자신의 도장을 찍은 공백 위임장을 만들어 왕송산에게 수십 장 주었고, 왕송산은 이 위임장에 아무렇게나 직함을 갖다 붙여서 부하들을 위임하고는 '항일혁명군'이라는 깃발을 내걸었으나 이 부대는 불과 2년을 버티지 못하고 1934년경 와해되고 말았다.

그러나 이 와중에도 죽지 않고 살아남은 왕송산은 몽강 지방에서 활동하던 양정우를 찾아가 연계를 맺었고, 후에는 김성주 부대와도 연계한다. 양정우의 부하들 가운데 무송현성에서 가장 일찍 전사했던 사람은 중국인 소검비인데, 당시 그는 남만유격대 제1대대 대대장이었다. 김성주 일행이 무송현 경내의 마안산에 도착했던 때를 기준으로 보면 1년 전이었다. 바로 1군 산하 2사 사장 조국안(曹國安)이 한창 나얼홍 지방에서 근거지를 건설할 때였는데, 소검비가 근거지 군수물자를 해결하려고 1935년 4월경 무송현 경내의 만량진을 공격하다가 중상을 당하여 오늘의 무송현 북강(北岡)에서 사망하고 말았다.

20여 년 전 필자는 소검비 묘역이 조성된 북강의 고사야소산(高四爺小山)에서 남쪽으로 20여 리 내려가다가 만량진 관하의 고승촌(高升村)이라는 한 중국인 동네에 들렀다. 이 동네가 과거에는 동강과 서강, 그리고 북강 사이로 출몰했던 항일연군들이 반드시 들렀던 곳으로 소문났기 때문이다. 이곳에서 당시 무송현 정부가 이 동네에 경찰분서를 설치하고 한 중대 규모의 경찰 병력을 주둔시켰다는 이야기를 듣게 되었다. 노인들의 이야기에 따르면, 1941년 1월경 항일연군 제1로군에서 굉장히 높은 조선인 간부 하나가 경위원 4명을 대동하고 고승촌에 나타나 지나가는 경찰을 불러 귀순하겠다고 말했다는 것이다.

나중에 필자는 『무송현지(撫松縣志)』(1994년판)를 통해 이 고위 간부가 바로 당시 제1로군 총정치부 주임 겸 군수처장이었던 전광(全光, 오성륜)이라는 사실을 알게 되었다. 전광을 따라 함께 귀순한 경위원 가운데 '샤오안즈(小安子)'라는 중국인 소년은 열아홉 살밖에 안 되었다. 귀순하고 나서는 전광을 따라가지 않고 고승촌에 정착하여 그 동네 처녀에게 장가 들고 가정을 이루었으나, 1945년 광복 후에 바로 온 집안 식구를 데리고 도주하여 종적을 감추었다고 한다. 후에 샤오안즈 일가를 만량진에서 보았다는 사람도 있고 동강진에서 보았다는 사람도 있었으나 끝내 찾을 수 없었다.

필자는 1998년에 산동성 청도시에 살고 있던 샤오안즈의 둘째 아들 안준청(安俊清)과 연락이 닿아서 직접 만나 인터뷰를 진행했다.

'샤오안즈'로만 알려진 안준청의 아버지 본명은 안경희(安景熙)였으며, 사망한 지 2년밖에 되지 않았다고 했다. 어머니 고 씨(高氏)는 아주 오래전에 사망하여 묘지가 고승촌에 있었는데, 아버지 유골도 어머니와 합장시켰다고 한다.

안준청은 매년 고향 무송에 다녀왔는데, 아버지가 사망하고 나서 자신도 건강이 좋지 않아 더는 성묘하러 가지 못했다고 한다. 대신 무송과 가까운 통화시에 사는 손자 부부가 책임지고 성묘를 다닌다고 했다. 그와 이야기를 주고받던 중 자연스럽게 무송의 유명 인물 가운데 한 사람인 장울화 이야기가 나왔다.

"1992년 무송현에서 북조선 정부의 도움으로 장울화 묘역을 새롭게 만들 때 우리 집 식구들은 무송에 없었습니다. 그렇지만 아버지는 무송현에서 일어나는 일들에 각별히 관심을 가지고 지켜보았습니다."

"혹시 아버지는 장울화와 아는 사이였나요?"

"그렇게 잘 아는 건 아니지만, 몇 번 만나보았다고 합니다."

"혹시 장울화에 대해 지금까지 알려진 것 말고 알려지지 않은 또 다른 이야기는 없나요?"

필자가 하도 꼬치꼬치 캐묻자 안준청이 장울화 이야기를 시작했다.

"북조선의 김일성이 갑작스럽게 장울화의 자손들을 도와주기 시작한 것은 1980년 이후부터였습니다. 그 이전에는 별로 도와주지도 않았고, 또 거의 왕래도 없었다고 보아야 합니다. 물론 그렇다고 김일성이 장울화를 잊어버렸다는 것은 아닙니다. 1959년 가을에 북조선에서 박영순이라는 사람이 김일성의 위임을 받고 왔다면서 무송현에 와서 장울화의 아내를 만난 적이 있었습니다. 그 후 장울화의 아들 장금천(張金泉)이 김일성에게 편지도 보냈지만, 아무 회답도 받지 못했습니다. 한마디로 바다에 돌 던진 격이었지요. 그리고는 거의 20여 년 동안 아무 소식이 없다가 1984년 5월에야 비로소 다시 연락이 이어졌습니다. 들리는 소문에 의하면, 그때 김일성은 기차 편으로 소련을 방문하고 돌아오는 길에 우리나라 길림성 지방을 경유하게 되었다고 합니다. 그때 갑작스럽게 장울화를 떠올렸던 것이었지요…"**136**

이때의 김성주 나이는 어느덧 일흔둘이었다. '인생칠십고래희(人生七十古來稀)'
라는 말도 있듯이, 과거 젊은 시절을 보냈던 옛 산하를 돌아보면서 그때 자기와
함께 생사고락을 나누었던 친구와 동지들 생각도 떠올랐을 것이고 감회도 남달
랐을 것이다.

김성주보다 한 살 어렸던 장울화는 김성주를 위하여 새파랗게 젊은 아내와
어린 자식들을 내버려둔 채 자기 생명을 바쳤다. 박영순이 1959년 가을에 처음
장울화의 집에 찾아왔을 때까지도 장울화의 아내는 아직 살아 있었다. 아무리
국사로 바쁘더라도 그의 자손들을 불러서 만나주어야 하는 것이 도리였다.

김성주는 1985년 봄에야 비로소 장울화의 아들 장금천과 딸 장금록을 평양으
로 초청했다. 이후 장금천과 장금록뿐만 아니라 그의 자손들에 이르기까지 3대
가 평양에 초대되고 있다. 1992년에는 무송현 정부가 나서서 장울화 묘역까지
새롭게 조성하고, 여기에 김성주가 직접 친필로 비문(碑文)을 쓴 화강암 비석이
북한에서부터 운송되어 무송에 도착했다. 그런데 이때 무송에서는 웃을 수도 울
수도 없는 어처구니없는 일이 발생했다. 장울화가 '혁명열사'인 것은 틀림없으
나 그가 과연 중국공산당원인가 하는 문제가 제기되었다.

장금천은 "나의 아버지 장울화는 1928년에 공산주의청년단(공청단)에 가입했
고, 1932년에 김일성 소개로 중국공산당원이 되었다."고 주장하지만, 길림성 지
방사편집위원회에서 『길림성지(吉林省志)』를 편찬할 때 장울화의 입당(入黨) 기록
과 관련한 자료들을 찾을 수 없었던 데다 북한 정부까지도 자기들 수령이 중국

---

136 취재, 안준청(安俊淸) 중국인, 항일연군 연고자, 부친 안경희(후에 일본군에 귀순)는 전광(오성
    륜)의 경위원, 취재지 산동성 청도, 1991.

공산당원이었다는 사실을 인정하려 하지 않았다.

결국 이 문제를 해결하는 과정에서 길림성 내의 적지 않은 중국공산당 고위 간부들이 동원되었다. 아래로는 당시 중국공산당 무송현위원회 부서기 겸 현장 손신광(孫晨光)부터 위로는 길림성지방사 부문을 주관하던 당시 길림성 부성장 전철수(조선족)와 중국공산당 길림성위원회 조직부장 두학방(杜學芳), 성장 홍호(洪虎), 마지막으로는 성위서기 왕운곤(王雲坤)까지 모두 이 일에 관심을 가지고 적극적으로 나섰다.

"그때 길림성 당사연구실 관계자들이 장울화의 중국공산당원 사실을 입증하는 증언 자들을 찾아다니기 시작했는데, 어떻게 수소문했는지 제 아버지한테까지 찾아왔습니다. 그때 제가 곁에서 아버지를 모시고 함께 그 사람들과 만났는데, 장울화의 입당 사실을 확인하기 위해 왔다는 말을 듣고 내가 대신하여 일국의 국가주석이 그를 항일열 사라고 증언했으면 됐지 더 무슨 증언이 더 필요하냐고 물었습니다. 그랬더니 그분 말씀이 '항일열사'는 이미 확인되고 인정하는 사실이지만, 당원 신분과 관련한 문제는 또다른 문제라면서 반드시 당원이었다는 기록과 증언자료가 갖춰져야 한다고 했습니다. 그래서 우리 아버지는 반역자가 되었고 역사반혁명분자로 판정받았는데, 이런 사람의 증언도 유효하냐고 물었더니 참고자료로 사용할 수는 있다고 했습니다."[137]

안준청이 들려주었던 이야기다.

"댁의 아버지가 장울화와 잘 아는 사이는 아니었다고 하지 않았습니까?"

"네, 그렇지만 아버지를 항일연군에 인도했던 사람이 장울화와 친한 사람이

---

137 상동.

었습니다. 또 무송현성전투 때는 김일성에게 보내는 정보 심부름을 제 아버지가 했는데, 그때 나이가 겨우 열네 살밖에 안 되었습니다."

"그럼 그때 이미 김일성과도 만났겠군요."

"만났다뿐이겠습니까. 제가 어렸을 때 아버지가 직접 김일성과 만났던 장소를 가르쳐준 적이 있었습니다. 그곳이 지금은 심양철로국 온천요양원이 되었는데, 거기 가면 무송온천철료빈관(撫松溫泉鐵療賓館)이 있습니다. 그 앞에 '전우천(戰友泉)'이라고 표시해놓은 온천이 바로 김일성이 자주 와서 목욕도 하면서 장울화와 만났던 장소입니다. 아버지도 심부름을 갔다가 그곳에서 처음 김일성과 만났다고 합니다."

"아, 왜 이런 일들이 김일성 회고록에서는 단 한마디도 언급되지 않았을까요?"

필자는 무척 궁금해서 다시 회고록을 뒤지고 또 뒤졌다.

그런데 안준청이 들려준, 자신의 아버지를 항일연군으로 인도했던 사람에 대한 언급이 『세기와 더불어』 제4권 12장 3절에 한 문장 들어 있기는 했다.

"장울화가 대영에 와 있는 동안 우리는 그가 추천하여 데려온 공청원 3명을 부대에 받아들였다. 자기가 손때를 묻히며 애지중지 키워낸 청년들이 혁명군의 군복을 입고 총을 멘 모습으로 나타났을 때 장울화의 입가에 비끼던 그 행복한 미소도 나는 영원히 잊을 수 없다. 그 '3명 중 한 대원인 연 비서'는 교원 출신으로서 훗날 우리 부대가 백두산 지구에 나가 활동할 때 밀영의 나무들에 구호를 많이 썼다. 그가 쓴 구호나무들이 지금도 여러 밀영에 남아 있을 것이다."

바로 '연 비서'다. 1936년 8월 무송현성전투 당시 무송현성 안에서 '봉순잔(鳳

順棧)'이라는 여관을 운영했던, 말하자면 공개된 신분이 여관주인이었던 이 사람의 본명은 연갈민(延藹民)이다. 1902년 오늘의 산동성 광요현(广饒县)에서 출생했고, 김성주의 6사와 합류할 당시 나이는 이미 서른넷이었다. 스물네 살이었던 김성주보다 열 살 위였으니 김성주가 회고록에서 그를 청년이라고 표현한 것은 적절치가 않아 보인다. 또 그를 '연 비서'로 호칭했는데, 이는 그의 진짜 이름이 무엇인지는 모르고 단지 그의 직책에 따른 것으로 보인다.

최근에 공개된 연안길(延安吉)의 중국공산당 당내 인사기록을 보면, 무송에서 지하활동을 할 때 연갈민이라는 이름을 연안길로 바꾸었던 것으로 나타나 있다. 무송현성전투 당시 신분이 폭로되어 항일연군에 입대하게 되었고, 제1로군 산하 2군 6사 사부 비서(祕書)로 임명되었다. 즉 연 비서란 김일성의 비서로 일했던 연안길의 당시 직책임이 틀림없다. 김성주가 연안길을 '교원 출신'이라고 회고한 것도 그닥 정확하지 않다.

연안길은 1924년 말 창건된 산동성의 첫 중국공산당 농촌 조직이었던 광요현 연집지부의 제1임 서기였고, 2년 뒤 1926년에는 중국공산당 산동지구위원회 파견을 받고 황포군관학교에 입학했는데, 장개석이 '청당(淸黨)'을 시작할 때 중국공산당원 신분이 폭로되어 국민당 감화원(感化院)에 수감되었다. 그가 끝까지 전향하지 않아 후에 남경감옥으로 이송되었으나 다행히도 고향 친구들이 백방으로 나서 보증을 서주어서 풀려 나올 수 있었다. 그때 그를 도와주었던 사람들에는 고향 친구 이요계(李瑤阶, 국민당 사장)와 먼 친척이었던 국민당 서안중산대학교(西安中山大學校) 교장 연서기(延瑞祺)도 있었다.

덕분에 연안길은 1931년에 광요현으로 다시 돌아올 수 있었다. 이때 광요현 연집촌(延集村)소학교에서 교사로 지내기도 했다. 그러다가 다시 중국공산당 조직과 연계되어 중국공산당 광요현 연집촌 당 지부를 건설했으나 새로 받아들인

당원 가운데 반역자가 생겨 당 조직이 모두 파괴되었고, 자신도 하마터면 체포될 뻔했으나 가까스로 탈출했다.

연안길은 1932년에 만주로 나왔다. 그는 거의 2년을 여기저기 방랑하다가 1934년 봄에야 비로소 무송현성에 도착한다. 여기서 우연히 고향 친구 성계범(成介范, 성조기成肇基)과 만났는데, 성계범이 바로 중국공산당 무송현위원회 소속 지하당원이었다.

연안길은 성계범의 소개로 장울화와 만나게 되었고, 장울화와 한 소조 성원이 되어 무송현성에서 지하활동을 시작했다. 당시 장울화는 '형제사진관'을 운영했고, 연안길은 '봉순잔여관'을 운영했다. 안준청의 아버지 안경희가 바로 이 여관 아동공(兒童工, 잔심부름을 하는 아이를 뜻함)이었다. 고아였던 안경희는 무송현성에서 꽤 유명했다. 그 나이 또래 거지들의 우두머리였는데 매일같이 무리지어 다니면서 장터에서 물건을 훔치고 음식을 훔쳐먹는 등 소란을 많이 피웠기 때문에 경찰들과는 원수지간이었다. 그러다가 우연히 장울화 눈에 들어 그의 심부름을 다니다가 점차 비밀조직에 가담하게 되었다.

연안길이 무송에 온 뒤 장울화는 안경희를 그에게 보내어 아동공으로 위장시켰다. 겉으로는 봉순잔여관 심부름꾼이었으나 실제로는 중국공산당 무송지부의 연락원 노릇을 하고 있었던 셈이다. 어려서부터 거리에서 빌어먹으며 자랐던 그가 공산당 연락원 노릇을 하고 있다고 의심하는 사람은 아무도 없었다. 당시 무송현 경찰대장 왕영성(王永城)[138]은 연안길을 의심하고 안경희를 매수하려 했다. 안경희는 연안길의 부탁에 의해 몰래 왕영성이 시키는 대로 매수당한 척했고,

---

138 왕영성(王永城)은 중국인이며 무송현 사람으로 자세한 출생년도는 알려지지 않았다. 1936년 사망 직전까지 줄곧 무송현 경찰대대 대대장으로 있었다. 김일성은 회고록에서 그의 이름과 자세한 인적 사항을 알지 못해 그냥 '왕가대장'이라고만 부른다. 회고록에서는 김산호가 왕영성을 사살했다고 회고하고 있으나, 실제로 왕영성은 6사 산하 10연대 연대장이었던 서괴무에게 살해되었다.

엉터리 정보를 전하면서 무송현 정부 당국자들을 속여 넘겼다. 왕영성은 그런 줄도 모르고 안경희를 완전히 자기들 끄나풀로 여기고 한 번은 몰래 경찰서장 두구문(杜九文) 앞에까지 그를 데리고 가서 상과 상금까지 안겨준 적이 있었다고 한다.

그러다가 안경희와 연안길의 정체가 동시에 탄로난 것은 바로 김성주 일행이 동강 마안산밀영에 도착한 지 얼마 되지 않았을 때였다.

10. 선인교진 인질사건

이 무렵 무송현 주변에는 '만순(萬順)', '만군(萬軍)', '청산호(靑山好)', '쌍성대장궤(雙勝大掌柜)'라고 부르는 비교적 큰 마적부대 네 갈래가 각기 동강과 북강, 서강과 선인교(仙人橋) 만량 일대를 나눠서 차지하고 있었다. 김성주의 부탁을 받은 김산호가 옷감을 사러 현성으로 내려왔다가 돌아가는 길에 선인교진에서 한 무리의 마적들에게 붙잡히고 말았다.

"지금 산속에서는 아이들이 옷을 입지 못해 얼어죽을 지경이오. 그 천을 돌려주시오."

김산호가 아무리 사정해도 마적들이 들어주려 하지 않았다.

마적들 중 인질을 관리하는 자를 한심주(狠心柱)라고 하고, 인질의 집에 소식을 알리러 다니는 자를 화설자(花舌子)라고 했다. 이 두 사람이 김산호를 나무에 묶어놓고 한참 따지고 들었다.

"자네는 어디 사는 누구이며 주인은 누구인가?"

김산호는 마적들에게 사실을 말할 수 없었다.

"주인집 내외분이 동강진에 살고 있는데, 얼마 전 병으로 돌아가셨소. 어린아이를 일곱이나 나한테 맡겨놓았는데, 아이들한테 가보아야 아무것도 없으니 차라리 내 형님한테 찾아가 돈을 달라고 해보시오."

"당신 형님은 누군가?"

"현성에 들어가 형제사진관을 찾으면 되오."

김산호는 만약 일이 여의치 않으면 곧바로 형제사진관으로 장울화를 찾아가라던 김성주의 부탁이 생각나서 그의 이름을 말했고, 그들의 요구대로 편지도 한 통 썼다. 화설자가 이 편지를 가지고 똘마니 둘과 함께 무송현성의 장울화를 찾아갔다.

"당신 아우가 보낸 편지가 여기 있소."

"내 아우라니?"

장울화는 먼저 편지를 읽고는 깜짝 놀랐다.

"형님. 조카들이 산속에서 모두 헐벗고 있어 천을 사러 내려왔다가 지금 이분들한테 와 있습니다. 대양(大洋) 100원을 이분들에게 주시고 저를 풀어주십시오. 아우 성주로부터."

편지 보낸 사람 이름이 '성주'라고 쓰인 것을 본 장울화는 금방 편지에 사연이 있는 걸 짐작했다. 일단 자기를 형이라 부르고 자신은 아우라고 쓴 자체가 이상했다.

'틀림없이 성주가 보낸 사람이 이자들한테 붙잡힌 것이구나.'

장울화는 오매불망 그리던 김성주가 지금 무송 주변의 어느 산속에 와 있을 것으로 짐작하고 화설자에게 말했다.

"요구하는 대로 돈을 드리겠소. 그런데 지금 당장은 현찰이 그렇게 많지 않으니, 내 친구한테 사람을 보내서 돈을 좀 가져오라고 하겠소."

화설자가 동의했다.

"그 친구가 여기서 먼 곳에 있나요?"

"아니오. 별로 멀지 않소. 믿지 못하겠으면 당신네 사람이 같이 따라가도 되오."

장울화는 화설자를 믿게 하려고 대양 50원을 담은 작은 주머니를 하나 건네주었다. 화설자는 일단 인질값 절반을 받고는 이렇게 말했다.

"그렇게 합시다. 그런데 당신이 직접 함께 가는 것이 좋겠습니다."

장울화는 직접 그들을 데리고 봉순잔여관으로 갔다.

화설자가 데리고 온 두 똘마니는 여관 문을 지키고 화설자만 혼자 장울화를 따라 여관 안으로 들어왔는데, 장울화는 화설자가 듣는 데서 연안길에게 말했다.

"연 형, 동강에 사는 내 동생네 주인 내외가 얼마 전에 모두 세상 뜨고 아이들만 내 동생한테 남겨놓았답니다. 내 동생이 그 애들 옷을 지어 입히려고 천을 사러 내려왔다가 이 친구들한테 인질로 잡혀 있다고 합니다. 대양 100원을 요구하는데, 나한테는 50원밖에 없어서 연 형한테 50원을 빌리러 왔습니다."

연안길은 장울화가 화설자를 등지고 연신 눈짓을 보내자 주저하듯 말했다.

"돈을 빌려드리는 것은 어렵지 않은데, 만약 돈을 받고도 놓아주지 않을까 그게 걱정이오."

장울화는 이 말이 나오기를 기다렸던 것이다.

화설자가 가슴을 두드리며 말했다.

"그런 일은 결코 없을 테니 믿으시오."

"우리 가운데 한 사람이 당신들을 따라가서 직접 인질을 넘겨받게 해주면 지금 당장 돈을 드리겠소."

연안길과 장울화가 이렇게 요구하자 화설자가 이렇게 되물었다.

"혹시 두 분은 천하의 청산호가 언제 '시표(撕票, 인질을 죽여 버리고 약속을 지키지 않는다는 뜻)'라도 했다는 소리를 들어보았습니까?"

"아니요. 그러면 그냥 우리 집 아이를 딸려 보내겠습니다."

연안길이 안경희를 불렀다.

"샤오안즈야, 네가 이분들을 따라가서 장 아저씨 동생분과 함께 돌아오거라."

화설자는 안경희가 어린아이인 것을 보고는 두말없이 동의했다.

장울화는 따로 안경희에게 부탁했다.

"내 동생이 풀려나오면 함께 무송에 오거나 아니면 내 동생과 함께 그의 집에 가서 도와야 할 일이 더 없는지 알아보고 오거라. 내 뜻을 알겠느냐?"

"네. 알겠어요."

안경희가 머리를 끄덕였다.

화설자 일행이 떠난 뒤 장울화는 즉시 연안길과 의논했다.

"연 형, 내 친구 김성주가 무송에 온 것이 틀림없습니다. 아마도 성주가 보낸 사람이 길에서 저자들한테 붙잡힌 모양입니다. 그냥 샤오안즈만 보내도 되겠습니까?"

"아이가 총명하고 또 이런 심부름을 한두 번 해보았던 것이 아니니 괜찮을 것 같소."

"제가 뒤를 따라가 보려고 합니다."

"그것은 안 될 소리요. 당신은 빨리 집으로 돌아가오. 내가 샤오안즈 주인이니 뒤를 따라가 보겠소. 설사 경찰들이 알아도 당신이 뒤를 따라가는 것보다는 덜 의심할게요."

이때 연안길과 장울화는 무송현 경찰대 대장 왕영성이 파견한 사복경찰들이 하루 24시간 내내 안경희를 감시하고 있다는 사실을 깜빡 잊고 있었다.

왕영성은 자기 끄나풀로 여겼던 안경희에게 얻어낸 정보들이 별로 가치 있는 것이 없자 이를 의심하고 여관 앞에서 고구마 구워 파는 노인 하나를 또 매수했던 것이다. 이 노인은 안경희가 수상한 사내 서넛과 함께 성 밖으로 나가는 것을 보고 부리나케 왕영성에게 알렸다.

"이자들은 틀림없이 항일연군일 것이다."

왕영성은 바로 이렇게 판단했다.

"무장토비들이 혹시 봉순잔의 '육표(肉票, 살아 있는 인질이라는 뜻)'를 잡아두고 와서 돈을 얻어 간 것일 수도 있잖은가?"

경찰서장 두구문이 말렸다.

"제가 알기로 봉순잔 장궤한테 따로 가족이 있다는 소리를 못 들었습니다. 게다가 '육표'를 잡아둔 것이라면 봉순잔 장궤가 직접 산속에 찾아가서 돈을 주고 와야 도리지 산에서 사람들이 내려왔다가 돌아갑니까? 더구나 샤오안즈까지 따라가는 걸 보면 절대로 일반 '육표'로 볼 수 없습니다."

왕영성은 고집을 부리면서 무송현 경찰대대를 이끌고 몰래 뒤를 따랐다.

그러나 정작 화설자 일행이 김산호를 붙잡아두었던 신안교진 부근의 산속 귀틀막에 도착했을 때, 뜻밖의 광경이 펼쳐지고 있었다. 나무에 매달린 사람은 김산호가 아니라 남아서 그를 지키던 마적 '청산호'의 한심주였다. 이자가 김산호에게 얼마나 많이 얻어맞았던지 온몸이 피투성이가 되어 있었다. 깜짝 놀란 화설자와 두 똘마니가 총을 뽑아들려 했다.

"꼼짝 마라!"

호령 소리와 함께 10여 명의 장정들이 뒤에서 불쑥불쑥 튀어나왔다.

이들은 마안산에서부터 김성주의 파견을 받고 김산호를 마중나왔던 대원들이었다. 이때 있었던 일은 다음 장에서 다시 자세하게 다루겠다.

26장

새 세대를 위하여

"세상만사 새옹지마라더니, 다 이래서 하는 소리였구나."
만강전투 직후 오중흡이 제4중대를 통째로 데리고 김성주에게로 다시 돌아왔을 때,
그와 함께 왔던 인물들 속에는 그 유명한 권영벽과 김재범, 김주현 외에도
마안산에서 새로 입대한 김확실의 남편 강위룡도 있었다.

1. 김정숙과 황순희

위증민은 주수동과 함께 마안산에 도착하여 그동안 민생단 혐의를 받았던 대
원들을 모두 삼포밀영으로 불러들였다. 김성주가 한창 3사 전투부대를 규합하
던 중이어서 당시 민생단 혐의자 대부분은 3사로 배치되었다. 회고록에 보면 김
성주의 아내가 되는 김정숙과 강위룡의 아내 김확실, 1994년까지 북한에 살아
남아 '백두의 불사조'로 칭송받았던 연길현유격대 출신 이두수(李斗洙)도 있었
다. 또한 벌써 오래전에 왕우구에서 민생단으로 처형당한 남편 때문에 민생단에
연루되어 마안산에 와 있었던 장철구[139]도 있었다.

---

139 장철구(1901-1982년) 1930년에 연길현 왕우구에서 혁명에 참가했으나 남편이 민생단으로 처형
당한 뒤 처창즈가 해산할 때 민생단 연루자들과 함께 마안산에 보내졌다. 1936년 3월에 민생단

황순희의 안내를 받아 그곳에 살고 있었던 아이들과 만나는 순간, 김성주는 눈물이 앞을 가려 무슨 말부터 꺼내면 좋을지 한참 망설였다.

"이 애들이 처창즈에서부터 데리고 온 애들이란 말이오? 왜 입고 있는 옷들이 모두 이 모양이오?"

아이들을 하나둘씩 안아주다가 어떤 아이 옷소매와 무르팍에는 구멍까지 나 생살이 드러난 것을 본 김성주는 그동안 아이들을 돌봐주었던 황순희에게 나무라듯이 물었다.

"죄송합니다. 천이 없어서….."

황순희는 머리를 떨구고 가까스로 대답했다.

"그게 말이 되는 소리요? 어른들이 입은 옷들은 이 정도까지는 아니잖소?"

황순희는 김성주에게 꾸지람을 듣고는 아이들 가운데 숨어 있다시피 서서 앞으로 나서지 않는 한 자그마한 여대원을 불렀다.

"언니야, 어서 이리 나오지 않고 뭘 해?"

얼굴이 새빨갛게 질린 그 여대원은 자기 키만한 장총을 등에 메고 있었다.

"저 동무는 누구요?"

처음에 김성주는 키가 작고 야윈 데다가 옷차림까지 남루한 김정숙을 조금 나이든 아이라고 생각했다. 하지만 가까이 다가온 것을 보니 제법 처녀티가 물씬 풍기는 여대원이었다.

"아동단 지도원 김정숙입니다."

김정숙이 경례를 올리자 김성주는 고개를 갸웃하고 바라보았다.

혐의를 벗고 6사 사부 작식대원이 되었다가 1940년에 부상자들과 함께 소련으로 들어갔다. 한국전쟁 이후 북한으로 돌아와 1982년에 노환으로 사망했다. 2007년에 그를 원형으로 한 영화 〈만병초〉가 제작되어 방영되었다. 현재 북한에서는 평양상업대학을 장칠구상업대학으로 명명하여 기념하고 있다.

"전에 어디서 한 번 본 것 같은데, 잘 생각나지 않는군."

"네. 2년 전 사장동지께서 삼도만에 왔을 때 인사드린 적이 있습니다."

김성주는 철썩하고 무릎을 때렸다

"아, 생각나오. 그때 능지영에 있던 유격대 소대장 지갑룡 동무의 소개로 만난 적이 있는데, 내 기억이 맞소?"

"네. 맞습니다."

"지갑룡 동무는 그동안 어디에 가 있소? 서로 소식들이 있소?"

"얼마 전에 2연대 원정부대와 함께 교하 방면으로 나간다면서 마안산에 한번 들렀습니다. 그 뒤로 지금까지 소식을 모르고 지냅니다."

김정숙의 대답을 들은 김성주가 그를 위로했다.

"아, 2연대라면 얼마 지나지 않아 곧 만날 수 있을 것이오."

김성주는 김정숙 뒤에 주렁주렁 매달려 선 아이들 가운데 제일 어려 보이는 아이 하나가 맨 뒤에 서 있는 걸 보고 물었다.

"저 애는 열 살도 안 돼 보이는데, 산속에 데리고 있었단 말이오?"

"오송아, 이리 앞으로 오거라."

김정숙은 손을 흔들면서 그 아이를 불렀다.

그러면서도 김정숙은 몸을 돌리지 않고 계속 긴장한 얼굴로 김성주만 빠히 쳐다보았다. 김성주가 뒤태를 보여주기 싫어하는 김정숙의 새빨개진 얼굴을 잠깐 지켜보고 있을 때, 황순희가 다가가 김정숙의 어깨를 잡고 몸을 홱 돌려세웠다.

"어머나, 얘 순희야!"

김정숙은 기겁하여 소리 지르면서 땅바닥에 주저앉아 얼굴을 싸쥐었다.

그가 입은 솜옷 등쪽과 치맛단 뒤쪽이 여기저기 잘려 있었다. 아이들 옷 여기저기 구멍 난 곳을 깁고 땜질하는 데 필요한 천 조각을 자기 옷에서 잘라내 사용한 것이다.

이 장면은 당시 의류 수급 상황이 얼마나 심각했는지를 잘 보여준다. 당시 만주의 혹독한 추위와도 싸워야 했던 그들에겐 의복 부족이 무척이나 절실한 문제였다. 필자가 접한 여러 증언들에 따르면, 한겨울에 보초 서러 나갈 때 여러 사람들이 솜옷 한 벌을 돌려가며 입었다고도 했다. 병사들의 의복 사정이 이런 지경이니 여성들의 기본적인 생리 현상을 처리할 옷감 같은 건 엄두도 내지 못했다. 나중에 자세하게 다루겠지만, 의복 문제를 해결하기 위해 조선 국내로 대원들을 파견, 옷감과 재봉틀을 구하는 작전을 펼치기까지도 했다.

김성주는 김정숙을 일으켜 세웠다.

"어떻게 된 영문인지 이제야 알겠소. 정말 미안하오."

김성주가 돌아서서 김산호에게 말했다.

"산호 동무. 우리가 다른 건 몰라도 천은 좀 해결해서 저 벌거벗은 아이들부터 입혀야겠습니다."

김성주가 옷 앞섶을 열고 호주머니를 한참 뒤지더니 돈 20원을 꺼내놓았다. 많지 않은 돈이었지만 이 돈은 김성주에게 각별한 돈이었다. 그 사이에도 돈 쓸 일이 많았지만, 이 돈만은 계속 간직해두었던 것은 4년 전 1932년 4월에 어머니 강반석에게 받은 돈이었기 때문이다. 말하자면 이 돈은 어머니가 그에게 남겨준 마지막 추억이었던 셈이다.

'어머니 죄송합니다. 오늘은 아무래도 이 돈을 써야 할 것 같습니다. 이 돈으로 저 불쌍한 아이들에게 옷을 해 입혀야겠습니다. 어머니도 이해하여 주시리라 믿습니다.'

김성주는 이렇게 마음속으로 뇌이었다.

벌써 4년째 안도 소사하의 토기점골 차디찬 산능성이에 홀로 누워 있을 어머니 묘소를 단 한 번도 찾아가지 못한 걸 생각하면 목이 멨지만, 마냥 슬픔에 잠겨 있을 수만은 없었다. 사실 영안에서 원정활동을 마치고 할바령을 넘어설 때 그에게는 친형제를 잃는 슬픔이 들이닥쳤다.

2. 김철주의 죽음

김성주는 동생 철주가 죽은 지 1년 뒤에야 비로소 소식을 전달받았다.

시간은 1935년 6월 14일로 되돌아간다. 이 무렵 토벌 때문에 파종까지 망쳤던 처창즈근거지 주민들은 매일 하는 일이 산에 올라가 솔 껍질을 벗기는 것이었다. 매운 잿물에 송기(소나무 속껍질)를 넣고 몇 시간 끓인 다음 흐물흐물해진 것을 건져내 강물에 헹군 후 그것을 돌 위에 놓고 망치로 두드렸다. 죽탕처럼 만든 송기에 쌀겨를 섞어 죽을 쑤거나 떡을 만들어 먹었다. 2군 군부가 처창즈에 주둔하고 있을 때는 군장 왕덕태의 인솔하에 군부 일꾼들도 산에 올라가 솔 껍질을 벗겼다. 콩단만큼 한 송기 두 단을 해 와야 군부의 하루 식량이 되었다고 한다.

참다 못한 마덕전이 하루는 안봉학에게 보고하고 팔도구를 습격하려 했다. 군부 지시 없이 함부로 전투 벌이는 것을 반대했던 임수산 때문에 이 소식이 왕덕태 귀에까지 들어가게 되었다. 임수산은 정응수가 액목 쪽으로 파견된 후 새로 곽지산을 연대부 군수부관으로 임명하고 한창 미혼진밀영을 건설하려고 뛰어다니던 중이었다.

"곽 형, 우리가 아무리 힘들어도 식량부터 좀 구해다가 처창즈에 지원해야겠습니다."

"그럼 작년에 내가 기관총을 사왔던 '로쌍승(老雙勝)'한테 다시 연락을 취해보지요. 그쪽 몇몇 삼림대에도 연줄 놓을 만한 데가 있으니 문제없을 것이오. 다만 돈화에서 처창즈까지 쌀을 나르려면 산길을 이용해야 하는데, 그쪽 길이 좀 익숙지 않아서 그게 문제요."

마덕전이 그 말을 듣고 나섰다.

"쌀만 구해놓으면 나르는 일은 내가 맡겠소."

"곽 부관은 돈화에서 처창즈까지 산길이 익숙지 않아서 걱정인데, 마 동무가 그쪽 길을 좀 아오?"

"내가 그쪽 길에 익숙한 사람을 구할 수 있소."

그동안 줄곧 팔도구 주변에서 활동했던 마덕전은 팔도구에서 얼마 멀지않은 부암동 장재촌 사슴폐이가 본거지였던 아편쟁이 서괴무(徐魁武, 서학충徐學忠)의 반일부대와 종종 거래했다.

그때 서괴무는 시도 때도 없이 헛것이 보인다면서 잠깐씩 까무러치는 병이 있었는데, 여러 의사에게 보였지만 모두 효과가 없었다.

"우리 부대에 군의관이 있는데, 좀 돌팔이이긴 하지만 이상하게도 유명한 의사들이 치료하지 못하는 괴병(怪病)들만 골라가면서 기가 막히게 잘 고치는 묘수를 가지고 있다오."

마덕전은 임춘추를 추천했다.

임춘추는 처창즈에 파견되어 한동안 그곳 병원에서 부상자들을 치료하고 있었다.

그가 서괴무의 요청으로 사슴폐이에 간다는 말을 들은 김홍범은 서괴무를 낚아보려는 마음으로 조아범의 동의를 거쳐 중국말을 잘하는 공청원 몇 명을 함께 딸려 보냈는데, 여기에 김성주의 동생 김철주가 뽑혔다.

"서 사령 눈에 헛것이 자꾸 보이는 것은 여기 사슴폐의 풍수가 좋지 않기 때문이오."

임춘추는 서괴무를 꼬드겼다. 조아범에게서 서괴무 부대를 안도나 돈화 쪽으로 옮겨오게 만들라는 지시를 받았던 임춘추는 일단 약 몇 첩을 지어주었다.

"이 약을 잡수시면 까무러치는 병은 금방 나을 것입니다. 그러나 빨리 사슴페를 뜨지 않으면 사령의 병이 근본적으로 낫지는 않을 것입니다. 제가 돌아간 다음에도 계속 첩약을 지어서 보내드릴 것이니, 그동안 빨리 주둔지를 다른 데로 옮기십시오. 저와의 연락은 제가 데리고 온 이 친구들한테 맡기면 됩니다."

임춘추는 서괴무에게 공청원들을 소개했다.

김철주가 서괴무의 반일부대에 한동안 잠복하여 일했던 것은 바로 이 때문이었다. 임춘추는 사슴페를 떠날 때 김철주를 데리고 몰래 마덕전에게 갔다.

"마 중대장. 서괴무의 병은 아편을 너무 많이 피워서 그런 것이오. 일단 부대를 안도나 돈화 쪽으로 옮기라고 잘 구슬렸지만 결과는 이 애들한테 달렸소."

임춘추는 마덕전에게 김철주를 소개했다.

"이 애가 3연대 김 정위의 친동생이니 잘 돌봐주기 바라오."

그리고는 김철주에게도 당부했다.

"서괴무의 병을 낮게 하는 방법은 그가 피우는 아편을 좀 줄이면 된다. 한 번에 다 끊을 수는 없을 테니 네가 곁에서 항상 주의를 주거라. 무슨 일이 생기면 처창즈까지 오지 말고 첩약 지으러 간다고 거짓말하고 마 중대장에게 달려와 보고하고 지시를 받거라. 마 중대장은 네 형과도 아주 잘 아는 사이란다."

"그건 그렇고, 첩약은 어떻게 해결합니까?"

"아, 그건 내가 알아서 어련히 준비해둘 것이니 걱정 말거라."

마덕전은 임춘추와 함께 이런 웃기는 짓거리들을 한두 번만 해오지 않았던 모양이었다.

마덕전은 때로는 무말랭이를 썰어서 제비 똥을 한 줌 섞어주기도 하고, 또 어떤 때는 지독하게 매운 마른 고춧가루를 한 줌씩 버무려놓기도 해서 서괴무가 흠뻑 진땀을 흘리게도 했다. 아무튼 서괴무는 아편도 끊었고 주둔지도 돈화 경내로 옮겼다. 그리고 1로군이 결성될 때, 2군 6사 산하 제10연대로 편성되었고 연대장에 임명되었다. 김성주는 후에 서괴무를 만나 동생 소식을 더 얻어들을 수 있었다.

"사실은 마 연대장이 고약했지요. 제비 똥이나 고춧가루를 버무려 명약이라고 하면서 철주한테 맡겨서 보내곤 했답니다. 내가 멋도 모르고 그것을 얼마나 많이 끓여 마셨는지 몰라요."

서괴무가 이렇게 말해서 모두 포복절도했다.

서괴무의 본명은 서학충(徐學忠)으로 부암동 장재촌 중국인 부농 서자순(徐子淳)의 외동아들이었다. 어렸을 때부터 떠도는 걸 좋아해 그의 할아버지가 열심히 공부 잘하고 부모에게 충성하라는 뜻으로 지어준 이름이라고 한다. 어렸을 때는 키가 작고 몸도 허약했으나 장가 든 뒤에 갑작스럽게 덩치가 커지기 시작했다.

아버지 서자순은 처음에는 남의 땅을 빌려서 농사 짓던 부지런한 농사꾼이었으나 점차 돈을 모으자 조선인 지주 이인식(李仁植)의 땅을 사들였다. 이 땅은 서자순이 몇 해 전에 붙여 보았던 땅이었다. 이인식은 그 땅에서 나오는 소출이 땅 면적만큼은 되지 못한다고 늘 푸념하다가 서자순에게 팔아버렸는데, 서자순이 이 땅을 산 다음 해에 생각밖으로 큰 풍년이 들었고 소출도 지난해에 비해 훨씬 많았다.

"필시 네놈의 작간 때문에 소출이 적었던 것이구나."

이인식은 서자순에게 팔았던 땅을 되찾으려고 했다. 이 과정에서 시비가 발생하여 송사까지 벌어졌다. 서자순은 비록 송사에는 이겼으나 가산을 모두 탕진하고 결국 땅까지도 이인식에게 반값으로 되팔지 않을 수 없게 되었다. 며칠 뒤 서자순은 이인식을 원망하는 유서를 한 장 써놓고 목을 매 자살하고 말았다.

서학충은 아버지 장례를 마치고 평소 친하게 지냈던 친구 몇 명과 작당하여 밤에 몰래 이인식의 집을 습격했다. 복면을 쓰고 들어가 도끼로 이인식의 이마를 내리치고는 도망쳐 나왔는데, 이인식이 죽기 전에 수사 나온 중국인 경찰관에게 '아주 거쿨진(몸집이 크고 말이나 하는 짓이 씩씩한) 뒷모습만 본 기억이 난다.'는 말만 반복하다가 숨이 넘어가고 말았다.

팔도구경찰서에서는 살인범을 붙잡기 위해 포고문까지 내걸었다. 그때 희한하게도 살인범의 성씨는 딱히 모르므로 '×'를 치고 곁에 이름을 '괴오(魁梧, 체구가 크고 훤칠하다는 뜻의 중국어)'라고 달았다. 나중에 서학충은 친구들과 함께 사사슴페로 들어가 '평일군'이라는 깃발을 내걸었고, 부하들을 시켜 다시 이인식 집을 습격했다. 그때 서학충 부하들이 이인식의 아내와 아들 둘을 죽이고 딸 하나를 납치해 서괴무에게 바쳤다.

서학충은 자기 이름을 서괴오로 고쳤다가 '오(梧)' 자를 '무(武)' 자로 바꿔 서괴무라고 부르기 시작했다. 그때 납치당해 사슴페에 와서 서괴무의 부인이 되었던 이인식의 딸은 1년 넘게 서괴무와 같이 살았다. 그러다가 임신하여 서괴무의 아이를 하나 낳았다. 산파는 아이가 하도 작아서 살 것 같지 않다고 했다. 그때 서괴무가 실언했다.

"나도 어렸을 때는 아주 작았다. 그러나 지금은 이처럼 덩치가 크지 않느냐. 내 이름이 원래는 서괴오였다."

이 말을 이인식의 딸이 듣고 말았다.

"그럼 당신이 바로 사람을 죽인 서괴오인가요?"

서괴무는 별 생각 없이 머리를 끄덕였다. 그러자 이인식의 딸이 절규했다.

"내가 내 집을 도륙한 원수와 살을 섞고 산 것도 모자라 오늘은 원수의 새끼까지 낳았구나."

서괴무가 실언한 걸 깨닫고 깜짝 놀랐을 때는 이미 때가 늦었다.

이인식의 딸은 아직 핏덩이나 다름없는 아이 목을 물어뜯어서 죽이고는 그 자리에서 서괴무의 총에 맞아 함께 죽고 말았다.

이것은 마덕전이 들려준 이야기다.

서괴무가 아편쟁이가 된 것은 바로 그때부터였다고 한다.

1933년 7월 김성주가 왕청유격대의 두 중대(1, 5중대)를 인솔하고 왕덕태를 따라 팔도구 습격전투에 참가했을 때, 팔도구 주변에서 동원된 항일 무장토비 가운데 바로 서괴무의 평일군도 있었다. 서괴무 본인이 지주를 죽이고 깃발을 내건 사람이다 보니 그의 부대에는 지주들에게 원한 있는 머슴 출신 농민이 적지 않았다. 공산당 입장에서 볼 때 이들이야말로 진정한 무산계급이었고, 반드시 쟁취해야 할 대상이었다.

그때 평일군에 파견되어 서괴무와 서로 형님동생하면서 각별히 친하게 지낸 사람이 있었다. 그는 팔도구 장재촌 출신으로 1연대에서 군수부관으로 활동했던 곽지산[140]이었다. 곽지산이 서괴무를 형님이라고 불렀다니 서괴무 나이가 이

---

140 곽지산(郭池山, 1904-1943년) 길림성 연길현 팔도구 장재촌 출신으로 1931년 3월 농민협회에 참가했고 7월 중국공산당에 입당했다. 그해 가을 추수투쟁과 이듬해 봄 춘황투쟁에도 참가했다. 중국공산당 장재촌지부 서기, 장재촌 소비에트 회장 등을 지냈다. 1933년 중국공산당 동만특위와 연길현유격대의 파견을 받고 서괴무의 평일군에 파견받아 가서 활동했다. 그의 영향을 받아 서괴무는 연길현유격대와 서로 싸우지 않고 평화롭게 지냈으며, 7월에 진행되었던 연길현유격대의 팔도구 습격전투에도 참가했다. 그 후 곽지산은 1934년 동북인민혁명군에 입대하여 제2군 독립사 제1연대 부관이 되었다. 서괴무의 평일군이 돈화 경내로 옮긴 뒤에도 곽지산은 계속하여 돈화

때쯤 30대였을 것이다.

서괴무가 임춘추의 꼬임에 넘어가 돈화 사하연진 경내로 주둔지를 옮긴 뒤에
도 곽지산은 계속 서괴무와 연락하고 있었다. 당시 부대의 식량 수급문제는 근
거지에서 농사 지어 자급자족할 수 없었기 때문에 주로 지주 집을 습격하거나
일위군의 군수물자수송대를 기습하여 해결했다. 또 각 지방으로 사람을 파견해
농민들에게 값을 후하게 주고 곡식을 사들였다. 그러고도 모자랄 때면 하는 수
없이 항일 무장토비들에게 손을 내밀었는데, 이는 최후의 수단이었다.

항일 무장토비들은 쌀값을 돈으로 받지 않고 총이나 탄약으로 대신할 때가
적지 않았다. 어떤 때는 자기들끼리 자리다툼으로 싸움을 벌이다가는 유격대로
사람을 보내와 쌀값 대신 부대를 파견하여 역성을 들어달라고 할 때도 종종 있
었다.

1935년 봄에 돈화 경내로 주둔지를 옮겼던 서괴무 부대와 토비 두목 '로쌍
승', 그리고 서괴무처럼 아편쟁이였던 삼림대 '구참'이 서로 자리다툼을 벌였는
데, 곽지산이 쌀을 구하러 돈화로 나오자 이 항일 무장토비들 모두가 곽지산에
게 접근했다.

"우리를 도와 구참을 쫓아버리면 요구하는 대로 쌀을 드리겠소."

이것은 로쌍승의 제안이었다.

"우리 바닥에 새로 나타난 서괴무의 버릇을 좀 가르쳐주면 쌀뿐만 아니라 총

지방에서 서괴무의 평일군과 '로쌍승'의 반일삼림대, '구참(九站)'의 항일의용군 등 부대들과 서로
연대하면서 군수물자를 조달하는 일을 진행했다. 1938년에는 제1로군 군부 부관으로 임명되었고
화전현 재피구(梓皮溝) 일대에서 위증민의 지도하에 활동했다. 1940년 말 소련 영내로 이동하여
동북항일연군 야영지로 들어갔다. 1942년 노두구(老頭溝) 개산툰(開山屯) 일대에서 소부대 정찰
활동에 종사했다. 1943년 7월 노흑산과 훈춘 중소변경 지대에 대한 적의 군사시설을 자세히 정찰
하고 소련의 국제교도여단 밀영으로 돌아가는 길에 훈춘현의 난가당자(蘭家堂子)에서 일본군의
추격을 당하여 사망했다.

과 탄약도 드리겠소."

구참은 또 이렇게 요구해왔다. 서괴무는 더 말할 것도 없었다.

"이봐 곽지산. 자네야말로 무조건 나를 도와야 하는 것 아닌가!"

"형님, 두말하면 잔소리지요. 형님은 우리 왕 군장과도 친구인데, 내가 형님을 돕지 않으면 누구를 돕겠소."

곽지산은 서괴무에게 약속했다.

그러나 곽지산은 로쌍승과 구참에게도 똑같이 약속하고는 쌀을 얻어냈다. 마덕전이 이 쌀들을 마차에 싣고 김철주와 함께 처창즈로 돌아오다가 그만 눈치 챈 로쌍승과 구참에게 쫓기게 되었다. 이때 일을 가지고 북한에서는 1988년에 〈영생〉이라는 제목의 영화를 만들었다.

"이 영화를 임춘추의 회상기에 기초하여 만들었다."고 서막에서 설명하지만, 임춘추 본인도 실제로 김철주가 어떻게 사망했는지 제대로 알지 못함이 분명하다. 영화에서는 일본군이 김철주를 붙잡기 위해 돈화에서부터 두 중대의 일본군 수비대와 소만국경으로 이동 중이던 관동군 한 대대까지 합쳐 자그마치 2,000여 명이나 되는 병력을 동원했다고 크게 과장하고 있다. 물론 영화이니 2,000명이 아니라 2만 명이 동원되었다고 거짓말해도 문제 삼을 수는 없을 것이다.

그러나 실제로는 어떠했던가. 마덕전은 아직 스무 살도 채 되지 않았던 젊은 공청원들이 뒤에 남아 식량수송대를 엄호하게 만들었던 자신의 결정을 두고두고 후회했다.

"덕전 형님, 제가 저놈들을 따돌리겠습니다."

김철주는 마덕전이 미처 붙잡기도 전에 불쑥 마차에서 뛰어내렸다. 몇몇 공청원도 주저하지 않고 김철주 뒤를 따라 뛰어내렸고, 눈 깜짝할 사이에 쌀을 실은 마차는 앞으로 내달렸다. 말을 타고 뒤를 쫓아오던 로쌍승과 구참 무리는 잠깐 사이에 김철주 일행을 포위했다.

로쌍승은 돈화 동부의 사하(沙河, 오늘의 사하연진 쌍산자 부근) 유역에서 '꼬리머리 노총각'으로 유명했던 토비 무리였다. 우두머리 로쌍승은 60여 세가 넘었으나 장가를 들지 않았고, 청나라 때 길렀던 꼬리머리를 그 나이가 되어서도 계속 달고 다녔다. 후에 너무 늙어 더는 부대를 이끌고 다닐 기력이 모자라자 돈화에 내려가 자수하고 백성으로 살다가 1940년경 아편중독으로 죽었다.

구참은 그때 식량수송마차를 뒤쫓다가 김철주 일행 가운데서 누군가가 쏜 총에 어깻죽지를 맞아 말에서 굴러 떨어졌는데, 머리에 입은 타박상이 후유증을 일으켰다. 한 달에 한두 번 꼴로 통증으로 발작을 일으켰는데, 매번 너무 아파 땅바닥에서 데굴데굴 굴렀다고 한다. 발작을 일으킨 후에는 한동안 걸음도 제대로 걷지 못하고 옆으로 걸었다. 그래야 통증이 좀 가라앉았다고 한다. 결국 구참도 두통 때문에 아편에 손을 댔고, 결국 아편중독으로 죽고 말았다는 설이 있다.

3. 해청령 기슭에서

이것이 바로 1935년 6월에 있었던 일이다.

이때는 김성주가 한창 제2차 북만원정을 눈앞에 두고 노흑산에서 일본군과 싸우고 있을 때였다.

'철주야, 이 못난 형이 너무 후회되는구나. 양강구에서 따라오겠다고 매달리던 너를 그때 데리고 떠날걸. 나 때문에 네가 이토록 허무하게 죽었구나.'

김성주는 너무 마음이 아파 말이 나오지 않았다.

1932년 구국군 별동대를 데리고 남만으로 떠날 때까지만 해도 김성주는 철주가 너무 어리다고 생각했다. 그러나 후에 김성주가 데리고 다녔던 대원들에는 철주 또래의 아이들이 적지 않았다. 영안에 남겨둔 오대성이나 박길송, 박낙권, 지금 전령병으로 데리고 다니는 최금산의 경우는 오히려 철주보다도 한두 살씩 더 어렸다.

'정말 미안하구나, 철주야. 너를 버려두었던 이 형 잘못이다.'

김성주는 철주에 이어서 막냇동생 영주까지 어디서 어떻게 살아가는지 여간 걱정이 아니었다. 사실 당시 만주 산간지대에 위치한 농민들은 일본군이나 만주군 토벌대 못지않게 토비들의 성화에 시달려야 했다. 일본군과 전투할 때도 털끝 하나 다치지 않았던 날랜 유격대원들이 오히려 토비 습격을 받고 허무하게 생명을 잃어버리는 일이 자주 발생했다.

'영주아, 너만이라도 제발 무사하기 바란다.'

이후 사실이 증명하듯 동생 철주가 토비 손에 죽었다는 사실을 안 다음부터는 김성주는 어지간해서는 토비와는 손잡지 않았다.

일본군과의 전투 중 항일 무장토비의 도움이 필요해 손을 잡아도 일단 전투를 마친 뒤에는 반드시 거리를 두고 백방으로 경계했다. 그 토비들이 설사 항일연군으로 편성되어 과거의 나쁜 악습을 고쳤다고 해도 김성주는 자기가 직접 데리고 다니는 부대에 배치하려 하지 않았다. 때문에 마덕전은 인터뷰에서 이런 말을 자주 했다.

"김일성은 삼림대나 의용군에서 귀순한 사람들을 절대로 자기 부하로 두지 않았다. 전부 나한테 보내거나 아니면 전영림이나 손장상한테 보내버리곤 했다."[141]

---

141 취재, 마덕전(馬德全) 중국인, 항일연군 생존자, 2군 6사 9연대 연대장, 취재지 교하, 1982.

여기서 이야기는 다시 선인교진으로 돌아간다. 천 사러 선인교진으로 내려갔다가 천을 사가지고 돌아오던 길에 청산호 마적에게 붙잡혀 천을 빼앗기고 인질로 납치되기까지 했던 김산호는 자기를 구하기 위해 김성주가 자신의 경위중대를 파견할 줄은 미처 생각지도 못했다.

"하찮은 토비 무리한테 잠깐 걸려든 것뿐인데 왜 이렇게 심각하게 난리들이란 말이오?"

김산호가 대수롭지 않게 하는 말에 이동학은 얼굴이 시커멓게 질려버렸다.

이동학은 어찌나 화가 났던지 버럭 소리까지 질렀다.

"지금 그것을 말이라고 하십니까?"

유옥천이 김산호 귀에 대고 소곤거렸다.

"사장동지가 경위중대장에게 만약 김산호 정위를 구하지 못하는 날에는 밀영으로 돌아오지 말라고 했어요."

이동학은 한심주와 화설자를 그 자리에서 총으로 쏘아 죽이려 했다.

그러나 연안길이 보내서 화설자를 따라 왔던 안경희가, 경찰이 몰래 따라오고 있다고 알려주었기 때문에 김산호는 한심주와 화설자를 이용하기로 했다.

"이 자들을 놓아주어 경찰대 주의를 청산호 마적들한테로 돌려버립시다."

"연도에서 붙잡힌다면 바로 다 불어버릴 텐데, 이런 자들을 어떻게 이용할 수 있겠습니까. 그냥 없애버리고 우리도 빨리 여기를 떠나면 됩니다. 경찰대가 덤벼들면 그들은 내가 막겠습니다."

"아니오. 괜히 청산호와 부딪힐 필요 없소. 혹시 아오? 무송 지방에서 청산호 세력도 만만찮으니 우리가 그들의 도움을 받게 될 날도 있을지 모르오."

이렇게 김산호와 이동학이 서로 의견이 맞지 않아 옥신각신했다.

"김산호 정위의 방법이 좋을 것 같습니다."

그때 불쑥 왕작주가 나타나 자기 의견을 내놓았다.

이동학과 김산호 모두 놀랐다. 왕작주를 데리고 온 최금산이 김산호에게 말했다.

"김산호 정위가 돌아올 시간이 되었는데도 오지 않으니, 사장동지께서 너무 걱정이 되어 또 참모장동지를 모시고 갔다 오라고 해서 왔습니다."

왕작주는 이동학과 김산호에게 자기 생각을 이야기했다.

"김 사장이 경위중대장을 보내놓고 나서도 또 걱정되어 나를 보낸 것은 무슨 일이 발생했을 경우 내가 책임지고 처리할 것을 바라서입니다. 그러니 두 분도 내 의견을 들어주시기 바랍니다."

왕작주는 안경희를 미행한 경찰대가 산막과 가까운 곳에 도착해 숨어 있는 것을 발견하고 이동학과 김산호에게 말했다.

"이동학 중대장은 김산호 정위와 함께 빨리 마안산으로 돌아가고, 내가 한 소대를 데리고 청산호 사람들과 함께 해청령(海靑岭) 쪽으로 갔다가 꼬리를 떼어버리고 돌아오겠습니다."

"차라리 여기서 무송경찰대 경찰놈들을 작살내버리는 것이 더 좋지 않겠습니까?"

이동학은 왕영성의 경찰대가 30여 명이라는 안경희 말을 듣고 이렇게 건의했다.

"안 됩니다. 경찰대는 30여 명밖에 안 되지만 총소리가 터지면 선인교진의 만주군과 자위단도 모두 몰려들 수 있습니다. 그러니 어서 명령을 집행하십시오."

이에 이동학 역시 왕작주의 말을 듣지 않을 수 없었다.

왕작주는 이동학에게 한 소대를 받아서 이끌고 김산호를 납치했던 청산호의 한심주와 화설자 외 똘마니 서넛을 모두 데리고 해청령 쪽으로 한참 경찰대대를 달고 내뛰었다. 안경희도 왕작주와 함께 행동했다.

그러는 사이에 김산호는 이동학과 함께 마안산으로 돌아와 김성주와 만났다.

김성주는 김산호 손을 잡고 연신 나무랐다.

"원, 산호 동무. 사람 속을 이렇게 태우는 법이 어디 있소?"

"정말 죄송합니다. 제가 그만 너무 방심하는 바람에 생각지 않게 무장토비들 한테 잘못 걸려들어 애를 좀 먹었습니다. 그나저나 천도 다시 찾아왔으니 다행이긴 합니다만, 나 때문에 왕작주 그 친구가 고생을 사서하게 된 것 같습니다."

"산호 동무를 보내고 나서 그 친구와 많은 이야기를 나누었는데, 정말 보배가 굴러 들어온 것이 틀림없소. 일단 나 혼자 결정해 참모장으로 임명했다오. 좀 더 실전 지휘 능력을 지켜볼 생각이오."

김성주 말에 김산호가 대답했다.

"아, 아닙니다. 사장동지가 제대로 보신 것 같습니다. 왕작주 그 친구, 보통내기가 아니더군요. 청산호 무장토비들을 죽이지 못하게 하고 우리 뒤를 미행하던 무송경찰대를 청산호 쪽으로 유인해 갔습니다. 곧 돌아오겠다고 합니다."

김산호의 말에 김성주는 머리를 설레설레 저었다.

"무송 지방에서 청산호는 견결하게 항일하는 무장토비로 소문나 있다고 하던데, 우리가 도와주지는 못할망정 경찰대를 그쪽으로 유인해 보낸 것이 썩 잘한일 같지는 않소. 그나저나 이번에 사온 천만으로는 아이들 옷을 몇 벌밖에 못 만들 것 같소. 아무래도 내 친구한테 또 손을 내밀어야 하나 보오. 산호 동무가 마저 수고해주어야겠소."

김성주는 장울화 앞으로 편지를 썼다.

당시 만주의 천 시세가 한 자에 10전에서 15전을 오갔다. 더 고급천은 20전을 넘는 경우도 있었는데, 김성주는 돈 20원을 가지고 산에서 내려갔던 김산호가 개버딘(양털이나 면사를 사용해 짠 옷감) 비슷한 천 7, 8필을 사왔다고 회고하고 있다.

"8필의 천으로는 밀영의 아이들에게 옷을 다 해 입힐 수 없었다. 나는 장울화에게 보내는 편지를 주어 김산호를 다시 무송으로 내려 보냈다. 김산호는 장울화의 도움으로 많은 천을 해결했다. 우리는 그 천으로 밀영의 아이들과 민생단 누명을 벗어 내치고 새 사단에 편입된 100여 명의 유격대원들에게 옷을 다 해 입히었다. 그러고 나니 무거웠던 내 마음도 어느 정도 가벼워졌다."

장울화가 부자였던 것은 사실이지만, 그를 통해 김성주 부대에 보냈던 천과 솜, 쌀과 기름, 돼지고기 등 3,000여 원에 가까운 물자들은 모두 중국공산당 무송현위원회 지하조직들이 함께 모금하여 마련한 것들이었다.

김성주와 장울화는 서로 만나기 위하여 시간과 장소를 조율했다. 안경희가 그 사이에서 몇 번 왔다 갔다 하면서 심부름을 했는데, 김성주가 부대를 인솔하고 마안산을 떠나 만강 쪽으로 접근할 때 한 번은 직접 묘령까지 내려가려 했다. 안경희가 묘령에 온천이 솟는 조용한 바위동굴(암동, 巖洞) 하나가 있는데, 연안길과 장울화가 가끔씩 이곳에서 만나 회의한다고 소개했기 때문이다.

그러나 김산호를 비롯하여 경위중대장 이동학은 물론이고 대통 영감 이동백까지 나서서 김성주가 장울화를 만나러 가는 것에 반대했다. 비록 장울화가 김성주의 가장 친한 친구이고, 그동안 물심양면으로 항일부대를 후원해오는 사실은 의심의 여지가 없었지만, 김성주와 장울화가 서로 만나지 못한 시간이 너무 길다는 것이 가장 걱정스러운 부분이었다.

"참모장의 의견도 반대이십니까?"

김성주는 계속 장울화와 만나러 가겠다고 고집하다가 주변의 완강한 반대에 부딪히자 왕작주에게 도움을 청했다.

"열 길 물속은 알아도 한 길 사람 속은 모른다는 말이 있잖습니까. 김 사장의 친구를 의심해서가 아니고 그 친구 주변에 있는 사람들까지도 다 100% 믿을 수 있다는 보장은 없잖습니까. 최소한 심부름을 다니는 샤오안즈뿐만 아니라 연 씨라는 여관주인과 또 연 씨 주변 다른 조직 사람들도 김 사장과 김 사장 친구 일을 알고 있을 수 있으니 조심해야 합니다. 그래서 저도 반대입니다."

왕작주 역시도 이렇게 설명하니 김성주는 마음을 접을 수밖에 없었다.

"참모장도 반대하니 제가 마음을 접을 수밖에요."

김성주가 한숨을 내쉬니 왕작주는 급하게 말을 이었다.

"아, 김 사장. 그렇지 않습니다. 제 생각은 최소한 지금은 아니라는 생각입니다. 앞서 샤오안즈 뒤를 미행했던 무송경찰대 일도 여전히 어딘가 석연치 않아서 항상 마음에 켕깁니다. 그러니 만약 김 사장이 장울화와 꼭 만나시려면 샤오안즈와 연 씨로 이어지는 이 연락 통로를 사용하지 말고 바로 장울화 앞으로 사람을 보내 줘도 새도 모르게 현성 밖으로 불러내 만나는 것이 가장 좋습니다."

왕작주가 이런 방안을 내자 김산호와 이동학도 모두 수긍했으나 그때 갑작스럽게 돈화를 거쳐 교하 쪽으로 한 바퀴 에돌면서 무송 쪽으로 접근하던 조아범이 원래의 화룡 2연대 주력부대를 이끌고 이미 무송현 경내로 들어와서는 김성주에게 빨리 만강 쪽으로 오라고 연락해왔다. 조아범은 돈화에서 서괴무의 평일군을 3사 산하 부대로 편성해 무송현성으로 들어오다가 서강에서 위증민과 주수동을 만났는데, 주수동의 말을 듣고 여간 미안하지가 않았다.

"김 사장이 마안산에서 전투부대를 만들긴 했으나 온통 노약자와 여성, 아이들까지 한데 몰려들어 도저히 봐줄 수 없더군요. 그래서 위 서기가 자신의 경위중대까지 절반 갈라내어 김 사장에게 주고왔습니다."

조아범은 황망히 한 소대 대원들을 선발하여 소대장에 지갑룡을 임명하고 경기관총까지 3정이나 배정해 주면서 임무를 주었다.

"왕 군장을 비롯한 2군 지휘부가 동강에 도착할 예정이니 동강 쪽 부담을 덜기 위해 우리 3사는 만강 쪽에서 한차례 전투를 진행하면 어떻겠는가고 내가 건의했다고 전해주오. 그리고 동무가 김 사장 곁에 남아 사부 직속 기관총소대장을 맡으시오."

이렇게 되어 김성주의 경위중대는 기관총소대까지 갖추게 되었다.

지갑룡은 마안산으로 올 때 노약자와 아이들을 돌볼 노인 하나를 데리고 함께 왔는데, 김성주 등은 그를 만나는 순간 모두 무척 놀랐다. 노인의 본명은 손희석(孫熙石)으로, 2군에 참가한 후에는 송창선(宋昌善)[142]으로 개명했다. 군장 왕덕태는 그를 '쑨따거(孫大哥, 손 씨 성의 큰 형)'라고 불렀다. 예전에 주진과 윤창범이 있을 때도 모두 그를 형님 또는 아저씨라고 불렀는데, 후에 왕덕태는 제2군 군부 부관으로 임명하기도 했다.

그의 직업은 주로 적구에 내려가서 군수품을 조달하는 일이었기 때문에 근거지 군민 대부분은 그를 '쑨따거'나 '쑨푸관(孫副官)'으로만 알 뿐 실제로 그의 얼

---

142 송창선(宋昌善, 1886-1936년) 본명은 손희석(孙熙石)으로, 연길현 조선인 농가에서 태어났으며 조부모와 손주까지 3대가 농민이었다. 1932년에 아들이 왕우구에서 농민운동을 하다가 일본군 토벌대에 살해당했는데, 아들 복수를 하려고 유격대에 참가했다. 그때 송창선 나이는 벌써 마흔이었다. 그는 주로 왕우구와 오도양차 일대에서 항일구국의 필요성을 호소하며 다녔고, 1934년 5월에는 동북인민혁명군 제2군 군부 부관에 임명되었다. 그는 주로 일만군 통치지역에 내려가 군수물자를 조달하는 일을 책임졌는데, 1936년 여름에 건강이 좋지 않아 마안산밀영으로 들어왔다. 4월에 3사가 마안산밀영에서 떠난 뒤 남겨놓은 아동단원 29명을 데리고 이동하던 중 토벌대의 추격을 당하게 되었다. 송창선은 아이들을 수풀 속에 숨겨놓고 혼자서 토벌대를 유인하나 생포되어 산속에서 갖은 혹형을 당했지만 아이들이 숨어 있는 장소를 알려주지 않았다. 결국 토벌대는 그를 빈 귀틀막 안에 가두고 불로 태워 죽였다.

굴을 본 적이 별로 없기 때문에 그가 어떻게 생긴 사람인지 몰랐다.

1886년생이니 송창선의 이때 나이는 이미 쉰이었다. 모두 시집 장가를 일찍 가다 보니 40대만 되어도 노인 취급 받던 시절이었다. 쉰이면 증손까지 본 사람도 허다했다. 30대에 어린 아들을 잃어버리고 직접 유격대에 참가한 송창선은 쉰이 되어 머리가 새하얗게 희었고 등까지 심하게 굽어 더는 전투부대를 따라다닐 수 없는 상황이 되었던 것이다.

그렇다고 산을 내려가 만주국 통치 지역에서 살기는 죽는 것보다도 싫어했다.

"비록 근거지들은 모두 없어졌지만 밀영이 있잖소. 밀영에서 부상자들을 돌봐주고 어린아이들 밥 해 먹이는 일은 아직도 얼마든지 할 수 있수다."

송창선은 끝까지 부대를 따라왔다가 마침내 마안산밀영으로 배치된 것이다.

"그 유명한 손 부관 아저씨가 이렇게 늙으셨구나."

김성주는 한 번도 송창선을 본 적이 없었지만, 왕청 시절 송창선이 적구에서 구해 보내준 식량과 군수품을 전해 받은 적은 여러 번 있었다.

"아저씨 지금 나이면 손자손녀를 앞에 앉히고 인생말년을 즐겁게 보내셔야 할 텐데, 아직도 이렇게 고생하시는 모습을 보면 젊은 저희가 정말 아저씨 뵐 면목이 없습니다."

김성주는 송창선의 두 손을 잡고 진심으로 말했다.

"저희들이 좀 더 잘 싸워서 빨리 왜놈들을 몰아내지 못하는 것이 안타까울 따름입니다."

"김 사장, 뭘 그러나? 난 오히려 김 사장 말을 들으니 당장 새 세상이 올 것 같은 희망이 생겨서 기분이 너무 좋네그려."

송창선은 새파란 나이의 김성주가 사장이 된 것을 여간 자랑스러워하지 않았다.

　조선인 가운데 주진, 윤창범 같은 거물이 살아 있을 때까지만 해도 20대 초반의 김성주가 중국공산당 항일부대에서 사장직에까지 오르리라고 상상했던 사람은 아무도 없었다.

　"사실 난 김 사장 이름을 몇 해 전부터 종종 들었네. 민생단으로 의심받고 마음고생도 아주 많이 한 걸 다 알고 있네. 그렇지만 만나 보니 이렇게 얼굴빛도 밝고 싹싹한 젊은이인 줄은 정말 몰랐네. 김 사장은 장차 주진이나 윤창범 정도와는 비교되지 않을 정도로 크게 될 것이라고 믿어 의심치 않네."

　"아저씨, 너무 과찬이십니다."

　김성주는 송창선의 손을 잡고 흔들면서 약속했다.

　"그러나 그런 날이 반드시 오게 만들겠습니다. 그러니 아저씨도 그때까지는 꼭 무사히 건강하셔서 저와 다시 만날 수 있어야 합니다."

　"좋아, 김 사장. 그렇게 약속하자고."

4. "언니야, 저 애들 어떡하면 좋아?"

　김성주는 마안산을 떠날 때 황순희와 김정숙의 요청으로 그동안 그들이 돌봐 주던 처창즈 아동단원들 중에서 이미 열다섯 살이 된 아이들은 모두 대오에 받아들이기로 했다. 다른 아이들에 비해 좀 덩치가 큰 열세 살짜리 아이들도 몰래 한둘 끼어들어 왔으나 이오송만은 나이도 어렸을 뿐만 아니라 덩치까지 너무 작아 송창선에게 보냈다.

　그동안 황순희 등에 업혀 지내다시피 했던 이오송은 황순희와 헤어지지 않겠다고 울고불고하면서 자기 손을 잡고 있는 송창선 손등을 물기까지 했다.

"언니야, 저 애들을 어떡하면 좋아?"

황순희 얼굴도 온통 눈물투성이가 되었다.

이때 나이가 열일곱밖에 안 되었던 황순희도 사실 아이들과 별반 다를 게 없었다. 더구나 키가 작은 김정숙보다도 더 작았고, 몸매까지 여리고 가냘파 몇 번이나 유격대에 참가하려 했으나 매번 퇴짜 맞았던 것이다.

"정숙아, 순희야, 그럼 너희 둘 가운데 하나는 남아서 계속 아이들을 돌보렴."

김정숙과 황순희가 아이들과 헤어지느라고 울고 있을 때, 새 군복으로 갈아입고 등에 총까지 멘 김확실이 불쑥 나타나 별 생각 없이 한마디 던졌다가 김정숙과 황순희가 동시에 달려들어 김확실을 혼내주었다.

김확실은 마안산에서 사장 김성주에게 직접 입대를 비준받은 여대원이었다. 또 지갑룡이 기관총소대장으로 임명되면서 그의 애인이었던 김정숙도 자연스럽게 입대가 비준되어 작식대 대원으로 배치되었다. 이는 두 사람 사이를 알고 있었던 김성주가 특별히 배려해 주었기 때문이다.

황순희는 울고 있는 이오송의 눈물, 콧물을 닦아주면서 연신 달랬다.

"오송아, 누나가 너를 잊지 않고 꼭 데리러올게. 누나도 너랑 같이 있고 싶지만 누나는 이번 기회가 아니면 안 된단다. 그 사이 너는 아프지 말고 빨리 커야 한다."

김성주가 마안산에서 전투부대를 조직하고 있었던 것은 황순희에게 다시없는 기회였다. 하루라도 빨리 부대를 조직해야 했기 때문에 입대 연령 제한을 열다섯 살로 내려놓았는데, 이는 유격대에서 흔치 않은 일이었다.

"이런 대원들을 데리고 당장 전투할 수 있을지 걱정이군요."

왕작주는 여간 불안하지 않았다.

대원들의 참군 열정은 그렇다 치더라도 여성과 아이들까지도 모두 김성주 부대를 따라 함께 가고 싶어 울고불고하는 모습은 그야말로 가관이었다.

"이 길이 아니고는 다른 살길이 없으니 어떡하겠소."

대통 영감이 왕작주에게 넌지시 말을 건넸다.

"군관학교를 나온 참모장이 해야 할 일이 바로 저 아이들과 여성들에게 군사 지식을 가르치는 일이 아니면 무엇이겠소."

"영감님 말씀이 옳습니다. 내가 아는 대로 다 가르치겠습니다."

김성주로부터 단숨에 사 참모장으로 임명된 왕작주는 그 믿음에 보답하고 싶은 마음이 간절했다.

"문제는 내가 조선말을 잘 모른다는 것입니다."

"중국말을 잘하는 대원들이 아주 많으니 그때그때 임시로 누가 나서서 통역하면 될 것 아니겠소. 필요하면 나도 통역해 드릴 수 있소."

이동백이 이렇게 적극적으로 도우며 나서자 왕작주는 바로 종이와 연필을 빌려 신입대원들을 훈련시키기 위한 수십 가지 요강(要綱)을 적어서 김성주에게 보여주었다.

"대단하군요. 참모장의 이 요강대로라면 신입대원뿐만 아니라 노대원도 모두 훈련에 참가해야 할 것 같습니다. 나도 함께 훈련받겠습니다."

김성주는 왕작주가 적은 내용을 읽어 내려가면서 잘 이해되지 않는 부분들은 꼬치꼬치 캐물었고 왕작주도 일일이 설명했다.

"총 쏘는 법과 착검 돌격하는 법, 진흙 속을 기어가는 법은 유격대에서 한두 해 지낸 대원들은 모두 갖춘 지식입니다. 그런데 어둠 속에서 길 찾는 법과 지도 읽는 법, 기관총 사격 밑을 기어가는 법은 처음 봅니다. 우리 유격대에도 황포군관학교 졸업생이 몇 명 있었습니다만, 그분들에게서도 이런 이야기를 들어본 적이 없습니다. 대체 어떻게 적군의 기관총 사격을 맞받아서 기어간다는 말씀입니까?"

"제가 말하는 '기관총 사격 밑을 기어가는 법'은 적군의 기관총이 아니라 아군의 기관총 사격 밑으로 기어가는 법입니다. 정확히 말하면 기관총 엄호를 받으며 사격 방향으로 정면 돌진할 때 사용하는 포복 방법입니다. 이는 상대방 거점을 점령할 때 굉장히 유용할 수 있습니다."

"눈과 비 속에서 몸을 보호하는 법도 군관학교에서 가르치는 군사지식인가요?"

김성주는 호기심이 동해 계속 질문했다.

"아, 이것은 내가 돈화에서 숨어 지낼 때 그곳의 한 노승에게서 배운 비법입니다. 확실히 효과가 있는지 직접 실험까지 해보았습니다. 만약 이 방법대로라면 겨울 산속에서 밤을 보낼 때 장작불을 켜지 않고도 절대로 얼어 죽지 않습니다."

"아, 그런 비법도 다 있군요."

"네, 이미 김 사장을 돕겠다고 약속했으니, 제가 아는 모든 군사지식을 다 가르쳐드리겠습니다. 그러나 이런 것들은 주로 대원을 훈련시키는 데 필요한 기초지식이고, 궁극적으로 손실을 적게 보면서 이기는 방법은 지휘관에게 달려 있습니다."

김성주는 왕작주와 이야기를 주고받다 보면 시간이 가는 줄도 몰랐다.

이런 군사지식에 관심이 각별했지만 그보다는 왕작주가 군 참모장 유한흥과 길림군관학교 동문이라는 사실이 그를 흥분시켰다. 유한흥 말이라면, 콩이 아니라 팥으로 메주를 쑨다 해도 곧이곧대로 믿고 따르던 왕덕태나 이학충 모습을 잊을 수 없었다. 비록 그동안 유한흥에게서 적지 않은 군사지식을 배웠지만, 어쩌면 왕작주가 유한흥보다 훨씬 더 뛰어날지 모른다는 믿음이 생기기 시작했다.

김성주는 왕작주에게 여러 번 부탁했다.

"우리 공산당 부대에서는 지휘관을 임명하는 일은 군사책임자가 추천하고 당위원회의 최종결정을 거쳐서 통과되어야 합니다. 하지만 나는 조직 내부 규칙을 어기고 왕작주 동지를 참모장으로 임명했습니다. 정치위원이자 당위원회 서기인 조아범 동무가 반발할 수 있지만, 나는 이 결정을 번복하지 않을 것입니다. 그러니 참모장도 남들이 모두 놀랄 만큼 한 번 크게 본때를 보여주시기 바랍니다."

이에 왕작주도 그 나름대로 장담했다.

"만약 김 사장께서 제가 드리는 조언을 받아들여주신다면 절대로 전투 중에 피해보는 일은 없도록 할 자신이 있습니다."

왕작주는 김성주와의 약속을 지키려고 최선을 다했다.

김성주가 3사 사장에 임명되었다는 소식과 함께 화룡 2연대뿐만 아니라 그동안 중국공산당 화룡현위원회가 책임지고 관장하던 안도의 전영림 부대와 화룡의 손장상 부대, 그리고 서괴무의 평일군까지 모두 3사로 편성되었다는 소식이 날개라도 달린 듯 여기저기로 전해졌다.

5. 만강에 피는 사랑

하루는 이동백이 불쑥 김성주 앞에 나타났다.

"김 사장. 어제 마안산에 도착한 김주현(金周賢)이 그러던데 여기서 멀지 않은 대감장에 어랑촌근거지 때부터 2연대를 따라다녔던 근거지 주민들이 와서 적지 않게 살고 있다는구먼. 그 속에는 내가 아는 사람들도 분명 있을게요. 내가 직접 찾아가 보겠소.”

그동안 안도 오도양차 부근에서 군수품을 조달하던 2연대 산하 제2중대 중대장 김주현이 소대장 김택환을 데리고 마안산에 도착한 것이다. 1933년 독립사 시절, 송창선 밑에서 군수관 일을 보았던 김주현 별명은 ‘마당발’이었다.

스물 되던 해인 1924년에 그의 부모가 어려서부터 데려다 키웠던 민며느리와 결혼하라고 하자 김주현은 그날 밤으로 가출하여 소련 연해주로 달아나버렸다. 2년 뒤인 1926년에 다시 만주로 돌아온 김주현은 안도현 고등촌에 정착해 야학을 꾸리고 그동안 소련에서 보고들은 것을 가르쳐주기도 했다. 그러다가 만주사변이 발생하자 김주현은 화룡유격대에 참가했다. 때문에 이동백과는 어랑촌근거지 시절에 서로 얼굴을 익힌 사이였던 것이다.

이동백은 김주현을 만나자 바로 김혜순 소식부터 물었다.

“아, 별명이 ‘고드름’이란 그 계집애 말입니까? 생각납니다. 그 애가 아동국장이 아니었습니까. 영감님이 어랑촌에서 그 애들과 함께 연극단을 만들어 여기저기로 공연하러 다니던 모습이 지금도 눈앞에 환합니다.”

김주현은 이동백이 찾고 있는 김혜순을 금방 기억해냈다.

예쁘장한 데다가 남달리 속눈썹이 긴 김혜순은 겨울만 되면 눈썹에 고드름이 매달리곤 해서 생긴 별명이 ‘고드름’이었다. 그때 김혜순 나이는 열여섯밖에 안 되었다. 민생단으로 처형당한 김일환이 임명한 아동국장이었지만 조아범이 유일하게 김혜순만은 함부로 문제 삼지 못했는데, 당시 어랑촌 부근에 주둔하던 구국군 손장상이 김혜순을 좋아했기 때문이었다.

이동백은 김성주에게 소곤거렸다.

"김 사장도 이제는 나이가 적지 않은데, 장가도 들어야 할 것 아니겠소."

"아, 장가 말입니까?"

"정말 예쁘게 생긴 좋은 처녀가 있어서 내가 소개하려는 것이오. 아직 이른 소리이긴 하지만 일단 대감장에 가서 그 애가 지금도 살아 있나 찾아보고 오겠소."

김성주는 얼굴이 상기되었다.

"우리 부대에 여대원이 적지 않지만, 여자에 비해 남자가 갑절로 많으니 여대원 모두 임자가 있더라고요."

이동백은 김성주에게 약속했다.

"김 사장의 여자는 일단 못생기면 안 되지. 내가 책임지겠으니 나한테 맡기오."

'아무리 예쁜들 옥봉이만큼 예쁠까?'

한성희를 잃어버린 지 1년도 채 지나지 않았던 김성주 마음속에 다른 여자가 쉽게 들어올 수는 없었다. 그러나 분명 스물넷밖에 안 된 젊은 사장 김성주도 여대원들을 만날 때면 설레지 않을 수 없었다. 유감스러운 것은 적지 않은 여대원들이 김성주보다는 몇 살씩 위였고, 이미 결혼하여 아이까지도 한둘 낳은 여대원도 여럿이었다. 마안산에서 3사에 합류했던 최희숙이나 박녹금 같은 여대원들이 그랬다. 김확실이나 김정숙같이 비교적 어린 여대원까지도 모두 약혼자가 있었다.

"김 사장은 왕청에 있었으니 잘 모를 수 있지만, 혜순이가 화룡에서는 아주 예쁘기로 유명했다오. 오죽했으면 구국군 손장상의 귀에까지 소문이 들어가는 바람에 조아범이 김일환과 연관 있는 사람들은 모두 교체했지만 그 애의 아동국장직만은 함부로 건드리지 못했소."

이동백의 김혜순에 대한 평가는 대단했다.

"저도 어랑촌에 예쁘기로 소문이 자자한 아동국장이 있다는 소리를 들은 적이 있습니다. 그런데 지금까지 무사히 살아 있을지 걱정이군요."

김성주의 허락을 받은 이동백은 그날로 소대장 김택환을 앞세우고 직접 대감장으로 찾아들어갔다. 김성주는 회고록에서 대감장을 대첨창으로 잘못 기억한다. 혹시 대첨창이 대감장에 대한 북한식 호칭일지도 모르겠다.

오늘의 무송현 동강진 경내 송산촌과 과송촌 사이로 빠지는 산길을 따라 40여 리 들어가면 바로 대감장밀영 자리가 나온다. 필자는 이 지역을 답사하면서 처창즈근거지가 해산될 때 벌써 조아범이 파견한 김주현 중대가 무송현 경내로 들어와 대감장뿐만 아니라 송산과 과송, 나아가 만강의 장송과 풍림 쪽에까지 10여 채나 되는 크고 작은 밀영들을 건설했다는 이야기를 들었다. 정확히 누구의 결정으로 이런 작업이 동시에 진행되었는지 딱히 알 수 없으나, 이는 2군 군부가 1년 전에 이미 1년 후의 전략적인 군사행동을 예견하고 있었음을 설명해주는 대목이기도 하다.

이 밀영을 건설하는 데 직접 참가했던 김택환이 이동백을 데리고 다시 대감장에 찾아갔을 때, 수십 호의 인가가 모두 사라지고 산속에 남아 있던 백성들이 큰 귀틀막 두 채에 나뉘어 합숙하고 있었다. 그중 한 채에는 처창즈 반일자위대 대원 10여 명이 얼마 전 무송현 경내로 이동 중이던 손장상 부대와 만나 대감장까지 따라 들어와 묵고 있었다.

원래 처창즈근거지가 해산될 때 안도 주민들은 미혼진 쪽으로 이동하고 왕우구근거지에서 온 주민들은 소황구로, 화룡 어랑촌에서 온 주민들은 오도양차로 해산되어 내려갔다. 백학림(白鶴林)[143]이 소속된 반일자위대 한 소대가 오도양차에서 김주현을 만나 함께 대감장으로 들어간 뒤 나머지 대원들은 모두 대장 여영준의 인솔로 대전자 서북골의 왕바버즈로 이동하여 1연대와 합류했다.

대감장에 가까이 갔을 때 한 보초병이 김택환을 발견하고 쏜살같이 달려왔다.

"택환 형님. 저예요."

"아니, 학림이 아니냐. 여기가 망원보초소란 말이냐?"

김택환은 은근히 놀라는 눈치였다.

"여기서 문전초(밀영 제일 안쪽의 초소)까지는 아직도 한 30리는 더 들어가야 하잖느냐."

"손장상 부대가 도착한 뒤 문전초와 망원초 사이 거리를 10리에서 30리로 바꾸라고 명령해서 지금은 매일같이 30리 바깥까지 나와서 보초서고 있습니다."

백학림의 대답을 들은 이동백은 나름 짐작하는 바가 있어 김택환에게 말했다.

"무슨 말인지 알겠네. 아마도 우리 3사 왕 참모장이 가르쳤을 걸세."

"왕작주 참모장 말씀입니까?"

---

143 백학림(白鶴林, 1918-1999년) 1935년 길림성 안도현 처창즈 유격근거지에서 반일자위대에 입대했다. 근거지가 해산될 때 오도양차 부근에서 활동하다가 후에 무송현 동강진 대감자로 이동했다가 3사 김일성 부대에 참가했다. 1936년 8월 무송현성전투와 1937년 길림성 장백현에서 벌어진 전투와 보천보전투에 참전했다. 1938년 백두산지구전투에 참전했으며, 그해 12월 6사 사부 전령병으로서 '고난의 행군'에 참여했다. 광복 후 중앙호위대원으로 김일성의 호위를 맡으면서 마르크스레닌주의학원과 중앙당 정치학교에서 수학했다. 한국전쟁 발발 후 인민군 47연대장을 시작으로 1958년 조선인민군 제3사단장, 1960년 군사정전위원회 위원, 1961년 호위처장, 1964년 조선노동당 중앙위원, 1967년 최고인민회의 대의원, 사회안전부 부부장, 1978년 인민무력부 부부장, 1980년 조선노동당 정치국원, 1981년 상장, 1985년 대장, 사회안전부 부장, 1992년 4월 차수, 1998년 국방위원회 위원, 1999년 사회안전상 차수, 조선노동당 중앙위원회 중앙위원, 국방위원회 위원 등을 역임했다. 뇌출혈로 생을 마감했다.

"그렇네. 그 사람이 전에 손장상 부대에서 참모장을 했다더군. 그런데 대원들이 그가 어리다고 말을 듣지 않아서 홧김에 떠나버렸다고 했는데, 이번에야말로 손 씨랑 왕 씨가 다시 한 부대에서 만나게 되겠군."

이동백은 서둘러 백학림에게 김혜순 소식을 물었다.

"어제 손장상을 만나러 간다고 하던데, 아마 오늘쯤 돌아올지도 모르겠습니다."

"원 저런!"

이동백은 하마터면 소리를 지를 뻔했다.

김일환이 살아 있을 때부터 손장상이 김혜순을 욕심내 양딸로 삼은 것은 화룡 바닥에 널리 알려져 있었다. 그때는 김혜순이 너무 어려 차마 첩실로 들일 수 없어 양딸로 삼았을지 모르나 지금은 상황이 달라졌을 수도 있겠다싶어 연신 캐물었다.

"손장상한테는 왜 갔다더냐? 아니, 그놈이 무슨 일로 혜순이를 불러갔지?"

"그건 저도 모릅니다."

백학림이 뒷덜미를 긁어대는 바람에 이동백은 더욱 마음이 급해져 씩씩거렸다.

"손장상 이놈이 혜순이를 건드렸기만 해봐."

"아이고 아저씨, 다른 뭔 일이 있어서겠지요. 손장상도 이제는 우리 항일연군에 들어왔는데 설마하니 옛날처럼 함부로 행동할까요? 아마도 별일 없을 겁니다."

"글쎄다. 그랬으면 오죽이나 좋겠냐."

이동백의 걱정은 괜한 것이었다.

이동백과 김택환이 대감장에 도착한 지 얼마 안 되었을 때, 김혜순도 손장상

부대 대원 여럿과 함께 마차에 쌀과 고기를 싣고 돌아왔다. 고기는 손장상이 직접 사냥한 멧돼지고기였다.

손장상은 주둔지에서 큰 잔치를 열고 여기에 김혜순을 부른 것이다. 큰 잔치를 연 이유는 몇 가지가 있었다. 원래 손장상은 조아범에 의해 제2연대 산하 한 중대로 편성될 뻔했으나 손장상 부대를 무송현 경내로 이동시키기 위해 미혼진 회의 이후 단숨에 연대로 격상시켜 주었기 때문이다. 손장상이 연대장에 임명된 것은 물론이고, 무송 경내로 이동하는 동안 항일연군이라는 간판을 내걸었던 덕분에 가는 곳마다 입대를 신청하는 젊은이들과 만나게 되었다.

거기다가 워낙 사냥을 좋아했던 손장상은 대감장에 도착한 뒤 과송 쪽 만주족 동네에다 주둔지를 정하고는 부하들을 데리고 주변 산속을 돌아다니면서 노루와 멧돼지를 수십 마리나 사냥했다. 그 외에도 손장상이 김혜순을 부른 것은 또 다른 이유가 있었다.

그동안 김혜순이 마음속에 담아둔 약혼자가 아직 없다는 말을 들은 손장상은 그에게 혼처를 추천하겠다고 나선 것이다.

"내가 딱히 장담은 못하겠지만, 몇 해 전 내 부대 참모장이었던 친구가 있었단다. 나이도 새파랗게 젊은 친구였는데, 군관학교를 졸업한 대단한 인물이었다. 그런데 내가 그때는 여러 가지 일로 이 친구에게 잘해주지 못하고 또 많이 섭섭하게 굴었다. 그래서 홧김에 나를 떠나버렸는데, 최근에 듣자니 그도 우리 항일연군에 들어왔다고 한다. 난 그 친구를 다시 내 부대로 데려오고 싶은데, 네가 나를 좀 도와줄 수는 없겠느냐?"

"제가 어떻게 도와드리면 되나요?"

김혜순은 어리둥절하여 손장상을 빤히 쳐다보았다.

"그거야 네가 이 친구한테 시집가 주면 되지. 그러면 분명히 감격해서 내 요청을 다시 받아주지 않겠느냐."

손장상의 말에 김혜순은 웃음을 터뜨리고 말았다.

"제가 그 사람한테 시집가면 된다고요? 그래서 양아버지한테 다시 돌아올 사람이면 그런 사람을 다시 부하로 둔들 무슨 큰 도움이 되겠어요. 또 그렇게 돌아올 사람이라면 그때 뭐 하러 떠났겠어요?"

"아무튼 그와 결혼해다오. 네가 내 양딸인 걸 알면 그 친구는 돌아와서 나를 도와줄 거야."

김혜순은 손장상이 대단한 인물이라고 소개하는 그 사람에 대한 호감도 없지 않아 일단 머리를 끄덕였다.

"그럼 좋아요. 한 번 만나게 해주세요."

김혜순은 대수롭지 않은 표정으로 대답하고 돌아왔으나, 정작 이동백에게서 김성주를 소개해 주겠다는 말을 들었을 때는 온 얼굴이 잘 익은 사과처럼 새빨갛게 상기되고 말았다.

이런 이야기들은 김성주 회고록에서 전혀 다루어지지 않는다.

오히려 마안산에서 김정숙과 만났던 이야기는 장황하게 늘어놓지만 이때의 김정숙은 이미 경위중대 기관총소대장 지갑룡과 결혼을 약속한 사이였고, 실제로 김성주 마음속에 자리 잡고 들어왔던 여대원은 바로 김혜순이었다.

김혜순이 얼마나 예뻤는지 회고하는 생존자 증언이 아주 많지만 김정숙에 관한 증언도 결코 적지 않다. 어랑촌에서 김혜순과 함께 어린 시절을 보냈고, 또 6사와 2방면군 시절에 함께 활동했던 김선옥(유가족의 요청에 따라 가명으로 처리했음.)은 이렇게 증언했다.

"김 사장의 빨랫감을 가슴에 품고 행군하면서 말렸던 사람은 김정숙이 아니라 실제로는 김혜순이었다. 그러나 김일성 역시 김혜순의 첫 남자는 아니었다."**144**

북한에서 김정숙을 칭송하며 그린 유화나 초상화, 또는 영화에서 김정숙 배역으로 등장하는 배우 얼굴을 보면 조선 최고의 미인이 따로 없지만, 실제 사진 속 김정숙은 키가 자그마한 보통 여성임을 한눈에 알아볼 수 있다.

"정숙 언니는 키가 작고 까무잡잡했으며 나하고 비슷하게 생겼다. 백발백중의 명사수라는 것도 다 지어낸 거짓말이다. 우리 항일연군 여대원들 가운데 4사 허성숙을 제외하고는 그렇게 총을 잘 쏘는 사람이 없었다."**145**

당시 김성주 부대에 정숙이라는 이름의 대원이 3명(문정숙, 박정숙, 김정숙) 있었다는 것은 세상에 널리 알려진 이야기다. 그 가운데 김정숙의 별명이 '깜장정숙'이었던 것은 그가 평소 검정색 치마를 입고 다녔기 때문에 붙은 별명이라고 김성주는 회고하지만, 실제로는 키가 작고 까무잡잡해서 얻은 별명임이 여러 생존자 증언에서 드러난다. 김선옥의 증언뿐만 아니라 여영준의 회고담을 통해서도 김정숙이 백발백중의 굉장한 명사수라는 것도 거짓말임이 확인된 셈이다.

---

144 김선옥(가명)은 "어랑촌에 있을 때 김혜순은 손장상 부대의 한 군관과 약혼한 적이 있었다."고 증언했다. 그 외에도 또 다른 증언들이 있는데, 당시 중국공산당 화룡현위원회는 손장상의 구국군과 손잡기 위하여 현위원회 군사부장 김낙영(항일열사. 제1임 군사부장 방상범의 후임)이 직접 김혜순과 함께 어랑촌 아동단 연예대를 조직하여 구국군으로 위문공연을 갔던 적이 여러 번 있었다. 후에 김낙영과 손장상은 결의형제까지 맺는 사이가 되었고, 손장상의 경위원들이 이 아동단 연예대를 마차로 실어 날랐다. 그 과정에서 한 젊은 경위원이 김혜순과 눈이 맞아 서로 사랑하는 사이로까지 발전했으나 어느 날 손장상이 갑자기 김혜순을 자기 양딸로 삼고 싶다고 하는 바람에 그 경위원이 알아서 물러나고 말았다고 한다.

145 김선옥(金善玉, 가명) 조선인, 항일연군 생존자, 취재지 연길, 1991~1992, 1996.

2군 6사의 여대원들 중에 모젤권총을 사용한 사람은 아무도 없었다. 여성중대 중대장 박녹금까지도 보총을 메고 다녔다고 여영준은 증언한다. 물론 지방공작을 나갈 때는 보총 대신 권총을 휴대했을 수도 있지만, 작식대원이었던 김정숙은 항상 보총을 메고 다녔다.

그리고 전투 중 위급한 상황에 처했던 김성주를 자기 한 몸으로 막아 나서며 적들에게 명중탄을 안겼다는 이야기도 사실은 그 주인공이 김정숙이 아닌 것이 최근에 새롭게 밝혀지고 있다. 중국 정부에서 공개한 항일연군 시절 김성주의 중국인 경위원 유옥천과 관련한 회고담들을 보면, 자기 몸으로 김성주를 막았던 김정숙 이야기는 모두 이 중국인 경위원 이야기를 훔쳐온 것임을 알 수 있다.

다시 김혜순 이야기로 돌아간다. 이동백의 중매로 김성주와 만나 사랑하는 사이가 되었던 김혜순은 여느 여대원처럼 작식대나 재봉대에 배치되지 않고 이동백과 함께 사부 비서처에 남았다. 그는 3사 사부 선전간사(宣傳幹事)였고, 6사로 개편된 뒤에는 선전간사에서 청년부장이 되었다. 당시 30여 명 남짓했던 6사 여대원 중에서 권총을 차고 다녔던 사람은 오로지 김혜순뿐이었다. 이동백이 연극 〈혈해지창(血海之唱)〉[146]을 창작할 때, 주인공 갑순이의 롤모델이었던 여대원

---

146 〈혈해지창〉은 훗날 북한에서 혁명가극 〈피바다〉로 재창작되기도 했다. 북한에서는 이 연극 대본을 김일성이 1930년대에 직접 집필했다고 주장하는데, 처음 발표 당시 이 연극 집필자는 '까마귀'라는 필명을 사용했다. 이 필명에 대해 오랫동안 연구했던 재중동포 역사학자 이광인은 김일성보다는 이동백일 가능성이 훨씬 더 크다고 판단한다. 그 근거로 〈혈해지창〉의 극중 인물들과 배경, 역사적 사건 등을 종합적으로 분석한 결과 화룡현 어랑촌근거지가 배경이기에 주로 왕청근거지에서 활동했던 김일성보다는 어랑촌근거지에서 활동한 이동백이 실제 창작자일 가능성이 훨씬 더 크다고 보았다. 뿐만 아니라 처음 이 연극이 공연될 때 주인공 갑순이 역을 맡았던 김혜순 역시 어랑촌근거지에서 화룡현 아동국장이었고 이동백과 오래전부터 서로 잘 아는 사이였다는 점이 근거로 제시되기도 했다. 당시 김일성 주변에 포진해 있었던 6사 사부의 주요 성원 중 화룡 출신은 이동백 한 사람뿐이었다는 사실도 간과해서도 안 된다고 이광인은 주장한다.

이 바로 이 김혜순이다.

김산호가 멋도 모르고 김혜순을 재봉대에 보내려다가 이동백에게 핀잔을 들었다.

"김 사장은 나에게 신문과 잡지도 만들 준비를 하라고 임무를 주었네. 지금이 야말로 국한문을 읽고 받아쓸 비서가 절실하게 필요한 때인데, 자네가 그 일을 해낼 수 있겠나. 혜순이만큼 공부한 사람이 있으면 나한테 한둘쯤 데려다 주게."

나중에 김산호는 이동백이 김성주에게 선물로 받았던 호신용 권총까지도 김혜순에게 준 것을 보고는 몹시 놀랐다.

"영감님, 어떻게 된 일이십니까? 혜순이는 지금 어디 있습니까?"

이동백은 싱글벙글 웃으면서 말했다.

"자넨 굳이 알려 하지 말고 나와 함께 곁에서 굿이나 보고 떡이나 먹세."

그러면서 김성주의 천막 쪽으로 은근한 눈짓을 보내기도 했다.

부대가 만강으로 이동하던 중 김성주는 종종 이동백이 쓰고 있던 광복회 관련 강령 초안을 가져다가 읽어보곤 했다. 그럴 때면 이동백은 꼭 김혜순에게 깨끗하게 다시 한 벌을 베끼게 했다. 여기저기 뜯어고치고 수정한 부분이 많아서 몹시 어지러웠기 때문이다.

4월에 접어들면서 날씨가 차츰 따뜻해지기 시작했다. 김성주는 김혜순이 오면 때로는 천막 밖으로 데리고 나와 숲속을 산책하기도 했다. 그럴 때도 김성주는 이동백이 10개 조항으로 나누어 기다랗게 작성한 광복회 강령 초안을 손에 들고 꼼꼼히 읽었다. 그러다가 마음에 들지 않는 부분을 발견하면 바로 연필을 꺼내들었다.

"혜순 동무, 내가 여기다가 바로 고쳐 써도 되겠소?"

그는 김혜순을 돌아보며 묻기도 했다.

만강의 수림 속에서 김혜순은 김성주의 그림자처럼 곁에 붙어 다녔다.

"네, 수정하고 싶은 곳이 있으면 바로 써달라고 했어요."

때로 김성주는 글을 수정하고 나서 그것을 김혜순에게 주며 소리 내어 읽어 달라고 부탁하기도 했다. 그 자신은 가만히 청중이 되어 들었다.

6. 조아범의 활약

김성주는 이때 일을 회고하면서 초안은 자기가 썼고 이동백이 수정하고 보충하는 방식이었다고 주장한다. 순서야 어찌됐던 간에 중국 자료를 보면 위증민이 직접 참여하여 광복회 주비위원회가 발족되었고, 김성주가 이 위원회 책임자로 지목된 것만은 틀림없는 사실이다. 따라서 이 광복회 10대 강령 역시 김성주 주도로 초안을 만든 것만큼은 인정해야 할 것이다. 다만 필자는 대통 영감 이동백을 함부로 간과하면 안 된다고 생각한다.

이동백은 지금까지도 사인이 불분명하다. 오늘날 북한에서 '첫 세대의 문필 투사'로 칭송하는 김혁, 최일천, 이동백, 김경화, 김영국, 임춘추, 최경화 같은 사람들 중에서 이동백은 비교적 앞자리에 있다. 또한 김성주 본인의 회고록에도 쓰여 있듯이, 직접 조국광복회 10대 강령 초안을 작성하는 데 참여했을 뿐만 아니라 발기자에 이름까지 올린 인물이기 때문이다.

그런데 김성주는 이동백이 어떻게 죽었는지 전혀 설명하지 못하고 있다. 해방 후 중국 연변에 정착했던 이동백은 한때 연변의학원 총무처 처장직에 있었으나 문화대혁명을 피해가지 못했다. 늦게야 북한으로 들어간다며 연변 도문시에 도착하여 노보로 두만강을 건넜으나 유감스럽게도 남양에서 교통사고로 사망하고 말았다는 설이 있다. 김성주는 회고록에서 이동백이 '사령부 비서처'에서 일했을 뿐, 구체적으로 어떤 직위에 있었는지 제대로 설명하지 않았다. 이는 3사 초창기에 부대 내의 지휘관들에 대한 모든 인사권이 정치위원 겸 3사 당위원회 서기였던 조아범 손에 있었던 것과도 관련 있을 것이다.

마안산에서 대략 세 중대 규모의 3사 전투부대를 마련하고 조아범의 요청으로 만강 쪽으로 이동할 때 김성주에게는 실제로 전투에 참가하여 역량을 발휘할 부대가 한 중대밖에 없었다. 나머지 두 중대 대원들에게는 총이 없거나 총은 있어도 탄약이 없는 상태였다. 김성주가 회고록에서 밝히다시피 쓸모없는 화승총 같은 무기와 습기로 녹이 슬어 못 쓰게 된 탄알 서너 발만 가진 대원들이 적지 않았고, 심지어는 텅 빈 탄피에 나무로 만든 가짜 총알을 끼워 넣고 다니기도 했다.

조아범은 하는 수 없이 김성주와 함께 만강진을 협공하려던 계획을 바꾸어 혼자 2연대 4중대를 데리고 만강진 만강툰 만주군 병영을 습격했다. 『무송현지(撫松縣志)』는 4중대 중대장을 '조선족 항일열사 오중흡'으로 기록했으며, 전투 결정을 내린 사람은 조아범이었으나 실제로 전투현장에서 대원들을 데리고 병영으로 돌진한 사람은 오중흡이라고 소개한다. 조아범은 이 전투에서 노획한 무장들을 모두 김성주에게 주었다.

따라서 다음과 같은 김성주 회고록의 설명은 정확하지 않다.

"당초에 생각했던 바와는 달리 2연대는 새 사단의 탄생은 물론 그 성장에도 보탬을 주지 못했다. 우리가 마안산에서 접수하기로 되어 있던 2연대가 우리에게 온 것은 반년도 더 지나서 백두산에 나가 자리를 잡고 있을 때였다. 그것은 이미 주력사단의 틀이 다 잡힌 뒤였다."

오중흡 중대가 얼마나 전투력이 강한 중대인지는 누구보다도 김성주가 잘 알고 있었다. 왕청 출신이었고 한때 김성주의 부하였던 오중흡이 화룡 2연대에 배치된 것은 바로 1934년 처창즈근거지를 개척하기 위해 왕덕태가 직접 2, 3연대에서 각기 한 중대씩 차출할 때였다.

"세상만사 새옹지마(世上萬事 塞翁之馬)라더니, 다 이래서 하는 소리였구나."

김성주는 감탄하지 않을 수 없었다. 1935년 4월 만강전투 직후 오중흡이 제4중대를 통째로 데리고 김성주에게로 다시 돌아왔을 때, 그와 함께 왔던 인물들 속에는 그 유명한 권영벽(權永碧)과 김재범(金在范), 김주현(金周賢) 외에도 마안산에서 새로 입대한 김확실의 남편 강위룡(姜胃龍)도 있었다. 권영벽은 오중흡 중대 정치지도원으로 함께 따라왔다가 조아범에 의해 3사 사부로 발탁되어 올라와 선전과 과장으로 임명되었다.

뿐만 아니라 3사 산하의 7, 8연대로 편성된 손장상 부대와 전영림 부대도 모두 조아범이 책임자로 있었던 중국공산당 화룡현위원회가 벌써 몇 해 전부터 공들여 이끌어온 항일부대들이었다. 미혼진회의 직후 2연대 주력부대를 인솔하고 당장 김성주를 팽개쳐 버리고 분가(分家)라도 할 것처럼 정신없이 교하 쪽으로 떠났던 조아범이 무송현으로 들어오면서는 돈화에서 지난 몇 해 동안이나 이 바닥에서 왕초 노릇하던 로쌍승과 구참을 몰아내고 새로운 왕초가 되었던 서괴무의 평일군까지 모두 이끌고 왔던 것이다.

때문에 3사 주력부대는 물론이고 그 기본 틀까지 조아범이 모두 만든 것임을 중국 측 자료들이 증명하고 있다. 만강에서 조아범과 만난 김성주는 그가 일을 추진하는 솜씨에 입이 떡 벌어질 지경이었다.

"손장상 부대를 제7연내로 편성하고 전영림 부대를 제8연대으로, 왕 군장의 동의를 얻어 마덕전 중대를 확충해 9연대로 편성하면 어떻겠소? 그리고 서괴무의 평일군을 제10연대로 개편할 생각이오. 평일군을 연대로 만들기에는 대오가 좀 모자라지만 지금 서강에서 한창 징병을 다그치는 중이오. 그쪽 바닥에 둔치고 있는 무장토비 청산호를 접수할 가능성도 있을 것 같소."

이와 같은 조아범의 건의는 모두 관철되었다.

조아범이 중국인이고 또 중국공산당 내 직위가 김성주보다 더 높아서가 아니라 3사 산하의 부대들이 김성주가 마안산에서 새로 모집했던 세 중대 규모의 대원들을 제외하고는 전부 화룡 2연대와 그의 영향권에 있는 부대들이었기 때문이다. 심지어는 제1연대에서 넘어온 마덕전까지도 본인이 연길유격대 출신인데다가 왕덕태의 최측근이라는 사실 때문에 김성주를 전혀 어려워하지 않았다.

김성주도 자기가 생각하는 바를 기탄없이 조아범에게 털어놓았다.

"조아범 동무의 냅다 밀어붙이는 일솜씨에 진심으로 감탄했소. 그런데 우리 3사가 댓바람에 연대를 4개까지 만드는 건 좀 무리가 아닌가 싶소. 1, 2사가 모두 세 연대밖에 편성하지 않았는데, 우리 3사가 네 연대나 만들어낸다면 이상하지 않겠소? 편제가 많은 게 중요한 게 아니고, 적더라도 단단하고 전투력이 강한 부대를 만들어내는 것이 더 중요하다고 보오."

"김 사장 뜻은 당장 10연대까지는 무리라는 소리요?"

"손장상 부대와 전영림 부대가 우리 2군에 편성되었으나 대원들은 구국군이나 삼림대 출신이 다수이니, 우리 혁명군에서 각각 한 중대씩 여기에 보충하여 전투력을 강화시키면 좋지 않을까 하오."

김성주는 오중흡의 4중대를 손장상 부대에 합류시켜 7연대를 만들고, 마덕전 중대를 전영림 부대에 합류시켜 8연대를 만드는 방안을 제안했다. 9연대와 10연대는 몇 차례 전투를 더 치른 뒤에 대원 수와 무장이 확보되는 대로 다시 보충하여 편성하자는 방안을 내놓자 조아범도 동의했다.

"김 사장의 방법이 아주 좋소. 이렇게 되면 7연대 기간부대는 자연스럽게 오중흡 중대가 될 것이고, 8연대도 마덕전 동무의 중대가 분명히 중견 역할을 하게 될 것이오."

이렇게 되어 3사는 설립 초기에는 세 연대로 구성된 1, 2사보다 한 개가 적은 두 연대만 있었지만, 전투력은 1, 2사보다 훨씬 더 강했다. 그러다보니 후에 9연대로 갈라져 나왔던 마덕전이 3사가 6사로 개편되기 전까지 전영림의 정치위원으로 임명되었다.

전영림 부대에서 오랫동안 활동했던 김산호를 8연대에서 이동시켜 7연대로 배치한 것도 조아범이 결정한 것이다. 김성주는 회고록에서 잘못 기억하고 있다.

"나는 정식으로 연대들과 중대들을 편성했다. '보따지'라는 별명으로 불린 이동학이와 김택환이한테는 각각 중대장의 직무를 주었고 김주현에게는 정치지도원직을 맡겼다. 주력부대 연대 정치위원 사업을 하게 된 김산호는 그때부터 노상 싱글벙글 웃으며 지내게 되었다."

김산호가 3사 산하 어느 연대 정치위원인지는 밝히지 않았다. 중국 측 자료에 보면, 3사 설립 초기 7연대 정치위원은 김재범이었고, 연대장은 손장상이었다. 따라서 김산호는 오중흡의 4중대 정치지도원이었던 권영벽이 사부 선전과장으로 옮기면서 그 자리에 배치되었다.

그리고 참모장 왕작주도 조아범에 의해 임명이 유보되었다. 조아범은 3사 참모장에 제7연대 연대장 손장상을 겸직시키려 했다는 증언이 있다. 때문에 중국의 일부 자료에는 손장상이 3사(내지 6사) 참모장이었다고 기록되어 있다. 왕작주가 정식으로 참모장에 임명되어 활발하게 활동하기 시작한 것은 그로부터 10개월 뒤인 1937년 초의 일이다. 이때 조아범은 6사 정치위원직을 내려놓고 제1군으로 이동했다.

1군 2사 사장으로 옮긴 뒤에도 조아범은 대단한 활동가였다. 그는 금세 양정우의 가장 유력한 조수가 되었고, 1940년 사망 직전에는 남만 지방에서 '제2의 양정우'라는 별명까지 얻었을 정도니 그의 열정과 조직능력 하나는 인정하지 않을 수가 없다.

3사 선전과장에 임명된 권영벽과 이동백, 김혜순 등 사부 기관 일꾼들은 모두 조아범의 지도를 받아야 했고, 서강과 만강 전투를 마치고 동강에서 2군 군부 회의가 열릴 무렵 권영벽이 앞장서서 30여 명의 지방공작원들을 데리고 장백 지방으로 근거지를 개척하러 나갔던 것 역시 조아범이 지시해서였다.

그러나 김성주는 1936년 3월에 열렸던 미혼진회의 직후부터 이듬해 2월 조아범이 제1군 2사로 이동하기 전까지 옹근 10개월 동안 조아범과 함께 지내면서 진행했던 모든 일을 전부 자기 혼자 한 것처럼 만들어놓고 있다. 그의 회고록에서 이때의 조아범은 도대체 어디에 가 있었는지 전혀 알 수가 없다. 때문에 그의 회고록이 중국어로 번역되어 나왔을 때, 항일연군투쟁사를 연구하는 중국 학자들은 모두 분노했다. 그러나 한편으로는 받아들일 수밖에 없었다.

이렇게 자그마한 것을 크게 부풀리고 자기가 하지 않았던 것도 자기가 했노라고 거짓말하는 회고록은 중국에도 아주 많았다. 특히 항일연군에서 활동했던 생존자들의 경우는 더욱 가관이었다. 이를테면 1933년 3월 말 소왕청에 들어왔다가 자살하고 유서를 남겼던 일본공산당원 이다 스케오는 한 사람뿐이지만, 김성주는 이 유서를 자기 부하들이 발견했다고 회고했으며, 이연록도 자기 부하들이 발견하여 직접 자기한테 가져왔다고 회고했다. 중국 연변에서는 오의성 별동대로 활동했던 이광이 직접 현장에서 발견했다고 주장하는데, 분명한 것은 유서는 단 한 장뿐이라는 점이다. 사실은 그 유서는 유격대원들이 발견하여 당시 동만특위 서기였던 동장영에게 바쳤다.

7. 광복회를 조직하다

동강회의 기간에 김성주가 주도하던 '광복회' 건설에도 조아범이 위증민과 함께 적극적으로 개입한 증거들이 포착되었다.

조아범은 위증민의 건의를 받아들이고 김성주에게 광복회 명칭을 잠정적으로 '조선인 항일구국회'로 하자고 주장했으나 김성주는 받아들이지 않았다. 만약 조아범이 조선인이었다면, 광복회 회장 자리도 김성주에게 넘겨주지 않았을지도 모른다. 김성주가 회장으로 결정되었기 때문에 명칭은 김성주의 주장대로 '재만한인조국광복회'로 통과되었다. 이는 이동백과 만나면서 그의 제의를 받아들였기 때문이었다.

그런데 주보중의 주장은 조금 다르다.

"조국광복회와 관련하여 중국공산당 만주성위원회에서는 이미 1932년경에 군중조직 문제에서 조선인 조직과 구분해 벌써 '중국과 조선인은 연합하라[中高聯合起來]'라는 구호를 외치자고 주장했다. 그러다가 1935년 코민테른 제7차 대표대회에서 정식으로 '조선인 재만주 조국광복회(朝鮮人 在滿洲 祖國光復會)'로 명칭을 결정했다. 이리하여 위증민 동지가 소련에서 돌아온 뒤에는 이 문제를 적극적으로 논의하게 되었는데, 동북에서 조선인들의 항일 적극성과 민족적 자각성을 증진하기 위해 비록 군대와 군중조직은 나누어 설립했으나 통일적으로 중국공산당의 영도하에 두었다."[147]

이는 1960년 한 차례 회고에서 주보중이 남겨놓은 구술의 한 단락이다. 대체로 중국공산당 만주성위원회가 1930년대 민생단사건 전부터 조선인들의 항일투쟁 문제와 관련하여 취한 정책노선을 그대로 설명한 것이다.

실제로 이 조직의 실체를 오랜 시간 구상해왔던 김성주는 그것을 직접 실천에 옮겼던 당사자임은 틀림없다. 또한 이 조직의 10대 강령과 사상도 대부분 김성주에게서 나왔고, 이동백은 그것들을 문자로 정리하는 데 힘을 보탰을 것으로 보인다.

최근 실제 조직자가 전광(오성륜)이었다는 주장도 있지만, 중국 정부가 공개한 관련 자료들을 보면 100% 정확하지 않다. 오성륜과 엄수명(嚴洙明)[148], 이상준(李相俊, 중국공산당 남만성위원회 조직부장 이동광의 본명) 이름으로 된 '재만한인조국광복회' 역시 중국공산당 남만성위원회의 결정으로 조직부장 이동광과 소수민족부장 전광이 책임지고 만든 조직으로, 많은 부분이 김성주와 이동백이 동강회의 때 발표했던 '동만지구 재만한인조국광복회' 10대 강령 내용을 그대로 본땄으

---

147 주보중, 『周保中文選』, 解放軍出版社, 2015.

148 엄수명(嚴洙明)은 전광, 이동광 등과 비슷한 연배 및 자력의 혁명가였으며, 남만 지방에서는 엄필순(嚴弼順)이라는 별명으로 더욱 유명하다. 남만유격대 시절 제1대대 정치위원직을 맡았고 1933년 9월 동북인민혁명군 제1군 독립사가 설립될 때 후방기지 건설을 책임졌으며, 당시 남만지구 혁명군의 후방병원, 병기수리소, 피복공장 등을 총괄했다. 1936년 7월 항일연군 제1로군이 결성될 때 1군 당위원회 위원 겸 군수처 처장이 되었다. 이 시기에 전광, 이동광과 함께 엄필순은 재만한인조국광복회 공동 발기인이 되기도 했다. 이때 발기자 명단에 본명들을 올렸기 때문에 전광은 오성륜, 이동광은 이상준, 그리고 엄필순은 엄수명으로 기재되어 있다. 1936년 10월, 하리 후방기지에 대한 일본군 토벌에 맞서 제1로군 후방부대를 인솔하고 몽강, 집안 일대로 이전하던 중 오늘의 길림성 집안현 경내의 대청구(大靑購)에서 일본군 습격을 받아 전사했다.

며 명칭 앞에 '남만지구'라는 지역 명칭을 첨가했다. 또 시간상으로도 동강회의 직후 동만지구 광복회 발기일은 1936년 5월 5일이지만, 남만지구 광복회의 발기일은 6월 10일이다. 매우 급작스럽게 시작했고 조직 구성도 엉터리였음을 알 수 있다.

김성주의 동만지구 조국광복회는 이 조직과 전혀 상관없는 여운형 이름을 임의로 추가한 반면, 전광과 이동광의 남만지구 조국광복회 역시 발기인에 넣을 유명인을 미처 구하지 못해 전광 자신의 본명 오성륜을 그대로 사용하고, 남만 유격대 제1대대 정치위원직을 맡은 적이 있었던 군수처장 엄수명이 이때 사용하던 별명 엄필순(嚴弼順) 대신 본명을 발기인에 올렸다.

그러나 엄수명은 얼마 되지 않아 한차례 전투(1936년 10월)에서 사망하고, 그의 군수처장직은 중국인 호국신(胡國臣)이 이어받게 되었다. 그러나 호국신이 변절하자 종당에는 전광이 군수처장직까지 모두 겸임하는 일이 발생하기도 했다.

'북만지구 재만한인조국광복회' 결성은 3년 뒤에야 이루어졌다.

1939년 5월 11일 자로 된 북만지구 재만조선민족광복회 준비위원회 명단에는 동만이나 남만과 달리 아주 많은 사람이 들어 있다. 왕청 시절 김성주의 옛 부하나 다름없는 박길송(朴吉松)까지도 그 속에 이름을 올려놓았다. 그 외에도 구세림, 장흥덕, 주서훈, 오일광, 서광해, 이태, 최청수 등 낯익거나 낯선 사람 이름이 줄줄이 나온다. 이 세 지구 광복회가 하나로 된 조직 이름으로 "전체 조선인민에게 알리는 글[告 高麗人民書]"를 발표한 것은 1940년 7월 7일이었다. 하지만 중국공산당이 소장한 『중국공산당 만주성위원회 문건』(제141권 제3호)에 따르면, 이 세 단체가 하나로 통합된 적은 결코 없었고, 김성주가 조국광복회 회장이었다는 주장 역시 사실과 부합하지 않는다.

8. 한총령전투

동강회의는 1936년 5월 1일에 열렸다.

3월에 열렸던 미혼진회의 이후 동강회의가 개최되기까지는 불과 2개월밖에 걸리지 않았지만 김성주는 이 두 달 동안 이렇게 바쁘게 보낸 적이 있었나 싶게 매우 바쁜 나날들을 보냈다. 4월에 접어들면서 주수동과 함께 잠간 마안산 삼포밀영에 들렀던 위증민에게 안봉학의 제1사가 이미 왕덕태의 인솔로 돈화와 다푸차이허 사이의 한총령(寒蔥嶺)[149] 쪽으로 접근하고 있다는 소식을 들었다. 김성주는 그러잖아도 서강이나 만강 쪽으로 부대를 이동시키려던 차에 먼저 만강에 도착한 조아범이 그를 기다리지 않고 만강툰 만주군 병영을 습격하여 성공했기 때문에 그 여세를 몰아 서남차(西南岔)에서 또 한 차례 전투를 벌였다.

이 전투는 동강진을 공략하기 위한 전초전이라 할 수 있었다. 이 전투에는 양정우의 파견으로 2군을 마중 나왔던 1군 2사 조국안 부대까지도 참가하여 일본군 다카하시(高橋) 소좌가 인솔하는 일만군 한 중대와 만주군 기병중대 70여 명을 섬멸한 전투였다. 김성주는 한 연대를 소멸했다고 과장하며 이 전투를 함께 지휘한 조아범과 2사 사장 조국안 이름자는 한마디도 언급하지 않는다.

한편 한총령에 접근했던 2군 1사는 주수동이 직접 앞장에서 한 중대를 이끌고 다푸차이허진(大蒲柴河鎭)을 공격하는 것처럼 꾸미고 1사 주력부대는 한총령 길 양쪽 산속과 골짜기 어귀에 매복했다. 다푸차이허에서 돈화까지의 거리가 60여 km밖에 안 되는 점을 이용하여 다푸차이허진에 대한 양동작전을 펼치고 돈

---

149 한총령(寒蔥嶺)은 오늘의 길림성 돈화시 강원진과 다푸차이허진(大蒲柴河鎭) 인접 지역이며, 남쪽으로 14km 떨어져 있다. 한총령전투는 한총령 남쪽 비달에서 벌어졌는데 당시 이곳에는 돈화로부터 다푸차이허진에 이르는 도로가 있었으며, 길 양쪽은 전부 관목림이었다. 중국 정부는 이곳에 항일혁명투쟁사 교육기지를 건설하였다.

화에서 달려올 구원병을 한총령에서 습격하려는 것이었다.

1930년대 초반까지만 해도 다푸차이허에는 인가가 몇 호 되지 않았다고 한다. 1936년에 접어들면서 일본군은 집단부락 정책을 실시하면서 부근의 석인구, 경구, 유수하자 등지에 산재한 민가들을 집중시켜 마을을 만든 후 경찰서까지 설치하여 경비를 강화했다. 이는 다푸차이허가 돈화 남부지대에서 비교적 주요한 군사상 요충지였기 때문이다. 일본군이 이 요충지를 파괴당하면 결과적으로 안도, 돈화, 화전 세 현의 접경지대를 통제할 수 있는 능력을 상실하기 때문에 2군 입장에서는 반드시 이 요충지를 제거하지 않으면 안 되었다.

1936년 4월 7일, 일본군은 돈화에서 한 대대 병력을 출동시켰다. 돈화 경찰대대도 다푸차이허 경찰서를 지원하기 위하여 250여 명이 함께 일본군 뒤를 따라나왔다. 다음 날 오전 9시쯤 되었을 때 일본군의 선두부대 두 소대가 1사 포위망 안으로 들어왔다.

"쏴라!"

호령과 함께 왕덕태가 권총 방아쇠를 당겼다.

총소리로 공격 명령을 정했기 때문에 한총령에서 수류탄과 작탄이 터지기 시작했을 때, 거의 동시에 주수동도 다푸차이허 공격을 개시했다. 눈 깜짝할 사이에 한 중대 병력을 잃어버린 일본군은 급하게 후퇴하기 시작했다. 그런데 여느 때와는 달리 돈화에서 나온 경찰대가 일본군보다도 훨씬 더 악착같이 달려들어 끝까지 물러서려 하지 않았다. 결국 한총령에서 세 시간 넘게 시간을 지체하다가 다음 날인 9일 새벽녘에야 비로소 1사 주력부대는 다푸차이허 동쪽 입구로 바짝 접근하여 들어갔다. 동서남북 네 귀에 설치된 포대 가운데 동쪽 포대와 서쪽 포대가 날아가자 더는 지켜낼 수 없음을 감지한 만주군이 병영을 버리고 도주하기 시작했다.

주수동은 도주하는 만주군 뒤에 쫓아가면서 손나발을 해가지고 고래고래 소리쳤다.

"투항하면 살려주고 귀순하면 항일연군에 받아준다."

그러자 두 중대나 되는 만주군 병사들이 되돌아왔다. 귀순한 만주군 병사들은 가지고 있던 총들을 그대로 들고온 데다가 전투 중에도 수많은 중형무기와 군수물자를 얻었다.

다푸차이허진에서 빼앗은 쌀들을 모두 등에 지고 동강 쪽으로 이동할 때, 1사는 대원들이 쌀자루 한 개씩을 등에 지고도 모자라 돈을 주고 인부를 동원할 지경이 되었다.

이렇게 되어 먼저 동강에 도착한 왕덕태 일행은 곧바로 밀영 건설에 들어갔다. 김성주가 만강으로 조아범과 만나러 떠난 것이 이때였고, 이동백과 김혜순 등 비서처와 선전과 일꾼들은 바로 손가봉교(孫家峰窖)밀영으로 떠났다.

동강회의가 진행된 이 밀영은 오늘의 무송현 동강진 동남쪽 2km 되는 산 아래 수림에 있었다. 위증민이 2군의 금후 활동계획과 작전방향을 연구하는 회의와 함께 광복회 발족식도 하는 것이 좋겠다고 미리 제안했기 때문에 김성주는 권영벽이 장백현으로 나갈 때 늦어도 4월 30일 이전까지는 동강으로 다시 돌아와 만날 시간과 장소를 미리 정해놓았다.

만강전투와 서남차전투에서 수백여 자루의 총과 귀순병사를 확보한 조아범은 서둘러 제9연대와 10연대를 편성하는 작업에 들어갔다. 김성주와 조아범 사이에서는 암묵적인 분업이 약속되어 있었던 것 같다. 광복회 발족식에 온 정신을 팔고 있었던 김성주를 대신하여 지휘관을 임명하고 이동시키는 일은 거의 조아범의 독단으로 진행되었다. 이를테면 8연대에서 마덕전 중대를 갈라내어 9

연대로 개편하고, 마덕전을 9연대 연대장에 임명함과 동시에 잠깐 동안이나마 마덕전이 담당한 8연대 정치위원에 중국인 왕진아를 임명한 것이다.

그 외에도 조아범은 자신이 돈화에서 직접 데리고 왔던 서괴무 평일군은 제10연대로 편성하고 서괴무 본인을 제10연대 연대장으로 임명했다. 정치위원 역시 중국인을 임명했다. 김성주가 참모장으로 임명하려 했던 왕작주는 중국인이었음에도 김성주가 데려왔다는 이유로 정식 임명되지 못하고 사부 작전참모로 유임시켜 버렸다.

조아범과 김성주는 참모장 임명 문제로 한참 논쟁했다.

"기왕에 7연대를 3사 기간부대로 삼으려고 했다면, 손장상이 3사 참모장을 겸임하는 것이 가장 좋겠소. 하물며 왕작주도 구국군 시절 손장상의 부하였다지 않소."

"부하라기보다는 그가 모셔왔던 책사라고 했소."

"그러니까 계속 손장상 밑에 두는 것이 당연하지 않겠소."

"그렇다면 좋소. 참모장에 굳이 손장상을 임명한다면 7연대 연대장은 겸직시키지 말고 중대장 오중흡에게 맡기는 것이 어떻소?"

김성주는 만강에서 오중흡의 4중대를 넘겨받는 순간부터 그를 3사 기간부대 지휘관으로 찍어두고 있었다. 왕청 3연대 출신인 오중흡은 김성주와 남다른 인연을 가지고 있었다. 그의 형 오중화는 김성주가 왕청 시절 친형처럼 존경하며 믿고 따랐던 혁명선배였고, 동생 오중성, 오중립도 모두 친구 아니면 동료 부하들이었다.

그런데 오 씨네 형제들 가운데서 오중흡 역시 나이로 보면 김성주의 친구가 아니라 형님뻘이었다. 1910년생으로 두 살이나 많았기 때문이다. 그러나 유격대 경력은 김성주에게 한참 못 미쳤다. 오중흡이 유격대에 참가하여 청년의용군으로 막 보총을 메고 다닐 때 이미 김성주는 왕청유격대 정치위원이었다. 오중흡은 1933년 5월에 왕청 서대파(西大坡)에서 유격대에 입대한 뒤 일반 평대원으로 시작하여 분대장과 소대장, 중대장으로 하나하나 단계를 밟아서 올라왔다. 2연대로 옮길 때는 정치위원 남창익 곁에서 선전간사와 조직간사 일을 맡기도 했다. 1934년 9월에 남창익이 전투에서 사망할 때, 그의 곁을 마지막까지 지켜준 사람이 바로 오중흡이었다. 항상 단정하고 말수가 적고 착실한 오중흡이 장차 훌륭한 정치위원이 될 것으로 생각하는 사람이 많았지만, 이처럼 가장 강력한 전투력을 갖춘 화룡 2연대 4중대의 중대장이 되어 나타날 줄은 참으로 생각지 못했다.

사람됨이 하도 빈틈이 없다 보니 조아범 역시 그를 무척 좋아했다고 한다. 때문에 조아범이 나중에 1군으로 옮기지 않고 계속 2군에 남아 3사를 책임졌더라도 오중흡 역시 김산호 못지않게 금방 연대급 간부가 될 수 있었을 것이다. 아무튼 그 시절 화룡 출신과 조아범이 괜찮게 보았던 사람들은 3사 안에서 모두 승승장구했다. 그러나 김성주가 3사 사장이었음에도 불구하고 그의 심복으로 분류되거나 직접 추천하려 했던 사람들은 모두 조아범에게 가로막히고 말았다.

조아범이 조선인 가운데 가장 존경했던 사람이 채수항이라면 가장 믿고 중용했던 부하는 김홍범과 김산호였다. 조아범 못지않게 김성주를 좋아했던 김산호는 이 둘이 충돌할 때마다 참으로 딱한 처지가 되었던 적이 한두 번이 아니었다.

김성주가 만강에서 전투를 마치고 동강으로 이동할 때까지도 계속 장울화와 만나지 못했던 것도 바로 조아범이 당위원회 이름으로 이를 가로막았기 때문이다.

김성주는 왕작주에게 양해를 구할 수밖에 없었다.

"왕 형, 조 정위가 당위원회 이름으로 왕 형의 참모장 임명에 제동을 거니,

아무래도 조금은 더 기다려야 할 것 같습니다. 그러나 반드시 약속은 지키겠습니다."

김성주는 왕작주의 마음을 풀어주고 싶은 마음에 그를 성씨 뒤에 형(兄) 자까지 붙여서 존대했다. 그러나 왕작주는 한탄했다.

"내가 손 대대장(손장상의 구국군 시절 직위)이 참모장을 맡아달라고 해서 그의 부대에 갔을 때는 그의 부하들이 내가 너무 젊다고 말을 듣지 않아서 홧김에 떠나버렸습니다. 그런데 김 사장에게 오니 김 사장의 부하와 대원들은 모두 순수하고 말을 잘 들어 마음이 끌렸는데, 이번에는 거꾸로 정치위원과 당위원회가 나를 싫어하는군요. 이것도 내 운명인가 봅니다."

김성주는 급히 그를 위로했다.

"왕 형, 그렇지 않습니다. 누구도 왕 형을 싫어하지 않습니다. 조금 더 시간이 필요할 뿐 제가 반드시 왕 형을 참모장으로 임명하겠습니다."

왕작주는 머리를 끄덕이며 김성주에게 부탁했다.

"김 사장, 내가 바보가 아닌 이상 저 정치위원이란 자가 나를 싫어해서가 아니라 모두 자기 부하와 심복들을 요직에 앉히기 위해서라는 걸 왜 모르겠습니까. 참모장이든 그냥 작전참모든 그런 직위 따위에는 관심 가지지 않으렵니다. 대신 분명하게 약속 하나는 해주셔야겠습니다."

"네, 말씀하십시오. 제가 들어드릴 수 있다면 반드시 그렇게 하겠습니다."

"조 씨가 나를 작전참모를 시키라고 하지 않습니까. 그러니 김 사장은 작전계획을 짤 때 반드시 내 의견을 들어주십시오. 가능하면 전투에도 직접 참가하여 일익을 담당하게 해주십시오."

왕작주가 이렇게 말하니 김성주는 무척 기뻤다.

"아, 그것은 두말하면 잔소리지요. 제가 당연히 그렇게 하지 않겠습니까."

김성주는 한편으로 걱정스러운 마음도 기탄없이 털어놓았다.

"그런데 직접 전투부대를 이끌고 전투에도 참가하겠다는 말씀입니까? 절대로 왕 형을 경시해서 하는 말은 아니니 고깝게 들으면 안 됩니다. 그동안 왕 형은 실전에서 직접 전투를 지휘한 경험은 별로 없지 않습니까."

왕작주가 웃으면서 대답했다.

"별로가 아니라 아예 없지요. 그래서 기회를 달라는 것입니다."

"실전은 탁상공론과 다릅니다."

"그러니까요. 내가 그동안 배워두었던 군사지식들이 확실히 탁상공론에 불과한 것인지 아닌지를 한 번 시험해보고 싶습니다. 물론 나 자신은 100% 탁상공론이 아니라고 자신합니다만, 직접 전투부대를 이끌고 전장에서 작전도 지휘하여 보겠습니다. 그래서 성공하면 김 사장도 나를 참모장으로 임명하기 좋을 것이고, 성공하지 못하면 저 조 씨가 내린 결정이 정확했다고 봐야겠지요. 그러나나는 김 사장이 저 조 씨와의 도박에서 주사위를 나한테로 던지기 바랍니다. 절대 실망시키지 않겠습니다."

왕작주는 진정을 담아 김성주의 마음을 움직였다.

"왕 형, 좋습니다. 주사위를 왕 형 쪽으로 던지겠습니다. 제 사장직도 걸겠습니다."

그러자 왕작주는 다시 기분이 즐거워졌다.

"김 사장이 장울화라는 친구와 만나러 가려는 것을 조 씨가 당위원회 이름으로 가로막는 내막을 제가 김산호 정위에게 들어 좀 알고 있습니다."

"아, 그거야 회의에 참가한 사람 모두가 알고 있습니다."

"그때 회의에 이동학 경위중대장도 참가했다고 해서 회의내용을 꼬치꼬치 캐물었는데, 내가 좋은 방법을 하나 알려드릴까요?"

왕작주가 불쑥 이렇게 말하자 김성주는 여간 신기하지 않았다.

"아, 어떤 방법이 있습니까? 이건 작전과 무관한 일일 텐데요."

왕작주가 정색하며 김성주에게 대답했다.

"삼국지 이래로 우리나라에는 제갈량과 지혜를 겨루는 책사들이 아주 많습니다. 그런 사람들을 '새제갈(賽諸葛, 제갈과 겨룬다는 뜻)'이라고 부르기도 하지요. 어렸을 때 삼국지와 수호전에 빠졌던 저는 만약 그 시절을 만난다면 '새제갈'이 아니라 '승제갈(勝諸葛, 제갈을 이긴다는 뜻)'이 되고 싶었습니다. 사실상 작전하는 일과 책사는 별반 차이가 없습니다. 훌륭한 책사는 작전도 잘하지요. 그러나 작전을 잘하는 참모장은 훌륭한 책사가 되지 못합니다. 그러니 김 사장이 나를 믿으신다면 내가 책사 노릇까지도 얼마든지 잘해낼 수 있음을 한 번 보여드리겠습니다."

김성주는 반신반의했다.

"책사라는 호칭은 지금 시대에는 어울리지 않으니 저와 단 둘이 있을 때는 제 군사(軍師)가 되어주십시오. 무장토비들이 그러던데, 군사는 작전뿐만 아니라 모든 지략과 꾀를 만들어내는 일에도 다 관여한다고 합니다."

"좋습니다. 아직은 참모장은 아니니 김 사장의 군사로서 좋은 방법을 하나 가르쳐드리겠습니다."

왕작주는 김성주 귀에 대고 한참 소곤거렸다.

김성주는 왕작주의 말을 들으며 지도까지 펼쳐놓고 그가 가리키는 데를 따라가면서 연필로 동그라미도 치고 또 동그라미 곁에 몇 자씩 글자도 썼다.

"이 방법이 어떻습니까?"

김성주는 왕작주에게 감탄했다.

"그런데 이 방법을 실행하자면 왕 형이 직접 서강 쪽으로 나가야 할 것 같습니다. 어쩌면 이번에야말로 왕 형께서 한 번 크게 실력을 보여줄 기회가 될 수도 있습니다. 성공시킬 자신이 있습니까?"

"도박을 해보는 것이지요. 김 사장께서는 사장직을 걸고라도 나한테 주사위를 던져보겠다고 하지 않았습니까. 반드시 멋들어지게 해낼 것입니다. 그러면 김 사장도 이 기회를 타서 조 씨가 정치위원과 당위원회 서기직을 걸고 3사를 좌지우지하는 기염을 한풀 꺾어 버릴 수 있을 것입니다."

"좋습니다. 그럼 이번 동강회의 기간에 이 일을 제가 직접 추진하겠습니다."

"절대로 내가 낸 꾀라고 말하지 말고 그냥 이번 일을 위해 왕작주를 서강에 파견한다고만 명령을 내리십시오."

이것이 동강회의 바로 직전에 있었던 일이었다.

27장
항일 무장토비¹⁵⁰

"역시 공산당의 항일연군은 대단하오."

"이참에 청산호도 평일군과 함께 항일연군에 참가하는 것이 어떻겠습니까?"

왕작주가 넌지시 의향을 타진했다.

"만순에게 빼앗긴 해청령까지 찾아주시면 나도 반드시 항일연군에 참가하겠소."

1. "나를 아는 자, 당신뿐입니다"

만강에서 손가봉교밀영을 향해 가면서 김성주는 내내 왕작주와 이야기를 주고받았는데, 조아범은 물론이고 김산호나 이동학까지도 마안산에서부터 벌써 참모장으로 불리기 시작했던 왕작주에 대한 임명이 3사 당위원회에서 통과되지 못하는 바람에 몹시 기분이 상했을 왕작주의 마음을 달래주기 위한 것으로 생각했다.

---

150 항일 무장토비는 중국글자로 '항일류자(抗日瘤子)'이다. '류자(瘤子)'란 '암 덩어리'란 뜻으로, 당시 일본군이 비적을 암 덩어리에 비유하면서 생긴 말이다. 주민들은 노략질을 일삼는 마적, 토비들을 류자라고 불렀다. 그런데 이 마적과 토비들이 공산당과 손잡고 일본군에 대항하기 시작하자 일본군은 공산당 군대와 이 비적들을 암 덩어리란 뜻의 '류자' 앞에 '항일' 두 자를 보태 불렀다. 주민들도 일반 토비들과 항일 토비들을 나누어 항일류자들에겐 그다지 적대적이지 않았다고 한다. 이 책에서는 '항일류자' 대신 '항일 무장토비'로 썼다.

광복회 발족식 때 사용할 회의장을 준비하기 위하여 먼저 동강 쪽으로 들어갔던 지갑룡이 김혜순을 데리고 멀리까지 마중 나왔다.

김혜순과도 서로 아는 사이였던 조아범은 짐짓 김성주에게 따지고 들기까지 했다.

"김일성 동무. 이게 어떻게 된 일이오? 우리 화룡의 제일가는 미인이 어떻게 김일성 동무한테 가 있었단 말이오?"

김혜순은 얼굴이 새빨갛게 되어 어쩔 줄 몰랐다.

김성주는 굳이 변명하려고 하지 않고 싱글벙글 웃으면서 조아범에게 거꾸로 감사의 말을 했다.

"공부를 많이 한 김혜순 동무를 나한테 보내준 것이 조아범 동무인 줄 알았는데, 지금 보니 아니었단 말이오? 김혜순 동무가 선전간사로 있으면서 비서처의 이동백 동지를 도와 회의문건을 만들고 강판글도 쓰면서 얼마나 많은 일을 해내고 있는지 모른다오."

"참, 김혜순 동무가 강판글도 쓸 줄 알았소?"

"이동백 아저씨한테서 배웠어요. 선전과장 동지가 이번에 장백에서 돌아오실 때 등사기를 구해와 회의문건들을 한 번에 수십 장씩 찍어낼 수 있으니 얼마나 좋은지 모르겠어요."

조아범이 김성주에게 자랑했다.

"그 대통 영감님이야말로 내가 추천한 보배 아니오."

"그것은 나도 인정하겠소. 화룡에 인재가 얼마나 많은지 이번에 절실하게 느꼈소. 그 점은 진심으로 조아범 동무에게도 고마운 마음을 금할 길이 없소."

김성주는 김혜순에게 물었다.

"회의장은 다 만들어졌소?"

"네. 회의장은 다 만들었고, 지금 이동백 아저씨가 남은 대원들과 회의장에서 사용할 결상을 만드는 중이에요. 그리고 군장동지와 1사 사장동지 두 분 다 회의장에 와보셨고, 지방에서 회의에 참가하러 온 유지인사들의 음식을 차리는 데 쓰라고 쌀과 고기도 엄청 많이 가져다 주었어요."

김혜순은 누가 들으면 큰 일이나 날 듯 김성주 귀에 대고 소곤소곤 이야기했다.

김혜순이 원래 낮은 목소리로 말하는 습관이 있어, 대체로 그의 말소리를 잘 듣기 위해 김성주는 허리를 구부정하게 숙이고 귀를 그의 입가에 가져다댈 때가 많았다.

"참, 김산호 정위가 시내에 내려가 천과 기름을 구해왔는데, 사장동지 친구분을 만나고 돌아왔다고 합니다."

김혜순의 보고를 다 듣고 나서 김성주는 지갑룡에게 부탁했다.

"이것 보오, 갑룡 동무. 우리끼리라면 아무렇게나 먹은들 뭐라겠소만, 이번 광복회 발족식에는 지방 대표들도 적지 않게 올라온다니 우리가 산에서 먹는 대로 생고기나 구워서 대접하지는 않겠지요? 식사 문제도 각별하게 마음을 써야 한다고 작식대 동무들한테 잘 일러주기 바라오."

"네. 그러잖아도 정숙이가 기르는 콩이 많이 자라서 요즘 두부도 만들고 있다고 합니다. 작식대 동무들이 총동원되어 산나물도 뜯었으니, 상에 여러 가지 야채들도 오를 것 같습니다."

지갑룡이 이렇게 대답하니 이동학도 곁에서 한마디 거들었다.

"사장동지, 정숙 동무가 콩나물도 기르고 두부까지도 만든다니 식사 문제는 걱정하지 않아도 될 것 같습니다. 원래 속이 깊고 알뜰하기로 이름 있는 동무 아닙니까. 갑룡이가 오죽했으면 정숙 동무한테 이렇게나 깊게 빠져 있겠습니까.

정숙 동무는 처창즈에 있을 때도 아이들을 굶기지 않으려고 무척 애를 썼던 동무입니다."

김성주는 머리를 끄덕였다.

"그 말이 맞소. 나도 마안산에서 정숙 동무가 입은 솜옷을 보고 정말 놀랐다오. 아이들이 추워할까 봐 자기 옷에서 뽑을 수 있는 솜은 다 뽑아내지 않았겠소. 정숙 동무가 비록 김확실이나 황순희처럼 씩씩하거나 예쁘지는 않지만 정말 괜찮은 동무요. 갑룡 동무가 복이 많소. 이 사랑을 잘 지켜나가고 아름다운 열매로 맺어지기를 진심으로 바라오."

김성주는 이렇게 지갑룡과 김정숙을 축복해주었다.

이때까지만 해도 김성주는 자기 경위소대장이었던 지갑룡과 오래전부터 사랑하는 사이였고, 또 혼인까지 약속했던 김정숙과 결혼하게 되리라고는 꿈에도 생각지 못했다. 오죽했으면 해방 후 바로 북한으로 돌아가지 않고 임춘추와 함께 한동안 연변에서 활동했던 강위룡에게 직접 이때의 이야기를 들었던 박경환은 이런 이야기를 전해주었다.

"강위룡은 김일성이 김혜순이 아닌 김정숙과 결혼했다는 말을 듣고 너무 놀라서 한참 동안 아무 말도 못하다가 최현이 '애들아, 그래도 우리 사장이 결혼한 건데 축하라도 해줘야 하지 않겠느냐.' 하고 소리치는 바람에 두 발을 쳐들고 탁탁 부딪치면서 박수를 대신했다고 하는 것이 아니겠는가.

(두 발로 박수를 대신했다는 것이 무슨 뜻이냐는 필자의 질문에)

모두 눈 속에 드러누워 총들을 품에 안고 두 손은 팔소매 속에 넣고 있을 때 이런 소식을 접한 것이다. 그래서 발로 박수를 쳐주었다는 것이다.

(그것을 임춘추도 사실이라고 말해주었냐고 필자가 묻자)

임춘추도 김일성이 김정숙의 첫 남자는 아니었다고 하더라."[151]

마찬가지로 김정숙도 김일성의 첫 여자는 아니었다.

북한에서는 동강회의 때의 김정숙 일화를 전하면서 "동강 대표들의 탄복"이라는 글 한 편을 세상에 만들어 내놓았다.

유격대원들이 회의장에서 사용할 의자를 만들고 있을 때 "어떻게 장군님을 모시고 조국해방을 위한 대사를 의논하기 위하여 찾아온 그들을 잘 다듬지도 않은 이런 통나무 의자에 앉히겠는가" 하면서 등받이까지 성심성의껏 만들라고 요청했다는 것이다. 대원들은 그 요청을 받아들여 자기들의 짧은 생각을 뉘우치고 다시 '김정숙 동지' 말씀대로 의자들을 흠잡을 데 없이 미끈하게 만들어 회의장에 들여놓았다는 이야기다.

하지만 사부 선전과의 선전간사와 청년부장을 맡고 있던 김혜순과 달리 김정숙은 일반 작식대 대원이었기 때문에 그의 소임은 자연히 콩나물을 기르고 두부도 만들고 나아가 밀영 주변 산속에서 손가락이 터지도록 더덕이나 도라지를 캐는 일이었음은 의심할 바 없다.

발족식에 참가하러 왔던 지방 대표들은 모두 감탄했다. 밀영에 마련된 숙식 장소와 회의장 등은 모두 몇 해 전까지 근거지를 차지하고 혁명정부 간판을 내걸고 진행했던 크고 작은 회의들 때와 비교해도 전혀 뒤지지 않았기 때문이다. 특히 10대 강령이 등사기로 인쇄되어 회의 참가자들 손에 한 부씩 전달된 것은 그야말로 근거지 시절 때도 드문 일이었다.

중국에서 소장한 자료를 보면, 광복회 10대 강령은 중국어로도 번역되어 위

---

151 취재, 박경환(朴京煥, 가명) 조선인, 연변전원공서 시절 임춘추의 비서, 취재지 요령성 안산시, 1987.

증민과 왕덕태, 이학충, 조아범 같은 2군 중국인 고위간부들에게도 한 부씩 전달되었다. 때문에 이 회의에는 조선인들만 참가했던 것이 결코 아님을 알 수 있다.

조아범은 이때도 광복회 10대 강령에서 또 꼬투리를 잡았다.

"어떻게 우리 공산당이 지도하는 군중조직 강령에 무산계급 사회를 건설한다는 문구가 한마디도 들어 있지 않을 수 있습니까?"

조아범이 위증민에게 불평했다.

"조아범 동무, 좀 그만하오. 만약 코민테른 정신대로 했다면 지금 이 조선 동무들은 독립적인 조선민족 정당과 군대로 변했어야 하오. 그런데도 김일성 동무가 앞장서서 분가를 반대하고 여전히 우리와 함께 하니 얼마나 고마운 일이오. 또한 광복회는 조선인들을 상대로 한 군중조직이고, 이 조직에는 유산계급, 무산계급 상관없이 조선 독립을 갈망하는 모든 군중이 다 참가해야 하오. 때문에 굳이 강령 속에 공산주의 냄새가 짙을 필요는 없소."

위증민이 조아범을 타일렀다.

"그것은 저도 이해합니다만, 우리 공산주의자 입장과 견지에서 보면 계급 성격이 모호하다는 말씀을 드리는 것입니다."

조아범의 이런 불평을 위증민에게 직접 전해들은 김성주는 아무 대답도 하지 않고 한참 웃고 말았다.

"김일성 동무, 왜 아무 말도 하지 않고 웃기만 하오?"

"기가 막혀서 그럽니다."

김성주는 설레설레 고개를 저었다.

"보시다시피 제 정치위원이 바로 이런 사람입니다."

"솔직히 말하면 나도 이 강령에 민족주의 냄새가 너무 짙다는 생각이 들지 않은 것은 아니오. 그러나 과거에는 몰라도 지금은 민족주의가 코민테른 정신에 위배되지 않는다고 생각하오. 단체 명칭을 조선인의 조국광복회로 만들기로 했으니 민족주의 냄새는 당연한 것 아니겠소. 이 광복회에 참가할 회원 대상을 조선 국내로 삼는다면 공산주의 냄새보다는 민족주의 냄새가 더 강한 것이 오히려 더 유리하다고 보오. 나도 이 강령에 기본적으로 동의합니다."

위증민은 적극적으로 김성주를 밀어주었다.

김성주에게는 그런 위증민이 얼마나 고마운지 말로 표현할 수 없을 지경이었다.

"위 서기에게 이런 말로 제 마음을 표현하고 싶습니다. '나를 아는 사람은 참으로 당신뿐입니다'."

"그러나 김일성 동무, 좀 융통성이 있게 이번 회의를 합시다. 회의 개막식에는 우리 중국 동무들도 적잖게 참가하니, 광복회에 대한 공산당의 영도를 더 강조하고 나아가 공산주의 사상에 대하여서도 말씀해주시기 바라오. 강령 내용을 토의하는 회의에는 우리 중국 동무들을 참석시키지 않을 것이니 그때는 김일성 동무가 알아서 강령 내용들에 충실하게 의논하면 됩니다."

위증민은 중국인과 조선인 사이의 관점을 정리하는 문제와 나아가 공산주의를 신봉하는 주의자들과 일반 조선 백성 사이의 견해 차이에서 발생할 문제에 이르기까지 용의주도하게 대처했다.

김성주는 회고록에서 광복회 창립선언에 넣었던 발기인 이름과 관련해 이렇게 회고한다.

"이리하여 5월 5일에 발표된 조국광복회 창립선언에는 김동명, 이동백, 여운형 세 사람 이름이 공동발기인으로 기재되었다.

나에게 김동명이라는 가명을 붙여준 것은 이통백이었다. 내가 가명을 쓰는 조건에서

만 동의하겠다고 하자 그는 더 우기지 못하고 생각을 더듬다가 가명의 성은 그대로 김 씨로 하고 이름은 동녘 '동' 자, 밝을 '명' 자를 붙여 '동명'으로 하는 것이 좋겠다고 했다. '김동명'이라고 달게 되면 민족을 대표하는 의미에서 여러모로 뜻 깊은 이름으로 될 것 같다는 것이었다. 모든 사람이 열렬한 박수로 찬성의 뜻을 표시했다. '김일성'이 라는 이름과 마찬가지로 '김동명'이라는 가명도 이렇게 다른 사람들에 의하여 지어진 것이다.

우리가 발표한 조국광복회 선언은 그 후 국내외 여러 곳에 발송되었는데, 어떤 곳에서 는 그것을 자기대로 복제하여 발표하면서 각기 자기 지방의 영향력 있는 인물들과 저 명인사들의 이름을 발기인으로 바꾸어 써서 발표하기도 했다. 우리는 실정에 따라 융 통성 있게 하는 것을 허용했다. 조국광복회 명칭 자체도 동만에서는 동만조선인조국 광복회라고 달았다면, 남만에서는 재만한인조국광복회라고 달았다. 당역사연구소에 서 발굴한 조국광복회 선언문들에 더러 오성륜, 엄수명, 이상준(이동광), 안광훈 같은 사람들의 이름이 나타나 있는 것은 그런 사정에 기인한 것이다. 나는 참가자들의 총의 에 따라 조국광복회 창립대회에서 이 조직의 회장으로 취임했다."

위증민과 관련한 중국 자료들을 보면, 김성주가 주축이 되어 발족한 이 조선 인 광복회에도 위증민이 아주 깊이 관여했고 최종 결정권자였음을 알 수 있다. 광복회 회장은 3사장 김성주였고, 광복회 업무는 3사 선전과에서 맡았으나 주 관기관은 2군 정치부로 규정한 자료들도 있다. 때문에 광복회와 관련한 중국공 산당 문건들에 김일성과 위증민의 이름 대신 느닷없이 전광과 권영벽 이름이 자주 등장하는 이유도 바로 이 때문이다.

전광이 동·남만 지방 광복회 관련 모든 일에 최종 결정권을 행사하기 시작한 것은 광복회가 발족된 지 불과 3개월 만인 1936년 8월이다. 이학충이 사망하고

1로군에서 전광을 2군 정치부 주임으로 파견했기 때문이었다. 더불어 전광은 중국공산당 남만성위원회 선전부장 및 소수민족 부장까지 함께 겸했기 때문에 광복회의 실질적인 최고영도자로 볼 수 있다.

김성주는 군사지휘관이었기 때문에 군사행동과 관련한 일에 더욱 치중해야 할 수밖에 없었다.

2. 자리도둑

이 기간에 김성주는 서괴무와도 만나게 되었다. 3사 산하 제10연대로 편성된 서괴무는 원래 조선말을 몇 마디 할 줄 아는 데다 자기 직속상관인 사장 김성주가 바로 자기 부대에 온 적 있는 김철주의 친형이라는 것을 알고는 더 감개무량했다. 그러던 차에 마침 동강회의에 참가하라는 연락을 받고 부하 몇 명만 데리고 손가봉교밀영에 도착한 것이다.

"이보게 서 연대장, 놀라운 사실을 알려주지."

마덕전은 서괴무를 김성주 앞으로 데리고 갔다.

"그때 사슴페에 와서 서 연대장 치료를 도왔던 애가 바로 김 사장 친동생이라오."

마덕전의 말을 들은 서괴무는 몹시 놀랐다.

"아, 그 돌팔이 의사가 데리고 왔던 김철주란 아이 말이오?"

서괴무는 김성주 손을 잡고 감개무량하여 말했다.

"그 애가 내 부하들을 지휘하여 나를 나무에 묶어놓고 아편을 끊게 만들었다오. 그 애가 김 사장 친동생이었다니 세상에 이린 인연도 디 있구려."

김성주는 그러잖아도 왕작주의 계책을 받아들여 서괴무를 자기 심복으로 만들려는 차에 서괴무가 동생 철주와 이처럼 깊은 인연이 있는 것을 보고는 여간 반갑지 않았다.

"그런데, 돌팔이 의사가 누구입니까?"

"임춘추랍니다."

"원, 임춘추는 돌팔이가 아니라 우리 항일연군에서는 이름난 명의인데요."

김성주 말에 서괴무가 얼굴이 시뻘겋게 되어 대답했다.

"그건 나도 인정하오. 그런데 나한테 아편 끊는 약이라면서 보내온 첩약이 너무 고약해서 마실 수 없었소. 첩약을 좀 아는 친구가 임 군의관이 보낸 첩약을 뒤져보고는 나한테 하는 말이 온통 황연(담배)에 제비 똥, 지푸라기 이런 것들뿐이라고 하지 않겠소. 다른 사람도 아닌 김 사장 동생이 가져다주어서 의심하지 않고 다 끓여 마셨단 말이오."

"아이고, 보나마나 그 첩약은 덕전 동무 작품 같습니다."

김성주와 김산호는 배를 잡고 웃어댔다.

마덕전이 정색하며 서괴무에게 물었다.

"아무튼 덕분에 아편을 끊지 않았소?"

"아, 그건 맞소. 그래서 제비 똥을 나한테 먹인 당신을 용서하는 게요."

서괴무는 특별히 2군 군 간부회의에도 참가했다.

이때 손장상과 전영림은 모두 중국공산당에 가입했고, 3사 산하 네 연대에서 중국공산당원이 아니었던 연대장은 서괴무뿐이었다. 그는 다른 형제 부대 대원들이 여름에 접어들면서 모두 초록색 새 여름군복으로 바꿔 입은 데다 그들이 숲속에서 오갈 때에도 언제나 분대별 소대별로도 구령을 부르고 행군하는 모습이 여간 부럽지 않았다.

'군기가 이처럼 잘 잡혀 있으니 전투에서도 용맹할 수밖에 없잖은가.'

서괴무는 조아범에게 진심으로 요청했다.

"조 정위, 우리 10연대도 저런 부대로 만들어 주시오."

"김 사장과 한 번 연구해보겠습니다. 다른 연대에서 몇 동무를 선발하여 10연대로 보내드리지요. 하지만 산만한 것에 익숙한 대원들을 급하게 서둘러 군기 잡는 건 좋지 않습니다. 자칫하면 반발할 수 있습니다. 삼림대 출신 대원들 가운데는 전투는 무섭지 않은데 군기를 버틸 수 없다며 도주한 일이 여러 번 있었습니다."

군 간부회의에서는 1사와 3사의 금후 활동지역을 결정했다.

1사는 여전히 안도를 중심으로 활동하면서 무송과 돈화 서부 지역을 활동범위로 잡고, 3사는 장백과 임강 일대로 진출하여 백두산을 중심으로 한 새로운 근거지를 개척하기로 했다. 그런데 장백, 임강 일대는 그동안 줄곧 1군 양정우 부대의 활동 지역이었기 때문에 2군 입장에서는 하루라도 빨리 1군과 만나 통일적인 군사지휘체계를 만들어낼 필요가 있었다. 더구나 지리적 위치로 말미암아 이때까지도 코민테른 제7차 대표대회 정신을 제대로 전달받지 못한 1군 간부들에게 이 회의정신을 전달해야 할 의무가 위증민에게 있었다.

"3사는 아직 주력부대를 장백현 경내로 진출시키지 말고 계속 무송 지방에 대기하는 한편 무송과 안도 주변의 항일 무장토비들을 설복하여 항일연군으로 편성하는 일에 더 박차를 가해야겠소. 우리가 지금 동강에서 출발해도 1군과 만나려면 금방 6월로 접어들 텐데, 그때 회의 결과를 봐가면서 늦어도 7, 8월쯤에는 무송현 경내에서 한차례 대대적인 전투를 벌여봅시다. 최소한 1,000명 이상의 전투부대가 참가할 수 있도록 말입니다."

위증민과 왕덕태가 동강을 떠나기 직전 열렸던 한차례 회의에서였다.

회의가 열리기 직전 위증민은 김성주에게 이런 이야기를 몰래 귀띔해 주었다.

"이번에 조아범 동무를 데리고 남만으로 들어갈 것이니 어쩌면 김일성 동무에게는 잔소리가 많은 시어머니가 없어지는 셈이오. 광복회를 조선 국내로 발전시키는 문제도 그렇고, 군사행동에 관해서도 김일성 동무가 한 번 활개쳐 가면서 일을 벌여보기 바라오."

회의가 끝나갈 무렵, 위증민이 김성주에게 물었다.

"김일성 동무, 하고 싶은 말씀이 있으면 지금 하오."

"위증민 동지와 군장동지 지시대로 주력부대는 움직이지 않겠지만, 장백과 임강 쪽으로 먼저 사람들을 들여보내 밀영을 건설하려는데 괜찮겠지요?"

"그거야 당연한 일 아니겠소."

위증민은 김성주에게 3사 사장으로서 독립 권력 공간을 마련해주려 했으나 조아범은 자기가 없는 동안 김성주가 함부로 움직이는 것을 절대 허용하려 하지 않았다. 2군 간부회의에 이어서 3사 당위원회를 따로 조직한 조아범은 김성주 면전에서 특히 김산호에게 단단히 당부했다.

"김 사장이 자기 친구를 만나러 무송현성으로 내려가는 일이 없도록 산호 동무가 당위원회 이름으로 보증해야겠소. 만약 내가 없는 동안 이런 일이 발생한다면, 산호 동무가 전적으로 책임져야 하오. 뿐만 아니라 김일성 동무까지 포함하여 모두 처분을 면치 못할 것이오."

조아범은 중국공산당 내 조선인 당원들의 민족주의에 대해 각별히 경계해왔지만, 같은 중국인 장울화에 대해서도 이처럼 경계하는 것은 이해되지 않는다.

안준청은 아버지가 연안길과 장울화 심부름으로 3사 부대를 찾아갈 때마다 반드시 조아범에게 불려가 한 시간 남짓하게 조사를 받았다고 회고했다.

조아범은 안경희가 연안길 허락을 받고 무송현 경찰대에도 가끔씩 가짜 정보를 흘려주었다는 일에 대하여 몹시 경계했다. 안경희가 무송경찰대 대장 왕영성에게 이끌려 경찰국장까지 만나보고 상금을 받았다는 이야기를 듣고는 김성주에게 말했다.

"이 아이가 가져오는 정보를 믿어서는 안 되오."

그 뜻은 무송현 지하조직을 믿지 못하겠다는 소리였다.

따라서 김성주가 장울화와 만나겠다는 요청은 매번 조아범에 의해 3사 당위원회를 통과할 수 없었다. 그동안 서괴무 평일군을 무송으로 데리고 나오면서 조아범은 여느 지방 경찰과 달리 무송현 경찰대대가 일본군 정규부대 못지않은 실력을 갖추고 있다는 소문을 귀에 못이 박히도록 들어왔던 것이다. 특히 서괴무의 평일군이 서강에 도착한 뒤에는 이 지방 원래 주인이나 다름없었던 마적 청산호가 생각 외로 서괴무 부대와 마찰을 빚지 않고 조용히 해청령 깊은 산속으로 들어가 숨어버렸다. 이유를 물어보니, 1년 전에도 서강에 들어왔던 무장토비 만순(萬順) 부대가 왕영성이 직접 이끈 무송경찰대에게 얻어맞고 북강 쪽으로 철수하고 말았기 때문이라고 했다.

"조아범 동무. 내가 만약 이 경찰대를 모조리 없앤다면 어떻게 하겠소? 그때 가서도 내가 친구 만나는 걸 가로막을 생각이오?"

김성주는 넌지시 조아범에게 물었다.

"그것은 우리가 무송현성을 공격할 때를 염두에 두고 하는 말입니까?"

"조아범 동무가 남만에서 돌아오기 전에 없애겠소. 가능하면 왕가 머리까지 잘라서 조아범 동무한테 구경시켜드릴 수도 있겠소."

김성주가 이렇게 장담하자 조아범은 반신반의했다.

김성주가 여간해서 두말하는 사람이 아님을 아는 조아범은 차츰 믿는 쪽에다 무게를 두었다.

"어떤 좋은 방법이 있는지 좀 들려줄 수 없소?"

"일단 왕작주 동무를 서 연대장 부대에 파견하여 한동안 참모장직을 맡게 하려 하오. 서 연대장 부탁도 있으니, 왕 동무가 대원들을 군사훈련도 시킬 겸 기회 닿는 대로 서강 쪽에서 왕가의 경찰대를 소멸해버리려 합니다. 반드시 좋은 결과를 얻을 수 있을 것이오."

조아범이 웃었다.

"그 친구한테 이 일을 맡긴단 말이오? 해낼 수 있다고 믿소?"

"한번 시험해보지요."

김성주가 이렇게 대답하자 조아범이 말렸다.

"괜히 그런 장난하지 마오. 자칫하다가는 그 친구 생명까지 잃어버릴 수 있소. '만순'이나 '청산호' 같은 무장토비들도 모두 무송경찰대에게 쫓겨 다닌다는데, 실전 경험이 없는 새파랗게 젊은 친구한테 어떻게 이런 일을 맡긴단 말이오."

"그러나 만약 왕작주 동무가 해낸다면, 조아범 동무는 어떻게 하겠소?"

김성주가 왕작주를 동원하는 작전을 계속 밀자 조아범은 슬그머니 화가 났다.

"만약 해내지 못한다면 김일성 동무는 어떻게 할 생각이오?"

"나는 사장직을 내놓겠습니다."

김성주 대답에 조아범은 놀라서 한참 말을 잇지 못했다.

"그럼 나도 정치위원직을 걸라는 말이오? 우리 이런 장난은 하지 맙시다. 대신 그 친구가 김일성 동무가 보증한 대로 해낸다면, 그를 사 참모장으로 임명하려는 김일성 동무의 제의를 받아들이겠소. 그리고 당신이 친구와 만나는 일도 재고해보겠소."

그러자 김성주가 다시 다짐을 두었다.

"남아일언중천금이오. 나중에 번복하면 안 되오."

조아범은 김산호를 가리켰다.

"좋소, 산호 동무를 우리 증인으로 합시다."

김산호는 그길로 달려 나가 왕작주와 서괴무를 모두 불러왔다.

왕작주가 김성주에게 알려준 꾀는 주변 세력들을 규합해 경찰대를 궤멸시키자는 거였다. 왕작주는 김산호를 납치했던 청산호의 무장토비들을 데리고 해청령 쪽으로 경찰대를 유인할 때, 이미 서강 쪽에 서괴무의 평일군이 들어와 있다는 소식을 들었다.

"서강은 당신네 영역인데, 모두 해청령으로 피신한 이유가 무엇이오?"

왕작주는 청산호의 한심주와 화설자에게 꼬치꼬치 캐물었다.

"서강이 비록 우리 영역이긴 하지만 무송경찰대 대장의 본가가 있는 고장이라 함부로 할 수가 없습니다. 예전 같았으면 무송경찰대 정도는 우리 눈에 찰 리 없겠지만, 최근 일본군이 들어와 무송경찰대를 정안군 수준으로 키웠습니다. 그러니 우리가 나설 것도 없이 경찰대가 평일군을 쫓을 거라고 판단합니다."

왕작주는 돌아오는 길에 몰래 서괴무와 평일군에 관해서도 조사했다.

당시 북강의 만순은 병력수가 300여 명 남짓했고, 서강의 청산호는 가까스로 60여 명밖에 안 되었다. 그나마 모두 말을 타고 다녀 기동 능력은 좋았지만 중무기가 없어 경찰대와 맞붙어 싸울 수 없었다. 대신 서괴무의 평일군은 병력이 150여 명 남짓했고, 기병은 없어도 기관총이 10여 정이나 있었다.

"만약 만순과 청산호를 설득하여 서괴무의 평일군과 손잡게 하면, 이 세 갈래 부대가 힘을 합쳐 무송경찰대를 손쉽게 소멸해버릴 수 있을 것 같습니다. 단순히 경찰 수십 명을 없애 기를 꺾는 정도가 아니라 꾀를 내어 경찰대장까지 붙잡아서 아예 목을 잘라 버리겠습니다."

김성주가 이렇게까지 이야기하자 조아범은 희색이 만면했다.

"이보오, 왕작주가 정말 그렇게까지 해낼 수 있다면 그를 우리 3사 참모장으로 임명하는 데 나도 전적으로 찬성이오. 내가 돌아오기 전이라도 김일성 동무가 책임지고 참모장으로 임명하시오. 손 연대장한테는 내가 돌아와서 잘 말하고 양해를 구하겠소."

이때 손장상은 조아범에 의해 이미 7연대 연대장 겸 3사 참모장으로 임명되어 있었다.

손장상은 오랜만에 만난 왕작주 손을 잡고 조용한 데로 데리고 가서 양해를 구했다.

"동생 오랜만일세. 내가 염치도 없이 자리도둑이 되고 말았네그려."

"형님 자리도둑이라니요? 그게 무슨 말씀입니까?"

"자기가 앉지 말아야 할 남의 자리에 앉는 것도 도둑일세. 자네가 항일연군에 들어왔다는 소식은 들었지만 3사 참모장으로 내정돼 있는 줄은 결코 몰랐네. 김 사장과 조 정위에게 말해서 참모장 자리는 반드시 동생한테 돌려드리겠네."

손장상이 이렇게 나오니 왕작주가 말렸다.

"형님, 그러지 마십시오. 형님은 내가 두령으로 모셨던 분이니 항일연군에서도 내 상관인 것이 당연합니다. 어차피 형님 밑에서 참모로 일할 테니 작전할 때 꼭 내 의견을 잘 들어주시면 됩니다."

손장상은 구국군 시절처럼 자기를 형님이라고 부르는 왕작주에게 흔쾌히 약속했다.

"내가 어련히 그렇게 하지 않으려고."

손장상은 지금까지도 왕작주가 가르쳐준 대로 주둔지에 초소를 3겹으로 만들어둔다고 자랑했다. 심지어는 망원초와 문전초 사이 거리도 그의 말대로 10리에서 30리로 세 배나 늘려두었다고 말했다.

"네, 형님부대가 대감장에 들어와 주둔하고 있다는 소식을 들었습니다. 망원초를 30리 밖에 세워둔 것을 알고 김 사장도 다른 부대들에 모두 그렇게 하라고 지시했습니다. 모두 그렇게 한다면 절대로 토벌대에게 습격당하여 낭패 보는 일은 없을 것입니다."

왕작주의 이 방법은 김성주뿐만 아니라 손장상을 비롯한 2군 내 적지 않은 부대들에 보급되었고, 아무리 어려울 때에도 초소 설치를 게을리하지 않았던 지휘관들은 살아남을 수 있었다.

1940년에 손장상[152]과 함께 소련으로 들어온 중국인 생존자 장봉명(유가족 요청

---

152 손장상(孫長祥, 1905-1945년) 손장우(孫長友)로 불리기도 했다. 중국 산동성 몽양현(蒙陽縣)에서 태어났으며 1931년 만주사변 이후 만주 간도 지방에서 항일구국군에 참가하여 대대장이 되었다. 1934년에 중국공산당 화룡현위원회 권고를 받아들여 동북인민혁명군 제2군 독립사 산하 2연대에 편성되었고 중대장직을 맡았다. 1936년에 동북항일연군 제2군 3사 참모장과 제7연대 연대장에 임명되었다가 얼마 뒤 3사가 6사로 편성되면서 제7연대 연대장직은 부하인 제4중대장 오증흡에게 넘겨주고 자신은 제1로군 산하 2군 제8연대 연대장으로 자리를 옮겼다. 6사 참모장직도 부하였던 왕작주에게 넘겨주었다. 그가 8연대 연대장으로 이동한 것은 원래 8연대 연대장 전영림이 전투에서 사망한 뒤 그 자리가 공석이 되었기 때문이다. 1939년 12월에 손장상은 오늘의 안도현 영경향 대사하툰 부근의 요우퇀촌 뒤 산속에서 임수산이 이끌고 온 토벌대의 추격을 받았으나 붙잡히지 않고 할바령을 넘어 영안 경내로 들어가 주보중의 5군과 만났다. 이후 5군 잔여부대와 함께 소련으로 철수했다가 1945년 광복과 함께 주보중을 따라 다시 중국으로 돌아왔다.
그는 김일성 부대에서 죽지 않고 살아남아 중국으로 귀환한 유일한 중국인 연대장이었다. 장봉명의 회고에 따르면, 일본군 토벌에서 살아남을 수 있었던 이유가 6사 참모장 왕작주에게서 배운 '망원초소 30리 설치법'을 철저하게 준수했기 때문이라고 했다. 그는 임수산토벌대에 의해 하마터면 체포될 뻔했던 안도로 돌아와 명월구 경비대 대장을 맡았다. 그해 12월 22일에 경비대대 산하 삼도만 평강보안 제5중대의 반란을 설득하러 갔다가 경비대대 정치지도원 김일준, 팔도구민주동

으로 가명 사용)은 이런 이야기를 필자에게 들려주었다.

"1939년 12월경 남만에서 동만을 거쳐 북만의 5군으로 이동할 때, 우리 중대는 산속에서 토벌대에 쫓겨 다니다가 나중에는 대원이 5명밖에 남지 않았지만 우리는 밤에잘 때는 절대로 한데 뭉쳐 자지 않았다. 30리 밖에 망원초소를 설치하고 10리와 5리에 사이에도 1명씩 각각 배치하고 나면 2명이 남았는데, 이 2명이 함께 잤다. 그리고다음날 밤에는 이 2명이 다시 30리 밖 망원초소로 나갔다. 초소에서는 잘 때도 함부로 앉거나 드러눕지 않았다. 만주의 겨울날씨가 얼마나 추운지 잘 알지 않는가. 움직이지 않고 가만있다가는 잠깐 사이에 얼어 죽고 만다. 후에 왕 참모장이 우리한테 서서 자는 법을 알려주었는데, 보초를 설 때도 반드시 늙은 고목을 찾아 그 위에 올라가 주위 동정을 살피라고 했고, 졸음이 와서 참을 수 없으면 그 고목에 잔등을 붙인채로 바람을 등지고 서서 똑바로 앞을 바라보며 잠깐 눈을 감고 잠을 자라고 했다. 고목 속에서 따뜻한 기운이 나오기 때문에 얼어 죽지 않을 수 있었다."[153]

이것이 바로 김성주의 참모장 왕작주가 가르쳐준 것들이었다.

그 춥고도 길었던 산속의 겨울밤들을 무난하게 이겨내게 했던 이런 좋은 비법들이 김성주의 회고록에서는 전혀 설명되지 않는다. 하긴, 왕작주라는 이름자체가 그의 회고록에서는 단 한 번도 튀어나온 적이 없으니 말이다.

맹위원장 최성학 등 9명과 함께 반란군 우두머리 전보흥(錢輔興, 삽두만평강보안 5중대장)에게 살해당했다. 항일열사로 추승되었다.

153 취재, 장봉명(張鳳銘, 가명) 중국인, 항일연군 생존자, 취재지 통화, 1993.

3. 만순 정전육

　서괴무와 함께 서강 10연대 주둔지로 온 왕작주는 옛 평일군 대원들을 훈련 시키는 한편, 30명쯤 되는 참모장 직속 기동부대를 따로 만들었다. 동강에서 돌아올 때 김성주가 마련하여 보내준 여름군복을 이 30명에게만은 지급하지 않고 여전히 평일군 때의 옷을 그대로 입고 있게 했다. 왕작주는 이 30명을 10명씩 3조로 갈라서 임무를 주고 주둔지 밖으로 내보냈는데 2, 3일 뒤 속속 돌아와서 보고했다.

　"청산호는 여전히 해청령 산속에 들어앉아 거의 밖으로 나오지 않습니다."

　"만순은 최근에 어린 여자아이를 하나 구해서 결혼한다고 합니다. 각 지역 무장토비들한테 결혼잔치에 참가하라고 초청장을 돌리는 모양입디다."

　김성주는 회고록에서 '만순'에 대해 이렇게 회고한다.

　"만순은 첫눈에도 쉰 살이 훨씬 넘어 보이는 사람이었다. 아편에 중독되어서인지 눈빛이 맑지 못했다. 그는 나를 만나자마자 이런 말부터 앞세웠다.

　'우리 반일부대 병사대중은 모두가 한결같이 왕 가놈을 없애준 김 사령을 세상에 둘도 없는 은인으로 여기고 있습니다. 나는 김 사령께 감사를 드리고 겸하여 사령과 형제의 의를 지니고 싶은 마음을 전하자고 찾아왔소이다. 청컨대 김 사령은 내가 지난날 노망하여 섭섭하게 굴던 일은 다 잊어버리고 먼 길을 마다하지 않고 찾아온 이 마음을 너그러이 헤아려 나와 쟈쟐리[154]를 무어주었으면 합니다.'

154　'쟈쟐리'란 중국말로 加家里, 또는 加敎里로 불리던, 1930년대 만주에서 유행했던 종교단체의 하나다. 마적과 토비들이 이 단체의 교리를 모방하여 한 가족이 되는 의식을 치르곤 했다. 후에 변질하여 토비들은 여자를 납치하여서는 먼저 우두머리가 데리고 살다가 부하들에게 나눠주어 가정을 이루게 하였다. 주로 길림성 돈화, 교하 지방에서 한때 극성을 이뤘으며 1970년대까지도 농

만순의 요청은 한동안 나를 망설이게 했다. 나는 지난 시기 우 사령이나 오의성과 공동전선을 실현할 때 제기했던 몇 가지 조건들을 들면서 그것을 수락한다면 쟈쟐리를 뭇는 데 대해 생각해보겠다고 말했다. 그 조건이란 반일부대가 우리와 친교를 맺고 우군으로 지내야 한다는 것, 일제에게 절대로 투항 귀순해서는 안 된다는 것, 인민들의 재물을 빼앗는 일이 없어야 한다는 것, 우리의 공작원이나 연락원들을 적극 보호하여야 한다는 것, 우리와 정상적으로 정보교환을 해야 한다는 것 등이었다. 뜻밖에도 만순은 그 모든 조건에 대하여 기꺼이 동의해 나섰다. 그는 내가 제기하는 조건에 대하여 보충적인 설명을 가할 적마다 머리를 끄덕이며 빈번히 '달' 자를 넣어 '달견'이요 '달통'이요 하면서 찬의를 표시했다. 결국 우리는 단 몇 시간 사이의 상면으로 공동전선을 맺고 우리 양군은 서로 우군이 되었다. 만순은 그 후 우리와의 언약을 한 번도 저버리지 않았다."

여기서 만순이 언약을 한 번도 저버리지 않았다고 한 주장은 전혀 사실이 아니다. 또 만순의 나이가 "첫눈에도 쉰 살이 훨씬 넘어 보이는 사람이었다."는 설명도 정확하지 않다. 아마 김성주 본인은 물론이거니와 북한의 당 중앙 역사연구소 관계자들도 만순에 대하여 다만 그의 부대 명호(名號)가 '만순'인 것 말고는 우두머리의 본명이 무엇이며 어디에서 태어났으며 실제 나이가 얼마였는지에 대해 전혀 알지 못하는 것이 분명하다.

더욱 엄중한 것은 만순 부대의 우두머리였던 정전육(丁殿毓)이 나중에 항일연군을 배신하고 일본군에게 투항했을 뿐만 아니라 정전육 본인은 1939년에 임강현 12도구에서 만주국 치안부의 직속관할 경무사 특별공작반에 참가하여 전문

촌에서는 이런 풍습이 계속 전해졌다.

적으로 항일연군을 토벌하고 귀순시키는 일에 종사했다는 것이다. 이 특별반 책임자가 바로 조선인 친일파로 유명한 김창영(金昌永)[155]이었다.

아직 마흔도 되지 않았던 정전육에게는 아주 수상한 기호(嗜好)가 있었다. 1936년에 정전육은 벌써 열몇 번째 장가를 들었다. 그의 아내가 되는 여자들은 보통 10대 미만의 어린 소녀들이었는데, 한 몇 개월 데리고 살다가는 공을 세운 부하들에게 상으로 주어버리곤 했다. 때문에 정전육 부하들은 거의 대부분 자기 두령이 데리고 살았던 여자와 결혼했다.

만순이 결혼한다는 사실을 알게 된 왕작주가 서괴무에게 농을 걸었다.

"서 연대장 아내는 조선인이었다면서요? 그 분이 가신 뒤엔 왜 재혼하지 않습니까?"

"아주 무서운 여자였는데, 그 뒤로 여자라면 질리오."

서괴무의 대답에 왕작주가 권했다.

"세월도 꽤 흘렀으니 다시 장가 드십시오. 제가 여자 하나 구해드리지요."

"장가 들 것 같으면 나보다는 훨씬 젊은 참모장이 먼저 장가 들어야 하지 않

---

155 김창영(金昌永, 金光昌永, 1890-1967년) 교육자이자 일제강점기와 군정기의 관료 겸 경찰 간부였다. 중일전쟁 당시 만주국에서 항일운동가 및 사회주의자 귀순과 첩보 검거 담당자로 활동했다. 해방 직후 초대 경성부윤(京城府尹, 서울 시장)과 1945년~1946년 제2대 경성부 부부윤(副府尹, 서울시 부시장)을 역임했다. 평안북도 강계군 공북 출신으로 1912년 관립평양고보 사범과를 졸업하고 교직에 있었으나, 1915년 평안북도 강계군청 사무보조원으로 옮겨 관료로 생활했고 1921년에는 다시 경찰관이 되어 1933년까지 평안도청 경무국 소속 경찰관으로 근무했다. 1933년 전북 금산군수, 전라남도청 참여관 겸 산업부장, 전라남도청 광공국장 등을 지냈다. 해방 직후 쓰지 게이고(辻桂五)가 사직하자 경성부윤에 선임되었다가 미군정 주둔 후 경성부 민정관으로 전임되었다. 1949년 반민특위에 기소되면서 만주 지역에서의 독립운동 탄압 사실이 드러났고, 공민권 정지 3년형을 선고받았다. 그해 7월 31일 징역 1년형을 선고받고 1949년 10월 석방되었다. 1952년 충청북도 영동중학교의 교사로 잠시 지냈고, 6·25전쟁 이후 서울 동대문구 돈암동에서 성북구 정릉동으로 이사했다. 1967년 정릉동 자택에서 사망했다.

겠소. 그러면 내가 혼수를 장만해서 참모장의 장가 드는 일을 성심껏 도와드리
겠소.”

이런 농담을 한바탕 주고받은 두 사람은 다시 머리를 맞대고 한참 소곤거렸
다.

그로부터 며칠 후 왕작주가 파견한 30여 명의 기동대는 서강의 대토호 왕병
연(王炳淵)의 집을 습격했다. 무송경찰대 대대장 왕영성이 바로 왕병연의 아들이
었다.

김성주는 회고록에서 왕영성의 이름을 알지 못하여 다만 ‘무송의 왕가 대장’
이라고만 소개한다. 또 만순 부대는 1,000여 명이나 된다고 소개하는데, 이 역시
전혀 사실이 아니다. 만순에서 부두목을 하다가 후에 정전육이 산채를 늘리면
서 만순 산하의 ‘쌍룡’으로 분가했던 장청일(張淸一)이라는 노인이 해방 후 무송
현 북강진에서 살다가 과거 그에게 살해된 피해자 가족이 정부에 그를 고발하
는 바람에 공안기관에 붙잡혀 진술[供词] 자료를 남겼는데, 그 자료에 의하면 장
씨도 정전육이 데리고 살았던 여자를 넘겨받아 결혼했다.

필자는 1988년에 장청일을 만났는데, 그의 나이가 고작 예순 남짓했다. 그때
자기 아버지가 정전육의 오랜 부하였고 어머니는 정전육의 서너 번째 아내였다
가 아버지에게 넘겨졌다는 이야기를 처음 들었다.

“나처럼 부모가 모두 마적이고 태어날 때부터 마적이었던 아이들이 ‘만순’ 부대에는
아주 많았다. 자라면서 따로 어디 갈 데가 있겠는가. 그냥 아버지 뒤를 따라 마적이

되고 마는 수밖에 없었다. 우리는 모두 만순의 자식들이나 다름없었다.'**156**

장청일은 만순이 산채를 확충하면서 해청령의 청산호를 쫓아내고 그곳에다가 쌍룡이라는 명호의 산채를 새로 만들 때 '포우터우(砲頭, 우두머리의 한 사람)'로 임명되었다. 때문에 청산호에 대해서도 아주 잘 알고 있었다. 청산호가 항일연군에 참가하게 된 경위도 자세하게 설명해 주었다.

"그런데 왜 만순은 끝까지 항일연군에 참가하지 않았는가?"

"만순도 한때는 항일연군에 참가하려고 했다. 김일성 부대가 무송현에 들어오기 전에 만순은 양정우의 제1군과 합작했던 적이 몇 번 있었다. 그래서 양정우로부터 항일삼림대 대대장으로 임명되기도 했다. 양정우는 정전육에게 만순 부대 안의 '사량팔주(四梁八柱)'**157**를 없애고 항일연군식으로 부대 조직을 개편할 것을 권고했으나, 정전육의 부하들이 말을 들으려 하지 않았다. 때문에 만순도 어쩔 수가 없었다. 만순은 가끔 자기가 필요할 때는 항일연군과 손잡기도 했으나 마지막까지 항일연군으로 편성되지는 않았다. 당시 항일연군이 무장토비들을 받아들이는 첫 번째 조건이 바로 부대 안에서 사량팔주를 사용하지 말라는 것이었다.

무송 지방에서는 만순의 세력이 가장 컸기 때문에 다른 무장토비들이 가끔 만순의 이름을 대고 부잣집을 습격했던 일이 종종 있었다. 그런데 다른 무장토비 세력이 점

---

156 취재, 장청일(張清一) 중국인, 마적 경력 생존자, 1930년대 무송 지방에서 활동했던 포우터우(砲頭), 취재지 무송, 1988.

157 만주의 마적과 토비들은 부하들의 직책과 권한을 '사량팔주(四梁八柱)' 즉 '네 개의 들보와 여덟 개의 기둥'으로 표현했다. 사량(四梁)이란 1 탁천량(托天梁), 2 정천량(頂天梁), 3 응천량(應天梁), 4 순천량(順天梁)이고 팔주(八柱)란 1 소청주(扫清柱), 2 한심주(狠心柱), 3 백옥주(白玉柱), 4 부보주(扶保柱), 5 삽첨주(插签柱), 6 체신주(递信柱), 7 방외주(房外柱, 花舌子), 8 방문주(房門柱)였다. 이외에도 또 기찰(稽察), 재무(帳房)를 주관하는 직책도 따로 설치되어 있었다.

차 커지면서 만순 산채들이 위협받기 시작했다. 특히 돈화에서 들어온 '평일군'이 제일 먼저 항일연군에 참가하면서 항일연군을 등에 업고 만순을 공격했다. 이에 만순은 원래 부하들이었던 '국보', '동승', '쌍룡' 등 산채들까지 모조리 동원하여 평일군과 전투를 벌였다. 그 외 다른 무장토비들, 예를 들어 '만군'이나 '압오영' 같은 부대들은 누가 이길지 구경만 했다. 모두 평일군이 금방 소멸될 것으로 짐작했다. 왜냐하면 평일군은 겨우 150여 명밖에 안 되는 데다 저 먼 연길 지방에서 옮겨왔다 보니 이 바닥에는 그들을 돕는 세력이 별로 없었다.

그러나 평일군이 항일연군에 참가했기 때문에 당시 동강진에 나왔던 항일연군 김일성 부대가 뒤를 봐주었는데, 나중에는 김일성 본인이 직접 평일군에 와서 서괴무를 도와 전투를 지휘했다.

1936년 6월 한 차례 전투는 해청령에서 발생했다. 만순의 명령을 받들고 내가 소속되었던 쌍룡 부대가 해청령을 차지하고 해청령의 원래 주인이나 다를 바 없었던 '청산호'를 쫓아냈기 때문이다.

청산호는 해청령에서 쫓긴 다음 만순과 싸워서는 이길 수 없음을 알게 되자 전략을 바꾸어 아편과 예쁜 여자들을 구해다가 만순에게 바치는 방법으로 해청령을 되찾으려고 했다. 그런데 한 번은 청산호가 빼앗아왔던 어린 여자아이 둘이 무송경찰대 대대장 왕영성의 할머니가 친딸처럼 곁에 두었던 몸종이었다. 청산호는 급해지자 만순이 시켜서 한 짓이라고 소문냈고, 만순은 만순대로 자기는 모르는 일이라고 잡아뗐지만 왕영성은 청산호보다 만순을 먼저 공격하기 시작했다. 만순의 세력이 아무리 강해도 일본군과 만주군 정규부대까지 이끌고 달려드는 왕영성을 당해낼 수 없었다. 급했던 만순은 항일연군에게 도움을 청할 수밖에 없었다."[158]

158 취재, 장청일(張淸一) 중국인, 마적 경력 생존자, 1930년대 무송 지방에서 활동했던 포우터우(砲頭), 취재지 무송, 1988.

장청일은 자신이 직접 김성주와 만났다고 주장했다.

"그때 편지를 어떤 식으로 전달했으며, 김일성이 어디에 있는지 어떻게 알았는가?"

"김일성은 서강의 평일군에 와 있었다. 내가 직접 평일군에 찾아가서 서괴무에게 편지를 전했는데, 서괴무의 소개로 김일성에게 인사도 건넸다."

"그때 만나 보았다는 항일연군의 김일성이 지금 북조선 김일성이 맞나?"

"아니, 전혀 닮지 않았다. 내가 만나서 인사를 건넸던 김일성은 우리 중국 사람 같았다. 나이는 아주 젊었다. 만순의 편지를 서괴무에게 주었더니 서괴무는 보지도 않고 바로 곁에 있던 김일성에 넘겨주었다."

처음에 이 이야기를 들었을 때 필자도 몹시 놀랐다.

그때까지는 아직 왕작주의 존재를 제대로 알지 못할 때였다. 나중에 세상에 나온 김성주 회고록에서는 물론이거니와 중국에서도 왕작주에 대해 제대로 소개하지 않았기 때문이다.

그러다가 필자는 김일성 곁에 왕작주라는 중국인 참모장이 있었다는 사실을 처음 알려준 항일연군 제2군 6사 8연대의 연고자 장봉명(張篷銘, 가명)[159]과 만나러 통화에 갔다. 그는 이렇게 말했다.

"김일성의 파견으로 서괴무 부대로 내려가 있었던 사람은 왕작주였다. 그가 얼마나 김

159　장봉명(張鳳銘, 1914-1997년) 길림성 무송현 동강진에서 출생하였으며, 1936년 항일연군에 참가하여 6사 8연대 대원이 되었다. 장봉명은 1960년대 이후 개명한 이름이며, 1980년대에 각가 반석현 석취진(石嘴鎮)과 통화현 삼과유수진(三棵楡樹鎮)에서 살았다. 장 씨 본인과 가족들은 모두 실명을 밝히는 것을 원하지 않았다. 2군 6사 10연대와 8연대에서 복무했다. 문화대혁명 기간에 반역자로 몰렸으며 7년간 감옥살이를 하였다. 출옥할 때는 역사반혁명분자로 규정되었으나 1984년에 시정되었으며 항일간부로 대우받다가 1997년 83세의 나이로 사망했다.

일성의 신임을 받았던지 그냥 김일성의 분신이라고 보면 된다.”

“그러면 만순과 김일성 사이에 오갔다는 편지도 사실은 이 왕작주와 주고받은 것으로 이해해도 되는가?”

“사실이 그렇다. 당시 김일성은 평일군에 와 있지 않았는데, 만순의 편지를 전달했다는 사람은 김일성을 만나러 평일군에 찾아가곤 했다지 않나.”[160]

이상에서 알 수 있듯이 서강에서 ‘김일성’ 행세를 하고 다녔던 사람은 다름아닌 김성주의 참모장 왕작주였다. 김성주가 회고록에서 만순에게도 보내고 ‘왕가대장’에게도 보냈다는 편지들은 모두 왕작주가 서괴무의 제10연대에 와 있으면서 김성주 이름을 대고 벌인 작품들이었다.

그러면 장청일이 소개하는, 만순의 부하 동승(녕소숭)을 직접 총으로 쏘아 죽였다는 그 항일연군 연대장은 누구였을까? 도리대로라면 제10연대(연대장) 서괴무일 가능성이 아주 크지만, 장청일은 만순과 김일성(왕작주) 사이에서 편지 심부름을 하면서 서괴무의 얼굴을 본 적이 있었다.

“며칠 뒤에 김일성이 만순을 돕겠다고 약속하고 한 연대를 파견했는데, 연대장이란 작자가 왕영성과 싸우자면 만순과 청산호가 서로 화해부터 하는 것이 좋겠다고 건의했다. 이에 양쪽에서 모두 화해할 의향이 있다고 하자 김일성은 모월 모시 모지점으로 만순의 두령 정전육과 청산호의 두령 공배현에게 모두 와달라고 편지를 보내왔더라. 그런데 그날따라 정전육이 점쟁이를 불러 점을 쳐보고는 본인이 직접 가지 않고 대신 녕소숭(寧紹崇, 동승부대東勝部隊 포우터우)을 보냈다. 김일성이 파견했다는 연대장이란

160 취재, 장봉명(張鳳銘, 가명) 중국인, 항일연군 생존자, 취재지 통화, 1993.

자가 만순의 두령이 직접 오지 않고 수하의 포우터우를 내보낸 것에 불만을 품고 한 바탕 욕설을 퍼부었다. 그 바람에 '동승(녕소숭)'도 화가 나서 몇 마디 대들었다고 하더라. 그랬더니 연대장이란 작자가 댓바람에 권총을 뽑아들어 단방에 동승을 쏘아죽이고 말았다."[161]

장청일은 이 항일연군 연대장이 누군지 모르고 있었다. 그의 설명대로라면 이 항일연군의 연대장은 구국군 출신 손장상이나 전영림일 가능성이 있어 보인다. 두 사람 다 '김일성 부대'로 호칭되기도 했던 제3사 산하 연대장들이자 중국인이기 때문이다.

그런데 사실 김성주는 이런 연대장을 파견했던 적도 없거니와 실제로 '김일성'의 이름으로 만순과 편지를 주고받은 사람도 그의 참모장 왕작주였다. 또 항일연군 입장에서 볼 때에도 항일 무장토비들의 도움이 절실하게 필요한 시절에 두 무장토비 사이를 화해시키러 왔다는 항일연군 간부가 연회석상에서 어느 한 편을 들어 다른 한 편을 사살했다는 자체가 난센스에 가깝다.

만약 손장상이나 전영림이 아니라면 의심스러운 사람은 항일연군 제3사 10연대 연대장인 서괴무밖에 없는데, 장청일은 이미 서괴무와 여러 번 만나 아는 사이였고 김성주와도 만났던 적 있었다고 주장한다. 그렇다면 평일군말고도 따로 김성주가 파견하였다는 항일연군 연대장은 과연 누구였을까?

필자는 길림성 당안관의 관련 문서를 모두 뒤졌다. 그러고도 부족해 무송으로 가서 선인교진 산하의 농촌마을들을 돌아다니면서 조사했다.

김성주는 회고록에서 이때쯤 일을 이렇게 이야기한다.

---

161 취재, 장청일(張淸一) 중국인, 마적 경력 생존자, 1930년대 무송 지방에서 활동했던 포우터우(砲頭), 취재지 무송, 1988.

"나는 김산호를 불러 날쌘 싸움꾼을 한 30명 정도 골라가지고 10연대에 가서 그 연대
대원들과 함께 왕가 대장을 징벌하라는 과업을 주었다."

하지만 김성주가 '왕가 대장'으로 기억하는 왕영성의 무송경찰대대를 소멸했
던 전투와 김산호는 아무런 관련이 없음을 100% 단정할 수 있다. 『서강진향지
(西崗鎭鄕志)』와 민국 시절 한차례 편찬된 『민국 무송현지(民國撫松縣志)』, 2013년
판 『참향문사(參鄕文史)』 제1집에도 이때 일들이 종종 등장하는데, 김산호 이름
대신 서괴무와 함께 느닷없이 마덕전 이름이 불쑥불쑥 등장해 놀라지 않을 수
없었다.

따라서 필자는 만순의 요청을 받고 평일군과 중재하러 왔다가 만순을 대신
해 중재 장소에 나타났던 '동승' 두령 녕소승을 쏘아죽인 사람은 마덕전일 가능
성이 굉장히 크다고 본다. 비록 마덕전과 여러 차례 만났지만, 이때 일을 물어본
적이 없었기 때문에 이런 판단 역시 당시 자료와 증언자들의 증언 및 회고담들
을 규합하여 얻어낸 결과에 근거했다.

장청일이 들려주었던 이야기 가운데는 이런 일화도 한 토막 들어 있었다.

"왕가가 죽은 다음에도 또 누군가가 만순 이름을 대고 왕가의 어린 아들을 납치한 적
이 있어서 청산호가 그 아이를 찾아다가 되돌려주었다. 왕가의 아버지가 고맙다고 술
상을 차려 청산호와 평일군 두령들을 집으로 초대했다. 그런데 서괴무를 따라왔던 부
하들 가운데서 낯익은 얼굴을 발견한 왕가네 집 하녀 하나가 놀라 비명을 지르면서
뒤로 넘어지기까지 했다. 서괴무의 부하들 중에 왕가 아들 납치범이 있었기 때문이
다. 이 일로 청산호와 평일군은 서로 얼굴을 붉히면서 싸웠고, 하마터면 총부리까지

겨눌 뻔했다. 그러나 평일군의 세력이 원체 큰 데다가 김일성이 뒤를 봐주고 있었기 때문에 청산호는 하는 수 없이 수모를 참고 돌아갈 수밖에 없었다.”[162]

이는 나중에 청산호가 서괴무의 제10연대에 참가하지 않고 2년 뒤인 1938년 10월에 동강 우초구(牛草沟)에서 정빈(程斌)정진대와 싸우다가 부대가 모조리 전멸당하기 직전까지도 줄곧 마덕전의 제9연대와 함께 했던 사실과 부합한다.

청산호 두령 공배현(公培顯)[163]은 원래 서괴무의 평일군에 참가할 계획이었으

---

162 상동.

163 공배현(公培顯, 1901-1938년) 중국인이며 무송현에서 출생했다. 아버지가 사냥꾼이었는데, 공배현도 어려서부터 아버지를 따라다니면서 사냥을 배웠다. 1931년 만주사변 이후 우연히 '동변도(東邊道, 안동, 통화, 봉성 등 지역)' 친척집에 놀러갔다가 탄광노동자와 농민으로 구성된 항일의용군이 일본군과 싸우는 것을 목격하고 크게 감동을 받았다. 그는 무송으로 돌아와 평소 친하게 지내던 친구들과 모의하여 무송현성에서 경찰을 습격하여 총 두 자루를 빼앗았다. 이 일로 무송경찰대 대대장 왕영성과 앙숙 간이 되고 말았다.
공배현은 이 총 두 자루로 1931년 11월 정식으로 '청산호' 깃발을 내걸었는데, 불과 한 달 사이에 100여 명의 부하들을 긁어모았다. 그들은 무송, 임강, 휘남, 장백, 몽강, 화전 일대에서 일본군과 만주군을 공격했고, 부자들의 집도 털었다. 한때 세력이 커졌을 때는 부하가 300여 명에 가까울 때도 있었다. 그러나 1936년에 접어들면서 일본군을 대동한 왕영성의 경찰대와 싸우다가 여러 번 낭패를 보았고, 또 무장토비들과 지역 다툼을 벌이다가 연이어 패하는 바람에 부하가 60여 명으로까지 줄어들기도 했다.
여느 무장토비들과 달리 청산호는 일본군과 만주군, 무송현 경찰대대와 싸우는 마적이었기 때문에 중국공산당 무송 지방조직에서는 그를 공산당 부대로 개조하기 위해 노력했으나 번번이 성공하지 못했다. 그러던 중 항일연군 제2군 3사 10연대로 편성된 서괴무의 평일군이 돈화에서 무송현 서강진으로 옮겨오면서 청산호의 숙적이었던 왕영성의 무송경찰대를 섬멸하였다. 이것이 인연이 되어 공배현은 항일연군에 참가했다. 1936년 8월 17일에 2군 3사가 무송현성전투를 진행할 때 공배현과 청산호의 옛 부하들도 모두 이 전투에 참가했다.
그 후 공배현 부대는 6사 제9연대(연대장 마덕전)에 소속되어 여전히 무송 지방에서 활동했다. 그의 부대 본거지였던 해청령과 대영(大營) 일대는 인구밀도가 높고, 임강과 송수진으로 통하는 교통요지였다. 그들은 여기서 오가는 행인들을 털거나 행상(行商)도 하면서 녹용, 인삼, 아편 등 귀중한 약재들을 구해서 무송현성에 들어가 팔아 쌀과 천을 마련하기도 했다. 그렇게 마련한 군수물자를 지속적으로 항일연군에 공급했는데, 1937년 9월부터 1938년 9월까지 한 해 동안에만 돈 169원과 담배 38상자, 옷 260벌, 신 100켤레, 금가락지 18개, 아편 630냥, 겨울 털모자 70개 외 각종 식품 8,000여 근을 항일연군에 공급했다.
1938년 10월에 공배현은 마덕진과 함께 동강진 우초구에서 '정빈정진대'와 전투하던 중 일본군 대

나 후에 청산호 이름을 대고 '왕가 대장(왕영성)' 아버지 집의 하녀 둘을 납치하여 만순에게 가져다 바친 것이 바로 서괴무의 부하들이 한 짓이라는 사실이 드러났기 때문이다. 이 일로 얼굴을 붉히고 헤어진 공배현과 서괴무는 두 번 다시 서로 보지 않았다.

4. 왕가 대대를 소멸하다

"거 참 일이 난감하게 됐구려."

서괴무는 김성주와 조아범이 직접 파견한 참모장 왕작주가 책임지고 벌인 일이라고 까발릴 수도 없어 그냥 허탈하게 웃고 말았다. 왕작주가 서괴무에게 말했다.

"원래는 서 연대장을 도와 청산호를 접수해버릴 생각이었는데, 예상 외로 공배현이 아주 총명하여 쉽게 꾐에 걸려들지 않으니 아무래도 다른 방법을 찾아야겠습니다."

"어떤 방법이 있소?"

"공 씨네 부하들이 모두 영용하고 싸움은 잘하나 지금은 60여 명밖에 안 되니 숫자가 너무 적습니다. 차라리 청산호보다는 만순 부대를 접수하는 게 더 좋을 것 같습니다."

"만순은 능구렁이로 소문난 영감인데, 쉽게 넘어올까요?"

부대에 포위되고 말았다. 공배현은 마덕전의 9연대 주력부대를 빼돌리기 위하여 뒤에 남아 엄호하다가 정빈정진대에 생포된 뒤 처형당했다. 중국 길림성 정부에서는 공배현을 항일열사로 추증했다.

"만순은 없애 버리고 나머지 부하들 가운데 절반만 데려와도 그 병력이면 3개 중대를 편성할 수 있지 않겠습니까."

"아니, 만순을 없애 버린단 말이오? 그게 그렇게 쉽게 되겠소?"

"나에게 다 방법이 있으니 서 연대장은 아무 걱정마시고 때가 되면 내가 시키는 대로만 해주시면 됩니다."

왕작주가 이처럼 자신만만하게 나오는데도 서괴무는 여간 불안하지 않았다.

"난 말이오. 김 사장에게 파견되어 내려온 참모장을 100% 신임하지만, 참모장이 맘대로 김 사장 이름까지 빌려서 무장토비들한테 편지를 보내는 일만은 마음에 걸리오. 이번에 청산호한테 왕가네 하녀와 아이까지 납치한 일이 다 들통나고 만 것처럼 언젠가는 김 사장 귀에도 이 일들이 들어갈 텐데 추궁당하면 어쩌려고 그러오?"

서괴무가 이처럼 걱정하니 왕작주가 말했다.

"김 사장이 모든 일을 나한테 위임한다고 약속했으니, 서 연대장은 너무 걱정하지 않아도 됩니다. 설사 꾸중당할 일이 생기더라도 내가 감당하겠습니다."

이렇게 서괴무를 안심시켰으나 서괴무는 진정이 되지 않는 표정이었다.

"저번에 내 부하들을 청산호의 무장토비들로 위장시켜서 왕가네 집을 습격한 일은 그렇다 치더라도 참모장이 함부로 김 사장인 것처럼 편지까지 보내는 것은 안 되오. 만순은 이 바닥에서 수십 년이나 왕초 노릇 해온 능구렁이요. 더구나 무송 바닥에 풀어놓은 염탐꾼이 한둘이 아니오. 그들이 지금은 장백과 임강, 화전, 몽강까지 널려 있지 않은 데가 없다오. 유용한 정보만 가져다주면 만순이 반드시 돈을 주니까 자청해서 염탐꾼 노릇을 하려는 사람들도 생겨날 지경이오. 그러니 더는 참모장이 가짜편지를 보내는 방법으로 무장토비들끼리 싸움을 붙이고, 우리가 그 사이에서 이익을 챙기는 그런 계책은 쓰지 않는 것이 좋겠소."

서괴무의 말에 왕작주는 몹시 불쾌했으나 참고 끝까지 서괴무를 설득했다.

"이보세요, 서 연대장. 나는 서 연대장에 비해 나이도 어리고 실전 경험도 별로 없지만, 군사에 대해서는 군사학교에서 전문적으로 배운 사람입니다. 지금 그 지식을 실전에 적용하는 중인데, 지금까지는 서 연대장이 별로 손해 본 것 없지 않습니까."

"그건 나도 인정하오. 그러나 만순을 상대로 이런 계책을 실행하다가 들통 나면, 결코 청산호처럼 그냥 얼굴이나 붉히고 넘어가지 않을 것이오. 그 후과는 상상하기 어렵소."

이렇게 왕작주와 서괴무가 의견을 통일하지 못할 때, 마덕전의 제9연대가 돈화에서 무송현 경내의 서강진으로 들어왔는데, 이는 위증민과 왕덕태가 양정우와 만나러 떠나기 앞서 무송현성을 포위하기 위해 수립한 작전계획에 따른 것이었다. 9연대는 아주 은밀하게 서강진으로 들어왔다. 대신 김성주는 위증민과 왕덕태가 양정우와 만나러 떠난 직후부터 바로 3사 주력부대가 무송현 경내에서 장백과 임강 쪽으로 옮겨가는 듯 행적을 노출시키면서 두도송화강에서 전투를 벌이고 다시 노령에서 전투하고 곧이어 서남차를 공격했다. 이때가 서강의 평일군에 파견된 왕작주가 김성주 분신 노릇을 하던 때였다.

"김일성 부대가 두도송화강에 나타났다고 합니다."

"어젯밤에 김일성 부대가 노령을 습격했습니다."

서강 해청령에서 청산호를 토벌하던 무송경찰대대로 이런 보고들이 속속 전달되자 왕영성은 어리둥절하여 한동안 갈피를 잡을 수 없었다.

"아니, 그러면 만순에게서 흘러나온 정보는 무엇이냐? 김일성이 여기 서강에 와 있다고 하지 않았느냐? 어떻게 하룻밤 사이에 수백리 길을 왔다 갔다 할 수 있단 말이냐?"

"혹시 압니까? '축지법'이라도 쓰는지."

만순에게 정보를 팔아넘기던 염탐꾼들은 무송경찰대에도 정보를 넘겨주곤 했다. 그런데 정보의 가치를 높이기 위해 자그마한 정보도 일단 이자들 손에만 들어가면 굉장히 부풀려지기 일쑤였다.

"김일성 고려홍군은 진짜로 축지법을 쓴다고 합니다. 어제까지 영안 경박호에서 김일성 부대를 본 사람이 한둘이 아니라는데, 오늘 아침에는 바로 할바령을 넘어 돈화에 나타났다고 하지 않습니까. 하물며 장백이나 임강이 우리 무송과는 별로 멀지도 않은데 날아오지 못할 이유가 없지요."

"이런 미친 놈 봐라, 그러면 김일성 부대가 정말 날아서 왔단 말이냐?"

왕영성은 김성주가 직접 서강에 와 있다는 염탐꾼들의 정보를 믿지 않고 청산호를 공격하다가 배후에서 엄습해온 서괴무의 평일군에 섬멸되고 말았다.

김성주는 회고록에서 자기가 파견했던 30여 명으로 구성된 소부대가 김산호의 인솔하에 황니허자 뒷산에서도 왕가대대를 섬멸시켰다고 회고하지만, 이는 『무송현지』의 기록뿐만 아니라 당시 이 전투에 참가했던 연고자들의 회고담과 전혀 부합하지 않는다. 우선 왕영성의 경찰대대가 섬멸당했던 장소부터 다르다. 황니허자의 뒷산이 아니다.

『무송현지』에는 이렇게 기록되어 있다.

"평일군에서 파견한 왕씨 성 참모가 청산호의 공배현을 몰래 찾아가 왕영성이 습격해오면 맞받아 싸우는 척하다가 패배하고 삼도묘령(三道廟岭) 쪽으로 유인하라고 일러주었고, 평일군을 두 갈래로 나눠 한 갈래는 삼도묘령 쪽에 미리 매복하고 다른 한 갈래는 왕영성 배후를 미행하게 했다."

왕영성의 무송경찰대대는 끝까지 청산호를 뒤따라가도 매복에 걸려들게 되어 있었고, 도중에 추격을 그만두고 돌아서도 그 뒤를 미행하던 평일군과 맞부딪히게 되어 있었다.

"그런데 유인책에 걸려들지 않고 도중에 멈춰 버리면 어떻게 해야 하오?"

공배현이 묻자 왕작주가 대답했다.

"그런 걱정은 마십시오. 그자들은 공 두령 부대인 것을 아는 이상, 절대로 멈추지 않고 끝까지 쫓아올 것입니다."

그는 자신만만하게 일러주었다.

"그러나 만에 하나라도 정말 도중에 멈춰 버리면 공 두령 부대도 달아나지 말고 곧바로 왕가 부대를 공격하십시오. 제가 직접 평일군 한 갈래를 데리고 왕가의 경찰대대 뒤에서 미행하겠습니다. 경찰대대가 한 놈도 빠져나가지 못하게 그자들의 뒷길을 끊어버리겠습니다."

아닌 게 아니라 왕영성의 무송경찰대대는 해청령에서부터 삼도묘령까지 부득부득 청산호 뒤를 쫓았다. 그동안 왕작주가 보낸 평일군 기동대가 청산호의 무장토비들로 위장하고 자신의 아버지 왕병연의 집을 습격한 적이 있었기에 왕영성은 청산호라면 두 눈에 쌍심지를 켜고 달려들었다. 얼마나 기세 사납게 뒤를 쫓아왔던지 청산호의 무장토비들은 삼도묘령 인근의 한 산속에서 서괴무의 평일군과 만났지만 함께 싸울 생각도 못하고 줄곧 달아나기만 했다고 한다. 나중에 서괴무가 공배현에게 사람을 보내 "왕영성을 죽여 버렸으니 걱정 말고 어서 돌아오라."고 연통했다.

공배현은 반신반의했으나 삼도묘령으로 돌아와 직접 왕영성 시체를 확인하고는 너무 기뻐서 어쩔 줄을 몰라했다.

"역시 공산당의 항일연군은 대단하오."

"이참에 청산호도 평일군과 함께 항일연군에 참가하는 것이 어떻겠습니까?"

왕작주가 넌지시 의향을 타진했다.

"만순에게 빼앗긴 해청령까지 찾아주시면 나도 반드시 항일연군에 참가하겠소."

"장부는 일구이언하지 않는 법입니다. 해청령을 찾아주면 항일연군에 참가하겠다고 한 약속을 꼭 지키십시오."

왕작주도 기뻐서 다시 다짐을 두었다.

"그렇소. 꼭 지키겠소."

김성주는 회고록에서 이때 일을 이렇게 회고한다.

"왕가 대장(무송경찰대대 대대장 왕영성)이 녹아났다는 소문을 듣자 도처의 반일부대 지휘관들은 김산호를 찾아와서 왕가의 머리를 자기들에게 팔아달라고 요청했다. 지난날 수많은 반일부대 장병들의 머리를 베어 달아놓았던 왕가의 악행에 대한 앙갚음으로 그의 머리를 천하가 다 볼 수 있게 무송의 성문 높이 매달겠다는 것이었다. 나는 김산호에게 왕가의 시체를 머리칼 한 오리 다치지 말고 무송현 경찰대에 가닿게 하라고 지시했다. 그 후 우리는 왕가 대장의 장례식이 요란스럽게 진행되었다는 소식을 들었다. 그 장례식이 또한 우리 군대에 대한 소문을 더 크게 해주었다. 적들 속에서는 우리 혁명군과 맞서서는 죽음밖에 차례질 것이 없다는 소문이 널리 퍼져갔다."

참으로 사실과 다른 이야기이다. 실제로 서강에서 김성주 역할을 맡았던 중국인 참모장 왕작주와 무송경찰대대를 소멸하고 대대장 왕영성까지 사살했던 3사 10연대 연대장 서괴무, 그리고 후에 서강으로 들어와 이들과 함께 만순의 부대 '동승'을 소탕하고 해청령을 탈환했던 9연대 연대장 마녁선의 이름은 진혀 보이지 않는다.

왕영성의 무송경찰대대를 소멸하는 전투에는 서괴무의 제10연대 150여 명과 청산호 60여 명까지 합치면 자그마치 200여 명이 넘는 부대원이 참가했는데, 이는 당시 항일연군 군사편제로 보면 1개의 연대 병력과 맞먹는 숫자였다. 그럼에도 불구하고 김성주는 회고록에서 김산호가 소부대를 이끌고 가서 왕영성을 황니허자 뒷산으로 유인하여 사살했다고 주장한다.

오죽했으면 2000년에 『길림지감통신(吉林志鑒通訊)』을 편찬하는 작업에 참가하여 무송 지방사 부분을 담당했던 한 중국인 관계자 서중명(徐中明, 가명)은 필자에게 이렇게 말했다.

"나는 장금천(장울화의 아들)의 주선으로 북한에도 여러 번 갔다 왔고, 김정일도 만나 보았다. 때문에 남한보다는 북한을 더 좋아하며 김일성도 아주 존경한다. 그런데 무송현성전투를 전후하여 이 지방 항일 무장토비들과의 관계에 대해 회고한 김일성 회고록 내용들은 거의 전부가 사실이 아니다."[164]

그러면서 특별히 만순과 '왕영성'의 실례를 들었다.

"왕가(왕영성)는 원래부터 첩자였으니까 나쁜 자였는데, 만순은 왕가보다도 더 나쁜 자였다. 만순이 비록 항일연군과 함께 일본군과 싸운 적이 있지만, 그것도 나라와 민족을 위하여 일본군과 싸운 것이 아니다. 일본군을 한두 놈 죽였을지는 모르나 이자들에게 살해당한 백성이 훨씬 더 많았다. 이자들은 사람을 죽이고 불을 지르고 물건을

164　취재, 서중명(徐中明, 가명)『길림지감통신(吉林簽通訊)』편찬 참가자, 취재지 장춘, 2000.

빼앗는 등 나쁜 짓이란 나쁜 짓은 모두 골라가면서 했다. 후에 이자들은 일본군에 귀순하고 나서 그냥 양민으로 산 것이 아니고 전문적으로 일본군에 협력하여 항일연군을 토벌하러 다녔다."[165]

김성주 회고록이 중국인 역사학자들에게 비판받는 이유가 바로 이 때문이다. 만순처럼 지독하게 나쁜 무장토비에 대해 "만순은 그 후 우리와의 언약을 한 번도 저버리지 않았다."고 칭찬하고, 끝까지 일본군에 투항하지 않고 마지막까지 항일연군과 함께 싸우다 사망했던 청산호 두령 공배현과 한때 만순과 쌍벽을 이룰 정도로 유명했던 '만군'의 두령 유전무(劉殿武)에 대해서는 한마디 언급조차 없다. 서중명은 이렇게 자기 나름의 견해를 털어놓았다.

"김일성 본인뿐만 아니라 북조선 역사연구소 관계자들도 무송현성의 무장토비들에 대하여 제대로 알지 못하는 것이 분명하다. 그런데 모르면 그냥 얼버무려서 넘기거나 아예 건드리지 않는 것이 좋았을 것이다. 왕영성이 평일군의 서괴무에 의해 소멸된 것은 세상에 널리 알려진 일인데도 김일성은 서괴무 이름은 한마디도 입 밖에 내지 않고 느닷없이 김산호를 보내 죽여 버렸다고 했다. 항일연군과의 약속을 끝까지 지키고 죽을 때까지 일본군과 싸웠던 것은 만순이 아니라 만군(유전무)과 청산호인데도 김일성은 회고록에서 변절한 뒤 일본군을 도와 항일연군을 토벌하러 다니다가 결국 항일연군에 의해 처단된 만순이야말로 '약속을 한 번도 저버리지 않았다.'고 거꾸로 칭찬하고 있다."[166]

---

165 상동.
166 상동.

이렇게 비난을 퍼붓는 사람들이 한둘이 아니었다. 처음에는 필자도 어안이 벙벙하지 않을 수 없었다. 그러나 만순의 내막에 대해 자세하게 알고 보니 참으로 기가 막힐 노릇이 아닐 수 없었다.

여기서 잠깐 1930년대 무송 지방에서 제일가는 항일 무장토비였던 만순에 대해 파고 들어가 보자.

5. 고안을 치료한 마부

만순이라는 이 무장토비 이야기는 1932년 6월로 되돌아가서 시작된다.

당시 설립된 지 얼마 되지 않았던 요령민중자위군 산하 고덕륭(高德隆) 여단이 무송현성을 공격하려고 서강진의 해청령 부근에 주둔하고 있었다. 고덕륭은 과거 압록강진수사(鴨綠江鎭守使) 겸 통화 5현(통화, 집안, 임강, 무송, 장백) 연방사령(聯防司令)을 맡은 적 있는 구동북군 군인이었고, 기병대 대장 출신이었다. 1871년생으로 이 해에 나이가 예순셋이었지만, 고덕륭은 여전히 말을 타고 칼을 휘두르면서 전장에서 위용을 뽐냈다.

어느 날부터인가 고덕륭의 전용군마가 가끔 앞을 보지 못하면서 넘어지는 증상이 나타났다. 수의사에게 물어보았지만 모두 병이 없다고 하여 아마 실수로 넘어졌거니 생각했으나 점점 넘어지는 회수가 많아지더니 무송 지방에 도착했을 때는 사료도 먹기 싫어했고 눈에 띄게 여위기 시작했다.

"이것 참 큰일이네. 수의사들마다 병이 없다고 하는데 왜 이 모양인가?"

전투를 앞두고 고덕륭은 매일같이 이 군마 걱정에 사로잡혀 있었다. 고덕륭이 얼마나 이 말을 사랑했는지 부하들한테 이렇게 말했다고 한다.

"이 말이 죽으면 나도 살지 않으려네. 나를 말과 함께 묻어주게."

고덕륭의 부하들은 급하게 도처에서 수의사를 불러들였고, 그래도 낫지 않자 아주 먼 곳에까지 수의사를 구한다는 포고문을 붙였다. 누구든 고덕륭 사령관의 전용군마를 치료하는 사람에게는 엄청난 액수의 상금을 내린다는 포고문을 본 한 건달이 사령부로 찾아왔다.

"자네는 뭐하는 사람인가?"

건달의 행색과 차림이 하도 꼴불견이어서 모두 만나지 말라고 권했지만, 고덕륭은 급한 마음에 그 건달을 불러들였다.

"딱히 하는 일은 없고 그냥 이것저것 닥치는 대로 하면서 입에 풀칠하여 살아갑니다."

"이것저것이란 무엇인지 한두 가지만 예를 들어 보거라."

"사기치고 협잡하고 아편 팔고 물건 나르고 놀음방 타수(打手, 타짜)도 하고 그럽니다."

곁에 있던 고덕륭 부하들은 모두 기절초풍할 지경이었다.

"말을 치료해본 적은 있느냐?"

"제가 직접 치료해본 적은 없고 남이 치료하는 것을 구경한 적이 있습니다."

부관이 나서서 고덕륭에게 권했다.

"이렇게 형편없는 건달에게 사령님의 군마를 함부로 맡길 수 없습니다. 내쫓읍시다."

그러자 건달이 급하게 고덕륭에게 청했다.

"그냥 말을 가까이에서 한 번 보게만 해주십시오."

"그건 왜인가?"

"제가 전에 구경한 적이 있는 병든 말과 같은 증상이라면 치료해 보겠습니다.

같은 증상이 아니면 바로 돌아가겠습니다."

고덕륭은 건달에게 기회를 주기로 하고 부관을 대동한 채 그 건달을 군마장으로 데려갔다. 건달은 고덕륭의 군마 가까이에 다가가서 말의 눈을 살피더니 말했다.

"제가 이 말의 병을 치료할 수 있습니다."

"그게 사실이냐? 확실히 네가 본 적 있는 그 말과 같은 증상이란 말이냐?"

건달은 머리를 끄덕였다.

"이 말은 지금 '고안(箍眼)[167]'이라는 병에 걸렸습니다. 빨리 치료하지 않으면 죽습니다."

"무슨 약을 쓰면 되느냐?"

"약은 필요 없고 저한테 가위 하나 가져다주십시오."

"가위로 뭘 하려는 것이냐?"

"이 말 눈에 껍질(망막)이 한 꺼풀 덮여 있는데 이 껍질을 벗겨내면 됩니다."

건달의 대답에 고덕륭은 반신반의했다.

"내 군마가 사납다고 이름났느니라. 네가 함부로 가위를 들고 가까이로 다가갔다가는 필시 비명횡사할 것이다. 그건 내가 책임지지 않을 것이다."

"사령님, 지금 이 말은 눈에 덮여 있는 이 껍질을 벗겨주기를 애타게 기다리고 있습니다. 그러니 말을 묶어놓지 않아도 됩니다. 제가 가위를 들고 가까이 다가가도 군마는 아주 좋아할 것입니다. 두고 보십시오."

건달은 이렇게 자신하며 부관이 가져다준 가위를 들고 군마 곁으로 다가갔다.

---

167 고안(箍眼)은 수의학에서 고안장(箍眼障)이라고도 부르며 말이나 돼지, 양 등의 동물들이 걸리는 병이다. 눈동자가 부어오르면서 겉에 흰 막이 덮이는데, 보통 3개월가량에 걸쳐 진행되며 그동안 먹이를 먹지 않아 여위게 된다. 중국 민간요법에서는 칼이나 가위로 흰 막을 잘라 벗겨내고 담배 잎사귀를 덮어주면 하루나 이틀쯤 지나 바로 낫는다고 한다.

아닌 게 아니라 군마는 기다리기라도 했던 것처럼 한쪽 눈을 내밀고 서 있었다. 건달은 군마 눈 주변을 슬슬 어루만지면서 긁어주다가 손가락으로 말의 눈 가장자리를 찌른 다음 흰 껍질을 한 꺼풀 벗겨내 잡아당기면서 가위로 썩둑썩둑 잘라내기 시작했다.

그러자 말이 연신 푸르르푸르르 투레질을 해댔다.

"오라, 말이 좋다고 하는 것이 분명하구나."

"네, 맞습니다. 분명 누가 와서 이 눈 껍질을 벗겨주기만을 기다렸을 것입니다."

건달은 말의 다른 쪽 눈 껍질마저 가위질하고 나서 고덕륭에게 말했다.

"말이 이제는 아무 일도 없을 것이니 상이나 주시지요."

"그래 좋다. 상은 달라는 대로 줄 것이니 걱정 말고 우선 네 이름부터 말하거라."

"저는 정전육(丁殿毓)이라 하며 무송 남만 밖 정가점(丁家店)에 살고 있습니다."

"정전육아, 상금은 얼마면 좋겠느냐?"

"한 1년쯤 편하게 먹고 살도록 돈 100원만 주시면 좋겠습니다."

"그러면 1년 뒤에는 또 어쩔 것이냐?"

"그건 그때 가서 다시 보지요."

"돈은 달라는 대로 100원을 주겠다. 대신 내 부대 마부가 되거라. 그러면 매달 군량미도 받을 수 있을 것이니 부모를 모시는 데도 도움이 될 것 아니냐."

"아, 그럴 수만 있다면 사령님은 제 은인이나 다름없습니다."

정전육은 급기야 고덕륭 발 앞에 엎드려 큰 절을 올렸다.

무송현 남문 밖의 정가점에서 태어난 정전육은 어려서 일찍 부모를 여의고 집을 떠나 임강, 장백, 몽강, 화전 일대에서 떠돌이 생활을 했는데, 고덕륭 부대에 마부로 들어갈 때가 서른네 살이었다.

장가도 들지 못하고 혼자 살았던 정전육은 마부로 지내면서 총 쏘는 법을 배우고 슬슬 큰 꿈을 키워가기 시작했다. 3개월 뒤 일본군이 몰려오자 고덕룡 부대는 통화 쪽으로 달아났는데, 그때 정전육은 혼란을 틈타 말 10여 필과 총 여러 자루를 훔쳐서 정가점으로 돌아왔다.

정전육은 그동안 모아두었던 돈을 열 개의 주머니에 나눠 담아 말안장에 매달아놓고 정가점 젊은이들에게 호소했다.

"돈이 욕심나는 자는 누구든지 이 말에 오르라."

그 한마디에 수십여 명의 젊은이들이 앞 다투어 말에 올라탔다.

정전육은 말 하나에 둘셋씩 올라탄 젊은이들을 데리고 그날부터 바로 노략질에 나섰다.

어찌나 기세 사납게 세력을 확장해 나갔던지 불과 한두 달도 지나지 않은 사이에 정전육은 100여 명의 부하를 거느리게 되었다. 그동안 무송 지방에서 가장 큰 세력을 자랑하던 무장토비 만군까지도 함부로 어떻게 못할 지경이 되었다.

특히 만군은 원래 동북 항일구국군 남로군의 한 연대를 바탕으로 했기 때문에 전투력이 강했을 뿐만 아니라 두령 유전무 본인이 원래 무송현 동강진 경찰분서 서장이었다. 1932년 12월에 일본군이 무송현에 도착했을 때 현장 장원준과 경찰대대 대대장 왕영성, 경무국장 두구문이 함께 일본군에 투항하자 유전무는 동강진 경찰분서의 경찰 20여 명을 데리고 만군을 조직했던 것이다. 때문에 유전무의 만군은 무송 지방 백성들 사이에서 항일하는 부대로 평판이 아주 좋았다.

정전육이 자기 부대 이름을 만순으로 한 것도 만군과 쌍벽을 이루는 부대가 되기 위해서였다.

"반드시 1년 사이에 나는 만군을 넘어설 것이다."

이런 목표를 세운 정전육은 부대를 확충하기 위하여 백방으로 돈을 긁어모아 총과 탄약을 사들였다. 압록강을 넘나들면서 아편장사를 다니던 조선인들은 모두 정전육과 연계했다. 심지어 정전육의 상업 거점이 조선 국내 만포진에까지 들어가 있었다고 한다.

그러고도 돈이 모자라자 정전육 부대는 도처에서 사람을 죽이고 물건을 빼앗고 불을 지르는 데 둘째가라면 서러울 지경이었다. 정전육의 부하들은 말을 타고 질주하면서 이렇게 소리를 질렀다.

"우리는 만순이다! 살고 싶으면 물건들을 내놓아라!"

백성들은 만순이라는 소리만 들으면 손에 든 물건을 모조리 내려놓고 두 손으로 머리를 싸쥐고 땅바닥에 주저앉았다.

정전육 부대는 당시 만주의 무장토비들이 통일적으로 내걸었던 '3불(우체부를 겁탈하지 않고, 초상집 일행을 겁탈하지 않고, 결혼식장을 습격하지 않는다)' 원칙을 모조리 파괴했으나 세력이 하도 커서 다른 무장토비들도 수수방관할 수밖에 없었다.

이듬해 1933년 여름, 만순의 세력은 마침내 만군을 넘어섰다. 만순 이름을 내건 작은 산채들이 여러 곳에 생겨났는데, 무송현 경내의 동강(東崗), 북강(北崗), 삼도묘령(三道庙岭), 란니구자(乱泥溝子), 강가탕자(姜家趟子), 해청령(海青岭), 대영(大營, 대영촌 부근) 등 없는 데가 없었다.

이렇게 되자 무송현 경무과에서는 지방 경찰 힘으로는 이들을 도저히 제압할 수 없다고 보고 1933년 10월에 만주국 정부 치안부에 보고했다. 그러자 일본군 제77연대 산하 한 중대가 무송현성에 들어와 주둔했다. 이 일본군 중대는 무송현 정부를 도와 무송경찰대를 대대로 확충시키고 중국인 대대장 왕영성 곁에 시모카와 모토츠키(下川茂登次)라고 부르는 일본인 군사지도관 한 사람을 따로 파견하여 경찰들에 대한 대대적인 군사훈련을 진행했다.

또 각 진에 설치된 경찰분서 외에 전문적으로 경찰유격중대를 배치하여 장기 주둔시켰고, 경찰유격중대가 책임지고 관하의 농촌마을들을 '3촌 1단(三村一團)'으로 나누어 자위단을 조직하게 하고 총과 탄약을 제공했다. 당시 가장 유명했던 무송경찰 대대 산하 경찰유격대가 만량진의 이문산(李文山)경찰유격대(이문산대)와 북강진의 오현정(吳顯廷)경찰유격대(오현정대)였다. 그리고 경찰유격대 산하 가장 유명했던 자위단은 무풍동(武風桐)의 이청영(李淸榮)자위단(이청영단)과 만복촌(萬福村)의 송경운(宋慶雲)자위단(송경운단)이었다.

이들은 모두 일본군 정규부대에서 훈련받았기 때문에 일반 만주군보다 훨씬 더 전투력이 강했다. 1933년 12월에 만순의 작은 산채 하나가 이문산경찰유격대의 습격으로 무너졌다. 정전육 본인이 직접 부하들을 모두 이끌고 달려왔지만 북강진에서 달려온 오현정경찰유격대에 발목을 잡혀 오도 가도 못하고 있었는데, 이때를 틈 타 일본군 정규부대가 직접 왕영성 경찰대대를 앞세우고 만순의 본거지나 다름없는 서강진의 해청령으로 쳐들어왔다.

날고뛰는 만순이라 해도 일본군 정규부대가 들이닥치자 막아낼 수 없었다. 더구나 평소에 인심을 많이 잃어 다른 무장토비들은 수수방관하고 도움을 주려고 하지 않자 정전육은 악에 받쳐 소리를 질렀다.

"그래 좋다. 너희들이 나를 돕지 않으면 나는 공산당한테 가서 붙을 테다."

정전육은 즉시 편지 한 통을 써서 부하에게 줘 나얼홍으로 보냈다.

이 편지를 받은 사람은 다름 아닌 제1군 2사 사장 조국안이었다. 일찍이 만순을 항일부대로 끌어들이라는 양정우의 지시를 받고 조국안은 정전육과 몇 차례 편지를 주고받은 적이 있었다. 조국안이 보낸 편지 속에 "우리 양 사령이 당신을 아주 높이 본다."는 구절도 들어 있어서 정전육은 은근히 마음이 동하기도 했다.

"앞으로 양 사령 부대와 만나면, 절대 시비 걸지 말고 예를 갖추고 대하여라."

정전육은 부하들한테 이런 명령을 내리기도 했다.

일부 자료에 의하면, 만순 부대가 양정우의 권고를 받아들여 동북인민혁명군 제1군 산하의 한 대대로 편성된 적이 있었다고 한다. 정전육에게는 항일삼림대 대대장이라는 직책을 내렸다는데, 이 직책이 너무 낮다고 불만을 품은 정전육은 후에 1군과 연락을 끊고 지냈다.

그러나 1934년 12월에 만량진 산채가 통째로 날아가고 다시 북강진 본거지까지도 위협받을 때 해청령 산채가 또 습격당했다. 해청령을 차지한 것은 일본군이 아니라 같은 무장토비였던 공배현의 청산호였다. 원래 해청령은 청산호의 주둔지였으나 만순이 작은 산채를 갈라내오면서 부하 '포우터우' 장청일을 서강으로 보내어 청산호 주둔지였던 해청령을 차지했던 것이다.

장청일 산채는 만순에게서 갈라져 나와 쌍룡(双龍)이라는 이름을 달았는데, 쌍룡뿐만 아니라 동승(東勝, 넝소숭부대), 국보(國保, 한옥덕부대) 등 각자 이름을 단 산채들도 실제로는 모두 정전육 부하들이었고, 모두 만순이라는 큰 이름 아래 소속되어 있었다. 그동안 만순의 위세에 질려 기를 못 폈던 작은 규모의 무장토비들이 만순이 한창 일본군에게 공격당하는 틈을 타서 빼앗긴 자기 지역들을 되찾기 시작한 것이었다.

'이자들은 모두 내가 망하기만 바라고 있다. 그러니 공산당에게 들러붙는 방법밖에는 없다.'

이렇게 마음을 정한 정전육은 다시 편지 한 통을 썼는데, 이번에는 바로 양정우 앞으로 보냈다. 양정우는 조국안과 의논하고 만순을 도와주기로 마음을 정한 뒤 몇 가지 요구사항을 적어 편지를 보냈다.

"다른 일은 차후에 다시 의논하기로 하고 우선 부내 내의 사량팔주를 없애고 부하들에게 우리 혁명군과 같은 직책을 다시 부여해야 합니다. 그리고 모든 군사작전과 전투행동은 혁명군 지휘부의 결정에 따라야 합니다."

"어떤 요구든 다 들을 것이니 빨리 와서 우리를 구해주시오."

정전육은 급해서 양정우가 보내온 사람에게 말했다.

"그러면 두령님이 저희 요구를 다 받아들인 것으로 간주하고 전하겠습니다."

"내가 모든 요구를 수락한다는 담보서를 쓰고 지장까지 찍겠소. 빨리 가서 여기 상황이 지금 굉장히 엄중하므로 구원병을 보내야 한다고 전해주시오."

6. 만순의 배신

이렇게 편지가 오가는 사이에 시간이 흘러 1935년 4월이 되었다. 여러 채였던 만순 산채가 이때 다 파괴되고 만량진 큰 산채 하나만 가까스로 버티던 중 드디어 양정우가 파견한 남만 제1유격대대 300여 명이 대대장 소검비의 인솔로 만량진에 들어왔다.

4월 19일 새벽 1시경에 전투가 시작되었다. 소검비의 남만유격대대는 만순의 주둔지 주변에 포위진을 펼치던 이문산 경찰유격대와 오현정 경찰유격대 배후를 습격하여 잠깐 사이에 오현정과 경사 진옥증(秦玉增), 무풍동 자위단장 이청영을 사살했다. 그런데 동시에 주둔지에서 바깥으로 치고 나오기로 되어 있었던 만순 부대가 전혀 움직이지 않았다.

구원 나온 일본군이 남만유격대대 배후에서 불쑥 나타났다.

"정 두령이 약속대로 바깥으로 치고 나오지 않으면 우리가 포위당할 수 있소."

소검비가 전령병을 파견하여 출격을 재촉했다.

"우리 두령이 출격하려 했지만 갑자기 머리통증이 심해서 일어서지를 못하
오."

전령병은 변명만 듣고 돌아왔다. 소검비는 즉시 전투를 중단하고 철수하기
시작했다.

그런 줄도 모르고 소검비와 30여 리 간격을 두고 다가오던 조국안의 2사 주
력부대가 만량진에서 얼마 떨어지지 않은 사도왜자(四道崴子) 부근에 막 도착했
을 때 철수하던 소검비 부대와 만나게 되었다.

"어떻게 된 일이오?"

"전투를 진행한 지 불과 30분도 되지 않아 거꾸로 우리가 적들의 포위에 들
게 되었습니다."

"만순이 안에서 치고 나오기로 하지 않았소?"

"정전육이 갑자기 두통으로 쓰러졌다고 핑계를 대면서 전혀 움직이지 않습디
다. 하는 수 없이 철수하는 중인데, 일본군이 마치 준비라도 하고 있었던 것처럼
번개같이 나타나 뒤를 쫓아오고 있소."

"거 참, 수상하군. 이자가 혹시 일본군과 내통한 건 아닐까?"

"일단 조 사장은 주력부대를 데리고 빨리 피하셔야 합니다. 놈들이 주력부대
의 움직임을 아직 모르니 제가 계속 달고 뛰겠습니다."

소검비와 조국안은 서로 자기가 남아서 뒤를 끊겠다고 옥신각신하다가 결국
조국안 주력부대가 아직 일본군에게 발각되지 않은 것을 고려해 몰래 화전 방
향으로 빠졌다. 소검비는 대원 수십 명과 함께 한편으론 싸우면서 한편으론 북
강진 쪽으로 달아났다.

점심 무렵, 소검비 일행은 북강진 고사야소산 남쪽 언덕에서 추격병에게 다시 포위되었다.

피로가 겹친 데다 복부에 총상까지 당한 소검비는 평소 항상 등에 메고 다녔던 큰 칼 한 자루에 의지한 채 간신히 서서 포위망을 좁혀오는 일본군을 노려보았다.

그가 아직도 오른손에 권총을 쥐고 있는 것을 본 일본군이 모두 멈춰 섰다. 왕영성과 첩자 송경운이 앞으로 나왔다.

"늦었지만 반항하지 말고 지금이라도 투항하시오. 그러면 살 수 있소."

소검비는 냉소하며 갑자기 권총을 들어 왕영성과 송경운을 겨누고 방아쇠를 당기려고 했지만, 지켜보던 일본군들이 먼저 사격했다. 민국 시절 『무송현지』는 이때 일을 다음과 같이 기록했다.

"1935년(강덕 2년) 나얼홍과 화전현 경계의 제3계급 공산당 조직 홍군 비적단이 경내로 침입하여 치안을 소란하고 있다. 본년(강덕 2년) 4월 21일 새벽 1시경에 돌연히 달려든 홍군 비적 우두머리 소검비가 이끈 여당 300여 명 다섯 지대가 만량진을 공격했다. 중대장 이문산, 유격대장 오현정이 경찰들을 인솔하여 3시간 좌우 전투를 진행하여 만비(만주인 혹은 중국인 비적) 2인과 선비(조선인 비적) 2인, (그중 1인은 동북지구 공산당 수령의 하나인 이춘광) 등 10여 명을 소멸했다. 유격대장 오현정은 용감하게 싸우다가 비적의 총탄을 맞고 운명했다."[168]

---

168 원문 "1935年(康德二年) 那尔轟及桦甸界之第三階級共産黨所趙漫之紅軍匪團仍窺机思动, 不時潛入境内攪扰治安. 故于本年(康德二年) 四月二十一日早一時, 突来紅軍匪首蘇劍飛率黨匪三百余名分五支隊伍围攻萬良鎮. 中隊長李文山, 遊擊隊長吳顯廷率警甲鏖战三小時之久, 計毙满匪二人, 鮮匪二人(内有東北共産黨首領领李春光)伤匪十余名 遊擊隊長吳顯廷奮勇当先, 小腹中弹以致殒命."

이 사건을 연구했던 중국인 학자들은 만순을 의심한다. 만순이 일본군과 내통했을 것으로 보는 이유 중 하나가 이 전투 이후 일본군이 다시는 만순을 공격하지 않은 것이다. 물론 만순도 더는 만량에서 버티지 못하고 주둔지를 북강으로 옮겼는데, 그 사이에 해청령을 차지한 청산호 세력이 만군 유전무 부대와 손을 잡고 만순에게 대항했다. 거기에 더하여 '압오영(壓五營)' 곽연전(郭延全) 부대까지 만순을 곱게 보지 않아 정전육의 형편이 굉장히 어려워졌다. 특히 유전무와 곽연전은 결의형제까지 맺은 사이였다.

"우리 무장토비들끼리 이렇게 서로 물고 뜯게 된 것은 다 탐욕스러운 만순 때문이요."

"옳소. 만순만 없애버리면 우리 무송 지방 무장토비들은 다시 예전처럼 서로 금도를 지키면서 화목하게 지낼 수 있을 것이오. 그러니 이번에 이자를 꼭 없애버려야 합니다."

따라서 만순도 국보, 쌍룡, 동승 등과 연맹을 맺고 만군과 압오영, 청산호에게 대항했다. 그러던 중 항일연군 제2군 주력부대가 무송현경으로 들어오면서 왕덕태는 무송 지방 무장토비들에게 모두 편지를 보냈다.

"함께 항일하는 부대는 도와주고 항일하지 않는 부대는 모조리 섬멸시켜버릴 것이다."

항일연군 실력을 여러 번 경험했던 만순이 제일 먼저 나서서 항일연군에 복종하겠다고 약속했다. 2군 산하 1, 3사 주력부대 1,000명가량이 무송 지방에 들어온 데다 양정우의 1군 산하 부대인 조국안의 2사가 또 2군 부대들을 마중하러 나온다는 소문이 돌았기 때문에 무장토비들은 꼼짝없이 모두 충돌을 중단했다.

만순이 일본군과 내통했다고 의심되는 두 번째 일은 1936년 8월 17일에 진행된 항일연군 제2군의 무송현성전투 때 발생했다.

28장

남만주

"오늘부터 양정우라는 별명을 사용하기로 한 장관일 동무입니다."

"그러면 바로 지금부터 이 이름을 사용합시다.

성을 '양' 씨로 한 건 알겠는데, '정우'는 무슨 뜻이오?"

"혼란된 국면을 수습하고 난국을 평정하겠다는 뜻이랍니다."

1. 전광의 출현

김성주는 회고록에서 이때 일을 이렇게 기록하고 있다.

"1936년 8월의 무송현성전투는 우리와 반일부대들과의 공동전선을 확고한 것으로 되게 하는 데서 특출한 의의를 가지는 하나의 대표적인 전투였다. '우리 공동전선을 무은 김에 큰 성시를 하나 제껴보지 않겠습니까?' 내가 넌지시 이런 제기를 하자 만순은 깊이 생각해보지도 않고 쾌히 응해 나섰다. '제낍시다. 김 사령네 부대하고라면야 무슨 대적인들 못 제끼겠소. 나는 지금 천하를 쥐락펴락할 것 같은 기분이외다. 큰 성시를 하나 들이칩시다.' 일본군이라면 맞서보지도 않고 덮어놓고 줄행랑을 놓던 산림부대 두령의 대답치고는 놀랄 정도로 자신만만했다."

이 어마어마한 전투를 김성주가 만순 등 몇몇과 의논하여 결정한 것처럼 보이게 한다.

물론 후에 오의성에게 파견받고 온 부사령관 이홍빈이 도착하여 만순 등과 함께 어느 도시를 칠 것인가 협동작전 토의를 했는데, 의논한 결과 만순의 주장대로 무송현성을 공격하기로 결정했다는 것이다.

"우리는 공격대상 문제를 다시 협의했다. 나는 후보지로 몽강을 비춰보았다. 몽강은 1932년 여름 통화의 양세봉 부대에 갔다가 돌아올 때 한 달가량 머물러 있으면서 대오를 늘이고 지하조직을 복구하던 고장이었다. 발판도 있고 파악도 충분한 고장이어서 싸움만 벌이면 손쉽게 목적을 이룰 수 있었다. 만순은 거리가 너무 멀다고 하면서 달가워하지 않았다. 설사 이기고 돌아온다 해도 귀환 도상에서 포위에 들 수 있다는 것이었다. 그는 무송현성에 마음을 두고 있었다."

이 부분을 읽으면서 필자는 입을 딱 벌리고 말았다. 어떻게 이 정도로까지 날조하고 왜곡할 수 있단 말인가.

중국 정부에서는 김성주 회고록을 중국어로 번역하여 출판했으면서도 이 회고록의 문제점들을 공개적으로 지적하지 않았다. 그러나 2000년 이후부터 회고록의 어느 부분이 역사 사실과 부합하지 않는지 밝히려는 듯 관련 자료들을 하나, 둘씩 공개하기 시작했다.

일단 무송현성전투와 관련한 자료들을 종합해보면 다음과 같다.

이 전투를 진행하기로 결정한 회의는 1936년 7월 중순경에 열렸다. 회의가 열렸던 장소는 오늘날의 무송현 송강향 챈탕즈촌(前欛子村)이며, 무송현 님문 밖 약 30여 리 떨어진 동네였다. 당시 이 동네 이름은 강가탕자라고 불렸다.

회의 사회는 위증민이 보았고, 1로군 부사령 겸 2군 군장 왕덕태와 2군 6사 사장 김성주, 정치위원 조아범, 국민구국군 총지휘 오의성과 부총지휘 이홍빈, 민중자위군 연대장 악보인(岳寶仁), 항일삼림대 만군 두령 유전무, 청산호 두령 공배현, 쌍승, 만순 등 10여 명이 참석했다. 그리고 여기에 특별히 양정우의 파견으로 남만특위와 1군 대표로 참가했던 전광(오성륜)이 있었다.

이 회의에 참가한 전광에 대해 설명해야 한다.

시간은 동강회의 직후였던 5월로 다시 돌아간다. 김성주를 회장으로 선출했던 '동만지구 재만한인조국광복회' 설립행사에 참가하겠다고 연락해왔던 '남만지구 재만한인조국광복회' 발기자들인 전광, 이상준, 엄수명, 안광훈 등 중국공산당 남만 지방의 조선인 고위 간부들이 한 사람도 도착하지 못했기 때문에 김성주는 여간 섭섭하지 않았다.

"권영벽 동무가 직접 금천까지 가서 회의 초청장을 전달했다는데, 왜 한 사람도 참석하지 않는지 모르겠습니다. 금천이 여기서 멀지 않으니 제가 직접 위 서기와 군장동지를 모시고 한 번 다녀오면 어떨까요?"

위증민과 왕덕태 일행이 양정우와 만나러 떠날 때 김성주가 직접 나서기도 했다.

원래는 동만, 남만 가르지 않고 하나의 재만한인조국광복회를 설립하려 했던 김성주의 계획에 차질이 빚어진 것은 남만 지방 대표들이 단 한 사람도 참가하지 않았기 때문이다. 때문에 동강회의에서 설립을 선포했던 재만한인조국광복회 대회장에 써 붙인 명칭에는 '동만지구'라는 네 글자가 더 첨가되어 있었다.

"그 사람들이 도착하지 못한 것도 일장일단(一長一短)이 있소. 만약 그들이 왔다면 어떻게 회장에 김일성 동무가 선출될 수 있었겠소?"

조아범은 김성주의 어깨를 두드리면서 이런 소리를 해댔다.

그러잖아도 회의 기간에 광복회 강령 내용이 너무 민족주의 냄새로 젖어 있다고 시비를 걸었던 조아범에게 아니꼬운 마음이 적지 않았던 김성주가 참다못해 벌컥 화를 냈다.

"조아범 동무는 항상 '다른 사람의 마음을 자기 마음처럼 착각하는 것'이 탈이오. 나는 처음부터 발기자 명단에 내 이름 넣는 것을 반대했던 사람이오. 이건 누구보다 선전과장 권영벽 동무가 잘 알고 있소. 믿기지 않으면 직접 불러다가 한 번 물어보시오. 도대체 회장을 누가 하든 그게 무슨 상관이란 말이오."

안색까지 확 변한 김성주를 쳐다보던 조아범이 급기야 사과했다.

"아이고, 방금 한 말을 취소하겠소."

위증민까지도 엄숙한 표정으로 조아범을 나무랐다.

"조아범 동무, 내가 권고하겠소. 조선 동무들이 만드는 군중조직에 대하여 가급적 적게 관여하시오. 내막을 잘 알지도 못하면서 우리 중국 동무들이 참가하여 감 놔라 배 놔라 하고 눈먼 지휘를 하는 것은 좋지 못 하오. 차후 다시는 이런 일이 없기를 바라오."

이렇게 되자 조아범은 다시 김성주에게 사과했다.

"김일성 동무, 솔직히 나도 김일성 동무가 회장에 선출된 것이 남만에서 온 대표 중 누가 선출되는 것보다는 훨씬 더 기쁘오. 이번에 1군에 가서 그쪽 조선 동무들과 만나면 누구보다도 내가 나서서 김일성 동무를 자랑할 것이니, 방금 내가 경솔하게 한 말을 너무 고깝게 생각하지 마오."

이에 김성주도 안색을 풀고 조아범에게 부탁했다.

"자랑 같은 것은 다 필요 없소. 가능하면 이번 길에 남만 지방의 광복회를 대표할 수 있는 몇 분만 꼭 모셔오길 바라오. 광복회를 발족은 했지만 남만 지방

사업을 추진해 나가자니 그분들의 도움이 없으면 우리로서는 단 한 발짝도 앞으로 내디딜 수 없는 상황이오. 그러니 꼭 부탁하오."

앞에서 잠깐 설명했지만 양정우와 만나러 가는 위증민과 왕덕태 일행 속에 조아범도 낀 것은 코민테른 제7차 대표대회 회의 정신에 근거하여 동만과 남만을 합쳐 하나의 동·남만성위원회를 발족하기 위한 방안을 논의하기 위해서였다. 이번 양정우와의 만남은 단순한 군사상 작전회의만이 아니었기 때문이다.

조아범은 2군 3사 정치위원뿐만 아니라 중국공산당 동만특위 비서장 신분으로 위증민, 왕덕태 일행과 동행했다. 따라서 1936년 7월 중국공산당 남만 제2차 대표대회 이후 양정우도 처음으로 남만 지방의 당과 군대 요직에 있었던 각 부서 고위급 간부들을 가능한 모두 불렀다. 1군 정치부 주임 송철암(중국인), 참모장 안광훈(조선인), 중국공산당 남만특위 비서장 한인화(조선인), 군수처장 엄수명(嚴洙明, 조선인), 전광(조선인) 등이 항일연군 역사상 유명한 '하리회의(河里會議)' 1군 측 참가자였다.

회의 장소는 오늘의 통화현 국영 조양임장 회가구(通化縣 國營 朝陽林場 會家構)의 깊은 산속에 있었다. 통화현 산하의 흥림진(興林镇)과 광화진(光华镇), 대안진(大安鎮)이 이 산 주변에 둥그렇게 빙 둘러 있다. 만주국 시절 이 지역은 행정구역상 금천현(金川縣, 현재 휘남현) 관할이었기 때문에 일명 '금천하리회의(金川河里會議)'로 불리기도 한다.

1985년에 통화현 흥림진 정부는 하리회의가 열렸던 하리근거지 내의 회의장소를 찾아내 기념 표지석을 세우고 '애국주의교육기지(愛國主義教育基地)'로 만들었다. 양정우를 곁에서 그림자처럼 호위하고 다녔던 장수봉(張秀峰)이 이때까지 통화현에 살았고, 나이도 예순 남짓으로 직접 길안내를 해서 회의장소를 찾아내는 데 도움을 주었다.

필자는 장수봉의 안내를 받아 직접 하리회의 유적지를 찾아내는 일에 참가했던 문사(文史) 전문가 호유인(胡維仁, 가명)에게 물어보았다.

"그런데 장수봉은 왜 해방 후 처형당하지 않았나?"
"나도 직접 장수봉에게 물어보았다. 솔직히 사람이 좀 모자라서인지 아니면 원래 그렇게 뻔뻔스러운 사람이었는지 판단하지 못하겠다. 자기가 직접 양정우를 총으로 쏘아죽이고 달아나지 않았던 것만 해도 다행이라고 하지 않겠나. 당시 1로군에는 신변 경호관들이 일본군에게 귀순하려 작정했을 때, 대부분 그냥 달아나지 않고 자기가 모시고 다녔던 지휘관을 죽이고 달아나는 것이 대부분이었다. 특히 양정우 주변에 변절자가 많이 생겨났는데, 장수봉의 경우는 좀 달랐던 모양이다. 이 노인은 양정우가 자기한테 떠나라고 시켰다고 했다. 모르긴 해도 해방 후 장수봉은 사법기관을 향하여 줄곧 이런 주장을 했을 것으로 보인다. 결국 양정우를 토벌하는 데 협력했던 다른 변절자들이 모두 붙잡혀 총살당했지만, 장수봉만은 역사반혁명분자로 낙인만 찍히고 총살은 면했다."[169]

호유인은 전광에게 각별한 관심을 가지고 취재를 진행했다고 한다.

"남만에서는 전광만큼 나이도 많고 지식도 많고 또 혁명자력도 깊은 사람이 거의 없었다. 심지어 양정우나 위증민, 이동광 같은 사람들까지도 전광 앞에서는 몹시 어려워했다고 한다. 만나게 되면 항상 그들 쪽에서 먼저 두 손을 내밀고 달려와서는 말끝마

169 취재, 호유인(胡維仁, 가명) 중국인, 전광(오성륜) 전문가로 자처하는 문사연구가, 취재지 통화, 2000.

다 '전광 동지 반갑습니다. 전광 동지 수고합니다.'라고 말했다는것이다.'**170**

이 이야기는 바로 장수봉에게서 직접 취재한 내용이었다.

실제로 전광은 남만뿐만 아니라 동만에서도 무척 많이 알려진 인물이다. 그동안 줄곧 동만에서만 활동했던 중국인 조아범까지도 전광 이야기를 귀에 못이 박히도록 들어온 것은 다 이유가 있었다. 금천현 경내로 들어설 때, 조아범은 위증민에게 감개무량하여 이렇게 말했다.

"제가 이번에 1군에 가면 오래전부터 꼭 만나고 싶었던 사람이 두 분 계시는데, 그 두 분이 누구일지 위 서기동지께서 한 번 짐작해 보시렵니까?"

"아, 한 분도 아니고 두 분이나 계시오? 한 분은 당연히 양 사령이겠지요."

"양 사령은 당연하고, 다른 한 분을 짐작해 보십시오. 솔직히 이분은 양 사령보다도 오히려 훨씬 더 먼저 남만 지방에 들어와 당 조직을 건설했던 분입니다."

위증민과 왕덕태는 서로 조아범이 낸 숙제를 풀어보려고 고개를 갸웃했다.

"남만에는 워낙 유명한 분이 많아 잘 모르겠소."

"혹시 전광이란 분 아니오?"

왕덕태가 마침내 짚어냈다. 연길유격대에서 대대장을 할 때 잠깐 그의 정치위원으로 있었던 이상묵(李相黙)에게 전광 이야기를 들었던 왕덕태가 그 이름을 기억한 것이다.

"조아범 동무가 어떻게 그분을 알고 있소? 혹시 만나본 적 있소?"

"제가 이미 만나보았으면 이렇게 보고 싶어 하겠습니까? 그냥 소문으로만 들었지요."

---

170 상동.

이에 위증민이 왕덕태에게 물었다.

"군장동무는 그분을 아십니까?"

"아닙니다. 나도 소문으로만 들었습니다. 연세 있는 조선 동무들은 모두 그분이 대단한 분이라고 엄지손가락을 내밀곤 합니다. 전에 동만에 온 적도 있다고하던데, 우리 주변에는 그분과 만난 사람이 있는 것 같지 않습니다."

비로소 조아범이 자랑삼아 이야기했다.

"저는 이분에 대하여 비교적 자세하게 압니다. 제가 처음 동만에 왔을 때, 동만특위에서는 저에게 만주성 병사위원회에서 파견되어 온 특위 군위서기 라오저우(老周, 양림이 동만특위에서 사용했던 별명) 동지 경호임무를 맡겼습니다. 그때 그를 따라 왕청, 훈춘, 화룡까지 안 가본 데가 없었습니다. 후에 화룡에서 화룡현위원회 군사부장으로 있던 방상범 동지와 만났는데, 그가 라오저우 동지를 교관이라고 부릅니다. 방 동지가 황포군관학교에서 라오저우 동지 제자였던 것입니다. 그때 방 동지가 전광 동지 소식을 물으면서 라오저우 동지가 그에 대한 이야기를 들려주었습니다."

조아범은 동만특위 군위 시절 '라오저우', 또는 '주 동지(周同志)'라는 별명을 사용한 양림이 그 후 남만 지방으로 나가 오늘의 항일연군 제1군의 모태가 된 남만유격대의 창건을 직접 조직하고 지도했던 것까지는 알고 있었으나 그 이후 남만에서 발생한 여러 일들과 변화는 잘 모르고 있었다.

2. 양정우가 남만으로 오다

이홍광의 '개잡이대'를 모태로 발전한 반석유격대가 1932년 7, 8월경에 남만 반석현 경내의 제일 큰 지주무장인 곽가점(郭家店) 대패대를 공격하다가 크게 패한 뒤로 오갈 데가 없어 그 지역에서 가장 큰 세력을 자랑하던 무장토비 '상점대(두령 목용산)'와 합병한 적이 있었다.

문제는 그 이후 일이었다. 이런 사실을 보고받은 당시 중국공산당 만주성위원회 서기 위포일(魏抱一)[171]은 대노했다. 해방 후까지 살아남았던 위포일은 1982년 7월 호북성 무창(武昌)에서 이때 일을 아주 자세하게 회고했다.

"아니, 듣다듣다 이런 해괴망측한 소리도 다 듣게 되는구려. 지금까지 우리 공산당 유격대가 삼림대를 접수했으면 했지, 어떻게 우리 유격대가 삼림대 밑으로 기어들어갈 수가 있단 말이오? 이 전광이란 자가 제정신이 있는 자요?"

위포일은 노발대발하면서 전광의 모든 직책은 물론 당적까지 제명해야 한다고 고함을 질렀다. 그러나 풍중운이 말렸다. 반석유격대 정치위원으로 활동하다

---

171 위포일(魏抱一, 이실李實. 1903-1983년) 중국 호북성 양양(襄阳)에서 출생했으며 1925년에 중국 공산당원이 되었다. 양양지부 당단특별위원회 서기직을 맡았고, 엽정(葉挺)의 제11군에 파견되어 정치사업을 진행하던 1927년 8월 '남창봉기'에 참가했다. 1929년 8월에 중국공산당 중앙 선전부로 이동해 출판발행국 사업을 책임졌다. 1931년 4월에는 중앙 조직부 순시원 신분으로 하남, 하북, 산동, 만주 4성에 대한 사업 고찰을 진행했고, 1932년 7월에 만주성위원회 조직부장 겸 서기대리를 맡았다.
1930년대 남만의 양정우와 함께 '남양북조'로 소문난 북만의 조상지가 중국공산당적을 제명당했던 것이 위포일에 의해서였다. 위포일은 당원을 제명할 때 당규에 따른 절차를 밟지 않고 회의 도중에라도 즉흥적으로 "당신의 당적을 제명한다."는 명령을 내리곤 했다. 아무도 그의 횡포를 막아내지 못했다. 해방 후 호북성 민정청 청장과 국가교육부 고등교육사 사장(司長)직에 있었으나, 1959년 '왕명 좌경기회주의'의 골간분자라는 죄명으로 당적을 제명당하고 고향 호북성으로 돌아가 호북성 문사관 부관장이 되었다. 1979년에 시정되어 당적을 회복했다.
1980년부터 1983년까지 호북성 정치협상회 상무위원으로서 무창 저택에서 취재자들의 인터뷰를 일일이 받아주었다. 그는 '조상지 당적 제명'과 관련하여 그냥 홧김에 제명한다고 말했을 뿐 정식으로 제명한 적은 없다고 잡아뗐다. 또 풍중운에게 '반석유격대'와 관련한 보고를 받았을 때도 "나는 전광을 제명하라고 말한 적이 없고 다만 양정우를 순시원으로 파견했다."고 증언했다. 그러나 1982년 7월 인터뷰에서는 "전광의 당적을 제명하려 했으나 군위서기 양림이 말려서 그만두고 양정우를 순시원으로 파견했다."고 말을 바꿨다. 그러나 이때 양림은 중국공산당 중앙으로부터 이동 명령을 받고 만주를 떠난 뒤였기에 이 증언은 신빙성이 떨어진다.

가 전투 중 부상을 당해 하얼빈으로 돌아왔던 양군무(楊君武, 양전곤, 후에 양좌청으로 개명)가 이때 풍중운의 집에서 치료받고 있었는데, 그를 통해 반석 상황을 깊이 이해했던 풍중운은 위포일에게 이렇게 권했다.

"반석 상황은 양림 동지 같은 분을 다시 구해서 내려 보내지 않고는 해결하기 어려울 것 같습니다."

"이미 중앙으로 돌아간 양림 동무를 어디 가서 다시 불러온단 말이오?"

위포일은 도저히 이해할 수 없어 풍중운에게 물었다.

"양림 동무가 반석에서 돌아온 뒤에도 '헤이양(黑楊, 양군무의 별명)'과 '장눈먹쟁이(張瞎子, 장옥형의 별명)' 두 동무가 뒤를 이어 한동안 제법 잘해 나가지 않았소? 그런데 왜 갑자기 이 모양이 됐단 말이오?"

"사실은 이러합니다. 양림 동지가 반석을 떠난 뒤에 헤이양은 양림 동지 동생으로 자처하고 반석공농반일의용군(반석유격대)도 여전히 양림 동지의 지휘를 받는 것처럼 위장했는데, 그게 그만 탄로난 것이지요. 몇 차례 전투하는 과정에서 번번이 패하다 보니 금방 들통난 것입니다. 그런데다가 이번에는 또 헤이양과 장눈먹쟁이 동무까지 부득이하게 반석을 떠나면서 반석유격대 대리대장을 맹걸민(孟杰民, 맹길민)이라는 젊은 동무가 맡게 되었는데, 반석의 대패대들과 각지 무장토비들은 '양 씨'가 반석에서 완전히 사라졌다고 좋아 난리들이랍니다."

"그것 참, '양 씨' 성 가진 사람을 하나 만들어서 다시 들여보내면 될 것 아니겠소."

위포일은 중국공산당 상해 임시중앙국에 연락원을 보내어 군사 방면에 뛰어난 인재 몇을 구해 보내달라고 요청하려 했으나 시간이 촉박한 데다 반석 상황이 심각하게 돌아가자 풍중운에게 말했다.

"아무래도 우리 만주성 내에서 적당한 인물을 찾아야 할 것 같소. 가장 좋기는 정치와 군사 양 방면 모두 책임지고 해낼 만한 사람 말이오."

풍중운은 주요 당직자들과 머리를 맞대고 며칠 동안 거듭 연구한 끝에 가까스로 한 사람을 추천했다.

"장관일(張貫一, 양정우) 동무를 보내면 어떨까요? 이 동무 경력을 살펴보았는데, 일찍이 하남성 확산현에서 1만 명이나 되는 농민군을 조직하여 확산현을 공격해 점령했던 경험까지 있었습니다. 그 외 백색지역에서 적구공작을 해본 경험도 아주 많으니 필시 잘 해낼 것 같습니다. 하성상 동지가 계실 때 봉천감옥에서 석방되어 하얼빈에 돌아왔는데, 지금 하얼빈시 당위원회 서기직을 맡고 있습니다."

양림이 반석현을 떠난 뒤 남아서 한동안 양림의 동생처럼 위장하고 이름도 '양군무'로 고쳐 반석유격대 정치위원직을 맡았던 양좌청은 해방 후까지 살아남았는데, 다음과 같은 회고담을 남겨놓았다.

"양정우는 풍중운이 추천했다. 양정우 본명은 마상덕(馬尙德)인데, 하얼빈에서 활동할 때는 장관일(張貫一)이라는 별명을 사용했다."[172]

그동안 중국에서도 많은 사실이 제대로 설명되지 않았던 경우가 허다했다.

중국공산당 만주성위원회라면 반드시 혁명열사 나등현이 대표 인물로 등장했고, 항일연군하면 양정우 외 다른 사람들은 그다지 주목을 받지 못했다. 그래서 지난 수십여 년 동안 중국에서 발행된 항일연군 관련 도서들이 양정우를 남만에 파견했던 사람을 나등현으로 기록했다.

---

172   취재, 양효천(楊曉天) 중국인, 항일연군 생존자, 양좌청(양군무)의 아들, 취재지 하얼빈, 1988.

그러나 이는 사실이 아니라는 것을 지금이라도 밝히지 않으면 안 된다. 또 양군무의 아들 양효천(楊曉天)이 자기 아버지에게서 들은 회고담을 근거로 이렇게 주장했다.

"양정우가 하얼빈에서 사용했던 장관일이라는 별명을 양정우로 바꾼 것은 반석에서 활동했던 양군무의 영향력을 그대로 살려내기 위함이었다."

하지만 양군무 본인도 양림의 동생처럼 위장했던 사실은 입 밖에 내지 않았는데, 이 역시 밝히지 않으면 안 된다.

양군무는 반석에서 활동할 때 헤이양(黑楊) 말고도 '양왜자(楊矮子, 키가 작다는 뜻)'라는 별명이 있었다. 양군무가 정치위원일 때 반석유격대 대장은 별명이 장눈먹쟁이인 장옥형(張玉衡, 장진국)이었는데, 이 두 사람 모두 군사 방면에서는 문외한이었다. 양군무 본인이 해방 후 흑룡강성 하얼빈시 외사처에서 사업하며 직접 남겨놓은 육필 증언자료와 그의 아들 양효천이 어렸을 적에 자기 아버지에게서 직접 들었던 이야기라면서 최근에 발표하는 2차 증언자료 사이에도 엄청난 괴리가 있다. 양군무 증언자료 외에도 반석 현지의 '만주공농반일의용군 제1군' 관련 기록에 의하면 반석에서 위명을 남겼던 '양 씨' 원조는 양군무나 양정우가 아니라 양림임에 틀림없다.

"양림은 반석을 떠날 때 직접 중국어로 된 책자 하나를 만들어서 장눈먹쟁이와 양왜자한테 맡겼다. 『유격대요강』이라는 책인데, 전투할 때 잘 모르겠으면 모두 모여앉아 이 책을 읽어 보면서 함께 연구하라고 했다. 그런데 이 책을 장눈먹쟁이가 그만 잃어버렸다. 후에 만주성위원회에서 『중국유격운동』이란 소책자를 인편으로 보내준다고 했는데, 계속 도착하지 않았다. 하는 수 없어 우리끼리 농촌의 한 사숙선생에게서『손자병법』을 구해왔는데, 우리 가운데서 반석사범학교 출신인 맹걸민이 소리 내어 읽고 유격대원들이 모두 모여앉아 함께 들으면서 전투 방안을 연구하곤 했다."[173]

이것이 양군무가 직접 써서 남겨놓은 육필 증언 자료다.

이상에서 알 수 있듯이 양림이 반석을 떠난 뒤 양군무는 양림의 동생인양 행세하며 한동안 버틸 수 있었으나 결국 군사지식이 없는 상태에서 대패대들과 싸우다가 양군무 본인도 중상을 입고 유격대를 떠나지 않을 수 없게 되었다. 양군무가 떠난 뒤 한동안 총대장과 정치위원을 겸했던 장옥형이『손자병법』을 한동안 공부하고 나서 갑자기 자신감이 생겨 또 한 차례 전투를 벌였다가 이번에는 아주 대패하고 하마터면 버리하투에 자리 잡고 있던 중국공산당 반석현위원회 기관까지도 모조리 다 말아먹을 뻔했다. 곧이어 장옥형도 전광에 의해 반석 유격대 총대장과 정치위원에서 물러나 역시 하얼빈으로 돌아오고 말았다.

"양군무가 양림 동무 동생으로 위장했다가 들통이 났으니, 이번에는 장관일 동무를 양림 동무 형이라고 위장해서 반석에 보내면 되겠구먼."

위포일은 풍중운과 함께 즉시 장관일을 불러 만났다.

이에 앞서 풍중운은 아내 설문(薛雯)을 보내 몰래 장관일을 중산공원(中山公園, 현재 조린공원)으로 불러 이야기를 나누었다. 장관일은 좀 믿기지 않은 듯이 물었다.

"양군무와 장옥형 두 동무는 군사에 대해 문외한이니 그렇다 치고, 반석의 총책임자이신 전광은 아주 유명한 분 아닙니까. 제가 1927년도에 악(鄂, 호북), 예

173 상동.

(豫, 하남), 환(皖, 안휘) 지구에서 사업할 때 그에 대한 소문을 아주 많이 들었습니다. 악, 예, 환 소비에트근거지의 홍군 지휘관 가운데는 그분에게 군사교육을 받은 학생도 여럿 있던데요. 이렇게 대단하신 분이 어떻게 반석의 일을 이 지경으로 만들어놓았단 말입니까?"

"아이고, 황포군관학교라고 다 그런 줄 아는군. 이 친구는 군사교관이 아니고 러시아어를 가르쳤던 교사였다고 하더구먼. 양림 동무와 아주 친한 친구인데 진짜 군사교관은 양림 동무였소. 10여 명밖에 안 되던 반석의 개잡이대를 의용군 총대로 크게 만들어놓고 하얼빈으로 돌아온 지 얼마 안 돼 바로 이런 일이 벌어지고 만 것 아니겠소."

이러면서 풍중운은 장관일에게 권했다.

"이번에 동무도 반석에 내려가서 다시 양 씨 성을 사용하는 게 어떻겠소? 양림 동무가 반석에서 활동할 때, 대패대나 삼림대가 모두 그분을 무서워했다오. 양군무 동무는 양림 동무 동생으로 위장하다가 들통 나 버렸는데, 이번에 장 동무는 아예 양림 동무 형으로 위장하면 좋겠소."

장관일은 흔쾌하게 응낙했다.

"그러잖아도 저 역시 새로운 별명 하나를 생각하던 중이었습니다."

다음날 풍중운은 장관일을 위포일에게 데리고 가서 인사시켰다.

"오늘부터 양정우(楊靖宇)라는 별명을 사용하기로 한 장관일 동무입니다."

"그러면 바로 지금부터 이 이름을 사용합시다. 성을 '양' 씨로 한 건 알겠는데, '정우'는 무슨 뜻이오?"

"혼란된 국면을 수습하고 난국을 평정하겠다는 뜻이랍니다."

풍중운이 대신 대답하자 위포일은 만족스러워했다.

"양정우라, 이 이름이 마음에 드오. 일단 양정우 동무는 만주성위원회 순시원 신분으로 반석에 내려가서 반석과 해룡 이 두 지방의 난국부터 확실하게 바로 잡아 주시오. 나아가 남만 지방 무장토비들까지도 모두 평정해주기 바라오. 유격대를 살려내고 현 상태에서 최소한 30배 이상으로 대오를 확충한다면 양림 동무가 만주로 떠날 때 유격대를 발전시켜 홍군 같은 군사편제를 사용하자고 했던 구상을 현실로 만들 수 있을 것이오."

이것이 위포일이 양정우에게 내렸던 지시였다.

장관일이 양정우로 이름을 고쳐서 반석으로 내려간 사실은 처음에는 철저하게 비밀이었다. 양정우 본인 외에 위포일과 풍중운, 양군무 등 몇 사람 외에는 아무도 모르고 있었다.

양정우가 반석으로 오던 과정도 중국에는 두 가지 판본의 증언이 있다. 다른 판본은 하얼빈에서 기차 편으로 길림시에 도착하여 길동특별위원회의 연락원 집에서 이틀 동안 묵으며 반석에서 마중 나오기로 한 사람을 기다렸으나 도착하지 않자 참지 못하고 스스로 반석유격대를 찾아 떠났다는 것이다.

양정우는 상점대만 찾아내면 반석유격대와 만나는 일이 어렵지 않으리라고 믿었다. 그런데 양정우가 반석에 도착하기 직전 반석유격대는 상점대에서 다시 갈라져 나오고 말았다.

이는 1932년 8월경에 있었던 반석의 송국영(宋國榮) 구국군이 반석현성을 공격했던 전투와 관련 있다. 이 전투에 상점대가 초청받고 참전했는데, 5일 동안이나 현성을 공격했으나 끝내 성문을 돌파하지 못했다. 나중에 일본군 응원부대가 오자 상점대는 전투 도중 먼저 철수하여 이통현 삼도구로 이동하던 중 삼도구 대지주 하가대원(何家大院)을 습격했다. 이때 상점대는 하가대원을 점령하고 보총 34자루와 쌀과 천 등을 노획했는데, 총대장 목용산이 모조리 차지하고 상점대 대원들에게만 나눠주었다.

잔뜩 화가 돋은 전광은 몰래 장옥형과 왕경(王耿)을 불러 의논했다.

"더는 안 되겠소. 이제는 분가해야겠소.

그러자 장옥형이 반대했다.

"안 됩니다. 성위원회에서는 그래도 상점대를 쟁취할 만하면 쟁취하라고 지시했는데, 그러면 성위원회 지시를 어기는 것 아닙니까."

전광은 벌컥 화를 내면서 욕을 퍼부었다.

"장눈먹쟁이, 당신은 군사에 대해 아는 것이 아무것도 없으면서 곽가점 대패대를 들이치자고 주장해 우리가 지금 이 꼴이 된 게 아니오. 우리가 지금 상점대에 들어와서 당하는 수모가 한두 가지가 아닌데, 그래 아직도 모자라오?"

"그래도 상점대 산하 세 대대 대대장이 모두 우리 동무들인데, 조금만 시간을 더 끌면 이 동무들이 다만 몇 명이라도 대원들을 더 데리고 나올 수 있을 것입니다. 때가 되면 당당하게 목용산에게 알리고 갈라져야지 이대로 도망치듯 갈라지는 것은 반대입니다."

상점대 정치위원이었던 장옥형은 끝까지 반대했으나 정치부 주임 왕경이 전광 손을 들어주었다. 왕경은 장옥형을 설득했다.

"목용산은 지독한 반공분자라서 아무리 시간을 들여도 쟁취하기는 어려울 것 같습니다. 더구나 이번 반석현성전투에서 일본군 세력이 엄청 큰 것을 본 상점대는 목용산뿐만 아니라 부하들까지 적지 않게 동요하고 있는 것 같습디다. 만약 이 자들이 일본군에게 투항하려고 마음먹었을 때는 유격대가 걸림돌이 된다고 판단할 것이니 우리가 위태롭게 됩니다. 그러니 지금 빨리 갈라져 나오는 것이 좋습니다."

왕경이 이처럼 자세하게 설명했지만 장옥형이 끝까지 동의하지 않자 전광은 상점대 내의 다른 당원들까지 다 모아놓고 의견을 청취했다. 유격대 당위원회 성원들인 맹걸민, 왕조란(王兆蘭), 초향신(初向臣) 등 중국인 당원들이 모두 앞장 서서 하루라도 빨리 갈라지자고 전광의 주장을 지지했다.

"그러면 우리 유격대를 감시하는 상점대 한 분대는 어떻게 처리하겠습니까?"

"제가 책임지고 무장을 해제하겠습니다."

이홍광이 자신만만하게 나섰다.

일단 다수결의 원칙에 따라 상점대에서 갈라져 나오기로 결정되었으나 평소 에도 목용산의 결정으로 늘 유격대와 함께 행동하면서 감시하던 상점대 한 분 대의 무장까지도 해제하기로 하자 장옥형은 펄쩍 뛰었다.

"그렇게 되면 무장충돌로 번지게 되오. 이건 그냥 갈라져 나오는 것이 아니고 반란을 일으키는 것이 될 수 있소."

장옥형이 마지막까지 반대의견을 내자 전광은 당위원회를 소집하고 당위원 회 이름으로 장옥형에게 말했다.

"장 동무 정치위원직을 지금부터 박탈하겠소."

"좋소. 그럼 난 더는 반대하지 않겠소. 하지만 의견은 여전히 보류요. 대신 내 가 만주성위원회에 올라가서 이 정황을 보고하는 것에 전광 동지도 다른 말은 말아주오."

전광은 그렇게 하라고 허락했다.

이렇게 되어 장옥형은 전광에 의해 반석유격총대 정치위원직에서 내려와 먼 저 상점대에서 나와 버렸다. 장옥형이 만주성위원회에 도착하여 이 정황을 위 포일에게 보고하려 할 때, 이미 양정우는 하얼빈을 떠나 길림시에 가 있었다. 양 정우가 반석유격대로 내려갔으므로 만주성위원회에서는 장옥형을 다시 보내지 않고 만주성위원회 기관에 남겨 잠깐 일을 시키다가 얼마 뒤에 하얼빈시 도외 구위원회(哈爾濱道外區委) 서기로 임명했다.

3. 이유민의 회고, 양정우와 전광

1945년 광복 이후 중국공산당 동북국 사회부 정보과장과 요령성 안산시 공안국장(1949년 1월)을 지냈던 이유민(李維民)[174]은 이런 회고담을 남겨놓았다.

"반석유격대 정치위원직에서 철직된 라오장(老張, 장옥형)이 하얼빈으로 돌아갈 때, 길림에 들러 내 집에서 하루를 묵었던 적이 있었다. 나는 그가 기차 탈 때 역까지 배웅도 나갔다. 라오장에게서 반석유격대 상황이 굉장히 어려워졌다는 이야기도 들었고, 이 문제를 해결하기 위하여 성위원회에서 순시원이 내려온다는 것도 알게 되었는데, 그를 배웅하고 역에서 돌아오니 양정우가 내 집 앞에 와서 기다리고 있었다. 우리 길림지부에 전문 성위원회와의 연락을 책임졌던 김경(金景)[175]이라는 조선 청년이 있었는데, 문광중학교(文光中學校) 학생이었다. 그때까지 우리 길림지부는 아직 성위원회로부터 정식 비준을 받지 못하고 반석중심현위원회 산하 일반 지부에 불과했는데, 양정우가 길림에서 며칠 묵으면서 조사하는 동안 길림지부를 반석중심현위원회에서 갈라 단독 길림특별지부로 만들고 직접 성위원회의 지도를 받는 것이 좋겠다고 건의했다. 그가 직접 성위원회 앞으로 보고서를 작성했다. 내가 그 보고서를 가지고 하얼빈으로

---

174 이유민(李維民, 1909-1976년) 1983년 중국 흑룡강 출신 작가 진여(陳璵)의 장편소설에 기초하여 제작된 대형 드라마 〈어둠 속의 하얼빈(夜幕下的哈爾濱)〉의 주인공 왕일민의 원형 인물이기도 하다. 본명이 이복혜(李馥慧)이며, 이일민(李一民), 장수인(張守仁), 왕일민(王一民) 등의 별명을 사용했다. 중국공산당 길림특별지부와 길림시위원회를 직접 조직하고 지도했다. 해방 후 안산시 공안국 국장, 안산시 부시장 시장직에 있었으나, 문화대혁명 기간에 혹독하게 투쟁당했으며 1976년 3월 25일에 사망했다.

175 김경(金景)은 조선인이며 중국에서는 송무선과 함께 김일성의 공청단 입단 소개자로 알려진 인물이기도 하다. 길림 문광중학교 학생회 책임자였고 당시 중국공산당 길림특별지부 위원 겸 연락원으로 활동했으나 1933년 5월 길림경찰국에 체포되어 변절했다. 김경의 변절로 길림특별지부는 이유민 하나만 제외하고 구성원 모두가 체포되어 더는 존재하지 못했다. 이유민이 하얼빈으로 활동무대를 옮긴 것도 바로 그때 일이다.

가서 풍중운에게 제출했다.

다음날 돌아오니 양정우는 보이지 않고 전광이 우리 집에 와 있었다. 전광의 말이 상점대가 너무 탐욕을 부려서 의견이 맞지 않아 갈라져 나왔는데, 두령 목용산이 반석유격대를 섬멸하겠다고 쫓아오는 바람에 그를 떼버리느라고 그만 시간을 지체하게 됐다는 것이었다."[176]

이유민의 증언대로라면 양정우는 길림시까지 마중 나왔던 전광과 만나지 못했던 것이 분명하다. 급한 마음에 피물상(皮物商, 만주 지방에서 전문적으로 짐승가죽을 수거하여 파는 사람)으로 위장하고 직접 반석유격대를 찾아 떠났다가 상점대에게 붙잡혀 나무기둥에 묶이고 말았다. 목용산은 전광에게 당한 배신을 양정우에게 분풀이했다.

"당신들 공산당은 정말 양심도 없구려. 대패대에게 얻어맞고 오갈 데가 없어서 방황하기에 일껏 받아주고 걷어주었더니, 도망칠 때는 총만 빼앗아가지고 간 것이 아니라 내 부하들까지 6명이나 죽이고 도망쳤소. 그러고도 우리 무장토비들이 금도를 지키지 않는다고 탓할 수 있겠소. 오늘 당신 목을 베어 이 분을 갚을 것이오."

목용산은 양정우를 죽이려 들었다. 양정우는 당황하지 않고 침착하게 목용산을 설득했다.

"지금 나를 죽이면 당신에게는 두 가지 불행이 닥칠 것이고, 나를 놓아주면 두 가지 행운이 닥칠 것이오. 먼저 불행에 대해서 이야기하겠소. 나를 죽이는 거

---

176 이유민 구술, 진여 정리,『地下烽火』, 1982.
취재, 진여(陳璵) 중국인, 장편소설『어둠 속의 하얼빈(夜幕下的哈爾濱)』작가, 취재지 요령성 안산시, 1993.

야 아주 쉽겠지만 그렇게 하면 우리 공산당 유격대 또한 가만있지 않을 것이오. 반드시 보복하러 올 것인데 이것이 첫 번째 불행이오. 두 번째 불행은 유격대가 어려울 때 당신이 도와주었으니 당신이야말로 공산당에게 은혜가 있는 호한(好漢)으로 정평 나 있는데, 지금 나 한 사람을 죽임으로써 세상 사람들은 목용산도 알고 보니 '계장소두(鷄腸小肚, 흉금이 좁다는 뜻)'배였구나 비웃을 것이 아니겠소.

그러나 당신이 나를 죽이지 않는다면, 내가 보증하건데 돌아가서 유격대가 빼앗아간 총들을 모두 돌려드리고 또 직접 사과도 할 것이오. 이것이 나를 죽이지 않음으로써 얻게 될 첫 번째 좋은 점이오. 그리고 당신이 나를 죽이지 않고 놓아주면 세상 사람들이 당신을 어떻게 평가하겠소. 당신이야말로 참으로 흉금이 바다같이 너른 진정한 영웅이라고 감탄할 것 아니겠소."

목용산은 이해관계를 따져보고 나서 양정우를 풀어주었다.

"그런데 당신네 유격대가 모두 어디로 사라져버렸는지 도무지 찾아낼 방법이 없구려. 아마 반석현 경내를 떠나 다른 지방으로 가버린 것 같소. 대패대들이 유격대라면 쌍불 켜고 달려드니 아마도 우리 상점대처럼 다른 이름을 지었나보오."

목용산은 술상까지 차려 양정우를 대접하는 한편 부하들에게 새로 이름을 내건 무장토비가 있는지 알아보게 했다. 그랬더니 아닌 게 아니라 화전의 밀봉정자에 '오양(五洋)'이라는 깃발을 내건 무장토비가 새로 나타났다는 정보가 들어왔다.

"보나마나 오양이 틀림없이 당신네 유격대요. 내가 사람을 보내서 연락을 취해줄 테니 당신은 우리 상점대에서 편하게 며칠 쉬도록 하오."

목용산이 양정우에게 권했다.

전광은 양정우를 마중하러 두 번이나 길림 시내에 들어왔다. 처음엔 허탕치고 돌아갔다가 상점대가 보내온 연락을 받고 다시 길림 시내로 나왔던 것이다.

이에 대해서도 이유민은 놀라운 증언을 남겼다.

"전광이 두 번째로 길림 시내로 나왔을 때, 그의 몸에는 이상한 변화가 있었다. 나는 하마터면 그를 알아보지 못할 뻔했다. 불과 일 주일밖에 안 되었는데, 얼굴이 팅팅 부어서 두 눈꺼풀이 마주 붙어 있을 지경이었다. 첫 눈에도 그가 심한 병에 걸린 것을 알 수 있었다.

전광의 말이 몇 해 전부터 심장병을 앓았는데, 상해에서 한 차례 독일 의사에게 치료받고 최근 1, 2년 동안 계속 무사하기에 다 나은 줄 알았는데 이번에 갑작스럽게 재발했다는 것이었다. 숨이 차서 헐떡헐떡했다. 이렇게 힘들면 다른 사람을 보내도 될 것을 왜 또 직접 왔느냐고 한마디 했다. 전광은 유격대의 운명이 존망지추(存亡之秋)이니, 자신이 직접 성위원회 순시원과 만나 담화해보고 신통치 않으면 직접 권고해서 돌려보낼 생각이라고 했다.

한편 양정우도 상점대 사람들과 함께 유격대를 찾아가지 않고 다시 길림으로 돌아온 것은 유격대에 양정우 얼굴을 아는 사람이 없었기 때문이다. 반드시 조직도경(組織途徑, 공산당 내부에서 지정한 비밀노선)을 거쳐 연락원이 데리고 가야 양정우가 성위원회에서 내려온 순시원임을 인정할 수 있었다.

전광은 처음에 양정우와 만나자마자 왜 약속 시간과 장소에서 기다리지 않고 두 번씩이나 사람을 왔다 가게 만드냐고 짜증부터 냈다. 하지만 양정우는 아무 변명도 하지 않고 먼저 죄송하다고 말하더라. 그리고 나서 상점대에게 붙잡혀 하마터면 죽을 뻔했던 이야기를 들려주니 이번에는 전광 쪽에서 사과했다."[177]

177 상동.

양정우는 거의 화를 낼 줄 모르는 사람이었다.

양군무가 남겨놓은 회고에도 양정우가 정말 화날 때 입에서 내뱉는 말이 "이런 경우가 어디 있소(豈有此理)."라는 한마디뿐이었다.

필자는 양정우의 경위원 겸 소년철혈대(小年鐵血隊) 대장이었던 황생발(黃生發)과 1988년과 1990년에 만나 인터뷰를 진행했다. 그는 1940년 2월 15일까지 양정우 곁에 남아 있던 최후 6명의 대원 중 유일하게 살아남은 생존자였다. 황생발도 이런 이야기를 들려주었다.

"나는 양 사령이 화내는 것을 평생 딱 한 번 본 적이 있다. 바로 우리가 헤어질 때였다. 1940년 2월 15일 우리는 몽강현 오근정자 서북쪽에서 토벌대에게 발견되었다. 약 300m 거리를 두고 적들과 전투를 벌였는데, 전투 중 나와 다른 대원 3명이 부상을 당했다. 양 사령은 신변에 2명만 남기고 나에게 그 3명을 데리고 빨리 자기 곁에서 떠나라고 했다. 나는 남아서 죽더라도 같이 죽겠다고 하자 그때 양 사령은 처음으로 무섭게 화를 냈다. 그때 말고는 한 번도 화내는 모습을 본 적이 없다. 양 사령은 착오를 범한 사람을 비평하거나 처분할 때도 언제나 조용한 목소리로 타이르듯 말했고, 부득불 이렇게 처분하지 않으면 안 되겠다는 식으로 양해를 구하곤 했다."[178]

이것이 전해지는 양정우의 인품이었다.

굉장히 열정적이지만 신경질적인 데도 많고 잘 흥분하는 전광과는 다른 양정우 같은 인격자가 아니었다면 누구라도 복잡하게 뒤엉킨 반석 지방의 상황을 결코 수습할 수 없었을 것이다.

178　취재, 황생발(黃生發) 중국인, 항일연군 생존자, 양정우의 경위원, 취재지 장준, 1988, 1990.

"반석공농의용군을 이 모양으로 만든 것은 전적으로 내 잘못이오."

전광은 진심으로 양정우에게 사과했고 자기 잘못도 인정했다. 그러나 양정우는 무엇보다도 먼저 전광의 건강부터 염려했다.

"건강이 이처럼 악화되도록 주변 동무들은 무엇하고 있었단 말입니까? 왜 일찌감치 성위원회에 보고하지 않으셨습니까?"

전광은 대수롭지 않은 듯이 대답했다.

"장눈먹쟁이(장옥형)와 양왜자(양군무) 이 두 친구 때문에 울화병이 터진 것 같기도 하지만, 그때도 지금 이 정도까지는 아니었소. 이번에 다시 길림으로 나오면서 갑자기 재발하면서 얼굴이 부어버렸소. 그러나 걱정할 것 없소. 양 동무가 빨리 유격대만 살려내면 내 병은 금방 다 나을 것이오."

양정우는 숨이 차서 헐떡거리는 전광을 따라 화정현 밀봉정자에 도착했다.

양정우의 건의로 전광은 당원간부 회의를 따로 소집하지 않고 살아남은 유격대원 모두가 참여해 자유롭게 발언하게 했다. 그동안 발생한 일들을 모두 꺼내놓고 각자가 생각하는 바를 마음대로 이야기하게 한 것이다. 양정우는 그런 식으로 문제를 파악했고, 그 결과 총책임자였던 전광을 비판하는 대신 오히려 그가 수고한 것에 감사했다.

"전광 동지 덕분에 이렇게나마 유격대의 여생역량(餘生力量, 살아남아 있는 대원들을 뜻함)이 보존된 것이 어딥니까. 더구나 반석중심현위원회도 파괴되지 않고 산하 조직체계가 모두 살아 있는 것만 해도 대단합니다. 제가 성위원회를 대표하여 전광 동지께 감사드립니다."

전광은 창피하여 어찌할 줄 모를 지경이었다.

양정우가 1935년 5월 31일에 중국공산당 만주성위원회에 제출한 보고서 "반석중심현위원회의 문제"에서는 전광에 대해 상당히 엄중하게 비판한다. 유격대가 당한 좌절이 장옥형이나 양군무 같은 몇몇 유격대 책임자들의 군사지식 부족으로 빚어진 것이 아니라 반석 지방의 당당(공산당)·단(공청단) 사업을 총괄했던 전광의 착오로 빚어진 것임을 분명하게 밝히고 있다. 전투에서 거듭 패배하고, 상점대에 의탁하여 통째로 상점대로 개편된 것과 다시 상점대에서 갈라져 나와 화전으로 이동한 뒤에는 오양이라는 녹림(綠林, 화적이나 도적의 소굴을 이르는 말) 깃발을 내걸었던 것도 모두 전광의 착오로 내린 결정이라고 지적했다.

특히 전광의 착오 가운데 가장 엄중한 것으로 보고서에 이렇게 쓰여 있었다.

"반석현 경내에서 쫓겨난 유격대는 화전현과 영길현 사이의 밀봉정자에서 앞날의 출로에 대한 논쟁을 벌였는데, 두 가지 의견이 대두했다. 그중 하나는 화전현을 떠나 동만으로 활동무대를 옮겨갔다가 동만에서도 상황이 좋지 않으면 북만을 거쳐 바로 소련으로 피신하자는 주장이었고, 다른 하나는 다시 반석현 경내로 되돌아가 성위원회에서 순시원이 파견되어 오기를 기다리자는 것이었다. 반석중심현위원회 책임자(전광)는 동만으로 이동하자는 주장을 지지하는 쪽이었다."[179]

보고서 제출 후 전광은 반석중심현위원회 서기직에서 내려왔다.

많은 자료에서 전광이 1932년 11월 하순경에 열렸던 중국공산당 반석중심현위원회 제3차 대표대회에서 비판받고 서기직에서도 내려왔다고 주장한다. 하지만 이때 양정우와 함께 이 회의에 참가했던 만주성 공청단위원회 순시원 유과풍(劉過風)과 관련한 자료를 보면, 심장병을 앓던 전광 집에 기거했던 유과풍은 전광과 양정우를 도와 "중국공농홍군 제32군 남만유격대로 이름을 바꾼 반석

---

179 양정우 보고서, "반석중심현위원회의 문제", 1935년 5월 31일 중국공산당 만주성위원회에 제출.

유격대의 새로운 지휘관들을 임명하는 일에 직접 관여했을 뿐만 아니라 전광의 병간호도 극진히 도왔다."고 소개한다.

이때 정식으로 직위에서 제명된 사람은 장옥형뿐이었다. 장옥형은 반석중심 현위원회 조직부장 겸 반석공농반일의용군(반석유격대) 정치위원을 겸직했는데, 이미 3차 대표대회 이전에 전광에 의해 정치위원직을 제명당했다. 그리고 중상을 입은 양군무가 하얼빈으로 돌아갈 때 함께 갔다가 다시 반석으로 돌아오지 않은 상태에서 그의 정치위원직은 반석중학교 사범강습반 출신의 제1대대 대대장 초향신이 이어받았다.

초향신뿐만 아니라 총대장에 임명되었던 맹걸민과 부총대장 왕조란도 모두 반석중학교 사범강습반 출신이어서, 당시 남만유격대 지도층은 조선인 이홍광을 제외하면 모두 반석중학교 사범강습반 출신이었다. 반석 지방에서는 맹걸민, 왕조란, 초향신과 남만유격대 제3대대 대대장 유극문(劉克文), 강백생(江柏生), 후유춘(侯維春) 이 여섯 사람을 '반석 6학자(磐石六學子)'로 불렀다. 이 가운데 유일하게 1980년대까지 살아남았던 강백생[180]과 관련한 이야기가 아주 많다. 또 그

---

180 강백생(江柏生, 1911-1988년) 반석현 남모산툰에서 출생했다. 강월영(江月影), 요광(要光) 등의 별명을 사용했으며 반석중학교 사범강습반을 졸업했다. '반석 6학자' 중 하나로 1932년 이홍광과 맹걸민 소개로 중국공산당원이 되었다. 1932년부터 전광에 의해 반석중심현위원회 선전부 선전 간사로 일했다. 5월에 전광의 파견으로 현위원회 조선인 위원이었던 이홍광, 유명산(劉明山), 따라오찐(大老金)과 함께 이통현으로 이동해 당조직을 건설했는데, 이때 강백생의 소개로 중국공산 당원이 되었던 모성(毛诚)은 해방 후 중국인민해방군 총참모부 연락부장과 중앙위원이 되었다. 강백생이 키운 당원 가운데 아주 유명한 인물이 많은데, 정빈(程斌)도 그중 하나이다. 이홍광이 개잡이대를 조직할 때, 강백생은 반석 지방 학생반일구국회를 동원하여 권총 3자루와 탄알 30여 발을 구해 직접 이홍광에게 주었다. 개잡이대가 반석공농반일의용군으로 발전했을 때, 강백생은 선전간사와 비서직을 맡았다. 후에 다시 이통현으로 옮겨 왕경(王耿)을 도와 이통현 보안대에 대한 동일선선사업을 했고, 1933년 초 동풍현에서 체포되어 1년간 옥살이를 했다. 1934년 봄에는 양정우에 의해 1군 정치부로 옮겼다가 다시 해룡현으로 파견되어 길해선(길림-해룡) 철도노동자들을 조직하여 철도 파괴 작업을 진행했다. 1935년에는 반석현 연통산진에 파견되어 그곳 만주군

의 소개로 중국공산당원이 되었던 이통현 출신 여성혁명가 모성(毛城)[181]은 1990
년대까지 살았는데, 그가 남겨놓은 회고담에는 이런 내용도 들어 있었다.

부대에서 통일전선 사업을 진행했으나 실패하고 쫓겨나 다시 1군으로 돌아와 1군 정치처에서 일
했다. 1936년에는 1군 정치처 처장 유명산(조선인)의 파견으로 반석현 태평진 보갑소에 잠복하여
탄약을 구매하다가 발각되어 또 1년간 옥살이를 하고 1937년 7월에 석방되었다. 이후 항일연군
과의 연계가 끊어져 오늘의 반석현 우심향 우심툰에서 양봉사업으로 생계를 유지했다.

1945년 광복 이후 반석현 공안국에서 일했는데, 맹걸민을 살해했던 지주 장지인(張志仁, 장박경)
이 그때까지도 반석현 길장향 장거버툰에서 산다는 소식을 듣고 즉시 진압해야 한다고 주장했으
나 그곳에 주둔하던 팔로군의 반대로 집행할 수 없었다. 팔로군 출신 현위서기 뢰명옥(雷鳴玉)은
장지인이 팔로군에 식량을 지원해준 적이 있었다는 이유로 진압을 반대했다. 이에 강백생은 직접
사람들을 데리고 가서 장지인을 붙잡으려 했으나, 장지인은 이미 도주한 다음이었다. 산동해방구
에서 파견받아 나왔던 뢰명옥은 항일연군에 대해 잘 모르고 있었다.

1947년 토지개혁운동 때 또 한 차례 액운을 당한 강백생은 뢰명옥에 의해 당적을 제명당하고 반
역자로 몰려 하마터면 총살까지 당할 뻔했다. 강백생의 아내 양건(梁健)이 당시 돈화에 주둔한 팔
로군 보안사령부 정치위원 겸 중국공산당 길남지위(吉南地委, 길림남부지구) 조직부 부부장 위수
영(危秀英)과 알고 지내서 그를 찾아가 억울함을 호소했다. 위수영의 남편 종적병(鍾赤兵)도 당
시 동북민주연군 후근부 부장 겸 정치위원이었는데, 이 두 사람이 즉시 사람을 파견하여 총살 현
장에서 강백생의 사형을 정지시켰다. 이후 문화대혁명 기간에 강백생은 다시 '우파'로 낙인찍혔을
뿐만 아니라 '특무'로 판결받고 수십여 차례 감금당했다.

이후 모든 공직에서 쫓겨나 아무 경제적인 수입 없이 살았는데, 1970년대에 아내까지 사망하자
혼자 남은 강백생은 거리에서 빌어먹기도 했다. 뇌혈전으로 다리까지 절면서 떠돌며 빌어먹는 강
백생의 모습을 본 사람이 아주 많았다. 강백생은 목에 "나는 항일연군 강백생이다"라고 쓴 패쪽을
걸고 다녔다고 한다.

1980년 이후 중국공산당 중앙에 수백여 차례나 신소신(伸訴信, 억울한 사정을 호소하는 편지)을
제출하였지만 계속 아무 소식 없다가 1980년대 중반에야 비로소 당적을 회복하고 그동안 잘못 내
렸던 판결도 시정받게 되었다. 그러나 이때 강백생은 이미 반신불수 상태였다. 병세가 심각해 말
도 잘하지 못하고 기억도 오락가락했으나 취재하러 온 사람들에게 자기의 억울함을 적은 내용만
큼은 한 글자도 틀리지 않고 줄줄 외웠다. 그것 말고는 다른 질문에는 제대로 대답하지 못했다.

181 모성(毛城, 1915-1995년) 길림성 이통현에서 출생했다. 본명은 무문박(武文璞)이다. 1932년 이통
    현에 와서 반석중심현위원회 위원 강백생의 소개로 중국공산당원이 되었으며, 이듬해 1933년 9
    월에 중국공산당 만주성위원회 연락원으로 일했다. 1934년 12월 만주성위원회의 파견으로 소련
    으로 들어가 동방대학에서 유학했고, 1937년에는 연안으로 들어가 중국공산당 중앙 사회부 보안
    처에서 비서장직에 있었다. 1945년 11월에는 중국공산당 하얼빈시위원회 사회정보부 부장이 되
    었고, 1952년에는 중국공산당 중앙 당교에서 공부했다. 1955년에는 중국인민해방군 총참모부 연
    락부 부부장과 중국공산당 중앙 조사부 부비서장, 중국공산당 길림시위원회 서기, 길림성 당교
    교장, 길림성 제4기 정치협상회의 부주석과 길림성 제5기 인민대표대회 상무위원회 부주임직을
    역임했다.

"나의 입당 소개인은 강백생이었고, 강백생의 입당 소개인은 이홍광과 맹걸민이었으며, 이홍광과 맹걸민의 입당 소개인은 전광이라고 부르는 조선인이었다. 이홍광은 전광과 아주 친했는데, 이홍광의 추천으로 전광 밑에 가서 사업하게 되었던 강백생은 반석중심현위원회 위원 이름으로 이통현에 나와서 사업했다. 그때 강백생의 소개로 중국공산당원이 되었던 사람들 가운데는 나뿐만 아니라 바로 정빈(程斌)도 들어 있었다."[182]

이와 유사한 내용들은 강백생의 회고담에서도 나온다.

"우리 '반석 6학자'를 대표하여 맹걸민이 버리하투로 찾아갔는데 현위원회 서기 전광은 '라오류터우(老劉頭)'라는 조선인 연락원을 우리에게 보내주었다. '라오류터우'가 와서 우리가 조직한 반석학생항일구국회의 간부들과 만나 일일이 이야기를 나눈 뒤 우리 여섯 외에도 또 박세윤(朴世胤), 차향홍(車向红) 등 10여 명이나 되는 열성분자들을 데리고 버리하투로 갔다. 그때 우리는 전광에 의해 모두 예비당원으로 비준되었고 차후 몇 차례 더 조사를 거쳐 정식당원으로 받아들일 것이라는 약속을 받았다. 나는 곧 이홍광, 유명산(劉明山), 따라오쩐(大老金)과 한 소조에 배치되어 이통현으로 파견받아 가서 일하게 되었다. 석 달 후 이홍광과 유명산의 보증으로 정식당원이 되었다."[183]

이 젊은이들은 전광이 발탁한 20대 초반의 젊은 중국공산당원들로, 반석유격대(반석공농반일의용군)의 중심이 되었다. 반석유격대가 또다시 양정우에 의해 '중국공농홍군 제32군 남만유격대'로 개편될 때, 유격대의 총대장과 부총대장, 참

---

182 『磐石党史英烈传』, 磐石縣黨史辦, 2000.
183 취재, 강백생(江柏生) 항일연군 생존자, 취재지 반석현, 1987.

모장, 산하 1, 2, 3대대 대대장[184]이 되었다.

이처럼 당시 남만의 중국공산당 조직과 유격대에서 전광의 영향력은 엄청났다. 때문에 양정우 역시 처음 반석에 내려왔을 때는 전적으로 전광에게 의탁하지 않을 수 없었다. 그의 절대적인 도움과 협조가 있어야 반석에서 사업을 전개해 나갈 수 있었던 것이다.

"다른 건 몰라도 빨리 '오양'이라는 이름부터 벗어던지십시오."

양정우가 건의하자 전광은 어리둥절했다.

"그러면 공농의용대 이름을 회복하겠다는 말씀이오?"

"반석유격대를 남방의 홍군과 같은 명칭으로 사용하라는 성위원회 지시가 있었습니다. 명칭을 '중국공농홍군 제32군 남만유격대'라고 합시다. 그리고 빨리 전투부터 진행하여 본때를 보입시다."

4. 남만유격대와 맹걸민

양정우는 반석유격대가 곽가점의 대패대를 습격하다 낭패한 다음부터 어려워졌다는 걸 알고 남만유격대 첫 전투를 바로 곽가점에서 진행했다. 어찌나 신속하게 행동했던지 회의를 마친 그날 밤에 바로 대원들을 데리고 80여 리 길을 급행군하여 반석현 경내로 들어갔는데, 곽가점에 도착했을 때는 새벽 3시경 남짓했다.

전광이 불편한 몸을 이끌고 양정우와 함께 행동했다. 양정우가 전광을 여러

---

184 남만유격대 총대장 겸 제1대대 대대장 맹걸민, 정치위원 초향신, 부총대장 왕조란, 참모장 이홍광, 제1대대 대대장 박한종(맹걸민의 후임), 제3대대 대대장 유극문, 제4대대 대대장 이송파.

번 말렸지만, 그는 대패대에 어찌나 원한이 깊었던지 이번 전투만큼은 꼭 참가하겠다고 고집을 부렸다. 그리하여 양정우는 겨우 수십여 명밖에 안 되는 대원들 중 2명을 따로 떼어 내 전광 경위원으로 배치하여 주었다고 한다. 전광이 경위원과 함께 좀 늦게 곽가점에 도착했을 때는 이미 전투가 끝나 있었다.

양정우는 곽가점 대패대의 우두머리 우관(于寬)을 산 채로 붙잡아놓고 기다리고 있었다.

"이자를 어떻게 처리할 생각이오?"

"전광 동지 의견을 들어보려고 기다렸습니다. 총살해 버려야겠지요?"

전광은 유격대원들이 모두 보는 앞에서 직접 우관에게 매질을 안겼다.

"작년에 네놈에게 살해당한 우리 유격대 대원들을 생각하면 지금 당장에라도 네놈 목을 자르고 싶지만 조금만 더 살려두겠다. 기다리거라."

전광은 날이 밝기를 기다려 곽가점 백성들을 넓은 공터에 모아놓고 그들이 보는 앞에서 우관을 공개 총살했다. 그리고 중국공농홍군 32군 남만유격대의 이름으로 공시도 한 장 붙여놓았다. 공시 내용에는 "누구든 유격대를 해치려는 자들은 모두 항일을 파괴하는 것으로 간주할 것이고, 우관은 바로 그런 자들의 끝장임을 명심하기 바란다."는 말을 써넣었다. 이는 대패대뿐만 아니라 그동안 반석유격대와 적대관계에 있었던 다른 무장토비들에게 보내는 일종의 경고문이었다. 어쨌든 양정우 덕분에 전광은 남만유격대와 함께 다시 버리하투로 돌아왔으며, 반석중심현위원회 기관을 회복했다.

그러나 얼마 후 전광은 심장병이 심해져 더는 반석중심현위원 서기로 활동할 수 없게 되었다. 12월에 반석현 길장향 장거버툰에 용한 의원이 있다는 말을 듣고 그곳에 가서 한동안 치료받았으나, 그곳 지주 장지인의 밀고로 경찰대가 붙잡으러 오자 다시 버리하투로 돌아왔다. 장거버툰은 의통현 가까이 있었는데 의통현 영성자에 의통특별지부 기관이 자리잡고 있었다. 지주 장지인이 영성자에서 대패대 대원들을 모집하고 있다는 소식이 들어오자 전광은 맹걸민에게 이 대패대를 없애버리라고 했으나, 잠시 전광의 서기직을 대리하던 박문찬(朴文燦)[185]이 말렸다.

"이보게 동생, 영성자까지는 거리가 너무 멀어서 유격대를 파견하는 것은 무리네."

나이가 전광보다 10여 세나 연상인 박문찬은 반석현 반동구위원회 서기와 농민협회 회장을 맡았던 사람이다. 박문찬은 나이는 전광보다 많지만 그 역시 전광의 소개로 중국공산당원이 되었다. 사석에서는 전광과 서로 형님, 동생이라 부르는 각별한 사이였다.

"형님, 그렇지 않습니다. 영성자는 의통특별지부 기관이 자리 잡은 고장인데, 장지주 놈의 대패대가 그곳에까지 가서 소란을 부린다니 가만두고 볼 수야 없지 않지 않겠습니까."

"그러나 자네는 지금 서기직을 내려놓고 치료받는 중 아닌가. 함부로 유격대를 이리저리 가라고 명령하지 말게. 괜히 성위원회로 보고되는 날이면 이번에야말로 무슨 처분을 당할지 모르네."

박문찬이 이렇게 말렸으나 전광이 말했다.

---

185 박문찬(朴文燦, 1888-1935년) 본명이 박원찬(朴元燦)이며 박영찬(朴永燦), 박동환(朴東煥)이라는 별명도 사용했다. 조선 함경북도에서 출생했으며 1929년 반석현에서 반일활동에 참가하여 1930년 5월에 전광 소개로 중국공산당에 가입했다. 그 후 반석현 박자촌(泊子村) 당지부 서기와 반동구위 서기 및 농민협회 회장으로 있었다. 1932년 전광을 도와 반석공농반일의용군을 창건했고, 11월에 전광이 심장병(심장확장증)을 치료하는 기간에 잠시 서기대리로 있다가 1933년 1월에 정식으로 서기에 임명되었고 조직부장직도 겸했다. 5월에 의통지구 구위원회 서기가 되었고, 9월에는 남만유격대가 동북인민혁명군 제1군 독립사로 개편되면서 독립사 산하 제3연대 정치위원이 되었다. 1935년 11월 유하현 안구령에서 일본군 토벌대와 전투 중 총상을 입고 사망했다.

"그러니까 형님이 나를 대신해서 직접 유격대에 지시내리면 되잖습니까."

"유격대를 영성자에까지는 파견하지 못하겠네."

"영성자까지 갈 것 없이 장 지주놈 집을 습격하면 될 것 아니겠습니까. 바로 장거버툰을 습격하라고 하십시오. 내가 그곳에서 장가의 밀고로 하마터면 경찰에 붙잡힐 뻔했습니다."

전광은 부득부득 고집을 부렸다.

"그럼 좋네. 맹걸민과 초향신을 불러서 그들의 의견을 한 번 들어보세."

"내가 내놓은 건의라고 그 애들한테 알려주십시오."

박문찬은 맹걸민과 초향신을 불러 물었다.

"장거버툰의 지주놈이 의통현 영성자에까지 손길을 뻗히면서 그곳의 우리 당 지부가 위협받고 있는 모양이오. 전 서기는 유격대가 직접 가서 이 지주놈을 없 애버렸으면 하는데, 두 분 의향은 어떠하오?"

"전 서기께서 지시내리셨다면야 저희는 언제든 해치울 자신이 있습니다."

"거리가 먼 영성자까지 갈 것은 없고, 장거버툰에 가서 장 지주만 없애면 문 제가 다 해결될지 모르오."

맹걸민은 평소 자신이 직접 인솔했던 제1대대는 정치위원 초향신에게 맡겨 놓고 이송파(李松波)[186]의 제4대대를 데리고 장거버툰으로 떠났다. 출발을 앞두고

---

186 이송파(李松波, 1904-1935년) 중국 길림성 반석현의 한 농가에서 출생했다. 청년 시절 부모와 함께 지주의 밭을 소작하며 살았다. 1930년 봄, 반석현 반동구위에서 활동하던 박문찬과 이동광의 소개로 중국공산당에 가입했고, 8월 반석중심현위회로 옮겨 현위원회 기관을 보위하는 특무대 대원이 되었다가 후에 대장이 되었다. 당시 반석중심현위회 산하에는 2개의 무장조직이 있었는데, 이홍광의 '잡이대'와 이송파의 '특무대'였다.
1932년 3월에 개잡이대와 특무대를 합쳐 반석유격대로 발전시켰는데, 이홍광이 대장이고 이송파는 정치위원이 되었다. 4월에 만주성위원회 군위서기 양림이 반석현에 도착하여 전광과 함께 반석중심현위회 간부훈련반을 조직하고 전문적으로 군사지식을 가르쳤는데, 이송파도 이 훈련반에 참가했다. 6월 4일 반석유격대가 만주공농반일의용군 제4군 1종대(縱隊)로 개편될 때, 이송

맹걸민은 전광에게 인사하러 버리하투에 찾아왔는데, 이때 전광은 잘 갔다 오라고 한마디만 했으면 좋았을 것을 군사지식을 뽐내려고 한바탕 『손자병법』을 늘어놓았다고 전해진다.

"경춘(慶春, 맹걸민의 본명)아, 너도 『손자병법』을 읽지 않았더냐. 「제3 모공편(第三 謀攻篇)」에서 뭐라고 했더냐? 백 번 싸워 백 번을 이긴다 하더라도 그것이 최고의 방법은 아니니라. 최상의 방법은 싸우지 않고 이기는 것 아니겠느냐. 싸우지 않고 이긴다는 것은 외교 교섭으로 상대의 뜻을 꺾는 일이다. 또 상대의 동맹 관계를 분산시켜 고립시키는 일이다. 희생이 요구되는 성곽 공격 따위는 최하의 방법에 지나지 않는다. 아군 병력을 고려하지 않고 강대한 적에게 도전하는 것은 현명한 전쟁이 될 수 없다. 오히려 상대를 다치지 않고 항복시키는 것이야말로 가장 이상적인 전법 아니겠느냐."

전광의 일장 연설을 듣고 나서 맹걸민이 대답했다.

파는 정치부 주임이 되었다가 10월 23일 화전현 경내의 봉밀정자에서 제4대대 대대장에 임명되었다.
1933년 1월, 맹걸민이 장거버튼의 지주 장지인과 담판하러 갈 때 함께 따라갔다가 맹걸민이 살해되자 나머지 대원들을 인솔하고 포위를 돌파했다. 7월 20일에 화전현 북부 팔도하자의 위호산(威虎山)에서 20여 항일삼림대들이 모여 항일연합군을 만들기로 합의했는데, 이홍광과 함께 연합군 참모부의 참모처 처장에 임명되었다. 참모장은 이홍광이 맡았다. 1,600여 명에 달하는 연합군이 8월 13일 호란진 집장자를 공격했는데, 이송파가 양정우의 파견을 받고 직접 삼림대들 사이를 오가면서 전투명령을 내리고 감독했다. 9월 만주사변 2돌이 되는 날에 양정우는 남만유격대를 동북인민혁명군 제1군 독립사로 개편했는데, 이송파는 독립사 산하 제1연대 참모장에 임명되었다. 연합군 참모처장을 맡은 적이 있어 이송파는 각지 삼림대에 널리 알려진 인물이었고 높은 신망을 쌓았다.
1934년 한 해 동안 이송파는 삼림대들을 설득하여 1연대 산하로 들어오게 했는데, 이 연대는 한 소년대대와 8개의 유격중대로 확대되었다. 이는 당시 항일연군의 군사편제로 볼 때 한 사(사단) 병력과 맞먹었다. 1934년 11월에 양정우는 1연대를 기초로 제2사를 내왔고, 조국안을 사장으로 이송파를 참모장으로 임명했다. 이송파의 인품과 사람됨이 얼마나 인기가 있었던지 사장 조국안으로부터 일반 평대원에 이르기까지 모두 그를 참모장이라 부르지 않고 '리따거(李大哥, 이 씨 성 큰형님)'로 불렀다고 한다. 1935년 9월 이송파는 200여 명의 2사 부대를 이끌고 오늘의 화전현 홍석진 경내의 만주군 거점을 공격하다가 전투 중 사망했다. 향년 31세였다.

"옳습니다. 전 서기의 뜻이 무엇인지 잘 알겠습니다. 먼저 장 지주와 담판하겠습니다."

맹걸민은 전광에게 약속하고 1933년 1월 1일 새해 첫날 장거버툰에 도착한 뒤 먼저 지주의 집부터 포위하자는 대대장 이송파의 의견을 무시하고 바로 장지인의 집으로 찾아가 담판했다. 집이 포위되지 않았기 때문에 장지인은 겉으로는 담판하는 척하면서 급히 심복을 마을 밖으로 내보냈다. 이 심복은 반석현경찰대로 달려가 남만유격대가 장거버툰에 왔다는 소식을 전했다.

장지인은 처음에 술상까지 차려놓고 맹걸민 일행을 환대하면서 남만유격대의 요구와 조건을 모두 수락한다고 했다. 그런데 반석현경찰대를 이끌고 장거버툰에 도착한 심복이 먼저 집으로 돌아와 경찰대가 이미 마을 밖에 와서 매복하고 있다고 몰래 알려주었다. 장지인은 담판을 끝내고 떠나려는 맹걸민 뒤에서 심복을 시켜 그의 뒤통수에 총을 쏘게 했다. 총소리와 함께 반석현경찰대도 마을로 들어왔고 지주 집 부근에서 이송파의 제4대대가 이를 저지했으나 도저히 막아낼 수 없었다. 더구나 맹걸민이 이미 사살된 것을 본 이송파는 대원들을 데리고 가까스로 포위를 돌파했다.

맹걸민이 살해당했다는 소식을 들은 전광은 통곡했다. 너무 애통하여 발을 구르며 울다가 혼절하여 쓰러졌는데, 곁에 있던 안광훈(安光勳, 당시 반석중현위원회 선전부장)[187]이 한참이나 전광을 흔들어도 깨어나지 못하자 코에 손을 대보고는

---

187 안광훈(安光勳, 1907-?년) 황해도 해주에서 출생했으며 중국 자료에는 본명이 안창훈(安昌勳)으로 되어 있다. 중국공산당 반석중심현위원회 선전부장직을 맡은 적 있었다. 1938년 2월 13일 환인현 우모구 산간에서 일본군에게 포위되어 전투 도중 부상을 입고 포로가 된 다음 변절했다. 중국 측 자료는 이렇게 밝힌다.
"안광훈은 체포된 뒤 바로 변절했고, 일본군에게 정빈을 투항시킬 방법을 가르쳐주었을 뿐만 아니라 중국공산당 남만성위 비서처 편집실 주임 겸 제1군 1사 정치부 선전과장 부천비(薄天飞) 역시 안광훈의 제보로 은신처가 드러나는 바람에 붙잡히게 되었다."

"숨이 끊어진 것 같다."고 한마디한 것이 잘못 퍼져나가면서 한때 전광도 죽었다는 소문이 파다하게 나돌았다.

열흘 뒤인 1933년 1월 11일, 맹걸민을 이어 총대장에 임명된 왕조란과 정치위원 초향신이 남은 유격대원들과 오늘의 반석현 호란진 경내의 역마향(驛馬鄕, 역마박자) 역마툰(驛馬屯)에서 회의하던 중 지주 고희갑(高希甲) 휘하에 있었던 호란진 보위단의 습격을 받았다. 왕조란과 초향신은 서로 뒤에 남아서 엄호하겠다고 옥신각신하다가 둘 다 사살되고 이번에도 이송파가 나머지 대원들을 데리고 포위를 뚫고 빠져나왔다. 이 포위를 돌파하는 과정에서 20여 명의 대원이 죽었다. 그 가운데 18명이 조선인 대원들이었다. 전광은 이송파와 함께 그를 찾아온 만주성 공청단위원회 순시원 유과풍에게 말했다.

"빨리 가서 양정우 동무를 데려오우. 이번 불상사는 다 나 때문에 일어난 것

안광훈은 변절하기 직전 제1군 참모장과 정치부 주임을 겸직했기 때문에 제1군 부대와 함께 행동하던 반석현위원회의 지방조직 간부 대부분도 일본군에 붙잡히게 되었다. 그 결과 1938년까지 환인, 관전 등 지방에 건설된 제1군 밀영들이 이때 모두 파괴되었고, 이로 말미암아 양정우가 데리고 다녔던 직속부대는 식량과 탄약을 공급받을 수 없게 되었다. 결국 양정우까지도 정빈과 안광훈을 앞세운 일본군의 끈질긴 추격을 당해내지 못하고 1940년 2월 오늘의 길림성 정우현(몽강현) 경내 삼도왜자에서 포위당해 사살되고 말았다.

이후 안광훈은 일본군에 협력한 공로를 인정받아 통화성경찰청 경좌로 임명되었고, 다시 통화일본헌병대 나카지마공작반의 정치훈련반 주임이 되기도 했다. 그는 1941년 1월 직접 전광을 찾아가 귀순하라고 설득했고, 만주국 치안부의 인사 조치로 전광과 함께 오늘의 하북성(열하성) 승덕으로 이동했다. 일본군은 승덕 지방에서 활동하던 조선의용군을 상대로 안광훈과 전광의 활약을 기대했으나 별로 주목할 만한 성과를 거두지 못했던 것으로 보인다. 안광훈은 1941년 승덕에서 열병으로 죽었다는 설과 해방 후 돈화에서 붙잡혔으나 그곳에 주둔했던 팔로군에게 용서받고 풀려나 길림시로 이사했다는 설이 있다. 1970년대에 길림시 용담구 철동가에 살았던 중국인 유자부(劉子浮)가 자기 어머니(중국인 여자)와 재혼했던 사람이 항일연군 제1군 참모장을 지냈던 조선인 안광훈이었다고 증언했으나, 역사학계로부터 인정받지 못했다.

최근 한국에서 발간된 역사학자 정운현·정창현이 공동으로 쓴 『안중근가 사람들』(역사인, 2017)에서는 안광훈이 안중근 의사의 조카인 안호생이라고 주장한다.

이오."

그는 모든 책임을 떠안고 이에 합당한 처분을 받겠다고 나섰다.

며칠 뒤에 양정우가 정신없이 반석으로 돌아왔다.

그동안 전광을 도와 반석중심현위원회 기관 소재지였던 버리하투를 다시 찾고 해룡과 유하 지방에 나가 있었던 양정우는 여기서 해룡유격대 창건자 왕인재(王仁齋, 왕인증王仁增)와 유하유격대 창건자 유삼춘(劉三春, 유산촌劉山村)을 불러 두 유격대를 합쳐 '중국공농홍군 제37군 해룡유격대[또는 해류유격대海柳遊擊隊(해룡, 유하 두 현의 유격대를 합친 이름)]'로 개편하던 중이었다.

그때 박문찬이 파견한 연락원이 해룡에서 양정우를 만나 이렇게 소식을 전했다.

"남만유격대 총대장, 정치위원이 모두 죽었고 현위 서기 전광도 슬픔을 못 이겨 울다가 혼절한 후 깨어나지 못하고 있습니다. 지금쯤은 아마 죽었을 것입니다."

양정우는 어찌나 놀랐던지 얼굴빛마저 달라졌다.

"만한생(滿漢生, 전광)[188]이 죽으면 중현위(반석중심현위원회)가 마비될 수 있소. 진짜로 큰일이오. 바로 반석으로 돌아가야겠소."

양정우는 왕인재와 유삼춘에게 자기가 없는 동안에도 유격대 합병을 다그치라 이르고는 정신없이 반석으로 돌아오는 길에 유과풍을 만났다.

"연락원이 와서 만한생 동무가 죽었다고 하던데 그게 사실이오?"

---

188 전광은 이때 반석중심현위원회 서기직과 반석유격대 참모장직도 겸하고 있었다. 유격대 내에서는 '만하생'이라는 별명으로 통했다. 자기들 참모장이 반석중심현위원회 서기라는 사실은 몇몇 책임자 외에 일반 대원은 아무도 몰랐다. 때문에 중국 일부 자료에서는 반석유격대 참모장 만한생과 정치부 주임 '왕번대머리'(王禿盖子, 왕경王耿)'를 또 다른 사람으로 소개하지만, 사실은 전광과 왕경(문갑송)을 가리키는 별명이었다.

양정우는 전광 소식부터 물었다. 그러나 오보임이 바로 확인되었다.

"제가 올 때는 전광 동지 병세가 많이 호전되었습니다. 유격대가 지금 문제입니다. 대장과 정치위원이 죽고 남은 대원들이 지금 모여앉아 '삽창(揷槍, 총을 땅에 묻고 집으로 돌아간다는 뜻)' 하느냐 '류주(溜走, 총을 소지한 채로 각자 자기 갈 데로 흩어진다는 뜻)' 하느냐로 옥신각신하는 것을 송파 동무가 최선을 다해 말리는 중입니다."

"그렇다면 참으로 다행이오. 일단 과풍 동무는 송파 동무와 함께 유격대 대원 사상교육을 강화하시오. '삽창'도 '류주'도 모두 투항이고 변절이오. 둘 다 왜놈의 개가 되겠다는 소리요. 그러니 이 도리를 잘 설명하여 대원들이 정신 차리게 만들어야 합니다. 중현위의 문제는 이제 성위원회에서 처리 결과를 내리기까지 기다리지 말고 우리가 당단(黨團, 공산당과 공청단) 간부확대회의를 열어서 결정해야겠소."

양정우는 1월 13일, 오늘의 반석현 명성진 영흥촌(明城鎭 永興村) 주변의 '돼지허리령[猪腰嶺]'이라는 남쪽 비탈의 한 오두막에서 1932년 11월 말경 열렸던 제3차 반석중심현위원회 확대회의에 이어서 불과 1개월 정도 사이에 또다시 '반석중심현위원회 남만유격대 특별지부 연석회의'를 개최했다.

여기서 전광은 공개 사과했고 자기 잘못을 인정했다. '만한생'이라는 별명으로 유격대 참모장을 겸직하면서 모든 전투 행동을 쥐락펴락한 것 역시 엄중한 과오 중 하나가 되고 말았다. 적지 않은 자료들에서 전광은 '제3차 확대회의' 때 서기직에서 물러난 것으로 나오지만 이는 정확하지 않다. 강백생은 돼지허리령에서 열렸던 반석중심현위원회와 남만유격대 당원간부 연석회의에 참여했으며, 이때 참모장 만한생이 바로 전광이라고 신분이 공개되어서 회의 참가자들 가운데 적지 않은 사람들이 놀랐다고 회고한다.

전광은 정식으로 서기직과 유격대 참모장직을 철직당했다. 누가 철직했다기보다는 스스로 내려놓았다는 편이 더 합당할지도 모른다. 강백생은 회고에서 이렇게 전한다.

"만한생의 참모장을 누가 대신했으면 좋겠는가 묻는 양정우에게 전광은 이홍광과 이송파 두 사람 가운데서 아무 사람이나 시켜도 된다고 대답했다."[189]

양정우는 참모장에 이홍광을 임명했다.

그리고 양정우는 이송파에게 남만유격대 제4대대를 인솔해서 전광이 치료받으며 지냈던 버리하투 서쪽 감초구(鹼草溝)에 주둔하면서 그의 안전을 책임지게 했다. 1월 하순경 이송파는 전광 곁에 한 소대만 남겨놓고 양정우를 따라 해룡으로 원정했다. 해룡에서 왕인재와 함께 오늘의 매하구시 강대영진(梅河口市 康大營鎭) 31호촌에 설치되어 있었던 만주국 경찰서를 습격했으나 철수할 때 그만 부주의하게 토벌대를 꼬리에 달고 반석현 경내로 돌아오게 되었다. 양정우는 남만유격대 주력부대를 집장자 서쪽 남전묘자(南磚庙子)에 주둔시키고 휴식하고 있었다. 이송파가 31호촌 경찰서를 습격해서 노획한 쌀과 고기를 가지고 감초구로 돌아오자 전광이 깜짝 놀라 말했다.

"내가 요즘 건강이 많이 좋아져서 감초구 주변 산들을 돌아다니면서 바람도 쏘일 겸 산세도 돌아보곤 했는데, 엊그저께부터 경찰대 한 무리가 지금 집장자 쪽으로 향한 길가 숲속에 모두 엎드려 숨어 있는 것을 발견했소. 아무래도 당신네들이 뒤를 따르던 꼬리를 미처 발견하지 못한 게 틀림없소. 경찰대 놈들이 지금 일본군에 알려서 토벌대가 오기를 기다렸다가 함께 남전묘자를 포위하려는

---

189   취재, 강백생(江柏生) 항일연군 생존자, 취재지 반석현, 1987.

게 틀림없소."

전광의 말을 들은 이송파도 몸서리를 쳤다.

"그럼 어떻게 하면 좋을까요?"

"빨리 가서 양 사령에게 알리고 감초구로 부대를 증원해달라고 하오. 그 사이에 토벌대가 이미 도착해 남전묘자 쪽으로 들어가면 송파 동무가 4대대를 거느리고 포위진 밖에서 맞서면 되고, 아직 토벌대가 도착하지 않았다면 여기 감초구에서 매복진을 치고 토벌대를 먼저 막는 것이 좋겠소. 일단 빨리 양 사령에게 사람을 보내오."

"누구를 보낼 것 없이 제가 직접 가겠습니다."

"좋소. 그럼 이렇게 합시다. 만약 송파 동무가 감초구로 돌아오기 전에 토벌대가 도착하여 경찰대와 함께 집장자 쪽으로 들어가면 나는 나머지 대원들과 포위진 바깥에서 토벌대 배후를 공격하겠소. 동무네도 안에서 함께 치고 나오시오. 잘하면 아주 성공적인 반포위전이 될 수도 있을 것이오."

이송파는 남만유격대 제4대대를 통째로 전광에게 맡겨놓고 정신없이 양정우에게로 달려갔다. 그때 마침 양정우도 왕인재가 해룡에서부터 보내온 전령병에게서 해룡현 경찰대대가 남만유격대 뒤를 미행하면서 따라갔다는 소식을 받고 한창 전투 배치를 하던 중이었다.

"역시나 황포군관학교 교관이 다르긴 다르오."

이송파에게서 전광의 작전 방안을 전달받은 양정우는 감탄했다.

양정우는 즉시 총대장 원덕승에게 두 대대 병력을 주어 감초구로 달려가게 하고 자신은 이홍광과 함께 한 대대만 이끌고 남전묘자에서 대기했다. 어찌나 신속하게 행동했던지 이송파가 원덕승과 함께 다시 감초구에 도착했을 때 마침 토벌대도 감초구 근처의 한 산길로 들어서고 있었다. 이 산길 주변에 매복하던 전광은 응원병이 도착하지도 않은 상황에서 "에라 모르겠다. 죽어도 한 번 죽겠지." 하고 중얼거리면서 전투명령을 내렸다. 40여 명밖에 안 되는 제4대대 대원들을 데리고 100여 명도 훨씬 더 넘는 일본군 토벌대를 저격하고 나섰던 것이다.

만약 원덕승의 두 대대가 제때 도착하지 않았더라면 전광은 1933년 1월에 이미 저 세상 사람이 되었을 것이다. 게다가 두 대대를 보내고도 마음이 놓이지 않았던 양정우가 이홍광과 함께 남은 한 대대까지 데리고 달려와 토벌대를 물리치고 크게 승리할 수 있었다.

5. "어디에서 넘어졌으면 어디에서 일어난다."

1933년 3월경에 전광은 감초구를 떠나 화전현 북부 팔도하자로 이동했다.

여전히 이송파의 제4대대가 전광을 호위했다. 이때 전광은 양정우에게 두 가지 과업을 받았다. 하나는 양정우가 미처 마무리하지 못했던 해룡유격대와 유하유격대를 합병하여 유격총대를 만드는 일이었고, 다른 하나는 반석과 화전, 이통, 쌍양, 동풍, 해룡, 휘남, 영길 등 지방에 흩어져 있던 20여 갈래에 달하는 무장토비들을 모아서 단일 항일연합군을 만들어내는 일이었다.

"이 두 가지가 지금 제가 급히 해내야 하는 일인데, 만약 전광 동지께서 어느 한쪽을 담당해 주실 수 있다면 저에게 큰 도움이 됩니다."

양정우와 전광 사이에서 이런 사업 논의가 진행된 것은 5월경 중국공산당 만주성위원회 비서장 풍중운이 중국공산당의 "1·26 지시편지" 정신을 전달하기 위해 남만에 도착한 뒤였다. 전광은 양정우의 손을 잡고 말했다.

"어느 한쪽이 아니라 그 두 가지를 내가 다 맡겠소. 대신 양 사령은 어쨌든 남만유격대를 살려주시오. 그러면 내가 양 사령에게 큰 절을 올리겠소."

"그렇다면 좋습니다. 전광 동지께서는 병운(兵運) 사업(병사들에 대한 사상교육 등 정훈활동)을 맡아주십시오. 사실 그동안 병운 사업을 진행하던 조국안이나 송철암 같은 동무들도 모두 전광 동지의 파견을 받고 과거 구국군과 만주군 부대들에 파견 나가지 않았습니까. 만약 전광 동지께서 병운 사업을 맡아주시면 넉넉하게 한 1년쯤 잡으면 남만유격대를 독립사단 규모의 정규부대로 발전시킬 수 있을 것입니다."

지금까지 전광 연구를 진행하는 중국과 남북한 연구가들은 전광이 1933년부터 1934년까지 2년 동안 무엇을 하고 지냈는지에 대해 제대로 된 설명을 내놓지 못한다. 해방 후 전광의 조카[190] 한 사람이 중국 연변인민출판사에서 근무한 적이 있었다. 그는 1950년대 후반에 북한에서 온 사람들이 그의 집을 방문해 집에 보관한 전광의 사진과 편지 등을 모두 챙겨서 북한으로 가져가 버렸다고 술회했다. 따라서 필자는 북한이 전광에 대해서 아주 깊이 알고 있으리라 믿어 의심치 않는다.

중국 요령성 당안관 보관 자료에는 1958년 평양에서 한동안 주재했던 중국 국가 상무판사처 주임 이요규(李耀奎, 왕달리王達理)가 김일성과 최용건의 초청을 받고 연회석상에 가서 한담하던 도중에 김일성이 한 말을 듣고 몹시 무척 놀랐다는 기록이 있다.

"이요규 동지는 전광에 대해서 잘 아십니까? 저희가 1940년에 소련으로 이동할 때, 이자가 끌고 온 토벌대의 추격을 받고 하마터면 붙잡힐 뻔했습니다."

---

190 전광의 조카는 자신의 딸과 사위가 모두 출판사에서 근무한다며 실명 밝히는 것을 거부했다.

이요규는 전광과 모스크바동방대학에서 함께 공부했던 친구였다.

"내가 어떻게 전광에 대하여 모를 수 있겠는가. 그는 아주 유명했던 사람이다. 내가 만주성위원회 서기로 파견받고 하얼빈에 와 있을 때, 전광을 하얼빈으로 불러서 한 번 만나보려 했으나 그는 바쁘다고 오지 않아서 만나지 못했다. 그때 전광은 반석중심현위원회 서기직에서 제명당했으나 양정우를 도와 병운(兵運) 공작을 책임졌는데, 우리가 당지에서 제명당한 간부를 다른 지방으로 이동시킬 때는 여러 이유가 있었다. 일단 그 간부의 사업 작풍과 특성이 그 지방에 어울리는지가 첫 번째 고려 대상이고, 다음은 지역적 인연 관계를 고려하여 그가 일을 추진하기에 수월하고 편리한 다른 지역을 고려 대상에 넣곤 했다. 한 지방에서 사업을 잘하지 못하여 원래 직책에서 제명까지 당했을 정도라면, 그는 이미 그 지방에서 군중 위신을 모두 잃어버리고 다시 사업을 진행해 나가기가 굉장히 어렵다. 그런데 전광의 경우는 달랐다."[191]

이요규와 관련한 이 자료의 설명에 따르면 "1·26 지시편지" 정신을 전달하러 남만에 내려갔다가 돌아왔던 순시원(풍중운을 가리킴)이 전광은 양정우와 굉장히 잘 협력하고 있는데, 전광 본인이 "어디에도 가지 않고 어디에서 넘어졌으면 다시 어디에서 일어서겠다."는 견결한 태도를 보였다고 했다. 그뿐만 아니라 양정우까지도 전광이 다른 데로 이동하지 말고 계속 남만 지방에 남아서 자신을 도와주기를 바랐다. 그만큼이나 남만에서 전광의 위치는 아주 중요했다.

무엇보다도 반석 지방 각지의 당 조직들은 두말할 것도 없고 유격대의 주요 골간들이 모두 선광의 인도로 혁명에 참가한 사람들이었기 때문이다. 또한 황포

---

191 『遼寧黨史人物研究-李耀奎』, 中共遼寧黨史研究室, 1999. "王铸烈士传略", 李文哲 撰寫, 开原市委党研室编, 『峥嵘岁月』登録.

군관학교 교관이라는 신분 외에도 해륙풍에서 농민운동을 지도한 적이 있는 전력 때문에 전광은 남만 지방 모든 혁명가에게 숭배 받았다. 양정우는 이와 같은 전광에 대해 결코 시기하거나 배척하지 않고 남만 지방의 여느 평범한 당원들 못지않게 전광을 존경했고 그의 존재가치를 높이 샀던 것이다.

양정우는 전광에게 이송파의 제4대대뿐만 아니라 조국안의 박격포중대까지도 붙여주었다. 이때 전광의 공식 직책은 남만유격대 제4대대 정치부 주임이었다. 1933년 5월에 열렸던 제4차 중국공산당 반석중심현위원회 확대회의에서 내린 결정에 의해서였다. 이 회의에서는 잠시 동안 전광의 서기직을 대신했던 박문찬도 서기직을 내려놓고 이통현으로 이동했다.

제4차 반석중심현위원회 확대회의에서 또 희한한 일이 발생했다. 박문찬 뒤를 이어 제4임 반석중심현위원회 서기를 선출하는데, 참가자 모두 일반 위원 신분으로 참가한 전광 얼굴만 쳐다보면서 그가 먼저 입을 열기를 기다리고 있었기 때문이다.

1929년에 전광과 함께 반석에 왔던 박봉(朴奉)과 전광은 제1임 반석현위원회 서기직과 제1임 반석중심현위원회 서기직을 맡았고, 전광이 직접 발탁한 박문찬과 이동광(李東光, 이동일), 김창근(金昌根)[192] 세 사람 가운데 박문찬이 전광을 대

---

192 김창근(金昌根, 1907-1935년) 왕평산(王平山)이라고도 불렸으며, 1935년에 중국공산당 반석중심현위원회 마지막 서기직을 맡았다. 고향은 평안북도이며 1921년에 길림성 훈춘현으로 이주했다. 1924년 용정 대성중학교에 입학하여 공부했고, 1927년에 반석현 호란진으로 들어가 소학교 교원이 되었다. 이후 전광의 소개로 중국공산당에 참가한 뒤 괴자항구위원회 조직위원을 거쳐 서기가 되었다. 1934년 11월에 반석중심현위원회 서기 이동광이 남만특위로 서기로 옮기면서 서기직을 이어받았다. 이후 남만특위 기관은 주로 1군 1사와 함께 행동했고, 반석중심현위원회 기관은 1군 2사와 행동했다. 1935년 7월에 1군 2사 참모장 이송파와 함께 홍식라자전투를 조직했으며, 이 전투에서 부상당한 10여 명을 이끌고 이통 3구 두도구 대간방자에서 밀영을 건설했다. 10월에 이송파와 함께 영성자의 만주군 기병부대를 습격하여 보총 20여 자루와 기관총 2정을 노획했다. 이후

신하여 이미 몇 달 동안 서기직에 있었다. 적임자로 남은 나머지 두 사람은 이동광과 김창근뿐이었다. 이동광은 전광이 반석중심현위원회 산하 반동구위(磐東區委) 서기직에 앉혔고, 김창근 역시 반석중심현위원회 산하 괴자항구위(拐子炕區委) 서기직에 있었다.

"전광 동지께서 먼저 한 말씀 해주시지요."

양정우의 요청에 전광은 이동광과 김창근을 멀거니 바라보다가 겨우 한마디 내뱉었다.

"동일(이동광의 별명)이와 창근이 누가 해도 좋은데, 나이 많은 동일이가 먼저 하고 창근이는 그 다음번에 하면 좋겠소."

양정우가 웃으면서 나무랐다.

"아니, 이건 술잔 돌리는 것도 아니고 당의 영도기구를 선출하는 문제인데, 어떻게 나이로 선후 순서를 매길 수 있습니까."

그러자 전광이 이렇게 대답했다.

"그럼 어떻게 하겠소. 둘 다 훌륭한 동무들인데. 굳이 거수로 선출해 보아야 이 회의에 참가한 당원동무들만 난처할 것 아니겠소. 4년 전 우리가 처음 반석현위원회를 성립할 때도 성위원회 순시원 강삼(姜三, 진덕삼陳德森) 동무가 나한테 근만이와 근수 그리고 나까지 셋 중에서 누가 서기직을 맡는 게 좋겠냐고 묻기에, 나는 나보다 4개월쯤 먼저 반석에 온 근만(根萬, 박근만, 박봉朴奉)이와 근수(根

김창근은 반석현위원회(이때 반석중심현위원회는 반석현위원회로 규모가 축소되었다)를 대간방 자밀영으로 옮겼다. 12월에 이통 지구 당 조직을 시찰하러 나갔던 김창근은 밀영으로 돌아오는 길에 대간방자 부근에서 뒤를 따라오던 토벌대와 전투하다가 총탄을 가슴에 맞고 28세의 나이로 사망했다. 이후 대간방자밀영에 있던 대원들은 모두 양정우를 찾아갔으며, 1937년 7월 제3차 서북원정에 참가했다가 오늘의 요령성 신빈현 황토강자(黃土岡子)에서 만주군의 공격을 받고 모두 사망했다.

秀, 박근수) 두 형제[193] 가운데 아무나 시키라고 했소. 또 둘 중 누가 먼저 했으면

---

193 1929년 8월에 중국공산당 상해 중앙국으로부터 파견 받아 만주성위원회에 도착했던 김산과 전광, 박근만(朴根万), 박근수(朴根秀, 전세광全世光) 등 조선인 혁명가들은 코민테른의 "1국 1당 원칙"에 의해 조선공산당 당원들을 중국공산당적으로 이적시키는 임무를 책임지고 집행했다. 그때 전광은 동만으로 파견 받고 내려가다 보니 1월에 반석에 도착한 박근만, 박근수 형제보다 4개월쯤 늦은 5월에 도착했다. 이 무렵 김산이 먼저 박근만, 박근수 형제와 함께 반석에 도착하여 '한족조선농민협회'를 설립했고, 반석 지방에서 숨어 지내던 조선공산당 출신인 이동광, 박운파, 최송파, 김창근 등을 발굴했다. 당시 박근만은 박봉이라는 별명을 사용했고, 박근수는 전세광, 오성륜은 전광이라는 별명을 사용했다. 이 세 사람은 모두 황포군관학교 출신들이었다. 여기서 박근만과 박근수 형제의 큰 형이었던 박근성(朴根星, 박영朴英)은 1927년 광주폭동 당시 60여 명의 조선인 출신 대원을 포함한 200여 명의 돌격대를 인솔하고 진지를 고수하다가 안청이라는 16세 소년한 사람을 제외하고 박영 본인까지 포함해 모두 전멸당했다.
1930년 6월에 반석에서 첫 현급 당위원회를 성립할 때 명칭은 '중국공산당 반석현 임시위원회'였고 8월에 열린 중국공산당 반석현위원회 제1차 대표대회에서는 만주성위원회 순시원 강삼(姜三, 진덕삼), 이재침(李載琛)이 참여했고, 전광의 추천으로 박근만이 제1임 현위원회 서기직을 맡았다. 1931년 8월에 반석현위원회를 '반석중심현위원회(이하 중현위)'로 개편하고 만주성위원회 직속 관할 아래 두었다. 중현위의 관할 범위도 반석현 한 지방에 국한하지 않고 반석 주변의 이통, 통화, 쌍양, 화전, 휘남, 동풍, 영길 등 남만 전 지역으로 확대했다. 때문에 정확한 의미에서 중현위 제1임 서기는 전광이었던 셈이다. 박근만은 조직부장으로 내려앉았고 박근수는 반동구위로 파견되었다.
이 무렵 중국공산당 중앙의 "만주성위원회에 보내는 편지(中共中央7月1日 给满洲省委信)"에서 "지방 당 조직의 지휘기관을 가급적 축소하고 당원 간부들은 모두 군중 속으로 들어가 지역 당 조직 직책을 겸직해야 한다."는 지시정신을 관철하기 위해 중현위에서는 서기 전광과 반석중심현위 산하 공청단서기 '샤오장[小張, 훗날의 유하중심현의원회 서기 풍검영馮劍英(본명 최봉관崔鳳官의 별명)]' 두 사람을 제외한 조직부장 박근만과 선전부장 안광훈, 군사부장 김광도 등이 모두 반석중심현위 산하 각 구위원회와 지부 당 조직들에 내려갔다. 나중에는 전광 본인까지도 중현위 서기직과 유격대 참모장직을 겸직하게 되었다. 만한생은 이때 그가 사용한 또 다른 별명이다. 박근만은 반석 지방에 처음 나왔을 때 교편을 잡고 지냈던 역마박자(驛馬泊子)소학교에 들어가 교사 신분으로 위장했고, 동생 박근수도 반석모범소학교(模范小学)에 들어가 다시 교편을 잡았다.
1933년 1월에 전광이 중현위 서기와 유격대 참모장에서 물러났을 때 전광과 함께 반석에 나왔던 이 두 형제도 역시 당과 유격대의 권력 중심부에서 빠르게 멀어졌다. 1933년 1, 2월경에 전광은 남만유격대 산하 제4대대 정치부 주임으로 내려앉았으나 낙심하지 않고 다시 복권하여 1940년에는 조선인으로서 남만 지방의 당과 군대 내에서 최고직까지 올라갔으나 결국 일본군에 귀순하여 변절자가 되고 말았다. 박근만(박봉)은 1933년부터 일반 교사로 세월을 보내다가 해방 후 반석현을 떠나 길림시로 이사했으나 1960년대 말 문화대혁명 때 '혁명대오 내 도주분자'로 낙인찍혀 투옥되었다가 감옥에서 사망했다. 동생 박근수(전세광)는 1937년에 반석현경찰국에 불려가 자술서를 바치고 귀순증을 발급받았다. 그 역시 해방 후 '반역자'로 몰려 투옥되었으나 후에 풀려나 '역사 반혁명분사'로 ㎡정받았다. 1960년대에 병으로 사망했는데, 그의 둘째사위 최후택이 1980년대 연변대학에서 사회과학부 교수로 재직했다.

좋겠느냐고 묻기에 형인 근만이가 먼저 하고 동생은 나중에 하라고 권고했댔소. 그리고 이듬해에 내가 이어받았지요. 뭐가 잘못됐소."

이 대답에 참가자들은 모두 웃음을 터뜨리고 말았다.

당시 이동광이 지도하던 반동구위는 남만유격대의 산실이나 다름없었다. 1932년 6월 개잡이대가 반석유격대로 개편될 때 바로 반동구위원회 관할이었던 소고산에서 개편대회가 진행되었다. 이후 양정우가 도착하여 남만유격대로 재개편되면서도 반동구위는 유격대의 주요 활동 지역이다 보니 양정우와 이동광은 여러 차례 만나 서로에게 깊은 인상을 남겼다.

양정우는 이동광과 김창근 중에서 이동광을 선택했다. 그러나 이듬해 11월에 중국공산당 남만임시특별위원회가 성립되면서 이동광이 서기직과 선전부장직을 겸직하는 일이 발생했고, 이때 반석중심현위원회 서기직은 자연스럽게 김창근에게로 돌아갔다. 비록 전광은 이동광이나 김창근에게 비하면 혁명 경력면에서 아득한 선배였으나 1933년 이후부터는 거의 밑바닥에서부터 다시 시작할 수밖에 없었다. 남만유격대 정치위원 양정우 한 사람을 제외하면, 참모장 이홍광 이하 각 대대 대대장과 중대장, 소대장들에 이르기까지 모두 전광의 인도로 혁명에 참가하고 중국공산당원도 되었다. 그러니 다른 사람 같았으면 창피해서라도 이 바닥에서 더는 버티지 못했을 것인데 전광은 그렇지 않았다.

그는 진심으로 자신의 과오를 반성했고, 또 그 과오로 말미암아 거의 빈사지경에 이르렀던 유격대가 양정우에 의해 하루가 다르게 변하고 성장해 가는 과정을 모두 목격했던 것이다. 때문에 그는 최선을 다해서 양정우를 도왔다. 양정우도 그런 전광을 몹시 존경했다. 오히려 전광의 어마어마한 혁명 전력은 그의 이후 활동에 훨씬 더 많은 도움과 편의를 준 면도 없지 않았다.

6. 반일연합군을 조직하다

전광의 공식 직책은 남만유격대 제4대대 정치부 주임이었으나 대대장 이송파는 모든 일을 전광에게 보고하고 동의를 얻은 뒤에야 진행했다. 또 박격포중대장 조국안도 양정우로부터 전광의 지시에 따르라는 명령을 받고 제4대대와 함께 행동했다.

조국안의 박격포중대는 원래 연통산(烟筒山)에 주둔하던 만주국군 경비 제5여단 산하 제10박격포중대였다. 전광이 파견한 조국안과 송철암이 이 부대에 잠복하여 60여 명의 박격포중대 병사들을 유격대로 귀순하게 만든 것이다. 이름만 박격포중대일 뿐 박격포는 3대밖에 없었다. 대신 대원들이 귀순할 때 훔쳐 나온 포탄은 많았다. 전광은 이 박격포중대와 함께 다니면서 반석 주변 각지 무장토비들에게 항일연합군 참여를 권고했는데, 말을 잘 듣지 않는 무장토비들의 산채에 포탄을 한 발씩 갈기곤 했다.

"쿵!"

단번에 집 몇 채가 날아가 버리는 박격포의 위력은 무장토비들을 기절초풍하게 만들었다. 일반 삼림대나 무장토비들은 말할 것도 없고 『삼국지』나 『수호전』에서나 나올 법한 옛 시대 군대를 방불케 하는 '홍창회'니 '대도회'니 하는 토비들은 박격포를 갖고 다니면서 항일연합군에 동참하라고 을러대는 전광에게 겁을 잔뜩 집어먹고 부들부들 떨었다.

중국에서 양정우에 대해 이야기할 때는 1933년 6, 7월경에 반석 지방에서 활약했던 일명 '조려(趙旅, 또는 조퇀趙團)'로 불리던 조보림(趙寶林) 부대와 '마퇀(馬團)'으로 불린 마립삼(馬立三) 부대 이야기가 반드시 등장한다. 두 부대에 찾아가서 항일연합군에 들어오라고 조보림과 마립삼을 설득했던 사람도 바로 전광이었다. 전광은 이들이 고분고분 말을 듣지 않자 박격포를 구경시키면서 "항일연합군에 동참하지 않으면 우리 남만유격대의 적으로 간주될 수 있다."는 말을 내뱉으면서 은근히 위협까지 했다.

그러다가 이 두 부대가 반석현 경내 서판등구(西板凳溝)에서 일만 혼성군에게 포위되었는데, 전광은 급히 양정우에게 사람을 보내 버리하투에 주둔하던 남만유격대를 이끌고 와서 조보림과 마립산을 구해낼 것을 요청했다. 양정우는 즉시 서판등구로 달려가 일만군 배후를 공격했다. 남만유격대가 조려와 마탄을 토벌하던 일만 혼성군을 격파하자 이 두 부대는 항일연합군에 참여하겠다고 응낙했다.

드디어 7월 하순경에 '조려'와 '마탄' 외에도 또 '모탄(毛團)', '한탄(韓團)', '송탄(宋團)', '임탄(林團)', '오탄(吳團)'이니 하는 부대들과 '상점(常占)', '전신(殿臣)', '천룡(天龍)' '삼강호(三江好)', '사계호(四季好)', '평동양(平東洋)', '소백룡(小白龍)', '악자(樂子)', '금산(金山)', '조격비(曹格飛)' 등 수십 갈래의 무장토비들까지 도합 1,600여 명에 달하는 항일연합군 세력이 규합됐다. 1933년 7월 20일, 이들은 오늘의 화전현 북부 팔도하자 경내 위호산에 모여 정식으로 항일연합군 결성을 합의했고 총지휘에는 가장 병력이 많은 '모탄' 두령 모작빈(毛作斌)을 추천했다. 이는 전광이 양정우를 대신하여 모작빈과 암암리에 거래한 결과였다. 원래 총지휘에 추대될 양정우 자리를 모작빈에게 양보함으로써 양정우는 연합군 정치위원장을 맡았다. 따라서 연합군에 참모부를 설치하고 참모부의 일상 업무도 모두 정치위원장이 주관하는 조건을 모작빈이 받아들인 것이다. 양정우는 연합군 참모처장을 전광에게 맡기려고 했으나 전광은 이렇게 권했다.

"지금부터 이 연합군을 정규화하려면 내가 시키는 대로 하오. 참모처 위에 따로 참모장을 임명하여 참모처는 참모장이 직접 지휘하게 하고, 참모처장 밑에 군수과, 작전과, 정찰과, 군의과, 교통과, 기술과, 정치과까지 모두 6개의 과급 부서를 만들면 됩니다. 참모장에 이홍광을 임명하고, 참모처장은 이송파에게 맡기면 가장 좋을 것 같소. 이 두 사람은 원래부터 반석유격대의 쌍벽(雙璧)이었소. 당초 반석유격대를 만들 때도 이홍광의 개잡이대와 이송파의 특무대를 한데 합쳐 만든 것이오. 나는 계속 송파 동무 밑에서 일하겠소. 이 참모처 산하의 정치과장이 되겠소."

양정우는 전광의 건의를 모두 받아들였다.

유격대를 정규부대로 개편하기 위한 군사 방면의 행정지식은 오로지 전광에게서 나올 수밖에 없었다. 그는 자신이 직접 발탁해서 키웠던 젊은 이홍광과 이송파를 남만의 당과 군대의 전면에 내세우기 위해 스스로 말단 정치과장으로까지 내려간 것이다.

그러나 이 때문에 전광의 위상이 손상되지는 않았다. 거꾸로 사람들은 그를 더욱 존경했다. 특히 양정우의 전광에 대한 예우는 극진했다. 회의할 때면 양정우는 언제나 전광을 지명하여 특별히 발언권을 주었다. 회의에서 토의된 의안을 결정할 때도 말미에는 반드시 전광의 의견을 물었다. 이에 호유인은 이렇게 설명한다.

"전광은 양정우의 말을 듣고 싶은 것만 듣고, 듣고 싶지 않은 것은 귓등으로 흘릴 때가 많았다. 하지만 양정우는 전광의 말이라면 귓등으로 흘리는 일이 없이 모조리 귀담아 들었다."[194]

---

194 취재, 호유인(胡維仁, 가명) 중국인, 전광(오성륜) 전문가로 자처하는 문사연구가, 취재지 통화, 2000.

1933년 7월 10일 '청룡산회의' 때였다.

참모처를 설립하면서 이에 필요한 돈을 어떻게 조달할 것인가 하는 문제도 의안의 하나였다. 무장토비들은 총지휘로 추대된 모작빈이 비용 전액을 책임져야 한다고 떠들었고, 모작빈은 양정우에게 떠밀었다.

"아무래도 연합군을 주도하는 우리가 감당해야 할까 보오."

양정우는 신임 반석중심현위원회 서기 이동광과 의논했다.

"참모처를 운영하자면 최소한 1,000원 이상은 필요할 텐데, 현재 우리한테는 단돈 100원도 없습니다. 이렇게 많은 돈을 무장토비들이 공동으로 분담해야지 어떻게 우리 공산당 유격대에다가 모조리 떠밀어 버리는지, 이건 말도 안 되는 소리입니다."

"그럼 일단 전광 동지 의견을 들어보고 다시 결정합시다."

양정우는 전광에게 좋은 방안이 없는지 물었다.

"참모처 설립 방안을 내놓으셨으니, 참모처 운영비까지 전광 동지께서 해결해 주셨으면 좋겠습니다."

남만유격대는 물론 반석중심현위원회에도 돈이 없는 걸 누구보다 잘 아는 전광이 대답했다.

"무슨 고민할 일도 아닌 걸 가지고 그렇게 걱정들이시오. 나한테 다 방법이 있으니 아무 염려 말고 그냥 시키는 대로 하시오."

전광은 이송파에게 참모처 회의를 소집하게 하고, 여기에 양정우와 함께 모작빈, 조보림, 마립삼 등 연합군 두령 몇몇을 참가시켰다.

"지금 이통현 영성자에 두 중대의 경찰대대가 주둔해 있다는 정보가 있는데, 병력은 대략 250명가량입니다. 이는 이 전투를 성공하면 우리는 250여 자루의 총을 노획할 수 있다는 뜻이지요. 연합군의 첫 전투로 해보는 것이 어떻겠소?

영성자를 점령하면 노획물이 만만찮을 것인데, 참모부 운영 자금부터 먼저 해결하고 나머지는 전투에 참가한 부대들이 공동으로 나눠가지는 것으로 합시다."

참모장 이홍광과 참모처장 이송파는 전광이 시키는 대로 앞에 나서서 이런 방안을 냈다. 모작빈과 양정우의 동의를 거쳐 7월 20일에 전투를 개시하기로 결정했다. 참가부대는 자원에 맡긴다고 선포했으나 노획물이 적지 않을 것으로 짐작한 무장토비들은 모두 이 전투에 참가하겠다고 나섰다. 그 결과 1,000여 명에 달하는 연합군이 영성자를 공격하기 시작하자 의통현 경찰대대 1, 6중대는 불과 하루 만에 모조리 도주하고 말았다.

영성자에서 노획한 노획물들은 참모처에서 책임지고 엄격하게 배분했다.

"하늘땅이 무너지는 한이 있어도 노획물은 정말 공평하게 나누어야 하오. 설사 우리가 좀 손해보고 밑지는 한이 있어도 말이오. 무장토비들이 불만을 품게 해서는 안 되오. 만약 여기서 문제가 생기면 연합군 자체가 와해될 수 있음을 명심하시오."

전광은 이홍광과 이송파에게 이렇게 당부하고 또 당부했다.

양정우뿐만 아니라 남만유격대의 모든 사람 눈에 전광의 이와 같은 변화는 참으로 괄목할 만한 것이었다. 불과 얼마 전까지만 해도 상점대에서 탈출할 때 그냥 빈손으로 나올 수는 없지 않느냐면서 총을 훔치라고 부추긴 사람이 바로 전광이었기 때문이다.

남만의 항일연합군은 1933년 8월 중순경 다시 1,600여 명을 동원하는 전투를 벌였다. 이번에도 전광이 건의하여 양정우는 반동(磐東, 반석 동부)의 중진(重鎭) 호란집장자(呼蘭集場子)를 공격하기로 정했다. 호란진은 서집장자와 동집장자로 나뉘는데, 오늘날의 반석현 호란진 중심거리가 있는 집장자는 동집장자에 속했다.

반석현과 화전현 사이의 길목에 있었기 때문에 군사상으로도 아주 주요한 요충지였다. 700여 명에 달하는 만주국 군경이 주둔했고, 여기에 고희갑의 대패대까지 합치면 거의 1,000여 명에 가까운 대병력이 지키는 셈이었다.

주공 임무를 맡게 된 제1대대 대대장 박한종이 오래전부터 연계해온 후해민(侯海敏)이라는 중국인 공청단원이 호란진 만주군 내부에 잠복하고 있었다. 그를 통해 얻은 정보를 가지고 박한종이 양정우와 이홍광에게 찾아와서 말했다.

"고희갑 부대에 기관총만 30여 정이나 있다고 합니다."

만약 연합군 1,600여 명이 일사불란하게 공격하지 못한다면 오히려 남만유격대가 열세가 될 것은 자명했다.

"이번에야말로 왕조란과 초향신의 원수를 갚을 절호의 기회인데, 이런 기회를 놓치면 어떻게 한단 말이냐."

전광은 몰래 찾아와서 걱정하는 이홍광과 이송파를 격려했다.

"만약 전투가 순조롭지 못하고 결과가 나쁠 경우, 그 정치적 부담이 전광 동지께로 돌아갈까 걱정스럽습니다."

이송파와 이홍광이 다른 조선인 간부들을 대신하여 이렇게 우려를 전달했다.

"너희가 쓸데없는 걱정을 하고 있구나. 내가 이미 말단 정치과장으로까지 내려와 있는데, 더 무슨 정치적 책임을 질 일이 있겠느냐. 아무 걱정 말고 양 사령을 도와서 이번 전투를 잘 치러내야 한다. 나도 직접 참전하겠다."

모두 말렸지만 전광은 이송파와 함께 직접 유격대 주둔지로 내려왔고, 주공 임무를 맡은 박한종 대대와 함께 동집장자 근처로 바짝 접근해갔다.

1933년 8월 13일 저녁부터 공격을 시작하여 8월 16일 오전까지 사흘밤낮을 싸웠지만 연합군은 동집장자를 점령하지 못했다. 사흘째 되는 날에는 일본군 200여 명이 반석현에서 달려왔다. 적들의 원병을 막기로 했던 조보림과 마립산

부대가 이를 막아내지 못한 데다 주공 임무를 맡았던 남만유격대와 함께 공성 부대에 참가한 전신 부대가 자기 멋대로 먼저 철수하자 다른 부대들도 덩달아 뒤로 물러서기 시작했다. 나중에는 남만유격대까지도 어쩔 수 없이 철수를 서둘렀다.

"비적놈들아, 내 기관총 맛을 좀 보거라!"

동집장자 북문 쪽에서 고희갑이 직접 200여 명의 부하들을 이끌고 말을 달려 나오면서 한창 철수 중인 남만유격대를 향해 큰 소리로 외쳐댔다. 철수하던 유격대 제일 뒤에 남았던 전광이 그것을 보고 곁에 있던 박한종에게 소리쳤다.

"환종(喚宗, 박한종의 별명)아, 빨리 저놈부터 쏘아 눕히거라."

박한종은 대원들에게 고희갑 하나만 겨누고 모두 방아쇠를 당기게 했다. 그리하여 총탄 수십 발이 한 목표물을 향해 동시에 날아갔는데, 잠깐 사이에 고희갑이 손에 기관총을 안은 채 말에서 곤두박질쳤다. 고희갑을 부축하려 달려오던 일본군 1명과 만주군 16명이 또 계속 넘어졌는데, 그것을 본 전광이 너무 기뻐 벌떡 일어서면서 소리쳤다.

"철수하지 말고 이때를 타서 다시 한번 공격해보자."

그러나 그의 고함이 끝나기도 전에 이번에는 고희갑 부하들이 이쪽을 향하여 쏜 총에 전광이 맞고 말았다. 총탄이 아랫배를 사선으로 뚫고 옆구리로 빠져나갔다. 전광은 바로 들것에 실려 버리하투로 돌아왔다.

이후 전광은 7개월 동안이나 아무 일도 하지 못했다. 이때도 또 전광이 죽었다는 소문이 파다하게 퍼졌다. 다행스러웠던 것은 남만유격대 제1대대에 입대한 지 얼마 안 된 하얼빈의학원 출신 유격대원 서철(徐哲)[195]이 달려들어 농가에

---

195 서철(徐哲, 1907-1992년) 조선 함경북도에서 출생했으며 1919년 이후 중국으로 들어와 하얼빈의 학원에서 공부했다. 1932년 11월에 남만유격대에 입대했으며, 1933년 12월에 제1군 독립사 군의

서 사용하는 일반 삼노끈으로 총상 구멍을 꿰매 출혈을 멈추게 하여 생명을 구해냈다.

그러나 상처가 아물지 않고 계속 고름이 흘러나오는 데다 배까지 또 붓기 시작하자 모두 전광이 죽을 것으로 생각했다. 그때 기유림(紀儒林)[196]이라는 중국인

관이 되었다. 1936년 7월에는 동북항일연군 제1군 군부 군의처장으로 임명되었고, 중국공산당 남만성위원회 위원으로도 선출되었을 뿐만 아니라 군부 경위여단 당위원회 서기직도 겸직했다. 이후 1939년 6월까지 서철은 양정우를 수행하고 다녔던 몇 안 되는 남만성위원회 위원 가운데 하나였다.

1940년 3월 13일에 열렸던 항일연군 제1로군 수뇌부 마지막 회의(위증민 사회, 전광, 서철, 한인화, 이명산, 김광학, 김백산, 황해봉, 박득범, 김재범)에 참가했고 이 회의에서 위증민은 코민테른에 보내는 편지를 서철에게 맡겼다. 5월에 서철은 화전현 경내에서 벌어진 전투에서 가슴에 총상을 당하고 대막구(大莫溝)에서 치료받던 중 양정우의 경위원이었던 황생발 등 4명과 함께 돈화 할바령을 넘어 영안 경내로 들어갔다. 여기서 3개월 동안이나 방황하던 끝에 8월경 동녕에서 계청(季青) 부대와 만났다. 다시 1개월을 방황한 끝에 9월경에야 비로소 국경을 넘어 소련의 블라디보스토크에 들어갈 수 있었다.

서철은 88국제교도여단 시절 중위 계급을 받았고, 제1대대 3중대 소대장 겸 정치교원을 담임했다. 1945년 광복 후 북한으로 돌아가 북한군 대장의 군사직함을 받았고, 인민군 총정치국장을 역임했다. 1953년에는 주중 북한대사직을 맡기도 했다. 1970년에는 북한 최고인민회의 상임부위원장에 선출되었고, 1992년 9월 30일 85세의 나이로 평양에서 사망했다.

196 기유림(紀儒林, 1910-1937년) 중국인이며 길림성 영길현(永吉縣)에서 출생했다. 1927년에 길림육문중학교(김일성과 동문)에 입학했으나 후에 퇴학당하고 문광중학교에서 공부했다. 중국공산당 만주성위원회 파견으로 길림현위를 조직하러 온 장옥형의 소개로 중국공산당원이 되었고 길림현위회 연락원으로 일했다. 1932년 2월 기유림은 장옥형을 따라 반석중심현위원회로 왔으며, 반석공농반일의용군 정치위원직을 겸했던 장옥형의 비서가 되었다. 장옥형이 철직당한 후 기유림은 오히려 전광에 의해 중용되었는데, 반석중심현위원회 위원과 선전부장직을 맡았다. 양정우가 남만으로 파견될 때 전광과 함께 길림 시내로 마중 나갔던 사람도 바로 기유림이었다. 1933년 4월에 양정우는 버리하투에 남만유격대 후방병원을 건설하는 임무를 기유림에게 맡겼다. 병원에 필요한 의료기자재들은 적지 않게 구했으나 의사를 구하지 못하여 이 계획은 실현되지 못했다.

1934년 11월 5일에 열린 제1차 남만지구 당 대표대회에서 기유림은 남만임시특별위원회 위원 겸 조직부장으로 선출되었고, 1936년 7월 4일의 제2차 남만지구 당 대표대회에서도 남만성위원회 위원으로 선출되어 동일진선사업부를 맡았다. 1937년 8월에 양정우로부터 무순 지구에 새로운 유격구를 개척하라는 임무를 받고 남만성위 순시원 신분으로 무순현위회에 파견되었다. 당시 일본군 봉천헌병대 특무 소진구(蘇振久)는 1927년 중국공산당원이 되었으나 1929년에 일본군에 체포되어 변절했고, 일본군의 지령을 받아 7년 동안이나 무순현위회에서 조직위원 신분으로 잠복하고 있었다. 이자의 작간으로 기유림과 현위회 서기 장좌한(張佐漢)이 봉천 시내로 들

부하가 양정우의 허락을 받고 길림 시내로 들어가 유명한 '고 씨 의원[高大夫醫院]'에서 간호사로 일하던 '샤오장(小張)'이라는 지하조직원을 데리고 와서 서철과 함께 전광을 문짝에 눕혀놓고 수술했다.

남만유격대 초창기 제2대대 대대장을 맡았던 이만화(李萬和)가 해방 후에 남겨놓은 회고에 따르면, 이 샤오장이라는 간호사가 서철과 의논 끝에 구멍을 낸 참대꼬챙이를 전광 아랫배 총구멍 자리에 박아둔 채로 옆구리 총구멍을 봉합했다고 한다. 전광은 이 참대꼬챙이를 1년 동안이나 배에 달고 다녔다. 나중에 길림 시내에 가서 몇 차례 수술을 더 받은 다음에야 비로소 참대꼬챙이를 뽑을 수 있었다고 한다. 이때는 이미 1934년 겨울도 다 저물어 갈 때였다.

7. 1군 독립사와 남만특위

호란진전투 직후 남만유격대는 동북인민혁명군 제1군 독립사로 편성되었다. 양정우 자신이 독립사 사장 겸 정치위원을 겸했고, 독립사 사령부 산하에 정치부와 참모처, 군수처를 두었다. 참모장에는 이홍광이 임명되고, 정치부 주임에는 송철암, 군수처장에는 엄필순이 임명되었다. 그리고 이송파는 연합군 참모처장직을 그만두고 독립사 산하 제1연대 참모장으로 이동했다.

전광이 주도한 남만 지방 항일연합군이 와해되기 시작한 것은 바로 호란진전

어가 항일연군과 인연이 있는 소생당약방 주인과 접선하려다 만나지 못하고 기차역에서 일본군 헌병대에게 체포되었다. 일본군은 당시 무순 지방에서 활동하던 제1군 3사 사장 왕인재를 체포하려고 기유림에게 갖은 혹형을 가했으나 아무것도 얻어내지 못하자 결국 만주국 봉천지방법원으로 안건을 이송해 버렸다. 기유림은 법원에서 사형판결을 받고 1937년 12월 3일 봉천 소하연(小河沿) 사형장에서 공개 사형 당했다.

투에서 실패한 뒤였던 1933년 10월 1일부터 일만 혼성군 1만 2,000여 명이 길해선철도 양쪽에서 동시에 출병하여 반석과 의통, 화전 등의 지방 항일 무장토비에 대한 대대적인 소탕작전을 시작했기 때문이다.

여기에 제일 먼저 걸려든 것이 삼강호 나명성(羅明星)[197] 부대였는데, 부두령이 두령 나명성을 속이고 몰래 일본군에 투항하러 내려갔으나 일본군은 300여명에 달하는 그들을 모조리 사살해 버렸다. 이어서 휘남현의 삼림대 야라자(野騾子)도 투항하러 내려갔다가 100여 명이 모두 사살당했다. 호란진전투에서 한몫했던 전신도 살해당하고 말았다.

양정우의 제1군 독립사는 휘발하를 넘어 해룡 쪽으로 급히 피신했다. 이때 반석중심현위원회를 남만특별위원회로 개편하는 사업을 지도하려고 버리하투에 내려와 있던 만주성위원회 순시원 김백양(金伯陽)이 양정우와 함께 동행했으나, 1933년 11월 15일 금천현 경내 한룡만(旱龍灣) 함수정자산(喊水頂子山) 기슭에 매

---

197 나명성(羅明星, 1897-1939) 자가 영삼(英三)이며 호는 진발, 깃발은 삼강호(三江好)였다. 산동성 온성현 소각향 나루촌에서 출생했으며, 1912년 열다섯 살 때 길림성 구태현에 정착했다. 1915년 열여덟 살에 동북군에 참가했다가 그만두고 구태현으로 돌아와 탄광노동자가 되었다. 후에 길림역 역장 왕문화(王文和)의 도움으로 철도노동자가 되었고, 그에게 글도 배웠다.
1932년 4월 나명성은 친구들과 함께 구태현 수비대를 습격하여 만주군 중대장을 사살하고 돈 70여 자루를 노획했다. 곧이어 항일구국 의용군이라는 깃발을 내걸고 대원들을 모집했는데, 불과한 달 사이에 800여 명이나 몰려들었다. 세력이 커지자 그는 송화강, 목단강, 압록강 유역을 자신의 활동기지로 삼고 이름도 '삼강호'로 선포했으나 주로 구태현을 발판으로 만주국을 괴롭혔다. 1933년 7월 남만항일연합군에 참가해 제19지대로 편성되었다.
1935년 7월 29일 밤 7시 30분경 만주국 경도선 204호 국제열차가 토문령, 영성자 구간을 지날 때 삼강호가 이 열차를 전복시켰다. 이 사건으로 말미암아 나명성의 삼강호는 만주국에서 가장 위협적인 마적으로 각인되었고, 그에게 걸린 현상금은 5,000원에 달했다. 1938년 6, 7월경 나명성은 부하 안희춘(安熙春)의 배신으로 구태현 태안진에서 체포되었다. 이듬해 1939년 3월 24일 만주국 수도 신경(장춘)고등법원은 '반만항일' 죄로 나명성에게 사형을 언도했다.
두 달 뒤 5월 20일에 형장으로 나갈 때, 나명성은 신경 거리에서 한 시간가량 조리돌림을 당했다. 그는 구경나온 백성들에게 높은 목소리로 "나는 죽지만 반만항일은 멈추지 않을 것이다. 일본은 반드시 패망한다. 만주국도 반드시 망한다."고 외쳤다. 42세였다. 1983년 중국 정부에서는 나명성을 혁명열사로 추인했다.

복해 있던 소본량(邵本良)[198] 부대의 한 소대에게 갑작스럽게 기습당해 사망하는 불상사가 일어났다. 1934년 2월에 양정우는 휘발하 남쪽에서 제2차로 항일연합군을 조직했다. 양정우가 직접 총지휘를 맡고 부총지휘는 일명 노장청(老長靑)으로 불리는 수장청(隋長靑)[199]이 맡았다. 수장청의 제1지대를 시작으로 임치산(任治山)의 제2지대와 유전무(劉殿武), 곽연전(郭延全)의 제3지대, 주보선(朱寶善)의 제4지대, 기성전(祁成全)의 제5지대, 한옥덕(韓玉德)의 제6지대, 송소숭(宋紹崇)의 제7지대, 조명사(趙明思)의 제8지대가 속속 조직되었다. 다음은 2008년까지 생존했던 한광의 회고담이다.

---

198 소본량(邵本良)의 1933년 당시 공식직책은 일만 혼성부대 제6여단 산하 제3독립대대 대대장이었고, 군사계급은 만주국군 소장이었다. 원래 마적 출신이며, 만주사변 직후 바로 일본군에 포섭되었다. 꾀가 많기로 이름났으며, 『수호전』의 양산박 군사 오용(吳用)처럼 꾀를 잘 낸다는 의미로 별명도 '지다성(智多星)'으로 불렸다. 후에 일본군은 그의 부대를 연대로 편성했고 그를 동변도 토벌사령관으로 임명했으나 1933년 11월부터 그가 병으로 죽은 1938년 사이에 10여 차례나 양정우와 전투를 벌였지만 한 번도 이기지 못하고 매번 패했다. 그는 늘 탈출에 성공하여 포로가 되지는 않았지만, 전투에서 입은 다리 부상이 치료되지 않아 결국 절름발이 신세를 면치 못했다.
1937년 8월 전투에서는 손에 지팡이를 짚고 일본군 군사고문 에이슌 시오(英俊志雄)까지 대동하고 양정우의 제1군 산하 1사와 맞붙었으나 다시 패하고 말았다. 이 전투에서 소본량 본인과 에이슌 시오만 살아서 탈출했다. 그 둘은 팔도강의 한 조선인 농가에 기어들어 타고 왔던 말 두 필과 바꾸는 조건으로 조선인 옷을 얻어 입고는 살아서 돌아왔는데, 일본군은 그길로 소본량을 병원에 가두었다. 치료하기 위해서라고 했지만, 실상은 다리 총상이 재발하여 염증을 일으키는데도 주사나 약을 주지 않고 얼음 덩어리만 주면서 통증을 참게 했다. 가족과 부하들이 찾아와도 만날 수 없게 했다. 결국 울화병이 터진 소본량은 1938년 1월에 병원에서 죽고 말았다.
199 항일연군에는 2명의 수장청(隋長靑)이 있었는데, 두 사람 모두 해룡현에서 출생했다. 그러나 제1군 수장청은 이때 나이가 이미 40여 세였다. 때문에 '노장청'으로 불리기도 했다. 젊은 수장청은 본명이 유건평(劉建平)이며 해방 후 연변군분구 사령원과 연변주 부주장이었던 수장청으로 '노장청'과 동명이인이다. 연변의 이 수장청도 해룡현에서 출생했으나 그는 1922년 6월에 동북군을 거쳐 1935년 8월에 항일동맹군 제4군 4연대(후에는 7군으로 편성) 최용건 부대에서 활동했다. 항일연군 제7군 3사 산하 7연대 부연대장과 3사 부사장 겸 사장대리직을 맡았고, 제2로군 제2지대 대대장직과 국제교도여단 3대대 6중대 중대장직을 맡았다. 1945년 광복 이후 연변으로 돌아와 소련군 돈화 주둔 경비 부사령관과 돈화현 보안사령, 돈화현 임시정부 현장, 연변군분구 사령원, 길림성정부 군사부 부부장, 연변조선족자치주 부주장직을 역임했다. 1955년에 대교(대좌) 군사직함을 수여받았으며, 1987년 12월 8일 장춘에서 사망했다.

"독립사 정치부 주임에 전광을 임명하려 했으나 그는 배에서 참대꼬챙이를 뽑은 뒤로 한동안 걸음을 제대로 걷지 못했다. 아주 수상한 증상을 보였는데, 걸음을 옆으로 서서 걸으면 똑바로 걸을 수 있었으나 똑바로 서서 걸으면 곧게 걸어가지 못하고 반드시 사선으로 비뚤어지게 걸어가곤 했다. 이는 배의 총상 때문이 아니고 머리나 눈의 신경에 문제가 생긴 것이라고 사람들은 짐작했다. 이런 증세는 보통 총상과 달리 신경과 관계된 문제이기에 아주 오래 간다고 했다. 양정우는 어쩌면 영영 치료되지 않을 수도 있다면서 나를 제1군 독립사에 붙잡아두려 했다."[200]

한광은 공청단 만주성위원회 순시원 신분으로 남만에 와 있던 중이었다.

결국 한광은 하얼빈으로 돌아가지 못하고 제1군 독립사에 남아 한동안 정치부 주임직을 대리했다. 제2차 남만지구 항일연합군 수뇌부는 제1차 때와는 달리 아주 다른 방식으로 조직되었다. 한광은 양정우를 통해 제1차 때 전광이 몰래 모작빈과 거래했던 내막을 알고는 그와 같은 행위를 비판했다.

"가장 좋은 방법은 투표하는 것입니다. 총지휘와 부총지휘, 참모장도 모두 투표로 선출해야 나중에라도 모두 승복하게 될 것입니다."

한광의 주도로 양정우는 연합군에 참가하기로 약속한 각지 무장토비들을 모두 불러 모으고 투표를 실시했다. 감독할 사람도 무장토비들 속에서 임의로 선출하여 투표장을 읽게 하고 흑판에 분필로 정(正) 자를 긋는 방법으로 득표 수를 적었다. 그 결과 양정우가 총 17표 가운데 16표를 얻어 총지휘로 당선되고, 총참모장은 남만유격대 창건자의 한 사람인 이홍광과 제8지대장 조명사가 아슬아슬하게 경쟁한 결과 이홍광이 9표를 얻어 7표를 얻은 조명사를 누르고 당선되었

---

200   취재, 한광(韓光) 중국인, 항일연군 생존자, 취재지 북경, 2002.

다. 연합군 총정치부 주임에는 경쟁자가 없는 상황에서 송철암이 15표로 당선되었고, 부총지휘는 총지휘 양정우가 임명하기로 되어 제1지대장 수장청을 겸임시켰다.

이때 2차로 조직된 항일연합군 소속 부대들이 차지했던 지역들은 반석 주변에만 국한되지 않았다. 바로 제2지대로 편성되었던 유전무와 곽연전 부대가 주로 무송현 경내에서 활동했기 때문이다. 뿐만 아니라 반석중심현위원회와 만주성위원회의 직속 영도를 받던 해룡중심현위원회 산하 해룡과 유하의 유격대가 이미 합쳐져 해룡유격대(또는 해류유격대)로 개편된 데다가 이 유격대가 대장 왕인재의 인솔로 제1군 독립사 산하로 들어오게 되면서 제1군을 지도할 주관기관을 다시 조직해야 할 필요가 생겼다. 한광은 1934년 11월 초순, 자신이 직접 만주성위원회에 다음과 같은 보고서를 제출했다고 회고한다.

"제1군이 주도하고 있는 항일연합군 활동범위가 이미 반석, 해룡 등 지방에만 국한하지 않고 멀리로는 무송과 돈화 등 지역까지 파급되고 있기 때문에 이 모든 지역을 포괄할 수 있는 새로운 당 조직기구를 만들 필요가 있다. 따라서 1930년 9월 25일에 성립되었다가 이듬해 1931년 8월에 취소되었던 남만특위를 재건할 필요를 느끼며 특위 영도기구는 그동안 제1군의 모체인 남만유격대를 이끌던 반석중심현위원회 영도기구를 기초로 하는 것이 바람직하다."

이 보고서는 만주성위원회로부터 금방 비준을 받았다.

원래의 반석중심현위원회 영도기구를 기초로 했기 때문에 특위 서기는 자연스럽게 이동광이 맡았고, 그의 반석중심현위 서기직은 김창근이 이어받았다. 이때(1934년 11월 5일) 남만특위 조직 구성을 보면, 특위 서기 이동광 밑으로 3명의 상무위원에 양정우와 송철암, 기유림이 있다. 다시 이틀 뒤인 11월 7일에 양정우는 독립사 산하 세 연대를 두개 사로 재편성하고, 자신은 군장 겸 정치위원을 겸하고 총정치부 주임에 송철암, 참모장에 박한종을 임명했다.

제1사 사장 겸 정치위원에는 이홍광이 임명되고, 부사장 겸 참모장은 한호, 정치부 주임은 정빈이 맡았다. 제2사 사장 겸 정치위원에는 조국안이 임명되고, 정치부 주임은 중국인 장운지(張雲志)와 조선인 박사평(朴四平)이 차례로 맡았으나 이 두 사람은 후에 모두 실종되었다. 군 참모장에 임명된 박한종이 원래 2사의 모체였던 제1연대의 정치위원이었다. 연대장 원득승과 참모장 이송파, 정치위원 박한종까지 세 사람은 그때까지 함께 행동하지 않았다.

양정우의 직속부대는 독립사 사령부 정치보안중대였는데, 이홍광이 참모장으로 임명되면서 이홍광의 직속부대였던 제3연대(연대장 한호와 정치위원 조국안)가 정치보안중대와 함께 행동했다. 10월 27일 밤에 양정우가 직접 인솔한 정치보안중대와 한호의 제3연대가 휘발하를 넘어 장백산구로 이동할 때 원득승과 이송파도 각자의 부대를 인솔하고 함께 동행했으나 이듬해 3월경에 양정우는 이송파를 버리하투로 다시 돌려보냈다.

이송파의 부대는 1연대 산하 제2중대와 소년대대였는데, 제1군 성립을 앞두고 소년대대는 버리하투에 남겨 반석중심현위원회 기관을 보호하게 하고 자신은 2중대만 데리고 다시 휘발하를 넘어 1연대 연대장 원득승과 만나려 했다. 그런데 원득승이 이송파와 만나러 오던 도중 화전현 경내 이도류하(二道溜河)에서 그만 만주군 제14연대와 반석경찰대대 500여 명에게 포위되었다.

이송파가 원득승을 구하려고 한 중대밖에 안 되는 대원들을 데리고 정신없이 달려왔을 때, 원득승은 부하들은 모조리 뒤로 빼돌리고 자신만 흰 적삼을 벗어 총대에 매달고 만주군 쪽으로 투항하러 건너가 버렸다. 혹시 원득승이 부하들을 살리기 위해 혼자 '가짜 투항'을 한 것이 아닐까 의심하는 사람도 있었지만, 원득승은 신변 경위원에게 "송파(松波) 이(李) 참모장에게 전하거라. 그동안 양 사령을 따라다니면서 통쾌하게 잘 보냈다고. 그러나 이제는 너무 지쳐서 더는 이 노릇(항일연군)을 못하겠다. 그냥 이참에 그만두겠다."는 말을 남겼다고 한다.

그때 변절했던 원득승은 1970년대 중반까지도 휘남현에 살아 있었으며, 가을철에는 배추장사 하는 것을 보았다고 증언하는 사람이 여럿 있었다.

양정우는 즉시 3연대 정치위원 조국안을 1연대 연대장으로 이동시켰다. 2사는 바로 이 1연대를 기초로 편성되었고 이송파는 2사 참모장으로 임명되었는데, 2사 산하의 각 부대 지휘관들이 조국안의 말을 듣지 않고 전부 이송파 말만 들었기 때문에 아주 오랫동안 조국안은 2사를 제대로 장악할 수 없었다. 그 결과 두 사람은 부대를 갈라가지고 제각기 행동했다.

이송파는 여전히 소년대대와 기관총중대를 대동하고 다녔다. 일설에는 이 소년대대 정치지도원이 바로 전광이었다는 소문도 있다. 그러나 이는 정확하지 않다. 그동안 줄곧 전광과 함께 다녔던 사람이 바로 이송파였고, 직속부대였던 이 소년대대가 한때는 버리하투에서 반석중심현위원회 기관을 보호하는 임무도 함께 했던 것이다. 이런 사실을 고려하면 이 소년대대는 전광을 경호하는 임무도 함께 했을 가능성이 있다.

그런데 1935년에 접어들면서 제1군에 연이어 불행이 닥쳤다. 새해를 맞은 지 10여 일밖에 되지 않았던 1월 11일에 군 참모장 박한종이 임강현 홍토애(紅土崖)에서 일본군과 전투하다 사망한 것이다.

4월 하순경에는 양정우의 명령을 받아 기병을 조직하려고 200여 명의 1사 기간부대를 인솔하고 환인현 경내로 들어갔던 이홍광이 한 일본인이 운영하는 목재소를 습격하여 말 80여 필을 노획했다. 그 말들을 끌고 남만의 흥경과 환인의 경계지점인 노령(老嶺)을 지나다가 200여 명의 일만 혼성부대와 맞닥뜨리게 되었다. 이 갑작스러운 조우전에서 중상당한 이홍광을 급히 근처 밀영으로 옮겼으나 결국 사망하고 말았다.

이홍광의 사장직을 이어받았던 부사장 한호가 불과 3개월밖에 안 지난 8월 28일에 오늘의 통화현 대천원향 유가가촌(大泉源郷 劉家街村)에서 백성들을 모아놓고 항일구국의 필요성을 설명하던 도중 일본군 수비대의 습격을 받고 철수하다가 총상을 당해 사망했다.

한 달 뒤인 9월이었다. 이송파도 200여 명에 달하는 2사 기간부대를 인솔하고 화전현 경내 홍석라자(紅石砬子)에 주둔하던 만주군 거점을 공격하던 중 앞장서서 돌격하다가 가슴에 총탄을 맞고 사망했다. 철수하는 과정에서 정치부 주임 장운지(張雲志)까지 실종되는 일이 일어났다.

이는 양정우뿐만 아니라 전체 1군에도 어마어마한 손실이었다. 한 해 사이에 군 참모장을 비롯하여 제1군 산하 두개 사의 주요 군사지휘관을 모두 잃어버린 것이었다. 특히 이홍광과 이송파는 남만유격대 시절부터 번갈아가면서 양정우의 참모장이었을 정도로 군사 방면에서 아주 주요한 조수 역할을 해왔던 사람들이자 제1군의 기간부대나 다름없는 1사와 2사의 실질적인 책임자들이었기 때문이다.

1사는 이홍광과 한호에 이어 양정우를 수행했던 정빈이 사장직을 이어받으면서 혼란을 피할 수 있었으나 2사는 신임 사장 조국안이 그동안 줄곧 참모장 이송파만 믿고 따라다녔던 대원들을 장악할 수가 없었다. 더구나 이송파는 사망 직전 부대를 정치부 주임 장운지에게 맡기려 했으나 장운지가 실종되는 바람에 하는 수 없이 부관장(副官長) 겸 참모였던 정수룡(丁守龍)에게 맡겼다.

정수룡은 평소 사석과 공석을 가리지 않고 언제나 이송파를 형님이라고 부르면서 그림자처럼 곁에 붙어 다녔던 데다가 1934년 10월에 이송파가 1연대 유격중대와 소년대대를 데리고 버리하투로 돌아와 반석중심현위원회 기관을 지키고 있을 때 직접 전광의 병수발까지 들었던 인연이 있었다. 때문에 양정우는 조국안을 2사 사장으로 임명하고 나서 전광에게 편지를 보내 2사 정치부 주임과 참모장 가운데 어느 하나를 맡아달라고 하면서 적임자도 추천해달라고 했다. 이에 전광은 회답을 보냈다.

"내 총상은 다 나았으나 걸음이 아직도 불편하여 조금 더 치료가 필요하니, 2사 정치부 주임은 1사에서 보내는 것이 좋을 것 같다. 내가 보기에 한진(韓震)과 박사평(朴四平) 두 사람이 모두 적임자이니 둘 중 아무나 임명하여도 무방하며, 참모장은 가능하면 2사 지휘관 가운데서 직접 선출하는 것이 합당한데, 나는 정수룡을 추천한다."

마침 한진은 1사 군수부장직과 당위원회 서기직까지 맡고 있었기 때문에 양정우는 한진을 파견하지 못하고 박사평을 정치부 주임으로 파견하는 한편 전광의 의견대로 정수룡을 2사 참모장으로 임명했다.

이때 이송파가 늘 데리고 다녔던 기관총중대와 소년대대는 사장 조국안의 직속부대로 바뀌었는데, 정수룡은 이 일로 조국안과 다투다가 나중에는 정치부 주임 박사평까지 세 사람이 함께 전광에게 찾아가서 시비를 가려달라고 요청했다.

전광은 정수룡에게 욕설을 퍼부었다.

"네가 참모장에 임명됐다고 이송파가 된 줄 착각하나 본데 너와 이송파가 같으냐? 허튼 수작 말고 사장 곁에 바짝 붙어 다니면서 조수 노릇이나 잘 하거라."

이렇게 되어 이송파 이후 2사에서는 사장과 정치부 주임, 참모장이 각자 자기 부대를 데리고 다니면서 제각기 전투 임무를 집행하던 일이 더는 발생하지 않았다.

그런데 정수룡은 원래 이송파의 오랜 부하였기에 기관총중대와 소년대대 대원들이 모두 정수룡을 따랐고, 또 참모장직까지 이어받은 상황이어서 조국안의 명령이 종종 정수룡에 의해 가차없이 뒤집어지는 일이 발생했다. 2사에 기반을 가지고 있지 못했던 정치부 주임 박사평이 나서서 대원들의 사상공작을 아무리 틀어쥐어도 소용없었다.

"우리 2사는 송파 형님 부대요. 누구든 송파 형님 의지와 어긋나는 일을 하려 한다면 우리는 절대 듣지 않을 것이오."

정수룡이 대원들에게 이렇게 한두 번만 말하면 모든 것이 다 허사가 되어버리곤 했다. 누구도 조국안과 박사평 말을 들으려 하지 않았다.

양정우는 1935년 8월 중순경 나얼홍에서 이학충이 인솔해온 2군 서정 부대와 상봉한 뒤로부터 동만과 남만의 항일유격구를 하나로 연결하는 작업을 2사 조국안에게 맡겼다. 그동안 조국안은 이송파와 부대를 갈라서 자신은 소검비의 남만유격대대와 함께 계속 무송 쪽으로 활동지역을 넓혀가고 있었다. 더구나 남만항일연합군 제3지대로 편성되었던 유전무와 곽연전 부대가 무송 지방에 본거지를 튼 데다가 또 무송 지방에서 가장 큰 세력을 자랑하던 만순까지도 끌어당겨서 연합군에 참가시키라는 양정우의 지시를 받았기 때문이다.

그러나 만량진을 공격하다가 소검비를 잃고 이송파까지 잃은 조국안은 정수룡과 함께 부대를 끌고 금천 하리 지구로 돌아왔다. 위증민과 만나기 위하여 양정우도 1군 군부와 하리근거지에 도착했는데, 조국안은 양정우를 도와 근거지 주변의 크고 작은 삼림대들을 일일이 찾아다니면서 그들을 설득하고 항일연군에 참가시키는 일을 진행했다. 그 과정에서 다시 정수룡과 격돌했다.

한 삼림대가 일본군과도 손잡지 않겠지만 공산당이 이끄는 항일연군에도 절대 참가하지 않겠다고 버티자 화가 돋은 정수룡이 대원들에게 명령을 내려 삼림대를 포위하고 모두 죽여 버리려 했다. 그러자 조국안이 가로막았다.

"항일연군에는 참가하지 않아도 항일하겠다는 무장토비들은 함부로 죽여서는 안 되오."

정수룡은 고집을 부렸다.

"항일연군에 절대 참가하지 않겠다는 놈들이 입으로만 항일한다는 말을 어떻게 믿을 수 있소. 어차피 일본군한테 넘어가 버릴 것이오. 그때 가서 거꾸로 우리를 공격해오는 날에는 우리만 더욱 어려워질 것이니 차라리 지금 소탕해버려야 하오."

원래 인텔리 출신인 데다가 사람됨이 부드러운 조국안이 더는 참지 못하고 소리쳤다.

"도대체 당신이 사장이오? 아니면 내가 사장이오?"

정수룡은 더 큰 소리로 대놓고 욕설을 퍼부었다.

"제기랄, 사장이면 다요? 당신은 지금 우경투항주의를 범하는 것이오. 그러니 나는 당신 명령을 들을 수 없소."

곁에 있던 박사평이 경위원을 불러 정수룡을 포박하려 했으나 경위원들은 조국안과 박사평의 명령을 들으려 하지 않았다. 오히려 정수룡의 얼굴만 빤히 쳐다볼 뿐이었다.

"이 두 자의 권총을 회수하게."

정수룡의 명령이 떨어지자 경위원들은 거꾸로 달려들어 조국안과 박사평의 총을 빼앗았다.

"정 참모장, 반란을 하려는 게요?"

"반란이라니, 당신이 먼저 나를 포박하려 하지 않았소. 그래서 권총을 회수한 것뿐이오. 당신의 문제를 군부에도 보고하고, 전광 동지한테도 보고하겠소."

"그렇다면 좋소. 정 참모장은 박사평 주임과 함께 전광 동지한테 보고하시오."

조국안은 정수룡에게 권총까지 빼앗기고 경위원도 없이 혼자 털털거리고 군부로 돌아왔다.

자초지종을 듣고 난 양정우는 기가 막혀 한참이나 말을 못했다.

"어떻게 했으면 좋겠소?"

나중에 이동광에게 의향을 물었으나 이동광은 섣불리 대답하지 않고 조국안에게 전광의 건강 상태를 한참 물었다.

"서기동무는 혹시 전광 동지에게 일을 맡기려는 것이오?"

"우리 남만 당의 최고 원로인데, 너무 오랫동안 말단 직책을 맡게 한 것은 아닌지 모르겠습니다."

이동광의 말에 양정우는 그 뜻을 알아차리고 대답했다.

"건강만 문제없다면 당장 중책을 맡아야 할 분 아니겠소."

"전광 동지는 지금 총상도 다 나았고 걸음도 아주 잘 걸으십니다."

조국안이 이렇게 대답했다. 그러자 이동광은 양정우에게 건의했다.

"양 사령, 이렇게 하는 것이 어떻겠습니까. 정수룡은 직위해제합시다. 박사평도 2사에서 일을 진행하기 몹시 어려운 모양이니, 이참에 모두 군부로 소환하고 전광 동지를 2사 정치부 주임으로 임명했으면 합니다. 그리고 이번 대표대회에서 정식으로 성위원회 위원으로 선출하고 또 봐가면서 다른 주요 직책들도 다시 맡기는 것이 좋겠습니다."

"아, 그렇게만 할 수 있다면 나는 대찬성이오."

그러잖아도 양정우는 1935년 한 해 사이에 박한종, 이홍광, 한호, 이송파 등

손발이나 다름없었던 숱한 조선인 지휘관들을 잃어버리고 미처 그들을 대신할 인물들을 보충하지 못하여 여간 속이 타지 않았다.

양정우는 이동광에게 또 이렇게 건의했다.

"전광 동지뿐만 아니라 과거 중심현위원회와 지금 특위에 있는 간부 가운데 군사 방면의 지식을 가진 분들은 모두 부대로 내려와 군사 직책을 함께 담당하게 하는 것이 어떻겠소."

"마음속에 둔 동무가 있습니까?"

"조선 동무들 가운데 엄필순과 안광훈 동무가 황포군관학교를 나왔다고 들었는데, 엄필순 동무는 이미 군수처장을 맡았으니 안광훈 동무를 1사 참모장으로 임명하고 전광 동지는 2사 정치부 주임으로 임명했으면 합니다."

이동광은 갑자기 생각나는 게 있어 바로 찬성했다.

"재작년에 버리하투에서 정치보안중대를 조직할 때 안광훈 동무가 중심현위원회 선전부장으로 있으면서 정빈 동무를 많이 도와주었던 게 기억납니다. 두 사람이 아주 친한 사이니, 안광훈 동무를 1사 참모장으로 임명하면 두 사람 사이의 협력도 무척 잘될 것 같습니다."

이것이 1936년 봄에 있었던 일이다.

신은 용기 있는 자를 결코 버리지 않는다.

- 켄러

7부

분투

29장
무송전투

"우리가 여기서 동정을 크게 내면 낼수록 1군 서정부대에 도움이 된다면,
이왕이면 군사상 요충지인 무송현성을 공격합시다.
마침 우리가 무송 주변의 무장토비들과도 적지 않게 연계하고 있으니
무장토비들까지 모조리 동원한다면 무송현성을 아예 점령할 수 있습니다."

1. 1, 2군 회사

1936년 6월 말경에 드디어 양정우와 위증민, 그리고 왕덕태의 상봉이 이루어졌다.

곁에서 상봉 장면을 지켜보았던 장수봉은 양정우가 너무 감격한 나머지 눈물까지 흘렸다고 증언했다. 위증민 일행이 금천하리에 도착했을 때, 양정우의 제1군 군부도 하리에 도착한 지 불과 며칠밖에 되지 않았다. 6월에 접어들면서 남만 상황이 크게 나빠졌기 때문이다.

이때 "만주국 3년 치안숙정 계획"의 첫 번째 연도 계획이 실시되는 단계였는데, 중점 토벌지구에 바로 양정우의 제1군 활동 지역인 동변도 지대가 들어 있었다. 다른 지구는 송화강 지구의 의란과 방정, 벌리 일대가 포함되었다. 동만

지역이 여기에서 빠진 것은 만주국 군정부에서 2군이 이미 남만 지역으로 이동했다는 정보를 입수했기 때문으로 보인다. 총 8만여 명에 달했던 만주군 중 2만 7,000여 명의 기동부대가 만주국 군정부 일본인 최고 고문 사사키 도이치(佐佐木倒一)의 지휘 하에 남만 지방에서 대대적인 토벌작전을 개시하기 시작했다. 따라서 4월부터 7월까지 불과 3개월도 안 되는 사이에 남만 지방 촌락들이 모두 '집단부락'화하기 시작했다. 이 집단부락마다 일본군 수비대와 헌병 경찰 병력을 주둔시키는 방법으로 제1군에 대한 포위망을 만들고 있었다.

제일 먼저 왕인재의 제3사가 무순 방면으로 포위를 뚫고 나가다가 풍비박산 나는 바람에 살아남은 나머지 부대는 모조리 '화정위령(化整爲零, 흩어져 숨다)'[201] 상태에 들어가 있었다. 1, 2사도 역시 같은 방법으로 포위망을 뚫고 나온 다음 토벌대의 예봉이 좀 잦아들면 다시 화령위정(化零爲整, 흩어졌다가 다시 모이다)하자는 사람들이 있었으나 1사 참모장으로 임명된 안광훈과 2사 정치부 주임으로 임명된 전광이 견결하게 반대했다.

"자칫하다가는 모래알처럼 다 흩어져 버리고 다시 모이지 못할 수도 있소."

전광은 전투 중에 얻은 일본군의 동변도 지역 군사지도를 한 장 가지고 다녔다. 후에 2군 정치부 주임으로 이동할 때 전광은 그 지도를 양정우에게 선물로 주었다.

"자, 이 지도를 보면 더 분명히 보일 것이오. 우리가 있는 이 동변도 서쪽과

---

201 화정위령(化整爲零)이란 말은 중국공산당의 문인이자 혁명가인 곽말약(郭沫若)이 그의 홍파곡(洪波曲, "上海成爲孤島之後，他们化整爲零，装着難民的孩子逃了出来")에서 가장 먼저 사용하였다. 이후 유격전의 대부로 불리는 모택동의 「항일유격전쟁의 전략적 문제(抗日遊擊游戰爭的戰略問題)」라는 문헌에서 이 말을 사용하였다. 유격대오를 분산시키는 방법으로 종적을 감춘다는 뜻으로, 그의 반대말로 다시 흩어진 대원들을 불러 모아 대오를 편성하는 것을 화령위정(化零爲整)이라고 한다. 항일연군이 자주 사용했던 유격전법의 하나이며 북한에서는 위(爲)를 이(以)로 오역하여 '화령이정, 화정이령'이라고 부르기도 한다.

남쪽에는 봉천과 본계, 요동반도가 앞을 가로막고 있소. 북쪽은 만주국 수도인 신경과 경도선 철로가 뻗어 있고 동쪽은 압록강이오. 그러니 어디로 빠지면 좋겠소. 내가 보기에 1군이 빠져서 달아날 곳은 서쪽밖에 없소. 중앙홍군의 동정(東征) 부대가 섬서성에서 출발하여 이미 열하성 가까운 지경에 접근한다는 소식이 있으니 우리가 만약 이곳을 치고 나갈 수 있다면 우리의 항일 전장은 만주국에만 국한하지 않고 만주국 서남부 국경까지 파괴하고 나아가 전국 항일 전장과 하나로 이어지는 굉장히 큰 의미를 창조하게 되오."

일명 '열하원정'으로 불리는 제1군의 '서정(西征, 서북원정)' 계획은 이때 논의되기 시작했고, 양정우는 이 계획을 부리나케 실천에 옮겼다.

양정우의 부하 가운데 황포군관학교 출신 참모들이 이런 아이디어를 냈다는 설이 있다. 그렇다면 전광과 안광훈 둘 중 하나였을 것이다. 원칙대로라면 이런 거대한 전략을 결정하는 문제는 반드시 중국공산당 만주성위원회에 보고하고 비준받아야 했으나 1934년 4월경 만주성위원회가 파괴되고 양정우는 벌써 1년 남짓 상급 당 조직과의 연락이 두절된 상태에서 모든 일을 이동광 등과 함께 의논하여 처리하고 있었다.

이동광은 걱정이 이만저만 아니었다.

"군사지식이 없는 나는 함부로 용단하지 못하겠지만, 만약 중앙홍군 동정부대가 열하까지 접근하지 못하면 우리 서정부대는 어떻게 되는 겁니까?"

이동광의 느닷없는 질문에 누구도 명쾌한 대답을 내놓지 못했다.

"난 오히려 안도와 영안 방면으로 포위를 돌파하는 것이 더 믿음직합니다. 중앙홍군의 동정부대가 열하에 도착하리라는 보장은 누구도 할 수 없지만 안도와 영안 쪽에는 우리 항일연군이 있지 않습니까."

양정우는 이와 같은 이동광의 건의를 받아들이지 않았다.

"1군이 나 살자고 2군과 5군에 부담을 안길 수는 없습니다."

전광도 이동광을 나무랐다.

"동광이는 내 전철을 되밟으려는 게요. 1군이 자기 활동지역을 버리고 동만 쪽으로 빠져나갔다가는 다시 남만으로 되돌아오지 못할 수도 있소. 그때는 더 후회하게 될 것이오."

양정우 등은 의논 끝에 1사를 중심으로 서정계획을 실행하고 2사는 오히려 동북 방면으로 방향을 잡고 이동하면서 2군과 함께 동변도 북부 지방에서 더 큰 동정(動靜)을 대담하게 일으키는 방법으로 서정부대로 쏠릴 토벌대를 견인하기로 작전계획을 세웠다.

위증민 일행은 바로 이 무렵 제1군 군부에 도착했다.

양정우와 위증민 등은 중국공산당 남만특별위원회 제2차 대표대회를 개최하기로 합의하고 이미 화전과 무송 방면으로 이동하던 조국안과 전광에게 사람을 보내어 다시 하리근거지로 돌아오라고 통지했다. 조국안과 전광은 부대를 두 갈래로 나누어 조국안은 과거 이송파가 항상 데리고 다녔던 소년대대와 기관총중대 및 유격중대를 데리고 화전현 경내에서 머무르고, 전광이 2사 주력부대였던 8연대를 데리고 이미 무송현 경내로 들어서고 있었다.

이는 1936년 8월에 진행된 2군의 무송현성전투가 벌써 2개월 전 전광에 의해 제1군 2사가 계획했던 전투였음을 말해준다. 즉, 서정계획을 실행하기 위해 1사로 쏠릴 일본군의 주의를 동변도 동북부 지방으로 돌리려는 목적으로 2사가 진행하려 했던 것이다.

그러나 위증민 일행이 제1군 군부에 도착했을 때, 1사 서정부대 400여 명은 사장 정빈과 참모장 이민환(李敏煥, 조선인)의 인솔로 안봉선(安奉線, 안동-봉천) 철도를 넘어 오늘의 요령성 수암만족자치현(岫岩滿族自治縣) 경내의 북부 산구까지 들어갔다가 봉천과 해성, 요양에서부터 몰려나온 일본군 대부대에게 앞길을 가로막히고 말았다. 제1차 서정부대의 총책임자였던 군 정치부 주임 송철암이 이때 폐병으로 피까지 토할 지경이 되어 중간에 먼저 돌아오고 참모장 이민환은 전투 중에 사망하는 불상사가 발생했다. 더구나 400여 명에 달했던 서정부대 대원도 길에서 절반이나 잃어버리고 200여 명밖에 남지 않았다.

모두 의기소침했지만 이 서정계획에 대해 열의를 보였던 사람이 양정우말고도 한 사람 더 있었으니, 바로 위증민이었다.

"제2차 서정은 1군과 2군이 공동으로 진행하는 것이 어떻겠습니까?"

위증민은 양정우의 서정계획에 흠뻑 빠져버린 것이다.

그동안 왕명과 오평의 주도로 위증민, 주보중 등은 만주 경내의 항일전장을 하나로 연결하는 작업을 진행해왔는데, 양정우의 서정계획은 만주의 항일전장을 만주 바깥으로까지 확대하는 위대한 거사라고 판단했기 때문이다.

"만약 이 '서정계획'을 완성한다면 이는 또한 코민테른의 정신을 한층 더 높은 단계로 끌어올리는 계기가 될 것입니다. 만주뿐만 아니라 전 중국 항일역량들이 모두 크게 고무될 될 것입니다. 이 계획을 반드시 완성해 나가야 합니다."

양정우에게 위증민은 그야말로 설중송탄(雪中松炭, 눈 속에 있는 사람에게 땔감을 보내준다는 것으로, 급할 때 도움을 준다는 뜻)이었다. 바로 이 회의에서 1, 2군을 합쳐 제1로군을 만들기로 합의했다. 하리근거지에서 여러 차례 회의가 진행되었는데, 먼저 진행된 남만특위 제2차 대표대회에는 위증민 등이 방청했고, 이 회의에서 제1군 영도기구[202]를 재편성했다. 이어서 진행된 동만·남만특위 및 1, 2군 주요 영

---

202 중국공산당 남만특위 제2차 대표대회에서는 동북인민혁명군 제1군을 정식 동북항일연군으로 개편하고 군장 겸 정치위원은 양정우, 정치부 주임은 송철암, 참모장은 안광훈이 선출되었다. 그리

도간부 연석회의에서는 두 지방 특위 당 조직을 하나로 합쳐 중국공산당 남만 성위원회를 만들기로 결정했다. 서기에는 위증민이 선출되었다.

위원 자격을 논의할 때 1, 2군 산하 각 사 이상의 군사지휘관들도 모두 위원으로 넣자는 의견이 나왔으나 양정우가 1군에 소속된 부대 가운데 삼림대와 무장토비 출신이 적지 않은 현실을 고려해 이를 반대했다. 따라서 1, 2군 군사 총책임자였던 양정우와 왕덕태, 남만특위 서기였던 이동광 외에 군 산하 사단의 정치부 주임들로 위원 자격을 한정했다. 따라서 양정우, 왕덕태, 이동광, 이학충, 손영치, 송철암, 조아범, 한인화, 왕윤성, 진한장, 주수동, 전광 등 13명이 중국공산당 남만성위원회 위원으로 이름을 올렸다. 제1군에서는 1사 사장 정빈, 2사 사장 조국안, 3사 사장 왕인재도 모두 위원으로 선출되지 못했고, 2군에서도 1사 사장 안봉학, 3사 사장 김일성 역시 위원으로 선출되지 못했다. 2사 사장 진한장만 예외였다.

이 회의에서는 제1로군의 영도기구도 개편했다. 제1로군 총사령에는 양정우, 부총사령 왕덕태, 총정치부 주임은 남만성위원회 서기 위증민이 겸임했다. 1, 2군 산하 각 사의 지휘관들과 정치부 주임들은 모두 그대로 유임했으나 2군 산하 1, 2, 3사 번호가 4, 5, 6사로 바뀌게 되었다. 이는 1군에 이미 1, 2, 3사가 있었기 때문이다.

이때 위증민과 양정우는 전광을 제1군에서 제2군으로 이동시키기로 했다. 양정우와 위증민이 직접 전광과 이야기를 나누었다.

"라오웨이는 서정부대에 2군도 함께 참가시키자고 건의하지만, 제가 생각해보니 2군은 주로 조선 동무들로 조직되어서 이들을 열하 쪽으로 보내는 것은 말

고 비서처장과 군수처장에는 각각 한인화와 엄필순이 임명되었다. 관할 부대로는 1, 2, 3사 1,200여 명과 군부 교도연대 200여 명 외 후방 유격대대 1,000여 명까지 합쳐 총 3,000여 명에 달했다.

이 안 됩니다. 그래서 전광 동지가 무송 쪽으로 배치했던 2사 주력부대를 되돌리고, 무송 쪽 전투는 이미 무송현 경내에 들어와 자리 잡은 2군 6사 부대를 중심으로 진행하는 것이 훨씬 더 좋을 듯합니다. 그러나 이것은 최종 결정은 아닙니다. 만약 전광 동지께서 다른 생각이 있으면 얼마든지 말씀해주십시오."

"아니, 아니오. 그렇게 하는 것이 좋겠소."

전광은 생각 밖으로 흔쾌하게 응낙했다.

과거 반석중심현위원회 서기직에서 내려왔을 때 만주성위원회에서 그를 이동시키려 했으나 죽어도 남만 땅에서 죽겠다며 떠나지 않으려 했던 전광이 이처럼 쉽게 허락하리라고는 생각지 못했던 것이다. 양정우가 그를 위로하는 마음으로 한마디 더 보탰다.

"이제는 1, 2군도 합쳐서 모두 1로군으로 편성되었고, 모두 남만성위원회의 영도를 받게 되었으니, 2군으로 옮겨도 결코 남만을 떠나는 것이 아닙니다."

전광은 빙그레 웃으면서 머리를 끄덕였다.

"양 사령은 아직도 나를 어제의 나로 알고 있구려. 나를 필요로 하는 곳이 있다면 이제는 남만이 아니라 동만이고 북만이고 어디든 달려갈 각오가 되어 있다오."

양정우는 몹시 기뻐했다.

"전광 동지는 우리에게 없어서는 안 되는 보배 같으신 분입니다. 그러니 설사 누가 달라고 해도 나부터 우선 동지를 그렇게 먼 곳에 보내지 못합니다."

"솔직히 2군은 나도 오래전부터 꼭 가서 일해보고 싶었던 부대요."

전광은 양정우와 위증민에게 약속했다.

"직위 고하와는 아무 상관이 없으니, 일단 2군에 가서도 어떤 일이든 맡겨만 준다면 나는 반드시 잘 해낼 자신이 있소. 그러니 두 분은 아무 걱정 마시오."

전광은 그러잖아도 위증민에게서 6사 사장 김성주를 중심으로 동만지구 재만 한인조국광복회가 이미 발족식까지 거행했다는 소식을 듣고는 속이 달아올라 있었다. 그러던 차에 위증민과 왕덕태로부터 1군에서 2군으로 이동하여 재만한 인조국광복회를 지도하는 일에 전념해 달라는 부탁까지 받게 되었던 것이다.

2. 김성주와 전광의 상봉

그런데 이에 대해 다른 두 가지 설명이 존재한다.

1사의 서정부대로 쏠리던 일본군의 주의를 돌리기 위하여 2사 주력부대였던 8연대를 인솔하고 동변도 북부 지대로 나갔던 전광은 화전현 경내의 홍석라자 부근에서 제2차 남만특위 대표대회에 참가하라는 통지를 전달받았다. 양정우는 2사 기간부대였던 8연대를 하리근거지로 돌아오라고 명령했다. 이는 8연대를 1 사 서정부대에 합류시켜 제2차 서정계획을 실행하기 위해서였다. 그러나 제1차 에 이어서 불과 반년도 안 된 그해 11월 하순경에 다시 조직했던 제2차 서정계 획도 실패로 돌아가고 말았다. 양정우는 조국안의 2사 산하 8연대가 이미 전투 력을 완전히 상실하고 가까스로 한 중대만 살아남았다는 사실을 미처 모르고 있었던 것이다. 8연대 조선인 연대장 박영호(朴永浩, 전 1군 독립사 소년대대 대대장)가 이미 1935년 9월에 있었던 한 차례 전투에서 전사했고, 살아남은 한 중대는 참 모장 현계선(玄繼善, 후임 8연대 연대장)이 인솔하여 얼마 전에 조국안에게 돌아왔던 것이다.

제2차 서정부대가 출발하기 직전, 양정우와 위증민은 2군 6사 부대가 이미 무송현 경내에 들어와 있었기 때문에 굳이 1군 2사를 먼 거리까지 이동시킬 필요 없이 바로 2군 6사에 명령을 내려 그곳 항일 무장토비들과 함께 무송현성을 공격하게 했다. 이 무장토비 가운데는 바로 1군과 함께 남만항일연합군에 참가한 적이 있는 유전무와 곽연전 부대도 들어 있었다.

전광은 일단 남만성위원회 특파원 신분으로 왕덕태, 조아범과 함께 무송으로 나왔다. 전광이 제1군 2사 조국안의 정치부 주임을 맡았던 시간은 불과 1개월도 되지 않았다. 하지만 그 사이에도 전광은 정수룡이 직위 해제되면서 공석이 된 참모장 자리에 자기 심복이었던 이희민(李希敏)을 추천했고, 자신이 2군으로 옮기게 되자 자신의 주임 자리에도 역시 심복이었던 조직과장 송무선(宋茂璇)을 추천했다. 이희민은 그로부터 한 달 뒤에 사망하고 이흥소(李興紹, 원 6사 교도연대 연대장 조아범의 직속부대)로 교체되었으나 송무선은 조국안이 사망한 뒤 한동안 사장직을 대리하기도 했다.

위증민은 전광을 대신하여 조국안의 제1군 2사로 내려갔다. 참모장 정수룡과 정치부 주임 박사평이 2사를 떠나 군부로 소환되었기 때문에 위증민이 직접 2사와 함께 행동하면서 먼저 장백현 경내로 들어가 자리 잡고 무송전투 직후 곧 장백현으로 이동할 6사 김성주의 주력부대를 마중하기 위해서였다.

한편 왕덕태 역시 무송현성을 공격하는 임무를 6사 김성주에게 맡기고 자신은 직속부대나 다름없는 4사로 이동하여 안봉학과 주수동을 데리고 무송현성전투가 진행될 때 돈화에서 몰려올 일본군을 안도 쪽으로 견제하려 했다. 왕덕태는 4사로 이동하는 길에 전광, 조아범 일행과 무송현 동강진에 들렀다.

바로 오늘의 무송현 동강진 동남쪽의 강가탕자에서 왕덕태는 전광을 김성주 등 6사 지휘관들에게 소개했고, 전광은 남만성위원회를 대표하여 '금천하리회의' 정신을 전달했다. 그리고 1로군 총사령부 지시에 의하여 동변도 북부, 즉 무송, 화전, 임강, 장백 등外 현성 중 하나를 선택해 전투를 벌일 것을 논의했다.

"우리가 여기서 동정을 크게 내면 낼수록 1군 서정부대에 도움이 된다면, 이왕이면 군사상 요충지인 무송현성을 공격합시다. 마침 우리가 무송 주변의 무장토비들과도 적지 않게 연계하고 있으니 무장토비들까지 모조리 동원한다면 무송현성을 아예 점령할 수 있습니다."

김성주가 먼저 나서서 이렇게 제안했다.

김성주는 이때 처음 전광을 만났다. 비록 직접 얼굴을 대면한 것은 처음이었지만, 두 사람은 서로에 대해 적지 않게 알고 있었다. 특히 무송을 향해 오는 길에서 왕덕태와 조아범으로부터 6사 이야기를 많이 얻어들은 전광도 김성주에 대한 호기심이 이만저만 아니었다.

"내가 지금으로부터 정확히 딱 10년 전에 블라디보스토크에 갔다가 그곳에서 처음 김일성이라는 이름을 들었다오. 후에 이 이름을 사용하는 젊은 유격대장이 우리 항일연군에도 있다 하기에 누군가 여간 궁금하지 않았는데, 오늘 드디어 만나보니 이렇게 새파랗게 젊은 청년이었구려. 도대체 올해 나이가 얼마요?"

전광이 묻는 말에 김성주가 대답했다.

"올해 벌써 스물하고도 넷입니다. 해놓은 일 없이 나이만 이렇게 먹었습니다."

"원, 이제 스물넷밖에 안 되었으면서 그렇게 말하면 나 같은 사람은 이제 노인이 다 되었다는 소리 아니오."

전광이 농을 거니 김성주는 당황해서 대답했다.

"아, 그런 뜻이 아닙니다. 사실 저는 4년 전 처음 길림구국군에 참가했을 때부터 전광 동지 이야기를 정말 많이 들었습니다. 후에 구국군이 당취오의 민중자위군과 손잡기 위해 통화 지방으로 원정한 적이 있었는데, 그때 저도 이 원정부대에 참가하여 통화까지 왔습니다. 저와 동무들은 전광 동지와 만나려고 구국군에서 탈출하여 반석과 유하까지 찾아다녔지만, 끝내 만나지 못하고 다시 동만으로 돌아오고 말았습니다. 그런데 4년이 지난 오늘 드디어 이렇게 만나게 되었습니다. 이제부터는 전광 동지의 영도로 항일투쟁을 하게 된다고 생각하니 얼마나 반가운지 모르겠습니다."

김성주가 이와 같이 과거 일을 이야기하자 전광 역시 감개무량하기는 마찬가지였다.

"홍광이가 살아 있었으면 올해 아마도 스물다섯 살일게요. 김일성 동무는 홍광이보다 오히려 한 살 더 어리구면. 우리 조선인 가운데서 20대 새파란 나이에 사장까지 된 사람은 지금은 아마 김일성 동무밖에 없는 것 같소."

"아, 저 말고도 우리 2군에 한 분 더 있긴 했는데."

김성주는 말을 꺼내려다가 갑자기 입을 다물었다.

금천하리회의 정신을 전달하러 4사에 갔던 조아범이 며칠 전에 돌아와서 김성주 귀에 대고 소곤거렸던 일이 있었다.

"4사 안봉학 사장이 부대를 버리고 어디론가 도망쳐버린 모양이오."

"그게 무슨 소리요? 부대를 버리고 도망치다니?"

김성주는 몹시 놀랐으나 조아범은 자세하게 알려주려고 하지 않았다. 사실은 조아범도 자세한 내막까지는 몰랐기 때문이다.

1936년 4월 중순경, 한총령전투를 마치고 왕덕태와 헤어져 미혼진밀영으로 돌아오던 수수동과 최현의 뒤에 돈화에서 파견된 일본군 밀정 10여 명이 은밀하게 따라붙었다.

이 밀정들은 거의 2개월 동안이나 주수동과 최현의 1연대를 미행했다. 어찌나 은밀하게 위장하고 뒤를 따랐던지 아무도 발견하지 못했다. 드디어 7월 중순경에 이 밀정들의 연락을 받은 일본군이 돈화에서 동남쪽으로 약 25km 떨어져 있었던 우심정자 산속을 서서히 포위하기 시작했다.

7월 말경 위증민, 왕덕태 일행을 따라 하리근거지에 함께 갔던 군부 부관 곽지산이 먼저 돌아와 안봉학에게 4사 주력부대를 두 갈래로 나누어 한 갈래는 무송의 소탕하 쪽으로 보내고, 다른 한 갈래는 대감장밀영에서 군 정치부 주임 이학충과 만나라는 왕덕태의 명령을 전달했다. 이에 사장 안봉학은 즉시 미혼진밀영으로 사람을 보내어 최현의 1연대는 안도에서 바로 무송 쪽으로 이동하라고 전했다. 낭화가(郎華哥)의 제3연대는 이미 무송현 경내에 들어가 있었기 때문에 자신도 필수문의 2연대를 인솔하고 막 밀영에서 출발하려 했다.

그때 일본군이 갑작스럽게 밀영으로 공격해 들어왔다. 그동안 줄곧 안도와 돈화 지방을 떠나지 않고 있던 4사 주력부대를 우심정자 산속에서 모조리 소탕하려고 작정했던 것이다. 다행스럽게도 곽지산이 왕덕태를 마중하러 먼저 출발해 일본군 포위권 바깥에 있었다. 일본군은 소분대를 파견하여 곽지산 뒤를 따르게 하고 나머지 수백 명은 모두 우심정자 산속으로 공격해 들어갔다. 곽지산과 함께 동행한 대원 3명도 이 소분대에게 사살당하고 곽지산 혼자만 가까스로 산속에서 빠져나왔다.

"득권(최현)아, 큰일 났구나. 빨리 가서 안 사장을 구해다오."

노수하 기슭에서 최현을 만난 곽지산은 발을 구르면서 소리를 질렀다.

"아니, 형님 어떻게 된 일이오?"

"산에서 미처 나오기도 전에 토벌대가 들이닥쳤다. 빨리 가서 구하지 않으면 안 사장과 2연대가 모조리 다 죽게 된다."

연대장 최현과 정치위원 임수산은 조금도 지체하지 않고 즉시 1연대 행군 방향을 돌려세웠다. 마침 한총령전투 이후 제3연대 일부를 나누어 안봉학에게 돌아오던 주수동도 연락을 받고 직접 대오를 인솔하고 달려와 최현의 1연대와 함께 힘을 모아 일본군 배후를 공격했다.

그러나 이때 우심정자 산속의 4사 2연대 밀영은 이미 점령당한 뒤였고, 안봉학은 2연대 정치위원 여백기(呂伯岐)와 함께 경위원 서너 명을 데리고 밀영에서 3리가량 떨어진 한 바위 밑에 숨어 있었다. 총탄에 어디를 상했는지 온몸이 피투성이였으나 상처 부위가 어딘지도 발견하지 못한 채로 한숨만 풀풀 내쉬고 있었다.

"저희가 밀영 경계를 잘 서지 못해 사장동지께서 이런 봉변을 당하게 되었습니다."

사과하는 여백기에게 안봉학이 대답했다.

"지금 이 판국에 그런 소리가 나오오? 밀영에는 반드시 망원초소를 두어야 하는데 왜 그러지 않았소? 그게 결정적인 실수였소. 지금 와서 누구를 탓하겠소. 그것을 발견하고도 지적하지 않았던 내 잘못이오."

질책 절반 자책 절반 한탄하고 있을 때, 살아남은 한 중대쯤되는 대원들과 함께 일본군의 추격을 막고 있던 연대장 필수문이 달려왔다.

"사장동지, 우리 구원병이 도착한 것 같습니다."

"아니 구원병이라니, 구원병이 어디 올 데가 있소?"

반신반의하며 몸을 일으키던 안봉학은 그때야 비로소 휘청하고 뒤로 넘어지면서 정신을 잃어버리고 말았다. 안봉학은 어깨와 잔등 그리고 궁둥이에까지 총탄을 세 발 맞았으나 잔등과 어깨의 총상은 살 거죽만 조금 상했을 뿐이고 궁둥이에 박힌 탄알은 아주 깊어 수술하지 않으면 안 되었다.

최현 덕분에 포위를 뚫고 나온 안봉학은 그길로 미혼진밀영으로 후송되었다. 임수산이 안봉학을 호송하여 미혼진밀영으로 가고 주수동과 최현, 박득범 등은 다시 대오를 정비하고 출발했으나 그들이 무송현 경내에 들어섰을 때는 벌써 8월 중순경이었다. 이때는 이미 무송현성전투도 끝난 뒤였고 이 전투 뒤에 김성주의 6사로 몰려들 일본군의 주의를 최소한 절반 정도는 안도 쪽으로 끌려 했던 왕덕태의 계획이 빗나가고 말았다.

3. 덕유당약방과 봉순잔여관

다시 무송으로 돌아간다.

1936년 7월 금천하리회의에서 남만특위 선전부장 안광훈이 제1로군 참모장으로 직책이 바뀌면서 새로 성립된 중국공산당 남만성위원회 선전부장직은 전광에게 돌아갔다. 서기 이동광 한 사람을 제외하고 부장과 처장 및 위원들이 모두 부대에서 직책을 겸했던 상황을 볼 때 전광 역시 2군으로 옮기면서 직책을 겸직하는 것은 당연했다.

그러나 처음부터 2군 정치부 주임으로 내정받고 온 것은 아니었다. 이때까지는 군 정치부 주임 이학충이 살아 있었고 전광의 신분은 남만성위원회 특파원이었다. 게다가 전광이 반드시 이 무송현성전투에 개입하지 않으면 안 되는 이유가 있었다. 그것은 제1군에서 주로 무송현성과 가까운 화전과 장백, 임강 일대에서 활동했던 2사 당위원회가 무송현성의 중국공산당 조직을 책임지고 있었기 때문이다. 이를테면 제1군이 1934년경 무송현성 내에 잠복시켰던 지하공작원 장유진(張惟珍)과 단축산(段祝山)이 '덕유당(德裕堂)약방'을 운영하면서 무송현성 남문포대 경사(警士) 서덕현(徐德賢), 서장순(徐長順) 형제와 경장(警长) 양춘경(楊景春, 별명 문병성門秉成)을 조직원으로 만들었는데, 이 조직을 직접 책임지고 지도했던 것이 바로 2사 정치부였다.

무송현성전투를 앞두고 만순 부대의 부두목 하나가 평소 성내에 숨겨둔 첩한 테 왔다가 남문에서 경장 양춘경에게 붙잡혔다. 이자는 양춘경에게 며칠 뒤 항일연군이 무송현성을 공격하게 되면 너희 포대 경찰들이 제일 먼저 작살나게 될 것이라며 자기를 놓아주면 그때 자기도 너희를 살려주겠다고 큰 소리로 위협했다. 양춘경은 장유진에게 이 사실을 알렸고, 장유진은 그 두목을 몰래 풀어주라고 했다. 그런데 두목의 첩이 경찰서로 달려가 간밤에 침대머리에서 얻어들었던 소식을 모조리 일러바친 것이다.

무송현 신임 경찰서장 추례(鄒禮)는 그 첩을 데리고 즉시 경무과장한테 달려갔다. 당시 무송현성의 최고 권력자는 일본인 참사관 마츠자키 사하쿠(松奇沙璞)였는데, 명의상 부현장도 겸하고 있었다. 중국인 현장 장원준(張元俊)이 이미 예순을 넘긴 노인이었고 형식상 현장이었을 뿐 아무런 실질 권한이 없었다.

"이틀간의 시간을 주겠다. 당장 정보를 재확인하라. 저자들의 공격 날짜와 시간을 알아내 보고하라."

마츠자키 참사관은 이시자카 경무과장에게 명령을 내렸다.

이시자카 경무과장과 경찰서장 추례는 그날로 밀고했던 여자에게 상금을 주고 만순 부대의 부두목을 다시 성내로 불러들이게 했다. 다음날 이 부두목은 첩의 집에서 미리 잠복하던 경찰들에게 붙잡혀 이시자카 경무과장 앞으로 끌려갔다.

"항일연군이 무송을 공격하는 날짜와 시간을 대리."

"나는 다만 무송을 공격한다는 사실만 알 뿐 정확한 날짜와 시간을 모르오."

부두목은 자기네 두령 정전육이 항일연군과 회의하러 갔다 온 사실만 알고 있었다. 정전육은 부하들에게 전투 날짜와 시간을 알려주지 않고 다만 가까운 시일 내에 큰 전투를 치를 것이며 만약 전투에서 이기기만 하면 노획물이 어마어마할 것이라고 이야기했다는 것이다.

"그렇다면 좋다. 너를 놓아주겠다. 대신 전투 개시 날짜와 시간이 공개되면 즉시 우리한테 알려주어야 한다."

이시자카 경무과장은 특무 하나를 이 부두목에게 붙여주었다.

이 부두목은 문득 이틀 전 남문포대 앞에서 오가는 행인들을 검문하던 경찰들한테 붙잡혔지만 그 경찰들이 자기를 풀어주었다고 경무과장에게 이야기했다. 깜짝 놀란 경무과장은 곧바로 그날 당번을 섰던 경장 양춘경을 붙잡아 취조실에 매달았다.

"네 집에는 위로 여든 살 된 노모가 있고 아래로는 어린 자식들이 일고여덟이나 되는 줄 아는데, 이번에 통비분자로 몰려 사형당하고 싶으냐 아니면 아는 대로 다 자백하고 풀려날 것이냐? 둘 중에 선택하거라."

경무과장은 경찰서장과 함께 양춘경을 설득했다.

"춘경아, 일본 사람들이 고문을 시작하면 어차피 배겨나지 못하고 다 불게 될 것이다. 얻어맞고 묵사발이 되기 전에 미리 다 불고 그만 풀려나거라."

추례가 이렇게 권하자 양춘경은 머리를 끄덕였다.

"서장님, 살려주십시오. 아는 대로 다 이야기하겠습니다."

양춘경은 덕유당약방이 비밀아지트이며 약방 주인 장유진과 약방 한의사 단축산이 바로 항일연군에서 파견된 사람들이라고 불어버리고 말았다.

양춘경은 조용히 풀려나 장유진과 단축산을 속이면서 계속 비밀모임에 참석했다. 드디어 1936년 8월 13일 밤 무송현성전투를 나흘 앞두고 장유진은 이번 전투 때 성내에서 폭동을 일으키고자 회의를 진행했다. 여기서 항일연군이 무송현성을 공격하게 될 날짜와 시간이 회의 참석자들에게 전달되었다.

"공격 당일, 성내에서 폭동을 일으키려고 준비를 마친 상태인데 어떻게 할까요?"

양춘경은 회의가 끝나자 부리나케 이시자카에게 달려가 말했다.

"장유진과 단축산 이 두 놈은 아직 건드리지 말고, 회의에 참석했던 자들을 비밀리에 모조리 잡아들이게."

마츠자키 참사관과 이시자카 경무과장은 주도면밀하게 무송현성에 잠복하고 있었던 항일연군 지하조직원들을 색출하는 작업을 진행했다. 그날 회의에 참석한 봉순잔여관 주인 연안길은 회의를 마치고 여관으로 돌아왔는데, 여관에는 이미 경찰들이 와서 기다리고 있었다.

안준청의 이야기다.

"경찰들이 아버지를 여관 빈 방에 가뒀는데, 연안길이 돌아오면 바로 붙잡힐 판이었어요. 다급했던 아버지가 여관에 불을 질렀습니다. 그 바람에 여관에서 묵고 있던 손님들이 놀라 소리를 지르면서 바깥으로 뛰쳐나오기 시작했는데, 경찰들도 밖으로 나올 수밖에 없었습니다. 마침 여관으로 돌아오던 연안길은 경찰들을 발견하고 몸을 피할 수 있었습니다. 아버지는 그날 밤으로 연안길과 함께 무송현성을 빠져 나왔습니다. 남문포대를 지키고 있던 서 씨네 형제(무송현 경찰서 경사 서덕현, 서장순 형제)가 도와주었습니다. 연안길이 서 씨네 형제한테 너희들도 이미 폭로되었을 가능성이 있으니 이

참에 항일연군에 가자고 설득하여 서 씨네 형제도 함께 참가하게 되었습니다."[203]

연안길 일행은 다음 날 새벽에 동강의 손가봉교밀영에 도착하여 김성주와 만났다.

마침 무송현성전투를 눈앞에 두고 6사 사령부로 돌아온 참모장 왕작주가 김성주와 함께 연안길로부터 간밤에 있었던 이야기를 듣고 나더니 한마디 했다.

"적들이 이미 눈치 챈 것이 분명하니, 이번 전투는 성사하기 어려울 것 같습니다."

"이번 전투에 참가할 부대 병력이 2,000명에 가까운데 놈들이 제아무리 눈치 챈들 별 수 있겠습니까."

김성주는 자신만만한 표정이었으나 왕작주가 다시 권고했다.

"적들이 이미 눈치를 챘으니 반드시 구원병을 요청했을 것입니다. 그러니 자칫하다가는 우리가 성을 점령하기 전에 성 밖에서 몰려들 구원병과 성 안에서 치고 나올 놈들에게 거꾸로 포위되어 버릴 수 있습니다. 결과가 눈앞에 빤히 보이는 이런 전투를 진행해서는 안 됩니다."

"왕 형 말씀에 일리가 있습니다. 그런데 이 일은 나 혼자 결정할 수 있는 일이 아닙니다."

김성주는 그길로 왕작주를 데리고 전광을 찾아갔다.

마침 전광은 왕덕태와 함께 동강밀영에 도착한 각지 무장토비 우두머리들과 만나고 있었다. 이미 남만의 항일연합군에 참가하여 제3지대로 편성되었던 유전무와 곽연전은 활동 지역이 원래 무송 지방인 데다가 전광과는 오래전부터

---

203 취재, 안준청(安俊淸) 중국인, 항일연군 연고자, 부친 안경희(후에 일본군에 귀순)는 전광(오성륜)의 경위원, 취재지 산동성 청도, 1991.

서로 잘 아는 사이라 자기 집에라도 온 듯 전광 막사를 차지하고 앉아 술판을 벌이고 있었다. 다른 무장토비들도 모두 빈손으로 오지 않고 자기 먹을 술과 고기들을 가지고 왔기 때문에 전광은 막사 앞에다가 천막을 크게 치고 아예 연회상을 차려놓았던 것이다.

왕덕태가 천막 밖에서 나무를 패고 있다가 김성주를 반겼다.

"마침 잘 왔소. 그러잖아도 김일성 동무와 안면 있는 친구 한 분이 방금 도착했기에 사람을 보내 알리려던 참이었소. 그런데 얼굴 표정이 왜 이리도 심각하오?"

"군장동지, 친구는 나중에 만나고 일단 보고드릴 일이 있습니다."

김성주는 왕덕태에게 왕작주를 소개시켰다.

"이분이 우리 6사 작전참모 왕작주 동무입니다. 이번 전투와 관련하여 반드시 드릴 말씀이 있다고 하기에 제가 직접 데리고 왔습니다."

김성주가 이렇게 소개하자 왕작주는 아주 절도 있게 경례를 올렸다. 그러자 왕덕태는 빙그레 웃으면서 덕담을 건넸다.

"역시 군사학교를 나온 사람의 품위는 어디가 달라도 다르구먼. 김일성 동무가 참모장으로 데리고 있고 싶어 한다는 이야기를 조아범 동무한테서 들었소. 그런데 보고할 일이라는 게 도대체 뭐요?"

"무송 지방 당 조직에서 나온 분이 지금 저희 6사에 와 있는데, 어젯밤에 무송현성에서 경찰들로부터 대대적인 체포 작전이 진행되었다고 합니다. 저희 판단으로는 적들이 지금 우리의 공성계획을 이미 눈치 채고 있다고 봅니다. 그래서 왕작주 동무는 이 전투는 승산이 없다고 봅니다."

"원, 우리가 언제 꼭 승산 있는 전투만 해왔소?"

왕덕태도 역시 대수롭지 않은 표정이었다. 처음 이 말을 늘었을 때 오히려 자신만만해 했던 김성주와 비슷하게 생각하고 있음이 분명했다.

"그런데 승산이 없다는 근거는 뭐요?"

왕덕태는 바로 왕작주에게 물었다. 그러자 왕작주는 갑자기 입을 다물고 아무런 대답도 하지 않았다. 보다 못해 김성주가 한마디 권했다.

"왕 형, 군장동지께서 묻고 계시지 않습니까. 생각했던 바를 어서 말씀드리시오."

"아닙니다. 제가 다시 생각해보니 제 생각이 짧았던 것 같습니다."

"아니, 그게 무슨 소리요?"

"군장께서 방금 하신 말씀처럼 승산 없는 전투를 진행하면서도 소멸되지 않고 오히려 더 크게 발전하고 장대해진 것이 바로 항일연군이라는 사실을 제가 그만 깜박했습니다."

왕작주가 이렇게 대답하니 김성주만 난감해지고 말았다.

김성주는 왕작주와 함께 왕덕태를 따라 천막 안으로 들어가 도착한 지 얼마 지나지 않은 국민구국군 부총지휘 이홍빈(李洪彬)과 만나 인사를 건네고는 서둘러 다시 돌아와 둘이 마주 앉았다.

"왕 형, 아까 군장동지 앞에서 한 이야기가 진심입니까?"

"왕 군장 표정을 보니 제가 권고해도 결코 받아들일 분 같지 않아서 그만두었습니다."

"그렇다고 그냥 입을 다물어 버리면 어떻게 하오?"

"방금 보지 않았습니까. 오의성과 이홍빈의 국민구국군까지도 다 이 전투에 동원되었습니다. 승산이 있건 없건 상관없이 이 전투는 어차피 치러지게끔 결정했으니, 우리가 아무리 불가론을 말씀드려도 결코 돌려세울 수 없습니다."

왕작주가 이렇게 대답하자 김성주가 또 물었다.

"그러면 우리는 어떻게 해야 합니까? 우리 6사가 주공 임무를 맡게 될 텐데 말이오."

"일단 내일 작전회의에 참가하고 나서 다시 연구해봅시다."

왕작주가 짐작한 대로 다음날 작전회의 때 전광은 특별히 김성주와 왕작주를 따로 불러 천막 밖에서 잠깐 이야기를 나누었다.

"어제 왕덕태 군장한테서도 들었고 아침에는 연안길 동무도 만나보았소. 김일성 동무는 승산 없는 전투를 왜 꼭 해야 하는가 불평했다던데, 그게 사실이오?"

"불평이 아니고 그냥 저희가 걱정하는 점을 보고드리려 했습니다."

"듣고 보니 나도 승산이 없다고 여겨지오. 그렇지만 우리가 이 전투를 반드시 진행해야 하는 이유는 한두 가지 불리한 적정 가지고 함부로 도중에 그만두어서는 안 되는 정치 임무이기 때문이라는 사실을 잊지 마시오. 우리가 여기서 더 크게 전투를 벌이고 적들을 많이 견제할수록 그만큼 1군의 부담이 줄어들 수 있고, 이는 직접적으로 1군이 진행하는 서북원정을 돕는 게 되기 때문이오. 그리고 이번 전투의 총지휘는 왕덕태 군장이 맡고 김일성 동무는 전선 총지휘를 맡는 걸로 내가 추천하겠소. 그러니 동무는 이번 전투의 전선 총지휘자로서 작전회의 때 이 전투에 참가할 우군의 사기를 떨어뜨리는 말을 함부로 하면 안 된다는 걸 명심하오. 내 말뜻 알겠소?"

전광이 이렇게 미리 주의를 주었기 때문에 김성주와 왕작주는 작전회의에서 한마디도 반론하지 않았다. 작전회의 역시 왕덕태의 사회로 진행되었다. 다만 무송현 동·남·북 세 성문을 공격할 부대들을 지정했을 때, 왕작주가 참지 못하고 김성주 귀에 대고 한참 소곤거렸다. 연신 머리를 끄덕이던 김성주가 드디어 손을 들고 왕덕태에게 발언권을 요정했다.

"군장동지, 제가 한 말씀 드리겠습니다."

"어서 말씀하오."

"적들의 원병이 도착하게 될 경우를 대비하여 우리는 '공성(攻城)'과 '타원(打援, 적의 원군을 공격하다)' 전투를 동시에 진행해야 할 것입니다. 적의 원병을 막을 부대를 미리 배치해야 하지 않겠습니까?"

"만약 적의 원병이 온다면 어느 방향에서 올 것 같소?"

"주로 통화와 돈화 방면에서 올 듯하지만, 우리는 동·남·북 세 성문을 동시에 공격하니 이 세 곳을 공격하는 부대들이 모두 병력을 차출하여 원병을 막을 준비도 함께 진행해야 합니다. 그리고 성 내 조직에서 내응하기로 약속한 시간을 새벽 3시로 정했지만, 우리는 3시까지 기다리지 말고 2시간쯤 앞당겨 새벽 1시쯤에 공격을 개시하는 것이 더 좋겠습니다."

이는 모두 왕작주가 김성주를 통해 내놓은 제안이었다.

일본군이 돈화나 통화 방면에서 달려올 수 있으므로 반드시 타원 부대를 따로 배치해야 한다는 제안을 받아들인 왕덕태는 북문 한 곳을 공격하는 데만 만순과 만군, 청산호 등 세 무장토비를 배치했다. 병력이 많은 만순 정전육 부대가 주공을 담당하고, 만군 유전무 부대는 후위에서 타원 부대로 배치되고, 청산호 공배현 부대는 그 사이에서 기동 부대 역할을 하게 되었다. 북문은 이홍빈의 국민구국군이 주공 임무를 맡고 후원 부대는 김성주의 6사에서 7연대 일부를 갈라내어 조아범과 김산호가 직접 책임지기로 했으나 다음 날 8월 16일 아침에 김성주는 갑자기 왕작주를 데리고 조아범 막사로 불쑥 찾아왔다.

"우리 6사가 주공 임무를 맡게 된 소남문은 직접 통화로 통하는 길과 이어져 만약 공성전투가 순조롭지 못하고 적들의 원병까지 들이닥치면 상당히 위험할 수 있소. 그러니 지금이라도 빨리 방법을 찾지 않으면 안 되오."

조아범은 당장 전령병을 시켜 손장상과 김산호까지 불러와 의논했다.

"이미 7연대의 절반을 갈라내 이홍빈의 후군을 삼기로 결정하지 않았소?"

김성주는 왕작주에게 말했다.

"여기는 모두 우리 동무들뿐이니 왕 형이 좀 자세하게 설명해 주시오."

"설사 적들의 원군이 온다 해도 돈화와 통화에서 올 수밖에 없으므로 위험한 곳은 동문과 남문입니다. 어제 김 사장이 7연대의 절반을 갈라 동문을 공격할 이홍빈의 후군으로 결정한 것은 사실상 이 부대를 따로 유용하게 활용하기 위해서였습니다."

"그럼 우리도 모두 함께 소남문을 공격하자는 소리요?"

김성주는 지도를 펼쳐놓고 조아범과 김산호에게 설명했다.

"여기 성 밖의 북쪽과 남쪽 사이로 난 이 산길로 60여 리쯤 가면 소탕하가 나옵니다. 이 소탕하를 넘어서면 바로 송수진(松樹鎭)인데, 우리가 하루를 앞당겨 여기를 공격합시다. 그러면 설사 미리 연락받은 적들의 원병이 무송을 향해 오는 중이라 해도 먼저 송수진 쪽에서 발목을 잡히게 될 것이오. 원병뿐만 아니라 무송현성 안에 도사린 놈들의 주의도 모조리 송수진 쪽으로 집중될 것이오. 어쩌면 송수진으로 원병을 내보낼지도 모릅니다. 우리는 그 틈을 타 일격에 이 무송현성을 점령하자는 게요."

"양동작전이구먼. 좋소. 그렇게 합시다."

이 방안을 총지휘 왕덕태에게 보고하자 그가 반대했다.

"이미 약속해놓은 후군을 마음대로 움직여서 다른 데로 빼돌리는 것은 신의와 관계되는 일이니 좋지 않소. 특히 이홍빈의 국민구국군은 아주 먼 길을 달려서 왔소. 우리가 그의 후군이 되어준다고 약속해놓고 몰래 후군으로 배치될 부대를 다 빼갔다가 나중에 돌발 상황이라도 벌어지면 어떻게 수습하려고 그러오."

하지만 김성주는 자기주장을 고집했다.

"군장동지, 설사 적들의 원군이 들이닥치더라도 남문과 동문 쪽으로 들어올 가능성이 크니 사실상 북문에는 원군을 둘 필요가 없습니다. 더구나 우리는 성 안의 적들이 버티지 못할 때 결사적으로 반항하지 않고 모두 살길을 찾아 성 밖으로 도주할 수 있게끔 서문을 열어둘 생각입니다."

서문을 공격하기 위해 배치된 쌍승대장궤(雙勝大掌櫃)의 두령 기성전은 성 밖 서쪽의 두도송화강 기슭에서 벌써 대기 중이었고, 동문에 배치된 이홍빈 부대도 두도송화강과 가까운 망우강(忙牛岡)에 주둔하고 있었다. 때문에 무송현성이 공략될 경우 기성전 부대가 서문으로 탈출하는 무송의 군경들을 두도송화강에서 막을 수 있지만, 만약 공성전투에 성공하지 못하고 일본군 원병이 들이닥칠 경우에는 즉각 기성전 부대를 이홍빈의 후군으로 삼을 수도 있었다.

"일리 있는 말이오. 하룻밤 앞당겨 먼저 송수진을 공격하는 것에는 나도 동의하오. 그러나 이미 작전회의에서 정한 후군을 몰래 철수하는 것은 안 되오. 대신 송수진을 지키는 적들은 경찰들뿐이니, 내가 산호 동무와 함께 한 중대만 데리고 가겠소. 북문에 배치할 우리 부대는 김일성 동무가 소남문을 공격할 때 필요하면 기동부대로 사용해도 좋소."

왕덕태가 이렇게 나서자 조아범이 펄쩍 뛰었다.

"군장동지가 직접 가시는 건 안 됩니다. 저와 김일성 동무가 잘 배치할 것이니 걱정 마십시오."

"아니오. 그러잖아도 소탕하 쪽으로 나갈 일이 있소. 안도에 남겨둔 4사 나머지 부대들을 무송현 경내로 들어오게 하라고 곽 부관(곽지산)을 파견한 지 여러 날이 되었는데 아직도 소식이 없소. 송수진전투를 하고 나서 대감장에도 들러야 하오. 그러니 조아범 동무는 여기 남아서 김 사장을 잘 도우시오."

왕덕태가 이렇게 나오자 김성주와 조아범은 여간 고맙지 않았다.

조아범은 직속부대인 6사 교도연대(연대장 이홍소)를 왕덕태와 함께 보내려고 했으나 왕덕태가 거절했다. 이번에는 김성주가 다시 8연대에서 기관총중대(중대장 원금산)를 통째로 차출했다.

4. 오리장

이렇게 되어 무송현성전투가 벌어지기 전날인 8월 16일 저녁에 왕덕태는 김산호와 함께 송수진을 먼저 공격하려고 했으나 전광이 불쑥 나서서 왕덕태가 직접 가는 것에 반대했다.

"공격을 시작하면 김 사장은 필시 진지(陣地)로 나가버릴 것이 분명한데, 지휘부를 비워두려고 하시오? 나도 2군 부대 상황에 익숙하지 않으니 지휘부는 군장동무가 지키시오. 내가 조아범 동무와 송수진으로 가겠소."

그러자 조아범이 다시 나섰다.

"군장동지, 그리고 전광 동지. 여전히 제가 김산호 동무와 송수진으로 가는 것이 가장 좋을 것 같습니다. 여기 전투는 제가 없으면 오히려 김일성 동무가 훨씬 더 잘해낼 것입니다. 제가 워낙 잔소리가 많아 김일성 동무가 저를 좋아하지 않습니다."

김성주도 맞장구를 쳤다.

"네, 그렇게 하는 것이 좋겠습니다. 군장동지께서는 지휘부에 계셔야 합니다."

이렇게 되어 원래 계획대로 조아범과 김산호가 먼저 송수진을 공격했다.

송수진 공격전투는 다음날 새벽 1시경까지 계속 되었다. 무송현성 총공격시간이 바로 새벽 1시였기 때문에 무송 주변의 토벌군들을 최대한 송수진 쪽으로 끌어오기 위해서였다. 아닌 게 아니라 이 양동작전에 넘어간 이수산의 만주국군 제3여단과 동국화(董國華)의 제3기병여단이 동시에 송수진을 향해 달려왔는데, 이때를 타서 왕덕태와 전광 등은 모두 김성주의 공성지휘부(攻城指揮部)가 설치된 오리장(五里庄)으로 내려왔다. 이 오리장은 무송현성 동문에서 동남쪽으로 5리 남짓한 거리에 있었다. 눈앞에는 바로 무송의 동문과 남문을 지키는 그 유명한 포태산(炮台山, 진변루鎭邊樓)이 가로막고 있었다.

"어찌된 일이오? 새벽 1시가 다 되었는데 왜 아직 공격하지 않는 거요?"

"북문을 공격할 만순 부대가 예정된 지점에 도착하지 않아서 전령병을 보냈습니다. 동문을 공격할 이홍빈의 국민구국군도 이 지방 지리에 익숙하지 않다며 공격시간을 조금만 늦춰달라고 연락해왔습니다."

김성주의 대답을 듣고 전광이 말했다.

"작전회의 때 보니 만순 정전육은 무송현성전투에 아무 관심이 없는 작자이던데, 김 사장과의 인연 때문에 마지못해 참가하겠다고 대답한 것이 틀림없소. 이자는 전투가 시작된 다음에라야 형편을 봐가면서 나타날 게 틀림없소. 그러니 기다리지 말고 지금 당장이라도 전령병을 보내 만군과 청산호가 주공 임무를 대신 맡으라고 하오. 나중에라도 정전육이 나타나면 후군을 맡으면 되오."

"그렇게 하는 것이 좋겠습니다."

김성주가 동의하자 곁에 있던 손장상이 즉시 전령병 백학림을 만군 두령 유전무에게 보냈다. 전광은 다시 김성주에게 재촉했다.

"아무래도 우리가 먼저 공격을 개시해야겠소."

"그것은 안 됩니다. 포태산을 먼저 날려 보내지 않고 소남문을 공격하다가는 정면과 좌측에서 공격받을 수 있습니다. 그러면 상상도 할 수 없는 피해가 발생합니다."

김성주가 이렇게 딱 잘라 말하니 전광은 다시 왕덕태에게 재촉했다.

"군장동무, 여기서 이렇게 시간을 지연하다가는 송수진을 공격하는 동무들이 더는 지탱하지 못할 것이오. 빨리 공격을 개시하라고 명령하시오."

공성총지휘를 맡은 김성주에게 전투 군사지휘권이 있다 보니 전광도 왕덕태도 어쩔 수가 없었다. 급한 것은 김성주도 마찬가지였다. 그는 전령병들을 여기저기로 모두 보냈고 나중에는 경위원 오백룡과 유옥천까지 불러 포태산을 공격하기로 한 악보인(岳保仁, 민중자위군) 부대로 보내려고 했다. 그때 한참 보이지 않던 왕작주가 불쑥 나타났다.

"샤오우즈(오백룡)는 남겨두고 제가 샤오류즈(유옥천)와 함께 갔다 오겠습니다."

공격시간이 자꾸 지연되다 보니 어느덧 새벽 3시가 다가오고 있었다.

왕작주와 함께 악보인의 진지로 갔던 유옥천이 혼자 정신없이 달려와 김성주에게 보고했다.

"사장동지, 정각 3시에 공격 신호를 보내달라고 합디다."

"왕 참모장은 왜 돌아오지 않소?"

"자위군 악 사령이 왕 참모장에게 전투를 함께 지휘해달라고 해서 남았습니다. 포태산을 점령하면 바로 돌아오겠다고 합니다."

김성주는 오리장 지휘초소를 전광과 왕덕태에게 맡겨놓고 자신이 직접 손장상과 함께 소남문 앞에 매복했던 7연대 진지로 건너갔다.

진지 맨 앞에서 대기하던 오중흡은 벌써 몇 시간째 오리장 쪽만 바라보면서 그쪽에서 울릴 공격신호를 눈 빠지게 기다리던 중이었다. 그때 누군가가 곁에 와서 인기척을 내자 화 난 얼굴로 뒤를 돌아보다가 상대가 사장 김성주인 것을 보고는 깜짝 놀랐다.

"아니, 어떻게 여기까지 오셨습니까?"

"소리 내지 마오. 남들이 놀라겠소. 정각 3시에 공격을 개시하겠소."

김성주는 손목시계를 한 번 들여다보고는 아직도 20여 분 더 남아 있는 것을 보고는 진지에 대기한 다른 대원들을 돌아보다가 몇몇 낯익은 여대원 얼굴이 눈에 띄어서 몹시 놀랐다. 여성중대장 박녹금 곁에 김확실 얼굴이 보이는가 하면 재봉대장 최희숙까지도 두 손에 보총을 들고 침착한 표정으로 대기하고 있었다. 김성주가 직접 진지 최전방에 나온 것을 본 여대원들 얼굴은 한껏 밝아졌다.

"사장동지, 어찌하여 여기까지 나오셨나요? 여긴 위험합니다."

박녹금이 살그머니 다가오더니 김성주에게 절반은 나무람 섞인 말투로 한마디 했다.

"원, 녹금 동무. 내가 아무리 그래도 아줌매(아주머니를 부르는 간도사투리)들 뒤에 있을 수 있습니까."

김성주는 긴장한 대원들 마음을 풀어주려고 역시 절반은 농을 섞어 대답했지만, 정작 오중흡에게는 여성중대를 진지에 배치한 것을 두고 나무랐다.

"우리 6사 아줌매들이 얼마나 깡다구가 센지 내 말을 듣는 줄 아십니까. 더구나 여성중대는 사부 직속부대라면서 누구 말도 듣지 않습니다."

오중흡이 푸념하자 김성주는 손장상에게 시켰다.

"라오쑨, 여성동무들을 빨리 후대로 돌리십시오. 이것은 명령입니다."

"제기랄, 알겠소."

손장상은 박녹금에게 눈을 부라렸다.

"박 중대장, 방금 들었지? 이건 사장 명령이오."

박녹금이 두말없이 머리를 끄덕이고는 최희숙을 돌아보았다. 여대원들 가운데 가장 나이 많은 최희숙은 모든 여대원에게 존경받는 언니였다. 최희숙이 동의하는 눈빛을 보내고는 중대장 박녹금과 함께 움직이려 하는데, 김확실이 최희숙 허리를 잡아당겼다.

"언니, 돌격대와 함께 싸우자고 했잖아요."

"안 돼, 사장동지 명령이잖아. 빨리 뒤로 가자. 어서."

최희숙이 재촉하면서 김확실을 잡아끌었다.

여성중대가 후대로 물러난 다음 김성주는 권총을 뽑아들었다. 시계가 정각 3시를 가리킬 때 김성주는 소남문 밖의 7연대 진지에서 총공격을 개시하는 신호탄을 쏘았다. 밤하늘을 향한 그의 총구에서 땅 하는 총소리와 함께 총탄이 창공으로 날아올랐다. 곧이어 기관총 소리와 소총 소리, 수류탄 터지는 소리가 뒤엉키기 시작했다. 특히 포태산 쪽에서 터지는 굉음이 엄청나게 요란했다.

악보인의 민중구국군이 자체로 만든 나무대포에다 한 번에 화약과 철알을 수십 근씩 넣어서 심지에 불을 붙이는 방식으로 쏘아대기 시작했는데, 실제 살상력은 누구도 장담할 수 없었으나 소리 하나만은 대단했다.

"명중하지 않아도 좋으니 포신을 좀 높이 쳐들고 쏘게 하고 그 밑으로 돌격대를 동시에 출격시키십시오. 포태산의 병력이 별로 많아 보이지 않습니다."

왕작주가 악보인에게 시켰다.

"동시에 출격하면 우리 병사들이 다치지 않겠소?"

"포신 각도를 잘 조절하면 됩니다. 포를 쏠 때는 저놈들이 머리를 바깥으로 내밀지 못할 것이니 그 사이에 돌격대가 저놈들 턱밑에까지 접근하면 저 포태산은 쉽게 점령할 수 있습니다. 믿지 못하겠으면 제가 직접 돌격대와 함께 가겠습니다."

왕작주가 이렇게까지 나서자 악보인은 돌격대를 동시에 출격시켰다.

나무대포를 몇 발 더 쏘는 사이에 포태산 턱밑까지 접근한 돌격대는 가지고 간 사닥다리로 포태산에 올라가는 데 성공했다. 정작 점령하고 보니 놀랍게도 포태산을 수비하던 병력은 만주군이 아니고 겨우 지방 자위단 한 소대에 불과했다.

"문제가 있습니다. 성 안에서 곧 공격해 나올 것입니다."

왕작주가 떠나면서 주의를 주었으나 악보인은 믿으려 하지 않았다.

"내가 먼저 포태산을 점령했으니, 이번 전투에서 첫 번째 공을 세운 셈이네. 북문과 동문에서도 이미 공격이 시작됐는데, 놈들한테 무슨 여력이 있어서 포태산으로 공격해 나오겠나? 당신네 총지휘한테 가서 아무 걱정 마시고 빨리 소남문이나 깨부수라고 하게."

왕작주가 오리장으로 돌아오니 김성주가 보이지 않았다.

"포태산을 지키던 적은 겨우 한 소대밖에 안 되더군요. 반드시 문제가 있을 것 같습니다. 적들이 성 안에서 다시 공격해 나오면 악보인 부대가 포태산을 지켜내지 못할 것입니다. 만약 포태산을 다시 빼앗기면 소남문과 동문을 공격하는 부대들이 모두 측면에서 협공을 받을 수 있습니다. 어떻게 하면 좋을까요?"

왕작주가 이처럼 상황을 보고했으나 전광이 그를 꾸짖었다.

"이 동무가 보자 보자 하니까 며칠 전부터 계속 불길한 소리만 하는구면. 동, 남, 북, 세 곳 성문이 당장 열릴 판인데, 놈들한테 무슨 여력이 있어서 포태산을 공격하러 나온단 말이오? 설사 놈들이 나온다면 성을 버리고 도주하러 나오는 놈들일 것이오. 허튼소리 그만하고 빨리 가서 김 사장한테 지휘부로 돌아오라고 전하오.”

왕작주는 구태여 설명하려 하지 않고 그길로 돌아서서 소남문으로 달려갔다.

직접 소남문 진지에서 전투를 지휘하던 김성주도 왕덕태나 전광 못지않게 잔뜩 흥분되어 있었다. 어린 시절을 무송에서 보낸 적 있는 김성주에게 소남문은 결코 낯설지 않았다. 날이 밝아올 무렵, 이미 소남문 주변을 모두 차지한 6사 주력부대는 김성주의 지휘로 바야흐로 화력을 집중하여 성문을 공격하려 했다. 그런 차에 왕작주가 달려와서 김성주에게 권고했다.

“이대로 성문을 공격하다가는 큰 낭패를 볼 것입니다.”

“그게 무슨 소리요?”

왕작주는 김성주를 데리고 조용한 곳으로 가서 침착하게 설명했다.

“만약 북문 공격이 성공하면 놈들이 그쪽으로 몰려갈 것이니 남문을 돌파할 수 있을지도 모르겠습니다. 하지만 지금 총소리를 들어보니 북문 쪽은 이미 가망 없어 보입니다. 악보인의 민중군도 일단 포태산은 점령했지만, 놈들이 포태산을 일부러 내준 것 같습니다. 저렇게 주요한 포태를 지키는 병력이 겨우 한 소대뿐인 데다 정규군도 아니고 지방 자위단이더군요. 이는 놈들이 포태산을 미끼로 악보인의 민중군을 포위하여 섬멸하려는 계책일 가능성이 있습니다.”

김성주는 왕작주의 설명을 듣고 나서 공감하듯이 머리를 끄덕였다.

“일리 있는 말씀입니다. 만약 포태산이 다시 놈들의 손에 들어가면 남문에서도 놈들은 방어만 하지 않고 반드시 바깥으로 공격해 나올 것이오. 그렇게 되면 우리만 양측으로 협공당하겠구먼. 그러면 이제 어떻게 했으면 좋겠습니까?”

“남문 공격을 중단하고 방어로 전환하십시오. 부대를 절반 갈라서 빨리 포태산을 구원해야 합니다. 악보인이 아직까지 포태산을 빼앗기지 않았다면, 우리가 가서 포태산 방어를 인계받아야 합니다. 그래야만 남문에서 놈들이 공격하고 나올 때 우리 군이 철수하더라도 놈들은 포태산이 우리 손에 있는 한 함부로 뒤를 쫓을 수 없게 됩니다."

김성주는 왕작주의 건의를 받아들였다.

악보인의 민중구국군과 함께 포태산 점령 전투에 이미 참가하고 돌아왔던 왕작주에게 7연대에서 가장 전투력이 강한 오중흡의 4중대를 통째로 맡겨 다시 포태산으로 달려가게 했다. 이때는 벌써 날이 훤히 밝았고, 5시간 남짓 물 한 모금도 먹지 못 한 채로 전투하던 대원들 얼굴에는 지친 기색이 역력했다.

왕작주는 포태산으로 떠나려다가 다시 돌아와 김성주에게 말했다.

"제가 경황이 없어 한 가지를 빠뜨렸습니다. 왕 군장과 성위원회 특파원(전광)이 김 사장을 빨리 지휘부로 돌아오라고 재촉했던 것을 깜빡했습니다."

"지금 한가하게 지휘부에 들어앉아 있을 수 없소."

김성주의 대답에 왕작주가 말했다.

"제 생각에는 그곳도 결코 한가하지 않을 것 같습니다. 사실은 제가 어젯밤에 오리장 주변을 좀 돌아보았는데, 송수진으로 통하는 오리장 동산 입구 산언덕 아래에 빈 집 한 채가 있는 걸 발견했습니다. 김 부관(金副官, 김주현)이 작식대에 시켜 주먹밥을 만들고 싶은데, 불을 지펴도 될 만한 장소를 찾아달라고 하기에 제가 그 집을 가르쳐 주었습니다. 원칙대로라면 앞에서 지휘부가 지켜주고 있으니 안전하겠지만, 만약 송수진 쪽으로 유인되어 갔던 놈들이 다시 무송으로 돌아올 때는 오히려 우리 배후를 습격하려고 그 입구로 몰래 기어들어올 가능성이 있습니다. 그렇게 되면 우리 퇴로가 막힐 위험이 있습니다. 때문에 빨리 그곳으로 최소한 한 중대쯤은 파견하여 산 입구 양측 비탈들을 차지하게 하고, 작식대는 철수시키는 것이 좋겠습니다. 제가 실은 이 말씀을 드리려 돌아온 것입니다. 그럼 저는 이만 떠나겠습니다."

김성주는 왕작주의 주도면밀함에 감탄하지 않을 수 없었다.

"그것은 나도 미처 생각지 못했습니다."

5. "만순이 왔다. 모두 물러서거라."

송수진에서 돌아오던 토벌대는 자그마치 300여 명에 달했다.

박녹금의 여성중대는 토벌대 배후를 공격하여 10여 명을 사살한 뒤에 바로 작식대 대원들을 데리고 동쪽 포태산 쪽으로 달아났다. 이때는 이미 김성주도 소남문 공격을 포기하고 미리 유옥천에게 여성중대를 데리고 동쪽으로 철수하라고 시켰다. 다행스럽게도 오중흡의 4중대를 데리고 포태산으로 달려갔던 왕작주가 악보인의 민중군을 대신하여 포태산 위에 기관총 두 자루를 양쪽에 걸어 놓고 남문뿐만 아니라 동문 쪽에서도 이미 철수하던 이홍빈의 국민구국군을 엄호할 수 있었다.

이와 같은 철수 명령도 김성주가 혼자 내린 결정이 아니었다.

새벽 3시경에 손장상의 파견으로 북문으로 정황을 알아보러 갔던 백학림이 돌아와 북문 주공 임무를 맡기로 했던 만순 정전육 부대가 제시간에 도착하지 않아 만군과 청산호가 모두 만순 부대가 도착하기만을 기다리는 중이라고 보고했다.

"그럼 후대가 선대를 맡고 나서야지 마냥 기다리고만 있으면 어떻게 한단 말이냐?"

전광이 발을 구르자 김성주가 손장상에게 시켰다.

"라오쑨이 직접 북문에 한 번 갔다 오십시오. 만군과 청산호가 함께 주공 임무를 맡고 만순이 만약 늦게라도 도착하면 그들한테 후대를 맡으라고 하십시오."

손장상이 떠나려고 하자 전광이 말렸다.

"만군에는 내가 직접 가는 것이 좋겠소. 유전무가 나와 친한 사이니 내가 직접 가서 다시 포치하겠소. 대신 김일성 동무는 나한테 길 안내할 만한 사람을 하나 추천해주오. 가능하면 무송 사람이면 좋겠소."

"연안길 동무가 데리고 온 아이가 지금 7연대에 있습니다."

잠시 후 안경희가 전광 앞에 불려왔다.

부리부리하고 역빠르게 생긴 이 소년은 첫눈에 전광 마음에 들었다.

"샤오안즈(小安子)라고 부른다고 했지. 나이는 얼마냐? 조금 있다가 큰 전투가 시작될 텐데 혹시 무섭지는 않느냐?"

안경희는 사뭇 흥분한 듯 눈빛까지 반짝이며 대답했다.

"너무 재밌을 것 같아요. 하나도 무섭지 않아요."

"그래 좋다. 지금 북문으로 가야 하는데, 네가 길안내 좀 서주어야겠다."

"제가 여기 길을 잘 아니 걱정 마세요. 근데 저도 요구가 하나 있어요."

안경희가 불쑥 이렇게 말하는 바람에 지휘부에 있던 사람들이 모두 놀랐다.

"요구라니? 너한테 무슨 요구가 있단 말이냐?"

"전투를 시작한다면서요? 저한테도 총 한 자루 주세요. 저도 전투에 참가하겠어요."

김성주는 안경희를 타일렀다.

"샤오안즈야, 지금 네 임무는 아저씨를 북문까지 모셔다드리고 또 모셔오는 것이다. 알겠느냐? 너는 길안내만 서면 되고, 이 아저씨 경호 임무는 다른 형님들이 맡으니 네가 총이 왜 필요하겠느냐."

"저 총 쏠 줄도 알아요. 제가 길안내도 하고 경호도 해드리면 되잖아요."

이렇게 대답하는 안경희가 하도 씩씩해 보여 전광은 옆구리에서 자기 권총을 꺼내주었다.

"그래 좋아. 그럼 오늘은 네가 내 경호 임무까지 다 맡거라."

안경희는 전광을 북문까지 무사하게 안내했다.

그런데 전광을 떠나보낸 뒤 왕덕태는 걱정되어 김성주에게 말했다.

"라오챈(老全, 전광)한테 최소한 한 소대는 딸려 보낼 걸 그랬소. 어린아이 하나만 데리고 가다가 돌발 상황이라도 발생하면 어떻게 하오?"

"8연대를 포태산 쪽으로 보냈기 때문에 지금 따로 빼낼 병력이 없습니다."

왕덕태는 오리장을 지키던 자기 경위소대(소대장 이용운)를 파견하려고 했다.

그러자 김성주가 말렸다.

"새벽에 7연대에서 만량진을 공격하려고 파견한 소대(제4중대 산하 1소대)가 송화강 물이 불어서 건너지 못하고 되돌아오고 있다는 연락을 받았습니다. 그럼 그 소대에 전령병을 보내어 바로 북문 쪽으로 가라고 하겠습니다."

전령병이 모자라 김성주는 경위원 유옥천과 오백룡까지도 모조리 전령병으로 삼아 여기저기에 쉴 새 없이 파견했다.

전광은 북문에 도착하여 유전무와 곽연전, 공배현 등 만군과 압오영, 청산호의 두령들을 불러놓고 만순 부대를 기다리지 말고 즉시 공격하라고 주문했다. 남만항일연합군 시절부터 전광과 익숙한 사이였던 유전무는 두말없이 수락하고 바로 북문 공격을 시작했다. 전투가 한나절이나 진행되던 아침 7시경에야 북문에 도착한 만순의 한 부두목이 아직도 아편에 취한 얼굴로 전광 앞에 나타나 횡설수설해댔다. 전광은 크게 노했다.

"이 건달놈아, 담뱃집을 잘못 찾아온 것 아니냐? 어디 와서 해롱거리느냐?"

전광이 꾸짖고 있는데, 뒤따라 달려온 정전육이 부두목을 걸어차면서 욕지거리를 퍼부었다. 그러나 정전육 얼굴도 아편에 취한 것이 분명했다.

"이봐요, 정 두령. 당신도 마찬가지구려. 모두 술에 취하셨습니까?"

"그게 아니오. 내 대부대가 그동안 모두 임강에 나가 있다가 오다 보니 길이 너무 먼 데다가 아침까지 못 먹어서 아이들이 대신 담배를 좀 먹었답니다. 그렇지만 아직 성문을 깨지 못했으니 좋수다, 이제부터는 우리 만군이 나서겠습니다."

이러면서 정전육은 부대를 이끌고 바로 북문 진지로 벌떼처럼 몰려갔다.

"만순이 왔다! 모두 물러서거라!"

만순 부대는 원체 병력이 많다 보니 어디를 공격할 때 몰래 기습하는 법이 없었다. 멀리에서부터 "우리는 만순이다! 만순이가 왔다!" 이렇게 기선잡기 하는 방법으로 모두 고함을 지르면서 돌격하는 데 습관이 되어 있었다.

그러자 유전무과 공배현이 반발했다.

"아니, 우리가 진지까지 다 만들어놓고 벌써 절반 이상 공격했는데, 이제 나타나서는 우리더러 진지를 내놓으라는 게야?"

"라오챈이 이미 허락한 일이니 그한테 물어봐."

유전무가 진지를 인계하려고 하지 않자 정전육이 팔을 한 번 휘저으니 만순 부하들이 우르르 진지 안으로 몰려 들어왔다. 그러자 만군 부하들도 여기저기서 벌떡벌떡 튀어나오며 두 부대가 한바탕 서로 치고받기 시작했다.

"저자들을 보라고. 자기들끼리 치고 박는구나."

북문 성루에서 이 광경을 지켜보던 마츠자키 일본참사관과 이시자카 경무과장이 주고받았다.

"저러다가도 우리가 사격하면 저자들은 다시 금방 한편이 되어서 우리한테 대응사격을 해올 것입니다. 우리가 멈추면 또 저렇게 자기들끼리 치고 박습니다."

마츠자키 참사관은 만주군 무송 주둔 사령관인 이수산에게 시켰다.

"원군이 올 때까지 방어만 하고 있을 것이 아니라 우리도 성 밖으로 출격하여 적극적으로 반격하는 것이 좋겠습니다."

"원군이 도착하기 전에는 함부로 출격하지 못하오."

이수산이 거부했으나 마츠자키 참사관은 북문을 공격하던 무장토비들이 지금 자기들끼리 진지 앞에서 서로 치고 박는 광경을 이야기해 주었다.

"소남문을 공격하는 홍호자들(항일연군 6사, 김일성 부대)과는 달리 북문과 동문의 무장토비들은 치면 바로 와해될 가능성이 보입니다. 이 사령이 기어코 만주군 부대를 움직이지 않겠다면 좋습니다. 우리 일본군 고문이 직접 기동부대를 인솔하고 출격하겠습니다."

이수산은 원군이 도착하기 전까지는 함부로 성 밖으로 출격하는 것에 끝까지 반대했으나 이수산의 일본인 군사고문 다나카 중좌(田中 中佐)는 마츠자키의 건의에 일리가 있다고 생각했다. 다나카 중좌는 즉시 이수산의 부대에서 한 중대를 차출하고 동문을 지키던 다카하시 소좌(高橋 少佐)의 무송수비대와 다케우치 소좌(竹內技 少佐)의 무송헌병대를 데리고 북문 쪽으로 이동하게 했다. 대신 동문에는 이시자카 경무과장이 직접 경찰서장 추례와 함께 경찰대대를 데리고 가서 지키게 했다.

오전 9시경, 북문에서 먼저 일본군의 반격이 시작되었다.

다나카 군사고문이 직접 다케우치 타쿠미 소좌와 함께 북문을 열고 만순 부대 진지를 공격하기 시작했다. 가뜩이나 만군과 서로 진지를 차지하겠다고 옥신각신하던 만순 부대는 만주군도 아닌 일본군 정규부대가 갑자기 성에서 돌진해 나오자 혼비백산했다. 눈 깜짝할 사이에 부하 수십 명을 잃은 정전육은 후회막

급이었다.

"내가 체면 때문에 차마 거절하지 못하고 이 전투에 참가했다가 아까운 형제들만 잔뜩 잃고 마는구나."

정전육이 발을 구르고 있는데 아편에 취한 부두목이 곁에서 또 재촉해 댔다.

"지금 북문에서 나오고 있는 자들이 '얼구이즈(二鬼子, 만주군)'도 아니고 '샤오구이즈(小鬼子, 일본군)'들입니다. 빨리 철수합시다. 늦으면 다 죽습니다."

"에라, 모르겠다."

정전육은 철수 명령을 내렸다.

그러자 진지에서 방금 물러난 지 얼마 안 되었던 만군이 그 앞을 가로막았다.

"아니, 우리를 진지 밖으로 몰아내더니 너희들은 어디로 도망가려는 거냐?"

"보이지 않느냐? 샤오구이즈들이 공격해오고 있다."

"그러면 막아야 할 것 아니냐."

"막고 싶으면 너희들이 남아서 막아라. 우린 철수한다."

여느 부대들보다 늦게 도착했던 정전육의 만순 부대가 일본군의 반격이 시작되자 제일 먼저 진지를 버리고 앞장서서 도주하기 시작했다.

"안 되겠소. 모두 철수해야겠구먼."

전광은 자중지란에 빠진 무장토비들이 걷잡을 수 없이 도주하기 시작하는 것을 보고 유전무와 공배현에게 말했다. 공배현이 자청하고 나섰다.

"저희가 뒤를 막겠습니다."

전광도 하는 수 없이 유전무 부대와 함께 북문에서 철수하기 시작했다. 그의 곁에 찰싹 들러붙어 함께 뛰어가던 안경희가 갑자기 멈춰서면서 전광의 허리를 끌어 앉았다.

"왜놈들이에요!"

맨앞에서 철수하던 만순 부대 앞에 누른색 군복을 입은 병사들이 불쑥 나타났던 것이다. 갑자기 맞닥뜨리다 보니 서로 확인할 새도 없어 바로 맞불질이 시작되었다. 만순 부대 병력이 많다 보니 상대방은 화력에 눌려 모조리 길가 은폐물들을 찾아 몸을 숨기고 머리를 내밀지 못했다.

"왜놈들 같지 않아."

그때 누른색 군복 쪽에서 누군가 머리를 내밀고 중국말로 소리쳤다.

"우리는 항일연군이오. 당신들을 도와주러 왔소."

그제야 만순 쪽에서도 사격을 멈추고 여기저기서 불쑥불쑥 일어서더니 계속하여 도주하기 시작했다. 새벽에 만량진을 공격하러 떠났던 7연대 4중대 2소대가 송화강 물이 붓는 바람에 강을 건널 수 없어 헛물만 켜고 돌아오다가 오백룡을 만나 전광 경호임무를 수행하라는 연락을 받고 북문으로 달려왔던 것이다. 그런데 정신없이 달려다 보니 마주 달려오던 만순 부대를 한편이라고만 생각하고 그만 경계심을 내려놓은 것이다. 소대장 이하 7, 8명이 눈 깜짝할 사이에 만순 부대와의 맞불질에 사망하고 겨우 살아남은 김명주가 전광에게 달려왔다.

"너는 누구냐?"

"7연대 4중대 2소대 1분대장 김명주입니다. 특파원동지를 지휘부로 모셔오라고 합니다."

전광은 뿔뿔이 흩어져 달아나는 무장토비들의 뒷모습을 바라보면서 한탄했다.

"이번 전투는 볼장 다 봤구나."

전광은 김명주의 안내로 부리나케 오리장으로 되돌아왔다. 마침 여성중대와 함께 작수강 산비탈에서 이수산 토벌대와 접전을 벌였던 유옥천이 돌아왔기 때문에 김성주는 송수진 쪽에서 몰려오는 토벌대 수백 명이 벌써 오리장 뒷산에 도착했음을 알고 있었다.

"군장동무, 빨리 철수명령을 내려야겠소. 북문 쪽은 이미 끝장났소. 정전육(만순 부대) 이 영감 때문에 공격부대가 자중지란에 빠져 다 흩어지고 말았소. 일본군이 성 밖으로 반격하며 나오기 시작했는데, 아마 소남문에서도 반격해 나올 것이 틀림없소."

전광이 이렇게 왕덕태에게 요청했다.

왕덕태는 이용운의 경위소대를 데리고 직접 소남문 쪽으로 달려가 김성주와 함께 나머지 부대를 모두 수습해서 동산 쪽으로 철수하기 시작했다. 아닌 게 아니라 남문뿐만 아니라 동문에서도 동시에 이수산 토벌대가 성문을 열고 반격하기 시작했다. 항일연군 주력부대가 소남문을 공격하고 있다는 걸 알았던 이수산이 직접 남문에서 돌격하여 나왔고 동문에서는 이시자카 경무과장이 경찰서장 추례와 함께 경찰대대를 이끌고 나오다가 마침 오중흡의 4중대에게 포태산을 인계하고 내려오던 악보인 부대와 정면에서 마주쳤다.

이때부터 발생한 항일연군 측 전투성과가 하나둘씩 『무송현지』에 기록되어 있다.

동문으로 치고 나왔던 무송경찰대대가 포태산 밑에서 악보인의 민중구국군과 접전하던 중 경찰서장 추례가 사살당했다. 북문으로 치고 나갔던 다카하시 소좌의 수비대와 다케우치 소좌의 헌병대가 두 갈래로 나뉘었다. 계속 만순 부대를 뒤쫓아 해청령 기슭까지 따라갔던 헌병대는 헛물만 켜고 돌아오다가 오늘의 무송현 흥륭향 란니촌(撫松縣 興隆鄕 亂泥村)에서 다케우치 소좌가 김성주의 경위중대장 이동학에게 사살되었다.

동문을 지원하러 달려갔던 다카하시 소좌의 수비대도 오중흡의 4중대를 뒤쫓다가 역시 전멸당하다시피 했다. 1936년 8월 21일 자 〈동아일보〉에는 다카하시 부대의 오장(伍長) 치바(千叶)가 사살되었다고만 밝히고 있을 뿐 부대장 다카하시는 살해당했다는 소리가 없다. 아마도 살아서 빠져나간 듯싶다. 그 지점은 무송현 동남쪽으로 14리쯤 떨어진 곳으로, 오늘의 흥륭향 서북 방향으로는 5, 6리 남짓 떨어져 있다. 김성주가 회고록에서 "다카하시의 '정예부대'는 동산 골짜기에서 전멸을 면할 수 없었다."고 이야기하는 바로 그곳인 듯하다.

타다케우치 소좌가 사살당한 시간은 다음날인 1936년 8월 22일 오전 10시경이었다. 이는 일본군이 무송현성전투 직후 뿔뿔이 사라진 항일 무장토비들보다는 주로 김성주의 항일연군 6사 주력부대를 소멸하려고 악착스럽게 뒤쫓고 있었음을 설명해준다. 직접 경위중대와 일본군 간의 전투가 발생했다는 것은 사장 김성주 역시 그 현장에 있었으며, 일본군은 6사 사부 중심부까지 접근했음을 말해준다.

6. '잘루목의 전설'과 실상

김성주는 회고에서 이곳을 "그 산 중심 돌출부의 잘루목"이라고 부르고 있다. 다른 일부 자료들에서는 소북구라고도 부르는데, 제멋대로 지어낸 이름이 아닌가 의심된다. 『무송문물지(撫松文物志)』를 보면 오늘날까지도 계속 사용되는 오리장촌(五里庄村)이라는 지명은 이미 발해 시대 때부터 사용했던 이름으로 발해국에서 송나라로 통하는 길이 오리장 뒷산 입구로 나 있다고 기록되어 있다.

필자가 답사 길에 만났던 오리장촌의 중국인들은 그때 항일연군 공성지휘부가 자리 잡았던 지점에서 뒤로 바라보이는 산 입구의 왼쪽 산을 석회요구산(石灰窯溝山)이라 부르고 오른쪽은 작수강(柞樹岡)이라 부른다고 알려주었다.

"1936년 8월의 무송현성전투를 누가 지휘했는지 압니까?"

필자의 물음에 오리장촌 촌민들은 모두 왕덕태라고 대답했다.

"북조선(북한)에서는 김일성이 총지휘였다고 하던데요?"

필자가 다시 물었다.

"김일성 부대가 소남문을 공격하는 주공 임무를 맡았지만 총지휘는 왕덕태였다. 지휘부가 우리 오리장촌에 설치되어 있었는데, 몇 해 전까지만 해도 왕덕태와 인사도 건네고 담배도 함께 나눠 피우던 노인들이 우리 동네에 여럿이 살고 있었다."

촌민들은 이렇게 대답했다. 필자는 김정숙에 대해서도 물어보았다.

"저 앞에 보이는 석회요구와 작수강 사이 산 길목에서 김일성 부대 여대원들이 일본군 토벌대를 막고 싸웠다고 하더라. 후에 김일성의 부인이 된 김정숙이라는 여대원이 양손에 싸창(모젤 권총) 한 자루씩 두 자루를 들고 일본군을 무더기로 쏘아 눕혔다고 하더라."

"아이고, 그것은 다 지어낸 거짓말이다."

오리장촌의 촌민들은 크게 웃으며 어이없어 했다.

"그렇다면 실제로는 어땠는지 알고 있나요?"

그때 직접 얻어들은 이야기는 다음과 같았다.

"당시 김일성의 경위원들 가운데 중국 사람(유옥천 등)도 여럿 있었다. 이름은 생각나지 않는데, 그중 한 사람이 문화대혁명 때 우리 동네에 와서 아는 사람들을 만나 이야기도 나누고 또 선물로 가지고 온 찻잎을 나눠주기도 했다. 우리 동네에서는 촌장과 지부서기가 모두 나서서 그 사람을 모시고 작수강 산언덕으로 올라가서 그때 있었던 이야기를 들었다.

김일성 부대는 절반 이상이 조선 사람이었다. 여자대원들로만 무어진 전문 여자중대(7중대)도 있었다. 중대장도 여자(박녹금)였다고 하더라. 이 중대장이 여대원들을 데리고 산언덕에서 토벌대를 막아냈다. 작수강 산언덕에서 좀 내려가면 움푹 패인 곳에 농막 한 채가 있었는데, 여름에 비가 오면 물에 잠기곤 하여 사용하지 않은 지 오래되었다. 겨울에도 눈에 쌓이면 웅덩이가 잘 보이지 않아 평지처럼 보였다. 그때 항일연군 지휘부 작식대가 이 농막 안에서 불을 지피고 밥을 지었는데, 연기가 위로 빠지면서 토벌대에게 발각되었다.

당시 무송 지방 토벌대는 일본군이 아니라 대부분 만주군이었다. 즉 우리 중국 사람들이었다. 그리고 만주군 속에도 조선말을 할 줄 아는 사람들이 적지 않았다. 무송지구 토벌사령관은 이수산이었는데, 이자는 항일연군을 붙잡으면 남자포로들은 모조리 '참요(斬腰)'[204]했다. 그리고 여자 포로들은 어떤 일이 있어도 죽이지 않고 산 채로 붙잡

---

204 '참요(斬腰)'는 허리를 자른다는 뜻이다. 중국 명나라 때부터 유행했던 처형법의 하나다. 당시 일본군 토벌대는 사살한 항일연군을 대체로 참수(斬首, 머리를 자르는 것)했는데, 1936년경에 무송지구 토벌사령관에 임명되었던 만주국군 제3보병 독립여단 여단장 이수산은 참요를 즐겼다고 한다. 사람 허리를 자르면 창자가 쏟아져 나와 주변이 지저분하여 보는 사람이 훨씬 더 공포를 느꼈기 때문이다. 이렇게 악명을 쌓았기 때문에 1945년 광복 이후, 이수산 토벌대가 토벌하고 다녔던 동변도 지방 백성들은 하나같이 이수산을 징벌해달라고 정부에 요청했다. 1938년에 이수산의 부하 가운데 조보원(趙保原)이라는 자가 몰래 만주군을 탈출하여 국민당에 투항하면서 이수산에게 함께 국민당으로 넘어가자고 권고했으나, 일본인 부여단장 장종원(張宗援, 일본 이름은 伊达顺之助)에게 발각되었다. 장종원이 이 사실을 일본군 사령부에 보고하는 바람에 이수산은 일본군에 체포되어 징역 5년형을 받았다. 이때부터 이수산은 자신도 일본군의 피해자로 자처했고 형기를 마치고 석방된 뒤에는 몰래 국민당 정부와 연락했다. 국민당 정부에서는 이수산을 길림시 경찰국장으로 임명했으나 동북민주연군이 먼저 길림시를 차지하는 바람에 부임할 수가 없었다. 후에 이수산은 국민당 정부의 파견을 받고 북경으로 들어가 활동하다가 1949년 중화인민공화국이 성립되자 바로 이름을 바꾸고 천진과 광주 등 대도시들을 돌아다니면서 숨어지냈다. 그러나 1930년대 초중반 그가 무송지구 토벌사령관으로 지내면서 항일연군을 토벌할 때 저질렀던 만행을 잊지 않았던 백성들은 거의 매일이다시피 공안기관에 찾아가 이수산을 붙잡아야 한다고 요청했고, 공안기관에서는 전국에 수배령을 내렸다. 드디어 1953년 7월 10일에 중국 최남단 도시 광동성 광주에서 이수산이 체포되었고, 1954년 3월 26일에 동북으로 압송되어 공개 총살당했다. 이수산이 남겨놓은 진술자료를 보면, 그의 부대는 1935년부터 1936년 2년 사이에 항일연군을 300여 명(주민들까지 포함)이나 살해했던 것으로 나타난다.

아서는 공을 세운 부하들에게 상으로 나눠주었다. 그때 작수강 산비탈 농막에서 밥을 짓던 여대원들이 모두 사살당하지 않고 살아날 수 있었던 것은 이 때문이었다. 토벌대는 그들을 산 채로 붙잡으려고 총을 쏘지 않고 한참이나 뒤를 쫓았는데, 작식대원들은 한창 밥이 끓고 있는 가마솥까지 그대로 머리에 이고 달아났다고 하더라."(괄호 안의 인명은 필자의 짐작이다.)[205]

이것이 바로 오리장촌에 사는 중국인들이 전하는 이야기다.

실제로 북한에서 이때 일을 재연한 선전화 중에는 김정숙이 왼손으로는 머리에 인 가마솥을 붙잡고 오른손에 쥔 권총으로는 토벌대를 쏘아 눕히는 그림이 있다. 이를 증명이라도 하듯 김성주도 회고록에서 김정숙이 양손에 싸창을 한 자루씩 잡고 기관총 쏘듯 토벌대를 쏘아 눕혔다고 이야기했다.

그 후로 중국의 친북한 매체들은 모두 이 이야기를 그대로 퍼다 나르면서 기정사실화하고 있다. 또 이 전투에 참가했던 다른 여대원들, 이를테면 박녹금(중대장)이나 최희숙, 김확실 등에 관한 이야기를 쓸 때도 중국의 조선족 역사학자들까지 모두 약속이나 한 듯이 "무송현성전투 때 김정숙이 양손에 싸창 두 자루를 잡고 잘루목에서 일본군 토벌대를 무더기로 쓸어 눕혔다."고 김성주의 회고록 속 대목을 그대로 퍼 나르고 있다.

그러나 조금만 세심하게 살펴보면 적지 않은 문제를 발견할 수 있는데, 일단 작식대 여대원에게 어떻게 두 자루의 싸창(모젤권총)이 있는지부터가 의문이다. 김정숙이 토벌대에게서 빼앗은 것이라고 주장할 수도 있지만, 잘 알려져 있다시피 토벌대는 싸창을 사용하지 않았다. 또 곁에서 싸우던 전우가 희생되는 바람

---

205 당시 오리장촌의 여러 중국인을 취재하여 종합한 이야기이다.

에 그의 싸창을 주워서 싸웠다고 주장할 수도 있지만, 싸창을 소유하려면 최소한 지휘관이 아니면 안 된다. 비록 무송현성전투가 실패로 돌아갔지만, 전투 당시 항일연군 사망 대원은 수십 명이지만 지휘관이 사망했다는 기록은 어디에도 없다.

필자가 직접 오리장촌에서 조사한 것을 재구성하면 다음 광경이 재현된다.

1936년 8월 18일 오전 8시경, 항일연군의 양동작전에 넘어갔던 이수산의 토벌대가 송수진으로 따라갔다가 무송현성 쪽에서 울려터진 총포탄 소리를 듣고 정신없이 되돌아오고 있었다. 그들은 오리장이 눈앞에 바라보이는 석회요구와 작수강 사이 산길을 빠져나오다가 작수강 쪽 산비탈에서 밥을 짓던 연기를 발견했음이 틀림없다.

이런 사례는 항일연군 역사에 수없이 많았다. 산속에서 밥을 짓다 연기 때문에 토벌대에게 발각되어 살해당하는 일이 심심찮게 발생했는데, 가장 유명한 사례가 바로 3군 군장 겸 3로군 총참모장이었던 허형식(조선인)과 경위원 진운상 이야기다. 진운상이 밥을 짓느라고 불을 지폈는데, 연기가 미처 빠지지 않아 토벌대에게 발각된 것이다. 허형식은 그때 포위되어 사망하고 말았다.

토벌대라고 하면 보통은 일본군인 줄로 오해한다. 북한에서 만든 영화나 드라마를 보면 무릇 조선혁명인민군과 싸우는 토벌대는 전부 일본 군인들인데 이는 사실과 부합하지 않는다. 당시 만주국 군정부의 최고 군사고문직에 있었던 사사키 도이치는 "만주인들로 만주국 비적들을 소탕해야 한다."고 주장했고, 1936년부터 실행된 "만주국 3년 치안숙정 계획"에 동원된 토벌대는 전부 만주 군이었다.

필자가 조사한 바로는 지금까지 일본군이 항일연군 여병을 잡아서 데리고 살았다는 이야기를 들은 적은 단 한 번도 없다. 전부 만주군의 중국인 하층 군관들 사이에서 발생했고, 실제로 데리고 살려면 만주군 대대급 부대 이상에 배치된 일본인 고문이나 지도관의 허락을 받아야 했다. 만주 정안군 지도관을 담임했던 일본군 출신 노병 야마타 가쿠지(山田學二)가 2008년까지도 건강하게 살아 있었는데, 그를 직접 만나서 들었던 이야기는 이런 사실을 증명해 준다.

"중국에서 만든 영화를 보니 우리 일본인 지도관들이 만주군 병사들을 마음대로 때리고 처벌하다가 나중에 보복당하는 장면들이 나오더라. 간혹 그렇게 고약하게 굴다가 보복당한 사람이 있었는지는 모르겠지만, 적어도 내가 알기에는 한 번도 없었다. 만주군이 때때로 일본군과 함께 연합작전을 할 때, 병사들끼리는 담배도 나눠 피우고 함께 숙식도 하면서 굉장히 친하게 지냈다.

만주군에는 나이 서른을 넘기고도 장가를 못 간 병사들이 수두룩했다. 내가 근무했던 정안군에도 소대장이 둘이나 장가를 못 들고 돈만 생기면 유곽에 드나들곤 하다가 성병에 옮아 와서 나한테 발각된 적이 있었다. 후에 우리는 마적들을 소탕하다가 마적 우두머리에게 납치되어 산속에서 아이를 둘이나 낳은 여자를 생포했는데, 이 여자는 그동안 마적 우두머리와 정이 들어 함께 죽을지언정 굴복하지 않겠다고 버텼다. 정안군 부대장이 나한테 그 여자를 자기 부대 소대장과 결혼하는 조건으로 아이까지 다 살려달라고 요청하기에 나는 눈을 감아주고 허락했다. 상부에 보고할 때는 이런 여자가 생포되었다는 사실 자체를 보고하지 않았다."

"그러면 공산당 부대였던 항일연군 여병들도 마찬가지로 처리했나?"

"여병들은 비교적 관대하게 처리했다. 여병들은 특별한 몇몇 경우를 제외하곤 쉽게 귀순했다. 일반 여병 대부분은 항일연군에서도 직위가 낮았기 때문에 우리가 원하는 정보를 가지고 있지 않았다. 포로가 된 여병의 고향에서 보증인이 오지 않으면 우리 부대가 주둔했던 지역 양민 가운데 보증서고 데리고 가서 결혼하겠다고 하면 역시 놓아주었다. 하지만 일반 양민들은 그들이 비적이라고 좋아하지도 않았고, 또 그런 무서운 여자를 데리고 가려고도 하지 않았다."[206]

야마타 가쿠지는 이런 황당한 이야기도 들려주었다.

"양정우 부대를 토벌할 때 그의 부하 정빈이 우리에게 귀순했다. 우리 부대가 통화에서 주둔할 때 나는 통화 경찰청장의 소개로 직접 정빈과 만나보기까지 했는데, 정빈은 키가 그리 크지 않았고 단단하게 생겼더라. 온 얼굴에 구레나룻이 덮여 있어 나이가 마흔이 되어 보였다. 그런데 정작 물어보니 스물일곱 살밖에 안 되었을 뿐만 아니라 그때까지 장가도 들지 않았고 여자를 경험해 본 적도 없었다고 했다. 말하자면 숫총각이었던 셈이다. 그의 부대에도 여병들이 적지 않았는데, 어떤 여병과도 그런 관계가 없었던 모양이다. 우리에게 귀순하고 공산당에게는 반역자가 되었지만 세상에 둘도 없는 효자였고 생활 태도도 아주 단정한 사람이었다.

그런데 귀순하고 나서 사람이 이상하게 변했다. 그때 통화 경찰청장(내 짐작에는 통화성 경무청장 키시타니 류이치로(岸谷隆一郞))의 소개로 정빈도 장가를 들었다. 아내가 바로 마적이었다. 쌍권총을 사용하는 아주 무서운 여자였는데, 처음에 경찰청에 체포되어 갇혀 있었으나 경찰청장이 그에게 정빈과 결혼하여 항일연군을 토벌하는 일에 참가한다면 풀어주겠다고 했더니 그러겠노라며 귀순했다. 결혼한 뒤에는 정빈과 함께 항일연군을 토벌하러 다녔다. 이 여자는 평소에도 토벌대원들 앞에서 큰 소리로 남편(정빈)에게 대들 뿐만 아니라 때로는 따귀까지 때렸는데, 정빈은 그런 수모를 당하고

---

206 쉬새, 야마타 가쿠지(山田學二) 일본인, 만주 정안군 지도관, 취재 당시 91세, 취재지 일본 미에켄 시마반도, 2008.

도 계속 가만히 있었다. 만주의 여자 비적들이 이렇게 무서웠다.'[207]

그런데 필자가 정빈을 일본군에 귀순시키는 데 결정적인 역할을 했던 안광훈의 이후 행적을 조사할 때, 통화성 경무청장 키시타니 류이치로의 소개로 휘남의 마적 '점산호(占山虎)'의 아내(압채 부인圧寨夫人) 왕 씨(王氏, 왕비연王飛燕)와 결혼한 사람은 정빈이 아니라 안광훈이라고 주장하는 사람이 더러 있었다. 정빈과 안광훈은 양정우가 살해당한 뒤 큰 포상을 받았고, 통화성 경무청 주선으로 일본 관광까지 다녀왔다. 이 기간에 왕 씨가 갑자기 집에서 죽었는데, 안광훈이 부하에게 시켜 자기가 없는 동안에 왕 씨 음식물에 몰래 독약을 넣었다는 설이 있다.

물론 만주의 여비적들과 항일연군 여병들은 본질적으로 서로 다른 부류이다. 항일연군은 정치적 신념을 가졌고 정당의 영도를 받는 정규 군대였을 뿐만 아니라 백성의 자제병(子弟兵)임을 표방했다. 그러나 만주국 입장에서는 그들은 모두 비적이었고, 특히 '홍호자(紅胡子)'라고 불린 공산당 부대에 대한 백성들의 공포심을 자극하기 위해 일반 토비나 마적들보다도 더 무섭고 나쁘다고 선전했던 것이다.

예를 들면, 항일연군 여병에겐 '공산공처(共産共妻)' 누명까지 들러붙어 있었다. 일반 비적처럼 불을 지르고 사람을 죽일 뿐만 아니라 음탕하기까지 해서 동시에 여러 남자와 함께 사는 괴물로 간주했던 것이다. 이러한 인식 때문인지 항일연군 여자 포로와 함께 살았던 만주군 군인들은 대부분 결과가 좋지 않았다. 여자가 도주한 경우가 많았고, 고분고분 순종하지 않는다는 이유로 남편에게 언

---

207 상동.

어맞아 죽었거나 거꾸로 남편을 죽이고 도망간 여자들도 간혹 있었다.

작수강에서 작식대 여병들을 발견한 이수산의 토벌대는 왁자지껄 떠들어댔다.

"이런 노다지가 어디 있냐, 몽땅 냥먼(娘們, 여자들)이구나."

"총을 쏘지 말고 모조리 산 채로 잡아라."

토벌대는 공성 지휘부가 자리 잡은 오리장을 바로 코앞에 두고 작식대 여대원들의 뒤를 쫓았다. 뒤따라 말을 타고 도착한 연대장 조보원이 여병들 뒤를 쫓는 부하들에게 소리를 질렀다.

"이놈들아, 모두 돌아오거라. 성문이 당장 깨지게 생겼는데 여기서 계집들 꽁무니를 쫓아다니면 어떻게 한단 말이냐?"

조보원이 아무리 불러도 여병들을 쫓던 토벌대원들은 되돌아오려 하지 않았다.

가마솥을 머리에 인 채 달아나는 여자들이니 금방 사로잡을 수 있다고 생각했던 모양이다. 작식대원들은 달아나면서도 한 번씩 돌아서서는 몇 방씩 총을 갈기곤 했다. 그러나 박녹금이 여성중대를 이끌고 달려오지 않았다면 김정숙 등 작식대원들은 모두 생포될 뻔했다. 박녹금과 함께 달려온 김성주의 경위원 유옥천은 권총 외에도 언제나 기관총을 메고 다녔다. 그가 해방 후 직접 오리장촌에 와서 당시 현장을 찾아보기까지 했던 것은 박녹금 등과 함께 작식대 뒤를 쫓던 토벌대 배후에서 기관총 사격을 했음을 설명해준다.

그런데 이 전투에 대해 몇 마디 더 하자면, 만약 무송현성을 빠른 시간 내에 공략하지 못할 경우 송수진 쪽으로 나갔던 이수산 부대가 다시 되돌아올 것이 분명했다. 그러면 소남문을 공격하던 항일연군이 앞뒤에서 공격받게 된다는 사실을 김성주는 왜 미처 대비하지 않았을까 하는 의문이 생긴다. 북한에서는 이때의 전투 덕분에 "사령부가 안전하게 되었다."고 주장하면서도 말이다.

오늘날 북한에서 김정숙을 미화하기 위하여 만들어낸 "잘루목과 더불어 불멸할 이야기"라는 다른 글에 보면 잘루목의 이 전투를 조직한 사람도 김정숙이다. 김정숙은 잘루목 즉 작수강 산비탈이 가진 중요한 의의를 간파했다는 것인데, 토벌대가 들이닥친 다음에야 비로소 그 의의를 알게 되었다는 것이야말로 웃기는 일이 아닐 수가 없다.

실제로는 참모장 왕작주로부터 송수진에 갔던 이수산 토벌대가 작수강 산비탈로 되돌아올 가능성이 있으니 그곳의 작식대를 빨리 철수시켜야 한다는 말을 들었던 김성주 역시 그제야 비로소 깜짝 놀랐던 것이다. 다시 말하자면, 뒤늦게야 "잘루목이 차지한 중요한 의의"를 간파했던 것이다.

급기야 경위원 유옥천을 직접 파견하고도 마음이 놓이지 않아 바로 박녹금에게 여성중대를 데리고 작수강 산비탈로 달려가게 했다. 토벌대는 이미 산비탈을 차지했고, 작식대원들은 산비탈 아래로 난 골짜기로 달아나고 있었다. 유옥천과 박녹금은 토벌대 배후를 공격했다. 이에 대해 김성주의 회고록뿐만 아니라 북한 선전매체들에서는 "김정숙 동지의 양손에서 연거푸 울리는 총소리는 기관총도 무색케했다. 적들은 무더기로 쓰러졌다."며 과장한다.

중국 연변의 일부 자료들에서는 더 사실에 다가가 "적들을 모두 10여 명 사살했는데, 그 중에서 김확실이 기관총을 휘둘러 6명을 쏘아눕혔다."고 밝힌다. 그러면 또 문제가 생긴다. 10명 중의 6명은 김확실이 죽였다는 소린데, 나머지 4, 5명 정도를 김정숙 혼자서 양손에 싸창 한 자루씩 거머쥐고 기관총도 무색하게 할 지경으로 맹사격을 퍼부어 사살했다는 소리다.

결과적으로 무송현성전투는 실패로 돌아갔고, 이 전투 중에 발생했던 작수강 산비탈에서의 전투도 여성중대장 박녹금의 인솔로 송수진에서부터 달려오던 토벌대 10여 명을 사살한 것은 사실이나 김성주가 회고록에서 회고하는 것처럼 김정숙 등 여대원들이 작수강을 차지하고 토벌대의 공격을 막아내기까지 했다는 주장은 전혀 사실과 부합하지 않음을 알 수 있다.

7. "하늘이 무너져도 솟아날 구멍은 있다."

1936년 8월 말경 왕덕태, 전광, 김성주 등은 서강의 해청령에 다시 모여 앉았다.

만순 부대가 임강으로 옮겨 앉은 뒤에 해청령은 청산호 공배현의 차지가 되었는데 공배현 본인이 항일연군에 참가하겠다고 나섰기 때문에 마덕전의 9연대 산하 제4중대로 편성되었던 것이다. 여기에 서괴무의 10연대가 서강 지방을 차지하고 있었기 때문에 동강과 만강에 비해 상대적으로 안전했다.

일본군 다케우치 소좌가 란니구에서 사살당한 뒤 만주군 독립보병 제3여단 부여단장 장종원(張宗援)이 직접 한 연대를 데리고 이곳에 주둔했다. 동강과 서강 사이를 가로막고 나선 것이다. 그리고 무송현성전투 당시 금천에서 출발하여 임강을 거쳐 무송현으로 들어왔던 조추항의 기병 제3여단도 이수산의 무송지구 토벌대를 도와 항일연군 제2군 6사 부대를 반드시 섬멸하라는 명령을 받았다. 동강의 손가봉교밀영이 집중 타깃이 되었으나 이때 김성주는 벌써 주력부대를 만강 쪽으로 빼돌렸고 아주 여유롭게 만강과 서강을 오가며 부대를 휴식시켰다.

"여기서 연극놀이나 하면서 도끼자루 썩는 줄 모르고 한가하게 세월을 보내다가는 부대가 전멸당할 수 있습니다. 빨리 이곳을 떠나야 합니다."

왕작주가 쉴 새 없이 김성주에게 귀띔했다.

만강에서 여유가 생기자 이동백이 김성주를 구슬려 몇 달 전 이미 만들어 동강에서 한두 번 공연했던 연극 〈혈해지창〉을 또다시 공연하기 시작한 것이다.

"왕 형, 하늘이 무너져도 솟아날 구멍이 있다지 않습니까. 너무 걱정 마오."

김성주는 만강에서 여유롭게 며칠 묵으면서 부대를 정비했다. 그러다가 8월 말경 만강에서 출발하여 먼저 19도구와 20도구에 밀영을 건설하러 들어갔던 권영벽이 직접 달려와 일본군 대부대 병력이 무송 쪽으로 계속 이동한다고 정황을 보고했다. 놀라운 것은 위증민이 권영벽과 함께 만강으로 나온 것이다.

김성주가 왕작주와 함께 경위중대만 데리고 해청령 기슭에 도착했을 때, 그를 마중하러 나온 사람이 다름 아닌 최현인 걸 알고 놀라지 않을 수 없었다.

"아니 형님, 만강에는 언제 나오셨습니까?"

7살이나 연상인 최현과 김성주는 사석에서 서로 형님 동생 하는 사이였다.

북한에서는 최현이 어린 김성주를 항상 '장군님'이라고 불렀다고 하고 김성주 본인도 회고록에서 최현이 자기에게 꼬박꼬박 존댓말을 사용하면서 '김 장군', '장군님' 또는 '사령관동지'로 호칭했다고 주장한다. 하지만 1980년대까지 중국 연변에 살던 항일연군 6사 생존자들은 하나같이 '장군님'이나 '사령관동지'라는 호칭 자체가 존재한 적이 없다고 증언한다. 김일성의 왕청유격대 시절 호칭은 '김 정위(金 政委, 정치위원)'였고 6사와 2방면군 시절 호칭은 '김 사장(金 師長, 사단장)'이었다. 2방면군 총지휘로 임명된 뒤에도 '총지휘' 대신 여전히 '김 사장'으로 불렸다는 것이다.

김성주와 만난 최현도 반가웠지만 잠깐뿐이었다.

"김 사장, 불행한 일이 생겼구먼."

"형님, 도대체 무슨 일입니까? 빨리 말씀해주십시오."

"안도의 그 이도선이란 놈, 기억나오? 그놈이 무송까지 쫓아 나와 며칠 전 대감장을 습격했소."

대감장이란 말에 김성주는 소스라치도록 놀랐다. 한총령전투 때 총상당했던 정치부 주임 이학충이 바로 대감장밀영에서 치료받고 있었기 때문이다. 무송현성전투를 진행하면서 대감장에 주둔한 손장상 부대를 이동시키면서 그곳에 겨우 한 소대밖에 남겨두지 않은 일이 뇌리를 쳤다.

"형님, 그러면 이학충 주임에게 사고가 발생했단 말이오?"

최현은 말없이 그렇다는 듯 머리만 끄덕였다. 한참 뒤 회의 장소에 도착하여 위증민과도 만나 인사를 건넸다. 주수동은 사장 안봉학이 총상을 입고 미혼진밀영으로 다시 호송되었다고 이야기했다.

"그러면 4사 사장직은 잠시 주수동 동무가 대리하고, 2군 정치부 주임은 전광 동지께서 맡으시는 것이 어떻겠습니까?"

위증민이 회의 도중 이렇게 제안했다.

참가자 모두 동의하고 전광 역시 이 결정을 수락했다. 전광이 2군 정치부 주임 신분으로 6사 참모장에 왕작주를 정식 임명할 것을 제청하여 무난히 통과되었다. 전광뿐만 아니라 왕덕태까지도 무송현성전투를 하면서 왕작주가 미리 예측했던 몇 가지 위기 상황이 모두 적중한 점을 높이 샀던 것이다. 이는 굉장히 이례적인 경우였다. 더구나 왕작주는 이때 중국공산당원도 아니었다.

만약 그가 중국공산당원이며 유격대 출신으로 그와 같은 군사 재능을 보였다면, 아마도 중국공산당 항일연군 역사에서 굉장히 크게 활약했을 것으로 보인다. 최소한 지금처럼 '왕작주, 동북항일연군 제2군 6사 참모장, 1941년 연길현에서 사망'이라는 쥐꼬리만큼 짧은 한 줄의 미스터리로 남지는 않았을 것이다.

"이번에야말로 왕작주 동무가 한 번 본때를 보여주어야겠소."

조아범까지도 왕작주를 참모장으로 임명하는 데 반대하지 않았다.

"만약 4사가 우리를 도와 란니구에 죽치고 앉아 있는 만주군만 섬멸한다면 바로 동강과 서강 사이의 길이 열릴 것입니다."

왕작주는 조금도 주저하지 않고 아주 명쾌하게 대답했다. 그러자 왕덕태가 기다렸다는 듯이 그 말을 받았다.

"4사 주력부대를 무송으로 옮겨온 것이 바로 6사의 장백 진출을 돕기 위해서 였다오."

전광 못지않게 왕덕태도 왕작주에게 흠뻑 빠져 있었다.

"이번에 보니 이 친구가 정말 장난이 아니더군요."

왕덕태와 위증민 그리고 전광이 회의 직전에 주고받은 이야기였다.

"유한흥 동무가 소련으로 간 뒤, 어디 가서 다시 그런 인물을 찾을 수 있을까 여간 아쉽지 않았는데, 이렇게 생각지도 않게 불쑥 나타나 주었습니다."

왕덕태가 이렇게 칭찬을 아끼지 않자 전광도 그 말을 받았다.

"처음에는 나도 좀 탐탁잖게 보았지만, 이번 무송전투 때 이 친구가 정세 판단을 아주 귀신같이 해내는 것을 보고 놀라지 않을 수 없었소. 김일성 동무가 그러던데, 악보인의 민중군이 포태산을 지켜내지 못하고 도망치게 되면 우리 부대가 철수할 때 놈들의 협공을 받을 수 있다면서 포태산을 인계받으라고 권고했던 사람도 바로 이 친구였다고 했소. 재미있는 것은 이 친구 별명이 승제갈이라고 하더군. 제갈량도 이긴다는 뜻이 아니겠소."

"하여튼 우리 2군에 보배가 굴러 들어온 것은 틀림없소."

해청령에서 위증민은 무송현성전투를 비롯하여 그동안 무송현 경내에서 있었던 크고 작은 전투들로 말미암아 동변도 토벌사령부의 대부대 병력이 이미 북부 지방으로 이동하기 시작한 정황을 포착했다고 설명했다. 그 가장 좋은 증거가 바로 금천현(金川縣, 현 휘남현)에 주둔한 금류 지구(金柳地區, 금천, 유하를 가리킴) 토벌사령부 동국화(董國華)의 만주군 한 연대와 여기에 소속된 조추항의 기병여단 일부가 벌써 무송 경내로 이동했다는 사실이었다. 서강과 만강 사이를 가로막은 토벌대가 바로 이들 부대였다.

일설에는 무송현성전투 직후 사사키 도이치 만주국 군정부 최고고문이 직접 통화에 내려와 토벌작전을 진두지휘를 했다고도 한다. 만주국 경내의 비적들을 소탕하는 데 일본군 정규부대를 동원하는 걸 줄곧 반대해왔던 사사키도 이번만큼은 일본군 정규부대를 투입하지 않으면 안 된다는 동변도 지구 토벌사령관 미케 소장(三毛 少將)의 요청을 받아들이지 않을 수 없었다고 한다. 항일연군이 무송현성을 공격했던 당일에도 일본군 공군 전투기 2대가 포태산에 날아와 작탄을 던진 적이 있었는데, 이후 8월부터 9월 사이에 정찰기가 수시로 무송현 경내의 삼림 위를 샅샅이 뒤지고 다녔다. 뿐만 아니라 무송 주변의 각 현 경무과 소속 경찰대대와 지방 자위단들까지 모조리 동원되어 항일연군의 밀영을 수색하는 작업에 나섰던 것이다.

이도선의 토벌대가 동강의 대감장밀영까지 접근해 왔던 것도 바로 이때였다.

위증민은 무송으로 나오면서 직접 대감장밀영에 들러 이학충과 끝까지 함께했던 박영순을 만나 당시 상황을 이해했고 이학충을 묻은 묘소까지도 둘러보았다. 위증민을 마중했던 손장상도 함께 갔다가 대감장밀영에서 살아남은 이오송(李五松)을 데리고 돌아와 전령병으로 삼았다.

박영순이 살아남았던 것은 마침 그 시간에 밀영에서 50여 미터 떨어진 시냇가로 물을 길러 나갔기 때문이었다. 갑자기 울리는 총소리를 듣고 정신없이 달려갔을 때는 이미 이학충과 다른 2명의 여대원이 살해당한 뒤였다.

"토벌대는 이학충이 2군 고위 간부인 걸 알고 있었는가?"

"박영순에게 직접 들었는데, 토벌대가 이학충의 수급을 미처 잘라 가지 못했던 것은 박영순이 이학충과 여대원 2명의 시체를 밀영 땅굴에 숨겨놓았기 때문이라고 했다. 밀영 산막들이 한 곳에 집중되지 않고 여기저기 흩어져 있었기 때문에 토벌대들이 다른 산막을 뒤지러간 사이에 이학충이 묵고 있던 산막으로 달려간 박영순은 이학충의 시체를 숨겨놓고 나서 삼도 송강하(三道 松江河)까지 달려가다가 다리에 총상을 당하고는 더 뛸 수 없게 되자 강변에 있는 큰 나무 위에 올라가 몸을 숨겨 겨우 살아났다고 했다."[208]

1959년에 박영순이 북한의 "항일 무장투쟁 전적지 답사단"을 인솔하고 중국에 왔다가 직접 대감장밀영 자리를 찾아온 적이 있다. 그때 그를 접대했던 무송현 동강진 정부의 민정간부 왕덕승(王德勝)이 직접 들려준 이야기다.

동강진 정부에서 이학충 묘소를 발견한 것도 박영순 덕분이었다.

왕덕승의 증언에 의하면, 1959년 동강진에서는 젊은이들로 개간대(開墾隊)를 조직하여 동강 삼림 속에서 밭을 일구었다. 임자나 표지석이 없는 무덤들을 모두 제거하고 있었는데, 마침 박영순이 대감장에 도착하여 이학충의 무덤을 찾아냈다는 것이다.

왕덕승뿐만 아니라 대감장촌 촌장 양 씨 등은 필자의 질문에 이렇게 대답했다.

"무송에도 일제 군경들이 왁실거렸는데, 어떻게 안도의 이도선이 여기까지 달려와 밀영을 공격했는지 의문스럽다."

---

208 취재, 왕덕승(王德勝) 중국인, 무송현 동강진 정부 민정간부, 취재지 무송, 1988.

"대감장밀영이 습격당한 것은 밀영 내부의 반역자가 밖으로 나가서 밀고했기 때문이다. 밀영 위치가 아주 은밀했기 때문에 그 지역 사람들도 쉽게 찾아내기 어려웠다. 그런데 토벌대는 밀영으로 들어와 바로 이학충이 주숙하던 산막을 습격했다. 후에 우리가 얻어들은 바로는 이학충 신변의 경위원들 가운데 어떤 자가 도주했기 때문이라고 했다. 이자의 고향이 안도였는데, 집으로 돌아간 뒤 그의 부모들이 그가 모셨던 사람이 항일연군에서 아주 높은 고급간부인 것을 알고 상금을 타기 위하여 안도경찰서에 찾아가 자수하게 만들었다고 하더라."[209]

박영순이 북한으로 돌아간 뒤, 북한 정부는 외교채널을 통하여 무송현 동강진의 대감장 밀림 속에서 항일연군 2군 정치부 주임 이학충의 묘소를 찾아낸 사실을 중국 정부에 통보했다. 그러나 당시 중국 정부에서는 누구도 이 일을 중시하지 않았다. 특히 문화대혁명을 거치면서 있던 비석들까지도 다 망가뜨리는 판국이었다. 때문에 1980년대 초엽까지도 이학충 묘소에는 나무로 된 자그마한 표지판 하나만 꽂혀 있었다. 1985년에야 비로소 무송현 정부 민정 부문에서 자기 고장에 항일연군의 굉장히 높은 간부 한 사람의 묘소가 있다는 사실에 주목했고 콘크리트로 된 비석을 만들어 세웠다.

이학충이 대감장밀영에서 희생될 때의 나이는 겨우 스물여섯밖에 안 되었다. 4개월 전이던 1936년 4월, 김정숙과 황순희 등이 돌보던 아이들 가운데 너무 나이가 어려 입대할 수 없었던 이오송 등 어린이 29명과 함께 마안산밀영에 남았던 2군 군부 부관 송창선도 그 아이들을 데리고 대감장밀영으로 이동하던 중 밀영 근처의 송강하 기슭에서 토벌대에게 붙잡혀 살해되고 말았다. 밀영과 100여 m밖

209　취재, 양 씨(楊氏) 중국인, 무송현 동강진 대감장촌 촌장, 취재지 무송 동강진, 1988.

에 떨어지지 않은 곳이었는데도 토벌대는 이 밀영을 발견하지 못했던 것이다.

그러나 무송현성전투 직후 위증민이 대감장밀영에 들렀을 때는 밀영은 이미 폐허가 되어 버렸고 숲속에서는 귀뚜라미 울음소리 하나 들리지 않았다. 이 밀영들을 건설하느라 뼈 빠지게 일해 왔던 박영순만이 가까스로 살아남아 지팡이를 짚고 서서 울고 있었다. 여기서 박영순을 만나지 못했더라면 위증민 일행은 하마터면 손가봉교밀영을 향해 찾아갈 뻔했다. 이미 토벌대에 의해 그곳 역시 쑥대밭으로 변했던 것이다.

30장

소탕하

> "만약 우리 작전계획이 순조롭게 진행이 된다면 말이오. 늦어도 내년 봄에는
> 4사 역시 안도 지역에서 포위를 돌파하고 두만강 연안으로 접근할 것이오. 그렇게만 된다면
> 압록강과 두만강이 하나로 이어지듯이 우리 2군은 백두산을 중심으로 조국 조선을 바로
> 눈앞에 두고 거대한 항일전선을 구축할 수 있게 되오. 이 얼마나 가슴 설레는 일이오."

1. 만강 유인전

해청령에서 회의를 마쳤을 때는 8월도 다 가고 어느덧 9월에 접어들었다. 그
동안 미혼진에서 총상을 치료받고 건강을 회복한 안봉학이 안도에 남겨놓았던
4사 부대 150여 명을 인솔하고 무송현 경내로 들어오겠다고 계속 연락을 보내
왔다.

왕덕태는 부대를 세 갈래로 나누어 자신이 직접 6사에서 두 중대를 차출하여
왕작주와 함께 만강에서 몇 차례 전투를 벌이다가 서서히 안도 쪽으로 토벌대
를 유인했다. 그 사이, 주수동과 최현은 먼저 안도와 돈화 쪽으로 후퇴하면서 계
속 동정을 일으키게 했다. 한편 이도백하나 사도백하 사이에서도 비교적 큰 전
투를 일으켜 2군 주력부대가 장백 쪽으로 진출하지 않고 다시 동만으로 되돌아

가는 듯한 모습을 보여주게 했다.

"만약 안봉학 사장이 그 사이에 사도백하에 도착할 수 있다면, 이참에 4사 주력부대가 한데 힘을 합쳐서 안도 바닥을 한바탕 들쑤십시다. 그러면 그동안 동변도에 집중되어 있던 놈들의 병력을 동만 쪽으로 유인할 수 있을 것이고, 1군뿐만 아니라 우리 2군 6사가 장백산 유격근거지를 개척하는 데 훨씬 큰 도움이 될 것이오. 동만으로 나가면 그쪽은 남만 지방보다 만주군 병력이 상대적으로 많지 않아 우리 부대가 활동할 공간이 더 넓어질 수 있지만 만사 조심해야 하오. 특히 안도의 이시카와 연대(石川 聯隊, 만주국군 제7여단 10연대)와 만나면 각별히 경계해야 함을 잊지 마오."

서강에서 만강 쪽으로 이동할 때도 주수동과 최현, 박득범 세 사람은 각각 두 중대씩 세 갈래로 나뉘어 서서히 철수하기 시작했다. 최현은 위증민 일행과 안도와 돈화 경내의 노수하를 넘어섰고, 박득범도 무송현 경내를 빠져나가고 있었다. 위증민이 이때 4사와 함께 안도 방면으로 출발한 것은 그동안 액목 지방에 외따로 떨어져 활동하던 진한장의 2군 5사와 만나기 위해서였다.

따라서 2군 6사를 비롯하여 장백 지방에서 활동하게 될 1군 2사와 주로 장백, 임강 지방의 조선인 부락들을 상대로 활발하게 진행되던 광복회 조직과 관련한 모든 정무는 전광에게 일임한 상태였다. 전광은 이때 중국공산당 남만성위원회 선전부장과 2군 정치부 주임을 겸했기에 명실 공히 새로 개척하는 장백산 지구 유격근거지의 최고 책임자였다.

"군장동지, 저희 걱정은 마십시오. 저희 4사야 지리에도 익숙한 동만으로 다시 되돌아가는 것뿐인데, 생소한 장백 땅으로 들어가는 6사만큼이나 하겠습니까. 더 걱정스러운 것은 오히려 군장동지입니다. 차라리 제가 여기서 군장동지와 함께 전투하면서 놈들을 안도 쪽으로 유인하는 것이 더 낫지 않겠습니까?"

"그것은 안 되오. 이번 작전회의 때 6사의 군사학교 출신 참모장이 했던 이야기를 잊었소? 적을 유인할 때는 릴레이 경기를 진행하듯 계속 전투가 이어져 내려가야 한다고 말이오. 그래야 놈들의 코를 꿸 수 있소. 그러지 않고 우리의 유인책이 간파당하는 날이면, 놈들은 다시 6사 뒤에 들러붙을 것이오. 그러면 우리의 목적을 달성할 수 없게 되오."

"군장동지 신변에 남겨 놓은 부대가 너무 적어서 그럽니다."

"걱정 마오. 7연대와 8연대에서 각각 한 중대씩 차출하기로 했소. 그중 한 중대는 기관총중대요. 그리고 6사 9, 10연대도 잠시 서강과 만강을 떠나지 않기로 했소. 6사 참모장 왕작주 동무가 이 두 연대를 데리고 우리와 함께 활동할 것이오."

주수동을 떠나보낸 뒤 왕덕태는 김성주의 6사 주력부대도 뒤따라 떠나보냈다.

동강과 서강으로 통하는 길이 만주군에 의해 모조리 가로막혔지만, 마침 권영벽과 김주현이 3개월 전부터 장백현 쪽으로 들어가 여기저기에 밀영을 건설하면서 되돌아 나오다가 만강으로 통하는 산길을 찾아냈기 때문에 김성주는 이두 사람을 길잡이로 내세웠다.

김성주는 왕작주와 헤어질 때 손을 잡고 몇 번이나 당부했다.

"왕 형, 아무리 늦어도 올해 연말 안으로는 나에게로 다시 돌아와야 합니다. 제가 매일 기다리고 있다는 걸 잊지 마시기 바랍니다."

"연말까지 갈 것 같지 않습니다. 왕 군장이 이미 약속하시지 않았습니까. 무송에서 놈들을 견제하는 임무만 끝내면 바로 나를 돌려보내겠다고요."

김성주는 왕작주의 손을 놓으려 하지 않았다.

"어쩐지 이번에 헤어지면 다시는 만나지 못할 것 같은 이상한 느낌이 든단 말이오."

"아니, 왜 그렇게 생각하십니까?"

김성주는 왕작주 귀에 대고 소곤거렸다.

"우리 6사가 장백 지구로 들어갈 때 동변도 지구의 만주군 대부대가 모두 무송 지방을 덮칠 것입니다. 무사히 빠져나올 수 있겠습니까?"

"놈들이 몰려드는 징후가 보이기 시작하면 왕 군장도 바로 돈화와 안도 쪽으로 놈들을 유인해 달아날 것이라고 합니다. 특히 돈화 쪽 지형은 내 손바닥 안에 들어 있습니다."

왕작주가 이렇게 자신만만하게 대답하자 김성주는 정색하고 나무랐다.

"왕 형은 계속 동만 쪽으로 이동할 생각이지 않소. 그러니 어떻게 연말 안으로 다시 나에게 돌아올 수 있겠습니까?"

왕작주는 김성주가 진심으로 자기를 곁에 두고 싶어 하는 걸 느낄 수 있었다.

"김일성 동지, 약속하겠습니다. 무송에서 놈들을 견제하는 목적만 달성하면 우리 6사의 나머지 부대들을 하나도 손실 보지 않고 책임지고 모두 데리고 돌아오겠습니다. 그러니 걱정 마십시오."

김성주가 기다리던 것은 바로 이 대답이었다.

"전광 동지의 안전도 반드시 왕 형이 책임져야 합니다."

"그렇게 하겠습니다. 제가 각별히 유념하겠습니다."

김성주는 또 김산호와 원금산 등도 따로 불러 작별인사를 나누었다.

"동무들을 여기다가 두고 가자니 발걸음이 떨어지지 않소. 꼭 살아서 무사히 돌아와야 하오. 내가 한시도 잊지 않고 기다리고 있음을 잊지 말기 바라오."

그리고는 특별히 김산호 귀에 대고 소곤거렸다.

"지금부터 하는 내 말을 명심하오. 만약 군장동지와 우리 참모장 왕작주 동무의 의견이 서로 맞지 않을 때는 산호 동무가 중간에서 잘 조율하여 주기 바라오. 군장동지 명령은 반드시 집행하여야겠지만, 그렇다고 참모장동무가 내놓는 의견도 함부로 무시해서는 안 되오. 각별히 심각하게 받아들이고 그 의견에 유념해야 하오."

이 말에 김산호는 순간 어리둥절하여 대답을 못했다.

"제가 좀 얻어들은 바로는 왕 참모장은 자기 의견을 내놓은 뒤 상대방이 한마디만 반론하면 금방 자기 의견을 걷어들인다고 합디다. 그러니 어떻게 믿습니까?"

김산호가 이렇게 되묻자 김성주도 머리를 끄덕였다.

"나도 알고 있소. 아마 왕작주 동무의 습관인 것 같소. 자기를 믿는 사람에게만 자기 생각을 고집하고 믿어주지 않는 사람에게는 두 번 다시 입 밖에 꺼내지 않더군."

"그러면 사장동지한테는 계속 자기주장을 고집합니까?"

"고집하다뿐이겠소. 이 친구가 나한테는 시어머니처럼 말이 많소. 내가 설득당할 때까지 끝까지 하오. 때로는 진저리 날 지경이지만, 나중에 보면 그가 내놓은 의견들이 모두 정확했소. 그래서 특별히 산호 동무한테 일러주는 것이오."

"알겠습니다. 사장동지 말씀을 명심하겠습니다."

이렇게 되어 김성주는 참모장 왕작주 외에도 또 김산호, 마덕전, 서괴무, 원금산 등 6사 부대 일부 지휘관들과 함께 300여 명의 부대를 무송현 경내에 남겨놓았다. 여기서 마덕전이 생전에 직접 남겨놓았던 회고담 한 토막을 인용한다.

"3사가 방금 성립되었을 때 김일성이 마안신에서 데리고 나왔던 직속부대는 형편없었다. 전부 아이와 여자, 노인 등 이런 사람들로 사부 직속부대를 만들었는데, 전투력이라고는 하나도 없었다. 그래도 사장으로 임명되고 너무 좋아 입을 못 다물었다. 7연대와 8연대에 조선 사람이 제일 많았는데, 정치위원 조아범이 모두 데리고 다니다가 위증민과 왕덕태한테 말까지 들었다.

그 후 조아범이 이홍소의 교도대대만 신변에 남기고 나머지 7, 8연대를 전부 김일성에게 넘겨주었는데, 7연대에서도 4중대는 내가 알기에 몽땅 조선 사람이었던 것 같다. 오중흡이 중대장이었는데 대원들이 모두 100발 이상씩 탄띠를 가로세로 메고 다녔고, 배낭 속에도 수류탄들이 꽉꽉 넘쳐나도록 무장도 좋았고 전투력도 대단했다. 무슨 전투에든 4중대만 나가면 지는 법이 없었다. 8연대에도 조선 사람이 절반 이상이었는데, 장백현으로 들어갈 때 김일성은 이 2개 연대만 데리고 들어가고 나의 9연대와 서괴무의 10연대는 죽든 살든 관계하지 않고 무송에 남으라고 하더라. 그러면서 왕덕태를 들쑤셔서 나의 9연대에 있었던 조선인 대원 30여 명까지 다 뽑아내 데려가 버렸다. 그때 무송에 남은 부대들은 거의 살아날 가망이 보이지 않았다. 조선인들은 다 뽑아가고 중국인들만 남겨놓은 것이다.

내가 보다 못해 항의했지만 왕덕태는 오히려 김일성을 역성들었다. 군 정치부 주임 전광이 왕덕태 곁에 딱 붙어 앉아 이렇게 해라 저렇게 해라 하고 '지수화각(指手畵脚, 손짓 발짓해가면서 시킨다는 뜻)'해대던데, 왕덕태가 '어디 중국인들만 남겨놓았느냐. 김산호, 원금산도 다 남았잖으냐.' 하고 되레 나를 꾸짖었다. 그때 서괴무도 나와 함께 항의했다. '저자들이 자기만 살겠다고 우리 무장토비 출신들은 다 팽개치고 도망간다.'고 투덜거렸지만 후에 참모장 왕작주도 가지 않고 우리와 함께 남는다는 말을 듣고는 그때야 잠잠해지고 말았다.'[210]

210 취재, 마덕전(馬德全) 중국인, 항일연군 생존자, 2군 6사 9연대 연대장, 취재지 교하, 1982.

마덕전의 이런 증언을 직접 들었던 사람이 한둘이 아니었다.

조선족 역사학자 박창욱(중국 연변대 교수)은 1998년에 필자와 만나 자신도 마덕전에게 들었던 이야기를 회고하면서 이때 일을 두고 이런 해석을 내놓았다.

"당시 김일성이 확실하게 장악했던 부대는 손장상의 7연대뿐이었다. 후에 전영림의 8연대를 장악하기 위해 정치위원 마덕전을 밀어내고 김산호를 8연대 정치위원으로 임명하기도 했는데, 마덕전의 9연대와 서괴무의 10연대는 삼림대 출신들 대원들도 많았을 뿐만 아니라 연대장이었던 마덕전과 서괴무 두 사람이 모두 김일성을 우습게 알고 있었다. 이 두 부대에서 조선인 대원들을 모조리 뽑아서 김일성이 데려가 버렸던 것은 사실상 김일성 혼자서 결정할 수 있는 일이 아니었다. 군 정치부 주임이었던 전광이 직접 왕덕태에게 건의하여 내린 결정이었다. 이유라면, '재만한인조국광복회' 사업을 직접 틀어쥐었던 전광이 6사가 백두산 지구로 들어간 다음에는 광복회 지방조직들을 건설하는 데 많은 조선인 간부가 필요하다며 다른 연대의 조선인 대원들을 모두 골라내어 6사로 이동시켰던 것이다."[211]

이와 비슷한 증언을 내놓는 연고자들이 그 외에도 여럿 더 있었다.

실제로 김성주 회고록 『세기와 더불어』 전 8권을 모조리 뒤져보아도 그가 상사였던 전광에 대하여 매도하거나 질타하는 대목이 거의 보이지 않는다. 이는 김성주가 6사 사장과 제2방면군 총지휘로 활동했던 시절에 상사였던 전광에게 많은 도움을 받았을 뿐만 아니라 그 자신도 이에 대하여 몹시 고마워했고, 전광을 존경했음을 보여준다. 더구나 1930년대 후반기 재만한인조국광복회의 모든

---

211 취재, 박창욱(朴昌昱) 조신인, 항일투쟁사 전문가, 연변대학 역사학부 교수, 취재지 연변 박창욱의 집, 2001.

사업을 관장했던 전광의 업적을 자기 업적으로 만들어놓은 마당에 섣불리 전광이라는 존재를 입 밖에 꺼내놓고 거론하다가는 이 모든 숨겨놓은 비밀이 세상 밖으로 와르르 쏟아져 나올 수 있기 때문이었던 것으로 보인다.

전광은 이때 마덕전의 9연대와 서괴무의 10연대에서 차출한 조선인 출신 대원 40여 명을 권영벽에게 맡겨 먼저 장백 지구로 들여보냈다. 권영벽과 함께 나왔던 김주현이 길안내를 서려고 김성주 곁에 남았다. 왕덕태와 김산호가 란니구에 주둔한 만주군 병영을 공격하는 날 밤에 전광은 되골령에서 김성주를 기다렸다.

만강촌을 떠난 7연대 선두부대가 막 되골령에 들어설 때였다.

제일 앞에서 길안내를 하던 김주현이 전광을 알아보고 곁에 있던 손장상과 오증흡에게 소곤거렸다.

"빨리 가서 김 사장한테 알리오. 앞에 전광 동지가 와계시오."

부대 제일 뒤에서 경위중대장 이동학과 함께 만강촌을 떠났던 김성주는 손장상의 전령병 백학림이 헐떡거리며 달려오는 것을 보고 의아한 눈빛으로 바라보았다.

"학림아, 웬일이냐?"

"앞에 군 정치부 주임이 와서 기다리고 있다고 합니다. 빨리 오라고 합니다."

이에 김성주는 정신없이 뛰어갔다. 전령병 최금산이 백학림과 함께 그의 뒤에 바짝 따라붙었다.

2. 내 조국을 꿈꾸다

철늦은 감자 꽃이 만발하던 8월 말경이었다.

하도 소란스러운 시절이다 보니 밭에는 밤에도 쉬지 않고 나와 일하는 농민들이 보였다. 만강에서 묵고 지내며 얼굴을 익힌 농민들이 적지 않았다. 일을 하다가도 허리를 펴고 만강천 기슭을 따라가고 있는 대오를 묵묵히 바라보며 눈물 짓는 사람들도 있었다. 전광이 남으로 가는 대오 한 곁을 역행하면서 김성주를 배웅하러 나왔다. 뒷짐을 지고 천천히 걷는 그의 뒤에 경위원 겸 전령병 안경희가 따라오고 있었다.

전광의 모습이 눈에 띄자 김성주는 더욱 속도를 내서 달려와 경례부터 올렸다.

곁을 지나던 대오에서 사장이 직접 달려와 경례를 올리는 모습을 본 대원들은 그제야 비로소 전광이 어마어마하게 높은 사람인 걸 눈치 챈 듯 두 눈이 휘둥그레져 저들끼리 수군거리기 시작했다.

"전광 동지, 어떻게 오셨습니까? 무슨 지시가 계십니까?"

긴장한 낯빛의 김성주에게 전광이 웃으면서 말했다.

"지시는 무슨, 난 심부름을 왔다오."

"심부름이라니요?"

"동무의 시어머니 말이오. 잔소리가 많은 왕작주 동무가 하도 걱정하기에 내가 겸사겸사 전해주겠다고 했더니 그제야 시름을 놓더구먼."

김성주는 안도의 숨을 내쉬면서 함께 웃었다.

"저는 무슨 다른 주요한 변동 사항이라도 생긴 줄 알았습니다."

"아니오. 왕작주 동무는 '이불변 응만변(以不變 應萬變, 모두 변하는 세상에 변하지 않는 내 안의 원칙으로 대응한다는 뜻)'해야 한다고 나한테 꼭 전해 달라고 했소. 왕 군장이 오늘 밤에 직접 란니구의 만주군을 공격하는데, 나는 상대가 한 연대라 가능하면 7, 8연대도 이 전투에 투입하면 더 승산이 있지 않겠는가고 건의했더니 왕 작주 동무가 반대했소. 이 전투는 이기기 위한 것이 목적이 아니라 6사 주력부대가 별 탈 없이 무사히 백두산에 들어서게만 만들면 되는 것이라고 말이오. 그 뜻인즉, 하늘이 무너지는 한이 있더라도 김일성 동무는 이제부터 무송의 적들에게 곁눈길 한 번 팔지 말아야 한다는 소리요. 일사천리로 백두산만 바라보고 달려가야 하오. 내 말 뜻 알겠소?"

이것이 전광이 되골령까지 김성주를 찾아온 이유였다.

전광은 백두산을 눈앞에 두고 이제부터 백두산에서 유격근거지를 개척할 김성주에게 여러 주의 사항을 길게 이야기했다.

"6사의 백두산 진출을 돕기 위하여 4사가 얼마나 큰 희생을 감내하면서까지도 작전을 진행하는지 김일성 동무는 절대 잊어서는 안 되오. 만약 이번 작전이 성공하면 동변도의 만주군이 최소한 절반 이상은 무송을 거쳐 안도와 돈화 쪽으로 이동할 것이오. 그 틈을 타서 6사가 빨리 백두산을 타고 앉아야 하오. 그렇게 하는 것이 바로 4사에 대한 가장 좋은 보답이오.

백두산은 우리 조선인이 많이 사는 고장이니, 이 지역에서 나쁜 짓을 하고 다니는 무장토비들은 그자들이 설사 왜놈들과 싸우는 부대라고 할지라도 함부로 손잡으면 안 되오. 주민들의 원성을 많이 산 '되놈' 무장토비들은 가차 없이 소탕해 버리시오.

그리고 밀영을 많이 건설해야 하오. 이 방면에서는 김일성 동무가 나보다 더 전문가니까 굳이 따로 더 설명이 필요 없을 것이오. 백두산은 밀림이 깊고 겨울에는 또 날씨까지 추워서 놈들이 함부로 들어오지 못하오. 때문에 어쩌면 우리에게는 천험(땅의 형세가 험함)의 군사요새가 될 수 있소. 우리가 설사 밖으로 나가지 못하더라도 최소한 1, 2년은 꼼짝하지 않고도 얼마든지 굶지 않고 먹고 살 수 있는 그런 백두산 특유의 근거지로 만들어내야 하오.

만약 우리 작전계획이 순조롭게 진행이 된다면 말이오. 늦어도 내년 봄에는 4사 역시 안도 지역에서 포위를 돌파하고 두만강 연안으로 접근할 것이오. 그렇게만 된다면 압록강과 두만강이 하나로 이어지듯이 우리 2군은 백두산을 중심으로 조국 조선을 바로 눈앞에 두고 거대한 항일전선을 구축할 수 있게 되오. 이 얼마나 가슴 설레는 일이오.

김일성 동무는 혹시 알고 있는지 모르겠소. 이태 전 홍광이가 살아 있을 때, 압록강을 건너 동흥성을 습격한 적이 있었소. 그때 놈들은 홍광이가 누군지는 모르고 이름만 얻어 듣고는 여자인 줄 오해까지 했소. 우리가 군대를 이끌고 조국 땅으로 들어가는 가슴 설레는 일이 머지않은 장래에 반드시 오리라고 믿소."

이런 말을 듣다 보니 김성주 역시 한껏 가슴이 부풀어 올랐다.

'아, 이 얼마나 꿈에도 바라마지 않았던 일인가.'

그 일들이 이제는 현실로 다가오고 있음을 느낀 것이다. 김성주가 이홍광을 부러워했던 적이 한두 번이 아니었다. 동만에서도 가끔 이홍광을 아는 사람들이 그의 이름을 입에 올렸다. 남만의 조선인 유격대장 이홍광이 기마부대 200여 명을 인솔하고 압록강을 건너 평안북도 후창군(오늘의 북한 김형직군) 하성읍과 등흥성을 습격했던 사건을 두고 〈동아일보〉에서 "이홍광은 약관의 여비(女匪, 여자 마적)"라는 오보를 내기도 했다.

이홍광이 압록강을 건넜던 1934년 12월, 김성주는 자신이 그때 무엇을 하고 있었는지 떠올리기조차 싫었다. 그해 12월에 왕청현 십리평 금구령(十里坪 金溝嶺)에서 일본군 토벌대에게 살해된 식량공작대 여대원 원영숙의 도움으로 왕청

유격근거지에서 탈출하여 영안으로 피신하지 않았다면, 오늘의 김성주는 없었을 것이다. 그때 민생단으로 몰려 동지들 손에 처형당했을 테니 말이다.

"이홍광의 남만유격대가 압록강을 넘어 직접 조선 땅에 들어가 왜놈들과 싸울 때, 저희는 동만에서 민생단으로 몰려 동지들 손에 무더기로 죽어 나가고 있었습니다. 지금 생각해보면 홍광이가 부럽기까지 합니다. 바로 양 사령이나 전광 동지 같은 훌륭한 분들의 지도를 받고 있지 않았습니까."

김성주가 이렇게 회한에 잠겨 말을 받자 전광이 그를 위안했다.

"김일성 동무, 아직도 기회가 많소. 내가 방금 말하지 않았소. 늦어도 내년 상반기쯤에는 4사가 두만강 연안으로 진출하고 6사도 확실하게 백두산을 타고 앉으라고 말이오. 그 사이에 권영벽 동무가 장백과 임강뿐만 아니라 국내로까지 광복회 지방조직들을 구축해 나가도록 김일성 동무가 최선을 다해서 지원해주기 바라오. 만약 여름이 오기 전에 조건이 다 마련되면 내가 직접 남만성위원회와 1로군 총부에 제안하여 4사와 6사가 동시에 조선 국내로 한 번 진출해 보도록 추진하겠소. 그때 김일성 동무가 크게 본때를 보여주시오."

전광이 이렇게 말하자 김성주는 무척 기뻐 어찌할 줄 몰랐다. 자기도 모르는 사이에 전광의 손을 덥석 잡고 마구 흔들면서 부르짖다시피 했다.

"전광 동지 방금 하신 말씀이 참말이십니까? 제가 잘못 들은 것은 아니겠지요?"

김성주는 재차 확인이라도 하듯이 전광에게 물었다.

"분명히 우리 조국 조선으로 진출한다고 말씀하셨습니다. 맞습니까?"

전광은 김성주의 얼굴을 쳐다보다가 새삼 놀라기까지 했다. 김성주의 눈에서 눈물 같은 것이 반짝 빛나 보였기 때문이다.

"그렇소. 6사가 앞장서서 우리 조국 조선으로 진출하게 될 것이라고 했소."

김성주는 진심으로 전광에게 감사했다.

"전광 동지, 정말 그런 날이 온다면 이는 우리 항일연군 내 모든 조선 동무의 평생 숙원이 이루어지는 것입니다. 행여나 오늘 하신 말씀을 잊으시면 안 됩니다."

이렇게 거듭 다짐하는 김성주를 흐뭇하게 바라보면서 전광은 다시 약속했다.

"내가 남만성위원회 선전부장 겸 2군 정치부 주임 이름으로 약속하오."

그러자 김성주도 전광에게 약속했다.

"저도 6사 전체 대원을 대표하여 약속드리겠습니다. 아무리 늦어도 내년 상반기 이전까지는 반드시 백두산을 든든한 우리의 터전으로 만들겠습니다."

"내가 듣고 싶은 것이 바로 그 대답이오. 그럼 좋소. 내 여기서 미리 성공을 축하하겠소."

전광도 김성주의 두 손을 마주잡고 흔들어주었다.

김성주는 전광과 작별하고 바로 되골령 산골짜기로 접어들었다.

3. 총검 달린 기관총

만강천은 계속 앞으로 동강 쪽으로 흘러가고 오른쪽에는 되골령의 깊은 원시림이 펼쳐졌다. 원시림은 울울창창했다. 선두에 선 7연대는 벌써 종적을 감춘 지 한참 됐고 뒤에 따라선 8연대 뒤꼬리에 연대장 전영림이 경위원들의 부축을 받으며 힘겹게 걷고 있었다. 김성주는 전령병 최금산을 데리고 그 뒤로 성큼성큼 쫓아갔다.

"사장동지, 나이 많은 전영림 연대장이 참 보기 안 됐습니다."

근처에서 기다리던 경위중대장 이동학이 다가와 김성주에게 말했다.

"말조심하오, 동학 동무. 괜히 라오챈(老錢, 전영림) 귀에 들어가겠소. 가뜩이나 자기가 늙었다고 누가 괄시하지 않나 여간 민감하지 않소."

김성주가 이렇게 낮은 소리로 주의를 주며 전영림에게 다가갔다.

"라오챈, 정 힘 드시면 가마에 앉으십시오. 제가 특별히 허락하겠습니다."

"아니오. 나도 공산당 항일연군인데, 그런 특별 대접 받아서야 되겠소. 어린 자식 같은 내 부하들이 모두 두발로 걷고 있는데, 나만 가마에 앉아서 갈 수 없소."

그러자 곁에 그를 부축하던 경위원 둘이 투덜거렸다.

"사령님은 우리와 다르지 않습니까. 사령님은 나이로 따지면 이미 할아버지나 다름없단 말입니다. 어서 가마에 타십시오. 솔직히 부축하는 것보다 가마로 모시는 게 훨씬 편합니다."

"이놈들아, 무슨 불평이 이리도 많으냐. 그러다가는 항일연군에서 쫓겨난다."

이 경위원들은 구국군 시절부터 전영림을 따라다녔던 부하들이어서 못하는 말이 없었다. 전영림도 그들을 어린 아들처럼 대하다 보니 서로 거리낌이 없었다.

"라오챈, 경위원들 말에도 일리가 있습니다. 가마에 타십시오."

김성주가 진심으로 전영림을 걱정했다.

"안 되오. 내가 가마에 탄 것을 산호가 아는 날이면 날 잡아먹으려 할게요."

전영림은 거절하면서 껄껄 소리 내어 웃었다.

"참, 그러잖아도 산호 동무가 라오챈 걱정을 많이 했습니다. 연세도 있으신데 젊은 우리와 함께 먼 길을 어떻게 행군하실지 여간 걱정하지 않기에 내가 잘 돌봐드리겠다고 약속까지 했습니다."

"나도 산호한테 약속한 것이 있소."

이때 전영림은 이미 김산호와 조아범 소개로 정식 중국공산당원이 되었다는 설도 있다.

1934년 4월, 한창 처창즈근거지 건설로 동분서주하던 조아범은 처창즈 주변에서 가장 큰 세력을 자랑하던 전영림 부대를 얻기 위해 특별히 김산호를 파견했다. 사람됨이 충직했던 김산호는 수완도 좋아서 불과 1년도 지나지 않아 위로는 전영림부터 아래로는 부대 마부에 이르기까지 모두 친구로 만들어놓았다.

나중에는 이런 일까지 있었다. 전영림이 무척 애지중지하는 기관총 한 자루가 있었는데, 이 기관총 총신 밑에 어이없게도 기다란 총검 한 자루가 매달려 있었다. 어디서 이런 기관총이 왔는지 아무도 설명할 수 없었다. 모두 처음 보았기 때문이다. 김산호가 이 총검을 뽑아서 한 번 휘둘러보고는 전영림에게 자기 나름의 희한한 해석을 내놓았다.

"이 기관총은 일본군이 우리한테 주려고 만든 것 같습니다. 탄약이 떨어졌을 때 이 기관총도 총창처럼 들고 나가서 창격전을 벌일 수 있지 않겠습니까. 그런데 보통 총도 무거운데 이 기관총은 더 무거우니, 나처럼 팔 힘이 센 사람이 아니고는 이 기관총을 사용할 수 없을 겁니다. 만약 전 사령이 나를 믿으신다면 이 기관총은 앞으로 제가 메고 다니겠습니다."

"기관총으로 총검술을 한다? 그거 신나는군."

전영림은 두말없이 김산호에게 그 기관총을 맡겼다. 보통 사람들에 비해 덩치가 크고 힘이 장사인 김산호라면 이 무거운 기관총도 얼마든지 일반 보총처럼 가볍게 쥐고 휘두를 수 있으리라는 믿음이 있었던 것이다.

실제로 1930년 초반에 만주 일본군에는 총검이 달린, 보기에도 희한한 기관총이 등장한 적이 있었다. 총검이 왜 달렸는지 그 이유는 지금까지 딱히 밝혀진 것이 없다. 분명 나름의 이유가 있었을 것이다. 이런 기관총을 구경한 적 있는 한 연고자는 그 총검이 보통 일본 군도보다 더 길고 무거웠는데, 무거운 물건이 총신 끝에 매달려 있으니 반동 제어에 유리해서 기관총 명중률에 도움이 되었다는 주장을 내놓기도 했다.

전영림 부대에서 김산호를 싫어하는 몇몇 부하들이 그렇게 소중한 기관총을 김산호에게 맡겨 버렸다가 혹시라도 그 기관총을 가지고 유격대로 달아나 버리면 어떻게 하느냐고 걱정했지만, 전영림은 끝까지 김산호를 믿었다. 그 믿음에 보답이라도 하듯 김산호는 그 기관총을 메고 다니면서 다른 기관총 두 대를 더 노획해 와서 전영림에게 기관총중대를 만들자고 요청하기도 했다.

후에 전영림 부대가 제2군 유격대대로 개편된 뒤 전영림은 김산호 소개로 조아범과 만나는 자리에서 자기도 공산당원이 되고 싶다고 요청했다.

"굳이 공산당원까지 되려는 건 무엇 때문입니까?"

조아범이 흐뭇한 심정으로 그 이유를 물었다.

"당신들은 주요한 회의를 할 때면 언제나 당원들끼리 모여서 따로 하더군. 거기에 못 들어가니 그게 따돌림을 당하는 게 아니고 뭐겠소."

전영림이 너무나 솔직하게 대답했다.

"그러면 공산당원이 될 수가 없습니다. 공산당원이 되려면 과거 구국군 두령으로 있을 때의 생활 습관도 다 바꾸지 않으면 안 됩니다. 이를테면 부하들을 함부로 때리거나 욕해서도 안 되고, 혼자 여자를 여럿씩 데리고 살아도 안 되며, 대오가 행군할 때 두령 혼자 가마에 앉아 가는 일도 있어서는 안 됩니다. 이런 것들을 다 바꾸실 겁니까?"

조아범이 굉장히 어려운 요구와 조건을 들이댔다.

"아, 내 나이가 적지 않으니 계집들은 다 집으로 돌려보낼 수 있소. 또 김산호 정위가 내 부대에 온 뒤로는 나도 부하들을 그렇게 욕하거나 때리지 않소. 다만 행군할 때 말을 타거나 가마에 앉지 않는 건 좀 어렵겠구면."

전영림은 여간 아쉬워하지 않았다.

그러나 조아범은 말로는 엄격하게 요구했지만, 뒤에서는 김산호에게 적극적으로 전영림을 변화시켜 공산당원이 되게끔 만들었다.

"전 사령이 나한테 하나만 확실하게 약속해주시면 공산당원이 될 수 있게 내가 직접 보증도 서고 조아범 동지한테도 잘 말씀드리겠습니다."

"아, 어서 말하게. 뭐를 약속하란 말인가?"

"생활습관을 어떻게 하루아침에 모두 바꿀 수 있겠습니까? 좀 천천히 바꿔나가도 됩니다. 병영 안에 데리고 있는 첩들 가운데 제일 이쁜 여자 하나만 남겨놓고 나머지는 다 돌려보내십시오. 그리고 연세도 있으시니 힘들 때 가마에 앉아가는 것도 제가 다 눈감아 드리겠습니다. 대신 하늘땅이 무너지는 한이 있더라도 우리 공산당 유격대와 끝까지 함께 할 것이라고 약속해주시면 됩니다."

김산호가 이렇게 말하자 전영림은 너무 기뻐 입이 귀에 걸려버렸다.

"아, 그건 약속하지. 내가 만약 자네들을 버리고 도주하거나 일본군에 귀순하면 바로 이 총검이 달린 기관총으로 나를 즉결 처단해도 좋네."

김산호로부터 이 이야기를 전해들은 조아범도 바로 전영림을 당 조직에 받아들이는 걸 허락했고 이 일을 논의하기 위하여 직접 당위원회까지 개최했다고 한다.

어쨌든 그 이후 전영림의 변화는 대단했다. 그는 부대에 있던 첩들을 하나도 남기지 않고 모두 돌려보냈다. 안도에서부터 조아범을 따라 내두산을 거쳐 돈화와 무송에 이르기까지 한 번도 가마에 앉지 않고 언제나 대원들과 함께 행군했다. 그는 여느 대원들과 달리 바닥에 무거운 징이 박힌 가죽구두를 신고 힘겹게 걸었는데, 이 구두가 통풍까지 잘 되지 않아 발에 병까지 생겨 여간 괴롭지 않았다. 나중에는 조아범까지도 보다 못해 말을 타거나 가마에 앉으라고 권고할 지경이 되었다.

"아이고, 웬일입니까? 괜히 그런 특혜를 베풀다가는 사령님 몸에서 거의 다 사라져가는 나쁜 습관이 되살아날지 모릅니다."

김산호가 전영림이 듣는 데서 조아범에게 이렇게 농담 한 마디를 했던 적도 있다.

이렇게 나이 차를 잊고 죽마고우가 된 전영림과 김산호가 처음 헤어진 것은 마덕전이 임시로 8연대 정치위원으로 임명되면서였다. 다른 데도 아니고 이웃 7연대 정치위원으로 이동시킨다는 말에 전영림은 조아범 면전에서 큰소리로 대들기도 했다.

"이봐, 조 정위! 함부로 내 정치위원을 다른 데로 이동시키다니 지금 뭐하자는 게야?"

"챈따거(큰 형님), 조금만 참아주십시오. 유격대대 병력만으로는 연대를 편성하기에 부족하니 마덕전 중대를 잠시 8연대에 합류시킨 것입니다. 병력만 보충되면 금방 다시 갈라서 산호 동무를 다시 8연대로 돌려보내겠습니다."

조아범에게 이렇게 함부로 대들 수 있는 사람이 6사에는 전영림 말고는 아무도 없었다. 그만큼이나 전영림, 김산호, 조아범 이 셋은 아주 각별한 사이였다.

드디어 제9연대가 만들어지고 김산호가 다시 8연대로 되돌아온 지 얼마 안되었으나 김산호가 원금산의 기관총중대를 데리고 왕덕태와 함께 무송에 남게 되면서 두 사람은 또 헤어지게 되었다.

"우리가 장백산(중국인들은 백두산을 장백산이라고 불렀다.)에서 다시 만날 때는 내

몸에 남아 있는 나쁜 버릇은 돈 주고 구경하려 해도 구경할 수 없게 만들 거야."

전영림은 김산호에게 단단히 약속했다.

무송에 남게 된 김산호 곁에 8연대 기관총중대를 특별히 남겨놓은 것도 바로 전영림이 크게 선심 쓴 덕분이었다. 전영림이 평소 가장 애지중지했던 그 총검 달린 기관총을 중대장 원금산에게 맡기면서 단단히 부탁했다.

"김산호 정위한테 무슨 일이 생기는 날이면 자네도 살아서 돌아오지 말게."

"걱정 마십시오. 사령님. 임무를 완성하고 나면 김산호 정위를 모시고 사령님한테로 돌아가겠습니다. 그때는 저희들한테 한 상 푸짐하게 차려주십시오."

"좋아, 그럼 약속한 거네."

전영림은 행군 길에 김성주와 만났을 때도 또 김산호 이야기를 했다.

"산호가 나중에라도 장백산에 들어오면 그때는 정말 다시는 우리를 갈라놓으면 안 되오."

"네, 그렇게 하겠습니다."

김성주도 전영림에게 약속했다.

그러나 전영림은 무송에 남아 만주군 대부대를 안도와 돈화 쪽으로 유인할 왕덕태 등 군부 교도대대와 4사 부대가 처할 위험을 모르지 않았다. 8연대가 후위에 서서 마지막으로 되골령 숲속으로 들어설 때, 벌써 동강과 서강 쪽에서 전투가 진행되는 소리가 울려왔다.

4. "봉학아, 네가 이래도 되는 거냐."

왕덕태가 김산호와 함께 직접 군부 교도대대와 8연대 산하 기관총중대를 두

입해 오늘의 무송현 흥륭향 란니촌에 주둔하던 만주군 독립보병 제3여단 산하 조보원 연대를 공격했던 것이다.

란니촌은 일본군 다케우치 소좌가 무송현성전투에서 사살당한 곳으로, 당시 란니구자로 불렸다. 무송의 일본군이 이름만 들어도 절치부심했던 동네였다. 여단장 이수산이 직접 부여단장 장종원과 대부대를 이끌고 란니촌으로 달려왔다. 그러자 왕덕태 등은 부리나케 철수하여 모두 송수진 쪽으로 달아나기 시작했다. 이수산의 토벌대가 그 뒤를 쫓던 도중 좌우에서 마덕전의 9연대와 서괴무의 10연대, 공배현의 청산호 기병부대가 나타나서 공격했다.

"이놈들 기세가 점점 더 사나와지는 것 같습니다."

"그러게 말일세. 사령부에서는 홍호자들이 장백과 임강 쪽으로 빠져나갈 가능성이 있다고 각별히 조심하라고 주의를 주었는데, 지금 보니 그 정보가 정확하지 않구려. 홍호자들 목표는 여전히 무송현성 점령임이 틀림없네."

이수산에게 보고받은 무송 지구 토벌사령부 일본인 군사고문 다나카 중좌는 직접 동변도 지구 토벌사령부 주임고문 카와사키(河崎) 중좌에게 전화하여 지원부대를 요청했다.

"항일연군이 여전히 무송 경내에 도사리고 있소. 이자들 목적은 끝까지 무송현성을 점령하려는 것이 틀림없소. 빨리 부대를 더 증파하여 이자들을 섬멸하지 않으면 안 되오."

이렇게 되어 무송현성전투 당시 임강에서 파견되어왔던 만주군 조추항의 기병여단이 자기 지역구로 돌아가려다가 계속 무송에 남게 되었다. 1936년 9월 초순경 항일연군 6사 주력부대 두 연대가 이미 백두산으로 모두 사라져버린 뒤에도 통화의 동변도 토벌사령부에서는 계속 동변도 북부 쪽으로 병력을 이동했다.

왕덕태는 9월 한달 내내 무송현성 주변에서 계속 일본군을 흔들었다.

10월에 접어들면서 최현의 4사 1연대와 함께 안도현 경내로 들어왔던 위증민은 사도백하에서 안봉학과 만났다. 위증민보다 한발 앞서 안봉학의 막사를 찾은 최현은 그토록 혼자 짝사랑해왔던 여대원 김철호가 안봉학과 함께 있는 것을 보고 두 눈이 뒤집힐 지경이었다.

"이런 제기랄."

최현이 씩씩거리는 것을 본 안봉학은 김철호를 바깥으로 내보냈다.

"형님, 왜 그러십니까?"

사석에서는 안봉학도 최현을 형님이라고 불렀다.

"봉학아, 네가 이래도 되는 게냐? 철호는 내가 오래 전부터 마음속에 담아둔 여자인데, 네가 사장이 돼가지고 이 형의 여자를 가로채면 어떻게 한단 말이냐?"

최현이 까놓고 질책하자 안봉학은 기가 막혀 한참 쳐다보면서 아무 말도 못하다가 말했다.

"원, 누가 가로챘단 말이오? 그리고 철호 동무가 형님 여자라는 것은 누구 맘대로요? 철호 동무가 그렇게 약속한 적이 있었소?"

안봉학도 화난 얼굴로 냅다 쏘아붙이니 잔뜩 화가 나 있었던 최현 눈에 사장이고 뭐고 없었다.

"이 자식아, 네가 사장이면 다냐. 철호는 그동안 줄곧 나와 정을 나누었고, 이미 그렇고 그런 사이가 된 거나 다름없었다. 내가 없는 동안에 사장인 네가 한 다리를 끼워 넣으니 결국 인물 잘난 너한테 넘어가 버린 게 아니냐. 그러고도 네가 이렇게 시치미 뗄 거냐?"

최현이 달려들어 안봉학 멱살을 잡으려 할 때, 위증민이 불쑥 막사 안으로 들어오면서 최현을 꾸짖었다.

"최 연대장, 이게 뭐하는 짓이오?"

김철호가 막사 바깥에서 두 사람이 주고받는 말을 듣고 있다가 불상사라도 일어날 듯한 느낌이 들자 정신없이 위증민에게 달려가서 일러바친 것이다. 이에 앞서 안봉학의 경위원들이 먼저 뛰어들어 왔으나 최현이 눈알을 부라리자 모두 꼼짝 못하고 멍청하게 서 있기만 했다.

그런데 위증민이 들어와 말리자 최현은 더욱 날뛰었다.

"너를 때려죽이고 말 테다!"

"당장 멈추지 않으면 당신을 철직시키겠소. 이게 뭐하는 짓이오?"

위증민은 어찌나 화가 났던지 손가락으로 최현 얼굴을 가리키며 꾸짖었다.

그때 불쑥 나타난 위증민의 경위소대장 황정해가 뒤에서 달려들어 최현을 부둥켜안았고, 그 틈에 다른 경위원이 최현의 권총을 빼앗았다.

"권총을 돌려주오. 나와 최 연대장은 아무 일도 없소."

안봉학은 급히 위증민에게 사정했다.

"라오웨이, 나와 최 연대장은 그냥 개인적인 문제로 좀 다퉜을 뿐입니다. 최 연대장이 원래 목소리가 높아서 남들이 놀랐던 것입니다. 다른 일은 없습니다. 그러니 절대로 문제 삼지 말아 주십시오."

"그게 참말이오?"

위증민은 최현에게 물었다.

최현도 하는 수 없이 머리를 끄덕이자 위증민은 비로소 황정해에게 최현의 권총을 돌려주라고 눈짓을 보냈다. 괜히 여자 때문에 성깔부리다가 하마터면 연대장직에서 철직당할 뻔한 최현은 씩씩거리며 밖으로 나오다가 막사 바깥에서 김철호를 만나자 다짜고짜 따져 붙었다.

"이년아, 내가 없을 때 너 봉학이랑 잤지?"

"내가 자건 말건 무슨 상관입니까?"

만나자마자 입에서 '이년' 소리가 튀어나오자 역시 최현 못지않게 잔뜩 화가 난 김철호가 이렇게 대꾸했다.

"작작 좋아해라. 언젠가는 내가 너희 연놈을 가만두지 않을 거야."

최현이 이렇게 벼르자 김철호는 그래도 그동안 자기를 항상 챙겨주던 최현에게 많이 순해진 목소리로 따지고 들었다.

"오라버니. 사람이 왜 그렇게도 무식하게 굴어요? 내가 언제 오라버니한테 혼인을 약속했던 적이라도 있었나요? 그리고 내가 안 사장과 좋아한다 해도 잘못된 것이 있나요? 좋아하면 안 되나요?"

"그래, 안 돼."

"왜요?"

"넌 내가 오래전부터 마음속에 찍어둔 여자야."

최현은 이렇게 내뱉고는 씽 하니 사라져버렸다.

연대장이었던 최현이 자기 상사였던 사장 안봉학 사이에 여대원 김철호를 놓고 서로 먹살잡이하는 것을 본 사람들이 적지 않았다. 이것을 보면 두 사람은 평소 김철호만 아니었더라면 서로 형님, 동생하면서 무척 친하게 지냈던 사이였음이 틀림없었다.

어쨌든 김철호는 최현의 아내가 되었고, 두 사람은 1945년 광복 이후까지 살아남아 김성주를 따라 북한으로 귀환했다. 그 이후 이 두 사람 이야기를 다룰 때, 김성주 본인은 물론이거니와 북한 선전물에서는 평생을 함께 한 혁명 동반자로, 요즘 말로 하면 잉꼬부부로 묘사되고 있다.

그러나 최현의 정치적 계승자이자 차남으로 알려진 북한 정치인 최룡해가 최현과 김철호 사이에서 태어난 아들이 아니라는 것은 북한 백성들까지 모두 알고 있다. 일설에 의하면 광복 후, 최현이 3·8선 경비여단장으로 있을 때 황해도 현지 여성과 눈이 맞아 1950년에 태어난 자식이 최룡해라고 한다. 그렇더라도 그가 최현의 아들이고 김철호 손에서 컸다는 것만큼은 부인할 수 없다.

당시 최현의 4사 1연대와 연고가 있었던 연변 생존자들은 여러 이야기를 남겼다. 김철호는 원래 안봉학과 서로 사랑하는 사이였다는 사람들도 있었고, 김철호와 최현이 이미 항일연군에서 혼인식까지 올린 사이라고 주장하는 사람들도 더러 있었다.

최현의 노여움은 쉽게 풀리지 않았다.

작전회의를 할 때 최현은 맞은편에 앉은 안봉학과 눈길을 마주치기 싫어 내내 머리를 틀고 있었다. 보다 못해 안봉학 쪽에서 먼저 최현에게 말을 건네기도 했다.

"원, 어린애도 아니고 연세가 있으신 분들이 왜 이러십니까?"

위증민이 두 사람에게 말했다.

"나이 젊은 봉학이 네가 형님인 나한테 양보하는 것이 도리 아니냐."

최현이 이렇게 냅다 지르니 안봉학도 받아쳤다.

"형이 아우한테 양보하는 게 도리지, 형이 아우한테 양보하라고 을러대는 법이 어디 있소?"

그러자 위증민이 중재하고 나섰다.

"이번 전투를 잘 치르면, 주수동 정위와 의논해 내가 직접 결정을 내리겠소. 그러니 두 분은 이제부터 이 일로 서로 얼굴을 붉히는 일이 있으면 안 되오."

"아, 그렇게만 해주신다믄 난 찬성이오."

생각 밖으로 최현이 좋아라고 응낙했다.

최현은 주수동이 전적으로 자기편을 들어주리라 믿었기 때문이다.

"우리가 여기서 큰 전투를 진행하여 무송 놈들을 안도 쪽으로 끌어내지 못하면 왕 군장과 6사 나머지 부대들이 모두 위험에 빠지오."

위증민은 안봉학에게 빨리 전투를 진행하라고 지시했다.

"안도현 동남 쪽 동청구에 만주군 제7여단 산하 10연대가 주둔하고 있는데, 최현의 1연대만 가지고는 병력이 모자라니 주수동 정위와 박득범 참모장이 데리고 나간 부대들까지 모두 도착하기를 기다려 공격을 진행합시다."

"일각이 여삼추요. 빨리 사람을 보내서 재촉하오."

그러자 최현이 제꺽 나섰다.

"누구 보낼 것 없소. 내가 직접 가겠소. 안 사장이 동청구의 이시카와 부대를 정면에서 공격하고 내가 주수동 정위와 함께 배후에서 몰래 습격하겠소. 만약 박득범 참모장도 뒤따라 도착하면 우리가 좌우 양편에서 동시에 공격하겠소."

안봉학은 공격시간과 암호 등을 모두 정하고 나서 떠나는 최현에게 부탁했다.

"형님, 주수동 정위가 증봉령을 넘어 대사하 쪽으로 나올 것이니, 형님도 그쪽으로 방향을 잡고 나가보십시오. 그러면 쉽게 만날 수 있을 것입니다."

"그것을 안 사장이 어떻게 아나? 미리 약속이라도 해두었나?"

"무송에서 돌아올 때는 증봉령으로 나 있는 길을 한 번 사용해보겠다고 했습니다."

5. 이시카와 다카요시를 사살하다

최현은 안봉학이 가르쳐준 대로 사도백하에서 서쪽으로 빠진 대사하 기슭으로 곧추 길을 다그쳐 그날 밤에 바로 증봉령 기슭에 도착했다. 군사적으로 아주 주요한 위치에 있는 고장이었다. 동쪽으로 이 영을 넘어서면 화룡현 경내 팔가자(八家子)에 도착하고, 서쪽으로 굽어들면 금방 눈앞에 안겨오는 진거리가 그 유명한 돈화의 다푸차이허다. 김성주는 회고록에서 다푸차이허를 한자어 그대로 대포시하(大蒲柴河)로 부르기도 한다. 안도현 남쪽의 이 동청구 주변은 안도와 화룡, 돈화 세 현성이 서로 마주보는 갈림 길목이었던 것이다.

그만큼이나 주요한 위치이다 보니 역사 또한 아주 오랬다. 청나라 동치(同治)[212] 연간에 이 지역에 관리가 파견되어 채광업을 독려했다. 1909년 이 지역은 안도현 낙도향(樂道鄉)으로 명명되었다가 1934년에야 비로소 영경구(永慶區)로 변경되었는데, 그때 이름 영경을 지금까지도 사용하고 있다. 향 정부는 대사하 진에 설치되었고 영경향 산하로 들어간 동청구는 동청촌으로 이름이 바뀌었다. 마덕전이 그렇게나 잊지 못하고 항상 그리워하면서 입에 올렸던 요우퇀촌(腰團村), 즉 요단촌도 바로 이 영경향에 있었다.

최현은 1연대 100여 명의 대원들과 밤 12시쯤 증봉령 기슭에 도착해 날이 샐 무렵까지 그곳에서 휴식을 취했는데, 다푸차이허에서 증봉령을 넘어서던 주수동의 선두부대와 만나게 되었다.

"역시 봉학이가 귀신은 귀신이구나."

최현은 감탄하지 않을 수 없었다. 최현은 안봉학과 약속한 대로 사도백하 쪽

212　동치(同治)는 청나라 목종(清 穆宗) 동치제의 연호이다. 1862년부터 1874년까지 쓰였다.

하늘에 대고 1분 간격으로 기관총을 한 차례씩 갈겼다. 이는 이미 주수동과 만났으며, 부대를 모두 약속한 지점에 대기시켰다는 암호였다.

안봉학과 위증민은 낮 12시에 공격을 개시했다. 항일연군은 보통 자정 아니면 새벽녘에 공격하는 게 습관이었지만, 이날따라 담대하게 환한 대낮에 공격을 개시했다. 이 또한 만주군은 상상할 수 없던 일이었다. 일본군 카와무라(河村, 만주군 중좌)가 인솔하는 한 대대가 병영 밖으로 반격해 나오다가 집중공격을 받았다. 그 사이에 이시카와 다카요시 대좌(石川隆吉, 만주군 대좌. 일본군에서는 소좌로 퇴역)가 병영 뒷문으로 한 대대를 이끌고 밖으로 나와서 병영 정문을 공격하던 안봉학 부대에 먼 거리에서 우회하여 접근하기 시작했다.

"안봉학 부대 같은데, 왜 이렇게 막무가내로 공격해오는지 모르겠군."

이시카와 다카요시는 그동안 안봉학의 제4사와 여러 번 교전해본 경험이 있었기 때문에 이해되지 않는 점이 한두 가지가 아니었다. 항일연군이 만주군 병영을 공격할 때는 반드시 사면에서 포위하고 동시에 공격해오는 것이 상식이었는데, 이번 공격은 처음부터 수상하기 짝이 없었다. 그러나 주변에 매복한 다른 항일연군이 있는지 살펴보아도 전혀 보이지 않자 바로 전면에서 공격하던 항일연군 좌우측으로 접근하기 시작했다.

그것을 기다리고 있었던 안봉학은 곁에 있던 여백기(呂伯岐)에게 말했다.

"이시카와 저놈은 정말 능구렁이가 틀림없군. 당신이 위증민 동지를 모시고 먼저 철수하오. 난 좀 더 저놈들 화를 돋우어주고 철수하겠소."

안봉학은 한 중대만 남겨 정면을 막고 나머지 두 중대는 양쪽으로 나눠서 이시카와의 협공을 좀 더 막다가 위증민 등이 안전한 지역으로 철수한 것을 확인하고 나서야 비로소 천천히 대사하 쪽으로 철수하기 시작했다.

"저놈들 가운데 아주 능력 있는 자가 전투를 지휘하는 게 틀림없다."

이시카와는 한편으로는 싸우면서 다른 한편으로 안봉학 부대가 질서정연하게 철수하는 것을 보고 놀랐다.

"안봉학이 직접 왔다고 합니다."

만주 군인 가운데 안봉학을 알아본 자가 있었다.

"그자가 돈화에서 중상을 당했다고 하던데, 살아 있었나 보구나."

이시카와는 항일연군을 뒤쫓고 싶은 마음이 그다지 없었으나, 안봉학이 직접 왔다는 말을 듣고는 그를 붙잡고 싶은 마음에 바짝 뒤를 쫓기 시작했다.

"설사 매복이 있다한들 우리 병력이 훨씬 우세하니 무엇이 두려운가!"

이시카와는 큰 소리로 부하들을 독려했다.

"안봉학을 사로잡거나 사살하는 자에게는 2계급 진급시키고 상금 1,000원을 주겠다."

그 소리를 들은 안봉학은 직접 기관총을 들고 맨 뒤에서 맞대응하며 이시카와를 놀렸다.

"이시카와야, 내가 안봉학이다. 와서 잡아보아라."

"빨리 저 놈을 산 채로 잡아라!"

이시카와는 군도를 뽑아들고 쩌렁쩌렁한 소리로 외쳤다.

드디어 증봉령 기슭의 대사하변까지 이시카와를 유인한 안봉학은 감쪽같이 매복진지로 뛰어들어가 몸을 숨겼다. 그때 좌우에서 갑자기 총포탄이 우박처럼 이시카와를 향해 쏟아졌다. 불과 1분 정도의 시간에 매복권 안에 먼저 들어왔던 60여 명의 만주군 군인이 이시카와와 함께 몰살당하고 말았다.

이것이 그 유명한 안도 동청구전투의 시말(始末)이다.

이 전투를 이야기할 때 안봉학에게 관심 있는 한국 연구가들은 일본군 소좌 출신 만주군 대좌 이시카와 다카요시의 군사계급이 일본군 소장(少將)이었다고 주장한다. 항일연군 역사에서 제일 처음 일본군 장성을 사살한 사람이 바로 한인 안봉학이라고 자랑스러워한다. 그들은 1936년 10월에 안봉학이 일본군 장성 하나를 살해했고, 1938년 8월 16일에는 일본군 소장 히노 다케오(日野武雄) 역시 한인 최용건이 살해했다고 한다.

그러나 이는 모두 사실이 아님이 최근에 밝혀지고 있다. 이시카와 다카요시나 히노 다케오 둘 다 일본군 소좌에 불과했다. 더구나 히노 다케오는 최용건에게 사살된 것이 아니었다. 흑룡강성 무원현 경찰대대 경찰들과 함께 우수리강에서 발동선을 타고 소만국경을 돌아보던 히노 다케오 일행을 습격한 사람은 후에 최용건에 의해 억울하게 처형당했던 항일연군 제7군 군장 경락정(景樂亭)이었다. 그때 노획한 히노 다케오의 좌관(佐官) 군도와 망원경을 그의 아내 왕옥길(王玉洁)과 딸 경국청(景菊青)이 1980년대까지 보관하고 있었다.[213]

유감스럽게도 필자가 조사한 바로는 항일연군이 만주에서 일본군 장성을 사살했던 사례는 단 한 건도 없다. 그래서인지는 모르겠으나 김성주의 회고록에서도 감히 일본군 장군까지도 몇 놈을 죽였노라는 자랑까지는 하지 못하는 것이 아닌가 싶다.

필자가 안도현 영경향 동청촌에 처음 갔을 때 만났던 중국 농민들은 안봉학이 누군지 모르고 있었다. 물론 중국인들은 지금까지도 이시카와 다카요시를 사살한 사람은 중국인 항일장령 주수동이라고 주장한다. 후에는 주수동의 지휘로 1연대 연대장 최현이 이 전투를 함께 진행했다고 보충하여 밝히고 있다. 하지만

---

213 하권 부록 "주요 등장 인물 약전", '최용건' 참조.

실제로 이 전투를 조직하고 지휘했던 사람은 안봉학이었으며, 이 전투가 진행될 무렵에는 위증민까지도 직접 4사에 와 있었다. 이 전투는 위증민이 바랐던 대로 댓바람에 무송현 경내의 토벌대들을 안도현 쪽으로 끌어들였다.

만주국 군 최고 군사고문 사사키 도이치는 무송현성을 공격했던 2군 6사 주력부대가 백두산 쪽으로 들어가지 않고 안도 쪽으로 돌아간 것으로 오해했다는 자료들이 나오고 있다. 4사를 추격하려고 5,000여 명에 달하는 일만 혼성부대가 조직되어 무송과 돈화 방면에서 두 갈래로 나뉘어 안도 쪽으로 몰려들었는데, 이것은 당초 위증민과 왕덕태, 전광 등이 6사의 백두산 진출을 돕기 위해 동변도 북부로 몰려들던 만주군 대부대 주력을 돈화와 안도 쪽으로 유인하려던 목적을 아주 원만하게 달성했음을 설명해준다.

그러나 문제는 그 다음이었다. 위증민이 당초 주수동과 함께 안도로 나왔던 것은 돈화와 액목 지방에 따로 떨어져 있던 진한장과 만나기 위해서였다. 그리고 가능하면 지난 영안원정 때 주보중이 파견해 5군 원정부대와 함께 방정, 벌리 쪽으로 북상했던 방진성, 최춘국과도 연계하고 그들을 남만으로 불러오려는 생각이었는데, 생각밖으로 만주군 대부대가 너무 갑작스럽게 안도로 몰려들었던 것이다.

"현재로서는 할바령을 넘어 5사 쪽으로 포위를 돌파하는 방법밖에 없습니다."

이것이 안봉학의 주장이었다. 위증민도 할바령을 넘어 진한장과 만나러 가야 하니 그쪽으로 포위를 돌파할 경우 직접적으로 5사의 도움을 받을 수 있다고 생각한 것이다.

"우리가 5사에 도움을 주지는 못할망정 놈들의 대부대를 그쪽으로 끌어들이면 5사가 감당할 부담이 너무 커지지 않겠소?"

위증민이 이렇게 난색을 보이자 주수동도 동감했다.

"그렇게 되면 우리 2군의 세 사 가운데 두 사가 영안 쪽으로 되돌아가는 격이 되고 맙니다. 이미 장백, 임강 쪽으로 이동을 마친 6사가 혼자서 무슨 수로 장백산 유격근거지를 만들어냅니까?"

주수동은 영안 쪽으로 포위를 돌파하려는 안봉학의 주장에 반대했다.

"그렇다면 수동 동무는 무송과 안도 쪽에서 몰려드는 수천 명의 토벌대를 맞받아치고 나갈 방법이라도 있소?"

이렇게 질문하는 안봉학에게 주수동은 당당하게 대답했다.

"우리가 여기서 맞받아치고 또 무송 쪽에 남아 있는 6사 두 연대가 밖에서 호응한다면 얼마든지 이 포위를 돌파할 수 있을 것입니다. 설사 포위를 돌파하지 못하더라도 우리는 최소한 내년 봄까지는 얼마든지 유격전을 벌이면서 버틸 수 있습니다."

그러나 최현은 두 사람의 주장을 모두 반대했다.

"할바령 쪽으로 포위를 돌파하려는 안 사장의 방법이 부당한 것은 이미 주수동 정위가 말했으니 굳이 덧붙이진 않겠소. 그런데 무송 쪽으로 맞받아치고 나가는 것도 현실성이 없어 보입니다. 안도에서 유격전을 벌이면서 버티는 것도 말이 되지 않습니다."

"그러면 도대체 어쩌자는 게요?"

"증봉령을 넘어 먼저 화룡현 경내로 들어갑시다."

최현은 화룡현 경내로 들어간 뒤 바로 두만강 연안으로 우회하면서 백두산으로 접근하는 방법을 내놓았다. 이때 최현의 1연대 정치위원 임수산과 4사 참모장 박득범도 그 방법이 좋겠다고 하여 위증민과 주수동 역시 그쪽으로 의견이 모아졌다. 그때 왕덕태가 보낸 연락원이 갑자기 도착하는 바람에 새로운 변수가 생겼다.

"영안 쪽으로 포위를 돌파하면 안 된다는 왕 군장의 명령이오."

위증민은 왕덕태가 보내온 편지를 안봉학과 주수동에게도 보여주었다.

6사 선두부대가 이미 장백 지구에 진출했으니, 4사도 빨리 동남 쪽으로 포위를 돌파하여 반드시 내년 3월 이전으로 무송과 장백, 임강 지역으로 접근하라는 요구 사항이 담겨 있었다. 4사를 맞이하기 위해 6사가 무송에 남겨놓은 마덕전의 9연대와 서괴무의 10연대를 파견하겠다는 내용도 들어 있었다.

"아무래도 주수동 정위의 의견대로 대담하게 무송 쪽으로 치고 나가는 길밖에는 없겠습니다."

안봉학이 동의하자 박득범이 방법 하나를 내놓았다.

"그러면 최현 동무가 계속 1연대를 데리고 증봉령을 넘어 화룡 경내로 들어가면서 놈들의 주의를 그쪽으로 당기는 것도 나쁠 것은 없겠습니다. 그 사이 주 정위가 라오웨이를 모시고 한총령으로 에돌아 무송으로 접근하고 저와 안 사장이 뒤에서 엄호하겠습니다."

이렇게 의견이 모아지자 위증민은 왕덕태 앞으로 회답편지를 보냈다.

할바령을 넘어 5사로 가려 했던 위증민도 계획을 바꿔 다시 무송으로 돌아와 왕덕태의 군부 교도대대와 만나기로 했다. 왕덕태가 보낸 연락원은 편지 속 내용 외에도 구두로도 몇 가지를 전달했다. 군 정치부 주임 전광이 장백 지구 유격 근거지의 정치 사업을 지도하기 위해 그쪽으로 들어가야 하니 위증민이라도 빨리 무송으로 돌아와 달라는 소리였다. 주수동이 직접 위증민과 함께 대사하의 증봉령 기슭에서 안봉학, 최현, 임수산 등과 작별하고 돈화 쪽으로 방향을 잡고 출발한 지 이틀밖에 안 되었을 때였다.

최현과 함께 서쪽으로 화룡현 경내에 진입한 뒤 두만강 연안을 따라 곧장 백두산 쪽으로 접근하기로 했던 최현의 정치위원 임수산이 대원 서너 명만 데리고 헐레벌떡 주수동 뒤를 쫓아왔다.

"주 정위, 큰일났소. 빨리 부대를 돌려세우시오."

"무슨 일이세요? 임 정위!"

임수산은 주수동의 손을 잡은 채 헐떡거리면서 한참 말을 못 했다.

"큰일났다면서요? 빨리 말씀해야 할 것 아닙니까!"

"안 사장이 어젯밤에 실종됐소."

주수동에게는 그야말로 청천벽력이었다.

"실종되다니요? 토벌대와 접전이 있었나요?"

"아니, 그런 것은 없었소."

임수산은 말을 어떻게 꺼내야 좋을지 몰라 한참 망설이기까지 했다.

"그러면 무엇 때문입니까? 최 연대장 때문입니까?"

역시 주수동도 대충 짐작이 되었던 모양이다. 임수산이 머리를 끄덕이자 주수동은 얼굴이 새파랗게 질려서 부르짖었다.

"그 아저씨가 끝내 사고를 쳤군요. 어떻게 하면 좋죠? 자세하게 좀 말씀해주세요."

임수산은 행여라도 남들이 들을까 봐 주수동 귀에 대고 소곤거렸다.

"최현 동무가 평소 마음에 담아두었던 여대원이 어젯밤에 안 사장과 한 천막에서 밤을 보내다가 최현 동무한테 이불 안에서 붙잡혔다오."

최현 성깔이 얼마나 사나운지 잘 아는 주수동은 그 다음 일은 상상조차 하고 싶지 않았다. 임수산이 정신없이 주수동 뒤를 쫓아왔던 것은 최현이 총까지 뽑아들고 달려드는 바람에 그길로 부대를 버리고 사라져버린 안봉학이 토벌대에 붙잡혔을 가능성이 있었기 때문이다.

"그러나 아직까지는 짐작뿐이고 확실하지는 않잖습니까?"

주수동은 즉시 임수산을 데리고 위증민에게 달려갔다.

위증민도 크게 한탄했다.

"여자 문제로 두 사람이 다투는 것을 직접 보았는데도 결국 이런 불상사가 발생하도록 방치한 내 잘못이 크오. 수동 동무는 어찌 생각하오?"

주수동은 어찌하면 좋을지 몰라 대오를 그 자리에 멈춰 세우고 대책을 논의했다.

"일단 최현의 연대장직을 철직시키겠습니다. 그리고 저도 응분의 책임을 지겠습니다."

"누구에게 책임이 있는지 논의하자는 것이 아니잖소. 임수산 동무는 안 사장이 토벌대놈들에게 귀순했을 가능성이 있다 하지 않았소. 우리 행군노선이 모조리 탄로날 텐데, 그것부터 빨리 대책을 강구해야 할 게 아니오."

"아직까지는 짐작에 불과할 뿐 안 사장이 토벌대에게 붙잡혔다는 확실한 증거는 없잖습니까? 설사 붙잡혔더라도 자진해서 귀순하지 않은 이상 안 사장이 우리 행군노선을 놈들에게 알려줄 거라는 보장도 없고요."

주수동은 가능하면 안봉학을 믿고 싶어 하는 눈치였다.

"지금 안 사장의 교도대는 누가 데리고 있소?"

"참모장 박득범 동무가 맡고 있습니다. 최 연대장은 안 사장이 실종되건 말건 상관하지 않고 오늘 아침에 이미 증봉령을 넘어가 버렸습니다. 아마 지금쯤 팔가자 쪽으로 들어갔을지도 모르겠습니다."

"자칫 최 연대장까지도 사라져버리지 않을까?"

"아, 최현이 그럴 사람은 아닙니다."

"네, 최 연대장은 설사 목이 떨어지는 처분이 내려지더라도 반드시 돌아올 것입니다."

주수동과 임수산은 최현이 반드시 돌아올 것이라고 믿고 있었다.

"최선을 바라되 최악의 경우도 대비하라는 말이 있잖소. 안 사장도 믿고 싶지만 이미 대오를 버리고 실종되었으니 우리도 대비하지 않을 수 없소."

임수산이 먼저 방안을 내놓았다.

"만약 안 사장이 이미 놈들에게 귀순했다면, 놈들은 반드시 위증민 동지를 노리고 달려들 것입니다. 그러니 부대를 두 갈래로 나누어 한 갈래는 계속 한총령으로 빠져나가고, 다른 한 갈래는 좀 더 먼 길을 돌아 교하 쪽으로 빠지면 놈들이 위증민 동지가 어느 쪽에 있는지 쉽게 판단할 수 없을 것입니다. 제가 작년에 6사 조아범 정위와 함께 교하의 신안(新安)에서 충의군과 합작했던 적이 있습니다. 제가 그쪽 길에 익숙하니 놈들을 유인하겠습니다."

위증민과 주수동이 동의했다.

"그러면 사람을 보내어 안 사장의 나머지 부대도 빨리 이쪽으로 나오게 하고, 제가 위증민 동지를 모시고 계속 한총령으로 빠지겠습니다."

주수동이 부대를 절반으로 나누어 임수산에게 맡기려는 데 위증민이 말렸다.

"놈들이 진짜로 우리가 교하 쪽으로 에돌아간다고 믿게 만들려면 부대를 나누지 말고 주수동 동무도 임수산 동무와 함께 교하 쪽으로 돌아서 무송으로 들어오는 것이 훨씬 더 안전할 것 같소. 한총령으로는 내가 경위소대만 데리고 쥐도 새도 모르게 감쪽같이 빠져나갈 수 있소."

"위증민 동지께서 경위소대만 데리고 떠나시겠다는 말씀입니까?"

"그것은 말도 안 되는 소리입니다. 절대로 안 됩니다."

주수동과 임수산은 한결같이 반대했으나 위증민은 두 사람을 설득했다.

"두 분이 나의 안전을 걱정한다고 하지 않았소. 그러면 내가 시키는 대로 하오. 만약 안 사장이 진짜로 귀순했다면, 토벌대는 반드시 한총령 쪽으로 몰려들 것이오. 그럴 때 동무들이 이 토벌대를 교하 쪽으로 유인해 가버리면 나는 아주 쉽게 한총령으로 빠져 나갈 수 있지 않겠소. 더구나 경위소대만 데리고 가니 오히려 대부대와 함께 행동하는 것보다 훨씬 더 안전하고 신속하게 행동할 수 있을 것이오."

위증민은 이렇게 말하면서 한마디 더 보탰다.

"동무들은 '화령위정' 하고 나는 '화정위령' 하는 셈이오. 이 유격대 전술을 한 번 여기서 능수능란하게 써봅시다."

이렇게 되어 위증민은 한총령을 눈앞에 두고 주수동, 임수산 등과 작별했다.

이때 위증민은 4사 사장직을 주수동에게 대리시켰다. 겨우 열일곱이었던 주수동이 항일연군 제4사 사장과 정치위원직까지 겸직하는 일이 발생한 것이었다. 이는 항일연군에서뿐만 아니라 나아가 전체 홍군에서도 극히 이례적인 경우였다. 4사 선두부대가 신임 사장(대리) 겸 정치위원 주수동의 인솔로 한총령을 넘지 않고 교하 쪽으로 다시 멀리 에돌기 시작했을 때, 위증민은 황정해 등 경위소대 7, 8명만 데리고 감쪽같이 한총령을 넘어 무송현 경내로 안전하게 들어갈 수 있었다.

6. 안봉학의 죽음

한편 주수동, 임수산 등이 돈화와 교하 사이의 장광재령을 에돌아 랍법하(拉法河)를 건너려 할 때였다. 아닌 게 아니라 돈화에서부터 달려 나온 일본군 미츠모토 연대 일부가 앞을 가로막고 섰다. 곧이어 안도에서부터 추격해온 만주군 제7

여단 산하 한 연대가 뒤에 바짝 따라붙었다. 어쩌면 위증민을 사로잡을 수 있을지도 모른다는 희망으로 여단장 관성산(關成山)이 직접 안봉학을 말에 태워 뒤를 쫓아온 것이다.

여기에 돈화의 일본군까지 출동했던 것은 만주군 제2군관구로부터 보고받은 사사키 도이치가 직접 관동군 사령부에 연락하여 사령관에게 결재를 받아냈기 때문이다.

"놈들이 여기까지 쫓아오는 것을 보니 안봉학이 놈들한테 넘어간 것이 틀림없소."

주수동과 임수산은 섣불리 접전할 생각을 못하고 급히 방향을 돌려 황송전자(黃松甸子) 동쪽으로 달아나기 시작했다. 돈화의 미츠모토 연대 일부와 관성산 제7여단 산하 한 연대가 랍법하에서 만나 일만 혼성부대를 꾸린 뒤 계속 황송전자 쪽으로 쫓아왔다.

"저놈들이 다시 돈화 쪽으로 방향을 트는군. 죽자고 환장하지 않고서야…."

관성산의 일본인 군사고문 코바야시 소좌(小林 少佐)는 직접 안봉학을 불러 의논했다.

"저자들이 어제까지는 모두 당신 부하였으니, 싸움하는 법을 잘 알 것 아니오."

"유격대가 싸움하는 법에 무슨 특별한 것이 따로 있겠습니까? 싸우다가 질 것 같으면 도망치고 도망치다가도 이길 것 같으면 또 돌아와서 덤벼드는 것입니다."

안봉학은 지도를 달라고 한 뒤 가르쳐주었다.

"내일 부대를 두 길로 나누어 한 갈래는 황송전자를 정면으로 공격하고, 다른 한 갈래는 황송전자에서 돈화로 들어가는 입구에 있는 신안(新安 혹은 신참新站일

가능성도 있다.)이라는 동네를 먼저 차지하십시오. 지금쯤은 위증민이 먼저 신안촌에 들어가 있을지도 모릅니다."

"그러면 관 여단장에게는 내일 아침에 황송전자를 정면에서 공격하라고 하고, 나와 당신이 오늘 밤에 먼저 기동부대를 데리고 신안촌으로 접근하는 것이 어떻겠소?"

"뭐, 그렇게 하는 것도 좋겠습니다."

코바야시 소좌는 안봉학이 가르쳐주는 대로 관성산에게는 날이 밝는 대로 황송전자를 정면에서 공격하게 하고, 자신은 특별히 전투력이 강한 일본 군인들로만 조직된 기동부대 한 소대를 데리고 몰래 신안촌으로 접근했다. 견장 없는 만주군 군복을 얻어 입은 안봉학이 코바야시 소좌와 함께 앞장서서 신안촌 입구에 막 도착했을 때였다.

마을 쪽 어둠 속에서 임수산의 목소리가 불쑥 들려왔다.

"안 사장, 사람이 어떻게 이렇게까지 바뀔 수 있소?"

"우성이(임수산의 별명), 나랑 이야기 좀 나누세."

안봉학은 당장 공격하려는 코바야시 소좌를 막으며 앞으로 걸어 나와 말을 건넸다.

"김철호는 어찌 됐나?"

"지금 이 판국에 아직도 계집 걱정이오? 그 '사이켄(최현의 별명, 사나운 사나이란 뜻)'에게 묵사발이 되도록 얻어맞았지만 죽이지는 않았으니 걱정 마오."

"그렇다면 안심일세."

어둠 속에서 임수산이 걸어 나와 한참 안봉학과 이야기를 주고받았다.

"도대체 왜 여기까지 왔단 말이오? 최현이 그렇게 욕심내온 계집을 그냥 줘버렸다면 아무 일 없었을 것을 말이오. 줘버리지 않을 거면 차라리 데리고나 떠날 것이지, 계집은 산속에 버려두고 혼자 떠났으면 어디 가서라도 조용히 숨어 살면 아무 일도 없을 텐데 왜 이 모양이 돼서 나타난단 말이오?"

임수산이 안봉학을 나무랐다.

"나도 모르겠소. 아무래도 귀신에게 홀린 모양이오. 왜 여기까지 왔는지 꿈만 같소."

안봉학이 탄식하며 긴 한숨을 내쉬었다.

그들이 꽤 많은 말을 주고받는 것을 본 코바야시 소좌는 여간 궁금하지 않았다. 마침 그의 부하 가운데 조선말을 아는 자가 하나가 있어서 앞으로 불러왔다.

"저자들이 무슨 말을 하는지 좀 들어보거라."

안봉학은 임수산에게 자기의 딱한 사정을 이야기했다.

"내가 사실을 말해주겠네. 실은 김철호를 최현에게 보내려고 했네. 최현이 이튿날 새벽에 출발하니 그 전날 밤에 김철호를 만나서 그 이야기를 했고, 헤어지기 전에 마지막으로 한 번 한다고 침상에 같이 올랐던 것인데, 맹랑하게도 최현한테 정면에서 걸린 것일세. 최현이 이놈은 정말 더러운 작자일세. 철호 뒤를 몰래 미행했던 것이 틀림없네. 일이 불거지고 나서 나도 생각이 많았네. 사장 체면이 땅바닥에 떨어졌고 위신까지 납작해졌으니 누가 더는 나를 따르겠는가. 같이 산에서 나가 조용한 곳에서 보통 사람으로 살아가자고 철호한테도 말해 보았네. 그런데 그랬더니 나한테 침을 뱉더군. 하는 수 없이 혼자서 떠났네. 자네도 알겠지만 난 총도 가지지 않고 돈 한 푼 없이 빈 몸으로 부대를 떠났네. 산속에서 딱 하루를 굶었는데, 그만 견디지 못하겠더군. 진심이네. 놈들한테 귀순하고 싶은 마음은 정말 눈곱만치도 없었네."

안봉학이 여기까지 말했을 때 임수산이 불쑥 물었다.

"아니, 귀순하고 싶은 마음은 없었다면서 교하까지 우리 뒤를 쫓아온단 말이오?”

“그러지 않으면 라오웨이가 무슨 방법으로 한총령을 빠져나가나?”

“아니, 그게 무슨 소리요?”

임수산이 깜짝 놀라자 안봉학은 뒤에서 듣고 있을 코바야시 소좌는 상관하지 않고 체념한 듯 하던 말을 이어나갔다.

“우리 2군에서 나만큼이나 유인전에 능한 사람이 또 있나? 내가 부대를 떠나버렸으니 자네들은 반드시 주력부대가 교하 쪽으로 에돌면서 토벌대를 유인하고 라오위는 한총령으로 몰래 빠져나가리라는 걸 이미 짐작했네. 난 라오웨이가 여기에 없는 것을 알면서도 고의로 여기까지 저놈들을 데리고 왔네. 죽기 전에 여기서 자네를 만나리라고는 정말 생각지도 못했는데, 얼마나 고마운지 모르겠구먼. 최현이한테도 전해주게. 내가 미안하다고 말일세. 그날 밤 철호를 1연대로 보내려 했다는 이야기도 꼭 전해주게. 난 이제 하고 싶은 말을 다 했네. 여기 온 놈들이 한 소대밖에 안 되니 그냥 이대로 나까지 함께 쏘아버리게. 부탁이네. 빨리 진지로 돌아가게.”

임수산은 차마 안봉학을 쏠 수 없어 머뭇거렸다.

“안 사장, 지금이라도 다시 돌아올 수는 없겠소?”

“싫네, 그냥 여기서 나를 쏘아주게.”

안봉학이 이렇게 부탁했으나 임수산은 차마 쏘지 못했다.

그때 뒤에 있던 코바야시 소좌가 안봉학에게 돌아오라고 소리쳤다.

임수산이 먼저 어둠 속으로 사라져버린 다음에 안봉학이 돌아오자 코바야시 소좌가 따져 물었다.

“무슨 말을 그리 많이 했는가?”

“나처럼 투항하라고 설득했는데 듣지 않더군.”

안봉학이 이렇게 대꾸하자 코바야시 소좌는 안색이 확 바뀌었다. 코바야시 소좌는 조선말을 아는 일본 군인을 불러 대질시켰다.

"당신이 우리한테 가짜로 귀순하고 사실은 저놈들과 작당했다는 걸 다 알고 있소."

"작당하지 않았소."

"그렇다면 행동으로 보여주시오. 당신이 직접 이 전투를 직접 지휘하여 보시오. 저놈들은 지금 어둠 속에서 돌담을 의지하고 있는데, 우리가 어떻게 공격하는 것이 좋겠소?"

안봉학은 한참 대답을 하지 않았다.

"이러고도 당신이 가짜로 귀순한 것이 아니란 말인가?"

이렇게 따지고 드는 코바야시 소좌 눈에 살기가 오르기 시작했다.

"날이 어두운 데다가 저 사람들이 유리한 지형을 먼저 차지하고 있으니, 우리가 아무리 공격해도 불리할 수밖에 없소. 더구나 저들은 지금 수적으로도 훨씬 우리보다 많소. 때문에 날이 밝기를 기다리는 수밖에는 다른 도리가 없을 것 같소."

그 말이 떨어지기 바쁘게 코바야시 소좌는 손에 들고 있던 군도로 안봉학의 배를 찔렀다.

"네 놈이 이러고도 가짜로 귀순한 것이 아니란 말이냐! 날이 샐 때까지 기다리라는 것은 바로 저놈들이 다 도망갈 때까지 기다리라는 소리가 아니고 무엇이냐!"

어찌나 힘을 주어서 찔렀던지 배를 찌르고 들어간 칼이 등으로 빠져나갔다.

그 칼을 다시 뽑는 순간, 피가 분수처럼 뿜어 나왔다. 배를 감싼 안봉학이 휘청거리면서 뭐라고 중얼거리는 사이에 코바야시 소좌는 다시 칼을 휘둘러 안봉학의 목을 베었다. 안봉학이 땅바닥에 넘어진 뒤에 코바야시 소좌는 조선말을 아는 군인에게 물었다.

"이자가 방금 뭐라고 했느냐?"

"자기가 죽어도 싸다고 했습니다."

"거 참, 희한한 놈이로구나."

필자는 1980년대 초엽에 안봉학을 조사 연구했다.

당시 교하현 경내의 신안(新安)과 신참(新站)을 제대로 분간하지 못하고 이 두 지방 모두를 답사했는데, 교하에서 돈화로 들어가는 경계에 있는 황송전자 어디쯤에 안봉학의 시신이 묻혀 있을 것이라고 제보해준 사람도 있었다. 안봉학과 오랫동안 함께 일했던 임수산이 그의 시신을 걸어서 묻어주었던 모양이라고 생각했다.

그러나 또 다른 제보에 의하면, 만주군 제7여단 10연대 군사고문 코바야시 소좌는 안봉학에게 속아 안도에서 돈화를 거쳐 교하까지 300여 리 가까이 먼 길을 달려온 데다 또 눈앞에 빤히 보이는 항일연군을 두고도 함부로 공격하지 못하고 철수할 수밖에 없었다고 한다. 그 분풀이를 할 데가 없던 차에 안봉학 시신을 버리지 않고 랍법하 기슭까지 끌고 가서 훼손했다는 것이다.

어쨌든 교하의 황송전자로 우회했던 4사 주력부대와 화룡현 경내의 두만강 연안으로 임강까지 들어왔던 최현의 4사 제1연대가 무송현 경내에서 왕덕태와 만난 것은 11월 초순경이었다. 먼저 도착했던 위증민에게 최현의 1연대가 두만강 연안으로 들어온다는 소식을 듣고 왕덕태는 그쪽으로 연락병을 파견했다. 무송에서 임강으로 들어가는 입구나 다를 바 없는 대양차(大陽岔)를 공격하겠으니 부대를 그쪽으로 접근시키라고 한 것이다.

최현의 4사 1연대는 단 1명의 사상자도 내지 않고 대양차로 들어왔다. 대신 주수동과 임수산, 필서문(畢書文) 등이 인솔한 2, 3연대는 그동안 돈화로 우회하여 들어오면서 10여 차례나 토벌대와 접전하다 보니 대오가 절반이나 줄었다. 그뿐만 아니라 2연대 연대장 필서문이 안도의 이도강(二道江)에 주둔할 때 그곳 토호 단 가(單家)네 집에서 하룻밤을 보내면서 단 가네 외동딸을 끈으로 묶어놓고 데리고 잤던 일이 있었다. 정치위원 여백기가 이 일을 알고도 눈감아주었으나 바로 다음날 토비 한 무리가 2연대를 뒤쫓아 왔다. 단 가네 외동딸 위로 오빠 셋이 모두 주변 산속에 들어가 크고 작은 산채들을 일구고 있었는데, 여동생이 능욕 당했다는 말을 듣고 보복하려고 달려든 것이다.

"이미 내 동생을 더럽혀 놓았으니 내 동생과 혼인을 약속하고 나중에라도 돌아와서 결혼하면 살려주겠지만, 그렇지 않다면 너희들과 사생결단하겠다."

단 가네 3형제가 이렇게 을러대자 필서문은 하는 수 없이 대답했다.

"왜놈들을 몰아내고 그때까지 죽지 않고 살아 있으면 돌아와서 자네들 동생과 결혼하겠네."

이 소문이 나중에 안도 바닥에 퍼졌는데, 주민들은 항일연군이 양가집 부녀자를 겁탈한 것으로 알게 되었다.

그 후 단 가네 3형제는 세력이 점점 커져 이도강뿐만 아니라 주변의 대전자, 오도양차 등 지역의 삼림들을 모두 차지했다. 후에 필서문은 2방면군 부관장까지 되었으나 결국 일본군에 귀순했으며, 1945년 광복 후 단 가네 3형제한테 했던 약속을 지키려고 안도로 돌아와 정착했다. 단 가네 딸은 그 사이 필서문의 아이까지 하나 낳아서 혼자 기르고 있었다.

이 여인은 필서문이 항일영웅이 되어 돌아올 줄 고대했으나 그동안 일본군에 귀순하고 변절자가 되었을 뿐만 아니라 일본군이 망한 뒤에는 공산당에게 쫓기는 신세로 전락한 것을 알고 대성통곡했다고 한다. 그러나 필서문을 쫓아내지 않고 받아주었을 뿐만 아니라 오빠들까지 동원하여 필서문을 돕게 했다. 1946년경 필서문과 단 가네 3형제는 공개적으로 안도지방 유지군이라고 이름을 내걸고 부하들을 1,000여 명이나 긁어모으기도 했다.

그러나 이들은 얼마 안 있어 연안에서 파견된 연변군분구 부사령원 겸 화룡지대 지대장을 맡은 구회괴(邱會魁)[214]에 의해 모두 섬멸되었다.

7. 곰의골밀영

1936년 10월 말경, 4사 1연대가 최현의 인솔로 제일 먼저 무송현 경내로 들어왔다. 1연대는 두만강 연안을 따라 곧바로 올라와 대양차를 공격하는 전투에 참가했다. 4사에 내려갔던 위증민이 10월 초순경에 먼저 도착하면서 4사에서 발생한 상황을 알게 된 왕덕태는 마덕전과 서괴무를 시켜 주수동과 임수산, 박득범 등을 마중하게 하고 자신은 4사 주력부대가 도착하는 길로 바로 2군 나머지 부대들을 이끌고 장백산 지구로 들어가기 위해 대양차 공격전투를 진행했던 것이다. 4사를 마중하기 위하여 김성주 역시 직접 7연대를 인솔하고 이 전투에

---

214 구회괴(邱會魁, 1905-1993년) 중국 강서성 홍국현(江西省 興國縣) 출신이다. 1930년에 중국 공농홍군에 참가했고, 2만 5,000리 장정에도 참가했다. 1946년 2월에 중국공산당 연안당학교에서 공부하던 중 동북으로 파견받아 나왔다. 연변군분구 화룡지대 지대장과 연변군분구 부사령원직을 맡았고 안도 지방의 토비들을 숙청했다. 이후 길림군구로 이동해 길동군분구 부사령원과 길림군구 사령부 부참모장 겸 경비사령관이 되었다. 이후 국공내전 당시 임강, 사평, 장춘 등의 전투에 참가했고, 1949년 중화인민공화국이 창건된 뒤에는 동북인민무장부 제1임 부장이 되기도 했다. 그는 1965년에 은퇴하여 모두 공직에서 물러났는네, 1993년 6월에 노환으로 사망할 때까지 특별한 공식활동을 하지 않았다. 1988년에 한 차례 훈장[一級紅星功勳榮譽章]을 받았고, 중국인민정치협상회의 제5기 전국위원으로 이름을 올린 적이 있었다.

참가했다.

이에 앞서 장백으로 들어온 전광은 권영벽의 안내로 장백현 소재지에서 90km 떨어진 이도강 밀림 속에 만들어진 곰의골밀영(黑瞎子溝密營)에 도착했다. 이 밀영은 남으로 19도하가 막아서 있고 서로 홍두산맥이 병풍처럼 펼쳐져 있었다. 마침 김성주와 조아범은 1군 2사 조국안 부대가 6사와 만나러 온다는 연락을 받고 모두 19도구 쪽으로 마중 나가 있었다. 밀영 책임자 김주현이 권영벽과 함께 전광을 안내하여 밀영을 돌아보았다.

밀영을 돌아본 전광은 입을 다물지 못했다.

"1군에서도 밀영을 많이 만들어 보았지만 밀영을 만드는 진짜 전문가들은 모두 우리 2군 6사에 있었구먼. 대단하오. 다른 밀영의 병영(兵營)들도 모두 이렇게 크오?"

"아닙니다. 곰의골밀영이 비교적 크고 다른 밀영들은 규모가 좀 작습니다. 그러나 무척 잘 은폐되어 있어서 놈들이 쉽게 발견할 수 없습니다."

김주현이 곰의골밀영 외에 다른 밀영들도 한참 소개했다.

6사 지휘부가 설치되었던 곰의골밀영 병영은 길이 30m에 너비 8m, 높이 2m에 달했으니 한 번에 200여 명이 들어와 함께 숙식할 수 있는 공간이었다. 밀영 건축방식도 무척 교묘하고 다양했다. 병영뿐만 아니라 따로 지휘부, 통신처, 정훈부, 수리소, 인쇄공장, 학교, 간부훈련소, 식량창고 등 다양했다. 병원은 병영에서 5km쯤 떨어진 곳에 따로 설치되어 있었다. 『장백현지(長白縣志)』에 보면 정확히 1936년 8월 31일에 김성주의 6사 주력부대는 장백현 이도강 지구에 도착했고, 9월부터 10월 2개월 사이에만도 곰의골밀영에 이어서 홍두산(紅頭山), 고려보자(高麗堡子), 이도소구(二道小溝), 소서구(小西溝), 관방자(官房子), 15도구(十五道溝), 도천리(桃泉里), 북대정자(北大頂子), 단두산(斷頭山) 등지에 자그마치 30여 개에 달하는 밀영을 더 건설했다. 밀영들마다 병원을 설치했는데, 이는 전투 중에 부상자들이 계속 생겼기 때문이었다. 특히 날씨가 추워지면서 동상 환자들도 적지 않았다.

"병원을 꼭 외따로 떨어진 곳에 둔 목적이 무엇이오?"

"행여라도 토벌대가 들이닥치면 부상자들은 움직이기 불편하기 때문에 먼저 철수하는 데 도움이 되도록 탈출구 쪽에 설치하고 대부분 반토굴로 만들었습니다. 또 토굴 안과 바깥 주변에 비밀 땅굴을 만들고 땅굴 안에는 식량과 물도 숨겨놓았습니다."

"그럼 병원 구경도 좀 합시다."

길에서 머리에 물동이를 이고 가는 한 여대원을 만났다.

발에 문제가 생겼는지 걸음걸이가 불편해 보였다. 그러나 머리에 짚을 틀어서 만든 똬리를 얹고 두 손으로 무거운 물동이를 단단히 받쳐 든 여대원은 뒤에서 다가오는 인기척을 느끼고 천천히 뒤를 돌아보다가 황망히 물동이를 내려놓고 인사를 건넸다.

"부관동지, 선전과장동지 안녕하십니까?"

여대원과 익숙한 사이인 모양으로 김주현이 그 물동이를 받아 냉큼 안아들었다.

"어서 인사하오. 군 정치부 주임 전광 동지시오."

"안녕하십니까? 6사 8연대 특수반 대원 이계순(李桂順)입니다."

"아, 낯익구먼. 어디서 만났던 적이 있는 것 같소."

"서강밀영에 오신 적이 있잖아요. 그때 제가 인사드렸습니다."

"생각나오. 그때 해칭령에 임시로 설치한 밀영 병원에서 부상자들을 간호하던 동무를 보았소. 그때 누구더라? 동무랑 가짜 부부를 맺어가지고 식량공작을 나가던 동무가 있었잖소. 나한테 인사까지 시켜주었던 기억이 나오."

전광은 딱 한 번 만난 적 있었던 이계순을 기억해냈다. 그러자 김주현이 전광에게 알려주었다.

"남창수 동무입니다. 그 동무는 지금 박포리(박영순) 동무를 따라 횡산 쪽에 가서 밀영을 만들고 있습니다. 재봉대가 지금 그쪽에서 겨울 군복을 만들고 있습니다. 계순 동무도 조만간 그리로 보낼 생각입니다."

횡산밀영은 백두의 최후방 밀영으로 불리기도 한다. 무송현 서강의 해청령과 삼림이 한데 이어져 있어 일명 무송의 서강밀영 또는 무송의 후방병원으로 불리기도 했다. 6사 참모장 왕작주가 서강의 서괴무 부대에 가 있을 때 해청령에 병원을 만들고 의료기자재들을 숨겨놓은 적이 있었는데, 박영순이 후에 이 의료기자재들을 찾아서 횡산밀영에 가져다 놓았던 것이다.

"뒤에서 보니 동무도 걸음이 좀 불편한 것 같은데 병원에서 치료받는 중이오, 아니면 다른 부상자들을 간호하는 중이오?"

"아니요, 저는 괜찮습니다. 실은 8연대 연대장 동지가 지금 병원에 계십니다."

이계순의 대답에 전광은 김주현을 돌아보았다.

"누구 말이오? 라오챈(전영림) 말이오?"

"참, 제가 미처 말씀드리지 못했습니다. 전 사령이 무송에서 떠날 때부터 각기병이 도져서 고생하다가 최근에 끝내 병원 신세를 지게 되었습니다."

김주현의 대답에 전광이 걱정했다.

"그러면 지금 8연대는 누가 책임지고 있소? 왕진아(汪振亞, 8연대 정치위원 대리)가 맡고 있소? 김산호 동무도 없고 라오챈도 앓아 누웠다면 걱정이구면."

전광은 급히 달려가서 전영림을 병문안했다.

아닌 게 아니라 전영림은 전광과 만나자 첫마디부터 김산호가 언제쯤이나 돌아오느냐고 질문했다. 이에 전광은 웃으면서 오히려 전영림을 나무랐다.

"아니, 전 사령은 김산호한테 호랑이건 곰이건 뭐든지 한 마리 잡아놓고 기다린다고 하지 않았습니까. 빠르면 설 전에 백두산으로 들어올 텐데, 전 사령이 여기서 이렇게 앓음 자랑하고 있으면 어떻게 한단 말입니까?"

전영림은 벌떡 일어나더니 씩씩거렸다.

"사실은 발가락 틈새들이 좀 벌어진 것을 가지고 김 사장이 너무 크게 문제삼아 마지못해 병원에 누워 있는 중이요. 당장 부대로 돌아가야겠소."

김주현이 전영림에게 권했다.

"발가락 열 개가 사이마다 모조리 다 갈라졌는데, 어떻게 문제되지 않을 수 있습니까? 이대로 방치했다가는 발목을 자르게 될지도 모릅니다. 각기병이 나을 때까지는 전 사령을 병원 밖으로 나가지 못하게 하라고 김 사장이 명령했으니, 제발 좀 이러지 마십시오."

그러자 권영벽도 김주현을 도와 말했다.

"전 사령은 자기 생각만 하지 말고 여기 다른 일꾼들 사정도 좀 봐주십시오. 전 사령은 연세도 있으신 분이고 또 워낙 유명하셔서 김 사장도 감히 어쩌지 못하지만, 밀영을 책임진 김주현 동무가 대신 처벌받게 되지 않겠습니까."

전영림은 전광까지 나서서 권고하는 바람에 다시 주저앉고 말았다.

그러나 전영림이 안절부절못하는 이유가 있었다. 여름에 전영림유격대대가 처창즈에서 무송 쪽으로 출발할 때 전영림의 아내가 한 중대를 가병(家兵)으로 삼아 대사하에 내려가서 정착했으나 이 부대와 그곳 지주 송병준의 가병 사이에 싸움이 붙었다. 송병준은 즉시 안도현경찰서에 달려가서 고발했고, 며칠 뒤 이도선의 토벌대가 들이닥쳤다. 전영림이 대사하에 마련해두었던 집이 모두 불타 버렸을 뿐만 아니라 아내까지도 토벌대에게 살해당했다는 소식이 인편에 들어왔다. 전영림은 대사하에서 죽지 않고 살아남은 나머지 부하 40여 명을 데려오려고 정치위원 왕진아를 파견했으나 떠난 지 1개월이 되어가도록 왕진아는 살았는지 죽었는지 소식이 없었던 것이다.

왕진아가 떠날 때 조아범은 박덕산 앞으로 편지를 한 통 써서 주며 부탁했다.

"박덕산 동무는 화룡현위원회에서 사업할 때 나한테 의견이 많았던 동무인데, 지금 생각해보니 이 동무한테 서운한 일들이 참 많았을 것 같소. 고집도 이만저만하지 않은 동무요. 근거지를 해산하고 모두 이동하는 데도 혼자 처창즈에 남아버렸단 말이오. 이번에 박 동무를 찾아내 꼭 데리고 장백산으로 들어오기 바라오. 과거 이 동무도 김산호 동무와 함께 라오챈 부대에서 일한 적이 있어서 그 부대 사람들과 익숙한 사이요. 이미 동만특위는 남만특위와 합병하여 남만성위로 바뀌었다는 것을 알게 되면 순순히 따라설 게요. 우리는 조만간 중국공산당 장백현위원회도 설립할 것이니 빨리 들어오라고 하오. 동무가 들어와서할 일이 많다고 전해주오."

전영림은 토벌대에게 살해된 아내에 대한 슬픔 같은 것은 거의 없는 듯했다.

6사 주력부대로 편성된 손장상의 7연대와 전영림의 8연대는 쌍둥이형제 같이 김성주가 의지하는 좌우 두 어깨나 다름없었다. 그런데 무송현성전투 직후 8연대의 전투력은 7연대의 비해 눈에 띄게 뒤처지기 시작했다. 특히 오중흡의 4중대는 7연대 주력부대일 뿐만 아니라 나아가 6사 전체의 주력부대 노릇을 해오는 중이었다.

"그때 산호가 그렇게 반대하는 것도 듣지 않고 내가 경위중대를 대사하에 남겨두고 왔단 말이오. 지금 생각하니 정말 후회스러워 죽겠소. 그 애들만 모두 무사하게 백두산으로 들어왔으면 우리 8연대 전투력은 6사에서 이거가 될 텐데 말이오."

전영림은 최고라는 의미로 엄지손가락을 들어 보였다.

김성주는 회고록에서 전영림이 대사하에 두고 왔던 한 중대가 박덕산의 인솔로 백두산으로 들어왔던 일을 다음과 같이 회고한다.

"김일(박덕산이 후에 지은 이름)은 처음에 전영림 부대를 무송으로 안내했다. 우리 부대가 그쪽에 진출했다는 소식을 들었기 때문이었다. 그런데 공교롭게도 그가 부대를 이끌고 무송 지구에 나타났을 때, 우리는 만강을 떠나 장백 지방에 가 있었다. 이렇게 되자 반일부대 대원들은 김일이 자기네를 속였다고 하면서 동요하기 시작했다. 그런데다가 식량난까지 겹쳐 김일은 참으로 딱한 처지에 빠지게 되었다.

대장 이하 전 대오가 사흘 동안이나 변변히 먹지 못하고 행군을 계속하고 있을 때 몇몇 대원들이 어떤 산중에서 인삼밭을 발견했다. 아사지경에 이른 대원들은 대장의 눈치를 보지도 않고 무질서하게 달려들어 인삼을 캐먹기 시작했다. 인민혁명군의 지휘 성원인 김일로서는 실로 상상도 할 수 없는 일이었다. 그는 주인의 허락도 받지 않고 제멋대로 인삼을 캐 먹는 것은 인민의 이익을 침해하는 떳떳치 못한 행위라고 하면서 두 팔을 벌리고 대원들을 막아 나섰다.

이성을 잃은 반일부대 대원들은 전영림을 찾아가 박덕산(김일의 본명)은 정체를 알 수 없는 사람이다, 그는 처음에 김일성 부대가 무송에 있다고 했다, 그런데 무송에는 김일성 부대가 없다, 이런 엄청난 거짓말에 속아 넘어 가면서 우리가 박덕산을 계속 따라갈 필요가 있는가, 그가 지금은 김 장군 부대가 장백으로 나갔다고 하는데 그것도 믿을 수 없다, 박덕산은 우리가 인삼을 캐 먹는 것까지도 방해하고 있다, 이것이야말로 우리를 굶겨 죽이려는 수작이 아니고 무엇인가, 저 박 가를 그대로 따라다니다가는 우리가 무슨 봉변을 당할지 모른다, 그러니 저놈을 제치고 안도로 다시 돌아가자고 했다.

김일은 반일부대 사병들이 자기를 죽일 수도 있다는 것을 각오하고 있었지만 그것을 조금도 두려워하지 않았다. 오히려 그는 좋다, 당신들이 나를 죽이겠거든 죽여라, 그 대신 청이 하나 있다, 내가 인삼밭 주인을 찾아가서 사죄하고 돌아올 터이니 그때까지 기다려 달라, 그 대신 인삼은 더 축내지 말아 달라, 인삼을 더 축내면 그것을 보상할 돈이 없다고 하면서 태연하게 그들을 설복했다.

김일의 언행에 감동된 전영림 부대장은 서슴없이 그를 보증해 나섰다. 그는 인삼밭에 두 번 다시 손을 대는 놈이 있으면 총살하겠다고 하면서 김일을 포전 주인한테로 보냈다. 양삼포전 주인을 데리고 부대로 돌아온 김일은 배낭을 풀어헤치고 포전 주인이 쪄준 만두를 대원들에게 나누어준 다음 그에게 아편덩어리를 내놓으면서 자기에게는 이 아편밖에 없으니 만둣값과 대원들이 캐 먹은 인삼값으로 받아달라고 했다. 그 아편덩어리는 왕덕태가 비상용으로 쓰라고 김일에게 준 것이었다. 포전 주인이 몇 번이고 사양했으나 그는 끝까지 그 호의를 받아들이지 않았다.

감동된 인삼밭 주인은 산에 저장해둔 겨울나기용 식량을 다 내놓고 전영림 부대를 만강까지 안내해주었다. 만강에 도착한 반일부대 대원들은 김일한테 찾아와 잘못을 사죄하고 용서를 빌었다. 나는 반일부대를 데리고 백두산 지구에 온 김일을 홍두산밀영에서 만나주고 전영림 부대를 우리 주력부대에 편입시켰다."

여기서 김성주는 그때 박덕산이 데리고 왔던 부대 부대장이 바로 전영림이라고 회고한다. 이는 이 회고록을 집필하는 데 참여한 저자와 관계자들의 엄중한 실수가 아니라면 고의로 사실을 왜곡하는 것이다.

김성주의 회고록뿐만 아니라 북한의 모든 항일투쟁과 관련한 선전물들은 무송현성전투에 참가했던 부대는 오로지 오중흡의 7연대뿐인 것으로 이야기한다. 물론 이 7연대는 북한에서 '당과 수령에게 무한하게 충성했던 오중흡의 7연대'

로 귀감이 되고 있으니 그럴 법한 일이다. 하지만 당시 7연대 연대장은 아직 오증흡(7연대 산하 4중대 중대장)이 아니었고 중국인 손장상이었다. 또한 7연대와 함께 이 전투에 참가했던 8연대(전영림 부대) 이야기도 전혀 언급하지 않을 뿐만 아니라 이 전투에서 아주 주요한 역할을 했던 6사 참모장 왕작주는 아예 존재 자체가 드러나지 않는다.

또한 "김일의 언행에 감동된 전영림 부대장은 서슴없이 그를 보증해 나섰다."는 이야기를 제멋대로 꾸며넣었다. 만약 '전영림 부대장'이 아니라 '전영림 부대의 부대장'이라고 했으면 이렇게 앞뒤 모순되는 일이 없었을 것이다. 뒤에서는 전영림이 8연대 연대장이었음을 밝히고 있기 때문이다.

"마당거우밀영에서 김일을 8연대 1중대 정치지도원으로 임명하던 때의 일이 지금도 잊혀지지 않는다. 8연대 1중대 정치지도원의 임무가 간단한 것이 아니었다. 연대장 전영림은 전 해에 휘남현성전투에서 희생되고 연대 정치위원마저 적임자가 없어 배치하지 못한 형편에서 1중대 정치지도원은 임시로 연대 정치위원의 임무까지 겸임해야 했다."

김성주의 회고록대로라면 전영림 부대는 무송현성전투에도 참가한 적이 없었고, 또 백두산으로 들어오기까지 8연대라는 부대 자체가 편성되지도 않았던 것이 된다. 전영림은 처창즈에서 박덕산을 따라 무송까지 김성주를 찾아왔고, 따라서 전영림이 만강에 도착했을 때는 이미 무송현성전투도 끝난 지 한참 되었고, 김성주는 6사 주력부대 7연대만 데리고 이미 백두산으로 들어가 버린 뒤라는 것이다. 그때까지도 전영림 호칭은 그냥 '전영림 부대상'이었는데, 그 후에야 연대장으로 바뀐 것은 전영림이 백두산으로 들어온 뒤에야 비로소 그의 부대가 8연대로 편성되어 전영림도 8연대 연대장이 되었다는 소리인 것이다.

8. 승자독식

이야기는 대양차로 돌아간다.

제일 먼저 도착한 최현 1연대에 이어 주수동, 임수산 등도 소부대 규모의 경위원들만 데리고 속속 대양차로 들어왔다. 사장 안봉학뿐만 아니라 필서문, 여백기 등이 모두 보이지 않자 최현은 얼굴빛이 새까맣게 변했다.

"도대체 어떻게 된 일이오?"

최현은 임수산을 붙잡고 물었으나 주수동이 대신 나서서 쏘아붙였다.

"다 최 연대장의 나쁜 성깔머리 때문에 우리는 물론이고 하마터면 위증민 동지까지 큰 곡경을 치를 뻔했습니다. 이번에 단단히 혼날 줄 아세요."

이어서 임수산이 그간 있었던 일을 이야기하자 최현도 할 말을 잃어버리고 말았다.

그러나 왕덕태는 최현을 비호했다.

"안 사장이 이미 변절했으니 최 연대장을 나무랄 일도 아니오."

"딱히 변절했다기보다는 여러 가지로 애매한 데가 있습니다. 그는 우리를 해치지 않았습니다."

"그게 변절이 아니라면 뭐가 변절이오? 그자가 끌고 온 토벌대한테 교하까지 쫓기고도 그렇게 말할 수 있소?"

최현이 임수산을 흘겨보았다.

"복잡한 이야기는 그만합시다. 결과적으로 안봉학은 이미 변절했고, 우리 연길유격대 출신의 용감한 최 연대장은 대원을 한 명도 잃지 않고 임강까지 무사하게 들어오지 않았소. 최 연대장이 옳았던 게요. 그러니 이 일로 최 연대장을 문제 삼지 말기 바라오."

왕덕태가 이렇게 최현을 치켜세우자 주수동까지도 입을 다물고 말았다.

원래 주수동은 최현을 무척 좋아했고 4사 주력부대인 1연대가 최현의 인솔로 무사히 도착한 것이 내심 고맙기까지 했다. 더구나 당장 대양차를 공격하는 전투에도 최현이 아니었다면 주수동 등 4사는 참가하지도 못하고 그냥 구경만 할 뻔했던 것이다.

이 이후로 주수동은 줄곧 최현의 1연대와 함께 행동했다. 즉 최현 1연대가 주수동의 직속부대나 다름없이 된 것이다. 때문에 1937년 3월 29일에 열렸던 '양목정자회의' 직후 다시 안도현 경내로 되돌아갈 때도 주수동은 유독 최현의 1연대를 지목하여 직접 데리고 갔다. 얼마 뒤 황구령(荒溝嶺, 안도현 경내의 황구령 북로)에서 일본군 치중대(輜重隊, 탄약과 식량 등 군대의 여러 군수물자를 나르는 공급부대, 마차와 자동차로 나르는 경우가 많았다.)를 습격하고 다시 4월 하순에는 안도현 승평령(升平嶺)에서 일본군 안도수비대 대장 오기하라 소좌(荻原 少佐)의 한 중대를 습격하는 전투 때도 최현과 함께 했다. 그 전투 다음 날, 부대가 대사하의 금창으로 이동할 때 그들 뒤에 악명 높은 이도선의 안도신찬대가 따라붙었다.

이도선의 토벌대를 섬멸하는 전투에서 불행하게도 주수동이 전사하고 말았다. 이 전투에서도 곁에는 언제나 최현이 있었다. 이 전투와 관련해서는 많은 회상기와 증거자료들이 존재한다. 그중 가장 유명한 것이 이 전투의 실제 지휘자 중 하나였던 최현 본인의 회고자료[215]와 역시 이 전투에 참가했던 최현의 부하

---

215   최현은 "혁명의 한길에서"라는 제목의 회상기에서 이때 일을 다음과 같이 자세히 밝히고 있다.
      "우리 대원들은 때를 놓치지 않고 바로 주위에 널려 있는 금점(금광) 구덩이와 버력(버력, 물속에

박성철의 "로금창전투 중에서"라는 제목의 회상기가 있다. 그런데 유감스럽게도 이 회상기들에는 주수동의 이름이 한 번도 언급되지 않는다.

집어넣는 허드레 돌) 더미로 분산하여 재빨리 전투태세를 갖추면서 맹렬한 반격을 가했다. 쳐들어오던 적들은 적지 않은 시체를 남기고 얼마쯤 물러섰으나 더 물러설 곳이 없는 것을 알자 결사적으로 대들었다. 적아 간의 화력전은 점점 더 격렬해졌다. 강안(강기슭)이 금시에 포연으로 자욱해졌다. 아군 부대들은 버럭들과 구덩이들을 이용하여 계속 사격했다. 그리하여 적 대열에는 혼란이 조성되었다. '2중대는 좌측으로, 1중대는 우측으로!' 이것은 불리하게 널려 있는 안군 진지를 정비하기 위해서였다. 나의 구령에 의하여 부대성원들은 적탄이 우박 치는 속에서도 대열을 재정돈하게 되었다. 나는 계속 금점 구덩이에서 허리를 솟구쳤다 낮추었다 하며 전투를 지휘하고 있었다. 그런데 적 두 놈이 내 앞에 나타나 나를 쏘려고 겨누었다. 순간 나는 허리를 굽혔으나 적탄은 나의 어깨를 때렸다. 나는 부상을 당했지만 전투를 계속 지휘했다.

전투 개시 후 거의 반시간이 지나갔다. 아군의 완강한 방어와 명중사격에도 불구하고 적들은 바득바득 기어들었다. 그때까지만 해도 적들은 벌써 수십 명이나 꺼꾸러졌지만, 아군의 턱밑으로 배밀이를 하며 기어드는 것이었다. 놈들도 퇴각하기만 하면 전멸 당한다는 것을 알고 있었기 때문이었다. 적아 간의 거리는 점점 더 가까워져 이제는 20~30m, 심지어는 약 10m까지 된 곳도 있었다. 그런데 놈들은 아직도 공세를 취하고 우리는 수세에 처하여 있었다. 피동적인 수세에 오래 머물게 되면 필연코 아군 부대에 만회할 수 없는 불리한 정세가 닥쳐올 것이라고 생각한 나는 놈들에게 반공세를 취할 기회를 노렸다. 그러나 벌써 놈들도 구덩이와 버럭 밑으로 기어들게 되었다. 그리하여 전투는 사실상 고착되고 말았다.

놈들은 버럭을 몸 가림 삼고 혹은 구덩이 속에 대가리를 틀어박고 지구전을 시도했다. 이제는 적들도 우리를 사격하기에 불리했고 우리도 역시 곤란했다. 그런데 적들의 응원부대가 올 위험성이 있었다. 나는 이때 놈들에게 수류탄을 던질 것을 명령했다. 우리의 수류탄들이 일제히 눈앞에 널려 있는 적들의 은폐지를 향해 날아갔다. 연거푸 안겨지는 수류탄 불벼락을 받고 수많은 놈들이 비명을 울리며 쓰러지게 되자 남은 놈들이 뿔뿔이 퇴각하기 시작했다. 이때 나는 때를 놓치지 않고 돌격명령을 했다. 우리 용사들은 도망치는 적들을 향하여 성난 사자와도 같이 함성을 울리며 돌격해나갔다. 아군은 혼비백산한 적들을 총창으로 찌르고 총탄으로 쓰러뜨리면서 5km나 추격 일망타진해 버렸다.

그런데 그때까지도 전사들은 '신선대'라고 불리는 이도선의 악질부대와 싸운 줄을 모르고 있었다. 적들에게 짐꾼으로 강제로 잡혀온 농민들의 말을 듣고서야 진상을 알게 되었다. 전장을 수색할 때 한 농민이 시체 사이에 끼여 있는 한 군관을 가리켰다. 놈은 아직도 목숨이 붙어 있으면서도 짐짓 숨진 체 가장하고 있었다. 농민은 저놈이 이도선이라고 손짓과 눈짓으로 전사들에게 알려주었다. 누군가 달려가 발로 몇 번 차도 놈은 죽은 체 꼼짝하지 않았다. 수색해 보니 목에는 항상 걸고 다니는 금인형이 걸려 있고 호주머니에는 도장이 들어 있었다. 틀림없는 이도선이었다. 놈은 총알에 넓적다리를 맞아 도망치려고 도망칠 수 없게 되자 시체 더미 속에 죽은 체하고 있었던 것이다. 놈을 발견했던 농민은 꽁무니에 차고 있던 도끼를 빼들었다. '윽' 하는 소리와 함께 악질주구의 대가리가 땅 위에서 뒹굴었다. 짐꾼들은 모여들어 몽둥이와 돌로 그놈의 시체를 죽탕을 만들어놓았다."

중국인들에게는 그야말로 억울한 일이 아닐 수 없을 것이다.

김성주가 2군 6사 권력을 장악한 뒤로부터 주로 조선인 대원만을 자기 직속 부대로 만들어 활동했던 여러 징후들은 앞에서 몇 번 소개했다. "살아남는 자가 왕이 된다."는 중국 속담도 있듯이, 살아남아 최후 승자가 되었던 김성주에 의해 굉장히 왜곡되어버린 항일연군 역사는 그야말로 전형적인 승자독식(勝者獨食) 사례가 아닐 수 없다. 최후에 변절자가 되었던 전광이나 임수산, 안봉학 등의 업적을 훔치는 것까지는 이해되지만, 위증민이나 왕덕태, 주수동 같은 중국인 항일열사들의 업적까지도 전부 자기들이 한 것처럼 왜곡해 버리는 것은 해도 너무한 것이 아닌가.

9. 소옥침과 치안숙정공작반

대양차전투 바로 직후였다.

왕덕태는 참으로 오랜만에 김성주, 주수동, 최현, 임수산 등 4, 6사의 주요 군사지휘관들과 오늘의 백산시 강원구(白山市 江源區) 경내 송촌진 대안촌(松村鎭 大安村)에서 모여 앉았다. 이 동네 이름이 바로 유명한 소탕하촌(小湯河村)이다.

소탕하촌은 무송현과 몽강현에 맞닿아 있었는데, 무송에서 임강으로 들어가는 길목에 위치했던 대양차와는 반대 방향에 있었던 것이다. 11월에 접어들면서 눈이 내렸기 때문에 왕덕태 등은 철수할 때 빗자루로 눈을 쓸면서 발자국을 모조리 지워버렸다.

연락을 받고 무송과 임강, 몽강 세 방변에서 대양차로 구원하러 달려왔던 만주군들은 항일연군이 사라져버린 방향을 찾지 못하고 한참동안 갈팡질팡했다.

"어떻게 했으면 좋겠소?"

무송지구 토벌사령부 부사령관 겸 만주군 독립보병 제3여단 부여단장 장종원과 조추항의 기병 제3여단 산하 7연대 일본인 고문 도모자 중좌가 만나서 의논했다.

"당신은 주인이고 나는 객인데, 당신이 나한테 방향을 가리켜줘야 우리 기병이 앞장서서 추격해갈 것 아니겠소."

"항일연군 대부대가 몰려드는 모양인데, 섣불리 뒤를 쫓아다니다가 유인책에라도 걸려드는 날이면 무송이 위험해질 수 있어서 함부로 움직이지 못하겠소."

장종원이 이렇게 걱정하자 도모자 중좌는 말했다.

"여단을 다 움직일 것 없이 한 연대 보병만 나한테 붙여주시오. 그들을 소대별로 풀어서 산과 농촌으로 돌아다니면서 항일연군의 종적을 찾게 만들고, 우리 기병도 두 갈래로 나누어 주로 임강과 몽강 쪽으로 시시각각 출격준비를 갖추고 있겠소."

장종원은 이 일을 이수산에게 보고한 뒤 곧 응낙했다.

그런데 이때 이수산이 장종원과 도모자 중좌를 불러 한 사람을 소개하여 주었다.

"동변도 토벌사령부에서 파견받고 나온 중좌참모 소옥침(蕭玉琛)[216]이요. 군

---

216 소옥침(蕭玉琛, 1906-?년) 중국 요령성 요중현(辽中顯) 북장강자툰(北長崗子屯)에서 출생했다. 1922년에 요중현 사범학교에서 공부했고, 후에 회덕현(懷德顯, 공주령) 사범학교로 전학했다. 1925년에 졸업한 뒤 요중현 장탄진(長灘鎭)소학교에서 교사로 근무하던 중 1928년 봉천군에 입대했다. 이듬해 1929년에 동북육군강무당에 입학했고, 1931년에 졸업과 함께 동북항공사령부에서 견습사병으로 근무했다. 1932년 3월에 봉천성 경비사령 우지산(于芷山)을 따라 일본군에 투항했고 봉천성 경비사령부 상위참모로 임명되었다. 1933년 2월부터 8월까지 6개월간 봉천에 설치되었던 만주국 중앙육군훈련처(봉천군관학교) 제1기 병종(丙種)학과에서 훈련받았고, 졸업한 뒤에는 소좌참모로 진급했다. 그 후 1934년 2월부터 1935년 2월까지 1년간 다시 중앙육군훈련처 전문학과에서 교육받았고 일본육군대학에 추천되었으나 거절하고 만주군 동변도 토벌사령부 중좌

정부 대신 우지산(于芷山) 장군의 심복이자 가장 사랑하는 제자요. 이번에 특별히 왕덕태를 붙잡기 위하여 무송에 오신 것이니 두 분은 모두 이분의 지혜를 빌리기 바라오."

소옥침은 인사를 마치고 나서 토벌과 관련한 자기 생각을 한바탕 늘어놓았다.

"내가 이번에 통화에서 떠날 때 우 사령관(于 司令官, 우침징)과 카와사키(河崎) 고문의 결재를 받고 사령부 치안숙정공작반(治安肅正工作班)을 데리고 나왔습니다. 공작원들 모두 사령부증명서를 가지고 있으니 그들이 찾아와서 협조를 요구할 때는 이곳 군대와 헌병 경찰들 모두 만사를 제쳐놓고 이들의 사업을 도와주어야 합니다. 공작원들 가운데는 항일연군에서 활동했던 자들도 적지 않으니 그들을 파견하면 항일연군의 종적을 찾아내는 일은 결코 어려운 일이 아닙니다. 정보를 수집하는 일은 그들에게 맡기고 대신 토벌대는 항일연군이 주로 출몰하는 지역을 집중적으로 구분하여 그 주변부터 식량 보급로를 끊고 토벌대가 들어갈 수 있게 길을 닦아야 합니다. 산재한 농촌가옥들은 모두 불로 태우고 산속에 사는 화전민들까지도 일일이 찾아내서 집단부락에 집중시켜야 합니다. 산속은 무주지대(无住地帶, 사람이 거주하지 않는 지대)와 백지지대(白紙地帶, 검증을 마친 주민들만이 드나들 수 있는 지대)로 나누고 토벌대들은 잘 사는 동네부락에 병영을 만들

참모로 배치되었다. 이후 무송지구 토벌사령부 참모처장으로 임명되기도 했다. 1939년 3월 무송지구 토벌사령부와 통화지구 토벌사령부가 취소되고 이 지역이 만주군 제8군관구로 바뀌면서 상좌로 진급했고, 사령부 부관처 처장이 되었다가 고급참모로 직책이 바뀌었다. 1943년 1월에는 만주군 길림 제2군관구 사령부 부관으로 지내면서 독립통신대대를 개설했고, 1943년 6월에는 만주군 군사부 인사과장으로 옮기면서 이때 소장으로 진급했다. 1945년 2월에 다시 길림 제2군관구로 돌아와 소장계급의 참모장이 되었으나 1945년 8월 15일 일본이 투항을 선포하면서 소련군에 체포되었다. 무순전쟁범관리소에서 복역하던 중 1962년 12월 28일에 중국 정부로부터 특별사면을 받았다. 이후 흑룡강성 계서시(黑龙江省 鷄西市)에 정착했으며 그곳 정협위원과 상무위원을 역임했다.

어 지낼 것이 아니라 산속으로 들어가야 합니다. 토벌대의 군량과 땔나무도 모두 농민을 동원하고 그들에게 일을 시킨 만큼 돈을 지불하십시오. 가급적 많이 지불하여 항일연군을 위해 일하는 것보다 우리를 위해서 일하는 것이 더 실익이 있음을 느끼게 만들어야 합니다."

들고 나서 장종원이 소옥침에게 한마디 했다.

"이론은 참으로 멋들어진데, 우리는 지금 당장 대양차를 습격하고 달아난 왕덕태의 종적을 찾는 일이 급하오. 무슨 뾰족한 수가 따로 없겠소? 그것부터 좀 가르쳐주시구려."

"아, 얼마 전에 대양차를 습격했던 그자들 말입니까?"

소옥침은 자신만만한 표정을 지어보였다.

"대양차 소식은 나도 들었습니다. 그래서 이미 공작반을 두 조로 나누어 임강과 몽강 쪽으로 파견했습니다. 조만간 소식이 들어올 것입니다. 항일연군에 날개가 달리지 않은 이상 반드시 이 두 곳 가운데 어느 한 곳에 있을 것입니다. 정보가 들어오는 길로 바로 기병연대가 출동하십시오. 나도 전투에 함께 참가하겠습니다."

말만 번지르르한 서생 모습의 소옥침을 바라보던 장종원은 그 말에 깜짝 놀랐다.

"직접 전투현장에 나가겠다는 말씀이오?"

"왜요? 내가 못 갈 곳인가요?"

소옥침이 되묻는 바람에 장종원은 이수산을 돌아보았다.

"혹시 중좌는 항일연군과의 전투현장에 직접 나가본 경험이 있으시오?"

"아니요, 아직 전투현장에서 직접 경험하지는 못했습니다. 그렇지만 자신 있습니다. 내가 그동안 군관학교에서 배운 지식들이 과연 얼마나 유용한 것인지 이번에 한 번 직접 실천해보고 싶습니다. 그러니 나한테 기회를 주시기 바랍니다."

소옥침이 솔직하게 대답하니, 곁에 있던 도모자 중좌가 칭찬하여 마지않았다.

"만주군이 모두 소 참모만큼의 열정을 가진 군대라면 이미 우리 만주국은 가장 앞서서 대동아공영권(大東亞共榮圈)을 실현했을 것이오. 좋소. 그 기회를 내가 만들어드리겠소. 그러면 바로 오늘부터 소 참모는 우리 기병연대에 내려와 계시오."

도모자 중좌가 이렇게 허락하자 소옥침은 그 자리에서 이수산에게 작별을 고하고는 바로 기병연대로 내려왔다. 소옥침이 데리고 왔던 동변도 토벌사령부 치안숙정공작반 반장은 일본인(이름을 알 수 없음)이었고, 부반장 셋 가운데 한 사람은 젊은 여인이었는데, 시라이 미츠(白井ミツ)로 김옥희(金玉姬)라는 조선 이름을 사용하는 미모의 일본 여인이었으며, 일본제국의 정치단체 겐요샤(玄洋社)가 1896년 처음 홋카이도 삿포로에 설립하였던 '러시아중국어학교(俄華語學校)' 출신으로, 1920년 9월에 이 학교가 만주 하얼빈으로 옮겨와 정식으로 '일로협회학교(日露協會學校)'²¹⁷로 간판을 달았을 때, 이 학교에서 한동안 교사로까지 재직했

---

217 일로협회학교(日露協會學校)는 1920년 9월 24일 만주 하얼빈에서 설립되었으며, 전신은 1896년 일본 홋카이도 삿포로에서 설립되었던 겐요샤(玄洋社) 산하의 간첩학교였다. 설립 초기 학교 명칭은 '러시아중국어학교'였으며 이후에도 계속 '일로협회학교', '하얼빈학원', '만주국 국립 하얼빈학원' 등 언어 교육을 위주로 하는 전문 교육기관으로 위장했으나 실제로는 간첩을 배양하는 전문 기관이었고 학교 경비도 일본 정부와 남만주철도주식회사가 함께 담당했다. 간첩학교이다 보니 한 한기 학생을 60명씩밖에 모집하지 않았으며 학생들은 학비를 내지 않고 오히려 매달 일본 돈 55원을 생활비로 지급받았다. 당시 하얼빈 시중에서 일본 돈 1원이면 1원짜리 위엔따터우(袁大頭, 大洋) 2개와 바꿀 수 있었다. 위엔따터우 1원은 만주국 화폐 100원이었는데, 당시 만주국 일반 백성들의 한 끼 밥값이 만주국 돈으로 4, 50전이었던 것을 고려하면 이 간첩학교 학생들이 얼마나 풍족한 대우를 받았는지 알 수 있다. 1938년에는 전문적으로 기생 출신 여자들을 학생으로 받아들여 간첩으로 훈련시겼기 때문에 일명 '기생간첩학교'로까지 불리기도 했다. 1920년 9월부터 1945년 8월까지 25년간 총 1,412명의 졸업생을 배출했으며 이들은 대부분 만주 각지 특무기관들에 배치되었고, 성적이 뛰어난 자들은 각국 일본대사관에 배치되기도 했다.

던 적 있는, 말하자면 굉장히 자력 깊은 여자 간첩이었다. 그 외 조선인 최 씨(崔氏, 이름을 알 수 없음)와 중국인 부반장 마국화(馬國華, 마승록馬承錄)는 다름 아닌 장백현 경찰대대 대대장 마금두(馬金斗)의 친동생이었다.

최 씨는 남만유격대 출신이었고, 일찌기 항일연군 제1군 1사 1연대에서 복무한 적이 있었다고 한다. 전투 중에 부상당하고 부대에서 떨어져 민가에서 치료받던 중 장백현 경찰대대에 체포되어 귀순하고 말았던 것이다. 항일연군에서는 그가 실종된 것으로만 알고 있었을 뿐 귀순한 사실은 전혀 모르고 있었다. 최 씨는 그 후에도 몇 차례나 더 항일연군에 잠복하여 경찰대대로부터 받았던 임무를 완성하고 돌아오기도 했다. 후에 동변도 토벌사령부가 치안숙정공작반을 조직할 때 장백경찰대대 대대장 마금두의 추천으로 참가하여 어느덧 부반장까지 된 것이다.

여기서 이 공작반의 규모를 살펴보자. 반장의 만주군 내 계급은 상좌였고, 한 달 봉급은 만주국 화폐로 365원을 받았다고 한다. 중국인 부반장 마국화의 봉급은 85원이었고, 최 씨는 115원을 받았다는 기록이 있다. 조선 여인 김옥희로 위장한 부반장 시라이 미츠의 봉급은 기록에 없었다. 어쨌든 두 부반장은 모두 만주군 내 소위 계급 봉급을 받았던 것으로 보인다. 그리고 반장을 소좌 계급 일본 군인으로 임명한 것을 보면, 이 공작반은 대개 중대 규모로 조직되었던 같다. 그

이 학교의 마지막 교장이었던 시부야 사부로(澁谷三郎)는 1888년 일본 동경에서 출생하였으며 1917년 일본 육군대학을 졸업하였다. 1936년에 만주로 파견받고 나와 빈강성 경무청장과 만주국 치안부 경무사장을 거쳐 목단강성 성장과 만주국 치안부 차장 등을 담임했고, 항일연군의 유명한 중국인 여성 지휘관 조일만에 대한 사형을 집행하도록 명령을 내렸던 장본이기도 하다. 1944년에 이 간첩학교 교장에 취임했으며 이듬해 1945년 8월 16일, 소련홍군이 하얼빈에 도착하기 직전, 시부야 사부로는 간첩학교 뒷마당에서 학교 깃발을 불태우고, 재학 중인 학생 200여 명을 해산시킨 뒤 아내와 15살 난 어린 아들을 총으로 쏘아 죽인 후 자살하였다.

益子中尉　猪股小隊長　佐々木少尉

항일연군으로 위장한 일본군 특수부대.

들은 정찰임무를 수행할 때는 일반 백성들처럼 입었지만, 때로는 직접 전투도 했으며 그럴 때는 일본군 정규부대에 뒤지지 않는 무장을 갖추었다고 한다.

당시 일본군 한 분대는 분대장까지 포함하여 13명이었고, 한 분대에 경기관 총 1정이 있었다. 13명 가운데 4명이 기관총 담당이었고 8명은 보총을 사용했는데, 분대장도 기관총사수 자격을 가지고 있었다. 즉 4명에서 분대장과 1명은 기관총사수이고 2명은 부사수였으며, 그들 모두 권총을 휴대했다.

일본군 한 소대는 3개 분대로, 중대는 3개 소대로 조성되었다. 보통 일본군 한 보병중대 정원은 중대부 인원 19명[중대장 1명, 집행관 1명, 군사軍士 3명, 위생원 4명, 그 외 근무병과 문서(또는 비서), 통신병 8명]까지 모두 합쳐 총 180명이었다. 때문에 당시 무송지구 토벌사령부에 파견되었던 소옥침의 동변도 치안숙정공작반은 아무리 적게 잡아도 최소한 150여 명에 육박하는 '일만선(日滿鮮) 혼성특수부대'로 보는 편이 정확할 것 같다.

　필자의 짐작에는 1938년 9월 안도 명월구(明月溝)에 설립된 간도특설부대(만주국 국방군 중앙 직할 소속 특수부대)는 바로 이 '동변도 치안숙정공작반'을 모델로 한 것으로 보인다. 당시 공작반 부반장이었던 시라이 미츠는 그 후 일본으로 돌아가 결혼도 하고 가정을 이루었다가 1941년경에 다시 만주로 파견받아 왔다. 몽골에서도 안도의 간도특설부대를 모델로 한 특설부대(이소노 부대)가 창설되었는데, 시라이 미츠가 한때 이 부대의 지휘관이었다는 설도 있다. 어쨌든 그는 1943년에는 다시 만주국 흥안군관학교 교관으로 배치받았고, 1945년 8월 11일 일본의 투항을 나흘 앞두고 흥안군관학교 교도대대를 이끌고 흥안령으로 들어가 소련홍군과의 작전을 준비하던 중 반란[218]을 일으킨 군관학교 학생들에게 살해되었다고 한다.

　그러나 당시 반란을 주도했던 만주군 제10군관구 사령관 곽문림의 참모장이었던 정주얼자브(正珠尔扎布)가 1954년 9월에 무순감옥에서 복역하며 제출한 진술자료를 보면, 그때 전부 살해되지 않고 자기들과 함께 소련홍군에 체포되었던 일본인 군관 가운데 기병 제50연대 부관(平澤保) 1인과 수의처장(岡田) 1인, 참모

218　석니하사건(錫尼河事件)이다. 1945년 8월 10일 관동군은 패망을 눈앞에 두었으면서도 흥안성의 만주군 몽골기병대가 흥안령을 의지하여 소련홍군과 계속 전투를 벌일 것을 계획했다. 이 명령을 받들어 흥안군관학교는 일본인 학생대장 요시가와 중좌(吉川 中佐)의 인솔로 흥안령으로 출발하려 했으나 정작 흥안군관학교 교장 겸 제10군관구 사령관이었던 곽문림(郭文林)이 반란을 일으키려 마음먹었기 때문에 1945년 8월 11일 기병대와 함께 행동하던 일본군 군관 20여 명이 석니하에서 모두 살해되었다. 당시 일본군과 함께 몽골 분리독립운동을 획책했던 곽문림과 참모장 정주얼자브는 비록 반란을 일으키고 귀순했으나 그것이 일본의 패망을 5일밖에 앞두지 않았던 시점이었기 때문에 공로로 인정받지 못했다. 소련홍군은 그들을 체포하여 중국 정부에 넘겼는데, 1950년대에 모두 무순감옥에서 복역했다. 이 사건을 주도했던 곽문림은 1969년 9월 5일에 병으로 사망했고, 정주얼자브도 1960년에 사면받고 흑룡강성 하일라르에 정착했으나 1968년 문화대혁명 기간에 홍위병들에게 불려나가 몇 차례 조사를 받고 돌아온 뒤 목매어 자살했다

처장 1인(白井ミツ)이 있는데 이들은 소련으로 압송되는 기차에서 탈출하다가 사살당했으나 유독 시라이 미츠의 시체만은 찾아내지 못했다는 내용이 들어 있다. 이 무서운 여자가 만약 그때도 죽지 않고 혼자 살아서 빠져나갔던 것이라면, 당시 나이로 볼 때 최소한 1970년대까지도 거뜬히 살아 있었지 않았을까 하는 생각도 든다.

시라이 미츠가 그날 밤 기병 7연대 지휘부로 돌아와서 보고했다.

"항일연군 2군 군부가 현재 소탕하촌에 주둔하고 있으며 회의를 진행한 모양입니다. 일부 부대가 소탕하촌을 떠나 장백, 임강 쪽으로 이동했고 나머지 부대들은 모두 양목정자 쪽으로 이동하려는 조짐을 보입니다."

"정확한 정보입니까?"

"이미 적들 내부에 잠복한 최 반장이 직접 보내온 정보입니다."

도모자 중좌는 크게 기뻐하면서 즉시 장종원에게 사람을 보내어 장백, 임강 쪽으로 이동한 듯하다는 항일연군 일부를 가로막으라고 시키고 그 자신은 직접 소옥침과 함께 소탕하촌으로 출발했다. 길에서 소옥침은 시라이 미츠에게 물었다.

"혹시 장백, 임강 쪽으로 이동한 듯하다는 항일연군이 김일성 부대는 아닐까요?"

"점심나절에 그쪽으로 출발한 부대는 5, 60명가량밖에 안 되고 주로 여성들과 노약자들이 많이 섞여 있다고 합니다. 양목정자 쪽으로 이동한 부대는 140여 명 남짓하니 만약 김일성이 소탕하 쪽에 왔다면 지금 여전히 그곳에 있을지도 모르겠습니다."

도모자 중좌가 소옥침에게 한마디 했다.

"뱀을 잡으려면 단번에 머리를 쳐버려야지 꼬리를 잘라서는 아무 소용없는 법이오."

그러자 소옥침이 속마음을 이야기했다.

"중좌는 아직 잘 모르는 것이 있군요. 항일연군 수뇌부는 한두 사람으로 이루어져 있지 않습니다. 8월에 무송현성을 공격했던 주력부대는 바로 김일성의 6사이며, 따라서 김일성도 머리에 속하는 인물입니다. 제가 장악한 정보로는 김일성 신변에 자칭 제갈량도 이긴다는 뜻으로 별명이 '승제갈'인 인물이 있다고 합니다. 길림군관학교를 졸업하고 한때는 동북군에서 복무했으나 쓰이지 못하자 구국군 쪽으로 넘어간 자라고 하더군요. 나이도 아주 젊어서 겨우 20대 초반인 모양입니다. 저는 이번에 이자를 한 번 사로잡아볼 생각입니다."

이에 도모자 중좌는 반신반의하는 표정으로 한마디 더 던졌다.

"그렇다면 이자도 소 참모 주장대로 뱀의 머리 부분에 속하겠구먼."

"그렇다고 할 수도 있지요."

소옥침은 무송지구 토벌사령부에 도착한 뒤 인사차 일본인 참사관 마츠자키 사하쿠와 경무과장 이사자카를 차례로 순방했는데, 그때 이들에게 김일성과 관련한 이야기를 많이 들었던 것이다. 이미 죽은 경찰대대 대대장 왕영성이 서강에서 무장토비 만순 부대를 토벌하던 중 김일성이 동강과 서강에서 동시에 나타나 너무 놀란 나머지 갈팡질팡하다가 되돌아온 적이 있었다는 이야기를 들었다.

"김일성이 아침에 동강에서 나한테로 사람을 보내와 서로 싸우지 말고 좋게 지내자고 약속하는 편지를 전해주었는데, 점심때까지도 김일성이 계속 동강에서 안병부동(按兵不動)[219]하고 있다는 연락이 들어왔다. 그래서 시름을 놓고 서강으로 달려갔는데, 그곳 평일군(서괴무의 부대 원래 이름)에 벌써 김일성이 와 있었다.

---

219 안병부동(按兵不動)은, 당분간 군사를 움직이지 않고 침착하게 기회를 기다림을 이르는 말. 반대말은 경거망동(輕擧妄動).

날개를 달지 않았다면 축지법이라도 쓴다는 소리 아닌가.”

왕영성이 어리둥절하여 이렇게 여러 번 되뇌었다는 것이다.

이사자카 경무과장은 왕영성이 서강에서 김일성 부대에게 붙잡혔고, 직접 그에게 처형당했다고 생각했다. 왕영성의 시신을 돌려받을 때도 김일성이 파견했다는 사람이 “우리 김 사령이 특별히 염려해서 오동나무로 관을 만들었다.”고 전했다는 것이다. 듣고 나서 소옥침은 단번에 파악했다.

“김일성 부대에 김일성 분신 노릇을 하는 자가 있는 것 같습니다.”

이와 관련하여 1990년대까지 길림성 장춘시 남관구 서광가도(南关区 曙光街道)에서 외고모할머니 왕춘연(王春燕)과 함께 살고있었던 왕작주의 외손녀 호소아(胡紹妸)는 이렇게 말했다.

“내가 어렸을 적에 우리 집에는 주보중 도장이 박힌 외할아버지의 열사증명서가 보관되어 있었는데, 후에 잃어버렸다.”

“도장 곁에 무슨 직책 같은 것을 밝혀놓지는 않았나?”

“길림성 성방사령부 도장이 함께 찍혀 있었고, 그 곁에는 붓글로 사령원 주보중이라고 쓴 다음 또 주보중의 직인도 함께 찍혀 있었다.”

“증명서 내용은 기억하고 있나? 대충 어떻게 썼는가?”

“아버지가 항일연군 2군 6사 참모장이었다는 말은 어머니에게 자주 들었지만, 그때 나는 어려서 6사가 무슨 부대인지 몰랐다. 열사증명서에는 ‘왕작주 동지는 생전에 김일성 부대의 참모장직을 담임했다.’는 내용이 분명하게 쓰여 있었다.”

“외할아버지와 김일성의 관계에 대해 이미니에게서나, 외고모할머니에게서 들은 것이 없나?”

"어머니가 살아 계셨을 때 우리는 외할아버지와 김일성의 관계에 대해 자주 질문했다. 그런데 어머니는 김일성을 좋아하지 않았다. 김일성이 지휘한 것으로 알려진 많은 전투가 다 외할아버지가 지휘한 것이라고 했다. 처음에 외할아버지는 김일성 참모장으로 있었기 때문에 김일성보다 직위가 낮았다. 그러나 후에는 사 참모장에서 군 참모장으로 승진하면서 급이 더 높아졌다.

1941년에 김일성 등이 소련으로 피신할 때 우리 외할아버지는 소련으로 가지 않고 계속 만주에 남아서 일본군과 싸우자고 고집했다고 한다. 그때 김일성과 헤어지게 되었는데, 외할아버지와 함께 소련으로 가지 않았던 사람들 가운데 한 고위간부(이 사람이 외할아버지를 군 참모장으로 승진시켜 주었다)가 일본군에 변절하는 바람에 나중에는 우리 외할아버지도 어쩔 수 없이 소련 쪽으로 철수하기 시작했다. 그러나 철수 도중 일본군에게 발각되어 전투하다가 결국 전사했다고 한다.

그런데 소련으로 먼저 들어간 김일성이 아무런 증거도 없으면서 외할아버지가 일본군에 투항했을 것이라고 했기 때문에 외할아버지는 처음에 열사로 인정받지 못했다. 그러다가 외할아버지의 셋째 형이 해방 후 주보중을 찾아가서 '내가 동생 때문에 2년 7개월이나 일본놈들 감옥에서 복역하다가 석방되었는데, 내 동생이 어떻게 일본군에 투항했을 수 있겠는가.' 하고 따졌다. 외할아버지는 형제가 여섯이나 되었는데, 외할아버지가 막내였고 위로 셋째 형이 동생 때문에 통화에서 체포되어 길림시 감옥에 압송되었다. 후에 주보중이 당시 외할아버지에 대해 알고 있는 항일연군 생존자들을 일일이 조사하고 최종적으로 내린 결론은 '왕작주 동지가 일본군에 귀순한 적이 없으며 뒤늦게야 소련 쪽으로 철수하던 도중 연길현 경내의 노두구라는 곳에서 일본군에 발각되어 전투를 진행하다가 사망했다.'고 하면서 열사증명서를 발급해주겠다고 약속했

다.'[220]

필자는 이때 처음으로 2군에도 새로운 참모장이 있었다는 소리를 듣게 되었
다.

항일연군과 관련한 중국 측 어떤 자료에도 2군 군 참모장에는 유한흥 한 사
람 이름만 있을 뿐인데, 그것은 1930년대 중반기 이전 일이다. 1936년 이후 항
일연군 제2군에는 정치부 주임 이학충이 사망하고 나서 전광이 주임직을 이어
받았다는 자료는 있어도 참모장 유한흥이 소련으로 들어간 뒤 2군 참모장에 임
명되었던 사람이 있었다는 자료가 없다.

그런데 1939년 4월 14일(일자가 정확하지 않음)에 발표했던 일본 관동군의 작전
문건(滿作命第13號文件)에 "2군 참모장 이최(李崔)에게 내건 현상금이 2,000원(만주
국 화폐)"이라는 내용이 들어 있었다. 이 '이최'는 가명임을 어렵지 않게 짐작할
수 있다. 이(李)와 최(崔)는 조선인에게 많은 성씨다. 만약 왕작주의 외손녀 주장
대로 왕작주가 확실히 6사 참모장에서 2군 참모장으로 승진했다면, 그동안 줄
곧 조선인 대원이 중심을 이루던 6사 참모장 왕작주로서는 충분히 이런 별명을
지어서 불렀을 가능성도 없지 않아 보인다. 이 이름을 중국말로 부르면 '왕리추
이(王李崔)'가 되는데, 어감(語感) 역시 그다지 어색하지 않다.

그 외에도 소옥침의 아들 소서상(蕭瑞祥, 1980년대 길림성 장춘시 우전국에 근무)은
"항일연군에는 북조선의 김일성 외에도 김일성이라는 이름을 사용한 중국인이
하나 더 있었는데 김일성의 참모장이었다. 우리 할아버지가 몇 번이나 그를 거
의 다 잡았다가는 놓쳤다."는 이야기를 자주 했다.

---

220 취재, 호소아(胡紹婀) 중국인, 왕작주의 외손녀, 외고모할머니 왕춘연(王春燕)은 왕작주의 여동
     생, 취재지 장춘, 1998.

이 이야기들의 퍼즐을 맞춰가다 보면 기묘하게 맞아떨어지는 것이 있다. 즉 관동군이 1939년 4월 14일에 발표한 작전문건에 2군 참모장 이름 이춰가 있다면 그가 왕작주인지는 조사 연구해 보아야 하지만, 당시 '김일성의 분신 역할을 했던 사람이 확실히 존재했다.'고 가정하면 그 '분신'은 참모장 왕작주가 틀림없을 것이기 때문이다.

어쨌든 소옥침은 이참에 김일성까지도 체포하고 싶은 마음이 간절했다.

"그러면 소탕하촌은 기병 7연대가 전적으로 다 맡으십시오. 좀 있다가 3여단도 곧 도착할 테니 합치면 오륙백 명도 더 될 텐데, 왕덕태를 생포하는 것쯤은 식은 죽 먹기일 것입니다. 저는 그 사이에 공작반을 데리고 양목정자 쪽으로 한 번 가보겠습니다."

10. 소탕하의 총소리

일행이 소탕하에서 멀지 않은 제심촌(齊心村)에 도착했을 때다. 제심촌은 오늘의 백산시 강원구 송수진에 속해 있다. 남쪽으로는 서천촌(西川村)과 잇닿았고, 서쪽으로는 만구진(灣溝鎭)과 이어졌으며 동쪽은 바로 눈앞에 대안촌 즉 당시의 소탕하촌을 바라보고 있었다. 아직 날이 어둡기 전에 도착했기 때문에 일행은 날이 어두워지기를 기다렸다.

사복 차림의 공작반원들이 동원되어 소탕하촌 주변의 제심촌과 서천촌, 만구진 등지를 모조리 봉쇄했고, 마을로 들어오는 사람들을 잡아가두어 한 사람도 바깥으로 나가지 못하게 했다. 도모자 중좌와 소옥침은 제심촌의 한 지주 집에서 집주인 일가는 창고에 가두어 놓고 지도를 펼쳐놓은 채 마주앉았다. 뒤따라 부대를 마을 주변 산속에 은닉시켜놓고 들어온 중국인 기병연대장 병목순(邴穆順)[221]까지 세 사람은 작전 방안을 논의했다.

소옥침이 제일 먼저 의견을 내놓았다.

"제가 여기서 양목정자 쪽으로 달아난 비적들을 계속 추격할 것이나 따라잡는 데 한 4, 5시간쯤 더 걸릴 것 같습니다. 그러니 이곳에서는 공격시간을 새벽 3시쯤으로 정하는 것이 어떻겠습니까? 저도 그 정도면 양목정자 쪽에 잠복한 저희 공작원들과 넉넉하게 연계할 수 있습니다."

"나는 소 참모의 뜻을 이해할 수 없구려. 뱀을 잡을 때는 머리부터 때린다고 하는데, 왜 굳이 꼬리 쪽에 그리도 신경 쓰시오?"

도모자 중좌는 소탕하촌을 내버려두고 굳이 양목정자 쪽으로 나가보려는 소옥침이 이해되지 않는다는 듯이 물었다.

"누가 뱀을 잡을 때 꼭 머리부터 때려야 한다고 합니까? 먼저 등을 치는 방법도 있고, 꼬리부터 잡고 다시 반격해오는 뱀의 머리를 붙잡아 누르는 방법도 있

---

221 병목순(邴穆順, 1900-?년) 요령성 심양시에서 출생했으며 만주족이다. 열일곱 살 되던 해인 1917년에 참군했고 1920년에 흑룡강 혼성 제4여단에서 상사로 근무하던 중 사직했다. 1923년에 봉천 제1 유격사령부에 비서로 취직했으나 독직 문제로 직위해제되었다. 이후 고향으로 돌아가 소학교 교사로 일하다가 다시 1925년에 동북육군기병 제13사에 취직했고 소위 참모로 근무하던 중 추천받아 동북육군강무당(제8기)에 입학했다. 1931년 만주사변까지의 행적은 잘 알려져 있지 않다. 1934년 8월에 만주군 제2군관구 사령부 참모로 배치받았고, 이듬해 만주군 제3여단 산하 기병 6연대 부관으로 근무했다. 1935년에 만주국 5등경운장(五等景云章)과 건국공로장(建國功勞章)을 수상했는데, 이후 바로 기병 7연대장으로 임명되었다. 1936년 11월 소탕하에서 항일연군 제2군을 토벌하는 전투(이 전투에서 2군 군장 왕덕태 등이 살해되었다.)에서 부상당했고 일본군이 수여하는 5등 서보장(五等 瑞寶章)을 수상하고 일본 관광까지 다녀왔다. 이후 1938년에 기병 7연대는 열하, 승덕 지방으로 파견되었고, 병목순은 팔로군과 전투하던 중 살해되었다는 설이 있다. 사세한 시간은 밝혀지지 않았다. 그의 죽음과 관련해서 다른 설도 있는데, 승덕에서 귀순한 병목순이 팔로군으로 넘어갔으며, 이후 중국인민해방군 제4야전군 임표 부대에서 병목순을 보았다는 사람들의 증언이 있다. 하지만 그 병목순이 만주군에서 복무했던 그자인지는 확인되지 않는다.

습니다. 물론 꼬리를 먼저 잡았다가는 뱀에게 물릴 위험도 큽니다. 그러나 이번에 이 머리는 병 연대장과 중좌께서 확실하게 잡아주실 것이 아닙니까. 제가 큰 공로를 두 분께 양보하겠다는 것입니다.”

기병연대장 병목순은 소옥침의 설명을 듣고 나서 보탰다.

“만약 여기서 전투를 빨리 끝내지 못하면 양목정자 쪽으로 달아났던 비적들이 구원하러 달려올지도 모릅니다. 때문에 소 참모가 그쪽으로 병사들을 이끌고 가는 것은 일석이조의 효과를 볼 수도 있습니다.”

도모자 중좌도 머리를 끄덕였다.

“음, 소 참모의 일군이 타원부대가 될 수 있다는 소리군. 좋소. 그런데 길안내할 공작반원들까지 다 데려가지는 마시오.”

“당연하죠. 저희 공작반 한 소조를 여기에 남겨놓겠습니다. 대신 중좌께서도 저희한테 따로 한 기병소대를 보태주십시오. 제가 지금 바로 만구진 쪽으로 이동하여 장종원 부여단장과 만나 그곳에서 보병 한 중대를 보충받겠습니다. 물론 그곳에도 길안내를 담당할 공작원들을 남겨놓을 것입니다. 그럼 저는 이만 떠나겠습니다.”

소옥침이 200여 명에 가까운 전투부대를 모아가지고 양목정자 쪽으로 출발한 뒤였다. 밤 10시가 가까웠을 때 도무자 중좌의 기병연대와 장종원이 인솔한 만주군 보병 제3여단 산하 조보원의 보병연대가 제심촌과 만구진, 서천촌 3면에서 살금살금 접근하기 시작했다. 2군 군장 왕덕태를 잡을 수 있다는 말을 듣고 연대장 조보원도 직접 도모자 중좌를 찾아와서 물었다.

“이미 삼면으로 겹겹이 포위했는데, 당장 공격하지 않고 무슨 때를 기다리는 것입니까?”

“허튼소리 말고 명령이 떨어질 때까지 가만히 기다리기나 하시오. 양목정자 쪽으로 공비 두 연대가 이미 빠져나갔다는 정보가 있소. 우리가 섣불리 공격하다가는 그쪽에서 구원부대가 달려들 수도 있어 그쪽으로도 이미 타원부대를 보내놓았소.”

도모자 중좌는 장종원과 조보원을 후군으로 삼고 자신과 기병연대장 병목순이 직접 기병 한 대대씩 인솔하고 새벽 1시경 소탕하촌 남쪽의 염왕콧대봉(閻王鼻子峰) 밑으로 살금살금 접근해갔다. 말들의 발은 모두 헝겊을 감쌌기 때문에 소리가 나지 않았다. 미리 그곳에 와서 대기한 공작반원들이 달려와 보고했다.

“참으로 죄송합니다. 아침에 양목정자 쪽으로 빠져나간 항일연군이 최소한 200여 명은 되었는데, 오늘 낮에 저희들이 다시 정찰한 바로는 소탕하에 남은 부대가 여전히 200여 명은 더 될 것 같습니다.”

그 말을 듣고 도모자 중좌는 몹시 놀라 부르짖었다.

“아니, 어디서 그렇게 많은 공비가 불쑥 나타났단 말이냐?”

“이 소탕하촌은 다른 동네와 달리 아주 새빨갛게 물들어 있는 동네입니다. 동네에 지주와 부농이 한 집도 없고 전부 전호(佃戶, 소작인)라 우리 공작원들이 마을 내부에 침투할 수 없어서 그냥 마을 주변에서 망원경으로 관찰만 해왔을 뿐입니다. 때문에 정보에 문제가 있을 수 있습니다. 마을에 들어왔던 공비들이 합숙을 하지 않고 분대별로 흩어져 전호의 농가에 들어가서 숙식했던 것 같습니다. 아까 날이 어둡기 전에 그들이 마을 공터에서 한차례 집합하는 것을 살펴보았는데, 보총을 멘 자들 수가 최소한 200여 명이 넘어 보였습니다. 그래서 저희도 몹시 놀랐습니다.”

공작원이 하는 말을 듣고 나서 도모자 중좌는 땅바닥에 지도를 펼쳐놓고 손전등으로 비추면서 그 공작원에게 물었다.

“마을 동쪽 개활지대는 병 연대장이 차지했고, 나는 여기 남쪽 염왕콧대봉을 차지했다. 동쪽과 남쪽에서 동시에 공격해 들어가면 공비들은 어느 쪽으로 포위를 돌파할 것 같으냐?"

"저희는 그런 것까지는 잘 모릅니다."

공작원들이 이렇게 대답하니 도모자 중좌는 좌우를 둘러보다가 혼자 투덜거렸다.

"어휴, 너희들한테 이런 것을 묻는 내가 한심하지."

도모자 중좌는 후군으로 배치한 장종원과 조보원에게 연락병을 파견했다.

"선대고 후군이고 따로 없으니, 정각 3시가 되면 동시에 총공격을 개시하라고 합니다. 두 분은 부대를 갈라서 소탕하 서쪽 초파자구(草爬子溝)와 북쪽의 평천구(平川溝)로 들어오라고 합니다."

장종원과 조보원도 부대를 절반씩 갈랐다. 그런데 소탕하촌 서쪽 초파자구로 접근하던 조보원의 부대에서 갑작스럽게 오발사고가 발생했다. 숲속에서 놀란 늑대 한 마리가 후닥닥 뛰쳐나왔는데, 가까이 있던 한 병사가 그만 방아쇠를 당겨버린 것이다.

"땅!"

총소리가 소탕하의 새벽을 깨우고 말았다.

1936년 11월 25일 새벽 3시가 거의 되어갈 무렵이었다. 어차피 약속했던 공격시간도 가까웠는지라 이 오발사고 때문에 조보원의 만주군이 제일 먼저 마을 서쪽으로부터 돌격해 들어가기 시작했다. 그러나 생각 밖으로 굉장히 강력한 화력에 부딪쳤다.

그쪽을 지키던 부대는 바로 4사 1연대 최현 부대였기 때문이다. 최현은 중대장 박성철에게 초파자구로 들어오는 만주군을 막게 하고 자신은 식접 왕덕태에게 달려가서 보고했다.

"놈들이 어떻게 된 영문인지 저쪽 초파자구로 들어오고 있습니다."

이미 왕덕태에게는 필서문, 김산호, 원금산 등이 모두 달려왔고 서쪽의 초파자구뿐만 아니라 북쪽의 평천구, 남쪽의 염왕콧대봉 쪽에서도 적들이 공격해오고 있다는 보고들이 속속 들어왔다.

"우리가 포위된 것 같습니다. 빨리 포위를 돌파해야겠습니다."

김산호가 재촉하자 왕덕태가 최현에게 물었다.

"최현 동무, 서쪽에서는 이미 맞불질이 시작됐다면서요?"

"초파자구로 들어오는 놈들은 모두 만주군입니다. 그쪽으로 치고 나가면 될 것 같습니다."

최현의 대답에 왕덕태가 수긍했다.

"소탕하촌은 우리 2군이 남만에 와서 개척한 첫 유격근거지나 다름없소. 더구나 이 동네 촌민들이 우리 항일연군과 생사고락을 같이 해온 지도 오래되었는데 어떻게 모두 버리고 우리만 살겠다고 도망칠 수 있겠소. 마을 사람들을 깨워서 다 데리고 포위를 돌파해야 하오."

왕덕태는 아주 침착하게 전투를 지휘했다.

필서문에게 2연대를 인솔하게 해서 초파자구로 들어오는 만주군을 막게 하고, 그쪽에서 한참 접전 중이던 최현 1연대를 옮겨 남쪽의 염왕콧대산으로 공격해 들어오던 도모자 중좌의 기병을 막게 했다.

"가능하면 초파자구로 먼저 치고 나가오. 그런 뒤 평천구 뒷산으로 접근하면서 북쪽으로 들어오는 적들의 배후를 습격하시오. 놈들의 주력부대는 남쪽으로 들어오는 것이 분명하니 내가 군부 교도연대를 데리고 놈들을 막겠소. 그 사이에 최 연대장도 부대를 절반 갈라서 동쪽의 적들을 막으면서 백성들도 엄호해

주오."

이때 군부에 남았던 6사 8연대 기관총중대가 중대장 원금산의 인솔로 소탕하촌 남쪽 진지를 지켰다. 염왕콧대산에서 돌격해 내려오던 도모자 중좌의 기병대대가 여섯 차례나 공격해 왔지만 반격을 받고 물러설 수밖에 없었다. 아침녘에 초파자구를 돌파한 필서문의 2연대 한 중대가 평천구 뒷산으로 접근하면서 장종원의 일군이 혼란에 빠지기 시작했다. 왕덕태는 그때를 틈타 즉시 군부 교도연대에서 랑득백(郎得白, 해방 후 생존) 중대를 차출하여 소탕하촌 백성들이 북산쪽으로 빠져나가도록 엄호했다.

어느덧 전투는 점심 무렵까지 진행되었다. 초파자구로 해서 평천구 뒷산으로 접근했던 필서문의 2연대도 그 사이 지칠 대로 지쳤다. 전령병이 비 퍼붓는 듯한 총탄 속을 뚫고 소탕하촌으로 다시 들어와 왕덕태에게 보고했다.

"군부가 빨리 포위를 돌파하지 않으면 2연대도 더는 지탱하기 어렵습니다. 마지막으로 한두 차례 더 공격할 테니 그때를 놓치지 말라고 합니다."

최현이 그 말을 듣고 전령병에게 대고 눈을 부라렸다.

"이놈아, 지금 누구한테 명령을 내리는 것이냐. 가서 필서문한테 전하거라. 다 죽고 한 사람만 남더라도 끝까지 버텨야 한다고 말이야."

왕덕태는 최현에게 말했다.

"주민들만 무사하게 빠져나가면 2연대는 임무를 완성한 것이나 다름없소. 최연대장이 부대를 절반 갈라 북쪽을 막고 나머지는 동쪽으로 먼저 치고 나가서 저 앞의 염왕콧대산으로 접근하오. 그때면 나도 정면에서 공격하겠소. 이번에는 우리가 공격합시다. 맞불작전을 놓아 대담하게 남쪽으로 치고나갑시다."

"그러면 더 위험해질 수 있습니다. 제가 측면에서 공격할 것이니 군장동지는 계속 서쪽의 초파자구로 해서 백성들 뒤를 따라 빠지십시오."

최현이 이렇게 부탁했으나 왕덕태는 머리를 저었다.

"안 되오. 그러면 우리도 백성들도 모두 위험하오. 어서 명령을 집행하오."

최현은 왕덕태와 작별하고 그길로 떠나려다가 김산호에게로 달려갔다.

"산호야, 왕 군장을 부탁한다."

김산호는 직접 기관총을 잡고 사격하느라 정신이 없었다.

"형님이 직접 군장동지를 모시고 치고 나가오. 그 사이에 내가 여기를 막고 있겠소."

"왕 군장이 어디 내 말을 듣느냐. 내가 동쪽으로 치고 나가서 염왕콧대산 측면에서 놈들을 공격하면 그때 왕 군장도 함께 공격해 나오겠다고 하더라. 그러니 왕 군장을 너한테 맡기고 난 먼저 떠나마."

최현은 1연대 두 중대를 데리고 동쪽으로 치고 나갔다. 4사의 주력부대답게 최현의 부대는 전투력도 강했을 뿐만 아니라 호랑이같이 날래고 사납기로 이름난 최현이 맨 앞에서 고함을 지르며 돌격해 나오는 바람에 동쪽으로 들어오던 기병연대장 병목순은 무척이나 놀랐다.

무송 지방에서는 이때쯤 최현 이름도 김성주 못지않게 자자하게 퍼졌고, 알만한 사람들은 모두 그의 이름을 알고 있었다. 특히 지난 10월 10일에 만주국군 정부에서는 안도 동청구에서 4사 주력부대에 의해 살해당했던 이시카와 다카요시에게 만주군 소장(小將) 칭호를 추서한다는 통지를 각 군관구 산하 부대들에 내려 보냈는데, 이것 때문에 최현 1연대는 더욱 유명해졌다.

"사이켄 최현 부대다. 빨리 막아라."

병목순은 동쪽으로 치고 나가려는 최현을 막으려고 직접 군도를 휘두르면서 반격을 시도했으나 최현의 1연대 쪽에서 쏜 총에 복부를 맞고 말에서 굴러 떨어지고 말았다. 병목순의 한쪽 발이 말등자에 매달린 채로 한참 끌려가는 것을 본 그의 부하들은 기절초풍할 지경이 되었다. 그 틈을 타서 동쪽으로 치고 나온 최현의 1연대 두 중대가 곧바로 서남쪽 염왕콧대산으로 돌격해나갔다.

거의 같은 시간에 군부 교도연대도 남쪽에서 공격해 나오기 시작했다. 삽시간에 십여 갈래의 기관총소리가 울려터지기 시작했고 여기저기에서 수류탄이 쉴 새 없이 날아다녔다. 도모자 중좌가 직접 지키고 나선 소탕하 서남쪽 염왕콧대산의 포위는 쉽게 열리지 않았다. 도모자 중좌는 항일연군이 반격을 개시해올 때도 사수만 하지는 않았다.

"저자들이 지금은 우리의 공격에 반격으로 대응해 오는데, 지금이야말로 우리가 반격에 반격으로 대응할 때이다. 먼저 물러나는 자가 지게 되는 법이다."

도모자 중좌는 군도를 뽑아들고 쉴 새 없이 '도즈게키(돌격)'를 외쳐댔다.

그는 어찌나 마음이 달아올랐던지 추운 날씨에도 불구하고 웃통까지 모조리 벗어던지고 머리에는 군모 대신 흰 수건을 동여매고 있었다. 10여 차례의 돌격 명령에도 불구하고 소탕하촌으로 한 발자국도 들어서지 못하고 사상자만 벌써 40여 명이 생겼기 때문이었다. 왕덕태가 마을 백성들을 서쪽의 초파자구 쪽으로 빼돌리고 직접 염왕콧대산으로 나오려 한다는 것을 눈치 챈 도모자 중좌는 동쪽으로 공격해 오기로 했던 병목순에게 연락병을 보내어 빨리 공격하라고 재촉했다. 하지만 그 연락병이 허둥지둥 돌아와서 보고했다.

"병 연대장이 총탄에 맞고 중태에 빠졌습니다. 아마 지금쯤 죽었을지도 모르겠습니다."

"안 되겠군. 일단 공격을 중단하고 숨을 좀 돌려야겠다."

도모자 중좌는 공격부대를 멈춰 세우고 염왕콧대산에 의지한 채 남쪽으로 빠져나가려 시도하는 왕덕태를 가로막는 데만 집중했다.

왕덕태는 급히 김산호에게 달려와서 소곤거렸다.

"놈들이 공격을 멈추고 뒤로 철수하려는 기미를 보이는구먼. 이는 필시 최현 동무가 이미 염왕산콧대봉 왼쪽으로 접근했다는 걸 증명하고 있소. 산호 동무가 기관총중대를 데리고 먼저 정면에서 치고 나가오. 나도 뒤따르겠소. 더 시간을 지체하면 우리한테 불리해지오. 대원들이 아침부터 지금까지 물 한 모금도 제대로 마시지 못했소."

김산호는 머리를 끄덕이고 원금산에게 뛰어갔다.

왕덕태의 명령을 받은 김산호와 원금산은 남아 있는 수류탄들을 모조리 적들을 향해 내던지게 하고는 후닥닥 뛰쳐나오면서 기관총을 휘둘러댔다. 그런데 공교롭게도 기관총이 고장 나고 말았다. 탄이 안에서 걸려 철커덕 소리만 내며 총알을 바깥으로 내쏘지 못하는 것을 본 김산호가 급하게 소리쳤다.

"금산아, 어떻게 된 거냐?"

"탄알이 걸린 모양이야. 분리해서 걸린 탄알만 꺼내면 다시 쏠 수 있어."

친구인 둘은 서로 자기가 기관총을 손질한다고 달려들었다.

"에잇, 제기랄, 하필이면 이때 고장 난단 말이냐?"

김산호가 씩씩거리면서 기관총을 안아다가 직접 손질하려는데, 원금산도 자기가 손질한다고 빼앗다가 날아오는 총탄에 어깨와 옆구리 등 여러 곳을 맞았다. 그때 앞에서 달리던 다른 기관총사수가 넘어진 것을 보고 원금산이 신음을 연발하면서 김산호에게 소리쳤다.

"빨리 앞의 기관총이나 잡아. 이 총은 내가 금방 손질하마."

원금산은 온몸이 피투성이가 된 채로 기관총을 손질하고 나서 그것을 쳐들고 일어서려다가 다시 풀썩 고꾸라지고 말았다. 이때 왕덕태는 전체 교도연대에 대고 돌격명령을 내렸다.

도모자 중좌는 돌격해 나오는 항일연군의 맨 앞에서 모젤권총을 손에 든 키꺽다리가 왕덕태일 것으로 짐작했다. 삽시간에 여러 갈래의 기관총이 왕덕태에게 집중되었다. 총탄이 우박처럼 쏟아지는 가운데로 돌격하던 왕덕태 몸이 갑자기 휘청거렸다. 바짝 뒤를 따르던 경위소대장 이용운(李龍雲)이 경위대원 서넛과 함께 급히 달려와 왕덕태를 부축하면서 비명을 지르는 소리를 들은 김산호는 뒤를 돌아보다가 눈에서 불이 일었다.

"금산아, 금산아!"

뒤에 대고 아무리 불러도 원금산 역시 대답이 없었다.

기관총을 품에 안은 채로 엎드려 정면을 응시한 원금산도 두 눈을 뜬 채로 이미 죽었던 것이다. 김산호는 손에 들고 있던 기관총 탄창이 빌 때까지 계속 연발 사격을 하고 나서 달려와 원금산의 품에서 다시 기관총을 바꿔들고는 계속 앞으로 돌격해 나갔다.

이때 만주군 제7기병연대의 화력은 왕덕태에 이어서 김산호에게 집중되었다. 잠깐 사이에 김산호 역시 가슴팍에 기관총 여러 발을 맞고 몸을 휘청거렸다. 그는 탄알이 떨어진 기관총이 철커덕거리고 몇 번 더 소리가 날 때에야 가까스로 그 기관총을 땅에 박고 서서 가까스로 지탱하며 한참 앞을 바라보았다. 교도연대가 혈로를 개척하고 염왕콧대산 왼쪽으로 이미 접어들었고 그쪽에서 최현의 1연대가 그들을 엄호하면서 조금씩 후퇴하는 모습이 희미하게 눈에 들어왔다.

이 해에 왕덕태의 나이는 스물아홉이었고, 김산호는 겨우 스물다섯 살밖에 안 되었다.

이 전투의 결과는 너무나 참혹했다. 소탕하에서 왕덕태 등이 전사했던 전투에 대해 이야기할 때 중국 학자들은 항일연군이 비록 왕덕태, 김산호 등의 지휘관을 잃었지만 영용하게 싸워 만주군 70여 명을 사살했다고 한다. 그리고 만주군 기병연대장 병목순이 중상을 당한 사실도 밝히지만 정작 항일연군이 당한 피해에 관해 자세하게 설명하지 않고 있다. 왕덕태의 직속부대였던 군부 교도연대가 겨우 20여 명만 빠져나가고 나머지 70여 명이 모조리 사망했고, 최현의 제1연대에서도 30여 명의 사망자가 발생했다. 특히 왕덕태의 시신을 찾으려고 초파자구로 빠져나갔던 필서문의 제2연대 산하 제3중대 30여 명이 다시 소탕하촌으로 들어왔다가 빠져나가지 못하고 모두 전사했다. 이로써 총 110여 명의 사망자가 발생한 셈이다.

11. 서대천 유인전

소탕하촌에서 한창 전투가 진행되고 있을 때, 양목정자로 들어갔던 소옥침 일행은 서남차(西南岔)에서 노령(老岭)으로 굽어드는 길목에서 방향을 잃어버렸다. 만약 노령으로 굽어들었다면 무송현을 벗어나게 된다. 노령 주봉 방향으로 계속 가다 보면 임강현 경내로 접어드는데, 그곳부터는 무송의 양목정자가 아니라 임강의 양목정자였다. 무송현 경내에서도 양목정자에 동강과 서강을 붙여 동양목정자와 서양목정자로 나눠 부르기도 했다.

김성주의 6사 8연대가 소탕하촌에서 전투가 발생하기 하루 전날 빠져 나와 잠복했던 곳은 밀영이 아니라 서남차 인근의 서대천(西大川)이라는 동네였다. 마덕전의 9연대는 평소 알고 지냈던 왕봉각(王鳳閣)의 자위군 유참모 부대에서 숙식을 해결하려고 서양목정자로 들어갔고, 왕작주는 8연대 연대장대리를 맡은 손장상과 함께 서대천에서 하룻밤을 묵고 다음날 바로 노령을 넘어 임강 쪽으로 들어갈 생각이었다.

그런데 이날 밤, 서양목정자의 유참모 부대 숙소에 왕봉각이 직접 왔다.

"우리에게도 지금 쌀과 탄약이 모자라는 데다 총사령이 직접 밀영에 와 있어서 당신들까지 챙겨줄 여력이 없소."

유참모에게 문전박대를 당한 마덕전이 다시 4사 3연대가 주둔한 동양목정자 밀영을 찾아 헤매다가 서남차 부근에서 동변도 토벌사령부 공작반 부반장 최 씨를 붙잡게 되었다. 최 씨는 자신이 사장에게 직접 파견받아 소탕하촌으로 적정을 알아보러 가는 길이라고 둘러댔다.

"사장이라고 했느냐? 사장 이름이 무엇이냐?"

"김일성입니다."

최 씨는 나름대로 짐작해서 대답했다.

최 씨는 8연대 연대장 전영림의 얼굴은 한 번 본 적 있었으나 새로 와서 임시로 대리직을 맡고 있었던 손장상 얼굴은 처음 보는 데다 그 곁에 있는 손장상보다 훨씬 더 젊은 지휘관은 누군지 알 수가 없었다. 하지만 한 대원이 그 젊은 지휘관을 6사 사부에서 한 번 본 적이 있었다고 하는 바람에 왕작주를 김일성으로 오인했던 것이다. 마덕전은 댓바람에 최 씨를 묶은 다음 따지고 들었다.

"솔직히 대답해라. 도대체 넌 누구냐?"

최 씨가 더 대답하지 않고 입을 다물자 마덕전은 최 씨를 길가의 나무에 달아매고 매질했다. 워낙 밤이 깊은 데다 최 씨가 일부러 크게 비명을 지르는 바람에 마침 서남차와 노령 사이 길목에서 방향을 잃었던 소옥침 부대가 이 소리를 듣고 동양목정자 쪽으로 달려왔다. 정면에서 딱 마주친 두 부대는 진지도 마련할 새 없이 바로 맞불질이 시작되었다.

소옥침은 가뜩이나 길을 잃고 방향을 가늠할 수 없는 데다 함께 온 한 중대가 기병이라 목표물이 되기 쉬웠기 때문에 기병중대장에게 모두 말에서 내리게 한 다음 조보원의 보병연대에서 차출해온 한 중대를 앞에 내세워 마덕전의 9연대와 대치했다.

"여기 지형이 익숙하지 않으니 일단 먼저 철수합시다."

소옥침이 이렇게 말하자 기병중대장이 기다렸다는 듯이 부하들에게 다시 말에 올라타라고 시키고는 왔던 길로 먼저 되돌아 달아났다. 그러자 소옥침과 함께 왔던 공작반 부반장 김옥희(일본인 시라이 미츠)가 소옥침 곁으로 살금살금 기어와서 보총 한 자루를 빌려달라고 요청했다.

"뭘 하려고 그럽니까?"

"우리 공작원을 저대로 내버려두고 갈 수 없습니다. 조명탄 한 방만 쏘아주세요."

소옥침이 보총을 가져다가 김옥희에게 주었다.

"제가 저 나무에 매단 최 반장의 포승줄을 쏠 테니 그 사이 돌격하여 최 반장을 꼭 구해내야 합니다. 그래야 우리가 이곳 지형들을 알아낼 수 있습니다."

소옥침은 김옥희가 시키는 대로 조명탄을 한 방 쏘게 했다. 조명탄이 숲속을 대낮같이 잠깐 밝힌 사이 김옥희는 나무에 매달린 최 씨의 포승줄을 쏘아 그를 땅으로 떨어뜨렸다. 거의 동시에 소옥침이 만주군 한 중대를 무작정 앞으로 내몰았다. 최 씨가 두 팔을 묶은 끈을 끊고는 만주군 쪽으로 정신없이 뛰어왔다.

"어떻게 된 거예요?"

"야전은 우리에게 불리하니 빨리 철수합시다. 항일연군 6사 8연대가 지금 서대천에 있고, 서대목정자에도 항일연군 4사 부대가 머무르고 있습니다. 제가 방금 붙잡힌 저 부대가 어디 소속인지는 아직 저도 파악하지 못했습니다."

최 씨 말을 들은 소옥침은 눈이 휘둥그레지고 말았다.

"그럼, 우리가 지금 스스로 놈들에게 포위되었단 말이오?"

"밤중이라 다행스럽게도 항일연군도 우리가 포위권 안에 든 상황을 파악하지 못했을 겁니다. 또 서양목정자 부대는 항일연군이 아니고 자위군 왕봉각 부대라고 합니다. 서로 연락되지 않는 상황이니 저들이 먼저 정신을 차리기 전에 우리가 빨리 빠져나가야 합니다."

그러자 김옥희는 최 씨에게 시켰다.

"최 반장이 우리 공작원들만이라도 데리고 먼저 철수하세요. 우리도 곧 뒤따를게요."

소옥침은 김옥희에게 말했다.

"이수산 사령관에게 잔뜩 큰소리를 쳐놓고 왔는데, 이대로 헛물만 켜고 돌아간다면 너무 체면이 없지 않겠소?"

"김일성이 8연대와 함께 서대천에 머무르고 있다 하지 않았나요."

"그러나 이미 총소리를 낸 지도 한참이나 되었으니 그들이라고 왜 준비하지 않겠습니까."

두 사람이 이렇게 주고받고 있을 때, 마덕전의 9연대가 공격을 멈추고 뒤로 철수하기 시작했다. 그들 배후에서 대부대 만주군 기병들이 갑작스럽게 몰려들었기 때문이다. 공작반 공작원 하나가 어둠을 뚫고 소옥침과 김옥희에게 달려왔다.

"조추항의 기병 3여단 주력부대가 지금 도착했습니다. 조 여단장이 직접 왔습니다. 부대가 두 갈래로 나뉘어 한 갈래는 서양목정자를 공격하고 다른 한 갈래는 지금 이쪽으로 접근하는 중입니다."

이에 김옥희는 소옥침에게 소곤거렸다.

"왕봉각이 이틀 전에 서양목정자에 와 있다는 정보를 알아내 제1군관구에 보내드렸거든요. 이제는 우리가 마음 놓고 서대천을 공격해도 될 것 같아요."

소옥침은 먼저 철수하기 시작했던 기병 중대를 불러 세우고 마덕전의 9연대와 대치 중이던 조보원 연대의 보병 한 대대까지 돌려세워 함께 서대천으로 달려갔으나 이미 서대천은 텅텅 비어 있었다. 최 반장은 마을을 샅샅이 뒤져 노인 하나를 겨우 찾아내 소옥침에게 데리고 왔다.

"노인장, 간밤에 서대천에서 묵었던 항일연군이 모두 어디로 갔는지 아시오?"

"모두 소탕하촌 쪽으로 가는 것 같습디다."

"간밤에 서대천에서 묵었던 항일연군 우두머리가 누군지 아십니까?"

"김일성이라고 합디다."

"노인장이 직접 보셨습니까?"

"그냥 멀리에서 한두 번 보았습니다."

"어떻게 생겼던가요? 나이는 얼마쯤 되어 보이던가요?"

"글쎄요, 한 스무 여남은 살이 되어 보이던데, 새파랗게 젊었고 키가 큽디다."

"그 사람이 김일성인 걸 어떻게 아셨소?"

"어제 낮에 사람들이 우리 마을에 김일성 부대가 왔다고 했어요. 지휘관 같아 보이는 사람 둘을 보았는데, 모두 젊은 사람이 김일성이라고들 하기에 그런 줄 알았습니다."

소옥침은 다시 최 반장에게 물었다.

"최 반장이 보았다는 김일성도 그렇게 젊고 키가 크던가요?"

"네."

"그런데 왜 김일성이라고 대답했는데도 대뜸 당신을 매달았던 게요?"

"제가 보았던 김일성은 진짜가 아니고 가짜일 것입니다."

소옥침은 잠깐 판단이 서지 않아 최 반장과 김옥희를 번갈아 바라보았다.

김옥희가 소옥침에게 설명했다.

"참모님, 항일연군 우두머리들끼리는 지금 8연대에 와 있는 지휘관이 진짜 김일성이 아닌 걸 알고 있지 않을까요. 최 반장이 발각된 것도 바로 그 때문일 거예요."

최 반장이 재촉했다.

"우리도 빨리 소탕하촌으로 돌아가야 하지 않겠습니까. 빨리 뒤쫓으면 따라잡을 수도 있을 것입니다. 8연대가 겨우 80여 명밖에 안 되니, 우리 병력으로 얼마든지 섬멸할 수 있습니다. 빨리 뒤쫓읍시다."

소옥침과 김옥희는 서둘러 서대천에서 출발했다.

서대천에서 소탕하촌으로 가려면 길이 두 갈래였는데, 한 갈래는 선인교진의 대영촌을 거쳤고 다른 한 갈래는 소영촌을 에돌아가야 했다. 두 동네 모두 인삼농사를 짓는 사람들이 살았는데, 그들 대부분은 총이 있었다. 특히 대영촌은 1910년에 생겨났는데, 20여 년 남짓에 인가가 수백 호로 불어났을 뿐만 아니라 동네에는 자체 무장부대까지 갖추고 있었다.

초기에는 무장부대가 몽둥이나 칼 같은 걸 들고 다녔기 때문에 이름도 '몽둥이대대'로 불렸다. 이 몽둥이대대를 한자로 바꾸면 '봉퇴영(棒槌營)'으로 '영자촌'이라는 이름이 생겨났다. 그 후 1935년에 오늘의 흥륭향 소영자촌에 규모가 비교적 작은 몽둥이부대가 들어와 자리 잡고 인삼농사를 시작하면서 원래의 영자촌은 대영촌으로 이름이 바뀌고, 규모가 작은 영자촌은 소영자로 불렸다.

"왕덕태를 구하러 달려가는 김일성 부대가 결코 대영촌을 거쳐 가지는 않을 것이오. 그쪽 몽둥이대대와 괜히 시끄러운 일이 생기면 시간이 지체될 것이니까요."

소옥침이 이렇게 판단하니 김옥희도 금방 동감했다. 그들은 대영촌 쪽이 아닌 소영자를 에돌아 바로 노수하를 건너려 했다. 그런데 일행이 노수하를 절반쯤 건널 때 바로 뒤에서 수류탄이 날아들면서 기관총 여러 대가 동시에 불을 뿜었다. 눈 깜짝할 사이에 30여 명의 시체가 노수하로 떠내려갔고 말들은 사방으로 내뛰었다. 소영자에서 소옥침 부대를 습격하는 데 성공한 8연대는 소탕하촌으로 달려가지 않고 서대천 쪽으로 되돌아갔다.

"이자들 목적은 우리를 양목정자 쪽에 붙잡아두려는 것이오."

다시 서대천으로 쫓아갔을 때 벌써 날이 밝아오고 있었다.

소탕하촌 쪽에서 계속 전투가 진행되었으나 8연대는 어디로 사라져버렸는지 보이지 않고 서대천에서 그들을 기다리던 부대는 항일연군 같아 보이지 않았다. 수십여 명의 기병이 마을 밖에서 대기하고 있다가 몰려오는 소옥침 부대를 발견하고 일제히 고함을 질러대기 시작했다.

"너희들은 어디 무장토비들이냐?"

소옥침 부대의 기병중대장이 앞으로 나가 소리쳤다.

"우리는 왜놈을 치는 항일 무장토비다."

이렇게 대답한 60여 기쯤 되는 기병들이 마구 달려 나왔다. 마덕전의 9연대와 함께 행동하던 청산호 공배현 부대가 이때 왕작주의 지휘 아래 있었던 것이다. 기병들이 칼부림을 하는 사이에 양쪽에서 모두 10여 명씩 사상자가 발생했다. 이때 소옥침 부대 배후에서 느닷없이 100명 가까운 항일연군이 갑자기 나타났다. 그것도 한 곳이 아니고 양편에서 나타나 교차로 기관총을 쏘아대니 도무지 당해낼 수 없었다. 노수하에서 습격당하고 다시 서대천에서 삼면 포위 공격을 당한 소옥침 부대는 70, 80여 명을 잃어버리고 말았다.

"아무래도 김일성이 직접 전투를 지휘하는 것이 틀림없습니다."

최 반장이 달려와서 소옥침에게 말했다.

"나도 그렇게 생각하오. 항일연군에서 김일성 부대가 매복전을 아주 잘 한다고 들었소.”

소옥침은 살아남은 부대원들을 규합해 조추항의 기병 3여단이 전투를 벌이는 서양목정자 쪽으로 달아났다.

그 뒤를 쫓으려는 마덕전에게 왕작주가 전령병 백학림을 보내어 말렸다.

“저자들의 뒤를 쫓는 일은 청산호 두령(공배현)에게 맡기고 마 연대장은 빨리 소탕하촌으로 가서 왕 군장을 마중하십시오. 소탕하촌 쪽에서 전투가 진행된 지 한참이나 되었는데도 여전히 총성이 멎지 않는 걸 보면 상태가 좋아 보이지 않습니다.”

그러잖아도 왕덕태가 걱정된 마덕전은 왕작주가 시키는 대로 바로 따랐다.

왕작주는 공배현에게도 부탁했다.

“서양목정자 쪽에 만주군 기병대 부대가 들어와 있으니 저자들은 그쪽으로 유인하려 할 것입니다. 그러니 조금만 뒤를 쫓는 척하다가는 재빨리 서강으로 빠지십시오.”

“그러면 참모장은 어떻게 하실 생각이오?”

“나와 손 연대장은 8연대를 이끌고 동양목정자에서 영을 넘어 고력보자 쪽으로 들어가 그곳에 주둔한 4사 부대와 만나 함께 이동하겠습니다.”

공배현의 청산호 부대와 마덕전의 9연대를 떠나보낸 뒤 왕작주는 손장상과 함께 8연대를 이끌고 동양목정자로 접근하다가 조추항의 대부대가 도처에 모닥불을 피워놓고 그 주위마다 최소한 한 소대씩 몰려 있는 것을 발견하고는 등골이 다 서늘해질 지경이었다.

손장상이 어찌했으면 좋을지 몰라 왕작주에게 물었다.

“지금 놈들이 자네를 김 사장으로 착각한 모양이네. 이제는 어떻게 할 생각인가?”

"그러게 말입니다. 난 놈들의 주력부대가 다 소탕하촌으로 몰려간 줄 알았습니다. 여기서 여유작작하게 매복전 몇 차례를 더 진행할 생각이었는데, 지금 보니 안 되겠군요. 우리도 빨리 여기를 빠져 나가야겠습니다."

"고력보자밀영에 있는 4사 3연대와 만나 임강 쪽으로 함께 들어가기로 하지 않았나?"

"양목정자 서쪽과 동쪽으로 만주군이 모조리 밀고 들어왔으니 고력보자밀영도 지금쯤은 아마 쑥대밭이 되었을 것입니다. 만약 4사 3연대가 무사하게 탈출했다면 필시 몽강으로 빠져 나갔을 것입니다. 그러니 우리도 여기서 노령을 넘어 빨리 임강으로 달아나야 합니다. 노령만 넘어서면 김 사장이 사람을 보내 우리를 마중할 것입니다."

왕작주는 손장상과 함께 8연대를 이끌고 일단 노령을 넘어섰다.

이때 소탕하촌 쪽으로 달려갔던 마덕전도 겨우 포위를 뚫고 나온 최현의 1연대와 만나 왕덕태가 이미 사망한 소식을 듣게 되자 땅바닥에 주저앉아 울음을 터뜨리고 말았다. 왕덕태뿐만 아니라 김산호, 원금산 등도 모두 죽었고, 군부 교도연대도 겨우 30여 명밖에 살아나오지 못한 것을 본 마덕전은 사태가 심상찮음을 느꼈다. 조금 뒤 2, 30여 명밖에 남지 않은 필서문의 4사 2연대가 도착하자 마덕전은 그들을 먼저 철수시키고 자신은 뒤에 남아 싸우면서 철수했다. 그때 일을 회고하면서 마덕전은 이렇게 말했다.

"왕덕태가 죽었다는 소식을 듣고 우리 모두는 제정신이 아니었다. 나는 눈물이 너무 나와서 앞이 보이지 않아 총을 제대로 쏠 수가 없었다. 소탕하촌이 토벌당할 때 소탕하 골짜기로 몰려 들어왔던 만주군이 1,000여 명도 더 되었던 것 같다. 만주군 대부대가 양목정자의 4사 밀영을 모조리 불질렀는데, 실은 민중자위군 사령 왕봉각을 붙잡으러 왔던 것이다. 내가 양목정자에 도착했을 때 왕봉각 부부는 이미 이틀 전에 몰래 그곳을 떠나고 없었는데, 왕봉각의 부하 유참모가 계속 왕봉각이 있는 것처럼 위장했기 때문에 만주군은 계속 양목정자로 몰려들었다. 그 바람에 우리가 대신 골탕을 먹게 되었다."[222]

고력보자밀영에 주둔하던 4사 3연대는 원래 주수동의 직속부대였다.

안봉학이 아직 살아 있을 때, 주수동은 4사 정치위원 겸 3연대 정치위원을 겸하고 있었는데 후에 3연대는 참모장 박득범의 직속부대로 바뀌었다. 조추항의 대부대가 서양목정자를 공격할 때, 연대장 랑화가(郎華哥)는 자위군 유참모 부대를 도와주려고 나서다가 박득범에게 제지당했다.

"우리가 양목정자에 막 도착했을 때 유참모 부대에서 우리한테 술과 고기도 보내주곤 했소. 지금 그들이 어려울 때 우리가 가서 도와주지 않으면 어떻게 한단 말이오?"

얼마 남지 않은 3연대를 모두 이끌고 나가려는 랑화가에게 박득범이 말했다.

"그러면 우리도 그 신세를 술과 고기로 갚으면 되지, 어떻게 얼마 남지 않은 부대를 통째로 다 가져다가 바쳐야 하오?"

3연대에는 안도 양병태 경찰대장 출신이었던 랑화가와 함께 귀순하여 항일연군에 참가했던 대원들이 적지 않았다. 그들이 모두 랑화가를 따라나서려 하자 박득범은 처음에는 랑화가를 저지하지 않은 채 출발을 앞둔 대원들을 줄 세워 놓고 전투를 대비한 부대 점검을 실시했다. 그때 숲속에서 갑자기 날아 들어온

---

222 취재, 마덕전(馬德全) 중국인, 항일연군 생존자, 2군 6사 9연대 연대장, 취재지 교하, 1982.

눈먼 총탄 하나가 랑화가의 뒤통수에 명중했다. 이 상황을 두고 랑화가가 박득범에게 살해당했다는 설도 있다. 랑화가가 이렇게 죽자 박득범은 거동이 불편한 부상자들을 내버려둔 채 3연대 대원 70여 명을 이끌고 그날 밤으로 밀영을 버리고 노령을 넘어서기 시작했다.

2개월 전이었던 10월 중순경, 3연대가 양목정자에 들어와 밀영을 건설할 때 한총령을 넘어 무송 경내로 들어왔던 위증민이 고력보자밀영에서 이틀간 묵었던 적이 있었다. 전광이 위증민과 만나러 여기에 왔다 간 적이 있었는데, 전광이 돌아간 뒤 위증민도 서둘러 떠나면서 박득범과 랑화가를 불러 당부했다.

"놈들이 드디어 장백산 유격근거지를 주목하기 시작했소. 6사가 백두산에 건설한 곰의골밀영이 며칠 전 습격당했다고 하오. 이럴 때 우리가 기죽지 않고 더욱 활발하게 적들과 전투하면 할수록 동변도 지구의 모든 토벌군이 우리한테 몰려들 것이오. 그러니 양목정자를 잘 지켜내야 하오. 어쩌면 장백과 임강, 몽강, 휘남은 우리 전장이 될 것이고, 따라서 무송은 든든한 후방 근거지가 될 수 있소. 양목정자는 이 모든 현성이 교차하는 지점에 있으니 전략적으로 아주 주요한 곳이오."

1군 2사는 무송현 경내의 삼도라자하(三道砬子河)에서 정돈한 후 바로 노령을 넘어 장백, 임강 지구로 들어갔다. 곧바로 장백현 경내의 13도구에서 전투가 진행되었다.

12. 양목정자

장백현 경찰대대 대대장 마금두에게 한방 크게 당한 김성주는 복수하고 싶은 마음이 너무 간절해 참을 수가 없었다. 그러던 차에 대양차전투가 진행되면서 여기에 직접 경위중대를 데리고 참가했던 김성주에게 왕덕태가 다시 주의를 주었다.

"장백현 경찰대대한테 밀영 몇 곳을 습격당했다는 소식을 들었소. 이럴 때일수록 기죽으면 안 되오. 2군이 이 지구에서 좀 더 활발하게 놈들을 견인하지 못하면 1로군의 서북원정계획에 차질이 빚어질 것이오."

김성주는 한참 주저하다가 결심하고 고백했다.

"저희 8연대 연대장 전영림이 병으로 운신이 불편하다 보니 7연대 손장상 연대장을 이쪽으로 옮겨 8연대 연대장을 대리하고 있습니다. 참모장 왕작주 동무까지 지금 곁에 없다 보니 7연대만으로 전투하기에는 애로가 있습니다. 거기에 9연대 마덕전 연대장은 군장동지와 특별히 친해서 거의 통제되지 않습니다."

왕덕태는 알았다는 듯이 머리를 끄덕였다.

"이번에 8연대와 9연대를 모두 데리고 들어가오. 그리고 1로군 총부 결정으로 장백 지구에 남기로 한 1군 2사 조국안 부대가 동무네 6사를 도와줄 것이오."

1로군 산하 제2군 최고 수뇌부였던 위증민과 왕덕태, 전광 세 사람은 각자 관할지역을 분담했다. 전광이 6사와 함께 직접 장백산 유격근거지를 책임지고, 위증민은 1군 2사와 함께 행동하면서 측면에서 6사를 지원하고, 왕덕태는 군부 교도연대 및 4사 부대와 함께 무송 지방에서 2군 후방을 맡기로 한 것이다. 그런데 그 후방이 제일 먼저 무너져버렸다.

소탕하촌에서 왕덕태와 작별할 때, 김성주는 특별히 왕작주와 손장상을 따로 만나 신신당부했다.

"장백현 경찰대대가 지금 우리 백두산밀영들을 찾아다니고 있다는 정보가 들어왔습니다. 조만간 놈들이 우리 6사로 몰려들 것이 분명합니다. 때문에 우리도 이제는 밀영에만 의지해 겨울을 날 수는 없습니다. 우리가 사는 길은 계속 전투하면서 움직이는 길밖에는 따로 없습니다. 그런데 백두산은 눈이 빨리 오는 지방이니 좀 더 지나면 산길들이 다 막혀 버릴 수 있습니다. 그러니 두 분께서도 빨리 노령을 넘어서야 합니다. 그 사이에 나는 7연대와 함께 12도구와 13도구를 공격하겠습니다. 1군 2사가 우리를 도울 것입니다. 장백현 경내에서 한바탕 들쑤셔놓고 바로 임강 쪽으로 이동할 것이니, 그때 8연대도 노령을 넘어 빨리 임강 경내로 들어와야 합니다."

때문에 왕작주와 손장상은 서대천에서 소옥침 부대를 골탕 먹인 다음, 잠시도 지체하지 않고 곧바로 노령을 넘어서기 시작했다.

노령 기슭과 잇닿은 임강현 화수진 경내로 들어설 때였다. 왕작주와 손장상은 한 산길에서 마주 오던 박득범의 4사 3연대와 만났다. 이미 노령을 넘어섰으니 이곳은 무송이 아닌 임강의 양목정자인 셈이었다. 박득범과 일면식이 있던 손장상이 박득범을 알아보고 달려가 인사를 건네고는 그에게 왕작주를 소개했다.

"그런데 왜 다시 양목정자로 가는 거요?"

"양목정자는 우리 2군 후방이나 다름없는데, 후방을 섣불리 버리고 떠나서야 되겠습니까? 아무리 생각해봐도 다시 돌아가는 길밖에는 도리가 없을 것 같습니다."

박득범의 대답을 듣고 왕작주도 동감했다.

"마덕전 연대장에게 들었는데, 사실 만주군이 떼로 몰려든 것은 자위군 왕봉각 사령을 붙잡기 위해서라고 합디다. 왕봉각 사령이 이미 임강 쪽으로 피신한 모양이니, 놈들이 눈치 채면 바로 임강 쪽으로 뒤쫓아갈 것입니다. 그러면 양목정자는 비교적 안전한 지대가 될 수 있습니다."

박득범은 이때 처음 왕작주와 만났다. 4사 참모장이었던 박득범은 6사에 '승제갈'이라고 불리는 참모장이 있다는 소리를 들은 지 한참 되었다. 처음에는 김성주 곁에서 참모로 따라다녔으나 2, 3개월 전부터는 직접 직속부대를 데리고 다닐 만큼 두드러지게 활약할 뿐만 아니라 많은 사람이 그와 김성주를 한 사람으로 오해하고 있다는 소문도 들었다.

"그러잖아도 우리가 화수진 근처에서 쉴 때 만주군 대부대 기병들이 노령을 넘어오는 걸 보았습니다. 그래서 저들이 무엇을 노리고 있는지 고민하던 중이었습니다. 지금 왕 참모장 말씀을 듣고 보니 그런 것 같습니다."

박득범은 노령 기슭의 한 산길가에 임시로 천막을 설치하고 손장상, 왕작주와 마주앉아 이야기를 나누었다. 왕작주는 박득범에게 노령 지리를 잘 아는 사람이 있으면 추천해 달라고 요청했다. 마침 3연대에는 노령의 포수 출신 대원이 있어 그를 불러다주자 왕작주는 그에게 연필과 종이를 주면서 노령 지리를 좀 그려달라고 부탁했다. 그 대원이 노령을 다 그리자 왕작주는 직접 연필로 한 곳 한 곳씩 동그라미를 그려가면서 꼬치꼬치 따져 물었다.

"이 그림대로라면 무송은 노령 북쪽에 있는 셈인데, 그러면 남쪽은 어딘가요?"

"남쪽은 요령성 환인현 경내가 됩니다."

그러자 왕작주는 가방에서 자기 지도를 꺼내어 대조했다.

"환인현은 훨씬 더 동쪽에 가 있지 않습니까? 그런데 여기가 환인현이라면 거리가 어떻게 되나요?"

그 대원이 대답했다.

"환인현은 동남쪽일 것입니다. 거리는 아마 한 400여 리 될 것 같습니다."

"그러면 통화는 이쪽 서남쪽쯤에 있는 건가요?"

"그쪽은 저도 잘 모르겠습니다."

"여기를 화수노령이라고 부르니, 우리가 계속 이 산기슭을 따라 내려간다면 집안노령(集安老嶺)과 만나고 석호노령(石湖老嶺, 통화현 석호진)과도 만나겠군요. 아마 여기가 노령의 주봉쯤 될 것입니다."

왕작주가 직접 지도를 그려서 다니는 것을 본 박득범은 감탄하지 않을 수 없었다.

"간밤에 양목정자에 들어온 이수산 토벌대가 서대천에서 6사 부대의 매복에 걸려 숱하게 골탕먹었다고 하던데, 지금 보니 그게 다 왕 참모장 작품이었군요. 처음에는 우리도 김 사장이 직접 양목정자로 온 줄 알았습니다. 그런데 13도구 쪽에서 또 전투가 있었고 김 사장이 그 전투를 직접 지휘했다는 소문이 있어서 그러잖아도 의심했습니다."

박득범이 이렇게 감탄하자 손장상이 나서서 자랑했다.

"우리 6사에는 김 사장과 왕 참모장 모두 자기 지도를 만들어 가지고 다닌다오."

그 이후로 박득범도 직접 지도를 그리기 시작했다고 한다.

딱히 왕작주에게 받은 영향 때문인지는 알 수 없지만, 박득범이 4사 참모장에서 나중에 제3방면군 참모장으로 임명되기까지 그가 소속된 부대에서는 그만큼 전투 지휘에 뛰어난 지휘관도 별로 없었다. 오죽했으면 1939년 10월에 이르러 관동군 제2독립수비대가 양정우의 항일연군 제1로군에 대한 대대적인 토벌작전을 개시하기 시작했을 때, 그들 내부에서 전보로 주고받았던 호칭에 등장하는 '낭(狼, 승냥이)'은 바로 박득범을 가리키는 것이었다.

당시 제2독립수비대 제8대대 산하 네 중대는 전신을 보낼 수 있는 무전기를 한 대씩 소지하고 있었다. 이들이 주고받은 전보를 보면, 이 네 중대가 1로군 총지휘 양정우 휘하의 세 방면군 주요 지휘관들을 각각 추적하고 있었다. 제1중대는 진한장, 제2중대는 조아범, 제3중대는 김일성, 제4중대는 박득범이었다. 이때 전보문에 등장하는 호칭을 보면, 박득범은 '낭' 즉 승냥이였고, 진한장은 '호(虎)' 호랑이였으며, 김일성이 '웅(熊)'으로 곰이었다. 박득범이 비록 진한장 수하의 제3방면군 참모장에 불과했으나 토벌대는 이미 그를 진한장이나 김일성 같은 위험한 존재로 인식하고 있었다.

박득범은 양목정자로 돌아온 뒤에 직접 지도를 만들기 시작했다. 물론 그의 지도는 양목정자에서 시작되었다. 그의 지도를 직접 구경했다는 4사 출신 한 연고자가 직접 이런 이야기를 필자에게 들려주었다.

"박득범의 지도에는 '정자(頂子)'라는 지명이 유별나게 많았다. 그래서 후에 이 지도를 본 위증민이 직접 '정자도(頂子圖)'라고 이름을 달아주었다. 그 때문에 박득범에게는 한때 '박정자(朴頂子)'라는 별명도 생겼다. 중국 대원들이 뒤에서 박득범을 부를 때는 '라오표(老朴)'라거나 아예 '라오띵(老頂)'이라고 부르기까지 했는데 이 모두가 양목정자에 있을 때 박득범에게 생겨난 별명들이었다. 후에 '양목정자회의' 때 위증민은 누구보다도 박득범을 많이 칭찬했다. 그것은 소탕하 대토벌 때 박득범이 양목정자를 버리지 않고 다시 돌아와 끝까지 지켜냈기 때문이다. 방면군으로 개편될 때도 특별히 위증민이 직접 지명하여 박득범은 제3방면군 참모장이 될 수 있었다."[223]

필자의 양목정자 답사는 바로 이 이야기가 직접적인 계기가 되었다.

1999년 봄에 장백과 임강 지방 답사를 진행하던 중 오늘날의 임강시 화수진(臨江市 樺樹鎭)에서 하루 묵었던 적이 있다. 그때 무송에서 출장 나온 임업 부문

---

223 취재, 상유선(常維宣) 중국인, 항일연군 생존자, 취재지 길림성 영길현, 1983.

종사자를 만났다. 그에게서 노령을 넘어서면 바로 무송현이라는 사실을 알고 깜짝 놀랐다. 다음날 그의 도움으로 대충 노령을 넘어가는 방향을 가늠한 뒤 오전 10시경에 출발하여 저녁 9시쯤 노령을 넘어설 수 있었다. 즉 양목정자 쪽에서 노령을 넘어 임강으로 들어갔던 왕작주와 손장상의 8연대 방향이 아니라 임강 쪽에서 노령을 넘어 다시 양목정자 쪽으로 들어왔던 박득범처럼 답사를 진행했다. 오죽했으면 양목정자를 지켜낸 박득범이 '박정자'에 '라오띵'이라는 별명으로까지 불리게 되었을지 이해되었다.

그때 절실하게 느꼈지만 무송현에는 '정자(頂子)'라는 지명이 참으로 많았다. 중국어로 부르면 '정자'는 '띵즈'가 되는데, '띵즈'는 만주어로는 주봉(主峰) 혹은 최고봉(最高峰)이라는 뜻이다. 양목정자 외에도 서정자(西頂子), 삼정자(參頂子), 착초정자(錯草頂子), 대방정자(大方頂子), 아모정자(鵝毛頂子), 청정자(青頂子), 대정자(大頂子) 등 일일이 셀 수 없을 정도로 많았다.

1932년 가을에 안도 구국군 별동대와 함께 남만원정 길에 올랐던 김성주가 차광수와 함께 건넜던 노수하(露水河)가 안도와 돈화를 거쳐 바로 '정자'가 숲을 이룬 무송현까지 이어지고 있었다. 노수하라는 이름도 바로 이 숲속에서 왔다고 한다. 만주어로 노수하는 '노극질(露克跌)'이라고 부르기도 하는데, '수목이 조밀하다(樹木稠密)'는 뜻이었다. 그 외에도 또 무송현 경내 만량(萬良)의 만주어는 '폐기된 고성이 근처에 있다(附近有廢弃的古城)'는 뜻이며, 그 유명한 만강(漫江)의 만주어는 '큰 갈색 곰(大棕熊)'이라는 뜻이니 무송현 경내의 산과 냇물마다 이름의 뜻이 따로 있었을 것이다.

박득범이 만약 일본군에 귀순하지 않았다면 어떻게 되었을까? 아마도 양목정자의 역사는 다시 쓰였을 것이다. 최소한 김성주가 회고록에서 "소탕하에서의 일행천리"(제6권 16장 2절)라는 제목까지 달아가면서 "마치도 만주 땅에 있는 무력은 다 그 골짜기로 밀려오는 것만 같았던" 그 전투를 자신이 직접 현장에서 총지휘했던 것처럼 함부로 꾸며내지는 못했을 것이다. 물론 이것은 1937년 3월 29일에 열렸던 양목정자회의 이후에 있게 되는 일이다.

31장

장백땅

"피 빚은 피로써 갚자!"
누군가가 이런 구호를 외쳤고 대원들이 모두 함께 따라 외쳤다.
박춘자 시신을 직접 묻어주고 돌아왔던 한 대원이 울면서 절규했다.
"이 피 빚을 꼭 받아내어 박춘자의 원수를 갚자!"

1. 사사키 도이치

1936년 한 해는 항일연군 2군의 최전성기였다. 어쩌면 2군뿐만 아니라 전체 1로군의 전성기였다고 해도 과언이 아닐 것이다. 1, 2군이 합류하면서 1로군이 설립되었고, 2군이 뒤를 받쳐주었기 때문에 양정우는 1군 주력부대를 모조리 서북원정에 투입할 수 있었다.

1로군은 만주 전체 항일연군이 본받을 만큼 연합부대가 가장 잘 조직되어 있었다. 그 후 속속 설립되었던 길동의 제2로군이나 북만의 제3로군과 비교해도 1로군만큼이나 수뇌부가 정치적으로 잘 단결하고 군사적으로도 잘 협력했던 군대는 없었다. 1로군 총사령 겸 1군 군장이었던 양정우와 부총사령 겸 2군 군장이었던 왕덕태, 이 군대를 당 차원에서 지도하던 남만성위원회 서기 겸 1로군 총정치부 주임 위증민까지 이들은 그야말로 최고의 삼총사였다. 이 셋은 그때까지 서로 의견이 달라서 충돌하거나 분쟁을 빚은 적이 없다. 제1차 서북원정이 실패로 돌아간 뒤, 1936년 6월에 위증민은 양정우에게 이렇게 요청한 적이 있었다.

"1차 서북원정에서 1군이 원기를 크게 상했으니, 2차 원정에는 2군을 투입시킵시다."

만약 주보중(제5군 군장 겸 제2로군 총지휘)이나 조상지(제3군 군장)가 이런 제안을 받았다면 금방 좋아라고 받아들였을 것이다. 그러나 양정우는 거절했다.

"2군은 대부분 조선인 대원들인데, 그들을 데리고 서북쪽으로 원정 나갔다가 사상자가 많이 발생하면 너무 미안하지 않겠소. 그러니 원정부대는 여전히 중국 대원이 많은 1군이 담당하고 2군은 조선인들이 많이 사는 동변도 북부 지대에서 1군 뒤를 받쳐주기 바라오."

이것이 양정우가 원정부대에 2군이 참가하는 것을 반대했던 이유였다.

마치 예감이라도 한 듯 1차에 이어 2차 서북원정도 철저히 실패했다. 1차 서북원정을 준비하는 과정에서 1군 초창기 양정우의 가장 유력한 군사조수였던 이홍광을 잃었고, 원정 도중에 1사 참모장 이민환도 잃었다. 2차 원정에서는 주력부대를 담당했던 1군 산하 제3사 대원 400여 명을 거의 날리는 최악의 결과가 나왔다.

1군 산하의 세 사 가운데 1, 2사의 주력부대 700여 명이 이때 모조리 소진되고 말았다. 조국안의 제2사가 남게 되었을 뿐이다. 처음부터 2사를 동변도 북부 지방에 남겨놓았던 것은, 남만으로 활동무대를 옮기기 시작했던 2군의 남만 정착을 돕기 위한 것이었으나, 1936년 11월 25일 왕덕태가 소탕하촌에서 사망한 지 불과 1개월도 되지 않았던 12월 20일에 1군 2사 시장 조국안까지 오늘의 장백현 7도구(七道溝)에서 정안군 카나자와(金沢) 수비대와 전투하던 중 가슴에 총탄을 맞고 그만 사망하고 말았다. 2군 5사 사장 사충항도 이해 12월에 사망했다.

조국안의 조카였던 1군 정치부 주임 송철암도 12월에는 이미 폐병이 엄중하여 운신할 수 없을 지경까지 되었다. 그때 오늘의 본계(本溪)와 봉성(鳳城) 사이의 화상모자산(和尙帽子山, 중의 모자처럼 생겼다는 뜻으로 지어진 이름)밀영으로 토벌대가 들이닥쳤다. 여기에 부대를 버리고 도주했던 2군 4사 사장 안봉학까지 합치면, 1로군은 1936년 한 해 동안에 벌써 사, 군급 지휘관 4, 5명을 잃은 셈이었다. 이는 한편으로 1로군의 최전성기가 이미 끝나가고 있었음을 보여준다.

1936년 3월 만주에 부임한 관동군 우에다 겐키치(植田謙吉) 사령관(만주국 주재 일본 특명전권 대사 겸직)은 12월이 지나갈 즈음 직접 회의를 주재하고 만주국 군정부 산하 '동변도 독립 대토벌'과 관련한 사업보고를 들은 뒤 사사키 도이치에게 불만을 털어놓았다.

"동변도의 항일연군이 지금 두 갈래로 나뉘어 한 갈래는 계속 열하, 승덕 쪽으로 치고 나가고, 다른 갈래는 당장이라도 압록강을 넘어설 것처럼 국경 인근에서 소란을 부려서 조선군[224](한반도에 주둔한 일본군)도 바짝 긴장하고 있다는데, 그동안 자네들은 뭐하고 있었던 건가? 빨리 압록강 주변의 비적을 소탕해내지 못하면 조선군이 직접 출병하는 날이 올 것이다. 정말 그런 날이 오기를 바라는

---

224 일제강점기의 조선군(朝鮮軍)은 조선 시대 이후의 조선군과는 전혀 상관이 없다. 일제강점기 당시 일본이 조선에 주둔했던 일본군을 칭하던 말로, 조선에서는 당연히 일본군이라고 불렀다. 조선군의 1차적인 임무는 조선 내 치안유지 이외에도 만주 및 소련 국경의 방어였다. 만주사변이 일어나고 만주국이 세워지면서 만주로부터 침략받을 위험은 없어졌지만 만주를 거점으로 한 독립군의 활동은 1920년대 이후로도 계속되었으므로 이에 대한 방어가 필요했다. 또한 소만국경에서도 1935년부터 분쟁이 빈발하여 소련과의 마찰 위기가 상존했으며, 한소국경에서도 긴장이 고조되어 장고봉사건이 발생하는 등 위기가 고조되자 1930년대 후반부터는 이에 대한 대비가 강화되었다. 그 외에 병력이 부족한 관동군을 지원하여 중국 침략활동에 나서기도 했다.

가? 그랬다가는 자네들 때문에 관동군도 얼굴을 들지 못할 것이야. 도대체 이 일을 어떻게 할 셈인가?"

이에 사사키는 이렇게 제안했다.

"새해 '춘계(春季) 대토벌'을 3월까지 기다릴 것 없이 정월 초하룻날부터 계속 이어서 진행하겠습니다."

사사키 도이치의 관동군 내 직급은 참모과장에 불과했다. 그의 전임 상관이 었던 타다 준(多田駿)과 이타가키 세이시로(板垣征四郎)는 일본군 육군소장 신분으 로 만주국 군정부 최고 군사고문이었는데, 그때 그들의 관동군 내 직급은 참모 부장이었다. 그러나 사사키 도이치가 1934년 8월에 군정부 최고 군사고문으로 부임할 때의 일본군 계급은 겨우 대좌에 불과했다. 당시 관동군 참모장 고이소 구니아키(小磯國昭)는 사사키 대좌를 만주국 군정부의 최고 군사고문으로 임명 하면서 이렇게 약속했다.

"자네의 전임자 둘은 모두 장군이었고 우리 관동군 내 직급도 부참모장급이 었네. 그만큼이나 주요한 위치에 대좌밖에 안 되는 자네를 임명한 것이니, 빠른 시일 내로 괄목할 만한 성적을 내지 못하면 자네는 그냥 대좌에서 퇴역하게 되 리라는 걸 명심하게. 자네 나이도 쉰이 가까웠는데, 빨리 장군으로 진급해야 하 지 않겠나."

고이소 구니아키 참모장은 후에 조선군 사령관이 되었다. 그리고 그때 조선 군 사령관 자리를 고이소에서 넘겨주고 육군대장으로 진급함과 동시에 관동군 사령관으로 임명된 우에다 겐키치, 그는 누구였던가. 1932년 4월 29일에 상해 홍구공원에서 윤봉길이 던진 폭탄에 절름발이가 된 바로 그 사람이다. 때문에 조선인이라면 거의 신경질적인 깊은 원한을 가지고 있다 해도 과언이 아닐 정 도였다. 더구나 동변도 독립 대토벌과 관련한 만주국 군정부의 사업보고서에는 압록강 주변에서 활동하는 항일연군이 대부분 조선인이라는 내용이 있었다. 이때 처음 김성주를 지칭하는 '항일연군 6사 김일성 비적부대(抗聯 6師 金匪部)' 이름이 적힌 보고서가 관동군 사령관 손에 들려 있게 되었다. 우에다 겐키치는 이 보고서의 내용 몇 줄을 소리 내 읽기까지 했다.

"조선 혜산진경찰서 이마노(今野) 경부(警副, 부서장) 이하 200여 명의 만주국 국방군이 관방자(官房子)에서 신창동과 대덕수를 거쳐 15도구까지 항일연군 6사 김일성 비적부대를 추격했으나 40여 명의 사상자가 발생했다? 이게 무슨 소린가? 이것은 이겼다는 보고가 아니고 거꾸로 우리 군이 당했다는 소리 아닌가?"

우에다 겐키치는 사사키 도이치에게 물었다.

"올해 9월부터 장백과 임강을 중심으로 활동하면서 점점 압록강 쪽으로 접근하는 2군 6사 김일성 비적의 종적과 관련한 최신 보고자료입니다."

"혜산은 조선군 관할지역이 아닌가? 신창동, 대덕수 이런 곳도 모두 혜산에 속한 지역인가? 어떻게 만주군이 여기서 한데 어울려 작전하고 있단 말인가?"

"조선과는 강 하나를 사이에 두고 있을 뿐입니다."

사사키는 만주국 동변도 지구 지도를 펼쳐놓고 장백현 경내의 이도강(二道岡)을 찾아내 지시봉으로 이도강에서 서남부로 펼쳐진 고원 구릉지대를 둥그렇게 그려보였다. 김성주의 회고록 제5권 13장 제5절 "백두산밀영"에서 회고하는 "대덕수에서 울렸다는 첫 총소리"의 전투 현장이었다.

북한에서는 이때 '김일성 장군 신화'가 본격적으로 전파되기 시작했다고 주장한다.

그러면서 '김일성 괴담'이 퍼져 나간 유래를 설명하기 위하여 대덕수의 농민 안덕훈이 주고받았다는 이야기까지도 소설처럼 꾸며놓았다. 그런데 유감스럽게도 북한에서 주장하는 대덕수와 소덕수 전투의 전후 맥락과 관련하여 제대로 설명되지 않는 부분이 적지 않다. 또 이 전투에서 반드시 소개해야 할 인물이 바로 6사 사부와 함께 대덕수에 도착한 여성중대 대원 김확실(金确實) 외에도 김수복(金壽福)이 더 있다. 강위룡은 1958년에 화룡현 동성과수농장에서 이런 자랑을 늘어놓은 적이 있었다고 한다.

"내 아내 확실이가 아니었다면, 그때 대덕수에서 김 사장(김일성)도 살아남지 못했을 것이오."

현장에서 이 이야기를 함께 들었던 사람들이 한두 마디씩 전하는 내용들을 정리하면 1936년 9월 1일 점심 무렵에 만주군 삼림경찰대 한 중대(중대장 이 씨季氏) 200여 명이 조선 혜산진경찰서 부서장 이마노 경부(今野 警副)와 함께 대덕수로 들어오다가 마을 뒷산에서 보초 서던 김확실에게 발견되었다. 여기서 유옥천은 여병 2명과 보초 섰는데, 김확실과 김수복이라고 회고했다.

필자는 직접 대덕수로 찾아가 김확실과 김수복이 보초 섰던 장소로 짐작되는 마을 뒷산에 올라 그곳 농민 몇몇과 이야기를 나누었다.

"여기서 이도강은 어느 쪽인가?"

"저 앞에 바라보이는 북쪽 산굽이에 희미하게 보이는 동네가 신창동(新昌洞)이고 신창동에서 남쪽으로 보이는 동네가 소덕수이며, 소덕수에서 좀 더 들어가면 마가자(馬家子)라는 동네가 나온다. 마가자를 지나면 바로 이도강이다."

"당시 대덕수에는 조선인만 살았는가?"

"대덕수와 소덕수에는 거의 조선인들만 살았다고 봐야 한다. 중국인들도 6, 7호 있긴 했다. 모두 합쳐 40여 호 남짓했고, 마가자에는 중국인들만 살았다."

대덕수 농민들은 김확실과 김수복이 보초 섰던 마을 뒷산을 중국어 발음으로 '고독라자(孤獨砬子)'라고 불렀다. '외롭고 쓸쓸하다'는 뜻의 고독인데, 지금은 '홍군라자(紅軍砬子)'로 바뀌어 있었다. 대덕수전투 때 홍군 여병(항일연군 여병)이 보초 섰던 낭떠러지라는 뜻의 '라즈(砬子, 또는 라자)'[225]다. 산악지대가 많은 만주에는 라즈(또는 라자)라는 이름이 붙은 동네들이 적지 않다.

필자는 북한 선전물들에서 읽었던 대덕수전투와 관련한 내용에서 김성주가 "선바위 부근에서 부대를 지휘하시었다. 이 지방 인민들은 선바위라고 불러오던 이 바위를 이때부터 장군바위라 불렀다."라는 말을 떠올리고 농민들에게 이렇게 물었다.

"그런데 북조선에서는 대덕수 사람들이 이 바위를 지금은 장군바위라고 부른다고 하더라."

그러자 농민들 여럿이 웃었다.

"그것은 김일성을 장군으로 만들기 위해 북한에서 자기들끼리 지어낸 이름이다."

그 외 강위룡의 회고담도 완전히 정확하지는 않았다. 그의 아내 김확실과 김수복이 경계 임무를 맡았던 마을 뒷산의 고독라자는 김성주가 배치했던 제2망원초소였고, 제1망원초소는 마을 앞산 신창동에서 넘어오는 길목에 있었다. 여기에 한 분대를 배치해둔 것이다.

그렇다면 이도강의 삼림경찰대는 어떻게 6사의 행적을 눈치 챈 것인가?

---

225 '라즈(砬子)'란 만주 방언으로 하나 또는 여러 개의 바위로 형성된 현애(懸崖) 즉 낭떠러지가 있는 언덕을 가리키는 말이다. 그 낭떠러지가 가파르지 않기 때문에 사람들이 기어오를 수 있었다고 한다. 불완전한 통계이긴 하지만, 만주 전역에 라즈가 붙은 지명이 100여 곳 이상 된다고 한다.

2. 대덕수전투

북한에서는 김성주 직속 주력부대가 "1936년 8월 27일에 만강을 떠나 험한 준령인 노령을 넘어 4일 만인 8월 31일 19도구 지양개에 도착했으며 이튿날인 9월 1일 오후 4시경에 대덕수촌에 이르렀다."고 주장한다. 또 이 지양개에서 약 한 달 뒤였던 10월 어느 날에는 시래기를 주우러 나갔던 두 대원이 19도구 농민들이 잡아먹으라고 준 황소 한 마리를 끌고 부대로 돌아왔다가 김성주가 설득하여 그 황소를 농민들에게 돌려준 이야기를 한다. 그런데 실제로 발생했던 일은 정반대다.

『장백현지(長白縣志)』와 "항일연군 제1로군의 장백에서의 주요 전적(戰績)"에 나와 있는 내용들과 농민들에게서 얻어들은 이야기들을 종합하면, 김성주는 8월 31일에 지양개에 도착하지 않았다. 김성주의 경위중대보다 한발 앞서 오늘의 장백현 마록구진(馬鹿溝鎭) 경내의 이도강 관방자촌(官房子村)에 도착했던 손장상의 7연대 산하 4중대가 중대장 오중흡의 인솔로 그곳 조선인 지주 김만귀(金萬貴)의 집을 털었던 것이다. 마침 울 안에는 이도강 삼림경찰대의 양식이나 옷 등의 보급품을 실은 마차 한 대가 있어서 그것까지 모조리 빼앗아 대덕수 쪽으로 달아났다. 여기까지는 좋았는데, 신창동의 십가장(十家長) 염민환(廉敏煥)이 밭머리에 매어두었던 황소까지 빼앗아가지고 달아난 것이었다.

이도강 삼림경찰대는 급양마차를 찾으러 신창동으로 달려왔다가 염민환을 만났다.

"빼앗긴 소를 찾고 싶으면 대덕수에 가서 정찰 좀 해오거라."

이때 혜산진경찰서에서 이도강 헌병파견대로 출장 나왔던 이마노 경부와 이도강의 헌병중대장 하시모토 미사키(橋本岬)는 조선인들이 대다수인 비적 수백여 명이 되골령을 넘어 장백현 경내로 들어왔다는 것을 어느 정도 알고 있었다.

"이자들이 아직 장백 땅에 발을 붙이지 못했으니 초장에 결딴내야 하오."

이마노 경부는 하시모토 중대장에게 요청하여 이도강 삼림경찰대 외에도 만주군 한 대대까지 움직여 토벌에 투입시켰다.

당시 하시모토 수하에는 조선인과 중국인 특무가 여럿 있었다. 조선인 밀정 최상율(崔尙律)과 중국인 밀정 관상원(關尙遠) 등이 있었고, 조선인 최기청(崔基淸)은 헌병반장까지 되어 어깨에 소위 견장을 달고 다녔다. 이도강의 최 소위라고 하면, 전 장백현 경내에서 모르는 사람이 없을 정도로 유명했다. 장백현의 조선인 중에서 이도강 헌병파견대 소위 최기청이 유명했다면, 중국인 중에서는 장백현 경찰대 대장 마금두(馬今斗)가 유명했다.

최기청이 하시모토에게 보고했다.

"비적들이 신창동 십가장 염민환의 소를 빼앗아 달아났다는 정보가 들어왔습니다. 제가 염민환을 직접 만나보았는데, 어찌나 겁을 집어먹었는지 비적들이 사라진 방향을 제대로 대지 못하고 횡설수설하고 있습니다."

"횡설수설이라니?"

"소를 빼앗은 비적들이 용천 쪽으로 간 것 같다고 했다가 다시 대덕수 쪽으로 간 것 같다고도 하는데, 딱히 어느 쪽으로 사라졌는지 제대로 말하지 못하고 있습니다."

"그러면 두 곳 모두에 사람을 파견하오."

그러자 이마노 경부가 하시모토에게 요청했다.

"용천 쪽은 18도구 골짜기라 범위가 무척 넓으니 최 소위가 파견대 반원들을 데리고 가서 한 동네도 빠뜨리지 말고 자세하게 정찰하게 하오. 대신 대덕수 쪽은 내가 직접 가보겠소. 그 십가장을 나한테 맡겨주오."

이마노 경부는 점심 전에 신창동에 도착하여 염민환과 만났다.

마침 이도강 삼림경찰대도 신창동에서 항일연군이 사라져버린 방향을 가늠할 수 없어 잠깐 머무르던 중에 이마노 경부가 말을 타고 달려와서 중대장 이 씨에게 말했다.

"용천 쪽으로 헌병대가 나갔으니 18도구 골짜기는 상관하지 맙시다. 우리는 대덕수로 해서 15도구 골짜기를 뒤져보면 됩니다. 반드시 이 두 곳 중 어느 한 곳에 비적들이 있을 것입니다."

중대장 이 씨는 이마노 경부 말에 일리가 있다고 생각했다.

"그러면 바로 대덕수 쪽으로 진격합시다."

이마노 경부는 다시 염민환을 불러 부탁했다.

"염 패장(牌長, 십가장)이 한 번 더 수고해 주시오. 먼저 대덕수 쪽에 가서 혹시 비적들이 주둔하고 있지는 않나 알아보고 오시오."

염민환은 혼자 대덕수 쪽으로 먼저 떠났다. 그러나 대덕수로 감히 들어가지 못하고 중간에 멈춰서고 말았다.

'말이라면 몰라도 소를 끌고 갔으니 지금까지 잡아먹지 않았을 리 없다. 어차피 소를 찾기는 다 틀렸는데, 내가 뭐하려고 이렇게 위험한 밀탐 노릇까지 한단 말인가? 괜히 항일연군에게 붙잡혔다가는 왜놈 간자로 몰려 무슨 봉변을 당하게 될지 모른다. 에라, 관두자.'

염민환은 길에서 대통을 꼬나물고 한참 늑장부리다가 돌아와서 둘러댔다.

"대덕수에 가서 알아보았는데, 비적들은 그림자도 보이지 않습디다."

"비적들이 대덕수에 정말 없더냐? 아니면 대덕수에는 들르지도 않고 다른 데로 가버렸다고 하더냐?"

"그것까지는 저도 모르겠습니다. 어쨌든 마을에는 비적들이 보이지 않습디다."

"에잇, 쓸모없는 작자로군."

중대장 이 씨가 염민환을 쫓아버리자 이마노 경부가 방안을 내놓았다.

"관방자에서 노략질하고 신창동을 거쳐 대덕수 쪽으로 사라져버린 것이 확실한데, 지금 거기에 없다고 하니 아마 대덕수에도 들르지 않고 그냥 15도구 쪽으로 사라져버린 모양이오. 이미 하시모토 헌병중대장과 약속했소. 그쪽에서도 비적들을 발견하지 못하면 15도구 쪽으로 들어올 것이니, 우리는 빨리 대덕수로 들어가서 다시 방향을 잡아봅시다."

이렇게 이도강 삼림경찰대가 신창동에서 머뭇거릴 때 대덕수 농민들은 돼지와 닭을 잡고 그동안 줄곧 소문으로만 들어왔던 항일연군을 환대하느라 시끌벅적했다. 6사 사부와 대덕수에 들어왔던 7연대 산하 2, 4, 5중대는 관방자의 지주 김만귀의 집에서 빼앗아온 쌀과 밀가루가 워낙 많았던 데다가 염민환의 황소까지 잡았기 때문에 대원들이 모두 포식을 하고 난 뒤였다.

"놈들이 온다고요? 그러잖아도 너무 배가 불러서 움직이고 싶던 중인데 마침 잘도 찾아오는군요. 이놈들을 이번에는 아주 작살내 버립시다!"

대덕수 마을 뒷산인 고독라자 양편 수림에서 매복하라는 임무를 받은 2, 4중대 대원들은 모두 주먹을 어루만지며 잔뜩 벼르고 있었다. 김성주는 5중대 일부와 경위중대를 데리고 직접 고독라자 바위 위로 올라갔다. 손에 망원경을 들고 한참 적정을 살핀 김성주가 최금산에게 말했다.

"금산아, 빨리 가서 망원초소 동무들을 이쪽으로 철수시켜라."

최금산은 김성주의 명령을 전하러 달려갈 때는 마을 한복판을 가로질러 나갔으나 망원초소 분대원들과 함께 철수할 때는 마을 밖으로 난 길을 에돌아 여유

있게 돌아왔다.

이때 이도강 삼림경찰대 100여 명과 함께 이도강 헌병파견대 하시모토 중대장 요청으로 만주군 제2혼성보병여단 산하 하 영장(何 營長, 대대장)의 부대 100여명이 이마노 경부와 함께 대덕수로 몰려 들어왔다. 총병력은 200에서 250여 명가량 되었다. 하 영장 부대와 함께 온 일본군 지도관이 마을로 들어가려는 삼림경찰대를 제지하고 따로 첨병선봉소대를 조직해 마을 주변 산에 대고 한바탕 화력을 퍼부으며 정찰을 감행했다. 그러고 나서 하 영장과 삼림경찰대 중대장이 씨에게 고독라자를 가리키면서 말했다.

"전투가 발생하면 저 바위가 바로 전투 중 제고점(制高点, 군사상의 용어로 어느 한 지역 또는 전장에서 아래 및 주변을 관찰하기 좋은 제일 높은 위치)이 될 것이다."

"그러면 빨리 점령해야 하지 않겠소?"

일본군 지도관은 중대장 이 씨에게 망원경을 건네주면서 고독라자 바위 위에 엎드려 있는 몇몇 항일연군의 그림자를 살펴보게 한 다음 이렇게 꼬드겼다.

"보다시피 저 바위 쪽에는 비적들이 별로 없고 대부분 주변 숲속에 매복하고 있을 것이다. 숲속 비적들은 우리가 공격할 테니, 저 바위는 이 중대장의 삼림경찰대가 빨리 점령하라. 저 바위를 점령한 다음 좌우로 기관총을 걸어놓고 숲속으로 돌격하게 될 우리를 엄호해야 한다."

중대장 이 씨는 일본군 지도관에게 속아 고독라자를 향해 들어갔다. 행여나해서 행군 속도를 많이 늦춘 채 운제차대형(雲梯次隊形)[226]으로 부대를 벌려 세우고 조심조심 앞으로 밀고 들어갔다. 중대장 이 씨가 대오 맨 뒤에서 따라가면서 고개를 돌려 일본군 지도관에게 재촉했다.

---

226 군사 용어로, 성벽을 공략할 때 벽에 경사지게 세우는 구름다리 모양의 사다리를 세우고, 사다리 양쪽으로 병사들이 두 갈래나 세 갈래로 늘어서서 전진한다.

"왜 당신네 정규부대는 돌격하지 않고 우리만 먼저 들여보내는 거요?"

"너희들이 먼저 저 바위를 장악하고 양쪽으로 기관총을 걸어놓아야 우리가 너희 엄호를 받으면서 일격에 숲속으로 돌격할 수 있지 않겠느냐."

중대장 이 씨가 아예 멈춰 서서 하 영장과 일본군 지도관에게 따지고 들었다.

"당신 말은 이론적으론 그럴듯해 보이지만, 정작 우리가 저 바위 밑에 도착하기도 전에 비적의 공격을 받으면 만두 속같이 버릴 것이 뻔하오. 정규부대인 당신네들이 오히려 비적이 무서워 뒤로 물러서고 경찰대인 우리를 앞에 세우다니, 세상에 이런 법이 어디 있소?"

그러자 일본군 지도관은 칼을 뽑아들고 삼림경찰대 중대장 이 씨를 위협했다.

"이놈아, 웬 불평이 이리도 많으냐? 비적들과 싸우다가 죽을 테냐? 아니면 여기서 먼저 나한테 처형당하고 싶으냐?"

이 씨는 수그러들고 말았다.

"비적들과 싸우다 죽겠소."

"그러면 빨리 돌격하거라."

이 씨는 잔뜩 볼이 부어 자기 부하들에게 소곤거렸다.

"항일연군이 총을 쏘면 모두 땅바닥에 바짝 엎드리거라."

하 영장이 보다 못해 일본군 지도관에게 한마디 했다.

"저자의 말도 일리가 있소. 우리는 정규군인데 뒤에서 몸이나 사리고 있어서야 되겠소?"

"중국 속담에 '투석문로(投石問路, 돌을 던져 길을 파악한다는 뜻)'라는 말이 있소. 화력 정찰 결과 숲속에 비적들이 매복했는지 확인할 수 없으니 지금 이 방법을 써보는 것이오. 정말 숲속에 매복하고 있다면 저자들은 이미 유리한 지형을 차지했을 것이니, 바위 위에서 우리의 동향을 샅샅이 내려다보고 있을 것이오. 설사 경찰대가 먼저 들어가도 절대 섣불리 공격하지 않고 우리가 들어올 때까지 반드시 기다릴 것이오."

일본군 지도관이 이렇게 설명했다.

"그렇지 않습니다. 비적들은 그렇게까지 인내심이 없습니다."

이마노 경부가 갑자기 옆에서 끼어들었다.

"내가 비록 당신네만큼 군사 지식을 가지고 있진 않지만, 비적 행태는 좀 연구해 보았소. 비적들은 절대 승산 없는 위험한 전투를 벌이지 않소. 하 영장 부대가 다 몰려들 경우, 비적들도 손실을 감내해야 하기 때문에 먼저 눈앞에 들어온 먹잇감부터 제꺽 먹어치울 가능성이 있습니다."

"경부 말씀에도 일리가 있소."

일본군 지도관도 머리를 끄덕였다.

"그러면 이렇게 합시다. 부대를 세 갈래로 나누어 하 영장과 이마노 경부가 한 갈래씩 맡아 양쪽 숲속을 수색하고, 한 갈래는 내가 직접 데리고 경찰대를 후원하겠습니다."

하 영장 부대가 막 출발하려 할 때였다. 이도강 삼림경찰대 선대는 벌써 고독라자와 아주 가까운 곳까지 접근했다. 바위 바로 밑에 4중대에서 차출되어 5중대와 함께 매복한 김명주네 소대가 경찰대의 20m 정도 앞에 있었다.

'당장 코가 부딪칠 판인데, 왜 아직 사격명령을 내리지 않지?'

김명주는 머리를 돌려 바위 쪽을 쳐다보았다.

마침 김성주도 바위에 엎드린 채 왼손에는 망원경을 들고 오른손에는 권총을 잡은 채 바위 아래를 내려다보고 있었다. 경위중대장 이동학이 기어와 소곤거렸다.

"놈들이 거의 다가왔습니다."

"뒤에 누렁둥이(만주군 군복 색깔에서 비롯된 별명)들이 죽어라고 따라서지 않는구면."

"일단 앞에 검둥이들부터 처치하고 봅시다."

김성주는 머리를 끄덕이고 이동학에게 시켰다.

"만주군이 뒤에서 우물쭈물하는 것을 보니 잔뜩 겁에 질린 것이 틀림없소. 그러니 4중대에 사람을 보내 숲속에서 교차사격(한 목표에 대하여 둘 이상의 서로 다른 방향에서 하는 사격)하지 말고 바로 경찰대 뒤에 있는 만주군을 공격하라고 하오. 그 사이에 우리도 앞에 들어온 경찰대놈들을 처치하고 바로 만주군을 향하여 정면으로 돌격하겠소. 초장에 기선을 제압해 버립시다."

이동학이 오백룡을 불러 김성주 뜻을 전달한 뒤 바로 떠나보냈다. 그러자 김성주는 기다렸다는 듯이 권총을 들어 5중대 코앞까지 접근한 경찰들을 향하여 연속 두 방을 갈겼다. 공격하라는 신호였다. 거의 동시에 2, 4, 5중대가 3면에서 기관총사격을 들이댔고 여기저기에서 수류탄들이 날아들기 시작했다.

"손 들고 투항하면 살려준다!"

벌써 숲속에서는 이런 고함소리가 울려 나오기 시작했다.

눈 깜짝할 사이에 경찰대대에서 10여 명의 사상자가 발생했는데, 대부분 땅바닥에 납작 엎드려버렸고 뒤에서 묻어 들어오던 후대는 바로 돌아서서 냅다 뛰기 시작했다. 하 영장 부대가 그 뒤를 가로막고 서둘러 공격해 들어오려 했으나 고독라자 서쪽 숲속에 매복했던 오중흡 4중대가 벌써 이쪽으로 공격해오기 시작했다.

김성주는 바위 위에 벌떡 일어서며 고함을 질렀다.

"동무들, 돌격하라!"

그 고함과 함께 나팔수가 돌격 나팔을 불었다.

숲속 여기저기에서 함성이 일어났고 2, 4, 5중대가 동시에 공격해나갔다. 하 영장 부대는 풍비박산이 나서 도망치는 경찰대대를 막아보려고 연신 호령했지만 막무가내였다. 벌써 가까이 접근해온 오중흡 4중대에서 뿌려대는 수류탄이 여기저기에서 쾅쾅 터지기 시작하자 하 영장 부대도 더는 전력을 가다듬지 못하고 경찰대대와 함께 철수하기 시작했다. 철수하는 도중에 하 영장 부대에서도 40여 명의 사상자가 발생했다.

보리밭 여기저기에 시체들이 나뒹굴기 시작했다. 아직 숨이 끊어지지 않고 살아 있는 자들 가운데는 두 손에 총을 받쳐 들고 땅바닥에 앉아서 엉엉 소리 내어 우는 자들도 있었다.

하 영장의 부대와 살아남은 이도강 삼림경찰대는 다시 신창동 쪽으로 달아나기 시작했다.

김성주는 이미 그 뒤를 쫓아가는 오중흡에게 전령병을 파견했다.

"한 10여 리쯤 뒤를 쫓고는 10리 밖에서부터 망원초소를 설치하면서 다시 대덕수로 돌아오시오. 2, 4, 5중대는 각각 50m에서 100m 간격으로 벌려놓고 대덕수 밖에서 다시 호형(弧形, 활모양) 방어진을 펼쳐놓고 새로운 명령이 전달될 때까지 기다리오."

이동학이 직접 경위중대와 여성중대를 데리고 전장을 수습했다.

불과 30여 분도 지나지 않은 사이에 40여 자루의 보총과 기관총 1정 외에 탄약 1,000여 발을 노획했다. 전투를 마을 밖에서 했기 때문에 대덕수 농민들은 아무런 피해도 보지 않았다. 여성중대가 먼저 마을로 들어와 집집이 찾아다니면서 자랑했다.

"우리가 이겼어요. 모두 나와서 구경하세요."

마을 공터에서는 벌써 잔치판이 벌어지고 있었다.

농민들이 빈손으로 나오지 않고 저마다 음식들을 만들어 나왔기 때문이었다. 그러나 김성주는 관방자에서 빼앗은 쌀과 밀가루가 너무 많아 거꾸로 대덕수 농민 한 가호당 한 되씩 나눠주기까지 했다. 쌀을 나눠줄 때 그 자리에서 항일연 군에 참가하겠다고 나선 젊은이들이 5, 6명 있었다.

"관방자에서 끌고 온 말 한 필도 마저 잡아서 잔치판을 벌립시다."

김성주는 마을 공터에 무대를 만들라고 시켰다.

겉으로는 대덕수에서 잔치판을 벌리듯 소문내고는 뒤로는 몰래 철수 준비를 진행했다. 저녁 무렵에 김용석(金龍錫)이라는 주경동(朱景洞)²²⁷의 광복회 간부 하 나가 대덕수로 달려와 김주현이 김성주에게 보내는 편지를 전달하고 돌아갔다. 그 편지에는 이틀 전부터 혜산진에서 압록강을 건너온 일본군 수비대 한 중대 와 14도구의 삼림경찰대 한 중대가 18도구 골짜기를 샅샅이 뒤지고 다니다가 오늘 오후에 대덕수 쪽에서 울려온 총소리를 듣고 모두 그쪽으로 달려갔다는 내용이 쓰여 있었다.

---

227 주경동은 장백현 18도구 골짜기의 고원마을이다. 1937년 단오 장백현 경내에서 발생했던 그 유 명한 '주경동참안'의 현장이기도 하다. 장백현 18도구 후촌(後村)에서 5리 용천진(龙泉镇) 서남쪽 으로 10리 떨어진 곳에 있었다. 이 고장에 샘우물[泉井]이 있었고 주 씨(朱氏) 성을 가진 한 농민 이 처음 와서 정착하고 밭을 일구었다고 한다. 1932년경에는 어느덧 20여 호의 조선인 농가가 살 았다. 이렇게 주정동(朱井洞)이라는 이름이 생겨났다. 후에 중국인들이 이 지방으로 이사오면서 우물 정(井) 자와 풍경 경(景) 자가 발음이 같아 주정동이 주경동으로 바뀌게 되었다. 6사가 장백 현 경내로 진출할 때 김주현과 장증열 등 지하공작원들이 먼저 파견받고 주경동에 와서 광복회를 조직했다. 후에 여성중대 대원 김수복이 전투 중 부상당하여 주경동에 와서 치료받다가 이도강의 헌병파견대 특무 최상률(崔尚律)에게 발각되어 체포되었고, 당시 주경동의 광복회 간부 일가족 20여 명이 모두 이곳에서 살해당했다.

3. 소덕수전투

소덕수전투는 바로 다음날인 1936년 9월 2일에 진행되었다.

김성주는 새벽 2시경 부대를 인솔하여 대덕수에서 몰래 빠져나와 오전 9시경 마등창에 도착했다. 여기서 소덕수(小德水)까지는 5리 남짓했다. 대덕수에서는 서쪽으로 약 5리 거리였고 15도구 협곡과 마주보고 있었다. 즉, 장백현 15도구 골과 교차점을 이루는 산림지대였다. 새벽부터 급행군을 한 대원들이 너무 지쳐서 허덕거리는 걸 본 김성주는 마등창에서 남쪽으로 500여 미터 떨어진 곳에 2중대를 배치하고 다시 북쪽으로 400여 미터 떨어진 곳에는 5중대 산하의 한 소대를 배치하여 경계를 서게 했다. 그리고는 오중흡을 불러 15도구의 협곡 쪽을 가리켰다.

"4중대는 지금 바로 출발하여 협곡 서쪽 산비탈로 올라 수림에 매복하시오. 만약 놈들이 추격해오면 나는 마등창을 버리고 협곡 쪽으로 놈들을 유인하겠소."

김성주는 대덕수에서 마련해온 음식들을 모두 오중흡의 4중대에 주었다.

"대원들을 배불리 먹이오. 진지를 만들고 나서는 번갈아 푹 쉬게도 하오. 이번에는 아마 대덕수 때보다 몇 갑절 많이 쫓아올게요."

오중흡을 떠나보내고 나서 김성주도 피곤이 몰려와 나무에 기대앉은 채 잠깐 눈을 붙였다.

점심 무렵이 되었을 때 남쪽 초소에서 총소리가 울려왔다. 3시간 남짓하게 푹 쉬고 난 대원들은 허둥지둥 전투 준비에 들어갔다. 쪼그리고 앉아 행전을 동여매는 대원들이 있는가 하면 배낭을 둘러메는 대원들, 철컥거리며 총기를 검사하는 대원들로 한참 소란스러웠다. 김성주는 아주 땅바닥에 두 다리까지 펼치고 앉아 각반을 감고 있는 대원들을 발견하고는 엄하게 꾸중했다.

"아니, 각반을 다 풀어놓고 잤단 말이오?"

"사장동지께서 푹 쉬라고 하지 않았습니까. 각반을 꽁꽁 감고는 잠이 잘 오지 않는 걸 어떻게 합니까? 그래서 풀어놓고 잤습니다."

이렇게 천하태평한 모습으로 대답하는 대원들을 바라보다가 김성주도 어처구니가 없어 그만 웃고 말았다. 자기가 괜히 긴장했나 보다 싶기도 했다. 이렇게 여유작작하고 두려움이라고는 전혀 없는 대원들이 무척 대견스럽기까지 했다.

"그래, 동무 말이 맞소."

김성주는 꾸중하려다 말고 한마디 칭찬까지 해주고는 바로 적정을 살피러 달려갔다.

이때 이도강과 15도구 남북 방면에서 들어왔던 이도강의 삼림경찰대 한 중대는 '범희(范喜)'라는 중국인 중대장이 인솔했고, 혜산진부터 압록강을 건너 들어온 일본군 혜산진수비대 한 중대는 오하시 대위(大橋 大尉)가 인솔했다. 그런데 이 오하시 대위는 경계초소에서 2중대 대원들에게 습격당해 전투를 시작하기도 전에 그만 사살당하고 말았다.

신창동으로 철수했다가 다시 대덕수를 거쳐 마등창 기슭까지 쫓아왔던 만주군 하 영장 부대가 이때 남쪽으로 우회하여 들어오다가 오하시 대위가 명중당하는 모습을 눈앞에서 목격했다. 이미 대덕수에서 한 번 골탕먹었던 하 영장은 그러잖아도 상대가 일반 비적이 아님을 눈치챘지만, 오하시 대위가 이렇게 단방에 사살당한 것을 보고는 기절초풍할 지경이 되었다.

"이 비적들은 보통 비적이 아니오. 저격수까지 있는 모양이오."

하 영장은 급히 말에서 내려 보병들 속으로 몸을 숨겼다.

그러나 그 역시 총탄에 어깻죽지를 명중당하고 땅바닥에 나뒹굴고 일어났다.

"빨리 돌격하라."

하 영장이 악에 받쳐 소리치자 일본군 지도관도 칼을 뽑아들고 '돌격'을 연발했다.

김성주는 부대를 이끌고 급히 협곡 쪽으로 달아나기 시작했다. 오중흡의 4중대가 서쪽 산벼락을 기어 올라갈 때 사용했던 밧줄들을 그대로 남겨놓았기 때문에 그걸 이용하여 산등성이로 오르고 나머지 한 소대가 좀 더 북쪽으로 달아나다가 남북 방면에서 들어오던 이도강 경찰중대와 10여 분간 대응사격을 했다. 하 영장 부대가 10여 대의 기관총을 소지한 데다 원체 화력이 강해 김성주 뒤를 쫓아 들어왔던 범희의 경찰중대 쪽으로 총탄이 튀기 시작했다. 더구나 겁에 질렸던 만주군 기관총사수들이 아무렇게나 총신을 휘둘러대면서 연발사격을 하고 있었기 때문에 경찰중대의 10여 명이 눈먼 총에 맞아 쓰러졌다.

"항일연군이 저쪽에 있다!"

누가 소리를 지르자 경찰중대에서도 하 영장 부대를 겨누고 기관총을 발사하기 시작했다. 협곡 안은 삽시간에 아수라장으로 변했다. 유인 임무를 담당했던 5중대 산하 한 소대와 4중대 1소대 산하 한 분대가 포복으로 기관총 사격권에서 빠져나와 동쪽으로 달아났다. 하 영장 부대 배후에 매복했던 오중흡이 막 공격을 시작하려 하자 김성주가 말렸다.

"조금만 더 참으시오. 저놈들이 자기들끼리 한바탕 싸우고 나면 제정신이 들게요. 그때까지 구경이나 하면서 기다립시다."

이 전투는 연속 네 시간이나 진행되었다.

드디어 배겨나지 못한 범희의 경찰중대가 먼저 철수하기 시작했는데, 그때 경찰중대 나팔수가 부는 나팔 소리를 듣고서야 같은 편일 걸 알게 된 하 영장 부대에서도 사격을 멈추었다. 온종일 제 편끼리 싸운 걸 발견했을 때는 이미 150

여 명에 달하는 사상자가 발생한 뒤였다. 이는 대덕수전투 때 발생한 사상자의 3배나 되었다.

이 전투로 말미암아 만주의 관동군뿐만 아니라 압록강 넘어 조선군에서까지도 장백현 경내에서 활동하기 시작한 항일연군을 주목하게 되었다. 이는 혜산진에 주둔한 일본군 수비대장 오하시 대위가 소덕수에서 사살당한 것과도 관계있었다. 실제로 조선 국내 신문들이 압록강 건너 만주 경내의 항일연군 기사를 본격적으로 다루기 시작했던 것도 1937년 전후부터였다.

그때 살아남아 돌아간 이도강 삼림경찰대 중대장 범희는 바로 직위해제를 당했고, 자기편 경찰 수십 명을 살해한 만주군 혼성 제2보병 여단 산하 하 영장도 바로 체포되어 통화로 압송되었다고 한다.

해방 후 1980년대까지 생존했던 별명이 양눈먹쟁이(梁瞎子) 또는 독안룡(獨眼龍)이었던 중국인 양 씨(梁氏) 노인이 통화에 살았는데, 그는 만주군 제2혼성 보병여단 산하 기병중대장이었다. 이듬해 1937년 6월에 있었던 3종점전투 때 항일연군이 쏜 총에 복부를 맞고 창자까지 흘러나왔으나 기적적으로 살아났다. 후에 통화에서 치료받다가 제대했는데, 당시 통화감옥에 1년 넘게 갇혀 있던 하 영장을 면회한 적도 있었다고 한다.

"김일성 부대와 싸우다가 자기 편을 죽인 죄로 통화에서 감옥살이하던 하 영장은 가짜로 정신병에 걸린 것처럼 위장하고 사람들이 보는 앞에서 자기 오줌과 똥을 먹곤 했다."[228]

---

228 취재, 양 씨(楊氏, 양눈먹쟁이, 독안룡) 중국인, 만주군(2여단 기병중대장) 생존자. 취재지 통화. 1984.

일본인들은 하 영장에게 속아 넘어가 1년 만에 풀어주었다. 후에 통화 거리에서 양 씨는 하 영장을 만났는데, 아주 멀쩡했다고 한다.

양 씨는 자기가 소속되었던 부대에 대해 아주 자세하게 소개하여 주었다. 당시 장백현 경내에는 큰 두 갈래 토벌세력이 있었다. 하나는 만주군 혼성 제2여단으로, 여단장 이름은 고명(高明)이며 원래 동북군 장학량의 부관 출신이었다. 양 씨와 함께 고명의 제2 혼성여단에서 복무했던 주 씨(주복귀)가 기병중대장이 되었던 1936년에 여단장 고명의 나이는 쉰 남짓했다. 1931년 만주사변 직후 일본군에 투항했고, 한동안 일본군 봉천교도연대 연대장 미케 소장(三毛 小將)의 참모로 일하다가 미케 소장이 동변도지구 토벌사령관으로 부임하면서 통화에서 새로 편성된 일만 혼성부대 제2여단 여단장으로 임명되었다. 그런데 한동안 병력을 채우지 못하여 이름만 여단일 뿐 사실상 보병 한 연대와 기병 한 대대 외에 일본군에서 차출한 위생부대 한 중대가 섞여 있었다. 정안군에서도 박격포 한 소대를 보충받았는데, 중대장 이하 몇몇 소대장만 일본인이고 나머지는 모두 중국인이었다.

양 씨는 믿을 수 없는 황당한 이야기도 했다. 자기네 부대에는 일흔 된 노인이 아들, 손자까지 3대가 함께 병사로 들어와 있었다고 했다.

"장백현은 우리 경찰대대만으로도 넉넉하게 지킬 수 있는데, 왜 당신네 같은 잡패군(雜牌軍)을 들여보내 밥이나 축내게 만드는지 모르겠소."

고명 여단이 장백현 경내로 들어온 것을 환영하는 장백현 정부 연회장에서 경찰대 대장 마금두는 고명 면전에서 이렇게 비아냥거렸는데, 두 사람은 얼굴을 붉히면서 하마터면 멱살까지 잡을 뻔했다. 그 일이 있은 뒤, 이 두 토벌대는 라이벌이 되어 늘 상대방을 비방하고 헐뜯었다.

이런 관계를 중국말로는 '분정항례(分庭抗禮, 상호대립하다.)'라고 표현한다. 서로 한 치도 져서는 안 되는 경쟁관계였던 셈인데, 15도구골짜기에서 자기편끼리 서로 눈먼 총질을 해대다가 자그마치 150여 명에 달하는 사상자를 내고 만 것이다.

4. 토미모리 경무과장

소덕수전투 직후 통화의 동변도 토벌사령부는 발칵 뒤집히다시피 했다. 사령관 미케 소장은 자신의 오랜 부하였던 고명 여단장을 직접 통화로 불러들여 질책하는 한편 정황을 파악했다.

소덕수에서 크게 낭패보고 조선으로 돌아갔던 혜산진경찰서 부서장 이마노 경부도 곧바로 통화로 달려와 당시 통화경무청 경무과장 토미모리 유지로(富森雄次郎)와 장백현 정부 일본인 부참사관 오가타 타다오(緖方忠雄)와 함께 연구한 결과를 미케 사령관에게 보고하여 비준받았다. 이들은 무송현 경내로 파견되었던 토벌사령부 치안숙정공작반을 빨리 장백현 경내로 이동시켜달라고 요청했으나 미케 사령관에게 거절당했다.

"2군 군부가 아직도 무송 지방에 틀어 앉아 있다는 확실한 정보가 있는데, 어떻게 그곳에서 한창 활발하게 활동하는 공작반을 다시 장백현으로 되돌아오게 한단 말인가?"

대덕수와 소덕수에서 항일연군과 전투했던 이마노 경부는 토미모리 경무과장의 안내로 직접 미케 사령관과 만나 그를 끈질기게 설득했다.

"제가 직접 전투에 참가하여 가까이에서 공비들과 부딪쳤습니다. 마을에서 이자들에게 약탈당한 농민들을 조사해보니 이번에 나타난 공비들 대부분이 조선인입니다. 이 자들이 무송에서부터 소란을 일으키며 꾸준하게 장백으로 들어오는 목적이 무엇이겠습니까. 바로 압록강을 넘어 조선으로 들어오려는 것이 아니면 무엇이겠습니까? 정녕 사령관께서는 이 비적들을 소멸하는 데 조선군이 대대적으로 동원되는 모습을 보고 싶은 겁니까? 이자들은 지금 단순한 군사 행동만 하는 것이 아니라 조선인 동네들마다 찾아다니며 광복회를 만들고 있습니다. 이 조직은 지금 압록강 연안에서 무서운 속도로 전파되는 중입니다. 저희 혜산진 쪽에서도 벌써 광복회와 관련한 전단이 몰래 살포된 것을 발견했습니다. 어쩌면 이런 조직들은 몇 차례 전투보다도 훨씬 심각한 후과를 초래할 수 있다는 사실을 결코 잊어선 안 됩니다."

미케 사령관은 이마노 경부의 이와 같은 주장을 심각하게 받아들이지 않을 수 없었다.

"좋네. 무송에서 지금 진행되는 토벌 상황을 지켜봐 가면서 우리도 그쪽 병력을 장백 쪽으로 이동시키겠네. 대신 장백현에서는 경무청에서 책임지고 먼저 경찰 중심으로 공작반을 만들어 정보 수집 활동을 진행하게. 필요에 따라서는 공작반을 전투부대 규모로까지 확대하고 장백현 경내의 토벌부대들도 얼마든지 직접 움직일 수 있도록 권한을 부여하겠네."

이렇게 되어 1936년 10월경에 조직된 통화성 경무청 관할 특수부대 '토미모리공작반'은 통화성 경찰청 경무과장 토미모리 유지로가 직접 반장을 맡고 장백현 정부 부참사관 오가타 타다오가 부반장을 맡았다. 토미모리는 직접 경내로 나와 이 공작반을 지휘했는데, 엄청난 돈을 들여 100여 명에 가까운 조선인과 중국인 밀탐을 모집했다. 이 밀탐들은 대부분 살던 동네에서 그대로 지내면서 주변 동네도 맡아 살폈다. 그러다가 항일연군을 발견하면 거주지와 가까운 경찰대나 헌병대, 또는 만주군 주둔지로 달려가 보고했고, 필요에 따라서는 직접 소대 규모의 병력을 차출할 권한도 있었다.

한 예로, 장백현 14도구 난천자(十四道溝 暖泉子)의 조선인 농민 강성희(姜成熙)도 밀탐이었다. 강 씨는 해방 후 장백현에서 송무선에게 붙잡혀 총살당했는데, 그가 남긴 진술에 따르면 큰돈을 벌 수 있다는 유혹에 넘어가 이 공작반에 참가했다고 한다. 통화에서 한 달 남짓 훈련까지 받았는데, 공작반에 신호 보내는 법과 암호 적는 법을 배웠고, 마지막 2, 3일 동안에는 총 쏘는 법까지 배웠다고 한다. 밀탐에겐 권총 한 자루와 탄알 6발씩을 나눠주었다고 한다.

강성희는 자기 동네 주변 여러 마을을 돌아다니면서 정찰하다가 도천리에서 항일연군을 도와 일하던 조선 여성 권 씨를 발견했다. 그길로 14도구 결창서로 달려간 강성희는 경찰서장 혁조춘(赫照春)에게 요청하여 경찰 10여 명을 대동하고 직접 권 씨를 붙잡으러 나섰다. 체포된 권 씨가 죽도록 매를 맞고도 끝까지 항일연군이 있는 곳을 말하지 않자 권 씨를 나무에 묶고 휘발유를 몸에 뿌린 다음 태워 죽이고 말았다.

이 보고를 받은 공작반 반장 토미모리 경무과장이 다음날 직접 도천리로 달려와 마을 사람들이 모두 보는 앞에서 강성희에게 포승을 지우고 짐짓 생색을 냈다.

"함부로 착한 양민을 오살한 이자를 현성으로 끌고 가서 엄하게 벌을 내리겠소."

그때 권 씨 딸이 도천리에 살고 있었는데 아주 예쁘게 생긴 소녀였다. 이 소녀가 토미모리 경무과장에게 말했다.

"이자를 죽여서 저희 어머니 원수를 갚아 주신다면 당신께 이 은혜를 꼭 갚을게요."

토미모리 경무과장은 권 씨의 딸이 자기를 꼬드기는 줄도 모르고 거꾸로 자기에게 넘어간 것이라고 생각했다. 그리하여 무휼금(撫恤金, 위로금)이라는 명목으로 돈까지 주면서 권 씨 딸을 통해 항일연군 정보를 알아내려 했다.

이후 토미모리 경무과장은 종종 권 씨 딸을 찾아왔다. 혼자 사는 권 씨 딸에게 빈손으로 오지 않고 언제나 쌀과 기름, 고기 등을 가져다주었을 뿐만 아니라 갈 때는 또 엄청난 돈까지 던져주었다. 이렇게 시간이 흘러 어느덧 1937년 설이 가까워왔다.

"춘자(春子, 권 씨 딸 이름)야, 설에는 어떻게 보낼 거냐?"

"어머니도 안 계시고 가까운 친척도 없으니 뭐하겠어요, 혼자서 설을 쇠죠."

그러자 토미모리 경무과장이 말했다.

"나랑 통화에 가서 설을 쇠던지 아니면 내가 와서 함께 설을 보낼까?"

"그냥 도천리에 있겠어요. 대신 아저씨가 여기 와서 저랑 함께 설을 쇠요."

"설을 쇠고 나면 네 나이도 열여섯인데, 열여섯이면 어리지 않다. 너를 가지고 싶은데, 허락해줄 거냐?"

토미모리가 묻자 춘자는 이때다 싶게 토미모리 귀에 대고 소곤거렸다.

"그럼 설날에 오세요. 제가 소개해 드릴 언니가 있어요."

"어떤 언니냐?"

"제가 산에서 버섯 캐다가 만난 언닌데, 사실은 이 언니가 제 어머니를 꼬드겨서 비적을 돕게 했어요. 며칠 전 이 언니가 저희 집에 몰래 왔다 갔어요. 겨울이 되니 산에서 지내기가 너무 힘들다며 그만두겠다고 했어요. 그래서 설에 여기서 저랑 함께 지내기로 했어요. 설에 아저씨가 오면 그 언니를 소개해 드릴게요. 아저씨가 그 언니한테도 아저씨 같이 좋은 사람 한 분 소개해서 좀 도와주세요."

어찌나 그럴듯하게 말을 하는지 토미모리 경무과장은 깜빡 속아 넘어가고 말왔다.

그렇다면 이 작전을 직접 책임지고 계획했던 사람은 누구였던가? 다름 아닌 1군 2사 조직과장 송무선이었다.

이 이야기를 하자면 다시 노령으로 돌아가야 한다.

무송현 양목정자에서 노령을 넘어서면 바로 임강현 화수진인데, 임강과 장백현을 잇는 7도구가 바로 이 화수진 안에 있다. 6도구(六道沟)와 보산진(寶山鎭)을 거쳐 3도양차촌까지 100여 리 가다 보면 7도구가 나온다. 길이 어찌나 험한지 굽이를 돌 때마다 경사각이 40도를 넘나든다. 웬만한 소수레나 마차는 감히 엄두도 낼 수 없는 산길을 뚫고 정안군 조국광(趙國光) 대대가 이 골짜기까지 들어와 병영을 만들고 노령을 넘어 장백현으로 들어가려는 항일연군의 길목을 가로막고 나선 것이다.

당초 김성주의 6사 주력부대가 장백현으로 들어갈 때도 감히 노령 쪽을 넘보지 않았던 이유도 여기 있었다. 어쩌면 만주군 조추항의 기병여단이 양목정자 쪽으로 갑자기 덮쳐 들지 않았다면 위증민과 주수동 역시 노령을 넘는 이 노선을 택하지는 않았을 것이다.

6사에 이어 무송 묘령에서 출발했던 조국안(趙國安)의 1군 2사도 되골령을 넘어 만강림을 가로지르는 방법을 택했는데, 그들이 14도구의 사등방로관도(四等房老官道)를 건너섰을 때 김성주의 7연대 주력부대가 대덕수와 소덕수에서 뒤쫓아온 삼림경찰대와 전투하고 있다는 소식이 전해졌다.

조국안은 14도구로 들어온 뒤 바로 도천리 부근의 밀림을 차지했다. 이미 18도구 등 지방으로 파견받고 나간 6사 부관 심주현 등이 이때 주경동을 중심으로 활동하고 있었다면, 1군 2사는 조직과장 송무선이 직접 책임지고 도천리를 중심으로 13, 14도구 등을 2사의 후방 근거지로 만들고자 했다. 도천리 권 씨는 바로 송무선이 장악한 1군 2사의 연락원이었다.

권 씨가 밀탐 강성희에게 발각되어 화형당한 뒤, 권 씨 딸이 송무선을 찾아왔다. 이에 송무선은 홍(洪) 씨 성의 한 중국인 여공작원을 파견하여 권 씨 딸과 함께 도천리로 내려가 정찰하게 했다. 홍 씨는 도천리뿐만 아니라 난천자 등 14도구 안의 여러 마을을 찾아다니면서 정찰하고 돌아와 송무선에게 보고했다.

"도천리에 왔다 갔던 일본인 토미모리는 통화 경찰청 경무과장이라고 해요."

이 정보는 대뜸 송무선과 조국안의 주의를 불러일으켰다.

홍 씨가 항일연군에 참가하기 전 사귀었던 중국인 총각이 14도구 경찰서에서 일했는데, 송무선은 홍 씨에게 이 경찰과 다시 사귀게 했고, 그를 통해 통화성 경찰청에서 직접 조직한 토미모리공작반이 지금 장백현 경내에서 대대적으로 활동 중이라는 사실을 알게 되었다.

"절대 조급해 하지 말고 이자들을 일망타진할 방법을 찾아봅시다."

조국안의 지시로 송무선은 직접 권 씨 딸을 불러 이야기를 나누었다. 바로 미인계로 토미모리 경무과장을 유인한 것이다. 그런데 11월 25일 왕덕태가 사망한 후 조국안이 2사 주력부대를 이끌고 노령을 넘어 임강현 경내로 들어온 위증민을 마중하러 7도구 쪽으로 이동해 송무선 곁에는 겨우 소년대대 어린 대원들 40여 명밖에 남지 않았다. 규모가 큰 전투는 함부로 진행할 수 없었다.

한편, 조국안은 위증민을 마중하러 가면서 줄곧 전투를 해야만 했다. 토미모리공작반의 밀탐들에게 부대 행적이 드러나는 바람에 14도구에서 시작해 7도구에 이르기까지 토벌대가 계속 뒤에 따라붙었다. 14도구 중국인 경찰서장 혁조춘이 직접 경찰대를 인솔하고 추격해왔고, 그 뒤에는 정안군 한 대대가 대대장 조국광과 일본인 지도관 카나자와 대위(金澤 大尉)의 인솔로 바짝 뒤에 따라붙었다. 조국안은 한편으로는 싸우면서 7도구 쪽으로 달아났는데, 부대가 13도구 골짜기에서 빠져나갈 때 느닷없이 마금두의 장백현 경찰대대까지 앞길을 가로 막고 나섰다. 이에 8연대 연대장 현계선이 조국안과 부대를 절반으로 나누어 12 도구로 몰래 에돌아가서 마금두의 경찰대대 배후를 습격하는 방법으로 포위를 돌파했다.

12월 8일 한차례 전투에서는 정안군 대대장 조국광과 그의 일본어 통역관 남 씨(南氏)까지 사살했다. 그러자 깜짝 놀란 카나자와 대위가 임강 지구 토벌사령 부에 연락해 토벌부대 증원을 요청하자, 왕봉각의 민중자위군을 뒤쫓던 만주군 제1교도대대와 제1여단 일부를 합쳐 500여 명에 가까운 병력이 7도구 쪽으로 달려왔다.

그런 줄도 모르고 조국안은 위증민, 주수동과 함께 왔던 2군 4사 산하 3연대 를 빼돌린 뒤 곧바로 철수하지 않고 계속 7도구에서 화수진 쪽으로 이동하며 금 방 노령을 넘어 들어온 2군 6사 8연대를 마중하려고 했다.

한편 왕작주가 파견해 7도구 쪽으로 접근하여 조국안 부대와 연계한 8연대 산하 무량본(武良本)[229] 중대가 돌아오다가 화수진 쪽에서 7도구 방향으로 이동

---

229 무량본(武良本, 1904-1978년) 본명은 무장안(武長安)이며, 산동성 수장현(山東省 壽張縣)에서 출 생했다. 일찍 부모를 여읜 무량본은 어렸을 때 지주 집에서 소몰이를 했고, 열네 살에 외삼촌과 함께 만주로 피난 나왔다가 동북군에 참가했다. 1931년 만주사변 이후 항일연군에 참가했으며, 2 군 6사 8연대에서 소대장과 중대장이 되었다. 그가 중대장일 때 정치지도원이었던 박덕산이 후에 8연대 정치위원으로 승진했는데, 1938년 9월에 박덕산 소개로 중국공산당원이 되었다. 1945년 광복 이후까지 살아남은 무량본은 연변으로 파견되어 왕청현 경비대 대장직을 맡았고, 왕청현 나 자구와 천교령 토비들을 숙청하는 전투를 지휘했다. 1949년 중화인민공화국이 창건된 뒤 강서성 남창현에 파견되어 무장부 정치위원직에 있다가 은퇴했다. 이후 무량본은 딸과 사위가 살던 흑룡 강성 가목사에 정착해 20여 년 동안 살았다. 74세로 사망했으며, 유해는 가목사 열사릉원에 안장 되었다.

중인 만주군 대부대 행렬을 발견했다. 이에 왕작주와 손장상과 만나려고 무량본 중대와 함께 떠났던 2사 8연대 정치위원 조충재(趙忠才)가 황망히 7도구로 되돌아가고 무량본과 박덕산은 중대를 절반으로 나누어 한쪽은 만주군 대부대 뒤를 미행하고, 또 한쪽은 왕작주와 손장상에게 달려와 보고했다.

"놈들이 지금 1군 2사 부대를 발견한 모양이오."

왕작주와 손장상은 잠깐 의견이 통일되지 않았다. 두 사람은 주변을 물리치고 마주앉아 속심을 터놓고 의논했다. 왕작주는 즉시 전투를 진행하여 1군 2사로 몰려드는 만주군 배후를 공격하려 했으나 손장상이 반대했다. 만주군 수가 너무 많아서 100여 명도 채 되지 않는 8연대의 힘만으로는 괜히 짚을 지고 불 속에 뛰어드는 격이 될 수 있다는 우려 때문이었다.

"더구나 나는 임시 8연대장인데, 괜히 잘못해서 8연대를 다 날려 보내는 날에는 무슨 얼굴을 들고 돌아가서 라오챈(전영림)을 뵌단 말인가?"

"그렇다고 1군 2사를 저대로 내버려두면 나중에 더 큰 문책을 당할 겁니다."

"양전지책(兩全之策, 두 가지 이상의 문제를 한꺼번에 해결할 방안이라는 뜻)은 없을까?"

"우리 쪽에서 먼저 섣불리 전투를 하지 않으면 됩니다."

"일단 저쪽 동향을 지켜보자는 겐가?"

이렇게 묻는 손장상에게 왕작주는 머리를 끄덕였다.

"우리와 만나러 오던 2사의 연대 정치위원(조충재)이 만주군 주력부대가 7도구 쪽으로 몰려가는 것을 이미 발견하고 되돌아갔다고 하지 않았습니까."

왕작주는 2사도 지금쯤은 이미 적정을 발견하고 준비 태세로 들어갔을 것으로 짐작했다. 따라서 급히 피신하거나 전투하거나 둘 중 하나를 준비할 것인데, 만약 피신하다가 추격을 떼버리지 못하면 그때 배후에서 만주군을 습격하는 방법으로 2사를 돕고, 전투가 이미 시작되어 2사가 이긴다면 구태여 참여하지 않고 빨리 19구도구 쪽으로 이동하려는 타산이었다.

손장상은 한시도 지체하고 싶지 않은지 왕작주를 재촉했다.

"우리도 여기서 시간 끌 것 없이 빨리 떠나세. 1중대장 무량본이 이미 대원 10여 명을 데리고 7도구 쪽으로 몰래 따라가고 있지 않은가."

그러자 왕작주는 박덕산을 불러 임무를 주었다.

"빨리 가서 무량본 중대장을 돌아오게 하십시오. 이미 그쪽에서 전투 중이라면 박 지도원이 데리고 간 소대도 무량본 중대장과 함께 전투에 참가하시오. 그러나 만약 전투가 발생하지 않고 2사 부대도 7도구를 떠나 이동하기로 결정했다면 박 지도원이 책임지고 1중대 전원을 19도구 쪽으로 빼돌리시오. 설 전에 19도구 쪽에서 김 사장과 합류하기로 이미 약속되어 있습니다."

왕작주와 손장상은 무량본과 박덕산의 제1중대만 7도구 쪽으로 파견한 뒤 8연대 나머지 대원들을 데리고 급히 화수진을 떠났다.

일행이 장백현 경내로 들어선 지 이틀째 되는 날인 12월 21일 점심 무렵에 무량본과 박덕산이 인솔한 1중대가 대원 한 사람도 잃지 않고 14도구 인근에서 뒤를 쫓아왔다. 조국안이 파견한 한(韓) 참모가 무량본 중대와 함께 따라와 길안내하여 6사 8연대를 도천리 밀림 속 2사 부대 숙영지로 인도했다. 여기서 왕작주 등은 송무선과 만났다.

다음날 저녁 무렵, 조국안이 사망했다는 비보가 날아들었다. 만주군 대부대가 7도구 쪽으로 이동하는 정황을 포착한 8연대(1군 2사 8연대) 정치위원 조충재가 정신없이 달려와 보고했으나 얼마 전 13도구에서 정안군 조국광 대대를 격파하고 대대장 조국광까지 사살해버린 조국안은 자신만만하게 전투준비를 했다. 그들은 7도구 동산 기슭의 한 시냇물가 눈벌판에 구덩이들을 파고 대원들이 모두 흰 천을 덮어쓰고 그 속에 몸을 숨겼다. 정안군 카나자와 지도관이 대대장 조국광의 원수를 갚는다면서 300여 명을 이끌고 동산 기슭으로 들어오다가 이 매복에 걸려들어 눈 깜짝할 사이에 40여 명이 사살당했다.

이미 13도구에서 조국안 부대와 몇 번 전투해 보았던 카나자와는 전술을 바꿔 정면으로 공격하는 부대를 양동 부대로 삼고 응원하러 달려온 임강현 치안대 200여 명을 7도구 동산 뒷길로 공격하며 올라오게 만들었다. 이 치안대에 치안대원 복장으로 갈아입은 일본군 저격수 여러 명이 섞여 있었다.

그것을 알 리 없는 2사 주력부대인 8연대 연대장 현계선은 자신이 계속 정면에서 카나자와 정안군과 대치하겠다며 조국안에게 뒤로 달려드는 치안대를 막아 달라고 부탁했다. 하지만 저격수에게 가슴을 명중 당한 조국안은 이 참모(李參謀)라는 부하의 등에 업혀 동산 기슭에 임시로 만들어놓은 나무 귀틀막으로 옮겨졌다. 이 참모가 자신의 각반을 풀어 조국안의 총상을 틀어막았으나 피를 멈추게 할 수 없었다. 이미 의식을 잃은 조국안은 대원들이 몰려들어 부르는 소리를 듣고 가까스로 다시 눈을 뜨고 무슨 말을 하려고 입술을 우물거렸으나 알아들을 수 없었다.

이 참모가 8연대 연대장 현계선에게 이렇게 전달했다.

"조 사령께서는 의식이 있었을 때, 자신이 만약 전투 중에 사망하면 1로군 총부의 결정이 있기 전까지는 송무선 동지가 책임지고 2사 당위원회를 열어 임시로 2사를 책임질 분을 선출하라고 하셨습니다."

그러나 조국안의 사망 소식을 들은 위증민은 즉시 전광을 파견했다. 그동안 2군 6사의 장백 진출을 돕기 위해 양정우가 특별히 동변도 북부 지방에 남겨 놓았던 1군 2사가 이대로 무너지는 것을 두고 볼 수 없었기 때문이다.

"우리 2군에서 한 연대 병력을 1군 2사에 보태 주어야겠소."

전광은 이미 위증민과 논의했고, 이 방안도 바로 위증민이 직접 내놓았다는 사실을 김성주와 조아범에게 전달했다.

"저희 6사에서 말입니까?"

김성주와 조아범은 서로 마주보며 전광의 대답을 기다렸다.

전광은 두 사람을 설득했다.

"생각 좀 해보오. 지금 상황에서 6사가 나서지 않으면 누가 나서겠소. 6사의 장백 진출을 엄호하느라 4사가 그동안 무송현 경내에서 치른 손실이 어디 이만저만이오? 게다가 6사의 장백 정착을 돕다가 이번에는 1군 2사가 이 모양이 되고 말았소. 왕 군장에 이어 조 사장까지 돌아가셨는데, 6사가 나 몰라라 보고만 있을 수 있겠소? 6사 산하 네 연대 가운데 최소한 한 연대는 내놓아야겠소."

조아범은 김성주에게 물었다.

"어떻게 했으면 좋겠소? 전광 동지 말씀에 도리가 없지 않소."

"그러나 우리 6사도 지금은 9, 10연대가 무송 경내에 있고 8연대만 겨우 살아서 돌아왔을 뿐인데, 그렇다고 주력부대인 7연대를 내줄 수는 없지 않습니까? 더구나 9, 10연대는 그동안 왕 군장과 함께 무송에서 전투하는 동안 절반 이상씩 병력이 줄어들었다고 하니, 우리 6사도 사실은 그렇게 썩 좋은 상황이 아닙니다."

김성주와 조아범은 의논 끝에 마덕전의 9연대와 서괴무의 10연대를 넘겨주려 했다. 그러나 9, 10연대의 사정을 잘 아는 전광은 크게 노했다.

"이 두 연대는 합쳐봐야 200명도 되나 마나 한데, 이게 말이 되오?"

"보시다시피 저희 6사 전투부대도 편제만 버젓이 네 연대일 뿐 실제로 큰 전투를 치를 부대는 7연대와 8연대, 그리고 사부 직속 여성중대와 조 정위의 교도연대밖에 더 없습니다."

김성주가 이렇게 우는소리를 할 때 갑자기 조아범의 얼굴빛이 어두워졌다.

전광이 불쑥 무릎을 때리면서 김성주의 말을 중단하고 나섰기 때문이다.

"이홍소의 교도연대를 보내면 되겠구먼."

오중흡이 중대장으로 있던 손장상 7연대가 김성주 직속 주력부대였다면, 이홍소가 연대장이었던 교도연대는 다름 아닌 조아범의 직속부대였기 때문이다. 그동안 사부 직속 여성중대와 소년중대도 주로 교도연대와 함께 행동한 적이 훨씬 더 많았다.

"교도연대를 보내다니요? 차라리 저까지 함께 보내 버리십시오."

조아범이 참지 못하고 반발하고 나서자 전광은 기다렸다는 듯 머리를 끄덕였다.

"방금 그 말 진심이오? 양 사령과 라오웨이한테 그대로 보고해도 되겠소?"

조아범은 잠깐 생각해 보고 나서 머리를 끄덕였다.

"네, 그렇게 보고해 주십시오. 만약 필요하다면 제가 1군으로 이동하겠습니다."

"조아범 동무, 그게 무슨 말씀이오?"

김성주가 조아범을 나무랐으나 그는 이미 결심한 듯 굳은 표정이었다.

"교도연대를 1군으로 보내면 내가 여성중대와 소년중대를 데리고 다니란 말이오?"

"아니, 그래도 그렇지 어떻게 1군으로 이동할 생각을 다 한단 말이오?"

조아범과 김성주는 전광과 헤어져 돌아오며 이야기를 주고받았다.

"솔직히 말하면 전광 동지 말씀이 틀리지 않소. 우리 6사가 그동안 무송에서 무사하게 탈출하여 장백산 지구로 들어와서 이처럼 순조롭게 자리 잡게 된 것은 전적으로 우리 2군 4사와 1군 2사 덕분이 아닐 수 없소. 우리에게로 쏠리는 놈들을 견제하느라 왕 군장과 조국안 사장까지도 희생되었으니, 어떻게 외면하고만 있을 수 있겠소. 양 사령과 라오웨이가 보고받고 결정내리면 난 1군으로 이동하여 2사의 중책을 떠안겠소."

조아범의 진심어린 고백을 듣는 김성주도 더는 할 말이 없었다.

5. 미인계

그날로 2군 6사 교도연대가 전광과 함께 1군 2사 사부가 주둔한 도천리 인근 14도구밀영으로 출발했다. 그 사이 1군 2사 당위원회에서는 회의를 개최한 뒤 원 정치부 조직과장 송무선을 2사 정치부 주임 겸 사장대리로 선출했다. 전광은 2사 밀영에 도착한 뒤 송무선에게 그동안 있었던 일들을 보고받았다.

"아니, 토미모리공작반이 지금 동무들이 놓은 미끼에 단단히 걸려들었구먼."

전광은 무척 흥분했다.

"연락원 권 아주머니 딸이 토미모리 경무과장놈과 설날에 함께 보내자고 이미 약속을 잡아놓았고 또 거짓 자수하기로 한 2사 여공작원 샤오훙(小洪) 동무에게도 토미모리가 14도구 경찰서장 혁조춘을 붙여주겠다고 약속했습니다. 그래서 설날에 이 두 놈을 산 채로 붙잡으려고 준비하던 중이었는데, 마침 6사 왕작주 참모장과 오 연대장이 얼마 전 저희 밀영에 도착해 잠시 머무르고 오늘은 주임동지께서도 저희 2사에 한 연대 병력을 보충해주시니, 이 두 놈을 생포하는 데 그치지 않고 이참에 14도구 경찰대대까지 모조리 날려 보낼 생각입니다."

송무선의 설명을 듣고 전광은 크게 기뻐했다.

"14도구 경찰대대를 다 날려 보내고, 토미모리란 놈도 반드시 산 채로 잡아서 그놈 입으로 공작반에 가담한 자들을 다 말하게 해야 하오. 그들을 찾아내 모조리 섬멸해버립시다. 그나저나 우리 2군 제갈량도 마침 여기 와 있다니 얼마나 잘된 일이오. 하늘이 2사를 돕는 것이오."

전광은 송무선에게 왕작주와 손장상을 즉시 부르게 했다.

왕작주 일행은 마침 6사 부관 김주현과 함께 지양개를 향해 떠나려던 참이었으나 전광이 부른다는 말을 듣고 허둥지둥 달려왔다. 이미 전광 막사에는 송무선, 현계선, 한 참모, 이 참모 등 2사 지휘관들뿐만 아니라 이번에 새로 2사로 넘겨진 6사 교도연대 연대장 이흥소까지 모두 와 있었다.

"김 부관이 손 연대장과 함께 8연대 동무들을 데리고 먼저 돌아가고, 왕작주 참모장은 여기 14도구에 남아서 나랑 볼 일이 있다고 김일성 동무한테 전해주오."

전광이 이렇게 김주현에게 시켰다.

왕작주는 전광 곁에 남아 송무선과 함께 토미모리공작반을 섬멸하는 작전을 진두지휘했다. 왕작주가 전광과 송무선에게 계책을 대주었다.

"설날까지 기다리지 말고 2, 3일 전에 샤오훙을 14도구 경찰서장 혁조춘에게 가게 하십시오. 항일연군이 산속에서 설 쇨 준비를 하는데, 기름과 고기를 사러 나왔다고 하면 이자가 반드시 토미모리에게 연락할 것입니다. 그러면 설날에 토벌대가 몰려올 것인데, 그때 우리는 부대를 세 갈래로 나누어 한 갈래는 밀영에서 그놈들을 마중하고, 다른 한 갈래는 14도구 경찰서를 습격하고, 또 다른 한 갈래는 도천리로 들어가 토미모리란 놈을 잡읍시다. 혁조춘은 경찰서장이라 직접 토벌하러 나오지 않을 수도 있습니다. 다른 경찰대장 놈을 파견할 것입니다. 어쩌면 그 유명하다는 마금두가 직접 올지도 모릅니다. 그러면 우리는 마금두뿐만 아니라 도천리에서 토미모리와 이 혁 가 놈까지 한 번에 다 잡아버릴 수 있습니다."

전광은 왕작주가 시키는 대로 작전을 진행했다.

일찍 남만유격대 시절부터 이송파 부대로 소문났던 1군 2사와 함께 보냈던 전광인지라 2사에서는 일반 대원에게 이르기까지 누구도 전광의 명령을 받들지 않는 사람이 없었다. 전광은 14도구 경찰서를 습격하는 임무는 이홍소 교도연대에 맡기고, 현계선의 2사 8연대는 밀영 주변에서 매복하게 했다. 도천리로는 송무선이 직접 2사 소년중대를 데리고 몰래 내려갔다. 왕작주는 전광이 말리는 것도 마다하고 송무선과 함께 갔는데 도천리 가까이 다가갔을 때, 샤오훙이 먼저 마을로 들어가 권 씨 딸을 데리고 나왔다.

"홍 동무(샤오훙)는 경찰서장 혁조춘에게 가서 자수하고 그자들한테 밀영 위치를 알려주오."

"만약 길안내 서라고 하면 어떻게 할까요?"

"토미모리란 놈이 홍 동무한테 경찰서장을 소개해준다고 약속했다니 결코 동무를 그런 위험한 일에 보내지 않을 것이오. 그리고 밀영으로 토벌 나오는 일도 경찰대장놈이 맡고 서장은 나서지 않을 것이니 걱정하지 않아도 되오."

샤오훙은 왕작주가 시키는 대로 권 씨 딸과 함께 14도구 경찰서로 찾아가 자수하고 2사 밀영 위치를 알려주었다. 마금두의 경찰대대 100여 명이 그날로 14도구로 달려왔고, 14도구 주변 동네에 살던 토미모리공작반의 밀탐 40여 명까지도 함께 동원되어 1936년 12월 섣달 그믐날 밤에 몰래 밀영으로 들어갔다. 20도구에 주둔하던 하 영장 대대도 이때 출격 명령을 전달받았고 다음날 새벽 1시로 정해진 공격시간을 맞춰 밀영에 도착하기로 했다. 하지만 정작 토미모리공작반 반장이었던 토미모리 유지로 본인은 14도구 경찰서장 혁조춘과 함께 샤오훙까지 데리고 권 씨 딸이 혼자 살고 있는 집으로 기어들어왔다.

"오늘밤만 지나면 샤오훙은 만주국 정부로부터 큰 상금을 받게 될 것이고, 혁 서장도 승진하여 경무청으로 이동하게 될 테니, 그때면 춘자까지도 모두 데리고 함께 통화로 가서 살게 해주마."

토미모리 경무과장과 혁조춘은 권 씨 딸과 샤오훙을 곁에 끼고 앉아 함께 술을 마시면서 지껄여대고 있었다. 맨앞에서 밀영 쪽으로 간 마금두 경찰대대가 공격시간을 새벽 1시로 정해놓았기 때문에 토미모리와 혁조춘은 비록 술을 많이 마셨지만 결코 정신줄을 놓으려 하지 않고 연신 손목시계를 들여다보았다.

"조금만 있으면 바로 공격이 시작될 것이오."

"우리도 술은 이제 그만하고 슬슬 공격을 시작하는 것이 어떻겠소이까?"

혁조춘은 너스레를 떨어가면서 곁에 앉은 샤오훙의 몸에 손대기 시작했다.

샤오훙은 아주 침착하게 권 씨 딸에게 눈빛을 보내고 나서 혁조춘에게 말했다.

"제가 여러 날 동안 목욕을 못해서 몸이 좀 어지러우니 씻게 해주세요."

"방이 이렇게 작은데 목욕을 어디서 한단 말이냐?"

그러자 권 씨 딸이 토미모리와 혁조춘에게 말했다.

"아저씨네가 데리고 온 분들이 저쪽 방을 차지하고 있는데, 이미 식사를 다 마쳤을 것이니 조금만 밖에 나가 있으라고 하면 안 되나요? 샤오훙 언니가 먼저 씻고 나면 저도 좀 씻을래요."

이에 토미모리는 조금도 의심하지 않고 껄껄 웃으면서 혁조춘에게 말했다.

"혁 서장, 어서 그렇게 하도록 하오. 같은 값이면 깨끗한 걸로 잡숩시다."

이렇게 되어 혁조춘이 경호원으로 데리고 왔던 경찰 둘과 토미모리가 데리고 왔던 공작반 사복경찰 둘까지 잠깐 마당에 나온 사이, 권 씨네 집 광에 미리 숨어 있던 2사 소년중대 대원 20여 명이 달려들어 쥐도 새도 모르게 그들 넷을 모두 죽였다. 얼마 뒤 새벽 1시가 조금 지났을 때였다.

"땅, 땅땅땅!"

갑자기 먼 곳에서 울려오는 총소리가 14도구의 밤 정적을 깨뜨렸다.

첫 한 발이 울리고 10초쯤 지난 뒤 다시 연거푸 세 발의 총소리가 울리고 난 뒤였다. 쾅 하고 수류탄 터지는 소리가 그렇게 멀지 않은 경찰서 쪽에서 울렸다.

"이게 웬 일이오?"

토미모리 경무과장과 혁조춘은 소스라치게 놀랐다.

저쪽 방에서 몸을 씻겠다고 나갔던 샤오훙과 권 씨 딸이 갑자기 비명을 지르면서 물소랭이를 넘어뜨리는 소리를 냈다. 혁조춘이 권총을 뽑아들고 다른 방으로 건너가려다 부엌에서 누군가가 내리치는 몽둥이에 뒤통수를 얻어맞고 그 자리에서 까무러쳤다. 곧이어 권총을 든 샤오훙이 불쑥 토미모리 앞에 나타났다. 샤오훙 뒤를 따라온 소년중대 대원들이 토미모리를 묶은 다음 마당으로 끌고 나갔다. 마당에서 기다리던 송무선과 왕작주가 토미모리에게 물었다.

"네가 토미모리란 자냐?"

"춘자야, 이게 어떻게 된 일이냐?"

토미모리는 아직도 정신을 못 차리고 두리번거리면서 권 씨 딸을 찾았다.

권 씨 딸이 한 소년중대원의 총을 빼앗아들고는 달려오면서 토미모리 가슴을 총창으로 찌르려 했다.

"너를 죽여 우리 어머니 원수를 갚을 테다!"

송무선이 급히 권 씨 딸을 말렸다.

"조금만 참으오. 날이 밝으면 마을사람들을 다 모아놓고 동무 어머니가 희생된 그 장소에서 이놈들을 공개 처형할 깃이오."

이때 끌려 나온 혁조춘은 가까스로 정신을 차리고 송무선에게 말을 걸었다.

"당신이 혹시 조 사령 부대의 송 부장이오? 전에 당신이 보냈던 사람들이 나를 찾아오면 난 당신네가 요구하는 대로 뭐든지 다 들어주었는데, 왜 갑자기 이렇게 사경으로 몰아넣소?"

"네 놈이 먼저 약속을 배반하고 우리네 연락원을 살해하지 않았느냐?"

"아, 권 씨 말이오? 권 씨를 살해한 건 내가 아니라 저자네 공작반이 한 짓이오."

혁조춘은 토미모리를 가리켰다. 그제야 비로소 어떻게 된 영문인지 알아차린 토미모리가 혁조춘에게 별렀다.

"오호라, 이제 보니 너도 공비들과 내통하고 있었구나."

"송 부장, 나를 놓아주고 저자는 죽여주시오. 안 그러면 우리 모두 화를 입게 될 것이오. 장백현 경찰대대와 만주군 기병연대가 지금 14도구에 와 있고, 아마 지금쯤 당신네 밀영에도 이미 토벌대가 들이닥쳤을 것이오."

곁에서 가만히 지켜보던 왕작주가 참지 못하고 다가와서 한마디 했다.

"아직도 어떻게 돌아가는 판국인지 모르는구먼. 당신네 토벌대는 지금쯤 텅 빈 밀영에 들어갔다가 우리 부대의 매복에 걸려들었을 것이오. 그리고 경찰서도 이미 점령당했소."

왕작주와 송무선은 토미모리 경무과장을 방으로 데리고 들어가 심문했다.

"당신이 붙잡힌 사실을 아는 자들은 저 밖에 있는 혁 가와 몇몇 경찰뿐인데, 당신이 우리한테 협력한다면 밖에 있는 자들을 모조리 죽여서 입을 다물게 만들겠소."

왕작주가 토미모리에게 약속했다.

"그러면 나를 죽이지 않고 놓아줄 수도 있다는 말씀이오?"

곁에 있던 송무선이 머리를 끄덕였다.

"그러니까 당신이 죽는가 사는가 하는 문제는 당신 자신한테 달렸단 소리요."

"좋소. 그럼 말해보오. 당신네가 원하는 게 뭐요?"

토미모리는 살고 싶은 마음에 왕작주와 송무선이 요구하는 대로 장백현 경내 농촌에 잠복한 토미모리공작반 밀탐들의 신상정보를 아는 대로 모두 털어놓았다. 송무선이 직접 책임지고 날이 밝기 전에 이 밀탐들을 잡으러 나섰으나, 도천리 주변의 간구자(干溝子), 15도구(十五道溝), 4도구(四道溝), 계관라자(鷄冠砬子), 냉구자(冷溝子), 안락(安樂), 산남리(山南里) 등에 퍼져 있던 밀탐들이 난천자의 강성희까지 포함하여 그날 밤 마금두의 경찰대대와 함께 2사 밀영을 토벌하는 데 따라 나간 바람에 하나도 붙잡지 못했다.

송무선은 어찌나 화가 났던지 돌아오자마자 바로 14도구 경찰서장 혁조춘과 토미모리 경무과장을 도천리 동산언덕으로 끌고 나가 나무에 묶었다. 권 씨 딸에게 총창을 주며 어머니의 복수를 하게 했다.

"다 털어놓으면 놓아준다고 했으니 약속은 지켜야 하지 않겠소?"

왕작주가 한마디 했다.

"공작반 특무놈들을 한 놈도 못 붙잡았는데, 어떻게 놓아준단 말이오?"

송무선은 혁조춘과 토미모리 둘 다 처형하자고 주장했다.

게다가 14도구 경찰서를 공격하던 중 교도연대 경위소대 한 대원이 연대장 이홍소 가까이에 떨어진 수류탄을 발견하고 달려 나가 발로 걷어차다가 수류탄이 터지는 바람에 사망하고 말았다. 그러자 이홍소까지 나서서 송무선을 도와 도천리 백성들을 모두 불러 동산언덕에 모이게 했다.

동산언덕은 2사 연락원 권 씨가 살해당한 곳이었다. 송무선은 권 씨를 매달았던 나무를 찾아 그 나무에 혁조춘과 토미모리를 묶어놓고 권 씨 딸에게 창검이 달린 보총 한 자루를 주면서 직접 찌르게 했다. 그러자 권 씨 딸은 눈 한 번 깜빡

하지 않고 바로 총창을 들어 혁조춘과 토미모리 배를 한 번씩 찔렀다고 한다.

6. 반강방자전투

이것이 1937년 설날 도천리에서 실제로 일어났던 일이다.

필자가 이 지역을 답사할 때 도천리는 행정구역상 오늘의 14도구진 경내에서 따로 나와 도천리향으로 바뀌어 지역 범위가 훨씬 더 넓어졌다. 1946년 장백현에서는 행정구역을 한 차례 새롭게 정리하면서 경내 모든 촌락을 3구 6진 15향으로 나누었다. 이 과정에서 도천리 주변 동네들을 한데 모아 도천리향으로 명명하면서 정작 진짜 도천리로 불렸던 동네는 쌍차두향(雙岔頭鄉)으로 바뀌었는데, 중국 사람들은 쌍차두향을 중화촌(中和村)으로 부르기도 한다.

"1930년대 당시의 도천리는 오늘의 도천리향이 아니란 말인가요?"

"아마 지금의 중화촌일 것입니다. 그곳에서 항일연군이 14도구 경찰서장과 일본특무 두목을 체포하여 공개 총살했지요."

"그 중국인 경찰서장놈은 심장을 찔려 그 자리에서 죽었지만, 일본 특무놈은 옆구리로 빗나가게 찍혔던 모양입니다. 여자아이가 처음으로 사람을 죽여 보는 것이니 두 번째 찌를 때는 힘도 모자란 데다가 손도 떨려 제대로 찌르지 못했지요. 시체 둘을 산언덕에 그대로 내버렸는데, 다음 날 보니 일본 특무놈 시체가 보이지 않았다고 합니다. 그놈은 도망쳤던 것이 분명합니다."

"그럼 권 씨 딸은 어떻게 되었나요?"

"박춘자 말입니까? 그 애는 참으로 비참하게 되었습니다. 어머니 원수를 갚은 박춘자는 그 길로 항일연군과 함께 도천리를 떠났습니다. 그러나 몇 달 뒤 한가구(韓家溝, 횡산)의 추이샤즈(崔瞎子, 눈먹쟁이 최 씨)한테 붙잡혀 살해되었습니다."

14도구 노인들에게 얻어들은 권 씨 딸 박춘자의 최후와 관련한 이야기다.

추이샤즈의 본명은 최자준(崔子俊)이며, 장백현 경찰대대 산하 횡산경찰중대 중대장이었다. 고향은 조선 함경북도 성진이며 어려서부터 공부를 많이 했다고 한다. 그는 도수가 높은 안경을 썼는데, 안경을 벗으면 앞을 잘 볼 수 없어 생긴 별명이 추이샤즈다. 중국말과 일본말을 원어민처럼 잘하는 데다 조선인이다 보니 대대장 마금두의 심복으로 발탁되었다. 그의 중대는 주로 한가구에 주둔했는데 중대원 전원이 조선인이었다.

1937년 5월 18일 밤, 김성주는 오중흡을 파견하여 횡산삼림채벌구역 내 반강방자(搬崗房子)를 공격했다. 여기서 주둔하던 만주군 고명 여단 산하 한 보병 중대가 완강하게 반격했다. 총소리를 듣고 최자준 경찰중대가 달려와 오중흡 중대를 협공했다. 사장 김성주는 경위중대와 함께 홍두산 동쪽의 송수박자(松樹泊子)에서 참모장 왕작주와 함께 이 전투를 지휘하고 있었다. 7연대 정치위원 김재범이 오중흡과 함께 19도구하 남쪽으로 산을 넘어 4종점 평강(四終點 平崗)까지 내려갔다가 만주군 순찰병 한 소대를 생포하여 얻은 정보를 사부에 알려왔다.

"반강방자에 주둔한 만주군은 제2여단 보병연대 산하 제2중대이며, 연대 대부대는 각각 20도구와 6종점에 주둔하고 있어 전투가 발생하면 놈들의 지원부대가 불과 1시간 이내에 도착할 수 있을 것 같습니다."

왕작주가 곁에 있다가 김재범이 보내온 전령병에게 물었다.

"반강방자를 지키는 게 2중대 산하 1소대라고 하지 않았소? 왜 갑자기 소대가 중대로 바뀐 거요?"

"저희가 4종점에서 생포한 순찰병들이 바로 2중내 산하 1소대였습니다."

"아무래도 처음에 진행한 정찰 정보가 틀렸고, 이번 정보가 정확한 것 같소.

한가구는 원래 마금두의 경찰대대 본거지인데, 어디서 갑자기 이렇게 많은 만주군이 들어왔는지 모르겠구면. 어떻게 했으면 좋겠소?"

김성주는 걱정스러운 표정으로 왕작주에게 물었다.

"자칫하다가는 오중흡 중대가 포위되어 빠져나오지 못할 수 있습니다. 빨리 철수시켜야 합니다."

왕작주가 이렇게 건의하자 김재범의 전령병이 말했다.

"정치위원동지도 철수하는 것이 좋겠다고 했지만 오중흡 중대장이 말을 듣지 않아 사장동지의 결정을 듣고 오라고 했습니다."

김성주가 놀라 말했다.

"왕 형, 큰일 났구려. 오중흡이 김재범 동무의 말을 들을 리 있겠소."

"사부 이름으로 명령을 내리십시오. 속전속결로 반강방자를 점령할 수 있으면 전투를 진행하고 그러지 못할 것 같으면 속히 철수하라고 하십시오. 제 생각에는 오중흡 중대장이 이미 공격했을 것 같습니다. 빨리 철수하여 되돌아오라고 하십시오."

왕작주가 이렇게 건의했다.

김재범의 전령병을 보내고 나서 왕작주는 김성주에게 6사 사부도 송수박자에서 밤을 보내지 말고 용천갑(龍泉閘)을 넘어 3종점 북산 쪽으로 이동하자고 재촉했다.

"우리가 비록 토미모리를 처단했지만, 이놈이 장백 지방에 뿌린 공작반의 밀탐들이 여전히 맹렬하게 활동하는 것이 틀림없습니다. 그러니 우리가 송수박자에서 밤을 보낼 것이라는 정보를 놈들이 탐지하지 못했을 리 없습니다."

6사 시절 김성주는 왕작주의 건의라면 받아들이지 않는 것이 없었다.

반강방자전투(搬崗房子戰鬪, 횡산전투橫山戰鬪) 직후 곧이어 3종점전투가 발생한 것도 왕작주의 건의로 6사 사부가 3종점 북산으로 이동하면서 여기서 박득범의 4사 주력부대와 만났기 때문이다. 여단장 고명이 직접 인솔한 만주군 제2혼성 여단 1,000여 명이 3종점 북산으로 뒤쫓아 왔던 것이다.

"혹시 우리 뒤를 캐는 토벌대 밀탐 놈들을 발견이라도 했소?"

그러자 왕작주가 김성주 귀에 대고 소곤거렸다.

"우리가 횡산 지역에 들어올 때부터 이곳 산림작업소들에서 일하는 채벌공들 가운데 느낌이 좋지 않은 중국 사람이 여럿 섞여 있는 것을 발견했습니다. 딱히 증거가 없어서 함부로 잡을 수는 없었지만, 우리가 소보구(小寶溝) 목파방자(木把房子)에서 보급품을 해결할 때 우리에게 쌀을 나르던 사람들을 제가 따로 모아 놓고 일일이 이름을 물었던 적이 있었습니다. 그때 인부들 가운데 놀랍게도 마금두와 이름이 아주 비슷한 자를 발견했는데, 마금두가 아니고 마금취(馬金翠)라고 하지 않겠습니까."

"이름이 비슷하다고 마금두와 무슨 연관이 있다고 단정할 수는 없지 않소."

김성주는 반신반의했다.

"그때 인부들 우두머리가 왕세거(王世擧)와 손성옥(孫成玉)이었는데, 제가 이 두 사람을 따로 불러 마금취를 감시해달라고 부탁했더니, 아닌 게 아니라 이자가 몰래 경찰대대를 드나드는 걸 발견했습니다."

이 말을 들은 김성주는 몹시 놀랐다.

"아니, 우리가 목파방자에서 송수박자로 이동할 때도 왕세거와 손성옥이 데리고 왔던 인부들 속에 이 마 가라는 자가 들어 있었단 말이오?"

"당연하지요. 그래서 지금 옮기자는 것입니다."

"그러면 놈들이 지금까지 계속 우리 동선을 알고 있었다는 말이지 않소?"

"이 마금취라는 밀탐 놈을 이용해 만주군을 유인할 수 있습니다."

"장계취계(將計就計, 상대방의 계략을 역이용한다는 뜻)하자는 것이오?"

"오중흡 중대가 용천갑 쪽으로 돌아오면 전투를 계속하면서 3종점 쪽으로 철수하게 하면 됩니다. 그 사이에 우리는 4사 부대와 합류한 다음 유리한 지형을 골라서 주머니를 만들어놓고 기다립시다. 틀림없이 마금두 경찰대대와 만주군 고명 여단이 벌떼처럼 몰려들어올 것입니다."

이 전투들은 오늘의 장백현 경내에서 치른 크고 작은 전투들로, 논쟁이 많기로 유명한 1937년 6월 4일의 '보천보전투(普天堡戰鬪, 보천보습격사건)'로 이어진다.

좀 더 자세히 살펴보면, 왕세거와 손옥성의 인부들에게 쌀과 담배, 소금 등 노획물을 지게 하고 횡산의 소보구 목파방자에서 송수박자의 밀영으로 들어간 것은 1937년 5월 중순경 일이고, 김재범과 오중흡이 반강방자의 만주군 병영을 습격하다가 실패한 것은 5월 18일이었다.

반강방자에서 뒤를 쫓아오기 시작했던 만주군 고명 여단을 3종점 북쪽으로 유인하고 달아나는 과정에서 김성주와 왕작주는 다시 헤어지게 되었다.

"김 사장이 계속 3종점 쪽으로 놈들을 유인하고, 나는 용천갑 쪽에서 오중흡 중대와 합류해서 뒤를 쫓아오는 놈들의 병력이 우리와 대등하면 배후를 공격하는 전투를 진행하겠소. 하지만 놈들의 병력이 너무 많으면 차라리 용천갑에서 압록강 쪽으로 유인하다가 아예 월경하여 조선으로 들어가는 것처럼 하겠습니다. 그러면 놈들은 분명 혼란에 빠질 것입니다. 최소한 놈들의 주력부대를 절반은 갈라놓는 셈이니, 김 사장은 4사 부대와 합작하여 3종점 북쪽에서 나머지 놈들을 모조리 섬멸해 버릴 수 있을 것입니다."

왕작주의 말에 김성주는 머리를 저었다.

"안 되오. 자칫하다가는 놈들이 3종점으로 따라오지 않고 모조리 용천갑 쪽으로 몰려갈 수 있소. 그러면 오히려 왕 형이 더 위험해질 수 있단 말이오."

"괜찮습니다. 이쪽 지리에 밝은 동무를 길잡이로 주십시오."

왕작주는 지도를 펼쳐놓고 김성주에게 설명해 보였다.

"제가 용천갑에서 놈들의 토벌대를 떼어 놓지 못하면 여기 19도구와 20도구, 21도구를 거쳐 구시산 쪽까지 계속 놈들을 달고 달아나겠습니다. 만약 마금두의 경찰대대라면 좀 애를 먹겠지만, 만주군은 그렇게 질기지 않으니 제가 금방 떼어 버릴 수 있을 것입니다."

왕작주와 헤어질 때 김성주는 19도구에서 입대한 천봉순이라는 신입대원을 보내주었다. 중국 자료에는 이때 왕작주를 따라 떠난 부대는 8연대에서 갈라낸 두 중대였는데, 중대장은 박 중대장(조선인)과 장 중대장(중국인)이라고만 기록되어 있다. 이 중대에는 천봉순 외에 19도구 출신의 중국인 신입대원 하나가 따라왔는데, 그가 바로 해방 후까지 살아남아 중국에서 보천보전투와 그 뒤를 잇는 간삼봉전투의 전후과정에 대해 자세한 내막을 들려주었던 교방의(喬邦義)였다.

한편 김재범의 전령병이 명령을 받고 돌아왔을 때, 오중흡이 김재범 곁에 경위원 서넛만 남겨놓고는 벌써 반강방자의 만주군 병영을 공격하기 시작한 뒤였다. 10여 대의 기관총이 동시에 연발사격을 퍼부어 병영을 쑥대밭으로 만들어 놓았다. 등불이 모조리 꺼지고 칠흙같이 캄캄한 어둠 속에서 살아남은 만주군 병사 여럿이 끝까지 항복하지 않고 계속 완강하게 저항했다. 그때 김재범이 달려와 오중흡에게 김성주의 명령을 전달했다.

"속전속결하지 못하면 무조건 철수하라는 김 사장의 명령이오."

"조금만 더 시간을 주십시오. 저놈들을 모조리 섬멸시켜 버리겠습니다."

김재범이 아무리 말려도 오중흡은 물러서려 하지 않았다.

"아마 지금쯤 놈들의 지원부대가 이쪽으로 달려오고 있을 것이오."

김재범은 급해서 오중흡에게 대고 소리쳤다.

"어서 김 사장의 명령을 집행하오."

오중흡은 김성주의 명령이라는 바람에 하는 수 없이 철수 명령을 내렸다.

그런데 벌써 최자준의 경찰중대가 반강방자로 접근하면서 철수하던 오중흡 중대를 가로막고 나섰다. 오중흡 중대와 함께 이 전투에 참가했던 사부 여성중대 20여 명이 철수할 때 후대에서 선대로 바뀌어 제일 먼저 빠져나가다가 그만 최자준의 경찰중대와 맞붙게 되었다. 도천리에서 참군했던 신입대원 박춘자가 이 20여 명 가운데 있었다.

원칙대로라면 박춘자는 1군 2사에 배치되었어야 했는데, 어떻게 6사 사부 여성중대에 배치되었는지 이유를 알 수가 없다. 도천리 노인들이 권 씨 딸 박춘자가 반강방자에서 한가구의 경찰중대장 최눈먹쟁이에게 붙잡혀 살해되었다고 말하는 걸 보면, 송무선의 1군 2사 부대와 김성주의 6사 부대가 1937년 설 기간에 도천리 인근의 밀영이나 아니면 바로 지양개에서 만났을 가능성이 있다. 박춘자가 그때 6사 여성중대로 갔거나 아니면 도천리에서 토미모리와 혁조춘을 처형한 뒤 왕작주가 6사 사부로 돌아갈 때 그를 따라 6사로 갔을 가능성도 있다.

총상 당한 박춘자를 등에 업었던 박녹금은 피투성이가 되었다. 처음에는 대원 둘이 박춘자를 부축하고 뛰었으나 피를 너무 많이 흘린 박춘자가 의식을 잃자 박녹금이 직접 나서서 등에 업은 것이다. 그때 김재범이 허둥지둥 달려와서 박춘자 코에 손을 대보고는 박녹금에게 소리쳤다.

"이미 숨졌소. 빨리 내려놓소."

"시체를 묻어주어야 하지 않을까요?"

박녹금이 숨진 박춘자를 어찌 처리했으면 좋을지 몰라 망설이자 김재범이 화를 냈다.

"우물쭈물하다가는 우리까지 다 죽소. 빨리 내려놓고 철수하오. 이건 명령이오."

김재범이 한 소대를 데리고 달려와서 맨 뒤로 처진 여성중대를 엄호했기 때문에 박녹금 등은 반강방자 인근의 대만교(大彎橋) 서산 기슭으로 빠져 달아나는 데 성공했으나, 박춘자의 시체를 그 서산 기슭에 내려놓을 수밖에 없었다. 미처 땅을 파고 묻어주지 못했기 때문에 뒤따라 서산 기슭에 도착한 최자준의 경찰중대가 몰려들어 박춘자의 시체를 능욕했다고 한다.

왕작주는 용천갑에서 오중흡 중대와 만났다. 철수하면서 박춘자가 사망하자 시체를 그대로 내려놓고 왔다는 말을 들은 왕작주는 몹시 화를 냈다.

"그 경찰 놈들이 그러잖아도 혁조춘의 원수를 갚는다고 혈안이 되어 있을 텐데, 시체를 묻지도 않고 왔다니 이 무슨 소리요? 그놈들이 저지를 참상이 눈앞에 뻔한데 이대로 내버려둘 수는 없소."

왕작주는 교방의에게 대원 몇을 붙여 몰래 대만교 서산 기슭에 가서 박춘자 시신을 찾아 땅에 묻어주고 돌아오라고 시켰다. 그때 임무를 집행하고 돌아온 교방의는 며칠 동안 밥을 먹을 수 없었다고 한다. 최자준 경찰중대가 대부분 조선인들이었다고 하는데, 이미 사망한 박춘자가 자신들과 같은 조선 사람인 걸 알면서도 시신의 옷을 벗기고는 가슴과 음부를 도려내고 배를 가른 뒤에 창자까지 꺼내어 주변 나무 여기저기에 걸어놓았다고 했다.

왕작주는 산속에서 박춘자 추도식을 거행했다. 대원들이 모두 정렬한 가운데 왕작주가 직접 나서서 박춘자의 어머니 권 씨가 항일연군을 돕다가 도천리에서 살해당한 이야기로부터 시작하여 박춘자가 항일연군을 도와 토미모리공작반 반장과 14노구 경찰서장 혁조춘을 유인하여 생포했던 일을 소개했다.

"피 빚은 피로써 갚자!"

누군가가 이런 구호를 외쳤고 대원들이 모두 함께 따라 외쳤다.

박춘자 시신을 직접 묻어주고 돌아왔던 한 대원이 울면서 절규했다.

"이 피 빚을 꼭 받아내어 박춘자의 원수를 갚자!"

7. 평두령 매복전

이야기는 다시 1937년 새해 첫날[230]로 되돌아간다.

설 전에 참모장 왕작주가 도착하기만을 눈 빠지게 기다리던 김성주는 도천리
로 마중나갔던 김주현이 손장상만 데리고 돌아온 것을 보고 여간 당황하지 않
았다.

"라오쑨, 전광 동지가 혹시 우리 참모장을 1군 2사로 이동시키려는 것 아닌가
요?"

"그럴 리가 없소. 도천리에서 왜놈 특무두목을 생포하려고 작전을 짜고 있는
모양이오. 일을 마치고 나면 바로 돌려보내겠다고 했소."

"그나저나 우리 8연대가 튼튼하게 살아서 모두 돌아왔으니 한시름 놓았습니
다. 이제는 라오챈(전영림)한테도 할 말이 있게 되었습니다. 라오쑨과 왕 참모장
이 정말 수고가 많았습니다."

김성주가 이렇게 치사하자 손장상이 대답했다.

---

230 일명 '홍두산전투'라고 불리는 '평두령 매복전'이 벌어졌던 시간을 두고 북한에서는 1937년 2월 14
일이라고 주장하지만, 『장백현지(長白縣志)』는 1937년 새해 첫날(一九三七年的新年. 元旦午後, 吳
仲恰率領戰士們, 在平頭嶺"蹲檔雪"的雪窩中, 鏟雪做成掩体, 選者一險僻地帶隱蔽埋伏, 暗設了望
哨, 撐開"口袋"防禦來犯之敵.)로 기록하고 있다.

"솔직히 내 부대도 아니고 임시로 대리직을 맡고 있으니 함부로 전투할 수가 없었소. 전투 중 대원 하나라도 줄어들면 어쩌나 마음고생이 여간 심하지 않았다오."

"라오챈의 다리 병이 다 낳았으니 이제는 라오쑨도 7연대장으로 다시 복귀해야겠습니다."

손장상은 머리를 끄덕였다.

그러나 이때 손장상은 횡산밀영을 거쳐 홍두산으로 들어오면서 평두령(平頭岭)에서 경계임무를 집행하던 오중흡 중대와 이미 만난 뒤였다. 그동안 자기를 대신하여 7연대를 맡았던 정치위원 김재범과 중대장 오중흡에게도 고마운 마음이 많았지만, 실제로 이 7연대를 직속부대로 삼아 매일같이 직접 챙기며 다녔던 사장 김성주에게 진심으로 감탄하지 않을 수 없었다.

"도대체 김 사장은 무슨 묘수를 부린 것이오? 그 사이 숱한 전투를 치른 걸 아는데, 어떻게 대원들 얼굴에 피곤한 기색이라고는 하나도 없고 모두 정신이 또렷하더군요. 그 묘수를 나한테도 좀 가르쳐주기 바라오. 영군술말이오."

손장상이 진심으로 이렇게 청하자 김성주는 하하 소리 내어 웃었다.

"나한테 무슨 묘수가 따로 있겠습니까. 그런 묘수는 나보다 왕작주 동무한테 더 많을 텐데요."

손장상은 머리를 설레설레 흔들었다.

"그렇지 않소. 소탕하에서 놈들한테 쫓겨 다닐 때 왕 참모장이 아주 영민하게 전투를 진행한 덕분에 8연대가 아무 손해 보지 않고 무사히 노령을 넘어 빠져나왔소. 내가 곁에서 김 사장과 왕 참모장의 작전을 적지 않게 지켜보았는데, 서로 비슷한 점이 많아도 결과에 가서는 꼭 뭔가가 달랐소. 그게 무엇인지 이번에 발견했소. 바로 대원들의 사기였단 말이오. 이번에 노령을 넘어온 8연대를 보오.

모두 기진맥진하고 피골이 상접하오. 그런데 7연대는 어떠하오?"

이런 주장에 김성주도 수긍하지 않을 수 없었다.

"7연대는 바탕이 바로 라오쑨 부대 아닙니까. 나도 솔직히 이 몇 달 동안 7연대와 함께 전투를 진행하면서 이렇게 멋진 부대를 만들어준 라오쑨에게 고마운 마음이 적지 않았습니다. 7연대만 있으면 세상 어떤 강적과 싸워도 모두 이길 자신이 있습니다. 영군술 묘수가 무엇이냐고 했지요? 싸워서 이기는 묘수밖에는 다른 묘수가 없습니다. 전투가 힘들고 지치더라도 계속 이기기만 해보십시오. 대원들은 사기 백배할 수밖에 없습니다."

손장상은 평두령 눈벌판에서 구덩이를 파놓고 구덩이마다 대원 1, 2명씩 엎드려 매복해 있던 오중흡 중대를 머릿속에 떠올렸다. 평두령에서 사부 주둔지까지 정확히 30여 리 남짓했다. 바로 왕작주가 가르쳐주었던 '망원초소 30리 설치법'대로 배치한 것이다. 30리 바깥에서부터 자그마치 한 중대씩을 배치했기 때문에 정작 김성주 사부에는 경위중대 30여 명밖에 남지 않았다.

"그런데 이 설날에 놈들이 습격해 오리라 판단하오?"

"그동안 우리한테 크게 당한 혜산경찰서의 이마노(혜산경찰서 경부)란 놈이 잔뜩 악이 돋아 또 압록강을 건너왔다는 정보가 있습니다. 이놈이 지금 마금두의 부하인 장련두(張連斗) 부대대장과 함께 계속 우리 뒤를 따라다니는 중입니다."

이마노가 설 기간에 홍두산으로 접근하고 있다는 이 정보는 그동안 주경동에서 지내던 김주현이 그곳 광복회 회원들을 통해 얻어낸 것이었다. 한 회원의 친척 하나가 경찰대에 있었던 것이다. 설 준비를 위해 기름과 고기를 구하러 산에서 내려갔던 공작원 김정필과 한초남이 이 정보를 받아가지고 정신없이 밀영으로 되돌아왔다.

김성주는 대원들의 설 기분을 망칠까 봐 누구한테도 알리지 않고 몰래 오중흡만 따로 불러 중대를 데리고 평두령 쪽에 나가 매복하게 했다. 북한에서는 이때 홍두산밀영을 습격했던 토벌대를 500여 명으로 두 배쯤 부풀리고, 김성주 곁에 남았던 경위중대는 10명쯤 줄여서 20여 명뿐이었다고 주장한다. 그러나 중국 자료에는 이마노 경부와 장련두 부대대장이 인솔했던 토벌대는 200여 명 남짓했으며, 김성주 곁에는 30여 명 정도의 경위중대가 남아 있었다고 한다.

이날따라 아침나절부터 커다란 눈송이가 흩날리기 시작했는데 오후에는 눈이 더 많이 내렸다. 등에 흰 천을 쓴 일본군 선두부대 20여 명이 이마노 경부의 인솔로 평두령에 접근하다가 오중흡 중대가 펼쳐놓은 매복권 안에 들어와 모조리 섬멸되었다. 경찰대 일본인 지도관(바로 이마노 경부)이 혼자 빠져나와 도주하다가 7연대의 한 명사수에게 뒤통수를 명중당했다.

오중흡 중대에서는 사망자 2명이 생겼다.

"먼저 들어온 놈들은 모두 섬멸했으나 토벌대 주력부대가 10여 리 바깥에 주둔하고 있는데, 지금 한창 불을 피우는 모양입니다. 정찰조가 모닥불 30여 개를 발견했다고 보고해왔습니다. 거기서 시간을 끌면서 또 다른 원병을 불러오려는 모양입니다."

오중흡이 뒤따라 평두령에 도착한 김성주에게 보고했다.

김성주는 그길로 손장상, 김재범과 함께 홍두산 남쪽 능선으로 올라가 손에 망원경을 들고 한참 살펴보더니 즉시 오중흡 등을 불러 작전회의를 열었다. 북한은 이 홍두산전투를 소개할 때 홍두산 남쪽 능선(평두령)에 배치된 매복권 안에 들어온 토벌대 500여 명이 그 한 차례 전투로 완전히 소멸되었다고 주장한다.

이와 같은 주장이 사실과 다른 것은 차치하더라도 더 황당한 내용이 있다. 이 전투에 참가한 여대원 김정숙을 미화하며 이렇게 주장한다.

"사령관동지의 전투명령을 들으시고 거기에 담긴 전술적 의도를 순간에 간파하신 항일의 여성영웅 김정숙 동지께서는 우리 전투 경계 동무들의 뒤를 따르는 적들이 칼능선에 오르면 굴러 떨어지거나 아니면 우리 총에 맞아 죽어야 하며 칼능선에서 다시 골 바닥으로 떨어지면 함정이므로 마지막 한 놈까지 우리의 총알을 받아야 한다고 하시면서 대원들을 원수 격멸에로 불러일으키시었다."

이것이야말로 제멋대로 꾸며낸 것이라고 하지 않을 수 없다.

이 전투는 참모장 왕작주조차도 곁에 없었던 상황에서 김성주가 직접 진두지휘한 것은 사실이다. 그러나 첫 한 차례 전투에서 최종 승패가 갈렸던 것이 아니다. 북한에서 주장하는 홍두산 남쪽 능선에서의 매복전, 즉 평두령전투에는 김성주가 참가하지 않았다. 토벌대는 홍두산을 포위했고, 이 포위를 짓부수는 전투를 김성주가 직접 지휘한 것이다.

"부대를 두 갈래로 나누어 한 갈래는 라오쑨이 책임지고 홍두산 북쪽으로 우회하여 남쪽으로 접근하면서 토벌대놈들이 숙영하는 천막들을 공격하고, 다른 한 갈래는 내가 책임지고 평두령 능선 밑으로 내려가 몰래 놈들의 배후로 접근하다가 라오쑨 쪽에서 공격이 시작되면 바로 남쪽에서도 북쪽 방향으로 공격하여 올라가겠습니다."

"그러니까 우리 쪽에서 먼저 치고 나가자는 것입니까?"

"만약 놈들의 응원부대가 빨리 도착하여 전세가 우리한테 불리하게 돌아가면 우리는 밀영을 버리고 그길로 포위를 돌파해야 하오. 그러나 전투를 속전속결로 끝내면 우린 밀영으로 돌아와 한동안은 좀 편안히 지낼 수 있을지도 모르오."

작전회의를 마치고 곧바로 김성주는 경위중대를 데리고 평두령으로 나가 오중흡 중대와 진지를 교환했다. 전투력이 강한 오중흡 중대는 손장상과 함께 홍두산 북쪽으로 멀리 에돌아 토벌대가 숙영하고 있는 남쪽으로 쥐도 새도 모르게 접근했다. 오중흡과 약속한 공격시간이 가까워오자 김성주는 자신이 앞장서서 경위중대와 함께 평두령 산 능선을 타고 내려갔다. 북한에서는 이 능선을 '칼능선'이라고 부른다. 토벌대가 주둔한 숙영지에 가까이 다가갔을 때 먼저 도착한 오중흡 중대가 북쪽에서 공격하기 시작했다.

약속했던 공격시간보다 20여 분이나 더 빠른 것을 본 김성주는 빙긋이 웃기까지 했다.

"원 성격도…, 아니면 놈들이 눈치라도 챘나?"

김성주는 권총을 빼들고 천막 쪽을 향해 한 방 쏘았다.

천막과 아주 가까운 거리까지 기어가 엎드려 있던 경위중대장 이동학이 뒤를 돌아보면서 공격신호만 눈 빠지게 기다리다가 벌떡 뛰어 일어나면서 대원들에게 소리쳤다.

"동무들, 공격이다! 수류탄을 던져라!"

남북 양쪽에서 협공 받은 장련두토벌대는 여지없이 무너졌다.

수류탄이 우박 쏟아지듯 날아든 데다 10여 대의 기관총도 동시에 사격을 해대는 바람에 천막들 사이에서 갈팡질팡하던 토벌대가 가까스로 정신이 들었을 때는 벌써 100여 명의 사상자가 발생한 뒤였다. 나머지 100여 명도 전투태세를 회복하지 못한 채 제각기 흩어져 사방으로 달아나기 시작했다. 오히려 제멋대로 부챗살처럼 흩어져 달아나는 바람에 집중 타격이 어려워졌다. 이에 김성주는 즉시 2, 3명씩 소조로 묶어 도주하는 토벌대를 하나라도 놓칠세라 뒤를 쫓게 했다.

"도망치지 마라. 투항하면 살려준다!"

"총을 바치고 손을 들어라!"

여기저기서 뒤를 쫓던 대원들이 이렇게 외쳤다.

관방자(官房子) 방향으로 도주하던 장련두를 뒤쫓던 교방의 분대 소속 대원 셋이 장련두를 놓치고는 덩치가 큰 털보와 부둥켜안고 땅바닥에서 뒹굴다가 셋이 함께 이 털보를 때려눕히고는 털보의 수염을 한 뭉텅이 뽑아서 돌아왔다. 그런데 포로 하나가 그 털보가 바로 장련두라고 알려주는 바람에 교방의는 깜짝 놀라 다시 그 장소로 달려갔으나 장련두는 벌써 달아나고 없었다. 수염까지 한 움큼 뽑히면서도 가짜로 죽은 척했기에 장련두는 살아날 수 있었다.

교방의와 직접 만나 이때 일을 취재했던 한 연고자가 들려준 이야기다.

"홍두산전투에서 놈들을 얼마나 섬멸했는가 물었더니 처음에는 한 1,000여 명을 소멸했다고 하더라. 그러다가 다시 물었더니 두 번째는 한 500여 명 섬멸했다고 하더라. 그때 전투에 참가했던 김일성 부대는 모두 몇백 명이었느냐고 물었더니 처음에는 한 300여 명이라고 했다가 또 따져 물었더니 한 100여 명이 되었다고 했다. 후에 다시 만났을 때, 홍두산전투에서 노획한 총이 몇 자루나 되었는지 물었더니 기관총 3정과 보총 60여 정쯤이라고 했다. 그래서 500여 명을 소멸했다면서 노획한 보총이 60여 정밖에 안 된다면, 나머지 400여 명은 모두 나무막대기를 들고 토벌하러 들어온 것이냐며 따져 물었더니 좋아하지 않았다.

왜 그런 것을 가지고 자꾸 문제 삼느냐며 안색까지 확 바뀌었다. 최종적으로 우리 공산당이 승리했는데, 왜놈들을 좀 많이 죽였다고 부풀리면 안 될 게 있냐는 것이었다. 그러나 나중에는 사실대로 말해주더라. 토벌대가 한 200여 명 들어왔는데 60, 70여 명은 확실하게 죽여 버렸고 나머지는 다 도망쳐 버려서 못 붙잡았다는 것이었다."[231]

---

231 『東北抗聯戰士的艱苦歲月-喬邦義』, 中共黑龍江省委黨史研究室 責編.
　　『公主嶺沿革-懷德縣第一任公安局長喬邦義』, 李靜生·張會清 合編.

이것이 홍두산전투의 확실한 전과다. 60~70여 명은 확실하게 사살했으며, 그 가운데는 일본군도 20여 명 들어 있었다. 북한에서 전과를 과장한 것에 비하면 볼품없어 보일지 모르겠으나, 결코 간단하게 볼 성과가 아니다. 그 시대를 살면서 일본군 낯짝을 한 번도 본 적 없었던 사람들이 이런저런 반일 활동과 연고가 있다는 이유만으로도 오늘날 한국에서 독립유공자로 인정받고 공훈록에까지 척척 이름을 올리는 현실을 고려하면 생각이 많아질 수밖에 없다.

취재 도중 장백현 횡산 임장(林場, 산림작업소)에서 이퇴직한 노인들 가운데 한 노인이 어렸을 때 관방자에서 아버지에게 들은 이야기라며 들려준 한 토막이다.

"우리 아버지는 젊었을 때 관방자에서 살았는데, 위만(僞滿) 경찰대에서 산에 들어가 시체를 실어오는 인부를 모집했다고 하더라. 우리 아버지가 거기에 참가하여 평두령으로 들어갔는데, 산속에서 온통 피비린내가 진동했다고 하더라. 하루 전날 발생한 전투였다고 했는데, 밤새 짐승들이 몰려와 시체들을 많이 뜯어먹었던 것이다. 인부들을 데리고 갔던 경찰들은 항일연군이 무서워 그 현장까지는 따라오지 못하고 인부들한테 중국 경찰들 시체는 내버려두더라도 일본 군인 시체만은 하나도 남기지 말고 꼭 찾아내 모두 가져오라고 시켰다고 했다. 그때 우리 아버지랑은 끈으로 일본 군인 시체의 목을 매서는 죽은 개처럼 질질 끌고 산 아래로 내려왔는데, 그 시체들 가운데 금줄 한 개에 별 네 개를 단 일본 군관이 들어 있었다고 했다."

인부들이 평두령에서 일본군 시체를 끌고 내려왔던 이야기들은 아주 많았다.

여기서 '금줄 한 개에 별 네 개를 단 일본 군관'은 아마도 평두령에서 사살당한 마금두 경찰대대의 일본인 지도관 콘노 타다시후쿠(今野督副) 대위였을 것이다. 일본인 지도관까지 사살당한 마당에 죽지 않고 혼자 살아 돌아온 장련두가 무사할 리는 없었다. 대대장 마금두가 직접 장련두를 묶어 일본인 부참사관 오가타 타다오(緒方忠雄)에게 가서 죄를 청했다고 한다.

후문이지만 일본인들은 원래 장련두를 도주병으로 몰아 사형해버리려 했으나, 그가 육박전을 하던 도중 수염까지 한 움큼 뽑힌 걸 본 일본인 부참사관은 갑자기 측은한 생각이 들었던 모양이다. 그냥 파직해버리고 죽이지는 않았다고 한다.

이 전투 직후 김성주는 홍두산밀영을 버리지 않을 수 없게 되었다. 당시 만주군 기병 제8연대(고명의 혼성 2여단 산하)가 8도구에 주둔했는데, 연대장 이해성(李海成)과 일본인 지도관 카와다(河田) 소좌가 대부대를 인솔하고 홍두산으로 몰려들었기 때문이다. 상황이 굉장히 위태로웠다.

도천리에서 송무선을 도와 토미모리공작반을 섬멸했던 왕작주는 전광이 2군군 참모장으로 임명할 것이니 6사 사부로 돌아가지 말고 자기 곁에 남아달라는 것도 마다하고 김성주에게로 돌아오다가 이해성 기병연대와 만나 하마터면 붙잡힐 뻔했다.

현계선(1군 2사 8연대 연대장) 경위소대가 차출되어 왕작주를 호위했는데, 모두 나이 어린 소년들인 데다 처음 기병부대와 부딪친 것이다. 만주군 기병들은 모두 목에 이상한 소뿔로 만든 자그마한 나팔을 하나씩 걸고 다녔으며, 돌격할 때는 여기저기서 서로 호응이라도 하듯 그 나팔을 불어댔다. 기세를 돋우는 방법 중 하나였다.

어린 소년병들은 당황한 나머지 총을 제대로 쏘지 못했다. 그러자 왕작주는 소년병들에게 장탄한 총 격발기를 당겨서 계속 자기에게 넘겨달라고 시켰다. 제일 앞에서 코앞에까지 들이닥친 기병들부터 하나둘씩 명중하여 쓰러뜨렸는데,

눈 깜짝할 사이에 말 10여 필이 땅바닥에 나뒹굴면서 버둥거렸다. 말에서 떨어진 기병들이 간혹 기어 일어나다가 그때야 소년병들이 쏜 총에 맞아 하나둘씩 죽어나가기 시작했다.

"얘들아, 작은 목표물인 사람은 잘 맞추면서 왜 덩치 큰 저 말들을 못 맞춘단 말이냐?"

위기를 모면한 왕작주가 소년병들을 돌아보며 이렇게 한마디 나무라니 그제야 모두 머리를 긁적거렸다.

"참, 우리는 왜 그 생각을 못했을까?"

"기병과 만나면 명중시키기 쉬운 말부터 쏘아서 넘어뜨려놓고 다시 봐야 한단다."

왕작주는 10여 명의 소년병과 가까스로 추격에서 벗어났으나 더는 홍두산 쪽으로 갈 수 없었다. 이때 기병 8연대는 부대를 두 갈래로 나눠 한 갈래는 연대장 이해성이 이끌고 다른 한 갈래는 일본인 지도관 카와다 소좌가 이끌면서 각각 6사 사부와 1군 2사 사부를 뒤쫓기 시작했다. 홍두산에서 6사 사부를 놓친 이해성은 신방자(新房子) 경찰서장 장경산(張慶山)에게 "김일성이 도천리 쪽으로 달아난 것 같다."는 정보를 전해 받고 도천리 쪽으로 급히 방향을 틀었다.

1군 2사는 그런 줄도 모르고 이때 도천리를 떠나 리명수(鯉明水) 쪽으로 달아났는데, 일본인 지도관 카와다 소좌가 따로 기병 두 중대를 인솔하고 그 뒤를 바짝 뒤쫓았다.

32장

신출귀몰

"일본인 지도관이 취재하러 왔던 기자들한테
'김일성이 갑자기 하늘로 날아올랐는지 아니면 땅 밑으로 기어들어가 버렸는지
아무런 흔적 하나도 남기지 않고 사라져버려서 놓치고 말았다'고 하니
기자들이 그대로 받아 적었다."

1. 도천리전투

여기서 그 유명한 '도천리전투'가 일어났다. 김성주는 1군 2사가 이미 리명수 쪽으로 이동한 줄도 모르고 도천리 쪽에서 2사 부대와 함께 큰 전투를 한바탕 치를 심산이었다. 그런데 13도구와 14도구 사이의 산림작업소를 습격한 뒤 그곳에서 2, 3일 주둔하며 무량본 중대를 파견해 2사 사부를 찾았으나 찾지 못하고 빈손으로 돌아왔다. 중대장 무량본과 지도원 박덕산이 중대를 절반씩 나누어 밀영 주변 산속을 샅샅이 뒤졌으나 끝내 찾지 못했는데, 박덕산과 함께 갔던 소대가 산속에서 도천리 방향으로 행군하던 만주군을 발견했다. 소대는 길가 숲속에 몸을 숨기고 엎드린 채로 만주군 병사들이 얼마나 되는지 머리 수를 세어보았다.

"도천리로 들어온 만주군 기병은 300여 명쯤 되고 보병은 200여 명쯤 됩니다."

박덕산에게 보고받은 김성주는 부쩍 구미가 동했다.

홍두산에서 빠져나올 때 뒤에 따라붙었던 만주군이 최소한 700~800명은 되었는데, 도천리까지 오는 동안 어느덧 500명 정도로 줄어든 것이다. 김성주는 즉시 김재범과 손장상을 불러 의논했다.

"이 정도라면 우리 힘만으로도 얼마든지 해치울 수 있지 않겠습니까."

"아니, 우리가 먼저 도천리를 공격하자는 소리요?"

처음에 손장상은 깜짝 놀랐다.

"놈들이 빠르면 내일쯤, 늦어도 이틀 뒤에는 반드시 우리를 찾아낼 겁니다. 놈들을 이 14도구 골짜기로 끌어들이고 우리는 골짜기 주변에서 매복하고 있다가 세차게 공격하면 최소한 절반 이상은 처치해 버릴 수 있을 겁니다."

김성주의 자신만만한 대답에 손장상은 반신반의했다.

"왕작주가 김 사장을 닮은 건지 김 사장이 왕작주를 닮은 건지 통 모르겠소. 두 분은 항상 이렇게 자신만만하니 말이오. 말이 작전회의지, 함께 의논하자고 해놓고는 혼자서 결정해버리는 것 아니요. 누가 감히 반론하겠소. 그나저나 김 사장은 도대체 무슨 이유로 내일 아니면 모레는 반드시 놈들이 우리를 찾아오리라고 확신하오? 그 이유나 좀 알고 갑시다."

손장상이 이렇게 절반은 나무람 삼아 묻자 김성주도 절반은 농담 삼아 받아 넘겼다.

"제가 그렇게 시켰으니까요. 내일은 하루쯤 쉬고 좋기는 모레쯤 나오라고 했습니다."

그러자 손장상이 정색하고 물었다.

"아니, 그러면 시간도 이미 내일이 아니고 모레로 다 정해놓았다는 말씀이오?"

"원, 라오쑨하고는 농담도 못하겠습니다. 내가 무슨 놈들의 큰아버지라도 된다고 그놈들이 내가 시키는 대로 하겠습니까."

김성주는 곁에 앉아 있었던 김재범을 돌아보았다.

김재범이 그 뜻을 눈치 채고 손장상에게 알려주었다.

"우리가 산림작업소에서 잡아두었던 십장 두 놈을 오늘 아침에 풀어주었습니다. 처형하러 끌고 나가는 척하면서 도중에 이 두 놈이 스스로 도망치게끔 만들었습니다."

손장상은 그제야 머리를 끄덕였다.

"아, 그 두 놈이 틀림없이 우리 위치를 토벌대에 알리겠구먼."

두 십장 가운데 하나는 도천리에 가족이 있었기에 김성주는 그들을 풀어주면 반드시 도천리에 주둔한 토벌대에 알릴 것으로 짐작했고, 토벌대는 항일연군 손에 들어가 버린 산림작업소를 탈환하기 위해서라도 어김없이 공격하러 올 것이기 때문이었다. 이 둘을 풀어준 다음 김성주는 바로 도천리에서 산림작업소를 향해 들어오는 13도구 골짜기와 14도구 골짜기 사이의 한 비탈을 찾아 그 양편의 우거진 수풀에 부대를 매복시켰다.

김성주의 짐작대로 탈출한 두 십장에게 항일연군의 종적을 듣게 된 만주군 이해성 기병연대는 바로 다음날 두 십장을 길잡이로 내세우고 산속으로 들어오다가 6사 7연대의 매복에 걸려들고 말았다. 여기서 이해성의 주력부대를 궤멸시킨 것은 손장상과 오중흡이었고, 김성주는 그 사이에 김재범과 함께 경위중대 외 8연대 산하 무량본의 1중대를 인솔하고 몰래 도천리를 습격했다.

당초 김성주 일행이 홍두산밀영을 버리고 도천리 쪽으로 이동하기 시작한 것도 바로 김재범이 내놓은 계책에 의해서였다. 당시 도천리전투에 참가했던 8연대 1중대 중대장 무량본의 가족과 흑룡강성 가목사시에서 만나 취재하면서 필자가 얻어 들은 이야기들을 종합하면 다음과 같다.

김성주의 파견한 무량본의 8연대 1중대가 전투 하루 전날 먼저 도천리로 몰래 접근했는데, 정치지도원 박덕산(朴德山)[232]이 김재범에게 따로 받은 임무를 집행해야 한다면서 혼자 변장을 한 채 마을로 들어간 일이 있었다. 그날 저녁에는 김재범이 직접 1중대 주둔지로 찾아와서 박덕산이 돌아오기를 기다렸다.

밤이 아주 깊었을 때 박덕산이 키가 작달막한 한 남자를 데리고 나타났다.

"형님, 이게 얼마 만이오?"

김재범 쪽에서 먼저 그 작달막한 남자를 부둥켜안았다.

그 남자도 김재범을 만나자 여간 반가운 표정이 아니었다. 두 사람은 포옹하고 나서 바로 모닥불 앞에 마주앉아 그동안 있었던 이야기들을 주고받았다. 이 남자가 바로 김성주가 회고록에서 "작은 키에 동작이 민첩하고 영리하게 생긴 그 젊은 '도박꾼'이 바로 우리가 파견한 정치공작원 김재수였다."고 소개한 인물이다. 김성주는 회고록에서 다음과 같이 밝히고 있다.

"그는 모험소설의 줄거리와도 같은 특이한 투쟁 경력을 가진 인물이었다. 왕우구 소비에트 초대회장, 연길현당 위원회 서기, 동만특위 조직부장… 이것이 1930년대 전반기의 그의 행로를 한두 마디로 압축할 수 있는 경력이었다. 그런데 순조롭던 그의 인생 행로를 뒤죽박죽으로 만들어놓을 뻔한 곡절이 생기었다. 동만특위가 라자구(나자구)로 옮겨갔을 때, 그는 다른 특위 성원과 함께 그만 적들에게 체포되어 헌병대에 끌려

---

232 박덕산(朴德山)은 북한 건국 후 내각 총리와 부주석을 지냈던 김일(金一)이다.

갔다. 적들은 김재수와 주명에게 전향문을 씌우고(쓰게 하고) 각각 자기네 일을 도와달라고 강요하면서 임무를 주었다. 당신들은 우리에게 체포당했던 사실을 아무에게도 말하지 말고 특위사업을 계속하라. 혁명조직들도 계속 만들라. 우리는 그것을 상관치 않겠다. 다만 새로 끌어들인 조직성원 명단을 정상적으로 넘겨주면 그것으로 만족할 것이다.

적들은 특위급의 간부가 전향을 했다고 쾌재를 올렸으나 김재수는 혁명을 다시 하기 위하여 가전향하고 가짜 서약을 맹세했을 뿐이었다. 그는 적들의 비밀문건과 공작자금을 탈취해 가지고 동만특위에 찾아가서 사건의 전말을 솔직하게 보고했다. 뒤늦게 특위를 찾아간 주명은 적들이 짜준 각본대로 조직을 속였다. 그 대가로 그는 응당한 징벌을 받았다. 김재수는 용서를 받았지만 그 대신 당 대열에서 제거되었다. 그는 정치적으로도 죽은 목숨이 되었지만 도덕적으로도 매장당한 몸이 되었다. 일조에 모든 것을 다 잃고 투쟁권 밖으로 밀려난 그는 홀로 산골에 들어박혀 죽음보다 못한 가전향을 후회하며 번민 속에 모대겼다(괴로워했다).

어떠한 역경 속에서도 공산주의자로서의 신념과 의지, 정신, 도덕적 순결성을 고수하는 것을 가장 큰 명예로 최상의 미덕으로 간주하는 혁명가들의 세계에서는 가전향도 허용할 수 없는 하나의 범죄행위로 공인되어 있다. 비록 가짜로 전향했다 하더라도 그것은 적들에게 역선전할 구실을 마련해주고 진짜 변절자들에게 변절의 전례와 변명할 여지를 제공해주는 것으로 되기 때문이다. 혁명가로서의 양심과 지조에서는 변화가 없다 하더라도 적들 앞에 전향을 선언하는 것은 찬양할 만한 것이 못 되는 것은 사실이다. 김재수는 적들을 속여 넘기고 살아나가서 혁명을 계속하면 그만이라는 단순한 생각에만 집착했던 나머지 혁명가로서의 숭고한 도덕적 규범을 어긴 것이다.

그는 번민 끝에 우리가 마안산에서 '민생단' 문서보따리를 불사르고 100여 명에 달하는 사람들의 '범죄' 혐의를 완전히 백지화했다는 소문을 듣고 나를 찾아와 실천투쟁을 통하여 자기의 결백성을 증명하고 싶다고 했다.

'나를 처단하든지 살리든지 그건 결심대로 해주십시오. 그렇지만 나는 혁명을 하고 싶습니다. 이대로는 정말 더 못 견디겠습니다.'

그때 김재수는 가슴을 탕탕 두드리며 이렇게 하소연했다. 나는 김재수를 믿었다. 그래서 그에게 지하공작 임무를 주어 장백현 하강구 방면에 파견했다."

이 회고 내용에는 사실과 앞뒤 시간이 서로 어울리지 않는 부분이 존재한다.

이 내용대로라면 동만특위 기관이 이때에도 계속 튼튼하게 유지되고 있었다고 보아야 하는데, 위증민은 이미 소련으로 들어간 뒤였고 그의 동만특위 서기직을 대리하던 주명과 조직부장 김재수가 체포된 시간도 1935년 10월 8일과 11일로 밝혀져 있다. 불과 2, 3일 차이밖에 나지 않는다. 김성주와 후국충, 왕윤성 등 2군의 영안 원정부대는 벌써 6월에 노야령을 넘어섰고, 10월에는 주명과 김재수의 체포로 동만특위 기관이 모조리 파괴되어 버린 뒤였다. 11월에는 위증민이 정식으로 동만특위 서기직에 임명되기 직전 임시로 서기 대리직을 맡았던 왕중산까지도 소련으로 들어가 버린 뒤다. 유일하게 나자구 지방에 남아 있었던 사람은 종자운뿐이었다. 그런데 종자운까지도 파괴된 훈춘교통참을 복구하다가 소련으로 들어가 버리고 만 것은 이미 앞에서 자세하게 소개했다.

그렇다면 김성주 회고록의 다음 내용, "그(김재수)는 적들의 비밀문건과 공작 자금을 탈취해가지고 동만특위에 찾아가서 사건의 전말을 솔직하게 보고했다. 뒤늦게 특위를 찾아간 주명은 적들이 짜준 각본대로 조직을 속였다. 그 대가로 그는 응당한 징벌을 받았다."는 설명은 논리적으로 성립되지 않는다.

2. 주명의 귀순

그렇다면 실제로는 어떠했을까?

이야기는 1935년 10월 8일로 되돌아간다. 일본관동군 헌병사령부 산하 연길 헌병대가 직접 틀어쥐고 있었던 간도협조회와 관련한 자료에는 주명뿐만 아니라 김재수가 당시 동만특위 기관이 있었던 나자구 삼도하자에서 체포된 날짜와 시간까지 모두 정확히 쓰여 있다. 그날 체포된 주명(朱明)[233]은 부리나케 귀순하고 바로 김재수 등을 검거하는 데 도움을 주었으나 김재수는 거의 3개월 넘게 귀순하지 않고 버티다가 헌병대로부터 항일연군 2군이 이미 동만 지방을 버리고 북쪽(영안)과 남쪽(무순)으로 흩어져 달아났다는 소식을 전해 듣게 되었다. 먼저 풀려났던 주명은 헌병대의 부탁을 받고 가끔 술과 고기를 마련해 감방으로 김재수를 찾아와서 설득했다.

"일단 가짜로라도 전향서를 쓰고 풀려나야 계속 혁명을 할 수 있을 것 아니겠나."

"전향서를 쓰면 바로 변절자가 된 것인데, 무슨 얼굴로 다시 혁명을 한단 말이오? 일본 사람들이 우리가 전향서를 쓴 사실을 숨겨둘 것 같소. 틀림없이 신문에다가도 대문짝만하게 보도하고 크게 떠들어댈 것이오. 차라리 죽으면 죽었지 전향서를 쓰지 못하겠소."

김재수는 거절했으나 주명은 다른 말로 또 설득했다.

---

233 주명(朱明, 1904-1936년) 1935년 2월 대흥왜회의 때 김일성을 회의에 참가할 수 있게 도와준 본명이 진홍장(陳鴻章)인 바로 그 인물이다. 1935년 6월에 동만특위 서기 위증민이 "코민테른 제7차 대표대회"에 참가하기 위하여 소련으로 들어가면서 주명은 동만특위 서기대리 직을 맡았으나 10월 8일에 왕청현 나자구 삼도하자에서 체포된 뒤 바로 귀순했다. 주명의 검거로 당시 동만특위 조직부장 김재수(김성도의 후임)도 뒤따라 체포되었다.

"헌병대는 우리가 전향서만 쓰면 바로 놓아주고 전향서 쓴 사실도 철저하게 비밀에 붙여주겠다고 했소. 물론 조건이 하나 있소. 바로 우리가 다시 조직을 일으켜 세우고 활동할 때 여기 참가할 사람 명단을 넘겨줘야 하오."

"그게 결국 자기들을 도와 5열(五列, 간첩) 노릇을 해달라는 게 아니고 뭐요."

"내 말은 일단 시키는 대로 다 하겠다고 대답해 자유부터 얻고 난 다음, 기회를 봐서 도주하자는 것이오. 풀려난 후 놈들 말대로 하지 않고 다시 혁명을 위해 진심으로 충성을 다 바쳐 일하면 될 것 아니겠소."

결국 김재수는 주명에게 넘어가 전향서를 쓰고 말았다.

이때 연길헌병대는 중국인 밀탐 2명을 파견하여 직급이 김재수보다 훨씬 높았던 주명을 가택에 연금했고, 김재수는 간도협조회 본부 산하 왕청출장소 주임 한영휘(韓英輝)[234] 집에서 투숙했으며, 여전히 감시받았다. 이듬해 1936년에 한영휘가 왕청출장소 주임직에서 돈화특별공작대 제2반 반장으로 옮기면서 김재수도 반원으로 참가하여 함께 돈화 쪽으로 이동했다. 늘 도망칠 기회만 노리던 김재수는 이때다 싶어 한영휘를 구슬렸다.

"왕우구 소비에트 시절 내 소개로 중국공산당에 참가했던 옛 부하 여럿이 지

---

234 한영휘(韓英輝, 1904-?년) 간도협조회 소속 공작원이었다. 천지삼과 김명수라는 가명도 사용했다. 1904년 출생 외에는 신상에 대해 알려진 것이 거의 없다. 1929년 중국 길림성 왕청현에서 고려공산청년회에 가입하여 공산주의 운동가로 활동했다. 그러나 1934년 일본군에 투항했고 일본군 헌병대 특무조직인 간도협조회 본부 소속 공작원이 되었다. 한영휘는 간도협조회가 선전공작과 전향자 관리를 위해 운영하던 노동소개소의 왕청현 출장소 주임도 겸임했다. 1936년에는 간도협조회 본부 돈화특별공작대 대원이 되었으며, 제2분반 반장과 제2특별공작대 제1반원으로 있으면서 항일 부대 투항 공작을 해왔다. 1936년 7월 7일에 일본 군관의 지휘로 만주군과 함께 항일연군을 습격하고 부대원 25명을 살해한 일에도 가담했다. 1937년 간도협조회가 해산된 뒤 조선으로 귀국했다. 조선생명보험주식회사 출장원으로 취업한 이후 행적을 알 수 없다. 광복 후에도 간도협조회 활동 내역이 오랫동안 드러나지 않아 한영휘의 행적도 묻혀 있었으나, 2007년 대한민국 친일반민족행위진상규명위원회가 관련 기록을 발굴하여 친일반민족행위 195인 명단에 포함시켰다. 2008년 발표된 민족문제연구소의 친일인명사전에도 이름이 올라 있다.

금 다푸차이허 인근에 와 있다니 내가 직접 찾아가 그들을 설득해 보겠소."

"그게 그렇게 쉽게 되겠소?"

"전에 왕우구 소비에트정부에서 공금을 유용했다가 발각되어 민생단으로 몰렸던 친구인데, 돈이라면 오금을 못씁니다. 그러니 돈을 많이 주겠다고 하면 우리한테로 분명히 넘어올 것입니다. 내가 100% 장담합니다."

자료에 의하면, 간도협조회가 1935년에 열었던 제1회 '공비 소멸공작 표창대회'에서 그동안 공산당 조직과 항일혁명군 부대를 타격하는 데 공을 세운 사람들에게 준 상금만 1만여 원에 달했다. 일명 '이송일사건'으로 불리는 편지 조작방법으로 이간책을 써 '공산당 손으로 이송일을 처형하는 모의'에 참가했던 간도협조회 공작원 강현묵(姜鉉默)[235]과 이동화(李東華), 황시준(黃時俊) 등은 모두 상금과 함께 노임(헌병대 1등병 수준으로 대우)까지 올랐을 뿐만 아니라 당시 2군 독립

---

235 강현묵(姜鉉默, 1908-1947년) 강경팔(姜京八)이라는 이름도 사용했다. 함경북도 부령군 석막면에서 출생했으며 1928년 조선공산당에 입당하여 사회주의 계열 운동에 뛰어들었다. 1930년에는 중국공산당에 가입했고 간도 지역에서 활발한 활동을 벌였다. 1930년대 전반기까지는 공산주의 청년운동가로 활약하여 일제가 주요 항일인사로 지목하기도 했다. 그러나 민생단 혐의로 체포되었다가 압송 중에 탈출하여 일제에 투항했다. 이후 1934년 간도협조회 본부 특별공작대 공작원으로 동북인민혁명군을 직접 습격하기도 했다. 강현묵이 소속된 간도협조회는 일본군 외곽 특무조직이었으며, 특별공작대는 간도협조회 산하 무장조직이었다. 강현묵에 대한 대우는 1936년을 기준으로 일본군 헌병 일등병에 준했다. 중국 측 기록에 따르면, 강현묵은 이 기간 중국공산당 지하당원을 체포하고 소련 정보망을 파괴하는 '죄악적 활동'을 한 것으로 되어 있다. 간도협조회 특별공작대 지휘관이었으며, 1936년부터는 만주국협화회의 특별공작부에서도 활동하는 등 만주 지역 항일세력 파괴에 적극적으로 가담했다. 1935년에는 이른바 이송일사건으로 불리는 편지 조작 사건을 일으키기도 했다. 간도협조회 본부 공작원인 강현묵과 이동화가 백초구분회 공작원 황시준과 함께 모의한 사건이었다. 이송일은 사건 당시 중국공산당 소속 조선인 중 최고위급 간부였다. 강현묵은 간도협조회 회장 김동한 명의의 편지를 조작하여 이송일을 함정에 빠뜨렸고, 결국 이송일과 그 휘하의 조선인 수십 명이 중국공산당에 의해 처형되었다. 일본이 태평양전쟁에서 패망한 뒤 중국에서는 친일행위자를 심판했는데, 강현묵은 1947년 6월 연길에서 열린 군중심판대회에서 총살되었다.

사 사장 주진 등을 민생단으로 몰아가는 모의에 참여했던 허진성(許鎭星), 김동렬(金東烈), 김송렬(金松烈) 같은 자들은 후에 일본으로 관광까지 다녀오는 환대도 받았다. 결국 광복 이후 모두 붙잡혀 1948년 6월 26일 중국 연변(연길)에서 열렸던 군중심판대회에서 대부분 공개 총살당했다.

특히 김동렬과 김송렬은 일본이 투항을 선포하자 부리나케 연변을 떠나 조선으로 피신했으나, 거의 비슷한 시간대에 김성주 등도 소련군과 함께 평양으로 들어와 조선 북반부를 차지할 줄은 몰랐다. 평양에서 토목업을 하던 김동렬과 함경북도 길주군에 정착했던 김송렬도 북한 내무국에 체포되었다. 재미있는 것은 평양의 김동렬은 기차편으로 중국 연변으로 압송되어 연길에서 총살형이 집행되었으나 길주군에서 김재수의 손에 잡힌 김송렬은 길주군 현지에서 군중 심판을 받고 총살형에 처해졌다.

"큰 고기를 낚는데 미끼를 아껴서야 되겠소."

한영휘에게서 김재수의 이야기를 들은 김송렬이 불쑥 돈 1,000원을 내놓았다.

"가지고 나온 현찰이 이것밖에 없으니 먼저 이것만이라도 가져가오. 더 필요하면 언제든지 말하오. 우리 백산회장(白山會長, 김동한)은 결코 돈을 아끼는 사람이 아닌 걸 당신도 잘 알지 않소."

말은 이렇게 하면서도 김송렬은 여전히 김재수를 완전히 믿지 않았다.

왕덕태가 안봉학, 주수동 등과 다푸차이허를 공격할 때 한총령으로 접근해 기회를 봐서 2군으로 탈출하려 했던 김재수는 김송렬이 너무 가까이 바짝 붙어 따라다니는 바람에 도저히 기회를 잡을 수 없었다. 돈도 계속 김송렬이 가지고 있었다. 한 번에 다 주면 김재수가 그 돈을 가지고 도주할까 봐 필요할 때마다 나눠서 주겠다고 했다. 김재수가 화를 내며 말했다.

"내가 전향한 지도 1년이 다 되어가는데, 당신들은 여전히 나를 믿지 않는구려."

"비록 전향했지만 아직까지 이렇다 할 만한 성적을 낸 것이 없잖은가. 그러나 이번에 확실하게 항일연군 몇 명만 귀순시켜 오면 그때는 자네에 대한 태도도 달라질걸세. 우리도 다 그런 과정을 겪었다네. 그러니 섭섭하게 생각하지 말게."

3. 탈출

세상에 널리 알려져 있듯 간도협조회는 총우두머리 김동한(본부 회장) 및 주요 부하들이 모두 한때 공산주의 운동에 투신한 전력이 있었고, 그 가운데는 중국인들에게 민생단으로 몰려 공산당 대오를 이탈한 자들 또한 적지 않았다. 이를테면 고려공산 청년회 출신 한영휘, 조선공산당을 거쳐 중국공산당으로 적을 옮겼던 강현묵, 또 김재수가 한영휘를 따라 돈화로 나왔을 때 안도현 특별공작반 반장을 거쳐 돈화 특별공작반의 지휘관 겸 제1특별공작대 대장직을 맡고 있던 김송렬은 1923년까지만 해도 만주 공산청년회 동만지구 주요 책임자 중 하나였다.

김송렬은 1926년에는 간도농우회 집행위원에 뽑혔고 한국인 청년조직인 상의향 청년연합회 임시회장, 상의향 용진청년회의 대표 등 이 지역 청년운동의 지도자로 활약했다. 같은 해 동만청총 집행위원도 역임했다. 1929년 조선공산당(엠엘파)에 입당해 곧 중국공산당으로 적을 옮겼으나 연길헌병대에 체포되면서 바로 귀순하고 말았다. 1935년 간도협조회 제1회 전체 대회 때 가장 많은 상금과 표창을 받았던 사람 중 하나가 김송렬이었다. 당시 협조회에서 제일 노임이 많았던 사람은 회장 김동한(헌병 부사관급)이었고, 두 번째가 김송렬로 1936년 기준으로 헌병 상등병에 준하는 노임을 받았다. 상금과 진급에 눈이 먼 김송렬은 김재수를 이용하여 더 큰 상금과 더 높은 직위를 원했다. 때문에 김송렬은 한총령에서 항일연군과 접촉하려다가 실패한 뒤 다시 무송현 경내로 들어가야겠다는 김재수를 혼자 가게 하지 않고 부득부득 만강까지 따라갔던 것이다.

그때는 조아범이 3사 산하 2연대를 인솔하고 만강전투를 치르고 난 뒤였다. 김재수는 김송렬과 함께 그 뒤를 따라 서남차까지 갔다가 한 중국인 농가에서 밤을 보낼 때, 부엌에서 장작개비를 주워들고 자고 있는 김송렬 머리를 내리쳤다.

김재수는 그길로 2연대를 찾아갔다. 얼마 전 만강전투를 진행했던 2연대가 멀지않은 근처 동네에서 주둔하던 중이었다.

"나는 김재수라고 하오. 조아범과 만나게 해주오."

김재수는 4중대 초소에서 보초병들에게 연행되어 오중흡과 권영벽 앞으로 끌려갔다. 이때 오중흡의 4중대 정치지도원이었던 권영벽은 김재수라는 이름은 익히 들어왔지만 직접 만나기는 처음이었다. 2연대 전임 조직과장이었던 김산호와 후임 조직과장이었던 김재범이 가끔 김재수 이름을 입에 올릴 때가 있었는데, 민생단으로 몰려 처형된 김성도와 송일에 이어 조선인 김재수가 동만특위 조직부장직에 임명되었다는 이야기를 하면서 '동장영도 위증민도 하필이면 조선 사람을 내세워 같은 조선 사람끼리 잡게 만든다.'고 뒤에서 수군거렸던 적이 있었다.

김재범이 권영벽에게 연락받고 먼저 달려오더니 소스라치게 놀랐다.

"형님, 이게 어떻게 된 일이오?"

"난 자수하고 처벌받으려고 여기까지 찾아왔다네. 조아범을 만나게 해주게."

김재수가 이렇게 말하면서 간밤에 김송렬에서 빼앗은 권총과 독약, 돈까지 모두 김재범 앞에 내놓고 그동안 있었던 일을 이야기했다.

"형님 일은 아마 조 정위도 함부로 결정할 수 없을 것이오."

사태의 심각성을 눈치챈 김재범은 즉시 조아범에게 보고했다. 조아범은 직접 김재수와 만난 뒤 주로 주명에 관해 물었다. 김재수는 주명의 변절로 자신도 붙잡히게 되었고, 그의 끈질긴 설득에 못 이겨 전향서까지 쓰게 되었던 일을 낱낱이 고백했다.

"그렇다면 주명은 왜 같이 오지 않았나요?"

"자세히는 모르네만, 공작반에서 얻어들은 걸로는 아마 영안 쪽으로 파견될 것 같네."

조아범은 김재범을 시켜 김재수를 군부로 압송하게 했다.

"아무래도 왕 군장과 위 서기가 최종 결정해야 할 일 같소."

김재범은 동강의 손가봉교밀영으로 가는 길에 몰래 김재수에게 권했다.

"형님, 군부에 가면 어떤 결과가 나올지 나도 장담하지 못하겠소. 차라리 지금이라도 달아나겠다면 내가 눈을 감아 드리겠소. 군부에 도착하고 나면 더는 돕고 싶어도 도울 수 없을 것이오."

김재수는 이미 마음을 굳힌 듯 머리를 저었다.

"만약 용서받을 수만 있다면 정말 밑바닥에서 다시 시작하겠네. 하지만 설사 처형당하더라도 난 자네들 손에 처형당하는 게 더 마음이 편하네. 각오하고 왔으니 달아나란 말은 제발 하지 말게."

2군 군부로 압송된 김재수는 바로 당적부터 제명당했다.

왕우구소비에트 초대회장과 중국공산당 연길현위원회 서기직을 역임했던 김재수는 연길유격대 참모장과 대대장을 역임했던 왕덕태와 무척 친한 사이였다. 둘 다 연길현위원회에 몸담고 있을 때, 역시 연길현위원회 출신으로 먼저 동만특위로 옮겨 조직부장과 선전부장을 맡았던 이상묵과 왕중산이 이 두 사람을 발탁하는 데 후견인이 되었던 것이다.

"여러 상황을 고려할 때 주범은 주명이고 김재수는 종범인 데다 스스로 돌아와 자수하고 어떤 처벌이든 달게 받겠다 하니 정상참작은 되오."

왕덕태는 출당 조치만 하고 처형하고 싶은 마음까지는 없었다.

그러나 뒤이어 손가봉교밀영에 도착한 조아범과 주수동 등은 모두 처형하라고 주장했다. 전향서를 쓰고 풀려난 것만으로도 이미 귀순한 변절자이며, 비록 아직까지 혁명조직에 큰 위해를 끼칠 만한 활동은 발견되지 않았더라도 간도협조회에 참가하여 공작반과 함께 항일연군 뒤를 따라다녔다는 사실만으로도 처형해야 한다는 것이다.

"헌병대 특무놈들이 김재수는 돈화 쪽으로 파견하고 주명은 영안 쪽으로 파견했다니 얼마쯤 지나면 5군 쪽에서도 무슨 소식이 올 듯합니다. 김재수 문제는 좀 더 기다렸다가 그때 가서 주명 문제와 함께 다시 결정합시다."

위증민이 이렇게 제안하는 바람에 이 일은 잠깐 뒤로 미뤄졌다.

이때 액목 지방에서 군수품 보급 활동을 맡고 있던 정응수(鄭應洙)가 갑자기 군부로 돌아와 놀라운 소식을 전달했다. 진한장에게 들은 소식이라면서 동만특위 서기 주명이 일본군에 붙잡혔다가 풀려나온 뒤 그동안 줄곧 연금 상태에 있다가 최근 감시병들을 빼돌리고 탈출하여 남호두 5군 군부를 찾아왔다는 것이었다.

위증민은 즉시 주보중에게 편지를 보냈다.

그러잖아도 주명을 믿을 수 없어 일단 그의 요구대로 "다시 혁명에 참가한다."는 성명서를 발표하게 한 뒤에도 계속 5군 군부에 남겨 몰래 감시하던 주보중은 위증민으로부터 주명을 2군 군부로 압송하라는 편지를 받자마자 바로 한 소대를 붙여서 주명을 동강의 손가봉교밀영까지 호송했다.

이때는 1936년 8월에 접어들고 있었다. 주명은 김재수가 돈화에서 탈출하여 2군 군부에 와서 자수하고 그간 있었던 일들을 모조리 털어놓은 것을 몰랐다. 그래서 자기 자신에게 이로운 거짓말을 한바탕 꾸며대기 시작했다.

"김재수가 매일 감방으로 찾아와 일단 가짜로라도 전향하고 풀려나간 다음 다시 생각하지고 나를 설득했습니다. 하는 수 없이 전향서를 쓰고 풀려났지만 헌병대는 내가 진심으로 전향한 것이 아니라고 판단해 협조회 밀탐들로 하여금 하루 24시간 동안 곁눈질 한 번 하지 않고 나를 감시하게 했습니다. 나는 그 밀탐놈들을 설득하여 같이 항일투쟁하자고 교육했소. 그 결과 놈들이 조금씩 동요하기 시작했는데, 나는 그때를 타서 도주해 노야령을 넘었소."

위증민 부탁을 받고 직접 주명을 심사했던 전광이 넌지시 물었다.

"그 후 김재수가 어찌되었는지는 알고 있소?"

그러자 주명은 계속하여 김재수를 모함했다.

"그자는 진짜로 투항했습니다. 그자는 협조회 왕청출장소 주임 한영휘란 놈 집에서 함께 자고 먹으면서 지냈는데, 내가 영안으로 탈출한 뒤에는 그자 소식을 들을 수 없었소."

전광은 그 자리에 김재수를 데려와 주명과 대질시켰다. 두 사람은 만나자마자 서로 멱살을 잡고 욕설을 퍼붓기 시작했다.

"이 독사 같은 놈아, 네놈이 우리를 팔아먹지 않았냐?"

"아니지, 네놈이 먼저 붙잡혀서 우리를 다 불었던 것 아니냐. 나를 찾아와서도 전향하자고 꼬드기지 않았더냐."

주명은 김재수에게 덮어씌웠다.

"세상에, 어떻게 너같이 지독하고 능청스러운 자가 다 있단 말이냐?"

김재수 눈에서 불똥이 떨어질 지경이었다.

갈피를 잡을 수 없자 전광은 몰래 권영벽을 불렀다.

이 무렵 광복회 지방 조직을 건설하는 일로 전광은 권영벽, 김주현 등과 자주 만났는데, 권영벽에게 홀딱 반해 있었다. 2연대 출신이었던 권영벽을 소개받았을 때는 오랫동안 그를 부하로 데리고 있었던 조아범이 얼마나 칭찬했던지 전광은 고개까지 갸웃하며 반신반의했다.

"우리 2군이 장백, 임강으로 진출한 뒤에는 조만간 중국공산당 장백현위원회도 조직해야 하는데, 만약 동무의 소개대로라면 권영벽 동무를 장백현위원회 첫 당 서기로 임명해도 아주 잘 해낼 것 같소."

전광이 이렇게 말하자 조아범은 무릎을 치면서 찬성을 표시했다.

"아마도 우리 2군에서는 더 이상 권영벽만한 적임자를 찾을 수 없을 것입니다."

권영벽에 대한 평가는 김성주의 회고록에서도 찾아볼 수 있다. 『세기와 더불어』 제6권 16장에 나온다.

"권영벽은 말수가 적은 사람이었다. 선전 일군이라면 의례히 말을 잘하는 것으로 통하고 있지만 그는 사단 선전과장으로 사업할 때에도 말을 많이 하지 않았다. 요긴한 말을 조리 있게 몇 마디 할 뿐 실속 없는 빈말을 늘어놓거나 한 번 한 말을 다시 곱씹는 법이라고는 없었다. 얼굴표정이나 외모를 보아서는 그의 생각과 감정 상태를 좀처럼 가늠할 수 없었다. 권영벽은 거짓말을 하거나 허장성세하는 것을 제일 싫어했다. 그는 자기가 한다고 말한 것은 몸이 열 조각이 나도 기어이 해내는 사람이었다. 언행의 일치 아마 그것이 권영벽의 사람됨을 단마디로 규정지을 수 있는 특징이며 인간적 매력이라고 할 수 있을 것이다."

전광은 권영벽에게 물었다.

"혹시 김재수를 잘 아오?"

"솔직히 저는 잘 모르지만 저희 6사 조직과장 김재범 동무는 김재수와 소비에트정부 시절부터 함께 일해 왔고, 사석에서는 형님동생 하는 사이였습니다. 김재수가 지방사업 경험이 아주 풍부하니 이대로 처형하기보다는 그의 지방사업 경험을 살려 항일혁명에 공헌할 수 있게 한 번쯤 기회를 주는 게 어떻겠냐고 김재범 동무가 몇 번이나 저를 찾아와 전광 동지께 말씀해달라고 부탁했습니다."

전광은 머리를 끄덕이면서 자신의 사정을 이야기했다.

"나도 주명이 주범이고, 이자가 지금까지도 사실대로 말하지 않고 계속 거짓말하는 걸 알고 있소. 마음 같아서는 당장 이 자를 처형하고 김재수에게 한 번쯤 기회를 주고 싶지만, 동만 출신 간부인 조아범과 주수동이 김재수도 변절했으니 처형해야 한다고 고집하고 있구먼. 내가 2군으로 온 지 아직 얼마 되지 않아서 독단으로 김재수를 풀어주기가 쉽지 않소."

권영벽은 전광 역시 김재수를 처형하고 싶은 마음이 없음을 눈치 채자 즉시 김재범과 의논하고는 먼저 김성주에게 찾아가 사장인 김성주가 나서서 정치위원 조아범을 설득하여 줄 것을 바랐다. 그러나 김성주는 어쩔 수 없다는 듯 혀를 차면서 자신이 직접 나서기 어려운 사정을 이야기했다.

"내가 작년 봄에 주명에게 큰 도움을 받은 적이 있었소. 주명이 그것을 잊지 않고 지금 매일같이 나를 만나게 해달라고 소리 지르는 모양이오. 그나마 나와 주명의 관계를 조아범이 잘 아니 다행이지 아니면 나도 이자 때문에 무슨 의심을 받게 될지 모르오. 상황이 이런데, 내가 어떻게 나서서 조아범을 설득하겠소. 더구나 전광 동지까지도 나서기 쉽지 않다 하니 아무래도 김재수 목숨은 라오웨이와 전광 동지 두 분 손에 달린 것 같소."

김성주의 말을 들은 권영벽은 김재범과 의논했다.

"어쩔 수 없소. 김재수를 살리자면 아무래도 전광 동지한테 매달리는 수밖에. 전광 동지는 군 정치부 주임이자 남만성위원회에서 오신 분이니 만약 그가 결심한다면 조 정위도 더는 고집부리지 않을 것이오. 그러니 전광 동지한테는 내가 한 번 더 부탁하겠소. 대신 조 정위한테도 동무가 한 번 더 사정해보오."

그래서 김재범은 다시 조아범을 찾아갔다.

"조 서기, 김재수를 살려주십시오. 그는 주범이 아니고 또 자수하고 문제를 다 털어놓았는데, 처형까지 하는 것은 너무합니다. 한 번 더 기회를 주어서 자기의 과오와 죄를 씻게 하면 안 되겠습니까?"

"만약 풀어주었다가 도주라도 해버리면 그때는 누가 책임지겠소?"

조아범은 김재범이 매달리니 이렇게 되물었다.

어제까지도 무조건 처형해야 한다고 주장하던 입장에서 조금 변화가 생긴 것이다. 그러자 김재범은 주저 없이 나섰다.

"만약 그런 일이 일어나면 제가 연대 정치위원에서 물러나겠습니다."

김재범이 이렇게까지 나서자 조아범의 마음도 움직이지 않을 수 없었다.

"나뿐만 아니라 권영벽 동무도 함께 책임지겠다고 했습니다."

김재범은 권영벽까지 끌어들였다.

조아범은 기가 박혀 한참 아무 말도 못 하다가 김재범을 나무랐다.

"원, 동무와 권영벽 동무 둘 다 우리 2연대 출신이고, 내가 직접 선출한 사람들인 건 온 세상이 다 압니다. 결국은 나에게도 김재수를 보증서 달라는 소리가 아닙니까."

그때 전광에게 갔던 권영벽이 돌아와서 조아범에게 말했다.

"저희 6사가 장백, 임강 지구를 개척하는 임무를 맡았습니다. 광복회 지방조직을 건설하기 위해 능력 있는 공작원이 많이 필요하니 김재수에게 한 번 더 기회를 주자는 데 동의하면서도 조 정위의 의견을 듣고 오라고 했습니다. 조 정위만 동의하시면 바로 김재수를 제 공작조에 배치해주시겠다고 했습니다."

전광까지 이렇게 나오자 조아범도 더는 고집할 수 없었다.

결국 권영벽과 김재범이 함께 짠 판에 조아범이 걸려든 것이다.

"두 분은 내 말 명심하오. 특히 권영벽 동무는."

조아범은 의미심장하게 말했다.

"왜놈에게 전향서까지 쓰고 나온 자를 처형하지 않고 살려줄 뿐만 아니라 다시 우리 대오에 받아들였던 사례는 지금까지 단 한 번도 없었소. 적어도 내가 알기엔 말이오. 물론 김재수의 경우는 좀 다른 데가 있는 것도 사실이오. 더구나 그가 조선 사람이라서 민생단사건과 관련된 일도 있어 위 서기의 처지에선 김재수를 처형하라고 명령하기도 쉽지 않소. 그래서 이번 일만큼은 같은 조선 사람인 전광 동지에게 위임해 버린 것이오. 주명을 처형하는 문제는 왕 군장, 위서기와 주수동 동무도 나도 이견 없이 한결같이 찬성표를 던졌소. 그런데 김재수 처형 문제에서는 동무들이 나서서 이렇게 판결 결과를 돌려세웠으니 참으로 대단하오. 나중에 어떤 결과가 초래될지는 두 분 모두 절체절명의 각오로 임해야 하오. 만약 나쁜 후과가 발생하면 반드시 책임을 지게 되리라는 사실을 잊어서는 안 됨을 명심하기 바라오."

조아범이 이처럼 심각하게 말하니 권영벽은 긴장하기까지 했다.

사실 권영벽은 김재수에 대해 김재범만큼은 잘 알지 못했지만, 혹시 어떤 변고가 생기면 책임져야 함을 각오하고 있었다.

"한 가지 요청 사항이 있습니다."

권영벽은 조아범에게 말했다.

"저와 김주현 동무가 먼저 장백으로 들어갈 때 김재수 동무도 함께 데리고 들어가겠습니다. 그러니 주명 처형일을 우리가 떠나는 시간에 맞춰 잡고 김재수도 처형장에 데리고 가주십시오. 만일의 경우를 생각해 대외적으로는 김재수도 주명과 함께 처형당한 것으로 알려지면 좋겠습니다. 더불어 김재수를 마지막으로 한 번쯤 더 시험해보는 일이 되지 않겠습니까."

"그러는 것이 좋겠구먼."

조아범은 권영벽의 의중을 읽고 금방 동의했다.

4. 구사일생

군부 교도대대에 감금되어 있었던 주명의 처형은 조아범이 직접 전광에게 요청하여 6사에서 책임지고 집행하기로 했다. 김재범이 한 소대 대원들과 주명과 김재수를 데리러 왔을 때, 주명은 김성주가 자기들을 만나 줄지도 모른다고 생각했다.

"동무들은 김일성 동무가 보내서 왔소?"

김재범은 아무 대답도 하지 않고 묵묵히 머리만 끄덕였다. 다른 귀틀집에서 김재수도 불려 나왔는데, 김재범이 데리고 왔던 내원들이 달려들어 두 사람에게 포승을 지웠다. 김재수는 아무 반항도 하지 않고 고분고분 묶였으나 주명은 팔을 비틀면서 벌컥 화를 냈다.

"이게 뭐하는 짓이오? 김일성 동무가 나를 이렇게 대하라고 시켰을 리는 결코 없을 텐데?"

압송하는 대원들이 그들 둘을 밀영 밖으로 인도하자 주명은 그때야 비로소 낯빛이 새파랗게 질리기 시작했다. 그는 두 다리를 후들후들 떨면서 곁에서 묵묵히 따라 걷던 김재수에게 한마디 했다.

"아무래도 마감 길인 것 같소. 동무한테 덮어씌웠던 것 미안하오."

김재수는 아무 응대도 하지 않고 지그시 눈을 감고 있었다. 그의 눈에서는 물기 같은 것이 반짝거렸다. 그것을 본 김재범은 여간 조마조마하지 않았다. 혹시라도 형장에서 더는 지탱하지 못하고 무릎이라도 꿇고 주저앉는 날이면 그를 보증 섰던 김재범이나 권영벽의 체면이 말이 아니라는 것은 차치하고라도 김재수 역시 진짜 처형에 직면하게 되기 때문이었다.

이는 조아범이 내렸던 결정이었다.

"만약 김재수가 형장에서 놀라 자빠지거나 무릎 꿇고 앉아 울고불고하며 빈다면 한 치의 사정도 봐주지 말고 바로 처형해야 하오."

김재범과 권영벽 모두 이 결정에 복종하겠다고 약속했다.

멀리 되골령 산기슭이 바라보이는 만강천 기슭 한 공터에 도착하자 거기에는 미리 도착한 대원 몇이 시체 묻을 구덩이 두 개를 미리 파놓고 기다리고 있었다. 누가 봐도 주명과 김재수를 함께 처형할 것임을 알 수 있었다. 구덩이 곁에 선 주명과 김재수는 생각 밖으로 평온한 표정이었다. 더는 살 길이 없음을 느낀 주명 또한 김성주와 만나게 해 달라거나 살려 달라고 애걸하지 않았다.

"최후로 할 말이 있으면 하시오."

"나를 죽이는 데 아까운 총알을 쓰지 말고 저 곡괭이로 내 뒤통수 한 대 쳐주게."

주명은 이렇게 대답하면서 머릿짓으로 구덩이 곁에 서 있는 대원이 손에 든 곡괭이를 가리켰다. 김재범은 내심 감탄하지 않을 수 없었다. 때가 되니 역시 이런 멋진 대답을 한마디 남기고 가는 주명에게 인간적인 경멸까지 보내고 싶지 않아 머리를 저으며 말했다.

"총탄이 귀한 것은 사실이지만, 그렇게 야만적으로 처형하고 싶지 않소."

주명이 알았다는 듯이 머리를 끄덕이고는 스스로 돌아서서 구덩이 곁으로 다가갔다.

김재범은 김재수에게 머리를 돌렸다. 그러나 차마 먼저 말을 꺼내지는 못 하고 가만히 지켜만 보았다. 김재수가 먼저 말했다.

"이 사람 재범이, 자네한테는 고맙네. 자네 손에 가게 돼서 난 기쁘네."

김재수도 스스로 돌아서서 구덩이 곁에 다가갔다.

뒤에서 김재범이 한마디했다.

"형님, 그럼 잘 가시오."

김재범은 총을 겨누고 기다리는 대원에게 처형을 집행하라고 손짓했다.

곧바로 땅 하는 무거운 총소리가 울렸고, 주명이 구덩이 안으로 굴러 떨어졌다. 총탄은 등을 통해 심장을 뚫고 빠져나갔다. 김재수는 곁눈으로 구덩이에 떨어지는 주명을 흘깃 보고 나서 갑자기 머리를 쳐들고 하늘을 쳐다보았다. 죽기 전 마지막으로 하늘을 보고 싶었던 것이다. 그런데 한참 지나도 두 번째 총소리는 울리지 않았다.

김재수는 미동도 하지 않은 채로 가만히 서서 기다렸다. 곧이어 자기에게 날아올 총탄을 눈을 감고 기다렸지만 여전히 잠잠했다. 그때야 비로소 천천히 뒤를 돌아보았다. 김재범이 보이지 않았다. 다른 대원도 모두 어디로 사라졌는지 아무도 없었다.

'이게 어떻게 된 영문이란 말인가?'

김재수는 구덩이 안에 이미 죽어 있는 주명의 시체를 내려다보고 나서 털끝 하나 다친 데 없는 자기 몸을 다시 살펴보고는 그대로 땅바닥에 주저앉아 땅이 꺼지게 한숨을 내쉬었다.

"재범아, 너와 형님동생하고 지낸 보람이 있었구나. 그런데 이렇게 나를 살려 주고 너는 돌아가서 어떻게 설명할 거냐? 차라리 갈 곳 없는 나를 죽여 버릴 것 이지, 나더러 어디로 가라고 그러느냐?"

김재수가 혼자 중얼거리고 있을 때 주변에서 갑자기 인기척이 들려왔다.

머리를 쳐들고 한참 살펴보았다. 맞은편에서 억새밭이 갈라지며 다가오는 사람이 있었다. 군부 교도대대에 감금되어 있을 때 김재범과 함께 찾아와서 만난 적 있었던 6사 선전과장 권영벽이었다. 비록 그때 처음 만났지만, 권영벽이란 이름은 김재수에게도 결코 낯설지 않았다.

2군 독립사 시절, 화룡 2연대 조직과장이었던 김산호와 후임 김재범, 2연대 에서 가장 전투력이 강했던 4중대 정치지도원 권영벽까지 이 셋은 2연대의 최고 지도자나 다름없었던 조아범의 '3총사'였다. 후에 김산호가 8연대 정치위원 으로 옮겼을 때 김재범이 7연대 정치위원으로 임명되었고 권영벽은 6사 사부로 이동해 선전과장직을 맡았는데, 이와 같은 인사 조치 대부분이 사장 김성주보다 는 직급상 훨씬 더 높았던 정치위원 조아범 손에서 거의 독단적이다 싶게 이루 어졌다.

권영벽은 달려와 김재수의 두 손을 묶은 포승을 풀어주었다.

"선전과장동무, 이게 어떻게 된 일이오?"

권영벽은 김재수를 부축하여 일으키며 말했다.

"긴 말은 나중에 천천히 합시다. 어서 떠납시다. 오늘부터 김재수 동지는 다시 우리 대오로 돌아온 것입니다. 나와 함께 일하게 되었습니다."

김재수는 비로소 모든 것을 깨달을 수 있었다.

"내가 조직으로부터 용서 받았다고 이해해도 되겠소?"

권영벽은 잠깐 생각해보고 나서 대답했다.

"용서라기보다는 새롭게 다시 태어날 기회를 얻었다고 봐야겠지요. 진정으로 용서 받을 수 있는지 여부는 동지의 향후 활동에 달려 있습니다."

이때 김재수는 진심으로 감격하여 눈물을 흘렸다.

"알겠소. 어떤 임무든 맡겨만 주오. 내 생명을 걸겠소."

권영벽은 2군 정치부로부터 받은 임무를 이야기했다.

"1로군 총부의 결정으로 우리 2군은 1군의 서북원정을 돕기 위해 무송현성 경내에서 놈들의 토벌세력을 견제합니다. 1군 주력부대가 지금 모조리 서북원정에 투입되었기 때문에 2군 당위원회에서는 8, 9월경 6사가 먼저 장백, 임강 지구로 들어가 백두산 유격근거지를 개척하기로 결정했습니다. 군 정치부에서는 6사 선전과에서 먼저 공작대를 조직하여 장백현 경내로 들어가 '광복회' 지방조직을 만들고 이 조직을 발판으로 중국공산당 장백현위원회도 조직해야 한다고 지시했습니다."

이것이 김재수가 권영벽의 장백현공작대에 참가하게 된 전후 사정이다.

이때부터 김재수는 김원달이라는 별명을 사용했다. 김성주가 회고록에서 소개하는 것처럼 "원체 말수가 적고 빈말을 늘어놓거나 한 번 한 말을 다시 곱씹는 법이라고는 없는 권영벽"과 장백현 경내에서 꽤 오랜 시간을 함께 활동해온 김재수는 자신이 어떻게 처형을 면하고 다시 항일연군에 참가할 수 있게 되었는지 한 번도 제대로 된 설명을 듣지 못했다. 김성주까지도 회고록에서 김재수가 용서받고 처형을 면한 경위를 설명할 때 '나'라는 말을 사용하지 못한다.

회고록 『세기와 더불어』에서 '나'와 '우리'는 의미가 있다.
다른 사람이 한 일을 자기가 한 것처럼 꾸민 것도 많지만, 도저히 자기가 했다고 말하기 어려운 경우 '나' 대신 '우리'라는 단어를 사용한다. '나'도 '우리'라는 군체의 한 일원이므로 틀렸다고 할 수는 없지만, 그 '우리'에게 용서받은 김재수가 '나'를 찾아와서 가슴을 두드리며 하소연했다고 한다.

"나를 처단하든지 살리든지 그건 결심대로 해주십시오. 그렇지만 나는 혁명을 하고 싶습니다. 이대로는 정말 더 못 견디겠습니다."

그래서 '나'는 김재수를 믿었고, 지하공작 임무를 주어 장백현 하강구 방면으로 파견했다고 한다. 여기서 슬그머니 '우리'가 '나'로 바뀐다. 그러나 '나'는 다시 '우리'로 바뀌는데, '우리'는 김재수가 다시는 자기의 행적에 오점을 남기지 않으리라고 확신했다는 것이다. 물론 이것은 김성주 자신이 혼자 내린 결정이 아니라는 사실을 시인하는 셈이다. 이런 식으로 자신과는 전혀 관계없거나 자신이 아무런 영향력도 행사할 수 없었던 사건에 대해서도 회고록에서는 '나'와 '우리'를 교차시키거나 한데 섞어서 말하는 방법으로 다 '내'가 한 것처럼 은근슬쩍 바꾸기도 한다.

1937년 2월 20일에 있었던 도천리전투로 돌아간다.
이 전투 참가자였던 무량본의 회고에 따르면, 도천리전투는 북한에서 주장하는 대로 13도구와 14도구 골짜기 사이의 들판에서 토벌대를 상대로 벌인 유인 매복전에 국한하지 않는다. 앞에서 잠깐 언급한 것처럼 이 들판에서 7연대 연대장 손장상이 주력 중대인 오중흡의 4중대를 데리고 매복했고 김성주는 경위중대와 함께 7연대 1, 2, 3중대와 8연대 1중대까지 150여 명을 인솔하고 몰래 도천리로 접근했다. 즉 골짜기에는 오중흡 중대만 남기고 토벌대를 마을 바깥으로 유인했던 것이다.

김성주는 만주군 이해성의 기병연대가 마을에서 빠져나가기를 기다렸다가 병영을 습격하고 식량을 탈취하려 했다. 이에 김재범은 무량본과 박덕산의 8연대 1중대를 인솔해서 하루 먼저 천상수 인근으로 접근했고, 그동안 도천리에 몇 번 다녀온 적이 있는 박덕산을 파견하여 이용술이라는 이 지방 광복회 책임자를 찾게 했다.

이용술은 바로 김재수의 연락원이었다. 그동안 이름을 김원달로 고치고 도천리에 들어와 깊이 잠복했던 김재수는 천상수 사람들이 '안골집'이라 부르는 이용술의 집을 연락 거점으로 활용했다. 후에 광복회 도천리 지방조직도 바로 이집에서 조직되었다. 이용술의 연락을 받고 허둥지둥 달려온 김재수는 박덕산과 만난 뒤 김성주의 6사 주력부대가 도천리를 습격하려 한다는 사실을 알게 되고는 경악했다.

"우리 주력부대 병력이 얼마나 되오?"

"7, 8연대와 경위중대, 기관총소대까지 합쳐 200여 명 남짓합니다."

박덕산의 대답에 김재수는 손을 내흔들었다.

"그 정도로는 어림도 없소. 어서 돌아가라고 전해 주오."

"원, 김재수 동지 말대로라면 우리는 한평생 놈들과 전투하지 못하겠군요."

박덕산이 이렇게 투덜거리자 김재수가 요청했다.

"긴 말 할 것 없이 김일성 사장을 만나러 갑시다. 내가 직접 가서 설명하겠소."

그러자 박덕산은 안색까지 확 변하면서 쏘아붙였다.

"우리 김 사장이 아무나 쉽게 만날 수 있는 사람인 줄 아오?"

"좋소. 그럼 가서 전하오. 간밤에 토벌대가 1,000여 명이나 들이닥쳤소. 거기다 절반 이상이 기병이오. 병력 차이도 어지간해야지 무작정 들이친다고 될 일이오?"

김재수와 함께 왔던 이용술도 곁에서 한마디 했다.

"만약 전투가 발생하면 13도구와 14도구 경찰서의 경찰대대도 몰려들 수 있어 놈들의 병력이 결코 만만치 않습니다."

그러잖아도 2사 사부를 찾으러 갔다가 길에서 도천리 방향으로 행군하던 만주군을 제일 먼저 발견하고 김성주에게 보고했던 사람이 바로 박덕산이었다. 이때 도천리 지방 광복회 책임자 이용술도 김재수의 의견에 살을 붙이자 박덕산은 심각하게 받아들이지 않을 수 없었다.

"김재범 정위가 근처에 와 있으니 가서 직접 말씀드리시오."

이렇게 되어 김재수는 그길로 박덕산을 따라 마을 동구 밖으로 나왔다.

김재범 일행이 기다리던 천상수 인근 숲속으로 들어가자 맞은편에 있던 김재수는 자신 쪽으로 성큼성큼 다가오는 낯익은 모습을 보았다.

"이 사람 재범이, 우리가 이렇게 빨리 다시 만나게 되었네그려."

김재수는 달려가 김재범과 서로 부둥켜안았다.

"겨우 반년밖에 안 되었는데도 형님이 그동안 많은 일을 해내고 있다는 보고가 들어와 정말 다행입니다. 김 사장과 조 정위도 여간 기뻐하지 않습니다. 형님

일은 이미 군 정치부에도 보고되었습니다. 창만(昌滿, 권영벽)[236]이 형님 당적 회복도 요청해서 저희 6사 당위원회에서 이 문제를 토론하는 회의까지 열었습니다. 조만간에 좋은 소식이 있을 것입니다."

김재범에게 이런 소식을 들은 김재수는 하마터면 눈물까지 쏟을 뻔했다.

김재수는 밤새 도천리에 들어온 만주군 병력수가 1,000여 명에 가깝다는 정황을 자세하게 설명하면서 병력 차이가 너무 현저하니 달걀로 바위 치기인 무모한 전투를 벌이면 안 된다고 했으나 김재범 역시 박덕산과 비슷하게 대꾸했다.

"우리가 언제 우세한 병력일 때만 놈들과 싸워 왔던가요."

"그렇다면 무슨 묘책이라도 있는 건가?"

"놈들이 오후쯤에는 우리가 던져놓은 미끼를 물고 최소한 절반은 도천리에서 빠져나갈 것입니다. 그 틈을 타서 도천리를 습격할 것이니, 형님은 놈들의 병영 상황을 정찰해서 좀 더 자세하게 알려주십시오. 전투 도중에 우리가 철수할 수도 있으므로 도천리와 천상수 주변의 우리 조직원들은 절대 신분을 드러내서는 안 됩니다."

김재범이 이렇게 당부하자 김재수는 확실하게 대답했다.

"아, 그것은 걱정 말게. 앞서 4사 부대가 도천리에 들어와 왜놈 특무두목 토미모리와 경찰서장 혁조춘을 붙잡아 죽여 버릴 때도 우리 조직원은 한 사람도 나서지 않았다네. 덕분에 광복회 조직이 지금까지도 아주 튼튼하게 살아 있는 걸세."

두 사람이 헤어질 때 김재수는 다시 김재범 손을 잡고 물었다.

"재범이, 오늘만큼은 나한테 사실을 말해주게. 내가 동강에서 사형을 면하고

---

236 장백 지방에서 활동할 때 권영벽은 김창만이라는 별명을 사용했다. 권영벽의 본명은 김수남(金洙南)이며, 김창욱(金昌郁), 권창욱(權昌郁) 등의 별명이 있다.

이처럼 다시 일할 수 있게 해준 사람이 도대체 누군가? 궁금해서 통 참을 수가 있어야 말이지."

"아니, 창만이(권영벽)가 여태까지도 비밀을 지키고 있습디까?"

김재범이 놀라며 김재수에게 반문했다.

"그 친구 입이 무거운 건 나보다 자네가 더 잘 알지 않나. 평소 입담이 좋아도 정작 이야기를 나누다 보면 원칙에 어긋나는 말은 단 반마디도 꺼내는 일이 없더군. 내가 몇 번이나 물었지만 '당 조직에서 결정한 일'이라는 말밖에는 더 얻어들은 것이 없네."

김재수의 대답에 김재범도 동감이라는 듯 말했다.

"하긴 창만의 성품으로는 죽을 때까지도 알려주지 않을 것입니다. 사실은 창만이 큰 역할을 했습니다. 누가 감히 나서서 보증해줄 수가 있었겠습니까. 처음에는 나와 창만이가 김 사장에게 부탁했는데, 그의 처지도 여간 딱하지가 않았어요. 주명이 매일같이 김 사장을 만나게 해달라고 떠들어대는 데다 조 정위가 김 사장과 주명의 관계를 의심했으니 말입니다. 나중에 김 사장이 조 정위를 돌려세울 수 있는 사람은 군 정치부 주임 전광 동지밖에 없다고 귀띔해 주어 나와 창만이 서로 분담했습니다. 내가 조 정위에게 매달리고 창만이는 전광 동지를 찾아가서 광복회 지방조직을 건설하는 데 형님의 지방공작 경험이 꼭 필요하다고 요청했습니다. 마침 광복회 사업도 군 정치부에서 총괄하기로 결정했고, 또 창만이 전광 동지가 새로 성립한 장백현위원회 서기로 내정되어 있었던지라 군 정치부에서도 창만의 요청을 중요하게 생각했습니다. 결과 전광 동지가 왕 군장과 위증민 서기한테 직접 말한 후 형님의 사형판결을 정지시킬 수 있었어요."

비로소 내막을 알게 된 김재수는 권영벽에게 감탄하지 않을 수 없었다. 이때 중국공산당 장백현위원회가 성립되어 제1임 서기로 임명된 권영벽을 뒤에서 가장 많이 도와준 사람이 바로 김재수였다. 이 무렵 김재수의 활약상은 김성주도 회고록에 자세히 언급한다.

"김재수의 정력적인 활동에 의하여 1937년 초까지 도천리를 중심으로 한 하강구의 거의 모든 마을에 조국광복회 조직들이 생겨났고 그 후에는 생산유격대도 조직되었다."

한마디로 압록강 연안의 광복회 조직들은 기본적으로 권영벽과 김재수 손에 의해 조직되었다고 볼 수 있었다. 나중에 이제순(李悌淳)[237] 같은 장백현 경내의 농민 가운데서도 열성분자들이 발굴되어 아주 주요한 직책까지 맡게 되지만, 김재수와 권영벽은 항일연군 2군 정치부에서 직접 위임받았던 파견원인 셈이었다. 1936년 10월, 전광이 곰의골밀영으로 들어와 권영벽을 장백현위원회 서기로 임명했고, 그때 김재수가 모은 열성분자들이 권영벽을 따라 밀영으로 들어왔는데, 그 속에 이제순도 있었다.

이제순은 김성주 회고록에서 특별하게 다뤄지고 있다. 그러나 북한이나 김성주 본인도 이제순 본명이 이동석(李東石)이며, 1967년 3월에 김성주에 의해 숙청된 이효순(李孝淳)의 친동생이라는 사실을 공개하지 않고 있다. 해방 후 박금철 등과 함께 갑산파로 분류되었던 이효순은 자신의 고향인 함경북도 길주군으

---

237 이제순(李悌淳, 이동석 1908-1945년) 함북 길주 출신으로 이효순(李孝淳)의 동생이다. 1932년 함남 갑산군 운흥면 오풍동으로 이주하여 운흥면에서 야학을 운영하며 프롤레타리아문화운동을 통한 대중의식화 작업을 했다. 1934년 3월 장백현으로 이주하여 상강구 이십도구 신흥촌(上崗區 二十道溝 新興村) 촌장이라는 합법적인 신분을 이용해 공산주의운동에 참가했다. 1936년 9월 동북항일연군 입대, 11월 중국공산당 입당, 12월 재만한인조국광복회에 가입했다. 1937년 조국광복회 장백현공작위원회 책임자, 중국공산당 장백현위원회 부위원장이 되었다. 6월 항일연군 제1로군 제2군 제6사 일원으로 보천보전투에 참가했다. 10월 일본 경찰에 체포되어 투옥되었다. 1941년 8월 함흥지법에서 사형을 선고받고, 1945년 3월 서대문형무소에서 교수형을 당했다.

로 돌아가 노동당 길주군위원회 위원장을 거쳐 함경북도 당 위원장을 역임했고 1955년에는 국가검열상까지 되었다. 그는 또한 북한 노동당의 초대 대남비서이기도 했다. 만약 이효순의 동생 이제순도 죽지 않고 살아서 북한으로 귀환했더라면, 그 역시 이 갑산파로 분류되었을 것이고 이후 운명이 어떻게 되었을지는 아무도 모른다.

박금철도 그때 권영벽을 따라 처음 곰의골밀영에 들어왔다. 해방 후 박금철과 인연이 있었던 일부 사람들이 박금철의 말이라며, 밀영에서 처음 만난 '김일성'이라는 사람 나이가 40대 중후반인 걸로 기억하면서 광복 후 평양에서 개선 연설할 때 만난 김일성과는 다른 사람이었다고 주장하기도 한다. 사실 곰의골밀영에서 이들을 모아 강습반을 조직했던 사람은 6사 사장 김성주가 아닌 전광이었다. 긴 하이칼라 머리에 피골이 상접한 전광을 40대가 아니라 50대 중후반으로 오해했던 사람도 아주 많았다고 한다.

그러나 당시 전광의 실제 나이는 마흔이 되지 않았다. 1898년생 혹은 1900년 생이라는 기록이 있는데, 이 기록에 따르더라도 당시 전광은 38세 혹은 39세 정도였다. 겨우 스물다섯에 불과한 김일성이나 조아범 등과 비교하면 노인 취급 받을 수 있는 나이였다. 전광은 1937년 설 기간에도 계속 1군 2사와 2군 6사 사이를 오가며 직접 이 두 부대를 지도했다.

어떤 사람은 전광이 정치간부일 뿐 이 두 부대의 군사작전에 관여할 위치에 있지 않았다고 주장하기도 하는데, 이는 큰 오해다. 6사의 모든 인사 권한이 사장인 김성주보다는 정치위원인 조아범에게 있었던 것처럼 2군에서도 마찬가지였다. 왕덕태 사후 남만성위원회 서기 신분으로 제1로군 부총지휘까지 함께 겸했던 위증민을 대신해 직접 현장에서 2군을 지도했던 사람은 바로 전광이었다. 장백현 경내에서 6사와 4사 그리고 1군 2사가 함께 진행한 비교적 규모가 큰 전투들에 전광이 관여하지 않은 적은 단 한 차례도 없었다.

5. 도천리 유인전

도천리전투 때도 그랬다. 북한에서 주장하듯 김성주의 "탁월한 유격전법에 의하여 이룩된 빛나는 승리"라는 몇 마디 말로 어물쩍 넘어가기에는 이 전투에 관한 자료가 중국에 무척 많다.

우선 만주군과 관련한 자료들을 보자. 이해성의 기병 제8연대 300여 명만이 도천리 산림작업소에서 풀려난 십장을 길잡이로 내세워 손장상과 오중흡이 매복했던 골짜기로 토벌하러 나갔고, 500여 명은 여전히 도천리에 주둔하고 있었다. 이는 홍두산 쪽에서 6사 참모장 왕작주 일행을 뒤쫓던 기병 8연대 이해성의 지도관 카와다 소좌가 신방자경찰서 서장 장경산(張慶山)을 파견해 그동안 도천리 인근에서 주둔하던 1군 2사 부대가 리명수 쪽으로 이동한 것 같다는 소식을 보내왔기 때문이다.

"김일성 부대가 지금 도천리 산림작업소에 틀어박혀 있다는 확실한 정보가 들어왔는데, 무슨 리명수 같은 소리를 하고 있소. 작업소 십장이 직접 길잡이 서기로 했소."

이해성은 코웃음을 쳤으나 장경산이 끝까지 주장했다.

"카와다 소좌 말씀이 이 지방에서 활동하는 비적들이 결코 한두 갈래가 아니라고 합디다. 얼마 전까지도 14도구에 주둔했던 비적은 바로 조국안 부대였습니다. 만약 김일성 부대와 조국안 부대가 힘을 합쳐 달려 들면 어떻게 하려고 그러십니까? 만약 토벌하겠다면 부대원들을 다 출동시키지 말고 도천리에 절반 이상 남겨 대비하는 것이 좋을 것 같습니다."

장경산에게 설득당한 이해성은 다음날 300여 명만 도천리 산림작업소로 보냈다. 나머지 500여 명은 도천리에서 머물면서 리명수 쪽으로 1군 2사 부대를 뒤따르던 카와다 소좌에게서 연락이 오기만을 기다렸다. 카와다 소좌는 홍두산 쪽에서 6사를 찾아 돌아오던 왕작주 일행을 보고 그 뒤를 쫓아가다가 이도강과 비교적 가까운 고려보자에서 1군 2사 부대를 발견했으나 자그마치 200여 명에 달하는 것을 보고는 함부로 접근하지 못했다.

전광은 송무선과 함께 이홍소의 원 6사 교도연대와 현계선의 2사 8연대를 절반씩 갈라 이도강과 팔도구 대정자 일대에서 좌충우돌하면서 가능하면 더 많은 만주군을 리명수 쪽으로 유인하려고 했다. 그러나 벌써 며칠 동안 카와다 소좌의 기병 두 중대 외에 다른 토벌대가 더는 증원되지 않자 송무선은 전광에게 요청했다.

"일단 뒤에 매달린 저놈들이라도 먼저 섬멸시켜버립시다."

"어찌나 교활한 놈인지 며칠째 뒤를 따라오면서도 간격은 항상 그대로요. 우리가 걸으면 저놈도 걷고 우리가 멈추면 저놈도 멈추는데, 목적이 도대체 무엇인지 모르겠소. 처음에는 증원부대를 기다리는 것으로 생각했는데, 지금 벌써 며칠째요? 기병이 어찌 저렇게 속도가 느릴 수 있소?"

그때 왕작주가 불쑥 나타났다. 그와 함께 떠났던 소년중대 대원은 모두 살아서 돌아왔으나 그동안 기병에 쫓기다 보니 몰골이 말이 아니었다. 털모자를 잃어버리고 각반이 풀어졌는가 하면 신발까지 잃어버리고 맨발인 대원도 있었다.

"김 사장이 도천리 쪽으로 이동한 것 같습니다. 만주군 대부대가 모두 그쪽으로 몰려가는 바람에 손을 쓸 수 없어 되돌아오다가 하마터면 생포당할 뻔 했습니다."

왕작주 말을 듣고 송무선이 그제야 놀라며 부르짖었다.

"놈들이 우리 뒤에 바짝 다가붙지 않는 이유가 바로 그것이군요."

"승제갈이 돌아왔으니, 빨리 방법 좀 내놓으시오."

전광과 송무선은 왕작주에게 재촉했다.

그날로 전광, 송무선, 왕작주, 이흥소, 현계선, 조충재 등이 모여앉아 만주군 이해성의 기병 8연대 주력부대를 리명수 쪽으로 유인하기 위한 작전회의를 진행했다.

"6사가 도천리 쪽으로 이동한 것이 확실하다면, 왕 참모장의 계책대로 빨리 김일성 동무한테 사람을 보냅시다. 우리 쪽에서 먼저 도천리를 공격하며 놈들을 유인하면 틀림없이 주력부대가 모조리 리명수 쪽으로 몰려들 것입니다."

전광에 의해 1군 2사 참모장을 겸직하게 된 전 6사 교도연대 연대장 이흥소가 그동안 사람을 보내 그렸던 리명수 주변 지도를 펼쳐놓고 설명했다.

"그러면 우리는 어디서 매복하고 있다가 놈들을 치면 좋겠소?"

전광이 묻자 이흥소가 대답했다.

"만약 김 사장이 도천리에서 놈들을 유인하는 데 성공해도 리명수까지 끌고 오려면 최소한 4, 5일은 걸립니다. 그 사이에 제가 직접 나가서 지형을 정찰하겠습니다. 최소한 500명에서 1,000여 명 정도는 몰아넣을 만한 산골짜기가 어디 있을 것입니다."

그러자 왕작주가 반대했다.

"놈들은 기병이라 산골짜기를 만나면 쉽게 들어서지 않을 수도 있습니다."

왕작주는 이흥소가 직접 그렸다는 리명수 지형 지도를 한참 들여다보았다.

"여기 니립하(泥粒河)라고 표시한 동그라미는 어딥니까?"

"그게 바로 부후물(富厚水)이오. 그 동네 중국 사람들은 니립하라고 부르더구면."

2군 6사 참모장 왕작주와 1군 2사 참모장 이흥소가 몇 마디 주고받았다.

"그럼 이쪽에서 올라온 물이 리명수겠지요?"

"그렇소."

"여기서 왼쪽 작수림(柞樹林)까지 거리는 얼마나 됩니까?"

"눈짐작으로 한 100여 미터 남짓하오."

"그러면 이 개활지대에 진지를 구축하면 되겠습니다. 놈들은 기병이라 거침없이 들이닥칠 것입니다."

그 말에 이흥소뿐만 아니라 전광까지도 놀랐다.

"개활지에 진지를 구축하고 기병들과 대적한단 말이오?"

하지만 개활지에 진지를 구축해본 적 있었던 현계선과 조충재가 찬성했다.

"저희가 7도구에서 조국광의 정안군과 싸울 때 눈벌에 구덩이를 파고 대원들이 모두 그 구덩이 속에 들어가 흰 천을 덮어쓰고 숨는 방법으로 진지를 구축한 경험이 있습니다. 이 방법이 좋을 것 같습니다. 더구나 지금은 눈까지 계속 오니 은폐하기에 훨씬 더 유리할 것입니다."

작전 배치를 마친 왕작주는 다시 6사를 찾아 떠났다. 이번에는 2사 소년중대를 송무선에게 되돌려주고 경위원 2명과 떠났는데, 그 중 하나가 전광이 항상 곁에 두었던 안경희였다. 전광이 자신의 최측근 경위원을 전령병 삼아 왕작주에게 특별히 붙여준 것이다. 작전 명령이 6사에 전달되고 나면 안경희가 먼저 돌아와 소식을 전하게 하기 위해서였다.

1937년 2월 19일, 왕작주는 도천리 산림작업소에 도착해 6사가 간밤에 사라져버린 방향을 대충 짐작하고는 13도구와 14도구 사이 숲속으로 들어갔다. 이 숲속 한 산중턱 오르막에 매복해 있던 유인조 한 소대가 왕작주를 발견했다. 그 길로 손장상과 오중흡에게 안내된 왕작주는 김성주가 경위중대와 8연대 1중대를 데리고 도천리를 습격하러 내려간 사실을 알게 되었다.

"여기서 아무리 놈들을 유인한다 해도 1,000여 명이나 되는 주력부대가 달려들 리 없을 텐데, 도천리를 공격하려 했단 말입니까?"

"계란으로 바위 치는 격이 될 거라고 말했지만, 김 사장 고집을 꺽지 못했네."

"뭐, 어쨌든 나쁜 일이 좋은 일로 변할 수도 있습니다."

왕작주는 손장상과 오중흡에게 전광의 명령을 전달했다.

"여기서 전투한 다음, 김 사장을 기다리지 말고 바로 리명수로 철수하십시오. 나도 김 사장과 함께 리명수 쪽으로 철수하여 가능하면 고력빙(高力泵, 고력보자)에서 두 분과 합류하겠습니다. 지금 리명수로 접근하는 놈들을 모조리 유인해야 합니다."

이미 지칠 대로 지친 왕작주는 손에 나무막대기를 잡고 가까스로 일어섰다.

그가 두 다리까지 후들후들 떠는 것을 본 손장상과 오중흡이 급히 왕작주를 부축하면서 다른 사람을 김성주에게 파견하려 했으나 왕작주가 듣지 않았다.

"이 작전 명령은 내가 직접 가서 전달하지 않으면 안 됩니다."

왕작주는 말리는 것도 마다하고 굳이 길을 떠났으나 그만 도천리까지 가닿지 못 하고 길에서 쓰러지고 말았다. 다행스러웠던 것은 안경희가 김성주와 서로 아는 사이였기에 혼자 도천리를 향해 뛰어갔다.

"길에서 쓰러진 왕작주와 다른 경위원은 어디에 두고 떠났다고 했습니까?"

필자가 안경희의 아들 안준청에게 물은 적이 있었다.

"제 아버지도 보총 한 자루와 권총 한 자루, 그리고 일본군에게 빼앗은 군도 하나를 옆구리에 달고 다녔다고 합니다. 그 칼로 숲속에서 나무를 잘라 임시로 바람막이를 만들고 그 밑에 구덩이를 판 다음 같이 갔던 간부(왕작주)를 숨겨놓았다고 합니다. 아버지가 입고 있던 솜옷과 털 조끼까지 다 벗어 구덩이에 펴 주었고, 그 간부 곁에 남았던 경위원도 자신의 솜옷을 벗어서 바람막이로 썼다고 합니다."[238]

홑적삼 바람으로 눈벌판을 헤맸을 안경희의 모습을 상상해볼 수 있다. 왕작주가 의식을 잃고 쓰러지기 직전에 도천리로 가는 방향을 가리켜주었으나 이날 따라 눈이 어찌나 심하게 흩날리면서 내렸던지 방향을 헷갈리지 않을 수 없었다. 숲속에서 여러 번이나 갔던 길을 다시 오가면서 갈팡질팡하다가 오후 3시쯤 되었을 때 비로소 13도구와 14도구 쪽에서 수류탄과 총 소리가 울려 터지기 시작했다. 다시 20여 분쯤 지나자 도천리 쪽에서도 전투가 진행되었다.

"아, 도천리가 저쪽이구나!"

안경희는 비로소 도천리 쪽으로 정신없이 뛰어가기 시작했다. 그러나 얼마 뒤 도천리에서 철수하기 시작한 6사 선두부대와 만난 안경희는 이 전투에 참가한 자신의 옛 주인 연안길의 얼굴을 발견했다.

"아저씨, 나 샤오안즈예요."

이 추운 겨울날, 홑적삼 바람으로 온 얼굴이 붉게 상기된 안경희를 바라보며 연안길도 무척이나 놀랐다. 마침 연안길 곁에는 무송 때 얼굴을 익혔던 중대장 이동학도 있었다.

"네가 진짜 샤오안즈란 말이냐. 어떻게 여기에 있느냐? 지금 이게 무슨 꼴이야?"

---

238 취재, 안준청(安俊淸) 중국인, 항일연군 연고자, 부친 안경희(후에 일본군에 귀순)는 전광(오성륜)의 경위원, 취재지 산동성 청도, 1991.

안경희는 연안길에게 달려와 다급하게 소리쳤다.

"아저씨, 길게 설명할 새가 없어요. 김 사장 어디 있어요? 빨리 만나게 해주세요!"

이동학은 경위중대와 함께 사부 기관을 보호하며 먼저 철수 중이었고, 김성주는 8연대와 뒤에서 엄호 중이었다. 도천리를 공격하다가 낭패 본 것이 분명했다. 도천리에 주둔했던 이해성의 만주군 기병 8연대가 미리 대비하고 있었던 것이다.

전투는 불과 20여 분 만에 승패가 갈리고 말았다. 이동학의 경위중대 한 갈래와 무량본의 8연대 1중대 한 갈래가 병영 좌우 양편에서 공격했으나 신방자경찰서장 장경산이 경찰대대를 이끌고 갑작스럽게 배후에서 나타나 기관총을 퍼부어댔다. 이에 이동학 경위중대의 기관총소대와 8연대 1중대의 한 소대가 갈라져 나와 김재범이 책임지고 지원했으나 경찰대대보다는 병영에서 무더기로 쏟아져 나오기 시작한 기병들을 도저히 막아낼 수 없었다. 결국 지원부대가 화력으로 신방자경찰대대를 눌러놓자 김성주는 철수 명령을 내리고 말았다.

"동학 동무가 먼저 앞서오. 나도 뒤에서 따르겠소."

김성주는 기병들이 하도 사납게 달려드는 데다 또 전투가 진행된 지 불과 20여 분 만에 철수하게 되어 대원들이 당황해 할까 봐 일부러 맨 뒤에 남았다. 그는 김재범과 함께 직접 권총을 뽑아 들고 진지에 의지한 채 달려 들어오는 기병들을 쏘아 눕히면서 대원들에게 소리쳤다.

"동무들 겁낼 것 하나 없소. 큰 목표물인 말부터 쏘아 눕히면 되오."

속도 빠른 몇몇 기병이 말을 몰아 진지 위로 뛰어넘어 들어오며 칼을 휘두르자 대원들도 총창을 꼬나들고 딜러들어 말의 배를 찔러 넘어뜨리기도 했다. 그 바람에 기병들의 돌격이 잠깐 뜸해지기도 했는데, 그때 김성주는 무량본과 박덕산에게 한 소대씩 이끌고 빨리 뒤로 빠져나가라고 명령했다.

"안 되오. 여기는 나하고 덕산이한테 맡기고 이제는 김 사장이 철수할 차례요."

무량본이 소리쳤다. 그래도 김성주가 철수하려 하지 않자 김재범은 무량본과 박덕산을 불러 의논했다.

"안 되겠소. 억지로라도 철수시켜야겠소."

"알겠소."

박덕산은 경위원 유옥천과 교방지를 시켜 진지에서 떠나지 않으려는 김성주 두 팔을 억지로 붙잡아 끌어내렸다. 뒤에서는 김재범이 직접 다른 두 대원을 데리고 엄호하면서 김성주와 함께 마을 밖으로 철수하기 시작했다. 그때 이동학에게 명령을 전달하러 갔던 전령병 최금산이 안경희를 데리고 달려왔다.

'저 애는 전광 동지 경위원 샤오안즈가 아닌가?'

눈썰미가 남다른 김성주가 금방 안경희를 알아보았다.

김성주는 안경희에게서 참모장 왕작주가 작전 명령을 전달하러 오는 길에 숲속에서 쓰러져 숨겨 두고 왔다는 이야기를 듣고는 너무 놀라서 발을 굴렀다.

"그러면 네가 길안내를 서서 빨리 왕 참모장부터 찾아야 할 것이 아니냐."

김성주는 안경희를 나무랐다.

하지만 벌써 이동학이 경위중대를 인솔하고 직접 왕작주를 찾으러 떠난 뒤였다.

"사장동지, 샤오안즈가 여기 길이 익숙하지 않은 데다가 밤에 눈까지 많이 와서 참모장을 어디다 두고 왔는지 본인도 잘 모릅니다. 그래서 동학 동무가 여기로 보낸 모양입니다."

김재범이 안경희 대신 말해 주었다. 그러자 김성주가 안경희에게 물었다.

"작전 명령 내용을 아느냐?"

"왕 참모장이 쓰러지기 전에 김 사장을 만나면 이렇게 전하라고 했습니다. 도천리에서 시간 끌지 말고 만주군 주력부대를 리명수 쪽으로 유인해야 한다고요. 자세한 작전 내용은 참모장동지가 알고 있습니다."

김성주는 김재범에게 부탁했다.

"전광 동지는 우리 6사가 1군 2사와 함께 리명수 쪽에서 매복하려는 것이오. 그러니 놈들을 아주 떼어버려서는 안 되겠소. 재범 동무가 무량본 중대장과 함께 저놈들 기를 끝까지 돋우어 리명수까지 따라붙도록 해주오."

김재범이 무량본 중대로 떠난 뒤 안경희도 김성주에게 작별을 고했다.

"저도 빨리 돌아가야 합니다."

김성주는 즉시 전광과 송무선 앞으로 편지 한 통을 써서 안경희에게 맡겼다.

6. 이도강 우회작전

안경희를 떠나보낸 뒤 얼마 안 있어 이동학에게서 왕작주를 찾았다는 연락이 왔다. 김성주는 부랴부랴 왕작주에게 달려갔다. 이동학이 숲속에서 자그마하게 모닥불을 피워놓고 일본군 군용 물통에 몰래 아편 한 덩어리를 넣어서 끓인 다음 왕작주에게 먹였다. 김성주가 달려와서 숲속에서 불을 피우면 어떻게 하느냐고 이동학을 꾸짖었으나 왕작주가 말렸다.

"놈들을 유인해야 하니 불을 피워도 괜찮습니다."

김성주는 왕작주의 손을 잡고 하마터면 눈물까지 쏟을 뻔했다.

"어쨌든 왕 형이 이렇게 살아 있으니 얼마나 좋은지 모르겠소."

이에 왕작주도 크게 한숨을 내쉬었다.

"나도 이번처럼 지쳐보기는 처음입니다. 샤오안즈 덕분에 얼어 죽지 않고 다시 살아났소. 이번에는 정말 김 사장과 영영 헤어지게 되는 것이 아닌가 꽤 걱정도 했습니다."

김성주가 왕작주에게 말했다.

"'꽤' 걱정되었다면 별로 걱정하지 않았다는 소린데, 섭섭하오. 이제 보니 나 혼자만 짝사랑하고 지내왔구먼. 난 매번 전투할 때마다 '만약 참모장이라면 나의 이 작전배치에 대해 어떻게 생각할까?' 하고 항상 마음속에서 왕 형과 주고받곤 했단 말이오."

왕작주가 김성주 손을 잡고 말했다.

"그런 말 마십시오. 그동안 김 사장이 장백현 경내에서 진행한 전투들에 관해 자세하게 들었습니다. 특히 소덕수전투는 아주 기가 막혔습니다. 나보고 지휘하라고 해도 그만큼 해내지 못했을 것입니다. 그 외에도 곰의골과 평두령(홍두산) 매복전들도 모두 훌륭했습니다. 이제부터는 오히려 내가 김 사장에게서 배워야 할 것 같습니다."

왕작주의 표정이 사뭇 진지한 것을 본 김성주는 무척 기뻤다.

"이보오, 참모장. 그거 진심으로 칭찬하는 거요?"

"진심입니다."

김성주도 왕작주 칭찬을 아끼지 않았다.

"아닌 게 아니라 라오쑨은 앞서 홍두산전투 때 내가 작전하는 것을 보고 나와 왕 형의 작전이 비슷해서 잘 분간되지 않는다고 했소. 그나저나 난 우리 6사에 왕 형 같은 참모장이 있다는 사실이 얼마나 행복한지 모르겠소. 그러니 재삼 부탁하오. 왕 형은 절대 사고 나면 안 됩니다. 우리가 힘을 합쳐서 왜놈들을 모조리 몰아낼 때까지 왕 형이 계속 내 곁에 함께 있겠다고 약속해 주어야겠소.”

“약속하겠습니다.”

이때 총소리가 가까워오자 왕작주는 서둘러 몸을 일으키려 했다.

“놈들이 가까이 다가오는 모양입니다.”

“일단 왕 형은 들것에 눕는 것이 부대가 움직이는 데 더 도움이 되겠소.”

김성주는 억지로 왕작주를 들것에 눕혔다.

그러고는 들것 한쪽을 직접 잡으려 하자 경위대원이 모두 달려들어 김성주를 밀어냈다. 김성주는 들것 손잡이를 대원들에게 빼앗긴 다음에도 계속 들것 머리에서 왕작주와 이야기를 주고받으며 걸음을 옮겼다. 때로는 지도를 꺼내 왕작주 무릎에 펼쳐놓고 작전을 연구했다.

이렇게 1937년 2월 20일 도천리전투가 발생했던 당일 오후 3시 무렵부터 도천리에서 철수하기 시작하여 6사 주력부대가 드디어 리명수에 도착했을 때는 어느덧 2월 25일이 되었다. 김성주가 부대를 세 갈래로 나누어 손장상의 한 갈래는 곧바로 사문개정으로 가게 하고 맨 뒤에 남아 엄호 임무를 맡았던 무량본의 8연대 1중대는 김재범의 인솔로 리명수와는 반대 방향에 있는 이도강 쪽으로 에돌아 돌아오게 했다. 김성주 자신은 경위중대와 함께 왕작주를 들것에 싣고 그동안 만주군 기병 8연대 일본인 지도관 카와다 소좌의 기병 두 중대가 주둔하던 8도구에서 또 한 차례 전투했다.

이 전투에서 김성주는 고의로 자신의 존재를 만주군에 알렸다. 대원들이 산속에서 만난 8도구 농민들에게 “김일성이 직접 와서 8도구를 공격한다.”고 소문낸 것이다. 이들은 신방자 경찰서장 장경산이 모집한 인부들로 급양을 운반하는 만주군 치중대와 함께 8도구에 들어왔던 것이다. 그들이 산속에서 직접 김성주 부대와 만나 얻어들은 정보를 만주군에 전달하자 이해성과 카와다 소좌는 반신반의했다. 믿자니 자기들의 공격할 것이라고 미리 알려주는 적이 어디 있을까 의심스러웠고, 믿지 않자니 그들 자신이 분명히 도천리에서부터 줄곧 김성주 부대 뒤를 쫓아 왔기 때문이다.

"믿을 수도 없지만 방비하지 않을 수도 없소."

이해성 주력부대는 8도구에 들어오지 않고 리명수 기슭에서 임시로 천막을 치고 하룻밤 묵었다. 카와다 소좌의 두 중대도 만반의 준비를 갖추고 대기했다. 그런데 농민들이 말했던 바로 그 시간에 진짜로 김성주 부대가 공격해 왔다. 이번에도 전투가 진행된 지 20여 분 만에 다시 철수했다. 직접 김성주로 위장하고 8도구를 공격했던 사람은 오중흡이었다.

이때 김성주는 고려보자로 들어와 전광, 송무선, 이흥소 등과 만났다.

이미 작전 배치가 끝난 뒤라 1군 2사 주력부대 지휘관들이었던 현계선, 조충재 등은 모두 자기 진지로 나가고 없었다. 길림 육문중학교 시절 선배였고, 공청단 입단 보증인이었던 송무선과 만나 아직 몇 마디 주고받지도 못했을 때 신방자 쪽으로 정찰 나갔던 대원들이 돌아와 8도구에서 카와다 소좌가 직접 인솔하는 기병 두 중대가 6사의 유인에 걸려들어 지금 한창 부후물 쪽으로 이동하고 있다고 보고했다.

"나도 그리로 가보겠습니다."

김성주가 벌떡 일어서자 송무선이 말렸다.

"그쪽에는 동무네 참모장이 직접 갔으니 성주 동무는 우리와 함께 지휘부에서 상황을 보고받는 게 좋겠습니다."

그러자 김성주가 송무선에게 불평했다.

"지휘부가 전장과 너무 멀리 떨어져 있어 눈에 아무것도 보이지 않는데, 아무리 상황 보고를 받은들 무엇을 어떻게 판단하고 지휘한단 말입니까?"

"김 사장이 바르게 지적했소."

전광은 머리를 끄덕이며 김성주 의견에 찬성을 표시했다.

"나도 진작부터 지휘부를 옮겨야 한다고 생각했는데, 송 동무와 강 연대장(현계선)이 죽어라 반대하는 바람에 그만 이리됐소. 말이 나왔으니 김 사장이 책임지고 어서 지휘부를 전장과 가까운 곳으로 옮기오. 송 동무도 더는 반대하지 마오."

이렇게 김성주의 주장으로 원래 고려보자에 두었던 지휘부를 리명수 기슭 작수림으로 옮기게 되었다. 작수림이 비교적 높은 곳에 있어 망원경을 들고 내려다보면 부후물 양쪽에 구축한 참호가 한눈에 내려다보였다. 오중흡 중대가 8도구에서 카와다 소좌를 유인할 때 무량본과 박덕산의 8연대 1중대가 뒤늦게 작수림에 도착했다. 왕작주는 무량본 중대를 지휘부 전면에 배치하고 김재범과 함께 오중흡 중대를 맞이하러 내려갔다. 8도구에서 사문개정 부락을 거쳐 곧바로 리명수와 북수구(北水溝) 물이 합쳐지는 강기슭으로 바람처럼 달려오는 오중흡 중대가 멀리 은은하게 보였다.

오중흡이 도착한 뒤 왕작주는 손장상과 김재범, 오중흡 셋을 데리고 눈 더미로 만든 참호 밑에 웅크리고 앉아 낮은 목소리로 소곤소곤 설명했다.

"자, 우리 뒤에 무량본과 박덕산 동무의 8연대 1중대가 있고, 왼쪽에는 1군 2사가 매복하고 있소. 북쪽의 저 참호는 우리 7연대 2중대 진지요. 2사 8연대 4, 5중대가 오른쪽에 있소. 이렇게 모두 우리 세상이니 대원들에게 알려 사기를 북돋아주오. 놈들이 들어만 오면 결코 빠져나가지 못할 것이라고 말이오. 작수림 쪽에서는 군 정치부 주임 전광 동지와 1군 2사 송 부장, 우리 6사 김 사장이 내려다보고 있소. 공격 신호도 김 사장이 보낼 것이니 하늘이 무너지는 한이 있더라도 이 신호를 기다려야 하오. 놈들은 항상 그랬던 것처럼 먼저 화력 정찰을 진행할 것이오. 그러니 구덩이에 단단히 몸을 숨기고 있어야 하오. 설사 눈먼 총탄에 맞더라도 신음 소리를 내면 안 된다는 걸 대원들에게 일러주시오."

6사 주력부대 배치를 마친 다음 왕작주는 지휘부로 돌아왔다. 마침 1군 2사 참모장 이흥소도 현계선과 조충재의 2사 8연대 진지를 돌아보고 지휘부에 막 돌아왔는데, 그에게 2사 8연대 배치 정황까지 다 보고받은 전광이 흐뭇한 표정으로 김성주와 송무선에게 말했다.

"오늘 전투는 우리 항일연군 역사책에 아주 크게 기록될 것이오."

그러나 김성주와 송무선은 잠시도 긴장을 늦추지 못했다. 물론 이 전투가 성공적으로 진행된다면 1, 2군을 합쳐 1로군을 형성한 후 처음 진행하는 가장 큰 규모의 전투임은 틀림없는 사실이었다. 오늘날 중국 측 항일연군 역사가들도 1937년 2월 26일의 이 리명수전투만큼은 상당히 비중 있게 다룬다. 또 관련 증거자료들도 적지 않게 발굴되어 있다.

해방 후 중국 연변에서 직접 회고담을 남겼던 이 전투 참가자 김명주의 이야기를 들어보자.

"나는 이 전투에서 엉덩이에 총탄을 맞고 하마터면 불구가 될 뻔했다. 다행스럽게도 총탄에 뼈를 상하지 않아 무사했다. 그날 있었던 일을 똑똑하게 기억한다. 1937년 2월 26일 이른 새벽부터 눈 속에 엎드려 있었다. 리명수와 북수구 물이 합쳐지는 부근이었는데, 중대장 오중흡이 우리한테 놈들의 대부대가 반드시 나타날 것이라고 했다. 주변에 우리 부대가 모두 매복해 있으니 절대 겁먹을 필요 없다며 고무 격려했다. 그런데 새벽부터 점심이 지나고 오후가 되어도 개미 그림자 하나 보이지 않았다. 날씨는 춥고 배는 고프고 정말 견디기 어려웠다. 우리는 미리 준비했던 언 강냉이떡을 꺼내

씹으면서 놈들을 기다렸다. 오후 5시까지 기다렸다. 겨울이라 5시가 되니 벌써 어둑어둑해지기 시작했다. 지금 생각해보면 그렇게 눈 속에 온종일 엎드려 있었는데도 동상을 입지 않은 게 정말 이해되지 않는다. 아마 너무 긴장해서 그랬는지 모르겠다."[239]

역시 이 전투 참가자였던 중국인 생존자 방민총(房敏總)은 원래 2군 6사 교도연대 대원이었다. 교도연대가 통째로 1군 2사로 편입될 때, 방민총은 연대장 이흥소의 전령병이 되었다. 이후 이흥소는 2사 참모장을 겸직했다. 리명수전투 때 작수림에 설치된 지휘부로 여러 번 들락거렸던 방민총은 직접 목격했던 아주 흥미로운 광경 한 토막을 회고담에 남겨 놓았다. 이 회고를 보면 리명수전투는 북한 선전처럼 "(김일성의 지휘로) 조선인민혁명군 주력부대가 장백현 리명수에서 벌인 매복전투였다."고 단순히 몇 마디로 넘길 만한 그런 전투가 아니다.

26일 점심 무렵, 전광의 경위원(아마 안경희였을 것이다.)이 찐만두 두 개를 가지고 들어와 식사하라고 권했다가 날벼락을 맞았다고 한다. 전광이 그 만두를 받아 땅바닥에 내동댕이치며 성깔을 부렸기 때문이다.

"이게 어떻게 된 영문이오? 8도구에서 놈들을 유인했다고 하지 않았소?"

전광은 조바심이 나서 참기 어려웠다.

"카와다란 놈이 워낙 의심이 많아서 쉽게 다가들지 않는 걸 주임동지도 잘 알지 않습니까. 조금만 더 기다리면 반드시 걸려들 것입니다."

송무선이 곁에서 전광을 달랬다.

"너무 시간이 많이 지났소. 새벽부터 눈 속에 엎드려 있는 우리 동무들이 지금쯤 모두 얼어붙어 움직이지 못할지도 모르오. 빨리 가서 살펴보오."

---

239 취재, 최선길(崔先吉, 가명) 조선인, 조선의용군 생존자, 1950년대 중국 연변사범학교 교장과 연변주 교육처에서 근무, 김명주의 지인, 취재지 연길, 1984~1985, 1986 등 10여 차례.

전광은 안절부절못했다.

방민총은 이렇게 생생한 증언을 남겼다.

"당시 지휘부에 와 있었던 군 정치부 주임이라는 사람이 쉴 사이 없이 하이칼라 머리를 빗어 넘기면서 김일성과 송무선에게 욕을 퍼부었다. 침방울이 김일성과 송무선 얼굴에 튕길 정도였다."[240]

이 증언에서 볼 수 있듯 혁명 경력면에서나 직위와 나이에서도 훨씬 선배였던 전광 앞에서 20대 초반의 김성주나 송무선은 어린아이 취급을 당했을 가능성이 있어 보인다.

7. 리명수전투

이때 속이 새까맣게 타들어 갔을 전광 마음이 이해되기도 한다.

만약 만주군이 나타나지 않을 경우, 전광이 송무선과 함께 직접 계획한 이 작전은 물거품이 되는 것뿐만 아니라 이 작전을 위해 도천리에서부터 만주군 기병 8연대 주력부대를 모조리 리명수 쪽으로 불러들인 그다음 일이 더 문제였다. 만약 오늘을 넘기고 내일이나 모레쯤에 1,000여 명에 가까운 이 기병연대가 동시에 달려드는 날이면, 백두산 서남부 일대에 발을 붙인 지 얼마 안 된 2군 6사

---

240 취재, 양강(楊剛, 가명) 중국인, 길림성 정협문사위원(文史委員) 겸 역사당안관리처장, 취재지 장춘, 1986.
호유인(胡維仁, 가명) 중국인, 진광(오성륜) 전문가로 자처하는 문사(文史) 연구가, 취재지 통화, 2000.

뿐만 아니라 1군 2사는 물론 곧이어 장백현 경내로 진출할 4사까지도 모두 위태로울 수 있었기 때문이다.

"안 되겠소. 8도구 쪽으로 다시 정찰병을 내보내오."

겨울이라 오후 3, 4시쯤 되니 저녁 어스름이 내리기 시작했다.

이홍소가 참지 못하고 전광에게 건의했다.

"8도구에서 이미 출발한 200여 명의 토벌대가 8도구와 리명수 사이 숲속에서 계속 시간을 끌며 능장을 부리는데, 아무래도 날이 저물기를 기다렸다가 밤에 공격해 들어오려는 것 같습니다. 그러면 우리 대원들은 추위 때문에 더는 버텨내지 못합니다. 그럴 바에 먼저 선수 쳐서 이놈들을 단박에 끝내 버리면 안 되겠습니까?"

전광은 김성주와 송무선에게 눈길을 돌렸다. 그러자 송무선도 전광과 김성주의 얼굴을 쳐다보았다. 마침 왕작주는 전광이 하도 조바심을 내는 바람에 대원들의 동상 정황을 알아보려고 7연대 참호로 내려가 아직 돌아오지 않고 있었다.

"제가 좀 더 생각해보겠습니다."

김성주는 머리를 돌려 왕작주를 찾다가 그가 보이지 않자 잠깐 바람 좀 쐬고 오겠다고 말하고는 밖으로 나왔다. 최금산이 금방 눈치 채고 왕작주를 부르러 달려갔다. 왕작주가 오자 김성주가 그를 나무랐다.

"어디를 자꾸 돌아다니오? 가만히 좀 내 곁에 있어 주오."

"전광 동지가 하도 조바심을 내니 곁에서 가만 보고 있을 수가 없습니다. 그래서 진지를 좀 돌아보았는데, 우리 동무들이 모두 무탈합니다. 미리 준비해둔 주먹밥을 배불리 먹고 물 대신 눈을 한 움큼씩 먹고 있었습니다. 꽤 긴장한 모양인지 얼굴이 상기되고 땀을 흘리는 동무도 있으니 동상 걱정은 하지 않아도 되겠습니다."

왕작주의 대답에 김성주가 말했다.

"대원들이 문제가 아니오. 전광 동지가 지금 버텨내지 못하고 있소. 점심때까지도 괜찮더니 지금은 신경질을 부리고 화까지 벌컥벌컥 내고 있으니 말이오. 이홍소가 더 기다리지 말고 먼저 공격하자고 하는데, 전광 동지뿐 아니라 송무선까지도 내 대답을 기다리는 중이오. 왕 형 생각은 어떻소?"

"말도 안 되는 소립니다!"

왕작주는 한마디로 잘라 버렸다.

"이유를 말해 주오."

"오중흡 중대장 말을 들어보니 8도구에서 끌고 나온 토벌대는 일본인 지도관이 지휘하며 200여 명이라고 합니다. 이는 넉넉잡아도 한 대대에도 모자라는 병력입니다. 대부대는 계속 8도구에 주둔하고 있습니다. 우리가 먼저 공격했다가 이자들이 밀려드는 날이면 거꾸로 우리가 포위되고 맙니다."

김성주는 지휘소로 돌아온 뒤 전광과 송무선, 이홍소 등에게 말했다.

"지금은 누가 더 끝까지 버텨내는가에 따라서 승패가 갈릴 것입니다. 우리 왕 참모장이 진지로 내려가서 전사들 상태를 살펴보고 왔는데, 오늘밤 정도는 얼마든지 더 견딜 수 있다고 합니다. 그러니 좀 더 참고 기다려 봅시다."

김성주에 이어서 왕작주가 다시 계책을 하나 내놓았다.

"지금 눈이 내리고 있어 놈들도 우리가 사라진 방향을 찾고 있을 것입니다. 그러니 한 분대를 일면수로 파견해 눈 속에 발자국을 내고는 빗자루로 지운 흔적을 만들면서 우리가 매복한 진지까지 다시 한번 유인해보면 어떻겠습니까?"

6사 출신인 이홍소에게도 이 전술은 낯설지 않았다. 전체 항일연군에서 김성주의 2군 6사가 이런 전술에 가장 능했다. 특히 겨울에 눈이 내린 벌판에서 작전할 때, 김성주는 대원들에게 신을 거꾸로 신고 달리게 할 때도 있었는데, 그런 방법으로 뒤에 매달린 토벌대를 떼어 버리곤 했다. 또 시냇물을 만나면 부대 전체가 대뜸 시냇물에 뛰어들어 그 물길을 밟고 달아난 적도 한두 번이 아니었다. 아무리 눈에 난 발자국을 빗자루로 지워도 항일연군과 수차례 접촉해온 토벌대들 역시 이제는 이골이 나서 그 빗자루 흔적마저 놓치지 않고 뒤쫓아 올 때가 종종 있었기 때문이다.

해방 후 진득성(陳得晟)이라는 중국인 노인이 길림시 인근의 강밀봉(江密蜂)이라는 고장에서 살았는데, 만주군에 참가하여 항일연군을 토벌하러 다녔던 경력 때문에 역사 반혁명분자로 낙인찍혔다. 그가 소속된 부대가 일본군 소좌의 지휘로 김성주 부대를 뒤쫓은 적이 있었다고 한다. 동네 사람들이 항일연군과 관련한 이야기를 듣고 싶어 찾아가면 매번 이 이야기만 들려주었다.

"1939년 11월인가 12월에 안도현 양강구에서 김일성 부대를 발견하게 되었다. 양강구에서 돈화 쪽으로 달아났는데 눈이 내리는 바람에 우리는 김일성 부대가 남겨 놓은 발자국을 거의 따라잡았다. 몇 차례 전투까지 진행되었는데 김일성 부대는 싸우면서도 달아났다. 우리가 발자국을 발견하고 따라온다는 것을 알아챈 김일성 부대는 빗자루로 발자국을 지우기까지 했지만, 우리는 그 지운 흔적까지도 발견했다. 그러다가 갑자기 빗자루 흔적도 사라지고 김일성 부대도 종적을 찾을 수 없었는데, 주변에는 사람들이 숨을 수 있는 산도 수풀도 아무것도 없었다. 하늘로 날아올랐는지 아니면 땅 속으로 사라졌는지 종적이 없어 참으로 귀신이 곡할 노릇이었다. 일본인 지도관이 취재하러 왔던 기자들한테 '김일성이 갑자기 하늘로 날아올랐는지 아니면 땅 밑으로 기어들어가 버렸는지 아무런 흔적 하나도 남기지 않고 사라져버려서 놓치고 말았다.'

고 하니 기자들이 그대로 받아 적었다고 하더라.'[241]

이야기를 듣던 사람들이 "그럼 정말 소문대로 김일성이 진짜로 축지법을 썼다는 것이 사실인가?" 하고 여간 궁금해 하지 않았다. 진득성은 자기들도 나중에야 알았다면서 그때 쫓아가던 길에 아직 얼지 않은 시냇물 한 줄기가 안도에서 돈화 쪽으로 흐르고 있었는데, 김성주 부대가 통째로 시냇물에 뛰어들어 그 물줄기를 타고 달아나 버렸다고 했다.

이러한 이야기들은 여러 가지 시사하는 바가 크다.

1937년 이후 '김일성 부대'로 알려지기 시작한 2군 6사가 장백, 임강, 무송 지방에서 신기에 가깝게 승리해온 것은 북한 선전기관의 '위대', '절세(絶世)', '천출(天出)' 같은 과장된 표현이 아니어도 넉넉히 증명된다. 사실 자체만으로도 충분한 것이다.

필자가 김성주를 연구할 때 중국에서 나오고 있는 생존자나 연고자 및 관계자들의 증언에 더 각별히 주목했던 것은 바로 이런 이유 때문이다. 해방 후 북한 정권과 아무 연고가 없고, 살아생전에도 김성주에게 어떤 신세나 은혜를 받아본 적 없었던 연고자들이 그에 대해 듣기에 민망한 험담을 주저하지 않고 하면서도 "항일연군 때의 김일성은 참으로 대단했다."는 말만큼은 꼭 하는 것에도 남다른 의미를 부여해야 한다.

세상에 제대로 소개된 적 없었던 리명수전투도 그랬다. 비록 이 전투를 직접 지휘했던 주인공은 김성주가 아닌 전광과 송무선이었지만, 실제로 지휘 초소에서 전투와 관련한 실무를 책임진 사람은 바로 6사 사장 김성주였다. 송무선은 2

---

241 취재, 진득성(陳得晟) 중국인, 만주군 생존자, 취재지 길림시 강밀봉, 1993.

사 사장 대리였지만 조직과장 출신이었고 줄곧 군수부장과 정치부 주임 등을 대리하면서 비교적 규모가 큰 군사작전에는 직접 참가한 적이 거의 없었다. 2사 참모장으로 임명된 지 얼마 안 된 이흥소도 6사 출신이었고 김성주의 옛 부하였다. 따라서 이때 전광이 의지할 군사지휘관은 오로지 김성주일 수밖에 없었다.

게다가 김성주 곁에 늘 있었던 왕작주도 무시할 수 없다. 전광은 김성주가 끝까지 기다려야 한다고 주장할 때 이것이 왕작주의 의견이기도 한 것을 모를 리 없었다.

"동무들, 김 사장 말이 옳소. 아닌 게 아니라 지금이야말로 누가 끝까지 더 버티느냐에 따라 승패가 갈릴 것이오. 다행히 우리 대원들 사기가 떨어지지 않았고 동상에도 걸리지 않았다니 끝까지 인내심을 가지고 기다려 봅시다."

전광은 김성주의 주장을 받아들였다.

온종일 물 한 모금 마시지 않고 점심까지 굶은 전광은 그제야 비로소 안경희에게 만두를 달라고 해서 몇 입 뜯어먹다가 목이 마르자 물 대신 눈을 가져다달라고 했다.

"나도 저 눈벌판에 엎드려 있는 대원들처럼 눈을 먹겠소."

그 말을 듣고 안경희가 쭈르르 달려 나가 흰 눈을 한 그릇 퍼들고 들어왔다.

전광은 눈을 입에 떠 넣으면서 김성주와 송무선에게 사과하듯 말했다.

"내가 그만 참지 못하고 화낸 걸 고깝게 생각하지 마오."

"아니요, 괜찮습니다. 다행히 우리 전사들이 모두 사기충천하고 동상에 걸릴 염려도 없다고 합니다. 8도구에서 나온 만주군 한 대대가 신방자에 잠깐 들렀다가 다시 일면수 쪽으로 나와 돌아가지 않고 계속 머뭇거리니, 반드시 이쪽으로 몰려들 것입니다. 다시 유인조를 내보냈으니 조금만 더 기다려 봅시다."

김성주는 전광을 안심시켰다.

유인조는 오후 3시쯤 출발하여 일면수까지 접근하는 데 불과 30여 분밖에 걸리지 않았다. 8도구하 기슭의 수풀에서 모닥불을 피워놓고 옹기종기 모여 있던 만주군 카와다 소좌의 두 중대 역시 늦은 점심을 먹던 중이었다. 신방자에서 일면수까지 오면서 조금이라도 가파르거나 비탈진 지형이 나오면 카와다 소좌는 일단 부대를 정지시키고 척후병이 정찰하게 한 다음 확실히 안전하다고 판단한 뒤에야 행군을 재개하기 일쑤였다.

"이렇게 느려서 어느 세월에 항일연군을 따라잡는단 말이오? 지금쯤 항일연군은 모두 다 도망가 버리고 없겠소."

병사들 가운데서 이런 불평이 터져 나오기 시작했다. 일면수 부락을 눈앞에 두고도 카와다 소좌는 병사들에게 함부로 부락에 들어가지 못 하게 했다. 경찰서장 장경산이 마침 일면수 부락에 도착해 이 소식을 듣고는 인부들을 동원하여 술과 고기를 가지고 카와다 소좌 부대를 찾아갔다.

"우리 만주군이 카와다 소좌님처럼 군대를 다스린다면 백성들이 만주군을 환영하지 않을 리 없을 겁니다. 술과 고기는 제가 신방자에서 가지고 왔고 떡은 일면수 부락에서 농민들이 선물한 것이외다. 어서 식사들 하십시오."

카와다 소좌는 그 말을 듣고 무척 반가워했다.

"진짜로 부락 농민들이 우리한테 보낸 음식들이오?"

"예. 술과 고기는 차갑지만, 떡은 만든 지 얼마 안 되어 김이 나고 있습니다."

장경산이 떡을 시루째 마차에 싣고 온 것을 가리키자 카와다 소좌는 오랜만에 만면에 웃음을 띠고 병사들에게 말했다.

"내가 뭐라 했느냐. 부락에 들어가 괜히 백성들을 소란스럽게 하면 좋을 게 없다고 하지 않았느냐. 우리가 비적들을 토벌하느라 고생하는 걸 보고 이렇게 스스로 음식을 만들어 보내주었구나. 모두 배불리 먹고 힘내자."

그때 척후병들이 달려와 보고했다.

"지도관님, 비적들이 사라진 방향을 찾았습니다. 멀리 가지 못 한 것 같습니다. 빗자루로 발자국을 지우면서 리명수 쪽으로 도주한 것이 틀림없습니다."

카와다 소좌는 드디어 돌격명령을 내렸다.

"시간을 끌면 놈들이 참호를 파고 진지를 구축할 수도 있다. 빨리 돌격하여 한 순간에 모조리 소멸해 버려야 한다."

배불리 먹은 만주군은 카와다 소좌의 명령이 떨어지자 바로 길안내를 선 척후병 뒤를 따라 리명수와 북수구의 물이 합해지는 쪽으로 돌격해 들어오기 시작했다. 선두부대가 리명수골을 낀 개활지로 들어설 때는 여기저기에 화력 정찰을 진행했다. 말이 화력 정찰이지 조금이라도 낌새가 수상하면 무작정 기관총부터 한바탕 퍼부어대는 것이 만주군의 평소 습관이었다. 척후병들과 함께 앞장서서 들어갔던 만주군 선봉 첨병소대가 어느새 리명수 북쪽 수림에 매복한 7연대 2중대 코앞에 도착하자 지휘초소 산언덕에서 이 광경을 지켜보던 김성주는 망원경에서 눈을 떼지 않은 채 권총을 뽑아 들고는 신호 보낼 준비를 하고 있었다. 이미 5시가 되었다.

"성주, 왜 아직 공격 명령을 내리지 않소?"

송무선이 허리를 숙이고 김성주 곁으로 다가왔다. 김성주는 여전히 망원경에서 눈을 떼지 않은 채 대답했다.

"조금만, 조금만 더 기다려 봅시다."

송무선에게도 망원경이 있어 김성주가 살피는 방향을 살펴보았다.

먼저 들어온 선봉 첨병소대가 7연대 2중대의 매복진지 바로 앞에서 멈추고는 정찰신호병 하나가 달려가 매복이 없으니 어서 들어오라고 신호를 보냈다. 드디어 카와다 소좌가 인솔한 나머지 부대가 매복권 안으로 들어오기 시작했을 때 김성주가 권총을 들어 하늘에 대고 한 방 갈겼다.

그 순간 2중대 진지에서 제일 먼저 기관총 소리가 터져 나오기 시작했다.

여기저기에서 흰 천을 덮어쓴 대원들이 불쑥불쑥 튀어나오면서 사격을 시작했다. 눈 깜짝할 사이에 진지 곁까지 접근했던 만주군 첨병 선봉소대 전원이 몰살당했다. 매복권 입구에서 주춤거렸던 카와다 소좌의 나머지 부대가 혹시라도 매복권으로 들어오지 않고 도주할까 봐 진지에서 리명수 남쪽으로 조금 더 이동했던 1군 2사 8연대 4, 5중대가 공격 신호와 함께 바로 전면 돌격에 나섰다.

"아차, 결국 비적들의 매복에 걸려들고 말았구나!"

카와다 소좌는 급히 말에서 뛰어내렸다. 이미 한 소대가 풍비박산난 것을 본 그는 대오 허리가 잘리는 걸 직감하고 매복권 바깥쪽 중대를 향해 내뛰었다.

전투가 진행되자 김성주와 송무선도 참지 못하고 각자 자기 부대 진지로 직접 달려 내려갔다. 이미 매복권에 들어왔던 만주군 한 중대는 7연대에 의해 모조리 섬멸되었다. 1군 2사 현계선과 조충재 부대가 매복권 바깥으로 빠진 카와다 소좌를 뒤쫓을 때 7, 8연대도 거의 동시에 진지에서 나와 돌격했다.

이 전투와 관련한 회고담을 남겼던 김명주가 눈먼 총탄에 엉덩이를 맞았던 것도 바로 이 백병전 때였다. 총창을 휘두르며 계속 만주군을 찔러 눕히다가 총상 당한 김명주는 상처 싸맬 틈도 없이 다시 일어나서는 도망치는 만주군 병사들에게 탄창의 총탄이 다 떨어질 때까지 사격했다. 어찌나 긴장하고 흥분했던지 전혀 아픈 줄도 몰랐다고 한다. 전과를 보면 6사 7, 8연대가 매복권에 들어온 만주군 110여 명을 사살했고, 매복권 바깥으로 달아난 나머지 만주군을 뒤쫓은 1군 2사 8연대가 포로 50여 명을 붙잡아 돌아왔다. 전투는 불과 30여 분 만에 끝났다.

북한에서는 이 전투를 이렇게 소개한다.

"이 전투에서 조선인민혁명군 주력부대는 불과 30분 동안에 적 100여 명을 살상하고 2개 중대를 투항시켰으며 경기관총 3정, 보병총 150여 정, 권총 30여 정과 많은 총탄을 노획했다. (김일성은) 전투가 끝나자 곧 일부 부대를 이도강 쪽에 파견하시어 그쪽에서 오는 적을 소멸하도록 하시었다. (김일성의) 명령을 받은 부대는 진출과정에 적들과 조우하여 적 20여 명을 살상하고 1개 중대를 포로하는 전과를 거두었다."[242]

110여 명을 사살하고 50여 명을 생포한 것은 사실이나 그 뒤에 또 두 중대를 투항시켰다는 것은 사실이 아니다. 리명수에서 매복에 걸려든 만주군 카와다 소좌의 토벌대는 두 중대뿐이었기 때문이다.

송무선은 직접 현계선의 8연대와 함께 도주하는 만주군을 추격했다. 카와다 소좌는 말을 타고 누구보다 빨리 달아났으나 다른 병사들은 무릎까지 쌓인 눈을 헤치며 도주하기가 쉽지 않았다. 도주하면서 길에 내던진 총들이 적지 않아, 보총 150여 자루와 기관총 3정, 권총까지 30여 자루를 노획할 수 있었던 것이다. 총탄은 수만 발이나 되었다.

"손 들고 투항하면 살려준다! 총을 던져라!"

뒤를 쫓던 항일연군 대원들이 쉴 새 없이 외쳤다.

송무선은 더는 도망치지 않고 눈 속에 드러누운 만주군 병사들을 설득했다.

"우리는 왜놈을 치지 중국 사람은 죽이지 않소. 첩자 망국노가 되어서 더럽게 살지 말고 이참에 우리 항일연군에 참가하는 것이 어떻겠소?"

전장을 수습할 때 보총과 총탄은 골고루 나눠가졌으나 기관총 3정은 1군 2사 차지였다. 이는 전광이 내린 결정이었다. 그 외 권총 30자루는 6사에 넘겨주고

---

242 북한 "우리민족강당" 학습자료, 상식 용어 '리명수전투' 해설. 김일성을 지칭하는 일부 표현은 삭제했다.

생포한 50여 명의 만주군 포로들을 항일연군에 참가시키려 설득했으나 겨우 10여 명만 동의했다. 나머지 40여 명은 돌아가 노친을 돌보아야 한다거나 아내의 해산이 임박했다는 등 별의별 이유와 핑계를 대며 놓아달라고 요청했다.

송무선이 전장을 돌아보다가 김성주에게 물었다.

"성주, 이 시체들은 어떻게 처리했으면 좋겠소? 왜놈들 시체도 아니고 중국 사람들이라 이대로 내던지고 가기가 좀 그렇소. 여름이면 땅을 파서 좀 덮어라도 줄 수 있겠는데."

"송 형, 시간 끌 새가 없습니다. 총소리가 났으니 8도구와 이도강 쪽에서도 반드시 척후부대를 파견할 것입니다. 시체들은 눈이 오고 있으니 바로 묻혀 버릴 것입니다."

김성주가 짐작했던 대로 이도강에서 나온 만주군 수색대 20여 명이 일면수부락 쪽으로 오다가 그곳에서 경계를 서고 있던 7연대 2중대에게 생포되었다. 7연대 연대장 손장상과 정치위원 김재범이 전투 직후 이 부락으로 들어갔는데, 마을 농민들이 혼자 마을에 들어와 숨을 곳을 찾아 헤매던 장경산을 붙잡아 바쳤다. 거꾸로 농민들한테 어떻게 처치했으면 좋겠는가 의향을 물었더니 그들은 처형해달라고 했다.

"이 첩자놈은 여러분이 직접 생포했으니 처형도 여러분 손에 맡기겠습니다."

장경산을 일면수의 농민들에게 맡겨버렸다.

농민들은 의논 끝에 장경산을 목매 죽이기로 결정하고 동구 밖 나무에 매달았으나 어떻게 된 영문인지 그날 밤 장경산의 시체가 사라지고 말았다. 목을 맸던 올가미를 제대로 틀지 못해 장경산이 가짜로 죽은 척했다가 농민들이 모두 사라진 뒤 그 올가미를 풀고 도주했다는 설도 있다. 어쨌든 장경산은 그 후 경찰서장을 그만두고 성과 이름도 모두 바꾼 나음 1970년대까지 살았다고 한다.

33장

요원지화

1935년 이후 김성주의 활동무대가 남만 지방으로 이동하면서
'김일성 부대'로 이름이 알려지자 그의 뒤를 쫓았던 만주군 내 일본인 지휘관들 가운데는
소좌나 중좌 계급 군인도 꽤 많았다.
그러다가 1936~7년경에는 대좌와 소장 계급 군인들까지 김일성을 쫓게 되었다.

1. 후기지수(後起之秀)

1937년은 김성주의 항일투쟁 역사에서 전성기였다고 볼 수 있다.

김성주와 관련한 중국 자료들 가운데는 1935년 7월 하순 2, 5군이 함께 연합부대(서부파견대)를 조직하여 경박 호반으로 진출할 때 김성주가 직접 인솔했던 두 중대가 전투 중 세 중대로 확장되었다고 기록하며, 이때 진행된 전투로 9월 초순경 액목현 고산툰에서 만주군 기병중대와 조우전이 발생하여 10명을 사살했고, 11월 3일에는 청구자에서 일본군 한 소대와 또 조우전이 발생해 10여 명을 모두 살해했다고 기록했다. 이런 자료들로 부족하지만 통계를 낼 수 있다.

이 서부파견대(지휘관 시세영) 부지휘관이었던 이형박의 증언이 자료들과 함께 첨부되어 있다. 이 두 차례 전투에서만 만주군 16명과 일본군 11명을 사살했고,

전투를 지휘한 지휘관은 스물셋밖에 되지 않았던 김성주였다. 물론 이형박은 "이 김일성이 바로 오늘날의 북조선 주석 김일성"이라고 잊지 않고 증언한다. 이후 액목현 동북부 노두구에서 일본군 쓰마츠이 토벌대 한 소대 9명을 소멸하고, 이 토벌대와 함께 따라왔던 노두구자위단(중국인 21명, 조선인 7명)은 한 사람도 죽이지 않고 모두 풀어주었다. 이때 살아난 자위단 출신 생존자들이 남겨놓은 증언 자료에 따르면, 이 전투에서도 일본군 9명이 김성주 부대에게 사살되었다. 북한에서 '제2차 북만원정'으로 소개하는 영안 경박 호반에서 2, 5군이 함께 진행한 연합작전으로 김성주는 그 후 돈화현 경내 관지전투와 흑석툰전투 등에서 순수 일본군만 총 40여 명을 사살하는 전과를 올렸다. 이는 결코 과장도 축소도 아니다. 여기에는 만주군 출신 중국인들은 포함하지 않았다.

1935년 이전의 중국 자료에서는 김성주가 거의 등장하지 않는다. 단 한 줄로 언급된 부분이 있는데, "1933년 9월 동녕현성전투 당시 목에 작탄을 걸고 서산 포대로 돌진했다."는 것뿐이다. 이 기록은 김성주가 당시에는 거의 일반 돌격대원에 다름없는 위치에 있었음을 보여준다. 비록 많지 않은 인원이었지만 1935년 여름부터 '김일성 부대'로 불릴 만큼 서서히 두각을 드러내기 시작했다.

그러나 이때까지도 김성주가 직접 지휘하고 움직일 수 있었던 병력은 많지 않았다. 적을 때는 20, 30명이고 많아 봐야 60, 70명이 고작이었다. 영안에서 서부파견대에 참가하여 활동할 당시 이름만 2군 산하 3연대 정치위원이었을 뿐 3연대 군사책임자였던 중국인 방진성에게 부대를 다 빼앗기고 적지 않은 수모를 당했다. 거의 외톨이 신세가 되었던 김성주를 도와준 사람은 이때 영안으로 함께 원정했던 4연대(훈춘연대) 정치위원 왕윤성이었고, 왕윤성이 4연대 연대장 후국충을 설득해 4연대 조선인 중대(중대장 김려중)를 김성주에게 붙여주기도 했다. 이 김려중 중대를 바탕으로 영안원정을 마치고 다시 동만으로 돌아올 때 김성주는 가까스로 100여 명에 달하는 부대를 인솔할 수 있었다.

이듬해 1936년에 김성주는 제3사 사장으로 크게 승진한다. 3사가 다시 6사로 바뀌고 그의 산하에는 7, 8, 9, 10연대가 소속되었으나 실제로 그가 지휘할 수 있었던 부대는 7연대와 8연대 일부를 합쳐 150여 명 정도였고, 9연대(연대장 마덕전)와 10연대(연대장 서괴무)는 그의 말을 듣지 않았다. 그나마도 인사결정권은 정치위원 조아범이 거의 독점하다시피 했다. 중국공산당 내에서 조아범의 직위가 김성주보다 훨씬 더 높았기 때문이다. 조아범은 동만특위가 남만특위와 합쳐 남만성위원회로 바뀌기 전까지 계속 3사 정치위원뿐만 아니라 화룡현위원회 서기와 동만특위 비서장까지 겸했고, 금천하리회의 이후 남만성위원회가 설립되면서 위증민, 왕덕태 등과 함께 계속 남만성위원회 위원으로 선출되었기 때문이다.

그런데 이와 같은 상황에 변화가 생기기 시작한 것은 1936년 8월 무송현성전투를 전후하여 김성주와 같은 조선인인 전광이 2군 정치부 주임으로 임명되면서부터였다. 남만성위원회 선전부장직을 겸임했던 전광은 혁명경력면에서 양정우나 위증민까지도 어려워했을 정도로 중국공산당 남만성위원회의 최고 원로였기 때문이다. 조아범은 처음 화룡현위원회에서 일할 때 경위원 삼아 길안내를 섰던 당시 동만특위 군위서기 양림에게서 그의 친구였던 전광의 이름을 처음 듣고 몹시 존경했다고 한다. 그러다가 1936년 7월 금천하리회의 때 위증민, 왕덕태와 함께 양정우와 만나러 1군 근거지로 갔다가 처음 전광을 만났다. 회의 도중 전광이 온다는 말을 듣고 양정우가 회의를 중지시키고 직접 마중 나가는 것을 본 조아범은 놀라지 않을 수 없었다. 이 전광이 2군 정치부 주임으로 내려온 뒤 바로 김성주의 뒷심이 되어주었던 것이다.

그리고 전광에 의해 조아범은 김성주 옆에서 떠나게 된다. 1군 2사 사장 조국안이 사망한 뒤 조아범 직속부대였던 6사 교도연대(연대장 이흥소)와 함께 조아범까지 2사로 이동시켜버린 것이다. 이때부터 6사는 완전히 김성주 세상이 되고 말았다. 김성주 주력부대였던 7연대가 본래 화룡 2연대에서 개편된 부대인데다 연대장부터 산하 각 중대장과 소대장들에 이르기까지 어느 하나 조아범의 심복이 아닌 사람이 없었다. 그나마 왕청 출신인 오중흡이 7연대 주력 중대인 4중대 중대장이었기 때문에 김성주는 주로 자신의 경위중대와 함께 오중흡 중대를 데리고 전투하곤 했다. 무송현성전투뿐만 아니라 이후 장백현 경내로 들어와 진행한 일련의 전투들에서도 오중흡 4중대는 항상 출동했다.

북한에서 오중흡 4중대를 "우리 혁명무력의 선두에는 오중흡 7연대의 깃발이 자랑스럽게 날리고 있다."고 노래하는 이유가 다 이 때문이다. 그러나 오중흡이 정식 연대장으로 임명된 것은 1937년 10월 이후부터다.

전광이 이처럼 김성주 부대로 알려진 6사의 모든 정치 군사 활동에 깊이 관여했던 것은 1936년 11월에 왕덕태가 사망한 후 위증민이 왕덕태가 맡았던 1로군 부총지휘까지 겸임하면서 남만 지방에서 활동하던 2군 산하 6사와 4사 정치사업을 전광에게 위임했기 때문이다. 그중 대표적인 사업 하나가 바로 '재만한인조국광복회'였다.

이 광복회 주관부서가 김성주가 사장이었던 6사가 아니라 6사를 영도하던 2군 정치부라는 점은 의심의 여지가 없다. 이와 관련한 자료가 아주 많다. 6사 선전과장 권영벽을 중국공산당 장백현위원회 제1임 서기로 임명한 사람도 전광이었고, 곰의골밀영에서 광복회 지방 책임자들을 불러들여 직접 교육시켰던 사람도 바로 그였다.

물론 전광이 최종 결정권자는 아니었어도 그의 결정이 2군 최고 영도자였던 위증민에 의해 부결된 적이 없었다. 예를 들면, 1군 2사 사장 조국안이 사망한 뒤 2군에서 한 연대를 차출하여 연대장까지 1군 2사에 지원해 주고 더 나아가 6

사 정치위원 조아범을 1군 2사로 이동시키는 방안을 내놓을 수 있었던 이는 당시 전광밖에 없었다.

6사 교도연대 출신 방민총은 이렇게 회고한다.

"리명수전투 이후 만주군이 벌떼같이 달려들어 항일연군이 더는 장백현 경내에서 배겨날 수 없었다. 군 정치부 주임이란 자(전광)가 조선 사람이었는데, 김일성 부대만 데리고 무송 쪽으로 달아나면서 내가 소속된 교도대대는 계속 사문구(四文溝, 일면수一面水 부근) 쪽에 남아서 항일투쟁을 견지하라고 했다."[243]

전광이 6사를 대동하고 무송 쪽으로 달아나면서 1군 2사를 남겨 엄호하게 했다는 것이다.

항일연군 생존자 동숭빈은 최현을 따라 사문구에서 정안군 장조(張兆) 연대와 싸웠던 이야기도 남겨놓았다. 이 전투 때 부하 80여 명(50여 명 사망, 30여 명 포로)을 잃어버렸던 만주군 장조 연대가 일본군 지도관 야마모토 소좌(山本 少佐)의 인솔로 8도구로 들어와 이해성의 기병연대와 합류했다. 장조의 연대 본부는 13도구에 주둔했는데 이 두 부대가 합쳐 1,000여 명이 4사와 6사를 추격했던 것이다.

사문구전투는 1936년 12월에 일어났다. 자료에는 4사 사장 주수동이 1연대 연대장 최현과 역시 조선인인 2연대 신임 연대장 최수길(崔秀吉)과 함께 전투했으며, 이 전투 직후 참모장 박득범이 최수길의 2연대를 지휘하여 양목정자 쪽으로 철수하고 주수동은 최현의 제1연대와 뒤에서 엄호했다고 기록되어 있다. 동

---

243 취재, 양강(楊剛, 가명) 중국인, 길림성 정협문사위원(文史委員) 겸 역시당안관리처장, 취새시 상춘, 1986.
호유인(胡維仁, 가명) 중국인, 전광(오성륜) 전문가로 자처하는 문사(文史) 연구가, 취재지 통화, 2000.

숭빈은 "조선족(인) 대원이 많은 우리 4사 1연대와 6사 7연대를 잘 분간하지 못하고 '김일성 부대'로 오해하는 일이 아주 많았다."고 회고한다.

"최 연대장은 포로가 된 만주군이 '당신들은 김일성 부대인가?'라고 묻는 말을 제일 듣기 싫어했다. 한 번은 포로의 따귀까지 때리면서 '난 김일성이 아니라 최현이다.'라고 소리치기도 했는데, 그 때문에 주수동에게 혼난 적이 있었다. 포로들에게 항일연군에 참가하라고 선전하다가 말을 듣지 않으면 두드려 팬 적도 여러 번 있었다. 한 번은 참군한 포로가 도주하다가 붙잡힌 일이 있었다. 그는 주수동에게 항일연군에 참가할 마음이 없고 집으로 돌아가려 했는데 최 연대장이 항일연군에 참가하지 않으면 죽여버리겠다고 위협하는 바람에 마지못해 참가했다고 털어놓았다. 그 때문에 최 연대장은 전사들이 모두 모인 앞에 불려 나와 공개비판을 받았다. 주수동은 비록 나이가 어렸지만 어찌나 사나웠던지 최 연대장에게 검토서까지 쓰게 하여 재발 방지를 약속받았다. 후에 그 포로는 또 달아나다가 최 연대장에게 붙잡혀 총살당하고 말았다. 그때는 주수동이 이미 사망한 다음이라 누구도 최 연대장에게 뭐라고 말하는 사람이 없었다."[244]

정안군 장조의 연대가 사문구에서 골탕먹고 13도구로 물러난 뒤 얼마 안 있어 도천리전투와 리명수전투가 발생했던 것이다. 장조의 연대와 이해성의 만주군 제2여단 산하 기병 8연대 외 마립문(馬立文)의 보병연대는 이후 1937년 6월 30일의 간삼봉전투 때도 압록강을 넘어 장백현 경내로 들어왔던 일본군 조선인 연대장 김석원(金錫元)의 나남 19사단 산하 74연대와 함께 합동작전을 펼치기도

---

244 취재, 동숭빈(董崇彬) 중국인, 항일연군 생존자, 항일연군 2군 4사 1연대 중대장 여인, 취재지 사천성 성도시, 1990.

했다.

어쨌든 1936년 8월 이후부터 1937년 2, 3월 사이에 장백현 경내에서 활동하던 항일연군 조선인 부대들이 조선과 마주한 압록강 연안에 자주 출몰하자 만주국 동변도 토벌사령부는 잔뜩 긴장하고 있었다.

2. 노구교사건

당시 만주국 군정부 최고 군사고문 사사키 도이치는 만주국 수도였던 신경 (新京, 현재 길림성 장춘시)보다는 동변도 토벌사령부 및 만주국 군정부 토벌지도부가 있던 통화에서 묵었던 시간이 훨씬 더 많았다. 관동군 우에다 겐키치 사령관에게 "1937년 동변도지구 '춘계대토벌'을 3월까지 기다리지 말고 정월 초하룻날부터 계속 이어서 진행하자."고 요청하여 관철시켰던 것도 바로 이때 일이었다. 더구나 우에다 겐키치가 일본 천황에게 주만 전권대사 겸 관동군 사령관으로 임명받고 만주로 나온 지 어느덧 만 1주년 되던 때이기도 했다.

1875년에 태어나 조선주둔군 사령관으로 재직했던 1934년에 대장 군사 직함을 수여받은 우에다 겐키치는 이때 이미 예순을 눈앞에 두고 있었다. 2년 뒤인 1936년 3월에 만주로 부임할 때는 퇴역을 앞둔 노인이었다. 일본군은 원수를 제외한 대장의 퇴역 연령을 65세로 정했다. 때문에 그는 만주에서 일생일대의 마지막 사업이라 할 만한 업적을 만들고 싶은 마음에 여러 가지 일들을 추진했는데, 부임한 지 한 달도 되지 않은 4월경에 사사키 도이치를 앞세워 "만주국 3년치안숙정계획요강(三年治安肅正計劃要綱)"부터 만들게 하여 이를 추진해 나갔던 것이다. 5월에는 열하 지구의 유명한 비적 이수신(李守信)을 불러 몽골군 총사령으로 임명하고, 그를 앞세워 범몽골주의자였던 덕왕(德王) 데므치그돈로브 친왕(德穆楚克棟魯普親王)을 부추겨 몽골 군정부를 만들었다. 이런 업적들은 일본 천황의 눈에 괄목할 만한 것들이었다. 곧이어 8월에는 "만주국 제2기 경제건설요강"을 의논하여 결정했고, 10월부터는 "동변도 독립 대토벌(東邊道獨立大討伐)"에 들어갔다.

만주 각지에서 활동하는 비적들과 관련한 동향이 수없이 보고되었는데, 그 가운데서도 가장 그의 심기를 불편하게 만든 것은 조선과 압록강을 사이에 둔 동변도 지구였다. 특히 이 지역 치안상황을 보고받을 때 조선 혜산진경찰서 경찰대대가 압록강을 건너 만주 경내로까지 들어가 비적들을 소탕하려다가 성공하지 못했다는 소리를 듣고는 여간 불쾌하지가 않았다. 1만여 명에 달하는 만주군이 동원되어 동변도 지방에서 대대적인 토벌활동을 진행했으나 항일연군은 소멸되지 않고 점점 더 활발하게 활동하면서 세력을 확장하고 있었다. 원래 있던 양정우의 제1군만으로도 골칫거리였는데 2군까지 합류하여 한 갈래는 열하성 쪽으로 치고 나오고, 다른 한 갈래는 장백현 경내로 들어와 조만국경 인근에서 당장이라도 강을 넘어 조선을 공격할 것처럼 위협했다.

그러던 중 11월에 '수원사건(綏遠事件)'[245]이 발생했다. 5월에 정부 수립을 선포한 몽골 군정부가 관동군을 등에 업고 자기 관할 범위를 수원성 경내로까지 확장하려다가 국민당 부작의(傅作義, 당시 진수진수 지구 비적 소탕군 총지휘 겸 국민당군 제1

---

245 중국에서는 수원항전(綏遠抗戰)이라고 부르기도 하며, 일본에서는 '수원사건(綏遠事件, 스이엔지켄)'으로 부른다. 1936년 11월 23일 관동군이 내몽고를 독립시키기 위한 공작의 일환으로 오늘의 중국 내몽골자치구 중부 지구에 속했던 수원성(綏远省, 만주국 시절 행정지역명)의 몽골인들이 일으켰던 반란사건이다. 관동군에게 후원받던 데므치그돈로브 친왕(德穆楚克棟魯普親王) 산하의 몽골군(사령관 이수신)과 당시 수원 지구에 주둔했던 부작의(傅作义)의 진수군(晉綏軍, 중국의 산서성과 수원 및 화북 지구를 차지했던 국민당 군대의 주요 역량 가운데 한 갈래) 사이에서 전투가 발생하여 이수신의 몽골군이 크게 패했다.

로군 사령관) 군대에 당해 아주 처참하게 패퇴했기 때문이다. 당시 관동군 참모부 제2과(정보과) 몽골반 반장 겸 덕화지구 일본군 특무기관장 다나카 류기치(田中隆吉) 중좌와 수원 지구 일본군 특무기관장 하야마 키로(羽山喜郎) 중좌는 신경으로 달려와 먼저 우에다 겐키치 사령관의 작전 참모 츠지 마사노부(辻政信) 소좌와 만나 쑥덕거리더니 셋이 함께 사령관실로 들어왔다.

"사령관께서 열하(熱河, 오늘날 중국의 하북성 승덕 지구 일부분)에 주둔한 일본군 제7사단을 투입시켜 주시면 저희가 다시 일을 벌이겠습니다. 100% 이길 자신이 있습니다."

세 사람은 우에다 겐키치 사령관을 설득했다.

그러나 일본 군부에서는 사태가 걷잡을 수 없는 규모로 확대될까 봐 우려했다. 결국 우에다 사령관은 츠지 소좌의 뒷심이나 다를 바 없는 참모부 핫토리 다쿠시로(服部卓四郎) 대좌를 따로 몰래 불러 고충을 털어놓았다.

"몽골 문제는 그 정도로 수습된 것을 다행으로 생각하게. 지금 만주 상황도 녹록치 않네. 동변도 비적들이 무리지어서 조만국경 쪽으로 접근하는 중이네. 당장 오늘 아니면 내일이라도 무슨 일이 발생할지 모르는 상황일세. 이런데 덕화 현지 특무기관장들이 지금 츠지 소좌와 함께 작당하고 다시 일을 크게 벌이려 나를 찾아와 애를 먹이고 있네그려. 자네가 나서서 츠지 소좌를 눌러놓게. 괜히 일을 잘못 벌였다가 뒷수습을 못하는 날엔 큰일일세. 그땐 자네들뿐만 아니라 내 체면도 바닥에 구겨져 박힐걸세. 이게 글쎄, 늘그막에 뭐하는 짓이란 말인가."

우에다 사령관은 잡고 있던 지팡이로 마룻바닥을 때리기까지 했다.

그는 '윤봉길의거' 때 중국 주둔 일본군 총사령관 시라카와 요시노리 대장과 함께 현장에 있었다. 그때 폭탄에 왼쪽 다리를 다쳐 늘 지팡이를 짚고 다녔다. 당시 폭탄이 시라카와 대장과 노무라 중장 사이에 떨어지며 폭발해 시라카와 대장과 상해 일본거류민단장 가와바타 사다쓰구는 죽었고, 당시 중장이었던 우에다는 다리를 다치고 노무라 중장은 오른 눈을 잃었다. 노무라 중장은 바로 예편되었지만, 우에다는 계속 승진해 어느덧 '절름발이 대장'으로 일본군계에서 이름을 날리게 되었다. 나아가 1934년 4월에는 조선군 사령관으로 임명되면서 천황 일가나 내각 총리대신, 군부 원수급들만 받았던 '훈1등욱일대수장(勳一等旭日大綬章)'을 받았다. 이제 그의 인생행로에는 관동군 사령관에서 더 승진하여 원수로 가느냐 아니면 여기서 더 올라가지 못하고 하릴없는 노인네로 그냥 퇴직하고 마느냐의 두 갈래 길만이 남아 있었다.

핫토리 대좌는 옛 상사이자 현임 장관인 우에다 사령관에게 힘을 북돋아주었다.

"저 젊은이들에게 조금만 병력을 보태주시면 반드시 진수군(晉綏軍)을 몰아내고 강력한 몽골연맹 자치정부를 만들 수 있을 것입니다. 그러면 제2의 만주국이 만들어지는 셈인데, 모든 것이 각하의 치적으로 기록될 것 아니겠습니까."

하지만 우에다 사령관은 끝까지 젊은 부하들의 요청을 들어주지 않았다.

"군부가 절름발이 대장까지는 눈감아 주었지만, 절름발이 원수가 생기는 건은 두고 보지 않을 것일세. 난 이제 많지 않은 시간을 만주 일에 집중해야겠네."

우에다 사령관은 1936년 11월 수원사건 이후 통화에 내려가 동변도 지구 토벌작전을 현지에서 지휘하던 사사키 도이치를 관동군 사령부로 불러들여 한바탕 몰아붙였다.

"이봐 사사키, 자네들이 동변도 지구 치안 문제를 제대로 해결하지 못해 어떤 일들이 발생하고 있는지 아는가? 이게 벌써 몇 해짼가. 비적들이 무리지어 열하로 치고 나간다고 하는 바람에 이번 수원사건 때도 열하에 주둔한 7사단을 함부로 출전시킬 수 없었네. 그런데 올해 접어들면서부터는 비적들이 조만국경으로 접근하고 있다는데, 왜 이 문제를 아직도 해결하지 못하냐는 말일세. 어느 날 만주 비적들을 소탕한답시고 조선군이 압록강을 건너오는 날이면 우리 관동군 체면이 모조리 시궁창에 처박힐 것이야. 그 책임은 모조리 자네가 져야 하네. 이제 나한테는 시간이 얼마 없네. 물론 자네한테도 시간이 많지 않다는 걸 명심하게. 올해 6월이나 7월쯤 우리는 만주국 행정기구 대개조를 진행할걸세. 만주국 장경혜 총리대신이 나한테 국가보안국을 만들자고 요청하던데, 그게 다 자네들 군정부가 비적 소탕을 제대로 하지 못해 발생한 일 아닌가. 최근에는 공산당과 국민당이 '항일' 명분을 내걸고 재차 합작을 추진한다니, 좀 더 지나면 농촌이고 도시고 할 것 없이 우리에게 대항하는 반일세력들이 끓어 넘치게 될걸세. 빨리 대대적인 수색작전을 펼쳐 산속 비적들뿐 아니라 시내에 잠복한 공산당 지하조직들도 모조리 소탕해버리게. 분명히 말하네. 자네가 올여름까지 이 일을 해내지 못하면 군정부 최고고문 자리는 고사하고 만주국에서 아예 사라져야 할걸세. 내 말이 결코 장난이 아님을 명심하게."

이후 1937년 4월 15일 만주국 군정부는 관동군 사령부와 함께 만주국 경내 각지 군대와 헌병 경찰들을 동원하여 1차적으로 중국공산당과 연루된 혐의자 180여 명을 체포하고 그 가운데 증거가 확실한 중국공산당원 80여 명을 사형했다. 7월 1일에는 만주국 행정기구 대개조를 진행했다. 우에다는 자기 임기 내에 항일세력이 만주국 국경 밖으로 확장되는 것을 각별히 경계했다.

그러나 급변하는 정세는 결코 그의 뜻대로 돌아가지 않았다. 우에다 사령관이 만주국 국무총리대신 장경혜와 함께 "일본군의 만주 주둔에 관하여"라는 제목의 공문을 만들어 연내에 서로 교환하는 방안을 의논할 무렵이었다. 일본이라

는 국가 자체를 중국이라는 대륙의 큰 수렁에 빠뜨린 '노구교사건(盧構橋事件)'[246]
이 발생했다.

1937년 7월 7일 발생한 이 사건의 원인은 북평(오늘의 북경) 서남쪽 노구교를
사이에 두고 서로 대치중이던 일본군과 국민당군 사이에 발생한 발포사건이다.
중국 정부 측에서는 줄곧 중국 침략전쟁을 계획해왔던 일본 군부의 자작극이
라고 몰아붙였으나 1946년 도쿄전범재판 당시 증인으로 출석한 다나카 류기치
는 "이 사건은 공산당이 배후에서 획책한 사건이며, 당시 천진(天津) 특무기관장
으로 있었던 모가와 히데카즈(茂川秀和)[247]가 공산당 특무들에게 넘어가 함께 작
당했다."고 고백했다. 당시엔 이런 황당한 주장을 믿는 사람이 아무도 없었다.

---

246 지금까지 노구교사건(盧構橋事件)에 대한 중국 정부 측의 공식적인 주장은 1937년 7월 7일 밤 북
    경 남서쪽 외곽에 주둔하던 일본군이 야간 훈련 도중에 일어난 병사 실종 사건을 중국군 탓으로
    돌리며 북경으로 연결되는 요충지인 노구교를 점령한 사건으로 정의한다. 그 실종 병사는 20여
    분 뒤 원대 복귀했지만, 일본군은 이 사건을 빌미로 본격적인 중국 침략에 나섰다.
    '마르코 폴로 브릿지'로도 불리는 노구교 근처에서 일본군이 야간 군사훈련을 진행할 때였다. 느
    닷없는 총성 몇 발이 울렸다. 발포가 어느 쪽에서 이루어졌는지는 불분명했지만, 일본은 이 총격
    을 일본에 대한 중국군의 도발 행위로 간주하고 즉각 보복공격을 퍼부었다. 일본 정부는 중국 정
    부에 사죄 및 발포 책임자 처벌을 요구했다. 만일 이 요구조건을 받아들이지 않으면 대규모의 군
    대를 동원하겠다는 협박까지 서슴지 않았다. 당시 노구교를 사이에 두고 완평성에 주둔했던 국민
    당 29군 산하 길성문 연대는 일본군의 이와 같은 요구를 받아들이지 않았다. 그 결과 일본군은 완
    평성을 공격했고 이 전투는 중일 전면전으로 번지게 되었다.
    중국은 1987년 노구교사건 50주년을 맞아 노구교 건너편에 기념관을 세웠다. 등소평(鄧小平) 당
    시 중앙군사위원회 주석이 직접 '중국인민항일전쟁기념관'이라는 글씨를 썼다. "국치를 잊지 말고
    중화의 꿈을 실현하자(勿忘國恥 圓夢中華)"라고 적었다. 그리고 1997년 노구교사건 60주년에는
    당시 국가주석 강택민도 "애국주의 깃발을 높이 들고 역사를 거울삼아 후손을 가르치자"라는 글
    을 써서 기념관에 내걸었다. 비록 일본군 측에서는 시종일관 이 사건을 먼저 일으킨 것이 중국 국
    민당군이라고 주장해왔지만, 중국과 대만을 비롯한 아시아 여러 나라는 약속이라도 한 듯 일본군
    이 한 짓으로 몰아붙였다.

247 모가와 히데카즈(茂川秀和, 1896-1977년) 일본 에히메현(爱媛县) 사람으로 중국의 천진과 북경
    등지에서 첩보활동에 종사했으며 1935년 10월에는 천진에서 직접 자기의 성을 딴 '모가와첩보소
    조(茂川諜報小組)'를 운영했는데, 이 첩보소조가 일본군 천진특무기관(天津特務機關)의 전신이었
    다. 1945년 일본이 투항한후 체포되어 1947년 7월 5일에 중국 북평의 군사재판정에서 사형판결
    을 받았다가 다시 무기징역으로 감형받았다. 1977년에 병으로 사망했다.

2005년 "항일전쟁 승리 60주년"을 기념하면서 중국 정부 측 TV[248]에서는 이 사건 배후에 중국공산당이 개입하고 있었음을 스스로 털어놓았다.

당시 노구교를 수비하던 국민당 제29군 송철원 부대 부참모장이었던 장극협(張克俠)과 29군 산하 제109여단 부여단장 하기풍(何基灃)은 국민당 내부에 잠복했던 중국공산당원[249]이었다. 장극협의 조카가 이 TV 프로그램에 직접 등장하여 "당시 장극협이 중국공산당 내 직계 상사였던 유소기로부터 '북평의 적군과 아군의 역량이 너무 현저하게 차이가 나니 먼저 적극적으로 출격하여 국민당 반동파를 곤경에 빠뜨리리.'는 명령을 받고 '7·7사변'을 일으켰던 것"이라고 고백했다.

당시 국민당 중화민국 정부를 대변하는 오늘날 대만 교과서를 보면 노구교사건을 여전히 이렇게 설명한다.

"민국 26년 7월 7일 밤 11시에 일본군은 북평의 노구교 일대에서 군사훈련을 진행하던 중 병사 1명이 실종되었다는 이유를 대고 완평성의 29군 산하 길성문(吉星文) 연대의 병영으로 돌입하여 수색을 진행하려다가 거절당했다. 이에 일본군은 완평성을 침공하여 병영 동쪽 사강(沙崗)을 점령했으나 연대장 길성문이 '대도대(大刀隊)'를 이끌고

---

248 北京電視台播出, '社會觀察' 專題. 2005. 7. 4.

249 이 두 사람이 처음 중국 국민에게 소개된 것은 1982년 〈패검장군(佩剑将军)〉이라는 영화가 만들어져 상영되면서부터였다. 장개석에게 패검을 수여받은 국민당 두 장군이 회해전역(淮海戰役, 1949년 1월 10일 국공내전의 3대 전투 중 하나) 기간에 서주에 주둔하면서 반란(叛亂, 병변)을 일으키는 내용인데, 작품의 소재가 된 인물들이 바로 장극협과 하기풍이었다. 언론에서는 장극협이 1925년 소련으로 유학하여 모스크바중산대학에서 공부하면서 중국공산당에 참가했고, 1929년 귀국한 후 국민당 군대에 잠복하여 장군으로까지 승진했다가 회해전역 기간에 반란을 일으키고 공산당으로 공개적으로 넘어왔다고 소개했다. 당시 반란을 일으키고 공산당으로 넘어왔던 국민당 출신 장군들과 달리 장극협은 원래부터 중국공산당원이며 임무를 받고 국민당 군대 내부에 잠복하고 있었음이 밝혀진 것이다.

사강을 탈환했으며, 공격해오는 일본군을 수차례나 물리치고 끝까지 완평성을 지켜 냈다."

완평성을 지키기 위하여 당시 화북성 경내에 주둔했던 국민당 제132사 사장 조등우(趙登禹), 제29군 부군장 동린각(佟麟閣) 등이 모두 전투에 참가했으나 중국 군의 이와 같은 대규모 군사 이동은 거꾸로 일본군을 더욱 놀라게 만들었다. 사 태가 심상찮게 돌아가는 걸 발견한 일본군 특무들은 수뇌부에 계속 정보를 보 냈고, 드디어 일본 본국 제1차 고노에 내각은 '중국 측의 계획적인 무력 사용'으 로 단정하기에 이른다. 그리고는 곧 중국에 대한 전면적인 파병을 발표했다.

중일전쟁이 시작된 것이다. 돌이켜보면 1927년 7월 13일 중국공산당과 국민 당의 합작이 깨져 '국공분열(國共分裂)'이 된 다음부터 자그마치 20여 년에 걸쳐 중국공산당과 홍군에 대한 대대적인 토벌을 추진해왔던 국민당은 1936년 12월 12일에 발생한 '서안사변'을 눈앞에 두고 중국공산당 수뇌부를 섬서성 경내의 연안(延安)이라는 그다지 크지 않은 척박한 땅덩어리 속에 몰아넣고 있었다. 처 음부터 모택동을 비롯한 중국공산당 수뇌부가 연안을 근거지로 선택한 이유도 국민당의 토벌을 더는 당해낼 수 없을 때 섬서성에서 신강을 경유하여 소련으 로 빠르게 도피하기 위해서였다. '서안사변' 주인공 장학량(張學良) 역시 중국공 산당 비밀당원이었다는 최근에 공개된 사실[250]을 고려하면 노구교사건에 앞서

---

[250] 2005년 『동향(動向)』에 장학량이 중국공산당원이었다는 내막이 공개되었다. 전 중국공산당 통전 부장이었던 엄명복(閻明復)이 폭로한 것이다. 장학량의 신분을 알았던 모택동, 주은래, 이극농이 세상을 뜬 후 당시 동북군 내 중국공산당적 사료(史料) 사업을 주관했던 송려(宋黎)는 엽검영을 방문하여 장학량의 중국공산당적과 관련한 문제를 문의하면서 증언해주기를 요청했다. 엽검영 은 대담을 진행한 뒤 녹음자료를 함부로 공개하면 안 된다고 부탁했다.
  "내가 죽은 뒤에 이 녹음자료를 꺼내어 당 중앙에 제출하기 바란다. 현재로서는 장한슝(장학량)이 아직 살아 있으니 천방백계로 그를 보호하여야 한다. 그가 중국공산당원이었다는 사실이 절대로

서안사변 역시 중국공산당의 책략으로 발생했음을 알 수 있다.

어쨌든 이로 말미암아 장개석은 중국공산당 토벌을 중단할 수밖에 없었다. 노구교사건 이후 일본군이 신속하게 북경을 점령하고 천진까지 함락시키면서 전 중국인의 반일 감정은 거세게 타오르기 시작했고 국민당은 이를 외면할 수 없게 되었기 때문이다. 국민당군은 공산당 토벌을 중단하고 대일 항전에 나설 수밖에 없었다.

1956년 판(版) 이전의 『모택동 선집』에 수록된 모택동의 연설을 보면, 당시 모택동과 중국공산당 수뇌부는 국민당이 점령한 중국 대도시를 일본군이 점령하는 것이 간접적으로 '국민당 반동파'를 타격하는 데 도움이 된다는 잘못된 견해를 가지고 있었다. 모택동이 오늘날 역사학자들에게 항일전쟁 기간에 '매국 배족하는 범죄'를 저질렀다고 비판받는 것도 다 이 때문이다. 『모택동 선집』에는 이와 비슷한 '매국 배족' 논조가 아주 많다.

"팔로군과 신사군은 국민당을 도와 일본군과 싸울 것이 아니라 일본군과 국민당이 싸우는 틈을 타서 자기의 역량을 발전시켜야 한다."

노구교사건이 발생한 뒤 얼마 지나지 않은 1937년 8월 섬서성 낙천에서 열

밖으로 새어나가서는 안 된다."(원문: 等我死以後再拿出來交給中央 現在張漢公還健在, 我們一定要千方百計保護他, 他是中共黨員的事絕對不能傳出去).

이보다 전인 1990년대에도 공청단 중앙에서 주관했던 기관지 『중화의 아들딸(中華兒女)』에도 글을 발표하여 '서안사변' 당시 양호성 비서로 잠복했던 중국공산당원 왕병남(王炳南)이 양호성과 장학량을 책반(策反, 적이 항복할 수 있게끔 비밀리에 권고하면서 실천히는 일)하던 과정에 대해 자세히 소개했다. 이 글에 따르면, 장학량은 주은래에게 직접 중국공산당에 참가하겠다고 요청했고, 이에 대해 코민테른 중국대표부는 반대의견을 냈으나 모택동과 주은래는 장학량을 특별당원으로 받아들였다고 밝힌 바 있다.

렸던 '낙천회의(洛川會議)'에서 한 모택동의 연설은 친일 반민족적 발언들 중 백
미다.

"중국공산당은 항일하는 척하고 암암리에 실력을 키우는 데 주력해야 한다. 항일전장
에 나가 영웅이 되려고 하지 말라."

이런 인식은 해방 후 중국공산당 혁명역사에서 항일연군의 위상을 정하는 데
도 적지 않은 영향을 끼쳤다. 1955년 중화인민공화국 건국 과정에서 혁혁한 공
을 세운 군사 지도자들에게 군사계급을 부여할 때 발표한 원수와 대장 각 10명
중에는 항일연군 출신 혁명가가 단 한 사람도 들어 있지 않았다. 절반 이상이 같
은 중국인인 장개석의 국민당군을 대상으로 전공을 세웠지만, 정작 침략자였던
일본군과 싸운 경험은 전혀 없는 사람들이었다. 교과서에서까지도 홍군의 '2만
5,000리 장정'을 첫 자리에 싣고, 장정 이후 중국 남방에 남아 유격투쟁을 했던
'강남 신사군'을 두 번째 자리에 두었다.

항일연군의 위상이 급격하게 부상하기 시작한 것은 비교적 최근 일이다. 개
혁개방 이후 해외여행이 자유로워지고 대만과의 거래도 빈번해지면서 중국 국
민들은 항일전쟁과 관련한 역사를 다시 알게 되기 시작한 것이다. 중국 내지에
서 일본군 주력부대와의 전투에 수십만, 수백만을 동원하여 대규모 전면전을 치
렀던 군대가 중국공산당의 팔로군과 신사군이 아니라 국민당 군대였다는 사실
을 알게 되었기 때문이다. 공산당이 내놓고 자랑할 만한 전투는 팽덕회가 지휘
했던 '백단대전(百團大戰, 속칭 100개의 연대를 동원했다고 함)'과 임표가 지휘했던 '평
형관전투'뿐인데, 그나마도 팽덕회는 문화대혁명 기간에 바로 그 전투를 벌인

것이 죄목[251]이 되어 비판당하기도 했다.

"그러면 항일 전쟁 중 우리 공산당이 이룩한 전과는 도대체 어떤 것이 있는가?"

이런 질문을 던지는 중국 인민 앞에 중국공산당이 대대적으로 내세울 수 있는 항일투쟁 역사는 두말할 것도 없이 항일연군밖에 없다. 더구나 항일연군의 투쟁 역사는 통상 '항전 8년'이라고 부르짖어왔던 중국공산당의 항일역사보다 훨씬 더 일찍 시작했다. 1931년 9·18 만주사변 직후부터 계산해도 14년에 달한다. 중국 정부 교육부는 2017년 1월 3일 자로 "중·소학교 지방 과정 교재에서 과거 정의했던 '항전 8년'이란 개념을 '14년 항일전쟁'으로 고쳐서 전면적으로 보급하는 데 관한 내부 지시서한"을 발송하기도 했다.

---

251 팽덕회는 '여산회의' 이후 홍위병들에게 끌려 나와 수십 차례나 조리돌림을 당했다. 그의 죄목 가운데는 "항일전쟁 기간 모택동 주석이 반대했던 '백단대전'을 일으켜 간접적으로 장개석 국민당 반동파들을 도왔다."는 내용이 들어 있었다. 항일전쟁 기간 중국공산당이 직접 조직하고 지도했던 비교적 규모가 큰 전투는 바로 임표와 섭영진이 지휘했던 평형관전투와 팽덕회가 지휘했던 백단대전을 들 수 있는데, 모택동은 이 두 전투를 줄곧 반대했다. 평형관전투를 조직할 당시 모택동은 5차례나 전보를 보내어 "우리 군의 실력이 일본군에게 드러날 수 있으니 자아 희생할 필요가 없다."고 권고했으나 임표는 듣지 않았다. 당시 임표의 정치위원이었던 중공군 원수 섭영진은 회고록에서 이렇게 고백했다. "평형관에서 일본군을 습격하여 성공한 후 모택동에게 불려가서 호되게 꾸중을 들었다."
모택동에 대해 비판적인 학자들은 모택동이 항일전쟁 기간에 일본군과 장개석 국민당군이 서로 싸우다가 지쳐서 어느 한쪽이 쓰러지기만을 고대했다고 본다. 어부지리를 챙기려는 속셈이었다는 주장이다. 그 외에도 여러 증언이 있는데, 이 증언들을 종합하면 항일전쟁 기간 모택동은 오로지 장개석 국민당의 권력을 탈취하는 데만 관심이 있었을 뿐 '항일 민족 대의'라는 명분 같은 것에는 아무 관심이 없었음을 알 수 있다.

3. 동정 장군

다시 관동군 우에다 겐키치 사령관에게 돌아가자. 그는 꽤 흥미로운 일화를 많이 남긴 노인이다. 전쟁만 아니었더라면 우에다 겐키치는 비즈니스에 종사했을 만한 사람이었다. 그랬다면 평생을 풍족하게 살았을 것이고 명문가와 혼인해 많은 자손을 남겼을 것이다. 그러나 유감스럽게 소년 시절 도쿄고등상업학교를 중퇴하고 군인의 길로 나아갔다.

그의 아버지 우에다 겐하치(植田謙八)도 군인이었으나 육군 2등 군리(軍吏, 군대에 딸린 문관)에 지나지 않았다. 1898년 11월 25일 육군사관학교 기병과 제10기로 졸업한 우에다 겐키치는 1909년에는 육군대학 제21기로 졸업하고 빠르게 진급했다. 어려서부터 책을 읽기 좋아하여 일본 군부 내에서 '만권을 독서한 사람'으로 정평이 나 있었다. 평소 말수가 적은 데다 술과 여자를 가까이하지 않았기에 더욱 평이 좋았다. 일본 군부 내에서 아주 강직한 군인으로 소문났고, 그의 사람됨은 천황의 귀에까지도 들어갔을 정도였다.

그가 결혼하지 않은 것에 대해 "우에다 겐키치는 '언제 전장의 이슬로 사라질지 모르는 군인에게 처자가 마땅한 소리냐'라는 좌우명이 있었다."고 회고하는 사람도 여럿 있다. 평생 독신으로 지내 '동정장군(童貞將軍)'이라는 별명도 얻었던 우에다는 성불구자이어서 여자를 멀리했던 것은 아니라고 한다. 엄밀하게는 평생 동정이었는지도 의문의 여지가 있는 것이다. 사관학교 시절에 연애 경험이 있다는 소문도 있지만, 진위를 아는 사람은 없다.

그의 최후 직책인 주만 전권대사 겸 관동군 사령관은 사실상 그가 만주국의 최고 통치자였음을 알려준다. 그가 통치하던 1930년대 중반기 만주국에 대항했던 항일연군의 눈에는 우에다 겐키치 관동군 사령관은 한마디로 천인공노할 살인마 그 이상도 이하도 아니었다. 1937년 4월 15일에 "1차적으로 중국공산당과 연루된 혐의자 180여 명을 체포하고 그 가운데 증거가 확실한 중국공산당원 80여 명을 사형했다."라고 기록된 '소탕작전'의 최종 결재자도 바로 우에다일 수밖에 없다. 당시 탐오와 부패 비리가 만연한 만주국 통치권 내부에서 '동정장군'이라는 별명에 부끄럽지 않게 사생활이 깨끗했던 사람이라는 사실과 잔인하고 비인간적인 살인마라는 사실이 이 노인 안에 공존했다.

그로부터 2년 뒤인 1939년 5월에 발생한 이른바 '할힌골전투'로도 불리는 '노몬한사건(ノモンハン事件)'은 이 노인을 역사의 뒤안길로 보내버렸다. 발단은 몽골인에서 시작되었다. 수원사건 이후 머릿속에 '몽골'이라는 글자마저 떠올리기를 꺼려했을 법한 우에다 사령관은 1939년 5월 11일 몽골군 기병 80~90여 명이 할하강을 건너 만주국 경내로 들어왔다는 보고를 받았다. 노몬한 부근은 국경선이 확실치 않아 평소에도 분쟁이 종종 일어났다.

그는 이 사건 이후 후회가 막심했다. 그냥 눈 감고 넘겨버렸어도 군부 대본영에서 절대 문제 삼지 않을 것이었다. 국민당 군대와 대대적인 전투가 진행되던 시기라 소련군을 등에 업은 몽골과 분쟁이 생기는 것을 우려하지 않을 수 없었던 것이다.

'이제 와서 누구를 탓하랴. 다 내가 사람을 잘못 쓴 탓이 아니고 무엇이겠는가.'

우에다 사령관은 노몬한사건을 머릿속에 떠올릴 때마다 관동군 사령관으로 새임하던 시절 애송이 참모들에게 놀아났다는 치욕감을 떨쳐버릴 수 없었을 것이다. 우에다를 격노하게 한 인물은 계급도 고작 소좌에 불과했고 직책도 일개 참모에 지나지 않았던 츠지 마사노부(辻政信)였다. 2년 전 수원사건 때도 열하의

7사단을 수원으로 출전시키자고 여기저기에서 입김을 모으고 다녔던 자였다. 어떻게 하찮은 소좌 계급 인물이 이처럼 엄청난 영향력을 행사하게 되었던 것일까?

한마디로 츠지 마사노부 소좌는 사령관 우에다 겐키치 인맥에 속하는 가장 젊은 참모였기 때문이다. 이 인맥을 말단에서 거꾸로 오르며 훑어보면, 1932년 제1차 상해사변 당시 일본군 제9사단 산하 7연대 중대장이었던 츠지 마사노부 대위는 연대장 이소가이 렌스케(磯谷廉介) 대좌가 가장 사랑했던 부하였다. 그리고 이소가이 렌스케 대좌는 당시 9사단장이었던 우에다 겐키치 중장의 심복이었다. 자연스럽게 우에다 사령관이 만주로 부임하면서 이소가이 렌스케도 관동군 참모장으로 따라왔고, 이소가이 참모장 역시 7연대 시절 동료와 부하였던 참모부장 야노 오토사부로(矢野音三郎) 소장, 작전 주임 핫토리 다쿠시로(服部卓四郎) 중좌 등을 모두 불러 관동군 참모부 요직에 배치했다. 당시 관동군 작전 부분 조직도이다.

사령관(주만전권대사 겸임): 우에다 겐키치 대장(육군사관학교 제10기)

참모장: 이소가이 렌스케 중장(육군사관학교 제16기)

참모부장: 야노 오토사부로 소장(육군사관학교 제22기)

고급참모(작전과장 겸임): 테라다 마사오 대좌(육군사관학교 제29기)

작전주임: 핫토리 다쿠시로 중좌(육군사관학교 제34기)

작전참모: 츠지 마사노부 소좌(육군사관학교 제36기)

이상에서 볼 수 있듯이 일본군 계급 서열은 육군사관학교 기수로 결정되었음을 알 수 있다. 육군사관학교 제36기이면 제10기였던 사령관과는 하늘과 땅만큼이나 벌어진 계급이라 해도 과언이 아닌 것이다. 그런데 이 최말단급 소좌가 작전주임과 참모부장을 설득했고, 이들이 함께 나서서 참모장을 움직인 것이다.

그러나 우에다 사령관으로 하여금 소련군과의 작전을 결심하게 만든 것은 만몽국경을 지키던 제23사단 코마츠바라 다로(小松原道太郎, 육사27기) 사단장의 보고 때문이었다.

1차 할힌골전투 이후 제57 저격군단 신임 군단장에 임명된 소련군 장군 주코프는 이 부근에 전력을 끌어 모음과 동시에 관동군의 동태와 반응을 살펴보기 시작했고, 부임 초기인 6월 초엔 항공 정찰만 했지만 중순에 들어서면서 본격적으로 간보기에 돌입했던 것이다. 할하강 도하 정찰활동이 점점 증가하더니, 6월 19일에는 폭격기를 동원하여 할하강 동쪽 15km 지점(자신들이 주장하는 국경선도 넘었다.)에 위치한 관동군 보급품 적재소를 폭격하여 군수품과 연료를 불태웠다.

코마츠바라 23사단 사단장은 이러한 소련군의 행동이 단순한 정찰 목적이 아니라 본격적인 침공 개시라고 판단했다. 자기들끼리 침입자인 소련군을 철저히 분쇄하고 사건을 해결하겠다며 작전 계획을 세우고 실행 직전에야 비로소 육군 참모본부에 보고한 것이다. 일본 국내 대본영의 견제나 양해 따위는 아예 안중에도 없었던 것이다.

이에 대해 당시 일본 육군성 군사과장 이레쿠로 히데오(岩畔豪雄) 대좌는 "사태가 확대되었을 때 수습 능력도 없는데, 의미도 별로 없는 분쟁에 대병력을 투입해 무의미한 희생을 만드는 것은 동의하기 어렵다."며 강하게 반대했다. 하지만 참모본부 작전과장 이나다 마사즈미(稲田正純) 대좌는 "만몽 국경선 문제는 관동군이 전담하고 있으니, 한 사단 정도의 사용 권한은 관동군에 주어야 하지 않겠느냐."는 식으로 관동군에 힘을 실어주었다. 급기야 육군대신 이타가키 세이시로(板垣征四郎)에게까지 보고되었으나, 역시 만주국을 만드는 데 직접 참여했을 뿐만 아니라 관동군 참모장까지 맡았던 이타가키는 이나다 대좌의 의견에 찬성했다.

일설에 의하면, 정작 작전 개시를 비준하는 관동군 사령관 서명란에 서명했던 사람은 우에다 사령관이 아니었다. 놀랍게도 츠지 마사노부 소좌가 대신 서명했다. 일개 소좌에 불과했던 그가 수많은 장성들 사이에서 얼마나 많은 역할을 했는지 보여주는 대목이 아닐 수 없다.

처음에는 관동군이 전투에서 크게 이기는 듯했다. 우에다 사령관은 전투기 107대를 동원하여 톰스크 일대의 소련군 항공기지를 급습하자는 이소가이 참모장의 요청을 허가했다. 톰스크 공군 기지는 파괴되었고 소련은 100대가 넘는 전투기를 잃기도 했다. 그러나 소련군은 바로 보복전을 준비하기 시작했다. 당시 소련 외무인민위원이었던 몰로토프는 앞으로 전개할 전투가 단순한 보복전이 아닌 만주와 몽고의 국경을 지정할 때 소련의 우위를 목표로 삼을 것을 스탈린에게 역설했고, 이 주장을 받아들인 스탈린은 벨라루스 관할군 부사령관이었던 게오르기 주코프를 할힌골전투 총지휘관으로 이동시킨 것이다.

그 뒤로 불과 6년 뒤 게오르기 주코프는 1945년 1월 소련군을 이끌고 독일 본토에 대한 오데르-나이세 작전을 지휘하여 베를린을 점령하고 독일 카이텔 원수에게 항복문서를 받아내는 유명한 군인이 된다. 그는 할힌골에서 관동군의 공세가 잦아들 때를 기다렸다가 1939년 8월 20일부터 대대적인 반격을 가해왔다. 기계화된 포병과 보병의 지원을 받는 두 전차여단이 전선 양 날개를 이루어 진격하는 대담한 기동 작전을 실시하여 관동군 제6군을 포위하고 한 사단을 전멸시키는 대타격을 준 것이다.

불과 2주 만에 관동군은 후퇴하였고, 그 후 국경선은 소련과 몽골의 주장대로 확정될 수밖에 없었다. 이 공적으로 주코프는 '소련 영웅' 칭호를 하사받았으며,

패장 우에다 사령관은 원수 꿈을 날려 보내고 결국 군복을 벗게 되었다. 참모 신분으로 사령관 서명란에 대리 서명하며 전투를 확대시켰던 장본인 츠지 마사노부 소좌 역시 좌천되어 태평양 전역으로 전출되고 말았다.

우에다 겐키치 사령관에게는 흥미로운 일화 하나가 더 남아 있다. 전후 전범 재판에서 그에게 불기소 처분이 내려진 것이다. 일본군 멸망의 전조이자 결정체나 다름없었던 할힌골전투가 소련군 승리에 지대한 공을 끼쳤다고 간주된 것이다. 당시 전범 재판과정에서 할힌골전투와 관련한 증언 자료가 있는데, 당시 소련군과 싸우겠다고 우기던 코마츠바라 23사단장에게 우에다는 다음과 같은 답전을 보냈다.

"알아서 처리하되 사건이 관동군 전체로 확대되지 않도록 주의하라."

평소에도 우에다는 승패가 불분명한 전투를 진행할 때는 전투를 주장하는 부하들에게 항상 이렇게 이야기했다고 한다.

"그렇게 자신이 있다면 한 번 해봐."

그게 이 노인의 평소 습관이었다는 것이다. 게다가 서명도 직접 하지 않고 몸을 사렸던 사실은 무성한 논란을 낳았다. 1939년 9월 7일에 그의 후임으로 관동군 사령관에 부임했던 우메즈 요시지로(梅津美治郞) 대장은 벌써 2년 전 노구교 사건 바로 직후 만주국을 떠나 일본군 제16사단 산하 보병 제30여단장으로 이동한 사사키 도이치와 수차례 전화 통화를 했다.

"만주 비적들을 소탕하는 데 일본군 출병을 극력 반대했던 사람이 바로 자네였다는 소문이 있던데 그것이 사실인가? 사실이라면 무엇 때문에 그랬는가?"

사사키 도이치는 발뺌했다.

"그것은 공산당 항일연군 세력이 아직 크지 않을 때의 일이었습니다."

"항일연군이 압록강을 넘어 조선 국내로까지 들어갔던 것이 자네가 재직했을 때의 일 아니었나?"

사사키 도이치는 나름대로 억울하다고 항변했다.

"1935년 이후 항일연군이 코민테른의 개입으로 정규화하면서 만주군의 토벌만으로는 솔직히 힘에 부쳤습니다. 그래서 관동군이 출병해줄 것을 적극적으로 요청한 적이 한두 번이 아니었습니다. 그러나 저의 요청에 한 대대 이상의 병력을 파견해준 적이 단 한 번도 없었습니다. 츠지 마사노부 패거리들한테 속아 넘어간 우에다 사령관이 자기 집 뒤주에 붙은 불부터 빨리 끌 생각은 하지 않고 온통 다른 데다 정신을 팔았던 것입니다."

사사키 도이치는 이미 문책당하고 사령관 자리에서 물러난 우에다 겐키치에게 모든 책임을 떠넘겼다.

"그렇다면 이제부터는 관동군이 직접 나서야 한다는 소린가?"

우메즈 요시지로 신임 사령관은 사사키 도이치에게 의견을 물었다.

"솔직히 인정하기는 창피합니다만, 이제 만주의 공산비적을 소탕하자면 만주군만으로는 안 됩니다. 반드시 관동군이 직접 나서야 합니다."

한때 '만주군의 아버지'로 불리기까지 했던 사사키 도이치는 자신이 만주국 군정부 최고고문 자리에서 보냈던 마지막 몇 달 동안을 잊지 못하고 있었다. 사사키는 많을 때는 하루에도 여러 차례 우에다 사령관이 직접 건 전화를 받았다.

"이봐, 사사키 군. 공비들이 또 압록강 근처에 나타났다는데 어떻게 된 영문인가?"

처음에는 이러한 질문으로 시작된 우에다 사령관의 추궁은 나중에는 아주 구체적이었다. 그는 비적들의 동향뿐 아니라 우두머리 이름까지도 자세히 알고 있었다.

"도대체 이런 정보들을 누가한테 보고받으신 건가요?"

사사키는 무척 궁금했다.

처음에 동향 정도의 정보는 조선군이 바로 관동군사령부에 보냈을 수도 있겠다고 생각했다. 우에다 사령관 본인이 몇 해 전까지 조선군 사령관을 지냈으니, 그 정도 정보 라인은 분명 있었을 터였다. 우에다 사령관은 사사키에게 이렇게 말했다.

"자네가 아니면 만주군 정황을 알아볼 데가 없는 줄 알았나. 지금 내 책상에는 장백현과 임강현 경무과의 정보부(情報簿)를 통째로 베낀 것이 놓여 있네. 김일성이 도대체 누군가? 이자의 무리가 200명이나 월경 준비 중이라는데, 자네는 왜 아직도 이렇게 주요한 작자부터 처리하지 못하고 있단 말인가?"

사사키 도이치는 깜짝 놀라지 않을 수 없었다.

"김일성은 항일연군 조선인 비적들 가운데서 비교적 두드러진 우두머리입니다."

"자네한테 이자에 대한 좀 더 자세한 정보가 있나?"

"나이가 새파랗게 젊다는 것 말고는 다른 것은 하나도 모릅니다."

"이자 무리들이 지금 월경 준비를 하고 있다니 무엇보다도 먼저 이 무리부터 해결하게. 이자는 생포하거나 사살해서 그 수급을 자네가 직접 가지고 신경으로 돌아오게."

사사키는 육사 동기였던 동변도 토벌사령관 미케 소장에게 이렇게 말했다고 한다.

"만약 김일성 수급을 얻지 못하면 나는 신경으로 돌아가지 못하네."

이에 미케 사령관은 이번에도 만주군 제2혼성여단 여단장 고명을 사령부로 불러 직접 사사키 도이치가 보는 앞에서 다음과 같이 약속했다.

"오늘 사사키 최고고문께서 증인이 되어주실 것이네. 자네가 만약 김일성 부대를 소탕한다면 나는 동변도 토벌사령관 자리를 자네한테 넘겨주겠네."

4. 라와전법

그동안 장백현 경내에서 줄곧 김일성 부대와 전투했던 만주군 부대가 고명의 제2여단임을 알고 있던 사사키 도이치는 동변도 토벌사령부 군사고문 카와사키 (河崎) 중좌와 함께 고명 부대를 방문했다. 고명의 안내로 얼마 전 김일성 부대와 접전을 벌인 이해성의 기병연대를 만나러 8도구까지 갔다. 리명수에서 포위당했다가 가까스로 빠져나왔던 카와다 소좌가 나서서 항일연군 전법에 대해 장황하게 설명했다.

"올해 설 이후부터 제가 김일성 부대를 추격했는데, 홍두산과 도천리, 갑산동 부근 목재소와 그 외에도 류가동, 사문개정, 이번 리명수에 이르기까지 매번 이자들을 놓친 것은 바로 이자들의 매복에 걸려들었기 때문입니다. 이자들은 도주할 때 그냥 도주하지 않고 그물을 치고, 추격하는 우리가 그 그물에 들어오기를 기다립니다. 우리는 그것이 그물임을 알면서도 그자들을 놓치면 안 되기 때문에 부대를 두 갈래로 나눠 한 갈래는 지원부대로 삼아 기각지세(掎角之勢, 앞뒤에서 서로 몰아침을 뜻함)를 이루면서 계속 추격합니다. 우리 병력이 워낙 우세하기에 이론적으로는 이 전술이 합당합니다. 그런데 문제는 불쑥 비적들이 나타나 우리 배후를 교란할 뿐만 아니라 우리에게 추격당하던 비적들도 갑자기 두 갈래로 나뉘어 한 갈래는 타원부대로 변합니다. 금방 세 갈래의 비적과 싸우는 상황이 되어 버리고 맙니다."

김성주는 회고록에서 '라와전법(拉網戰法)'이라는 유격전술을 소개한다. 회고록뿐만 아니라 북한 선전매체가 소개하는 이 전법의 '라와'라는 말은 '랍망(拉網)' 즉 '그물을 늘린다'는 의미의 중국어 표현으로, 하늘과 땅 그 어디에도 빠져나갈 곳이 없는 천라지망(天羅地網, 하늘에 처진 그물), 포위망 함정이라는 뜻이다.

리명수전투 직후 8도구 병영에서 직접 토벌작전을 지휘하던 사사키 도이치를 본 중국인 생존자가 여럿 있었다. 만주군 중대장 출신 여학성(呂學成)은 1937년 3월경 소장 견장을 단 일본 군인이 8도구에 내려와 며칠 묵었다고 이야기했다. 그는 8도구 주변 동네들을 직접 돌아다니며 비적들이 묵었던 농가들을 찾아가기도 했다고 한다.

"그 일본 장군이 돌아간 뒤에 그가 만주국 군정부 최고고문 사사키라는 것을 알게 되었다. 연대장이 나에게 사사키 고문 경호 임무를 주었기 때문에 한 중대를 데리고 그를 따라다녔다. 항일연군이 묵고 간 동네를 찾아가서는 그들을 만난 농민들을 모아놓고 사탕과 과자를 나눠주면서 항일연군에 대한 좋은 말이건 나쁜 말이건 사실대로 다 말해달라고 부탁했다. 처음에는 항일연군이 나쁘다고만 이야기하던 농민들이 점점 좋은 점도 이야기해 주었다."[252]

여학성은 무척 흥미로운 이야기도 하나 들려주었다.

13도구의 한 농민 내외가 집에 찾아온 사사키 고문에게 김일성 부대를 쫓던 만주군에게 아들 결혼식을 위해 준비해두었던 금반지 하나를 빼앗겼다고 고발

---

252 취재, 여학성(呂學成) 중국인, 만주군 생존자, 취재지 서란현 수곡류, 1988.

했다.

"제가 그 금반지를 찾아드리겠습니다."

사사키는 농민 내외에게 약속하고 병영으로 돌아와 병사들을 모아놓고 그 금반지를 내놓으라고 호령했다.

"지금 좋은 말로 할 때 솔직히 말하면 더는 추궁하지 않겠다."

그러나 아무도 나서지 않았다.

사사키는 농민 내외를 병영으로 불러와 병사들의 얼굴을 확인하게 했다. 그러나 금반지를 빼앗아간 병사를 찾아낼 수 없었다. 당시 만주군 병사들이 개털모자를 눌러쓰고 다녔기 때문에 얼굴을 자세히 보지 못했던 것이다.

"농민 내외가 거짓말하는 것 같습니다."

이해성이 눈을 부라리며 따지고 들려 하자 사시키는 머리를 저었다.

"저들은 그자의 얼굴을 알아보지 못할 뿐이오."

"그렇다면 어떻게 해야 합니까?"

사사키는 자기 호주머니에서 돈 20원을 꺼내 농민 내외에게 주고 돌려보냈다.

"20원이면 근사한 금반지 하나는 살 수 있을 것이오. 그 약탈범은 나중에라도 찾아내 반드시 처벌하겠소."

믿기 어려운 이야기지만 한편으로는 만주군에 대한 사사키 도이치의 애정을 엿볼 수 있는 대목이기도 하다. '만주군의 아버지'로 불릴 만큼 만주군을 만드는 데 혼신을 다했던 만큼 결코 누구에게 보여주기 위한 쇼는 아니었을 것이다. 비록 정식 역사책에 기록되지 않은 개인의 사사로운 기록에 불과하지만 충분히 그렇게 하고도 남을 사람으로 평가할 수 있다. 특히 리명수전투 이후 직접 8도구에까지 가서 이때쯤엔 이미 '김일성 부대'로 널리 알려진 항일연군 2군 6사 주력부대의 종적을 찾아다녔다는 것은 시사하는 게 많다.

1935년 이전 김성주가 활동했던 동만 지방의 일본군 헌병과 지방경찰 및 수비부대 등에서 가장 높은 군사계급은 일본인 중좌 2, 3명에 불과했다. 그러나 1935년 이후 김성주의 활동무대가 남만 지방으로 이동하면서 '김일성 부대'로 이름이 알려지자 그의 뒤를 쫓았던 만주군 내 일본인 지휘관들 가운데는 소좌나 중좌 계급 군인도 꽤 많았다. 그러다가 1936~7년경에는 대좌와 소장 계급 군인들까지 김일성을 쫓게 되었다.

1936년경 돈화 지방에서 항일연군과 수차례 접전했던 일본군 미츠모토 연대장의 군사 계급은 대좌였고, 1937년경 무송과 장백 지방 만주군 토벌부대를 직접 지휘한 동변도 토벌사령부 사령관은 원 봉천교도연대 연대장이었던 미케 소장이었다. 미케 소장과 일본 육군사관학교를 함께 다녔던 동기였지만 그보다 1년쯤 앞선 1935년 3월에 관동군 육군소장으로 진급했던 사사키 도이치는 이듬해 1936년 10월경에 동변도 지구 9개현을 중심으로 "동변도 독립 대토벌" 계획을 세우고 이를 실행하기 위해 우에다 겐키치 관동군 사령관을 설득하여 당시 봉천에 주둔한 일본군 봉천교도연대를 통화로 이동시켰다. 형식적으로는 동변도 토벌 총사령관이 만주군 제1군관구 중국인 사령관 우침징이었으나 이 사령부에 동변도 토벌지휘부라는 또 다른 간판을 달고는 미케 소장에게 모든 권한을 부여했다.

사사키와 미케 사령관은 걱정이 이만저만이 아니었다.

"만약 이번에 김일성 부대를 소탕하지 못하면 우리 둘 다 책임을 추궁 받게 될 걸세. 마냥 1선 지휘관들에게 밀어버릴 수 없지 않나. 이번엔 어떤 방법을 써서라도 우에다 사령관에게 뭔가를 보여주지 않으면 안 되네."

이 두 사람은 권한도 막강했지만 책임도 막중했다.

북한에서는 리명수전투 직후 사사키 도이치가 직접 8도구까지 내려와 항일연군 뒤를 조사했던 사실은 전혀 모르고 있다. 그만큼 만주군 쪽 자료를 확보하지 못했음을 알 수 있는데, 김성주 회고록에서도 여실하게 드러난다.

예를 들면 자기들이 싸웠던 만주군 부대 번호는 물론이고, 그 부대 대장이 누구였는지에 대해 제대로 설명한 것도 별로 없다. 나아가 김일성 부대로 알려진 항일연군 2군 6사 산하 경위중대 및 7, 8연대를 '조선인민혁명군'으로 부르고, 이 부대를 좀 더 빛나게 만들기 위해 이 부대가 대적해 싸웠던 적을 모두 일본군이라고 표현하다 보니 여기에 만주국 군정부 쪽의 사사키 도이치를 함부로 끌어들일 수 없었던 것이다.

5. 가짜 김일성 시체를 팔아먹은 고 씨 형제

다시 사사키 도이치를 직접 만났던 8연대 경위중대장 여학성 이야기로 돌아간다.

"당시 우리 연대장(이해성)이 직접 우리한테 만주국 군정부의 최고고문이 약속했다면서 우리 여단에서 김일성 부대를 섬멸하거나 김일성 수급을 베어오면 여단장은 동변도 토벌사령관으로 승진하게 될 것이라고 했다. 따라서 연대장은 여단장으로 승진할 것이고, 부하들도 한꺼번에 두 계급 이상씩 승진시켜준다고 했다. 그뿐만 아니라 군정부에서 상금 2,000원을 내려주고 여단장도 개인 돈 1,000원을 보탤 것이라는 바람에 산하 각 부대에서는 난리가 났다. '중상지하 필유용부(重賞之下, 必有勇夫)[253]'라는 말이 있잖은가. 3월경에 우리는 지양개의 난덕이라는 고장에서 김일성 부대를 따라잡을 수 있었는데, 김일성 부대가 갑자기 세 갈래로 나뉘어 한 갈래는 사문구 쪽으로 달아나고 다른 갈래는 임강 쪽으로, 또 다른 갈래는 되골령 쪽으로 달아났다."[254]

여학성이 들려준 이야기로 당시 발생한 일들을 재구성해보았다.

임강 쪽을 추격하던 마립문의 보병연대를 유인하고 달아난 부대는 김성주 부대일 리가 없다. 전광은 토벌대의 주 표적이 된 6사 7, 8연대를 무송 쪽으로 빼돌리기 위해 1군 2사 현계선의 8연대를 뒤에 남겨 엄호부대로 삼고 사문구 쪽에서 활동하던 2군 4사 최수길의 3연대를 움직여 마립문의 보병연대를 임강 쪽으로 유인했다. 처음에 김성주 부대는 지양개의 난덕(蘭德)[255]에서 최수길 연대를 기다렸다가 함께 임강으로 출발했다. 그러다가 중간에 최수길 부대와 갈라져 몰래 되골령으로 빠졌다.

전광에게서 만주군 마립문 보병연대를 유인하라는 명령을 받은 최수길은 김성주의 6사 사부 경위중대로 위장하고 계속 임강 쪽으로 달아났다. 드디어 장백현 경내를 벗어나 화수진 경내의 7도구 부근까지 왔을 때 양목정자 쪽에서 이태째 자위군 왕봉각 부대와 작전 중이었던 조추항의 기병여단 산하 고악(古岳), 고견(古見) 형제가 인솔하는 부대에게 갑작스럽게 앞길을 가로막히고 말았다. 기병

---

253 삼십육계 가운데 삼략에 속하는 것으로, '향이지하 필유사어(香餌之下 必有死魚)'는 향기로운 미끼를 내걸면 반드시 이를 물어 죽게 되는 고기가 나온다는 뜻이며, '중상지하 필유용부(重賞之下 必有勇夫)'란 후한 상 아래에는 반드시 목숨을 걸고 싸우는 용사가 있기 마련이라는 뜻이다.

254 취재, 여학성(呂學成) 중국인, 만주군 생존자, 취재지 서란현 수곡류, 1988.

255 김일성은 회고록 『세기와 더불어』 제6권 16장 "무송원정"에서 "지양개에는 난덕이라고도 부르고 나하덕이라고도 부르는 괴상한 이름을 가진 동네가 있었다."고 회고한다.

연대장 고악(古岳)은 마립문이 보내온 통신병에게서 자신들이 포위한 항일연군이 바로 김일성 부대라는 보고를 받았다.

"김일성이 확실히 저 속에 있단 말인가?"

"그렇습니다. 저희가 이틀째 뒤를 쫓던 중이었습니다."

이에 고악은 동생 고견과 주고받았다.

"우리의 주격(主擊) 목표는 왕봉각이지만, 김일성이란 자 또한 항일연군에서 만만찮은 인물일세. 소문을 많이 들었으니 이자를 처치해도 공을 인정받을 수 있을 거네."

이때 통신병이 이렇게 말했다.

"저희 부대에서는 김일성을 잡으면 상금 2,000원을 주기로 했습니다."

"2,000원씩이나? 좋다. 너희 연대장에게 전하거라. 김일성을 사살하면 수급은 너희한테 주겠다. 대신 상금은 우리한테 넘겨야겠다."

여학성의 회고에 의하면, 당시 통화에 와서 취재하던 〈성경시보(盛京時報)〉 기자들이 고 씨 형제에게 "이번에 섬멸한 비적은 어느 비수(匪首, 비적의 우두머리) 부대인가?" 물었는데, 처음에는 "자위군 왕봉각 부대를 섬멸했다."고 한바탕 자랑하다가 금방 들통나자 다시 "항일연군 사장 김일성을 사살했다."고 둘러댔다고 한다.

"김일성이라면 항일연군의 그 김일성인가?"

"왜 김일성이 입은 옷이 자위군 복장인가?"

"김일성은 중국 사람인가? 아니면 조선 사람인가?"

이런 질문들이 나오자 고 씨 형제는 어안이 벙벙해지고 말았다. 마적 출신으로 만주군에 귀순해 연내상 자리를 얻었던 형제는 김일성이 어느 나라 사람인지도 제대로 몰랐던 모양이다.

당시 봉천에서 발행되던 〈성경시보〉는 1906년 러일전쟁 이후 만주에서 일본인[256]이 발행하던 가장 큰 신문으로 일본 관방[257]의 기관지 역할을 했다. 〈성경시보〉 외에도 또 〈봉천국민보(奉天國民報)〉나 〈대중공보(大中公報)〉 등도 있었지만, 만주 군대와 헌병 경찰들까지도 어려워했던 신문이 바로 〈성경시보〉였다.

고 씨 형제는 기자들이 끝없이 캐묻는 바람에 무척 당황했지만, 제법 그럴듯하게 둘러댔다.

"김일성 부대가 자위군 복장을 한 것은 장백현에 주둔하던 2여단 마 연대장에게 쫓겨 도천리에서부터 임강현으로 들어와 노호산 쪽으로 달아나다가 왕봉각의 자위군과 만나 합류했기 때문이오. 우리는 노호산 1310 고지와 1403 고지 사이에서 이자들을 포위했으나 김일성 부대가 뒤에 남아 엄호하면서 자위군이 모조리 빠져나가게 만들었소. 그래서 자위군은 놓치고 김일성 부대만 모조리 소탕했소."

"비수(匪首)가 김일성이라는 증거는 무엇인가요? 시체를 확인할 수 없습니까?"

기자들은 이미 사살했다는 김일성의 시체를 보고 싶어 했다.

---

256 〈성경시보〉는 일본인 나카지마 마사오(中島眞雄)가 1906년 2월 봉천(심양)에서 창간한 신문이다. 당시 봉천 일본 총영사관에서는 이 신문을 대대적으로 지원했으며, 운영이 어려울 때는 일본 외무성에서 직접 자금을 지원했다. 1945년 광복 이전까지 만주에서 일본 측 기관지 역할을 해왔다. 정치적인 견해를 떠나 당시 봉천에서 중국인들이 발행했던 〈봉천국민보〉나 〈대중공보〉 등에 비해 유명한 인물들이 적지 않게 이 신문에 몸담고 있었다. 동맹회 출신의 유명한 혁명가 서경심(徐鏡心)도 한때 이 신문사에 몸담은 적이 있었고, 기쿠치 테이지(菊池貞二), 나카니시 미사키(中西正樹), 사와라 도쿠스케(佐原篤介) 등 만주에서 활약하던 일본인 유명 문인들이 모두 이 신문에 글을 발표했다. 일본 정부 측의 기관지 역할을 하는 신문이다 보니, 만주국 경내의 군대와 헌병 경찰들도 이 신문사 기자들을 함부로 대하지 못했다고 한다. 나카시마 마사오는 1943년 8월 3일 일본 가나가와현에서 85세 나이로 사망했다.

257 관방은 일본의 행정 조직으로 비서, 문서, 법제, 총무, 인사, 예신, 회계, 기획, 홍보, 통계 등 내부 관리와 사무 행정의 총괄적 조정 업무를 맡았다.

그러나 그들은 이미 마립문에게 시체를 팔아먹은 뒤였다. 마립문에게 상금의 절반인 1,000원을 받아 통화 시내로 들어와 한창 그 돈을 쓰던 중이었다.

"김일성 시체는 장백현에서 온 2여단 마 연대장이 가지고 갔습니다."

최수길의 시체를 인계받으러 갈 때 함께 갔던 여학성도 당시에는 고 씨 형제 말만 믿고 최수길을 김일성으로 알고 있었다. 하지만 필자가 취재하던 1998년 당시까지도 기억력이 아주 좋았던 여학성은 고 씨 형제가 가짜 김일성 시체로 사기 친 사실이 금방 드러났다고 말했다. 여학성이 남긴 이야기뿐만 아니라 당시 유 참모부대의 생존자 필문한(畢文翰)을 직접 취재했던 요령성 작가 고명경(高明慶, 현재 생존)도 필자에게 이런 이야기를 들려주었다.

"당시 자위군 유 참모부대를 엄호했던 항일연군이 뒤에 남아서 모두 전멸되다시피 하고 연대장이 경위원 서넛만 데리고 겨우 빠져 달아났으나 그 경위원 가운데 하나가 연대장을 때려눕히고는 고 씨 형제의 기병부대로 달려가 귀순했다. 그자는 연대장을 산 채로 잡아가면 상금을 더 많이 받을 줄 알고 연대장이 정신을 잃은 틈을 타서 길가 나무에다 묶어놓고도 안심이 되지 않자 두 손바닥을 나무에 대고 손등에 대못 두 개를 박아서 꼼짝 못하게 해놓았다고 했다. 기병대 고 연대장(고 씨 형제 중 하나)이 와 보니 이미 죽은 것 같아 시체를 마립문에게 넘겨주었는데, 그가 김일성이라고 거짓말하고는 상금 1,000원을 사기 쳤던 것이다."[258]

고명경은 계속하여 그 뒤에 있었던 일도 들려주었다. 당시 가짜 김일성 시체를 1,000원에 사서 장백현으로 돌아온 마립문은 연대장에서 대대장으로 강등되

258　취재, 고명경(高明慶) 중국인, 작가, 요령자위군 전문가, 취재지 통화, 1988.

었으나 고 씨 형제는 아무런 처분도 받지 않았다. 기자들이 통화 시내의 한 술집에서 귀순한 최수길의 경위원을 찾아내어 내막을 알아낸 뒤 마립문 부대에 따졌기 때문이었다. 여단장 고명을 통해 통화의 토벌 지휘부에까지 보고되어 올라갔으나 기병여단장 조추항[259]이 직접 통화로 달려와 고 씨 형제를 감쌌기 때문에 사령부에서도 함부로 이들을 문책할 수 없었다고 한다.

여기에도 알려지지 않은 내막 하나가 있다.

---

259 조추항(趙秋航, 1889-?년) 중국인으로 중국 요령성 창도현(昌圖縣)에서 출생했다. 1927년 3월에 길림육군 제15보병사단 산하 제26여단 16연대 연대장이 되었다. 이 부대가 1928년 중앙육군 보병 26여단으로 개편되면서 조추항은 제675연대 연대장이 되어 횡도하자(橫道河子)에 주둔했다. 만주사변 직후 제26여단장 형점청(邢占淸)과 24여단장 이두(李杜)가 하얼빈 근교에서 일본군과 대대적인 전투를 진행했는데, 조추항도 여기 합세하여 일본군과 싸웠다. 그러나 얼마 지나지 않아 일본군에 투항하고 길림성 성장인 희흡(熙洽)의 권유를 받아들여 하얼빈전투 당시 정초(丁超)와 이두 등 반일연합군의 배후를 공격하여 하얼빈 전세를 역전시켰다. 이로써 하얼빈을 사수하던 반일연합군이 와해되었고, 관동군은 신속하게 하얼빈을 점령했다.
만주국이 성립된 후 조추항은 길림성 군정청 참사(1932년)와 하얼빈 군사특무부 정보과장을 거쳐 만주국 군정부 총무과 과장으로 취임했다. 1935년에 만주국 제1군관구 기병 제3여단 여단장(산하 세 연대 2,000여 명 통솔)으로 이동했고, 1936년 8월 항일연군 제2군이 무송현성전투를 진행할 때부터 동변도 지구 토벌작전에 본격적으로 투입되었다. 당시 제3여단의 주공 목표는 민중자위군 왕봉각 부대와 항일연군 양정우 부대였는데, 1937년 2월과 3월을 전후하여 왕봉각 자위군뿐만 아니라 당시 아주 유명했던 이우명(李宇明), 이진동(李振东), 고붕진(高鹏振) 반일부대들도 조추항의 기병여단에 의해 와해되었다. 1939년 조추항은 만주국 제6군관구 제6교도대대 대대장이 되었다가 2년 뒤 육군 중장으로 진급하고 만주국 치안부(군정부가 후에 군사부와 치안부로 개편됐다) 부부장이 되었다. 1942년에 조추항은 만주국 근위부대 사령관에 임명되었고 그 이듬해 1943년에는 만주국 제3군관구 사령관(중장)에 임명되었다. 오늘의 흑룡강성 대부분 지역을 관할하던 제3군관구 사령부는 치치하르에 설치되었으며, 산하에 교도대 1개와 혼성여단(11~15여단) 5개 외 기병여단(4, 5여단) 2개까지 총 14만 명의 병력을 장악하고 있었다. 당시 하얼빈 역시 제3군관구 관할 지역에 속해 항일열사 조일만을 취조했던 하얼빈 경찰서장 우경도(于鏡濤)는 조일만과 관련한 취조 사항을 조추항에게 직접 보고했고, 그에게서 조일만을 총살형에 처하라는 지시를 받았다고 진술했다.
그뿐만 아니라 당시 하얼빈 지역에서 체포된 항일군인들을 일본군 731부대에 압송하여 실험용 마루타로 사용하는 만행에도 조추항이 직접 개입했다는 증거들이 발굴되었다. 1945년 광복 이후 조추항은 소련홍군에 체포되었다 중국 정부로 이송되어 한동안 무순전쟁범죄자관리소에서 수감 생활을 했다. 이후 1963년 4월 9일에 중국 정부로부터 특별사면되어 석방되었다. 일가족 가운데 손녀 심오군(沈傲君, 趙燕)이 영화배우로 현재 중국에서 활약하고 있다.

토벌지휘부 미케 사령관이 봉천교도연대 연대장 겸 봉천수비대 사령관을 겸하고 있을 때, 유하현에 주둔했던 나카가와 대위(中川 大尉) 부대가 유하현 경내의 대황구 동쪽 백가점에서 자위군 고붕진(高鵬振)의 부대에 포위된 적이 있었다. 2시간 넘게 포위를 돌파하려 시도했으나 번번이 실패하자 나카가와 대위는 진지에 웅크리고 앉아 할복하려 했다. 그때 조추항의 기병여단이 들이닥쳐 그를 구해 냈다.

이 인연으로 조추항 기병여단은 동변도 지구에서 일본군도 함부로 대할 수 없을 정도로 굉장히 큰 세력을 자랑했다. 더구나 조추항이 제1군관구 산하 기병 제3여단 여단장이 되기 이전에 이미 만주국 길림성 군정청 참사와 하얼빈 군사특무부(만주국 군정부 소속) 정보과장을 거쳐 군정부 총무과장 등을 맡았던 어마어마한 인물이었기 때문이다. 총무과장 시절, 그의 사무실과 군정부 최고 고문 사사키 도이치 사무실은 복도 하나를 사이에 두고 마주보고 있었다고 하니, 그와 사사키 도이치의 인연 또한 이만저만이 아니었을 것으로 짐작된다.

"고 연대장 부대가 지금 노호산에서 왕봉각 사령부를 포위하고 있는 중인데, 이럴 때 고 연대장 형제를 함부로 구금하면 어떻게 한단 말이오?"

조추항이 바로 미케 사령관에게 항의했다.

"이자들 둘이 부대는 내버려두고 통화로 들어와 술판을 벌이고 있었소. 더욱 한심한 것은 노호정자에서 사살한 한 비수 시체를 김일성이라고 속여서 1,000원을 받고 팔아먹었소. 그 돈을 쓰려고 통화에 들어왔다가 우리 헌병한테 체포되었소. 그러잖아도 그자들이 당신 부하인 걸 알고 놓아주려던 중이었소. 대신 이자들한테 당신이 단단히 다짐을 받으시오. 아직은 죄를 사면해준 것이 아니라고 말이오. 공을 세워 속죄할 기회를 주는 것이니 이번에 반드시 왕봉각의 자위군을 소멸하기 바라오."

미케 사령관은 기다렸다는 듯이 고악 고견 형제를 곧바로 풀어주었다.

이 고 씨 형제는 1937년 3월 27일 휘하 부대 1,000여 명을 이끌고 왕봉각과 부인 장 씨(張氏) 외 4살 난 어린 아들까지 일가족을 모두 생포하여 통화로 돌아왔다.